O FESTIM DOS CORVOS

AS CRÔNICAS DE GELO E FOGO
LIVRO IV

GEORGE R.R. MARTIN
O FESTIM DOS CORVOS

TRADUÇÃO
Jorge Candeias

6ª reimpressão

Copyright © 2000 by George R.R. Martin

Grafia atualizada segundo o Acordo Ortográfico da Língua Portuguesa de 1990, que entrou em vigor no Brasil em 2009.

Título original
A Feast for Crows

Capa
Inspirada na capa de Editions J'ai Lu

Ilustração de capa
© Marc Simonetti

Projeto gráfico de miolo
Claudia Espínola de Carvalho

Ilustrações de miolo
© Virginia Norey

Mapas
© Jeffrey L. Ward

Preparação
Márcia Duarte

Revisão
Adriana Moreira Pedro
Thaís Totino Richter
Jane Pessoa

Dados Internacionais de Catalogação na Publicação (CIP)
(Câmara Brasileira do Livro, SP, Brasil)

Martin, George R.R.
    O festim dos corvos / George R.R. Martin ; tradução Jorge Candeias. — 1ª ed. — Rio de Janeiro : Suma, 2019.

    Título original: A Feast for Crows.
    ISBN 978-85-5651-088-4

    1. Ficção fantástica norte-americana I. Título.

19-29014   CDD-813

Índice para catálogo sistemático:
1. Ficção : Literatura norte-americana 813

Cibele Maria Dias – Bibliotecária – CRB-8/9427

Todos os direitos desta edição reservados à
EDITORA SCHWARCZ S.A.
Praça Floriano, 19, sala 3001 — Cinelândia
20031-050 — Rio de Janeiro — RJ
Telefone: (21) 3993-7510
www.companhiadasletras.com.br
www.blogdacompanhia.com.br
facebook.com/editorasuma
instagram.com/editorasuma
twitter.com/Suma_BR

*Para Stephen Boucher,
feiticeiro do Windows, dragão do DOS,
sem o qual este livro teria sido
escrito a lápis.*

PRÓLOGO

— Dragões — Mollander disse. Pegou uma maçã estragada que estava no chão e a fez saltar de uma mão para a outra.

— Atire a maçã — Alleras, o Esfinge pediu. Puxou uma flecha da aljava e a prendeu na corda do arco.

— Eu queria ver um dragão. — Roone era o mais novo do grupo, um rapaz atarracado ainda a dois anos de se tornar homem. — Queria muito.

E eu queria dormir abraçado a Rosey, Pate pensou. Mexeu-se inquieto no banco. De manhã, a garota podia bem ser sua. *Vou levá-la para longe de Vilavelha, para o outro lado do mar estreito até uma das Cidades Livres.* Lá não havia meistres, não existiria ninguém para acusá-lo.

Ouvia as gargalhadas de Emma, vindas de uma janela fechada por cima de sua cabeça, misturadas com a voz mais profunda do homem que estava com ela. Era a mais velha das mulheres que serviam no Pena e Caneca, tinha pelo menos quarenta anos, mas ainda era bonita ao seu jeito carnudo. Rosey era sua filha, tinha quinze anos e acabara de florir. Emma decretara que a virgindade de Rosey custaria um dragão de ouro. Pate poupara nove veados de prata e um cântaro de estrelas e tostões de cobre, mas isso de nada lhe serviria. Teria tido mais chance de trazer ao mundo um dragão de verdade do que de poupar moedas suficientes para uma de ouro.

— Nasceu tarde demais para dragões, moço — disse Armen, o Acólito, a Roone. Armen usava uma tira de couro em volta do pescoço, amarrada com elos de peltre, estanho, chumbo e cobre, e, assim como a maioria dos acólitos, parecia pensar que os noviços tinham nabos crescendo entre os ombros no lugar da cabeça. — O último pereceu durante o reinado do rei Aegon Terceiro.

— O último dragão em *Westeros* — insistiu Mollander.

— Atire a maçã — Alleras voltou a pedir. Era um jovem atraente, aquele Esfinge. Todas as criadas tinham um fraco por ele. Às vezes, até Rosey lhe tocava no braço quando lhes trazia vinho, e Pate tinha de ranger os dentes e fingir não ver.

— O último dragão em Westeros *foi* o último dragão — disse Armen com teimosia. — Isso é bem sabido.

— A *maçã* — Alleras repetiu. — A menos que queira comê-la.

— Lá vai — arrastando a perna de pau, Mollander deu um curto salto, rodopiou e arremessou horizontalmente a maçã para as névoas que pairavam sobre o Vinhomel. Não fosse o pé, teria sido um cavaleiro como seu pai. Tinha a força necessária naqueles braços grossos e ombros largos, e a maçã voou para longe e rápido demais...

... mas não tão rápido quanto a flecha que assobiou em seu encalço, um metro de haste de madeira dourada com penas escarlates. Pate não a viu atingir a maçã, mas a ouviu. Um *tchunc* suave ecoou por sobre o rio, seguido por um respingar de água.

Mollander assobiou:

— Em cheio. Boa.

Nem de perto tão boa quanto Rosey. Pate adorava seus olhos cor de avelã e seus seios em botão, e o modo como sorria sempre que o via. Adorava as covinhas em seu rosto. Às vezes, ela andava descalça enquanto servia, para sentir a erva sob os pés. Também adorava aquilo. Adorava o cheiro limpo e fresco que ela exalava, o modo como os cabelos se enrolavam atrás das orelhas. Adorava até mesmo seus dedos dos pés. Uma noite, ela o deixara esfregar seus pés e brincar com eles, e Pate inventara uma história divertida para cada dedo, a fim de fazê-la sorrir.

Talvez fizesse melhor em permanecer deste lado do mar estreito. Podia comprar um burro com o dinheiro que poupara, e Rosey e ele podiam montá-lo por turnos enquanto vagueavam por Westeros. Ebrose podia não considerá-lo merecedor da prata, mas Pate sabia como endireitar um osso e curar uma febre com sanguessugas. O povo ficaria grato por sua ajuda. Se conseguisse aprender a cortar cabelos e a fazer barbas, podia mesmo se tornar barbeiro. *Isso seria o bastante*, disse a si próprio, *desde que tivesse Rosey*. Rosey era tudo que desejava no mundo.

Nem sempre fora assim. Sonhara outrora ser meistre em um castelo, a serviço de um senhor generoso qualquer que o honrasse por sua sabedoria e lhe concedesse um belo cavalo branco como agradecimento por seus serviços. E quão alto o montaria, quão nobremente, distribuindo sorrisos aos plebeus quando passasse por eles na estrada...

Certa noite, na sala comum do Pena e Caneca, após a segunda caneca de uma cidra terrivelmente forte, Pate gabara-se de que não seria noviço para sempre.

— É bem verdade — gritara Leo Preguiçoso. — Vai ser um ex-noviço e criar porcos.

Ele engoliu de um só trago o resto em sua caneca. Naquela manhã, a varanda iluminada a archote do Pena e Caneca era uma ilha de luz num mar de névoa. A jusante, o distante sinal luminoso da Torralta flutuava no relento da noite como uma lua alaranjada e brumosa, mas a luz pouco fez para lhe melhorar o estado de espírito.

A esta hora o alquimista já devia ter chegado. Tudo fora alguma brincadeira cruel, ou teria acontecido alguma coisa ao homem? Não seria a primeira vez que a fortuna cobria Pate de amargura. Uma vez achara-se afortunado por ter sido escolhido para ajudar o velho arquimeistre Walgrave com os corvos, sem sonhar que logo também estaria buscando suas refeições, varrendo seus aposentos e o vestindo todas as manhãs. Todos diziam que Walgrave esquecera mais da criação de corvos do que a maior parte dos meistres chegava a saber, por isso Pate presumira que um elo negro de ferro era o mínimo que poderia esperar, mas acabara por descobrir que isso era algo que Walgrave não poderia lhe dar. O velho continuava a ser arquimeistre apenas por cortesia. Por maior que tivesse sido como meistre, agora o mais comum era que suas vestes escondessem roupas íntimas emporcalhadas, e meio ano antes um grupo de acólitos o encontrara às lágrimas na Biblioteca, pois não fora capaz de encontrar o caminho de volta até seus aposentos. Era meistre Gormon quem se sentava sob a máscara de ferro no lugar de Walgrave, o mesmo Gormon que um dia acusara Pate de roubo.

Na macieira, à beira d'água, um rouxinol começou a cantar. Era um som doce, uma pausa bem-vinda nos gritos roucos e no crocitar sem fim dos corvos de que cuidara o dia inteiro. Os corvos brancos conheciam seu nome, e o resmungavam uns para os outros sempre que o vislumbravam, *"Pate, Pate, Pate"*, até deixá-lo a ponto de gritar. As grandes aves brancas eram o orgulho do arquimeistre Walgrave. Desejava comê-las quando ele morresse, mas Pate andava meio desconfiado de que as aves também pretendiam comê-lo.

Talvez fosse a cidra terrivelmente forte — não viera para beber, contudo Alleras se encarregara de pagar, para festejar seu elo de cobre, e a culpa dera-lhe sede —, mas quase soava como se o rouxinol estivesse trinando *ouro por ferro, ouro por ferro, ouro por ferro*. O que era muitíssimo esquisito, pois tinha sido aquilo que o estranho dissera na noite em que Rosey os apresentara.

— Quem é você? — Pate perguntou, e o homem respondeu:

— Um alquimista. Sei transformar ferro em ouro — e, então, tinha uma moeda na mão, dançando sobre os nós dos dedos, fazendo brilhar o suave ouro amarelo à luz das velas. De um lado, havia um dragão de três cabeças, do outro, a cabeça de um rei qualquer morto. *Ouro por ferro*, recordou Pate, *não conseguirá melhor. Você a deseja? Você a ama?*

— Não sou nenhum ladrão — disse ao homem que se designava alquimista. — Sou um noviço da Cidadela.

O alquimista inclinou a cabeça e disse:

— Se reconsiderar, voltarei aqui dentro de três dias, com meu dragão.

Tinham se passado três dias. Pate regressara ao Pena e Caneca, ainda incerto do que ele seria, mas, em vez do alquimista, encontrara Mollander, Armen e o Esfinge, com Roone a reboque. Teria levantado suspeitas se não se juntasse a eles.

O Pena e Caneca nunca fechava. Havia seiscentos anos que se erguia em sua ilha no Vinhomel, e nem por uma vez deixara de funcionar. Embora o alto edifício de madeira se inclinasse para o sul, como os noviços por vezes após beber uma caneca, Pate supunha que a estalagem continuaria em pé por mais seiscentos anos, vendendo vinho, cerveja e cidra terrivelmente forte a homens do rio e do mar, ferreiros e cantores, sacerdotes e príncipes, e aos noviços e acólitos da Cidadela.

— Vilavelha não é o mundo — Mollander declarou, alto demais. Era filho de um cavaleiro, mas não poderia estar mais bêbado. Desde que lhe tinham trazido a notícia da morte do pai na Água Negra, embebedava-se quase todas as noites. Até em Vilavelha, longe das batalhas e em segurança atrás de suas muralhas, a Guerra dos Cinco Reis tocara-os a todos... embora o arquimeistre Benedict insistisse que nunca houvera uma guerra de cinco reis, já que Renly Baratheon fora morto antes de Balon Greyjoy ter sido coroado.

— Meu pai sempre disse que o mundo era maior do que o castelo de qualquer senhor — prosseguiu Mollander. — Os dragões devem ser a menor das coisas que um homem poderá encontrar em Qarth, Asshai e Yi Ti. Essas histórias dos marinheiros...

— ... são histórias contadas por marinheiros — Armen o interrompeu. — *Marinheiros*, meu caro Mollander. Vá até as docas e aposto que encontrará marinheiros que lhe falarão das sereias com as quais dormiram, ou de como passaram um ano na barriga de um peixe.

— Como é que sabe que não passaram? — Mollander bateu os pés grama afora, à procura de mais maçãs. — Precisaria estar na barriga do peixe para jurar isso. Um marinheiro com uma história, tudo bem, um homem podia rir dela, mas quando remadores vindos de quatro navios diferentes contam a mesma história em quatro línguas diferentes...

— A história *não é* a mesma — insistiu Armen. — Dragões em Asshai, dragões em Qarth, dragões em Meereen, dragões dothraki, dragões libertando escravos... todas as histórias são diferentes umas das outras.

— Só nos detalhes — Mollander ficava mais teimoso quando bebia, mas até sóbrio era obstinado. — Todos falam de *dragões*, e de uma bela jovem rainha.

O único dragão que interessava a Pate era feito de ouro amarelo. Perguntou a si mesmo o que teria acontecido ao alquimista. *Ao terceiro dia... ele disse que estaria aqui.*

— Há outra maçã perto do seu pé — gritou Alleras a Mollander —, e eu ainda tenho duas flechas na aljava.

— Que se foda sua aljava — Mollander apanhou o fruto caído. — Ela está bichada — protestou, mas a atirou mesmo assim. A flecha atingiu a maçã quando ela começava a cair e a cortou ao meio. Uma metade caiu no telhado de um torreão, rolou até outro mais baixo e caiu; não atingiu Armen por meio metro.

— Se cortar um verme pela metade, criará dois vermes — informou-os o acólito.

— Se ao menos acontecesse o mesmo com as maçãs, nunca ninguém precisaria passar fome — Alleras disse com um de seus sorrisos gentis. Esfinge andava sempre sorrindo, como se conhecesse algum gracejo secreto. Isso lhe dava um aspecto malicioso que combinava bem com o queixo pontiagudo, o bico que a linha dos cabelos formava no meio da testa e o denso matagal de cachos negros de azeviche cortados curtos.

Alleras seria meistre. Só estava na Cidadela havia um ano, mas já forjara três elos de sua corrente de meistre. Armen podia ter mais, mas levara um ano para ganhar cada um deles. Mesmo assim, também chegaria a meistre. Roone e Mollander continuavam a ser noviços de pescoço rosado, mas Roone era muito novo, e Mollander gostava mais de beber do que de ler.

Mas Pate...

Estava na Cidadela havia cinco anos, chegara com não mais que treze anos, mas seu pescoço permanecia tão rosado quanto fora no dia em que viera das terras ocidentais. Julgara-se pronto por duas vezes. Da primeira, apresentara-se ao arquimeistre Vaellyn para demonstrar seu conhecimento dos céus. Em vez disso, descobriu como foi que Vinagre Vaellyn ganhou esse apelido. Pate levou dois anos reunindo coragem para voltar a tentar. Então, submetera-se ao velho e amável arquimeistre Ebrose, famoso por sua voz suave e mãos gentis. Mas os suspiros de Ebrose revelaram-se tão dolorosos quanto as farpas de Vaellyn.

— Uma última maçã — prometeu Alleras —, e eu conto a vocês minhas suspeitas acerca desses dragões.

— O que você poderia saber que já não sei? — Mollander resmungou. Encontrou uma maçã num galho, saltou, arrancou-a e a arremessou. Alleras puxou a corda do arco até a orelha, virando-se habilmente para seguir o alvo. Atirou a flecha precisamente no momento em que a maçã começava a cair.

— Falha sempre no último tiro — Roone disse.

A maçã mergulhou no rio, intacta.

— Viu? — Roone confirmou.

— O dia em que se acertam todos os alvos é aquele em que se para de melhorar — Alleras desprendeu a corda do arco e o enfiou em seu estojo de couro. O arco fora esculpido em amagodouro, madeira rara e lendária das Ilhas do Verão. Pate tentara dobrá-lo uma vez e falhara. *Esfinge parece franzino, mas há força naqueles braços magros*, refletiu, enquanto Alleras passava uma perna por sobre o banco e estendia a mão para a taça de vinho. — O dragão tem três cabeças — anunciou em sua arrastada pronúncia dornesa.

— Isso é um enigma? — Roone quis saber. — Nas histórias, as esfinges sempre falam por enigmas.

— Não é enigma nenhum — Alleras bebericou o vinho. Os outros emborcavam canecas da cidra terrivelmente forte pela qual o Pena e Caneca era famoso, mas ele preferia os estranhos vinhos doces do país da mãe. Mesmo em Vilavelha, tais vinhos não se obtinham a baixo preço.

Fora Leo Preguiçoso quem apelidara Alleras de "o Esfinge". Uma esfinge é um pouco disso, um pouco daquilo: rosto humano, corpo de um leão, asas de um falcão. Alleras era igual: pai dornês e a mãe uma mulher de pele negra das Ilhas do Verão. Sua pele era escura como teca. E, tal como as esfinges de mármore verde que guardavam o portão principal da Cidadela, Alleras tinha olhos de ônix.

— Nunca nenhum dragão teve três cabeças, exceto em escudos e bandeiras — disse

Armen, o Acólito, com firmeza. — Isso é um símbolo heráldico, nada mais. Além disso, os Targaryen estão todos mortos.

— Nem todos — disse Alleras. — O Rei Pedinte tinha uma irmã.

— Achava que a cabeça dela tinha sido esmagada contra uma parede — Roone interveio.

— Não — Alleras respondeu. — Foi a cabeça do jovem filho do príncipe Rhaegar que foi atirada contra uma parede pelos bravos homens do Leão de Lannister. Estamos falando da irmã de Rhaegar, nascida em Pedra do Dragão antes de o castelo cair. Aquela a quem chamaram Daenerys.

— *A Nascida na Tormenta*. Agora me lembro — Mollander ergueu bem alto a caneca, agitando a cidra que restava. — A ela! — emborcou, bateu com a caneca vazia na mesa, arrotou e limpou a boca com as costas da mão. — Onde está Rosey? Nossa legítima rainha merece outra rodada de cidra, não acha?

Armen, o Acólito, pareceu assustado.

— Baixe a voz, imbecil. Nem devia brincar com essas coisas. Nunca se sabe quem pode estar ouvindo. A Aranha tem ouvidos por todo lado.

— Oh, não mije nas calças, Armen. Estava propondo uma nova rodada, não uma rebelião.

Pate ouviu um risinho abafado. Uma voz suave e zombeteira gritou atrás dele.

— Sempre soube que você era um traidor, Salto de Rã — Leo Preguiçoso estava encostado à entrada da antiga ponte de pranchas, envolto em cetim listrado de verde e dourado, com meia capa de seda negra presa ao ombro por uma rosa de jade. Pela cor das manchas, o vinho que deixara pingar na parte da frente do traje era um tinto robusto. Uma madeixa de seus cabelos loiro-acinzentados caía-lhe por sobre um olho.

Mollander irritou-se ao vê-lo.

— Que se dane você. Vá embora. Não é bem-vindo aqui. — Alleras pousou-lhe uma mão no braço, para acalmá-lo, enquanto Armen franzia as sobrancelhas.

— Leo. Senhor. Julgava que ainda estaria confinado à Cidadela por...

— ... mais três dias — Leo Preguiçoso encolheu os ombros. — Perestan diz que o mundo tem quarenta mil anos. Mollos, que tem quinhentos mil. Que são três dias, eu lhe pergunto? — Embora houvesse uma dúzia de mesas vazias na varanda, Leo sentou-se na deles. — Pague-me uma taça de dourado da Árvore, Salto de Rã, e eu talvez não informe meu pai sobre seu brinde. As pedras viraram-se contra mim na Sorte Xadrez, e desperdicei meu último veado no jantar. Leitão com molho de ameixas, recheado com castanhas e trufas brancas. Um homem precisa comer. O que vocês comeram, rapazes?

— Carneiro — Mollander resmungou. Não soava nada satisfeito com aquilo. — Dividimos um quarto de carneiro cozido.

— Estou certo de que ficaram satisfeitos — Leo virou-se para Alleras. — O filho de um senhor devia ser generoso, Esfinge. Soube que ganhou seu elo de cobre. Bebo a isso.

Alleras deu um sorriso.

— Eu só pago aos amigos. E não sou nenhum filho de senhor, já lhe disse. Minha mãe era uma mercadora.

Os olhos de Leo eram cor de avelã, e brilhavam de vinho e malícia.

— Sua mãe era uma macaca das Ilhas do Verão. Os dorneses fodem qualquer coisa que tenha um buraco entre as pernas. Sem ofensa. Pode ser castanho como uma noz, mas pelo menos toma banho. Ao contrário de nosso criador de porcos malhados — indicou Pate com um aceno de mão.

Se batesse na boca dele com a caneca, podia partir metade de seus dentes, Pate pensou. Pate Malhado, o criador de porcos, era o herói de mil histórias libertinas: um rústico de bom coração e cabeça vazia que sempre conseguia vencer os fidalgotes gordos, os altivos cavaleiros e os septões pomposos que lhe criavam dificuldades. De algum modo, sua estupidez revelava ser uma espécie de astúcia rude; as histórias terminavam sempre com Pate Malhado sentado no cadeirão de um lorde ou dormindo com a filha de um cavaleiro. Mas eram só histórias. No mundo real, os criadores de porcos nunca se davam tão bem. Às vezes, Pate achava que a mãe devia odiá-lo para lhe ter dado o nome que dera.

Alleras já não sorria mais.

— Vá pedir desculpa.

— Ah, vou? — Leo retrucou. — Como poderia, com minha garganta tão seca...

— Envergonha sua Casa com cada palavra que pronuncia — disse-lhe Alleras. — Envergonha a Cidadela por ser um de nós.

— Eu sei. Por isso pague-me um pouco de vinho, para que eu possa afogar minha vergonha.

Mollander falou:

— Eu gostaria de arrancar sua língua pela raiz.

— Sério? E como é que eu lhe contaria sobre os dragões? — Leo voltou a encolher os ombros. — O mestiço tem razão. A filha do Rei Louco está viva e conseguiu fazer nascer três dragões.

— Três? — Roone exclamou, espantado.

Leo deu-lhe palmadinhas na mão.

— Mais do que dois e menos do que quatro. Se eu fosse você, não tentaria ganhar o elo dourado por enquanto.

— Deixe-o em paz — Mollander o avisou.

— Que Salto de Rã tão cavalheiresco. Como quiser. Todos os homens de todos os navios que velejaram a menos de quinhentos quilômetros de Qarth estão falando sobre esses dragões. Alguns até lhes dirão que os viram. O Mago está inclinado a crer neles.

Armen comprimiu os lábios em desaprovação:

— Marwyn é insano. Arquimeistre Perestan seria o primeiro a lhe dizer isso.

— Arquimeistre Ryam diz o mesmo — Roone rebateu.

Leo bocejou:

— O mar é molhado, o sol é quente e os animais enjaulados odeiam o cão de guarda.

Ele tem um nome zombeteiro para todo mundo, Pate pensou, mas não podia negar que Marwyn se parecia mais com um cão de guarda do que com um meistre. *É como se quisesse nos morder.* O Mago não era como os outros meistres. Diziam que se fazia acompanhar de prostitutas e de feiticeiros andantes, que falava com ibbeneses peludos e ilhéus do verão negros como breu na própria língua desses povos, e fazia sacrifícios a deuses estranhos nos pequenos templos dos marinheiros que se erguiam junto aos cais. Os homens falavam que o tinham visto na parte erma da cidade, em arenas de ratazanas e bordéis sujos, na companhia de pantomimeiros, cantores, mercenários e até pedintes. Alguns chegavam mesmo a sussurrar que certa vez ele matara um homem com os punhos.

Quando Marwyn regressou a Vilavelha, depois de passar oito anos no leste mapeando terras distantes, buscando livros perdidos e aprendendo com magos e umbromantes, Vinagre Vaellyn apelidara-o de "Marwyn, o Mago". O nome espalhara-se rapidamente por toda Vilavelha, para grande aborrecimento de Vaellyn.

"Deixe os feitiços e as preces para os sacerdotes e os septões, e direcione a inteligência para a aprendizagem de verdades em que um homem possa confiar", aconselhara arquimeistre Ryam certa vez a Pate, mas o anel, o bastão e a máscara de Ryam eram de ouro amarelo, e sua corrente de meistre não incluía um elo de aço valiriano.

Armen olhou ao longo do nariz para Leo Preguiçoso. Tinha o nariz perfeito para isso, comprido, estreito e pontiagudo.

— Arquimeistre Marwyn acredita em muitas coisas curiosas — disse —, mas não tem mais provas dos dragões do que Mollander. Só tem mais histórias de marinheiro.

— Está enganado — Leo respondeu. — Há uma vela de vidro ardendo nos aposentos do Mago.

Um silêncio caiu sobre a varanda iluminada por archotes. Armen suspirou e balançou a cabeça. Mollander pôs-se a rir. Esfinge estudou Leo com seus grandes olhos negros. Roone pareceu não compreender.

Pate sabia das velas de vidro, embora nunca tivesse visto uma ardendo. Eram o segredo mais mal guardado da Cidadela. Dizia-se que tinham sido trazidas de Valíria para Vilavelha mil anos antes da Perdição. Ouvira dizer que havia quatro; uma verde e três negras, e todas altas e retorcidas.

— O que são essas velas de vidro? — Roone quis saber.

Armen, o Acólito, pigarreou:

— Antes de um acólito proferir seus votos, deve passar a noite anterior de vigília na cripta. Não lhe é permitido archote, lâmpada, lanterna ou círio... só uma vela de obsidiana. Tem de passar a noite na escuridão, a menos que seja capaz de acendê-la. Alguns tentam. Os tolos e os teimosos, aqueles que estudaram os ditos mistérios superiores. É frequente cortarem os dedos, pois dizem que as arestas da vela são afiadas como navalhas. Então, com mãos ensanguentadas, têm de esperar a alvorada pensando em seu fracasso. Homens mais sensatos vão simplesmente dormir, ou passam a noite em oração, mas todos os anos há sempre alguns que precisam tentar.

— Sim — Pate ouvira as mesmas histórias. — Mas para que serve uma vela que não ilumina?

— É uma lição — Armen explicou —, a última lição que temos de aprender antes de colocar nossa corrente de meistre. A vela de vidro representa a verdade e a aprendizagem, coisas raras, belas e frágeis. Tem a forma de uma vela para nos lembrar que um meistre deve iluminar o lugar em que presta serviço, e é afiada para nos lembrar que o conhecimento pode ser perigoso. Os sábios podem se tornar arrogantes com sua sabedoria, mas um meistre deve permanecer sempre humilde. A vela de vidro também nos lembra disso. Mesmo depois de ter proferido os votos, colocado a corrente e partido para servir, um meistre recordará a escuridão de sua vigília e se lembrará de que nada do que tentou conseguiu fazer com que a vela acendesse... pois, mesmo com o conhecimento, algumas coisas não são possíveis.

Leo Preguiçoso desatou a rir:

— Não são possíveis para você, quer dizer. Vi a vela ardendo com meus próprios olhos.

— Você viu *uma* vela ardendo, não duvido — Armen rebateu. — Uma vela de cera negra, talvez.

— Sei o que vi. A luz era estranha e brilhante, muito mais brilhante do que a de qualquer vela de cera de abelha ou de sebo. Criava sombras estranhas e a chama nunca oscilava, nem mesmo quando uma brisa soprou pela porta aberta atrás de mim.

Armen cruzou os braços:

— A obsidiana não arde.

— *Vidro de dragão* — Pate completou. — O povo a chama de vidro de dragão — não sabia por quê, mas aquilo lhe parecia importante.

— Pois que chame — meditou Alleras, o Esfinge —, e se houver de novo dragões no mundo...

— Dragões e coisas mais sombrias — Leo completou. — As ovelhas cinzentas fecharam os olhos, mas o cão de guarda vê a verdade. Velhos poderes acordam. Sombras se agitam. Uma era de maravilha e terror cairá em breve sobre nós, uma era para deuses e heróis — espreguiçou-se, exibindo seu sorriso indolente. — Isso vale uma rodada, creio eu.

— Já bebemos o suficiente — Armen os alertou. — A manhã chegará mais depressa do que gostaríamos, e o arquimeistre Ebrose falará sobre as propriedades da urina. Aqueles que pretendem forjar um elo de prata fariam bem em comparecer à palestra.

— Longe de mim afastar vocês da prova de mijo — Leo caçoou. — Cá pra nós, prefiro o sabor do dourado da Árvore.

— Se a escolha for entre você e o mijo, eu bebo o mijo. — Mollander afastou-se da mesa. — Venha, Roone.

Esfinge estendeu a mão para o estojo do arco.

— Para mim também é cama. Imagino que sonharei com dragões e velas de vidro.

— Todos? — Leo encolheu os ombros. — Bem, a Rosey fica. Talvez acorde nossa pequena doçura e faça dela uma mulher.

Alleras viu a expressão no rosto de Pate.

— Se ele não tem um tostão para uma taça de vinho, não pode ter um dragão para a garota.

— Sim — Mollander concordou. — Além disso, é preciso ser homem para fazer de uma garota uma mulher. Venha, Pate. O velho Walgrave acordará quando o sol nascer. Ele vai precisar da sua ajuda para ir à latrina.

Se hoje se lembrar de quem sou. O arquimeistre Walgrave não tinha dificuldade em distinguir os corvos uns dos outros, mas não era tão bom com as pessoas. Havia dias em que parecia pensar que Pate era alguém chamado Cressen.

— Ainda não — disse aos amigos. — Vou ficar por algum tempo — a alvorada ainda não rompera, não propriamente. O alquimista ainda podia aparecer, e Pate pretendia estar ali se viesse.

— Como quiser — Armen assentiu. Alleras lançou um olhar demorado a Pate, depois pendurou o arco num ombro magro e seguiu os outros na direção da ponte. Mollander estava tão bêbado que tinha de caminhar apoiado no ombro de Roone para não cair. A Cidadela não ficava a grande distância em voo de corvo, mas nenhum deles era um corvo, e Vilavelha era um verdadeiro labirinto, cheia de ruelas, vielas entrecruzadas e ruas estreitas e tortuosas.

— Cuidado — ouviu Armen dizer quando as névoas do rio engoliram os quatro —, a noite está úmida e as pedras estarão escorregadias.

Quando desapareceram, Leo Preguiçoso observou amargamente Pate por cima da mesa.

— Que tristeza. Esfinge escapuliu-se com toda sua prata, abandonando-me ao Pate Malhado, o criador de porcos — espreguiçou-se, bocejando. — Diga lá, como anda nossa adorável Roseyzinha?

— Está dormindo — Pate respondeu secamente.

— Nua, com certeza — Leo abriu um sorriso. — Acha que ela vale mesmo um dragão? Suponho que um dia terei de verificar.

Pate sabia que não era boa ideia responder àquilo.

Leo não precisava de resposta.

— Suponho que, uma vez que eu rasgue a garota, seu preço caia de forma que até criadores de porcos consigam pagá-la. Devia me agradecer.

Devia matar você, pensou Pate, mas estava longe de se encontrar suficientemente bêbado para jogar a vida fora. Leo recebera treinamento em armas e tinha fama de ser mortífero com a espada de sicário e o punhal. E se Pate, de algum modo, conseguisse matá-lo, isso lhe custaria também a cabeça. Leo tinha dois nomes, enquanto Pate não possuía mais do que um, e o segundo era Tyrell. Sor Moryn Tyrell, comandante da Patrulha da Cidade de Vilavelha, era pai de Leo. Mace Tyrell, Senhor de Jardim de Cima e Guardião do Sul, era seu primo. E o Velho de Vilavelha, lorde Leyton da Torralta, que incluía "Protetor da Cidadela" entre seus muitos títulos, era vassalo juramentado à Casa Tyrell. *Deixe estar*, disse Pate a si mesmo. *Ele diz essas coisas só para me ferir.*

As névoas estavam se iluminando a leste. A alvorada, Pate compreendeu. *A alvorada chegou, e o alquimista não*. Não sabia se deveria rir ou chorar. *Ainda serei um ladrão se devolver tudo e ninguém souber de nada?* Era outra pergunta para a qual não tinha resposta, como aquelas que Ebrose e Vaellyn lhe tinham feito outrora.

Quando se afastou do banco e se levantou, a cidra terrivelmente forte lhe subiu à cabeça toda de uma vez. Teve de se apoiar na mesa para se equilibrar.

— Deixe Rosey em paz — disse, ao modo de despedida. — Deixe-a em paz, senão pode ser que eu o mate.

Leo Tyrell afastou os cabelos do olho num movimento rápido:

— Não travo duelos com criadores de porcos. Vá embora.

Pate virou-se e atravessou a varanda. Seus calcanhares ressoaram nas desgastadas tábuas da velha ponte. Quando chegou ao outro lado, o céu oriental tornava-se rosado. *O mundo é grande*, disse a si mesmo. *Se comprasse o tal burro, ainda poderia vaguear pelas estradas e pelos atalhos dos Sete Reinos, sangrando o povo e catando-lhe lêndeas dos cabelos. Podia oferecer-me num navio qualquer, puxar um remo e velejar para Qarth, a dos Portões de Jade, para ver esses malditos dragões com meus próprios olhos. Não preciso voltar para o velho Walgrave e os corvos.*

Mas, sem saber como, os pés o levaram na direção da Cidadela.

Quando o primeiro raio de sol perfurou as nuvens a leste, os sinos matinais começaram a repicar no Septo do Marinheiro junto ao porto. O Septo do Senhor juntou-se ao primeiro um momento mais tarde, seguido pelos Sete Santuários em seus jardins do outro lado do Vinhomel e, por fim, o Septo Estrelado, que fora a sede do alto septão durante os mil anos que antecederam o desembarque de Aegon em Porto Real. Compunham uma música poderosa. *Embora não tão doce quanto a de um pequeno rouxinol.*

Também ouvia cantos sob o repique dos sinos. Todas as manhãs, à primeira luz da aurora, os sacerdotes vermelhos reuniam-se para dar as boas-vindas ao sol no exterior de seu modesto templo erguido junto aos cais. *Pois a noite é escura e cheia de terrores.* Pate ouvira-os gritar aquelas palavras uma centena de vezes, pedindo ao seu deus R'hllor para protegê-los da escuridão. Os Sete eram deuses suficientes para ele, mas ouvira dizer que Stannis Baratheon orava agora às fogueiras noturnas. Até pusera o coração flamejante de R'hllor em seus estandartes, em vez do veado coroado. *Se ele conquistar o Trono de Ferro, vamos todos ter de aprender a letra da canção dos sacerdotes vermelhos*, Pate pensou, mas isso não era provável. Tywin Lannister esmagara Stannis e R'hllor na Água Negra, e em breve acabaria com eles e espetaria a cabeça do pretendente Baratheon num espigão por cima dos portões de Porto Real.

À medida que as névoas da noite se dissipavam, Vilavelha ia tomando forma à sua volta, emergindo fantasmagoricamente das sombras que antecediam a alvorada. Pate nunca vira Porto Real, mas sabia que era uma cidade de taipa, uma extensão de ruas lamacentas, telhados de colmo e telheiros de madeira. Vilavelha era construída em pedra, e todas as suas ruas eram calçadas com pedras, até a mais erma das vielas. A cidade nunca era tão bela como ao romper da aurora. A oeste do Vinhomel, as sedes das guildas ladeavam a margem como uma fileira de palácios. A montante, as cúpulas e torres da Cidadela erguiam-se de ambos os lados do rio, ligadas por pontes de pedra repletas de casas e edifícios públicos. A jusante, sob as muralhas de mármore negro e janelas arqueadas do Septo Estrelado, as mansões dos piedosos aglomeravam-se como crianças reunidas em torno dos pés de uma velha viúva rica.

Mais adiante, onde o Vinhomel se alargava e mergulhava na Enseada dos Murmúrios, erguia-se a Torralta, com suas fogueiras de aviso brilhantes contra o fundo da aurora. Do local onde se erguia no topo das escarpas da Ilha da Batalha, sua sombra cortava a cidade como uma espada. Os nascidos e criados em Vilavelha sabiam dizer as horas pelo ponto onde a sombra caía. Alguns falavam que do topo da torre se conseguia ver tudo, até a Muralha. Talvez fosse por isso que lorde Leyton não descia havia mais de uma década, preferindo governar sua cidade a partir das nuvens.

A carroça de um açougueiro passou por Pate trovejando ao longo da estrada do rio, levando cinco leitões que guinchavam aflitos. Afastando-se de seu caminho, evitou por pouco ser salpicado quando uma mulher esvaziou um balde de dejetos noturnos de uma janela por cima dele. *Quando for um meistre num castelo, terei um cavalo para montar*, pensou. Então, tropeçou numa pedra e perguntou a si mesmo quem estava tentando enganar. Para ele não haveria corrente, lugar de honra à mesa de um senhor ou um alto cavalo branco para montar. Seus dias seriam passados ouvindo o *cuorc* dos corvos e lavando manchas de merda da roupa íntima do arquimeistre Walgrave.

Estava apoiado num joelho, tentando limpar a lama de sua veste, quando uma voz soou:

— Bom dia, Pate.

O alquimista estava de pé ao seu lado.

Pate se levantou:

— O terceiro dia... disse que estaria no Pena e Caneca.

— Você estava com amigos. Não desejei me intrometer em sua camaradagem — o alquimista trajava um manto de viagem com capuz marrom e ordinário. O sol nascente espreitava por sobre os telhados atrás do seu ombro, tornando difícil distinguir o rosto dentro do capuz. — Já decidiu o que é?

Será que ele precisa me obrigar a dizer?

— Suponho que sou um ladrão.

— Achei que talvez fosse.

A parte mais difícil tinha sido se agachar para puxar o cofre que estava sob a cama do arquimeistre Walgrave. Embora o cofre fosse robusto e reforçado com ferro, sua fechadura estava quebrada. Meistre Gormon suspeitava que Pate a danificara, mas não era verdade. Fora o próprio Walgrave quem quebrara a fechadura, depois de perder a chave que a abria.

Lá dentro, Pate encontrara um saco de veados de prata, uma madeixa de cabelos loiros atada com uma fita, uma miniatura pintada de uma mulher que se assemelhava a Walgrave (até no bigode) e uma manopla de cavaleiro feita de aço articulado, que pertencera a um príncipe, segundo Walgrave afirmava, embora já não parecesse ser capaz de se lembrar de qual deles. Quando Pate a sacudira, a chave caíra no chão.

Se eu a pegar, serei um ladrão, lembrava-se de ter pensado. A chave era velha e pesada, feita de ferro negro; supostamente abria todas as portas da Cidadela. Só os arquimeistres possuíam chaves como aquela. Os outros transportavam as suas consigo ou as escondiam em algum local seguro, mas se Walgrave tivesse escondido a sua, nunca mais ninguém a veria. Pate pegou a chave e percorreu metade do caminho até a porta antes de voltar e pegar também a prata. Um ladrão era um ladrão, quer roube muito ou pouco. "*Pate*", chamara um dos corvos brancos, "*Pate, Pate, Pate.*"

— Tem o meu dragão? — perguntou ao alquimista.

— Se você tiver o que quero.

— Dê-me aqui. Quero ver — Pate não tencionava permitir que o enganassem.

— A estrada do rio não é lugar para isso. Venha.

Não teve tempo de pensar, de pesar suas alternativas. O alquimista se afastava. Pate tinha de segui-lo ou perderia tanto Rosey quanto o dragão, e para sempre. E foi o que fez. Enquanto caminhavam, enfiou a mão na manga. Conseguia sentir a chave, em segurança, dentro do bolso escondido que cosera ali. As vestes de meistre tinham bolsos por todo lado. Pate sabia disso desde rapaz.

Tinha de se apressar para conseguir acompanhar os passos mais longos do alquimista. Desceram por uma viela, viraram uma esquina, atravessaram o antigo Mercado dos Ladrões, percorreram a Ruela do Trapeiro. Por fim, o homem entrou em outra viela, mais estreita do que a primeira.

— Já chega — Pate disse. — Não há ninguém à nossa volta. Faremos a troca aqui.

— Como quiser.

— Quero o meu dragão.

— Com certeza — a moeda surgiu. O alquimista a fez caminhar por sobre os nós dos dedos, da mesma maneira que fizera quando Rosey os apresentara. À luz da manhã o dragão cintilava enquanto se movia, e dava aos dedos do alquimista um brilho dourado.

Pate tirou a moeda da mão do outro. O ouro lhe parecia morno contra a pele da mão. Levou-o à boca e o trincou, como vira os homens fazer. Para falar a verdade, não tinha certeza de qual deveria ser o sabor do ouro, mas não queria parecer um tolo.

— A chave? — o alquimista perguntou educadamente.

Algo levou Pate a hesitar.

— É algum livro que deseja? — dizia-se que alguns dos velhos pergaminhos valirianos trancados nas galerias subterrâneas eram as únicas cópias que restavam no mundo.

— O que eu quero não é da sua conta.

— Não. — *Está feito*, disse Pate a si mesmo. *Vá. Corra de volta ao Pena e Caneca, acorde Rosey com um beijo e diga-lhe que te pertence.* Mas, ainda assim, deixou-se ficar. — Mostre-me seu rosto.

— Como quiser — o alquimista tirou o capuz.

Era apenas um homem, e seu rosto era apenas isso. Um rosto de jovem, comum, com faces cheias e a sombra de uma barba. Uma tênue cicatriz entrevia-se na bochecha direita. Tinha um nariz adunco e uma densa cabeleira preta que se encaracolava, bem apertada, em volta das orelhas. Não era um rosto que Pate reconhecesse.

— Não o conheço.

— Nem eu a ti.

— Quem é você?

— Um estranho. Ninguém. De verdade.

— Oh — Pate ficara sem palavras. Pegou a chave e a pousou na mão do estranho, sentindo a cabeça leve, quase com vertigens. *Rosey*, recordou a si mesmo. — Então é tudo.

Já tinha percorrido metade da viela quando o chão de pedras começou a se mover sob seus pés. *As pedras estão escorregadias e úmidas*, pensou, mas não era isso. Sentia o coração martelando no peito.

— O que está acontecendo? — perguntou. Suas pernas tinham se transformado em água. — Não compreendo.

— E nunca compreenderás — respondeu uma voz num tom triste.

O chão de pedras saltou para beijar o rapaz. Pate tentou gritar por ajuda, mas a voz também falhou.

Seu último pensamento foi para Rosey.

O PROFETA

O PROFETA ESTAVA AFOGANDO HOMENS em Grande Wyk quando vieram lhe dizer que o rei estava morto.

Era uma manhã fria e de ventania, e o mar mostrava o mesmo tom plúmbeo do céu. Os primeiros três homens tinham oferecido sem temor suas vidas ao Deus Afogado, mas o quarto era fraco na fé e começou a se debater quando os pulmões gritaram por ar. Mergulhado até a cintura na rebentação, Aeron segurou o rapaz nu pelos ombros e lhe empurrou a cabeça para baixo quando ele tentou inspirar um pouco de ar.

— Tenha coragem — ordenou. — Viemos do mar e ao mar temos de regressar. Abra a boca e beba profundamente a bênção de Deus. Encha os pulmões de água, para que possa morrer e renascer. De nada adianta resistir.

Ou o rapaz não conseguia ouvir com a cabeça submersa nas ondas, ou a fé o tinha abandonado por completo. Desatou a espernear e a se sacudir com tamanha violência que Aeron teve de pedir ajuda. Quatro de seus afogados entraram na água para segurar o desgraçado e mantê-lo submerso.

— Senhor Deus que se afogou por nós — orou o sacerdote, numa voz profunda como o mar —, permita que Emmond, seu servo, renasça do mar, assim como você. Abençoe-o com sal, abençoe-o com pedra, abençoe-o com aço.

Por fim, terminou. Não havia mais bolhas de ar saindo da boca do rapaz, e toda a força sumira de seus membros. Emmond flutuava de cabeça para baixo no mar pouco profundo, branco, frio e em paz.

Foi então que Cabelo Molhado percebeu que três cavaleiros tinham se juntado aos seus afogados na costa pedregosa. Aeron conhecia Sparr, um velho com rosto de machadinha e olhos lacrimejantes, cuja voz trêmula era lei naquela parte de Grande Wyk. Seu filho Steffarion acompanhava-o, com outro jovem, cujo manto vermelho-escuro e forrado de peles estava preso ao ombro com um ornamentado broche que mostrava o berrante negro e dourado dos Goodbrother. *Um dos filhos de Gorold*, decidiu o sacerdote num relance. A esposa de Goodbrother dera tardiamente à luz três filhos altos, após uma dúzia de filhas, e dizia-se que não havia homem capaz de distinguir um filho dos demais. Aeron Cabelo Molhado não se dignou a tentar. Fosse aquele Greydon, Gormond ou Gran, o sacerdote não tinha tempo para ele.

Rosnou uma ordem brusca, e seus afogados pegaram o rapaz morto pelos braços e pelas pernas para levá-lo até acima da linha da maré. O sacerdote os seguiu, vestido apenas com uma tanga de pele de foca que lhe cobria as partes íntimas. Encharcado e com os pelos arrepiados, voltou para a terra, atravessando a areia molhada e fria e os seixos polidos pelo mar. Um de seus afogados entregou-lhe uma veste de pesado tecido grosseiro, tingido com tons variados de verde, azul e cinza, as cores do mar e do Deus Afogado. Aeron envergou a veste e soltou os cabelos. Negros e molhados; nenhuma lâmina lhes tocara desde que o mar o erguera. Envolviam-lhe os ombros como um manto esfarrapado e filamentoso, e caíam-lhe até abaixo da cintura. Aeron entrançava neles cordões de algas, e fazia o mesmo na barba emaranhada e por cortar.

Seus afogados formavam um círculo em volta do rapaz morto, orando. Norjen trabalhava com seus braços, enquanto Rus estava sentado sobre o rapaz, comprimindo-lhe ritmicamente o peito, mas todos se afastaram para deixar Aeron passar. Ele abriu os lábios frios do rapaz e deu a Emmond o beijo da vida, e voltou a dá-lo, e de novo, até que o mar jorrou de sua boca. O rapaz pôs-se a tossir e a cuspir, e seus olhos se abriram, cheios de medo.

Outro que regressou. Era um sinal do favor do Deus Afogado, diziam os homens. Todos os outros sacerdotes perdiam alguém de vez em quando, até Tarle, o Três Vezes Afogado, que um dia fora considerado tão santo que acabara escolhido para coroar um rei. Mas Aeron Greyjoy, nunca. Ele era o Cabelo Molhado, aquele que vira os salões aquáticos do próprio deus e regressara para falar deles.

— Erga-se — disse ao rapaz ofegante enquanto lhe dava uma palmada nas costas nuas. — Afogou-se e nos foi devolvido. O que está morto não pode morrer.

— Mas volta — o rapaz tossiu violentamente, cuspindo mais água. — Volta a se erguer — cada palavra era arrancada com dor, mas o mundo era assim; um homem tinha de lutar para viver. — Volta a se erguer — Emmond pôs-se instavelmente em pé. — Mais duro. E mais forte.

— Agora pertence ao deus — disse-lhe Aeron. Os outros afogados reuniram-se em volta do rapaz e todos lhe deram um soco e um beijo de boas-vindas à irmandade. Um deles o ajudou a colocar uma veste de tecido grosseiro tingido com tons variados de verde, azul e cinza. Outro o presenteou com uma maça feita de madeira trazida pelo mar. — Agora pertence ao mar, e por isso o mar o armou — disse Aeron. — Oramos para que manejes sua maça com ferocidade contra todos os inimigos de nosso deus.

Só então o sacerdote se virou para os três cavaleiros que observavam de cima das selas.

— Vieram para ser afogados, senhores?

Sparr tossiu.

— Fui afogado quando jovem — disse —, e meu filho, no dia de seu nome.

Aeron soltou uma fungadela. Que Steffarion Sparr fora entregue ao Deus Afogado pouco depois de nascer não duvidava. Também conhecia o modo como isso acontecera, um rápido mergulho numa tina de água do mar que quase não molhara a cabeça do bebê. Pouco admirava que os homens de ferro tivessem sido conquistados, eles, que outrora dominavam todos os locais onde se conseguia ouvir o som das ondas.

— Aquilo não foi um verdadeiro afogamento — disse aos cavaleiros. — Aquele que não morre de verdade não pode esperar se erguer da morte. Por que vieram, se não foi para demonstrar sua fé?

— O filho de lorde Gorold veio procurá-lo, com notícias — Sparr indicou o jovem de manto vermelho.

O rapaz parecia não ter mais de dezesseis anos.

— Sim, e você é qual deles? — Aeron quis saber.

— Gormond. Gormond Goodbrother, se lhe aprouver.

— É ao Deus Afogado que devemos aprazer. Você foi afogado, Gormond Goodbrother?

— No dia do meu nome, Cabelo Molhado. Meu pai mandou que o procurasse e o levasse até ele. Precisa vê-lo.

— Aqui estou eu. Que lorde Gorold venha e banqueteie os olhos — Aeron pegou um odre de couro que Rus lhe entregara depois de enchê-lo com a água do mar. O sacerdote tirou a rolha e bebeu um gole.

— Devo levá-lo até a fortaleza — insistiu o jovem Gormond de cima de seu cavalo.

Ele tem medo de desmontar, um cuidado para não molhar as botas.

— Tenho trabalho do deus a fazer. — Aeron Greyjoy era um profeta. Não admitia que pequenos senhores lhe ordenassem o que fazer como se fosse um servo.

— Gorold recebeu uma ave — disse Sparr.

— Uma ave de meistre, vinda de Pyke — confirmou Gormond.

Asas escuras, palavras escuras.

— Os corvos voam sobre sal e pedra. Se há notícias que me dizem respeito, pode falar.

— As notícias que trazemos são apenas para seus ouvidos, Cabelo Molhado — Sparr retrucou. — Não são assuntos que eu queira falar aqui, diante dos outros.

— *Esses outros* são meus afogados, servos do deus, assim como eu. Não tenho segredos para eles, nem para o nosso deus, junto a cujo mar me encontro.

Os cavaleiros trocaram um olhar.

— Diga a ele — Sparr encorajou o jovem do manto vermelho, que então reuniu coragem.

— O rei está morto — disse, com toda a simplicidade. Quatro pequenas palavras, e no entanto o próprio mar tremeu quando as pronunciou.

Havia quatro reis em Westeros, mas Aeron não precisou perguntar sobre qual deles se falava. Balon Greyjoy, e nenhum outro, governava as Ilhas de Ferro. *O rei está morto. Como pode ser?* Aeron vira o irmão mais velho ainda não havia uma volta de lua, quando regressara às Ilhas de Ferro depois de assolar a Costa Pedregosa. Os cabelos grisalhos de Balon tinham se tornado quase brancos enquanto o sacerdote andara distante, e a inclinação de seus ombros pronunciara-se mais desde quando os dracares tinham partido. Mas, apesar disso, o rei não parecera enfermo.

Aeron Greyjoy construíra sua vida sobre dois poderosos pilares. Aquelas quatro pequenas palavras tinham derrubado um deles. *Só me resta o Deus Afogado. Que me torne tão forte e incansável quanto o mar.*

— Conte-me como meu irmão morreu.

— Sua Graça atravessava uma ponte em Pyke quando caiu e foi atirado contra as rochas.

O castelo Greyjoy erguia-se sobre um promontório irregular, e suas torres e fortalezas tinham sido construídas no topo de maciças colunas de pedra que se projetavam do mar. Pontes uniam Pyke; pontes em arco de pedra esculpida e pontes suspensas de corda de cânhamo e tábuas de madeira.

— A tempestade soprava quando ele caiu? — perguntou-lhes Aeron.

— Sim — o jovem respondeu —, soprava.

— O Deus da Tempestade o derrubou — anunciou o sacerdote. Fazia um milhar de milhares de anos que o mar e o céu estavam em guerra. Do mar tinham vindo os homens de ferro, e os peixes que os sustentavam mesmo no auge do inverno, mas as tempestades traziam apenas angústia e desgosto. — Meu irmão Balon nos tornou grandes novamente, e isso atraiu a ira do Deus da Tempestade. Agora banqueteia-se nos salões aquáticos do Deus Afogado, com sereias obedecendo ao seu mínimo desejo. Caberá a nós, que ficamos para trás neste vale seco e sombrio, terminar sua grande obra — voltou a tampar o odre.

— Falarei com o senhor seu pai. A que distância estamos de Cornartelo?

— Trinta quilômetros. Pode cavalgar comigo.

— Um cavalga mais depressa do que dois. Dê-me seu cavalo, e o Deus Afogado o abençoará.

— Leve meu cavalo, Cabelo Molhado — Steffarion Sparr ofereceu.

— Não. A montaria dele é mais forte. O seu cavalo, rapaz.

O jovem hesitou por meio segundo, após o que desmontou e entregou as rédeas a Cabelo Molhado. Aeron enfiou um pé descalço e negro num estribo e subiu para a sela.

Não gostava de cavalos, eram criaturas das terras verdes e ajudavam a tornar os homens fracos, mas a necessidade obrigava a cavalgada. *Asas escuras, palavras escuras.* Uma tempestade estava se formando, ouvia-a nas ondas, e as tempestades nada traziam que não fosse maligno.

— Encontrem-me em Seixeira, sob a torre de lorde Merlyn — disse aos seus afogados, enquanto virava a cabeça do cavalo.

O caminho era duro, por montes, florestas e desfiladeiros pedregosos, ao longo de uma trilha estreita que com frequência parecia desaparecer sob os cascos dos cavalos. Grande Wyk era a maior das Ilhas de Ferro, tão vasta que alguns de seus senhores tinham propriedades que não faziam fronteira com o mar sagrado. Gorold Goodbrother era um deles. Sua fortaleza ficava nos Montes Pedradura, o mais longe dos domínios do Deus Afogado que se podia estar nas ilhas. Seu povo trabalhava nas minas de Gorold, na escuridão rochosa subterrânea. Alguns viviam e morriam sem pôr os olhos em água salgada. *Pouco admira que uma tal gente seja complicada e estranha.*

Enquanto Aeron cavalgava, seus pensamentos se voltaram para os irmãos.

Nove filhos tinham nascido das virilhas de Quellon Greyjoy, o Senhor das Ilhas de Ferro. Harlon, Quenton e Donel tinham nascido da primeira esposa de lorde Quellon, uma mulher de Pedrarbor. Balon, Euron, Victarion, Urrigon e Aeron eram os filhos da segunda, uma Sunderly de Salésia. Para terceira esposa, Quellon escolhera uma rapariga das terras verdes, que lhe deu um rapaz enfermiço e idiota chamado Robin, o irmão que era melhor esquecer. O sacerdote não tinha memória de Quenton ou Donel, falecidos ainda crianças. Recordava-se de Harlon apenas vagamente, sentado de rosto cinzento e imóvel numa sala de torre sem janelas, e falando em sussurros que se iam tornando mais tênues a cada dia que passava, à medida que a escamagris transformava sua língua e seus lábios em pedra. *Um dia banquetearemos com peixe, juntos, nos salões aquáticos do Deus Afogado, nós quatro, e Urri também.*

Nove filhos tinham nascido das virilhas de Quellon Greyjoy, mas só quatro tinham sobrevivido até a idade adulta. Era assim este mundo frio, onde os homens pescavam no mar, escavavam o solo e morriam, enquanto as mulheres davam à luz crianças de vida breve em camas de sangue e dor. Aeron fora a última e a menor das quatro lulas-gigantes, e Balon o mais velho e o mais ousado, um rapaz feroz e destemido que vivia apenas para devolver aos homens de ferro sua antiga glória. Aos dez anos, escalara os Penhascos de Sílex até a torre assombrada do Senhor Cego. Aos treze conseguia governar os remos de um dracar e dançar a dança dos dedos tão bem quanto qualquer homem das ilhas. Aos quinze velejara com Dagmer Boca Rachada até os Degraus e passara um verão na pilhagem. Matara aí o primeiro homem e tomara as duas primeiras esposas de sal. Aos dezessete Balon capitaneava seu primeiro navio. Era tudo aquilo que um irmão mais velho devia ser, embora nunca tivesse mostrado a Aeron nada, exceto desprezo. *Eu era fraco e cheio de pecado, e desprezo era mais do que merecia. Era melhor ser desprezado por Balon, o Bravo, do que ser amado por Euron Olho de Corvo.* E, se a idade e o desgosto tinham tornado Balon amargo com os anos, tinham-no também deixado mais determinado do que qualquer outro homem vivo. *Ele nasceu como filho de um lorde e morreu como um rei, assassinado por um deus ciumento,* Aeron pensou, *e agora a tempestade está prestes a chegar, uma tempestade como estas ilhas nunca conheceram.*

Há muito já escurecera quando o sacerdote vislumbrou as pontiagudas ameias de ferro de Cornartelo, que tentavam agarrar o crescente da lua. A fortaleza de Gorold tinha um aspecto desajeitado e pesado, e fora construída com grandes pedras cortadas do monte que se erguia por trás dela. Sob as muralhas, as entradas de grutas e antigas minas abriam-se como bocas negras e desdentadas. Os portões de ferro de Cornartelo tinham sido fechados e trancados para a noite. Aeron bateu neles com uma pedra até que o clangor acordou um guarda.

O jovem que o deixou entrar era a imagem de Gormond, cujo cavalo tomara.

— Qual deles é você? — Aeron quis saber.

— Gran. Meu pai o espera lá dentro.

O salão era escuro e amplo, cheio de sombras. Uma das filhas de Gorold ofereceu ao sacerdote um corno de cerveja. Outra avivou um fogo sombrio que gerava mais fumaça do que calor. O próprio Gorold Goodbrother conversava em voz baixa com um homem magro que trajava uma veste de bom tecido cinzento e trazia em volta do pescoço uma corrente de muitos metais que o identificava como um meistre da Cidadela.

— Onde está Gormond? — perguntou Gorold quando viu Aeron.

— Regressa a pé. Mande embora as mulheres, senhor. E o meistre também. — Não gostava de meistres. Seus corvos eram criaturas do Deus da Tempestade, e, desde Urri, não confiava em suas curas. Nenhum homem verdadeiro escolheria uma vida de escravatura nem forjaria uma corrente de servidão para usar em volta do pescoço.

— Gysella, Gwin, deixem-nos — Goodbrother ordenou secamente. — Você também, Gran. O meistre Murenmure ficará.

— Ele sairá.

— Este salão é meu, Cabelo Molhado. Não cabe a você me dizer quem deve ir e quem deve ficar. O meistre fica.

O homem vive longe demais do mar, disse Aeron a si mesmo.

— Então vou embora — disse a Goodbrother. Esteiras secas estalaram sob seus pés descalços e negros quando se virou e se dirigiu à porta. Parecia que tinha cavalgado muito tempo para nada.

Aeron estava quase diante da porta quando o meistre pigarreou e disse:

— Euron Olho de Corvo ocupa a Cadeira de Pedra do Mar.

Cabelo Molhado virou-se. O salão arrefecera de um momento para outro. *Olho de Corvo está a meio mundo de distância. Balon o mandou embora há dois anos, e jurou que se regressasse isso lhe custaria a vida.*

— Conte-me — disse, com voz rouca.

— Entrou em Fidalporto no dia seguinte ao da morte do rei e reclamou o castelo e a coroa na condição de irmão mais velho de Balon — disse Gorold Goodbrother. — Agora está enviando corvos, convocando a Pyke os capitães e os reis de todas as ilhas para dobrarem o joelho e lhe prestarem homenagem como seu rei.

— Não — Aeron Cabelo Molhado não pesou as palavras. — Só um homem devoto pode se sentar na Cadeira de Pedra do Mar. Olho de Corvo não adora nada exceto seu próprio orgulho.

— Esteve em Pyke há não muito tempo e viu o rei — disse Goodbrother. — Balon lhe disse alguma coisa a respeito da sucessão?

Sim. Tinham conversado na Torre do Mar, enquanto o vento uivava do lado de fora das janelas e as ondas se quebravam sem descanso lá embaixo. Balon abanara a cabeça, em desespero, quando ouvira o que Aeron tinha a lhe dizer sobre o último filho que lhe restava.

— Os lobos fizeram dele um fraco, tal como eu temia — dissera o rei. — Rezo ao deus para que o tenham matado, para que não se coloque no caminho de Asha — era esta a cegueira de Balon; revia-se na filha selvagem e obstinada, e acreditava que ela podia sucedê-lo. Nisso enganava-se, e Aeron tentara lhe dizer isso.

— Nenhuma mulher governará os homens de ferro, nem mesmo uma como Asha — insistira, mas Balon sabia ser surdo para aquilo que não desejava ouvir.

Antes que o sacerdote tivesse tempo de responder a Gorold Goodbrother, a boca do meistre abriu-se mais uma vez.

— Pelo direito, a Cadeira de Pedra do Mar pertence a Theon, ou a Asha, se o príncipe estiver morto. A lei é esta.

— Lei da terra verde — Aeron disse com desprezo. — Que nos interessa isso? Somos homens de ferro, os filhos do mar, os escolhidos do Deus Afogado. Nenhuma mulher pode nos governar, assim como nenhum homem sem deus pode fazê-lo.

— E Victarion? — perguntou Gorold Goodbrother. — Ele tem a Frota de Ferro. Irá Victarion avançar com uma pretensão, Cabelo Molhado?

— Euron é o irmão mais velho... — começou o meistre.

Aeron silenciou-o com um olhar. Fosse em pequenas vilas de pescadores, ou em grandes fortalezas de pedra, um olhar assim de Cabelo Molhado fazia com que donzelas perdessem a força nas pernas e punha crianças aos gritos a correr para junto das mães, e era mais do que o suficiente para dominar o servo com a corrente ao pescoço.

— Euron é mais velho — disse o sacerdote —, mas Victarion é mais devoto.

— Haverá guerra entre eles? — o meistre perguntou.

— Homens de ferro não devem derramar o sangue de homens de ferro.

— Um sentimento piedoso, Cabelo Molhado — disse Goodbrother —, mas não é algo de que seu irmão partilhe. Mandou afogar Sawane Botley por dizer que a Cadeira de Pedra do Mar pertencia por direito a Theon.

— Se ele foi afogado, nenhum sangue foi derramado — Aeron rebateu.

O meistre e o lorde trocaram um olhar.

— Tenho de mandar uma mensagem a Pyke, e logo — disse Gorold Goodbrother. — Cabelo Molhado, gostaria de obter seu conselho. O que será, homenagem ou desafio?

Aeron passou a mão na barba e refletiu. *Vi a tempestade, e seu nome é Euron Olho de Corvo.*

— Por ora, envie apenas silêncio — ele respondeu ao lorde. — Tenho de rezar sobre isso.

— Reze tudo o que quiser — alertou-o o meistre. — Isso não muda a lei. Theon é o legítimo herdeiro, e Asha vem depois.

— *Silêncio!* — Aeron rugiu. — Os homens de ferro passaram tempo demais ouvindo meistres com corrente no pescoço tagarelando sobre as terras verdes e suas leis. É hora de voltarmos a escutar o mar. É hora de escutarmos a voz do deus — sua própria voz ressoou no salão fumacento, tão cheia de poder que nem Gorold Goodbrother nem seu meistre se atreveram a responder. *O Deus Afogado está comigo*, pensou Aeron. *Ele me mostrou o caminho.*

Goodbrother lhe ofereceu o conforto do castelo para a noite, mas o sacerdote declinou. Raramente dormia sob o teto de um castelo, e nunca o fazia tão longe do mar.

— Conhecerei o conforto nos salões aquáticos do Deus Afogado sob as ondas. Nascemos para sofrer, para que nosso sofrimento nos fortaleça. Não preciso mais do que um cavalo repousado para me levar até Seixeira.

E isso Goodbrother sentiu-se feliz por fornecer. Enviou também o filho Greydon, a fim de mostrar ao sacerdote o caminho mais curto até o mar, através dos montes. Quando partiram, a aurora ainda demoraria uma hora para surgir, mas as montarias eram resistentes e de patas seguras, e fizeram um bom tempo, apesar da escuridão. Aeron fechou os olhos e proferiu uma prece silenciosa e, passado algum tempo, pôs-se a dormitar na sela.

O som chegou tênue, o grito de uma dobradiça enferrujada.

— Urri — murmurou, e acordou temeroso. *Aqui não há dobradiças, não há porta, não há Urri.* Um machado voador levara metade da mão de Urri quando tinha catorze anos e brincava de dança dos dedos, enquanto o pai e os irmãos mais velhos estavam longe, na guerra. A terceira esposa de lorde Quellon fora uma Piper do Castelo de Donzelarrosa, uma moça com grandes seios macios e olhos castanhos de corça. Em vez de curar a mão de Urri pelo Costume Antigo, com fogo e água do mar, entregara-o ao seu meistre das terras verdes, que jurara conseguir costurar os dedos em falta. Fizera-o, e depois usara poções, cataplasmas e ervas, mas a mão gangrenou e Urri contraiu uma febre. Quando o meistre lhe serrou o braço, era tarde demais.

Lorde Quellon nunca regressou de sua última viagem; o Deus Afogado, em sua bondade, concedeu-lhe uma morte no mar. Foi lorde Balon quem voltou, com os irmãos Euron e Victarion. Quando Balon ouviu sobre o que acontecera a Urri, removeu três dos dedos do meistre com um cutelo de cozinheiro e mandou a mulher do pai costurá-los. Cataplasmas e poções funcionaram tão bem para o meistre como para Urrigon. O homem morreu em delírio, e a terceira esposa de lorde Quellon o seguiu pouco depois, quando a parteira removeu uma filha natimorta de seu ventre. Aeron sentira-se feliz. Tinha sido seu machado que cortara os dedos de Urri, enquanto dançavam juntos a dança dos dedos, como os amigos e irmãos costumavam fazer.

Ainda o envergonhava recordar os anos que se seguiram à morte de Urri. Aos dezesseis intitulava-se homem, mas na verdade não passava de um saco de vinho com pernas. Cantava, dançava (mas não a dança dos dedos, esta nunca mais), gracejava, tagarelava e fazia troça. Tocava gaita, fazia malabarismo, montava a cavalo e era capaz de beber mais do que todos os Wynch e os Botley e também metade dos Harlaw. O Deus Afogado concede a todos os homens um dom, até a ele; nenhum homem era capaz de mijar por mais tempo ou até mais longe do que Aeron Greyjoy, habilidade que provava em todos os banquetes. Uma vez apostara seu novo dracar contra uma manada de cabras que seria capaz de apagar uma lareira sem recorrer a nada exceto seu pau. Aeron banqueteara-se com cabra durante um ano e batizara o navio de *Tempestade Dourada*, embora Balon tivesse ameaçado enforcá-lo no mastro do dracar quando lhe contaram que tipo de esporão o irmão pretendia colocar na proa.

No fim das contas, *Tempestade Dourada* naufragou ao largo da Ilha Bela durante a primeira rebelião de Balon, cortado ao meio por uma enorme galé de guerra chamada *Fúria*, quando Stannis Baratheon apanhara Victarion na armadilha que montara e esmagara a Frota de Ferro. Mas o deus ainda não se cansara de Aeron, e o levou para terra. Um grupo de pescadores o tornou cativo e o levou acorrentado até Lannisporto, onde passou o resto da guerra nas entranhas de Rochedo Casterly, provando que as lulas-gigantes eram capazes de mijar durante mais tempo e até mais longe do que os leões, os javalis ou as galinhas.

Esse homem está morto. Aeron afogara-se e renascera do mar, como o profeta do próprio deus. Não havia mortal que fosse capaz de assustá-lo, e o mesmo se podia dizer da escuridão... e das memórias, os ossos da alma. *O som de uma porta abrindo-se, o grito de uma dobradiça de ferro enferrujada. Euron regressara.* Não importava. Ele era o sacerdote Cabelo Molhado, o amado do deus.

— Haverá guerra? — perguntou Greydon Goodbrother quando o sol iluminou os montes. — Uma guerra de irmão contra irmão?

— Se o Deus Afogado desejar. Nenhum homem sem deus pode se sentar na Cadeira de Pedra do Mar — *Olho de Corvo lutará, isto é certo.* Nenhuma mulher seria capaz de derrotá-lo, nem mesmo Asha; as mulheres eram feitas para travar suas batalhas na cama de partos. E Theon, se ainda estivesse vivo, era igualmente impotente, um rapaz de ataques de mau humor e sorrisos. Em Winterfell demonstrara seu valor, o que possuía, mas Olho de Corvo não era nenhum rapaz aleijado. Os conveses do navio de Euron estavam pintados de vermelho, para melhor esconder o sangue que os ensopava. *Victarion. O rei tem de ser Victarion, senão a tempestade nos matará a todos.*

Greydon o deixou depois de o sol nascer, para ir levar a notícia da morte de Balon aos primos, em suas torres em Covabaixa, no Forte do Espigão do Corvo e no Lago do Cadáver. Aeron prosseguiu sozinho, subindo montes e descendo vales ao longo de uma trilha pedregosa que ia se tornando mais larga e nítida à medida que se aproximava do mar. Em todas as aldeias fazia uma pausa para pregar, assim como nos pátios dos pequenos senhores.

— Nascemos do mar, e ao mar voltaremos — dizia-lhes. Sua voz era profunda como o oceano, e trovejava como as ondas. — O Deus da Tempestade, em sua ira, arrancou Balon de seu castelo e o derrubou, e ele agora banqueteia-se sob as ondas nos salões aquáticos do Deus Afogado — então, erguia as mãos: — *Balon está morto! O rei está morto!* Mas um rei voltará! Pois o que está morto não pode morrer, mas volta a se erguer, mais duro e mais forte! *Um rei se erguerá!*

Alguns daqueles que o escutavam largavam as enxadas e as picaretas para segui-lo, de modo que, quando ouviu o bater das ondas, uma dúzia de homens caminhava atrás de seu cavalo, tocados pelo deus e desejosos de se afogar.

Seixeira era o lar de vários milhares de pescadores, cujas cabanas se aglomeravam em volta da base de uma casa-torre quadrada com um torreão em cada canto. Duas vintenas dos afogados de Aeron o esperavam aí, acampados ao longo de uma praia de areia cinzenta, em tendas de pele de foca e abrigos construídos com madeira trazida pelo mar. Suas mãos tinham sido endurecidas pela maresia, marcadas por redes e linhas, ganhado calos por causa dos remos, picaretas e machados, mas agora aquelas mãos empunhavam maças duras como ferro, feitas de madeira trazida pelo mar, pois o deus armara-os com seu arsenal submarino.

Tinham construído um abrigo para o sacerdote logo acima da linha das marés. Aeron enfiou-se lá de bom grado, depois de afogar seus mais recentes seguidores. *Meu deus*, orou, *fala-me com o estrondo das ondas e diga-me o que fazer. Os capitães e os reis esperam a sua palavra. Quem será nosso rei no lugar de Balon? Canta-me na língua do leviatã, para que eu possa saber o seu nome. Diga-me, ó Senhor sob as ondas, quem tem força para combater as tempestades em Pyke?*

Embora a cavalgada até Cornartelo o tivesse deixado cansado, Aeron Cabelo Molhado não conseguiu ficar quieto em seu abrigo de madeira trazida pelo mar e teto de algas negras. As nuvens chegaram para esconder a lua e as estrelas, e a escuridão caiu tão densa sobre o mar como sobre sua alma. *Balon favorecia Asha, a filha de seu corpo, mas uma mulher não pode governar os homens de ferro. Tem de ser Victarion.* Nove filhos tinham nascido das virilhas de Quellon Greyjoy, e Victarion era o mais forte de todos, um autêntico touro, destemido e obediente. *E é aí que mora o perigo.* Um irmão mais novo deve obediência ao mais velho, e Victarion não era homem que velejasse contra a tradição. *Mas ele não tem nenhuma simpatia por Euron, não a tem desde que a mulher morreu.*

Lá fora, sob o ressonar de seus afogados e os lamentos do vento, ouviu o rebentar das ondas, o martelo de seu deus chamando para a batalha. Aeron arrastou-se para fora do pequeno abrigo e penetrou no frio da noite. Levantou-se, nu, pálido, descarnado e alto, e nu caminhou até o negro mar salgado. A água estava gelada, mas a carícia de seu deus não o fez vacilar. Uma onda esmagou-se contra seu peito, fazendo-o cambalear. A seguinte quebrou-se por cima de sua cabeça. Sentiu o sabor do sal nos lábios e a presença do deus à sua volta, e seus ouvidos ressoaram-lhe com a glória de sua canção. *Nove filhos nasceram das virilhas de Quellon Greyjoy, e eu fui o último, tão fraco e assustado quanto uma menina. Mas não mais. Esse homem afogou-se, e o deus fez-me forte.* O frio mar salgado o rodeou, abraçou-o, avançou através de sua carne fraca de homem e lhe tocou os ossos. *Ossos*, pensou. *Os ossos da alma. Os ossos de Balon, e os de Urri. A verdade encontra-se em nossos ossos, pois a carne se decompõe, e o osso resiste. E no monte de Nagga, os ossos do Palácio do Rei Cinzento...*

E descarnado, pálido e tremendo, Aeron Cabelo Molhado lutou para regressar a terra mais sábio do que era ao entrar no mar. Pois encontrara a resposta em seus ossos, e o caminho que tinha diante de si tornara-se evidente. A noite estava tão fria que o corpo pareceu fumegar quando regressou em silêncio ao abrigo, mas havia uma fogueira ardendo em seu coração, e por uma vez o sono chegou facilmente, sem ser quebrado pelo grito de dobradiças de ferro.

Quando acordou, o dia estava ensolarado e ventoso. Aeron quebrou o jejum com um caldo de amêijoas e algas marinhas preparado numa fogueira feita com madeira trazida pelo mar. Tinha terminado a refeição quando Merlyn desceu de sua casa-torre, com meia dúzia de guardas, à sua procura.

— O rei está morto — disse-lhe Cabelo Molhado.

— Sim. Recebi uma ave. E agora outra — Merlyn era um homem calvo, redondo e carnudo que chamava a si mesmo de "lorde", à maneira das terras verdes, e se vestia de peles e veludos. — Um corvo convoca-me a Pyke, e outro às Dez Torres. Vocês, as lulas-gigantes, têm muitos tentáculos, despedaçam um homem. Que me diz, sacerdote? Para onde devo enviar meus dracares?

Aeron franziu as sobrancelhas.

— Dez Torres, você diz? Que lula-gigante o chama lá? — Dez Torres era a sede do Senhor de Harlaw.

— A princesa Asha. Virou as velas para casa. O Leitor envia corvos, convocando todos os seus amigos a Harlaw. Diz que Balon pretendia que ela ocupasse a Cadeira de Pedra do Mar.

— O Deus Afogado decidirá quem deve ocupar a Cadeira de Pedra do Mar — disse o sacerdote. — Ajoelhe-se, para que possa abençoá-lo — lorde Merlyn caiu sobre os joelhos, Aeron tirou a rolha do odre e despejou água do mar em sua careca. — Senhor Deus que se afogou por nós, permita que Meldred, seu criado, renasça do mar. Abençoe-o com o sal, abençoe-o com a pedra, abençoe-o com o aço — água escorria pelas gordas bochechas de Merlyn e lhe ensopava a barba e a capa de pele de raposa. — O que está morto não pode morrer — terminou Aeron —, mas volta a se erguer, mais duro e mais forte. — Porém, quando Merlyn se ergueu, disse-lhe: — Fique e escute, para que possa espalhar a palavra do deus.

A um metro da beira da água as ondas rebentavam em volta de um pedregulho redondo de granito. E foi ali que Aeron Cabelo Molhado subiu, para que todo seu cardume pudesse vê-lo e ouvir as palavras que tinha a dizer.

— Nascemos do mar, e ao mar regressaremos — começou, como fizera cem vezes antes. — O Deus da Tempestade, em sua ira, arrancou Balon de seu castelo e o derrubou, e ele agora banqueteia-se sob as ondas — e, então, ergueu as mãos: — *O rei de ferro está morto!* Mas um rei voltará a surgir! Pois o que está morto não pode morrer, mas volta a se erguer, mais duro e mais forte!

— *Um rei se erguerá!* — gritaram os afogados.

— Um rei se erguerá. Tem de se erguer. Mas quem? — Cabelo Molhado escutou por um momento, mas apenas as ondas lhe responderam. — *Quem será o nosso rei?*

Os afogados puseram-se a bater com as maças umas nas outras.

— *Cabelo Molhado!* — gritaram. — *Rei Cabelo Molhado! Rei Aeron! Dê-nos o Cabelo Molhado!*

Aeron balançou a cabeça.

— Se um pai tem dois filhos e dá um machado a um deles e uma rede ao outro, qual dos dois pretende que seja o guerreiro?

— O machado é para o guerreiro — gritou Rus em resposta — e a rede, para um pescador dos mares.

— Sim — Aeron respondeu. — O deus levou-me até as profundezas sob as águas e afogou a coisa imprestável que eu era. Quando voltou a me atirar para terra, me deu olhos para ver, orelhas para ouvir e uma voz para espalhar a sua palavra, para que eu pudesse ser o seu profeta e ensinar sua verdade àqueles que a esqueceram. Não fui feito para me sentar na Cadeira de Pedra do Mar... tal como Euron Olho de Corvo não o foi. Pois eu escutei o deus, que disse: *Nenhum homem sem deus pode se sentar na minha Cadeira de Pedra do Mar!*

Merlyn cruzou os braços diante do peito.

— Então é Asha? Ou Victarion? Diga-nos, sacerdote!

— O Deus Afogado dirá, mas não aqui — Aeron apontou para a gorda face branca de Merlyn. — Não olhe para mim, nem para as leis do homem, mas sim para o mar. Ice as velas e estenda os remos, senhor, e siga até Velha Wyk. Você e todos os capitães e reis. Não vá para Pyke, não abaixe a cabeça perante o infiel; nem para Harlaw, ligar-se a mulheres intriguistas. Aponte a proa para a Velha Wyk, onde se erguia o Palácio do Rei Cinzento. Em nome do Deus Afogado eu o convoco. *Convoco a todos!* Deixem seus salões e cabanas, seus castelos e fortalezas, e regressem ao monte de Nagga para uma assembleia de homens livres!

Merlyn olhou-o de boca aberta.

— Uma assembleia de homens livres? Não há uma verdadeira assembleia há...

— ...*muito tempo!* — gritou Aeron, angustiado. — Mas na aurora dos tempos, os homens de ferro escolhiam os próprios reis, promovendo os mais valorosos entre eles. É hora de regressarmos ao Costume Antigo, pois só isso nos devolverá a grandeza. Foi uma assembleia de homens livres que escolheu Urras Pé-de-Ferro como Rei Supremo e lhe pôs na cabeça uma coroa de madeira trazida pelo mar. Sylas Nariz-Chato, Harrag Hoare, a Velha Lula-gigante, foi assembleia que os ergueu a todos. E *dessa* assembleia emergirá um homem capaz de terminar o trabalho que o rei Balon iniciou e nos devolver a liberdade. Não vá para Pyke, nem para as Dez Torres de Harlaw, mas para a Velha Wyk, repito. Reivindique o monte de Nagga e os ossos do Palácio do Rei Cinzento, pois nesse lugar sagrado, quando a lua se afogar e renascer, elegeremos um rei respeitável, um rei *devoto* — voltou a erguer bem alto as mãos ossudas. — *Escutem!* Escutem as ondas! Escutem o deus! Ele está falando conosco e diz: *Não teremos rei a menos que seja escolhido pela assembleia de homens livres!*

Ergueu-se um rugido em resposta àquilo e os afogados bateram suas maças umas nas outras.

— *Uma assembleia de homens livres!* — gritaram. — *Uma assembleia, uma assembleia. Não há rei exceto pela assembleia!* — e o clamor que fizeram foi tão trovejante que certamente Olho de Corvo ouviu os gritos em Pyke, bem como o maligno Deus da Tempestade em seu salão de nuvens. E Aeron Cabelo Molhado soube que agira bem.

O Capitão dos Guardas

— As laranjas sanguíneas já estão mais que maduras — observou o príncipe em uma voz fatigada, quando o capitão dos guardas o empurrou para a varanda.

Depois, não voltou a falar durante horas.

A observação sobre as laranjas era verdadeira. Algumas tinham caído e rebentado no mármore rosa-claro. O penetrante cheiro doce que exalavam enchia as narinas de Hotah cada vez que inspirava. Sem dúvida o príncipe também sentia seu aroma, enquanto se mantinha sentado sob as árvores na cadeira de rodas que meistre Caleotte lhe fizera, com almofadas de pena de ganso e ruidosas rodas de ébano e ferro.

Durante um longo período, os únicos sons que se ouviram foram os das crianças chapinhando nas lagoas e nas fontes, e, uma vez, um suave *plop* quando outra laranja caiu na varanda e rebentou. Então o capitão ouviu o tênue tamborilar de botas em mármore vindo do lado mais afastado do palácio.

Obara. Conhecia seus passos; longos, apressados, furiosos. Nos estábulos junto aos portões, seu cavalo estaria coberto de espuma e ensanguentado pelas esporas. Montava sempre garanhões e gabava-se de ser capaz de dominar qualquer cavalo que houvesse em Dorne... e qualquer homem também. O capitão ouvia também outros passos, o rápido arrastar de pés do meistre Caleotte, que se apressava para acompanhar a mulher.

Obara Sand sempre caminhava depressa demais. *Ela persegue algo que nunca poderá alcançar*, disse certa vez o príncipe sobre a filha, aos ouvidos do capitão.

Quando a mulher surgiu sob o arco triplo, Areo Hotah estendeu seu machado de cabo longo para o lado, a fim de lhe bloquear a passagem. A cabeça da arma estava presa a um cabo com um metro e oitenta, e ela não podia desviar.

— Senhora, basta — sua voz era um resmungo grave, pesada com o sotaque de Norvos. — O príncipe não quer ser incomodado.

O rosto de Obara era de pedra antes de ele falar; depois, endureceu ainda mais.

— Está no meu caminho, Hotah — Obara era a mais velha das Serpentes de Areia, uma mulher de ossos grandes, de quase trinta anos, com os olhos juntos e cabelos castanhos como os da prostituta de Vilavelha que a dera à luz. Sob um manto de sedareia mosqueado de marrom-escuro e dourado, as roupas de montar eram de um couro velho e marrom, usado e flexível. Eram as coisas mais leves que vestia. Usava um chicote enrolado preso a uma anca e trazia a tiracolo um escudo redondo de aço e cobre. Deixara a lança lá fora. Areo Hotah deu graças por aquilo. Apesar de sua força e rapidez, sabia que a mulher não era páreo para ele... mas *ela* não sabia, e o capitão não sentia nenhum desejo de ver o sangue de Obara espalhado no mármore cor-de-rosa claro.

Meistre Caleotte mudou o peso de um pé para o outro.

— Lady Obara, eu tentei lhe dizer...

— Ele sabe que meu pai está morto? — perguntou Obara ao capitão, sem prestar mais atenção no meistre do que a que prestaria em uma mosca, se alguma fosse suficientemente insensata para lhe zumbir ao redor da cabeça.

— Sabe — o capitão respondeu. — Recebeu uma ave...

A morte chegara a Dorne em asas de corvo, escrita com letra pequena e selada com uma gota de dura cera vermelha. Caleotte devia ter pressentido o que havia naquela carta, pois a dera a Hotah para que a entregasse. O príncipe lhe agradecera, mas durante o mais longo dos momentos não quis quebrar o selo. Ficara sentado a tarde inteira com o pergaminho no colo, observando as brincadeiras das crianças. Observara-as até que o sol se pôs e o ar da noite arrefeceu o suficiente para fazer que se recolhesse; então, observou a luz das estrelas refletida na água. A lua já nascia quando mandou Hotah buscar uma vela, para que pudesse ler sua carta sob as laranjeiras, na escuridão da noite.

Obara tocou o chicote.

— Milhares de homens atravessam as areias a pé para subir o Caminho do Espinhaço e poder ajudar Ellaria a trazer meu pai para casa. Os septos estão prestes a rebentar de tão cheios, e os sacerdotes vermelhos acenderam as fogueiras em seus templos. Nas casas de travesseiros as mulheres dormem com qualquer homem que vá em busca delas, recusando pagamento. Em Lançassolar, no Braço Partido, ao longo do Sangueverde, nas montanhas, nas areias profundas, em todo lado, *em todo lado*, as mulheres arrancam os cabelos e os homens gritam de raiva. Ouve-se a mesma pergunta em todas as línguas: *O que fará Doran? O que fará seu irmão para vingar nosso príncipe assassinado?* — aproximou-se do capitão. — E você me diz: *ele não quer ser incomodado!*

— Ele não quer ser incomodado — voltou a dizer Areo Hotah.

O capitão dos guardas conhecia o príncipe que protegia. Um dia, há muito tempo, um jovem imberbe chegara de Norvos, um rapaz grande de ombros largos, com uma cabeleira escura. Esses cabelos agora eram brancos, e o corpo ostentava as cicatrizes de muitas batalhas... mas conservava a força e mantinha o machado afiado, como os sacerdotes barbudos lhe haviam ensinado. *Ela não passará*, disse a si mesmo, e em voz alta falou:

— O príncipe está observando as crianças brincarem. Ele *nunca* deve ser incomodado quando está fazendo isso.

— Hotah — Obara Sand insistiu —, você vai sair do meu caminho, senão pego esse machado e...

— Capitão — a ordem veio de suas costas. — Deixe-a passar. Eu falo com ela — a voz do príncipe estava rouca.

Areo Hotah pôs o machado na vertical e deu um passo para o lado. Obara lançou-lhe um último e longo olhar e passou por ele a passos largos, com o meistre a apressar-se para acompanhá-la. Caleotte não tinha mais de metro e meio de altura e era calvo como um ovo. Seu rosto era tão liso e gordo que era difícil calcular sua idade, mas já estava ali antes do capitão, chegara até a servir a mãe do príncipe. Apesar da idade e da amplitude da cintura, ainda era bastante ágil e esperto como poucos, mas era também dócil. *Não é oponente à altura para nenhuma das Serpentes da Areia*, pensou o capitão.

À sombra das laranjeiras, o príncipe ocupava sua cadeira com as pernas gotosas apoiadas diante de si, e escuras olheiras sob os olhos... embora Hotah não soubesse dizer se aquilo que o mantinha sem dormir era o pesar ou a gota. Embaixo, nas fontes e lagoas, as crianças prosseguiam suas brincadeiras. Os mais novos não tinham mais de cinco anos, e os mais velhos, nove e dez. Metade garotas, metade garotos. Hotah ouvia-os chapinhando e gritando uns aos outros em vozes altas e estridentes.

— Não faz muito tempo era uma das crianças naquelas lagoas, Obara — disse o príncipe quando ela se ajoelhou diante de sua cadeira de rodas.

Ela deu uma fungadela.

— Foi há vinte anos, ou quase tanto tempo que não faz diferença. E não fiquei aqui por muito tempo. Sou a cria da prostituta, ou será que se esqueceu? — quando ele não respondeu, ela voltou a se erguer e pôs as mãos nas ancas. — Meu pai foi assassinado.

— Foi morto em combate individual durante um julgamento por batalha — disse o príncipe Doran. — Pela lei, isso não é assassinato.

— Ele era seu *irmão*.

— Sim.

— O que pretende fazer a respeito disso?

O príncipe virou laboriosamente a cadeira para encarar Obara. Embora não tivesse mais de cinquenta e dois anos, Doran Martell parecia muito mais velho. Sob as vestes de linho, seu corpo era mole e disforme, e era difícil olhar para suas pernas. A gota inchara e ruborizara-lhe as articulações de forma grotesca; o joelho esquerdo era uma maçã, o direito, um melão, e os dedos dos pés tinham se transformado em uvas vermelho-escuras, tão maduras que parecia bastar um toque para rebentarem. Até o peso de uma colcha conseguia fazê-lo estremecer, embora suportasse a dor sem queixas. *O silêncio é amigo de um príncipe*, o capitão ouvira-o dizer uma vez à filha. *As palavras são como flechas, Arianne. Depois de disparadas, não podem ser chamadas de volta.*

— Escrevi a lorde Tywin...

— *Escreveu?* Se fosse metade do homem que meu pai era...

— Eu não sou seu pai.

— Isso eu sei — a voz de Obara estava carregada de desprezo.

— Você queria que eu partisse para a guerra.

— Não espero tal coisa. Nem precisa sair de sua cadeira. Permita que eu vingue meu pai. Tem uma hoste no Passo do Príncipe. Lorde Yronwood tem outra no Caminho do Espinhaço. Entregue-me uma delas e a outra a Nym. Que ela percorra a estrada do rei enquanto tiro os senhores da Marca de seus castelos e dou a volta para marchar sobre Vilavelha.

— E como espera controlar Vilavelha?

— Bastará saqueá-la. A riqueza da Torralta...

— O que deseja é ouro?

— O que desejo é sangue.

— Lorde Tywin nos entregará a cabeça da Montanha.

— E quem nos entregará a cabeça de lorde Tywin? A Montanha sempre foi seu animal de estimação.

O príncipe fez um gesto na direção das lagoas:

— Obara, olhe para as crianças, se lhe aprouver.

— Não me apraz. Obteria mais prazer enfiando a lança na barriga de lorde Tywin. Eu o obrigarei a cantar "As chuvas de Castamere" enquanto tiro suas tripas para fora à procura de ouro.

— *Olhe* — repetiu o príncipe. — É uma ordem.

Algumas das crianças mais velhas jaziam de barriga para baixo no mármore liso e rosado, bronzeando-se ao sol. Outras moviam-se no mar, mais adiante. Três construíam um castelo de areia com um grande espigão que se assemelhava à Torre da Lança do Velho Palácio. Vinte delas, ou mais, tinham se reunido na lagoa grande para ver as batalhas em que as crianças menores lutavam nos baixios sobre os ombros das maiores, que tinham água pela cintura, e tentavam derrubar os adversários na água. Sempre que um par caía, o respingar era seguido por uma revoada de gargalhadas. Viram uma garota morena como uma noz puxar um rapaz muito loiro de cima dos ombros do irmão e cair de cabeça na lagoa.

— Seu pai jogou esse mesmo jogo, outrora, tal como eu fiz antes dele — disse o príncipe. — Tínhamos dez anos de diferença, portanto, eu já deixara as lagoas quando ele

tinha idade suficiente para brincar, mas costumava observá-lo quando vinha visitar a mãe. Ele era tão feroz, mesmo garoto... Rápido como uma cobra-d'água. Várias vezes o vi derrubar garotos muito maiores do que ele. Lembrou-me disso no dia em que partiu para Porto Real. Jurou que o faria uma vez mais, caso contrário nunca o teria deixado ir.
— *Deixado* ir? — Obara soltou uma gargalhada. — Como se pudesse tê-lo impedido. A Víbora Vermelha de Dorne ia aonde bem entendia.
— É verdade. Gostaria de ter alguma palavra de conforto para...
— Não vim em busca de *conforto* — a voz dela estava cheia de escárnio. — No dia em que meu pai veio reclamar-me, minha mãe não quis que eu partisse. "Ela é uma garota", disse, "e não me parece que seja sua. Tive milhares de outros homens." Ele atirou a lança aos meus pés e deu com as costas da mão na cara de minha mãe, fazendo-a chorar. "Garota ou rapaz, nós travamos nossas batalhas", disse, "mas os deuses nos deixam escolher as armas que usamos." Apontou para a lança e depois para as lágrimas de minha mãe, e eu peguei a lança. "Eu disse que ela era minha", meu pai falou, e me levou. Minha mãe se matou com a bebida em menos de um ano. Dizem que chorava quando morreu — Obara aproximou-se da cadeira do príncipe. — Deixe-me usar a lança; nada mais peço.
— É muito o que me pede, Obara. Pensarei no assunto.
— Já pensou demais.
— Talvez tenha razão. Mandarei uma mensagem para Lançassolar.
— Desde que a mensagem seja a guerra — Obara girou sobre os calcanhares e foi embora de um modo tão irritado como quando chegara, dirigindo-se aos estábulos em busca de um cavalo repousado e de outro galope impetuoso estrada afora.
Meistre Caleotte deixou-se ficar para trás.
— Meu príncipe? — perguntou o homenzinho redondo. — Suas pernas doem?
O príncipe abriu um tênue sorriso.
— O sol está quente?
— Devo buscar algo para as dores?
— Não. Preciso da cabeça em condições.
O meistre hesitou:
— Meu príncipe, será... será prudente permitir que lady Obara regresse a Lançassolar? Ela certamente irá inflamar os plebeus. Eles amavam muito seu irmão.
— Assim como todos nós — comprimiu as têmporas com os dedos. — Não. Tem razão. Devo regressar também a Lançassolar.
O homenzinho redondo hesitou novamente:
— Será isso sensato?
— Não é sensato, mas é necessário. É melhor enviar um mensageiro a Ricasso e ordenar-lhe que abra meus aposentos na Torre do Sol. Informe minha filha Arianne que estarei lá amanhã.
A minha pequena princesa. O capitão sentira amargamente sua falta.
— Será enviado — avisou o meistre.
O capitão compreendeu. Dois anos antes, quando trocaram Lançassolar pela paz e pelo isolamento do Jardim das Águas, a gota do príncipe Doran não estava, nem de perto, tão ruim. Naqueles dias ainda caminhava, embora lentamente, apoiando-se numa bengala e fazendo esgares de dor a cada passo. O príncipe não desejava que seus inimigos soubessem como tinha enfraquecido, e o Velho Palácio e sua cidade sombria estavam cheios de olhos. *Olhos*, pensou o capitão, *e degraus que ele não pode subir. Teria de voar para alcançar o topo da Torre do Sol.*

— Eu *tenho* de ser visto. Alguém tem de despejar óleo na água. Dorne tem de ser lembrada de que ainda tem um príncipe — sorriu com um ar triste. — Por mais velho e gotoso que seja.

— Se regressar a Lançassolar, terá de conceder audiência à princesa Myrcella — disse Caleotte. — Seu cavaleiro branco estará com ela... e *sabe* que ele envia cartas à rainha.

— Suponho que deve enviar.

O cavaleiro branco. O capitão franziu as sobrancelhas. Sor Arys viera para Dorne a fim de servir sua princesa, como Areo Hotah viera um dia com a sua. Mesmo os nomes de ambos soavam estranhamente similares: Areo e Arys. Mas as semelhanças terminavam aí. O capitão deixara Norvos e seus sacerdotes barbudos, mas sor Arys Oakheart ainda servia ao Trono de Ferro. Hotah sentia certa tristeza sempre que via o homem com o longo manto branco de neve, na época em que o príncipe o enviara a Lançassolar. Um dia, pressentia, os dois lutariam; nesse dia, Oakheart morreria, com o machado de cabo longo do capitão a lhe fender o crânio. Deslizou a mão ao longo do liso cabo de freixo do machado e perguntou a si mesmo se esse dia estaria se aproximando.

— A tarde já está quase no fim — o príncipe disse. — Esperaremos pela manhã. Assegure-se de que minha liteira esteja pronta à primeira luz da aurora.

— Às suas ordens — Caleotte fez uma saudação. O capitão afastou-se para o meistre passar, e ficou escutando os passos que desapareciam.

— Capitão? — a voz do príncipe era suave.

Hotah deu um passo adiante, com uma mão fechada sobre o machado. Sentia na palma da mão o freixo tão liso como a pele de uma mulher. Quando chegou à cadeira de rodas, bateu fortemente com a base no chão, para anunciar sua presença, mas o príncipe só tinha olhos para as crianças.

— Tinha irmãos, capitão? — perguntou. — Lá em Norvos, quando era novo? Irmãs?

— Ambos — Hotah respondeu. — Dois irmãos, três irmãs. Eu era o mais novo — *o mais novo e não desejado. Outra boca para alimentar, um garoto grande que comia demais e cujas roupas logo deixavam de lhe servir.* Pouco admira que o tivessem vendido aos sacerdotes barbudos.

— Eu fui o mais velho — disse o príncipe —, e no entanto sou o último. Depois de Mors e Olyvar terem morrido no berço, perdi a esperança de vir a ter irmãos. Tinha nove anos quando Elia chegou, e era um escudeiro a serviço na Costa do Sal. Quando o corvo chegou com a notícia de que minha mãe tinha sido levada para a cama um mês antes do tempo, já tinha idade suficiente para saber que o bebê não sobreviveria. Mesmo quando lorde Gargalen me disse que eu tinha uma irmã, garanti-lhe que ela morreria logo. Mas sobreviveu, graças à misericórdia da Mãe. E um ano depois Oberyn chegou, berrando e espernando. Era um homem-feito na época em que eles brincavam nestas lagoas. Mas aqui estou, e eles partiram.

Areo Hotah não sabia o que responder àquilo. Era apenas um capitão dos guardas, mantinha-se estranho àquela terra e ao seu deus de sete faces, mesmo após todos aqueles anos. *Servir. Obedecer. Proteger.* Prestara aqueles votos aos dezesseis anos, no dia em que casara com o machado. *Votos simples para homens simples,* tinham dito os sacerdotes barbudos. Não fora treinado para consolar príncipes de luto.

Continuava a tentar arranjar algumas palavras para dizer quando outra laranja caiu, com um pesado ruído úmido, a não mais de meio metro de onde o príncipe se encontrava sentado. Doran encolheu-se com o som, como se de algum modo o tivesse magoado.

— Basta — suspirou —, já chega. Vá embora, Areo. Deixe-me observar as crianças mais algumas horas.

Quando o sol se pôs, o ar arrefeceu e as crianças foram para dentro, em busca do jantar, o príncipe ainda permaneceu sob suas laranjeiras, observando as lagoas paradas e o mar que se estendia mais adiante. Um criado trouxe-lhe uma taça de azeitonas de cor púrpura, com pão folha, queijo e massa de grão-de-bico. Comeu um pouco, e bebeu uma taça do doce e pesado vinho-forte que adorava. Quando esvaziou a taça, voltou a enchê-la. Por vezes, nas horas profundas e negras da madrugada, o sono vinha encontrá-lo em sua cadeira. Só então o capitão o empurrava ao longo da galeria iluminada pelo luar, passando por uma fileira de pilares canelados e através de uma graciosa arcada, até uma grande cama com frescos lençóis de linho num aposento que dava para o mar. Doran gemeu quando o capitão o deslocou, mas os deuses se mostraram bondosos, e ele não acordou.

A cela onde o capitão dormia era contígua ao quarto do seu príncipe. Sentou-se na cama estreita, tirou de seu nicho a pedra de amolar e o oleado e pôs-se a trabalhar. *Mantenha o machado afiado*, tinham lhe dito os sacerdotes barbudos no dia em que o marcaram. E fazia-o sempre.

Enquanto amolava o machado, Hotah pensou em Norvos, na cidade alta na colina e na baixa junto ao rio. Ainda recordava os sons dos três sinos, o modo como os profundos repiques de Noom o faziam estremecer até os ossos, a voz forte e orgulhosa de Narrah, e o riso doce e prateado de Nyel. O sabor do bolo de inverno voltou a lhe encher a boca, rico de gengibre, pinhões e pedacinhos de cereja, com *nahsa* para empurrá-lo para baixo, leite de cabra fermentado servido numa taça de ferro e misturado com mel. Viu a mãe, com seu vestido com gola de esquilo, aquele que não usava mais do que uma vez por ano, quando iam ver os ursos dançar ao longo da Escadinha dos Pecadores. E sentiu o fedor de pelo queimado de quando o sacerdote barbudo lhe tocara o centro do peito com o ferrete. A dor tinha sido tão violenta que tivera medo de que o coração parasse, mas Areo Hotah não vacilara. Os pelos nunca mais voltaram a crescer sobre o machado.

O capitão só pousou sua esposa de freixo e ferro na cama quando ambos os gumes ficaram suficientemente afiados. Bocejando, despiu a roupa suja, atirou-a no chão e estendeu-se no colchão de palha. Pensar no ferrete fizera a marca comichar, e teve de se coçar antes de fechar os olhos. *Devia ter apanhado as laranjas que caíram*, pensou, e adormeceu sonhando com seu gosto ácido e doce, e com a sensação pegajosa que o sumo vermelho lhe deixava nos dedos.

A aurora chegou cedo demais. À porta dos estábulos, a menor das três liteiras transportadas por cavalos estava pronta, a de madeira de cedro com cortinados de seda vermelha. O capitão escolheu para acompanhá-la vinte lanceiros, dos trinta que estavam servindo no Jardim das Águas; os outros ficariam para proteger o terreno e as crianças, algumas das quais eram filhos e filhas de grandes senhores e ricos mercadores.

Embora o príncipe tivesse falado em partir à primeira luz da aurora, Areo Hotah sabia que se atrasaria. Enquanto o meistre ajudava Doran Martell a tomar banho e enfaixava suas articulações inchadas com ataduras de linho ensopadas em loções calmantes, o capitão vestiu um camisão de escamas de cobre, como era próprio de seu posto, e um manto ondulante de sedareia marrom-escuro e amarelo para manter o sol afastado do cobre. O dia prometia ser quente, e fazia tempo que o capitão deixara de lado a pesada capa de pelo de cavalo e a túnica de couro tachonado que usara em Norvos, capazes de cozinhar um homem em Dorne. Mantivera o meio elmo de ferro, com sua crista de espigões aguçados, mas agora o usava enrolado em seda cor de laranja, entrelaçando o tecido com os espigões.

De outro modo, o sol que incidisse sobre o metal deixaria sua cabeça latejando antes que avistassem o palácio.

O príncipe ainda não estava pronto para partir. Antes disso, decidira quebrar o jejum com uma laranja sanguínea e uma bandeja de ovos de gaivota cortados em cubos, com pequenas porções de presunto e pimentões-de-fogo. E não poderia partir sem se despedir das várias crianças que tinham se tornado especialmente queridas para ele: o garoto Dalt, os descendentes de lady Blackmont e a órfã de rosto redondo cujo pai vendera tecidos e especiarias ao longo do Sangueverde. Doran manteve um magnífico cobertor myriano sobre as pernas enquanto falava com eles, a fim de poupar as crianças da visão de suas articulações inchadas e cheias de ataduras.

Era meio-dia quando se puseram a caminho; o príncipe em sua liteira, meistre Caleotte montado num burro e os demais a pé. Cinco lanceiros caminhavam à frente e outros cinco atrás, com mais dez flanqueando a liteira de ambos os lados. O próprio Areo Hotah ocupou o lugar que lhe era familiar, à direita do príncipe, apoiando o machado num ombro enquanto caminhava. A estrada entre Lançassolar e o Jardim das Águas corria junto ao mar, e o grupo tinha uma brisa fresca para mitigar o calor enquanto avançava por uma região vermelho-amarronzada, de pedra, areia e árvores retorcidas e mirradas.

No meio do caminho, a segunda Serpente de Areia juntou-se a eles.

Apareceu de súbito sobre uma duna, montada num corcel de areia dourado com uma crina que era como fina seda branca. Até a cavalo, lady Nym parecia graciosa, trajando cintilantes vestes largas de cor lilás e uma grande capa de seda em tons creme e cobre que se erguia a cada sopro de vento e a fazia parecer prestes a levantar voo. Nymeria Sand tinha vinte e cinco anos e era esguia como um salgueiro. Seus cabelos negros e lisos, presos em uma longa trança atada com fio de ouro vermelho, começavam em bico acima dos olhos, à semelhança dos cabelos do pai. Com as maçãs do rosto altas, lábios cheios e pele branca como leite, possuía toda a beleza que faltava à irmã mais velha... mas a mãe de Obara fora uma prostituta de Vilavelha, ao passo que Nym nascera do mais nobre sangue da Antiga Volantis. Uma dúzia de lanceiros montados seguia-a, com escudos redondos que flamejavam ao sol, duna abaixo.

O príncipe prendera as cortinas da liteira a fim de mantê-las abertas e apreciar melhor a brisa que soprava do mar. Lady Nym pôs-se ao seu lado, refreando sua bela égua dourada para deixá-la no mesmo ritmo da liteira.

— É bom vê-lo, tio — cantou, como se tivesse sido a sorte que a trouxera ali. — Posso seguir convosco até Lançassolar? — o capitão estava do lado oposto da liteira, mas conseguia ouvir cada palavra que lady Nym dizia.

— Ficarei feliz se o fizer — respondeu o príncipe Doran, embora não *soasse* feliz aos ouvidos do capitão. — A gota e a tristeza não são bons companheiros de estrada — com aquilo, o capitão sabia que ele queria dizer que cada seixo enfiava uma lança em suas articulações inchadas.

— Não posso aliviar a gota — ela disse —, mas meu pai não tinha nenhum uso para dar à tristeza. A vingança estava mais a seu gosto. É verdade que Gregor Clegane admitiu ter assassinado Elia e os filhos?

— Rugiu sua culpa para que toda a corte ouvisse — o príncipe admitiu. — Lorde Tywin nos prometeu sua cabeça.

— E um Lannister sempre paga suas dívidas — lady Nym respondeu —, no entanto, parece-me que lorde Tywin pretende nos pagar com nossas próprias moedas. Recebi uma ave de nosso querido sor Daemon, que jura que meu pai fez cócegas àquele monstro mais de uma vez durante a luta. Se for verdade, sor Gregor é um homem morto, e não graças a Tywin Lannister.

O príncipe fez uma careta. Se era devido à dor causada pela gota ou às palavras da sobrinha o capitão não saberia dizer.

— Pode ser verdade.
— Pode ser? Eu digo que é.
— Obara quer que eu parta para a guerra.

Nym soltou uma gargalhada:
— Sim, ela quer passar Vilavelha no archote. Odeia tanto essa cidade quanto nossa irmãzinha a ama.
— E você?

Nym olhou de relance por sobre um ombro para onde os companheiros seguiam, duas dúzias de metros mais atrás.

— Eu estava na cama com os gêmeos Fowler quando a notícia chegou — o capitão a ouviu dizer. — Conhece o lema dos Fowler? *Deixe-me pairar!* É tudo que peço do senhor. Deixe-me pairar, tio. Não preciso de nenhuma hoste poderosa, só de uma doce irmã.

— Obara?
— Tyene. Obara é ruidosa demais. Tyene é tão doce e gentil que não há homem que suspeite dela. Obara transformaria Vilavelha na pira funerária de nosso pai, mas eu não sou assim tão ambiciosa. Quatro vidas me bastam. Os gêmeos dourados de lorde Tywin, como recompensa pelos filhos de Elia. O velho leão, pela própria Elia. E, por fim, o reizinho, pelo meu pai.

— O garoto nunca nos maltratou.
— O garoto é um bastardo nascido de traição, incesto e adultério, se acreditarmos em lorde Stannis — o tom divertido desaparecera de sua voz, e o capitão deu por si observando-a através de olhos semicerrados. A irmã Obara usava o chicote à anca e levava uma lança onde qualquer um pudesse vê-la. Lady Nym não era menos mortífera, embora mantivesse suas facas bem escondidas. — Só sangue real pode limpar o assassinato de meu pai.

— Oberyn morreu durante combate individual, lutando por um assunto que não lhe dizia respeito. Não chamo isso de assassinato.

— Chame do que quiser. Enviamos-lhes o melhor homem de Dorne, e eles nos devolvem um saco de ossos.

— Ele extravasou tudo o que lhe pedi. "Tire as medidas desse rei rapaz e seu conselho, e tome nota de seus pontos fortes e fracos", eu lhe disse, no terraço. Estávamos comendo laranjas. "Arranje-nos amigos, se for possível encontrar algum. Descubra o que puder sobre o fim de Elia, mas trate de não provocar indevidamente lorde Tywin", foram essas as palavras que lhe dirigi. Oberyn deu risada e disse: "Quando foi que provoquei algum homem... *indevidamente*? Faria melhor em avisar os Lannister para não me provocarem". Ele queria justiça para Elia, mas não estava disposto a esperar...

— Ele esperou dezessete anos — lady Nym o interrompeu. — Se eles tivessem matado você, meu pai teria levado os vassalos para o Norte antes de seu cadáver esfriar. Se fosse você, neste momento as lanças estariam caindo como chuva sobre a Marca.

— Não duvido.
— Tal como não deve duvidar disto, meu príncipe: minhas irmãs e eu não esperaremos dezessete anos por *nossa* vingança — então, enterrou as esporas na égua e desapareceu a galope, na direção de Lançassolar, seguida a grande velocidade por sua comitiva.

O príncipe recostou-se nas almofadas e fechou os olhos, mas Hotah sabia que não tinha adormecido. *Tem dores*. Por um momento pensou em chamar meistre Caleotte à liteira, mas se o príncipe Doran o quisesse, ele mesmo o teria feito.

As sombras da tarde tornaram-se longas e escuras, e o sol ficou tão vermelho e inchado quanto as articulações do príncipe antes de o grupo vislumbrar as torres de Lançassolar a leste. Primeiro, a esguia Torre da Lança, com quarenta e cinco metros de altura e coroada por uma lança de aço dourado que lhe acrescentava outros nove metros; depois, a grandiosa Torre do Sol, com sua cúpula de ouro e vitral; e, por fim, o Navio de Areia, com sua cor marrom-escura, que parecia um gigantesco dromon que tivesse encalhado e se transformado em pedra.

Apenas quinze quilômetros de estrada costeira separavam Lançassolar de Jardim das Águas, mas tratava-se de dois mundos diferentes. Lá, as crianças divertiam-se nuas ao sol, música tocava em pátios lajeados e o ar enchia-se com o penetrante aroma de limões e laranjas sanguíneas. Aqui, o ar cheirava a poeira, suor e fumaça, e as noites borbulhavam com o burburinho de vozes. Em vez do mármore cor-de-rosa do Jardim das Águas, Lançassolar fora construída com lama e palha, e era colorida em tons de marrom. A antiga fortaleza da Casa Martell erguia-se na extremidade mais oriental de uma pequena protuberância de pedra e areia, cercada pelo mar por três lados. Para oeste, à sombra das maciças muralhas de Lançassolar, lojas feitas de adobe e casebres sem janelas agarravam-se ao castelo como cracas ao casco de uma galé. Estábulos, estalagens, tabernas e casas de travesseiros tinham crescido a oeste das lojas e dos casebres, muitos deles cercados por seus próprios muros, e mais casebres tinham se erguido à sombra daqueles muros. *E por aí fora, e daí em diante, como os sacerdotes barbudos diriam*. Comparada com Tyrosh, Myr ou a Grande Norvos, a cidade sombria não passava de uma vila, mas era a coisa mais semelhante a uma cidade que aqueles dorneses possuíam.

A chegada de lady Nym precedera à deles por algumas horas, e não havia dúvida de que ela avisara os guardas de sua vinda, pois o Portão Triplo encontrava-se aberto quando se aproximaram. Era apenas ali que os portões estavam alinhados uns atrás dos outros para permitir que os visitantes passassem sob todas as três Muralhas Sinuosas, dirigindo-se diretamente ao Velho Palácio, sem ter primeiro de abrir caminho através de quilômetros de vielas estreitas, pátios escondidos e ruidosos bazares.

Príncipe Doran fechou as cortinas de sua liteira assim que vislumbrou a Torre da Lança, mesmo assim o povo gritou para ele enquanto a liteira passava. *As Serpentes de Areia incitaram a população*, o capitão pensou, preocupado. Atravessaram a miséria do crescente exterior e penetraram no segundo portão. Atrás dele, o vento fedia a alcatrão, água do mar e algas em putrefação, e a multidão tornava-se mais densa a cada passo.

— *Abram alas para o príncipe Doran!* — trovejou Areo Hotah, batendo com o cabo do machado nos tijolos. — *Abram alas para o príncipe de Dorne!*

— O príncipe está morto! — guinchou uma mulher atrás dele.

— Às lanças! — berrou um homem de uma varanda.

— *Doran!* — gritou a voz de algum bem-nascido. — Às lanças!

Hotah desistiu de procurar quem falava; a multidão era demasiado densa, e um terço dela gritava: *"Às lanças! Vingança pela Víbora!"*. Quando alcançaram o terceiro portão, os guardas empurravam gente para os lados a fim de abrir caminho para a liteira do príncipe, e a multidão atirava objetos. Um rapaz esfarrapado conseguiu passar pelos lanceiros com uma romã meio podre na mão, mas, quando viu Areo Hotah em seu caminho com o machado pronto, deixou o fruto cair sem ser arremessado e fugiu com rapidez. Outros, mais para trás, fizeram voar limões, limas e laranjas, gritando: *"Guerra! Guerra! Às lanças!"*.

Um dos guardas foi atingido no olho por um limão, e o próprio capitão viu uma laranja rebentar aos seus pés.

Não veio resposta de dentro da liteira. Doran Martell manteve-se oculto no interior de suas muralhas de seda até que as mais grossas do castelo os engoliram a todos, e a porta levadiça caiu atrás dele com um estrondo chocalhante. O ruído dos gritos foi desaparecendo lentamente. A princesa Arianne estava à espera no pátio exterior, para saudar o pai, com metade da corte ao redor: o velho e cego senescal Ricasso, sor Manfrey Martell, o castelão, o jovem meistre Myles com suas vestes cinzentas e barba sedosa e perfumada, duas vintenas de cavaleiros de Dorne vestidos de linho leve de meia centena de cores. A pequena Myrcella Baratheon encontrava-se acompanhada por sua septã e por sor Arys da Guarda Real, que sufocava em suas escamas esmaltadas de branco.

A princesa Arianne dirigiu-se a passos largos para a liteira, sobre sandálias de pele de cobra atadas nas coxas. Os cabelos eram uma juba de cachos negros de azeviche que lhe caíam até a base das costas, e na testa trazia uma faixa de sóis de cobre. *Ela continua a ser uma coisinha pequenina*, pensou o capitão. Enquanto as Serpentes de Areia eram altas, Arianne saíra à mãe, que não tinha mais de um metro e cinquenta e sete. Mas, sob o seu cinturão incrustado de joias e camadas soltas de leve seda púrpura e samito amarelo, possuía um corpo de mulher, viçoso e de curvas arredondadas.

— Pai — anunciou quando as cortinas se abriram —, Lançassolar rejubila com seu regresso.

— Sim, eu ouvi o júbilo — o príncipe abriu um sorriso triste e envolveu o rosto da filha com uma mão enrubescida e inchada. — Está com boa aparência. Capitão, tenha a bondade de me ajudar a descer daqui.

Hotah enfiou o machado na bandoleira que trazia às costas e envolveu o príncipe nos braços, com delicadeza para não lhe sacudir as articulações inchadas. Mesmo assim, Doran Martell reprimiu um gemido de dor.

— Ordenei aos cozinheiros que preparassem um banquete para esta noite — disse Arianne —, com todos os seus pratos preferidos.

— Temo que não possa lhes fazer justiça — o príncipe lançou um olhar demorado em volta do pátio. — Não vejo Tyene.

— Ela suplica uma conversa em privado. Mandei-a para a sala do trono, a fim de esperar sua chegada.

O príncipe suspirou:

— Muito bem. Capitão? Quanto mais depressa despachar isso, mais depressa posso descansar.

Hotah carregou-o pelas longas escadas de pedra da Torre do Sol até a grande sala redonda sob a cúpula, onde a última luz da tarde entrava em diagonal através de espessas janelas de vidro multicolorido e ia pincelar o pálido mármore com diamantes de meia centena de cores. Ali os esperava a terceira Serpente de Areia.

Estava sentada de pernas cruzadas numa almofada, sob o estrado onde se situavam os cadeirões, mas ergueu-se quando entraram, trajando um vestido justo de samito azul-claro com mangas de renda myriana que a fazia parecer tão inocente quanto a própria Donzela. Em uma mão tinha um bordado em que estivera trabalhando, na outra trazia um par de agulhas douradas. Os cabelos também eram dourados, e os olhos eram profundas lagoas azuis... e, no entanto, de algum modo lembravam ao capitão os olhos do pai, embora os de Oberyn tivessem sido negros como a noite. *Todas as filhas do príncipe Oberyn têm seus olhos de víbora*, notou Hotah de súbito. A cor não importa.

— Tio — Tyene Sand o saudou. — Tenho estado a sua espera.

— Capitão, ajude-me a sentar no cadeirão.

Havia dois cadeirões no estrado, quase gêmeos um do outro, mas um tinha a lança Martell embutida em ouro no espaldar, enquanto o outro ostentava o sol ardente de Roine, que flutuava nos mastros dos navios de Nymeria quando eles chegaram a Dorne pela primeira vez. O capitão pousou o príncipe sob a lança e se afastou.

— Dói tanto assim? — a voz de lady Tyene era gentil, e ela parecia tão doce quanto morangos de verão. A mãe fora uma septã, e ela possuía um ar de inocência quase sobrenatural. — Há alguma coisa que eu possa fazer para aliviar suas dores?

— Diga o que tem a dizer e deixe-me repousar. Estou cansado, Tyene.

— Fiz isso para você, tio — Tyene desdobrou a peça que estivera bordando. Mostrava o pai, o príncipe Oberyn, sorridente, montado num corcel de areia envergando uma armadura vermelha. — Quando terminar, é seu, para ajudá-lo a se lembrar de meu pai.

— Não é provável que me esqueça dele.

— É bom saber. Muitos têm tido dúvidas.

— Lorde Tywin prometeu-me a cabeça da Montanha.

— Ele é *tão* gentil... mas a espada de um carrasco não é um fim adequado ao bravo sor Gregor. Rezamos durante tanto tempo por sua morte que é apenas justo que ele também reze por ela. Eu conheço o veneno que meu pai usou, e não há nenhum outro mais lento ou doloroso. Em breve talvez ouçamos os gritos da Montanha até aqui, em Lançassolar.

Príncipe Doran suspirou:

— Obara clama por guerra. Nym se contentará com o assassinato. E você?

— A guerra — disse Tyene —, embora não a guerra de minha irmã. Os dorneses lutam melhor em casa. Portanto, o que sugiro é que amolemos as espadas e esperemos. Quando os Lannister e os Tyrell caírem sobre nós, os massacraremos nos passos e enterraremos seus corpos sob as areias sopradas pelo vento, como fizemos cem vezes antes.

— *Se* eles caírem sobre nós.

— Oh, mas terão de cair, se não quiserem ver o reino despedaçado de novo, como estava antes de casarmos com os dragões. Foi o pai que me disse. Ele disse que tinha de agradecer ao Duende por ter nos enviado a princesa Myrcella. Ela é tão linda, não lhe parece? Gostaria de ter cachos como os dela. Foi feita para ser rainha, assim como a mãe — covinhas desabrocharam nas bochechas de Tyene. — Eu me sentiria honrada se cuidasse da boda e também orientasse o fabrico das coroas. Trystane e Myrcella são tão inocentes que pensei que talvez ouro branco... com esmeraldas, para combinar com os olhos de Myrcella. Oh, diamantes e pérolas também serviriam, desde que os pequenos sejam casados e coroados. Então teremos apenas de saudar Myrcella como a Primeira do Seu Nome, Rainha dos Ândalos, dos Roinares e dos Primeiros Homens, e legítima herdeira dos Sete Reinos de Westeros, e esperar que os leões venham.

— A *legítima* herdeira? — o príncipe soltou uma fungadela.

— Ela é mais velha que o irmão — explicou Tyene, como se ele fosse algum idiota. — Por lei, o Trono de Ferro deverá passar para ela.

— Pela lei de *Dorne*.

— Quando o bom rei Daeron se casou com a princesa Myriah e nos juntou ao seu reino, foi estabelecido que em Dorne dominaria sempre a lei de Dorne. E acontece que *Myrcella* está em Dorne.

— É verdade — o tom dele mostrava má vontade. — Deixe-me pensar sobre isso.

Tyene zangou-se:

— Pensa demais, tio.
— Penso?
— O pai dizia que sim.
— Oberyn não pensava o suficiente.
— Alguns homens *pensam* porque têm medo de *agir*.
— Há uma diferença entre medo e cautela.
— Oh, tenho que rezar para nunca vê-lo *assustado*, tio. Talvez se esqueça de respirar — ela levantou a mão...

O capitão bateu o cabo do machado contra o mármore com um estrondo surdo.

— Senhora, tem muita ousadia. Afaste-se do estrado, se lhe aprouver.

— Não pretendia fazer nenhum mal, capitão. Amo meu tio, assim como sei que ele amava meu pai — Tyene caiu sobre um joelho diante do príncipe. — Disse tudo o que tinha para dizer, tio. Perdoe-me se o ofendi; meu coração está despedaçado. Ainda tenho seu amor?

— Sempre.

— Dê-me, então, a sua bênção e vou embora.

Doran hesitou durante meio segundo antes de pousar a mão na cabeça da sobrinha:

— Seja corajosa, filha.

— Oh, como poderia não ser? Sou filha *dele*.

Assim que Tyene se retirou, meistre Caleotte correu para o estrado.

— Meu príncipe, ela não... mostre-me, deixe-me ver sua mão — examinou primeiro a palma e depois a virou gentilmente para farejar a parte de trás dos dedos do príncipe. — Não, ótimo. Muito bom. Não há arranhões, portanto...

O príncipe retirou a mão.

— Meistre, posso lhe pedir um pouco de leite de papoula? Uma pequena dose será suficiente.

— Leite de papoula. Sim, com certeza.

— Agora mesmo, pode ser? — insistiu Doran Martell com gentileza, e Caleotte correu para a escada.

Lá fora o sol tinha se posto. A luz dentro da cúpula era o azul do ocaso, e todos os diamantes no chão estavam desvanecendo. O príncipe manteve-se sentado em seu cadeirão sob a lança Martell, com o rosto pálido de dor. Após um longo silêncio, virou-se para Areo Hotah.

— Capitão — disse —, quão leais são meus guardas?

— São leais. — O capitão não sabia o que mais dizer.

— Todos? Ou alguns?

— São bons homens. Bons *homens de Dorne*. Cumprirão as minhas ordens — bateu com o machado no chão. — Trarei a cabeça de qualquer homem que o traia.

— Não quero cabeças. Quero obediência.

— É sua. — *Servir. Obedecer. Proteger. Votos simples para um homem simples.* — Quantos homens são necessários?

— Deixarei isso a seu critério. Pode ser que um punhado de bons homens nos sirva melhor do que vinte. Quero isso feito tão rápida e silenciosamente quanto for possível, sem derramamento de sangue.

— Rápido, silencioso e sem sangue, sim, senhor. Quais são suas ordens?

— Encontre as filhas de meu irmão, prenda-as e as confine nas celas no topo da Torre da Lança.

— As Serpentes de Areia? — A garganta do capitão estava seca. — Todas... todas as oito, meu príncipe? As pequenas também?

O príncipe refletiu sobre aquilo.

— As filhas de Ellaria são novas demais para representar perigo, mas há quem talvez procure usá-las contra mim. Seria melhor mantê-las a salvo e ao nosso alcance. Sim, as pequenas também... mas primeiro prenda Tyene, Nymeria e Obara.

— Às ordens, meu príncipe. — O capitão tinha o coração perturbado. *Minha princesinha não gostará disso.* — E Sarella? Ela é uma mulher-feita, tem quase vinte anos.

— A menos que regresse a Dorne, não há nada que eu possa fazer a respeito de Sarella, exceto rezar para que mostre mais bom senso do que as irmãs. Deixe-a com o seu... jogo. Reúna as outras. Não dormirei até saber que estão em segurança e sob guarda.

— Será feito — o capitão hesitou. — Quando isso chegar às ruas, os plebeus irão se revoltar.

— Toda a Dorne fará alarido — Doran Martell falou numa foz fatigada. — Só rezo para que lorde Tywin os ouça em Porto Real, para que saiba como é leal o amigo que tem em Lançassolar.

CERSEI

Ela sonhou que estava sentada no Trono de Ferro, bem alto, acima de todos eles.

Os cortesãos eram ratos brilhantemente coloridos lá embaixo. Grandes senhores e orgulhosas senhoras ajoelhavam-se diante dela. Valentes jovens cavaleiros depositavam as espadas aos seus pés e lhe suplicavam favores, e a rainha sorria para eles. Até que o anão apareceu, surgido de parte nenhuma, apontando para ela e uivando de riso. Os senhores e as senhoras começaram também a soltar risinhos, escondendo o sorriso atrás das mãos. Foi só então que a rainha percebeu que estava nua.

Horrorizada, tentou cobrir-se com as mãos. As farpas e lâminas do Trono de Ferro morderam-lhe a carne quando se agachou para esconder a vergonha. O sangue escorreu-lhe, rubro, pelas pernas, enquanto dentes de aço lhe mordiam as nádegas. Quando tentou se levantar, o pé enfiou-se numa fenda de metal retorcido. Quanto mais lutava, mais o trono a engolia, arrancando pedaços de carne de seus seios e barriga, cortando-lhe os braços e as pernas até os deixar luzidios e cintilantes de vermelho.

E o irmão não parava de rolar lá embaixo, rindo.

O divertimento dele ainda lhe ecoava nos ouvidos quando sentiu um leve toque no ombro e acordou de repente. Durante meio segundo, a mão pareceu fazer parte do pesadelo, e Cersei gritou, mas era apenas Senelle. O rosto da aia estava branco e assustado.

Não estamos sozinhas, percebeu a rainha. Sombras erguiam-se ao redor de sua cama, silhuetas altas com cota de malha luzindo debilmente por baixo de seus mantos. Homens armados não tinham nada a fazer ali. *Onde estão os meus guardas?* O quarto encontrava-se mergulhado na escuridão, exceto pela lanterna que um dos intrusos segurava bem alto. *Não posso mostrar medo.* Cersei afastou para trás os cabelos desgrenhados pelo sono e disse:

— Que querem de mim? — um homem avançou sob a luz da lanterna, e ela viu que seu manto era branco. — Jaime? — *Sonhei com um irmão, mas o outro veio me acordar.*

— Vossa Graça? — A voz não era a do irmão. — O Senhor Comandante disse para vir buscá-la — os cabelos dele encaracolavam-se como os de Jaime, mas os do irmão eram ouro batido, tais como os dela, ao passo que os daquele homem eram mais escuros e oleosos. Fitou-o, confusa, enquanto ele resmungava qualquer coisa acerca de uma latrina e uma besta, e dizia o nome do pai. *Ainda estou sonhando*, pensou Cersei. *Não acordei, e meu pesadelo não terminou. Tyrion sairá em breve de debaixo da cama e começará a rir de mim.*

Mas aquilo era uma loucura. O irmão anão encontrava-se nas celas negras, condenado a morrer exatamente naquele dia. Olhou para as mãos, virando-as para se certificar de que ainda tinha todos os dedos. Quando passou a mão pelo braço, a pele estava arrepiada, mas sem cortes. Não havia ferimentos em suas pernas, nem um rasgão na sola dos pés. *Um sonho, foi só isso, um sonho. Bebi demais na noite passada, esses medos são só humores nascidos do vinho. Quem rirá serei eu, ao anoitecer. Meus filhos estarão a salvo, o trono de Tommen estará seguro e meu retorcido pequeno valonqar terá uma cabeça a menos e estará apodrecendo.*

Jocelyn Swyft estava junto ao seu cotovelo, pressionando-a para que pegasse uma taça. Cersei bebeu um gole; água com algumas gotas de limão, tão azeda que a cuspiu. Ouvia o vento noturno agitando as janelas, e via com uma estranha clareza penetrante. Jocelyn tremia como uma folha, tão assustada quanto Senelle. Sor Osmund Kettleblack pairava acima dela. Atrás dele encontrava-se sor Boros Blount, com uma lanterna. À porta, havia guardas Lannister com leões dourados cintilando no topo dos capacetes. Também pareciam assustados. *Poderá ser?*, perguntou a rainha a si mesma. *Poderá ser verdade?*

Ergueu-se e permitiu que Senelle lhe pusesse um roupão sobre os ombros para esconder sua nudez. Foi a própria Cersei quem atou o cinto, sentindo os dedos rígidos e desastrados.

— O senhor meu pai mantém guardas à volta dele, de noite e de dia — disse. Sentia a língua pesada. Bebeu outro gole de água com limão e fez bochechos para lhe refrescar o hálito. Uma mariposa entrara na lanterna que sor Boros segurava; conseguia ouvi-la zumbindo e via a sombra de suas asas enquanto batia no vidro.

— Os guardas estavam em seus postos, Vossa Graça — disse Osmund Kettleblack. — Encontramos uma porta escondida atrás da lareira. Uma passagem secreta. O Senhor Comandante desceu para ver onde vai dar.

— Jaime? — O terror a capturou, súbito como uma tempestade. — Jaime devia estar com o *rei*...

— O garoto nada sofreu. Sor Jaime enviou uma dúzia de homens para ver como ele se encontrava. Sua Graça dorme em paz.

Que tenha um sonho melhor do que o meu, e um despertar mais suave.

— Quem está com o rei?

— Sor Loras tem essa honra, se lhe aprouver.

Não aprazia. Os Tyrell não passavam de intendentes que os reis do dragão tinham elevado muito acima de seu estatuto. Sua vaidade era excedida apenas por sua ambição. Sor Loras podia ser tão lindo quanto um sonho de donzela, mas por baixo de seu manto branco era Tyrell até os ossos. Tanto quanto sabia, o maligno fruto daquela noite fora plantado e nutrido em Jardim de Cima.

Mas essa era uma suspeita que não se atrevia a exprimir em voz alta.

— Permita-me um momento para que me vista. Sor Osmund, acompanhe-me à Torre da Mão. Sor Boros, desperte os carcereiros e certifique-se de que o anão continua em sua cela — não queria proferir seu nome. *Ele nunca teria encontrado coragem para erguer a mão contra o pai*, disse a si mesma, mas tinha de ter certeza.

— Às ordens de Vossa Graça — Blount entregou a lanterna a sor Osmund. Cersei não se sentiu insatisfeita por vê-lo pelas costas. *O pai nunca devia ter lhe devolvido o branco.* O homem provara ser um covarde.

Quando abandonaram a Fortaleza de Maegor, o céu tomara um profundo tom de azul-cobalto, embora as estrelas ainda brilhassem. *Todas menos uma*, pensou Cersei. *A estrela brilhante do oeste caiu, e agora as noites serão mais escuras.* Fez uma pausa sobre a ponte levadiça que transpunha o fosso seco, fitando-lhe os espigões no fundo. *Eles não se atreveriam a mentir para mim sobre uma coisa dessas.*

— Quem foi que o encontrou?

— Um de seus guardas — disse sor Osmund. — Lum. Sentiu o chamamento da natureza e encontrou sua senhoria na latrina.

Não, isso não pode ser. Não é assim que um leão morre. A rainha sentia-se estranhamente calma. Lembrou-se da primeira vez que perdera um dente, quando não era mais que uma menininha. Não doera, mas o buraco que ficara na boca era tão estranho que não conseguia parar de tocá-lo com a língua. *Agora há um buraco no mundo onde estava o pai, e os buracos querem algo que os preencha.*

Se Tywin Lannister estava realmente morto, ninguém se encontrava a salvo... principalmente seu filho, no trono. Quando o leão cai, as feras menores avançam, os chacais, os abutres e os cães bravios. Iriam tentar deixá-la de lado, como sempre tinham feito. Teria de agir depressa, como quando Robert morrera. Aquilo podia ser obra de Stannis Baratheon, por intermédio de algum homem a soldo. Podia perfeitamente ser o prelúdio de outro ataque contra a cidade. Esperava que fosse. *Que ele venha. Vou esmagá-lo, tal como meu pai fez, e dessa vez morrerá.* Stannis não a assustava mais do que Mace Tyrell. Ninguém a assustava. Era uma filha do Rochedo, um leão. *Não haverá mais conversas sobre me obrigarem a voltar a casar.* Rochedo Casterly agora era seu, com todo o poder da Casa Lannister. Nunca mais ninguém a menosprezaria. Mesmo quando Tommen deixasse de ter necessidade de um regente, a Senhora de Rochedo Casterly continuaria a ser uma força a ter em conta.

O sol nascente pintara de vermelho vivo o topo das torres, mas a noite ainda se acumulava sob as muralhas. O castelo exterior estava tão silencioso que poderia imaginá-lo com todos mortos. *E deviam estar. Não convém que lorde Tywin morra só. Um homem como ele merece uma comitiva para cuidar de suas necessidades no inferno.*

Quatro lanceiros com manto vermelho e elmo coroado por leões guardavam a porta da Torre da Mão.

— Ninguém deve entrar ou sair sem a minha autorização — disse-lhes. A ordem veio-lhe fácil. *Meu pai também tinha aço na voz.*

Dentro da torre, a fumaça dos archotes lhe irritou os olhos, mas Cersei não chorou, como o pai não teria chorado. *Sou o único verdadeiro filho que ele teve.* Os calcanhares raspavam na pedra enquanto subia, e ainda conseguia ouvir a mariposa esvoaçando furiosamente dentro da lanterna de sor Osmund. *Morra*, pensou a rainha, irritada, *voe para a chama e acabe com isso.*

No topo da escada encontravam-se mais dois guardas de manto vermelho. Lester Vermelho murmurou uma condolência quando ela passou. A respiração da rainha era rápida e pouco profunda, e ela sentia o coração tamborilar no peito. *Os degraus*, disse a si mesma, *esta maldita torre tem degraus demais.* Estava quase decidida a derrubá-la.

O salão estava cheio de tolos que falavam em murmúrios, como se lorde Tywin estivesse dormindo e eles tivessem medo de acordá-lo. Tanto os guardas como os criados se encolhiam diante dela, com as bocas se movendo. Via suas gengivas cor-de-rosa e as línguas se mexendo, mas suas palavras não faziam mais sentido do que o zumbido da mariposa. *O que estão fazendo aqui? Como souberam?* O correto teria sido chamarem-na primeiro. Ela era a rainha regente, ter-se-iam esquecido disso?

À porta do quarto da Mão encontrava-se sor Meryn Trant com sua armadura e manto brancos. A viseira do seu elmo estava aberta, e as bolsas sob os olhos davam-lhe um ar de quem ainda estava adormecido.

— Tire essa gente daqui — disse-lhe Cersei. — Meu pai está na latrina?

— Levaram-no de volta para a cama, milady. — Sor Meryn abriu a porta para que entrasse.

A luz da manhã entrava em diagonal através das janelas e pintava barras douradas nas esteiras espalhadas pelo chão do quarto. Tio Kevan estava de joelhos ao lado da cama, tentando rezar, mas quase não conseguia forçar as palavras a sair. Guardas aglomeravam-se perto da lareira. A porta secreta de que sor Osmund falara estava escancarada por trás das cinzas; não era maior que um forno. Um homem teria de engatinhar. *Mas Tyrion é só meio homem.* O pensamento a irritou. *Não, o anão está trancado numa cela negra.* Aquilo não podia ser obra sua. *Stannis*, disse a si mesma, *é Stannis quem está por trás disso. Ele ainda tem partidários na cidade. Ele, ou os Tyrell...*

Sempre se falara de passagens secretas no interior da Fortaleza Vermelha. Supunha-se que Maegor, o Cruel, matara os homens que construíram o castelo a fim de manter o conhecimento sobre elas secreto. *Quantos outros quartos terão portas escondidas?* Cersei teve uma súbita visão do anão de quatro, saindo de detrás de uma tapeçaria no quarto de Tommen com uma lâmina na mão. *Tommen está bem guardado*, disse a si mesma. Mas lorde Tywin também estivera.

Por um momento, não reconheceu o morto. Sim, tinha cabelos semelhantes aos do pai, mas aquele era decerto outro homem qualquer, um homem menor, e muito mais velho. Tinha o roupão puxado para cima, sobre o peito, o que o deixava nu abaixo da cintura. O dardo o atingira na virilha, entre o umbigo e o membro viril, e penetrara tão profundamente que apenas se viam as penas. Os pelos púbicos tinham endurecido por causa do sangue seco. Mais sangue coagulava no umbigo.

O cheiro que ele exalava a fez torcer o nariz.

— Tire-lhe o dardo do corpo — ordenou. — Este homem é a Mão do Rei! — *E o meu pai. O senhor meu pai. Deveria gritar e arrancar os cabelos?* Dizia-se que Catelyn Stark rasgara o próprio rosto em tiras sangrentas quando os Frey mataram seu precioso Robb. *Gostaria disso, pai?*, desejou perguntar a ele. *Ou preferiria que eu fosse forte? Chorou por seu pai?* O avô morrera quando Cersei tinha apenas um ano de idade, mas conhecia a história. Lorde Tytos tornara-se muito gordo, e o coração rebentara um dia, enquanto subia as escadas para ir ter com a amante. O pai de Cersei encontrava-se em Porto Real quando aconteceu, servindo como Mão do Rei Louco. Lorde Tywin estivera com frequência em Porto Real quando ela e Jaime eram jovens. Se ele chorara quando lhe trouxeram a notícia da morte do pai, fizera-o onde ninguém pudesse lhe ver as lágrimas.

A rainha sentia as unhas enterrarem-se na palma das mãos.

— Como puderam deixá-lo assim? Meu pai foi Mão de três reis, o maior homem que alguma vez caminhou nos Sete Reinos. Os sinos devem soar por ele, tal como soaram por Robert. Tem de ser banhado e vestido como é próprio de sua posição, de arminho, pano de ouro e seda carmesim. Onde está Pycelle? *Onde está Pycelle?* — virou-se para os guardas. — Puckens, traga o grande meistre Pycelle. Ele precisa ver lorde Tywin.

— Ele já o viu, Vossa Graça — Puckens respondeu. — Veio, viu, e foi-se, para chamar as irmãs silenciosas.

Foram me buscar por último. Perceber aquilo deixou-a quase furiosa demais para falar. *E Pycelle corre para enviar uma mensagem em vez de sujar suas mãos moles e enrugadas. O homem é um inútil.*

— Encontre meistre Ballabar — ordenou. — Encontre meistre Frenken. Qualquer um dos dois. — Puckens e Orelha-Curta correram para obedecê-la. — Onde está meu irmão?

— Lá embaixo, no túnel. Há um poço, com degraus de ferro presos à pedra. Sor Jaime foi ver até que profundidade chega.

Ele só tem uma mão, quis gritar-lhes. *Devia ter sido um de vocês a ir. Ele não tem nada que andar descendo escadas. Os homens que assassinaram nosso pai podem estar lá embaixo, à espera dele.* O irmão gêmeo sempre fora impetuoso demais e, segundo parecia, nem mesmo perder uma mão o ensinara a ter cautela. Estava prestes a ordenar aos guardas para descerem à procura de Jaime e o trazerem de volta quando Puckens e Orelha-Curta regressaram com um homem de cabelos grisalhos entre os dois.

— Vossa Graça — Orelha-Curta disse —, este diz que era um meistre.

O homem fez uma profunda reverência.

— Como posso servir Vossa Graça?

O rosto do homem lhe era vagamente familiar, embora não fosse capaz de se lembrar. *Velho, mas não tão velho quanto Pycelle. Este ainda tem em si alguma força.* Era alto, embora tivesse as costas ligeiramente tortas, e mostrava rugas em volta dos ousados olhos azuis. *Tem a garganta nua.*

— Não usa corrente de meistre.

— Foi-me tirada. Meu nome é Qyburn, se aprouver a Vossa Graça. Tratei a mão de seu irmão.

— Seu coto, você quer dizer. — Agora lembrava-se dele. Viera de Harrenhal com Jaime.

— Não consegui salvar a mão de sor Jaime, é verdade. Minhas artes lhe salvaram o braço, porém, e talvez mesmo a vida. A Cidadela tirou-me a corrente, mas não puderam me tirar os conhecimentos.

— Talvez seja suficiente — decidiu. — Se falhar, perderá mais do que uma corrente, garanto-lhe. Tire o dardo da barriga de meu pai e o prepare para as irmãs silenciosas.

— Às ordens de minha rainha — Qyburn dirigiu-se à cama, fez uma pausa, olhou para trás. — E como é que lido com a garota, Vossa Graça?

— Garota? — Cersei não reparara no segundo corpo. Aproximou-se a passos largos da cama, atirou para o lado a pilha de colchas ensanguentadas e lá estava ela, nua, fria, e rosada... exceto o rosto, que se tornara tão negro quanto o de Joff no banquete de casamento. Uma corrente de mãos de ouro ligadas umas às outras estava meio enterrada na carne de sua garganta, torcida com tanta força que lhe rasgara a pele. Cersei silvou como uma gata irritada.

— O que *ela* faz aqui?

— Nós a encontramos aí, Vossa Graça — Orelha-Curta respondeu. — É a amante do Duende — como se isso explicasse por que ela estava ali.

O senhor meu pai não tinha nenhuma utilidade a dar a prostitutas, pensou. *Depois da morte de nossa mãe, nunca tocou numa mulher.* Lançou ao guarda um olhar frio.

— Isto não é... quando o pai de lorde Tywin morreu, ele regressou a Rochedo Casterly e foi encontrar uma... uma mulher dessa espécie... adornada com as joias da senhora sua mãe, usando um de seus vestidos. Ele os arrancou dela, e arrancou tudo o mais também. Durante uma quinzena, ela foi obrigada a desfilar, nua, pelas ruas de Lannisporto, para confessar a todos os homens que encontrasse que era ladra e meretriz. Era assim que lorde Tywin Lannister lidava com prostitutas. Ele nunca... esta mulher estava aqui para outro fim qualquer, não para...

— Talvez sua senhoria estivesse interrogando a garota acerca de sua ama — sugeriu Qyburn. — Sansa Stark desapareceu na noite em que o rei foi assassinado, segundo ouvi dizer.

— É verdade — Cersei adotou avidamente a sugestão. — Estava interrogando-a, com certeza. Não pode haver qualquer dúvida — conseguia ver Tyrion com aquele olhar atravessado, observando-a, a boca torcida num esgar de macaco sob as ruínas do nariz. *E que melhor maneira de interrogá-la do que nua, com as pernas bem abertas?*, sussurrou o anão. *Também é assim que gosto de interrogá-la.*

A rainha virou as costas à cena. *Não olharei para ela.* De repente, até estar na mesma sala da morta era demais. Passou por Qyburn com um empurrão e saiu para o salão.

Sor Osmund recebera a companhia dos irmãos Osney e Osfryd.

— Há uma mulher morta no quarto da Mão — disse Cersei aos três Kettleblack. — Ninguém deve saber que ela estava aqui.

— Sim, milady. — Sor Osney tinha tênues arranhões no rosto, onde outra das prostitutas de Tyrion o tinha machucado. — E o que faremos com ela?

— Dê aos seus cães. Mantenha-a como companheira de cama. Que me importa? *Ela nunca esteve aqui*. Mandarei cortar a língua de qualquer homem que se atreva a dizer que esteve. Compreendeu?

Osney e Osfryd trocaram um olhar.

— Sim, Vossa Graça.

Seguiu-os de volta ao quarto e ficou observando-os envolver a garota nos cobertores ensanguentados do pai. *Shae, o nome dela era Shae*. A última vez que tinham conversado fora na noite anterior ao julgamento por combate do anão, depois de aquele dornês sorridente ter se oferecido como seu campeão. Shae inquirira acerca de umas joias que Tyrion lhe oferecera, e de certas promessas que Cersei poderia ter feito, uma mansão na cidade e um cavaleiro que a desposasse. A rainha deixara claro que a prostituta não obteria nada até que lhes dissesse para onde fora Sansa Stark.

— Era a aia dela. Espera que eu acredite que não sabia nada dos seus planos? — dissera. Shae partira, banhando-se em lágrimas.

Sor Osfryd pôs o cadáver empacotado no ombro.

— Quero aquela corrente — disse Cersei. — Assegure-se de não arranhar o ouro — Osfryd acenou com a cabeça e se dirigiu para a porta. — Não, pelo pátio não — apontou para a passagem secreta. — Há um poço que vai dar nas masmorras. Por ali.

Quando sor Osfryd apoiou-se num joelho diante da lareira, a luz lá dentro tornou-se mais brilhante, e a rainha ouviu ruídos. Jaime emergiu, dobrado sobre si mesmo como uma velha, com as botas fazendo pequenas nuvens com a fuligem do último fogo de lorde Tywin.

— Saiam da frente — disse aos Kettleblack.

Cersei correu para ele.

— Você os encontrou? Encontrou os assassinos? Quantos eram? — Decerto era mais de um. Um homem sozinho não poderia ter matado seu pai.

O rosto do irmão trazia um ar descomposto.

— O poço desce até uma câmara onde se encontram meia dúzia de túneis. Estão fechados por portões de ferro, acorrentados e trancados. Preciso encontrar as chaves — olhou de relance pelo quarto. — Quem quer que tenha feito isso pode ainda estar escondido nas paredes. Aquilo ali é um labirinto, e escuro.

Cersei imaginou Tyrion engatinhando por entre as paredes como uma ratazana monstruosa. *Não. Está sendo tola. O anão está em sua cela.*

— Ataque as paredes com martelos. Derrube esta torre, se for preciso. Quero que os encontrem. Quem quer que tenha feito isso. Quero-os mortos.

Jaime a abraçou, com a mão boa apertando-lhe o dorso. Ele cheirava a cinzas, mas tinha o sol da manhã nos cabelos, dando-lhes um brilho dourado. Desejou puxar o rosto dele para o seu e beijá-lo. *Mais tarde*, disse a si mesma, *mais tarde virá ter comigo, para me confortar*.

— Somos os seus herdeiros, Jaime — sussurrou. — Cabe a nós terminar sua obra. Precisa tomar o lugar do pai como Mão. Agora percebe isso, certamente. Tommen irá precisar de você...

Ele a afastou e ergueu o braço, pondo-lhe o coto diante dos olhos.

— Uma Mão sem mão? Piada sem graça, irmã. Não me peça para governar.

O tio ouviu a recusa. Qyburn também, e os Kettleblack igualmente, lutando para fazer passar sua trouxa pelas cinzas. Até os guardas ouviram, Puckens, Hoke, Perna de Cavalo e Orelha-Curta. *Todo o castelo saberá ao cair da noite*. Cersei sentiu o calor lhe subir ao rosto.

— Governar? Nada disse de governar. Eu governarei até meu filho ter idade.

— Não sei de quem tenho mais pena — o irmão respondeu. — Se de Tommen ou dos Sete Reinos.

Ela o esbofeteou. O braço de Jaime ergueu-se para segurar o golpe com a rapidez de um gato... mas aquele gato tinha um coto no lugar da mão direita. Os dedos dela deixaram marcas vermelhas em sua face.

O som levou o tio a se erguer.

— Seu pai jaz aqui *morto*. Tenham a decência de levar a briga lá para fora.

Jaime inclinou a cabeça, num pedido de desculpa.

— Perdoe-nos, tio. Minha irmã está doente de dor. Ela esquece o que é apropriado.

Cersei desejou voltar a esbofeteá-lo por aquilo. *Devia estar louca quando pensei que ele podia ser Mão*. Mais depressa aboliria o cargo. Quando lhe teria uma Mão trazido algo além de pesar? Jon Arryn pusera Robert Baratheon em sua cama, e antes de morrer começara também a farejar em volta dela e de Jaime. Eddard Stark apanhara o fio da meada onde Arryn o deixara; sua intromissão a forçara a se livrar de Robert mais depressa do que teria desejado, antes de ter tempo de tratar de seus pestilentos irmãos. Tyrion vendera Myrcella aos dorneses, tomara um de seus filhos como refém e assassinara o outro. E quando lorde Tywin regressara a Porto Real...

A próxima Mão conhecerá o seu lugar, prometeu a si mesma. Teria de ser sor Kevan. O tio era incansável, prudente, infalivelmente obediente. Poderia contar com ele, tal como o pai contara. *A mão não discute com a cabeça*. Tinha um reino para governar, mas precisaria de novos homens para ajudá-la na tarefa. Pycelle era um bajulador trêmulo, Jaime perdera a coragem com a mão da espada, e Mace Tyrell e seus amiguinhos Redwyne e Rowan não eram dignos de confiança. Tanto quanto sabia, podiam ter desempenhado um papel naquilo. Lorde Tyrell devia saber que nunca governaria os Sete Reinos enquanto Tywin Lannister vivesse.

Terei de agir com cautela em relação a ele. A cidade estava cheia de seus homens, e lorde Tyrell até conseguira plantar um de seus filhos na Guarda Real e pretendia plantar a filha na cama de Tommen. Ainda deixava-a furiosa pensar que o pai concordara em prometer Tommen a Margaery Tyrell. *A garota tem o dobro da idade dele e é duas vezes viúva*. Mace Tyrell afirmava que a filha ainda era virgem, mas Cersei tinha suas dúvidas. Joffrey fora assassinado antes de poder se deitar com a esposa, mas ela fora casada com Renly... *Um homem pode preferir o sabor do hipocraz, mas quando se coloca uma caneca de cerveja na sua frente emborca-a bem depressa*. Teria de ordenar a lorde Varys que descobrisse o que pudesse.

Aquilo a fez parar. Esquecera-se de Varys. *Ele devia estar aqui*. Está sempre aqui. Sempre que algo de importância acontecia na Fortaleza Vermelha, o eunuco aparecia como que saído de parte nenhuma. *Jaime está aqui, assim como tio Kevan, Pycelle chegou e partiu, mas Varys não*. Um dedo frio lhe tocou a espinha. *Ele participou disso. Deve ter temido que o pai quisesse lhe cortar a cabeça, por isso atacou primeiro*. Lorde Tywin nunca sentira nenhuma amizade pelo afetado mestre dos segredos. E se havia homem que conhecia os segredos da Fortaleza Vermelha, era certamente o mestre dos segredos. *Ele deve ter feito causa comum com lorde Stannis. Afinal de contas, serviram juntos no conselho de Robert...*

Cersei dirigiu-se à porta do quarto para falar com sor Meryn Trant:

— Trant, traga-me lorde Varys. Guinchando e esperneando, se preciso, mas ileso.

— Às ordens de Vossa Graça.

Mas, assim que um homem da Guarda Real partiu, outro regressou. Sor Boros Blount estava corado e ofegava da corrida precipitada degraus acima.

— Desapareceu — ele arquejou ao ver a rainha, caindo sobre um joelho. — O Duende... tem a cela aberta, Vossa Graça... não há sinal dele em lugar nenhum...

O sonho era verdadeiro.

— Eu dei ordens — disse. — Ele deveria ser mantido sob guarda, dia e noite...

O peito de Blount palpitava.

— Um dos carcereiros também desapareceu. Chamava-se Rugen. Dois outros homens foram encontrados adormecidos.

Foi com dificuldade que Cersei evitou gritar:

— Espero que não os tenha acordado, sor Boros. Deixe-os dormir.

— Dormir? — ergueu o olhar, interrogador e confuso. — Sim, Vossa Graça. Quanto tempo deverá...

— Para sempre. Certifique-se de que durmam para sempre, sor. Não admitirei que guardas durmam em serviço. — *Ele está nas paredes. Matou o pai, assim como a mãe, e ainda Joff.* O anão também viria atrás dela, a rainha sabia disso, tal como a velha vaticinara na escuridão daquela tenda. *Eu ri na cara dela, mas a mulher tinha poderes. Vi meu futuro numa gota de sangue. A minha perdição.* Sentia as pernas fraquejarem. Sor Boros tentou segurá-la pelo braço, mas a rainha se afastou ao seu toque. Tanto quanto sabia, ele podia ser uma das criaturas de Tyrion. — Afaste-se de mim — disse. — Afaste-se! — Cambaleou até um banco.

— Vossa Graça? — disse Blount. — Devo buscar uma taça de água?

Eu preciso é de sangue, não de água. O sangue de Tyrion, o sangue do valonqar. Os archotes rodopiaram à sua volta. Cersei fechou os olhos e viu o anão sorrindo para ela. *Não,* pensou, *não, já tinha quase me visto livre de você.* Mas os dedos de Tyrion tinham se fechado em torno do seu pescoço, e sentia-os começar a apertar.

BRIENNE

— Procuro uma donzela de treze anos — disse ela à dona de casa de cabelos grisalhos junto ao poço da aldeia. — Uma donzela bem-nascida e muito bela, com olhos azuis e cabelos ruivos. Talvez esteja viajando com um cavaleiro corpulento de quarenta anos ou com um bobo. Você a viu?

— Que me lembre não — respondeu a mulher, batendo na testa com os nós dos dedos. — Mas vou ficar alerta, ah, isso vou.

O ferreiro também não a tinha visto, e o septão da aldeia também não, nem o criador de porcos ou a garota que arrancava cebolas de seu jardim, ou qualquer outra das pessoas simples que a Donzela de Tarth encontrou entre as cabanas de taipa de Rosby. Mesmo assim, persistiu. *Este é o caminho mais curto para Valdocaso*, disse Brienne a si mesma. *Se Sansa veio por aqui, alguém deve tê-la visto*. Aos portões do castelo fez sua pergunta aos dois lanceiros cuja divisa mostravam três arminhos vermelhos, as armas da Casa Rosby.

— Se ela está na estrada por esses dias, não será donzela por muito tempo — disse o homem mais velho. O mais novo quis saber se a garota também era ruiva entre as pernas.

Aqui não encontrarei ajuda. Quando Brienne voltou a montar, vislumbrou um garoto magricela em cima de um cavalo malhado na outra ponta da aldeia. *Não falei com aquele*, pensou, mas o garoto desapareceu atrás do septo antes de ela ter tempo de interrogá-lo. Não se incomodou em segui-lo. O mais provável era que não soubesse mais do que os outros. Rosby era pouco mais que um lugarejo à beira da estrada; Sansa não teria motivo algum para se demorar ali. Regressando à estrada, Brienne seguiu para norte e para leste, passando por pomares de macieiras e campos de cevada, e rapidamente deixou a aldeia e seu castelo para trás. *Será em Valdocaso que encontrarei minha presa*, disse a si mesma. *Se é que Sansa veio nesta direção*.

— Encontrarei a garota e a manterei a salvo — prometera Brienne a sor Jaime em Porto Real. — Pela senhora mãe dela. E por você. — Nobre promessa, mas proferir palavras era fácil. Agir era difícil. Demorara-se demais e descobrira muito pouco na cidade. *Devia ter partido mais cedo... mas para onde?* Sansa Stark desaparecera na noite em que o rei Joffrey morreu, e se alguém a vira desde então, ou tivera alguma pista do local para onde poderia ter se dirigido, não falava. *Comigo, pelo menos*.

Brienne estava convencida de que a garota deixara a cidade. Se ainda estivesse em Porto Real, os homens de manto dourado a teriam encontrado. Só poderia ter ido para outro local... mas outro local é um lugar muito grande. *Se eu fosse uma donzela que acabou de florir, sozinha e assustada, em perigo desesperador, o que faria?*, perguntara a si mesma. *Para onde iria?* Para ela, a resposta era simples. Regressaria a Tarth, para junto do pai. Mas o pai de Sansa fora decapitado diante dela. A senhora sua mãe também estava morta, assassinada nas Gêmeas, e Winterfell, a grande fortificação dos Stark, fora saqueado e queimado, e sua gente passada na espada. *Ela não tem um lar para onde voltar, não tem pai, não tem mãe, não tem irmãos*. Podia estar na vila seguinte, ou num navio com destino a Asshai; uma coisa parecia tão provável quanto a outra.

Mesmo se Sansa Stark quisesse voltar para casa, como chegaria lá? A estrada do rei não era segura; até uma criança saberia disso. Os homens de ferro controlavam Fosso Cailin no meio do Gargalo, e nas Gêmeas estavam os Frey, que tinham assassinado o irmão de

Sansa e a senhora sua mãe. A garota podia seguir por mar se tivesse dinheiro, mas o porto em Porto Real continuava em ruínas, com o rio transformado numa confusão de cais quebrados e galés incendiadas e afundadas. Brienne fizera perguntas ao longo das docas, mas ninguém conseguia se lembrar de um navio ter partido na noite em que rei Joffrey morrera. Alguns navios mercantes tinham ancorado na baía e descarregaram por meio de botes, dissera-lhe um homem, mas eram mais numerosos os que prosseguiam ao longo da costa até Valdocaso, cujo porto nunca tivera tanto movimento.

A égua de Brienne era linda de se ver, e manteve um belo ritmo. Havia mais viajantes do que teria imaginado ser possível. Irmãos mendicantes passavam por ela com as tigelas penduradas ao pescoço. Um jovem septão passou a galope num palafrém tão elegante como o de qualquer lorde, e, mais tarde, encontrou um bando de irmãs silenciosas que balançaram a cabeça quando Brienne lhe fez suas perguntas. Um comboio de carros de bois arrastava-se penosamente para o sul, com cereais e sacas de lã, e mais tarde ela passou por um criador de porcos que levava uma vara de animais, e por uma velha numa liteira a cavalo, com uma escolta de guardas montados. Perguntou a todos se teriam visto uma garota bem-nascida, com treze anos, olhos azuis e cabelos ruivos. Ninguém vira. Interrogou-os também a respeito da estrada que tinha em frente.

— Daqui a Valdocaso está bastante segura — disse-lhe um homem —, mas, mais adiante, há fora da lei e desertores na floresta.

Só os pinheiros-marciais e as árvores-sentinela ainda ostentavam verde; as árvores de folha caduca tinham vestido mantos marrom-avermelhados e dourados, ou então haviam se descoberto para arranhar o céu com ramos castanhos e nus. Cada rajada de vento fazia que a estrada sulcada fosse atravessada por rodopiantes nuvens de folhas mortas. Faziam um som roçagante ao se esgueirar junto aos cascos da grande égua baia que Jaime Lannister lhe concedera. *É tão fácil encontrar uma folha no vento quanto achar uma garota perdida em Westeros.* Deu por si perguntando-se se Jaime teria lhe atribuído aquela tarefa como uma cruel brincadeira. Talvez Sansa Stark estivesse morta, decapitada pelo papel desempenhado na morte do rei Joffrey, enterrada em alguma sepultura anônima. Que melhor forma de esconder seu assassinato do que enviar uma garota grande e estúpida de Tarth à sua procura?

Jaime não faria isso. Ele foi sincero. Deu-me a espada e a batizou Cumpridora de Promessas. Fosse como fosse, não fazia diferença. Prometera a lady Catelyn que lhe traria as filhas, e não havia promessa mais solene do que aquela feita aos mortos. A garota mais nova estava morta havia muito, Jaime afirmara; a Arya que os Lannister tinham enviado para o Norte a fim de se casar com o bastardo de Roose Bolton era uma fraude. Só restava Sansa. Brienne tinha de encontrá-la.

Perto do ocaso, viu uma fogueira de acampamento ardendo ao lado de um regato. Dois homens encontravam-se sentados junto dela grelhando trutas, com as armas e armaduras empilhadas debaixo de uma árvore. Um deles era velho, e o outro, de qualquer forma mais novo, estava longe de ser jovem. O homem mais novo ergueu-se para saudar Brienne. Tinha uma grande barriga que lhe esticava os cordões do justilho de pele de corça malhada. Uma barba hirsuta e por aparar cobria-lhe o rosto e o queixo da cor de ouro antigo.

— Temos truta para três, sor — gritou.

Não era a primeira vez que Brienne era confundida com um homem. Tirou o elmo, deixando que os cabelos se derramassem, livres. Eram loiros, da cor da palha seca, e quase igualmente quebradiços. Longos e finos, foram soprados em volta de seus ombros.

— Agradeço-lhe, sor.

O cavaleiro andante semicerrou os olhos com um tal zelo que ela compreendeu que o homem devia ser míope.

— É uma senhora? Armada e vestida de armadura? Illy, pela bondade dos deuses, o *tamanho* que ela tem.

— Também a tomei por um cavaleiro — disse o mais velho, virando as trutas.

Se Brienne fosse um homem, seria chamada de grande; para uma mulher, era enorme. *Monstruosa* era a palavra que ouvira a vida inteira. Era larga de ombros e mais larga nas ancas. As pernas eram longas, e os braços, grossos. O peito era mais músculo do que seios. As mãos eram grandes, e os pés, enormes. E, além de tudo, era feia, com uma cara equina e sardenta, e dentes que pareciam ser quase grandes demais para a boca. Não precisava que lhe recordassem de nada daquilo.

— Sores — disse —, viram uma donzela de treze anos na estrada? Tem olhos azuis e cabelos rubros, e talvez estivesse na companhia de um homem robusto, de rosto ruborizado, com quarenta anos.

O cavaleiro andante míope coçou a cabeça.

— Não me lembro de nenhuma donzela assim. Que tipo de cabelo é o rubro?

— Vermelho-acastanhado, normalmente — disse o homem mais velho. — Não, não a vimos.

— Não a vimos, milady — disse-lhe o mais novo. — Vamos, desmonte, o peixe está quase pronto. Tem fome?

De fato tinha, mas também tinha cautela. A reputação dos cavaleiros andantes era duvidosa. "Um cavaleiro andante e um cavaleiro assaltante são dois lados da mesma espada", dizia-se. *Esses dois não parecem muito perigosos.*

— Posso saber seus nomes, sores?

— Tenho a honra de ser sor Creighton Longbough, sobre o qual cantam os cantores — disse o barrigudo. — Talvez tenha ouvido falar de meus feitos na Água Negra. Meu companheiro é sor Illifer, o Sem-Tostão.

Se havia canções sobre Creighton Longbough, não eram das que Brienne tivesse ouvido. O nome dos homens não tinha mais significado para ela do que suas armas. O escudo verde de sor Creighton mostrava apenas um comandante castanho e uma profunda ranhura feita por algum machado de guerra. O de sor Illifer mostrava-se gironado de ouro e arminho, embora tudo nele sugerisse que nunca conhecera mais do que ouro e arminho pintado. Não teria menos de sessenta anos, e tinha um rosto atormentado e estreito, sob o capuz de um remendado manto de tecido grosseiro. Andava vestido de cota de malha, mas pontos de ferrugem sarapintavam o ferro como sardas. Brienne era uma cabeça mais alta do que qualquer dos dois, e estava mais bem montada e armada também. *Se temer homens como estes, é melhor que troque a espada longa por um par de agulhas de tricô.*

— Agradeço a vocês, bons sores — disse. — De bom grado partilharei sua truta. — Desmontando, Brienne tirou a sela da égua e lhe deu de beber antes de prendê-la, deixando-a pastar. Empilhou as armas, escudo e alforjes sob um olmo. Quando terminou, a truta já estava pronta e estaladiça. Sor Creighton lhe trouxe uma, e Brienne sentou-se de pernas cruzadas no chão para comer.

— Seguimos para Valdocaso, milady — disse-lhe Longbough, enquanto desfazia sua truta com os dedos. — Faria bem em seguir conosco. As estradas são perigosas.

Brienne poderia ter lhe contado mais sobre os perigos das estradas do que ele gostaria de saber.

— Agradeço-lhe, sor, mas não preciso de sua proteção.
— Insisto. Um verdadeiro cavaleiro deve proteger o sexo gentil.
Brienne tocou o cabo da espada:
— Isto me defenderá, sor.
— Uma espada tem apenas o valor do homem que a brande.
— E eu a brando suficientemente bem.
— Como quiser. Não seria cortês discutir com uma senhora. Nós a levaremos em segurança até Valdocaso. Um grupo de três pode cavalgar de forma mais segura do que uma pessoa sozinha.

Éramos três quando partimos de Correrrio, e, no entanto, Jaime perdeu a mão da espada, e Cleos Frey, a vida.

— Sua montaria não seria capaz de acompanhar o ritmo da minha. — O castrado castanho de sor Creighton era uma velha criatura, com o dorso demasiado curvo e olhos ramelosos, e o cavalo de sor Illifer parecia pouco robusto e meio morto de fome.

— Meu corcel serviu-me bastante bem na Água Negra — insistiu sor Creighton. — Ora, ali realizei grande carnificina e conquistei uma dúzia de resgates. Milady conhecia sor Herbert Bolling? Nunca o reencontrará agora. Matei-o de um golpe. Quando as espadas se encontram, nunca achará sor Creighton Longbough na retaguarda.

O companheiro soltou um risinho seco:
— Creigh, para com isso. Gente como ela não tem uso a dar a gente como nós.
— Gente como eu? — Brienne não tinha certeza do que ele queria dizer.

Sor Illifer entortou um dedo ossudo na direção de seu escudo. Embora a pintura estivesse rachada e descascando, o símbolo aparecia com clareza: um morcego negro num campo dividido em faixas de prata e ouro.

— Usa um escudo de mentiroso, ao qual não tem direito. O avô de meu avô ajudou a matar os últimos Lothston. Ninguém desde então se atreveu a mostrar esse morcego, negro como as ações daqueles que o usavam.

O escudo era aquele que sor Jaime levara do arsenal de Harrenhal. Brienne encontrara-o nos estábulos com a égua e muitas outras coisas; sela e freios, camisa de cota de malha e grande elmo com viseira, bolsas de ouro e prata e um pergaminho mais valioso do que qualquer delas.

— Perdi meu escudo — explicou.
— Um verdadeiro cavaleiro é o único escudo de que uma donzela necessita — declarou sor Creighton em tom resoluto.

Sor Illifer o ignorou:
— Um homem descalço procura uma bota, e um homem com frio, um manto. Mas quem se cobriria em vergonha? Lorde Lucas usou o morcego, bem como o Proxeneta e Manfryd do Capuz Negro, seu filho. Por que usar um brasão desses, pergunto eu a mim mesmo, a menos que seu pecado seja ainda maior... e mais *fresco* — desembainhou o punhal, um feio bocado de ferro barato. — Uma mulher monstruosamente grande e forte que esconde suas verdadeiras cores. Creigh, contemple a Donzela de Tarth, que abriu a real goela de Renly.

— Isso é uma mentira. — Renly Baratheon fora mais do que um rei para ela. Amara-o desde que ele fora a Tarth pela primeira vez, durante a vagarosa viagem senhorial com que marcara a passagem à idade adulta. O pai lhe dera as boas-vindas com um banquete e ordenara que Brienne estivesse presente; de outro modo ter-se-ia escondido em seu quarto como uma fera ferida. Naquela época, não era mais velha do que Sansa, e temia mais os risos abafados do que as espadas. *Eles saberão da rosa*, dissera a lorde Selwyn, *rirão de mim*. Mas a Estrela da Tarde não quisera ceder.

E Renly Baratheon lhe mostrou toda cortesia, como se ela fosse uma donzela como devia ser, e bonita. Até dançara com Brienne, e nos braços dele sentira-se graciosa, e seus pés flutuaram chão afora. Mais tarde, outros lhe pediram uma dança, por causa do exemplo dado por ele. Desse dia em diante, só desejara estar perto de lorde Renly, para servi-lo e protegê-lo. Mas, no fim, lhe falhara. *Renly morreu em meus braços, mas não o matei*, pensou, mas aqueles cavaleiros andantes nunca compreenderiam.

— Teria dado a vida por rei Renly e morrido feliz — disse. — Não lhe fiz nenhum mal. Juro-o pela minha espada.

— Quem jura pela espada são os cavaleiros — disse sor Creighton.

— Jure pelos Sete — sugeriu Illifer, o Sem-Tostão.

— Seja pelos Sete. Não fiz nenhum mal ao rei Renly. Juro-o pela Mãe. Que eu nunca conheça sua misericórdia se estiver mentindo. Juro-o pelo Pai, e peço que ele possa me julgar com justiça. Juro-o pela Donzela e pela Velha, pelo Ferreiro e pelo Guerreiro. E juro-o pelo Estranho, e que ele me leve agora se sou falsa.

— Ela jura bem, para uma donzela — admitiu sor Creighton.

— É verdade. — Sor Illifer, o Sem-Tostão encolheu os ombros. — Bem, se mente, os deuses tratarão dela — voltou a guardar o punhal. — O primeiro turno de vigia é seu.

Enquanto os cavaleiros andantes dormiam, Brienne perambulou sem descanso pelo pequeno acampamento, escutando o crepitar da fogueira. *Devia seguir caminho enquanto posso.* Não conhecia aqueles homens, mas não conseguia se convencer a abandoná-los sem defesa. Mesmo na escuridão da noite, havia viajantes na estrada e ruídos nos bosques que podiam ou não ser corujas e raposas à caça. E assim Brienne vagou, e manteve a lâmina solta dentro da bainha.

No fim das contas, o turno foi fácil. *Depois* é que se tornou difícil, quando sor Illifer acordou e disse que a renderia. Brienne abriu uma manta no chão e se enrolou para fechar os olhos. *Não dormirei*, disse a si mesma, apesar de estar exausta até os ossos. Nunca dormira facilmente na presença de homens. Mesmo nos acampamentos de lorde Renly, o risco de estupro estava sempre presente. Era uma lição que aprendera sob as muralhas de Jardim de Cima, e voltara a aprender quando ela e Jaime caíram nas mãos dos Bravos Companheiros.

O frio da terra infiltrou-se através dos cobertores de Brienne e enfiou-se em seus ossos. Não demorou muito para sentir cada músculo comprimido e dolorido, do queixo aos dedos dos pés. Perguntou a si mesma se Sansa Stark também teria frio onde quer que estivesse. Lady Catelyn dissera que Sansa era uma alma gentil, que adorava bolo de limão, vestidos de seda e canções de cavalaria, mas a garota vira a cabeça do pai ser cortada e depois fora forçada a se casar com um de seus assassinos. Se metade das histórias fosse verdadeira, o anão era o mais cruel de todos os Lannister. *Se ela envenenou rei Joffrey, o Duende certamente a forçou. Ela estava só e sem amigos naquela corte.* Em Porto Real, Brienne encontrara uma certa Brella, que fora uma das aias de Sansa. A mulher dissera-lhe que havia pouco calor entre Sansa e o anão. Talvez estivesse fugindo tanto dele quanto do assassinato de Joffrey.

Quaisquer sonhos que Brienne pudesse ter tido haviam desaparecido quando a aurora a despertou. Sentia as pernas rígidas como madeira devido ao terreno frio, mas ninguém a molestara, e seus bens mantinham-se intactos. Os cavaleiros andantes estavam acordados e de pé. Sor Illifer esfolava um esquilo para o café da manhã, enquanto sor Creighton estava virado para uma árvore, aliviando-se numa boa e longa mijadela. *Cavaleiros andantes*, pensou, *velhos, vaidosos, roliços e míopes, mas, apesar de tudo, homens decentes*. Animava-a saber que ainda existiam homens decentes no mundo.

Quebraram o jejum com o esquilo assado, mingau de bolota e picles, enquanto sor Creighton a divertia com suas façanhas na Água Negra, onde matara uma dúzia de temíveis cavaleiros de que ela nunca ouvira falar:

— Oh, foi uma luta fora do comum, milady — disse —, um combate único e sangrento. — Admitiu que sor Illifer também lutara nobremente na batalha. Mas o próprio Illifer pouco disse.

Quando chegou o momento de continuarem a viagem, os cavaleiros puseram-se um de cada lado dela, como guardas protegendo uma grande senhora qualquer... embora aquela senhora fizesse que ambos os protetores se parecessem anões e, na ocasião, estivesse mais bem armada e couraçada.

— Alguém passou durante o turno de vocês? — Brienne lhes perguntou.

— Alguém como uma donzela de treze anos, com cabelos rubros? — disse sor Illifer, o Sem-Tostão. — Não, senhora. Ninguém.

— Eu vi alguns — interpôs sor Creighton. — Um moço de lavoura qualquer, montado num cavalo malhado, e meia hora mais tarde seis homens a pé com cajados e foices. Viram nossa fogueira e pararam para deitar um longo olhar aos nossos cavalos, mas lhes mostrei um pouco do meu aço e lhes disse para prosseguirem. Tipos duros, pelo aspecto, e também desesperados, mas não o suficiente para brincar com sor Creighton Longbough.

Certamente não, pensou Brienne, *assim tão desesperados, não*. Virou a cabeça para esconder o sorriso. Felizmente sor Creighton estava absorto demais na história de sua épica batalha com o Cavaleiro da Galinha Vermelha para reparar que a donzela se divertia. Era bom ter companheiros na estrada, mesmo companheiros como aqueles dois.

Era meio-dia quando Brienne ouviu cânticos à deriva através das árvores nuas e marrons.

— Que barulho é esse? — perguntou sor Creighton.

— Vozes erguidas em prece — Brienne conhecia o cântico. *Imploram proteção ao Guerreiro e pedem à Velha que lhes ilumine o caminho.*

Sor Illifer, o Sem-Tostão desnudou sua lâmina deformada e refreou o cavalo para esperar a chegada do grupo.

— Já estão próximos.

Os cânticos enchiam a floresta como um trovão piedoso. E, de súbito, a fonte do som surgiu na estrada. Um grupo de irmãos mendicantes seguia à frente, homens malvestidos e barbudos, com vestes de tecido grosseiro, alguns descalços, e outros de sandálias. Atrás deles marchavam três vintenas de homens, mulheres e crianças esfarrapadas, uma porca malhada e várias ovelhas. Vários dos homens traziam machados, e os que empunhavam pedaços de madeira e maças toscas eram mais numerosos. Entre eles seguia uma carroça de duas rodas feita de madeira cinzenta e lascada, contendo uma grande pilha de crânios e pedaços de osso. Quando viram os cavaleiros andantes, os irmãos mendicantes pararam e o cântico morreu.

— Bons cavaleiros — disse um deles —, a Mãe ama vocês.

— E a você, irmão — disse sor Illifer. — Quem são?

— Pobres irmãos — disse um homem grande com um machado. Apesar do frio da floresta outonal, não vestia camisa, e no peito tinha cinzelada uma estrela de sete pontas. Guerreiros ândalos ostentavam estrelas como aquela gravadas na carne quando atravessaram pela primeira vez o mar estreito para esmagar os reinos dos Primeiros Homens.

— Marchamos para a cidade — disse uma mulher alta atrás da carroça —, para levar estes ossos sagrados ao Abençoado Baelor, e procurar o auxílio e a proteção do rei.

— Juntem-se a nós, amigos — exortou um pequeno homem magro que trajava uma veste de septão e usava um cristal numa corrente em volta do pescoço. — Westeros necessita de todas as espadas.

— Nós seguimos para Valdocaso — declarou sor Creighton —, mas talvez pudéssemos levar vocês em segurança até Porto Real.

— Caso tenham dinheiro para nos pagar pela escolta — acrescentou sor Illifer, que parecia tão prático como sem vintém.

— Os pardais não precisam de ouro — respondeu o septão.

Sor Creighton não compreendeu:

— Pardais?

— O pardal é a mais humilde e a mais comum das aves, assim como nós somos os mais humildes e os mais comuns dos homens — o septão tinha um rosto magro e anguloso e uma barba curta, grisalha e castanha. Seus cabelos finos estavam puxados e atados atrás da cabeça, e tinha os pés nus e negros, nodosos e duros como raízes de uma árvore. — Estes são os ossos de homens santos, assassinados por sua fé. Serviram os Sete até a morte. Alguns morreram de fome, outros foram torturados. Septos foram pilhados, donzelas e mães foram estupradas por homens ímpios e adoradores de demônios. Até irmãs silenciosas foram molestadas. Nossa Mãe no Céu grita em sua angústia. É hora de todos os cavaleiros ungidos abandonarem seus senhores terrenos e defenderem a nossa Santa Fé. Venham conosco para a cidade, caso amem os Sete.

— Tenho bastante amor por eles — disse Illifer —, mas preciso comer.

— Assim como todos os filhos da Mãe.

— Vamos para Valdocaso. — Sor Illifer repetiu terminantemente.

Um dos irmãos mendicantes cuspiu, e uma mulher soltou um gemido.

— São falsos cavaleiros — disse o grandalhão com a estrela gravada no peito. Vários outros brandiram pedaços de madeira.

O septão descalço os acalmou com uma palavra.

— Não julguem, pois o julgamento cabe ao Pai. Deixe-os passar em paz. Eles também são pobres irmãos, perdidos na terra.

Brienne fez a égua avançar:

— Minha irmã também está perdida. Uma garota de treze anos com cabelos ruivos e bonita de se ver.

— Todos os filhos da Mãe são bonitos de se ver. Que a Donzela vigie essa pobre moça... e a você também, julgo eu — o septão pôs um dos tirantes da carroça no ombro e começou a puxar. Os irmãos mendicantes recomeçaram o cântico. Brienne e os cavaleiros andantes ficaram parados, montados nos cavalos, enquanto a procissão passava devagar, seguindo a estrada sulcada na direção de Rosby. O som de seus cânticos foi diminuindo lentamente até morrer.

Sor Creighton ergueu uma nádega da sela para coçar o traseiro.

— Que tipo de homem mataria um santo septão?

Brienne conhecia esse tipo de homem. Perto de Lagoa da Donzela, recordava-se, os Bravos Companheiros tinham pendurado um septão, de cabeça para baixo, no galho de uma árvore e usado seu cadáver para praticar tiro ao alvo. Perguntou a si mesma se seus ossos estariam empilhados naquela carroça com todos os outros.

— Um homem teria de ser um idiota para estuprar uma irmã silenciosa. — Sor Creighton declarou. — Ou até para pôr as mãos em uma... diz-se que são as esposas do Estranho, e suas partes femininas são frias e úmidas como gelo — lançou um rápido olhar a Brienne. — Ah... peço perdão.

Brienne esporeou a égua na direção de Valdocaso. Um momento depois, sor Illifer a seguiu, e sor Creighton fechou a retaguarda.

Três horas mais tarde encontraram outro grupo que seguia penosamente na direção de Valdocaso; um mercador e seus criados, acompanhados por outro cavaleiro andante. O mercador montava uma égua cinzenta sarapintada, enquanto os criados se revezavam para puxar seu carro. Quatro esforçavam-se nos tirantes, enquanto os outros dois caminhavam ao lado das rodas. Mas quando ouviram o som de cavalos se colocaram em volta do carro com bastões de freixo ferrados, prontos para serem usados. O mercador puxou uma besta e o cavaleiro, uma espada.

— Perdoem minha suspeita — gritou o mercador —, mas os tempos são conturbados, e só tenho o bom sor Shadrich para me defender. Quem são?

— Ora — respondeu sor Creighton, ofendido —, sou o famoso sor Creighton Longbough, vindo da batalha da Água Negra, e este é meu companheiro, sor Illifer, o Sem-Tostão.

— Não pretendemos lhes fazer nenhum mal — disse Brienne.

O mercador a avaliou com ar duvidoso.

— Senhora, devia estar a salvo em casa. Por que usa um vestuário tão pouco natural?

— Procuro minha irmã. — Não se atrevia a mencionar o nome de Sansa, com a garota sendo acusada de regicídio. — É uma donzela bem-nascida e bela, com olhos azuis e cabelos ruivos. Talvez a tenham visto com um cavaleiro robusto de quarenta anos, ou um bobo bêbado.

— As estradas estão cheias de bobos bêbados e de donzelas espoliadas. Quanto a cavaleiros robustos, é difícil a qualquer homem honesto manter a barriga redonda quando a tantos falta comida... embora sor Creighton não tenha passado fome, ao que parece.

— Tenho ossos grandes — insistiu sor Creighton. — Seguimos juntos por algum tempo? Não duvido do valor de sor Shadrich, mas ele parece pequeno, e é melhor três lâminas do que uma.

Quatro lâminas, pensou Brienne, mas controlou a língua.

O mercador olhou para sua escolta.

— O que diz, sor?

— Oh, esses três não são nada a temer. — Sor Shadrich era um homem seco e nervoso, com rosto de raposa, nariz aguçado e um montículo de cabelos cor de laranja, montado num corcel marrom de pernas altas. Embora não tivesse mais de um metro e cinquenta e cinco, possuía modos senhores de si. — Aquele é velho; o outro, gordo, e a grande é mulher. Que venham.

— Assim seja — o mercador abaixou a besta.

Quando retomaram viagem, o cavaleiro contratado deixou-se ficar para trás e olhou Brienne de cima a baixo como se ela fosse uma boa peça de porco salgado.

— É uma garota forte e saudável, parece.

A troça de sor Jaime a golpeara profundamente; as palavras do homenzinho quase nem lhe tocaram.

— Uma gigante, comparada com certos homens.

Ele deu risada.

— Sou suficientemente grande onde conta, garota.

— O mercador chamou-o Shadrich.

— Sor Shadrich de Vale Sombrio. Há quem me chame de Rato Louco — virou o escudo para lhe mostrar seu símbolo, um grande rato branco com ferozes olhos vermelhos sobre faixas marrom e azul. — O marrom simboliza as terras que percorri, e o azul, os rios que atravessei. O rato sou eu.

— E você é louco?

— Oh, bastante. Um rato comum foge do sangue e da batalha. O louco os procura.

— Aparentemente é raro encontrá-los.

— Encontro-os o suficiente. É verdade que não sou nenhum cavaleiro de torneios. Guardo meu valor para o campo de batalha, mulher.

Supunha que *mulher* era marginalmente melhor do que *garota*.

— Então, você e o bom sor Creighton têm muito em comum.

Sor Shadrich deu risada:

— Oh, duvido, mas pode ser que você e eu partilhemos uma missão. Uma irmãzinha perdida, não é? Com olhos azuis e cabelos ruivos? — voltou a rir. — Não é o único caçador nos bosques. Eu também procuro Sansa Stark.

Brienne manteve o rosto como uma máscara para esconder a consternação.

— Quem é essa Sansa Stark, e por que a procura?

— Por amor, que outra coisa poderia ser?

Brienne franziu a testa:

— Amor?

— Sim, amor pelo ouro. Ao contrário de nosso bom sor Creighton, realmente lutei na Água Negra, mas do lado perdedor. Meu resgate me arruinou. Sabe quem é Varys, espero? O eunuco ofereceu um saco rechonchudo de ouro por essa garota de que nunca ouvi falar. Não sou um homem ganancioso. Se alguma moça grande demais me ajudasse a encontrar essa criança marota, eu dividiria o dinheiro da Aranha com ela.

— Julguei que estivesse a soldo do mercador.

— Só até Valdocaso. Hibald é tão avarento quanto temeroso. E é *muito* temeroso. Que me diz, garota?

— Não conheço nenhuma Sansa Stark — ela insistiu. — Ando à procura de minha irmã, uma moça bem-nascida...

— ... com olhos azuis e cabelos ruivos. Diga-me, quem é esse cavaleiro que viaja com sua irmã? Ou será que o chamou de bobo? — Sor Shadrich não esperou pela resposta de Brienne, o que era bom, visto que não tinha nenhuma. — Um certo bobo desapareceu de Porto Real na noite da morte do rei Joffrey, um tipo robusto com o nariz cheio de veias rotas, um certo sor Dontos, o Vermelho, originalmente de Valdocaso. Rezo para que sua irmã e seu bobo bêbado não sejam confundidos com a garota Stark e sor Dontos. Isso poderia ser um grande infortúnio — bateu os calcanhares no corcel e avançou a trote.

Até Jaime Lannister só raramente fizera que Brienne se sentisse uma tola tão grande. *Não é o único caçador nos bosques.* A mulher, Brella, contara-lhe como Joffrey despojara sor Dontos das esporas, como lady Sansa suplicara a Joffrey que lhe poupasse a vida. *Ele a ajudou a fugir*, decidiu Brienne, depois de ouvir a história. *Se encontrar sor Dontos, encontrarei Sansa.* Deveria ter sabido que outros também chegariam a essa conclusão. *Alguns podem mesmo ser menos palatáveis do que sor Shadrich*. Só podia esperar que sor Dontos tivesse escondido bem Sansa. *Mas, se for assim, como é que eu a encontro?*

Curvou os ombros e prosseguiu, com a testa franzida.

A noite já se aproximava quando o grupo chegou a uma estalagem, um edifício alto de madeira que se erguia junto à confluência de dois rios, empoleirada numa velha ponte de pedra. Era este o nome da estalagem, disse-lhes sor Creighton, a Velha Ponte de Pedra. O estalajadeiro era seu amigo.

— Não é mau cozinheiro, e os quartos não têm mais pulgas do que o habitual — assegurou. — Quem é a favor de uma cama quente esta noite?

— Nós não, a não ser que seu amigo as esteja nos oferecendo — disse sor Illifer, o Sem-Tostão. — Não temos dinheiro para quartos.

— Posso pagar por nós três. — A Brienne não faltava dinheiro; Jaime tratara disso. Nos alforjes encontrara uma bolsa cheia de veados de prata e estrelas de cobre, outra menor atulhada de dragões de ouro, e um pergaminho ordenando a todos os súditos leais do rei para prestarem assistência à portadora, Brienne da Casa Tarth, que tratava de assuntos de Sua Graça. Estava assinado numa letra infantil por Tommen, o Primeiro do Seu Nome, Rei dos Ândalos, dos Roinares e dos Primeiros Homens, e Senhor dos Sete Reinos.

Hibald também parou na estalagem e pediu aos seus homens para deixarem a carroça perto dos estábulos. Uma quente luz amarela brilhava através das vidraças em forma de losango das janelas do estabelecimento, e Brienne ouviu um garanhão bramir ao sentir o cheiro de sua égua. Estava soltando a sela quando um rapaz saiu da porta do estábulo e disse:

— Deixe-me fazer isso, sor.

— Não sou nenhum *sor* — respondeu-lhe —, mas pode levar a égua. Certifique-se de que seja alimentada e escovada, e que lhe deem de beber.

O rapaz ruborizou-se:

— Peço perdão, milady. Pensei...

— É um erro comum — Brienne entregou-lhe as rédeas e seguiu os outros para a estalagem, com os alforjes no ombro e o rolo de dormir debaixo de um braço.

Serragem cobria o chão de tábuas da sala comum, e o ar cheirava a lúpulo, fumaça e carne. Um assado silvava e crepitava no fogo, sem ninguém cuidando dele. Seis homens da terra estavam sentados em volta de uma mesa, conversando, mas calaram-se quando os estranhos entraram. Brienne sentiu seus olhos. Apesar da cota de malha, do manto e do justilho, sentiu-se nua quando um homem disse:

— Olhem para aquilo — soube que não estava falando de sor Shadrich.

O estalajadeiro apareceu, trazendo três canecas em cada mão e derramando cerveja a cada passo.

— Tem quartos, bom homem? — perguntou-lhe o mercador.

— Pode ser que tenha — respondeu o estalajadeiro —, para quem tiver dinheiro.

Sor Creighton Longbough pareceu ofendido.

— Naggle, é assim que saúda um velho amigo? Sou eu, Longbough.

— É você, sim. Deve-me sete veados. Mostre-me alguma prata e eu lhe mostro uma cama — o estalajadeiro pousou as canecas uma a uma, derramando mais cerveja sobre a mesa enquanto o fazia.

— Pago por um quarto para mim e por outro para os meus dois companheiros — Brienne indicou sor Creighton e sor Illifer.

— Eu também vou querer um quarto — disse o mercador —, para mim e para o bom sor Shadrich. Meus criados dormirão em seus estábulos, se concordar.

O estalajadeiro olhou-os bem:

— Não me agrada, mas pode ser que deixe. Vão querer jantar? Aquilo ali no espeto é uma boa cabra, oh se é.

— Eu mesmo julgarei se ela é boa ou não — anunciou Hibald. — Meus homens se contentarão com pão e a gordura do assado.

E assim jantaram. Brienne experimentou a cabra, depois de seguir o estalajadeiro escada acima, enfiar-lhe umas tantas moedas na mão e guardar suas posses no segundo quarto que o homem lhe mostrou. Pediu também cabra para sor Creighton e para sor Illifer, visto que tinham partilhado as trutas com ela. Os cavaleiros andantes e o septão empurraram a carne para baixo com cerveja, mas Brienne bebeu uma taça de leite de cabra. Ficou à mesa, escutando as conversas e esperando, contra qualquer esperança, ouvir algo que a ajudasse a encontrar Sansa.

— Vem de Porto Real — disse um dos homens da terra a Hibald. — É verdade que o Regicida foi mutilado?

— É bem verdade — disse Hibald. — Perdeu a mão da espada.

— Sim — disse sor Creighton —, arrancada por um lobo-gigante, segundo ouvi dizer, um daqueles monstros que desceram do Norte. Nunca veio nada de bom do Norte. Até os deuses deles são esquisitos.

— Não foi um lobo — Brienne ouviu-se contestar. — Sor Jaime perdeu a mão para um mercenário de Qohor.

— Não é coisa fácil lutar com a mão ruim — observou Rato Louco.

— *Bah* — disse sor Creighton Longbough. — Acontece que luto igualmente bem com ambas as mãos.

— Oh, não tenho nenhuma dúvida disso. — Sor Shadrich ergueu a caneca numa saudação.

Brienne recordou sua luta com Jaime Lannister na floresta. Fora com dificuldade que mantivera a espada dele afastada. Ele estava fraco do tempo que passou encarcerado, e tinha correntes nos pulsos. *Nenhum cavaleiro dos Sete Reinos poderia enfrentá-lo na posse de todas as suas forças, sem correntes que lhe dificultassem os movimentos.* Jaime fizera muitas coisas malignas, mas o homem *sabia* lutar! Sua mutilação fora monstruosamente cruel. Uma coisa era matar um leão, outra era lhe cortar a pata e deixá-lo quebrado e desorientado.

De súbito, a sala comum ficou ruidosa demais para suportá-la nem que fosse por mais um momento. Brienne murmurou boas-noites e foi para a cama. O teto em seu quarto era baixo; ao entrar com uma vela na mão, teve de se abaixar para não bater a cabeça. Os únicos objetos no quarto eram uma cama suficientemente grande para seis pessoas e o toco de uma vela alta no peitoril da janela. Acendeu-a com a vela que trazia na mão, trancou a porta e pendurou o cinto da espada em uma das colunas da cama. A bainha era uma coisa simples, madeira envolta em couro marrom e fendido, e a espada ainda mais simples. Comprara-a em Porto Real, para substituir a lâmina que os Bravos Companheiros lhe tinham roubado. *A espada de Renly.* Ainda lhe doía saber que a perdera.

Mas tinha outra espada longa escondida no rolo de dormir. Sentou-se na cama e a tirou para fora. Ouro cintilou, amarelo, à luz da vela, e rubis arderam, rubros. Quando tirou a Cumpridora de Promessas da bainha ornamentada, Brienne sentiu que a respiração se prendia em sua garganta. As ondulações corriam, negras e vermelhas, pelas profundezas do aço. *Aço valiriano, forjado com feitiços.* Era uma espada digna de um herói. Quando pequena, a ama lhe enchera os ouvidos com contos de valor, regalando-a com os nobres feitos de sor Galladon de Morne, de Florian, o Bobo, do príncipe Aemon, o Cavaleiro do Dragão, e de outros campeões. Cada um usava sua espada famosa, e certamente Cumpridora de Promessas estava à altura delas, ainda que Brienne não estivesse.

— Irá proteger a filha de Ned Stark com o aço do próprio Ned Stark — prometera Jaime.

Ajoelhando-se entre a cama e a parede, ergueu a lâmina e proferiu uma prece silenciosa à Velha, cuja lâmpada dourada mostrava aos homens o caminho pela vida. *Guie-me*, rezou, *ilumine o caminho que tenho pela frente, mostre-me o rumo que leva até Sansa*. Falhara a Renly, falhara a lady Catelyn. Não podia falhar a Jaime. *Ele confiou sua espada a mim. Confiou-me sua honra.*

Depois, estendeu-se o melhor que pôde na cama. Apesar de ser bem larga, não era comprida o suficiente, por isso Brienne deitou-se em diagonal. Ouvia o tinir das canecas vindo de baixo e vozes que ecoavam degraus acima. As pulgas de que Longbough falara fizeram sua aparição. Coçar-se a ajudou a se manter acordada.

Ouviu Hibald subir as escadas, e algum tempo depois também os cavaleiros.

— ... não cheguei a saber seu nome — sor Creighton disse enquanto passava —, mas no escudo trazia uma galinha vermelha como sangue, e sua lâmina pingava tripas... — a voz do homem se desvaneceu, e em algum lugar mais acima uma porta se abriu e fechou.

A vela apagou-se. A escuridão caiu sobre a Velha Ponte de Pedra, e a estalagem ficou tão sossegada que Brienne conseguia ouvir o murmúrio do rio. Só então se levantou para reunir suas coisas. Abriu lentamente a porta, pôs-se à escuta, e descalça desceu as escadas. Lá fora calçou as botas e se dirigiu rapidamente aos estábulos para selar a égua baia, pedindo um perdão silencioso a sor Creighton e a sor Illifer enquanto montava. Um dos criados de Hibald acordou quando ela passou por ele, já a cavalo, mas nada fez para detê-la. Os cascos da égua ressoaram na velha ponte de pedra. Então, as árvores fecharam-se à sua volta, negras como breu e cheias de fantasmas e memórias. *Vou à sua procura, lady Sansa*, pensou, enquanto penetrava na escuridão. *Não tenha medo. Não descansarei enquanto não encontrá-la.*

SAMWELL

SAM LIA SOBRE OS OUTROS QUANDO VIU O RATO.

Seus olhos estavam vermelhos e ardiam. *Não devia esfregá-los tanto*, dizia sempre a si mesmo enquanto os esfregava. A poeira os irritava e fazia que lacrimejassem, e havia poeira por todo lado lá embaixo. Pequenas nuvens enchiam o ar toda vez que uma página era virada, e nuvens cinzentas erguiam-se sempre que ele movia uma pilha de livros para ver o que poderia estar escondido por baixo.

Sam não sabia quanto tempo passara desde que dormira pela última vez, mas restavam pouco mais de dois centímetros da gorda vela de sebo que acendera quando começara a ler o irregular monte de páginas soltas que encontrara atadas com barbante. Estava brutalmente cansado, mas era difícil parar. *Mais um livro*, dizia a si mesmo, *depois paro. Mais um fólio, só mais um. Mais uma página, e vou para cima descansar e comer qualquer coisa*. Mas havia sempre outra página depois daquela, e outra a seguir, e outro livro à espera por baixo da pilha. *Vou só dar uma espiadela rápida para ver qual o assunto deste*, pensava, e antes de se dar conta já tinha lido metade. Nada comera desde a tigela de sopa de feijão com toucinho que ingerira na companhia de Pyp e Grenn. *Bem, exceto o pão e o queijo, mas só dei uma mordidinha*, pensou. Foi então que lançou um rápido olhar à bandeja vazia e viu o rato banqueteando-se com as migalhas do pão.

O roedor tinha metade do comprimento de seu mindinho, com olhos negros e pelo cinzento e macio. Sam sabia que devia matá-lo. Os ratos podiam preferir pão e queijo, mas também roíam papel. Encontrara bastante cocô de rato entre as prateleiras e as pilhas, e algumas das encadernações de couro dos livros mostravam sinais de terem sido roídas.

Mas é uma coisinha tão pequenina. E esfomeada. Como eu poderia lhe recusar algumas migalhas? *Mas está comendo livros...*

Depois de passar horas na cadeira, as costas de Sam estavam rígidas como uma prancha, e ele sentia as pernas meio adormecidas. Sabia que não seria suficientemente rápido para apanhar o rato, mas talvez conseguisse esmagá-lo. Junto ao seu cotovelo encontrava-se uma maciça cópia encadernada em couro dos *Anais do Centauro Negro*, o exaustivamente detalhado relato do septão Jorquen acerca dos nove anos que Orbert Caswell servira como Senhor Comandante da Patrulha da Noite. Havia uma página para cada dia de seu mandato, e todas pareciam começar com: "Lorde Orbert levantou-se à alvorada e moveu as tripas", exceto a última, que dizia: "Lorde Orbert foi encontrado morto ao amanhecer".

Nenhum rato é adversário à altura do septão Jorquen. Muito lentamente, Sam pegou o livro com a mão esquerda. Era grosso e pesado, e quando tentou erguê-lo só com uma mão, o volume escorregou de seus dedos gordos e voltou a cair com estrondo. O rato desapareceu em meio segundo, com a rapidez de um raio. Sam sentiu-se aliviado. Esmagar o pobre bicho teria lhe dado pesadelos.

— Mas não devia roer os livros — disse em voz alta. Talvez devesse trazer mais queijo da próxima vez que viesse àquele lugar.

Ficou surpreso ao reparar no quanto a vela ardera. A sopa de feijão com toucinho teria sido naquele dia ou no anterior? *Foi ontem.* Deve ter sido ontem. Perceber aquilo o fez bocejar. Jon devia estar se perguntando o que teria lhe acontecido, embora não houvesse dúvida de que meistre Aemon compreenderia. Antes de perder a vista, o meistre amara tanto os livros como Samwell Tarly. Compreendia o modo como por vezes se podia cair dentro deles, como se cada página fosse um buraco aberto para outro mundo.

Pondo-se de pé, Sam fez uma careta devido às pontadas e alfinetadas que sentia na barriga das pernas. A cadeira era muito dura e enfiava-se na parte de trás das coxas quando Sam se debruçava sobre um livro. *Tenho que me lembrar de trazer uma almofada.* Seria melhor se pudesse dormir ali embaixo, na cela que encontrara meio escondida atrás de quatro arcas cheias de páginas soltas que tinham se separado dos livros a que pertenciam, mas não queria deixar meistre Aemon só por tanto tempo. Nos últimos tempos, ele não andava forte e precisava de ajuda, especialmente com os corvos. Aemon tinha Clydas, com certeza, mas Sam era mais jovem e levava mais jeito com as aves.

Com uma pilha de livros e pergaminhos debaixo do braço esquerdo e a vela na mão direita, Sam abriu caminho através dos túneis a que os irmãos chamavam caminhos de minhoca. Um pálido pilar de luz iluminava os íngremes degraus de madeira que levavam à superfície, de modo que soube que o dia tinha chegado lá em cima. Deixou a vela queimando num nicho na parede e começou a subir. Ao alcançar o quinto degrau, já arquejava. No décimo, parou para passar os livros para o braço direito.

Emergiu sob um céu da cor de chumbo branco. *Um céu de neve*, Sam pensou, dando uma olhadela para cima. A perspectiva de neve o deixou inquieto. Lembrou-se daquela noite no Punho dos Primeiros Homens, quando as criaturas e a neve chegaram juntas. *Não seja tão covarde*, pensou. *Tem seus Irmãos Juramentados à sua volta, sem falar de Stannis Baratheon e de todos os seus cavaleiros.* As fortalezas e torres de Castelo Negro erguiam-se à sua volta, insignificantes pela imensidão de gelo da Muralha. Um pequeno exército arrastava-se sobre o gelo com neve até os joelhos, onde uma nova escada em zigue-zague trepava para se encontrar com os restos da antiga. O som de suas serras e martelos ecoava no gelo. Jon tinha os construtores trabalhando dia e noite naquela tarefa. Sam ouvira alguns reclamar durante o jantar, insistindo que lorde Mormont nunca os encarregara nem de metade daquele trabalho. Mas sem a grande escada não havia como chegar ao topo da Muralha, exceto pelo elevador de correntes. E por mais que Samwell Tarly odiasse degraus, odiava ainda mais a gaiola do elevador. Sempre fechava os olhos quando subia ou descia nela, convencido de que a corrente estava prestes a quebrar. Todas as vezes que a gaiola de ferro raspava no gelo, seu coração parava de bater por um instante.

Dragões existiram aqui há duzentos anos, Sam deu por si pensando enquanto observava a gaiola descer lentamente. *Eles teriam se limitado a voar até o topo da Muralha.* Rainha Alysanne visitara Castelo Negro montada em seu dragão, e Jaehaerys, seu rei, viera à sua procura no dele. Poderia Asaprata ter deixado um ovo para trás? Ou teria Stannis encontrado um ovo em Pedra do Dragão? *Mesmo se tiver um ovo, como espera chocá-lo?* Baelor, o Abençoado, rezara sobre seus ovos, e outros Targaryen tentaram incubá-los com feitiçaria. Tudo que conseguiram foi farsa e tragédia.

— Samwell — disse uma voz sorumbática —, vim buscá-lo. Disseram-me para levar você até o Senhor Comandante.

Um floco de neve pousou no nariz de Sam.

— Jon quer me ver?

— Quanto a isso, não sei dizer — disse Edd Doloroso Tollett. — Nunca quis ver metade das coisas que vi, e nunca vi metade das coisas que quis ver. Não me parece que o querer esteja envolvido na coisa. Mas é melhor ir mesmo assim. Lorde Snow quer falar com você assim que terminar de falar com a mulher de Craster.

— Goiva.

— Essa mesma. Se minha ama de leite fosse como ela, ainda mamaria. A minha tinha costeletas.

— A maior parte das cabras tem costeletas — gritou Pyp, no momento em que, com Grenn, surgia de uma esquina, com arcos nas mãos e aljavas de flechas às costas. — Onde estava, Matador? Sentimos sua falta ontem à noite no jantar. Um boi assado inteiro ficou sobrando.

— Não me chame de Matador — Sam ignorou a piada sobre o boi. Era só o Pyp. — Estava lendo. Apareceu um rato...

— Não fale de ratos com o Grenn. Ele tem pavor deles.

— Não tenho nada — Grenn declarou com indignação.

— Ia ter medo de comer um.

— Comeria mais ratos do que você.

Edd Doloroso Tollett soltou um suspiro:

— Quando eu era moço, só comíamos ratos em dias especiais de banquete. Eu era o mais novo, por isso sempre ficava com o rabo. Não há carne no rabo.

— Onde está seu arco, Sam? — Grenn perguntou. Sor Alliser costumava chamá-lo de *Auroque*, e cada dia que passava ele parecia crescer um pouco mais para dentro da alcunha. Chegara à Muralha grande, mas lento, de pescoço e cintura grossos, com o rosto vermelho e desajeitado. Embora o pescoço ainda se ruborizasse quando Pyp lhe fazia alguma brincadeira, horas de trabalho com a espada e o escudo tinham lhe endireitado a barriga, endurecido os braços, alargado o peito. Era *forte*, e também desgrenhado como um auroque.

— Ulmer estava à sua espera junto aos alvos.

— Ulmer — Sam repetiu, atrapalhado. Instituir exercícios diários de tiro com arco para toda a guarnição, até os intendentes e os cozinheiros, foi quase a primeira coisa que Jon Snow fez como Senhor Comandante. A Patrulha dera muita ênfase à espada e pouca ao arco, disse, uma relíquia dos dias em que um irmão em dez fora um cavaleiro, e não um em cem. Sam compreendia a sensatez do decreto, mas detestava o treino com arco com quase igual força como detestava subir escadas. Quando usava as luvas, nunca conseguia acertar em nada, mas se as tirava ficava com bolhas nos dedos. Aqueles arcos eram *perigosos*. Cetim arrancara metade de uma unha com a corda de um arco. — Eu me esqueci.

— Partiu o coração da princesa selvagem, Matador — disse Pyp. Nos últimos tempos, Val ganhara o hábito de observá-los da janela de seu quarto na Torre do Rei. — Ela andou à sua procura.

— Não andou nada! Não diga isso! — Sam só falara com Val duas vezes, quando meistre Aemon a visitara para se certificar de que os bebês eram saudáveis. A princesa era tão bonita que era frequente dar por si gaguejando e corando em sua presença.

— Por que não? — perguntou Pyp. — Ela quer ter filhos seus. Talvez devêssemos chamá-lo de Sam, o Sedutor.

Sam enrubesceu. Sabia que rei Stannis tinha planos para Val; ela era a argamassa com a qual pretendia selar a paz entre os nortenhos e o povo livre.

— Hoje não tenho tempo para o tiro com arco, preciso encontrar Jon.

— Jon? Jon? Conhecemos alguém chamado Jon, Grenn?

— Ele fala do Senhor Comandante.

— Ahhh... O Grande Lorde Snow. Com certeza. Por que quer ir ter com ele? Nem sequer consegue mexer as orelhas — Pyp mexeu nas suas, para mostrar que conseguia. Eram orelhas grandes, vermelhas de frio. — Ele agora é *lorde* Snow de verdade, bem-nascido, como um raio para gente como nós.

— Jon tem deveres — Sam rebateu em sua defesa. — A Muralha é sua, com tudo o que isso traz.

— Um homem também tem deveres para com os amigos. Se não fôssemos nós, nosso Senhor Comandante podia ser Janos Slynt. Lorde Janos teria enviado Snow em patrulha nu e montado numa mula. "Galope até a Fortaleza de Craster", ele teria dito, "e traga-me de volta o manto e as botas do Velho Urso". Nós o salvamos disso, mas agora ele tem *deveres* demais para beber uma taça de vinho temperado junto à lareira?

Grenn concordou:

— Os deveres dele não o afastam do pátio. Os dias em que está lá, lutando com alguém, são mais numerosos do que os outros.

Sam tinha de admitir que aquilo era verdade. Uma vez, quando Jon viera consultar meistre Aemon, Sam lhe perguntara por que passava tanto tempo praticando com a espada.

— O Velho Urso nunca treinou muito quando era Senhor Comandante — Sam comentou. Em resposta, Jon pusera Garralonga na mão de Sam. Deixara-o sentir a leveza e o equilíbrio da espada, fizera-o virar a lâmina para que as ondulações cintilassem no metal escuro como fumaça.

— Aço valiriano — disse —, forjado com feitiços e afiado como uma navalha, praticamente indestrutível. Um homem de armas deve ser tão bom quanto sua espada, Sam. Garralonga é aço valiriano, mas eu não sou. O Meia-Mão podia ter me matado com a mesma facilidade com que você esmaga um inseto.

Sam devolveu-lhe a espada.

— Quando tento esmagar um inseto, ele sempre voa para longe. Só consigo dar um tapa no braço. Machuca.

Aquilo fez Jon rir.

— Como quiser. Qhorin podia ter me matado com a mesma facilidade com que você come uma tigela de mingau de aveia — Sam gostava de mingau de aveia, especialmente quando eram adoçados com mel.

— Não tenho tempo para isso — Sam deixou os amigos e dirigiu-se ao arsenal, apertando os livros ao peito. *Sou o escudo que defende os reinos dos homens*, recordou. Perguntou a si mesmo o que esses homens diriam caso percebessem que seus reinos eram defendidos por homens como Grenn, Pyp e Edd Doloroso.

A Torre do Senhor Comandante fora destruída pelo incêndio, e Stannis Baratheon apropriara-se da Torre do Rei para sua residência, por isso Jon Snow se estabelecera nos modestos quartos de Donal Noye por trás do arsenal. Goiva saía quando Sam chegou, envolta no velho manto que ele lhe dera quando fugiram da Fortaleza de Craster. Passou por ele correndo, mas Sam lhe agarrou o braço, deixando cair dois livros ao fazê-lo.

— Goiva.

— Sam — a voz dela parecia rouca. Goiva tinha cabelos escuros e era magra, com os grandes olhos castanhos de uma corça. As dobras do velho manto de Sam a engoliam, com o rosto meio escondido pelo capuz, mas apesar disso tremia. Parecia abatida e assustada.

— O que houve? — perguntou-lhe Sam. — Como estão os bebês?

Goiva libertou-se da mão dele.

— Estão bem, Sam. Bem.

— Com os dois, é um espanto que consiga dormir — disse Sam num tom agradável. — Qual deles ouvi chorando ontem à noite? Achei que nunca mais pararia.

— Foi o filho de Dalla. Chora quando quer mamar. O meu... o meu quase nunca chora. Às vezes gorgoleja, mas... — Seus olhos encheram-se de lágrimas. — Tenho que ir. Já passa da hora de alimentá-los. Se não for, vou ficar cheia de leite. — Correu pátio afora, deixando um Sam perplexo para trás.

Teve de se ajoelhar para apanhar os livros que deixara cair. Não devia ter trazido tantos, disse a si mesmo, enquanto sacudia terra do *Compêndio de Jade* de Colloquo Votar, um grosso volume de contos e lendas do Oriente que meistre Aemon lhe ordenara que encontrasse. O livro parecia não ter sido danificado. Já *Família Dragão, uma História da Casa Targaryen do Exílio à Apoteose*, com *Considerações sobre a Vida e a Morte dos Dragões*, de meistre Thomax, não tivera tanta sorte. Abrira-se ao cair, e algumas páginas tinham ficado enlameadas, incluindo uma que exibia uma imagem bastante boa de Balerion, o Terror Negro, feita com tintas coloridas. Sam amaldiçoou-se por ser um idiota desastrado enquanto alisava as páginas e as sacudia. A presença de Goiva agitava-o sempre e levantava... bem, *coisas*. Um Irmão Juramentado da Patrulha da Noite não devia sentir o tipo de coisas que Goiva o fazia sentir, especialmente quando falava sobre os seios, e...

— Lorde Snow está à espera — dois guardas envergando manto negro e meio elmo de ferro encontravam-se em pé junto às portas do arsenal, encostados às lanças. Quem falou foi Hal Peludo. Mully ajudou Sam a se levantar. Proferiu um agradecimento atrapalhado e apressou-se para passar por eles, agarrando-se desesperadamente à pilha de livros enquanto abria caminho pela forja com sua bigorna e foles. Fantasma estava deitado perto da bigorna, roendo um osso de boi para chegar ao tutano. O grande lobo-gigante branco ergueu os olhos quando Sam passou, mas não soltou um ruído.

O aposento privado de Jon ficava no fundo, atrás das fileiras de lanças e escudos. Ele lia um pergaminho quando Sam entrou. O corvo do Senhor Comandante Mormont encontrava-se empoleirado em seu ombro, espreitando para baixo como se também estivesse lendo, mas, quando a ave viu Sam, abriu as asas e voou em sua direção gritando "Grão, grão!".

Deslocando os livros, Sam enfiou o braço no saco que se encontrava junto à porta e, quando o tirou, trazia uma mão cheia de sementes. O corvo pousou-lhe no pulso e comeu de sua palma, dando-lhe uma bicada tão forte que Sam soltou um ganido e recolheu a mão. O corvo voltou a levantar voo, e grãos vermelhos e amarelos voaram para todo lado.

— Feche a porta, Sam. — Leves cicatrizes ainda marcavam a face de Jon, no local onde uma águia tentara arrancar-lhe um olho. — Esse patife rasgou sua pele?

Sam pôs os livros de lado e tirou a luva.

— Rasgou — sentiu a cabeça dando voltas. — Estou *sangrando*.

— Todos derramamos nosso sangue pela Patrulha. Use luvas mais grossas — com um pé, Jon empurrou uma cadeira para ele. — Sente-se e dê uma olhada nisso — entregou-lhe o pergaminho.

— O que é? — Sam quis saber. O corvo pôs-se à caça de grãos de milho entre as esteiras.

— Um escudo de papel.

Sam chupou o sangue da palma da mão enquanto lia. Reconheceu a letra de meistre Aemon assim que a viu. Tinha uma escrita pequena e precisa, mas o velho não conseguia ver onde a tinta borrara, e por vezes deixava manchas disformes.

— Uma carta para o rei Tommen?

— Em Winterfell, Tommen lutou com meu irmão Bran com uma espada de madeira. Estava tão gordo que parecia um ganso estufado. Bran jogou-o no chão — Jon dirigiu-se à janela. — Mas Bran está morto, e o rechonchudo Tommen de rosto rosado está sentado no Trono de Ferro, com uma coroa aninhada entre seus cachos dourados.

Bran não está morto, Sam desejou dizer. *Foi para lá da Muralha com o Mãos-Frias.* Mas ficou com as palavras presas na garganta. *Jurei que não contaria.*

— Não assinou a carta.

— O Velho Urso suplicou ajuda ao Trono de Ferro uma centena de vezes. Enviaram-lhe Janos Slynt. Nenhuma carta fará que os Lannister gostem mais de nós. Especialmente depois de ouvirem dizer que temos ajudado Stannis.

— Só para defender a Muralha, não em sua rebelião — Sam voltou a ler rapidamente a carta. — É o que *diz* aqui.

— A diferença pode escapar a lorde Tywin — Jon recuperou a carta. — Por que haveria de nos ajudar agora? Nunca o fez antes.

— Bem — disse Sam —, ele não vai querer que se diga que Stannis correu em defesa do reino enquanto o rei Tommen brincava com seus brinquedos. Isto faria cair o escárnio sobre a Casa Lannister.

— O que eu quero fazer cair sobre a Casa Lannister é a morte e a destruição, não o escárnio — Jon ergueu a carta. — *A Patrulha da Noite não participa nas guerras dos Sete Reinos* — leu. — *Nossos juramentos são prestados ao reino, e o reino encontra-se agora em terrível perigo. Stannis Baratheon nos ajuda contra nossos inimigos para lá da Muralha, embora não sejamos seus homens...*

— Bem — Sam respondeu, torcendo-se —, e não somos. Somos?

— Dei a Stannis alimentos, abrigo e Fortenoite, além de autorização para instalar uma parte do povo livre na Dádiva. É tudo.

— Lorde Tywin dirá que foi muito.

— Stannis diz que não é o suficiente. Quanto mais der a um rei, mais ele vai querer. Estamos percorrendo uma ponte de gelo com um abismo de cada lado. Agradar a um rei já é bastante difícil. Agradar a dois é praticamente impossível.

— Sim, mas... se os Lannister prevalecerem e lorde Tywin decidir que traímos o rei ao ajudarmos Stannis, isso poderá significar o fim da Patrulha da Noite. Ele tem os Tyrell atrás de si, com todo o poderio de Jardim de Cima. E derrotou lorde Stannis na Água Negra. — Ver sangue podia fazer Sam desmaiar, mas sabia como as guerras eram vencidas. Seu pai assegurara-se disso.

— Água Negra foi uma batalha. Robb venceu todas as suas batalhas, e mesmo assim perdeu a cabeça. Se Stannis for capaz de levantar o Norte...

Ele tenta convencer a si próprio, Sam compreendeu, *mas não consegue.* Os corvos tinham partido de Castelo Negro numa tempestade de asas negras, apelando aos senhores do Norte para se declararem por Stannis Baratheon e juntarem suas forças às dele. Fora o próprio Sam quem enviara a maior parte das aves. Até então só um corvo regressara, aquele que fora enviado a Karhold. À exceção deste, o silêncio fora ensurdecedor.

Mesmo que de algum modo conseguisse trazer os nortenhos para seu lado, Sam não via como poderia Stannis esperar igualar o poderio combinado de Rochedo Casterly, Jardim de Cima e das Gêmeas. Mas, sem o Norte, sua causa certamente estaria perdida. *Tão perdida quanto a Patrulha da Noite, se lorde Tywin nos considerar traidores.*

— Os Lannister têm seus próprios nortenhos. Lorde Bolton e seu bastardo.

— Stannis tem os Karstark. Se conseguir conquistar Porto Branco...

— Se — enfatizou Sam. — Se não... senhor, até um escudo de papel é melhor do que nenhum.

Jon sacudiu a carta.

— Suponho que sim — suspirou, depois pegou uma pena e rabiscou uma assinatura no fim da carta. — Traga-me a cera de selar — Sam aqueceu um pedaço de cera negra na chama de uma vela, fez pingar um pouco sobre o pergaminho e observou Jon comprimir com firmeza o selo do Senhor Comandante na pequena poça que criara. — Leve isto a meistre Aemon quando sair — ordenou —, e diga-lhe que despache uma ave para Porto Real.

— Farei isso — Sam hesitou. — Senhor, se posso perguntar... vi Goiva sair daqui. Estava quase chorando.

— Val a enviou outra vez para suplicar por Mance.

— Oh — Val era a irmã da mulher que o Rei para lá da Muralha tomara como rainha. Stannis e seus homens a chamavam a princesa selvagem. A irmã, Dalla, morrera durante a batalha, embora nenhuma lâmina a tivesse tocado; perecera ao dar à luz o filho de Mance Rayder. O próprio Rayder iria em breve segui-la para o túmulo, se os murmúrios que Sam ouvira tivessem algum fundo de verdade. — Que foi que lhe disse?

— Que falaria com Stannis, embora duvide que minhas palavras o influenciem. O primeiro dever de um rei é defender o reino, e Mance o atacou. Não é provável que Sua Graça se esqueça desse fato. Meu pai costumava dizer que Stannis Baratheon era um homem justo. Nunca ninguém disse que era clemente — Jon fez uma pausa e franziu as sobrancelhas. — Preferiria ser eu mesmo a decapitar Mance. Ele foi outrora um homem da Patrulha da Noite. Por direito, sua vida nos pertence.

— Pyp diz que lady Melisandre pretende entregá-lo às chamas, a fim de fazer algum feitiço.

— Pyp devia aprender a controlar a língua. Ouvi a mesma história sobre outros. Sangue de um rei para despertar um dragão. Onde Melisandre pensa encontrar um dragão adormecido ninguém tem bem certeza. É um absurdo. O sangue de Mance não é mais régio do que o meu. Nunca usou uma coroa nem se sentou num trono. É um salteador, nada mais. Não há qualquer poder em sangue de salteador.

O corvo ergueu os olhos do chão e gritou: *Sangue.*

Jon não lhe deu atenção.

— Vou mandar Goiva embora.

— Oh — Sam balançou a cabeça, para cima e para baixo. — Bem, isso é... isso é bom, senhor. — Seria o melhor para ela, ir para algum lugar quente e seguro, bem longe da Muralha e da luta.

— Ela e o bebê. Precisaremos arranjar outra ama de leite para seu irmão de leite.

— Leite de cabra pode servir até que encontre uma substituta. É melhor para um bebê do que o de vaca — Sam lera aquilo em algum lugar. Mexeu-se na cadeira. — Senhor, ao procurar nos anais, encontrei outro garoto comandante. Quatrocentos anos antes da Conquista. Osric Stark tinha dez anos quando foi escolhido, mas serviu durante sessenta. São quatro, senhor. Não está nem perto de ser o mais novo. Até agora é o quinto mais novo.

— Sendo que os quatro mais novos são todos filhos, irmãos ou bastardos do Rei do Norte. Diga-me algo útil. Fale-me de nosso inimigo.

— Os Outros — Sam lambeu os lábios. — São mencionados nos anais, embora não com tanta frequência como eu esperava. Isto é, nos anais que encontrei e vasculhei. Sei que há mais que ainda não encontrei. Alguns dos livros mais antigos estão se despedaçando. As páginas se desfazem quando tento virá-las. E os livros *realmente* velhos... ou se desfizeram por completo, ou estão enterrados em algum lugar onde ainda não procurei, ou... bem, pode ser que esses livros não existam, e nunca tenham existido. As histórias mais antigas que temos foram escritas depois dos ândalos chegarem a Westeros. Os Primeiros Homens só nos deixaram runas em pedras, de modo que tudo o que julgamos saber sobre a Era dos Heróis, a Era da Aurora e a Longa Noite vem de relatos escritos por septões milhares de anos mais tarde. Há arquimeistres na Cidadela que questionam tudo isso. Essas velhas histórias estão cheias de reis que governaram por centenas de anos, e cavaleiros que andaram por aí mil anos antes de serem cavaleiros. Conhece as histórias: Brandon, o Construtor, Symeon Olhos de Estrela, o Rei da Noite... dizemos que é o nono centésimo nonagésimo oitavo Senhor Comandante da Patrulha da Noite, mas a lista mais antiga que encontrei menciona seiscentos e setenta e quatro comandantes, o que sugere que foi escrita durante...

— Há muito tempo — Jon interrompeu. — E os Outros?

— Encontrei menções a vidro de dragão. Durante a Era dos Heróis, os filhos da floresta costumavam oferecer à Patrulha da Noite cem punhais de obsidiana todos os anos. A maior parte das histórias concordam que os Outros vêm quando está frio. Ou então fica frio quando eles vêm. Por vezes aparecem durante tempestades de neve e somem quando os céus se limpam. Escondem-se da luz do sol e emergem à noite... ou então a noite cai quando emergem. Algumas histórias falam deles montados em cadáveres de animais mortos. Ursos, lobos-gigantes, mamutes, cavalos, não importa, desde que esteja morto. Aquele que matou Paul Pequeno estava montado num cavalo morto, por isso essa parte é realmente verdade. Alguns relatos falam também de aranhas gigantes de gelo. Não sei o que elas são. Homens que caem em batalha contra os Outros precisam ser queimados, caso contrário os mortos voltarão a se erguer como seus servos.

— Já sabíamos tudo isso. A questão é: como os combatemos?

— A armadura dos Outros é à prova da maior parte das lâminas comuns, se é possível crer nas histórias — Sam respondeu —, e as espadas que usam são tão frias que estilhaçam o aço. Mas o fogo os afugenta, e são vulneráveis à obsidiana. — Recordou-se daquele que enfrentara na floresta assombrada, e o modo como parecera se derreter quando o ferira com o punhal de vidro de dragão que Jon lhe fizera. — Encontrei um relato da Longa Noite que fala do último herói a matar Outros com uma lâmina de aço de dragão. Supostamente não conseguiam resistir a ele.

— Aço de dragão? — Jon franziu as sobrancelhas. — Aço *valiriano*?

— Essa também foi minha primeira ideia.

— Então, se eu conseguir convencer os senhores dos Sete Reinos a nos dar suas lâminas valirianas, tudo será salvo? Isso não será tão difícil — a gargalhada que soltou não tinha qualquer alegria. — Descobriu quem os Outros são, de onde vêm, o que querem?

— Ainda não, senhor, mas pode ser que simplesmente tenha lido os livros errados. Há centenas que ainda não folheei. Dê-me mais tempo e encontrarei tudo o que houver para encontrar.

— Não há mais tempo — o tom de Jon era triste. — Tem que juntar suas coisas, Sam. Vai com Goiva.

— Vou? — por um momento, Sam não compreendeu. — Eu vou? Para Atalaialeste, senhor? Ou... para onde...

— Vilavelha.

— *Vilavelha?* — o nome saiu num guincho. Monte Chifre ficava perto de Vilavelha. *Minha casa.* A ideia lhe deixou a cabeça zonza. *Meu pai.*
— Aemon também.
— Aemon? O *meistre* Aemon? Mas... ele tem cento e dois anos de idade, senhor, não pode... Está mandando a mim *e* a ele? Quem cuidará dos corvos? Se adoecerem ou se se ferirem, quem...
— Clydas. Ele está com Aemon há anos.
— Clydas é só um intendente, e está ficando cego. Precisa de um *meistre*. Meistre Aemon está tão fraco, que uma viagem marítima... — pensou na Árvore e na *Rainha da Árvore* e quase se engasgou com a língua. — Isso pode... ele é velho, e...
— Sua vida estará em risco. Estou ciente disso, Sam, mas o risco aqui é maior. Stannis sabe quem Aemon é. Se a mulher vermelha precisar de sangue real para os seus feitiços...
— Oh — Sam empalideceu.
— Daeron se juntará a vocês em Atalaialeste. Minha esperança é de que suas canções nos conquistem alguns homens no Sul. O *Melro* os levará até Braavos. De lá, arranjará uma forma de chegar a Vilavelha. Se ainda quiser assumir o bebê de Goiva como seu bastardo, mande-a, e a criança, para Monte Chifre. Se não, Aemon encontrará para ela um lugar de criada na Cidadela.
— Meu b-b-bastardo — dissera, e era verdade, mas... *Toda aquela água. Posso me afogar. Os navios sempre podem afundar, e o outono é uma estação tempestuosa.* Mas Goiva estaria com ele, e o bebê cresceria em segurança. — Sim, eu... minha mãe e irmãs ajudarão Goiva a criar a criança — *posso mandar uma carta, não terei de ir pessoalmente a Monte Chifre.* — Daeron podia levá-la para Vilavelha tão bem quanto eu. Eu... venho treinando o tiro com arco todas as tardes com Ulmer, conforme ordenou... Bem, menos quando estou nas câmaras subterrâneas, mas disse-me para descobrir coisas sobre os Outros. O arco deixa meus ombros doloridos e cria bolhas em meus dedos — mostrou a Jon o lugar onde uma rebentara. — Mas continuo treinando. Agora são mais numerosas as vezes que acerto no alvo do que as que erro, mas continuo a ser o pior arqueiro que alguma vez curvou um arco. Mas gosto das histórias de Ulmer. Alguém precisa escrevê-las e colocá-las num livro.
— Faça isso. Há pergaminho e tinta na Cidadela, e também arcos. Espero que continue com seu treino. Sam, a Patrulha da Noite tem centenas de homens capazes de disparar uma flecha, mas só uma mão cheia sabe ler ou escrever. Preciso que se torne meu novo meistre.
A palavra o fez estremecer. *Não, Pai, por favor, não voltarei a falar disso, juro pelos Sete. Mostre-me uma saída, por favor, mostre-me uma saída.*
— Senhor, eu... o meu trabalho é aqui, os livros...
— ... ainda estarão aqui quando voltar para nós.
Sam pôs a mão na garganta. Quase conseguia sentir a corrente ali, sufocando-o.
— Senhor, a Cidadela... lá nos obrigam a cortar cadáveres. — *Obrigam-nos a usar uma corrente em volta do pescoço. Se é corrente que quer, venha comigo.* Durante três dias e três noites Sam adormeceu soluçando, com as mãos e os pés acorrentados a uma parede. A corrente em volta da garganta estava tão apertada que rasgara sua pele, e sempre que rolava para o lado errado, no sono, cortava-lhe a respiração. — Não posso usar uma corrente.
— Pode. Usará. Meistre Aemon está velho e cego. Suas forças o estão abandonando. Quem tomará seu lugar quando ele morrer? Meistre Mullin, da Torre Sombria, é mais

guerreiro do que erudito, e meistre Harmune de Atalaialeste passa mais tempo bêbado do que sóbrio.

— Se pedir mais meistres à Cidadela...

— Pretendo pedir. Precisaremos de todos os que nos mandarem. Mas não é assim tão fácil substituir Aemon Targaryen — Jon fez uma expressão de surpresa. — Estava convencido de que isto lhe agradaria. Há tantos livros na Cidadela que ninguém pode ter esperança de ler todos. Vai se dar bem por lá, Sam. Eu sei que vai.

— Não. Posso ler os livros, mas... um m-meistre tem de ser um curandeiro, e o s-s-sangue me faz desmaiar — estendeu a mão trêmula para Jon ver. — Sou Sam, o Assustado, não Sam, o Matador.

— Assustado? Com o quê? As censuras de velhos? Sam, você viu as criaturas atacarem o Punho, uma maré de mortos-vivos com mãos negras e brilhantes olhos azuis. Matou um Outro.

— Foi o vidro de d-d-d-dragão, não fui eu.

— Cale-se. Mentiu, maquinou e conspirou para fazer de mim Senhor Comandante. Irá me obedecer. Irá para a Cidadela e forjará uma corrente, e se tiver de abrir cadáveres, que seja. Pelo menos em Vilavelha os cadáveres não levantarão objeções.

Ele não compreende.

— Senhor — disse Sam —, meu p-p-p-pai, lorde Randyll, ele, ele, ele, ele, ele... a vida de um meistre é uma vida de servidão — balbuciava, bem o sabia. — Nenhum filho da Casa Tarly alguma vez usará uma corrente. Os homens de Monte Chifre não se dobram nem se vergam perante senhores insignificantes — *se é corrente que quer, venha comigo.* — Jon, não posso desobedecer ao meu pai.

Jon, ele repetiu, mas Jon desaparecera. Agora quem o encarava era lorde Snow, olhos cinzentos duros como gelo.

— Você não tem pai — lorde Snow o repreendeu. — Só irmãos. Só tem a nós. Sua vida pertence à Patrulha da Noite, por isso vai enfiar sua roupa num saco, com todas as coisas que quiser levar para Vilavelha. Partirá uma hora antes do nascer do sol. E eis outra ordem. Deste dia em diante, *não* chamará a si mesmo de covarde. Enfrentou mais coisas neste último ano do que a maioria dos homens durante a vida. Pode enfrentar a Cidadela, mas a enfrentará como Irmão Juramentado da Patrulha da Noite. Não posso ordenar que seja valente, mas posso, sim, que esconda seus medos. Proferiu as palavras, Sam. Lembra-se?

Sou a espada na escuridão. Mas era uma desgraça com uma espada, e a escuridão o assustava.

— Eu... eu vou tentar.

— Não vai tentar. Vai obedecer.

"*Obedecer.*" O corvo de Mormont bateu suas grandes asas negras.

— Às suas ordens, senhor. O... o meistre Aemon sabe?

— Isso foi tanto ideia dele como minha — Jon abriu-lhe a porta. — Nada de despedidas. Quanto menos pessoas souberem disso, melhor. Uma hora antes da primeira luz da aurora, junto ao cemitério.

Mais tarde, Sam não conseguiria se lembrar de ter saído do arsenal. Só voltou a si quando já tropeçava em lama e manchas de neve velha, na direção dos aposentos de meistre Aemon. *Podia me esconder*, disse a si mesmo. *Podia me esconder nas câmaras subterrâneas entre os livros. Podia viver lá embaixo com os ratos e me esgueirar à noite para roubar comida.* Pensamentos insanos, bem sabia, tão inúteis quanto desesperados. As câmaras subterrâneas seriam o primeiro lugar onde iriam procurá-lo. O *último* lugar onde o procurariam era para lá da Muralha, mas aí a loucura seria ainda maior. *Os selvagens me apanhariam e me matariam lentamente. Podiam me queimar vivo, como a mulher vermelha pretende fazer a Mance Rayder.*

Quando foi encontrar meistre Aemon no viveiro de corvos, entregou-lhe a carta de Jon e despejou seus temores num grande jorro de palavras.

— Ele não compreende — Sam sentia-se prestes a vomitar. — Se eu puser uma corrente ao pescoço, o senhor meu p-p-p-pai... ele, ele, ele...

— Meu pai levantou as mesmas objeções quando escolhi uma vida de serviço — disse o velho. — Foi o pai *dele* quem me enviou para a Cidadela. O rei Daeron fora pai de quatro filhos, e três tinham filhos seus. *Dragões de mais é tão perigoso quanto dragões de menos*, ouvi Sua Graça dizer ao senhor meu pai no dia em que me mandaram embora — Aemon levou uma mão malhada à corrente de muitos metais que pendia, solta, em volta de seu estreito pescoço. — A corrente é pesada, Sam, mas meu bisavô tinha razão. E seu lorde Snow também.

"*Snow*", resmungou um corvo. "*Snow*", ecoou um outro. Então todos uniram à palavra. "*Snow, snow, snow, snow, snow.*" Sam lhes ensinara. Viu que ali não receberia ajuda. Meistre Aemon estava tão encurralado quanto ele. *Ele morrerá no mar*, pensou, desesperado. *É idoso demais para sobreviver a uma viagem dessas. O filhinho de Goiva também pode morrer, não é tão grande e forte quanto o bebê de Dalla. Será que Jon quer nos matar a todos?*

Na manhã seguinte, Sam deu por si selando a égua que trouxera de Monte Chifre e levando-a pelos arreios até o cemitério que havia junto da estrada oriental. Os alforjes transbordavam de queijo, salsichas e ovos cozidos, e metade de um presunto salgado que Hobb Três-Dedos lhe dera no dia do seu nome.

— É um homem que *aprecia* a cozinha, Matador — dissera o cozinheiro. — Precisamos de mais homens como você. — O presunto ajudaria, sem dúvida. O caminho até Atalaialeste era longo e frio, e não havia vilas nem estalagens à sombra da Muralha.

A hora que precedia o amanhecer era escura e calma. Castelo Negro parecia estranhamente silencioso. No cemitério, um par de carroças de duas rodas o esperava, com Jack Negro Bulwer e uma dúzia de patrulheiros experientes, tão duros como os garranos que montavam. Kedge Olho-Branco praguejou sonoramente quando seu único olho bom vislumbrou Sam.

— Não ligue para ele, Sam — disse Jack Negro. — Perdeu uma aposta, disse que ia ter de arrastá-lo aos guinchos de debaixo de alguma cama.

Meistre Aemon estava fraco demais para montar um cavalo, de modo que uma carroça lhe fora preparada com uma cama coberta com uma alta pilha de peles e um toldo de couro atado por cima, a fim de manter afastadas a chuva e a neve. Goiva e o filho seguiriam com ele. A segunda carroça levaria suas roupas e posses, bem como uma arca de velhos livros raros que Aemon pensava que a Cidadela poderia não ter. Sam passara metade da noite à procura deles, embora tivesse encontrado apenas um em quatro. *Ainda bem, senão precisaríamos de outra carroça.*

Quando o meistre surgiu, vinha enrolado numa pele de urso com o triplo do seu tamanho. Quando Clydas o levava para a carroça, soprou uma rajada de vento e o velho cambaleou. Sam correu para ele e pôs-lhe um braço em volta. Outra rajada como aquela poderia soprá-lo por cima da Muralha.

— Segure-se em meu braço, meistre. Não é longe.

O cego fez um aceno enquanto o vento puxava para trás os capuzes de ambos.

— Em Vilavelha sempre faz calor. Há uma estalagem numa ilha no Vinhomel, onde costumava ir quando era um jovem noviço. Será agradável voltar a me sentar lá e bebericar cidra.

Quando por fim introduziram o meistre na carroça, Goiva já surgira, com a criança agasalhada nos braços. Sob o capuz, seus olhos estavam vermelhos de chorar. Jon apareceu no mesmo instante, com Edd Doloroso.

— Lorde Snow — chamou meistre Aemon —, deixei um livro em meus aposentos. O *Compêndio de Jade*. Foi escrito pelo aventureiro volantino Colloquo Votar, que viajou até o Oriente e visitou todas as terras do Mar de Jade. Há uma passagem que pode achar interessante. Disse a Clydas para marcá-la para você.

— Certamente a lerei — Jon Snow respondeu.

Um fio de muco branco escorreu do nariz de meistre Aemon. O velho o limpou com as costas da luva.

— O conhecimento é uma arma, Jon. Arme-se bem antes de partir para a batalha.

— Farei isso. — Uma leve nevasca começou a cair, com grandes flocos fofos despencando preguiçosamente do céu. Jon virou-se para Jack Negro Bulwer. — Faça o melhor tempo que puder, mas não corra riscos desnecessários. Tem um velho e um bebê de peito com você. Trate de mantê-los quentes e bem alimentados.

— Faça o mesmo, milorde — disse Goiva. — Faça o mesmo com o outro. Encontre outra ama de leite, como disse que faria. Você me prometeu. O bebê... o bebê de Dalla... o principezinho, quer dizer... arranje uma boa mulher para que ele cresça grande e forte.

— Tem a minha palavra quanto a isso — Jon Snow disse solenemente.

— Não lhe dê um nome. Não faça isto até que ele tenha mais de dois anos. Dá azar lhes dar nome quando ainda mamam no peito. Vocês, os corvos, podem não saber disso, mas é verdade.

— Às suas ordens, senhora.

Um espasmo de ira relampejou no rosto de Goiva.

— Não me chame assim. Sou uma mãe, não uma senhora. Sou mulher de Craster e filha de Craster, e uma *mãe*.

Edd Doloroso segurou o bebê enquanto Goiva subia na carroça e lhe cobriu as pernas com algumas peles cheirando a mofo. Àquela altura, o céu oriental já se mostrava mais cinzento do que negro. Lew Mão Esquerda estava ansioso para se pôr a caminho. Edd entregou a criança, e Goiva a pôs no peito. *Esta pode ser a última vez que vejo Castelo Negro*, pensou Sam enquanto montava na égua. Por mais que outrora tivesse odiado Castelo Negro, deixar o lugar o estava dilacerando.

— *Vamos* — ordenou Bulwer. Um chicote estalou, e as carroças começaram a retumbar lentamente pela estrada sulcada enquanto a neve caía ao redor. Sam deixou-se ficar junto a Clydas, Edd Doloroso e Jon Snow.

— Bem — disse —, até a vista.

— Até a vista, Sam — disse Edd Doloroso. — Não é provável que seu navio afunde, parece-me. Os navios só naufragam quando estou a bordo.

Jon ficou observando as carroças.

— Na primeira vez em que vi Goiva — disse —, ela estava encostada à parede da Fortaleza de Craster, uma garota magricela de cabelos escuros, com uma grande barriga, encolhida com medo do Fantasma. Ele tinha se metido no meio dos coelhos dela, e parece que ela tinha medo de que a abrisse e devorasse o bebê... mas não era do lobo que ela devia ter tido medo, não?

Não, pensou Sam. *O perigo era Craster, seu próprio pai.*

— Ela tem mais coragem do que imagina.

— E você também, Sam. Faça uma viagem rápida e segura, e cuide dela, de Aemon e da criança — Jon abriu um sorriso estranho e triste. — E puxe o capuz para cima. Os flocos de neve estão derretendo em seus cabelos.

ARYA

A luz ardia tênue e distante, baixa no horizonte, brilhando através das névoas marítimas.

— Parece uma estrela — Arya disse.
— A estrela do lar — Denyo respondeu.

O pai dele gritava ordens. Marinheiros subiam e desciam os três grandes mastros e moviam-se pelo cordame, rizando as pesadas velas púrpura. Embaixo, remadores arquejavam e se esforçavam em duas grandes fileiras de remos. Os conveses inclinaram-se, rangendo, quando a galeota *Filha do Titã* adernou para estibordo e começou a mudar de bordo.

A estrela do lar. Arya estava de pé, na proa, com a mão pousada na figura dourada, uma donzela que segurava uma taça de fruta. Durante meio segundo permitiu-se fingir que o que tinha à frente *era* o seu lar.

Mas era uma estupidez. Seu lar desaparecera, os pais estavam mortos, e todos os irmãos tinham sido assassinados, exceto Jon Snow, na Muralha. Fora para esse lugar que quisera ir. Dissera isso ao capitão, mas nem mesmo a moeda de ferro conseguira convencê-lo. Arya nunca parecia chegar aos lugares que se propunha alcançar. Yoren jurara entregá-la em Winterfell, mas acabara em Harrenhal, e Yoren, na sepultura. Quando fugira de Harrenhal na direção de Correrio, Limo, Anguy e Tom das Sete a tornaram cativa e, em vez disso, arrastaram-na para o monte oco. Então, Cão de Caça a raptara e a levara para as Gêmeas. Arya deixara-o moribundo junto ao rio e prosseguira até Salinas, esperando arranjar passagem para Atalaialeste do Mar, só que...

Braavos pode não ser tão ruim. Syrio era de Braavos, e Jaqen também pode estar lá. Fora Jaqen quem lhe dera a moeda de ferro. Ele não fora realmente seu amigo como Syrio tinha sido, mas que bem lhe tinham feito os amigos? *Não preciso de amigos, desde que tenha a Agulha.* Esfregou a ponta do polegar no suave botão de punho da espada, desejando, desejando...

Na verdade, Arya não sabia o que desejar, assim como não sabia o que a esperava sob aquela luz distante. O capitão lhe dera passagem, mas não tivera tempo de conversar com ela. Alguns dos membros da tripulação a evitavam, mas outros lhe davam presentes, um garfo de prata, luvas sem dedos, um chapéu mole de lã remendado com couro. Um homem lhe mostrara como fazer nós de marinheiro. Outro lhe servia pequenas doses de vinho ardente. Os amigáveis batiam no peito, dizendo os nomes uma e outra vez até que Arya os repetisse, embora nenhum tivesse tido a ideia de perguntar *seu* nome. Chamavam-na Salgada, visto ter embarcado em Salinas, perto da foz do Tridente. Supunha que era um nome tão bom como qualquer outro.

As últimas das estrelas da noite tinham desaparecido... todas, menos o par que estava logo em frente.

— Agora são *duas* estrelas.
— Dois olhos — Denyo disse. — O Titã nos vê.

O Titã de Braavos. A Velha Ama lhes contara histórias sobre o Titã, em Winterfell. Era um gigante alto como uma montanha, e sempre que Braavos estava em perigo acordava com fogo nos olhos, fazendo trovejar e ranger os membros de pedra enquanto entrava no mar para esmagar os inimigos.

"Os braavosianos alimentam-no com a carne suculenta e cor-de-rosa de garotinhas bem-nascidas", terminava a Ama, e Sansa soltava um guincho estúpido. Mas meistre Luwin dizia que o Titã era apenas uma estátua, e as histórias da Velha Ama não passavam de histórias.

Winterfell ardeu e caiu, recordou Arya a si mesma. A Velha Ama e meistre Luwin estavam ambos mortos, provavelmente, e Sansa também. Não fazia bem nenhum pensar neles. *Todos os homens têm que morrer*. Era isso que as palavras queriam dizer, as palavras que Jaqen H'ghar lhe ensinara quando lhe dera a gasta moeda de ferro. Aprendera mais palavras braavosianas desde que deixara Salinas, as palavras para *por favor, obrigado, mar, estrela e vinho ardente*, mas chegara até elas sabendo que todos os homens têm que morrer. A maior parte da tripulação da *Filha* tinha alguma noção da língua comum, das noites passadas em terra, em Vilavelha, Porto Real e Lagoa da Donzela, embora apenas o capitão e os filhos o falassem suficientemente bem para conversar com ela. Denyo era o mais novo desses filhos, um gorducho e alegre garoto de doze anos que cuidava da cabine do pai e ajudava o irmão mais velho com as contas.

— Espero que seu Titã não esteja com fome — disse-lhe Arya.

— Fome? — perguntou Denyo, confuso.

— Não interessa. — Mesmo que o Titã *realmente* comesse carne suculenta e rosada de garotinhas, Arya não o temeria. Era uma coisinha magricela, não uma refeição decente para um gigante, e tinha quase onze anos, praticamente uma mulher-feita. *E, além disso, a Salgada não é bem-nascida.* — O Titã é o deus de Braavos? — ela perguntou. — Ou honram os Sete?

— Todos os deuses são honrados em Braavos — o filho do capitão gostava quase tanto de falar sobre sua cidade como apreciava falar sobre o navio do pai. — Os seus Sete têm aqui um septo, o Septo-do-Ultramar, mas só os marinheiros de Westeros prestam culto a ele.

Não são os meus Sete. Eram os deuses da minha mãe, e deixaram que os Frey a assassinassem nas Gêmeas. Perguntou a si mesma se encontraria em Braavos um bosque sagrado com um represeiro no coração. Denyo talvez soubesse, mas não podia lhe perguntar. A Salgada era de Salinas, e o que saberia uma garota de Salinas dos velhos deuses do Norte? *Os velhos deuses estão mortos*, disse a si mesma, *como a mãe, o pai, Robb, Bran e Rickon, todos mortos*. Lembrava-se de seu pai ter dito, havia muito tempo, que, quando os ventos frios sopram, o lobo solitário morre e a alcateia sobrevive. *Ele entendeu tudo ao contrário*. Arya, a loba solitária, sobreviveu, mas os lobos da alcateia tinham sido capturados, mortos e esfolados.

— Os Cantores da Lua nos trouxeram para este local de refúgio, onde os dragões de Valíria não conseguissem nos encontrar — disse Denyo. — O templo deles é o maior. Honramos também o Pai das Águas, mas sua casa é construída de novo sempre que toma uma noiva. O resto dos deuses vivem juntos numa ilha no centro da cidade. É aí que encontrará o... o Deus das Muitas Faces.

Os olhos do Titã pareciam agora brilhantes e mais afastados um do outro. Arya não conhecia nenhum Deus das Muitas Faces, mas, se respondia a preces, podia ser o deus que procurava. *Sor Gregor*, pensou, *Dunsen, Raff, o Querido, sor Ilyn, sor Meryn, rainha Cersei. Já são só seis*. Joffrey estava morto, Cão de Caça matara Polliver e ela mesma apunhalara Cócegas e aquele estúpido escudeiro espinhento. *Não o teria matado se ele não tivesse me agarrado*. Cão de Caça estava moribundo quando o deixara nas margens do Tridente, ardendo em febre devido ao ferimento. *Devia ter lhe oferecido a dádiva da misericórdia e enfiado uma faca em seu coração.*

— Salgada, olhe! — Denyo pegou no braço de Arya e a fez se virar. — Consegue ver? *Ali* — ele apontou.

As névoas cederam à frente do navio, cortinas cinzentas esfarrapadas afastadas pela proa. A *Filha do Titã* abria caminho através das águas cinzentas esverdeadas, apoiada em asas enfunadas de cor púrpura. Arya ouvia os gritos das aves marinhas por cima de sua cabeça. Ali, no local para onde Denyo apontava, uma linha de cumeadas rochosas erguia-se, súbita, do mar, com vertentes íngremes cobertas de pinheiros-marciais e abetos negros. Mas, mesmo em frente, o mar abrira caminho, e ali, sobre as águas abertas, erguia-se o Titã, com seus olhos em fogo e seus longos cabelos verdes soprados pelo vento.

Suas pernas erguiam-se sobre a abertura, com um pé plantado em cada montanha, e os ombros subiam bem acima dos cumes irregulares. As pernas tinham sido esculpidas em pedra sólida, o mesmo granito negro dos montes submarinos sobre os quais se erguia, embora usasse em volta das ancas uma saia couraçada de bronze esverdeado. A placa peitoral também era de bronze, e a cabeça era um meio elmo com crista. Os cabelos que o vento soprava eram feitos de cordas de cânhamo tingidas de verde, e enormes fogueiras ardiam nas grutas que eram os seus olhos. Uma mão descansava no topo da cumeada da esquerda, com dedos de bronze enrolados em volta de uma protuberância de pedra; a outra projetava-se no ar, agarrando o cabo de uma espada quebrada.

É só um pouco maior do que a estátua do rei Baelor em Porto Real, disse a si mesma quando ainda se encontravam bem distantes. Mas, à medida que a galeota se aproximou do local onde as ondas rebentavam contra a cumeada, o Titã cresceu ainda mais. Arya ouvia o pai de Denyo berrando ordens com sua voz profunda, e, no cordame, os homens enrolavam as velas. *Vamos passar, a remo, por baixo das pernas do Titã*. Arya viu as seteiras abertas na grande placa peitoral em bronze, e manchas e salpicos nos braços e ombros do Titã, nos locais onde as aves marinhas faziam os ninhos. O pescoço virou-se para cima. *Baelor, o Abençoado, não lhe chegaria ao joelho. Podia passar por cima das muralhas de Winterfell.*

Então o Titã soltou um poderoso rugido.

O som foi tão monstruoso quanto ele, um terrível trovejar e ranger, tão forte que até afogou a voz do capitão e o estrondo que as ondas faziam contra aquelas elevações vestidas de pinheiros. Um milhar de aves marinhas levantaram voo ao mesmo tempo, e Arya encolheu-se até ver que Denyo estava dando risada.

— Ele avisa o Arsenal de nossa chegada, é tudo — gritou. — Não precisa ter medo.

— Não *tive* — gritou Arya em resposta. — Foi do ruído, só isso.

O vento e as ondas tinham agora a *Filha do Titã* bem presa nas mãos, empurrando-a rapidamente para o canal. A dupla fileira de remos mergulhava ritmicamente, fustigando o mar com espuma branca enquanto a sombra do Titã caía sobre eles. Por um momento pareceu certo que se esmagariam contra as rochas sob as pernas dele. Aninhada à proa com Denyo, Arya sentia o sabor do sal onde a maresia lhe tocara o rosto. Tinha de olhar diretamente para cima para ver a cabeça do Titã.

"Os braavosianos alimentam-no com a carne suculenta e cor-de-rosa de garotinhas bem-nascidas", ouviu de novo a Velha Ama dizer, mas ela *não era* uma garotinha, e não se deixaria assustar por uma estúpida *estátua*.

Mesmo assim, manteve a mão pousada na Agulha enquanto se esgueiravam por entre as pernas do Titã. Mais seteiras pontilhavam o interior daquelas grandes coxas de pedra, e quando Arya virou o pescoço para ver o Ninho de Corvo passar com uns bons dez metros de folga, vislumbrou alçapões por baixo da saia couraçada do Titã, e rostos pálidos a fitá-los por detrás das barras de ferro.

E, então, estavam do lado de lá.

A sombra ergueu-se, as elevações cobertas de pinheiros afastaram-se de ambos os lados, os ventos reduziram-se e se acharam em movimento por uma grande lagoa. Em frente, erguia-se outro monte submarino, uma protuberância de rocha que se projetava da água como um punho coberto de espigões, com ameias rochosas eriçadas de balistas, catapultas de fogo e trabucos.

— O Arsenal de Braavos — disse Denyo, tão orgulhoso como se o tivesse construído. — Ali conseguem construir uma galé de guerra em um dia. — Arya via dezenas de galés amarradas ao cais e empoleiradas em rampas de lançamento. As proas pintadas de outras embarcações espreitavam de dentro de um sem-número de barracões de madeira erguidos ao longo das costas rochosas, esguias, más e famintas, como se fossem cães de caça num canil, à espera de serem chamados pelo berrante de um caçador. Tentou contá-las, mas havia muitas, e viam-se mais docas, barracões e cais onde a linha da costa fazia uma curva e se afastava.

Duas galés tinham vindo ao seu encontro. Pareciam pairar sobre a água como libélulas, com os remos de cor clara relampejando. Arya ouviu o capitão gritar para eles, e os capitães delas gritando respostas, mas não compreendeu as palavras. Um grande berrante soou. As galés puseram-se de ambos os lados do navio deles, tão próximas que conseguia ouvir o som abafado dos tambores soando dentro de seus cascos de cor púrpura, *bum-bum-bum-bum-bum-bum-bum-bum*, como as batidas de corações.

Então as galés ficaram para trás, e o Arsenal também. Em frente estendeu-se uma vastidão de água cor de ervilha, encrespada como uma folha de vidro colorido. De seu coração úmido ergueu-se a cidade propriamente dita, uma grande extensão de cúpulas, torres e pontes, cinzentas, douradas e vermelhas. *As cem ilhas de Braavos no mar.*

Meistre Luwin lhes falara de Braavos, mas Arya esquecera a maior parte do que dissera. Era uma cidade plana, isto ela via mesmo de longe, ao contrário de Porto Real, que se erguia em suas três grandes colinas. As únicas colinas que havia ali eram aquelas que os homens tinham erguido com tijolo e granito, bronze e mármore. Faltava mais alguma coisa, embora Arya demorasse alguns momentos para compreender o que era. *A cidade não tem muralhas.* Mas quando disse isso a Denyo, o garoto riu dela.

— Nossas muralhas são feitas de madeira e pintadas de púrpura — disse-lhe. — Nossas muralhas são as nossas *galés*. Não precisamos de outras.

O convés rangeu sob seus pés. Arya virou-se para descobrir o pai de Denyo erguendo-se acima dela com seu grande casaco de capitão feito de lã púrpura. O Capitão-Mercador Ternesio Terys não usava barba, e mantinha curtos e bem tratados os cabelos grisalhos, emoldurando seu rosto quadrado queimado pelo vento. Durante a travessia vira-o com frequência trocando gracejos com a tripulação, mas quando franzia as sobrancelhas, os homens fugiam dele como quem foge de uma tempestade. Agora estava de testa franzida.

— Nossa viagem está no fim — disse a Arya. — Vamos para Porto Axadrezado, onde os oficiais da alfândega do Senhor do Mar virão a bordo inspecionar nossos porões. Levarão nisso meio dia, levam sempre, mas não é preciso que você espere que se despachem. Junte suas coisas. Vou baixar um bote e Yorko vai pôr você em terra.

Em terra. Arya mordeu o lábio. Atravessara o mar estreito para chegar ali, mas se o capitão tivesse perguntado lhe teria dito que queria ficar a bordo da *Filha do Titã*. Salgada era pequena demais para manejar um remo, agora sabia disso, mas podia aprender a costurar cabos e a rizar velas e traçar um rumo através do grande mar salgado. Certa vez, Denyo a levara até o Ninho de Corvo, e não sentira medo nenhum, embora o convés parecesse uma coisinha minúscula lá embaixo. *E também sei fazer somas e manter uma cabine arrumada.*

Mas a galeota não precisava de um segundo moço de cabine. Além do mais, bastava-lhe olhar para o rosto do capitão para saber como estava ansioso por se ver livre dela. Portanto, Arya limitou-se a assentir.

— Em terra — disse, embora em terra quisesse dizer apenas estranhos.

— *Valar dohaeris* — levou dois dedos à testa. — Eu lhe peço que se lembre de Ternesio Terys e do serviço que ele lhe prestou.

— Eu me lembrarei — disse Arya em voz baixa. O vento a puxava pelo manto, insistente como um fantasma. Era hora de ir embora.

Junte suas coisas, dissera o capitão, mas eram bem poucas. Só as roupas que usava, sua pequena bolsa de moedas, os presentes que a tripulação lhe dera, o punhal que trazia na anca esquerda e a Agulha que usava à direita.

O bote ficou pronto antes dela, e Yorko pôs-se aos remos. Era também filho do capitão, mas mais velho do que Denyo e menos amigável. *Não cheguei a me despedir de Denyo,* pensou enquanto descia para se juntar a Yorko. Perguntou a si mesma se alguma vez voltaria a ver o garoto. *Devia ter lhe dito adeus.*

A *Filha do Titã* minguou na esteira do bote enquanto a cidade crescia a cada movimento dos remos de Yorko. Um porto estava visível à direita, um emaranhado de quebra-mares e cais repletos de baleeiros de casco largo vindos de Ibben, navios cisne das Ilhas do Verão e mais galés do que uma garota conseguiria contar. Outro porto, mais distante, podia ser avistado à esquerda, para lá de uma ponta de terreno afundado, onde os topos de edifícios meio afogados se projetavam da água. Arya nunca vira tantos edifícios de grandes dimensões juntos num mesmo lugar. Porto Real tinha a Fortaleza Vermelha, o Grande Septo de Baelor e o Fosso dos Dragões, mas Braavos parecia fazer alarde de uma vintena de templos, torres e palácios de igual tamanho, ou até maiores. *Voltarei a ser um rato,* pensou sombriamente, *tal como era em Harrenhal antes de fugir.*

De onde o Titã se encontrava, a cidade parecia construída numa grande ilha, mas à medida que Yorko os levava para mais perto, Arya foi vendo que ela se erguia em muitas ilhas pequenas e muito próximas, ligadas por pontes arqueadas de pedra que transpunham um sem-número de canais. Para lá do porto vislumbrou ruas com casas de pedra cinzenta, tão próximas umas das outras que se encostavam. Aos olhos de Arya tinham um aspecto estranho, com quatro e cinco andares de altura e muito estreitas, com telhados de telha pontiagudos que eram como chapéus bicudos. Não viu colmo, e notou apenas algumas casas de madeira, do tipo que conhecia de Westeros. *Eles não têm árvores,* compreendeu. *Braavos é toda em pedra, uma cidade cinzenta num mar verde.*

Yorko virou para o norte das docas e para o interior da desembocadura de um grande canal, uma larga estrada aquática e verde que corria direto para o coração da cidade. Passaram sob os arcos de uma ponte recurva feita em pedra e decorada com meia centena de espécies de peixes, caranguejos e lulas. Uma segunda ponte surgiu em frente, esta esculpida com um rendilhado de vinhedos folhosos, e depois desta uma terceira, que os fitava com um milhar de olhos pintados. As embocaduras de canais menores abriam-se de ambos os lados, e as de outros ainda menores abriam-se nestes. Arya viu que algumas das casas eram construídas por cima dos canais, transformando-os numa espécie de túnel. Barcos esguios deslizavam de um lado para outro, talhados de modo a tomarem a forma de serpentes aquáticas com cabeças pontiagudas e caudas erguidas. Arya viu que aqueles barcos não se moviam a remo, mas sim à vara, por homens que se mantinham em pé em suas popas, envoltos em mantos cinzentos, marrons e de um profundo verde-musgo. Viu também enormes barcaças de fundo chato, carregadas com grandes pilhas de caixotes e barris, empurradas por vinte vareiros de cada lado, e elegantes casas flutuantes com lanternas de vidro colorido, cortinados de veludo e brônzeas figuras de proa. A uma grande distância, erguendo-se tanto sobre os canais como sobre as casas, via-se uma espécie de massiva estrada de pedra, sustentada por três fileiras de poderosos arcos que marchavam para o sul, para o interior da neblina.

— O que é aquilo? — perguntou Arya a Yorko, apontando.

— O rio de água doce — ele respondeu. — Traz água doce do continente, através das planícies de maré e dos baixios salgados. Boa água doce para os fontanários.

Quando olhou para trás, o porto e a lagoa estavam fora de vista. Em frente, uma fileira de grandes estátuas erguia-se de ambos os lados do canal, solenes homens de pedra com longas vestes de bronze, salpicados com os excrementos de aves marinhas. Alguns seguravam livros, outros carregavam punhais, outros, martelos. Um tinha uma estrela dourada na mão erguida. Outro emborcava um jarro de pedra, despejando no canal um infindável jorro de água.

— São deuses? — ela quis saber.

— Senhores do Mar — disse Yorko. — A Ilha dos Deuses é mais adiante. Consegue ver? Depois de seis pontes, na margem direita. Aquele é o Templo dos Cantores da Lua.

Era um daqueles edifícios que Arya vislumbrara da lagoa, uma massa grandiosa de mármore branco como a neve, encimada por uma enorme cúpula prateada, cujas janelas de vidro leitoso mostravam todas as fases da lua. Um par de donzelas de mármore flanqueava seus portões, tão altas como os Senhores do Mar, sustentando um lintel em forma de crescente.

Depois erguia-se outro templo, um edifício de pedra vermelha, tão severo como qualquer fortaleza. No topo de sua grande torre quadrada ardia uma fogueira num braseiro de ferro com seis metros de largura, enquanto fogueiras menores flanqueavam suas portas de bronze.

— Os sacerdotes vermelhos adoram suas fogueiras — disse-lhe Yorko. — Seu deus é o Senhor da Luz, o rubro R'hllor.

Eu sei. Arya lembrou-se de Thoros de Myr com seus bocados de velha armadura, usada sobre vestes tão desbotadas que parecia mais um sacerdote cor-de-rosa do que vermelho. Mas seu beijo trouxera lorde Beric de volta à vida. Observou a casa do deus vermelho enquanto passava por ela, perguntando-se se aqueles sacerdotes braavosianos de R'hllor seriam capazes de fazer a mesma coisa.

A seguir surgiu uma enorme estrutura de tijolo ornamentada de liquens. Arya poderia tê-la tomado por um armazém, se Yorko não tivesse dito:

— Aquele é o Refúgio Sagrado, onde honramos os deuses menores que o mundo esqueceu. Também vai ouvir as pessoas o chamarem Coelheira — um pequeno canal corria entre as altas paredes cobertas de liquens da Coelheira, e foi aí que ele virou o barco para a direita. Passaram por um túnel e voltaram a sair para a luz do dia. Mais templos erguiam-se de ambos os lados.

— Não sabia que existiam tantos deuses — Arya disse.

Yorko soltou um grunhido. Fizeram uma curva e passaram por baixo de outra ponte. À esquerda surgiu um pequeno monte rochoso com um templo sem janelas, de pedra cinzenta escura no topo. Um lance de escadas de pedra levava de suas portas a uma doca coberta.

Yorko inverteu o sentido da remada e o bote colidiu suavemente com estacas de pedra. Agarrou uma argola de ferro destinada a segurá-los por um momento.

— É aqui que a deixo.

A doca estava coberta de sombras, os degraus eram íngremes. O telhado de telhas negras do templo fazia um bico aguçado, como o das casas ao longo dos canais. Arya mordeu o lábio. *Syrio veio de Braavos. Pode ter visitado esse templo.* Pode ter subido esses degraus. Agarrou uma argola e pulou para a doca.

— Sabe o meu nome — disse Yorko de dentro do barco.

— Yorko Terys.

— *Valar dohaeris* — empurrou o cais com o remo e flutuou para águas mais profundas. Arya ficou vendo-o remar de volta para onde tinham vindo, até que o barco desapareceu nas sombras da ponte. Quando o marulhar dos remos se esvaiu, quase conseguiu ouvir o bater do seu coração. De súbito estava em outro lugar... de volta a Harrenhal com Gendry, talvez, ou com Cão de Caça nas florestas ao longo do Tridente. *Salgada é uma criança estúpida*, disse a si mesma. *Sou uma loba, e não vou ter medo*. Afagou o cabo da Agulha para lhe dar sorte e mergulhou nas sombras, subindo dois degraus de cada vez, para que ninguém pudesse alguma vez dizer que tinha medo.

No topo encontrou um conjunto de portas esculpidas em madeira com três metros e meio de altura. A porta da esquerda era feita de represeiro branco como osso; a da direita, de reluzente ébano. No centro encontrava-se esculpido um rosto de lua; ébano no lado do represeiro, represeiro no lado do ébano. O aspecto das portas fez que se lembrasse, sem saber por quê, da árvore-coração no bosque sagrado de Winterfell. *As portas me observam*, pensou. Empurrou ambas ao mesmo tempo com o lado das mãos enluvadas, mas nenhuma quis se mover. *Trancadas*.

— Deixem-me entrar, suas estúpidas — disse. — Atravessei o mar estreito — fechou a mão em punho e bateu. — Jaqen disse-me para vir. Tenho a moeda de ferro — tirou-a da bolsa e a exibiu. — Veem? *Valar morghulis*.

As portas não responderam, exceto abrindo-se.

Abriram-se para dentro, num silêncio total, sem mão humana que as movesse. Arya deu um passo à frente, e depois outro. As portas se fecharam atrás dela, e por um momento ficou cega. Tinha a Agulha na mão, embora não se recordasse de tê-la desembainhado.

Algumas velas ardiam ao longo das paredes, mas emitiam tão pouca luz que Arya não conseguia ver os próprios pés. Alguém sussurrava, baixo demais para que distinguisse palavras. Outra pessoa chorava. Ouviu passos leves, couro deslizando sobre pedra, uma porta abrindo e fechando. *Água, também ouço água*.

Lentamente, seus olhos se ajustaram. O templo parecia muito maior por dentro do que parecera de fora. Os septos de Westeros tinham sete lados, com sete altares para os sete deuses, mas ali havia mais deuses do que sete. Estátuas deles erguiam-se ao longo das paredes, maciças e ameaçadoras. Em volta de seus pés, velas vermelhas tremeluziam, tênues como estrelas distantes. A mais próxima era uma mulher de mármore com seis metros e meio de altura. Lágrimas verdadeiras escorriam de seus olhos e enchiam a bacia que embalava nos braços. Atrás dela estava um homem com cabeça de leão sentado num trono, esculpido em ébano. Do outro lado das portas, um enorme cavalo de bronze e ferro empinava-se em duas grandes patas. Mais adiante conseguia distinguir um grande rosto de pedra, um bebê de cor clara com uma espada, uma hirsuta cabra preta do tamanho de um auroque, um homem encapuzado apoiado num cajado. O resto era-lhe apenas grandes silhuetas, entrevistas na escuridão. Entre os deuses havia alcovas escondidas, carregadas de sombras, aqui e ali com uma vela a arder.

Silenciosa como uma sombra, Arya avançou por entre fileiras de longos bancos de pedra de espada na mão. Os pés disseram-lhe que o chão era feito de pedra; não de mármore polido, como o do Grande Septo de Baelor, mas algo mais áspero. Passou por algumas mulheres que sussurravam juntas. O ar estava quente e pesado, tão pesado que bocejou. Sentiu o cheiro das velas. O odor não era familiar, e atribuiu-o a algum tipo estranho de incenso, mas, à medida que penetrava mais profundamente no templo, elas pareceram cheirar a neve, a agulhas de pinheiro e a guisado quente. *Cheiros bons*, disse Arya a si mesma, e sentiu-se um pouco mais corajosa. Suficientemente corajosa para voltar a embainhar a Agulha.

No centro do templo encontrou a água que ouvira; um tanque com três metros de largura, negro como tinta e iluminado por fracas velas vermelhas. Ao lado, encontrava-se sentado um homem jovem, com um manto prateado, chorando baixinho. Viu-o mergulhar a mão na água, fazendo correr ondinhas pelo tanque. Quando tirou os dedos da água chupou-os, um por um. *Deve ter sede.* Havia taças de pedra ao longo da borda do tanque. Arya encheu uma e a levou para ele beber. O jovem fitou a garota por um longo momento quando ela lhe ofereceu a água.

— *Valar morghulis* — ele disse.

— *Valar dohaeris* — ela respondeu.

Ele bebeu até o fim e deixou cair a taça no tanque com um *plop* suave. Então, pôs-se em pé, cambaleando, segurando a barriga. Por um momento Arya pensou que o homem ia cair. Foi só então que viu a mancha escura, sob seu cinto, que se espalhava diante de seus olhos.

— Foi apunhalado — exclamou, mas o homem não lhe deu atenção. Arrastou-se na direção da parede com um andar instável e enfiou-se numa alcova, estendendo-se em uma dura cama de pedra. Quando Arya olhou em volta, viu outras alcovas. Em algumas, velhos dormiam.

Não, pareceu ouvir uma voz meio lembrada sussurrando em sua mente. *Estão mortos, ou agonizando. Olhe com os olhos.*

Uma mão tocou seu braço.

Arya girou para longe, mas era só uma garotinha; uma garotinha pálida envergando uma veste com capuz que parecia engoli-la, negra do lado direito e branca do esquerdo. Sob o capuz estava um rosto lúgubre e ossudo, chupado, e olhos escuros que pareciam grandes como pires.

— Não me agarre — disse Arya, num aviso, à criança abandonada. — Matei o último rapaz que fez isso.

A garota disse algumas palavras que Arya não compreendeu.

Balançou a cabeça.

— Não fala a língua comum?

Uma voz atrás dela disse:

— Eu falo.

Arya não gostava da maneira como não paravam de surpreendê-la. O homem encapuzado era alto, envolto numa versão maior da veste preta e branca que a garota usava. Sob o capuz, tudo que conseguia ver era a tênue cintilação vermelha da luz das velas que se refletia em seus olhos.

— Que lugar é este? — perguntou-lhe.

— Um lugar de paz — a voz do homem era gentil. — Está em segurança aqui. Esta é a Casa do Preto e Branco, filha. Embora seja nova para procurar o favor do Deus das Muitas Faces.

— É como o deus do Sul, aquele com sete rostos?

— Sete? Não. As faces dele são incontáveis, pequena, tantas como as estrelas que há no céu. Em Braavos, os homens rezam como querem... mas no fim de todos os caminhos está Aquele das Muitas Faces à espera. Ele estará lá para você um dia, não tema. Não precisa correr para os seus braços.

— Só vim à procura de Jaqen H'ghar.

— Não conheço esse nome.

O coração de Arya afundou-se.

— Ele era de Lorath. Tinha cabelos brancos de um lado e vermelhos do outro. Disse que me ensinaria segredos e me deu isto — tinha a moeda de ferro apertada na mão. Quando abriu os dedos, ela ficou colada à palma suada.

O sacerdote estudou a moeda, embora não tenha feito nenhum movimento para tocar nela. A criança abandonada dos olhos grandes também a observava. Por fim, o homem encapuzado disse:

— Diga-me seu nome, filha.

— Salgada. Venho de Salinas, junto ao Tridente.

Embora não conseguisse lhe ver o rosto, de algum modo sentiu-o sorrir.

— Não — disse o homem. — Diga-me o seu nome.

— Pombinha — respondeu novamente.

— O seu nome verdadeiro, filha.

— Minha mãe chamou-me Nan, mas os outros me chamavam Doninha...

— O seu nome.

Arya engoliu em seco.

— Arry. Sou Arry.

— Está mais perto. E agora, a verdade?

O medo golpeia mais profundamente que as espadas, disse a si mesma.

— Arya — da primeira vez, murmurou a palavra. Da segunda, atirou-a. — Sou *Arya, da Casa Stark*.

— Sim — ele respondeu —, mas a Casa do Preto e Branco não é lugar para Arya da Casa Stark.

— Por favor — ela pediu. — Não tenho para onde ir.

— Teme a morte?

Arya mordeu o lábio.

— Não.

— Vejamos — o sacerdote tirou o capuz. Por baixo não havia rosto, só uma caveira amarelecida com uns restos de pele ainda agarrados às bochechas e um verme branco contorcendo-se numa órbita vazia. — Beije-me, filha — crocitou, numa voz tão seca e enrouquecida como o matraquear da morte.

Será que ele quer me assustar? Arya beijou-o no lugar onde o nariz deveria estar e tirou-lhe o verme do olho, com a intenção de comê-lo, mas ele se desvaneceu como uma sombra em sua mão.

A caveira amarela também desapareceu, e o velho mais amável que Arya já vira, sorriu.

— Nunca ninguém tentou comer meu verme — disse. — Tem fome, filha?

Sim, ela pensou, *mas não de comida*.

CERSEI

Caía uma chuva fria que deixava as muralhas e os baluartes da Fortaleza Vermelha escuros como sangue. A rainha pegou na mão do rei e o levou com firmeza pelo pátio lamacento, até onde a liteira esperava com a sua escolta.

— Tio Jaime disse que eu podia montar a cavalo e atirar tostões ao povo — argumentou o garoto.

— Quer ficar doente? — ela não arriscaria; Tommen nunca fora tão robusto quanto Joffrey. — Seu avô iria querer que parecesse um rei de verdade em seu velório. Não vamos aparecer no Grande Septo molhados e enlameados. — *Já é ruim demais que eu tenha de voltar a usar luto.* O negro nunca lhe favorecera. Com sua pele clara, fazia que parecesse meio cadavérica. Ela se levantara uma hora antes da alvorada para tomar banho e arrumar os cabelos, e não pretendia deixar que a chuva arruinasse seu trabalho.

Dentro da liteira, Tommen recostou-se às almofadas e espreitou a chuva que caía.

— Os deuses estão chorando pelo avô. Lady Jocelyn diz que as gotas de chuva são suas lágrimas.

— Jocelyn Swyft é uma tola. Se os deuses pudessem chorar, teriam chorado por seu irmão. Chuva é chuva. Feche a cortina antes que deixe entrar mais. Essa capa é de zibelina, quer ensopá-la?

Tommen fez o que lhe era pedido. Sua docilidade a preocupava. Um rei tinha de ser forte. *Joffrey teria discutido. Nunca foi fácil de intimidar.*

— Não se esparrame dessa maneira — ela advertiu Tommen. — Sente-se como um rei. Ponha os ombros para trás e endireite a coroa. Quer que ela caia da sua cabeça diante de todos os seus lordes?

— Não, mãe — o garoto se endireitou e ergueu as mãos para arrumar a coroa. A coroa de Joff era grande demais para ele. Tommen sempre tendera para a robustez, mas seu rosto agora parecia mais magro. *Ele anda comendo bem?* Não podia se esquecer de perguntar ao intendente. Não podia correr o risco de que Tommen adoecesse, não enquanto Myrcella estivesse nas mãos dos dorneses. *Ele, a seu tempo, crescerá até que a coroa de Joff lhe sirva bem.* Até que isso acontecesse, podia ser necessária uma menor, uma que não ameaçasse engolir sua cabeça. Levaria o assunto aos ourives.

A liteira desceu lentamente a Colina de Aegon. Dois dos membros da Guarda Real seguiam à frente deles, cavaleiros brancos montados em cavalos brancos com mantos brancos que pendiam, ensopados, de seus ombros. Atrás vinham cinquenta guardas Lannister vestidos de ouro e carmesim.

Tommen espreitou as ruas vazias através das cortinas.

— Pensei que houvesse mais gente. Quando o pai morreu, o povo veio todo nos ver passar.

— A chuva os empurrou para casa. — Porto Real nunca amara lorde Tywin. Mas ele nunca quis amor. *"Não pode comer amor, nem comprar um cavalo com ele, nem aquecer os salões numa noite fria"*, ouvira-o dizer uma vez a Jaime, quando o irmão não era mais velho do que Tommen.

No Grande Septo de Baelor, aquela magnificência em mármore erguida no cume da Colina de Visenya, o pequeno aglomerado de pessoas de luto era menos numeroso que os homens de manto dourado que sor Addam Marbrand espalhara pela praça. *Mais tarde virão mais*, disse a rainha a si mesma enquanto sor Meryn Trant a ajudava a descer da liteira. Só os bem-nascidos e seus séquitos seriam admitidos no serviço fúnebre; haveria outro à tarde para os plebeus, e as preces da noite eram abertas a todos. Cersei teria de regressar a essa altura, para que o povo a visse de luto. *A turba precisa ter o seu espetáculo.* Era um aborrecimento. Tinha cargos a preencher, uma guerra a vencer, um reino a governar. O pai teria compreendido.

O alto septão veio ao seu encontro no topo da escadaria. Um velho corcunda com uma barba grisalha e pouco densa, era de tal modo vergado pelo peso de suas ornamentadas vestes que tinha os olhos ao nível dos seios da rainha... embora sua coroa, uma estrutura elevada de cristal cortado e ouro tecido, lhe acrescentasse um bom meio metro de altura.

Lorde Tywin lhe dera aquela coroa para substituir a que fora perdida quando a turba matara o alto septão anterior. Depois de arrancarem o gordo idiota de sua liteira, tinham-no despedaçado, no dia em que Myrcella zarpara para Dorne. *Aquele era um grande glutão e um homem manejável. Este...* Este alto septão era obra de Tyrion, recordou Cersei de súbito. Era uma ideia inquietante.

A mão malhada do velho pareceu uma pata de galinha quando espreitou de dentro de uma manga coberta de arabescos dourados e pequenos cristais. Cersei ajoelhou no mármore molhado e lhe beijou os dedos, e disse a Tommen para fazer o mesmo. *Que sabe ele de mim? Quanto lhe terá dito o anão?* O alto septão sorria ao entrar com ela no septo. Mas seria um sorriso traiçoeiro, cheio de conhecimento silencioso, ou não passaria de uma torção vazia nos lábios enrugados de um velho? A rainha não conseguiu ter certeza.

Atravessaram o Salão das Lamparinas sob globos coloridos de vitral, com a mão de Tommen na sua. Trant e Kettleblack os flanqueavam, com água pingando de seus mantos molhados formando poças no chão. O alto septão caminhava lentamente, apoiado a um cajado de represeiro encimado por um globo de cristal. Era servido por sete dos Mais Devotos, que cintilavam em pano de prata. Tommen usava pano de ouro sob sua capa de zibelina, e a rainha, um velho vestido de veludo negro forrado de arminho. Não houvera tempo para mandar fazer um novo, e não podia usar o mesmo que usara para Joffrey, nem aquele com que enterrara Robert.

Pelo menos não se esperará de mim que vista luto por Tyrion. Para isto vestirei seda carmesim e pano de ouro, e usarei rubis nos cabelos. Proclamara que o homem que lhe trouxesse a cabeça do anão seria elevado a lorde, ainda que seu nascimento ou estatuto social fosse ruim e baixo. Corvos levavam a promessa a todas as partes dos Sete Reinos, e logo a notícia atravessaria o mar estreito até as Nove Cidades Livres e as terras que se estendiam mais para diante. *Que o Duende fuja até o fim do mundo, não me escapará.*

A procissão régia cruzou as portas interiores e entrou no cavernoso coração do grande Septo, percorrendo uma larga coxia, uma das sete que se encontravam sob a cúpula. À esquerda e à direita, os bem-nascidos caíam de joelhos quando o rei e a rainha passavam. Muitos dos vassalos do pai encontravam-se presentes, bem como cavaleiros que tinham lutado ao lado de lorde Tywin em meia centena de batalhas. Vê-los fez Cersei sentir-se mais confiante. *Não estou desprovida de amigos.*

Sob a majestosa cúpula de vidro, ouro e cristal do Grande Septo, o corpo de lorde Tywin descansava sobre uma plataforma de mármore com degraus. À cabeça, encontrava-se Jaime de pé, em vigília, com sua única mão boa fechada sobre o cabo de uma espada larga dourada cuja ponta se apoiava no chão. O manto com capuz que envergava era branco como neve recém-caída, e as escamas de seu longo camisão eram de madrepérola ornamentadas com ouro. *Lorde Tywin teria preferido vê-lo vestido com o ouro e carmesim Lan-*

nister, pensou. *Sempre o irritou ver Jaime todo de branco.* E o irmão estava de novo deixando crescer a barba. Os pelos lhe cobriam o maxilar e as bochechas, dando ao seu rosto um aspecto rude e tosco. *Podia pelo menos ter esperado que os ossos do pai fossem enterrados sob o Rochedo.*

Cersei levou o rei a subir três curtos degraus, para se ajoelhar junto ao corpo. Os olhos de Tommen estavam cheios de lágrimas.

— Chore baixinho — disse-lhe, debruçando-se em sua direção. — É um rei, não um bebê chorão. Seus senhores o estão observando — o garoto limpou as lágrimas com as costas da mão. Tinha os olhos dela, verde-esmeralda, tão grandes e brilhantes como os de Jaime tinham sido na idade de Tommen. O irmão fora um rapaz tão bonito... mas também feroz, tão feroz como Joffrey, uma verdadeira cria de leão. A rainha pôs o braço em volta de Tommen e beijou-lhe os cachos dourados. *Ele vai precisar de mim para lhe ensinar como governar e mantê-lo a salvo dos inimigos.* Alguns estavam em volta deles naquele exato momento, fingindo ser amigos.

As irmãs silenciosas tinham couraçado lorde Tywin como se ele fosse travar uma última batalha. Usava sua melhor armadura, aço pesado esmaltado de um carmesim profundo e escuro, com ornamentos de ouro nas manoplas, grevas e placa peitoral. Os ristes eram esplendores dourados; tinha uma leoa de ouro agachada sobre cada ombro; um leão provido de juba coroava o grande elmo pousado ao lado de sua cabeça. Sobre o peito encontrava-se uma espada longa enfiada em uma bainha dourada incrustada de rubis, e as mãos do morto fechavam-se em volta do cabo da espada, calçadas com luvas de cota de malha dourada. *Até na morte seu rosto é nobre*, pensou, *se bem que a boca...* Os cantos dos lábios do pai curvavam-se muito ligeiramente para cima, dando-lhe um ar de vago assombro. *Isto não está bom.* Culpou Pycelle; ele devia ter dito às irmãs silenciosas que lorde Tywin Lannister nunca sorria. *O homem é tão inútil quanto mamilos numa placa peitoral.* Aquele meio sorriso fazia que lorde Tywin parecesse, de algum modo, menos terrível. Isto, e o fato de ter os olhos fechados. Os olhos do pai sempre tinham sido perturbadores; verde-claros, quase luminosos, semeados de ouro. Os olhos que conseguiam ver o interior das pessoas, conseguiam ver como no seu íntimo elas eram fracas, incapazes e feias. *Quando ele nos olhava, descobríamos isso.*

Sem ser chamada, uma recordação a assaltou, a do banquete que o rei Aerys dera quando Cersei chegara à corte, uma garota tão verde como a erva do verão. O velho Merryweather lamentava ter que subir as taxas sobre o vinho quando lorde Rykker disse:

— Se precisarmos de ouro, Sua Graça podia sentar lorde Tywin em seu penico — Aerys e seus bajuladores gargalharam ruidosamente, enquanto o pai fitava Rykker por cima de sua taça de vinho. O olhar permaneceu até muito depois de a graça terminar. Rykker virou a cabeça, voltou a virá-la, encontrou os olhos do pai, depois os ignorou, bebeu uma caneca de cerveja e foi embora, vermelho, derrotado por um par de olhos inflexíveis.

Os olhos de lorde Tywin agora estão fechados para sempre, pensou Cersei. *É com o meu olhar que a partir deste momento irão vacilar, é o meu franzir de sobrancelhas que têm de temer. Também sou uma leoa.*

Com o céu tão cinzento lá fora, a escuridão tomava conta do septo. Se a chuva parasse, o sol passaria através dos cristais suspensos para envolver o cadáver em arcos-íris. O Senhor de Rochedo Casterly merecia arcos-íris. Fora um grande homem. *Mas eu serei maior. Daqui a mil anos, quando os meistres escreverem sobre esta época, você será lembrado apenas como pai da rainha Cersei.*

— Mãe — Tommen lhe puxou pela manga. — O que é que cheira tão mal?

O senhor meu pai.

— A morte — também sentia o cheiro; um tênue sopro de decomposição que a fazia querer franzir o nariz. Cersei o ignorou. Os sete septões de vestes prateadas encontravam-se atrás da plataforma, implorando ao Pai no Céu que julgasse lorde Tywin com justiça. Quando terminaram, setenta e sete septãs reuniram-se diante do altar da Mãe e puseram-se a cantar para ela, em busca de misericórdia. Tommen já estava inquieto àquela altura, e até os joelhos da rainha tinham começado a doer. Olhou Jaime de relance. O gêmeo mantinha-se imóvel como se tivesse sido esculpido em pedra, e não respondeu ao seu olhar.

Nos bancos, tio Kevan estava ajoelhado com os ombros curvados e o filho ao seu lado. *Lancel tem pior aspecto do que meu pai.* Apesar de ter apenas dezessete anos, podia ter passado por um homem de setenta; tinha o rosto cinzento, estava muito magro, mostrava bochechas mirradas, olhos afundados e cabelos tão brancos e quebradiços como giz. *Como pode Lancel estar entre os vivos quando Tywin Lannister está morto? Terão os deuses perdido o juízo?*

Lorde Gyles tossia mais do que de costume e cobria o nariz com um quadrado de seda vermelha. *Ele também sente o cheiro.* O grande meistre Pycelle tinha os olhos fechados. *Se se deixou dormir, juro que mandarei chicoteá-lo.* À direita da plataforma ajoelhavam-se os Tyrell: o Senhor de Jardim de Cima, sua hedionda mãe e a desenxabida esposa, o filho Garlan e a filha Margaery. *A rainha Margaery*, lembrou a si mesma; viúva de Joffrey e futura esposa de Tommen. Margaery parecia-se muito com o irmão, o Cavaleiro das Flores. A rainha perguntou a si mesma se teriam outras coisas em comum. *Nossa pequena rosa tem um bom número de senhoras a fazer-lhe companhia, de noite e de dia.* Estavam agora com ela, quase uma dúzia. Cersei estudou seus rostos, curiosa. *Quem é a mais temerosa, a mais libertina, a mais faminta de favores? Quem tem a língua mais solta?* Trataria de descobrir.

Foi um alívio quando as cantorias finalmente terminaram. O cheiro que vinha do cadáver do pai parecia ter se tornado mais intenso. A maioria dos presentes teve a decência de fingir que nada estava errado, mas Cersei viu duas das primas de lady Margaery franzir seus pequenos narizes Tyrell. Enquanto ela e Tommen percorriam lentamente a coxia, a rainha julgou ouvir alguém murmurar "latrina" e rir, mas, quando virou a cabeça para ver quem teria falado, encontrou um mar de rostos solenes a olhá-la sem expressão. *Nunca se atreveriam a gracejar sobre ele quando ainda era vivo. Teria transformado suas tripas em água com um olhar.*

De volta ao Salão das Lamparinas, os presentes zumbiram à sua volta, densos como moscas, ansiosos por fazer chover sobre si condolências inúteis. Ambos os gêmeos Redwyne lhe beijaram a mão, e o pai lhe fez o mesmo nas faces. Hallyne, o Piromante, prometeu-lhe que uma mão flamejante arderia no céu por cima da cidade no dia em que os ossos do pai partissem para oeste. Entre ataques de tosse, lorde Gyles lhe disse que contratara um mestre escultor para fazer uma estátua de lorde Tywin, a fim de ser colocada em eterna vigília junto ao Portão do Leão. Sor Lambert Turnberry surgiu com uma pala sobre o olho direito, jurando que a usaria até conseguir trazer-lhe a cabeça do anão seu irmão.

Assim que a rainha conseguiu escapar às garras daquele idiota, achou-se encurralada por lady Falyse de Stokeworth e pelo marido, sor Balman Byrch.

— A senhora minha mãe manda condolências, Vossa Graça — borbulhou-lhe Falyse.

— Lollys foi forçada a ficar de cama por causa do bebê, e a mãe sentiu que devia ficar com ela. Suplica que a perdoe e disse-me para lhe perguntar... minha mãe admirava seu falecido pai acima de todos os homens. Se minha irmã tiver um menino, é seu desejo que o chamemos Tywin, se... se agradar à senhora.

Cersei fitou-a, horrorizada:

— Sua irmã idiota encontra uma forma de ser estuprada por metade de Porto Real e Tanda pensa honrar o bastardo com o nome do senhor meu pai? Parece-me que não.

Falyse recuou como se tivesse sido esbofeteada, mas o marido limitou-se a afagar o espesso bigode loiro com um polegar.

— Eu disse isso mesmo a lady Tanda. Arranjaremos um nome mais, ah... adequado para o bastardo de Lollys, dou-lhe a minha palavra.

— Assegure-se disso — Cersei os empurrou com o ombro e se afastou. Viu que Tommen caíra nas garras de Margaery Tyrell e da avó. A Rainha dos Espinhos era tão baixa que por um instante Cersei a tomou por outra criança. Antes de conseguir salvar o filho das rosas, a multidão a levou para encontrar-se cara a cara com o tio. Quando a rainha lhe lembrou o encontro que tinham marcado para mais tarde, sor Kevan fez um aceno fatigado e pediu licença para se retirar. Mas Lancel deixou-se ficar, a imagem perfeita de um homem com um pé na sepultura. *Mas estará saindo ou entrando?*

Cersei forçou-se a sorrir:

— Lancel, estou feliz por vê-lo assim mais forte. Meistre Ballabar trouxe-nos relatos tão terríveis que temêmos por sua vida. Mas achava que a essa altura estaria a caminho de Darry, para tomar posse de sua senhoria — o pai promovera Lancel a lorde depois da Batalha da Água Negra, como presente para o irmão Kevan.

— Ainda não. Há bandos de fora da lei no meu castelo — a voz do primo era tão tênue quanto o bigode em seu lábio superior. Embora seus cabelos tivessem se tornado brancos, o buço mantinha-se cor de areia. Cersei fitara-o com frequência quando tivera o rapaz dentro de si, agitando-se obedientemente. *Parece uma mancha de sujeira no lábio.* Costumava ameaçar limpá-la com um pouco de cuspe. — Meu pai diz que as terras fluviais precisam de uma mão forte.

Uma pena que vão receber a sua, teve vontade de dizer. Em vez disso, sorriu.

— E também irá se casar.

Uma expressão sombria passou pelo rosto devastado do jovem cavaleiro:

— Uma garota Frey, e não de minha escolha. Nem sequer é donzela. Uma viúva, de sangue Darry. Meu pai diz que isto me ajudará com os camponeses, mas estes estão todos mortos — estendeu-lhe a mão. — É uma crueldade, Cersei. Vossa Graça sabe que eu amo...

— ... a Casa Lannister — Cersei terminou por ele. — Ninguém pode pôr isso em dúvida, Lancel. Que sua esposa lhe dê filhos fortes — *é melhor não deixar que o senhor seu avô organize a boda, porém.* — Eu sei que desempenhará muitos feitos nobres em Darry.

Lancel assentiu, claramente infeliz:

— Quando pareceu que eu poderia vir a morrer, meu pai trouxe o alto septão para rezar por mim. É um bom homem — os olhos do primo estavam úmidos e brilhantes, olhos de criança num rosto de velho. — Diz que a Mãe me poupou para algum santo propósito, para que possa expiar os meus pecados.

Cersei perguntou a si mesma como pretenderia o rapaz expiá-la. *Armá-lo cavaleiro foi um erro, e dormir com ele um maior.* Lancel era erva fraca, e não gostava nada daquela religiosidade que acabara de surgir; ele era muito mais divertido quando tentava ser Jaime. *Que terá esse pateta chorão dito ao alto septão? E o que dirá à sua pequena Frey quando se deita-*

rem juntos no escuro? Se confessasse ter dormido com Cersei, bem, ela podia lidar com isso. Os homens andavam sempre mentindo sobre as mulheres; atribuiria a confissão à fanfarronice de um rapazinho imberbe impressionado por sua beleza. *Mas se se puser a cantar sobre Robert e o vinho-forte...*

— A expiação é mais eficiente através da prece — disse-lhe Cersei. — Da prece *silenciosa*. — Deixou-o a refletir sobre aquilo e preparou-se para enfrentar a hoste Tyrell.

Margaery abraçou-a como uma irmã, o que a rainha achou presunçoso, mas aquele não era local para repreendê-la. Lady Alerie e as primas contentaram-se em lhe beijar dedos. Lady Graceford, que estava muito grávida, pediu à rainha licença para chamar o bebê de Tywin, se fosse menino, ou Lanna, se fosse menina. *Outro?*, quase gemeu. *O reino irá afogar-se em Tywins*. Consentiu com a amabilidade que conseguiu arranjar, fingindo deleite.

Foi lady Merryweather quem realmente lhe agradou.

— Vossa Graça — disse, com sua apaixonada entoação myriana —, enviei uma mensagem aos meus amigos do outro lado do mar estreito, pedindo-lhes para capturarem imediatamente o Duende caso ele mostre sua feia cara nas Cidades Livres.

— Tem muitos amigos do outro lado do mar?

— Em Myr, muitos. Em Lys também, e em Tyrosh. Homens de poder.

Cersei podia acreditar perfeitamente. A mulher myriana era muito mais bela do que devia; de pernas longas e seios cheios, com uma pele lisa cor de oliva, lábios maduros, enormes olhos escuros e espessos cabelos negros que lhe davam sempre o aspecto de alguém que tivesse acabado de sair da cama. *Até cheira a pecado, como uma lótus exótica qualquer.*

— Lorde Merryweather e eu temos o único desejo de servir a Vossa Graça e ao pequeno rei — ronronou a mulher, com um olhar que era tão prenhe como lady Graceford.

Esta é ambiciosa, e seu senhor é orgulhoso mas pobre.

— Temos de voltar a conversar, senhora. Taena, não é? É muito gentil. Eu sei que seremos grandes amigas.

Então o Senhor de Jardim de Cima caiu sobre ela.

Mace Tyrell não era mais do que dez anos mais velho que Cersei, mas ela pensava nele como se tivesse a idade do pai, e não a sua. Não chegava bem à altura de lorde Tywin, mas fora isto, era maior, com um peito largo e uma barriga que crescera até se tornar ainda mais larga. Os cabelos eram cor de avelã, mas havia manchas de branco e cinzento em sua barba. O rosto mostrava-se frequentemente rubro.

— Lorde Tywin era um grande homem, um homem extraordinário — declarou em tom solene depois de lhe beijar ambos os lados do rosto. — Nunca voltaremos a ver alguém como ele, temo.

Está olhando para alguém como ele, seu palerma, pensou Cersei. *É a filha dele que está na sua frente.* Mas precisava de Tyrell e do poderio de Jardim de Cima para manter Tommen no seu trono, portanto, disse apenas:

— Sentiremos muito sua falta.

Tyrell pôs-lhe a mão no ombro.

— Não há homem vivo que seja digno de vestir a armadura de lorde Tywin, isto é evidente. Contudo, o reino continua a existir e tem de ser governado. Se houver alguma coisa que eu possa fazer para servir nesta hora sombria, Vossa Graça tem apenas de pedir.

Se quer ser Mão do Rei, senhor, tenha a coragem de anunciá-lo claramente. A rainha sorriu. *Que leia nisso o que bem quiser.*

— Decerto o senhor é necessário na Campina?

— Meu filho Willas é um moço capaz — respondeu o homem, recusando-se a aceitar a sugestão. — Pode ter uma perna torta, mas não lhe faltam miolos. E, em breve, Garlan tomará Águas Claras. Entre ambos, a Campina ficará em boas mãos, se eu por acaso for necessário em outro lugar. O governo do reino deve vir em primeiro lugar, dizia com frequência lorde Tywin. E apraz-me trazer à Vossa Graça boas notícias a este respeito. Meu tio Garth concordou em servir como mestre da moeda, tal como o senhor seu pai desejava. Está a caminho de Vilavelha para embarcar. Os filhos o acompanharão. Lorde Tywin mencionou qualquer coisa sobre encontrar lugares também para eles. Talvez na Patrulha da Cidade.

O sorriso da rainha congelou com tamanha rigidez, que temeu que seus dentes rachassem. *Garth, o Grosso, no pequeno conselho, e seus dois bastardos com manto dourado... será que os Tyrell acham que vou me limitar a lhes servir o reino numa bandeja dourada?* A arrogância daquilo a deixou sem fôlego.

— Garth serviu-me bem como Senhor Senescal, tal como serviu meu pai antes de mim — prosseguia Tyrell. — Mindinho tinha nariz para o ouro, admito, mas Garth...

— Senhor — Cersei o interrompeu —, temo que tenha havido algum mal-entendido. Pedi a lorde Gyles Rosby para servir como nosso novo mestre da moeda, e ele me deu a honra de aceitar.

Mace fitou-a boquiaberto.

— Rosby? Aquele... débil dado a ataques de tosse? Mas... o assunto foi objeto de um acordo, Vossa Graça. Garth segue para Vilavelha.

— É melhor enviar uma ave a lorde Hightower e pedir-lhe para se assegurar de que seu tio não embarque. Detestaríamos que Garth enfrentasse um mar de outono para nada — e exibiu um sorriso agradável.

Um rubor subiu pelo grosso pescoço de Tyrell.

— Isso... o senhor seu pai assegurou-me... — e pôs-se a falar atrapalhadamente.

Então, apareceu a mãe e lhe deu o braço.

— Aparentemente lorde Tywin não partilhou seus planos com nossa regente, não consigo *imaginar* por quê. Seja como for, é o que temos, não vale a pena ameaçar Sua Graça. Ela tem toda a razão, precisa escrever a lorde Leyton antes que Garth embarque num navio. Sabe que o mar vai deixá-lo enjoado e piorar seu problema de gases — lady Olenna concedeu a Cersei um sorriso desdentado. — As salas de seu conselho cheirarão melhor com lorde Gyles, embora me pareça que aquela tosse me causaria distração. Todos adoramos o velho querido tio Garth, mas o homem é flatulento, não há como negá-lo. E eu detesto maus cheiros — sua face enrugada enrugou-se um pouco mais. — Para falar a verdade, veio-me ao nariz algo desagradável no septo sagrado. Talvez também o tenha percebido?

— Não — Cersei respondeu friamente. — Um odor, diz?

— Era mais um fedor.

— Talvez sinta saudades de suas rosas de outono. Mantivemos a senhora aqui tempo demais — quanto mais depressa livrasse a corte de lady Olenna, melhor. Lorde Tyrell sem dúvida despacharia um bom número de cavaleiros para levar a mãe para casa em segurança, e quanto menos espadas Tyrell houvesse na cidade, melhor dormiria a rainha.

— Realmente sinto falta das fragrâncias de Jardim de Cima, confesso — disse a velha senhora —, mas claro que não posso partir até ver minha querida Margaery casada com seu precioso pequeno Tommen.

— Também aguardo esse dia com ansiedade — interveio Tyrell. — Acontece que lorde Tywin e eu estávamos prestes a definir uma data. Talvez possamos prosseguir essa conversa, Vossa Graça.

— Em breve.

— Em breve servirá — disse lady Olenna com uma fungadela. — E agora venha, Mace, deixe Sua Graça prosseguir com a sua... dor.

Hei de vê-la morta, velha, prometeu Cersei a si mesma enquanto a Rainha dos Espinhos se afastava com passinhos titubeantes entre seus enormes guardas, um par de homens com dois metros e dez que a divertia chamar Esquerdo e Direito. *Veremos se dará um bom cadáver.* A velha era duas vezes mais esperta do que o senhor seu filho, isso era evidente.

A rainha arrancou o filho a Margaery e às primas e dirigiu-se para as portas. Lá fora, a chuva finalmente parara. O ar de outono cheirava bem, a frescor. Tommen tirou a coroa.

— Volte a pôr isso na cabeça — ordenou-lhe Cersei.

— Faz meu pescoço doer — disse o garoto, mas fez o que lhe era pedido. — Eu vou me casar em breve? Margaery diz que assim que casarmos podemos ir para Jardim de Cima.

— Você não vai para Jardim de Cima, mas pode voltar ao castelo a cavalo — Cersei chamou sor Meryn Trant com um gesto. — Traga uma montaria para Sua Graça e pergunte a lorde Gyles se me dá a honra de partilhar minha liteira. — As coisas estavam acontecendo mais depressa do que antecipara; não havia tempo a perder.

Tommen ficou feliz com a perspectiva de andar a cavalo, e claro que lorde Gyles se sentiu honrado com o convite... se bem que quando Cersei lhe pediu para ser seu mestre da moeda tenha desatado a tossir com tal violência que ela temeu que o homem pudesse morrer ali mesmo. Mas a Mãe mostrou-se misericordiosa, e Gyles acabou por se recuperar o suficiente para aceitar e até começar a tossir o nome dos homens que queria substituir, oficiais das alfândegas e fabricantes de lãs nomeados pelo Mindinho, e até um dos Guardiães das Chaves.

— Nomeie a vaca como quiser, desde que o leite flua. E se a questão surgir, juntou-se ao conselho ontem.

— Ont... — um ataque de tosse o obrigou a dobrar-se sobre si mesmo. — Ontem. Com certeza. — Lorde Gyles tossiu num quadrado de seda vermelha, como que para esconder o sangue que vinha com a saliva. Cersei fingiu não reparar.

Quando ele morrer, arranjarei outra pessoa. Talvez devesse voltar a chamar Mindinho. A rainha não conseguia imaginar que deixassem Petyr Baelish continuar como Senhor Protetor do Vale por muito tempo com Lysa Arryn morta. Os senhores do Vale já se agitavam, se o que Pycelle dizia fosse verdade. *Assim que afastarem dele aquele maldito garoto, lorde Petyr regressará de quatro.*

— Vossa Graça? — tossiu lorde Gyles e limpou a boca. — Poderia... — voltou a tossir. — ... perguntar quem... — foi sacudido por outro ataque de tosse — ... quem será Mão do Rei?

— Meu tio — Cersei respondeu num tom ausente.

Foi um alívio ver os portões da Fortaleza Vermelha erguerem-se diante de si. Pôs Tommen a cargo dos escudeiros e retirou-se para os seus aposentos a fim de descansar, sentindo-se grata.

Mas, assim que descalçou os sapatos, Jocelyn entrou timidamente para dizer que Qyburn estava lá fora implorando uma audiência.

— Mande-o entrar — ordenou a rainha. *Um governante não tem descanso.*

Qyburn era velho, mas os cabelos ainda tinham mais cinza do que neve, e as rugas de riso em volta de sua boca o faziam parecer o avô preferido de uma garotinha qualquer. *Um avô bastante maltrapilho, porém.* O colarinho de sua toga mostrava-se puído, e uma manga fora arrancada e cosida deficientemente.

— Tenho de pedir perdão a Vossa Graça por minha aparência — ele disse. — Estive lá embaixo nas masmorras investigando a fuga do Duende, conforme ordenou.

— E o que foi que descobriu?

— Na noite em que lorde Varys e seu irmão desapareceram, um terceiro homem também desapareceu.

— Sim, o carcereiro. Que há com ele?

— O homem se chamava Rugen. Um subcarcereiro que estava encarregado das celas negras. O chefe dos subcarcereiros descreve-o como corpulento, com a barba por fazer e um modo áspero de falar. Foi nomeado pelo velho rei, Aerys, e ia e vinha conforme lhe convinha. As celas negras não estiveram ocupadas com frequência nos últimos anos. Os outros carcereiros tinham medo dele, ao que parece, mas nenhum sabia muito sobre o homem. Não tinha amigos nem família. E também não bebia ou frequentava bordéis. A cela onde dormia era úmida e lúgubre, e a palha do catre estava bolorenta. O penico transbordando.

— Eu sei de tudo isso. — Jaime examinara a cela de Rugen, e os homens de manto dourado de sor Addam tinham voltado a examiná-la.

— Sim, Vossa Graça — disse Qyburn —, mas sabia que por baixo daquele penico fedorento havia uma pedra solta, que se abria para um pequeno buraco? O tipo de lugar onde um homem podia esconder coisas de valor que não queria que fossem descobertas?

— Coisas de valor? — Aquilo era novidade. — Moedas, você quer dizer? — Sempre suspeitara de que Tyrion teria, de algum modo, comprado o carcereiro.

— Para lá de qualquer dúvida. É certo que o buraco estava vazio quando o encontrei. Não há dúvida de que, quando fugiu, Rugen levou consigo seu tesouro ilegalmente adquirido. Mas, quando me agachei sobre o buraco com o archote, vi qualquer coisa cintilando e raspei a terra até desenterrá-la — Qyburn abriu a palma da mão. — Uma moeda de ouro.

Sim, de ouro, mas assim que Cersei pegou nela soube que não estava certa. *Pequena demais*, pensou, *fina demais*. A moeda era velha e estava gasta. De um lado mostrava um rosto de rei, de perfil, do outro, a impressão de uma mão.

— Isto não é dragão nenhum — disse.

— Não mesmo — concordou Qyburn. — Data de antes da Conquista, Vossa Graça. O rei é Garth Décimo Segundo, e a mão é o símbolo da Casa Gardener.

De Jardim de Cima. Cersei fechou a mão em volta da moeda. *Que traição é essa?* Mace Tyrell fora um dos juízes de Tyrion e clamara ruidosamente por sua morte. *Seria algum estratagema? Poderia ter passado o tempo todo conspirando com o Duende, planejando a morte do pai?* Com Tywin Lannister em sua sepultura, lorde Tyrell era uma escolha óbvia para Mão do Rei, mesmo assim...

— Não falará disso a ninguém — ordenou.

— Vossa Graça pode confiar em minha discrição. Qualquer homem que acompanhe uma companhia de mercenários sabe como controlar a língua, caso contrário não a manterá por muito tempo.

— Na minha companhia também — a rainha guardou a moeda. Pensaria naquilo mais tarde. — E o outro assunto?

— Sor Gregor — Qyburn encolheu os ombros. — Examinei-o, conforme me ordenou. O veneno na lança da Víbora era de manticora do leste, apostaria nisso minha vida.

— Pycelle diz que não. Ele disse ao senhor meu pai que o veneno de manticora mata no instante em que chega ao coração.

— E é verdade. Mas esse veneno foi de algum modo *engrossado*, para prolongar a morte da Montanha.

— Engrossado? Engrossado como? Com alguma outra substância?

— Pode ser como Vossa Graça sugere, embora na maior parte dos casos adulterar um veneno limite-se a diminuir sua potência. Pode ser que a causa seja... menos natural, digamos. Um feitiço, julgo eu.

Será este sujeito um palerma tão grande quanto Pycelle?

— Então está me dizendo que a Montanha foi vítima de algum tipo de *feitiçaria* negra?

Qyburn ignorou o escárnio na voz dela.

— Ele está morrendo por causa do veneno, mas lentamente, e numa intensa agonia. Meus esforços para lhe diminuir as dores mostraram-se tão infrutíferos como os de Pycelle. Sor Gregor está habituado demais à papoula, temo. Seu escudeiro me diz que é atormentado por cegantes dores de cabeça, e que é frequente emborcar leite de papoula como homens menores emborcam cerveja. Seja como for, suas veias tornaram-se negras dos pés à cabeça, suas águas estão baças de pus, e o veneno lhe comeu um buraco no flanco do tamanho do meu punho. Na verdade, é um milagre que o homem ainda esteja vivo.

— O tamanho que tem — sugeriu a rainha, franzindo a sobrancelha. — Gregor é um homem muito grande. E também muito estúpido. Estúpido demais para saber quando morrer, ao que parece — estendeu a taça e Senelle voltou a enchê-la. — Seus gritos assustam Tommen. Até chegaram a me acordar certas noites. Diria que já passa do momento de chamarmos Ilyn Payne.

— Vossa Graça — Qyburn retrucou —, talvez seja possível que eu leve sor Gregor para as masmorras? Seus gritos não a incomodarão ali, e poderei tratar dele com mais liberdade.

— Tratar dele? — ela riu. — Que sor Ilyn trate dele.

— Se é esse o desejo de Vossa Graça — Qyburn respondeu —, mas o veneno... seria útil saber mais sobre ele, não? Mande um cavaleiro matar um cavaleiro e um arqueiro atingir um arqueiro, diz o povo com frequência. Para combater as artes negras... — não concluiu o pensamento, apenas limitou-se a sorrir-lhe.

Ele não é Pycelle, isto é evidente. A rainha avaliou o homem, curiosa.

— Por que foi que a Cidadela tirou sua corrente?

— Os arquimeistres são todos covardes em seu íntimo. Marwyn os chama as ovelhas cinzentas. Eu era um curandeiro tão dotado quanto Ebrose, mas aspirava superá-lo. Ao longo de centenas de anos os homens da Cidadela abriram os corpos dos mortos para estudar a natureza da vida. Eu desejava compreender a natureza da morte, por isso abri os corpos dos vivos. Por esse crime, as ovelhas cinzentas envergonharam-me e me forçaram ao exílio... mas compreendo melhor a natureza da vida e da morte do que qualquer homem em Vilavelha.

— Compreende? — Aquilo a intrigou. — Muito bem. A Montanha é sua. Faça o que quiser com ele, mas confine seus estudos às celas negras. Quando ele morrer, traga-me a cabeça. Meu pai a prometeu a Dorne. Príncipe Doran preferiria matar Gregor pessoalmente, sem dúvida, mas todos temos de sofrer desapontamentos nesta vida.

— Muito bem, Vossa Graça — Qyburn pigarreou. — No entanto, não estou tão bem fornecido como Pycelle. Tenho de me equipar com certos...

— Darei instruções a lorde Gyles para fornecer ouro suficiente para suas necessidades. Compre também algumas vestes novas. Tem o aspecto de alguém que acabou de chegar da Baixada das Pulgas. — Estudou-lhe os olhos, perguntando a si mesma até onde se atreveria a confiar naquele homem. — Terei de dizer que não será bom para você se alguma notícia dos seus... trabalhos... atravessar estas paredes?

— Não, Vossa Graça — Qyburn concedeu-lhe um sorriso tranquilizador. — Seus segredos estão seguros comigo.

Depois de ele ir embora, Cersei serviu-se de uma taça de vinho-forte e a bebeu junto à janela, observando as sombras que se estendiam do outro lado do pátio e pensando na moeda. *Ouro da Campina. Por que um subcarcereiro em Porto Real teria ouro da Campina, a menos que tenha sido pago para ajudar a trazer a morte ao pai?*

Por mais que tentasse, não parecia ser capaz de trazer à memória o rosto de lorde Tywin sem ver aquele meio sorrisinho pateta e se lembrar do mau cheiro que vinha de seu cadáver. Perguntou a si mesma se Tyrion também estaria de algum modo por trás daquilo. *É coisa pequena e cruel, como ele.* Poderia Tyrion ter transformado Pycelle num instrumento seu? *Ele enviou o velho para as celas negras, e esse Rugen estava encarregado das celas negras,* lembrou-se. Os fios estavam todos emaranhados de maneira que não lhe agradavam. *Esse alto septão também é uma criatura de Tyrion,* Cersei recordou de súbito, *e o pobre corpo do pai esteve ao seu cuidado do pôr do sol ao amanhecer.*

O tio chegou pontualmente ao pôr do sol, usando um gibão acolchoado de lã cor de carvão, tão sombrio quanto seu rosto. Como todos os Lannister, sor Kevan tinha pele clara e era loiro, embora com cinquenta e cinco anos tivesse perdido a maior parte dos cabelos. Ninguém nunca diria que era bonito. Largo de cintura, ombros redondos, um queixo quadrado e protuberante que a barba cortada rente pouco fazia para esconder, lembrava-lhe um velho mastim... mas um velho mastim fiel era precisamente aquilo de que necessitava.

Comeram um jantar simples de beterrabas, pão e bife malpassado, com um jarro de tinto de Dorne para empurrá-lo para baixo. Sor Kevan pouco disse, e quase não tocou na taça de vinho. *Ele rumina demais,* decidiu Cersei. *Precisa ser posto para trabalhar a fim de acabar com o desgosto.*

E foi o que disse, depois de os últimos restos de comida serem levados e os criados saírem.

— Eu sei como meu pai confiava em você, tio. Agora tenho de fazer o mesmo.

— Precisa de uma Mão — ele disse —, e Jaime recusou.

Ele vai direito ao assunto. Assim seja.

— Jaime... senti-me tão desamparada com o pai morto que quase não sabia o que estava dizendo. Jaime é galante, mas um pouco tolo, para falar a verdade. Tommen precisa de um homem mais experiente. Alguém mais velho...

— Mace Tyrell é mais velho.

As narinas de Cersei dilataram-se.

— Nunca — afastou uma madeixa da testa. — Os Tyrell vão longe demais.

— Seria uma tola se fizesse de Mace Tyrell sua Mão — sor Kevan admitiu —, mas uma tola maior se fizesse dele seu inimigo. Ouvi falar sobre o que aconteceu no Salão das Lamparinas. Mace devia saber que não era boa ideia abordar tais assuntos em público, mas, mesmo assim, você se mostrou pouco sensata ao envergonhá-lo perante metade da corte.

— É preferível isso a ter de aguentar outro Tyrell no conselho. — A censura do tio a aborreceu. — Rosby será um mestre de moeda adequado. Já viu aquela liteira dele, com os entalhes e as cortinas de seda? Seus cavalos são mais bem ataviados do que os da maior parte dos cavaleiros. Um homem tão rico não deve ter problemas em encontrar ouro. Quanto à posição de Mão... quem melhor para concluir o trabalho de meu pai do que o irmão que estava presente em todos os seus conselhos?

— Todos os homens precisam de alguém em quem possam confiar. Tywin tinha a mim, e antes teve sua mãe.

— Ele a amava muito. — Cersei recusava-se a pensar na prostituta morta na cama do pai. — Eu sei que agora estão juntos.

— Assim espero. — Sor Kevan estudou-lhe o rosto por um longo momento antes de responder. — Pede muito de mim, Cersei.

— Não peço mais do que o meu pai.

— Estou cansado — o tio estendeu a mão para a taça de vinho e bebeu um gole. — Tenho uma esposa que já não vejo há dois anos, um filho morto para chorar, outro prestes a se casar e assumir uma senhoria. Castelo Darry precisa recuperar sua força, suas terras têm de ser protegidas, seus campos queimados devem ser arados e replantados. Lancel precisa da minha ajuda.

— Assim como Tommen — Cersei não esperara que fosse necessário aliciar Kevan. *Ele nunca se mostrou renitente com meu pai.* — O reino precisa de você.

— O reino. Pois. E a Casa Lannister — voltou a bebericar o vinho. — Muito bem. Ficarei para servir Sua Graça...

— Ótimo — ela começou a dizer, mas sor Kevan ergueu a voz e não a deixou prosseguir.

— ... desde que também me nomeie regente, além de Mão, e volte para Rochedo Casterly.

Durante meio segundo Cersei só conseguiu olhá-lo.

— A regente sou *eu* — lembrou-lhe.

— Era. Tywin não pretendia que continuasse a desempenhar este papel. Ele me falou dos planos que tinha de enviá-la de volta para Rochedo e lhe arranjar um novo marido.

Cersei sentiu a ira aumentar.

— Ele falou disso, sim. E eu lhe disse que não era meu desejo voltar a me casar.

O tio mostrou-se inflexível.

— Se está decidida contra outro casamento, não a forçarei. Mas no que toca ao resto... agora é a Senhora de Rochedo Casterly. Seu lugar é lá.

Como se atreve?, quis gritar. Em vez disso, disse:

— Também sou a rainha regente. Meu lugar é com meu filho.

— Seu pai não pensava isso.

— Meu pai está morto.

— Para meu desgosto e para desgraça de todo o reino. Abra os olhos e olhe em volta, Cersei. O reino está em ruínas. Tywin poderia ter sido capaz de pôr as coisas nos eixos, mas...

— *Eu* colocarei as coisas nos eixos! — Cersei suavizou o tom de voz. — Com a sua ajuda, tio. Se me servir tão fielmente como serviu meu pai...

— Você não é seu pai. E Tywin sempre considerou Jaime seu legítimo herdeiro.

— *Jaime*... Jaime proferiu votos. Ele nunca pensa, ri de tudo e de todos, e diz a primeira coisa que lhe vem à cabeça. Jaime é um tolo bonito.

— E no entanto foi sua primeira escolha para Mão do Rei. O que isso faz de você, Cersei?

— Eu lhe disse, estava doente de desgosto, não pensei...

— Não — concordou sor Kevan. — E é por isso mesmo que deve regressar a Rochedo Casterly e deixar o reino nas mãos de quem pensa.

— *O rei é meu filho!* — Cersei pôs-se em pé.

— Sim — disse o tio —, e pelo que vi de Joffrey, é tão incapaz no papel de mãe como no de governante.

Ela lhe atirou no rosto o conteúdo da taça.

Sor Kevan ergueu-se com solene dignidade.

— Vossa Graça — vinho escorria-lhe pelas bochechas e pingava de sua barba cortada rente. — Com a sua licença, posso me retirar?

— Com que direito ousa me propor condições? Não é mais do que um dos cavaleiros a serviço do meu pai.

— Não possuo terras, é verdade. Mas tenho certos rendimentos e arcas de dinheiro guardadas. Meu pai não se esqueceu de nenhum dos filhos quando morreu, e Tywin sabia como recompensar bons serviços. Dou de comer a duzentos cavaleiros e posso duplicar esse número se for necessário. Há cavaleiros livres que seguiriam meu estandarte, e tenho o ouro necessário para contratar mercenários. Seria sensata em não me subestimar, Vossa Graça... e mais sábia ainda em não fazer de mim um inimigo.

— Está *me ameaçando*?

— Estou aconselhando-a. Se não me ceder a regência, nomeie-me seu castelão em Rochedo Casterly e faça de Mathis Rowan ou de Randyll Tarly a Mão do Rei.

Vassalos Tyrell, ambos. A sugestão a deixou sem fala. *Será que foi comprado?*, perguntou a si mesma. *Terá aceitado ouro Tyrell para trair a Casa Lannister?*

— Mathis Rowan é sensível, prudente e estimado — prosseguiu o tio, absorto. — Randyll Tarly é o melhor soldado do reino. Fraca Mão para tempos de paz, mas com Tywin morto não há melhor homem para terminar esta guerra. Lorde Tyrell não pode se ofender se você escolher um de seus vassalos como Mão. Tanto Tarly como Rowan são homens capazes... e *leais*. Nomeie qualquer um e o tornarei seu. Fortalecerá a si mesma e enfraquecerá Jardim de Cima, mas é provável que Mace lhe agradeça — encolheu os ombros. — É este o meu conselho, aceite-o ou não. Por mim, pode até nomear o Rapaz Lua como sua Mão. Meu irmão está morto, mulher. Vou levá-lo para casa.

Traidor, ela pensou. *Vira-casaca*. Perguntou a si mesma quanto Mace Tyrell lhe teria dado.

— Quer abandonar seu rei quando ele mais precisa de você — disse-lhe. — Quer abandonar Tommen.

— Tommen tem a mãe. — Os olhos verdes de sor Kevan encontraram os seus, sem pestanejar. Uma última gota de vinho tremeluziu, úmida e rubra, sob seu queixo, e finalmente caiu. — Sim — acrescentou em voz baixa, após uma pausa —, e o pai também, julgo eu.

JAIME

Sor Jaime Lannister, todo de branco, estava de pé ao lado da plataforma onde o pai jazia, com cinco dedos enrolados em volta do cabo de uma espada larga dourada.

Ao pôr do sol, o interior do Grande Septo de Baelor tornou-se sombrio e fantasmagórico. A última luz do dia caía em diagonal das janelas elevadas, banhando os grandes retratos dos Sete com uma obscuridade vermelha. Em volta dos seus altares, velas aromáticas tremeluziam enquanto sombras profundas juntavam-se nos transeptos e rastejavam em silêncio pelo chão de mármore. Os ecos das vésperas morreram quando os últimos carpidores partiram.

Balon Swann e Loras Tyrell permaneceram depois de os outros irem embora.

— Ninguém aguenta uma vigília durante sete dias e sete noites — disse sor Balon. — Quando foi a última vez que dormiu, senhor?

— Quando o senhor meu pai estava vivo — Jaime respondeu.

— Permita-me que me mantenha em vigília esta noite em seu lugar — ofereceu sor Loras.

— Ele não era seu pai. — *Não o matou. Eu matei. Tyrion pode ter disparado a besta que o matou, mas eu disparei Tyrion.* — Deixe-me.

— Às suas ordens, senhor — Swann concordou. Sor Loras pareceu querer discutir mais, mas sor Balon o pegou pelo braço e o levou consigo. Jaime ficou à escuta enquanto os ecos de seus passos iam desaparecendo. E então ficou de novo sozinho com o senhor seu pai, entre as velas, os cristais e o cheiro doce e doentio da morte. Doíam-lhe as costas devido ao peso da armadura, e sentia as pernas quase adormecidas. Mudou um pouco de posição e apertou os dedos em volta da espada larga dourada. Não podia brandir uma espada, mas podia pegar numa. Sentia a mão desaparecida latejar. Aquilo era quase engraçado. Tinha mais sensações na mão que perdera do que no resto do corpo que lhe restava.

Minha mão está faminta por uma espada. Preciso matar alguém. Varys, para começar, mas primeiro tenho de encontrar a pedra debaixo da qual ele se escondeu.

— Ordenei ao eunuco que o levasse a um navio, não ao seu quarto — disse ao cadáver. — O sangue está tanto nas mãos dele como nas... nas de Tyrion. — *O sangue está tanto nas mãos dele como nas minhas*, pretendera dizer, mas as palavras ficaram-lhe presas na garganta. *O que quer que Varys tenha feito, fui eu que o obriguei a fazê-lo.*

Esperara nos aposentos do eunuco, naquela noite, quando por fim decidira não permitir que o irmão mais novo morresse. Enquanto esperava, afiara o punhal com uma mão só, obtendo um estranho conforto do *raspa-raspa-raspa* do aço na pedra. Ao ouvir o som de passos, pusera-se em pé junto à porta. Varys entrara numa maré de pó e lavanda. Jaime aproximara-se dele por trás, dera-lhe um pontapé na parte de trás dos joelhos, ajoelhara sobre seu peito e lhe enfiara a faca sob o queixo alvo e macio, obrigando-o a erguer a cabeça.

— Ora, lorde Varys — disse, em tom agradável —, achei que o encontraria aqui.

— Sor Jaime? — Varys arquejou. — Assustou-me.

— Pretendi assustar. — Quando torceu o punhal, um fiozinho de sangue correu lâmina abaixo. — Estava aqui pensando que você poderia me ajudar a arrancar meu irmão da cela antes que sor Ilyn lhe corte a cabeça. É uma cabeça feia, admito, mas ele só tem uma.

— Sim... bem... se fizer o favor... de afastar a lâmina... sim, devagar, se aprouver ao senhor, devagar, oh, fui picado... — o eunuco tocara o pescoço e fitara de boca aberta vendo o sangue que trouxera nos dedos. — Sempre odiei o aspecto do meu próprio sangue.

— Terá mais para odiar em breve, a menos que me ajude.

Varys lutou para se sentar:

— Seu irmão... se o Duende desaparecesse inexplicavelmente da cela, seriam feitas p-perguntas. Eu t-temeria por minha vida...

— Sua vida me pertence. Não me interessa que segredos conhece. Se Tyrion morrer, você não sobreviverá por muito tempo, eu lhe prometo.

— Ah — o eunuco chupou o sangue dos dedos. — Pede uma coisa terrível... libertar o Duende que matou nosso adorável rei. Ou será que o julga inocente?

— Inocente ou culpado — disse Jaime, como o tolo que era —, um Lannister paga suas dívidas. — O lema tinha vindo tão facilmente.

Não dormira desde então. Conseguia ver o irmão, o modo como o anão sorrira sob o coto do nariz enquanto a luz dos archotes lhe lambia o rosto.

— Meu pobre, estúpido, cego, mutilado idiota — rosnou, numa voz pesada de malícia. — Cersei é uma puta mentirosa e tem andado fodendo com Lancel e Osmund Kettleblack, e provavelmente até com o Rapaz Lua, tanto quanto sei. E eu sou o monstro que todos dizem que sou. Sim, matei seu abjeto filho.

Ele não disse que pretendia matar nosso pai. Se tivesse dito, eu o teria impedido. Então seria eu o assassino de parentes, não ele.

Jaime perguntou a si mesmo onde Varys estaria escondido. Sensatamente o mestre dos segredos não regressara aos seus aposentos, e uma busca à Fortaleza Vermelha também não o detectara. Talvez o eunuco tivesse embarcado com Tyrion, em vez de ficar para responder a perguntas incômodas. Se assim fosse, àquela altura os dois estariam bem longe, partilhando um jarro de vinho dourado da Árvore na cabine de uma galé.

A menos que o irmão também tenha assassinado Varys e deixado seu cadáver para apodrecer sob o castelo. Lá embaixo, podiam se passar anos antes que seus ossos fossem encontrados. Jaime levara uma dúzia de guardas para baixo, com archotes, cordas e lanternas. Durante horas tinham andado às apalpadelas por passagens retorcidas, estreitas galerias, portas escondidas, escadas secretas e poços que mergulhavam num negrume absoluto. Raramente se sentira tão completamente mutilado. É muito o que um homem toma como certo quando tem duas mãos. Escadas, por exemplo. Nem engatinhar era fácil; não era em vão que falavam em mãos e joelhos. E também não podia segurar num archote e subir, como os outros.

E tudo para nada. Encontraram apenas escuridão, poeira e ratazanas. E dragões, à espreita lá embaixo. Recordava o soturno brilho cor de laranja das brasas na boca do dragão de ferro. O braseiro aquecia um aposento situado no fundo de um poço onde se encontrava meia dúzia de túneis. No chão, deparara com um mosaico desgastado que mostrava o dragão de três cabeças da Casa Targaryen feito com ladrilhos negros e vermelhos. *Conheço você, Regicida*, a fera parecia dizer. *Estive aqui o tempo todo, à espera que viesse ter comigo.* E parecia a Jaime que reconhecera a voz, os tons de ferro que tinham outrora pertencido a Rhaegar, Príncipe de Pedra do Dragão.

O dia em que se despedira de Rhaegar, no pátio da Fortaleza Vermelha, estava ventoso. O príncipe envergava a armadura negra como a noite, com o dragão de três cabeças realçado com rubis na placa peitoral.

— Vossa Graça — suplicou Jaime —, permita que Darry fique dessa vez para guardar o rei, ou sor Barristan. Seus mantos são tão brancos como o meu.

O príncipe Rhaegar balançou a cabeça.

— Meu real progenitor teme mais seu pai do que o nosso primo Robert. Quer você por perto, para que lorde Tywin não lhe possa tocar. Não me atrevo a tirar-lhe essa muleta numa hora dessas.

A ira de Jaime subiu-lhe à garganta.

— Eu não sou uma muleta. Sou um cavaleiro da Guarda Real.

— Então guarde o rei — exclamou sor Jon Darry. — Quando envergou esse manto, prometeu obedecer.

Rhaegar pousou a mão no ombro de Jaime.

— Quando essa batalha terminar, pretendo convocar um conselho. Serão feitas mudanças. Pretendia fazê-lo havia muito, mas... bem, não vale a pena falar de caminhos não seguidos. Conversaremos quando eu regressar.

Aquelas foram as últimas palavras que Rhaegar Targaryen lhe dissera. Fora dos portões reunira-se um exército, enquanto outro descia sobre o Tridente. E, assim, o Príncipe de Pedra do Dragão montou, colocou seu grande elmo negro, e partiu em direção ao seu destino.

Tinha mais razão do que julgava. Quando a batalha terminou, mudanças foram feitas.

— Aerys pensava que nenhum mal lhe podia acontecer se me mantivesse por perto — disse ao cadáver do pai. — Não é divertido? — Lorde Tywin parecia achar que sim; seu sorriso estava mais largo do que antes. Ele parece gostar de estar morto.

Era estranho, mas não sentia desgosto. *Onde estão minhas lágrimas? Onde está minha raiva?* A Jaime Lannister nunca faltara raiva.

— Pai — disse ao cadáver —, foi você quem me disse que lágrimas são sinal de fraqueza num homem, por isso não pode esperar que eu chore por você.

Um milhar de senhores e senhoras tinham vindo desfilar junto ao estrado naquela manhã, e vários milhares de pessoas comuns fizeram o mesmo depois do meio-dia. Usavam roupas escuras e rostos solenes, mas Jaime suspeitava que seriam mais do que muitos os que estavam secretamente deliciados por ver o grande homem deitado ali. Mesmo no oeste, lorde Tywin fora mais respeitado do que amado, e Porto Real ainda se recordava do Saque.

De todos os presentes, o grande meistre Pycelle parecera o mais perturbado.

— Servi seis reis — disse a Jaime após o segundo serviço, enquanto farejava com ar duvidoso em volta do cadáver —, mas aqui perante nós jaz o maior homem que conheci. Lorde Tywin não usava coroa, mas era tudo o que um rei devia ser.

Sem a barba, Pycelle parecia não apenas velho, mas frágil. *Barbeá-lo foi a coisa mais cruel que Tyrion podia ter feito*, pensou Jaime, que sabia o que era perder uma parte de si, a parte que nos torna quem somos. A barba de Pycelle fora magnífica, branca como a neve e fofa como lã de ovelha, uma massa luxuriante que cobria bochechas e queixo e lhe caía quase até o cinto. O grande meistre tinha o hábito de afagá-la quando pontificava. Aquilo lhe dava um ar de sabedoria e escondia todo o tipo de coisas desagradáveis: a pele solta que pendia por baixo do maxilar do velho, a pequena boca lamurienta e os dentes em falta, verrugas, rugas e manchas da idade demasiado numerosas para contar. Embora Pycelle estivesse tentando deixar crescer de novo o que perdera, não parecia bem-sucedido. Só tufos e fiapos brotavam de suas bochechas enrugadas e queixo fraco, tão finos que Jaime via a pele manchada e cor-de-rosa por baixo.

— Sor Jaime, vi coisas terríveis no meu tempo — disse o velho. — Guerras, batalhas, os mais chocantes assassinatos... Era rapaz em Vilavelha quando a peste cinza levou metade da cidade e três quartos da Cidadela. Lorde Hightower incendiou todos os navios que se encontravam no porto, fechou os portões e ordenou aos guardas que matassem todos os que tentassem fugir, fossem homens, mulheres ou bebês de peito. Mataram-no depois de a praga terminar. No dia em que reabriu o porto, arrancaram-no do cavalo e rasgaram-lhe a goela, e fizeram o mesmo ao seu jovem filho. Ainda hoje os ignorantes de Vilavelha cospem ao ouvir seu nome, mas Quenton Hightower fez o que era necessário. Seu pai era também esse tipo de homem. Um homem que fazia o que era necessário.

— É por isso que ele parece tão satisfeito consigo mesmo?

Os vapores que se erguiam do cadáver faziam os olhos de Pycelle lacrimejar.

— A carne... à medida que seca, os músculos se retesam e lhe puxam os lábios para cima. Aquilo não é um sorriso, é só... um *ressecamento*, nada mais — pestanejou para reprimir as lágrimas. — Deve me perdoar. Estou tão cansado — apoiando-se pesadamente na bengala, Pycelle saíra lentamente do septo com passos titubeantes. *Este também está para morrer*, compreendeu Jaime. Pouco admirava que Cersei o tivesse chamado de inútil.

A bem dizer, sua querida irmã parecia pensar que metade da corte ou era inútil ou traiçoeira; Pycelle, a Guarda Real, os Tyrell, o próprio Jaime... até sor Ilyn Payne, o cavaleiro silencioso que servia como carrasco. Como Magistrado do Rei, as masmorras eram de sua responsabilidade. Visto que lhe faltava uma língua, Payne deixara em grande medida a gestão dessas masmorras aos seus subordinados, mesmo assim Cersei atribuía-lhe a culpa pela fuga de Tyrion. *Foi obra minha, não dele*, quase lhe disse Jaime. Em vez disso, prometera descobrir as respostas que conseguisse arrancar do chefe dos subcarcereiros, um velho corcunda chamado Rennifer Longwaters.

— Vejo que está se perguntando que tipo de nome é esse — tagarelou o homem quando Jaime foi interrogá-lo. — É um nome antigo, é verdade. Não sou homem de me gabar, mas há sangue real nas minhas veias. Sou descendente de uma princesa. Meu pai me contou a história quando eu não passava de um menino — Longwaters não era menino havia muitos anos, a julgar pela cabeça manchada e pelos fios brancos que lhe cresciam no queixo. — Ela era o mais belo tesouro da Arcada das Donzelas. Lorde Oakenfist, o grande almirante, tinha perdido o coração por ela, apesar de ser casado com outra. Ela deu ao filho deles o nome de bastardo "Waters" em honra do pai, e ele cresceu para se tornar um grande cavaleiro, tal como o filho, que pôs "Long" antes de "Waters" para que os homens soubessem que ele mesmo não era de nascimento ilegítimo. Portanto, tenho um bocadinho de dragão em mim.

— Sim, quase confundi você com Aegon, o Conquistador — Jaime respondeu. "Waters" era um nome de bastardo comum nos arredores da Baía da Água Negra; era mais provável que o velho Longwaters descendesse de algum cavaleiro doméstico de segunda linha do que de uma princesa. — Mas acontece que tenho de tratar de assuntos mais urgentes do que a sua linhagem.

Longwaters inclinou a cabeça:

— O prisioneiro perdido.

— E o carcereiro desaparecido.

— Rugen — o velho completou. — Um subcarcereiro. Estava encarregado do terceiro andar, as celas negras.

— Fale-me dele — Jaime teve de dizer. *Uma maldita farsa*. Ele sabia quem Rugen era, ainda que Longwaters não.

— Mal-arranjado, com a barba por fazer, de fala grosseira. Não gostava do homem, isto é verdade, confesso. Rugen estava aqui quando cheguei, há doze anos. Ele tinha sido nomeado pelo rei Aerys. O homem raramente andava por aqui, devo dizer. Fiz notar isto em meus relatórios, senhor. Fiz com toda a certeza, dou-lhe minha palavra, a palavra de um homem com sangue real.

Fale mais uma vez desse sangue real e pode ser que eu derrame um pouco dele, pensara Jaime.

— Quem via esses relatórios?

— Certos relatórios eram enviados ao mestre da moeda, outros, ao mestre dos segredos. Todos ao carcereiro-chefe e ao Magistrado do Rei. Sempre foi assim nas masmorras — Longwaters coçou o nariz. — Rugen estava aqui quando era preciso, senhor. Devo dizer isto. As celas negras são pouco usadas. Antes de o pequeno irmão de sua senhoria ser enviado para baixo, tivemos o grande meistre Pycelle durante algum tempo e, antes dele, lorde Stark, o traidor. Houve outros três, plebeus, mas lorde Stark os entregou à Patrulha da Noite. Não achei que fosse bom libertar aqueles três, mas os papéis estavam em ordem. Também o fiz notar num relatório, pode estar certo disso.

— Fale-me dos dois carcereiros que adormeceram.

— Carcereiros? — Longwaters fungou. — Esses não eram carcereiros. Eram só guardas. A coroa paga salários por vinte guardas, senhor, uma vintena completa, mas durante meu tempo nunca tivemos mais de doze. Também deveríamos ter seis subcarcereiros, dois em cada andar, mas só há três.

— Você e mais dois?

Longwaters voltou a fungar.

— Eu sou o *chefe* dos subcarcereiros, senhor. Estou acima deles. Sou encarregado das contas. Se o senhor desejar examinar meus livros, verá que todos os números são exatos — Longwaters consultou o grande livro encadernado em couro que estava aberto na sua frente. — No momento, temos quatro prisioneiros no primeiro andar e um no segundo, além do irmão de vossa senhoria — o velho franziu a sobrancelha. — Que fugiu, com certeza. É verdade. Riscarei o nome dele — pegou uma pena e pôs-se a afiá-la.

Seis prisioneiros, pensou Jaime amargamente, *enquanto pagamos salários a vinte guardas, seis subcarcereiros, um chefe dos subcarcereiros, um carcereiro e um Magistrado do Rei.*

— Quero interrogar esses dois guardas.

Rennifer Longwaters pusera-se a afiar sua pena e olhava de soslaio para Jaime, com ar de dúvida.

— Interrogá-los, senhor?

— Foi o que eu disse.

— É verdade, senhor. Certamente que foi, e no entanto... o senhor pode interrogar quem quiser, é verdade, não cabe a mim dizer que não pode. Mas, sor, se me permite a ousadia, não me parece que eles responderão. Estão mortos, senhor.

— *Mortos?* Por ordem de quem?

— Sua, eu imagino, ou... do rei, talvez? Não perguntei. Não... não cabe a mim questionar a Guarda Real.

Aquilo fora sal para a ferida de Jaime; Cersei usara seus próprios homens para sua sangrenta obra, eles e seus preciosos Kettleblack.

— Seus cretinos sem miolos — rosnou Jaime mais tarde a Boros Blount e Osmund Kettleblack, numa masmorra que fedia a sangue e a morte. — Que imaginavam que estavam fazendo?

— Nada mais do que nos foi ordenado, senhor. — Sor Boros era mais baixo do que Jaime, mas mais pesado. — Sua Graça assim ordenou. Sua irmã.

Sor Osmund enfiou um polegar no cinto da espada.

— Ela disse que os homens deviam dormir para sempre. Portanto, meus irmãos e eu tratamos disso.

Lá isso é verdade. Um cadáver estava estatelado na mesa, de barriga para baixo, como se estivesse sem sentidos num banquete, mas era uma poça de sangue que se espalhava sob sua cabeça, não de vinho. O segundo guarda conseguira erguer-se do banco e puxar o punhal antes de alguém lhe enfiar uma espada longa entre as costelas. O fim deste tinha sido o mais demorado e tumultuoso. *Disse a Varys que ninguém devia sofrer nessa fuga*, pensou Jaime, *mas devia tê-lo dito ao meu irmão e à minha irmã.*

— Isso foi errado, sor.

Sor Osmund encolheu os ombros.

— Ninguém sentirá a falta deles. Aposto que participaram da coisa, com aquele que desapareceu.

Não, Jaime podia ter lhe dito. *Varys drogou o vinho deles para fazê-los dormir.*

— Se assim fosse, podíamos ter lhes arrancado a verdade — *... tem andado fodendo com Lancel e Osmund Kettleblack, e provavelmente até com o Rapaz Lua, tanto quanto sei...* — Se eu fosse de natureza desconfiada, poderia perguntar a mim mesmo por que motivo estariam com tanta pressa para se assegurarem de que estes dois nunca seriam levados a interrogatório. Precisaram silenciá-los para esconder seus papéis nisto?

— Nós? — Kettleblack engasgou-se com aquilo. — Tudo que fizemos foi o que a rainha ordenou. Por minha palavra como vosso Irmão Juramentado.

Os dedos fantasmas de Jaime estavam crispados quando disse:

— Traga Osney e Osfryd para cá e limpem a porcaria que fizeram. E da próxima vez que minha querida irmã ordenar que mate um homem, venha ter comigo antes. Fora isso, permaneça longe da minha vista, sor.

As palavras ecoaram na sua cabeça na escuridão do Septo de Baelor. Por cima, todas as janelas tinham se tornado negras, e ele conseguia ver a tênue luz de estrelas distantes. O sol pusera-se de vez. O fedor da morte estava ficando mais forte, apesar das velas aromáticas. O cheiro recordou a Jaime Lannister o passo sob o Dente Dourado, onde conquistara uma gloriosa vitória nos primeiros dias da guerra. Na manhã após a batalha, os corvos tinham se banqueteado tanto com os vencedores quanto com os derrotados, tal como se banquetearam com Rhaegar Targaryen após o Tridente. *Quanto pode valer um corvo, se um corvo pode jantar um rei?*

Jaime suspeitava que naquele momento havia corvos voando ao redor das sete torres e da grande cúpula do Septo de Baelor, com asas negras que batiam contra o ar da noite enquanto procuravam uma forma de entrar. *Todos os corvos dos Sete Reinos deviam lhe prestar homenagem, pai. De Castamere a Água Negra, você os alimentou bem.* Aquela ideia agradou a lorde Tywin; seu sorriso alargou-se mais um pouco. *Maldito inferno, ele está sorrindo como um noivo a caminho da cama.*

Aquilo era tão grotesco que fez Jaime rir alto.

O som ecoou nos transeptos, nas criptas e nas capelas, como se os mortos sepultados nas paredes também estivessem rindo. *E por que não? Isso é mais absurdo do que uma pantomima, eu fazendo vigília por um pai que ajudei a matar, e enviando homens para capturar o irmão que ajudei a libertar...* Ordenara a sor Addam Marbrand que passasse uma busca na Rua da Seda.

— Procure debaixo de cada cama, sabe como meu irmão gosta de bordéis. — Os homens de manto dourado encontrariam coisas mais interessantes por baixo das saias das prostitutas do que debaixo de suas camas. Perguntou a si mesmo quantos bastardos nasceriam daquela busca inútil.

De modo próprio, seus pensamentos dirigiram-se a Brienne de Tarth. *Estúpida garota teimosa e feia.* Perguntou a si mesmo onde ela estaria. *Pai, dê-lhe forças.* Quase uma prece... mas seria o deus que invocava, o Pai no Céu cujo alto retrato dourado cintilava à luz das velas do outro lado do septo? Ou estaria rezando para o cadáver que jazia na sua frente? *Será que importa? Nunca escutaram, nem um nem outro.* O Guerreiro fora o deus de Jaime desde que tivera idade para segurar uma espada. Outros homens podiam ser pais, filhos, maridos, mas não Jaime Lannister, cuja espada era tão dourada quanto os cabelos. Ele era um guerreiro, e era só isso que alguma vez seria.

Devia contar a verdade a Cersei, admitir que fui eu quem libertou nosso irmãozinho da cela. Afinal, a verdade servira tão magnificamente a Tyrion. *Matei seu abjeto filho, e agora também vou matar seu pai.* Jaime ouviu o Duende dar risada nas sombras. Virou a cabeça para ver, mas o som era apenas o do próprio riso regressando aos seus ouvidos. Fechou os olhos, e no mesmo instante os abriu de súbito. *Não posso dormir.* Se dormisse, podia sonhar. Oh, como Tyrion ria dissimuladamente... *uma puta mentirosa... fodendo com Lancel e Osmund Kettleblack...*

À meia-noite, as dobradiças das Portas do Pai soltaram um rangido quando várias centenas de septões encheram o templo para suas orações. Alguns traziam as vestimentas de fios de prata e as grinaldas de cristal que identificavam os Mais Devotos; seus irmãos mais humildes usavam os cristais em correias penduradas no pescoço e trajavam vestes brancas cingidas com cintos de sete cordões, cada um entrelaçado com uma cor diferente. Pelas Portas da Mãe marcharam septãs brancas vindas de seu claustro, em filas de sete e cantando em voz baixa, enquanto as irmãs silenciosas chegavam em fila única pelas Escadas do Estranho. As criadas da morte vinham vestidas de cinza-claro, com o rosto encapuzado e coberto por xales, de modo que apenas seus olhos podiam ser vistos. Uma hoste de irmãos também apareceu, com vestes de todos os tons de marrom e até de tecido grosseiro por tingir, atadas à cintura com bocados de corda de cânhamo. Alguns traziam o martelo de ferro do Ferreiro pendurado em volta do pescoço, enquanto outros carregavam tigelas de pedinte.

Nenhum dos devotos prestou a mínima atenção em Jaime. Percorreram um circuito no septo, rezando em cada um dos sete altares, a fim de honrar os sete aspectos da divindade. A todos os deuses fizeram sacrifício, a cada um cantaram um hino. Suas vozes ergueram-se doces e solenes. Jaime fechou os olhos para escutar, mas voltou a abri-los quando começou a balançar. *Estou mais cansado do que imaginava.*

Tinham se passado anos desde sua última vigília. *Era então mais novo, um rapaz de quinze anos.* Na época não usara armadura, apenas uma simples túnica branca. O septo onde passara a noite não tinha nem um terço do tamanho de cada um dos sete transeptos do Grande Septo. Jaime pousara a espada nos joelhos do Guerreiro, amontoara a armadura a seus pés e ajoelhara no áspero chão de pedra perante o altar. Quando a alvorada chegou, tinha os joelhos esfolados e ensanguentados.

"Todos os cavaleiros têm de sangrar, Jaime", disse sor Arthur Dayne quando o viu. "O sangue é o selo de sua devoção." Ao amanhecer, bateu-lhe no ombro; a pálida lâmina era tão aguçada que até aquele toque ligeiro atravessou a túnica de Jaime, e ele voltou a sangrar. Mas nada sentiu. Era um rapaz quando se ajoelhou; ergueu-se cavaleiro. *O Jovem Leão, não o Regicida.*

Mas isso fora havia muito tempo, e o rapaz estava morto.

Não saberia dizer quando as orações terminaram. Talvez tivesse se deixado dormir, ainda em pé. Depois de os devotos terem saído, o Grande Septo ficou novamente em silêncio. As velas eram uma muralha de estrelas que ardiam na escuridão, embora o ar estivesse fétido de morte. Jaime moveu a mão na espada larga dourada. Talvez devesse ter deixado que sor Loras o rendesse, afinal. *Cersei teria detestado.* O Cavaleiro das Flores ainda era meio rapaz, arrogante e vaidoso, mas tinha capacidade para ser grande, para realizar atos dignos do Livro Branco.

O Livro Branco estaria à espera quando sua vigília terminasse, com a página aberta numa recriminação muda. *Mais rápido faria o maldito livro em pedaços do que o encheria de mentiras.* Mas, se não mentisse, o que poderia escrever senão a verdade?

Uma mulher estava na sua frente.

Está chovendo de novo, pensou quando viu como estava molhada. A água pingava-lhe do manto e ia se acumular em volta dos pés. *Como foi que ela chegou aqui? Não a ouvi entrar.* Estava vestida como uma criada de taberna, com um pesado manto de tecido grosseiro, mal tingido numa miríade de tons de marrom e com a bainha desfazendo-se. Um capuz escondia-lhe o rosto, mas Jaime via as velas dançando nas lagoas verdes de seus olhos e, quando ela se moveu, a reconheceu.

— Cersei — falou lentamente, como um homem que tivesse acabado de sair de um sonho, ainda sem saber bem onde se encontrava. — Que horas são?

— É a hora do lobo — a irmã abaixou o capuz e fez uma careta. — Do lobo afogado, talvez — sorriu-lhe, cheia de doçura. — Lembra-se da primeira vez que vim ter contigo assim? Foi numa estalagem deprimente perto da Viela da Doninha, eu vestia roupas de criada para passar pelos guardas do pai.

— Eu me lembro. Foi na Viela da Enguia — *ela quer alguma coisa de mim*. — Por que está aqui a essa hora? Que quer de mim? — A última palavra ecoou pelo septo, *mimmim-mimmimmimmimmimmim*, atenuando-se até se transformar num murmúrio. Por um momento atreveu-se a ter esperança de ela desejar apenas o conforto de seus braços.

— Fale baixo — a voz dela soava estranha... sem fôlego, quase assustada. — Jaime, Kevan recusou meu pedido. Não quer servir como Mão, ele... ele sabe de nós. Ele mesmo o disse.

— Recusou? — Aquilo o surpreendeu. — Como podia saber? Ele deve ter lido o que Stannis escreveu, mas não há...

— *Tyrion* sabia — ela lhe recordou. — Quem poderá dizer que histórias aquele vil anão terá contado, ou a quem? Tio Kevan é o de menos. O alto septão... Tyrion o promoveu à coroa quando o gordo morreu. Ele também pode saber — aproximou-se. — Você *tem* que ser Mão de Tommen. Não confio em Mace Tyrell. E se ele teve qualquer papel na morte do pai? Pode ter andado conspirando com Tyrion. O Duende pode estar a caminho de Jardim de Cima...

— Não está.

— Seja a minha Mão — ela rogou —, e governaremos os Sete Reinos juntos, como um rei e sua rainha.

— Foi rainha de Robert. E, no entanto, não quer ser a minha.

— Queria, se me atrevesse. Mas nosso filho...

— Tommen não é filho meu, tal como Joffrey não era — sua voz era dura. — Fez que também fossem de Robert.

A irmã vacilou.

— Jurou que me amaria sempre. Obrigar-me a suplicar não é ato de quem ama.

Jaime sentia nela o cheiro do medo, mesmo através do fétido odor do cadáver. Desejou tomá-la nos braços e beijá-la, enterrar o rosto em seus cachos dourados e lhe prometer que nunca ninguém lhe faria mal... *aqui não, pensou, aqui em frente dos deuses e do pai, não.*

— Não — ele respondeu. — Não posso. Não o farei.

— Eu *preciso* de você. Preciso da minha outra metade — Jaime ouvia a chuva tamborilando nas janelas, muito acima. — Você é eu, eu sou você. Preciso que esteja comigo. *Em mim.* Por favor, Jaime. *Por favor.*

Jaime olhou para ver se lorde Tywin não estaria se erguendo do estrado numa fúria, mas o pai jazia imóvel e frio, apodrecendo.

— Eu nasci para um campo de batalha, não para uma sala de conselho. E agora talvez seja inadequado até para isso.

Cersei limpou as lágrimas numa esfarrapada manga marrom.

— Muito bem. Se são campos de batalha que quer, serão campos de batalha que lhe darei — puxou o capuz para cima num movimento irritado. — Fui uma tola em vir. Fui uma tola por ter amado você um dia — seus passos ecoaram, ruidosos, no silêncio, e deixaram manchas úmidas no chão de mármore.

A alvorada apanhou Jaime quase desprevenido. Quando o vidro da cúpula começou a clarear, de súbito um arco-íris reluziu nas paredes, no chão e nos pilares, banhando o cadáver de lorde Tywin numa névoa de luz multicolorida. A Mão do Rei apodrecia visivelmente. Seu rosto tomara uma coloração esverdeada, e os olhos estavam bastante afundados, dois poços negros. Fissuras tinham se aberto nas faces, e um fétido fluido branco derramava-se através das articulações de sua magnífica armadura de ouro e carmesim, indo formar poças por baixo do corpo.

Os septões foram os primeiros a ver, quando regressaram para as orações da manhã. Cantaram suas canções, rezaram suas preces e enrugaram o nariz, e um dos Mais Devotos ficou nauseado de tal modo que teve de ser ajudado para sair do septo. Pouco tempo depois, um rebanho de noviços chegou para balançar incensórios, e o ar ficou tão saturado que o estrado pareceu coberto de fumo. Todos os arcos-íris desapareceram naquela neblina perfumada, e, no entanto, o fedor persistiu, um cheiro doce e putrefato que encheu Jaime de náuseas.

Quando as portas foram abertas, os Tyrell estavam entre os primeiros a entrar, como era próprio do seu estatuto. Margaery trouxe um grande buquê de rosas douradas. Pousou-as ostensivamente na base do estrado de lorde Tywin, mas ficou com uma e a manteve encostada ao nariz enquanto ocupava seu lugar. *Então a garota é tão esperta quanto bonita. Tommen podia ficar bem mais mal servido de rainha.* Outros ficaram. As senhoras de Margaery seguiram-lhe o exemplo.

Cersei esperou até que o restante estivesse em seus lugares para fazer sua entrada, com Tommen ao lado. Sor Osmund Kettleblack caminhava ao lado deles com seu aço branco esmaltado e manto branco de lã.

"... tem andado fodendo com Lancel e Osmund Kettleblack, e provavelmente até com o Rapaz Lua, tanto quanto sei..."

Jaime vira Kettleblack nu na casa de banhos, vira os pelos negros em seu peito e o matagal mais hirsuto entre as pernas. Imaginou aquele peito pressionado contra o da irmã, aqueles pelos arranhando a pele macia de seus seios. *Ela não faria isso. O Duende mentiu.* Ouro tecido e arame negro emaranhados, suados. A face estreita de Kettleblack retesando-se cada vez que penetrava fundo. Jaime conseguia ouvir a irmã a gemer. *Não. Uma mentira.*

De olhos vermelhos e pálida, Cersei subiu os degraus para se ajoelhar diante do pai, puxando Tommen para baixo ao seu lado. O rapaz recuou ao ver o avô, mas a mãe o agarrou pelo pulso antes que tivesse tempo de fugir.

— *Reze* — sussurrou, e Tommen tentou. Mas só tinha oito anos, e lorde Tywin era um horror. Uma inspiração desesperada, e então o rei desatou a soluçar. — *Pare com isso!* — Cersei ordenou. Tommen virou a cabeça e dobrou-se sobre si mesmo, vomitando. A coroa caiu e rolou pelo chão de mármore. A mãe se afastou, enojada, e no mesmo instante o rei pôs-se a correr na direção das portas, tão depressa quanto suas pernas de oito anos conseguiam levá-lo.

— Sor Osmund, renda-me — Jaime ordenou num tom penetrante quando Kettleblack se virou para perseguir a coroa. Entregou ao homem a espada de ouro e saiu atrás de seu rei. Alcançou-o no Salão das Lamparinas, sob o olhar de duas dúzias de septãs sobressaltadas.

— Lamento — Tommen chorava. — Farei melhor amanhã. A mãe diz que um rei deve indicar o caminho, mas o cheiro me deixou enjoado.

Isso não é bom. Muitas orelhas ávidas e olhos observadores.

— É melhor irmos até lá fora, Vossa Graça — Jaime levou o garoto para fora, para onde o ar era tão fresco e limpo como o de Porto Real podia ser. Duas vintenas de homens de manto dourado tinham sido colocadas em volta da praça, a fim de guardar os cavalos e as liteiras. Levou o rei para um lado, bem longe de toda a gente, e o sentou nos degraus de mármore.

— Eu não estava assustado — o garoto insistiu. — O cheiro me deixou enjoado. Não deixou você? Como conseguiu suportá-lo, tio, sor?

Senti o cheiro de minha própria mão apodrecendo, quando Vargo Hoat me obrigou a usá-la como pingente.

— Um homem pode suportar quase qualquer coisa se tiver de ser — Jaime disse ao filho. *Senti o cheiro de um homem assando, quando rei Aerys o cozinhou em sua própria armadura.* — O mundo está cheio de horrores, Tommen. Pode lutar contra eles, ou rir deles, ou olhar sem ver... fugindo para dentro de si mesmo.

Tommen refletiu sobre aquilo.

— Eu... eu às vezes fugia para dentro de mim — confessou —, quando o Joffy...

— *Joffrey* — Cersei estava perto deles, com o vento lhe sacudindo as saias em volta das pernas. — O nome do seu irmão era *Joffrey*. Ele nunca teria me envergonhado assim.

— Não queria envergonhar você. Não estava assustado, mãe. Só que o senhor seu pai cheirava tão mal...

— Acha que ele cheirava melhor a mim? Eu também tenho nariz — agarrou-lhe a orelha e o obrigou a se levantar. — Lorde Tyrell tem nariz. Você o viu vomitar no septo sagrado? Viu lady Margaery berrar como um bebê?

Jaime se levantou:

— Cersei, basta.

As narinas dela se dilataram.

— Sor? Por que está aqui? Jurou ficar de vigília até terminar o velório, se bem me lembro.

— Já terminou. Vá olhar para ele.

— Não. Sete dias e sete noites, você disse. Certamente o Senhor Comandante se lembra de como se conta até sete. Conte seus dedos e depois some dois.

Outras pessoas tinham começado a sair para a praça, fugindo dos odores insalubres do septo.

— Cersei, mantenha a voz baixa — Jaime a alertou. — Lorde Tyrell aproxima-se.

Aquilo a atingiu, e a rainha puxou Tommen para junto de si. Mace Tyrell fez uma reverência diante do garoto:

— Sua Graça não está indisposto, espero?

— O rei foi dominado pelo desgosto — Cersei respondeu.

— Tal como todos nós. Se houver algo que eu possa fazer...

Muito em cima, um corvo soltou um sonoro grito. Estava empoleirado na estátua do rei Baelor, cagando em sua santa cabeça.

— Há muito que pode fazer por Tommen, senhor — Jaime interveio. — Talvez possa dar a Sua Graça a honra de jantar com ela, após os serviços da noite?

Cersei lançou-lhe um olhar fulminante, mas por uma vez teve o bom senso de morder a língua.

— Jantar? — Tyrell pareceu surpreso. — Suponho que... claro, ficaremos honrados. A senhora minha esposa e eu.

A rainha forçou um sorriso e soltou ruídos simpáticos. Mas, depois de Tyrell se retirar e Tommen ser mandado embora com sor Addam Marbrand, virou-se irritada para Jaime:

— Está bêbado ou delirando, sor? Por favor, diga-me, por que vou jantar com aquele idiota ganancioso e sua pueril esposa? — Uma rajada de vento agitou seus cabelos dourados. — Eu não o nomearei Mão, se é isso o que...

— Precisa do Tyrell — Jaime a interrompeu —, mas não *aqui*. Peça-lhe que tome Ponta Tempestade em nome de Tommen. Elogie-o, e diga-lhe que precisa dele em campo, para substituir nosso pai. Mace se julga um poderoso guerreiro. Ou entrega Ponta Tempestade a você, ou estraga tudo e faz papel de idiota. Seja como for, você ganha.

— Ponta Tempestade? — Cersei fez uma expressão pensativa. — Sim, mas... Lorde Tyrell deixou tediosamente claro que não abandonará Porto Real até que Tommen se case com Margaery.

Jaime suspirou:

— Então, que se casem. Demorará anos até que Tommen tenha idade para consumar o casamento. E, até que o faça, a união sempre pode ser posta de lado. Dê a Tyrell esse casamento e mande-o embora brincar de guerra.

Um sorriso matreiro cruzou o rosto da irmã.

— Até os cercos têm seus perigos — murmurou. — Ora, o nosso Senhor de Jardim de Cima pode até perder a vida num empreendimento como este.

— Existe esse risco — Jaime aquiesceu. — Especialmente se sua paciência dessa vez se esgotar e ele decidir assaltar o portão.

Cersei lançou-lhe um olhar demorado:

— Sabe — ela disse —, por um momento soou tal qual nosso pai.

BRIENNE

Os portões de Valdocaso estavam fechados e trancados. Na escuridão que antecedia a alvorada, as muralhas da vila brilhavam com uma luz pálida e difusa. Em suas ameias moviam-se farrapos de nevoeiro como árvores-sentinela fantasmagóricas. Uma dúzia de carroças e carros de bois tinha se alinhado fora dos portões, à espera do nascer do sol. Brienne ocupou seu lugar atrás de um monte de nabos. Doía-lhe a barriga das pernas, e desejava desmontar e estendê-las. Não muito depois, outra carroça saiu ribombando da floresta. Quando o sol começou a brilhar, a fila estendia-se ao longo de quatrocentos metros.

Os lavradores lançavam-lhe relances curiosos, mas ninguém falou com ela. *Cabe a mim falar com eles*, disse Brienne a si mesma, mas sempre achara difícil falar com estranhos. Desde garota sempre fora tímida. Longos anos de escárnio apenas a tinham tornado mais tímida. *Preciso perguntar por Sansa. De que outro modo a encontrarei?* Limpou a garganta:

— Mulher — disse à mulher da carroça dos nabos —, por acaso viu minha irmã na estrada? Uma jovem donzela, com treze anos e de rosto bonito, com olhos azuis e cabelos ruivos. Pode estar acompanhada de um cavaleiro bêbado.

A mulher balançou a cabeça, mas o marido disse:

— Então não é donzela nenhuma, aposto. A pobre garota tem nome?

A cabeça de Brienne estava vazia. *Devia ter inventado um nome qualquer para ela.* Qualquer nome serviria, mas nenhum lhe ocorreu.

— Sem nome? Bem, as estradas estão cheias de garotas sem nome.

— E o cemitério está mais cheio ainda — a mulher completou.

Quando a aurora rebentou, os guardas apareceram nos baluartes. Os agricultores subiram para seus carros e sacudiram as rédeas. Brienne também montou e olhou de relance para trás. A maioria das pessoas que esperavam para entrar em Valdocaso era composta por gente do campo com cargas de frutas e legumes para vender. Um par de homens ricos da vila seguiam em palafréns de boa criação uma dúzia de lugares atrás dela, e mais para trás vislumbrou um garoto magricela num cavalo malhado. Não havia sinal dos dois cavaleiros, nem de sor Shadrich, o Rato Louco.

Os guardas mandavam as carroças passar quase sem olhar, mas quando Brienne chegou ao portão chamou a atenção deles.

— Alto! — gritou o capitão. Dois homens que envergavam camisas de cota de malha cruzaram as lanças para lhe barrar o caminho. — Declare o que pretende fazer aqui.

— Procuro o Senhor de Valdocaso, ou seu meistre.

Os olhos do capitão demoraram-se em seu escudo.

— O morcego negro de Lothston. Essas são armas de má reputação.

— Não são minhas. Pretendo mandar pintar o escudo de novo.

— Ah, é mesmo? — O capitão esfregou o queixo coberto de barba por fazer. — Pois minha irmã faz esses trabalhos. Você a encontrará na casa com as portas pintadas, em frente da Sete Espadas — fez um gesto para os guardas. — Deixem-na passar, rapazes. É uma garota.

O portão abria-se para uma praça de mercado, onde aqueles que tinham entrado antes dela descarregavam, preparando-se para oferecer seus nabos, cebolas amarelas e sacas de cevada. Outros vendiam armas e armaduras, e muito barato, a julgar pelos preços que gritavam quando ela passava. *Os saqueadores chegaram com as gralhas-pretas depois de todas as batalhas.* Brienne levou o cavalo a passo por perto de armaduras sujas de sangue marrom, elmos amassados, espadas longas. Também se arranjava roupa: botas de couro, mantos de peles, capas manchadas com rasgões suspeitos. Conhecia muitos dos símbolos. O punho coberto de cota de malha, o alce, o sol branco, o machado de lâmina dupla, todos eram símbolos do Norte. Mas homens de Tarly também tinham morrido ali, bem como muitos vindos das terras da tempestade. Viu maças verdes e vermelhas, um escudo que ostentava os três relâmpagos de Leygood, arreios decorados com as formigas de Ambrose. O caçador andante de lorde Tarly aparecia em muitos símbolos, broches e gibões. *Amigo ou inimigo, os corvos não fazem distinção.*

Era possível comprar escudos de pinho e tília por tostões, mas Brienne limitou-se a passar por eles. Pretendia ficar com o escudo de carvalho que Jaime lhe dera, o escudo que ele mesmo usara de Harrenhal a Porto Real. Um escudo de pinho tinha suas vantagens. Era mais leve e, portanto, mais fácil de usar, e a madeira macia era mais propícia a prender o machado ou a espada de um inimigo. Mas o carvalho oferecia maior proteção, se fosse suficientemente forte para suportar o peso.

Valdocaso fora construída em volta do porto. Ao norte da vila erguiam-se falésias de calcário; ao sul, um promontório rochoso abrigava os navios ancorados das tempestades que subiam do mar estreito. O castelo tinha vista para o porto, e a fortaleza quadrada e as grandes torres cilíndricas podiam ser vistas de todos os pontos da vila. Nas ruas calçadas com pedras e densamente povoadas era mais fácil caminhar do que seguir a cavalo, e Brienne levou a égua para um estábulo e continuou a pé, com o escudo a tiracolo e o rolo de dormir debaixo do braço.

Não foi difícil encontrar a irmã do capitão. Sete Espadas era a maior estalagem da vila, uma estrutura de quatro andares que se elevava acima da vizinhança, e as portas duplas da casa em frente estavam maravilhosamente pintadas. Mostravam um castelo numa floresta de outono, com as árvores cobertas de tons de dourado e marrom-avermelhado. Hera trepava pelos troncos de antigos carvalhos, e até as bolotas tinham sido representadas com um cuidado afetuoso. Quando Brienne olhou mais de perto, viu criaturas na folhagem: uma raposa vermelha escondida, dois pardais num ramo e, por trás dessas folhas, a sombra de um javali.

— Sua porta é muito bela — disse à mulher de cabelos escuros que abriu quando ela bateu. — Que castelo é este?

— Todos os castelos — disse a irmã do capitão. — O único que conheço é o Forte Pardo, junto ao porto. Inventei o outro na minha cabeça, imaginei o aspecto que um castelo devia ter. Também nunca vi um dragão, nem um grifo, nem um unicórnio — a mulher tinha modos bem-dispostos, mas quando Brienne lhe mostrou o escudo o rosto tornou-se sombrio. — Minha velha mãe costumava dizer que morcegos gigantes voavam de Harrenhal em noites sem luar para levar as crianças más às panelas da Doida Danelle. Às vezes eu os ouço arranhar as janelas — chupou os dentes por um momento, pensativa. — O que vai colocar no lugar disto?

As armas de Tarth eram esquarteladas de rosa e azul e ostentavam um sol amarelo e um crescente de lua. Mas, enquanto os homens a julgassem uma assassina, Brienne não se atrevia a usá-las.

— Sua porta me fez lembrar de um velho escudo que há tempos vi no arsenal de meu pai — ela descreveu as armas o melhor que conseguia se lembrar.

A mulher assentiu:

— Posso pintá-lo já, mas a tinta vai precisar secar. Arranje um quarto na Sete Espadas, se achar por bem. Eu levo o escudo para você amanhã de manhã.

Brienne não pretendia passar a noite em Valdocaso, mas talvez fosse melhor. Não sabia se o senhor do castelo se encontrava presente, ou se consentiria em falar com ela. Agradeceu à pintora e cruzou a rua de pedras até a estalagem. Por cima da porta do estabelecimento, sete espadas de madeira balançavam sob um espigão de ferro. A cal que as cobria estava fendida e descascando, mas Brienne conhecia seu significado. Representavam os sete filhos de Darklyn que tinham usado o manto branco da Guarda Real. Nenhuma outra casa em todo o reino podia se orgulhar de tantos. *Foram a glória da sua Casa. E agora são um letreiro por cima de uma estalagem.* Abriu caminho para a sala comum e pediu ao estalajadeiro um quarto e banho.

O homem a acomodou no segundo andar, e uma mulher com uma marca de nascença cor de fígado no rosto trouxe para cima uma banheira de madeira e depois a água, balde por balde.

— Restam alguns Darklyn em Valdocaso? — perguntou Brienne ao entrar na banheira.

— Bem, há Darkes, eu mesma sou uma. Meu marido diz que eu era Darke antes de nos casarmos e mais escura depois — ela riu. — Não pode atirar uma pedra em Valdocaso sem acertar em algum Darke, Darkwood ou Dargood, mas os fidalgos Darklyn desapareceram todos. Lorde Denys foi o último deles, o querido tolinho. Sabia que os Darklyn eram reis em Valdocaso antes de os ândalos chegarem? Nunca o diria olhando para mim, mas tenho sangue real. Consegue vê-lo? Devia obrigá-los a dizer: "Vossa Graça, outra taça de cerveja. Vossa Graça, o penico precisa ser esvaziado, e vá buscar mais uns molhos de lenha novos, Vossa Maldita Graça, que a lareira está apagando" — voltou a dar risada e despejou as últimas gotas do balde. — Bom, aí está. Essa água está quente o suficiente para você?

— Há de servir. — A água estava morna.

— Eu traria mais, mas só faria derramar. Uma garota com seu tamanho enche uma banheira.

Só uma banheira apertada e pequena como esta. Em Harrenhal, as banheiras eram enormes e feitas de pedra. O ar da casa de banhos estava pesado com o vapor que se erguia da água, e Jaime aparecera, caminhando através dessa névoa, nu como no dia de seu nome, parecendo meio cadáver e meio deus. *Ele entrou na banheira comigo*, recordou, corando. Pegou num bocado de sabão duro e esfregou-se debaixo dos braços, tentando evocar o rosto de Renly.

Quando a água esfriou, Brienne estava tão limpa como era possível ficar. Vestiu a mesma roupa que despira e apertou bem o cinto da espada em volta das ancas, mas deixou ficar para trás a cota de malha e o elmo, para não parecer tão ameaçadora no Forte Pardo. Era agradável esticar as pernas. Os guardas nos portões do castelo usavam jaquetas de couro com um símbolo que exibia martelos de guerra cruzados sobre uma aspa branca.

— Desejo falar com seu senhor — disse-lhes Brienne.

Um dos homens riu:

— Então é melhor gritar bem alto.

— Lorde Rykker seguiu para Lagoa da Donzela com Randyll Tarly — disse o outro. — Deixou sor Rufus Leek como castelão, para cuidar de lady Rykker e dos pequenos.

E foi a Leek que a levaram. Sor Rufus era um homem baixo, robusto e de barba grisalha, cuja perna esquerda terminava num coto.

— Perdoe-me se não me levanto — disse. Brienne entregou-lhe a carta, mas Leek não sabia ler e mandou buscar o meistre, um homem calvo com o couro cabeludo sardento e um bigode hirto e vermelho.

Quando ouviu o nome Hollard, o meistre franziu as sobrancelhas com irritação.

— Quantas vezes preciso cantar essa canção? — O rosto dela deve tê-la denunciado. — Julgava que seria a primeira a vir à procura de Dontos? Está mais perto da vigésima primeira. Os homens de manto dourado estiveram aqui dias depois do assassinato do rei, com mandato de lorde Tywin. E o que você tem, se me permite a curiosidade?

Brienne mostrou-lhe a carta, com o selo de Tommen e a assinatura infantil. O meistre fez *hmmm*, e *aaa*, arranhou a cera e por fim a devolveu.

— Parece estar em ordem — sentou-se em um banco e indicou outro a Brienne. — Não cheguei a conhecer Sor Dontos. Ele era rapaz quando saiu de Valdocaso. Os Hollard foram outrora uma Casa nobre, é certo. Conhece suas armas? Riscas horizontais em vermelho e rosa sob um chefe begro portando três coroas de ouro. Os Darklyn foram reis pouco importantes durante a Era dos Heróis, e três deles tomaram esposas Hollard. Mais tarde, seu pequeno reino foi engolido por reinos maiores, mas os Darklyn sobreviveram e os Hollard os serviam... sim, até mesmo em desafio. Sabia disso?

— Um pouco. — Seu meistre costumava dizer que fora o Desafio de Valdocaso que enlouquecera o rei Aerys.

— Em Valdocaso os plebeus ainda amam lorde Denys, apesar da desgraça que lhes trouxe. É a lady Serala, sua esposa myriana, que atribuem a culpa. Chamam-na a Serpente de Renda. Se ao menos lorde Darklyn tivesse se casado com uma Staunton ou uma Stokeworth... bem, sabe como os plebeus gostam de falar. A Serpente de Renda encheu os ouvidos do marido com veneno myriano, eles dizem, até que lorde Denys se ergueu contra seu rei e o tornou cativo. Ao fazê-lo, seu mestre de armas, sor Symon Hollard, abateu sor Gwayne Gaunt da Guarda Real. Durante meio ano, Aerys foi mantido dentro destas mesmas muralhas, enquanto a Mão do Rei se mantinha fora de Valdocaso com uma poderosa hoste. Lorde Tywin tinha força suficiente para assaltar a vila assim que quisesse, mas lorde Denys mandou-lhe uma mensagem dizendo que ao primeiro sinal de assalto mataria o rei.

Brienne lembrava-se do que acontecera em seguida.

— O rei foi salvo — disse. — Barristan, o Ousado, o levou daqui.

— Pois levou — disse o meistre. — Assim que lorde Denys perdeu o refém, preferiu abrir os portões e pôr fim ao desafio a permitir que lorde Tywin tomasse a vila. Dobrou o joelho e suplicou por misericórdia, mas o rei não era dado ao perdão. Lorde Denys perdeu a cabeça, tal como os irmãos e as irmãs, os tios, os primos, todos os Darklyn fidalgos. A Serpente de Renda foi queimada viva, pobre mulher, se bem que a língua lhe tivesse sido arrancada primeiro, bem como as partes femininas, com as quais, se dizia, ela teria escravizado seu senhor. Metade de Valdocaso ainda lhe dirá que Aerys foi demasiado brando com ela.

— E os Hollard?

— Proscritos e destruídos — o meistre respondeu. — Eu forjava minha corrente na Cidadela quando isso aconteceu, mas li os relatos de seus julgamentos e punições. Sor Jon Hollard, o Intendente, era casado com a irmã de lorde Denys e morreu com a esposa, tal como o filho pequeno de ambos, que era meio Darklyn. Robin Hollard era um escudeiro e, quando o rei foi capturado, dançou em volta dele e puxou-lhe a barba. Morreu na roda. Sor Symon Hollard foi morto por sor Barristan durante a fuga do rei. As terras Hollard foram confiscadas, o castelo derrubado, as aldeias passadas pelo archote. Tal como aconteceu com os Darklyn, a Casa Hollard foi extinta.

— Exceto Dontos.

— É bem verdade. O jovem Dontos era filho de sor Steffon Hollard, irmão gêmeo de sor Symon, que morrera alguns anos antes e não participou no Desafio. Aerys queria cortar a cabeça do rapaz mesmo assim, mas sor Barristan pediu que a vida lhe fosse poupada. O rei não podia dizer não ao homem que o salvara, e assim Dontos foi levado para Porto Real como escudeiro. Tanto quanto eu saiba, ele nunca regressou a Valdocaso. E por que haveria de regressar? Não possuía terras aqui, não tinha nem família nem castelo. Se Dontos e essa garota nortenha ajudaram a assassinar nosso querido rei, parece-me que gostariam de colocar tantos quilômetros quantas pudessem entre si e a justiça. Procure-os em Vilavelha, se quiser insistir, ou do outro lado do mar estreito. Procure-os em Dorne ou na Muralha. Procure-os em *outro lugar* — ergueu-se. — Ouço meus corvos chamando. Perdoe-me se me despeço de você.

A caminhada de volta à estalagem pareceu mais longa do que a caminhada até o Forte Pardo, embora isso talvez se devesse apenas ao seu estado de espírito. Não encontraria Sansa Stark em Valdocaso, isso parecia evidente. Se Sor Dontos a tivesse levado para Vilavelha ou para lá do mar estreito, como o meistre parecia pensar, não havia esperança para a demanda de Brienne. *O que há para ela em Vilavelha?*, perguntou a si mesma. *O meistre não a conheceu, assim como não conheceu Hollard. Ele não teria ido para junto de estranhos.*

Em Porto Real, Brienne encontrara uma das antigas aias de Sansa empregada num bordel como lavadeira.

— Servi a lorde Renly antes de lady Sansa, e os dois tornaram-se traidores — lamentou-se amargamente a mulher, que se chamava Brella. — Não há lorde que me toque agora, por isso tenho de lavar para prostitutas. — Mas quando Brienne a interrogou sobre Sansa, ela disse: — Eu lhe direi o que disse a lorde Tywin. Aquela garota estava sempre rezando. Ia ao septo e acendia as velas como uma senhora respeitável, mas quase todas as noites ia ao bosque sagrado. Ela voltou para o Norte, ah, se voltou. É lá que estão os *deuses* dela.

Mas o Norte era enorme, e Brienne não fazia nenhuma ideia de qual seria o vassalo do pai em quem Sansa mais se inclinaria a confiar. *Ou será que ela procuraria seu próprio sangue?* Embora todos os irmãos tivessem sido mortos, Brienne sabia que Sansa ainda tinha um tio e um meio-irmão bastardo na Muralha, a serviço da Patrulha da Noite. Outro tio, Edmure Tully, estava cativo nas Gêmeas, mas o tio deste, sor Brynden, ainda controlava Correrrio. E a irmã mais nova de lady Catelyn governava o Vale. *O sangue chama pelo sangue.* Sansa podia perfeitamente ter corrido para junto de um deles. Mas, qual?

A Muralha ficava decerto longe demais, e além disso era um lugar ermo e amargo. E para chegar a Correrrio, a garota teria de atravessar as terras fluviais dilaceradas pela guerra e passar através das linhas de cerco dos Lannister. O Ninho da Águia seria mais simples, e lady Lysa certamente acolheria a filha da irmã...

Em frente, a viela dobrava-se. Sem saber como, Brienne fizera uma curva errada. Deu por si num beco sem saída, um pequeno pátio lamacento onde três porcos fuçavam em volta de um poço baixo de pedra. Um deles guinchou ao vê-la, e uma velha que tirava água do poço a olhou de cima a baixo com um ar desconfiado.

— O que você quer?

— Estou à procura da Sete Espadas.

— Volte pelo caminho por onde veio. À esquerda no septo.

— Agradeço-lhe — Brienne virou-se para voltar a percorrer seus passos e deu um encontrão em alguém que dobrava apressadamente a esquina. A colisão desequilibrou-o e o fez cair sobre o traseiro e a lama. — Perdão — Brienne murmurou. Ele não passava de um garoto; um garoto magricela com cabelos lisos e finos e terçol debaixo de um olho. — Machucou-se? — ofereceu a mão para ajudá-lo a se erguer, mas o garoto afastou-se precipitadamente, sobre os calcanhares e os cotovelos. Não podia ter mais de dez ou doze anos, embora usasse uma camisa de cota de malha e tivesse uma espada longa numa bainha de couro a tiracolo. — Eu o conheço? — perguntou Brienne. O rosto dele lhe parecia vagamente familiar, embora não conseguisse identificá-lo.

— Não. Não conhece. Você nunca... — o garoto pôs-se desajeitadamente em pé. — P-p-perdoe-me, senhora. Não estava olhando. Quer dizer, estava, mas para baixo. Estava olhando para baixo. Para os meus pés — o garoto fugiu, mergulhando rapidamente pelo caminho por onde tinha vindo.

Algo nele despertou todas as suspeitas de Brienne, mas não ia começar a persegui-lo pelas ruas de Valdocaso. *Fora dos portões, esta manhã, foi lá que o vi*, lembrou-se. *Ele vinha montado num cavalo malhado*. E parecia que o tinha visto também em outro lugar, mas onde?

Quando Brienne voltou a encontrar a Sete Espadas, a sala comum estava cheia. Quatro septãs sentavam-se ao lado da lareira, trajando vestes manchadas e empoeiradas pela estrada. O resto dos bancos era ocupado por gente da terra, que enfiava bocados de pão em tigelas de guisado quente de caranguejo e os levava à boca. O cheiro pôs-lhe o estômago a trovejar, mas não viu lugares vazios. Então uma voz atrás dela disse:

— Milady, aqui, fique com o meu lugar. — Só quando ele saltou do banco é que Brienne percebeu que quem falara era um anão. O homenzinho não chegava a ter metro e meio de altura. Tinha um nariz bulboso e cheio de veias, os dentes estavam vermelhos da folhamarga, e trazia as vestes marrons, feitas de tecido grosseiro, de um santo irmão, com o martelo de ferro do Ferreiro pendurado no grosso pescoço.

— Fique com seu lugar — ela respondeu. — Posso ficar em pé tão bem quanto você.

— Sim, mas minha cabeça não tende tanto a bater no teto — a fala do anão era rude, mas cortês. Brienne via a coroa de seu couro cabeludo, onde raspara o cabelo. Muitos dos santos irmãos usavam tonsuras como aquela. A septã Roelle dissera-lhe uma vez que aquilo pretendia mostrar que nada tinham a esconder do Pai.

— O Pai não consegue ver através do cabelo? — Brienne perguntara. *Coisa estúpida de se dizer*. Fora uma criança lenta; a septã Roelle dizia isso com frequência. Agora sentia-se quase tão estúpida como na época, por isso ocupou o lugar do homenzinho na ponta do banco, pediu guisado com um gesto e virou-se para agradecer ao anão.

— Serve alguma santa casa em Valdocaso, irmão?

— Era mais perto de Lagoa da Donzela, milady, mas os lobos correram com a gente com o fogo — respondeu o homem, roendo uma casca de pão. — Reconstruímos o melhor que pudemos, até chegarem uns mercenários. Não sei dizer quem eles eram, mas nos roubaram os porcos e mataram os irmãos. Enfiei-me num tronco oco e me escondi, mas os outros eram grandes demais. Levei muito tempo para enterrar todos, mas o Ferreiro, o Ferreiro deu-me forças. Quando acabei, desenterrei umas moedas que o irmão mais velho tinha escondido e fui-me embora sozinho.

— Encontrei mais alguns irmãos a caminho de Porto Real.

— Sim, há centenas nas estradas. E não só irmãos. Septões também, e povo comum. Todos pardais. Pode ser que eu também seja um pardal. O Ferreiro fez-me suficientemente pequeno — soltou um risinho. — E que triste história é a sua, milady?

— Ando à procura de minha irmã. É bem-nascida, tem só treze anos, uma donzela bonita com olhos azuis e cabelos ruivos. Talvez a tenha visto viajando com um homem. Um cavaleiro, talvez um bobo. Há ouro para o homem que me ajude a encontrá-la.

— Ouro? — O homem dirigiu-lhe um sorriso vermelho. — Uma tigela daquele guisado de caranguejo era recompensa bastante para mim, mas temo que não possa ajudá-la. Encontrei bobos, e em grande número, mas não muitas donzelas bonitas — inclinou a cabeça e pensou por um momento. — Houve um bobo em Lagoa da Donzela, agora que penso nisso. Estava vestido de trapos e sujeira, pelo que consegui ver, mas por baixo da sujeira havia retalhos de várias cores.

Dontos Hollard usava retalhos? Ninguém disse a Brienne que sim... mas também ninguém disse que não. Mas por que o homem usaria trapos? Teria algum infortúnio caído sobre ele e sobre Sansa depois de fugirem de Porto Real? Podia bem ser que sim, com as estradas tão perigosas. *E podia não ser que não fosse.*

— Esse bobo tinha um nariz vermelho, cheio de veias rotas?

— Quanto a isso, não posso jurar. Confesso que prestei pouca atenção nele. Tinha ido para Lagoa da Donzela depois de enterrar meus irmãos, achando que talvez encontrasse um navio que me levasse para Porto Real. A primeira vez que vi o bobo foi junto às docas. Tinha um ar furtivo e teve o cuidado de evitar os soldados de lorde Tarly. Mais tarde voltei a encontrá-lo no Ganso Fedorento.

— O Ganso Fedorento? — ela disse, demonstrando incerteza.

— Um lugar duvidoso — admitiu o anão. — Os homens de lorde Tarly patrulham o porto em Lagoa da Donzela, mas o Ganso está sempre cheio de marinheiros, e há notícias de alguns terem introduzido homens às escondidas a bordo de seus navios, se o preço lhes agradasse. Esse bobo andava à procura de passagem para três para o outro lado do mar estreito. Vi-o ali com frequência, conversando com remadores das galés. Às vezes cantava uma canção engraçada.

— À procura de passagem para *três*? Não para dois?

— Três, milady. Quanto a isso já eu juro, pelos Sete.

Três, ela pensou. *Sansa, sor Dontos... mas quem seria o terceiro? O Duende?*

— O bobo encontrou o navio que procurava?

— Isso já não sei responder — disse-lhe o anão —, mas uma noite alguns dos soldados de lorde Tarly visitaram o Ganso à procura dele, e alguns dias mais tarde ouvi outro homem gabando-se de que tinha enganado um bobo e tinha o ouro que o provava. Estava bêbado, e pagou cerveja a toda a gente.

— Enganou um bobo — ela repetiu. — Que queria o homem dizer com isso?

— Não sei responder. Mas o nome dele era Lesto Dick, disso eu me lembro — o anão abriu as mãos. — Temo que seja tudo o que posso lhe oferecer, além das preces de um homem pequeno.

Fiel à sua palavra, Brienne lhe comprou uma tigela de guisado quente de caranguejo... e também um pouco de pão fresco aquecido e uma taça de vinho. Enquanto o homem comia, em pé ao seu lado, ela se pôs a pensar sobre o que lhe tinha sido dito. Poderia o Duende ter se juntado a eles? Se fosse Tyrion Lannister, e não Dontos Hollard, por trás do desaparecimento de Sansa, fazia sentido que tivessem de fugir para o lado de lá do mar estreito.

Depois de o homenzinho terminar sua tigela de guisado, terminou também o que Brienne deixara na sua.

— Devia comer mais — ele disse. — Uma mulher tão grande como você precisa manter as forças. Daqui a Lagoa da Donzela não é longe, mas por esses dias a estrada é perigosa.

Eu sei. Fora naquela mesma estrada que sor Cleos Frey morrera, e ela e sor Jaime tinham sido capturados pelos Pantomimeiros Sangrentos. *Jaime tentou me matar*, recordou, *embora estivesse magro e fraco, e com os pulsos acorrentados*. Mesmo assim quase conseguiu, mas isso tinha sido antes de Zollo ter lhe cortado a mão. Zollo, Rorge e Shagwell a teriam estuprado meia centena de vezes se sor Jaime não lhes tivesse dito que ela valia seu peso em safiras.

— Milady? Parece triste. Está pensando em sua irmã? — o anão deu-lhe palmadinhas na mão. — A Velha iluminará seu caminho até ela, nada tema. A Donzela a manterá a salvo.

— Rezo para que tenha razão.

— Tenho — ele fez uma reverência. — Mas agora devo prosseguir. Ainda tenho um longo caminho a percorrer até chegar a Porto Real.

— Tem um cavalo? Uma mula?

— Duas mulas — o homenzinho deu risada. — Ali estão elas, na ponta de minhas pernas. Levam-me onde eu quero ir — fez nova reverência e bamboleou-se na direção da porta, balançando a cada passo.

Brienne ficou à mesa depois de o anão partir, demorando-se com um copo de vinho aguado. Não bebia vinho com frequência, mas muito de vez em quando o achava útil para lhe acalmar a barriga. *E para onde desejo ir?*, perguntou a si mesma. *Para Lagoa da Donzela, à procura de um homem chamado Lesto Dick, num lugar chamado Ganso Fedorento?*

Da última vez que vira Lagoa da Donzela, a vila era uma desolação, com seu senhor trancado dentro do castelo e o povo morto, fugido ou escondido. Lembrava-se de casas queimadas e ruas vazias, portões esmagados e quebrados. Cães selvagens escondiam-se atrás dos cavalos do grupo, enquanto cadáveres inchados flutuavam como enormes lírios-d'água brancos na lagoa alimentada por uma nascente que emprestava o nome à vila. *Jaime cantou "Seis donzelas na lagoa" e deu risada quando lhe pedi para se calar.* E Randyll Tarly também estava em Lagoa da Donzela, outro motivo para ela evitar o lugar. Talvez fizesse melhor em embarcar para Vila Gaivota ou Porto Branco. *Podia fazer as duas coisas, porém. Fazer uma visita ao Ganso Fedorento e falar com esse Lesto Dick, e depois arranjar um navio em Lagoa da Donzela que me levasse mais para o Norte.*

A sala comum começava a se esvaziar. Brienne partiu ao meio um bocado de pão, escutando as conversas nas outras mesas. A maioria relacionava-se com a morte de lorde Tywin Lannister.

— Assassinado pelo próprio filho, dizem — contava um homem da terra, pelo aspecto, um sapateiro —, aquele vil anãozinho.

— E o rei é só um garoto — disse a mais velha das quatro septãs. — Quem irá nos governar até que ele tenha idade?

— O irmão de lorde Tywin — disse um guarda. — Ou aquele lorde Tyrell, se calhar. Ou o Regicida.

— Esse não — declarou o estalajadeiro. — Esse perjuro não — cuspiu para a lareira.

Brienne deixou o pão lhe cair das mãos e sacudiu dos calções as migalhas. Já ouvira o suficiente.

Naquela noite sonhou que se encontrava de novo na tenda de Renly. Todas as velas estavam se apagando, e o frio era intenso à sua volta. Algo se movia pela escuridão verde, algo maligno e horrível precipitava-se para o seu rei. Brienne quis protegê-lo, mas tinha os membros rígidos e gelados, e precisava de mais energia do que aquela de que dispunha apenas para erguer a mão. E quando a espada de sombra cortou o gorjal de aço verde e o sangue começou a jorrar, Brienne viu que o rei moribundo afinal não era Renly, mas sim Jaime Lannister, e ela falhara com ele.

A irmã do capitão foi encontrá-la na sala comum, bebendo uma taça de leite e mel, com três ovos crus mexidos.

— Fez um belíssimo trabalho — disse, quando a mulher lhe mostrou o escudo recém-pintado. Era mais um quadro do que um brasão propriamente dito, e vê-lo a levou de volta através de longos anos até a escuridão fria do arsenal do pai. Recordou como fizera passar a ponta dos dedos pela tinta lascada que se desvanecia, pelas folhas verdes da árvore e ao longo do trajeto da estrela cadente.

Brienne pagou à irmã do capitão uma vez e meia a soma que tinham combinado e meteu o escudo ao ombro quando deixou a estalagem, depois de comprar do cozinheiro um pouco de pão duro, queijo e farinha. Abandonou a vila pelo portão norte, cavalgando lentamente através dos campos e quintas onde se desenrolara o pior da luta quando os lobos caíram sobre Valdocaso.

Lorde Randyll Tarly comandara o exército de Joffrey, composto por homens do oeste, homens da tempestade e cavaleiros da Campina. Seus homens que ali morreram tinham sido levados para dentro das muralhas, a fim de repousarem em tumbas de heróis sob os septos de Valdocaso. Os mortos do Norte, muito mais numerosos, foram enterrados em valas comuns junto ao mar. Por cima do dólmen que marcava o lugar de seu repouso, os vencedores tinham erguido uma placa de madeira rudemente talhada. Tudo o que dizia era AQUI JAZEM OS LOBOS. Brienne parou ao seu lado e proferiu uma prece silenciosa por eles, e também por Catelyn Stark, pelo filho Robb e por todos os homens que tinham morrido com eles.

Recordou a noite em que lady Catelyn soubera que os filhos estavam mortos, os dois garotinhos que deixara em Winterfell para mantê-los a salvo. Brienne compreendera que algo estava terrivelmente errado. Perguntara-lhe se tinha recebido notícias dos filhos.

"Não tenho nenhum filho a não ser Robb", lady Catelyn lhe respondera. Soara como se uma faca estivesse torcendo em sua barriga. Brienne estendera a mão por sobre a mesa para lhe dar conforto, mas parara antes que os dedos roçassem nos da mulher mais velha, por temer que ela se retraísse. Lady Catelyn virara as mãos, para mostrar a Brienne as cicatrizes nas palmas e nos dedos, onde uma faca outrora se enterrara profundamente em sua carne. Então, pusera-se a falar das filhas. "Sansa era uma dama", dissera, "sempre cortês e ansiosa por agradar. Nada amava mais do que histórias sobre valentes cavaleiros. Vê-se que quando crescer se tornará uma mulher muito mais bela do que eu. Era frequente escovar-lhe eu mesma seus cabelos. Tinha cabelos ruivos, espessos e macios... o vermelho nele brilhava como cobre à luz dos archote."

Também falara de Arya, a filha mais nova, mas Arya andava perdida, e o mais provável era que estivesse morta. Mas Sansa... *Eu a encontrarei, senhora*, jurou Brienne ao fantasma insatisfeito de lady Catelyn. *Nunca deixarei de procurá-la. Abrirei mão de minha vida se necessário, abrirei mão da minha honra, abrirei mão de todos os meus sonhos, mas eu a encontrarei.*

Para além do campo de batalha, a estrada corria paralela à costa, entre o ondulante mar cinza-esverdeado e uma linha de colinas baixas de calcário. Brienne não era a única viajante na estrada. Havia aldeias de pescadores junto à costa ao longo de muitos quilômetros, e os pescadores usavam aquela estrada para levar seus peixes para o mercado. Passou por uma peixeira acompanhada das filhas, que seguiam para casa com cestos vazios sobre os ombros. Com a armadura posta, tomaram-na por um cavaleiro até lhe verem o rosto. Então, as garotas sussurraram uma para a outra e lhe lançaram olhares.

— Viram uma donzela de treze anos ao longo da estrada? — perguntou-lhes. — Uma donzela bem-nascida, com olhos azuis e cabelos ruivos? — Sor Shadrich deixara-a cautelosa, mas tinha de continuar tentando. — Pode viajar com um bobo. — Mas elas se limitaram a balançar a cabeça e riram-se dela por trás das mãos.

Na primeira aldeia a que chegou, rapazes descalços puseram-se a correr junto ao seu cavalo. Tinha colocado o elmo, ferida pelos risinhos dos pescadores, por isso a tomaram por um homem. Um rapaz ofereceu-lhe todas as suas amêijoas, outro caranguejos, e outro a irmã.

Brienne comprou três caranguejos do segundo rapaz. Quando deixou a aldeia, começava a chover e a ventar. *Tempestade a caminho*, pensou, olhando de relance para o mar. As gotas de chuva pingaram ruidosamente no aço de seu elmo, ressoando em seus ouvidos enquanto avançava, mas era melhor do que estar distante, num barco.

Depois de uma hora rumo ao norte, a estrada dividia-se numa pilha de pedras derrubadas que assinalava as ruínas de um pequeno castelo. O ramo direito seguia o litoral, serpenteando ao longo da costa na direção de Ponta da Garra Rachada, uma terra lúgubre de pântanos e pinhais baldios; o da esquerda corria por colinas, campos de cultivo e bosques até Lagoa da Donzela. A chuva caía com mais força a essa altura. Brienne desmontou e levou a égua para fora da estrada, a fim de se abrigar entre as ruínas. O trajeto das muralhas do castelo ainda se discernia entre as sarças, as ervas daninhas e os olmos silvestres, mas as pedras que as tinham erguido estavam espalhadas como cubos de brinquedo por entre as estradas. Contudo, parte da fortaleza principal ainda se encontrava em pé. Suas torres triplas eram de granito cinzento, tal como as muralhas quebradas, mas os merlões eram de arenito amarelo. Três coroas, percebeu, ao fitá-las através da chuva. *Três coroas douradas.* Aquilo fora um castelo Hollard. Certamente sor Dontos teria nascido ali.

Levou a égua através dos detritos até a entrada principal da fortaleza. Da porta restavam apenas dobradiças enferrujadas, mas o telhado ainda se encontrava em bom estado, e o interior estava seco. Brienne prendeu a égua a uma arandela de parede, tirou o elmo e sacudiu os cabelos. Estava à procura de um pouco de madeira seca para acender uma fogueira quando ouviu o ruído de outro cavalo que se aproximava. Um instinto qualquer fez que recuasse para as sombras, onde não podia ser vista da estrada. Aquela era a mesma estrada onde ela e sor Jaime tinham sido capturados. Não pretendia voltar a passar pelo mesmo perigo.

O cavaleiro era um homem pequeno. *O Rato Louco*, pensou, ao vê-lo pela primeira vez. *De algum modo conseguiu me seguir.* Sua mão caiu sobre o cabo da espada, e perguntou a si mesma se sor Shadrich a julgaria presa fácil só porque era uma mulher. O castelão de lorde Grandison um dia tinha cometido esse erro. Seu nome era Humfrey Wagstaff; um velho orgulhoso de sessenta e cinco anos, com nariz de falcão e cabeça malhada. No dia em que ficaram noivos, prevenira Brienne de que esperava que ela agisse como uma mulher decente depois de se casarem.

"Não terei a senhora minha esposa andando por aí em cota de malha masculina. Nisso vai me obedecer, caso contrário serei forçado a puni-la."

Ela tinha dezesseis anos, e as espadas não lhe eram estranhas, mas ainda era acanhada, apesar da perícia demonstrada no pátio. Mas, sem que soubesse onde, encontrara coragem para dizer a sor Humfrey que só aceitaria punições de um homem que fosse capaz de derrotá-la. O velho cavaleiro enrubesceu, mas concordou em envergar sua armadura para lhe ensinar qual era o lugar próprio de uma mulher. Lutaram com armas sem gume de torneio, de modo que a maça de Brienne não tinha espigões. Quebrou a clavícula de sor Humfrey, duas de suas costelas e o noivado. Foi seu terceiro marido em perspectiva, e o último. O pai não voltou a insistir.

Se *fosse* sor Shadrich quem lhe farejava o rasto, podia perfeitamente ter nas mãos uma luta. Não pretendia se associar ao homem ou deixar que ele a seguisse até Sansa. *Ele tinha o tipo de arrogância fácil que vem com a habilidade com as armas, pensou, mas era pequeno. Terei sobre ele a vantagem do alcance, e devo também ser mais forte.*

Brienne era tão forte quanto a maioria dos cavaleiros, e seu antigo mestre de armas costumava dizer que era mais rápida do que qualquer mulher de seu tamanho tinha o direito de ser. Os deuses também lhe tinham concedido vigor, o que sor Goodwin julgava ser uma nobre dádiva. Lutar com espada e escudo era coisa cansativa, e era frequente que a vitória coubesse ao homem com maior resistência. Sor Goodwin ensinara-lhe a lutar cautelosamente, a conservar as forças enquanto deixava que os adversários gastassem as suas em ataques furiosos.

"Os homens irão sempre subestimá-la", dizia, "e seu orgulho os levará a querer vencê-la rapidamente, para que não se diga que uma mulher lhes deu forte luta." Brienne percebeu a verdade daquelas palavras assim que partiu para o mundo. Até Jaime Lannister caíra sobre ela daquela forma, na floresta perto de Lagoa da Donzela. Se os deuses fossem bons, o Rato Louco cometeria o mesmo erro. *Ele pode ser um cavaleiro experiente*, pensou, *mas não é nenhum Jaime Lannister*. Desembainhou a espada.

Mas não foi o corcel acastanhado de sor Shadrich que se aproximou do ponto onde a estrada bifurcava, e sim um velho e estafado cavalo malhado, com um garoto sobre o dorso. Quando Brienne viu o cavalo, recuou, confusa. *É só um garoto qualquer*, pensou, até ver o rosto que espreitava por baixo do capuz. *O garoto de Valdocaso, aquele que esbarrou em mim. É ele.*

O garoto não deitou sequer um relance ao castelo arruinado, mas olhou primeiro ao longo de uma estrada, e depois da outra. Após um momento de hesitação, virou o cavalo na direção das colinas e avançou penosamente. Brienne o observou enquanto desaparecia por entre a chuva que caía, e de repente se lembrou de que vira aquele mesmo garoto em Rosby. *Ele anda me seguindo*, compreendeu, *mas esse é um jogo que pode ser jogado por dois.* Desamarrou a égua, subiu para a sela e foi atrás dele.

O garoto fitava o chão enquanto avançava, observando os sulcos da estrada que se enchiam de água. A chuva abafou o som da aproximação de Brienne, e não havia dúvida de que o capuz também desempenhou seu papel. O garoto não olhou para trás nem uma vez, até Brienne surgir a trote atrás dele e dar ao cavalo malhado uma pancada na garupa com o lado da espada longa.

O cavalo empinou-se, e o garoto magricela levantou voo, com o manto batendo como um par de asas. Afundou-se na lama e se ergueu com terra e erva morta e marrom entre os dentes, deparando com Brienne em pé por cima dele. Era o mesmo garoto, sem sombra de dúvida. Reconheceu o terçol.

— Quem é você? — quis saber.

A boca do garoto moveu-se sem um som. Seus olhos estavam grandes como ovos.

— Pu — foi só o que conseguiu emitir. — Pu — sua camisa de cota de malha fez um som de chocalho quando ele estremeceu. — Pu. Pu.

— Por favor? — disse Brienne. — Está pedindo *por favor*? — encostou-lhe a ponta da espada no pomo de adão. — Por favor, diga-me quem é e por que está me seguindo.

— Não pu-pu-*por favor* — meteu um dedo na boca e fez saltar um torrão de terra, cuspindo. — Pu-pu-Pod. Meu nome. Pu-pu-*Podrick*. Pu-Payne.

Brienne abaixou a espada. Sentiu uma onda de simpatia pelo garoto. Lembrou-se de um dia em Entardecer, e de um jovem cavaleiro com uma rosa na mão. *Ele trouxe a rosa para me dar.* Ou pelo menos foi o que a septã lhe dissera. Tudo o que tinha de fazer era dar-lhe as boas-vindas ao castelo do pai. Ele tinha dezoito anos, com longos cabelos ruivos que lhe caíam sobre os ombros. Ela tinha doze, e estava bem apertada num vestido novo e rígido, com o corpete reluzente de granadas. Os dois eram da mesma altura, mas ela não fora capaz de olhá-lo nos olhos, nem de proferir as palavras simples que a septã lhe ensinara. *Sor Ronnet. Dou-lhe as boas-vindas ao salão do senhor meu pai. É bom contemplar finalmente seu rosto.*

— Por que está me seguindo? — perguntou ao garoto. — Disseram-lhe para me espionar? Pertence a Varys ou à rainha?

— Não. Nem a um nem a outro. A ninguém.

Brienne calculou-lhe a idade em dez anos, mas era péssima para avaliar a idade das crianças. Achava sempre que eram mais novas do que a idade real, talvez por sempre ter sido grande para a idade. *Monstruosamente grande*, costumava dizer a septã Roelle, *e masculinizada*.

— Esta estrada é perigosa demais para um garoto sozinho.

— Para um *escudeiro* não é. Sou escudeiro dele. O escudeiro da Mão.

— De lorde Tywin? — Brienne embainhou a espada.

— Não. Dessa Mão não. Da outra antes. O filho dele. Lutei com ele na batalha. Gritei *"Meio-Homem! Meio-Homem!"*.

O escudeiro do Duende. Brienne nem sequer soubera que ele tinha escudeiro. Tyrion Lannister não era nenhum cavaleiro. Talvez tivesse um criado ou dois para servi-lo, supunha, um pajem e um escanção, alguém que o ajudasse a se vestir. Mas um *escudeiro*?

— Por que anda me seguindo? — quis saber. — O que quer?

— Encontrá-la — o garoto pôs-se de pé. — A senhora dele. Você anda à procura dela. Brella me disse. Ela é mulher dele. Brella não, lady Sansa. Por isso pensei: se a encontrasse... — o rosto do garoto torceu-se numa súbita angústia. — Sou seu *escudeiro* — repetiu, enquanto a chuva lhe escorria pelo rosto —, mas ele *me abandonou*.

SANSA

UMA VEZ, QUANDO ERA APENAS UMA MENININHA, um cantor ambulante ficara com eles em Winterfell durante meio ano. Era um velho, com cabelos brancos e rosto queimado pelo vento, mas cantava sobre cavaleiros, demandas e belas senhoras, e Sansa chorara lágrimas amargas quando ele os deixara, e suplicara ao pai que não lhe permitisse partir.

"O homem cantou para nós três vezes cada canção que conhece", dissera-lhe lorde Eddard com gentileza. "Não posso mantê-lo aqui contra sua vontade. Mas não precisa chorar. Prometo a você que outros cantores virão."

Mas não tinham vindo, durante um ano ou mais. Sansa rezara aos Sete no seu septo e aos deuses antigos junto à árvore-coração, pedindo-lhes para trazerem o velho de volta, ou, melhor ainda, para mandarem outro cantor, jovem e de boa aparência. Mas os deuses não responderam, e os salões de Winterfell se mantiveram silenciosos.

Mas isso tinha sido quando era uma menininha, e tola. Agora era uma donzela, com treze anos e florescida. Todas as suas noites estavam cheias de canções, e de dia rezava por silêncio.

Se o Ninho da Águia fosse como os outros castelos, só ratazanas e carcereiros teriam ouvido o morto cantando. As paredes das masmorras eram suficientemente espessas para engolir tanto canções como gritos. Mas as celas do céu tinham uma parede de ar livre, e cada acorde que o morto tocava voava livre para ir ecoar nas saliências rochosas da Lança do Gigante. E as canções que ele escolhia... Cantava sobre a Dança dos Dragões, sobre a bela Jonquil e seu bobo, sobre Jenny de Pedravelhas e o Príncipe das Libélulas. Cantava sobre traições e assassinatos dos mais chocantes, sobre homens enforcados e vingança sangrenta. Cantava sobre a dor e a tristeza.

Não importa para onde fosse no castelo, Sansa não conseguia fugir da música. Pairava pela escada em caracol da torre acima, encontrava-a nua no banho, jantava com ela ao pôr do sol e esgueirava-se para o interior de seu quarto mesmo quando trancava bem as portas. Chegava no fino ar frio e, tal como o ar, arrepiava-a. Embora não tivesse nevado sobre o Ninho da Águia desde o dia em que lady Lysa caíra, as noites tinham sido todas amargamente frias.

A voz do cantor era forte e doce. Sansa achava que ele soava melhor do que alguma vez soara antes, com a voz de certo modo mais rica, cheia de dor, medo e saudade. Não compreendia por que teriam os deuses dado uma voz assim a um homem tão perverso. *Ele teria me tomado à força nos Dedos se Petyr não tivesse posto sor Lothor para me vigiar,* Sansa tinha de recordar a si mesma. *E tocou para sufocar meus gritos quando tia Lysa tentou me matar.*

Aquilo não tornava as canções mais fáceis de ouvir.

— Por favor — suplicou a lorde Petyr —, não pode obrigá-lo a parar?

— Dei ao homem minha palavra, querida — Petyr Baelish, Senhor de Harrenhal, Senhor Supremo do Tridente e Senhor Protetor do Ninho da Águia e do Vale de Arryn, ergueu os olhos da carta que escrevia. Escrevera uma centena de cartas desde a queda de lady Lysa. Sansa vira os corvos partindo e voltando ao viveiro. — Prefiro suportar suas canções a ouvi-lo soluçar.

É melhor que ele cante, sim, mas...

— Ele tem que tocar a noite inteira, senhor? Lorde Robert não consegue dormir. Ele chora...

— ... pela mãe. Não podemos fazer nada quanto a isso, a mulher está morta — Petyr encolheu os ombros. — Não será por muito mais tempo. Lorde Nestor subirá até aqui amanhã de manhã.

Sansa já se encontrara uma vez com lorde Nestor, após o casamento de Petyr com a tia. Royce era o Guardião dos Portões da Lua, o grande castelo que se erguia na base da montanha e protegia a escada que levava ao Ninho da Águia. O grupo nupcial passara uma noite como seu hóspede antes de começar a subida. Lorde Nestor quase não a olhara por duas vezes, mas a perspectiva de ele estar a caminho a aterrorizava. Ele também era o Supremo Intendente do Vale, vassalo de confiança de Jon Arryn e lady Lysa.

— Ele não... você não deixará que lorde Nestor se encontre com Marillion, não?

O horror deve ter transparecido em seu rosto, pois Petyr pousou a pena:

— Pelo contrário. Insistirei para que fale com ele — indicou-lhe com um gesto que se sentasse na cadeira ao seu lado. — Chegamos a um entendimento, eu e Marillion. Mord consegue ser muito persuasivo. E se o nosso cantor nos desiludir e cantar uma canção que não queiramos ouvir, ora, você e eu teremos apenas de dizer que ele mente. Em quem imagina que lorde Nestor acreditará?

— Em nós? — Sansa desejava poder ter certeza.

— Claro. Ele ganhará com as nossas mentiras.

O aposento privado estava quente, o fogo na lareira crepitava alegremente, mas Sansa estremeceu mesmo assim.

— Sim, mas... mas e se...

— E se lorde Nestor der mais valor à honra do que ao lucro? — Petyr pôs o braço em volta dela. — E se o que ele quiser for a verdade e a justiça para sua senhora assassinada? — sorriu. — Eu conheço lorde Nestor, querida. Acha que alguma vez permitiria que ele fizesse mal à minha filha?

Eu não sou sua filha, ela pensou. *Sou Sansa Stark, filha de lorde Eddard e lady Catelyn, do sangue de Winterfell.* Mas não disse nada. Se não fosse Petyr Baelish, teria sido *Sansa* em vez de Lysa Arryn a rodopiar pelo frio céu azul até a morte rochosa cento e oitenta metros abaixo. *Ele é tão ousado.* Sansa gostaria de ter a sua coragem. Quis voltar para a cama e se esconder debaixo do cobertor, dormir, e voltar a dormir. Não dormia uma noite inteira desde a morte de Lysa Arryn.

— Não podia dizer a lorde Nestor que eu estou... indisposta, ou...

— Ele vai querer ouvir seu relato sobre a morte de Lysa.

— Senhor, se... se Marillion disser o que realmente...

— Se ele mentir, você quer dizer?

— Mentir? Sim... se ele mentir, será a minha história contra a dele, e se lorde Nestor me olhar nos olhos e vir como estou assustada...

— Um toque de medo não será descabido, Alayne. Viu uma coisa temível. Nestor ficará comovido — Petyr estudou-lhe os olhos, como se os estivesse vendo pela primeira vez. — Tem os olhos de sua mãe. Olhos honestos e inocentes. Azuis como um mar ao sol. Quando for um pouco mais velha, muitos homens irão se afogar nesses olhos.

Sansa não soube o que responder àquilo.

— Tudo o que precisa fazer é contar a lorde Nestor a mesma história que contou a lorde Robert — Petyr prosseguiu.

Robert não passa de um garotinho doente, pensou, *lorde Nestor é um homem-feito, severo e desconfiado.* Robert não era forte e tinha de ser protegido, até da verdade.

— Algumas mentiras são ditas por amor — assegurara-lhe Petyr. E fez que se lembrasse dessas palavras.

— Quando mentimos a lorde Robert, foi apenas para poupá-lo — ela disse.

— E essa mentira pode poupar a nós. De outra forma, você e eu teremos de abandonar o Ninho da Águia pela mesma porta que Lysa usou — Petyr voltou a pegar na pena. — Serviremos mentiras e dourado da Árvore a lorde Nestor, e ele os beberá e pedirá mais, garanto a você.

Também está servindo mentiras a mim, Sansa compreendeu. Contudo, eram mentiras reconfortantes, e julgava que a intenção era boa. *Uma mentira não é tão ruim se a intenção for boa.* Se ao menos acreditasse nelas...

As coisas que a tia dissera imediatamente antes de cair ainda perturbavam seriamente Sansa.

— Delírios — chamava-os Petyr. — Minha esposa estava louca, viu isso com seus próprios olhos. — E tinha visto. *Tudo que fiz foi construir um castelo de neve, e ela quis me empurrar pela Porta da Lua. Petyr me salvou. Ele amava minha mãe, e...*

E a ela? Como podia duvidar? Ele a salvara.

Ele salvou Alayne, sua filha, sussurrou uma voz dentro de si. Mas ela era também Sansa... e por vezes parecia-lhe que o Senhor Protetor era também duas pessoas. Era Petyr, seu protetor, caloroso, divertido e gentil... mas também era Mindinho, o senhor que ela conhecera em Porto Real, sorrindo maliciosamente e afagando a barba enquanto sussurrava ao ouvido da rainha Cersei. E Mindinho não era seu amigo. Quando Joff mandara espancá-la, fora o Duende que a defendera, não o Mindinho. Quando tentaram estuprá-la, fora o Cão que a levara para um lugar seguro, não o Mindinho. Quando os Lannister a casaram com Tyrion contra sua vontade, fora sor Garlan, o Galante, que a reconfortara, não o Mindinho. Mindinho nunca erguera nem sequer o mindinho por ela.

Exceto para me tirar de lá. Ele fez isso por mim. Julgava que era sor Dontos, o meu pobre, velho e bêbado Florian, mas foi sempre Petyr. Mindinho era apenas uma máscara que ele tinha de usar. Só que, por vezes, Sansa achava difícil distinguir onde o homem terminava e a máscara começava. Mindinho e lorde Petyr se pareciam muito. Teria fugido de ambos, talvez, mas não havia para onde ir. Winterfell estava incendiado e desolado, Bran e Rickon, mortos e frios. Robb fora traído e assassinado nas Gêmeas, com a senhora sua mãe. Tyrion fora executado por matar Joffrey, e, se alguma vez regressasse a Porto Real, a rainha também mandaria cortar sua cabeça. A tia, por quem nutrira esperança de que a manteria a salvo, tentara assassiná-la. Tio Edmure era refém dos Frey, ao passo que o tio-avô, o Peixe Negro, se encontrava cercado em Correrrio. *Não tenho para onde ir exceto permanecer aqui*, Sansa pensou, infeliz, *e nenhum amigo verdadeiro além de Petyr*.

Naquela noite o morto cantou "O Dia em que Enforcaram o Robin Negro", "As lágrimas da Mãe" e "As Chuvas de Castamere". Depois, parou por um bom tempo, mas, no exato momento em que Sansa começava a cair no sono, ele recomeçou a tocar. Cantou "Seis Mágoas", "Folhas Caídas" e "Alysanne". Canções tão tristes, pensou. Quando fechava os olhos conseguia vê-lo em sua cela do céu, enrolado a um canto, longe do céu frio e negro, encolhido por baixo de uma pele de animal, com a harpa aninhada ao peito. *Não posso ter pena dele*, disse a si mesma. *É vaidoso e cruel, e logo estará morto.* Não podia salvá-lo. E por que quereria fazê-lo? Marillion tentara estuprá-la, e Petyr salvara-lhe a vida não uma, mas duas vezes. *Há mentiras que é preciso contar.* Foram mentiras que a tinham mantido viva em Porto Real. Se não tivesse mentido a Joffrey, sua Guarda Real a teria espancado até sangrar.

Após "Alysanne", o cantor voltou a ficar em silêncio, por tempo suficiente para Sansa se apoderar de uma hora de descanso. Mas, no momento em que a primeira luz da manhã espreitou através das janelas, ouviu os suaves acordes de "Numa Manhã Nevoenta" pairando, vindos de baixo, e acordou imediatamente. Aquela canção era mais adequada para uma mulher, um lamento cantado por uma mãe na alvorada que se seguira a uma terrível batalha, enquanto procurava entre os mortos o corpo do único filho. *A mãe canta sua dor pelo filho morto*, pensou Sansa, mas *Marillion sofre por seus dedos, por seus olhos*. As palavras subiram como flechas e a trespassaram na escuridão.

Oh, viu meu moço, bom sor?
Tem cabelo de um castanho-avermelhado
Prometeu que voltaria para mim
Em Vila Vêndea está seu lar situado

Sansa cobriu as orelhas com uma almofada de pena de ganso para fugir ao resto da canção, mas de nada serviu. O dia chegou, ela acordou, e lorde Nestor Royce subia a montanha.

O Supremo Intendente e seu grupo chegaram ao Ninho da Águia no fim da tarde, quando o vale se estendia lá embaixo em tons de dourado e vermelho e o vento aumentava. Trouxe o filho, sor Albar, bem como uma dúzia de cavaleiros e uma vintena de homens de armas. *Tantos estranhos*. Sansa olhou ansiosamente seus rostos, perguntando a si mesma se seriam amigos ou inimigos.

Petyr recebeu os visitantes com um gibão de veludo negro provido de mangas cinzentas que combinavam com os calções de lã e emprestavam certa escuridão aos seus olhos verde-acinzentados. Meistre Colemon estava ao seu lado, com a corrente de muitos metais pendendo, solta, em volta de seu pescoço longo e magricela. Embora o meistre fosse de longe o mais alto dos dois homens, era o Senhor Protetor que atraía o olhar. Pusera de lado seus sorrisos naquele dia, segundo parecia. Escutou solenemente enquanto Royce apresentava os cavaleiros que o acompanhavam e depois disse:

— Os senhores são bem-vindos aqui. Conhecem nosso meistre Colemon, naturalmente. Lorde Nestor, lembra-se de Alayne, minha filha ilegítima?

— Com certeza. — Lorde Nestor Royce era um homem de pescoço taurino e peito em forma de barril, estava ficando calvo e possuía uma barba salpicada de cinza e, além disso, tinha um olhar severo. Inclinou a cabeça um centímetro inteiro em saudação.

Sansa fez uma reverência, assustada demais para falar, temendo dizer algo que não devia. Petyr a pôs de pé.

— Querida, seja uma boa menina e traga lorde Robert ao Alto Salão para receber os convidados.

— Sim, pai — a voz soou-lhe fina e tensa. *Uma voz de mentirosa*, pensou, enquanto corria escadas acima e atravessava a galeria até a Torre da Lua. *Uma voz culpada*.

Gretchel e Maddy ajudavam Robert Arryn a enfiar-se nos calções quando Sansa entrou em seu quarto. O Senhor do Ninho da Águia tinha estado de novo chorando. Tinha os olhos vermelhos e úmidos, as pestanas remelentas, o nariz inchado e ranhoso. Um fio de muco cintilava por baixo de uma narina, e o lábio inferior estava ensanguentado no local onde o mordera. *Lorde Nestor não pode vê-lo assim*, Sansa pensou, desesperada.

— Gretchel, me busque a bacia — pegou na mão do garoto e o puxou para a cama. — Meu passarinho dormiu bem ontem à noite?

— Não — o rapaz fungou. — Não dormi nem um bocadinho, Alayne. Ele estava cantando outra vez, e minha *porta* trancada. Chamei para me deixarem sair, mas ninguém veio. Alguém me trancou no meu quarto.

— Isso foi maldade da parte deles — mergulhando um pano macio na água morna, começou a limpar-lhe o rosto... Com suavidade, oh, com tanta suavidade. Se esfregasse Robert com demasiada energia, ele podia se pôr a tremer. O garoto era frágil e terrivelmente pequeno para a idade. Tinha oito anos, mas Sansa conheceu crianças maiores com cinco.

O lábio de Robert palpitou:

— Eu ia dormir com você.

Eu sei que ia. O passarinho fora acostumado a aninhar-se ao lado da mãe, até ela se casar com lorde Petyr. Desde a morte de lady Lysa, ele se pusera a vaguear pelo Ninho da Águia em busca de outras camas. Aquela de que mais gostava era a de Sansa... Motivo pelo qual ela pedira a sor Lothor Brune para que trancasse sua porta na noite anterior. Não teria se importado se ele se limitasse a dormir, mas o garoto sempre tentava se aconchegar em seus seios, e quando era dominado pelos ataques de tremores costumava molhar a cama.

— Lorde Nestor Royce subiu dos Portões para falar com você — Sansa limpou-o por baixo do nariz.

— Eu não quero falar com ele — Robert resmungou. — Quero uma história. Uma história sobre o Cavaleiro Alado.

— Depois — Sansa retrucou. — Primeiro tem de falar com lorde Nestor.

— Lorde Nestor tem um sinal — ele disse, contorcendo-se. Robert tinha medo de homens com sinais no rosto. — Mamãe dizia que ele era *terrível*.

— Meu pobre passarinho — Sansa alisou-lhe o cabelo para trás. — Tem saudades dela, eu sei. Lorde Petyr também tem. Ele a amava tanto quanto você — aquilo era uma mentira, apesar de bem-intencionada. A única mulher que Petyr alguma vez amara fora a mãe assassinada de Sansa. Confessara-o a lady Lysa imediatamente antes de empurrá-la pela Porta da Lua. *Ela era louca e perigosa. Assassinou o próprio senhor seu marido, e teria me assassinado se Petyr não tivesse aparecido para me salvar.*

Robert não precisava saber disso, porém. Era apenas um garotinho doente que amava a mãe.

— Pronto — Sansa tentou animá-lo —, agora já parece um senhor como deve ser. Maddy, vá buscar o manto dele. — Era de lã de ovelha, macia e quente, de um bonito azul-celeste que realçava o creme de sua túnica. Sansa prendeu o manto em volta dos ombros com um broche de prata em forma de um crescente de lua e o levou pela mão. Dessa vez, Robert foi docilmente.

O Alto Salão estivera fechado desde a queda de lady Lysa, e voltar àquele lugar fez Sansa sentir arrepios. O salão era longo, grandioso e belo, supunha, mas não gostava dele. No melhor dos tempos era um lugar pálido e frio. Os esguios pilares pareciam ossos de dedos, e os veios azuis no mármore branco faziam lembrar as veias nas pernas de uma velha. Embora cinquenta arandelas de prata se projetassem das paredes, tinham sido acendidos menos de uma dúzia de archotes, e as sombras dançavam pelos assoalhos e iam aglomerar-se em todos os cantos. Seus passos e os de Robert ecoaram no mármore, e Sansa conseguiu ouvir o vento matraqueando na Porta da Lua. *Não posso olhá-la*, disse a si mesma, *senão desato a tremer tanto quanto Robert.*

Com a ajuda de Maddy, sentou Robert em seu trono de represeiro com uma pilha de almofadas por baixo e mandou dizer que sua senhoria iria receber os convidados. Dois guardas com manto azul-celeste abriram as portas na extremidade mais distante do salão, e Petyr os fez entrar e percorrer o longo tapete azul que corria por entre as fileiras de pilares brancos como osso.

O garoto saudou lorde Nestor com uma cortesia guinchada e não fez nenhuma menção ao seu sinal. Quando o Supremo Intendente perguntou pela senhora sua mãe, as mãos de Robert começaram a tremer muito ligeiramente.

— Marillion fez mal à minha mãe. Atirou-a pela Porta da Lua.

— Vossa Senhoria viu o acontecimento? — perguntou sor Marwyn Belmore, um cavaleiro esgalgado de cabelos ruivos, que fora capitão dos guardas de Lysa até Petyr colocar sor Lothor Brune em seu lugar.

— A Alayne viu — disse o rapaz. — E o senhor meu padrasto.

Lorde Nestor olhou para ela. Sor Albar, sor Marwyn, meistre Colemon, todos estavam olhando. *Ela era minha tia, mas queria me matar*, Sansa pensou. *Arrastou-me para a Porta da Lua e tentou me empurrar para fora. Não quis beijo nenhum, estava fazendo um castelo na neve.* Abraçou-se para evitar tremer.

— Perdoe-a, senhores — Petyr Baelish disse brandamente. — Ela ainda tem pesadelos com aquele dia. Pouco admira que não suporte falar sobre o assunto — aproximou-se por trás dela e pousou-lhe gentilmente as mãos nos ombros. — Eu sei como é difícil para você, Alayne, mas nossos amigos têm de ouvir a verdade.

— Sim. — Sentia a garganta tão seca que quase lhe doía falar. — Eu vi... eu estava com lady Lysa quando... — uma lágrima rolou-lhe pela face. *Isso é bom, uma lágrima é bom.* — ... quando Marillion... a empurrou — e voltou a contar a história, quase sem sequer ouvir as palavras que iam jorrando de sua boca.

Antes de chegar à metade, Robert começou a chorar, com as almofadas movendo-se perigosamente debaixo de seu corpo.

— Ele matou minha *mãe*. Quero que ele voe! — o tremor nas mãos piorara, e os braços também estavam se sacudindo. A cabeça do garoto deu um puxão violento e os dentes desataram a bater. — *Voar!* — guinchou. — *Voar, voar* — os braços e as pernas agitavam-se violentamente. Lothor Brune correu para o estrado a tempo de apanhar o garoto, que escorregava do trono. Meistre Colemon estava um passo atrás dele, embora não houvesse nada que pudesse fazer.

Tão impotente quanto os demais, Sansa pôde apenas ficar no mesmo lugar, observando enquanto o ataque de tremores se desenrolava. Uma das pernas de Robert atingiu sor Lothor no rosto. Brune soltou uma praga, mas manteve-se agarrado ao garoto, que se torcia, esbracejava e se molhava. Os visitantes não proferiram uma palavra; lorde Nestor, pelo menos, já vira aqueles ataques. Passaram-se longos momentos até que os espasmos de Robert começaram a acalmar, e pareceram ainda mais longos. Perto do fim, o pequeno fidalgote estava tão fraco que não conseguia se endireitar.

— É melhor levar sua senhoria para a cama e sangrá-lo — disse lorde Petyr. Brune ergueu o garoto nos braços e o levou do salão. Meistre Colemon o seguiu, de cara fechada.

Quando os passos dos dois homens se desvaneceram, não se ouviu um som no Alto Salão do Ninho da Águia. Sansa conseguia ouvir o vento noturno gemendo lá fora e arranhando a Porta da Lua. Sentia muito frio, e estava muito cansada. *Terei de voltar a contar a história?*, perguntou a si mesma.

Mas deve tê-la contado suficientemente bem. Lorde Nestor limpou a garganta:

— Aquele cantor desagradou-me desde o princípio — resmungou. — Pedi a lady Lysa para mandá-lo embora. Pedi-lhe muitas vezes.

— Sempre deu bons conselhos a ela, senhor.

— Ela não se importou — queixou-se Royce. — Escutou-me de má vontade, e não ligou.

— Minha senhora era demasiado confiante para este mundo — Petyr falou com tanta ternura que Sansa quase teria podido acreditar que amara a esposa. — Lysa não conseguia ver o mal nos homens, só o bem. Marillion cantava canções doces, e ela confundiu isso com a sua natureza.

— Ele nos chamou de porcos — sor Albar Royce falou. Um cavaleiro de modos bruscos e ombros largos que raspava o queixo, mas cultivava espessas suíças negras que lhe emolduravam o rosto rústico como se fossem vedações, sor Albar era uma versão mais nova do pai. — Fez uma canção sobre dois porcos que andavam fuçando em volta de uma montanha, comendo os restos de um falcão. Supomos sermos nós, mas quando o disse, ele riu de mim. "Ora, sor, é uma canção sobre alguns porcos", ele disse.

— E também fez piada de mim — sor Marwyn Belmore lembrou. — Apelidou-me de sor Ding-Dong. Quando jurei que lhe cortaria a língua, fugiu para junto de lady Lysa e se escondeu atrás de suas saias.

— Como fazia com frequência — lorde Nestor emendou. — O homem era covarde, mas o favor que lady Lysa lhe mostrava tornava-o insolente. Ela vestia-o como um lorde, deu-lhe anéis de ouro e um cinto de selenita.

— E até o falcão preferido de lorde Jon — o gibão do cavaleiro ostentava as seis velas brancas de Waxley. — Sua senhoria adorava aquela ave. Foi rei Robert quem lhe deu.

Petyr Baelish suspirou:

— Era impróprio — concordou —, e eu pus um fim nisso. Lysa concordou em mandá-lo embora. Foi por isso que se encontrou aqui com ele naquele dia. Eu devia ter estado com ela, mas nunca imaginei... se não tivesse insistido... fui eu quem a matou.

Não, Sansa rebateu em pensamento, *não pode dizer isso, não pode lhe dizer, não pode.* Mas Albar Royce estava balançando a cabeça.

— Não, senhor, não deve se culpar — disse.

— Isso foi obra do cantor — concordou o pai. — Traga-o para cima, lorde Petyr. Ponhamos um ponto-final neste triste episódio.

Petyr Baelish se recompôs e disse:

— Como quiser, senhor — virou-se para os guardas, deu uma ordem, e o cantor foi trazido das masmorras. Com ele veio o carcereiro Mord, um homem monstruoso com pequenos olhos negros e um rosto torto e cheio de cicatrizes. Uma orelha e parte da face tinham sido cortadas em alguma batalha, mas restavam cento e trinta quilos de pálida carne branca. Sua roupa servia-lhe mal e tinha um cheiro rançoso e putrefato.

Marillion, por contraste, parecia quase elegante. Alguém lhe dera banho e o vestira com um par de calções azul-celeste e uma túnica branca e larga com mangas em balão, cintada com uma faixa prateada que fora presente de lady Lysa. Luvas brancas de seda cobriam-lhe as mãos, ao passo que uma venda de seda branca poupava aos senhores a visão de seus olhos.

Mord ficou atrás dele com um açoite. Quando o carcereiro o atingiu nas costelas, o cantor caiu sobre um joelho:

— Bons senhores, peço-lhes perdão.

Lorde Nestor franziu as sobrancelhas:

— Confessa o seu crime?

— Se tivesse olhos, choraria — a voz do cantor, tão forte e segura à noite, mostrava-se agora seca e sussurrante. — Amava-a tanto que não consegui suportar vê-la nos braços de outro homem, saber que partilhava sua cama. Não quis fazer nenhum mal à minha querida senhora, juro. Tranquei a porta para que ninguém nos pudesse perturbar enquanto declarava minha paixão, mas lady Lysa foi tão fria... Quando me disse que esperava um filho de lorde Petyr, uma... uma loucura assaltou-me...

Sansa fitou as mãos do cantor enquanto ele falava. Maddy Gorda afirmava que Mord lhe arrancara três dedos, ambos os mindinhos e um anelar. Os mindinhos realmente pareciam algo mais hirtos do que os outros dedos, mas com aquelas luvas era difícil ter certeza. *Pode não ter passado de uma história. Como Maddy saberia?*

— Lorde Petyr teve a bondade de me deixar ficar com a harpa — disse o cantor cego. — A harpa e... a língua... para poder cantar minhas canções. Lady Lysa gostava muito de meu canto...

— Leve esta criatura daqui, senão sou capaz de matá-lo eu mesmo — rosnou lorde Nestor. — Olhar para ele me dá agonia.

— Mord, leve-o de volta para sua cela do céu — Petyr ordenou.

— Sim, milorde — Mord agarrou rudemente Marillion pelo colarinho: — Chega de falar — quando o carcereiro abriu a boca, Sansa viu, para seu espanto, que os dentes do homem eram de ouro. Ficaram a observá-lo levar o cantor na direção das portas, meio arrastado, meio empurrado.

— O homem tem de morrer — declarou sor Marwyn Belmore depois de os dois saírem. — Devia ter seguido lady Lysa pela Porta da Lua.

— Sem a língua — acrescentou sor Albar Royce. — Sem aquela língua mentirosa e trocista.

— Fui demasiado gentil com ele, bem sei — Petyr Baelish falou em tom apologético. — Para falar a verdade, tenho pena dele. Matou por amor.

— Por amor ou por ódio — disse Belmore —, ele tem de morrer.

— Logo — disse lorde Nestor num tom duro. — Ninguém fica por muito tempo nas celas do céu. O azul chamará por ele.

— Talvez chame — Petyr Baelish retrucou —, mas se Marillion responderá, só ele pode dizer — fez um gesto e seus guardas abriram as portas na ponta mais distante do salão. — Sores, sei que devem estar cansados após a subida. Foram preparados quartos para todos vocês passarem a noite, e comida e vinho os esperam no Salão Inferior. Oswell, mostre-lhes o caminho e assegure-se de que tenham tudo aquilo de que precisam — virou-se para Nestor Royce: — Senhor, me faria companhia no aposento privado para uma taça de vinho? Alayne, querida, venha nos servir.

Um fogo baixo ardia no aposento privado, onde um jarro de vinho os esperava. *Dourado da Árvore.* Sansa encheu a taça de lorde Nestor, enquanto Petyr remexia a lenha com um atiçador de ferro.

Lorde Nestor sentou-se junto à lareira.

— Esse não será o fim deste assunto — disse a Petyr, como se Sansa não se encontrasse presente. — Meu primo pretende interrogar pessoalmente o cantor.

— Bronze Yohn desconfia de mim — Petyr puxou um pedaço de madeira para o lado. — Ele pretende vir em força. Symond Templeton se juntará a ele, não duvide. E temo que lady Waynwood também.

— E lorde Belmore, o jovem lorde Hunter, Horton Redfort. Trarão Sam Forte Stone, os Tollett, os Shett, os Coldwater, alguns dos Corbray.

— Está bem informado. Que Corbray? Lorde Lyonel?

— Não, o irmão. Sor Lyn não gosta de mim, por algum motivo.

— Lyn Corbray é um homem perigoso — disse lorde Nestor num tom obstinado. — Que pretende fazer?

— Que *posso* eu fazer além de lhes dar as boas-vindas se vierem? — Petyr remexeu mais um pouco as chamas e pousou o atiçador.

— Meu primo pretende retirar-lhe o título de Senhor Protetor.

— Se assim for, não posso impedi-lo. Tenho uma guarnição de vinte homens. Lorde Royce e os amigos podem recrutar vinte mil — Petyr dirigiu-se à arca de carvalho que se encontrava sob a janela. — Bronze Yohn fará o que fizer — disse, ajoelhando-se. Abriu a arca, tirou dela um rolo de pergaminho e o levou a lorde Nestor. — Senhor. Isto é um sinal da amizade que a minha senhora nutria por você.

Sansa viu Royce desenrolar o pergaminho, e surpreendeu-se, logo depois, por ver lágrimas nos olhos do homem.

— Isso... isso é inesperado, senhor.

— Inesperado, mas não imerecido. A senhora lhe dava mais valor do que a todos os seus outros vassalos. Era o seu rochedo, ela me disse.

— O seu rochedo. — Lorde Nestor enrubesceu. — Ela disse isso?

— Com frequência. E isto — Petyr indicou o pergaminho com um gesto — é a prova.

— É... é bom saber. Jon Arryn dava valor aos meus serviços, bem sei, mas lady Lysa... ela desdenhou de mim quando vim cortejá-la, e temi... — Lorde Nestor franziu a testa. — Ostenta o selo dos Arryn, bem vejo, mas a assinatura...

— Lysa foi assassinada antes de o documento lhe poder ser apresentado para assinar, por isso assinei na qualidade de Senhor Protetor. Sabia que seria este o seu desejo.

— Estou vendo — lorde Nestor enrolou o pergaminho. — É... atencioso, senhor. Sim, e não é desprovido de coragem. Há quem chame imprópria esta concessão e o censure por fazê-la. O posto de Guardião nunca foi hereditário. Os Arryn ergueram os Portões nos dias em que ainda usavam a Coroa do Falcão e governavam o Vale como reis. O Ninho da Águia era sua sede de verão, mas quando as neves começavam a cair, a corte descia. Há quem diga que os Portões eram tão régios quanto o Ninho da Águia.

— Não há rei no Vale há trezentos anos — Petyr Baelish fez notar.

— Os dragões chegaram — lorde Nestor concordou. — Mas mesmo depois disso, os Portões continuaram a ser um castelo Arryn. O próprio Jon Arryn foi Guardião dos Portões enquanto o pai esteve vivo. Após sua ascensão, nomeou o irmão Ronnel para esta honraria, e mais tarde o primo Denys.

— Lorde Robert não tem irmãos, apenas primos afastados.

— É verdade — lorde Nestor segurava com força o pergaminho. — Não direi que não tive esperança de obter isto. Enquanto lorde Jon governou o reino como Mão, coube a mim governar o Vale em seu nome. Fiz tudo o que me pediu, e não pedi nada para mim. Mas, pelos deuses, eu mereci isso!

— É verdade — Petyr confirmou —, e lorde Robert dorme mais facilmente sabendo que está sempre lá um amigo dedicado no sopé de sua montanha — ergueu uma taça. — Portanto... um brinde, senhor. À Casa Royce, Guardiã dos Portões da Lua... agora e para sempre.

— Agora e para sempre, sim! — As taças de prata tiniram uma na outra.

Mais tarde, muito mais tarde, depois de o jarro de vinho dourado da Árvore secar, lorde Nestor retirou-se para ir se juntar à sua companhia de cavaleiros. Àquela altura, Sansa estava dormindo em pé, desejando apenas enfiar-se na cama, mas Petyr lhe pegou pelo pulso.

— Vê as maravilhas que se conseguem com mentiras e dourado da Árvore?

Por que sentia vontade de chorar? Era bom que Nestor Royce estivesse do lado deles.

— Foi tudo mentira?

— Não *tudo*. Lysa chamava frequentemente lorde Nestor de rochedo, embora não me pareça que pretendesse elogiá-lo. Chamava o filho dele de estúpido. Sabia que lorde Nestor sonhava em ter os Portões em seu próprio nome, um senhor de verdade, e não só de nome, mas Lysa sonhava ter outros filhos e queria que o castelo passasse para o irmão mais novo de Robert — pôs-se de pé. — Compreende o que aconteceu aqui, Alayne?

Sansa hesitou por um momento:

— Deu a lorde Nestor os Portões da Lua para assegurar seu apoio.

— É verdade — Petyr admitiu —, mas o nosso rochedo é um Royce, o que significa que é excessivamente orgulhoso e suscetível. Se lhe tivesse perguntado qual era o seu preço, teria inchado como um sapo irritado com a desfeita feita à sua honra. Mas assim... O homem não é *completamente* estúpido, mas as mentiras que lhe apresentei foram mais agradáveis do que a verdade. Ele quer acreditar que Lysa lhe atribuía mais valor do que aos seus outros vassalos. Afinal, um desses outros é Bronze Yohn, e Nestor está muito consciente do fato de ter nascido no ramo *menor* da Casa Royce. Quer mais para o filho. Homens de honra farão coisas pelos filhos que nunca pensariam em fazer por si.

Sansa assentiu:

— A assinatura... podia ter feito lorde Robert colocar a mão e o selo, mas em vez disso...

— ... assinei eu mesmo, como Senhor Protetor. Por quê?

— Para que... se for destituído, ou... ou morto...

— ... a pretensão de lorde Nestor aos Portões seja subitamente posta em causa. Garanto a você que isso não lhe passou despercebido. Foi inteligente de sua parte ter visto este aspecto. Embora não seja mais do que eu esperaria de minha filha.

— Obrigada — sentia-se absurdamente orgulhosa por ter juntado as peças daquele enigma, mas também confusa. — Mas não sou sua filha. Não de verdade. Quer dizer, finjo ser Alayne, mas você sabe...

Mindinho lhe pôs um dedo sobre os lábios:

— Eu sei o que sei, e você também. Há coisas que é melhor deixar por dizer, doçura...

— Mesmo quando estivermos a sós?

— Especialmente quando estivermos a sós. Senão, chegará um dia em que um criado entrará numa sala sem se fazer anunciar, ou um guarda, à porta, calhará de ouvir algo que não devia. Quer mais sangue em suas mãozinhas bonitas, querida?

O rosto de Marillion pareceu flutuar na sua frente, com a venda branca sobre os olhos. Atrás dele, via sor Dontos, ainda com os dardos de besta espetados no corpo.

— Não — Sansa respondeu. — Por favor.

— Sinto-me tentado a dizer que isso que jogamos não é jogo nenhum, filha, mas claro que é. O jogo dos tronos.

Eu nunca pedi para jogar. O jogo era perigoso demais. *Uma escorregadela*, e estou morta.

— Oswell... senhor, Oswell trouxe-me de Porto Real na noite em que fugi. Ele deve saber quem sou.

— Se tiver metade da inteligência de um cocô de ovelha, julgo que sim. Sor Lothor também sabe. Mas Oswell está a meu serviço há muito tempo, e Brune tem a boca fechada por natureza. Kettleblack vigia Brune para mim, e Brune vigia Kettleblack. Não confie em ninguém, eu disse um dia a Eddard Stark, mas ele não quis ouvir. Você é Alayne, e tem de ser Alayne *o tempo todo* — pousou dois dedos no seio esquerdo dela. — Até aqui. Em seu coração. Consegue fazer isso? Consegue ser minha filha no coração?

— Eu... — *Eu não sei, senhor*, quase disse, mas não era aquilo que ele queria ouvir. *Mentiras e dourado da Árvore*, pensou. — Eu sou Alayne, pai. Quem haveria de ser?

Lorde Mindinho beijou-lhe a face.

— Com a minha inteligência e a beleza de Cat, o mundo será nosso, querida. E agora, para a cama.

Gretchel acendera-lhe a lareira e afofara seu colchão de penas. Sansa despiu-se e se enfiou debaixo dos cobertores. *Ele não cantará esta noite*, rezou, *não cantará com lorde Nestor e os outros no castelo. Não se atreveria*. Fechou os olhos.

Acordou no meio da noite, quando o pequeno Robert subiu na sua cama. *Esqueci de dizer a Lothor para voltar a trancá-lo*, repreendeu-se. Nada havia a fazer quanto a isso, portanto, envolveu-o com um braço.

— Passarinho? Pode ficar, mas tente não se mexer muito. Feche os olhos e durma, pequeno.

— Está bem. — Ele se aninhou bem e pôs a cabeça entre os seus seios. — Alayne? Você agora é a minha mãe?

— Suponho que sim — ela disse. Se uma mentira era bem-intencionada, não faria mal.

A FILHA DA LULA-GIGANTE

O salão ressoava de Harlaws bêbados, todos eles primos afastados. Todos os senhores tinham pendurado seu estandarte por trás dos bancos onde seus homens se sentavam. *Não bastam*, pensou Asha Greyjoy, olhando-os da galeria, *são muito menos do que seria necessário.* Três quartos dos bancos estavam vazios.

Qarl, o Donzel, já o dissera, quando *Vento Negro* se aproximava, vindo do mar. Contara os dracares atracados à sombra do castelo do tio, e sua boca se comprimira:

— Eles não vieram — observara —, ou pelo menos não vieram em número suficiente — não estava enganado, mas Asha não podia concordar com ele num local onde sua tripulação pudesse ouvir. Não duvidava da devoção de seus homens, mas até os homens de ferro hesitariam em dar a vida por uma causa que estivesse claramente perdida.

Tenho assim tão poucos amigos? Entre os estandartes, viu o peixe prateado de Botley, a árvore de pedra dos Stonetree, o leviatã negro de Volmark, os nós corredios dos Myre. O resto eram foices Harlaw. Boremund usava a sua em fundo azul-claro, a de Hotho estava encerrada numa bordadura crenada, e o Cavaleiro esquartelara a sua com o garrido pavão da Casa da mãe. Até Sigfryd Grisalho ostentava duas foices emaranhadas em fundo dividido por faixas. Só lorde Harlaw exibia a foice prateada simples em fundo negro como a noite, tal como esvoaçara na aurora dos tempos; Rodrik, dito o Leitor, Senhor das Dez Torres, Senhor de Harlaw, o Harlaw de Harlaw... seu tio preferido.

O cadeirão de lorde Rodrik encontrava-se vazio. Duas foices de prata batida cruzavam-se por cima dele, de tal modo enormes que até um gigante teria dificuldade em brandi-las, mas por baixo encontravam-se apenas almofadas vazias. Asha não estava surpresa. O banquete já se concluíra havia muito. Só restavam ossos e as bandejas engorduradas sobre as mesas de montar. O resto era beber, e o tio Rodrik nunca apreciara a companhia de bêbados briguentos.

Virou-se para Três-Dentes, uma velha de idade temível que fora intendente do tio desde o tempo em que era conhecida como a Doze-Dentes.

— Meu tio está com os seus livros?

— Sim, onde mais estaria? — A mulher era tão velha que um septão dissera certo dia que devia ter dado de mamar à Velha. Isto acontecera nos tempos em que a Fé ainda era tolerada nas ilhas. Lorde Rodrik tivera septões nas Dez Torres, não a bem de sua alma, mas da de seus livros. — Com os livros e com Botley. Também está com ele.

O estandarte dos Botley estava pendurado no salão, um cardume de peixes prateados sobre fundo verde-claro, embora Asha não tivesse visto seu Lesta Barbatana entre os outros dracares.

— Ouvi dizer que meu tio Olho de Corvo tinha mandado afogar o velho Sawane Botley.

— Este é o lorde *Tristifer* Botley.

Tris. Perguntou a si mesma o que teria acontecido ao filho mais velho de Sawane, Harren. *Descobrirei em breve, sem dúvida. Isso será embaraçoso.* Já não via Tris Botley desde... não, não devia relembrar aquilo.

— E a senhora minha mãe?

— Na cama — Três-Dentes respondeu —, na Torre da Viúva.

Claro, onde havia de ser? A viúva que dera o nome à torre era sua tia. Lady Gwynesse voltara para casa para fazer luto depois de o marido ter morrido ao largo da Ilha Bela durante a primeira rebelião de Balon Greyjoy.

— Ficarei só até que me passe o desgosto — foram as famosas palavras que dissera ao irmão —, embora por direito as Dez Torres devessem ser minhas, porque sou mais velha do que você sete anos — longos anos tinham se passado desde então, mas a viúva ainda permanecia lá, de luto, resmungando de vez em quando que o castelo devia ser seu. *E agora lorde Rodrik tem uma segunda irmã viúva meio louca sob seu telhado,* Asha refletiu. *Pouco admira que procure refúgio nos livros.*

Mesmo agora era difícil crer que a frágil e enfermiça lady Alannys tinha sobrevivido ao marido, lorde Balon, que parecia tão duro e forte. Quando Asha partira para a guerra, fizera-o de coração pesado, temendo que a mãe pudesse morrer antes de ter tempo de regressar. Nem uma vez pensara que pudesse ser o pai a perecer. *O Deus Afogado prega-nos peças selvagens a todos, mas os homens são ainda mais cruéis.* Uma tempestade súbita e uma corda quebrada tinham atirado Balon Greyjoy para a morte. *Pelo menos é o que dizem.*

A última vez que Asha vira a mãe foi quando aportara nas Dez Torres para embarcar água fresca, a caminho do Norte e do ataque a Bosque Profundo. Alannys Harlaw nunca teve o tipo de beleza que os cantores apreciavam, mas a filha adorava seu rosto feroz e forte e o riso em seus olhos. Naquela última visita, porém, encontrara lady Alannys num banco de janela, aninhada debaixo de uma pilha de peles, de olhos fitos no mar. *Isto é a minha mãe, ou o seu fantasma?*, lembrava-se de ter pensado ao beijá-la no rosto.

Encontrara a pele da mãe fina como pergaminho, e seus longos cabelos estavam brancos. Restava algum orgulho no modo como erguia a cabeça, mas os olhos estavam baços e enevoados, e a boca tremera quando lhe perguntara por Theon.

— Trouxe o meu menino? — perguntou. Theon tinha dez anos quando fora levado para Winterfell como refém, e no que tocava lady Alannys teria sempre dez anos, aparentemente.

— Theon não pôde vir — teve de lhe dizer. — O pai o mandou pilhar ao longo da Costa Pedregosa. — Lady Alannys não arranjara nada para responder àquilo. Limitara-se a assentir lentamente, mas era evidente que as palavras da filha tinham sido um golpe profundo.

E agora tenho de lhe dizer que Theon está morto, e lhe espetar mais um punhal no coração. Onde já havia duas facas enterradas. Nas lâminas estavam escritas as palavras *Rodrik* e *Maron*, e era frequente torcerem-se cruelmente na noite. *Vou vê-la amanhã*, prometeu Asha a si mesma. A viagem era longa e cansativa, não podia enfrentar a mãe agora.

— Tenho de falar com lorde Rodrik — disse a Três-Dentes. — Cuide da minha tripulação, depois de acabarem de descarregar o *Vento Negro*. Trarão cativos. Quero que tenham camas mornas e uma refeição quente.

— Há carne de vaca fria nas cozinhas. E mostarda num grande pote de pedra, de Vilavelha. — Pensar naquela mostarda fez a velha sorrir. Um único dente, longo e marrom, espreitou de suas gengivas.

— Isso não servirá. Tivemos uma travessia dura. Quero que eles tenham qualquer coisa quente na barriga. — Asha enfiou um polegar no cinto tachonado que lhe envolvia as ancas. — Lorde Glover e os filhos não devem sentir falta de madeira ou de calor. Acomode-os em alguma torre, não nas masmorras. O bebê está doente.

— Os bebês sempre ficam doentes. A maioria morre, e a gente tem pena. Vou perguntar ao senhor onde pôr essa gente-lobo.

Asha apertou o nariz da mulher entre o polegar e o indicador.

— Você vai fazer o que eu disse. E, se *esse* bebê morrer, ninguém terá mais pena do que você. — Três-Dentes soltou um guincho e prometeu obedecer. Asha soltou-a e foi em busca do tio.

Era bom voltar a percorrer aqueles salões. Sempre se sentira em casa em Dez Torres, mais do que em Pyke. *Não é um castelo, são dez castelos espremidos uns contra os outros*, ela pensara na primeira vez em que o vira. Lembrava-se de corridas sem fôlego pelas escadas e ao longo de adarves e pontes cobertas, de pescar no Longo Cais de Pedra, de dias e noites perdidos no meio da abundância de livros do tio. Tinha sido o avô de seu avô quem construíra o castelo, o mais novo das ilhas. Lorde Theomore Harlaw perdera três filhos no berço e culpava por isso os porões inundados, as pedras úmidas e o salitre putrefato do antigo Solar de Harlaw. Dez Torres era mais arejado, mais confortável, mais bem situado... mas lorde Theomore fora um homem inconstante, como qualquer de suas esposas poderia ter testemunhado. Tivera seis, tão diferentes umas das outras como suas dez torres.

A Torre dos Livros era a maior das dez, de forma octogonal feita com grandes blocos de pedra cinzelada. A escada tinha sido construída por dentro das espessas paredes. Asha subiu rapidamente, até o quinto andar e à seção onde o tio lia. *Não que haja alguma seção em que ele não leia*. Lorde Rodrik raramente era visto sem um livro na mão, fosse na latrina, no convés de seu *Canção do Mar*, ou enquanto concedia audiência. Asha vira-o frequentemente lendo no cadeirão sob as foices prateadas. Escutava cada caso que lhe era apresentado, pronunciava a sentença... e lia um pouco enquanto o capitão dos guardas ia buscar o próximo suplicante.

Encontrou-o debruçado sobre uma mesa, junto a uma janela, cercado de rolos de pergaminho que podiam ter vindo da Valíria de antes da Destruição, e pesados livros encadernados em couro com fechos de bronze e ferro. Velas de cera de abelha tão grossas e altas como o braço de um homem ardiam de ambos os lados do local onde se sentava, apoiadas em ornamentados suportes de ferro. Lorde Rodrik Harlaw não era nem gordo nem magro; nem alto nem baixo; nem feio nem bonito. Tinha cabelos castanhos, tal como os olhos, embora a barba curta e bem cuidada que ele preferia tivesse embranquecido. Em geral, era um homem comum, que se distinguia apenas por seu amor pelas palavras escritas, que tantos homens de ferro achavam pouco viril e intimidador.

— Tio — fechou a porta atrás de si. — Que leitura era tão urgente para levá-lo a deixar seus convidados sem anfitrião?

— O *Livro dos Livros Perdidos* do arquimeistre Marwyn — ergueu o olhar da página para estudá-la. — Hotho trouxe-me uma cópia de Vilavelha. Tem uma filha com quem quer que eu case — lorde Rodrik tamborilou no livro com uma longa unha. — Vê isto? Marwyn afirma ter achado três páginas de *Sinais e Portentos*, visões escritas pela filha donzela de Aenar Targaryen, antes de a Destruição cair sobre Valíria. Lanny sabe que está aqui?

— Por enquanto não — *Lanny* era o nome carinhoso que dava à mãe de Asha; só o Leitor a chamava assim. — Deixe-a descansar — Asha tirou uma pilha de livros de um banco e se sentou. — Três-Dentes parece ter perdido mais dois dos seus. Agora a chama de Um-Dente?

— Quase não a chamo. A mulher me assusta. Que horas são? — Lorde Rodrik olhou rapidamente pela janela, para o mar iluminado pelo luar. — Escuro, tão cedo? Não tinha reparado. Veio tarde. Procuramos você há alguns dias.

— Os ventos estiveram contrários, e tive de me preocupar com cativos. A mulher e os filhos de Robett Glover. O mais novo ainda está ao peito, e o leite de lady Glover secou durante a travessia. Não tive alternativa senão dar com o *Vento Negro* em seco na Costa Pedregosa e fazer meus homens saírem à procura de uma ama de leite. Em vez disso, encontraram uma cabra. A menina não se desenvolve. Há alguma mãe amamentando na aldeia? Bosque Profundo é importante para os meus planos.

— Seus planos têm de mudar. Chegou tarde demais.

— Tarde e com fome — esticou as longas pernas por baixo da mesa e virou as páginas do livro mais próximo, o discurso de um septão sobre a guerra de Maegor, o Cruel, contra os Pobres Irmãos. — Oh, e também com sede. Um corno de cerveja iria bem, tio.

Lorde Rodrik franziu os lábios:

— Bem sabe que não autorizo comida ou bebida na biblioteca. Os livros...

— ... podem sofrer danos — Asha soltou uma gargalhada.

O tio franziu as sobrancelhas:

— Gosta mesmo de me provocar.

— Oh, não faça esse ar ofendido. Nunca conheci um homem que eu não provocasse, já devia saber disso bastante bem a essa altura. Mas basta de falar de mim. Está bem?

Ele encolheu os ombros:

— Suficientemente bem. Meus olhos estão enfraquecendo. Mandei encomendar em Myr uma lente que me ajude a ler.

— E como passa minha tia?

Lorde Rodrik suspirou:

— Continua a ser sete anos mais velha do que eu, e convencida de que Dez Torres devia lhe pertencer. Gwynesse está se tornando esquecida, mas *disso* não se esquece. Faz luto tão profundo por seu marido como no dia em que ele morreu, embora nem sempre consiga se lembrar do nome do homem.

— Não estou certa de ela ter alguma vez sabido o nome dele — Asha fechou o livro do septão com estrondo. — Meu pai foi assassinado?

— Sua mãe acredita que sim.

Houve momentos em que ela mesma o teria assassinado de bom grado, pensou.

— E em que acredita meu tio?

— Balon caiu para a morte quando uma ponte de corda se rompeu debaixo de si. Uma tempestade estava se aproximando, e a ponte balançava e se torcia com cada rajada de vento — Rodrik encolheu os ombros. — Pelo menos é o que nos foi dito. Sua mãe recebeu uma ave do meistre Wendamyr.

Asha desembainhou o punhal e pôs-se a limpar as unhas.

— Três anos longe, e o Olho de Corvo regressa no preciso dia em que meu pai morre.

— No dia seguinte, segundo ouvimos dizer. *Silêncio* ainda estava no mar quando Balon morreu, ou pelo menos é isto que se afirma. Mesmo assim, concordo que o regresso de Euron foi... combinado, digamos?

— Não seria desse modo que eu diria — Asha espetou a ponta do punhal na mesa. — *Onde estão os meus navios?* Contei duas vintenas de dracares atracados lá embaixo, nem de perto o suficiente para arrancar o Olho de Corvo da cadeira de meu pai.

— Eu enviei as convocatórias. Em seu nome, pelo amor que tenho por ti e por sua mãe. A Casa Harlaw reuniu-se. Os Stonetree também, tal como os Volmark. Alguns Myre...

— Todos da ilha de Harlaw... uma ilha entre sete. Vi no salão um estandarte solitário dos Botley, de Pyke. Onde estão os navios de Salésia, dos Orkwood, das Wyks?

— Baelor Blacktyde veio de Pretamare me consultar, e voltou logo a zarpar — lorde Rodrik fechou o *Livro dos Livros Perdidos*. — A essa altura está na Velha Wyk.

— Na Velha Wyk? — Asha temera que ele se preparasse para dizer que tinham ido todos para Pyke, para prestar homenagem ao Olho de Corvo. — Velha Wyk, por quê?

— Achei que soubesse. Aeron Cabelo Molhado convocou uma assembleia de homens livres.

Asha atirou a cabeça para trás e rebentou em gargalhadas.

— O Deus Afogado deve ter enfiado um peixe-espinho pelo cu do tio Aeron. Uma *assembleia de homens livres*? Isso é alguma brincadeira, ou será que ele está falando sério?

— Cabelo Molhado não brinca desde que foi afogado. E os outros sacerdotes o seguiram na convocatória. Beron Cego Blacktyde, Tarle, o Três Vezes Afogado... até a Velha Gaivota Cinzenta deixou o rochedo em que vive para pregar essa assembleia por toda a ilha de Harlaw. Os capitães estão se reunindo em Velha Wyk neste exato momento.

Asha estava espantada.

— Olho de Corvo concordou em estar presente nessa farsa sagrada e respeitar a sua decisão?

— Olho de Corvo não me faz confidências. Desde que me chamou a Pyke para lhe prestar homenagem, não tive notícias de Euron.

Uma assembleia de homens livres. Isto é algo novo... ou melhor, algo muito antigo.

— E meu tio Victarion? O que pensa ele da ideia do Cabelo Molhado?

— Foi enviada a Victarion a notícia da morte do seu pai. E dessa assembleia também, não tenho dúvidas. Para além disso, não sei dizer.

Antes uma assembleia do que uma guerra.

— Acho que vou beijar os pés fedorentos do Cabelo Molhado e tirar as algas de entre seus dedos — Asha desenterrou o punhal e voltou a embainhá-lo. — Uma maldita *assembleia de homens livres*!

— Em Velha Wyk — lorde Rodrik confirmou. — Embora eu reze para que não se torne maldita. Tenho andado consultando a *História dos Homens de Ferro*, de Haereg. Da última vez que os reis do sal e os reis da rocha se encontraram numa assembleia de homens livres, Urron de Montrasgo deixou seus homens com machados à solta entre os outros, e as costelas de Nagga ficaram vermelhas de sangue e tripas. A Casa Greyiron governou sem ser escolhida durante mil anos após esse dia negro, até a chegada dos ândalos.

— Precisa me emprestar o livro de Haereg, tio. — Teria de aprender tudo o que pudesse sobre as assembleias antes de chegar a Velha Wyk.

— Pode lê-lo aqui. É velho e frágil — Rodrik a estudou, franzindo as sobrancelhas. — O arquimeistre Rigney escreveu um dia que a história é uma roda, pois a natureza do homem é fundamentalmente imutável. O que aconteceu antes irá forçosamente voltar a acontecer, ele disse. Penso nisso sempre que reflito sobre Olho de Corvo. Euron Greyjoy soa estranhamente semelhante a Urron Greyiron a estes velhos ouvidos. Não irei a Velha Wyk. E você também não devia ir.

Asha sorriu:

— E perder a primeira assembleia de homens livres convocada em... há quanto tempo foi, tio?

— Quatro mil anos, se Haereg for digno de crédito. Metade disso, se aceitar os argumentos do meistre Denestan em *Questões*. Ir a Velha Wyk não terá utilidade alguma. Esse sonho de realeza é uma loucura em nosso sangue. Eu disse isso ao seu pai da primeira vez que se revoltou, e é mais verdade agora do que era àquela altura. Precisamos é de terra, não de coroas. Com Stannis Baratheon e Tywin Lannister lutando pelo Trono de Ferro, temos uma rara oportunidade de melhorar nossa sorte. Tomemos o lado de um ou do outro, ajudemo-lo a chegar à vitória com as nossas frotas e reivindiquemos as terras de que necessitamos junto de um rei grato.

— Isso pode valer alguma reflexão, depois de eu ocupar a Cadeira de Pedra do Mar — Asha observou.

O tio suspirou:

— Não vai querer ouvir isto, Asha, mas não será escolhida. Nunca uma mulher governou os homens de ferro. Gwynesse *é* sete anos mais velha do que eu, mas, quando nosso pai morreu, as Dez Torres passaram para mim. Acontecerá o mesmo com você. É a filha de Balon, não seu filho. E tem três tios.

— Quatro.

— Três tios da lula-gigante. Eu não conto.

— Para mim, conta. Enquanto tiver meu tio das Dez Torres, tenho Harlaw — Harlaw não era a maior das Ilhas de Ferro, mas a mais rica e a mais populosa, e não se podia desprezar o poderio de lorde Rodrik. Em Harlaw, Harlaw não tinha rival. Os Volmark e Stonetree possuíam grandes propriedades na ilha e gabavam-se de contar famosos capitães e ferozes guerreiros entre os seus, mas até os mais ferozes se dobravam diante da foice. Os Kenning e os Myre, em tempos amargos inimigos, havia muito tinham sido transformados à força em vassalos.

— Meus primos são fiéis a mim, e na guerra deverão comandar suas espadas e velas. Mas numa assembleia de homens livres... — lorde Rodrik balançou a cabeça. — À sombra dos ossos de Nagga cada capitão é igual aos demais. Alguns podem gritar seu nome, não duvido. Mas não serão suficientes. E, quando os gritos ressoarem por Victarion ou pelo Olho de Corvo, alguns daqueles que agora bebem em meu salão se juntarão aos outros. Volto a dizer: não zarpe em direção a essa tempestade. Sua luta não tem esperança.

— Nenhuma luta está perdida até ser travada. A melhor pretensão é a minha. Sou a herdeira nascida do corpo de Balon.

— Continua a ser uma criança obstinada. Pense em sua pobre mãe. É tudo o que resta a Lanny. Seria capaz de jogar um archote no *Vento Negro* para mantê-la aqui.

— O quê? E me obrigar a ir a nado até Velha Wyk?

— Uma longa travessia em água fria, por uma coroa que não poderá manter. Seu pai tinha mais coragem do que bom senso. O Costume Antigo serviu bem às ilhas quando éramos um pequeno reino entre muitos, mas a Conquista de Aegon pôs fim a isso. Balon recusou-se a ver o que estava bem diante de seus olhos. O Costume Antigo morreu com Harren Negro e os filhos.

— Eu sei disso — Asha amara o pai, mas não se iludia. Balon fora cego a respeito de certas coisas. *Um homem corajoso, mas um mau senhor.* — Isso significa que temos de viver e morrer como servos do Trono de Ferro? Se há rochedos a estibordo e uma tempestade a bombordo, um capitão sensato traça uma terceira rota.

— Mostre-me essa terceira rota.

— Mostrarei... na assembleia de homens livres. Tio, como pode sequer pensar em não ir? Isso será história, viva...

— Prefiro minha história morta. Esta escreve-se com tinta, e a espécie viva, com sangue.

— Quer morrer velho e covarde na cama?

— Que outro modo existe? Embora não até que acabe de ler — lorde Rodrik dirigiu-se à janela. — Não perguntou pela senhora sua mãe.

Tive medo.

— Como ela está?

— Mais forte. Ainda poderá sobreviver a todos. Irá certamente sobreviver a você, se persistir nessa loucura. Come mais do que comia quando chegou aqui, e com frequência dorme a noite inteira.

— Ótimo. — Em seus últimos anos em Pyke, lady Alannys não conseguia dormir. Vagueava à noite pelos salões com uma vela à procura dos filhos. *"Maron?"*, gritava com voz estridente. *"Rodrik, onde está? Theon, meu bebê, venha para a mãe."* Muitas tinham sido as vezes em que Asha vira o meistre tirar farpas dos calcanhares da mãe, de manhã, depois de ela ter atravessado descalça a oscilante ponte de tábuas até a Torre do Mar. — Vou vê-la de manhã.

— Ela há de lhe perguntar notícias de Theon.

O Príncipe de Winterfell.

— O que foi que lhe disse?

— Pouco e menos um pouco. Nada havia para dizer — hesitou. — Tem certeza de que está morto?

— Não tenho certeza de nada.

— Encontrou um corpo?

— Encontramos pedaços de muitos corpos. Os lobos estiveram lá antes de nós... os de quatro patas, mas pouca reverência mostraram por seus familiares de duas. Os ossos dos mortos estavam espalhados e foram quebrados para chegar ao tutano. Confesso que foi difícil perceber o que tinha acontecido naquele lugar. Parece que os nortenhos lutaram entre si.

— Os corvos lutam pela carne de um morto e matam-se uns aos outros por seus olhos — lorde Rodrik estendeu os olhos para o mar, observando o jogo que o luar disputava com as ondas. — Tivemos um rei, depois cinco. Agora tudo que vejo são corvos em disputa pelo cadáver de Westeros — fechou as janelas. — Não vá à Velha Wyk, Asha. Fique com sua mãe. Temo que não a tenhamos conosco por muito tempo.

Asha mexeu-se no banco:

— Minha mãe educou-me para ser ousada. Se não for, passarei o resto da minha vida perguntando a mim mesma o que poderia ter acontecido se tivesse ido.

— Se for, o resto da sua vida pode ser curta demais para perguntas.

— Antes assim do que encher o resto de meus dias queixando-me de que a Cadeira de Pedra do Mar é minha por direito. Não sou nenhuma Gwynesse.

Aquilo o fez se crispar.

— Asha, meus dois filhos adultos alimentaram os caranguejos de Ilha Bela. Não é provável que eu volte a me casar. Fique, e a nomearei herdeira de Dez Torres. Contente-se com isso.

— Dez Torres? — *Bem que gostaria de poder fazê-lo.* — Seus primos não gostarão disso. O Cavaleiro, o velho Sigfryd, Hotho Corcunda...

— Eles têm suas próprias terras e fortalezas.

É bem verdade. O úmido e meio arruinado Solar de Harlaw pertencia ao velho Sigfryd Harlaw, o Grisalho; o corcunda Hotho Harlaw estava sediado na Torre Bruxuleante, numa escarpa que dominava a costa ocidental. O Cavaleiro, sor Harras Harlaw, mantinha uma corte em Jardim Cinzento; Boremund, o Azul, governava no topo do Monte da Bruxa. Mas todos eram subordinados a lorde Rodrik.

— Boremund tem três filhos, Sigfryd Grisalho tem netos e Hotho tem ambições — Asha rebateu. — Todos eles pretendem suceder ao senhor, até Sigfryd. Este tenciona viver para sempre.

— O Cavaleiro será Senhor de Harlaw depois de mim — disse o tio —, mas pode governar tão facilmente a partir do Jardim Cinzento como daqui. Troque a fidelidade por ele pelo castelo, e sor Harras a protegerá.

— Posso proteger a mim mesma. Tio, eu sou uma lula-gigante. Asha, da Casa Greyjoy — pôs-se de pé. — É o lugar do meu pai que quero, não o seu. Aquelas suas foices parecem perigosas. Uma pode cair e cortar minha cabeça. Não, me sentarei na Cadeira de Pedra do Mar.

— Então não passa de mais um corvo gritando por carne putrefata — Rodrik voltou a se sentar atrás de sua mesa. — Saia. Quero regressar ao arquimeistre Marwyn e à sua busca.

— Avise-me se ele encontrar outra página — o tio era o tio. Nunca mudaria. *Mas irá à Velha Wyk, diga o que disser.*

Àquela altura, sua tripulação estaria comendo no salão. Asha sabia que devia se juntar a eles, para falar daquela reunião em Velha Wyk e sobre o que ela significava para eles. Seus homens ficariam solidamente atrás dela, mas precisaria também dos outros, dos primos Harlaw, dos Volmark e dos Stonetree. *São esses que tenho de conquistar.* Sua vitória em Bosque Profundo lhe seria útil, uma vez que seus homens começassem a se gabar dela, como sabia que fariam. A tripulação de seu *Vento Negro* tinha um orgulho perverso nos feitos de sua capitã. Metade deles amava-a como a uma filha, e a outra metade queria abrir-lhe as pernas, mas tanto uns como outros morreriam por ela. *E eu por eles*, pensava quando empurrou a porta na base das escadas e entrou no pátio iluminado pelo luar.

— Asha? — Uma sombra saiu de trás do poço.

Sua mão dirigiu-se imediatamente para o punhal... até que o luar transformou a silhueta escura num homem com manto de pele de foca. *Outro fantasma.*

— Tris. Achei que estaria no salão.

— Queria ver você.

— Que parte de mim, pergunto-me — sorriu. — Bem, aqui estou, toda crescida. Olhe tanto quanto quiser.

— Uma mulher — aproximou-se. — E bela.

Tristifer Botley engordara desde a última vez que o vira, mas tinha os mesmos cabelos indomáveis de que se lembrava, e olhos tão grandes e confiantes como os de uma foca. *São realmente olhos doces.* Era esse o problema com o pobre Tristifer; demasiado doce para as Ilhas de Ferro. *Seu rosto tornou-se bonito*, pensou Asha. Quando era mais novo, Tris fora muito atormentado por espinhas. Asha sofrera do mesmo problema; talvez tivesse sido isso que os aproximara.

— Lamentei quando soube de seu pai — ela lhe disse.

— Eu sofro pelo seu.

Por quê?, ela quase perguntou. Tinha sido Balon quem mandara o rapaz embora de Pyke, para ser protegido de Baelor Blacktyde.

— É verdade que agora é lorde Botley?

— Em nome, pelo menos. Harren morreu em Fosso Cailin. Um dos demônios do pântano o atingiu com uma flecha envenenada. Mas não sou senhor de nada. Quando meu pai lhe negou a pretensão à Cadeira de Pedra do Mar, Olho de Corvo o afogou e obrigou meus tios a jurar-lhe fidelidade. Mesmo depois disso, deu metade das terras de meu pai a Bosque de Ferro. Lorde Wynch foi o primeiro homem a dobrar o joelho e a chamá-lo de rei.

A Casa Wynch era forte em Pyke, mas Asha teve o cuidado de não deixar transparecer sua consternação.

— Wynch nunca teve a coragem de seu pai.

— Seu tio o comprou — disse Tris. — *Silêncio* regressou com porões cheios de tesouros. Metais preciosos e pérolas, esmeraldas e rubis, safiras do tamanho de ovos, sacos de moedas tão pesados que não há homem que os consiga levantar... Olho de Corvo tem andado comprando amigos por todos os lados. Meu tio Germund chama agora a si próprio lorde Botley, e governa em Fidalporto em nome de seu tio.

— Você é o legítimo lorde Botley — garantiu-lhe Asha. — Quando a Cadeira de Pedra do Mar for minha, as terras de seu pai lhe serão restituídas.

— Se quiser... Isso para mim não é nada. Está tão adorável ao luar, Asha. Agora é uma mulher-feita, mas lembro-me de quando era uma garota magricela com o rosto todo cheio de espinhas.

Por que eles sempre têm de mencionar as espinhas?

— Também me lembro disso — embora não com tanto gosto como você. Dos cinco rapazes que a mãe trouxera para Pyke a fim de criá-los depois de Ned Stark ter levado seu último filho sobrevivente como refém, Tris era o que tinha a idade mais próxima da de Asha. Não foi o primeiro rapaz que ela beijou, mas foi o primeiro a desatar os nós de seu corpete e a enfiar uma mão suada por baixo, para tatear os seios que despontavam.

Eu o teria deixado tatear mais do que isso, se ele tivesse tido ousadia. A primeira floração caíra sobre ela durante a guerra e despertara-lhe o desejo, mas, mesmo antes dela, Asha fora curiosa. *Ele estava lá, era da minha idade e estava disposto, foi só isso... isso e o sangue da lua.* Mesmo assim, chamara aquilo de amor, até Tris começar a falar dos filhos que ela lhe daria; pelo menos uma dúzia de filhos, e, oh, algumas filhas também.

"Não quero uma dúzia de filhos", dissera-lhe, aterrorizada. "Quero ter *aventuras*." Não muito depois, meistre Qalen os encontrara na brincadeira, e o jovem Tristifer Botley foi mandado embora para Pretamare.

— Escrevi cartas para você — ele disse —, mas meistre Joseran não as quis mandar. Uma vez, dei um veado a um remador num navio mercante com destino a Fidalporto, que prometeu pôr a carta nas suas mãos.

— Seu remador enganou você e atirou a carta ao mar.

— Era o que eu temia. Também não me chegaram a dar suas cartas.

Não escrevi nenhuma. Na verdade, sentira-se aliviada quando Tris foi mandado embora. Àquela altura, suas apalpadelas tinham começado a aborrecê-la. Mas isso não era algo que ele quisesse ouvir.

— Aeron Cabelo Molhado convocou uma assembleia de homens livres. Irá falar por mim?

— Vou para qualquer lugar com você, mas... Lorde Blacktyde diz que a assembleia é uma loucura perigosa. Pensa que seu tio cairá sobre eles e os matará a todos, como Urron fez.

Ele é suficientemente louco para isso.

— Faltam-lhe forças.

— Não sabe que forças ele possui. Tem reunido homens em Pyke. Orkwood de Montrasgo levou-lhe vinte dracares e Jon Bochecha Myre, uma dúzia. Lucas Mão-Esquerda Codd está com eles. E também Harren Meio-Hoare, o Remador Vermelho, Kemmett Pyke, o Bastardo, Rodrik Livre, Torwold Dente-Podre...

— Homens de pouca monta — Asha conhecia-os a todos. — Filhos de esposas de sal, netos de servos. Os Codd... conhece o *lema* deles?

— "Embora Todos nos Desprezem" — Tris recitou —, mas, se a apanharem naquelas redes, ficará tão morta como se fossem senhores dos dragões. E isto não é o pior. Olho de Corvo trouxe monstros do oriente... sim, e também *feiticeiros*.

— O tio sempre teve um fraco por gente extravagante e por bobos — Asha respondeu. — Meu pai costumava discutir com ele sobre isso. Que os feiticeiros convoquem os seus deuses. Cabelo Molhado convocará o nosso, e os afogará. Terei sua voz na assembleia dos homens livres, Tris?

— Terá a mim por completo. Sou seu homem, para sempre. Asha, gostaria de me casar com você. A senhora sua mãe deu seu consentimento.

Asha abafou um gemido. *Podia ter me pedido primeiro... embora talvez não sentisse nem metade da satisfação com a resposta.*

— Agora não sou um segundo filho — ele prosseguiu. — Sou o legítimo lorde Botley, como você mesma disse. E você é...

— O que eu sou será decidido em Velha Wyk. Tris, já não somos crianças às apalpadelas um com o outro, tentando perceber o que entra onde. Pensa que quer se casar comigo, mas não quer.

— Quero. Você é tudo com que sonho. Asha, juro pelos ossos de Nagga, nunca toquei em outra mulher.

— Vai tocar numa... ou em duas, ou em dez. Eu toquei em mais homens do que consigo contar. Alguns com os lábios, outros mais com o machado — entregara sua virtude aos dezesseis anos, a um belo marinheiro loiro numa galé mercante vinda de Lys. Ele só sabia cinco palavras da língua comum, mas "foder" era uma delas... precisamente a palavra que ela tivera esperança de ouvir. Depois, Asha tivera o bom senso de procurar uma bruxa dos bosques, que lhe ensinara como infundir chá de lua para manter a barriga lisa.

Botley pestanejou, como se não percebesse bem o que ela tinha acabado de dizer.

— Você... eu achei que esperaria. Por que... — esfregou a boca. — Asha, você foi *forçada*?

— Tão forçada que lhe rasguei a túnica. Você não quer se casar comigo, acredite no que lhe digo. É uma doçura de rapaz, sempre foi, mas não sou uma doçura de garota. Se nos casarmos, em breve acabará me odiando.

— Nunca. Asha, *sofri* por você.

Já tinha ouvido o bastante daquilo. Uma mãe enfermiça, um pai assassinado e uma praga de tios eram problemas suficientes para qualquer mulher; não precisava também de um cachorrinho doente de amor.

— Procure um bordel, Tris. Elas o curarão desse sofrimento.

— Nunca poderia... — Tristifer balançou a cabeça. — Você e eu estávamos destinados, Asha. Sempre soube que seria minha esposa e a mãe de meus filhos — pegou-a no antebraço.

Num piscar de olhos o punhal dela estava encostado à garganta dele:

— Afaste essa mão, senão não viverá o suficiente para gerar um filho. *Já* — quando o jovem a obedeceu, ela abaixou a lâmina. — Quer uma mulher, muito bem. Porei uma na sua cama esta noite. Finja que sou eu, se isso lhe der prazer, mas não ouse voltar a me agarrar. Sou a sua rainha, não a sua esposa. Lembre-se disso — Asha embainhou o punhal e o deixou ali parado, com uma gorda gota de sangue escorrendo lentamente pelo pescoço, negra à pálida luz do luar.

CERSEI

— Oh, rezo aos Sete para que não permitam que chova na boda do rei — disse Jocelyn Swyft enquanto apertava os cordões do vestido da rainha.

— Ninguém quer chuva — Cersei respondeu. Quanto a ela, queria tempestade e gelo, ventos uivantes, trovões que abalassem as próprias pedras da Fortaleza Vermelha. Queria uma tempestade comparável à sua raiva. Mas a Jocelyn disse: — Mais *apertado*. Mais apertado, sua tolinha afetada.

Era o casamento que a enfurecia, embora a garota Swyft de espírito lento fosse um alvo mais seguro. A posse do Trono de Ferro por Tommen não era suficientemente sólida para que se arriscasse a ofender Jardim de Cima. E assim não seria enquanto Stannis Baratheon controlasse Pedra do Dragão e Ponta Tempestade, enquanto Correrrio permanecesse em desafio, enquanto os homens de ferro percorressem os mares como lobos. Por isso Jocelyn teria de comer a refeição que Cersei teria preferido servir a Margaery Tyrell e à sua hedionda e encarquilhada avó.

Para quebrar o jejum, a rainha mandou pedir às cozinhas dois ovos cozidos, uma fatia de pão e um pote de mel. Mas, quando abriu o primeiro ovo e encontrou um pinto ensanguentado e meio formado lá dentro, sentiu o estômago agitar-se.

— Leve isto daqui e traga-me vinho quente com especiarias — ordenou a Senelle. O ar frio estava se instalando em seus ossos, e tinha um longo e desagradável dia à sua frente.

Jaime tampouco ajudou seu humor quando apareceu todo de branco, e ainda com a barba por fazer, para lhe contar como planejava evitar que o filho fosse envenenado.

— Terei homens nas cozinhas observando a preparação de cada prato — disse. — Os homens de manto dourado de sor Addam escoltarão os criados quando trouxerem a comida para a mesa, para se certificarem de que nada foi adulterado no caminho. Sor Boros provará todos os pratos antes de Tommen pôr uma garfada na boca. E se tudo isso falhar, meistre Ballabar estará sentado ao fundo do salão, com laxantes e antídotos para vinte venenos comuns. Tommen estará a salvo, eu lhe prometo.

— A salvo. — As palavras tinham um gosto amargo na sua língua. Jaime não compreendia. Ninguém compreendia. Só Melara estivera na tenda para ouvir as ameaças resmungadas da velha bruxa, e agora estava, havia muito, morta. — Tyrion não matará da mesma forma duas vezes. É muito astucioso para isso. Pode estar debaixo do chão agora mesmo, escutando cada palavra que dizemos e fazendo planos para abrir a goela de Tommen.

— Supondo que estivesse — Jaime cogitou —, quaisquer que sejam os planos que ele faça, continuará a ser pequeno e deformado. Tommen estará cercado pelos melhores cavaleiros de Westeros. A Guarda Real o protegerá.

Cersei olhou de relance para onde a manga da túnica branca do irmão fora pregada por cima do seu coto.

— Lembro-me de como esses seus magníficos cavaleiros guardaram bem Joffrey. Quero que fique com Tommen a noite toda, entendido?

— Porei um guarda à sua porta.

Ela pegou-lhe o braço:

— Um guarda, não. Você. E *dentro* do quarto.

— Para o caso de Tyrion sair engatinhando da lareira? Não o fará.

— Isso é o que você diz. Vai me dizer que encontrou todos os túneis secretos que há nestas paredes? — Ambos sabiam que não. — *Não* deixarei Tommen sozinho com Margaery nem por meio segundo.

— Eles não estarão a sós. As primas dela estarão com eles.

— E você também. Eu ordeno, em nome do rei — Cersei não queria que Tommen e a esposa sequer partilhassem uma cama, mas os Tyrell tinham insistido.

"Marido e mulher devem dormir juntos", disse a Rainha dos Espinhos, "mesmo que não façam mais do que dormir. Certamente a cama de Sua Graça é suficientemente grande para dois." Lady Alerie servira de eco à sogra.

"Que os pequenos se aqueçam durante a noite. Isto os aproximará. Margaery partilha frequentemente as mantas com as primas. Cantam e brincam e murmuram segredos umas às outras quando as velas são apagadas."

"Que delícia", disse Cersei. "Que continuem assim, à vontade. Na Arcada das Donzelas."

"Tenho certeza de que Sua Graça sabe o que é melhor", disse lady Olenna a lady Alerie. "Afinal de contas, é a mãe do garoto, *disso* temos todos certeza. E certamente podemos concordar quanto à noite da boda? Um homem não deve dormir separado de sua esposa na noite do casamento. Se o fizerem, trará má sorte à união."

Um dia ainda hei de lhe ensinar o significado de "má sorte", a rainha jurou.

"Margaery pode partilhar o quarto de Tommen por esta noite", foi forçada a dizer. "Mas nada mais."

"Vossa Graça é tão graciosa", respondeu a Rainha dos Espinhos, e todos trocaram sorrisos.

Os dedos de Cersei estavam enterrados no braço de Jaime com força suficiente para deixar manchas negras.

— Preciso de *olhos* dentro daquele quarto — ela disse.

— Para ver o quê? — ele quis saber. — Não pode haver perigo de uma consumação. Tommen está longe de ter idade para isso.

— E Ossifer Plumm estava, de longe, morto demais, mas isso não o impediu de gerar um filho, não é mesmo?

O irmão fez uma expressão de incompreensão:

— Quem foi Ossifer Plumm? O pai do lorde Philip, ou... quem?

Ele é quase tão ignorante quanto Robert. Tinha todos os miolos na mão da espada.

— Esqueça Plumm, lembre-se só do que lhe disse. Jure que ficará ao lado de Tommen até o sol nascer.

— Às ordens — ele respondeu, como se seus medos fossem infundados. — Ainda pretende continuar com o incêndio da Torre da Mão?

— Depois do banquete. — Era a única parte das festividades do dia que Cersei achava que apreciaria. — O senhor nosso pai foi assassinado naquela torre. Não suporto olhá-la. Se os deuses forem bons, o fogo poderá fazer sair umas tantas ratazanas das ruínas.

Jaime fez rolar os olhos:

— Tyrion, você quer dizer.

— Ele, lorde Varys e o tal carcereiro.

— Se algum dos três estivesse escondido na torre, já o teríamos encontrado. Tive um pequeno exército atacando-a com picaretas e martelos. Derrubamos paredes, arrancamos soalhos, e descobrimos meia centena de passagens secretas.

— E tanto quanto sabe pode haver mais meia centena — algumas das galerias secretas tinham se revelado tão pequenas que Jaime necessitara de pajens e cavalariços para explorá-las. Tinha sido encontrada uma passagem até as celas negras e um poço de pedra que parecia não ter fundo. Encontraram um aposento cheio de crânios e ossos amarelecidos, e quatro sacos de baças moedas de prata do reinado do primeiro rei Viserys, e ainda mil ratazanas... Mas nem Tyrion nem Varys faziam parte desse número, e, por fim, Jaime insistira em pôr termo à busca. Um rapaz tinha ficado entalado numa passagem estreita e precisou ser puxado pelos pés, aos gritos. Outro caíra por um poço e quebrara as pernas. Dois guardas desapareceram ao explorar um túnel lateral, e alguns dos outros juravam que conseguiam ouvir seus tênues chamados através da pedra, mas quando os homens de Jaime deitaram abaixo a parede, descobriram apenas terra e pedra solta do outro lado.

— O Duende é pequeno e astucioso. Pode ainda estar nas paredes. Se estiver, o fogo o fará sair.

— Mesmo se Tyrion ainda estiver escondido no castelo, não estará na Torre da Mão. Nós a reduzimos a uma casca.

— Bem, gostaria que pudéssemos fazer o mesmo com o resto desta porcaria de castelo — Cersei retrucou. — Depois da guerra, pretendo construir um novo palácio na outra margem do rio — sonhara com aquilo na noite da antevéspera, um magnífico castelo branco rodeado por bosques e jardins, a longos quilômetros dos maus cheiros e do ruído de Porto Real. — Esta cidade é uma fossa. Por moeda de prata, mudava a corte para Lannisporto e governaria a partir de Rochedo Casterly.

— Isso seria uma loucura ainda maior do que queimar a Torre da Mão. Enquanto Tommen estiver sentado no Trono de Ferro, o reino o vê como o verdadeiro rei. Esconda-o por baixo do Rochedo e ele se transformará em mais um pretendente ao trono, igualzinho a Stannis.

— Estou consciente disso — a rainha falou em tom penetrante. — Disse que queria mudar a corte para Lannisporto, não que o faria. Sempre foi assim tão lento, ou será que perder uma mão o deixou estúpido?

Jaime ignorou aquilo.

— Se as chamas se espalharem para lá da torre, podem acabar queimando o castelo, quer queira quer não. O fogovivo é traiçoeiro.

— Lorde Hallyne assegurou-me de que seus piromantes são capazes de controlar o fogo. — A Guilda dos Alquimistas andava fazendo mais fogovivo havia uma quinzena. — Que todo o Porto Real veja as chamas. Será uma lição para nossos inimigos.

— Agora soa como Aerys.

As narinas de Cersei se dilataram:

— Cuidado com a língua, sor.

— Também te amo, querida irmã.

Como pude alguma vez amar essa miserável criatura?, perguntou a si mesma depois de Jaime ter ido embora. *Ele era seu gêmeo, sua sombra, sua outra metade*, sussurrou outra voz. *Outrora, talvez*, pensou. *Mas não mais. Transformou-se num estranho para mim.*

Comparado com a magnificência das bodas de Joffrey, o casamento do rei Tommen foi uma coisa modesta e pequena. Ninguém desejava outra cerimônia suntuosa, especialmente a rainha, e ninguém queria pagá-la, sobretudo os Tyrell. E, assim, o jovem rei tomou Margaery Tyrell como esposa no septo real da Fortaleza Vermelha, com menos de cem convidados presentes, em vez dos milhares que tinham visto o irmão unir-se à mesma mulher.

A noiva estava encantadora, alegre e bela, o noivo ainda tinha cara de bebê e era rechonchudo. Recitou os votos numa voz aguda e infantil, prometendo seu amor e devoção à filha duas vezes viúva de Mace Tyrell. Margaery trazia o mesmo vestido que usara para se casar com Joffrey, uma confecção arejada de pura seda de cor marfim, renda myriana, e pérolas. Cersei, por seu lado, ainda estava de negro, em sinal de luto pelo primogênito assassinado. Sua viúva podia ficar satisfeita com os risos, as bebidas e as danças e em pôr de lado todas as memórias de Joff, mas a mãe não o esqueceria com tanta facilidade.

Isso está errado, pensou. *Foi cedo demais. Um ano, dois anos poderiam ser tempo suficiente. Jardim de Cima devia ter se contentado com um noivado.* Cersei fitou o local onde Mace Tyrell se encontrava entre a esposa e a mãe. *Forçou-me a essa caricatura de casamento, senhor, e disso não esquecerei.*

Quando chegou o momento de trocar os mantos, a noiva caiu graciosamente sobre os joelhos e Tommen a cobriu com a pesada monstruosidade de pano de ouro com que Robert cobrira Cersei no dia de seu casamento, com o veado coroado de Baratheon trabalhado nas costas em contas de ônix. Cersei quis empregar o belo manto de seda vermelha que Joffrey usara.

"Foi o manto que o senhor meu pai usou quando se casou com a senhora minha mãe", explicou aos Tyrell, mas a Rainha dos Espinhos também a isso opôs obstáculos.

"Aquela coisa velha?", disse a velha. "A mim parece bastante desfiado... e, se me perdoa o atrevimento, de mau agouro. E não seria um *veado* mais apropriado para o filho legítimo do rei Robert? No meu tempo, uma noiva punha as cores do *marido*, não da senhora sua sogra."

Graças a Stannis e à sua nojenta carta, já havia rumores demais a propósito da linhagem de Tommen. Cersei não se atrevia a atiçar as fogueiras insistindo que envolvesse a noiva no carmesim Lannister, e, portanto, cedeu com a maior simpatia que conseguiu arranjar. Mas a visão de todo aquele ouro e ônix ainda a enchia de ressentimento. *Quanto mais der a esses Tyrell, mais eles exigirão de nós.*

Quando todos os votos foram proferidos, o rei e sua nova rainha saíram do septo para aceitar felicitações.

— Westeros tem agora duas rainhas, e a nova é tão bela quanto a velha — trovejou Lyle Crakehall, um palerma de um cavaleiro que frequentemente fazia Cersei se lembrar de seu falecido e não lamentado marido. Teve vontade de esbofeteá-lo. Gyles Rosby fez menção de lhe beijar a mão, e conseguiu apenas tossir-lhe nos dedos. Lorde Redwyne beijou-a numa bochecha e Mace Tyrell em ambas. O grande meistre Pycelle disse a Cersei que não perdera um filho, mas ganhara uma filha. Pelo menos foi poupada dos abraços lacrimosos de lady Tanda. Nenhuma das mulheres Stokeworth aparecera, e pelo menos por isso a rainha sentia-se grata.

Entre os últimos encontrava-se Kevan Lannister.

— Ouvi dizer que pretende nos deixar para outro casamento — disse-lhe a rainha.

— Pedradura expulsou os desertores do castelo de Darry — respondeu-lhe o tio. — A noiva de Lancel nos espera lá.

— A senhora sua esposa irá se juntar ao senhor para as núpcias?

— As terras fluviais estão ainda muito perigosas. A escumalha de Vargo Hoat continua a monte, e Beric Dondarrion tem andado a enforcar Freys. É verdade que Sandor Clegane se juntou a ele?

Como ele sabe disso?

— Há quem diga que sim. Os relatórios são confusos — a ave tinha chegado na noite anterior, vinda de uma septeria erguida numa ilha situada perto da foz do Tridente. A vila vizinha de Salinas fora selvaticamente atacada por um bando de fora da lei, e alguns dos sobreviventes afirmavam que um brutamontes rugidor, com um elmo em forma de cabeça de cão, encontrava-se entre os salteadores. Ele teria supostamente matado uma dúzia de homens e estuprado uma garota de doze anos. — Sem dúvida Lancel estará ansioso para caçar quer a Clegane, quer a lorde Beric, a fim de restaurar a paz do rei nas terras fluviais.

Sor Kevan fitou-a nos olhos por um momento:

— Meu filho não é homem para lidar com Sandor Clegane.

Pelo menos nisso concordamos.

— O pai dele poderia ser.

A boca do tio endureceu:

— Se meu serviço não é necessário no Rochedo...

Seu serviço era necessário aqui. Cersei nomeara o primo Damion Lannister castelão para o Rochedo, e outro primo, sor Daven Lannister, Guardião do Oeste. *A insolência tem seu preço, tio.*

— Traga-nos a cabeça de Sandor, e sei que Sua Graça ficará muito grato. Joff talvez gostasse do homem, mas Tommen sempre teve medo dele... com bons motivos, ao que parece.

— Quando um cão se torna mau, a culpa é do dono — sor Kevan observou. Então se virou e foi embora.

Jaime a acompanhou até o Pequeno Salão, onde o banquete estava sendo preparado.

— Eu o culpo por tudo isso — murmurou enquanto caminhavam. — *Que casem*, disse. Margaery devia estar de luto por Joffrey, e não se casando com o irmão. Devia estar tão doente de dor como eu. Não acredito que seja donzela. Renly tinha um pau, não tinha? Era irmão de Robert, *com certeza* tinha um pau. Se aquela velha repugnante acha que vou permitir que meu filho...

— Vai se ver livre de lady Olenna bem depressa — Jaime a interrompeu calmamente. — Vai regressar a Jardim de Cima amanhã.

— Isso é o que ela diz — Cersei não confiava em nenhuma promessa Tyrell.

— Ela vai embora — o irmão insistiu. — Mace levará metade das forças Tyrell para Ponta Tempestade, e a outra metade regressará à Campina com sor Garlan, para concretizar sua pretensão a Águas Claras. Mais alguns dias e as únicas rosas que restarão em Porto Real serão Margaery e suas senhoras, e mais alguns guardas.

— E sor Loras. Ou será que se esqueceu de seu *Irmão Juramentado*?

— Sor Loras é um cavaleiro da Guarda Real.

— Sor Loras é tão Tyrell que mija água de rosas. Nunca devia ter lhe sido dado um manto branco.

— Eu não o teria escolhido, admito. Ninguém se incomodou em me consultar. Loras servirá suficientemente bem, penso eu. Depois de um homem envergar aquele manto, este muda aquele.

— Certamente mudou você, e não foi para melhor.

— Também te amo, querida irmã — segurou a porta para ela entrar e a levou para a mesa elevada e para sua cadeira ao lado do rei. Margaery ficaria do outro lado de Tommen, no lugar de honra. Quando entrou, de braço dado com o pequeno rei, fez questão de parar para beijar Cersei no rosto e de atirar os braços em volta dela.

— Vossa Graça — disse a garota, com um descaramento do tamanho do mundo —, sinto-me como se agora tivesse uma segunda mãe. Rezo para que nos tornemos muito próximas, unidas pelo amor por seu querido filho.

— Eu amei ambos os meus filhos.

— Joffrey também está nas minhas preces — disse Margaery. — Amei-o muito, embora nunca tenha tido oportunidade de conhecê-lo.

Mentirosa, a rainha pensou. *Se o tivesse amado nem que fosse por um instante, não teria tido essa pressa indecorosa em se casar com o irmão. A coroa dele foi tudo o que alguma vez quis.* Por moeda de prata, teria esbofeteado a corada noiva ali mesmo no estrado, à vista de metade da corte.

Tal como o serviço religioso, o banquete de casamento foi modesto. Lady Alerie encarregara-se de todos os preparativos; Cersei não teve estômago para voltar a enfrentar aquela intimidante tarefa, depois do modo como terminara o casamento de Joffrey. Só foram servidos sete pratos. O Abetouro e o Rapaz Lua entretiveram os convidados entre os pratos, e músicos tocaram enquanto comiam. Ouviram flautistas e rabequistas, um alaúde e um pífaro, uma harpa vertical. O único cantor era um favorito qualquer de lady Margaery, um fogoso jovem galo cantante todo vestido em tons de azulão que chamava a si mesmo Bardo Azul. Cantou algumas canções de amor e se retirou.

— Que desapontamento — protestou lady Olenna em voz alta. — Esperava ouvir "As Chuvas de Castamere".

Sempre que Cersei olhava para a velha, o rosto de Maggy, a Rã, parecia pairar diante de seus olhos, enrugada, terrível e sábia. *Todas as velhas se parecem umas com as outras*, tentou dizer a si mesma, *é só isso*. Na verdade, a feiticeira corcunda não se parecia em nada com a Rainha dos Espinhos, mas de algum modo a visão do desagradável sorrisinho de lady Olenna era o bastante para levar Cersei de volta à tenda de Maggy. Ainda conseguia se lembrar do cheiro, recendente de estranhas especiarias orientais, e da moleza das gengivas de Maggy quando sugara o sangue do dedo de Cersei. *Rainha será*, prometera a velha, com os lábios ainda úmidos, vermelhos e brilhantes, *até chegar outra, mais jovem e bela, para te derrubar e tirar tudo aquilo que lhe é querido.*

Cersei olhou de relance para além de Tommen, para onde Margaery encontrava-se sentada, rindo com o pai. *Ela é bastante bonita, teve de admitir, mas a maior parte daquilo é juventude. Até as garotas do campo são bonitas numa certa idade, quando ainda são frescas, inocentes e intactas, e a maior parte delas tem os mesmos cabelos e olhos castanhos que ela possui. Só um tolo afirmaria alguma vez que é mais bela do que eu.* Contudo, o mundo estava cheio de tolos. E a corte do filho também.

Seu humor não melhorou quando Mace Tyrell ergueu-se para dar início aos brindes. Ergueu bem alto um cálice de ouro, sorrindo para sua filhinha bonita, e, numa voz trovejante, disse:

— Ao rei e à rainha! — todas as outras ovelhas baliram com ele.

— *Ao rei e à rainha!* — gritaram, batendo as taças. — *Ao rei e à rainha!* — Cersei não teve alternativa exceto beber com eles, enquanto desejava que os convivas não tivessem mais do que um único rosto, para que lhes pudesse atirar o vinho aos olhos e lhes lembrasse de que *ela* era a verdadeira rainha. O único dos bajuladores Tyrell que pareceu se lembrar dela foi Paxter Redwyne, que se ergueu para fazer seu brinde, cambaleando um pouco.

— *A ambas as nossas rainhas!* — chilreou. — *À rainha nova e à velha!*

Cersei bebeu várias taças de vinho e foi fazendo a comida dar voltas em um prato de ouro. Jaime comeu ainda menos, e raramente se dignou a ocupar seu lugar no estrado. *Está tão ansioso quanto eu*, compreendeu a rainha enquanto o observava percorrendo o salão, afastando as tapeçarias com a mão boa a fim de se assegurar de que ninguém estava escondido atrás delas. Ela sabia que havia lanceiros Lannister a postos em volta do edifício. Sor Osmund Kettleblack guardava uma porta, sor Meryn Trant a outra. Balon Swann estava de pé atrás da cadeira do rei, e Loras Tyrell atrás da da rainha. Não tinham sido autorizadas espadas no banquete, salvo aquelas que os cavaleiros brancos traziam.

Meu filho está em segurança, disse Cersei a si mesma. *Ninguém pode vir atacá-lo, aqui não, não agora.* Mas todas as vezes que olhava para Tommen, via Joffrey arranhando a garganta. E quando o garoto começou a tossir, o coração da rainha parou de bater por um momento. Na pressa de chegar até ele, atirou ao chão uma criada.

— Foi só um pouco de vinho que desceu pelo lugar errado — garantiu-lhe Margaery Tyrell, sorrindo. Pôs a mão de Tommen entre as suas e beijou-lhe os dedos. — O meu amorzinho tem de beber golinhos pequenos. Viu? Quase matou sua mãe de susto.

— Lamento, mãe — Tommen desculpou-se, envergonhado.

Aquilo era mais do que Cersei conseguia suportar. *Não posso deixar que me vejam chorar*, pensou, quando sentiu as lágrimas subindo-lhe aos olhos. Passou por sor Meryn Trant e saiu para a passagem dos fundos. Sozinha, sob uma vela de sebo, permitiu-se um soluço trêmulo e depois outro. *Uma mulher pode chorar, mas uma rainha não.*

— Vossa Graça? — disse uma voz atrás dela. — Intrometo-me?

Era uma voz de mulher, temperada com os sotaques do leste. Por um instante, temeu que Maggy, a Rã, estivesse falando-lhe do túmulo. Mas era apenas a esposa de Merryweather, a beldade de olhos escuros e oblíquos que lorde Orton tinha desposado durante seu exílio e que trouxera consigo para Mesalonga.

— O Pequeno Salão está tão abafado — Cersei ouviu-se falando. — A fumaça estava fazendo meus olhos lacrimejar.

— Os meus também, Vossa Graça — lady Merryweather era tão alta quanto a rainha, mas, em vez de ser clara, era escura, com cabelos de corvo, pele cor de oliva e uma década mais nova. Ofereceu à rainha um lenço azul-claro de seda e renda. — Também tenho um filho. Sei que chorarei rios no dia em que ele se casar.

Cersei limpou o rosto, furiosa por ter deixado que lhe vissem as lágrimas.

— Obrigada — disse friamente.

— Vossa Graça, eu... — a mulher myriana abaixou a voz. — Há algo que deve saber. Sua aia foi comprada e paga. Ela conta a lady Margaery tudo o que faz.

— Senelle? — Uma fúria súbita retorceu a barriga da rainha. *Não haveria ninguém em que pudesse confiar?* — Tem certeza disso?

— Mandei-a seguir. Margaery nunca se encontra diretamente com ela. As primas são seus corvos, levam-lhe mensagens. Por vezes Elinor, por vezes Alla, por vezes Megga. Todas são próximas a Margaery como irmãs. Encontram-se no septo e fingem rezar. Coloque um homem seu amanhã na galeria e verá Senelle sussurrar a Megga sob o altar da Donzela.

— Se isso for verdade, por que resolveu me contar? É uma das companheiras de Margaery. Por que haveria de traí-la? — Cersei aprendera a suspeitar no colo do pai; aquilo podia perfeitamente ser alguma armadilha, uma mentira destinada a semear a discórdia entre o leão e a rosa.

— Mesalonga pode estar juramentada a Jardim de Cima — respondeu a mulher, com uma sacudidela nos cabelos negros —, mas eu sou de Myr, e minha lealdade pertence ao meu marido e ao meu filho. Quero tudo o que for melhor para eles.

— Estou vendo — na proximidade da passagem, a rainha conseguia sentir o cheiro do perfume da outra mulher, um odor almiscarado que falava de musgo, de terra e de flores silvestres. Por baixo, cheirou-lhe a ambição. *Ela prestou testemunho no julgamento de Tyrion,*

Cersei lembrou-se de súbito. *Viu o Duende pôr o veneno na taça de Joff, e não teve medo de dizê-lo.* — Examinarei este assunto — prometeu. — Se o que diz for verdade, será recompensada. — *E, se estiver mentindo, mandarei que te cortem a língua, e ficarei também com as terras e o ouro do senhor seu marido.*

— Vossa Graça é gentil. E bela. — Lady Merryweather sorriu. Tinha dentes brancos, e lábios cheios e escuros.

Quando a rainha regressou ao Pequeno Salão, foi encontrar o irmão andando inquieto de um lado para outro.

— Foi só um gole de vinho que seguiu pelo lugar errado. Embora também tenha me sobressaltado.

— Tenho na barriga um nó tão apertado que não consigo comer — rosnou-lhe. — O vinho tem gosto de bílis. Este casamento foi um erro.

— Este casamento foi necessário. O garoto está em segurança.

— Idiota. Nunca ninguém que use uma coroa está em segurança — lançou um olhar pelo salão. Mace Tyrell ria entre seus cavaleiros. Lorde Redwyne e lorde Rowan conversavam com ar furtivo. Sor Kevan encontrava-se sentado ao fundo do salão, cismando, de olhos fitos no vinho, enquanto Lancel murmurava qualquer coisa a um septão. Senelle deslocava-se ao longo da mesa, enchendo as taças das primas da rainha com vinho vermelho como sangue. O grande meistre Pycelle adormecera. *Não há ninguém com quem possa contar, nem mesmo Jaime,* compreendeu sombriamente. *Terei de varrer todos para longe e cercar o rei de gente minha.*

Mais tarde, depois de terem sido servidos os doces, as nozes e o queijo, e de a mesa ter sido limpa, Margaery e Tommen deram início às danças, parecendo mais do que um pouco ridículos enquanto rodopiavam pelo salão. A garota Tyrell era uns bons quarenta e cinco centímetros mais alta do que seu pequeno marido, e Tommen era, quando muito, um dançarino desastrado, sem nenhuma da graça fácil de Joffrey. Contudo, fez sinceramente seu melhor e pareceu não se dar conta do espetáculo que estava dando. Assim que a Donzela Margaery o despachou, apareceram as primas, uma atrás da outra, insistindo que Sua Graça também tinha de dançar com elas. *Antes de acabarem, hão de fazê-lo tropeçar e arrastar os pés como um bobo,* Cersei pensou com ressentimento enquanto observava. *Metade da corte rirá dele às suas costas.*

Enquanto Alla, Elinor e Megga se revezavam com Tommen, Margaery deu uma volta pelo salão com o pai, e depois outra com o irmão Loras. O Cavaleiro das Flores vestia seda branca, com um cinto de rosas douradas na cintura e uma rosa de jade prendendo-lhe o manto. Podiam ser gêmeos, pensou Cersei ao vê-los. Sor Loras era um ano mais velho do que a irmã, mas tinha os mesmos grandes olhos castanhos, os mesmos densos cabelos castanhos que lhes caíam em grandes cachos até os ombros, a mesma pele lisa e imaculada. *Uma bela colheita de espinhas lhes ensinaria alguma humildade.* Loras era mais alto e tinha uns traços de macia penugem castanha no rosto, e Margaery tinha formas de mulher, mas, fora isso, eram mais parecidos do que ela e Jaime. Isto também a aborreceu.

Seu próprio gêmeo interrompeu-lhe o devaneio.

— Vossa Graça honraria seu cavaleiro branco com uma dança?

Cersei lançou-lhe um olhar fulminante:

— E tê-lo apalpando-me com esse coto? Não. Mas vou deixar que me encha a taça de vinho. Se achar que consegue fazer sem derramar.

— Um aleijado como eu? Não é provável — ele se afastou e fez outro circuito pelo salão. Cersei teve de encher sua taça ela mesma.

Também negou uma dança a Mace Tyrell, e mais tarde a Lancel. Os outros entenderam a sugestão, e mais ninguém a abordou. *Nossos firmes amigos e leais senhores.* Nem sequer podia confiar nos ocidentais, espadas e vassalos juramentados ao pai. Se seu próprio tio andava conspirando com seus inimigos...

Margaery dançava com a prima Alla, Megga com sor Tallad, o Alto. A outra prima, Elinor, partilhava uma taça de vinho com o jovem e atraente Bastardo de Derivamarca, Aurane Waters. Não era a primeira vez que a rainha reparava em Waters, um jovem esguio com olhos cinza-esverdeados e longos cabelos loiros prateados. Na primeira vez em que o viu, durante meio segundo quase pensou que Rhaegar voltara das cinzas. *É o cabelo,* disse a si mesma. *Não tem nem metade da beleza que Rhaegar tinha. O rosto é muito estreito, e tem aquela cova no queixo.* Todavia, os Velaryon provinham de antiga linhagem valiriana, e alguns possuíam os mesmos cabelos prateados dos reis-dragão de antigamente.

Tommen regressou ao seu lugar e pôs-se a mordiscar um bolinho de maçã. O lugar do tio estava vazio. A rainha finalmente o descobriu a um canto, numa intensa conversa com o filho de Mace Tyrell, Garlan. *O que eles têm para discutir?* A Campina podia chamar de galante sor Garlan, mas Cersei não confiava mais nele do que em Margaery ou em Loras. Não esquecera a moeda de ouro que Qyburn descobrira debaixo do penico do carcereiro. *Uma mão de ouro de Jardim de Cima. E Margaery anda me espionando.* Quando Senelle apareceu para lhe encher a taça de vinho, a rainha teve de resistir à tentação de agarrá-la pela garganta e esganá-la. *Não ouse sorrir para mim, sua cadelinha traiçoeira. Antes de acabar com você, vai suplicar por misericórdia.*

— Parece-me que Sua Graça já bebeu vinho suficiente para uma noite — ouviu o irmão Jaime dizer.

Não, pensou a rainha. *Nem todo o vinho do mundo seria suficiente para me ajudar a passar por este casamento.* Ergueu-se tão depressa que quase caiu. Jaime a pegou pelo braço e a equilibrou. Ela se soltou e bateu palmas. A música morreu, as vozes aquietaram-se.

— *Senhores e senhoras* — chamou Cersei em voz alta —, se tiverem a bondade de ir até lá fora comigo, acenderemos uma vela para celebrar a união de Jardim de Cima e Rochedo Casterly, e uma nova era de paz e abundância para nossos Sete Reinos.

A Torre da Mão erguia-se escura e abandonada, mostrando apenas buracos escancarados onde outrora tinham estado portas de carvalho e janelas providas de portadas. Mas mesmo arruinada e desrespeitada, dominava o pátio exterior. Enquanto os convivas jorravam do Pequeno Salão, passavam por sua sombra. Quando Cersei olhou para cima, viu as ameias fortificadas da torre abocanhando uma lua cheia de outono e sentiu uma curiosidade momentânea de saber quantas Mãos de quantos reis teriam feito dela seu lar durante os últimos três séculos.

A cem metros da torre, inspirou fundo para impedir a cabeça de girar.

— Lorde Hallyne! Pode começar.

Hallyne, o piromante, disse "*Hmmmmmm*" e brandiu o archote que trazia. Os arqueiros nas muralhas retesaram seus arcos e dispararam uma dúzia de flechas incendiárias através das janelas escancaradas.

A torre incendiou-se com um *uoch*. Em meio segundo, seu interior ficou vivo de luz, vermelha, amarela, laranja... e verde, um verde-escuro de mau agouro, a cor da bílis, do jade e do mijo de piromante. "Substância" era o nome que os alquimistas lhe davam, mas as pessoas comuns o chamavam *fogovivo*. Cinquenta jarros tinham sido colocados dentro da Torre da Mão, com lenha e barris de piche, e a maior parte das posses terrenas de um anão chamado Tyrion Lannister.

A rainha conseguia sentir o calor daquelas chamas verdes. Os piromantes diziam que só três coisas ardiam com mais calor do que sua substância: o fogo de dragão, os fogos subterrâneos e o sol de verão. Algumas das senhoras arfaram quando as primeiras chamas surgiram nas janelas, lambendo as paredes exteriores como longas línguas verdes. Outros soltaram vivas e fizeram brindes.

É belo, pensou, *tão belo como Joffrey, quando o puseram em meus braços*. Nunca nenhum homem a fizera se sentir tão bem como se sentira quando ele abocanhou seu mamilo para mamar.

Tommen fitava o incêndio de olhos esbugalhados, tão fascinado quanto assustado, até que Margaery lhe sussurrou qualquer coisa ao ouvido e o fez rir. Alguns dos cavaleiros puseram-se a fazer apostas quanto ao tempo que a torre demoraria para ruir. Lorde Hallyne murmurava consigo mesmo e balançava sobre os calcanhares.

Cersei pensou em todas as Mãos do Rei que conhecera ao longo dos anos: Owen Merryweather, Jon Connington, Qarlton Chelsted, Jon Arryn, Eddard Stark, o irmão Tyrion. E o pai, lorde Tywin Lannister, acima de todos, o pai. Estão todos agora ardendo, disse a si mesma, saboreando a ideia. *Estão mortos e ardem, todos eles, com todas as suas tramas, maquinações e traições. Este é o meu dia. É o meu castelo, e o meu reino.*

A Torre da Mão soltou um súbito gemido, tão forte que todas as conversas pararam abruptamente. Pedra rachou e fendeu-se, e parte das ameias superiores caiu e atingiu o chão com um estrondo que abalou a colina, gerando uma nuvem de poeira e fumo. Quando o ar fresco penetrou pela alvenaria quebrada, o fogo cresceu para o alto. Chamas verdes saltaram para o céu e rodopiaram em volta umas das outras. Tommen encolheu-se, até que Margaery pegou sua mão e disse:

— Olhe, as chamas estão dançando. Tal como nós fizemos, meu amor.

— Estão mesmo — a voz do garoto estava cheia de espanto. — Mãe, olhe, elas estão dançando.

— Estou vendo. Lorde Hallyne, o incêndio durará quanto tempo?

— Toda a noite, Vossa Graça.

— Faz uma vela bonita, admito — disse lady Olenna Tyrell, apoiada à bengala entre o Esquerdo e o Direito. — Emana luz suficiente para irmos dormir em segurança, julgo eu. Ossos velhos cansam-se, e esses jovens já tiveram excitação suficiente para uma noite. Está na hora de o rei e a rainha serem postos na cama.

— Sim — Cersei chamou Jaime com um gesto. — Senhor Comandante, escolte Sua Graça e sua pequena rainha para suas almofadas, por favor.

— Às suas ordens. Você também?

— Não é necessário — Cersei sentia-se demasiado viva para dormir. O fogovivo a purificava, queimava sua raiva e seu medo, enchendo-a de resolução. — As chamas são tão bonitas. Quero admirá-las durante algum tempo.

Jaime hesitou:

— Não devia ficar sozinha.

— Não estarei sozinha. Sor Osmund pode ficar comigo e manter-me a salvo. O seu Irmão Juramentado.

— Se agradar a Vossa Graça — Kettleblack dispôs-se.

— Agrada-me — Cersei deu-lhe o braço, e lado a lado ficaram olhando a fúria do fogo.

O CAVALEIRO MACULADO

A noite estava extraordinariamente fria, mesmo para o outono. Um vento vivo e úmido rodopiava pelas vielas, levantando a poeira do dia. Um vento do norte, e cheio de gelo. Sor Arys Oakheart puxou o capuz para cima a fim de esconder o rosto. *Não seria bom que fosse reconhecido.* Uma quinzena antes, um mercador tinha sido assassinado na cidade sombria, um homem inofensivo que viera a Dorne em busca de fruta e encontrara a morte em vez de tâmaras. Seu único crime tinha sido ser de Porto Real.

A turba encontraria um adversário mais duro em mim. Teria quase agradecido um ataque. A mão caía-lhe para ir roçar levemente o cabo da espada longa que pendia, meio escondida, entre as pregas de suas vestes sobrepostas de linho, a exterior com suas riscas azul-turquesa e filas de sóis dourados, e a mais leve e laranja por baixo. O traje dornês era confortável, mas seu pai teria ficado horrorizado se tivesse vivido tempo suficiente para ver o filho vestido assim. Era um homem da Campina, e os dorneses eram seus inimigos ancestrais, como testemunhavam as tapeçarias em Carvalho Velho. A Arys ainda bastava fechar os olhos para vê-las. Lorde Edgerran, o Mão-Aberta, sentado em esplendor com as cabeças de uma centena de dorneses empilhadas em volta dos seus pés. As Três Folhas, no Passo do Príncipe, perfuradas por lanças dornesas. Alester soprando o berrante com seu último suspiro. Sor Olyvar, o Carvalho Verde, todo vestido de branco, morrendo ao lado do Jovem Dragão. *Dorne não é lugar adequado para um Oakheart, seja ele qual for.*

Mesmo antes de o príncipe Oberyn ter morrido, o cavaleiro sentia-se pouco à vontade sempre que saía do recinto de Lançassolar para percorrer as vielas da cidade sombria. Sentia olhos postos em si onde quer que fosse, pequenos e negros olhos dorneses que o fitavam com uma hostilidade mal dissimulada. Os lojistas faziam o possível para enganá-lo em cada negócio, e por vezes perguntava a si mesmo se os taberneiros cuspiriam em sua bebida. Uma vez, um grupo de rapazes esfarrapados pusera-se a lhe atirar pedras, até que ele puxou a espada e os afugentou. A morte da Víbora Vermelha inflamara ainda mais os dorneses, embora as ruas tivessem se acalmado um pouco desde que o príncipe Doran confinara as Serpentes de Areia a uma torre. Mesmo assim, usar abertamente o manto branco na cidade sombria seria pedir para ser atacado. Trouxera três consigo: dois de lã, um leve e um pesado, e o terceiro de fina seda branca. Sentia-se nu sem um deles pendendo-lhe dos ombros.

Antes nu do que morto, disse a si mesmo. Ainda sou um membro da Guarda Real, mesmo sem manto. Ela tem de respeitar isso. Tenho de fazer que compreenda. Nunca devia ter se deixado arrastar para aquilo, mas o cantor dissera que o amor pode transformar qualquer homem num tolo.

Era frequente que a cidade sombria de Lançassolar parecesse deserta ao calor do dia, quando apenas moscas se deslocavam zumbindo pelas ruas poeirentas, mas, uma vez caída a noite, as mesmas ruas voltavam à vida. Sor Arys ouviu uma música tênue que flutuava através de janelas tapadas por persianas enquanto passava por baixo, e, em algum lugar, tambores batiam o ritmo rápido de uma dança de lanças, dando à noite um pulsar. No local onde três vielas se encontravam junto à segunda das Muralhas Sinuosas, uma almofadeira chamou de uma varanda. Estava vestida de joias e azeite. Lançou-lhe um olhar, curvou os ombros e avançou, direto aos dentes do vento. *Nós, os homens, somos tão fracos. Os corpos traem até os mais nobres de nós.* Pensou no rei Baelor, o Abençoado, que jejuava até desmaiar para domar os desejos que o envergonhavam. Teria ele de fazer o mesmo?

Um homem baixo estava em frente a uma arcada, grelhando postas de cobra num braseiro, virando-as com pinças de madeira à medida que iam torrando. O pungente odor de seus molhos trouxe lágrimas aos olhos do cavaleiro. Ouvira dizer que o melhor molho de cobra tinha uma gota de veneno, bem como sementes de mostarda e pimentas-dragão. Myrcella passara a gostar da comida de Dorne tão depressa como do seu príncipe de Dorne, e de tempos em tempos sor Arys experimentava um prato ou outro para contentá-la. A comida queimava-lhe a boca e o deixava ansiando por vinho; e queimava ainda mais ao sair do que ao entrar. Mas sua princesinha gostava.

Deixara-a em seus aposentos, debruçada sobre uma mesa de jogo em frente do príncipe Trystane, empurrando elaboradas peças por quadrados de jade, cornalina e lápis-lazúli. Os lábios cheios de Myrcella estavam ligeiramente abertos, e seus olhos verdes semicerrados de concentração. O jogo chamava-se *cyvasse*. Chegara a Vila Tabueira numa galé mercante proveniente de Volantis, e os órfãos tinham-no espalhado para cima e para baixo ao longo do Sangueverde. A corte dornesa era louca por ele.

Sor Arys limitava-se a achá-lo enlouquecedor. Havia dez peças diferentes, cada uma com seus próprios atributos e poderes, e o tabuleiro mudava de jogo para jogo, dependendo do modo como os jogadores distribuíam seus quadrados iniciais. Príncipe Trystane tornara-se imediatamente apreciador, e Myrcella aprendera o jogo para poder jogar com ele. Não tinha ainda nem onze anos, e seu prometido, treze; mesmo assim, nos últimos tempos, era mais frequente ela ganhar do que perder. Trystane não parecia se importar. As duas crianças não podiam parecer mais diferentes, ele com sua pele cor de oliva e lisos cabelos negros, ela branca como leite, com uma cabeleira de cachos dourados; claro e escuro, como a rainha Cersei e o rei Robert. Rezava para que Myrcella encontrasse mais alegrias em seu rapaz dornês do que a mãe achara em seu senhor da tempestade.

Sentia-se inquieto por deixá-la, embora devesse ficar a salvo dentro do castelo. Havia apenas duas portas que davam acesso aos aposentos de Myrcella na Torre do Sol, e sor Arys mantinha dois homens em cada uma; guardas domésticos Lannister, homens que tinham vindo com eles de Porto Real, testados em batalha, duros, e leais até os ossos. Myrcella tinha também suas aias e a septã Eglantine, e o príncipe Trystane era servido por seu escudo juramentado, sor Gascoyne do Sangueverde. *Ninguém a incomodará*, disse a si mesmo, *e dentro de uma quinzena estaremos longe e a salvo*.

Príncipe Doran assim prometera. Embora Arys tivesse se sentido chocado quando vira como o príncipe dornês parecia envelhecido e enfermo, não duvidava de sua palavra.

"Lamento não ter podido me encontrar com você até agora, ou conhecer a princesa Myrcella", disse Martell quando Arys foi recebido em seu aposento privado, "mas confio que minha filha Arianne o tenha feito se sentir bem-vindo aqui em Dorne, sor".

"Fez, meu príncipe", respondeu, e rezou para que nenhum rubor se atrevesse a traí-lo.

"Nossa terra é dura e pobre, mas não está desprovida de belezas. Fico triste que não tenha visto de Dorne mais do que Lançassolar, mas temo que nem você nem sua princesa estariam a salvo fora dessas muralhas. Nós, os dorneses, somos um povo de sangue quente, rápido na ira e lento no perdão. Alegraria meu coração se pudesse lhe garantir que as Serpentes de Areia estão sozinhas em seu desejo de guerra, mas não mentirei a você, sor. Ouviu meu povo nas ruas, gritando-me para que convoque as lanças. Temo que metade de meus lordes concorde com eles."

"E o senhor, meu príncipe?", atrevera-se o cavaleiro a perguntar.

"Minha mãe ensinou-me há muitos anos que só loucos travam guerras que não podem vencer." Se a franqueza da pergunta o ofendera, príncipe Doran escondera bem. "Mas essa paz é frágil... tão frágil como a sua princesa."

"Só um animal faria mal a uma menina."

"Minha irmã Elia também tinha uma menina. Seu nome era Rhaenys. Era também uma princesa." O príncipe suspirou. "Aqueles que querem mergulhar uma faca na princesa Myrcella não lhe têm nenhum rancor, tal como sor Amory Lorch não tinha quando matou Rhaenys, se é que o fez mesmo. Procuram apenas me obrigar a agir. Pois, se Myrcella fosse morta em Dorne enquanto estivesse sob a minha proteção, quem acreditaria nas minhas justificativas?"

"Nunca ninguém fará mal a Myrcella enquanto eu for vivo."

"Uma nobre jura", disse Doran Martell com um tênue sorriso, "mas é apenas um homem, sor. Tive esperança de que aprisionar minhas obstinadas sobrinhas pudesse ajudar a acalmar as águas, mas tudo o que fizemos foi correr com as baratas para debaixo das esteiras. Todas as noites ouço-as murmurando e afiando as facas."

Ele tem medo, sor Arys compreendeu. *Olhe, a mão lhe treme. O Príncipe de Dorne está aterrorizado.* Faltaram-lhe palavras.

"As minhas desculpas, sor", disse o príncipe Doran. "Estou fraco e doente, e por vezes... Lançassolar cansa-me, com seu ruído, imundície e odores. Assim que meus deveres me permitirem, pretendo regressar ao Jardim das Águas. Quando o fizer, levarei comigo a princesa Myrcella." Antes de o cavaleiro ter tempo de protestar, o príncipe ergueu a mão de articulações vermelhas e inchadas. "Irá também. E sua septã, suas aias, seus guardas. As muralhas de Lançassolar são fortes, mas à sua sombra fica a cidade sombria. Mesmo dentro do castelo há centenas de pessoas indo e vindo todos os dias. Os Jardins são meu porto seguro. Príncipe Maron os construiu como presente para sua noiva Targaryen, a fim de assinalar o casamento de Dorne com o Trono de Ferro. Lá, o outono é uma estação adorável... dias quentes, noites frescas, a brisa salgada que vem do mar, as fontes e as lagoas. E há outras crianças, rapazes e garotas bem-nascidos e de boa estirpe. Myrcella terá amigos de sua idade com quem brincar. Não se sentirá sozinha."

"Às suas ordens." As palavras do príncipe martelavam-lhe a cabeça. *Lá, ela ficará em segurança.* Mas, se assim era, por que Doran Martell lhe teria pedido para não escrever para Porto Real a fim de relatar a mudança? *Myrcella ficará mais segura se ninguém souber exatamente onde se encontra.* Sor Arys concordara, mas que alternativa teria? Era um cavaleiro da Guarda Real, mas, apesar de tudo, era apenas um homem, tal como o príncipe dissera.

A viela abriu-se de súbito para um pátio iluminado pelo luar. *Depois da loja do fabricante de velas*, ela escrevera, *um portão e uma curta escadaria exterior*. Empurrou o portão e subiu os degraus desgastados até uma porta sem nada que a distinguisse das demais. *Devo bater?* Em vez disso, empurrou a porta, abrindo-a, e deu por si num aposento grande e sombrio, com teto baixo, iluminado por um par de velas aromáticas que tremeluziam em nichos cortados nas espessas paredes de barro. Viu sob as sandálias tapetes myrianos decorados com padrões, uma tapeçaria pendurada numa parede, uma cama.

— Senhora? — chamou. — Onde está?

— Aqui. — Ela saiu da sombra atrás da porta.

Uma serpente ornamentada enrolava-se em volta de seu braço direito, com escamas de cobre e ouro cintilando quando se movia. Era tudo o que vestia.

Não, quis o cavaleiro lhe dizer, *só vim lhe dizer que tenho de ir embora*, mas quando a viu brilhar à luz das velas pareceu perder o poder da fala. Sentia a garganta tão seca como as areias de Dorne. E em silêncio ficou, bebendo a glória daquele corpo, a cova de sua garganta, os seios redondos e maduros com seus enormes mamilos escuros, as curvas luxuriantes da cintura e da anca. E então, sem saber como, deu por si abraçando-a, e ela tirando-lhe as vestes, e, quando alcançou a túnica interior, pegou-a pelos ombros e rasgou a seda até o umbigo, mas Arys já ultrapassara o ponto em que ainda se importava. A pele dela era lisa por baixo de seus dedos, tão quente ao toque como areia cozida pelo sol de Dorne. Ergueu-lhe a cabeça e encontrou seus lábios. Sua boca abriu-se sob a dele, e seus seios encheram-lhe as mãos. Sentiu os mamilos se retesarem quando roçou neles os polegares. Os cabelos dela eram negros e espessos, e cheiravam a orquídeas, um cheiro escuro e terroso que o deixou tão teso que quase doía.

— Toque-me, sor — murmurou-lhe a mulher ao ouvido. Sua mão deslizou ao longo da barriga arredondada e foi encontrar o lugar doce e úmido por baixo do matagal de pelos negros. — Sim, aí — ela murmurou enquanto Arys enfiava um dedo em seu interior. Ela soltou um som lamuriento, puxou-o para a cama e o empurrou para baixo. — Mais, oh, mais, sim, que bom, meu cavaleiro, meu cavaleiro, meu querido cavaleiro branco, sim, você, você, desejo você — as mãos dela o guiaram para dentro de si e depois envolveram-lhe as costas para puxá-lo para mais perto. — Mais fundo — murmurou. — Sim, oh — quando o envolveu com as pernas, pareceram-lhe fortes como aço. As unhas arranharam-lhe as costas enquanto a penetrava, outra vez, e outra, e outra, até que ela gritou e arqueou as costas por baixo de si. Quando o fez, os dedos fecharam-se sobre seus mamilos, beliscando-os até que ele derramou sua semente dentro dela. *Podia morrer agora, feliz*, pensou o cavaleiro, e durante uma dúzia de segundos, ao menos, ficou em paz.

Não morreu.

Seu desejo fora tão profundo e sem limites como o mar, mas quando a maré desceu, os rochedos da vergonha e da culpa se ergueram, tão afiados como sempre. Por vezes, as ondas cobriam-nos, mas permaneciam por baixo d'água, duros, negros e viscosos. *Que estou fazendo?*, perguntou a si mesmo. Sou um cavaleiro da Guarda Real. Saiu de cima dela e se esticou, de olhos fitos no teto. Uma grande rachadura o atravessava, de uma parede a outra. Não reparara nisso antes, tal como não reparara na imagem da tapeçaria, uma cena de Nymeria e de seus dez mil navios. *Só vejo ela. Um dragão podia estar espreitando pela janela, e eu não teria visto nada além dos seus seios, seu rosto, seu sorriso.*

— Há vinho — ela murmurou junto do seu pescoço. Passou-lhe a mão pelo peito. — Tem sede?

— Não — rolou para longe dela e se sentou à beira da cama. O quarto estava quente, mas, no entanto, tremia.

— Está sangrando — ela disse. — Arranhei com muita força.

Quando lhe tocou as costas, Arys estremeceu como se os dedos estivessem em chamas.

— Não faça isso — nu, pôs-se de pé. — Já chega.

— Tenho bálsamo. Para os arranhões.

Mas não para a vergonha.

— Os arranhões não são nada. Perdoe-me, senhora, preciso ir...

— Tão depressa? — Ela tinha uma voz rouca, uma boca larga feita para murmúrios, lábios cheios, maduros para beijar. Os cabelos negros e densos caíam-lhe em cascata sobre os ombros nus até o topo dos seios cheios. Encaracolavam-se em grandes, macios e indolentes cachos. Até os pelos na púbis eram macios e encaracolados. — Fique comigo esta noite, sor. Ainda tenho muito a lhe ensinar.

— Já aprendi demais com você.

— Durante as lições pareceu bastante feliz, sor. Tem certeza de que não irá para outra cama, ter com outra mulher? Diga-me quem é ela. Lutarei por você, de peito nu, faca contra faca — sorriu. — A menos que seja uma Serpente de Areia. Se assim for, podemos partilhá-lo. Amo muito as minhas primas.

— Sabe que não tenho outras mulheres. Só... a obrigação.

Ela rolou sobre um cotovelo para observá-lo, com os grandes olhos negros brilhando à luz das velas.

— Essa cadela bexiguenta? Conheço-a. Seca como poeira entre as pernas, e seus beijos o deixam sangrando. Que a obrigação durma só, para variar, e fique comigo esta noite.

— Meu lugar é no palácio.

Ela suspirou.

— Com sua outra princesa. Acabará por me deixar com ciúmes. Parece-me que a ama mais do que a mim. A donzela é nova demais para você. Precisa de uma mulher, não de uma garotinha, mas posso fazer papel de inocente, se isso o excita.

— Não devia dizer tais coisas — *lembre-se, ela é dornesa*. Na Campina, os homens diziam que era a comida que deixava os dorneses tão temperamentais e suas mulheres tão violentas e sensuais. *Pimentões-de-fogo e estranhas especiarias aquecem o sangue, ela não pode evitá-lo*. — Eu amo Myrcella como uma filha. — Nunca poderia ter uma filha sua, tal como nunca poderia ter uma esposa. Em vez disso, tinha um manto branco. — Vamos para o Jardim das Águas.

— A seu tempo — ela concordou —, se bem que com meu pai tudo demore quatro vezes mais do que devia. Se ele diz que pretende partir amanhã, com certeza irá colocar-se a caminho dentro de uma quinzena. Você se sentirá sozinho nos Jardins, garanto. E onde está o bravo e jovem galante que disse que desejava passar o resto da vida nos meus braços?

— Estava bêbado quando disse isso.

— Tinha bebido três taças de vinho aguado.

— Estava embriagado por você. Tinham-se passado dez anos desde que... desde que enverguei o branco e, até você, não tinha tocado nenhuma mulher. Não sabia o que o amor podia ser, mas agora... tenho medo.

— O que poderia assustar meu cavaleiro branco?

— Temo por minha honra — ele respondeu — e pela sua.

— Eu posso cuidar da minha honra — levou um dedo ao seio, afagando lentamente o mamilo. — E dos meus prazeres, se necessário. Sou uma mulher-feita.

Lá isso era, para lá de qualquer dúvida. Vê-la ali no colchão de penas, sorrindo aquele sorriso travesso, brincando com o seio... teria alguma vez havido mulher com mamilos tão grandes e tão prontos para responder? Quase não conseguia olhar para eles sem desejar agarrá-los, chupá-los até ficarem rijos, úmidos e brilhantes...

Afastou os olhos. Tinha a roupa íntima espalhada nos tapetes. O cavaleiro dobrou-se para apanhá-la.

— Suas mãos tremem — ela notou. — Elas prefeririam estar acariciando-me, julgo eu. É preciso tanta pressa para vestir a roupa, sor? Prefiro-o como está. Na cama, despidos, somos fiéis às nossas naturezas, um homem e uma mulher, amantes, uma só carne, tão próximos como duas pessoas podem ser. Nossas roupas tornam-nos diferentes. Prefiro ser sangue e carne a sedas e joias, e você... você não é o seu manto branco, sor.

— Mas sou — disse sor Arys. — Eu *sou* meu manto. E isso tem de terminar, para o seu bem, e também para o meu. Se formos descobertos...

— Os homens o julgarão afortunado.

— Os homens me julgarão um perjuro. E se alguém fosse ter com seu pai e contasse para ele o modo como a desonrei?

— Meu pai é muitas coisas, mas nunca ninguém o chamou de tolo. O Bastardo de Graçadivina tirou-me a virgindade quando tínhamos ambos catorze anos. Sabe o que meu pai fez quando soube? — ela juntou os lençóis com as mãos e os puxou até o queixo, para esconder a nudez. — Nada. Meu pai é muito bom fazendo nada. Chama isso de *pensar*. Diga-me a verdade, sor, é a minha desonra que o preocupa, ou a sua?

— Ambas — a acusação foi uma punhalada. — É por isso que esta deverá ser a última vez.

— Já disse isso antes.

Disse mesmo, e também falava sério. Mas sou fraco, caso contrário não estaria aqui. Não podia dizer isso a ela; era o tipo de mulher que despreza a fraqueza, podia senti-lo. *Tem em si mais do tio do que do pai.* Virou-se e encontrou a túnica interna de seda numa cadeira. Ela rasgara o tecido até o umbigo quando lhe despira a vestimenta.

— Isso está estragado — queixou-se. — Como poderei usá-la agora?

— Ao contrário — ela sugeriu. — Depois de envergar as vestes, ninguém verá o rasgão. Sua pequena princesa talvez costure para você. Ou deverei eu mandar-lhe uma túnica nova para Jardim das Águas?

— Não me mande presentes. — Isso serviria apenas para chamar a atenção. Sacudiu a túnica interna e enfiou-a pela cabeça, com as costas para a frente. Sentia a seda fresca contra a pele, embora aderisse às costas nos locais onde ela o arranhara. Serviria para voltar ao palácio, pelo menos. — Tudo o que quero é pôr fim a este... a este...

— Será isso galante, sor? Magoa-me. Começo a pensar que todas as suas palavras de amor eram mentiras.

Nunca poderia mentir para você. Sor Arys sentiu-se como se ela o tivesse esbofeteado.

— Por qual outro motivo eu teria posto de lado minha honra, não fosse por amor? Quando estou com você, eu... quase não consigo pensar, é tudo aquilo que sempre sonhei, mas...

— As palavras são vento. Se me ama, não me deixe.

— Eu prestei um *juramento*...

— ... de não se casar nem gerar filhos. Bem, eu bebi o meu chá de lua, e sabe que não posso casar com você — sorriu. — Embora talvez pudesse ser convencida a mantê-lo como concubino.

— Agora zomba de mim.

— Talvez um pouco. Acha que é o único membro da Guarda Real que alguma vez amou uma mulher?

— Sempre houve homens que acharam mais fácil proferir votos do que mantê-los — admitiu. Sor Boros Blount não era nenhum estranho na Rua da Seda, e sor Preston Greenfield costumava visitar uma certa casa de comerciante de fazendas sempre que seu proprietário andava fora, mas Arys não desejava envergonhar seus Irmãos Juramentados falando de suas fraquezas. — Sor Terrence Toyne foi encontrado na cama com a amante do seu rei — preferiu dizer. — Era amor, ele jurou, mas custou-lhe a vida, e a dela, e originou a ruína da sua Casa e a morte do cavaleiro mais nobre que já viveu.

— Sim, mas o que me diz de Lucamore, o Ardente, com suas três esposas e dezesseis filhos? A canção sempre me dá vontade de rir.

— A verdade não é assim tão engraçada. Em vida nunca o chamaram Lucamore, o

Ardente. Seu nome era sor Lucamore Strong, e toda sua vida era uma mentira. Quando a fraude foi descoberta, seus próprios Irmãos Juramentados o castraram, e o Velho Rei o mandou para a Muralha. Esses dezesseis filhos foram deixados aos prantos. Ele não era um verdadeiro cavaleiro, tal como aconteceu com Terrence Toyne...

— E o Cavaleiro do Dragão? — Ela atirou os lençóis para o lado e pousou os pés no chão. — O mais nobre cavaleiro que já viveu, você disse, e levou sua rainha para a cama e a deixou grávida.

— Não acreditarei nisso — ele respondeu, ofendido. — A história da traição do príncipe Aemon com a rainha Naerys era apenas isto, uma história, uma mentira que o irmão contou quando quis pôr de lado seu filho legítimo a favor de seu bastardo. Aegon não era chamado o Indigno sem motivo — encontrou o cinto da espada e o afivelou em volta da cintura. Embora tivesse um aspecto estranho sobre a seda da túnica interna dornesa, o peso familiar da espada longa e do punhal fez que se recordasse de quem era. — Não serei lembrado como sor Arys, o Indigno — declarou. — Não mancharei meu manto.

— Sim — ela retrucou —, esse belo manto branco. Esqueceu-se de que meu tio-avô usou o mesmo manto. Morreu quando eu era pequena, mas ainda me lembro dele. Era alto como uma torre e costumava fazer-me cócegas até eu perder o fôlego de tanto rir.

— Nunca tive a honra de conhecer o príncipe Lewyn — sor Arys respondeu —, mas todos são unânimes em dizer que era um grande cavaleiro.

— Um grande cavaleiro com uma concubina. Ela hoje é uma velha, mas os homens dizem que na juventude era uma beleza rara.

O príncipe Lewyn? Aquela era uma história que sor Arys nunca ouvira. Ele ficou chocado. A traição de Terrence Toyne e as fraudes de Lucamore, o Ardente, estavam registradas no Livro Branco, mas não havia sequer a sugestão de uma mulher na página do príncipe Lewyn.

— Meu tio sempre disse que era a espada na mão de um homem que determinava seu valor, não aquela que tinha entre as pernas — ela continuou —, portanto, poupe-me de sua pia conversa sobre mantos manchados. Não foi nosso amor que o desonrou, foram os monstros a quem serviu e os brutamontes a quem chamou de irmãos.

Aquilo o atingiu muito perto do alvo.

— Robert não era monstro nenhum.

— Subiu no trono por cima dos cadáveres de crianças — ela rebateu —, se bem que devo admitir que não era propriamente um Joffrey.

Joffrey. Fora um rapaz bonito, alto e forte para a idade, mas isso era todo o bem que se podia dizer dele. Ainda envergonhava sor Arys lembrar-se de todas as vezes que batera na pobre garota Stark por ordem do rapaz. Quando Tyrion o escolheu para ir com Myrcella para Dorne, acendeu uma vela ao Guerreiro em agradecimento.

— Joffrey está morto, envenenado pelo Duende. — Nunca teria achado o anão capaz de tal enormidade. — Agora o rei é Tommen, e ele não é o irmão.

— Nem a irmã.

Era verdade. Tommen era um homenzinho de bom coração que procurava sempre fazer o seu melhor, mas na última vez em que sor Arys o vira ele chorava no cais. Myrcella não derramara uma lágrima, embora fosse ela quem estivesse abandonando o lar para selar uma aliança com sua virgindade. A verdade era que a princesa era mais corajosa do que o irmão, e também mais inteligente e confiante. Tinha o espírito mais vivo, as cortesias mais polidas. Nunca nada a intimidava, nem mesmo Joffrey. A força está realmente nas mulheres. Pensava não só em Myrcella, mas também na mãe dela e na sua, a Rainha dos Espinhos, nas belas, mortíferas Serpentes de Areia da Víbora Vermelha. E na princesa Arianne Martell, acima de tudo nela.

— Não desejo dizer que está enganada — a voz soou-lhe rouca.

— Não quer? *Não pode!* Myrcella é mais capaz para governar...

— Um filho tem precedência sobre uma filha.

— *Por quê?* Porque deus fez as coisas assim? Sou herdeira do meu pai. Devo abdicar dos meus direitos em favor de meus irmãos?

— Está distorcendo minhas palavras. Nunca disse... Dorne é diferente. Os Sete Reinos nunca foram governados por uma rainha.

— O primeiro Viserys pretendia que a filha Rhaenyra o sucedesse, será que é capaz de negar? Mas, enquanto o rei jazia moribundo, o Senhor Comandante de sua Guarda Real decidiu que devia ser de outro modo.

Sor Criston Cole. Criston, o Fazedor de Reis, pusera irmão contra irmã e dividira a Guarda Real contra si mesma, dando origem à terrível guerra a que os cantores chamavam a Dança dos Dragões. Alguns diziam que ele agira por ambição, pois o príncipe Aegon era mais tratável do que sua voluntariosa irmã mais velha. Outros concediam-lhe motivos mais nobres e argumentavam que defendia o antigo costume ândalo. Alguns sussurravam que sor Criston fora amante da princesa Rhaenyra antes de envergar o branco e desejava vingança contra a mulher que o desdenhara.

— O Fazedor de Reis realizou um grande mal — disse sor Arys —, e pagou caro por isso, mas...

— ... mas talvez os Sete o tenham enviado para cá a fim de que um cavaleiro branco pudesse consertar aquilo que outro arruinou. Sabe que quando meu pai regressar ao Jardim das Águas pretende levar Myrcella com ele?

— Para mantê-la a salvo daqueles que querem lhe causar mal.

— Não. Para mantê-la longe daqueles que procurariam coroá-la. O príncipe Oberyn Víbora lhe teria colocado ele mesmo a coroa na cabeça se tivesse sobrevivido, mas meu pai não tem coragem para isso — pôs-se de pé. — Diz que ama a garota como a uma filha do seu sangue. Deixaria que sua filha fosse espoliada de seus direitos e trancada numa prisão?

— O Jardim das Águas não é nenhuma prisão — protestou Arys debilmente.

— Uma prisão não tem fontes nem figueiras, é isso o que pensa? Mas, uma vez que a garota lá esteja, não será autorizada a sair. Tal como você. Hotah se assegurará disso. Não o conhece como eu conheço. Ele é terrível quando entra em ação.

Sor Arys franziu as sobrancelhas. O grande capitão norvoshiano de rosto marcado sempre o deixara profundamente inquieto. *Dizem que dorme com aquele grande machado do seu lado.*

— O que acha que devo fazer?

— Nada além do que jurou fazer. Proteger Myrcella com a vida. Defendê-la... e aos seus direitos. Colocar-lhe uma coroa na cabeça.

— Eu prestei um *juramento!*

— A Joffrey, não a Tommen.

— Sim, mas Tommen é um garoto de boa índole. Ele será melhor rei do que Joffrey.

— Mas não melhor do que Myrcella. Ela também ama o garoto. Eu sei que não permitirá que nenhum mal lhe aconteça. Ponta Tempestade é legitimamente sua, visto que lorde Renly não deixou herdeiros e lorde Stannis está proscrito. A seu tempo, Rochedo Casterly também passará para o garoto, por via da senhora sua mãe. Será um lorde tão importante como qualquer outro no reino... mas Myrcella deve ocupar o Trono de Ferro.

— A lei... não sei...

— Eu sei. — Quando se levantava, o longo emaranhado negro de seus cabelos caía-lhe até a parte inferior das costas. — Aegon, o Dragão, criou a Guarda Real e seus votos, mas o que um rei faz, outro pode desfazer ou alterar. Antes, a Guarda Real servia de forma vitalícia, mas Joffrey demitiu sor Barristan para que seu cão pudesse ter um manto. Myrcella vai querer que seja feliz, e também gosta de mim. Ela nos dará licença para casar se lhe pedirmos — Arianne pôs os braços em volta dele e encostou o rosto em seu peito. O topo da cabeça chegava-lhe logo abaixo do queixo. — Pode ficar comigo e com o manto branco, se for isso o que deseja.

Ela está me dilacerando.

— Sabe que quero, mas...

— Eu sou uma princesa de Dorne — ela falou com sua voz enrouquecida —, e não é adequado que me faça implorar.

Sor Arys sentia o cheiro do perfume que tinha nos cabelos, e sentia-lhe o coração batendo contra o peito. Seu corpo estava respondendo à proximidade da mulher e não duvidava de que ela também o sentia. Quando pôs os braços sobre seus ombros, percebeu que ela tremia.

— Arianne? Minha princesa? O que há, meu amor?

— Terei de dizer, sor? Tenho medo. Chama-me amor, mas recusa-me, no momento em que me é mais necessário. Será assim tão errado da minha parte querer um cavaleiro que me mantenha em segurança?

Ele nunca a ouvira parecer tão vulnerável.

— Não — disse —, mas tem os guardas de seu pai para mantê-la em segurança, porque...

— São os guardas de meu pai que temo. — Por um momento, pareceu mais nova do que Myrcella. — Foram os guardas de meu pai que acorrentaram minhas queridas primas.

— Acorrentadas, não. Ouvi dizer que têm todo o conforto.

Ela soltou uma gargalhada amarga:

— Você as viu? Ele não me permite vê-las, sabia disso?

— Andavam falando de traição, fomentando a guerra...

— Loreza tem seis anos. Dorea oito. Que guerras podiam elas fomentar? E, no entanto, meu pai as aprisionou com as irmãs. Você o viu. O medo leva até mesmo os homens fortes a fazer coisas que talvez nunca fizessem, e meu pai nunca foi forte. Arys, coração, escuta-me pelo amor que diz sentir por mim. Nunca fui tão destemida como minhas primas, pois fui feita com semente mais fraca, mas Tyene e eu temos a mesma idade e somos próximas como irmãs desde pequenas. Não há segredos entre nós. Se ela pode ser aprisionada, eu também posso, e pelo mesmo motivo... este, de Myrcella.

— Seu pai nunca faria isso.

— Não conhece meu pai. Eu o tenho desapontado desde que cheguei a este mundo sem um pau. Tentou casar-me meia dúzia de vezes com grisalhos desdentados, cada um mais desprezível do que o anterior. Nunca me *ordenou* que os desposasse, admito, mas bastam as ofertas para demonstrar a baixa conta em que me tem.

— Mesmo assim, é sua herdeira.

— Sou?

— Ele a deixou governando Lançassolar quando se mudou para o seu Jardim das Águas, não deixou?

— *Governando?* Não. Deixou o primo, sor Manfrey, como castelão, o velho e cego

Ricasso como senescal, seus meirinhos para coletar taxas e impostos para o tesoureiro Alyse Ladybright contar, seus xerifes para policiar a cidade sombria, seus juízes para realizar julgamentos, e meistre Myles para tratar de quaisquer cartas que não precisassem de atenção pessoal do príncipe. Acima de todos, colocou a Víbora Vermelha. Minha tarefa eram os festejos e os divertimentos, e o entretenimento de hóspedes distintos. Oberyn visitava o Jardim das Águas duas vezes a cada quinzena. A mim, convocava duas vezes por ano. Não sou a herdeira que meu pai quer, ele deixou isto claro. Nossas leis o constrangem, mas sei que ele preferiria que meu irmão o sucedesse.

— Seu irmão? — Sor Arys pôs-lhe a mão debaixo do queixo e lhe ergueu a cabeça, para melhor olhar nos seus olhos. — Não pode estar falando de Trystane, ele é só um garoto.

— Não é Trys. Quentyn — os olhos dela eram arrojados e negros como o pecado, e não vacilavam. — Sei a verdade desde meus catorze anos, desde o dia em que fui ao aposento privado do meu pai para lhe dar um beijo de boa-noite e não o encontrei lá. Soube mais tarde que minha mãe tinha mandado chamá-lo. Ele deixara uma vela acesa. Quando fui apagá-la, encontrei uma carta incompleta ao seu lado, para meu irmão Quentyn, que se encontrava em Paloferro. Meu pai dizia a Quentyn que ele devia fazer tudo o que seu meistre e o mestre de armas lhe pedissem, porque *"um dia sentará onde me sento e governará todo o Dorne, e um governante deve ser forte de mente e de corpo"* — uma lágrima correu pela face macia de Arianne. — Palavras do meu pai, escritas com sua letra. Ficaram marcadas a fogo na minha memória. Nessa noite, e muitas depois, chorei até adormecer.

Sor Arys ainda não conhecia Quentyn Martell. O príncipe fora criado por lorde Yronwood desde tenra idade, servira-lhe como pajem, depois como escudeiro, e até preferira ser armado cavaleiro por suas mãos em vez das da Víbora Vermelha. *Se eu fosse um pai, também quereria que meu filho me sucedesse*, pensou, mas tinha sentido dor na voz dela e sabia que, se dissesse o que pensava, a perderia.

— Talvez tenha compreendido mal — disse. — Era apenas uma criança. O príncipe talvez tenha escrito isso só para encorajar seu irmão a ser mais diligente.

— Acha isso? Então, diga-me, onde Quentyn está agora?

— O príncipe está com a hoste de lorde Yronwood no Caminho do Espinhaço — sor Arys respondeu cautelosamente. Era o que o muito idoso castelão de Lançassolar lhe dissera quando chegou a Dorne. O meistre com a barba sedosa dissera o mesmo.

Arianne objetou:

— Isto é o que meu pai quer que pensemos, mas tenho amigos que me dizem outras coisas. Meu irmão atravessou o mar estreito em segredo, pretendendo ser um simples mercador. Por quê?

— Como hei de saber? Pode haver uma centena de motivos.

— Ou um só. Está ciente de que a Companhia Dourada quebrou seu contrato com Myr?

— Os mercenários sempre quebram contratos.

— A Companhia Dourada não. Gabam-se de que *nossa palavra vale ouro* desde os dias do Açoamargo. Myr está à beira da guerra com Lys e Tyrosh. Por que quebrar um contrato que lhes oferecia a possibilidade de bom pagamento e bom saque?

— Talvez Lys lhes tenha oferecido pagamento melhor. Ou Tyrosh.

— Não — ela rebateu. — Acreditaria nisso se fosse alguma das outras companhias livres, sim. A maioria mudaria de lado por moeda de prata. A Companhia Dourada é diferente. Uma irmandade de exilados e de filhos de exilados, unida pelo sonho de Açoamargo. O que eles desejam é a terra natal, tanto como o ouro. Lorde Yronwood sabe disso tão bem quanto eu. Seus ancestrais acompanharam Açoamargo durante três das Rebeliões Blackfyre — pegou na mão de sor Arys e entrelaçou seus dedos nos dele. — Alguma vez já viu as armas da Casa Toland, de Colina Fantasma?

Arys teve de pensar por um momento.

— Um dragão comendo a própria cauda?

— O dragão é o tempo. Não tem princípio nem fim, portanto, todas as coisas ressurgem. Anders Yronwood é Criston Cole renascido. Ele murmura aos ouvidos do meu irmão que é ele quem deve governar depois do meu pai, que não está certo que os homens se ajoelhem perante as mulheres... que Arianne, em particular, não está preparada para governar, sendo a voluntariosa libertina que é — sacudiu os cabelos em desafio. — Portanto, suas duas princesas partilham uma causa comum, sor... E partilham também um cavaleiro que afirma amá-las a ambas, mas não quer lutar por elas.

— Lutarei — sor Arys caiu sobre um joelho. — Myrcella é a mais velha, e a mais adequada para a coroa. Quem defenderá seus direitos, senão seu guarda real? Minha espada, minha vida, minha honra, todas lhe pertencem... e a você, delícia do meu coração, juro: nenhum homem a espoliará do seu direito de nascença enquanto eu ainda tiver forças para erguer uma espada. Sou seu. O que quer de mim?

— Tudo — ela se ajoelhou para lhe beijar os lábios. — Tudo, meu amor, meu amor verdadeiro, meu doce amor, e para sempre. Mas, primeiro...

— Peça, e será seu.

— ... Myrcella.

BRIENNE

O MURO DE PEDRA ERA VELHO E EM RUÍNAS, mas vê-lo do outro lado do terreno fez os pelos da nuca de Brienne se arrepiarem.

Foi ali que os arqueiros se esconderam e mataram o pobre Cleos Frey, pensou... Mas quase um quilômetro à frente passou por outro muro que se parecia muito com o primeiro, e já não tinha tanta certeza. A estrada sulcada virava-se e se torcia, e as árvores nuas e marrons pareciam diferentes das verdes de que se lembrava. Já teria passado pelo local onde sor Jaime desembainhara a espada do primo? Onde estavam os bosques nos quais tinham lutado? E o riacho em que tinham chapinhado enquanto se golpeavam um ao outro até que o ruído fizera que os Bravos Companheiros caíssem sobre eles?

— Senhora? Sor? — Podrick nunca sabia bem como chamá-la. — O que procura?

Fantasmas.

— Um muro por onde passei há tempos. Não importa. — *Isso aconteceu quando sor Jaime ainda tinha ambas as mãos. Como o abominava, e a todos os seus sarcasmos e sorrisos.* — Fique quieto, Podrick. Ainda pode haver fora da lei nesses bosques.

O garoto olhou as árvores nuas e marrons, as folhas úmidas, a estrada lamacenta que se estendia à frente.

— Eu tenho uma espada longa. Posso lutar.

Mas não suficientemente bem. Brienne não duvidava da coragem do garoto, apenas da sua prática. Podia ser um escudeiro, pelo menos no nome, mas os homens de quem fora escudeiro tinham-no servido mal.

Arrancara-lhe a história aos poucos ao longo da estrada desde Valdocaso. Pertencia a um ramo menor da Casa Payne, um rebento empobrecido que brotara das virilhas de um filho mais novo. O pai passara a vida como escudeiro de primos mais ricos e gerara Podrick na filha de um fabricante de velas com quem se casara antes de morrer na Rebelião Greyjoy. Quando tinha quatro anos, a mãe o abandonou com um desses primos, para poder correr atrás de um cantor ambulante que lhe tinha posto outro bebê na barriga. Podrick não se lembrava de sua aparência. Sor Cedric Payne foi a coisa mais parecida com um pai que o garoto conheceu, embora, por suas histórias gaguejadas, parecesse a Brienne que o primo Cedric tratara Podrick mais como um criado do que como um filho. Quando Rochedo Casterly convocou os vassalos, o cavaleiro levara-o consigo para tratar de seu cavalo e limpar sua cota de malha. Então, sor Cedric foi morto nas terras fluviais enquanto lutava na hoste de lorde Tywin.

Longe de casa, sozinho e sem vintém, o garoto ligara-se a um cavaleiro andante gordo chamado sor Lorimer, o Barriga, que fazia parte do contingente de lorde Lefford, encarregado da proteção do comboio de bagagem.

"Os rapazes que guardam a comida são sempre os que comem melhor", gostava de dizer sor Lorimer, até ser descoberto com um pernil de porco salgado que roubara das reservas pessoais de lorde Tywin. Tywin Lannister decidiu enforcá-lo como lição para os outros saqueadores. Podrick tinha partilhado o pernil, e podia ter também a corda, mas seu nome o salvou. Sor Kevan Lannister ficou a cargo dele, e algum tempo mais tarde pôs o garoto para servir de escudeiro ao sobrinho Tyrion.

Sor Cedric ensinara Podrick a cuidar de um cavalo e lhe examinar as ferraduras em busca de pedras, e sor Lorimer lhe ensinara como roubar, mas nem um nem outro lhe dera grande treino com uma espada. O Duende, pelo menos, despachara-o para o mestre de armas da Fortaleza Vermelha quando chegaram à corte. Mas sor Aron Santagar foi morto durante os tumultos do pão, o que foi o fim do treino para Podrick.

Brienne fez duas espadas com madeira de galhos caídos para ter uma ideia da perícia de Podrick. Gostou de ver que o garoto era lento na fala, mas não com as mãos. Embora destemido e atento, também estava desnutrido e era muito magro, nem perto de ter a força necessária. Se sobrevivera à Batalha da Água Negra, como afirmava, só podia ter sido porque ninguém tinha achado que valesse a pena matá-lo.

"Pode chamar a si mesmo de escudeiro", disse-lhe, "mas vi pajens com metade de sua idade que poderiam deixá-lo sangrando. Se ficar comigo, vai adormecer quase todas as noites com bolhas nas mãos e manchas negras nos braços, e ficará tão duro e dolorido que quase não dormirá. Não vai querer isso."

"Quero", insistiu o rapaz. "Quero isso mesmo. As manchas negras e as bolhas. Quer dizer, não quero, mas quero. Sor. Senhora."

Até aquele momento, ele tinha permanecido fiel à palavra dada, e Brienne à sua. Podrick não se queixava. Todas as vezes que lhe aparecia uma bolha nova na mão da espada, sentia necessidade de mostrá-la com orgulho. E também cuidava bem dos cavalos. *Ainda não é um escudeiro*, lembrou a si mesma, *mas não sou nenhum cavaleiro, por mais que ele me chame de "sor"*. Teria mandado o garoto embora, mas ele não tinha para onde ir. Além disso, e embora Podrick dissesse que não sabia para onde fora Sansa Stark, talvez soubesse mais do que o que tinha consciência. Algum comentário casual, meio lembrado, podia conter a chave para a demanda de Brienne.

— Sor? Senhora? — Podrick apontou. — Há um carro ali.

Brienne viu: um carro de bois de madeira, com duas rodas e flancos elevados. Um homem e uma mulher esforçavam-se com os tirantes, puxando o carro ao longo dos sulcos na direção de Lagoa da Donzela. *Gente do campo, pelo aspecto.*

— Agora, devagar — disse ao garoto. — Eles podem nos tomar por dois fora da lei. Não diga mais do que o necessário, e seja cortês.

— Vou ser, sor. Cortês. Senhora — o garoto pareceu quase satisfeito com a ideia de ser confundido com um fora da lei.

Os camponeses foram observando ambos com cautela enquanto se aproximavam a trote, mas depois de Brienne deixar claro que não lhes pretendiam fazer mal, permitiram que seguissem a seu lado.

— Nós tínhamos um boi — disse-lhe o velho enquanto abriam caminho por entre os campos afogados de ervas daninhas, lagos de lama mole e árvores queimadas e enegrecidas —, mas os lobos o levaram. — O homem tinha o rosto vermelho do esforço de puxar o carro. — Também nos levaram a filha e com ela fizeram o que quiseram, mas ela voltou depois da batalha lá embaixo, em Valdocaso. O boi não. Os lobos o comeram, imagino.

A mulher tinha pouco a acrescentar. Era vinte anos mais nova do que o homem, mas não proferiu palavra, limitou-se a olhar para Brienne do mesmo modo como poderia ter olhado para um vitelo de duas cabeças. A Donzela de Tarth já vira tais olhares antes. Lady Stark fora gentil com ela, mas a maior parte das mulheres era tão cruel como os homens. Não saberia dizer o que a magoava mais, se as moças bonitas com suas línguas de vespa e gargalhadas estaladiças, ou se as senhoras de olhos frios que escondiam o desdém por trás de uma máscara de cortesia. E as mulheres comuns podiam ser piores do que ambas.

— Lagoa da Donzela estava toda em ruínas da última vez que a vi — disse. — Os portões estavam quebrados e metade da vila tinha sido queimada.

— Reconstruíram-na um pouco. Aquele Tarly é um homem duro, mas um lorde mais corajoso do que o Mooton. Ainda há bandos de fora da lei na floresta, mas não tantos como antes. Tarly capturou os piores, e os deixou uma cabeça mais curtos com aquela espada larga que tem — virou a cabeça e cuspiu. — Não viram algum fora da lei na estrada?

— Nenhum — *dessa vez*. Quanto maior a distância para Valdocaso, mais vazia tinha estado a estrada. Os únicos viajantes que vislumbraram sumiram na floresta antes de se aproximarem deles, exceto um grande septão barbudo que encontraram caminhando com duas vintenas de seguidores de pés doloridos. As estalagens por onde haviam passado tinham sido saqueadas e abandonadas, ou transformadas em fortificações. No dia anterior tinham encontrado uma das patrulhas de lorde Randyll, eriçada de arcos e lanças. Os cavaleiros tinham cercado ambos enquanto seu capitão interrogava Brienne, mas, por fim, os deixaram seguir caminho.

"Tenha cautela, mulher. Os próximos homens que encontrar podem não ser tão honestos como meus rapazes. Cão de Caça atravessou o Tridente com uma centena de fora da lei, e diz-se que andam estuprando todas as moças que encontram e cortando-lhes as tetas como troféus."

Brienne sentiu-se obrigada a transmitir aquele aviso ao agricultor e à mulher. O homem balançou a cabeça enquanto lhe contava a história, mas quando terminou voltou a cuspir e disse:

— Cães, lobos e leões, que os Outros os carreguem a todos. Esses fora da lei não se atreverão a chegar muito perto de Lagoa da Donzela. Pelo menos enquanto lorde Tarly tiver o governo do lugar.

Brienne conhecia lorde Randyll Tarly dos tempos passados na hoste do rei Renly. Embora não conseguisse encontrar em si capacidade para gostar do homem, tampouco era capaz de esquecer a dívida que tinha para com ele. *Se os deuses forem bons, passaremos por Lagoa da Donzela antes que ele saiba que lá estou.*

— A vila será devolvida a lorde Mooton depois da luta terminada — disse ao agricultor. — Sua senhoria foi perdoada pelo rei.

— Perdoado? — O velho soltou uma gargalhada. — Por quê? Por ficar com o cu sentado na merda do seu castelo? Mandou homens a Correrrio para lutar, mas ele não foi. Os leões saquearam-lhe a vila, e depois os lobos fizeram o mesmo, e depois mercenários, e sua senhoria ficou sentadinho e em segurança atrás de suas muralhas. O irmão nunca se esconderia assim. Sor Myles foi duro como rocha até aquele Robert matá-lo.

Mais fantasmas, Brienne pensou.

— Ando à procura de minha irmã, uma bela donzela de treze anos. Talvez a tenha visto?

— Não vi donzelas, nem belas nem feias.

Ninguém viu. Mas tinha de continuar perguntando.

— A filha de Mooton, essa é uma donzela — prosseguiu o homem. — Pelo menos até as núpcias. Estes ovos são para o casamento dela. Ela e o filho de Tarly. Os cozinheiros hão de precisar de ovos para os bolos.

— Sim. — *O filho de lorde Tarly. O jovem Dickon vai se casar.* Tentou se lembrar da idade que ele teria; oito ou dez anos, pensava. Brienne fora prometida aos sete, a um homem três anos mais velho, o filho mais novo de lorde Caron, um garoto tímido com um grande sinal por cima do lábio. Só se tinham encontrado uma vez, por ocasião de seu noivado. Dois anos mais tarde ele estava morto, levado pelo mesmo resfriado que levara o lorde e lady Caron e suas filhas. Se tivesse sobrevivido, teriam se casado um ano depois de sua primeira floração, e toda sua vida teria sido diferente. Não estaria ali naquele momento, envergando cota de malha masculina e carregando uma espada, à procura da filha de uma morta. O mais provável seria estar em Nocticantiga, trocando os cueiros de um bebê seu e dando de mamar a outro. Não era um pensamento novo para Brienne. Fazia-a sempre se sentir um pouco triste, mas também um pouco aliviada.

O sol estava meio escondido por trás de algumas nuvens quando emergiram por entre as árvores enegrecidas para encontrar Lagoa da Donzela na sua frente, com as profundas águas da baía logo a seguir. Brienne viu de imediato que os portões da vila tinham sido reconstruídos e reforçados, e que besteiros patrulhavam outra vez as muralhas de pedra rosada. Por cima da casa do portão flutuava o estandarte real do rei Tommen, um veado negro e um leão dourado beligerantes em fundo dividido de ouro e carmesim. Outros estandartes exibiam o caçador dos Tarly, mas o salmão vermelho da Casa Mooton flutuava apenas no castelo erguido em sua colina.

Junto à porta levadiça depararam com uma dúzia de guardas armados com alabardas. Suas divisas identificavam-nos como soldados da hoste de lorde Tarly, embora nenhum deles fosse subordinado ao próprio Tarly. Brienne viu dois centauros, um relâmpago, um escaravelho azul e uma flecha verde, mas não o caçador andante de Monte Chifre. O sargento trazia um pavão no peito, com a cauda colorida desbotada pelo sol. Quando os agricultores se aproximaram com o carro, o homem assobiou:

— E isso agora é o quê? Ovos? — Atirou um ao ar, apanhou-o e sorriu. — Ficamos com eles.

O velho protestou:

— Nossos ovos são para o lorde Mooton. Para os bolos de casamento e coisas assim.

— Coloque suas galinhas para pôr mais. Não como um ovo há meio ano. Toma, para não dizer que não foi pago — atirou um punhado de tostões aos pés do velho.

A mulher do agricultor interveio:

— Isso não é suficiente. Nem está perto.

— E eu digo que é — o sargento esbravejou. — Por esses ovos, e por você também. Traga-a cá, rapazes. Ela é nova demais para esse velho. — Dois dos guardas encostaram as alabardas à muralha e puxaram a mulher para longe do carro, à força. O agricultor ficou assistindo, de rosto cinzento, mas não se atreveu a se mover.

Brienne esporeou sua égua:

— Liberte-a.

Sua voz fez os guardas hesitarem tempo suficiente para que a mulher do agricultor batesse neles.

— Isso não lhe diz respeito — disse um dos homens. — Cuidado com a língua, moça.

Em vez de ter cuidado com a língua, Brienne desembainhou a espada.

— Ora, ora — disse o sargento —, aço nu. Parece me cheirar a fora da lei. Sabe o que lorde Tarly faz com os fora da lei? — Ainda tinha o ovo que tirara do carro. A mão se fechou sobre ele, e a gema lhe escorreu por entre os dedos.

— Eu sei o que lorde Randyll faz com os fora da lei — Brienne rebateu. — Também sei o que faz a estupradores.

Esperava que o nome pudesse intimidá-los, mas o sargento limitou-se a sacudir o ovo das mãos e fazer sinal aos seus homens para se espalharem. Brienne deu por si cercada por pontas de aço.

— O que dizia, moça? O que é que lorde Tarly faz a...

— ... estupradores — concluiu uma voz mais profunda. — Castra-os, ou os manda para a Muralha. Às vezes ambas as coisas. E corta dedos de ladrões — um jovem de ar indiferente saiu da casa do portão, com um cinto de espada afivelado à cintura. A capa que usava por cima de seu aço tinha outrora sido branca, e aqui e ali ainda era, por baixo das manchas de erva e do sangue seco. Ostentava o símbolo no peito: um veado marrom, morto, atado e pendurado em uma vara.

Ele. A voz do homem era um soco no estômago de Brienne, o rosto, uma lâmina nas entranhas.

— Sor Hyle — disse, a voz tensa.

— É melhor que a deixem em paz, rapazes — preveniu sor Hyle Hunt. — Esta é Brienne, a Bela, a Donzela de Tarth, que matou o rei Renly e metade de sua Guarda Arco-Íris. É tão má como feia, e não há ninguém mais feio... talvez exceto você, Penico, mas seu pai era a ponta traseira de um auroque, de modo que tem uma boa desculpa. O pai *dela* é a Estrela da Tarde de Tarth.

Os guardas riram, mas as alabardas se afastaram.

— Não devíamos capturá-la, sor? — perguntou o sargento. — Por matar Renly?

— Por quê? Renly era um rebelde. Todos nós éramos, rebeldes até o último homem, mas agora somos os leais rapazes de Tommen — o cavaleiro fez sinal aos agricultores para atravessarem o portão. — O intendente de sua senhoria ficará feliz por ver esses ovos. Vá encontrá-lo no mercado.

O velho esfregou a testa com os nós dos dedos:

— Muito obrigado, milorde. É um verdadeiro cavaleiro, isso ficou claro. Anda, mulher — voltaram a entregar os ombros ao carro e cruzaram ruidosamente o portão.

Brienne os seguiu a trote, com Podrick mordendo-lhe os calcanhares. *Um verdadeiro cavaleiro*, pensou, carrancuda. Dentro da vila, refreou o cavalo. Viam-se as ruínas de um estábulo à esquerda, abertas para uma viela lamacenta. Em frente, três prostitutas seminuas paradas na varanda de um bordel, aos cochichos entre si. Uma delas parecia-se um pouco com a seguidora de acampamentos que um dia viera ter com Brienne para lhe perguntar se tinha uma boceta ou um pau dentro dos calções.

— Aquele cavalo malhado deve ser o mais hediondo que já vi — disse sor Hyle, referindo-se à montaria de Podrick. — Surpreende-me que não seja você a montá-lo, senhora. Tem planos de me agradecer a ajuda?

Brienne saltou da égua. Era uma cabeça mais alta do que sor Hyle.

— Um dia vou lhe agradecer num corpo a corpo, sor.

— Como agradeceu ao Ronnet Vermelho? — Hunt soltou uma gargalhada. Tinha um riso cheio e rico, embora o rosto fosse simples. Um rosto honesto, tinha pensado outrora, antes de descobrir a verdade; cabelos castanhos desgrenhados, olhos cor de avelã, uma pequena cicatriz junto ao olho esquerdo. O queixo tinha uma cova e o nariz era torto, mas ele ria bem e com frequência.

— Não devia estar vigiando seu portão?

Ele lhe fez uma careta:

— Meu primo Alyn anda por aí à caça de fora da lei. Sem dúvida regressará com a cabeça do Cão de Caça, todo satisfeito e coberto de glória. Entretanto, estou condenado a guardar este portão, graças a você. Espero que esteja satisfeita, minha beldade. Do que anda à procura?

— De um estábulo.

— Junto ao portão leste. Este queimou.

Isso posso ver.

— O que disse àqueles homens... Eu estava com rei Renly quando ele morreu, mas foi uma feitiçaria qualquer que o matou, sor. Juro por minha espada — pousou a mão no punho, pronta a lutar se Hunt a chamasse de mentirosa na cara.

— Sim, e foi o Cavaleiro das Flores quem retalhou a Guarda Arco-Íris. Num bom dia poderia ter sido capaz de derrotar sor Emmon. Ele era um lutador imprudente e cansava-se com facilidade. Mas Royce? Não. Sor Robar era duas vezes melhor homem de armas do que você... Embora você *não seja* um homem de armas, não é? A expressão mulher de armas existe? Que demanda traz a Donzela a Lagoa da Donzela, pergunto-me?

Ando à procura de minha irmã, uma donzela de treze anos, quase disse, mas sor Hyle saberia que ela não tinha irmãs.

— Procuro um homem, num lugar chamado Ganso Fedorento.

— Pensei que Brienne, a Bela, não via nenhuma utilidade nos homens — havia uma ponta de crueldade em seu sorriso. — Ganso Fedorento. Aí está um nome apropriado... pelo menos a parte do fedorento. É junto ao porto. Mas primeiro virá comigo falar com sua senhoria.

Brienne não temia sor Hyle, mas ele era um dos capitães de Randyll Tarly. Um assobio, e uma centena de homens viria correndo para defendê-lo.

— Serei presa?

— O quê, por Renly? Quem era ele? Desde então mudamos de rei, alguns de nós duas vezes. Ninguém se importa, ninguém se lembra — pousou a mão levemente em seu braço. — Por aqui, por favor.

Ela se soltou.

— Agradeceria se não me tocasse.

— Finalmente um agradecimento — ele disse com um sorriso forçado.

Da última vez que Brienne estivera em Lagoa da Donzela, a vila era uma desolação, um lugar lúgubre de ruas vazias e casas queimadas. Agora, as ruas estavam cheias de porcos e de crianças, e a maior parte dos edifícios incendiados tinha sido derrubada. Nos lotes onde alguns desses edifícios antes se erguiam tinham sido plantados legumes; tendas de mercadores e pavilhões de cavaleiros ocupavam o lugar de outros. Brienne viu novas casas em construção, uma estalagem de pedra erguendo-se onde ardera uma estalagem de madeira, um novo telhado de ardósia no septo da vila. O ar fresco de outono ressoava com o ruído de serras e martelos. Homens transportavam madeira pelas ruas, e pedreiros guiavam suas carroças por ruelas lamacentas. Muitos ostentavam o caçador andante no peito.

— Os soldados estão reconstruindo a vila — ela disse, surpresa.

— Não duvido que preferissem estar jogando dados, bebendo e fodendo, mas lorde Randyll acredita em pôr homens ociosos para trabalhar.

Brienne julgou que seria levada para o castelo. Em vez disso, Hunt os conduziu na direção do movimentado porto. Ficou satisfeita por ver que os mercadores tinham regressado a Lagoa da Donzela. Estavam ancoradas uma galé, uma galeota e uma grande coca de dois mastros, assim como uma vintena de pequenos barcos de pesca. Viam-se mais pescadores ao largo, na baía. *Se o Ganso Fedorento não der em nada, arranjarei passagem num navio*, decidiu. Vila Gaivota estava apenas à distância de uma curta viagem. Dali podia abrir caminho até o Ninho da Águia com bastante facilidade.

Foram encontrar lorde Tarly no mercado de peixe, exercendo a justiça.

Uma plataforma tinha sido erguida junto à água, sobre a qual sua senhoria podia olhar os homens acusados de crimes. À sua esquerda via-se um longo cadafalso, com cordas suficientes para vinte homens. Havia ali quatro cadáveres balançando. Um parecia fresco, mas era evidente que os outros três já estavam ali havia algum tempo. Um corvo arrancava pedaços de carne dos restos apodrecidos de um dos mortos. Os outros corvos tinham fugido, com receio da multidão da vila que se reunira na esperança de ver algum enforcamento.

Lorde Randyll partilhava a plataforma com lorde Mooton, um homem pálido, mole e gordo num gibão branco e calções vermelhos, com um manto de arminho preso ao ombro por um broche vermelho e dourado com a forma de um salmão. Tarly usava cota de malha e couro cozido, e uma placa peitoral de aço cinzento. O cabo de uma espada larga espreitava por cima de seu ombro esquerdo. Chamava-se *Veneno do Coração*, o orgulho da sua Casa.

Quando chegaram, um adolescente com manto de tecido grosseiro e um gibão sujo estava sendo ouvido.

— Não fiz mal a ninguém, milorde — Brienne ouviu-o dizer. — Só levei o que os septões deixaram quando fugiram. Se tiver de me cortar o dedo por causa disso, corte.

— É costume cortar um dedo de um ladrão — respondeu lorde Tarly em voz dura —, mas um homem que rouba de um septo está roubando dos deuses — virou-se para seu capitão dos guardas. — Sete dedos. Deixem-lhe os polegares.

— Sete? — O ladrão empalideceu. Quando os guardas o agarraram, tentou lutar, mas debilmente, como se já estivesse mutilado. Observando-o, Brienne não conseguiu deixar de pensar em sor Jaime, e no modo como gritara quando o arakh de Zollo caíra, relampejando.

O homem seguinte era um padeiro, acusado de misturar serragem na farinha. Lorde Randyll multou-o em cinquenta veados de prata. Quando o padeiro jurou que não tinha tanta prata, sua senhoria declarou que podia levar uma chibatada por cada veado que lhe faltasse. Foi seguido por uma prostituta descomposta e de rosto cinzento, acusada de transmitir um esquentamento a quatro dos soldados de Tarly.

— Lave-lhe as partes íntimas com lixívia e atire-a numa masmorra — ordenou Tarly. Quando a prostituta foi levada, aos soluços, sua senhoria viu Brienne à frente da multidão, em pé entre Podrick e sor Hyle. Franziu-lhe as sobrancelhas, mas seus olhos não traíram nem um tremular de reconhecimento.

Um marinheiro da galeota foi o próximo. Seu acusador era um arqueiro da guarnição de lorde Mooton, com uma mão enfaixada e um salmão no peito.

— Se aprouver milorde, este magano enfiou-me o punhal na mão. Disse que o estava trapaceando nos dados.

Lorde Tarly afastou o olhar de Brienne para avaliar os homens que tinha à sua frente.

— E estava?

— Não, milorde. Nunca.

— Por roubo, corto um dedo. Minta para mim, e enforco você. Devo pedir para ver esses dados?

— Os dados? — O arqueiro olhou para Mooton, mas sua senhoria fitava os barcos de pesca. O arqueiro engoliu em seco. — Pode ser que eu... os dados, eles me dão sorte, é verdade, mas eu...

Tarly ouvira o bastante:

— Corte-lhe o mindinho. Pode escolher qual. Um prego através da palma da outra mão — pôs-se de pé. — Acabamos. Leve o resto de volta à masmorra, tratarei deles amanhã. — Virou-se para fazer um gesto a sor Hyle para que avançasse. Brienne o seguiu.

— Senhor — disse, quando se aproximou de lorde Randyll. Sentiu-se de novo com oito anos.

— Senhora. A que devemos esta... honra?

— Fui enviada em busca de... de... — hesitou.

— Como o encontrará, se não sabe como se chama? Matou lorde Renly?

— Não.

Tarly pesou a palavra. *Ele está me julgando, da mesma maneira que julgou os outros.*

— Não — disse por fim —, só o deixou morrer.

Renly morrera em seus braços, com o sangue de sua vida a ensopá-la. Brienne estremeceu:

— Foi feitiçaria. Eu nunca...

— Você *nunca*? — a voz de Tarly transformara-se num chicote. — Sim. Você nunca devia ter envergado cota de malha, nem afivelado um cinto de espada. Você nunca devia ter deixado o salão de seu pai. Isto é uma guerra, não um baile das colheitas. Por todos os deuses, devia meter você num navio de volta a Tarth.

— Faça isso e responderá perante o trono — sua voz soou aguda, uma voz de moça, quando pretendera que soasse destemida. — Podrick. Em meu alforje vai encontrar um pergaminho. Traga-o a sua senhoria.

Tarly pegou a carta, desenrolou-a, franzindo a testa. Seus lábios mexeram-se enquanto lia.

— Assuntos do rei. Que tipo de assuntos?

Minta para mim, e eu enforco você.

— S-Sansa Stark.

— Se a garota Stark estivesse aqui, eu saberia. Ela correu de volta para o Norte, aposto. Esperando encontrar refúgio com um dos vassalos do pai. É melhor que reze para escolher o certo.

— Em vez disso, pode ter ido para o Vale — Brienne surpreendeu-se dizendo, quase sem querer —, para junto da irmã da mãe.

Lorde Randyll lhe lançou um olhar de desprezo.

— Lady Lysa está morta. Um cantor qualquer a empurrou por uma montanha abaixo. Agora quem controla o Ninho da Águia é Mindinho... Embora não por muito tempo. Os senhores do Vale não são homens que dobrem o joelho a um macaco arrivista cujo único talento consiste em contar tostões — devolveu-lhe a carta. — Vá para onde quiser e faça o que bem entender... Mas, quando for estuprada, não venha me pedir justiça. Será você a causadora com sua loucura — olhou de relance para sor Hyle. — E você, sor, devia estar em seu portão. Dei-lhe esta ordem, não dei?

— Deu, senhor — Hyle Hunt assentiu —, mas pensei...

— Pensou demais — lorde Tarly afastou-se a passos largos.

Lysa Tully está morta. Brienne ficou imóvel debaixo do cadafalso com o precioso pergaminho na mão. A multidão se dispersara, e os corvos tinham regressado para continuar seu banquete. *Um cantor a empurrou por uma montanha.* Teriam os corvos também se alimentado da irmã de lady Catelyn?

— Falou do Ganso Fedorento, senhora — sor Hyle lembrou-lhe. — Se quiser que lhe mostre...

— Volte para o seu portão.

Uma expressão de aborrecimento passou pelo rosto dele. *Um rosto simples, não honesto.*

— Se é essa sua vontade.

— É.

— Foi só um jogo para passar o tempo. Não pretendíamos fazer mal algum — hesitou. — Ben morreu, sabia? Abatido na Água Negra. Farrow também, assim como Will, o Cegonha. E Mark Mullendore sofreu um ferimento que lhe custou metade do braço.

Ótimo, Brienne quis dizer. *Ótimo, fez por merecer*. Mas lembrou-se de Mullendore sentado à porta de seu pavilhão com o macaco no ombro, metido numa pequena camisa de cota de malha, os dois fazendo caretas um ao outro. Do que os tinha chamado Catelyn Stark, naquela noite em Ponteamarga? *Os cavaleiros de verão*. Agora era outono, e eles caíam como folhas...

Virou as costas a Hyle Hunt.

— Podrick, venha.

O garoto trotou atrás dela, levando os cavalos.

— Vamos à procura do lugar? Do Ganso Fedorento?

— Eu vou. Você vai para os estábulos, junto ao portão oriental. Pergunte ao dono se há alguma estalagem onde possamos passar a noite.

— Sim, sor. Senhora — Podrick não tirou os olhos do chão enquanto avançavam, chutando pedras de vez em quando. — Sabe onde é? O Ganso? O Ganso Fedorento, quero dizer.

— Não.

— Ele disse que nos mostraria. Aquele cavaleiro. Sor Kyle.

— Hyle.

— Hyle. Que foi que ele lhe fez, sor? Isto é, senhora?

O garoto pode ser um trapalhão quando fala, mas não é estúpido.

— Em Jardim de Cima, quando rei Renly convocou os vassalos, um grupo de homens fez um jogo comigo. Sor Hyle era um deles. Foi um jogo cruel, doloroso, e nada cavalheiresco — parou. — O portão oriental é por ali. Espere lá por mim.

— Às ordens, senhora. Sor.

Nenhuma tabuleta assinalava Ganso Fedorento. Precisou da maior parte de uma hora para encontrar a taberna, no fundo de uma escada de madeira por baixo do celeiro de um ferro-velho. O lugar era escuro, o teto, baixo, e Brienne bateu com a cabeça numa viga ao entrar. Não havia gansos à vista. Viam-se alguns bancos espalhados por ali, e um bem comprido tinha sido encostado a uma parede de terra. As mesas eram velhos barris de vinho, cinzentos e carunchosos. O prometido fedor a tudo permeava. Era principalmente vinho, umidade e míldio, disse-lhe seu nariz, mas também havia um pouco de latrina, e algo de cemitério.

Os únicos bebedores eram três homens do mar originários de Tyrosh, rosnando uns aos outros através de barbas verdes e purpúreas. Fizeram-lhe uma breve inspeção, e um disse qualquer coisa que pôs os outros a rir. A proprietária estava atrás de uma tábua que fora colocada por cima de dois barris. Era uma mulher redonda, pálida, que perdia os cabelos, com enormes seios macios que balançavam por baixo de uma camisa manchada. Parecia que os deuses a tinham feito de massa de pão por cozer.

Brienne não se atreveu a pedir água naquele lugar. Comprou uma taça de vinho e disse:

— Procuro um homem chamado Lesto Dick.

— Dick Crabb. Aparece aí quase todas as noites. — A mulher olhou a cota de malha e a espada de Brienne. — Se vem abri-lo, trate disso em outro lugar. Não queremos confusão com lorde Tarly.

— Quero falar com ele. Por que lhe faria mal?

A mulher encolheu os ombros:

— Se acenasse quando ele chegar, ficaria grata.

— Grata até que ponto?

Brienne pousou uma estrela de cobre na mesa entre as duas e arranjou um lugar nas sombras com uma boa vista sobre a escada.

Provou o vinho. Deixava um amargor de óleo na língua e trazia um pelo boiando. *Um pelo tão frágil como minha esperança de encontrar Sansa*, pensou enquanto tentava pescá-lo. Tentar encontrar sor Dontos não dera frutos, e, com lady Lysa morta, o Vale já não parecia um refúgio provável. *Onde está, lady Sansa? Correu para casa, para Winterfell, ou será que está com seu marido, como Podrick parece pensar?* Brienne não queria seguir a garota para o outro lado do mar estreito, onde até a língua lhe seria estranha. *Aí serei ainda mais monstruosa do que aqui, obrigada a grunhir e a gesticular para me fazer entender. Rirão de mim, tal como riram em Jardim de Cima.* Um rubor subiu-lhe pelo rosto ao se lembrar.

Quando Renly pôs a coroa, a Donzela de Tarth atravessou a Campina para se juntar a ele. O rei a saudara com cortesia e a aceitara ao seu serviço. Mas não se passara o mesmo com seus senhores e cavaleiros. Brienne não esperava calorosas boas-vindas. Estava preparada para a frieza, para a zombaria, para a hostilidade. Já antes tinha jantado dessa carne. Não foi o escárnio de muitos que a deixou confusa e vulnerável, mas sim a gentileza de poucos. A Donzela de Tarth fora prometida por três vezes, mas nunca cortejada até chegar a Jardim de Cima.

Grande Ben Bushy tinha sido o primeiro, um dos poucos homens no acampamento de Renly que era mais alto do que ela. Enviara-lhe o escudeiro para limpar sua cota de malha, e a presenteara com um corno de beber feito de prata. Sor Edmund Ambrose tinha ido além, trazendo flores e pedindo-lhe que o acompanhasse a cavalo. Sor Hyle Hunt sobrepusera-se a ambos. Oferecera-lhe um livro, belamente iluminado e repleto de uma centena de histórias de valor cavaleiresco. Trouxera maçãs e cenouras para seus cavalos, e uma pluma de seda azul para seu elmo. Contara-lhe os mexericos do acampamento e dissera coisas inteligentes e perspicazes que a fizeram sorrir. Até treinara com ela um dia, o que teve mais significado do que todo o resto.

Brienne pensou que tinha sido por causa dele que os outros tinham começado a se mostrar corteses. *Mais do que corteses.* À mesa, os homens lutavam por um lugar ao seu lado, oferecendo-se para lhe encher a taça de vinho ou para lhe buscar pedaços de timo de vitela. Sor Richard Farrow tocara canções de amor em seu alaúde à porta do seu pavilhão. Sor Hugh Beesbury trouxera-lhe um pote de mel "tão doce como as donzelas de Tarth". Sor Mark Mullendore fizera-a rir com as palhaçadas do seu macaco, uma curiosa criaturinha preta e branca vinda das Ilhas do Verão. Um cavaleiro andante chamado Will, o Cegonha, oferecera-se para lhe fazer uma massagem nos ombros.

Brienne recusou. Recusou a todos. Quando sor Owen Inchfield a agarrou uma noite e lhe roubou um beijo, ela o empurrou, fazendo-o cair de traseiro em cima de uma fogueira. Mais tarde, olhara-se num espelho. Seu rosto era tão largo, ela era dentuça e sardenta como sempre, de lábios grossos, maxilas fortes, tão feia. Tudo que desejava era ser um cavaleiro e servir o rei Renly, mas agora...

Não era propriamente a única mulher das redondezas. Até as seguidoras de acampamentos eram mais bonitas do que ela, e lá em cima, no castelo, lorde Tyrell banqueteava todas as noites o rei Renly, enquanto donzelas bem-nascidas e adoráveis senhoras dançavam ao som de flauta, trompa e harpa. *Por que é gentil comigo?*, tinha vontade de gritar todas as vezes que um cavaleiro que lhe era estranho a elogiava. *O que você quer?*

Randyll Tarly solucionou o mistério no dia em que enviou dois de seus homens de armas para convocá-la a se apresentar em seu pavilhão. Seu filho mais novo, Dickon, tinha ouvido quatro cavaleiros dando risada enquanto selavam os cavalos, e contado ao senhor seu pai o que eles tinham dito.

Tinham feito uma aposta.

Dissera-lhe que tinha nascido entre três dos cavaleiros mais novos: Ambrose, Bushy e Hyle Hunt, de seu próprio pessoal. Mas, à medida que a notícia se espalhava pelo acampamento, outros tinham se juntado ao jogo. Cada homem tinha de comprar a entrada na competição com um dragão de ouro, e a soma total iria para aquele que conseguisse desvirginá-la.

"Pus fim ao passatempo", disse-lhe Tarly. "Alguns desses... competidores... são menos honrosos do que os outros, e as apostas cresciam todos os dias. Era só uma questão de tempo até que um deles decidisse reclamar o prêmio à força."

"Eram cavaleiros", ela disse, atordoada, "cavaleiros ungidos."

"E homens de honra. A culpa é sua."

A acusação a fez vacilar.

"Eu nunca... senhor, eu nada fiz para encorajá-los."

"O fato de estar aqui os encorajou. Se uma mulher quer se comportar como uma seguidora de acampamentos, não pode levantar objeções a ser tratada como tal. Uma hoste de guerra não é lugar para uma donzela. Se tem alguma consideração por sua virtude ou pela honra da sua Casa, despirá essa cota de malha, regressará para casa e suplicará a seu pai que lhe arranje um marido."

"Eu vim lutar", ela insistiu. "Ser um cavaleiro."

"Os deuses fizeram os homens para lutar, e as mulheres para ter filhos", disse-lhe Randyll Tarly. "A guerra de uma mulher desenrola-se na cama de partos."

Alguém descia as escadas da taberna. Brienne pôs o vinho de lado quando um homem esfarrapado, descarnado, de feições angulosas e com cabelos castanhos sujos entrou no Ganso. Lançou um rápido olhar aos marinheiros tyroshinos e outro, mais demorado, a Brienne, e dirigiu-se ao balcão.

— Vinho — disse —, e nada do mijo do seu cavalo lá dentro, obrigadinho.

A mulher lançou um olhar a Brienne e fez um aceno com a cabeça.

— Eu lhe pago vinho — gritou a garota —, em troca de uma palavra.

O homem a examinou com olhos cautelosos.

— Uma palavra? Eu sei um monte de palavras — sentou-se no banco à frente dela. — Diga-me qual delas a senhora quer ouvir, e Lesto Dick a dirá.

— Ouvi dizer que enganou um bobo.

O esfarrapado bebericou o vinho enquanto pensava.

— Se calhar até enganei. Ou não — usava um gibão desbotado e rasgado, de onde o símbolo de um senhor qualquer tinha sido arrancado. — Quem é que quer saber?

— Rei Robert — Brienne pousou um veado de prata no barril entre ambos. Via-se de um lado a cabeça de Robert e, do outro, o veado.

— E ele sabe? — o homem pegou na moeda e a fez rodopiar, sorrindo. — Gosto de ver um rei dançar, pa-tara, pa-tara, pa-tara-tara. Pode ser que tenha visto esse seu bobo.

— Ele estava acompanhado de uma garota?

— Duas garotas — disse o homem de imediato.

— *Duas garotas?* — *Poderá a outra ser Arya?*

— Bom — disse o homem —, eu não vi os docinhos, veja, mas ele estava à procura de passagem para três.

— Passagem para onde?

— Para o outro lado do mar, se não me falha a memória.

— Lembra-se do aspecto do homem?

— Era um bobo — tirou a moeda rodopiante da mesa quando ela começou a parar, e a fez desaparecer. — Um bobo assustado.

— Por que assustado?

Ele encolheu os ombros:

— Não disse, mas o velho Lesto Dick conhece o cheiro do medo. Veio aqui quase todas as noites, comprando bebidas para os marinheiros, dizendo graças, cantando cantiguinhas. Só que, uma noite, vieram uns homens com aquele caçador nas mamas e seu bobo ficou branco como leite e não abriu o bico até saírem — aproximou seu banco do dela. — Aquele Tarly tem soldados correndo as docas, vigiando todos os navios que entram e saem. O homem que quer um veado vai à floresta, o que quer um navio vai às docas. Seu bobo não se atrevia. De modo que lhe ofereci ajuda.

— Que tipo de ajuda?

— O tipo que custa mais que um veado de prata.

— Diga-me, e receberá outro.

— Deixe eu ver — ele disse. Ela pousou outro veado no barril. Ele o fez rodopiar, sorriu, e o recolheu. — Um homem que não pode ir até os navios precisa que os navios venham ter com ele. Disse-lhe que conhecia um lugar onde isso pode acontecer. Um lugar escondido.

Um arrepio subiu ao longo dos braços de Brienne.

— Uma enseada de contrabandistas. Mandou o bobo ter com contrabandistas.

— Ele e as duas moças — soltou um risinho. — Só que, bom, o lugar para onde os mandei não recebe barcos há uns tempos. Aí há uns trinta anos — coçou o nariz. — Que ligação tem com esse bobo?

— Essas duas garotas são minhas irmãs.

— Ah, sim? Pobrezinhas. Eu também tive uma irmã. Um espeto de moça com nós nos joelhos, mas depois lhe cresceu um par de tetas e o filho de um cavaleiro enfiou-se entre as pernas dela. A última vez que a vi, estava a caminho de Porto Real para ganhar a vida deitada.

— Para onde os enviou?

Outro encolher de ombros.

— Quanto a isso não me lembro.

— *Para onde?* — Brienne pôs, com uma palmada, outro veado de prata no barril.

Ele lhe devolveu a moeda com um piparote.

— Para um lugar que não há veado que encontre... mas um dragão pode ser que sim.

Brienne sentiu que a prata não arrancaria a verdade do homem. *O ouro talvez arranque, ou talvez não. Aço seria mais seguro.* Brienne tocou no punhal e depois enfiou a mão na bolsa. Encontrou um dragão de ouro e o pôs no barril.

— Para onde?

O esfarrapado agarrou a moeda e a mordeu.

— Linda. Faz que me lembre de Ponta da Garra Rachada. Ao norte daqui. É uma terra selvagem de montes e pântanos, mas acontece que fui aí nascido e criado. Meu nome é Dick Crabb, apesar de quase toda a gente me chamar Lesto Dick.

Brienne não lhe disse seu nome.

— Na Ponta da Garra Rachada, *onde*?
— Nos Murmúrios. Conhece Clarence Crabb, claro.
— Não.

Aquilo pareceu surpreendê-lo.

— Estou falando de sor Clarence Crabb. Tenho o sangue dele em mim. Tinha dois metros e quarenta e era tão forte que arrancava pinheiros com uma mão só e atirava-os a quase um quilômetro. Não havia cavalo que lhe aguentasse o peso, de modo que montava um auroque.

— Que tem ele a ver com essa enseada de contrabandistas?

— A mulher era uma bruxa dos bosques. Sempre que sor Clarence matava um homem, trazia sua cabeça para casa, e a mulher beijava-a na boca e a trazia de volta à vida. Eram senhores, ah sim, e feiticeiros, e cavaleiros e piratas famosos. Um foi o rei de Valdocaso. Davam ao velho Crabb bons conselhos. Como eram só cabeças, não podiam falar muito alto, mas também nunca se calavam. Quando se é uma cabeça, falar é o único passatempo que se tem. De modo que a fortaleza de Crabb acabou chamada Murmúrios. Ainda é, mesmo que seja uma ruína há mil anos. É um lugar solitário os Murmúrios. — O homem fez que a moeda caminhasse habilmente sobre os nós dos dedos. — Um dragão sozinho sente falta de companhia. Mas dez...

— Dez dragões são uma fortuna. Toma-me por uma tola?

— Não, mas posso levá-la a um bobo — a moeda dançou para um lado e para outro. — Levá-la aos Murmúrios, milady.

Brienne não gostava do modo como os dedos do homem brincavam com aquela moeda de ouro. Apesar disso...

— Seis dragões se encontrarmos minha irmã. Dois se só encontrarmos o bobo. Nada se não encontrarmos nada.

Crabb encolheu os ombros.

— Seis está bom. Seis servem.

Depressa demais. Agarrou-lhe o pulso antes de ter tempo de guardar o ouro.

— Não tente me enganar. Pode descobrir que sou dura de roer.

Quando o largou, Crabb esfregou o pulso.

— Merda — resmungou. — Machucou minha mão.

— Lamento. Minha irmã é uma garota de treze anos. Preciso encontrá-la antes...

— ... antes que algum cavaleiro se meta na racha dela. Pois estou ouvindo você. É como se já estivesse salva, Lesto Dick está agora com você. Encontre-se comigo no portão oriental à primeira luz da manhã. Tenho de ir falar com um tipo a respeito de um cavalo.

SAMWELL

O mar deixava Samwell Tarly enjoado.

Nem tudo se devia ao seu medo do afogamento, embora não houvesse dúvida de que isto fazia parte. Eram também os movimentos do navio, o modo como os conveses balançavam debaixo dos seus pés.

— Tenho uma barriga fraca — confessou a Dareon no dia em que zarparam de Atalaialeste do Mar. O cantor lhe dera uma palmada nas costas e dissera:

— Com uma barriga tão grande como a sua, Matador, isso é um monte de fraqueza.

Sam tentara manter a coragem no rosto, pelo menos por Goiva. Ela nunca tinha visto o mar. Durante a penosa travessia das neves, após a fuga da Fortaleza de Craster, tinham deparado com vários lagos, e até estes tinham sido para ela uma maravilha. Quando o *Melro* deslizara para longe da costa, a garota se pôs a tremer, e grandes lágrimas salgadas rolaram-lhe rosto abaixo.

— Pela bondade dos deuses — Sam a ouvira sussurrar. Atalaialeste tinha sido a primeira coisa a sumir, e a Muralha foi ficando cada vez menor à distância, até finalmente desaparecer. Àquela altura o vento estava aumentando de intensidade. As velas ostentavam o cinzento desbotado de um manto negro que fora lavado com muita frequência, e o rosto de Goiva estava branco de medo.

— Este navio é bom — Sam tentou lhe dizer. — Não precisa ter medo. — Mas ela se limitou a olhá-lo, apertou mais o bebê contra o peito e fugiu para baixo.

Sam logo deu por si bem agarrado ao talabardão, observando o movimento dos remos. O modo como se moviam todos em conjunto era de algum modo belo de se contemplar, e melhor do que olhar para a água, que só o fazia pensar em se afogar. Quando era pequeno, o senhor seu pai tentara ensiná-lo a nadar atirando-o à lagoa que havia no sopé de Monte Chifre. A água entrara-lhe no nariz, na boca e nos pulmões; levou horas tossindo e arquejando após ser Hyle tê-lo puxado para fora. Depois disso, nunca mais se atreveu a entrar na água até mais do que a cintura.

Baía das Focas era muito mais profunda do que sua cintura, e não se mostrava tão plácida como aquela pequena lagoa perto do castelo do pai. Suas águas eram cinzentas, verdes e agitadas, e a costa arborizada que seguiam era uma confusão de rochedos e redemoinhos. Mesmo que de algum modo fosse capaz de nadar até tão longe, o mais provável era que as ondas o arremessassem contra alguma pedra e lhe fizessem a cabeça em pedaços.

— À procura de sereias, Matador? — perguntou Daeron quando viu Sam olhando para o outro lado da baía. De cabelos claros e olhos cor de avelã, o jovem e atraente cantor de Atalaialeste parecia-se mais com um príncipe escuro qualquer do que com um irmão de negro.

— Não. — Sam não sabia o que procurava, ou o que fazia naquele barco. *Estou indo para a Cidadela forjar uma corrente e ser um meistre, para prestar melhor serviço à Patrulha*, disse a si mesmo, mas aquela ideia só o deixava abatido. Não queria ser um meistre, ter uma pesada corrente em volta do pescoço, fria, de encontro à pele. Não queria abandonar os irmãos, os únicos amigos que já tivera. E certamente não queria encarar o pai que o enviara para a Muralha para que morresse.

Para os outros era diferente. Para eles, a viagem teria um final feliz. Goiva ficaria a salvo em Monte Chifre, com todo o Westeros entre si e os horrores que conhecera na floresta assombrada. Na condição de criada no castelo do pai, permaneceria aquecida e seria bem alimentada, uma pequena parte de um grande mundo com que nunca poderia ter sonhado enquanto esposa de Craster. Veria o filho crescer, grande e forte, e tornar-se caçador, palafreneiro ou ferreiro. Se o rapaz mostrasse aptidão para as armas, algum cavaleiro podia até mesmo tomá-lo como escudeiro.

Meistre Aemon também ia para um lugar melhor. Era agradável pensar nele passando o tempo que lhe restava banhado pelas brisas tépidas de Atalaialeste, conversando com os meistres seus colegas e partilhando sua sabedoria com acólitos e noviços. Conquistara seu descanso, conquistara-o cem vezes.

Até Daeron seria mais feliz. Sempre clamara inocência do estupro que o enviara para a Muralha, insistindo que seu lugar era na corte de algum senhor, cantando em troca do jantar. Jon o nomeara recrutador, para tomar o lugar de um homem chamado Yoren, que desaparecera e estava presumivelmente morto. Sua tarefa seria viajar pelos Sete Reinos cantando o valor da Patrulha da Noite e, de tempo em tempo, regressar à Muralha com novos recrutas.

A viagem seria longa e dura, ninguém poderia negar, mas pelo menos para os outros teria um final feliz. Era este o consolo de Sam. *Vou por eles*, dizia a si mesmo, *pela Patrulha da Noite, e pelo final feliz*. Mas quanto mais tempo passava olhando para o mar, mais frio e profundo ele lhe parecia.

Mas *não* olhar para a água era ainda pior, compreendeu Sam na estreita cabine sob o castelo de popa que os passageiros partilhavam. Tentou afastar a mente da irritação que sentia no estômago conversando com Goiva enquanto ela dava de mamar ao filho.

— Este navio vai nos levar até Braavos — disse. — Depois arranjamos outro que nos leve para Vilavelha. Quando era pequeno, li um livro sobre Braavos. Toda a cidade foi construída numa lagoa, sobre uma centena de pequenas ilhas, e tem lá um titã, um homem de pedra com centenas de metros de altura. Tem barcos em vez de cavalos, e seus pantomimeiros apresentam histórias escritas em vez de se limitarem a inventar as farsas estúpidas de costume. A comida também é muito boa, especialmente o peixe. Tem todos os tipos de bivalves, enguias e ostras, apanhados frescos na lagoa. Devemos passar alguns dias lá. Se tivermos tempo, podemos ir ver um espetáculo de pantomimeiros e comer umas ostras.

Achava que aquilo a entusiasmaria. Não podia ter se enganado mais. Goiva o observava com olhos baços, sem expressão, espreitando através de madeixas de cabelos sujos.

— Se quiser, milorde.

— O que é que *você* quer? — perguntou-lhe Sam.

— Nada. — Virou-lhe as costas e deslocou o filho de um seio para o outro.

Os movimentos do barco estavam agitando os ovos, o bacon e o pão frito que Sam comera antes de o navio zarpar. De repente não pôde suportar a cabine por um instante mais que fosse. Levantou-se e correu escada acima para ir oferecer o café da manhã ao mar. O enjoo caiu com tanta força sobre Sam que ele não parou para ver de que lado estava soprando o vento, o que fez que vomitasse da amurada errada e acabasse por salpicar-se de vômito. Mesmo assim, sentiu-se muito melhor depois... Embora não por muito tempo.

O navio era o *Melro*, a maior das galés da Patrulha. Cotter Pyke dissera a meistre Aemon em Atalaialeste do Mar que o *Corvo da Tormenta* e o *Garra* eram mais rápidos, mas eram navios de guerra, esguios, velozes aves de rapina nas quais os remadores sentavam-se em convés aberto. O *Melro* era uma melhor escolha para as águas agitadas do mar estreito para lá de Skagos.

"Tem havido tempestades", prevenira-os Pyke. "As tempestades de inverno são piores, mas as de outono são mais frequentes."

Os primeiros dez dias foram bastante calmos à medida que o *Melro* se arrastava ao longo da Baía das Focas, sem nunca perder a costa de vista. Fazia frio quando o vento soprava, mas havia algo de tonificante no cheiro salgado do ar. Sam quase não conseguia comer e, quando se forçava a empurrar algo para baixo, não ficava lá por muito tempo, mas fora isso não passava muito mal. Tentava assegurar a coragem de Goiva e dar-lhe o ânimo que conseguisse, mas isto se revelava difícil. Ela não queria subir ao convés, não importava o que ele dissesse, e parecia preferir aninhar-se no escuro com o filho. O bebê parecia não gostar mais do navio do que a mãe. Quando não estava berrando, vomitava o leite. Tinha o intestino solto, e sempre em movimento, sujando as peles em que Goiva o envolvia para mantê-lo quente e enchendo o ar com um fedor marrom. Por mais velas de sebo que Sam acendesse, o cheiro de merda persistia.

Era mais agradável ficar ao ar livre, especialmente quando Dareon cantava. O cantor era conhecido dos remadores do *Melro* e tocava para eles enquanto remavam. Conhecia todas as canções de que os homens gostavam: as tristes, como "O Dia em que Enforcaram Robin Negro", "O Lamento da Sereia" e "O Outono do Meu Dia"; as estimulantes, como "Lanças de Ferro" e "Sete Espadas para Sete Filhos"; as obscenas, como "O Jantar da Senhora", "A Sua Florzinha" e "Meggett Era uma Alegre Donzela, uma Alegre Donzela Era Ela". Quando cantava "O Urso e a Bela Donzela", todos os remadores cantavam com ele, e o *Melro* parecia voar sobre as águas. Sam sabia, dos dias de treino sob o comando de Alliser Thorne, que Dareon não era grande homem de armas, mas tinha uma bela voz. "Mel derramado sobre um trovão", chamara-o um dia meistre Aemon. Tocava harpa e rabeca, e até escrevia as próprias canções... embora Sam não as achasse lá muito boas. Mesmo assim, era bom sentar-se para escutá-lo, apesar de a arca ser tão dura e cheia de farpas que Sam se sentia quase grato por suas nádegas carnudas. *Os gordos levam uma almofada consigo para onde quer que vão*, pensava.

Meistre Aemon também preferia passar seus dias no convés, aconchegado por baixo de uma pilha de peles, fitando a água.

— O que ele está observando? — Dareon perguntou certo dia. — Para ele, é tão escuro aqui em cima como lá embaixo na cabine.

O velho o ouviu. Embora os olhos de Aemon tivessem escurecido, nada havia de errado com seus ouvidos.

— Da última vez que passei por aqui, vi todas as pedras, árvores e carneirinhos, e observei as gaivotas cinzentas que voavam em nossa esteira. Tinha trinta e cinco anos, e era um meistre da corrente havia dezesseis. Egg queria que o ajudasse a governar, mas eu sabia que meu lugar era este. Ele mandou-me para o norte a bordo do *Dragão Dourado* e insistiu que seu amigo sor Duncan me levasse em segurança até Atalaialeste. Nenhum recruta chegara à Muralha com tanta pompa desde que Nymeria enviara para a Patrulha seis reis presos em correntes de ouro. Egg também esvaziou as masmorras, para que eu não tivesse de proferir os votos sozinho. Chamava-os minha guarda de honra. Um deles foi ninguém mais, ninguém menos que Brynden Rivers. Mais tarde escolhido Senhor Comandante.

— O Corvo de Sangue? — Dareon quis saber. — Conheço uma canção sobre ele. Chama-se "Mil Olhos e Mais Um". Mas pensava que ele tinha vivido há cem anos.

— Todos nós vivemos. Um dia fui tão novo como você. — Aquilo pareceu entristecê-lo. Tossiu, fechou os olhos e adormeceu, oscilando em suas peles sempre que uma onda fazia balançar o navio.

Velejaram sob céus cinzentos, para leste e para sul, e de novo para leste, enquanto a Baía das Focas ia se alargando ao redor deles. O capitão, um irmão envelhecido com uma barriga que mais parecia uma barrica de cerveja, usava panos negros tão manchados e desbotados que a tripulação a ele se referia como Velho Farrapo Salgado. Raramente dizia palavra. O imediato compensava, fazendo borbulhar o ar salgado com pragas sempre que o vento amainava ou os remadores pareciam fraquejar. Comiam mingau de aveia de manhã, mingau de ervilha à tarde e bife salgado, bacalhau salgado e carneiro salgado à noite, e empurravam tudo para baixo com cerveja. Daeron cantava, Sam vomitava, Goiva chorava e dava de mamar ao bebê, meistre Aemon dormia e tremia, e os ventos tornavam-se mais frios e fortes a cada dia que passava.

Mesmo assim, era uma viagem melhor do que a última que Sam empreendera. Não tinha mais de dez anos quando zarpara na galeota de lorde Redwyne, a *Rainha da Árvore*. Cinco vezes maior do que o *Melro* e magnífica de se contemplar, tinha três grandes velas cor de vinho e fileiras de remos que relampejavam em ouro e branco ao sol. O modo como se erguiam e abaixavam enquanto o navio partia de Vilavelha fizera Sam prender a respiração... Mas essa era a última recordação agradável que tinha dos Estreitos Redwyne. Na época, como agora, o mar deixara-o enjoado, para descontentamento do senhor seu pai.

E, quando chegaram à Árvore, as coisas tinham ido de mal a pior. Os filhos gêmeos de lorde Redwyne desprezaram Sam à primeira vista. Todas as manhãs encontravam alguma maneira nova de envergonhá-lo no pátio de treinos. No terceiro dia, Horas Redwyne fizera-o grunhir como um porco quando pedira trégua. No quinto, seu irmão Hobber vestira uma ajudante de cozinha com sua armadura e a deixou espancar Sam com uma espada de madeira até fazê-lo chorar. Quando ela se revelou, todos os escudeiros, pajens e cavalariços uivaram de riso.

"O rapaz precisa de um bocado de preparação, nada mais", dissera o pai nessa noite a lorde Redwyne, mas o bobo de Redwyne fez balançar o chocalho e respondeu:

"Sim, com uma pitada de pimenta, uns quantos cravinhos de boa qualidade e uma maçã na boca." Depois daquilo, lorde Randyll proibiu Sam de comer maçãs enquanto permanecessem sob o teto de Paxter Redwyne. Também passou enjoado na viagem de regresso, mas o alívio por voltar para casa era tão grande que quase acolhera de bom grado o sabor do vômito no fundo da garganta. Foi só depois de estarem de volta a Monte Chifre que a mãe disse a Sam que o pai não pretendia trazê-lo de volta.

"Horas devia voltar em seu lugar, enquanto você ficaria na Árvore como pajem e escanção de lorde Paxter. Se lhe tivesse agradado, seria prometido à filha." Sam ainda recordava o toque suave da mão da mãe enquanto lhe limpava as lágrimas com um pouco de renda umedecida por sua saliva. "Meu pobre Sam", ela tinha murmurado. "Meu pobre, pobre Sam."

Será bom voltar a vê-la, pensou, enquanto agarrava-se à amurada do *Melro* e observava as ondas que se quebravam na costa rochosa. *Se ela me visse de negro, isto até poderia deixá-la orgulhosa. "Agora sou um homem, mãe"*, podia lhe dizer, *"um intendente e um homem da Patrulha da Noite. Meus irmãos chamam-me às vezes Sam, o Matador."* Veria também o irmão Dickon e as irmãs. *"Vejam"*, podia lhes dizer, *"vejam, no fim das contas servi para alguma coisa."*

Mas, se fosse a Monte Chifre, o pai podia estar lá.

A ideia fez sua barriga oscilar outra vez. Sam dobrou-se sobre o talabardão e vomitou, mas não contra o vento. Daquela vez dirigira-se à amurada certa. Estava ficando bom naquilo.

Pelo menos foi o que pensou, até o *Melro* deixar a terra para trás e se dirigir para leste, cruzando a baía na direção das costas de Skagos.

A ilha localizava-se na embocadura da Baía das Focas, maciça e montanhosa, uma terra dura e inóspita habitada por selvagens. Sam tinha lido que viviam em grutas e em sombrios baluartes de montanha, e levavam grandes unicórnios hirsutos para a guerra. Skagos significava "pedra" na língua antiga. Os skagosianos chamavam a si mesmos nascidos na pedra, mas os outros nortenhos os chamavam skaggs, e gostavam pouco deles. Não havia mais de cem anos que Skagos se levantara em rebelião. A revolta tinha levado anos para ser controlada, e custou a vida do Senhor de Winterfell e de centenas das espadas a ele juramentadas. Algumas canções diziam que os skaggs eram canibais; supostamente seus guerreiros comiam o coração e o fígado dos homens que matavam. Nos tempos antigos, os skagosianos velejaram até a ilha vizinha de Skane, capturaram suas mulheres, mataram seus homens e comeram-nos numa praia de cascalho, num banquete que durou uma quinzena. Skane permanecia despovoada desde então.

Dareon também conhecia as canções. Quando os ermos picos cinzentos de Skagos ergueram-se do mar, juntou-se a Sam à proa do *Melro* e disse:

— Se os deuses forem bons, podemos ver de relance um unicórnio.

— Se o capitão for bom, não nos aproximaremos o suficiente. As correntes são traiçoeiras em volta de Skagos, e há rochedos capazes de quebrar o casco de um navio como se fosse um ovo. Mas não diga isso a Goiva. Ela já está suficientemente assustada.

— Ela e aquela cria birrenta que tem. Não sei qual dos dois faz mais barulho. O único momento em que ele para de berrar é quando ela lhe enfia um mamilo na boca, e nesse momento é *ela* quem começa a soluçar.

Sam também reparara naquilo.

— Talvez o bebê a machuque — disse, sem convicção. — Se os dentes estiverem nascendo...

Dareon puxou uma corda do alaúde com um dedo, fazendo soar uma nota de zombaria.

— Tinha ouvido dizer que os selvagens eram mais corajosos do que isso.

— Ela *é* corajosa — Sam insistiu, apesar de até ele ter de admitir que nunca tinha visto Goiva em estado tão deplorável. Embora ela normalmente escondesse o rosto e mantivesse a cabine às escuras, Sam via que seus olhos andavam sempre vermelhos, e seu rosto, úmido de lágrimas. Mas, quando lhe perguntava qual era o problema, limitava-se a balançar a cabeça, deixando-o sozinho à procura de respostas. — O mar a assusta, é só isso — disse a Dareon. — Antes de vir para a Muralha, tudo o que conhecia era a Fortaleza de Craster e a floresta que havia ao redor. Não sei se se afastou mais do que dois quilômetros do lugar em que nasceu. Conhece os rios e riachos, mas nunca tinha visto um lago até encontrarmos um, e o mar... o mar é uma coisa assustadora.

— Nunca estivemos fora de vista da terra.

— Mas vamos estar. — Ao próprio Sam essa parte não agradava.

— Certamente um pouco de água não assusta o Matador.

— Não — Sam mentiu —, a mim, não. Mas Goiva... talvez se você lhes tocasse umas canções de ninar isso ajudasse o bebê a dormir.

A boca de Dareon torceu-se de repugnância.

— Só se ela enfiar uma rolha no cu do garoto. Não suporto o cheiro.

No dia seguinte, começaram as chuvas, e o mar encrespou-se mais.

— É melhor irmos para baixo, para onde está seco — disse Sam a Aemon, mas o velho meistre limitou-se a sorrir, e respondeu:

— Gosto de sentir a chuva no rosto, Sam. Parece lágrimas. Deixe-me ficar um pouco mais, eu lhe peço. Passou-se muito tempo desde a última vez que chorei.

Se meistre Aemon pretendia ficar no convés, velho e fraco como estava, Sam não tinha alternativa exceto fazer o mesmo. Ficou ao lado do velho durante quase uma hora, aconchegado ao manto enquanto uma chuva suave e constante o empapava até os ossos. Aemon quase não parecia senti-la. Suspirou e fechou os olhos, e Sam aproximou-se dele, a fim de protegê-lo do vento. *Ele logo me pedirá para ajudá-lo a ir para a cabine*, disse a si mesmo. *Tem de pedir*. Mas não o fez, e por fim o trovão começou a soar à distância, para leste.

— *Temos* de ir para baixo — Sam disse, tremendo. Meistre Aemon não respondeu. Foi só então que Sam percebeu que o velho adormecera. — Meistre — disse, sacudindo-lhe suavemente o ombro. — Meistre Aemon, acorde.

Os alvos olhos cegos de Aemon abriram-se.

— Egg? — disse, enquanto a chuva lhe escorria rosto abaixo. — Egg, sonhei que era velho.

Sam não soube o que fazer. Ajoelhou, pegou o velho no colo e o levou para baixo. Nunca ninguém o chamara de forte, e a chuva empapara os panos negros do meistre Aemon, duplicando-lhe o peso, mas mesmo assim não pesava mais do que uma criança.

Quando entrou na cabine com Aemon nos braços, descobriu que Goiva deixara que todas as velas se apagassem. O bebê estava dormindo e ela se encontrava enrolada em um canto, soluçando baixinho nas dobras do grande manto negro que Sam lhe dera.

— Ajude-me — ele pediu com urgência. — Ajude-me a secá-lo e a aquecê-lo.

Ela se ergueu de imediato, e os dois tiraram o velho meistre de dentro da roupa molhada e o submergiram numa pilha de peles. Porém, a pele de Aemon estava úmida e fria, pegajosa ao toque.

— Enfie-se aí com ele — disse Sam a Goiva. — Abrace-o. Aqueça-o com seu corpo. Temos de aquecê-lo. — E ela assim o fez, sem proferir uma palavra, continuando o tempo todo a fungar. — Onde está Dareon? — Sam quis saber. — Ficaremos mais quentes se estivermos juntos. Ele também precisa ficar aqui — encaminhava-se para cima, a fim de ir em busca do cantor, quando a coberta se ergueu debaixo de si e em seguida caiu sob seus pés. Goiva soltou um lamento, Sam caiu com força, perdendo o apoio das pernas, e o bebê acordou aos berros.

O balanço seguinte do navio chegou quando Sam lutava para voltar a se levantar. Atirou Goiva para os seus braços, e a rapariga selvagem agarrou-se a ele com tanta força que Sam quase deixou de respirar.

— Não se assuste — disse-lhe. — Isto é só uma aventura. Um dia contará essa história ao seu filho — aquilo apenas conseguiu que ela enterrasse as unhas em seu braço. Estremeceu, com o corpo inteiro tremendo com a violência dos soluços. *Qualquer coisa que eu diga só a deixa pior*. Abraçou-a bem, desconfortavelmente consciente dos seios da rapariga apertados contra seu corpo. Assustado como estava, de algum modo aquilo foi suficiente para deixá-lo ereto. *Ela vai sentir*, pensou, envergonhado, mas se sentiu não deu sinal, limitando-se a se agarrar a ele com mais força.

Depois daquilo, os dias se confundiram uns com os outros. Nunca viam o sol. Os dias eram cinzentos, e as noites, negras, exceto quando os relâmpagos iluminavam o céu sobre os picos de Skagos. Estavam todos esfomeados, mas ninguém conseguia comer. O capitão abriu um barril de vinho ardente para fortalecer os remadores. Sam provou uma taça e suspirou quando serpentes quentes lhe ziguezaguearam garganta e peito abaixo. Dareon também tomou gosto pela bebida, e a partir daí raramente se mantinha sóbrio.

As velas foram içadas, e depois abaixadas, e uma se soltou do mastro e voou para longe como uma grande ave cinzenta. Enquanto o *Melro* dava a volta pela costa sul de Skagos, viram os restos de uma galé nos rochedos. Alguns dos membros da tripulação tinham dado à costa, e as gralhas e os caranguejos tinham se reunido para lhes prestar homenagem.

— Perto demais, raios que o partam — resmungou o Velho Farrapo Salgado quando viu aquilo. — Um bom golpe, e nos desfazemos ao lado deles. — Exaustos como estavam, seus remadores voltaram a se dobrar sobre os remos, e o navio passou ao largo em direção ao sul, penetrando no mar estreito, até Skagos se reduzir a não mais do que algumas silhuetas escuras no céu, que podiam ter sido nuvens de trovoada, os topos de grandes montanhas negras, ou as duas coisas. Depois disso, tiveram oito dias e sete noites de viagem com céu limpo e mar calmo.

Então, chegaram mais tempestades, piores do que as anteriores.

Teriam sido três tempestades, ou apenas uma, entrecortada por calmarias? Sam não chegou a saber, embora tentasse desesperadamente interessar-se pelo assunto.

— *Que importa?* — certa vez gritou-lhe Dareon, quando estavam todos aninhados na cabine. *Não importa*, Sam quis lhe dizer, *mas, enquanto estiver pensando nisso, não pensarei em me afogar, ou no enjoo, ou nos tremores do meistre Aemon.*

— Não importa — logrou guinchar, mas o trovão afogou o resto, e a coberta balançou e o derrubou de lado. Goiva soluçava. O bebê berrava. E lá em cima conseguia-se ouvir o Velho Farrapo Salgado berrando com a tripulação, o capitão esfarrapado que nunca falava.

Odeio o mar, Sam pensou, *odeio o mar, odeio o mar, odeio o mar.* O relâmpago seguinte foi tão brilhante que iluminou a cabine através das frestas das tábuas do teto. *Este é um navio bom e bem conservado, um navio bom e bem conservado, um bom navio*, disse a si mesmo. *Não afundará. Não tenho medo.*

Durante uma das calmarias entre temporais, Sam estava agarrado à amurada com tanta força que tinha os nós dos dedos brancos, desejando desesperadamente vomitar, quando ouviu alguns homens da tripulação resmungar que aquilo era o resultado de trazer uma mulher a bordo do navio, e ainda por cima uma selvagem.

— Fodeu com o próprio pai — ouviu um homem dizer, enquanto o vento voltava a soprar com mais força. — Isso é pior do que ser puta. É pior do que *tudo*. Vamos todos nos afogar se não nos livrarmos dela, e daquela abominação que pariu.

Sam não se atreveu a confrontá-los. Eram homens mais velhos, duros e vigorosos, com braços e ombros tornados grossos por anos passados remando. Mas assegurou-se de que mantinha a faca afiada, e, sempre que Goiva saía da cabine para urinar, ia com ela.

Nem mesmo Dareon tinha algo de bom a dizer sobre a garota selvagem. Uma vez, a pedido de Sam, o cantor tocou uma canção de ninar para acalmar seu bebê, mas no meio do primeiro verso Goiva desatou a soluçar de forma inconsolável.

— Com os sete malditos infernos — Dareon exclamou —, nem sequer consegue parar de chorar tempo suficiente para ouvir uma *canção*?

— Toque — suplicou Sam —, cante-lhe só a canção.

— Ela não precisa de uma canção — Dareon replicou. — Precisa de uma boa surra, ou, se calhar, de uma foda bem dada. Saia da minha frente, Matador — empurrou Sam para o lado e saiu da cabine, em busca de consolo numa taça de vinho ardente e na rude irmandade dos remos.

A essa altura, Sam estava no limite de sua capacidade mental. Já quase se acostumara aos odores, mas, entre as tempestades e os soluços de Goiva, não dormia havia dias.

— Não há algo que possa lhe dar? — perguntou ao meistre Aemon em voz muito baixa, quando viu que o velho estava acordado. — Uma erva ou poção qualquer, para que não tenha tanto medo?

— O que ouve não é medo — disse-lhe o velho. — Aquilo é o som do desgosto, e para isso não há poções. Deixe que as lágrimas percorram seu caminho, Sam. Não será capaz de suster a corrente.

Sam não compreendeu.

— Ela vai rumo a um lugar seguro. Um lugar *quente*. Por que haveria de sentir desgosto?

— Sam — sussurrou o velho —, tem dois olhos bons e mesmo assim não vê. Ela é uma mãe chorando pelo filho.

— Ele está enjoado, nada mais. Estamos todos enjoados. Assim que chegarmos a Braavos...

— ... o bebê continuará a ser filho de Dalla, e não o fruto do seu corpo.

Sam precisou de um momento para se convencer daquilo que Aemon estava sugerindo.

— Isso não pode... ela não... claro que é filho dela. Goiva nunca teria abandonado a Muralha sem o *filho*. Ela o ama.

— Ela deu de mamar a ambos, e amou-os a ambos — Aemon disse —, mas não da mesma forma. Não há mãe que ame os filhos por igual, nem mesmo a Mãe no Céu. Goiva não abandonou a criança de bom grado, tenho certeza. Que ameaça o Senhor Comandante fez, que promessas, só posso tentar adivinhar... mas estou certo de que houve ameaças e promessas.

— Não. Não, isso é errado. Jon nunca...

— Jon nunca o faria. Lorde Snow o fez. Às vezes não há escolha feliz, Sam, só há uma menos dolorosa do que as outras.

Não há escolha feliz. Sam pensou em todas as provações por que ele e Goiva tinham passado, na Fortaleza de Craster e na morte do Velho Urso, na neve, no gelo e nos ventos gélidos, em dias e dias e dias de caminhada, nas criaturas em Brancarbor, no Mãos-Frias e na árvore de corvos, na Muralha, na Muralha, na Muralha, no Portão Negro por baixo da terra. Para que serviria tudo aquilo? *Não há escolhas felizes, e não há finais felizes.*

Teve vontade de gritar. Teve vontade de uivar e soluçar, e tremer e enrolar-se e choramingar. *Ele trocou os bebês*, disse a si mesmo. *Ele trocou os bebês para proteger o pequeno príncipe, para mantê-lo longe das fogueiras de lady Melisandre, longe de seu deus vermelho. Se ela queimar o filho de Goiva, quem se importará? Ninguém, a não ser Goiva. Ele era apenas uma cria de Craster, uma abominação nascida do incesto, não o filho do Rei para lá da Muralha. Não serve como refém, não serve como sacrifício, não serve para nada, nem sequer tem nome.*

Sem palavras, Sam cambaleou até o convés para vomitar, mas não tinha nada na barriga que pudesse ser deitado fora. A noite caíra sobre eles, uma estranha noite calma como já não viam havia muitos dias. O mar estava negro como vidro. Aos remos, os remadores descansavam. Um ou dois dormiam em seu lugar. O vento enfunava as velas, e para norte Sam conseguia mesmo ver uma porção de estrelas, e o vagabundo vermelho a que o povo livre chamava o Ladrão. *Aquela devia ser a minha estrela*, Sam pensou cheio de tristeza. *Ajudei a fazer de Jon Senhor Comandante, e levei-lhe Goiva e o bebê. Não há finais felizes.*

— Matador — Dareon surgiu ao seu lado, inconsciente da sua dor. — Uma bela noite, para variar. Olhe, as estrelas estão surgindo. Podemos até vir a ter um pouco de luar. Pode ser que o pior tenha passado.

— Não — Sam limpou o nariz e apontou para o sul com um dedo gordo, na direção da escuridão que se ia juntando. — Olhe para lá — disse. Assim que falou, brilhou um relâmpago, súbito e silencioso, com uma luz que cegava. As nuvens distantes cintilaram durante meio segundo, montanhas empilhadas sobre montanhas, de cor púrpura, vermelha e amarela, mais altas do que o mundo. — O pior não passou. O pior está só começando, e não há finais felizes.

— Pela bondade dos deuses — disse Dareon, rindo. — Matador... é um covarde *tão* grande.

JAIME

Lorde Tywin Lannister entrou na cidade montado num garanhão, com a armadura esmaltada de carmesim polida cintilando, rebrilhando de pedras preciosas e ouro. Deixou-a numa carroça alta envolta em estandartes carmesim, com seis irmãs silenciosas prestando assistência aos seus ossos.

A procissão fúnebre partiu de Porto Real através do Portão dos Deuses, mais largo e mais magnífico do que o Portão do Leão. Para Jaime, a escolha parecia errada. O pai fora um leão, isso ninguém poderia negar, mas nem mesmo lorde Tywin alguma vez afirmara ser um deus.

Uma guarda de honra de cinquenta cavaleiros cercava o carro de lorde Tywin, com flâmulas carmesim esvoaçando em suas lanças. Os senhores do oeste seguiam logo atrás. Os ventos faziam seus estandartes bater, obrigando os símbolos a dançar e tremular. Subindo a trote ao longo da coluna, Jaime passou por javalis, texugos e escaravelhos, por uma flecha verde e por um boi vermelho, por alabardas e lanças cruzadas, um gato-das--árvores, um morango, uma manga e quatro esplendores emaranhados.

Lorde Brax usava um gibão de pano de prata cinza-claro rasgado, com um unicórnio de ametista pregado sobre o coração. Lorde Jast trazia uma armadura de aço negro, com três cabeças de leão em ouro embutidas na placa peitoral. Os rumores sobre sua morte não eram tão falsos, a julgar por seu aspecto; ferimentos e o tempo que passou encarcerado o tinham transformado em uma sombra do homem que já tinha sido. Lorde Banefort resistira melhor à batalha, e parecia pronto para regressar imediatamente à guerra. Plumm usava púrpura; Prester, arminho; Moreland, castanho-avermelhado e verde, mas todos envergavam manto de seda carmesim, em honra do homem que escoltavam até sua casa.

Atrás dos senhores vinham uma centena de besteiros e trezentos homens de armas, e também de seus ombros fluía carmesim. Em seu manto branco e alva armadura de escamas, Jaime sentia-se deslocado no meio daquele rio de vermelho.

E o tio tampouco o deixava mais à vontade.

— Senhor Comandante — disse sor Kevan, quando Jaime se aproximou a trote e se pôs ao seu lado, à cabeça da coluna. — Sua Graça tem alguma última ordem para mim?

— Não estou aqui por Cersei. — Um tambor começou a soar atrás deles, lento, compassado, fúnebre. *Morto*, parecia dizer, *morto, morto*. — Vim me despedir. Ele era meu pai.

— E dela.

— Eu não sou Cersei. Tenho barba, e ela seios. Se ainda estiver confuso, tio, conte as minhas mãos. Cersei tem duas.

— Ambos têm gosto para a zombaria — o tio respondeu. — Poupe-me de seus gracejos, sor, não são coisa que aprecie.

— Como quiser. — *Isso não está correndo tão bem quanto eu esperava.* — Cersei teria desejado se despedir do senhor, mas tem muitos deveres inadiáveis.

Sor Kevan fungou:

— Todos temos. Como passa seu rei? — seu tom transformava a pergunta em uma censura.

— Bastante bem — Jaime respondeu em tom defensivo. — Balon Swann passa com ele as manhãs. Um bom e valente cavaleiro.

— Houve tempos em que isso estava subentendido quando os homens falavam daqueles que usavam o manto branco.

Ninguém pode escolher seus irmãos, Jaime pensou. *Dê-me licença para escolher os meus homens, e a Guarda Real voltará a ser grande.* Mas isso, colocado dessa maneira, de forma direta, parecia débil, uma vanglória vazia de um homem a quem o reino chamava Regicida. *Um homem com merda no lugar da honra.* Jaime deixou passar. Não viera para discutir com o tio.

— Sor — disse —, tem de fazer as pazes com Cersei.

— Estamos em guerra? Ninguém me avisou.

Jaime ignorou aquilo.

— Discórdia entre Lannister só pode ajudar os inimigos de nossa Casa.

— Se existe discórdia, não é obra minha. Cersei quer governar. Ótimo. O reino é dela. Tudo que peço é ser deixado em paz. Meu lugar é em Darry, com meu filho. O castelo precisa ser restaurado, e as terras plantadas e protegidas — soltou uma gargalhada amarga. — E sua irmã pouco mais me deixou com que ocupar meu tempo. Também tenho de tratar do casamento de Lancel. A noiva tem se tornado impaciente, à espera de nossa chegada a Darry.

A sua viúva vinda das Gêmeas. O primo Lancel seguia dez metros atrás. Com os olhos encovados e cabelos secos e brancos, parecia mais velho do que lorde Jast. Jaime sentia comichão nos dedos fantasmas sempre que o olhava... *fodendo Lancel e Osmund Kettleblack, e provavelmente até o Rapaz Lua, tanto quanto sei...* tentara falar com Lancel mais vezes do que conseguia contar, mas nunca o encontrara sozinho. Se não estava acompanhado pelo pai, era por algum septão. *Ele pode ser filho de Kevan, mas tem leite nas veias. Tyrion mentiu para mim. Suas palavras destinavam-se a ferir.*

Jaime afastou o primo dos pensamentos e voltou a se virar para o tio.

— Ficará em Darry após o casamento?

— Durante algum tempo, talvez. Sandor Clegane tem lançado ataques ao longo do Tridente, segundo dizem. Sua irmã quer a cabeça dele. Pode ter se juntado a Dondarrion.

Jaime tinha ouvido falar de Salinas. Àquela altura, metade do reino já ouvira. O ataque tinha sido excepcionalmente selvagem. Mulheres estupradas e mutiladas, crianças massacradas nos braços das mães, metade da vila passada no archote.

— Randyll Tarly está em Lagoa da Donzela. Ele que lide com os fora da lei. Preferiria que fosse para Correrrio.

— Sor Daven tem o comando lá. O Guardião do Oeste. Ele não precisa de mim. Lancel sim.

— Como quiser, tio — a cabeça de Jaime batia no mesmo ritmo do tambor. *Morto, morto, morto.* — Faria bem em se manter cercado por seus cavaleiros.

O tio lançou-lhe um olhar frio:

— Isso é uma ameaça, sor?

Uma ameaça? A sugestão o surpreendeu.

— Uma advertência. Só queria... Sandor é perigoso.

— Eu já enforcava fora da lei e cavaleiros ladrões quando você ainda cagava nas fraldas. Não sou homem para sair e enfrentar sozinho Clegane e Dondarrion, se é isso que teme, sor. Nem todos os Lannisters são loucos por glória.

Ora, tio, creio que está falando de mim.

— Addam Marbrand poderia lidar com esses fora da lei tão bem quanto você. Brax, Banefort, Plumm e qualquer um dos outros também. Mas nenhum seria uma boa Mão do Rei.

— Sua irmã conhece minhas condições. Elas não mudaram. Diga-lhe isto da próxima vez que estiver em seu quarto. — Sor Kevan enterrou os calcanhares no corcel e galopou em frente, colocando um abrupto fim à conversa.

Jaime deixou-o ir, com a mão de espada que não tinha crispando-se. Esperara contra toda esperança que Cersei tivesse, de algum modo, entendido mal, mas era claro que não. *Ele sabe sobre nós. Sobre Tommen e Myrcella. E Cersei sabe que ele sabe.* Sor Kevan era um Lannister de Rochedo Casterly. Não era capaz de acreditar que ela lhe pudesse fazer mal, mas... *Eu estava errado sobre Tyrion, por que não estaria sobre Cersei?* Quando filhos andavam matando os pais, o que impediria uma sobrinha de ordenar a morte de um tio? *Um tio inconveniente, que sabe demais.* Embora talvez Cersei esperasse que o Cão de Caça pudesse tratar do assunto antes dela. Se Sandor Clegane abatesse sor Kevan, ela não precisaria manchar as mãos de sangue. *E ele fará isso, caso se encontrem.* Kevan Lannister fora, tempos antes, um homem resoluto de espada na mão, mas já não era novo, e Cão de Caça...

A coluna o alcançou. Quando o primo passou por ele, flanqueado por seus dois septões, Jaime o chamou.

— Lancel. Primo. Queria felicitá-lo por seu casamento. Só lamento que meus deveres não me permitam estar presente.

— Sua Graça tem de ser protegida.

— E será. Mesmo assim, detesto perder sua noite de núpcias. Segundo julgo saber, é seu primeiro casamento e o segundo dela. Estou certo de que a senhora ficará feliz por lhe mostrar o que encaixa onde.

O comentário obsceno arrancou uma gargalhada de vários dos senhores que se encontravam por perto e um olhar desaprovador dos septões de Lancel. O primo remexeu-se desconfortavelmente na sela.

— Sei o suficiente para cumprir meu dever de marido, sor.

— Isso é precisamente aquilo que uma noiva deseja em sua noite de núpcias — Jaime rebateu. — Um marido que saiba como cumprir seu dever.

Um rubor subiu ao rosto de Lancel.

— Rezo por você, primo. E por Sua Graça, a rainha. Que a Velha a oriente para a sabedoria, e que o Guerreiro a proteja.

— Para que Cersei precisaria do Guerreiro? Tem a mim — Jaime fez o cavalo dar meia-volta, com o manto branco tremulando ao vento. *O Duende estava mentindo. Mais depressa Cersei teria o cadáver de Robert entre as pernas do que um tolo piedoso como Lancel. Tyrion, seu canalha maldoso, devia ter mentido sobre alguém mais crível.* Passou a galope pelo carro fúnebre do pai, dirigindo-se à cidade distante.

As ruas de Porto Real pareciam quase desertas quando Jaime Lannister se dirigiu à Fortaleza Vermelha, no topo da Colina de Aegon. Os soldados que enchiam os antros de jogo e as casas de pasto da cidade tinham ido quase todos embora. Garlan, o Galante, levara metade das forças Tyrell para Jardim de Cima, e as senhoras sua mãe e sua avó tinham partido com ele. A outra metade marchara para o sul com Mace Tyrell e Mathis Rowan, a fim de investir contra Ponta Tempestade.

Quanto à hoste Lannister, dois mil veteranos experientes permaneciam acampados fora das muralhas da cidade, esperando a chegada da frota de Paxter Redwyne que os levaria a atravessar a Baía da Água Negra até Pedra do Dragão. Lorde Stannis parecia ter deixado apenas uma pequena guarnição para trás quando zarpara para o Norte, de modo que dois mil homens seriam mais do que suficientes, de acordo com a avaliação de Cersei.

O resto dos ocidentais regressara para junto de suas esposas e filhos, para reconstruir suas casas, semear seus campos e conseguir uma última colheita. Cersei levara Tommen para uma ronda aos seus acampamentos antes de se porem em marcha, com o propósito de permitir que os homens saudassem seu pequeno rei. Nunca estivera tão bela como naquele dia, com um sorriso nos lábios e o sol de outono brilhando em seus cabelos dourados. Não importa o que dissessem da irmã, ela sabia como fazer que os homens a amassem quando se importava o suficiente para tentar.

Quando Jaime entrou a trote pelos portões do castelo, deparou com duas dúzias de cavaleiros arremetendo contra um estafermo no pátio exterior. *Mais uma coisa que já não posso fazer*, pensou. Uma lança era mais pesada e difícil de manejar do que uma espada, e esta já se mostrava provação suficiente. Supunha que poderia tentar segurar a lança com a mão esquerda, mas isto significaria passar o escudo para o braço direito. Numa justa, o adversário estava sempre do lado esquerdo. Um escudo no braço direito seria tão útil quanto mamilos na placa peitoral. *Não, meus dias de justas chegaram ao fim*, pensou enquanto desmontava; mesmo assim, parou para assistir durante algum tempo.

Sor Tallad, o Alto, perdeu a montaria quando o saco de areia deu a volta e o atingiu na cabeça. Varrão Forte atingiu o escudo com tanta força que o rachou. Kennos de Kayce terminou a destruição. Um novo escudo foi pendurado para sor Dermot, da Mata Chuvosa. Lambert Turnberry deu apenas um golpe de raspão, mas Jon Imberbe Bettley, Humfrey Swyft e Alyn Stackspear conseguiram todos golpes bem dados, e Ronnet Vermelho Connington quebrou a lança, e acertou em cheio. Então, o Cavaleiro das Flores montou e reduziu todos os outros ao embaraço.

Jaime sempre achara que três quartos de uma justa eram equitação. Sor Loras montava de forma soberba e manejava uma lança como se tivesse nascido com uma na mão... o que sem dúvida explicava a expressão aflita da mãe. *Ele coloca a ponta precisamente onde pretende colocá-la e parece ter o equilíbrio de um gato. Talvez não tenha sido assim tão por acaso que me derrubou.* Era uma pena que nunca mais pudesse testar o rapaz. Deixou os homens absortos em seu desporte.

Cersei estava em seu aposento privado, na Fortaleza de Maegor, com Tommen e a morena esposa myriana de lorde Merryweather. Estavam os três rindo com o grande meistre Pycelle.

— Perdi algum gracejo inteligente? — Jaime perguntou ao cruzar a soleira da porta.

— Oh, veja — ronronou lady Merryweather —, seu bravo irmão regressou, Vossa Graça.

— A maior parte dele — Jaime percebeu que a rainha segurava um copo. Nos últimos tempos, Cersei parecia ter sempre um jarro de vinho à mão, ela que antes desprezara Robert Baratheon por beber. Não gostava daquilo, mas ultimamente parecia não gostar de nada que a irmã fizesse. — Grande meistre — ela disse —, partilhe as novas com o Senhor Comandante, por favor.

Pycelle parecia desesperadamente desconfortável.

— Chegou uma ave — disse. — De Stokeworth. Lady Tanda manda a notícia de que a filha Lollys deu à luz um filho forte e saudável.

— E nunca adivinhará o nome que deram ao bastardozinho, irmão.

— Se bem me lembro, queriam chamá-lo Tywin.

— Sim, mas eu os proibi. Disse a Falyse que não aceitaria que o nobre nome de nosso pai fosse atribuído à descendência mal gerada de algum criador de porcos e de uma porca desmiolada.

— Lady Stokeworth insiste que o nome da criança não foi obra sua — interveio o grande meistre Pycelle. Suor salpicava sua testa enrugada. — Escreve dizendo que foi o marido de Lollys quem fez a escolha. Aquele homem, Bronn, ele... parece que ele...

— Tyrion — Jaime arriscou. — Chamou a criança de *Tyrion*.

O velho fez um aceno trêmulo, limpando a testa com a manga da veste.

Jaime teve de rir.

— Aí está, querida irmã. Tem andado à procura de Tyrion por todo lado, e ele esteve todo o tempo escondido no ventre de Lollys.

— Engraçado. Você e Bronn são ambos tão engraçados. Sem dúvida que o bastardo suga uma das tetas de Lollys Desmiolada neste exato momento, enquanto esse mercenário o observa, sorrindo de sua pequena insolência.

— Talvez a criança tenha alguma semelhança com seu irmão — sugeriu lady Merryweather. — Pode ter nascido deformado, ou sem nariz — e soltou uma gargalhada gutural.

— Teremos de mandar um presente para o querido garoto — a rainha declarou. — Não teremos, Tommen?

— Podíamos lhe mandar um gatinho.

— Uma cria de leão — disse lady Merryweather. *Para lhe rasgar a goelinha*, sugeria seu sorriso.

— Tenho um tipo diferente de presente em mente — Cersei rebateu.

O mais provável é que seja um novo padrasto. Jaime conhecia a expressão que a irmã trazia nos olhos. Já vira-a, e a última vez fora na noite do casamento de Tommen, quando ela queimara a Torre da Mão. A luz verde do fogovivo banhara o rosto de quem assistia, fazendo-os parecer-se com cadáveres em putrefação, uma alcateia de alegres vampiros, mas alguns dos cadáveres eram mais bonitos do que os outros. Mesmo sob aquele brilho sinistro, Cersei era bela de se contemplar. Ficara em pé, com uma mão no peito, os lábios entreabertos, os olhos verdes brilhando. *Ela está chorando*, então Jaime tinha compreendido, mas se era de desgosto ou de êxtase não saberia dizer.

Ver aquilo o enchera de inquietação, fazendo-o se recordar de Aerys Targaryen e do modo como as chamas o excitava. Um rei não tem segredos para com sua Guarda Real. As relações entre Aerys e sua rainha tinham sido tensas durante os últimos anos de seu reinado. Dormiam separados, e faziam o que podiam para evitar um ao outro durante as horas de vigília. Mas, sempre que Aerys entregava um homem às chamas, a rainha Rhaella teria um visitante durante a noite. No dia em que queimara sua mão da maça e do punhal, Jaime e Jon Darry tinham ficado de guarda à porta do quarto dela enquanto o rei obtinha seu prazer.

— Está me machucando — tinham ouvido Rhaella gritar através da porta de carvalho. — Está *me machucando*. — De certo e estranho modo, aquilo tinha sido pior do que os gritos de lorde Chelsted.

— Juramos defendê-la também — Jaime finalmente foi compelido a dizer.

— Sim, juramos — Darry respondeu —, mas não dele.

Jaime só tinha visto Rhaella uma vez depois daquilo, na manhã do dia em que partira para Pedra do Dragão. A rainha estava envolta num manto e levava um capuz na cabeça quando subira para a real casa rolante que a levaria ao longo da vertente da Colina de Aegon até o navio que a aguardava, mas ouvira as aias sussurrando depois de ela partir. Diziam que o aspecto da rainha era tal que parecia que uma fera a tinha dilacerado, rasgando-lhe as coxas com as garras e roendo-lhe os seios. *Uma fera coroada*, Jaime soube.

No fim, o Rei Louco tornara-se tão temeroso que não admitia lâminas em sua presença, exceto as espadas que a Guarda Real usava. Sua barba estava cheia de nós e suja, os cabelos eram um emaranhado loiro-prateado que lhe chegava à cintura, as unhas garras rachadas e amarelas, com vinte centímetros de comprimento. Mesmo assim as lâminas o atormentavam, aquelas de que não poderia nunca escapar, as lâminas do Trono de Ferro. Seus braços e suas pernas estavam sempre cobertos de crostas e cortes meio cicatrizados.

Que seja o rei de ossos carbonizados e carne queimada, recordou Jaime, estudando o sorriso da irmã. *Que seja rei das cinzas.*

— Vossa Graça — disse —, podemos conversar em particular?

— Como quiser. Tommen, já passa da hora de sua aula de hoje. Vá com o grande meistre.

— Sim, mãe. Estamos estudando Baelor, o Abençoado.

Lady Merryweather também se retirou, beijando a rainha em ambas as bochechas.

— Devo regressar para o jantar, Vossa Graça?

— Ficarei muito zangada com você se não o fizer.

Jaime não conseguiu deixar de reparar no modo como a mulher myriana movia as ancas ao caminhar. *Cada passo é uma sedução.* Quando a porta se fechou atrás dela, pigarreou e disse:

— Primeiro aqueles Kettleblack, depois Qyburn, agora ela. A fauna que a rodeia hoje em dia é bem estranha, querida irmã.

— Estou me tornando muito amiga de lady Taena. Ela me diverte.

— Ela é uma das companheiras de Margaery Tyrell — relembrou-lhe Jaime. — Dá informações sobre você à pequena rainha.

— Claro que dá — Cersei dirigiu-se ao aparador para voltar a encher a taça. — Margaery ficou deliciada quando lhe pedi licença para tomar Taena como minha companheira. Devia tê-la ouvido. "Ela será uma irmã para você, assim como tem sido para mim. Claro que pode ficar com ela! Eu tenho as minhas primas e as outras senhoras." Nossa pequena rainha não quer que eu me sinta sozinha.

— Se sabe que ela é uma espiã, por que acolhê-la?

— Margaery não tem metade da esperteza que julga ter. Não faz ideia da doce serpente que tem naquela cadela myriana. Uso Taena para transmitir à pequena rainha aquilo que quero que ela saiba. Parte até é verdade. — Os olhos de Cersei brilhavam com a travessura. — E Taena me conta tudo o que a Donzela Margaery faz.

— Ah... conta? O que você sabe sobre essa mulher?

— Sei que é uma mãe, com um filho jovem que deseja subir alto no mundo. Fará tudo o que for necessário para se assegurar de que isto aconteça. As mães são todas iguais. Lady Merryweather pode ser uma serpente, mas está longe de ser estúpida. Sabe que posso fazer mais por ela do que Margaery, portanto, torna-se útil para mim. Você se surpreenderia com todas as coisas interessantes que me contou.

— Que tipo de coisas?

Cersei sentou-se sob a janela:

— Sabia que a Rainha dos Espinhos tem uma arca cheia de moedas em sua casa rolante? Ouro velho de antes da Conquista. Se algum mercador for suficientemente insensato para fazer um preço em moedas de ouro, ela lhe paga com mãos de Jardim de Cima, que têm metade do peso dos nossos dragões. Que mercador se atreveria a se queixar de ser enganado pela senhora mãe de Mace Tyrell? — bebericou o vinho e perguntou: — Gostou do seu pequeno passeio?

— Nosso tio fez um comentário sobre sua ausência.

— Os comentários de nosso tio não me interessam.

— Deviam interessar. Podia fazer bom uso dele. Se não fosse em Correrrio ou no Rochedo, então no Norte, contra lorde Stannis. O pai sempre contou com Kevan quando...

— Roose Bolton é o nosso Guardião do Norte. Ele lidará com Stannis.

— Lorde Bolton está encurralado abaixo do Gargalo, impedido de chegar ao Norte pelos homens de ferro em Fosso Cailin.

— Não por muito tempo. O filho bastardo de Bolton removerá em breve esse pequeno obstáculo. Lorde Bolton terá dois mil Frey para aumentar suas forças, sob o comando dos filhos de lorde Walder, Hosteen e Aenys. Isso deve ser mais do que suficiente para lidar com Stannis e alguns milhares de desertores.

— Sor Kevan...

— ... terá as mãos cheias em Darry, ensinando Lancel como limpar o cu. A morte do pai o castrou. É um homem velho e acabado. Daven e Damion nos servirão melhor.

— Serão suficientes — Jaime não tinha disputas com os primos. — Mas ainda precisa de uma Mão. Se não for o nosso tio, então, quem?

A irmã soltou uma gargalhada:

— Você, não. Nada tema a esse respeito. Talvez o marido de Taena. O avô dele foi Mão de Aerys.

A Mão da cornucópia. Jaime lembrava-se bastante bem de Owen Merryweather, um homem amigável, mas ineficaz.

— Se bem me lembro, ele fez tão bom trabalho que Aerys o exilou e confiscou suas terras.

— Robert as devolveu. Algumas, pelo menos. Taena ficará contente se Orton conseguir recuperar o resto.

— A ideia aqui é agradar a uma puta myriana qualquer? E eu que pensava que era governar o reino.

— *Eu* governo o reino.

Que os Sete nos salvem a todos, mas é verdade. A irmã gostava de pensar em si própria como um lorde Tywin com seios, mas enganava-se. O pai fora tão inexorável e implacável como um glaciar, enquanto Cersei era toda fogovivo, especialmente quando contrariada. Ficara tonta como uma donzela quando soube que Stannis abandonara Pedra do Dragão, certa de que ele finalmente desistira da luta e zarpara para o exílio. Quando chegou do Norte a notícia de que voltara a aparecer na Muralha, sua fúria fora terrível de se contemplar. *Não lhe faltam miolos, mas não tem bom senso nem paciência.*

— Precisa de uma Mão forte para ajudá-la.

— Um governante *fraco* precisa de uma Mão forte, como Aerys precisou do pai. Um governante forte necessita apenas de um criado diligente que ponha em prática suas ordens — fez rodopiar o vinho. — Lorde Hallyne podia se adequar. Não seria o primeiro piromante a servir como Mão do Rei.

Não mesmo. Eu matei o último.

— Dizem que pretende fazer de Aurane Waters mestre dos navios.

— Alguém anda lhe dando informações a meu respeito? — Quando ele não respondeu, Cersei jogou os cabelos para trás e disse: — Waters adapta-se bem ao cargo. Passou metade da vida nos navios.

— Metade da vida? Ele não pode ter mais do que vinte anos.

— Vinte e dois. E então? O pai nem sequer tinha vinte e um quando Aerys Targaryen o nomeou Mão. Já é mais que hora de Tommen ter alguns homens jovens à sua volta, no lugar de todos aqueles grisalhos enrugados. Aurane é forte e vigoroso.

Forte, vigoroso e atraente..., Jaime pensou. *Ela tem andado fodendo Lancel e Osmund Kettleblack, e provavelmente até o Rapaz Lua, tanto quanto sei...*

— Paxter Redwyne seria uma escolha melhor. Ele comanda a maior frota em Westeros. Aurane Waters podia comandar um esquife, mas só se você comprasse um para ele.

— Você é uma criança, Jaime. Redwyne é vassalo do Tyrell e sobrinho daquela hedionda avó que ele tem. Não quero nenhuma das criaturas de lorde Tyrell no meu conselho.

— No conselho de Tommen, você quer dizer.

— Você sabe o que quero dizer.

Bem demais.

— O que sei é que Aurane Waters é má ideia, e Hallyne pior ainda. Quanto a Qyburn... pela bondade dos deuses, Cersei, ele acompanhou *Vargo Hoat*. A Cidadela *o despojou da corrente!*

— As ovelhas cinzentas. Qyburn tornou-se muito útil para mim. E é leal, o que é mais do que posso dizer de minha própria família.

Os corvos se banquetearão com todos nós se seguir esse caminho, querida irmã.

— Cersei, ouça o que está dizendo. Está enxergando anões em cada sombra e transformando amigos em inimigos. O tio Kevan não é seu inimigo. Eu não sou seu inimigo.

O rosto dela retorceu-se de fúria:

— Supliquei-lhe ajuda. Pus-me de joelhos por você, e *você me recusou!*

— Os meus votos...

— ... não o impediram de matar Aerys. As palavras são vento. Podia ter ficado comigo, mas preferiu um manto. Vá embora.

— Irmã...

— *Vá embora*, eu disse. Estou farta de olhar para esse feio coto que traz aí. *Vá embora!* — Para apressá-lo, lançou-lhe a taça de vinho à cabeça. Falhou, mas Jaime entendeu a deixa.

O ocaso foi encontrá-lo sentado sozinho na sala comum da Torre da Espada Branca, com uma taça de tinto de Dorne e o Livro Branco. Virava páginas com o coto da mão da espada quando o Cavaleiro das Flores entrou, despiu o manto e o cinto da espada e os pendurou num cabide ao lado dos de Jaime.

— Vi você hoje no pátio — Jaime disse. — Montou bem.

— Com certeza foi melhor do que *bem*. — Sor Loras serviu-se de uma taça de vinho e se sentou do outro lado da mesa em forma de meia-lua.

— Um homem mais modesto poderia ter respondido "O senhor é muito gentil", ou "Tive uma boa montaria."

— O cavalo era adequado, e o senhor é tão gentil quanto sou modesto — Loras indicou o livro com um gesto. — Lorde Renly sempre dizia que os livros eram coisa de meistre.

— Este é coisa nossa. A história de todos os homens que algum dia usaram um manto branco está escrita aqui.

— Já passei os olhos por ele. Os escudos são bonitos. Prefiro livros com mais iluminuras. Lorde Renly possuía alguns com desenhos capazes de cegar um septão.

Jaime teve de sorrir:

— Aqui não há nenhum desses, sor, mas as histórias abrirão seus olhos. Faria bem em conhecer a vida daqueles que vieram antes de nós.

— Já conheço. Príncipe Aemon, o Cavaleiro do Dragão, sor Ryam Redwyne, o Coração-Magno, Barristan, o Ousado...

— ... Gwayne Corbray, Alyn Connington, o Demônio de Darry. Deve também ter ouvido falar de Lucamore Strong.

— Sor Lucamore, o Ardente? — Sor Loras parecia se divertir. — Três mulheres e trinta filhos, não foi? Cortaram-lhe o pau. Quer que eu cante a canção, senhor?

— E sor Terrence Toyne?

— Dormiu com a amante do rei e morreu aos gritos. A lição é: homens que usam calções brancos devem mantê-los bem atados.

— Gyles Manto-Cinza? Orivel, o Mão-Aberta?

— Gyles foi um traidor, Orivel um covarde. Homens que envergonharam o manto branco. O que o senhor está sugerindo?

— Pouco e menos ainda. Não se ofenda quando não há qualquer intenção de ofender, sor. E o Tom Longo Costayne?

Sor Loras balançou a cabeça.

— Foi um cavaleiro da Guarda Real durante sessenta anos.

— Quando foi isso? Nunca...

— E sor Donnel de Valdocaso?

— Posso ter ouvido o nome, mas...

— Addison Hill? O Coruja Branca, Michael Mertyns? Jeffory Norcross? Chamavam-no Render-Jamais. Robert Vermelho Flowers? Que pode me dizer sobre eles?

— Flowers é um nome de bastardo. Hill também.

— E, no entanto, ambos chegaram ao comando da Guarda Real. Suas histórias estão no livro. Rolland Darklyn também está aqui. O mais jovem homem a servir na Guarda Real antes de mim. O manto lhe foi dado num campo de batalha, e ele morreu menos de uma hora depois de envergá-lo.

— Não pode ter sido muito bom.

— Foi suficientemente bom. Morreu, mas seu rei sobreviveu. Montes de homens corajosos usaram o manto branco. A maior parte foi esquecida.

— A maior parte merece ser esquecida. Os heróis serão sempre recordados. Os melhores.

— Os melhores e os piores. — *O que significa que é provável que um de nós sobreviva nas canções.* — E alguns que eram um pouco das duas coisas. Como ele — tamborilou na página que estava lendo.

— Quem? — Sor Loras esticou a cabeça para ver. — Dez bolas negras em fundo escarlate. Não conheço essas armas.

— Pertenciam a Criston Cole, que serviu o primeiro Viserys e o segundo Aegon — Jaime fechou o Livro Branco. — Chamavam-no o Fazedor de Reis.

CERSEI

Três miseráveis idiotas com um saco de couro, pensou a rainha quando os homens se dobraram sobre os joelhos à sua frente. O aspecto deles não a encorajava. *Suponho que haja sempre uma chance.*

— Vossa Graça — disse Qyburn em voz baixa —, o pequeno conselho...

— ... esperará por mim. Talvez possa levar notícias sobre a morte de um traidor — do outro lado da cidade, os sinos do Septo de Baelor cantavam sua canção de luto. *Nenhum sino soará por você, Tyrion*, pensou Cersei. *Mergulharei sua cabeça em alcatrão e darei seu corpo retorcido aos cães.* — Em pé — ela ordenou aos aspirantes a lordes. — Mostrem o que me trouxeram.

Eles se levantaram; três homens feios e esfarrapados. Um tinha um furúnculo no pescoço, e nenhum tomara banho no último meio ano. A possibilidade de elevar gente como eles a uma senhoria a divertia. *Podia colocá-los ao lado de Margaery em banquetes.* Quando o idiota chefe desatou a corda que fechava o saco e mergulhou a mão lá dentro, o cheiro de decomposição encheu a sala de audiências como uma fétida roseira. A cabeça que ele tirou para fora era verde-acinzentada e estava repleta de larvas. *Cheira como o pai.* Dorcas arquejou, e Jocelyn cobriu a boca com a mão e vomitou.

A rainha examinou o prisioneiro, sem vacilar:

— Mataram o anão errado — disse por fim, ressentindo-se de cada palavra.

— Não matamos, não — um dos idiotas se atreveu a dizer. — Isso tem de ser ele, sor. Um anão, vê? Apodreceu um bocado, é só isso.

— E também lhe cresceu um nariz novo — Cersei observou. — E um nariz bastante proeminente, eu diria. O nariz de Tyrion foi cortado numa batalha.

Os três idiotas trocaram um olhar.

— Ninguém nos disse — informou aquele que tinha a cabeça na mão. — Este apareceu caminhando com todo o descaramento do mundo, um anão feio qualquer, e a gente pensou...

— Ele *disse* que era um pardal — acrescentou o do furúnculo —, e *você* disse que ele estava mentindo — a acusação dirigia-se ao terceiro homem.

A rainha enfureceu-se ao pensar que tinha deixado o pequeno conselho à espera por causa daquela pantomima.

— Desperdiçaram meu tempo e mataram um homem inocente. Devia mandar lhes cortar a cabeça — mas, se o fizesse, o próximo homem poderia hesitar e permitir que o Duende escapasse. Preferia fazer uma pilha de anões mortos com três metros de altura a deixar que isso acontecesse. — Saiam da minha vista.

— Sim, Vossa Graça — disse o do furúnculo. — Pedimos perdão.

— Quer a cabeça? — perguntou o homem que a tinha na mão.

— Entregue-a a sor Meryn. Não, dentro do saco, seu cretino. Sim. Sor Osmund, acompanhe-os até lá fora.

Trant levou a cabeça e Kettleblack os carrascos, deixando apenas o café da manhã de lady Jocelyn como indício de sua visita.

— Limpe isso imediatamente — ordenou-lhe a rainha. Aquela tinha sido a terceira cabeça que lhe entregavam. *Pelo menos esta era de um anão.* A última era apenas de uma criança feia.

— Alguém encontrará o anão, não tema — garantiu-lhe sor Osmund. — E quando o fizerem, o deixaremos bem morto.

Ah, é mesmo? Na noite anterior Cersei tinha sonhado com a velha, com suas maxilas pedregosas e a voz coaxante. Maggy, a Rã, era como a chamavam nas ruas de Lannisporto. *Se o pai tivesse descoberto o que ela me disse, teria mandado cortar-lhe a língua.* Mas Cersei nunca contara a ninguém, nem mesmo a Jaime. *Melara disse que, se nunca falássemos das profecias dela, nós as esqueceríamos. Disse que uma profecia esquecida não se podia tornar verdadeira.*

— Tenho informantes farejando o Duende por todo lado, Vossa Graça — disse Qyburn. Envergava algo muito semelhante a uma veste de meistre, mas branca, em vez de cinza, imaculada como os mantos da Guarda Real. Volutas de ouro decoravam-lhe a bainha, as mangas e o rígido colarinho alto, e trazia uma faixa dourada atada à cintura. — Em Vilavelha, Vila Gaivota, Dorne, até nas Cidades Livres. Não importa para onde fuja, meus transmissores de segredos o encontrarão.

— Parte do princípio de que ele abandonou Porto Real. Pode estar escondido no Septo de Baelor, tanto quanto sabemos, balançando nas cordas dos sinos para fazer aquela horrível algazarra. — Cersei fez uma expressão amarga e permitiu que Dorcas a ajudasse a se levantar. — Venha, senhor. Meu conselho espera — deu o braço a Qyburn ao descer as escadas. — Tratou daquela pequena tarefa que lhe atribuí?

— Tratei, Vossa Graça. Lamento que tenha demorado tanto tempo. É uma cabeça tão grande. Os escaravelhos levaram muitas horas para limpar a carne. Como pedido de desculpas, forrei uma caixa de ébano e prata com feltro, para fazer uma apresentação adequada do crânio.

— Um saco de pano serviria igualmente bem. Príncipe Doran quer a cabeça. Está pouco se importando com o tipo de caixa em que ela virá.

O repicar dos sinos era mais forte no pátio. *Ele era só um alto septão. Quanto mais tempo teremos de aguentar isso?* Os sinos eram mais melodiosos do que os gritos da Montanha tinham sido, mas...

Qyburn pareceu pressentir o que ela pensava.

— Os sinos pararão ao pôr do sol, Vossa Graça.

— Isso será um grande alívio. Como sabe?

— Saber é a natureza do serviço que presto.

Varys nos fez acreditar que era insubstituível. Que tolos fomos. Depois de a rainha ter feito constar que Qyburn ocuparia o lugar do eunuco, os parasitas de costume não tinham perdido tempo em se dar a conhecer para trocar seus sussurros por algumas moedas. *Sempre foi a prata, não a Aranha. Qyburn nos servirá igualmente bem.* Estava ansiosa para ver a expressão no rosto de Pycelle quando Qyburn ocupasse seu lugar.

Um cavaleiro da Guarda Real encontrava-se sempre a postos na porta da sala do conselho quando o pequeno conselho estava em sessão. Naquele dia, era sor Boros Blount.

— Sor Boros — disse a rainha num tom agradável —, pareceu bastante pálido hoje de manhã. Algo que tenha comido, talvez? — Jaime fizera dele provador do rei. *Uma tarefa saborosa, mas vergonhosa para um cavaleiro.* Blount odiava-a. Suas bochechas caídas estremeceram quando segurou a porta para eles passarem.

Os conselheiros aquietaram-se quando ela entrou. Lorde Gyles tossiu como em saudação, fazendo ruído suficiente para acordar Pycelle. Os outros ergueram-se, proferindo palavras cerimoniosas. Cersei permitiu-se o mais tênue dos sorrisos.

— Senhores, sei que todos perdoarão meu atraso.

— Estamos aqui para servir Vossa Graça — disse sor Harys Swyft. — É um prazer esperar sua chegada.

— Estou certa de que todos conhecem lorde Qyburn.

Grande meistre Pycelle não a desapontou.

— *Lorde* Qyburn? — conseguiu dizer, tornando-se roxo. — Vossa Graça, este... Um meistre profere votos sagrados, jurando não possuir terras nem senhorias...

— Sua Cidadela tirou-lhe a corrente — lembrou Cersei. — Se ele não é um, não pode ser limitado pelos votos de meistre. Talvez recorde-se de que também chamávamos o eunuco de *lorde*.

Pycelle pôs-se a falar de maneira atrapalhada.

— Este homem é... ele é inadequado...

— Não ouse falar de *adequação* comigo depois do nauseabundo objeto de escárnio em que transformou o cadáver do meu pai.

— Vossa Graça não pode pensar... — o velho ergueu a mão manchada, como que para se proteger de um golpe. — As irmãs silenciosas removeram as entranhas e os órgãos de lorde Tywin, drenaram-lhe o sangue... tomaram todos os cuidados... seu corpo foi preenchido com sais e ervas odoríferas...

— Oh, poupe-me dos detalhes repugnantes. Eu cheirei o resultado de seus *cuidados*. As artes curativas de lorde Qyburn salvaram a vida de meu irmão, e não duvido de que ele servirá ao rei de forma mais hábil do que aquele eunuco afetado. Senhor, conhece seus colegas do conselho?

— Seria débil informador se não conhecesse, Vossa Graça — Qyburn sentou-se entre Orton Merryweather e Gyles Rosby.

Meus conselheiros. Cersei arrancara todas os rosas, e todos aqueles com obrigações para com o tio ou os irmãos. Em seus lugares estavam homens cuja lealdade lhe pertencia. Até lhes dera novos títulos, e pedidos de empréstimo às Cidades Livres; a rainha não admitiria nenhum "mestre" na corte além de si própria. Orton Merryweather era seu juiz; Gyles Rosby, seu senhor tesoureiro. Aurane Waters, o fogoso jovem Bastardo de Derivamarca, seria seu grande almirante.

E para Mão, sor Harys Swyft.

Mole, careca e obsequioso, Swyft possuía um absurdo tufozinho branco de barba onde a maioria dos homens tinha um queixo. O galo anão azul de sua Casa estava desenhado em contas de lápis-lazúli na frente de seu gibão de pelúcia amarela. Por cima daquilo, usava uma capa de veludo azul decorada com uma centena de mãos douradas. Sor Harys ficara deliciado com a nomeação, obtuso demais para perceber que era mais refém do que Mão. A filha era esposa do tio de Cersei, e Kevan amava sua senhora desprovida de queixo, por mais rasa de peito que fosse, por mais galináceas que fossem suas pernas. Enquanto tivesse sor Harys na mão, Kevan Lannister teria de pensar duas vezes antes de se lhe opor. *É certo que um sogro não é o refém ideal, mas antes um escudo fraco do que nenhum.*

— O rei virá juntar-se a nós? — perguntou Orton Merryweather.

— Meu filho está brincando com sua pequena rainha. No momento, sua ideia de ser rei é carimbar papéis com o selo real. Sua Graça ainda é novo demais para compreender assuntos de Estado.

— E o nosso valente Senhor Comandante?

— Sor Jaime encontra-se em seu armeiro, experimentando uma mão. Sabe que estávamos todos fartos daquele feio coto. E creio bem que ele acharia esses procedimentos tão cansativos quanto Tommen — Aurane Waters soltou um risinho ao ouvir o comentário. Ótimo, pensou Cersei, *quanto mais rirem, menos ameaçadores eles serão. Que riam.* — Temos vinho?

— Temos, Vossa Graça — Orton Merryweather não era um homem de boa aparência, com seu grande nariz de aspecto pesado e o desordenado matagal ruivo-alaranjado que tinha na cabeça, mas nunca era menos que cortês. — Temos tinto de Dorne e dourado da Árvore, e um belo hipocraz doce de Jardim de Cima.

— O dourado, parece-me. Acho os vinhos de Dorne tão amargos quanto os dorneses — enquanto Merryweather lhe enchia a taça, Cersei disse: — Suponho que podemos começar por eles.

Os lábios do grande meistre Pycelle ainda tremiam, mas de algum modo conseguiu descobrir onde tinha a língua.

— Às suas ordens. Príncipe Doran prendeu as insubmissas bastardas do irmão, mas Lançassolar continua em ebulição. O príncipe escreve que não tem esperança de acalmar as águas até receber a justiça que lhe foi prometida.

— Com certeza. — *Uma criatura cansativa esse príncipe.* — Sua longa espera está prestes a terminar. Vou enviar Balon Swann a Lançassolar, para lhe entregar a cabeça de Gregor Clegane — Sor Balon teria também outra tarefa, mas era melhor omitir esta parte.

— Ah — sor Harys Swyft remexeu sua divertida barbicha com o polegar e o indicador. — Então ele está morto? Sor Gregor?

— Imagino que sim, senhor — Aurane Waters disse secamente. — Disseram-me que remover a cabeça de cima do corpo é frequentemente mortal.

Cersei o favoreceu com um sorriso; apreciava um pouco de espírito, desde que não fosse ela o alvo.

— Sor Gregor não resistiu aos ferimentos, tal como grande meistre Pycelle tinha previsto.

Pycelle fitou Qyburn com uma expressão amarga.

— A lança estava envenenada. Ninguém poderia salvá-lo.

— Foi o que disse. Lembro-me bem — a rainha virou-se para sua Mão. — De que falavam quando cheguei, sor Harys?

— De pardais, Vossa Graça. O septão Raynard diz que podem subir a dois mil os que se encontram na cidade, e chegam mais todos os dias. Seus líderes pregam sobre a condenação e a adoração de demônios...

Cersei provou o vinho. *Muito agradável.*

— E já há muito que alguém devia fazê-lo, não lhe parece? De que chamaria aquele deus vermelho que Stannis adora, se não de demônio? A Fé deve opor-se a um mal como este — Qyburn lembrara-lhe daquilo, o esperto homem. — Nosso falecido alto septão deixava passar muitas coisas, temo. A idade lhe diminuíra a visão e lhe exaurira as forças.

— Ele era um velho acabado, Vossa Graça — Qyburn sorriu para Pycelle. — Seu falecimento não nos devia ter surpreendido. Ninguém pode pedir mais do que morrer pacificamente no sono ainda cheio de anos.

— Não — disse Cersei —, mas esperemos bem que seu sucessor seja mais vigoroso. Meus amigos da outra colina dizem-me que o mais provável é que seja Torbert ou Raynard.

Grande meistre Pycelle pigarreou.

— Também tenho amigos entre os Mais Devotos, e eles falam do septão Ollidor.

— Não menospreze Luceon — disse Qyburn. — Na noite passada homenageou trinta dos Mais Devotos com leitão e dourado da Árvore, e de dia distribui pão duro aos pobres, para demonstrar sua piedade.

Aurane Waters parecia tão aborrecido quanto Cersei com toda aquela conversa oca sobre septões. Visto de perto, seus cabelos eram mais prateados do que dourados, e os olhos eram cinza-esverdeados, ao passo que os do príncipe Rhaegar tinham sido purpúreos. Mesmo assim, a semelhança... Perguntou a si mesma se Waters cortaria a barba por ela. Embora fosse dez anos mais novo do que Cersei, desejava-a; ela percebia no modo como a olhava. Os homens olhavam-na daquela forma desde que os seios tinham começado a despontar. *Porque eu era tão bela, diziam eles, mas Jaime também era belo, e nunca os olhava daquela forma.* Quando era pequena, por vezes vestia a roupa do irmão, de brincadeira. Ficava sempre surpresa com a diferença de tratamento dos homens para com ela quando pensavam que era Jaime. Até o próprio lorde Tywin...

Pycelle e Merryweather continuavam a jogar com as palavras a propósito de quem se tornaria o novo alto septão.

— Um servirá tão bem quanto o outro — anunciou abruptamente a rainha —, mas seja quem for, quem colocar a coroa de cristal deve proclamar um anátema contra o Duende — o último alto septão mantivera-se notavelmente silencioso acerca de Tyrion. — Quanto a esses pardais cor-de-rosa, desde que não preguem a traição, são problema da Fé, não nosso.

Lorde Orton e sor Harys murmuraram acordo. A tentativa de Gyles Rosby para fazer o mesmo dissolveu-se num ataque de tosse. Cersei virou o rosto, repugnada, quando ele puxou um escarro de muco ensanguentado.

— Meistre, trouxe a carta vinda do Vale?

— Trouxe, Vossa Graça — Pycelle colheu-a de sua pilha de papéis e a alisou. — É mais uma declaração do que uma carta. Assinada em Pedrarruna por Bronze Yohn Royce, lady Waynwood, os lordes Hunter, Redfort e Belmore e por Symond Templeton, o Cavaleiro de Novestrelas. Todos eles afixaram seus selos. Escrevem...

Um monte de asneiras.

— Os senhores podem ler a carta se assim o desejarem. Royce e os outros estão reunindo homens por baixo do Ninho da Águia. Pretendem retirar de Mindinho o cargo de Senhor Protetor do Vale, à força se necessário. A questão é: Devemos permitir?

— Lorde Baelish procura nossa ajuda? — Harys Swyft quis saber.

— Por enquanto não. Na verdade, parece bastante despreocupado. Sua última carta menciona os rebeldes apenas de passagem antes de me implorar que lhe envie umas velhas tapeçarias de Robert.

Sor Harys passou os dedos pela barba.

— E esses senhores da declaração, será que *eles* apelam ao rei para que os ajude?

— Não.

— Então... talvez não tenhamos de fazer nada.

— Uma guerra no Vale seria uma grande tragédia — Pycelle observou.

— Guerra? — Orton Merryweather soltou uma gargalhada. — Lorde Baelish é um homem muito divertido, mas não se trava uma guerra com ditos de espírito. Duvido que chegue a haver derramamento de sangue. E será que importa quem é regente do pequeno lorde Robert, desde que o Vale envie seus impostos?

Não, decidiu Cersei. Na verdade, Mindinho tinha sido mais útil na corte. *Ele tinha um dom para arranjar ouro, e nunca tossia.*

— Lorde Orton me convenceu. Meistre Pycelle, instrua esses Senhores Declarantes de que nenhum mal deve acontecer a Petyr. Fora isso, a coroa se satisfará com quaisquer disposições que possam fazer para a governança do Vale durante a menoridade de Robert Arryn.

— Muito bem, Vossa Graça.

— Podemos discutir a frota? — Aurane Waters perguntou. — Menos de uma dúzia de nossos navios sobreviveu ao inferno na Água Negra. Temos de restaurar nosso poder no mar.

Merryweather assentiu:

— O poder naval é altamente essencial.

— Seria possível fazer uso dos homens de ferro? — Orton Merryweather questionou. — O inimigo do nosso inimigo? O que quereria de nós a Cadeira de Pedra do Mar como preço de uma aliança?

— Eles querem o Norte — respondeu grande meistre Pycelle —, que o nobre pai de nossa rainha prometeu à Casa Bolton.

— Que inconveniente — Merryweather interveio. — Mesmo assim, o Norte é grande. As terras poderiam ser divididas. Não precisa ser um arranjo permanente. Bolton poderá consentir, desde que lhe asseguremos que nossas forças serão suas assim que Stannis for destruído.

— Ouvi dizer que Balon Greyjoy está morto — disse sor Harys Swyft. — Sabemos quem governa agora as ilhas? Lorde Balon tinha um filho?

— Leo? — tossiu lorde Gyles. — Theo?

— Theon Greyjoy foi criado em Winterfell, como protegido de Eddard Stark — disse Qyburn. — Não é provável que seja nosso amigo.

— Tinha ouvido dizer que estava morto — disse Merryweather.

— Só havia um filho? — Sor Harys Swyft repuxou a barbicha. — Irmãos. Havia irmãos. Não havia?

Varys saberia, pensou Cersei com irritação.

— Não pretendo subir para a cama com essa lamentável corja de lulas. A vez deles chegará, depois de ter lidado com Stannis. Aquilo de que necessitamos é uma frota nossa.

— Proponho que construamos novos dromones — Aurane Waters falou. — Dez, para começar.

— E de onde virá o dinheiro? — Pycelle indagou.

Lorde Gyles tomou aquilo como um convite para recomeçar a tossir. Veio-lhe à boca mais cuspe cor-de-rosa, e ele o limpou dando pancadinhas na boca com um quadrado de seda vermelha.

— Não há... — conseguiu dizer, antes de a tosse lhe engolir as palavras. — ... não... nós não...

Sor Harys mostrou-se suficientemente perspicaz para compreender o significado que se escondia atrás da tosse.

— Os rendimentos da coroa nunca foram tão altos — objetou. — Foi o próprio sor Kevan quem me disse.

Lorde Gyles tossiu:

— ... despesas... manto dourado...

Cersei já ouvira as objeções do homem.

— Nosso senhor tesoureiro está tentando nos dizer que temos homens de manto dourado de mais e ouro de menos — a tosse de Gyles começara a aborrecê-la. Garth, o Grosso, talvez não tivesse sido assim tão ruim. — Embora altos, os rendimentos da coroa não são suficientes para acompanhar as dívidas de Robert. Por consequência, decidi adiar o pagamento das somas devidas à Santa Fé e ao Banco de Ferro de Braavos até o fim da guerra — não havia dúvida de que o novo alto septão retorceria suas santas mãos, e os braavosianos guinchariam e grasnariam, mas, e daí? — Os fundos poupados serão usados para a construção de nossa nova frota.

— Vossa Graça é prudente — disse lorde Merryweather. — Esta é uma medida sensata. E necessária, até a guerra terminar. Concordo.

— Eu também — sor Harys assentiu.

— Vossa Graça — disse Pycelle numa voz insegura —, temo que isto cause mais problemas do que imagina. O Banco de Ferro...

— ... continua em Braavos, longe, do outro lado do mar. Eles terão seu ouro, meistre. Um Lannister paga suas dívidas.

— Os braavosianos também têm um ditado — a corrente provida de joias de Pycelle tilintou suavemente. — *O Banco de Ferro obterá o que lhe é devido.*

— O Banco de Ferro obterá o que lhe é devido quando eu disser. Até esse momento, o Banco de Ferro esperará respeitosamente. Lorde Waters, dê início à construção de seus dromones.

— Muito bem, Vossa Graça.

Sor Harys remexeu alguns papéis.

— O assunto seguinte... Recebemos uma carta de lorde Frey evidenciando algumas exigências...

— Quantas terras e honrarias quer esse homem? — a rainha exclamou. — Sua mãe deve ter tido três tetas.

— Os senhores podem não saber — disse Qyburn —, mas nas tabernas e casas de pasto da cidade, há quem sugira que a coroa pode ter sido de algum modo cúmplice do crime de lorde Walder.

Os outros conselheiros fitaram-no com incerteza.

— Refere-se ao Casamento Vermelho? — perguntou Aurane Waters.

— Crime? — disse sor Harys. Pycelle pigarreou ruidosamente. Lorde Gyles tossiu.

— Aqueles pardais são particularmente diretos — preveniu Qyburn. — O Casamento Vermelho foi uma afronta a todas as leis dos deuses e dos homens, eles dizem, e os que tiveram uma participação no caso estão condenados.

Cersei não foi lenta para perceber o que ele queria dizer.

— Lorde Walder terá de enfrentar em breve o julgamento do Pai. É muito velho. Que os pardais cuspam em sua memória. Nada tem a ver conosco.

— Não — sor Harys concordou.

— Não — ecoou lorde Merryweather.

— Ninguém poderia pensar o contrário — Pycelle confirmou. Lorde Gyles tossiu.

— Um pouco de cuspe no túmulo de lorde Walder não é coisa que perturbe os vermes — concordou Qyburn —, mas também seria útil se alguém fosse *punido* pelo Casamento Vermelho. Algumas cabeças Frey fariam muito pelo apaziguamento do Norte.

— Lorde Walder nunca sacrificará os seus — Pycelle lembrou.

— Não — Cersei interveio em tom meditativo —, mas seus herdeiros podem ser menos escrupulosos. Podemos esperar que lorde Walder nos faça em breve a cortesia de morrer. Que melhor maneira para o novo Senhor da Travessia se livrar de meios-irmãos, primos desagradáveis e irmãs intriguistas do que indicando-os como culpados?

— Enquanto aguardamos a morte de lorde Walder, há outro assunto — disse Aurane

Waters. — A Companhia Dourada quebrou o contrato com Myr. Nas docas, tenho ouvido homens dizer que lorde Stannis os contratou e vai trazê-los do outro lado do mar.

— Com o que lhes pagaria? — perguntou Merryweather. — Neve? Eles se chamam Companhia *Dourada*. Quanto ouro tem Stannis?

— Não muito — assegurou-lhe Cersei. — Lorde Qyburn falou com a tripulação daquela galé myriana que se encontra na baía. Dizem que a Companhia Dourada se dirige a Volantis. Se pretendem vir para Westeros, estão marchando na direção errada.

— Talvez tenham se cansado de lutar do lado perdedor — sugeriu lorde Merryweather.

— Também há isto — a rainha concordou. — Só um cego não consegue ver que nossa guerra está praticamente ganha. Lorde Tyrell tem Ponta Tempestade sob ataque. Correrrio está cercada pelos Frey e por meu primo Daven, nosso novo Guardião do Oeste. Os navios de lorde Redwyne cruzaram os Estreitos de Tarth e sobem rapidamente a costa. Só restam em Pedra do Dragão alguns barcos de pesca para se oporem ao desembarque de Redwyne. O castelo pode se aguentar durante algum tempo, mas, assim que controlarmos o porto, podemos separar a guarnição do mar. Então só restará o próprio Stannis para nos aborrecer.

— Se é possível crer em lorde Janos, ele está tentando fazer causa comum com os selvagens — avisou o grande meistre Pycelle.

— Bárbaros vestidos de peles — declarou lorde Merryweather. — Lorde Stannis deve estar realmente desesperado para procurar tais aliados.

— Desesperado e insensato — concordou a rainha. — Os nortenhos odeiam os selvagens. Roose Bolton não deverá ter problemas em ganhá-los para nossa causa. Alguns já se reuniram ao seu filho bastardo para ajudá-lo a enxotar os malditos homens de ferro de Fosso Cailin e abrir caminho para o regresso de lorde Bolton. Umber, Ryswell... esqueço-me dos outros nomes. Até Porto Branco está a ponto de se juntar a nós. Seu lorde concordou em casar ambas as netas com nossos amigos Frey e em abrir o porto aos nossos navios.

— Achava que não tínhamos navios — sor Harys manifestou-se, confuso.

— Wyman Manderly era um vassalo leal de Eddard Stark — disse o grande meistre Pycelle. — Podemos confiar em tal homem?

Não podemos confiar em ninguém.

— É um velho gordo e assustado. No entanto, está se mostrando teimoso num ponto. Insiste que não dobrará o joelho até que lhe seja devolvido o herdeiro.

— E esse herdeiro está em nossas mãos? — perguntou sor Harys.

— Encontra-se em Harrenhal, se ainda estiver vivo. Gregor Clegane o tomou cativo — a Montanha nem sempre fora branda com seus prisioneiros, mesmo aqueles que valiam um resgate considerável. — Se estiver morto, suponho que tenhamos de enviar a lorde Manderly a cabeça daqueles que o mataram, com nossos mais sinceros pedidos de desculpa. — Se uma cabeça era suficiente para apaziguar um príncipe de Dorne, um saco de cabeças deveria ser mais do que adequado para um nortenho gordo enrolado em peles de foca.

— Mas lorde Stannis não procurará conquistar também a aliança de Porto Branco? — perguntou o grande meistre Pycelle.

— Oh, ele tentou. Lorde Manderly nos enviou suas cartas e respondeu com evasivas. Stannis exige as espadas e a prata de Porto Branco, pelas quais oferece... bem, *nada*. — Um dia teria de acender uma vela ao Estranho por ter levado Renly, deixando Stannis. Se tivesse sido ao contrário, sua vida teria sido mais dura. — Hoje mesmo chegou outra ave. Stannis enviou seu contrabandista de cebolas para negociar com Porto Branco em seu nome. Manderly enfiou o desgraçado numa cela. Pergunta o que deve fazer com ele.

— Que o envie para cá, para podermos interrogá-lo — sugeriu lorde Merryweather. — O homem pode saber muitas coisas valiosas.

— Ele que morra — disse Qyburn. — Sua morte será uma lição para o Norte, mostrando-lhes o que acontece aos traidores.

— Estou bastante de acordo — a rainha disse. — Dei instruções a lorde Manderly para lhe cortar imediatamente a cabeça. Isso porá fim a qualquer chance de Porto Branco apoiar Stannis.

— Stannis precisará de outra Mão — observou Aurane Waters com um risinho. — O cavaleiro dos nabos, talvez?

— Um cavaleiro dos nabos? — Sor Harys Swyft estava confuso. — Quem é esse homem? Nunca ouvi falar dele.

A única resposta de Waters foi um revirar de olhos.

— E se lorde Manderly recusar? — Merryweather quis saber.

— Não se atreverá. A cabeça do Cavaleiro das Cebolas é a moeda com a qual terá de comprar a vida do filho — Cersei sorriu. — Aquele velho palerma gordo pode ter sido leal aos Stark à sua maneira, mas com os lobos de Winterfell extintos...

— Vossa Graça se esqueceu de lady Sansa — Pycelle lembrou-lhe.

A rainha se irritou.

— Pode ter certeza de que *não* me esqueci dessa pequena loba — recusava-se a proferir o nome da garota. — Devia ter lhe mostrado às celas negras, como filha de um traidor, mas em vez disso a acolhi entre os meus. Partilhou do meu salão e da minha lareira, brincou com meus filhos. Alimentei-a, vesti-a, tentei deixá-la um pouco menos ignorante acerca do mundo, e como foi que ela me pagou a bondade? Ajudou a assassinar meu filho. Quando encontrarmos o Duende, encontraremos também lady Sansa. Ela não está morta... mas, antes de eu acabar o que tenho planejado para ela, garanto-lhes, desatará a cantar ao Estranho, suplicando seu beijo.

Seguiu-se um silêncio incômodo. *Terão todos engolido a língua?*, Cersei pensou, irritada. Aquilo era o suficiente para se perguntar por que se incomodava com um conselho.

— Em todo caso — ela prosseguiu —, a filha mais *nova* de lorde Eddard está com lorde Bolton e irá se casar com seu filho Ramsay assim que Fosso Cailin cair — desde que a garota desempenhasse seu papel suficientemente bem para cimentar a pretensão a Winterfell, nenhum dos Bolton se importaria muito se ela fosse, na realidade, a cria de algum intendente ataviada por Mindinho. — Se o Norte precisa ter um Stark, lhe daremos um — permitiu que lorde Merryweather voltasse a encher sua taça. — Outro problema surgiu na Muralha, porém. Os irmãos da Patrulha da Noite perderam o juízo e escolheram o bastardo de Ned Stark para ser seu Senhor Comandante.

— O rapaz chama-se Snow — Pycelle informou inutilmente.

— Vi-o de passagem uma vez em Winterfell — disse a rainha —, se bem que os Stark tivessem feito o possível para escondê-lo. Parece-se muito com o pai. — Os bastardos do marido também tinham a sua aparência, embora Robert pelo menos tenha tido a elegância de mantê-los longe da vista. Uma vez, depois daquele lamentável assunto do gato, fizera uns ruídos sobre trazer uma filha ilegítima qualquer para a corte.

"Faça o que quiser", dissera-lhe Cersei, "mas talvez venha a descobrir que a cidade não é um lugar saudável para uma garota em crescimento." A mancha negra que aquelas palavras lhe tinham conquistado não fora fácil esconder de Jaime, mas não voltara a ouvir falar daquela bastarda. *Catelyn Tully era uma ratinha, caso contrário teria se livrado daquele Jon Snow no berço. Em vez disso, deixou a tarefa suja para mim.*

— Snow também partilha o gosto de lorde Eddard pela traição — disse. — O pai queria entregar o reino a Stannis. O filho lhe deu terras e castelos.

— A Patrulha da Noite jurou não participar nas guerras dos Sete Reinos — recordou-lhes Pycelle. — Ao longo de milhares de anos, os irmãos de negro mantiveram esta tradição.

— Até agora — Cersei rebateu. — O bastardo nos escreveu para afirmar que a Patrulha da Noite não favorece nenhum dos lados, mas seus atos revelam a mentira de suas palavras. Deu a Stannis comida e abrigo, e mesmo assim tem a insolência de nos suplicar armas e homens.

— Um ultraje — declarou lorde Merryweather. — Não podemos permitir que a Patrulha da Noite junte suas forças às de lorde Stannis.

— Temos de declarar esse Snow um traidor e um rebelde — concordou sor Harys Swyft. — Os irmãos de negro têm de destituí-lo.

O grande meistre Pycelle assentiu solenemente:

— Proponho que informemos Castelo Negro de que não lhes serão enviados mais homens até que Snow desapareça.

— Nossos novos dromones vão precisar de remadores — disse Aurane Waters. — Mandemos instruções aos lordes para que daqui em diante enviem a mim seus caçadores ilegais e ladrões, e não à Muralha.

Qyburn inclinou-se para a frente com um sorriso.

— A Patrulha da Noite nos protege a todos dos *snarks* e dos gramequins. Senhores, o que digo é que temos de *ajudar* os bravos irmãos de negro.

Cersei lhe lançou um olhar penetrante:

— Que está dizendo?

— O seguinte — disse Qyburn. — Há anos que a Patrulha da Noite suplica por homens. Lorde Stannis respondeu ao seu apelo. Poderá o rei Tommen fazer menos do que isso? Sua Graça deve mandar cem homens para a Muralha. Ostensivamente para vestir o negro, mas, na verdade...

— ... para destituir Jon Snow do comando — terminou Cersei, deliciada. *Eu sabia que tinha razão em querê-lo no meu conselho.* — É isto mesmo que vamos fazer — soltou uma gargalhada. *Se esse bastardo for mesmo filho do seu pai, não suspeitará de nada. Talvez até me agradeça, antes de a lâmina deslizar entre suas costelas.* — Deverá ser feito com cautela, certamente. Deixem o resto comigo, senhores — era assim que havia de lidar com um inimigo: com um punhal, não com uma declaração. — Hoje fizemos um bom trabalho, senhores. Agradeço-lhes. Há mais algum assunto?

— Uma última coisa, Vossa Graça — adiantou-se Aurane Waters, num tom de quem pede desculpas. — Hesito em ocupar o tempo do conselho com ninharias, mas, nos últimos tempos, tem-se ouvido um estranho falatório nas docas. Marinheiros vindos do leste. Falam de dragões...

— ... e sem dúvida de manticoras e de *snarks* barbudos? — Cersei soltou uma curta gargalhada abafada. — Venha ter comigo quando falarem de *anões*, senhor — pôs-se de pé, a fim de assinalar o fim da reunião.

Soprava um vento forte de outono quando Cersei saiu da sala do conselho, e os sinos do Abençoado Baelor continuavam a cantar sua canção de luto do outro lado da cidade. No pátio, duas vintenas de cavaleiros golpeavam-se uns aos outros com espadas e escudos, somando ruído ao ruído. Sor Boros Blount escoltou a rainha de volta aos seus aposentos, onde foi encontrar lady Merryweather aos risinhos com Jocelyn e Dorcas.

— O que é tão engraçado?

— Os gêmeos Redwyne — Taena respondeu. — Ambos se apaixonaram por lady Margaery. Costumavam lutar um contra o outro para ver qual deles seria o próximo Senhor da Árvore. Agora, ambos querem se juntar à Guarda Real, só para ficar perto da pequena rainha.

— Os Redwyne sempre tiveram mais sardas do que miolos. — Mas era útil saber aquilo. *Se o Horror ou o Babão for encontrado na cama com Margaery...* Cersei perguntou a si mesma se a pequena rainha gostaria de sardas. — Dorcas, vá buscar sor Osney Kettleblack.

Dorcas corou:

— Às suas ordens.

Depois de a garota sair, Taena Merryweather lançou à rainha um olhar zombeteiro.

— Por que foi que ela ficou tão vermelha?

— Amor — foi a vez de Cersei rir. — Ela gosta do nosso sor Osney — era o mais novo dos Kettleblack, o escanhoado. Embora tivesse os mesmos cabelos negros, nariz adunco e sorriso fácil do irmão Osmund, uma bochecha ostentava três longos arranhões, cortesia de uma das prostitutas de Tyrion. — Gosta das cicatrizes dele, parece-me.

Os olhos escuros de lady Merryweather brilharam de malícia.

— É isso mesmo. As cicatrizes fazem um homem parecer perigoso, e o perigo é excitante.

— Choca-me, senhora — disse a rainha, provocando. — Se o perigo a excita tanto assim, por que se casou com lorde Orton? Todos o apreciamos, é verdade, mesmo assim... — Petyr comentara uma vez que a cornucópia que adornava as armas da Casa Merryweather se adequava admiravelmente a lorde Orton, visto que tinha cabelos cor de cenoura, um nariz tão grande quanto uma raiz de beterraba e mingau de ervilha no lugar de miolos.

Taena deu risada:

— Meu senhor é mais magnânimo do que perigoso, é verdade. Mas... espero que Vossa Graça não pense mal de mim, porém não cheguei inteiramente donzela à cama de Orton.

Vocês nas Cidades Livres são todas prostitutas, não são? Era bom saber; um dia, poderia arranjar utilidade para isso.

— E, diga-me, quem foi esse amante tão... cheio de perigo?

A pele cor de oliva de Taena tornou-se ainda mais escura quando ela corou.

— Oh, não devia ter dito nada. Vossa Graça guardará meu segredo, não é?

— Os homens têm cicatrizes; as mulheres, mistérios — Cersei beijou-lhe o rosto. *Arrancarei o nome dele bem depressa.*

Quando Dorcas regressou com sor Osney Kettleblack, a rainha mandou suas senhoras embora.

— Venha sentar-se comigo junto à janela, sor Osney. Quer uma taça de vinho? — Foi ela mesma quem os serviu. — Seu manto está gasto. Tenho em mente colocá-lo num novo.

— O quê, um branco? Quem morreu?

— Ninguém, por enquanto — disse a rainha. — É este o seu desejo, juntar-se ao seu irmão Osmund em nossa Guarda Real?

— Preferiria ser guarda da *rainha*, se aprouver a Vossa Graça — quando Osney sorriu, as cicatrizes em seu rosto tomaram um tom vermelho vivo.

Os dedos de Cersei percorreram o caminho que elas seguiam no rosto do homem.

— Tem uma língua ousada, sor. Ainda fará que volte a me descontrolar.

— Ótimo — sor Osney lhe pegou a mão e lhe beijou bruscamente os dedos. — Minha querida rainha.

— É um homem perverso — sussurrou a rainha —, e não um verdadeiro cavaleiro, penso eu. — Permitiu que lhe tocasse os seios através da seda do vestido. — Basta.

— Não basta. Eu a desejo.

— Já me teve.

— Só uma vez — voltou a agarrar o seio esquerdo e lhe deu um apertão desajeitado que fez Cersei se lembrar de Robert.

— Uma boa noite para um bom cavaleiro. Prestou-me um serviço com valentia, e obteve a recompensa. — Cersei passeou os dedos pelas ataduras dele. Conseguia senti-lo enrijecer através dos calções. — Foi um cavalo novo que montou no pátio ontem de manhã?

— O garanhão negro? Sim. Um presente de meu irmão Osfryd. Chamei-o Meia-Noite.

Que maravilhosa originalidade.

— Uma bela montaria para uma batalha. Para o prazer, porém, nada se compara a um galope numa jovem potra fogosa — concedeu-lhe um sorriso e um apalpão. — Diga-me a verdade. Acha que nossa pequena rainha é bonita?

Sor Osney se retraiu, cauteloso.

— Suponho que sim. Para uma garota. Eu prefiro ter uma mulher.

— E por que não ambas? — Cersei sussurrou. — Faça-me o favor de colher a rosinha, e não me achará ingrata.

— A rosinha... fala de Margaery? — o ardor de sor Osney estava murchando nos calções. — Ela é a esposa do rei. Não houve um membro qualquer da Guarda Real que perdeu a cabeça por se deitar com a esposa de um rei?

— Há séculos. — *Ela era a amante do rei, não a esposa, e a cabeça foi a única coisa que ele não perdeu. Aegon desmembrou-o pedaço por pedaço e obrigou a mulher a assistir.* Contudo, Cersei não queria que Osney se pusesse a remoer esse antigo e desagradável caso. — Tommen não é Aegon, o Indigno. Não tenha medo, ele fará o que eu lhe pedir. Pretendo que seja Margaery a perder a cabeça, não você.

Aquilo o fez hesitar.

— Refere-se à virgindade?

— Isso também. Presumindo que ainda a tenha. — Voltou a percorrer-lhe as cicatrizes. — A menos que pense que Margaery se mostre indiferente aos seus... encantos.

Osney lhe lançou um olhar magoado.

— Ela gosta bastante de mim. Aquelas suas primas andam sempre me atormentando por causa do nariz. Que é muito grande, e tal. Da última vez que Megga fez isso, Margaery disse-lhes para parar, e que eu tinha um rosto adorável.

— Então, aí tem a prova.

— Aí tenho — concordou o homem, em tom de dúvida —, mas o que terei se ela... se eu... depois de nós...

— ... fizerem o ato? — Cersei concedeu-lhe um sorriso cheio de farpas. — Dormir com uma rainha é traição. Tommen não terá alternativa exceto enviá-lo para a Muralha.

— A Muralha? — ele repetiu, consternado.

Foi com dificuldade que Cersei evitou rir. *Não, é melhor não. Os homens odeiam que riam deles.*

— Um manto negro combinará bem com seus olhos e com esses seus cabelos negros.

— Ninguém regressa da Muralha.

— Você regressará. Tudo que precisa fazer é matar um rapaz.

— Que rapaz?

— Um bastardo conivente com Stannis. É jovem e verde, e você terá cem homens.

Kettleblack tinha medo, Cersei conseguia sentir, mas era orgulhoso demais para admiti-lo. *Os homens são todos iguais.*

— Já perdi a conta dos rapazes que matei — insistiu. — Depois que esse bastardo estiver morto, obterei o perdão do rei?

— Isso, e uma senhoria — a menos que os irmãos de Snow enforquem você primeiro. — Uma rainha precisa de um consorte. Um consorte que não conheça o medo.

— Lorde Kettleblack? — Um sorriso lento espalhou-se por seu rosto, e as cicatrizes flamejaram, rubras. — Sim, gosto do som disso. Um majestoso lorde...

— ... e digno de dormir com uma rainha.

O homem franziu as sobrancelhas.

— A Muralha é fria.

— E eu sou quente — Cersei pôs-lhe os braços em volta do pescoço. — Durma com uma garota e mate um rapaz, e serei sua. Tem coragem para isso?

Osney pensou um momento antes de assentir.

— Sou seu homem.

— É sim, sor — beijou-o e lhe permitiu saborear um pouco da língua antes de se afastar. — Basta por agora. O resto terá de esperar. Sonhará comigo esta noite?

— Sim — a voz dele soou rouca.

— E quando estiver na cama com a nossa Donzela Margaery? — perguntou, provocando-o. — Quando estiver dentro dela, sonhará comigo nesse momento?

— Sonharei — jurou Osney Kettleblack.

— Ótimo.

Depois de ele sair, Cersei chamou Jocelyn para lhe escovar os cabelos enquanto se descalçava e se espreguiçava como uma gata. *Fui feita para isso*, disse a si mesma. O que mais lhe agradava era a pura elegância do plano. Nem mesmo Mace Tyrell se atreveria a defender sua filha querida se fosse apanhada em flagrante com um homem como Osney Kettleblack, e nem Stannis Baratheon nem Jon Snow teriam motivos para se interrogar sobre o motivo de Osney ser enviado para a Muralha. Assegurar-se-ia de ser sor Osmund quem descobriria o irmão com a pequena rainha; deste modo, a lealdade dos outros dois Kettleblack não teria de ser posta em causa. *Se o pai me pudesse ver agora, não se apressaria tanto a falar em voltar a me casar. Uma pena que esteja tão morto. Ele e Robert, Jon Arryn, Ned Stark, Renly Baratheon, todos mortos. Só resta Tyrion, e não por muito tempo.*

Naquela noite, a rainha chamou lady Merryweather ao seu quarto.

— Toma uma taça de vinho? — perguntou-lhe.

— Uma pequena — a mulher myriana soltou uma gargalhada. — Uma grande.

— Amanhã quero que faça uma visita à minha nora — disse Cersei enquanto Dorcas a vestia para se deitar.

— Lady Margaery fica sempre feliz em me ver.

— Eu sei — a rainha não deixou de reparar no título que Taena usou ao se referir à pequena esposa de Tommen. — Diga-lhe que mandei sete velas de cera de abelha ao Septo de Baelor em memória de nosso querido alto septão.

Taena riu:

— Se é assim, ela mandará setenta e sete velas a fim de não ser ultrapassada em luto.

— Ficarei muito zangada se não o fizer — disse a rainha, sorrindo. — Diga-lhe também que tem um admirador secreto, um cavaleiro tão enfeitiçado por sua beleza que não consegue dormir à noite.

— Posso perguntar a Vossa Graça que cavaleiro é esse? — A malícia cintilou nos grandes olhos escuros de Taena. — Poderá ser sor Osney?

— Poderá ser — disse a rainha —, mas não mencione esse nome de imediato. Obrigue-a a se esforçar para obtê-lo. Fará o que lhe peço?

— Se lhe agradar. É tudo que desejo, Vossa Graça.

Lá fora levantava-se um vento frio. Ficaram acordadas até tarde, madrugada adentro, bebendo vinho dourado da Árvore e contando histórias uma à outra. Taena embebedou-se bastante e Cersei arrancou-lhe o nome de seu amante secreto. Era um capitão naval myriano, meio pirata, com cabelos negros até os ombros e uma cicatriz que lhe marcava o rosto do queixo à orelha.

— Disse-lhe cem vezes que não, e ele dizia que sim — contou-lhe a outra mulher —, até que por fim também eu estava dizendo sim. Ele não era o tipo de homem que podia ser recusado.

— Conheço o gênero — disse a rainha com um sorriso perverso.

— Vossa Graça alguma vez conheceu um homem assim, pergunto-me?

— Robert — Cersei mentiu, pensando em Jaime.

Mas, quando fechou os olhos, foi com o outro irmão que sonhou, e com os três malditos idiotas com quem começara o dia. No sonho, a cabeça que traziam no saco era a de Tyrion. Mandara revesti-la de bronze e a guardava no penico.

O CAPITÃO DE FERRO

O VENTO SOPRAVA DO NORTE enquanto o *Vitória de Ferro* contornava o promontório e penetrava na baía santa chamada Berço de Nagga.

Victarion juntou-se a Nute, o Barbeiro, à proa do navio. Em frente, erguia-se a costa sagrada de Velha Wyk e a colina coberta de grama que se estendia por trás, onde as costelas de Nagga se elevavam da terra como os troncos de grandes árvores brancas, tão largas quanto o mastro de um dromon e duas vezes mais altas.

Os ossos do Palácio do Rei Cinzento. Victarion conseguia sentir a magia daquele lugar.

— Balon ergueu-se sob aqueles ossos quando se intitulou rei pela primeira vez — recordou. — Jurou reconquistar-nos a liberdade, e Tarle, o Três Vezes Afogado, pôs-lhe na cabeça uma coroa de madeira trazida pelo mar. "BALON!", gritaram eles. "*BALON! BALON REI!*"

— Gritarão seu nome com a mesma força — Nute disse.

Victarion respondeu com um aceno, embora não partilhasse das certezas do Barbeiro. *Balon tinha três filhos e uma filha que amava muito.*

Dissera isso mesmo aos seus capitães em Fosso Cailin, quando o incentivaram a reclamar a Cadeira de Pedra do Mar.

"Os filhos de Balon estão mortos", argumentou Ralf Vermelho Stonehouse, "e Asha é uma mulher. Você era o forte braço direito de seu irmão, deve pegar a espada que ele deixou cair."

Quando Victarion lhes lembrou que Balon lhe ordenara que defendesse o Fosso contra os nortenhos, Ralf Kenning disse: "Os lobos estão quebrados, senhor. Para que serve conquistar este pântano e perder as ilhas?". E Ralf Coxo acrescentou: "O Olho de Corvo passou muito tempo longe. Não nos conhece".

Euron Greyjoy, Rei das Ilhas e do Norte. A ideia lhe despertara uma velha ira no coração, mas ainda assim... "As palavras são vento", Victarion lhes disse, "e o único vento bom é aquele que nos enche as velas. Querem me ver lutar contra o Olho de Corvo? Irmão contra irmão, homem de ferro contra homem de ferro?" Euron continuava a ser seu irmão mais velho, por maior que fosse a inimizade entre ambos. *Não há homem mais amaldiçoado... do que um assassino de parentes.*

Mas, quando chegou a convocatória do Cabelo Molhado, o chamado para a assembleia de homens livres, então tudo mudou. *Aeron fala com a voz do Deus Afogado,* recordou Victarion a si mesmo, *e se o Deus Afogado quiser que eu ocupe a Cadeira de Pedra do Mar...* No dia seguinte, entregou o comando de Fosso Cailin a Ralf Kenning e partiu por terra em direção ao Rio Febre, onde a Frota de Ferro se encontrava entre juncos e salgueiros. Mares agitados e ventos instáveis o tinham atrasado, mas só um navio se perdera, e ele estava em casa.

O *Luto* e o *Vingança de Ferro* vinham logo atrás quando o *Vitória de Ferro* passou o promontório. Mais atrasados vinham *Mão-Dura, Vento de Ferro, Fantasma Cinzento, Lorde Quellon, Lorde Vickon, Lorde Dagon* e os outros, nove décimos da Frota de Ferro, velejando na maré da noite numa coluna irregular que se estendia por longos quilômetros. A visão de suas velas enchia Victarion Greyjoy de contentamento. Nunca houvera homem que amasse as esposas com metade do amor que o Senhor Capitão tinha por seus navios.

Ao longo do litoral sagrado de Velha Wyk, dracares debruavam a costa até se perder de vista, com os mastros arremessados para o alto como lanças. Nas águas mais profundas flutuavam navios capturados: cocas, carracas e dromones ganhos em ataques ou na guerra, grandes demais para dar à costa. À proa, à popa e nos mastros flutuavam estandartes familiares.

Nute, o Barbeiro, semicerrou os olhos em direção à terra:

— Aquilo é o *Canção do Mar* de lorde Harlaw? — Barbeiro era um homem atarracado, com pernas arqueadas e braços longos, mas seus olhos não eram tão penetrantes como tinham sido na juventude. Nessa época, atirava um machado com tanta precisão que os homens diziam que seria capaz de fazer com ele a barba de alguém.

— Sim, o *Canção do Mar* — Rodrik, o Leitor, abandonara seus livros, segundo parecia. — E ali está o *Trovejante* do velho Drumm, com o *Voador Noturno* de Blacktyde ao lado — os olhos de Victarion eram tão penetrantes como sempre tinham sido. Mesmo com as velas enroladas e os estandartes pendendo sem vento, reconhecia os navios, como era próprio do Senhor Capitão da Frota de Ferro. — O *Barbatana de Prata* também. Algum familiar de Sawane Botley — Victarion ouvira dizer que o Olho de Corvo afogara lorde Botley, e seu herdeiro morrera em Fosso Cailin, mas havia irmãos e também outros filhos. *Quantos? Quatro? Não, cinco, e nenhum com algum motivo para nutrir amizade pelo Olho de Corvo.*

E então a viu: uma galé de mastro único, esguia e de amurada baixa, com um casco vermelho-escuro. As velas, agora enroladas, eram negras como um céu sem estrelas. Mesmo ancorada, *Silêncio* parecia tão cruel quanto rápida. À proa encontrava-se uma donzela de ferro negro com um braço estendido. Sua cintura era fina; os seios, empinados e orgulhosos; as pernas, longas e bem torneadas. Uma cabeleira de cabelos de ferro negro soprada pelo vento escorria-lhe da cabeça, e os olhos eram de madrepérola, mas não tinha boca.

As mãos de Victarion fecharam-se em punho. Espancara quatro homens até a morte com aquelas mãos, e também uma esposa. Embora tivesse os cabelos salpicados de geada, era tão forte quanto sempre fora, com um largo peito de touro e a barriga lisa de um rapaz. *O assassino de parentes é amaldiçoado aos olhos dos deuses e dos homens*, fizera-lhe lembrar Balon no dia em que expulsou Olho de Corvo para o mar.

— Ele está aqui — disse Victarion ao Barbeiro. — Abaixe as velas. Prosseguiremos a remos. Ordene a *Luto* e *Vingança de Ferro* para se interporem entre *Silêncio* e o mar. O resto da frota deverá fechar a baía. Ninguém deve sair a não ser que eu ordene, nem homem, nem corvo.

Os homens que se encontravam na costa tinham visto suas velas. Gritos ecoaram através da baía enquanto amigos e familiares trocavam saudações. Mas nenhum vinha de *Silêncio*. Em suas cobertas, uma tripulação diversa de mudos e mestiços não proferia palavra enquanto o *Vitória de Ferro* se aproximava. Homens negros como alcatrão fitavam-no, assim como outros, atarracados e peludos como os símios de Sothoros. *Monstros*, pensou Victarion.

Lançaram âncora a vinte metros do *Silêncio*.

— Desça um bote. Quero ir a terra — afivelou o cinto da espada enquanto os remadores ocupavam seus lugares; a espada longa pendia-lhe de uma anca, um punhal da outra. Nute, o Barbeiro, prendeu-lhe o manto de Senhor Capitão em volta dos ombros. Era feito de nove camadas de pano de ouro, cosido de modo a tomar a forma da lula-gigante de Greyjoy, com tentáculos que lhe caíam até as botas. Por baixo, levava uma pesada cota de malha cinzenta sobre couro cozido negro. Em Fosso Cailin habituara-se a usar cota de malha noite e dia. Ombros e costas doloridos eram mais fáceis de suportar do que entranhas sangrentas. Bastava as flechas envenenadas dos demônios do pântano arranhar um homem para que algumas horas mais tarde ele estivesse aos gritos, enquanto a vida lhe escorria pernas abaixo, em jorros vermelhos e marrons. *Seja quem for que conquiste a Cadeira de Pedra do Mar, hei de tratar dos demônios do pântano.*

Victarion pôs um grande elmo de guerra negro, esculpido na forma de uma lula-gigante em ferro, com tentáculos que se enrolavam rosto abaixo e se uniam sob o queixo. A essa altura, o bote estava pronto.

— Ponho as arcas a seu cargo — disse a Nute enquanto subia para a amurada. — Assegure-se de que fiquem bem guardadas — muito dependia das arcas.

— Às suas ordens, Vossa Graça.

Victarion respondeu com uma expressão amarga.

— Ainda não sou rei de nada — e desceu para o bote.

Aeron Cabelo Molhado o esperava na rebentação, com seu odre enfiado debaixo do braço. O sacerdote era esguio e alto, embora mais baixo que Victarion. O nariz erguia-se de um rosto ossudo como a barbatana de um tubarão, e os olhos eram de ferro. A barba chegava-lhe à cintura, e cordões emaranhados de cabelo batiam-lhe na parte de trás das pernas quando o vento soprava.

— Irmão — disse, enquanto as ondas se quebravam, brancas e frias, entre seus tornozelos —, o que está morto não pode morrer.

— Mas volta a se erguer, mais duro e mais forte — Victarion tirou o elmo e se ajoelhou. A baía encheu-lhe as botas e ensopou-lhe os calções quando Aeron despejou um jorro de água salgada sobre sua testa. E assim oraram.

— Onde está nosso irmão Olho de Corvo? — perguntou o Senhor Capitão a Aeron Cabelo Molhado quando as orações terminaram.

— A tenda dele é aquela grande, de pano de ouro, ali onde o ruído é maior. Cerca-se de homens ímpios e de monstros, mais do que antes. Nele o sangue de nosso pai se tornou perverso.

— E o de nossa mãe também — Victarion não falaria de assassinato de parentes, ali naquele lugar divino, sob os ossos de Nagga e o Palácio do Rei Cinzento, mas eram muitas as noites nas quais sonhava em enfiar um punho coberto por cota de malha no rosto sorridente de Euron, até a pele rachar e seu sangue maligno escorrer, rubro e livre. *Não posso. Dei minha palavra a Balon.* — Vieram todos? — perguntou ao irmão sacerdote.

— Todos os que importam. Os capitães e os reis — nas Ilhas de Ferro, eram uma e a mesma coisa, pois cada capitão era um rei em seu convés, e qualquer rei tinha de ser um capitão. — Pretende reclamar a coroa de nosso pai?

Victarion imaginou-se sentado na Cadeira de Pedra do Mar.

— Se for esta a vontade do Deus Afogado.

— As ondas falarão — disse Aeron Cabelo Molhado e virou-lhe as costas. — Escute as ondas, irmão.

— Sim — perguntou a si mesmo a que soaria seu nome sussurrado por ondas e gritado pelos capitães e reis. *Se a taça chegar até mim, não a porei de lado.*

Uma multidão reunira-se para saudá-lo e tentar obter seu favor. Victarion viu homens de todas as ilhas: Blacktyde, Tawney, Orkwood, Stonetree, Wynch, e muitos mais. Os Goodbrother de Velha Wyk, os Goodbrother de Grande Wyk e os Goodbrother de Orkmont tinham vindo todos. Os Codd lá se encontravam, embora qualquer homem decente os desprezasse. Os humildes Shepherd, Weaver e Netley roçavam os ombros com homens de Casas antigas e orgulhosas; até os humildes Humble, do sangue de servos e esposas de sal. Um Volmark deu uma palmada nas costas de Victarion; dois Sparr enfiaram-lhe um odre de vinho nas mãos. Bebeu longamente, limpou a boca e permitiu que o levassem até suas fogueiras, para ouvi-los falar de guerra, coroas e saque, e da glória e liberdade de seu reinado.

Nessa noite, os homens da Frota de Ferro ergueram uma enorme tenda de tela acima da linha das marés, para Victarion banquetear com meia centena de capitães famosos cabrito assado, bacalhau salgado e lagosta. Aeron também compareceu. Comeu peixe e bebeu água, enquanto os capitães emborcavam cerveja suficiente para pôr a flutuar a Frota de Ferro. Muitos foram os que lhe prometeram suas vozes: Fralegg, o Forte, o inteligente Alvyn Sharp, o corcunda Hotho Harlaw. Hotho ofereceu-lhe uma filha para sua rainha.

— Não tenho sorte com esposas — disse-lhe Victarion. Sua primeira mulher morrera no parto, dando-lhe uma filha natimorta. A segunda fora atingida por bexigas. E a terceira...

— Um rei precisa de um herdeiro — insistiu Hotho. — Olho de Corvo traz três filhos para mostrar à assembleia.

— Bastardos e mestiços. Que idade tem essa filha?

— Doze anos — Hotho respondeu. — Bela e fértil, acabada de florir, com cabelos da cor do mel. Por enquanto seus seios são pequenos, mas tem boas ancas. Saiu à mãe, mais do que a mim.

Victarion sabia que isso queria dizer que a garota não tinha uma corcunda. Mas quando tentou imaginá-la, só conseguiu ver a esposa que matara. Soltara um soluço cada vez que a atingira, e depois a levou para os rochedos, a fim de oferecê-la aos caranguejos.

— Verei de bom grado a garota depois de coroado — disse. Hotho não se atrevera a esperar mais do que aquilo, e foi-se embora arrastando os pés, satisfeito.

Baelor Blacktyde foi mais difícil de contentar. Sentou-se junto ao cotovelo de Victarion com sua túnica de lã de ovelha de veiro negro e verde, de rosto liso e boa aparência. Seu manto era de zibelina e estava preso por uma estrela de sete pontas feita em prata. Passara oito anos como refém em Vilavelha e regressara um adorador dos sete deuses das terras verdes.

— Balon era louco, Aeron é mais louco ainda, e Euron é o mais louco de todos — disse lorde Baelor. — E você, Senhor Capitão? Se gritar seu nome, colocará fim a esta guerra louca?

Victarion franziu as sobrancelhas.

— Quer que eu dobre o joelho?

— Se for necessário. Não podemos resistir sozinhos contra Westeros inteiro. Rei Robert assim provou, para nossa tristeza. Balon queria pagar o preço de ferro pela liberdade, dizia ele, mas nossas mulheres compraram as coroas de Balon com camas vazias. Minha mãe foi uma delas. O Costume Antigo está morto.

— O que está morto não pode morrer, mas se ergue, mais duro e mais forte. Dentro de cem anos, os homens cantarão sobre Balon, o Ousado.

— É melhor chamá-lo Balon, o Fazedor de Viúvas. De bom grado trocaria sua liberdade por um pai. Tem algum para me dar? — quando Victarion não respondeu, Blacktyde fungou e foi embora.

A tenda foi ficando quente e fumacenta. Dois dos filhos de Gorold Goodbrother derrubaram uma mesa, lutando. Will Humble perdeu uma aposta e teve de comer a bota; o Pequeno Lenwood Tawney tocou rabeca, enquanto Romny Weaver cantava "A Taça Sangrenta" e "Chuva de Aço" e outras velhas canções de piratas. Qarl, o Donzel, e Eldred Codd dançaram a dança dos dedos. Um rugido de risos ressoou quando um dos dedos de Eldred caiu na taça de vinho de Ralf, o Coxo.

Uma mulher encontrava-se entre os que davam risada. Victarion ergueu-se e a viu junto à aba da tenda, murmurando qualquer coisa ao ouvido de Qarl, o Donzel, que o fez rir também. Tinha esperado que não fosse suficientemente tola para vir até ali, mas vê-la fez que risse mesmo assim.

— *Asha* — gritou numa voz de comando. — *Sobrinha*.

Ela abriu caminho até junto dele, esguia e flexível em suas botas de cano alto de couro manchado pelo sal, calções de lã verde e túnica acolchoada marrom, com um justilho de couro sem mangas meio desatado.

— Tio — Asha Greyjoy era alta para uma mulher, mas teve de se pôr na ponta dos pés para beijá-lo no rosto. — Agrada-me vê-lo em minha assembleia de homens livres.

— Sua? — Victarion soltou uma gargalhada. — Embebedou-se, sobrinha? Sente-se. Não vi seu *Vento Negro* na praia.

— Deixei-o em terra sob o castelo de Norne Goodbrother e atravessei a ilha a cavalo — sentou-se num banco e, sem pedir licença, serviu-se do vinho de Nute, o Barbeiro. Nute não levantou objeções; desmaiara de bêbado algum tempo antes. — Quem defende o Fosso?

— Ralf Kenning. Com o Jovem Lobo morto, só restam os demônios do pântano para nos atormentar.

— Os Stark não eram os únicos nortenhos. O Trono de Ferro nomeou o Senhor do Forte do Pavor Guardião do Norte.

— Quer me dar lições sobre a guerra? Já travava batalhas quando você ainda mamava do leite da sua mãe.

— E também perdia batalhas — Asha bebeu um trago de vinho.

Victarion não gostou de ser lembrado da Ilha Bela.

— Qualquer homem deve perder uma batalha na juventude, para que não perca uma guerra quando for velho. Não veio avançar com uma pretensão, espero eu.

Ela o provocou com um sorriso:

— E se tiver?

— Há homens que se lembram de quando era uma garotinha, nadando nua no mar e brincando com sua boneca.

— Também brinquei com machados.

— É verdade — teve de reconhecer —, mas uma mulher quer um marido, não uma coroa. Quando eu for rei, lhe darei um.

— Meu tio é tão bom para mim. Devo lhe arranjar uma esposa bonita quando for rainha?

— Não tenho sorte com esposas. Há quanto tempo está aqui?

— Há tempo suficiente para ver que tio Cabelo Molhado despertou mais do que era sua intenção. Drumm pretende avançar com uma pretensão, e houve quem escutasse Tarle, o Três Vezes Afogado, dizer que Maron Volmark é o verdadeiro herdeiro da linhagem negra.

— O rei tem de ser uma lula-gigante.

— Olho de Corvo é uma lula-gigante. O irmão mais velho tem prioridade sobre o mais novo — Asha inclinou-se para mais perto. — Mas eu fui gerada pelo corpo do rei Balon; portanto, tenho prioridade sobre ambos. Escute-me, tio...

Mas então caiu um súbito silêncio. Os cantos morreram, o Pequeno Lenwood Tawney abaixou a rabeca, homens viraram a cabeça. Até o ruído dos pratos e das facas foi silenciado.

Uma dúzia de recém-chegados tinha entrado na tenda de banquetes. Victarion viu Jon Bochecha Myre, Torwold Dente-Podre, Lucas Mão-Esquerda Codd. Germund Botley cruzava os braços contra a placa peitoral dourada que tirara de um capitão Lannister durante a primeira rebelião de Balon. Orkwood de Montrasgo estava de pé atrás dele. Atrás de ambos, via-se Mão de Pedra, Quellon Humble e Remador Vermelho com seus cabelos de fogo entrançados. Ralf, o Pastor, também, bem como Ralf de Fidalporto e Qarl, o Servo.

E Olho de Corvo, Euron Greyjoy.

Parece não ter mudado, pensou Victarion. *Parece igual ao que foi no dia em que riu na minha cara e partiu.* Euron era o mais bonito dos filhos de lorde Quellon, e três anos de exílio não o tinham mudado. Seus cabelos ainda eram negros como o mar da meia-noite, sem nenhum fio branco à vista, e o rosto era ainda liso e claro sob a barba escura bem cuidada. Uma pala de couro negro cobria o olho esquerdo de Euron, mas o direito era azul como um céu de verão.

Seu olho sorridente, pensou Victarion.

— Olho de Corvo — saudou-o.

— *Rei* Olho de Corvo, irmão — Euron sorriu. Seus lábios pareciam muito escuros à luz das lâmpadas, machucados e azuis.

— Não teremos nenhum rei que não saia da assembleia de homens livres — Cabelo Molhado pôs-se de pé. — Nenhum homem sem deus...

— ... pode sentar-se na Cadeira de Pedra do Mar, sim — Euron passou os olhos pela tenda. — Acontece que nos últimos tempos sentei-me com frequência na Cadeira de Pedra do Mar. Ela não levanta objeções — seu olho sorridente cintilava. — Quem sabe mais de deuses do que eu? Deuses dos cavalos e deuses do fogo, deuses feitos de ouro com olhos de pedras preciosas, deuses esculpidos em madeira de cedro, deuses cinzelados em montanhas, deuses de ar vazio... conheço-os todos. Vi seus povos engrinaldá-los de flores e derramar o sangue de cabras, touros e galinhas em seu nome. E ouvi as preces, em meia centena de línguas. Cure minha perna atrofiada, faça com que a donzela me ame, conceda-me um filho saudável. Salve-me, socorra-me, torne-me rico... *proteja*-me! Proteja-me dos meus inimigos, proteja-me da escuridão, proteja-me dos caranguejos que tenho na barriga, dos senhores dos cavalos, dos senhores de escravos, dos mercenários que me batem à porta. Proteja-me de *Silêncio* — soltou uma gargalhada. — *Sem deus?* Ora, Aeron, eu sou o homem com mais deuses que alguma vez içou uma vela! Você serve a um deus, Cabelo Molhado, mas eu servi a dez mil. De Ib a Asshai, quando os homens veem *minhas* velas, rezam.

O sacerdote ergueu um dedo ossudo:

— Eles rezam a árvores, a ídolos de ouro e a abominações com cabeça de cabra. Falsos deuses...

— É assim mesmo — disse Euron —, e, por tal pecado, mato-os todos. Derramo seu sangue no mar e semeio suas mulheres chorosas com minha semente. Seus pequenos deuses não conseguem me impedir; portanto, é evidente que são falsos deuses. Sou mais devoto até do que você, Aeron. Talvez devesse ser você quem deva se ajoelhar à minha frente para que o abençoe.

O Remador Vermelho riu ruidosamente daquilo, e os outros o imitaram.

— *Tolos* — disse o sacerdote —, tolos, servos e cegos, é isso que são. Não veem o que está à sua frente?

— Um rei — disse Quellon Humble.

Cabelo Molhado cuspiu e saiu a passos largos para a noite.

Depois de ele sair, Olho de Corvo virou seu olho sorridente para Victarion.

— Senhor Capitão, não tem saudações para dar a um irmão que estava muito longe? Nem você, Asha? Como passa a senhora sua mãe?

— Mal — Asha respondeu. — Um homem qualquer fez dela uma viúva.

Euron encolheu os ombros.

— Ouvi dizer que foi o Deus da Tempestade quem atirou Balon para a morte. Quem é esse homem que o matou? Diga-me seu nome, sobrinha, para que possa me vingar.

Asha pôs-se de pé:

— Conhece seu nome tão bem quanto eu. Passou três anos longe de nós, e no entanto o *Silêncio* regressa no próprio dia da morte do senhor meu pai.

— Está me acusando? — Euron perguntou com brandura.

— Deveria fazê-lo? — a dureza na voz de Asha fez Victarion franzir as sobrancelhas. Era perigoso falar assim com Olho de Corvo, mesmo quando seu olho sorridente brilhava de alegria.

— Será que eu controlo os ventos? — perguntou Olho de Corvo aos seus animais de estimação.

— Não, Vossa Graça — disse Orkwood de Montrasgo.

— Ninguém controla os ventos — Germund Botley confirmou.

— Seria bom se controlasse — falou o Remador Vermelho. — Poderia velejar para onde quisesse e nunca seria apanhado em calmarias.

— Aí está, pela boca de três bravos homens — disse Euron. — *Silêncio* estava no mar quando Balon morreu. Se duvida da palavra de um tio, dou licença para perguntar à minha tripulação.

— Uma tripulação de mudos? Sim, isto de muito irá me servir.

— Um marido de muito lhe serviria — Euron voltou a se virar para seus seguidores. — Torwold, não me lembro, você tem mulher?

— Só uma — Torwold Dente-Podre sorriu, e mostrou como ganhara o nome.

— Eu não sou casado — anunciou Lucas Mão-Esquerda Codd.

— E por bons motivos — Asha interveio. — As *mulheres* também desprezam os Codd. Não me olhe com esse ar tristonho, Lucas. Ainda tem sua famosa mão — e fez um movimento de vaivém com o punho.

Codd pôs-se a praguejar, até que Olho de Corvo lhe colocou uma mão no peito.

— Isso foi cortês, Asha? Feriu Lucas até o osso.

— É mais fácil do que feri-lo no caralho. Atiro tão bem um machado quanto qualquer homem, mas quando o alvo é tão pequeno...

— A garota está descontrolada — rosnou Jon Bochecha Myre. — Balon a deixou acreditar que era um homem.

— Seu pai cometeu o mesmo erro com você — Asha devolveu.

— Dê ela para mim, Euron — sugeriu Remador Vermelho. — Aplicarei uma surra que lhe deixará o cu tão vermelho quanto meu cabelo.

— Tente — Asha o enfrentou —, e de hoje em diante poderemos passar a chamá-lo Eunuco Vermelho. — Tinha um machado de arremesso na mão. Atirou-o ao ar e o apanhou habilmente. — Aqui está meu marido, tio. Qualquer homem que me queira precisa discutir o assunto com ele.

Victarion deu um grande murro na mesa.

— Não quero sangue derramado aqui. Euron, pegue seus... animais de estimação... e vá embora.

— Estava à espera de uma recepção mais calorosa vinda de você, Victarion. Eu *sou* seu irmão mais velho... e, em breve, seu legítimo rei.

O rosto de Victarion tornou-se sombrio.

— Quando a assembleia de homens livres falar, veremos quem usará a coroa de madeira trazida pelo mar.

— Nisso concordamos — Euron levou dois dedos à pala que lhe cobria o olho esquerdo e se retirou. Os outros o seguiram como cães pastores. O silêncio deixou-se ficar para trás em sua esteira, até que Pequeno Lenwood Tawney voltou a pegar na rabeca. O vinho e a cerveja recomeçaram a fluir, mas vários dos convivas tinham perdido a sede. Eldred Codd esgueirou-se para fora da tenda, agarrado à mão ensanguentada, seguido por Will Humble, Hotho Harlaw e por um belo bando de Goodbrothers.

— Tio — Asha pôs-lhe a mão no ombro. — Venha dar uma volta comigo, por favor.

Fora da tenda o vento aumentava de intensidade. Nuvens corriam através do rosto pálido da lua. Pareciam-se um pouco com galés, remando com força para o abalroamento. As estrelas eram poucas e tênues. Ao longo de toda a praia, os navios repousavam, com mastros altos que se erguiam da rebentação como uma floresta. Victarion ouvia seus cascos rangendo enquanto se movimentavam na areia. Ouvia os lamentos de seu cordame, o som de estandartes tremulando. Mais à frente, nas águas mais profundas da baía, navios maiores balançavam, ancorados, sombras lúgubres engrinaldadas em névoa.

Caminharam juntos pela praia logo acima da rebentação, longe dos acampamentos e das fogueiras.

— Diga-me a verdade, tio — Asha pediu —, por que Euron partiu tão de repente?

— Olho de Corvo partia frequentemente para a pilhagem.

— Nunca por tanto tempo.

— Ele levou *Silêncio* para leste. É uma viagem longa.

— Eu perguntei *por que* ele partiu, não para onde. — Quando Victarion não respondeu, Asha disse: — Eu estava longe quando *Silêncio* se fez ao mar. Tinha levado *Vento Negro* ao redor da Árvore até os Degraus, para roubar umas bugigangas dos piratas lysenos. Quando voltei para casa, Euron tinha partido, e sua nova esposa estava morta.

— Era só uma esposa de sal — não tocara em outra mulher desde que a entregara aos caranguejos. *Terei de tomar uma esposa quando for rei. Uma esposa de verdade para ser minha rainha e me dar filhos. Um rei precisa de um herdeiro.*

— Meu pai se recusou a falar dela — Asha lembrou-se.

— Não serve para nada falar de coisas que ninguém pode mudar — estava cansado do assunto. — Vi o dracar do Leitor.

— Precisei de todo meu encanto para arrancá-lo de sua Torre dos Livros.

Então ela tem os Harlaw. O franzir de sobrancelhas de Victarion se aprofundou.

— Não pode ter esperança de governar. É uma mulher.

— Então foi por isso que sempre perdi os concursos de mijo? — Asha riu. — Tio, dói dizer, mas talvez tenha razão. Passei quatro dias e quatro noites bebendo com os capitães e os reis, ouvindo o que eles dizem... e o que não querem dizer. Os meus estão comigo, bem como muitos Harlaw. Também tenho Tris Botley e mais alguns outros. Não é o suficiente — deu um pontapé numa pedra e a fez mergulhar na água, entre dois dracares. — Estou pensando em gritar o nome do meu tio.

— Que tio? — ele quis saber. — Tem três.

— Quatro. Tio, me escute. Colocarei eu mesma em sua cabeça a coroa de madeira trazida pelo mar... se concordar em partilhar o governo.

— *Partilhar* o governo? Como é possível? — a mulher não dizia coisa com coisa. *Vai querer ser minha rainha?* Victarion deu por si olhando para Asha de uma nova maneira. Sentiu o membro viril começar a enrijecer. *Ela é filha de Balon*, lembrou a si mesmo. Lembrava-se dela quando menina, atirando machados em uma porta. Cruzou os braços sobre o peito. — Na Cadeira de Pedra do Mar só dá para se sentar um.

— Então que se sente meu tio — Asha respondeu. — Eu ficarei atrás de você, para proteger suas costas e murmurar em seu ouvido. Nenhum rei pode governar sozinho. Até quando os dragões ocupavam o Trono de Ferro, tinham homens para ajudá-los. As Mãos do Rei. Deixe-me ser sua Mão, tio.

Nunca nenhum Rei das Ilhas precisara de uma Mão, muito menos uma que fosse mulher. *Os capitães e os reis troçariam de mim quando estivessem bebendo.*

— Por que gostaria de ser minha Mão?

— Para acabar com essa guerra antes que ela acabe conosco. Ganhamos tudo que é provável que ganhemos... e podemos perder tudo com igual rapidez, a menos que façamos a paz. Mostrei a lady Glover toda cortesia, e ela jura que seu senhor negociará comigo. Se devolvermos Bosque Profundo, Praça de Torrhen e Fosso Cailin, ela diz, os nortenhos nos cederão Ponta do Mar do Dragão e toda a Costa Pedregosa. Essas terras são esparsamente povoadas, mas são dez vezes maiores do que todas as ilhas em conjunto. Uma troca de reféns selará o pacto, e cada lado concordará em fazer causa comum com o outro, no caso do Trono de Ferro...

Victarion soltou um risinho.

— Essa lady Glover está lhe fazendo de tonta, sobrinha. Ponta do Mar do Dragão e Costa Pedregosa são nossas. Para que entregar seja o que for? Winterfell está incendiado e quebrado, e o Jovem Lobo apodrece, sem cabeça, na terra. Temos *todo* o Norte, como o senhor seu pai sonhava.

— Quando os dracares aprenderem a atravessar árvores, talvez. Um pescador pode apanhar no anzol um leviatã cinzento, mas ele o arrastará para a morte, a menos que o liberte. O Norte é grande demais para ser controlado por nós, e está repleto de nortenhos.

— Volte para suas bonecas, sobrinha. Deixe a vitória nas guerras para os guerreiros — Victarion mostrou-lhe os punhos. — Tenho duas mãos. Nenhum homem precisa de três.

— Mas conheço um homem que precisa da Casa Harlaw.

— Hotho Corcunda ofereceu-me a filha para ser minha rainha. Se aceitá-la, terei os Harlaw.

Aquilo surpreendeu a garota.

— É lorde Rodrik quem governa a Casa Harlaw.

— Rodrik não tem filhas, só livros. Hotho será seu herdeiro, e eu serei o rei — depois de dizer as palavras em voz alta, passaram-lhe a soar como verdade. — Olho de Corvo esteve longe tempo demais.

— Há homens que parecem maiores à distância — Asha o preveniu. — Caminhe entre as fogueiras se se atrever e escute. Não andam contando histórias sobre sua força ou minha famosa beleza. Só falam de Olho de Corvo; dos lugares distantes que ele viu, das mulheres que estuprou e dos homens que matou, das cidades que saqueou, do modo como queimou a frota de lorde Tywin em Lannisporto...

— Fui *eu* quem queimou a frota dos leões — insistiu Victarion. — Com minhas próprias mãos atirei o primeiro archote para o seu navio almirante.

— Olho de Corvo planejou o ataque — Asha pôs-lhe a mão no braço. — E também matou sua esposa... Não matou?

Balon ordenara-lhes para não falarem naquilo, mas Balon estava morto.

— Pôs-lhe um bebê na barriga e me fez tratar da morte. Também devia tê-lo matado, mas Balon não permitia assassinato de parentes em seu salão. Mandou Euron para o exílio, para nunca mais regressar...

— ... enquanto Balon vivesse?

Victarion olhou para os punhos.

— Ela pôs-me cornos. Não tive alternativa. — *Se os outros ficassem sabendo, os homens teriam rido de mim, como Olho de Corvo riu quando o confrontei. "Ela veio ter comigo úmida e de boa vontade"*, vangloriara-se. "Parece que Victarion é grande por todo o lado, menos onde importa." Mas não podia lhe dizer aquilo.

— Lamento por você — Asha disse —, e lamento mais por ela... Mas deixa-me pouca escolha exceto reivindicar a Cadeira de Pedra do Mar para mim.

Não pode.

— A saliva que gastar é sua, mulher.

— Sim — ela concordou, e o deixou.

☉ AFºGADO

Foi só quando ficou com os braços e as pernas dormentes de frio que Aeron Greyjoy lutou por retornar a terra e voltou a envergar suas vestes.

Fugira de Olho de Corvo como se ainda fosse a coisinha fraca de antes, mas, quando as ondas se quebraram sobre sua cabeça, voltaram a recordar-lhe que esse homem estava morto. *Renasci do mar como um homem mais duro e mais forte.* Nenhum mortal poderia assustá-lo, assim como a escuridão ou os ossos de sua alma, os cinzentos e terríveis ossos de sua alma. *O som de uma porta se abrindo, o grito de uma dobradiça de ferro enferrujada.*

A veste do sacerdote crepitou quando a puxou para baixo, ainda rígida do sal proveniente da última lavagem, uma quinzena antes. A lã aderiu ao seu peito úmido, bebendo a água salgada que lhe escorria cabelos abaixo. Encheu o odre e o pôs sobre o ombro.

Ao caminhar pela praia, um afogado que regressava de um chamamento da natureza encontrou-se com ele na escuridão.

— Cabelo Molhado — murmurou. Aeron pôs-lhe a mão na cabeça, o abençoou e prosseguiu seu caminho. O chão ergueu-se sob seus pés, a princípio levemente, e logo de um modo mais íngreme. Quando sentiu mato entre os dedos dos pés, soube que tinha deixado a praia para trás. Lentamente subiu, escutando as ondas. *O mar nunca se cansa. Eu tenho de ser igualmente incansável.*

No topo da colina, quarenta e quatro costelas monstruosas erguiam-se da terra como os troncos de grandes árvores pálidas. A cena fazia o coração de Aeron bater mais depressa. Nagga tinha sido o primeiro dragão marinho, o mais poderoso que alguma vez se erguera das ondas. Alimentava-se de lulas-gigantes e leviatãs, e afogava ilhas inteiras em sua ira, mas o Rei Cinzento o matou, e o Deus Afogado transformou seus ossos em pedra, para que os homens nunca deixassem de se maravilhar com a coragem do primeiro dos reis. As costelas de Nagga transformaram-se nas vigas e nos pilares de seu salão, e as mandíbulas do dragão foram seu trono. Reinou aqui durante mil e sete anos, Aeron recordou. *Foi aqui que tomou sua esposa sereia e planejou as guerras contra o Deus da Tempestade. Daqui governou tanto pedra como sal, usando vestes de algas cosidas e uma coroa branca e alta feita com os dentes de Nagga.*

Mas isso fora na aurora dos tempos, quando homens poderosos ainda viviam na terra e no mar. O salão fora aquecido pelo fogo da vida de Nagga, que fora transformado pelo Rei Cinzento num servo seu. Das paredes pendiam tapeçarias tecidas de algas prateadas muito agradáveis à vista. Os guerreiros do Rei Cinzento banqueteavam-se com as dádivas do mar numa mesa com a forma de uma grande estrela-do-mar, sentados em tronos esculpidos de madrepérola. *Acabou, toda a glória acabou.* Os homens eram agora menores. Suas vidas tinham se tornado curtas. O Deus da Tempestade afogara o fogo de Nagga após a morte do Rei Cinzento, as cadeiras e as tapeçarias tinham sido roubadas, o telhado e as paredes tinham apodrecido. Até o grande trono de colmilhos do Rei Cinzento fora engolido pelo mar. Só os ossos de Nagga resistiram, para recordar aos homens de ferro os prodígios do passado.

Basta, pensou Aeron Greyjoy.

Nove largos degraus tinham sido talhados no cume pedregoso da colina. Por trás erguiam-se os grandes montes de Velha Wyk, com montanhas à distância, negras e cruéis. Aeron fez uma pausa onde ficavam as portas, tirou a rolha do odre, bebeu um gole de água salgada e virou-se para encarar o mar. *Nascemos do mar e ao mar temos de regressar.* Mesmo ali conseguia ouvir o incessante estrondo das ondas e sentir o poder do deus que se ocultava debaixo das águas. Aeron caiu de joelhos. *Enviou-me o seu povo*, orou. *Eles deixaram seus palácios e suas cabanas, seus castelos e suas fortalezas, e vieram para este lugar, para os ossos de Nagga, de todas as aldeias de pescadores e de todos os vales escondidos. Agora, conceda-lhes a sabedoria para reconhecer o verdadeiro rei quando ele se erguer à sua frente, e a força para repelir o falso.* Passou a noite toda orando, pois quando o deus se encontrava em si, Aeron Greyjoy não tinha mais necessidade de sono do que as ondas ou os peixes do mar.

Nuvens escuras corriam à frente do vento quando a primeira luz da aurora penetrou furtivamente no mundo. O céu negro tornou-se cinzento como ardósia, e o mar negro cinza-esverdeado; as montanhas negras de Grande Wyk, do outro lado da baía, envergaram os tons azul-esverdeados dos pinheiros-marciais. Enquanto a cor se esgueirava de volta ao mundo, uma centena de estandartes ergueu-se e começou a tremular. Aeron contemplou o peixe prateado de Botley, a lua sangrenta de Wynch, as árvores verde-escuras de Orkwood. Viu berrantes, leviatãs e foices, e por todo lado as lulas-gigantes, grandiosas e douradas. Por baixo, servos e esposas de sal começavam a se movimentar, remexendo brasas para lhes dar nova vida e preparar peixe para os capitães e os reis quebrarem o jejum. A luz da alvorada tocou a praia pedregosa, e Aeron observou homens que acordavam, atirando para o lado suas mantas de pele de foca enquanto pediam seu primeiro corno de cerveja. *Bebam longamente*, pensou, *pois hoje temos um trabalho divino a fazer.*

O mar também se agitava. As ondas aumentavam à medida que o vento se levantava, erguendo plumas de borrifos contra os dracares. *O Deus Afogado acorda*, pensou Aeron. Ouvia sua voz irromper das profundezas do mar. *Estarei com você aqui, neste dia, meu forte e fiel servo*, dizia a voz. *Nenhum homem sem deus pode se sentar em minha Cadeira de Pedra do Mar.*

Foi ali, sob o arco das costelas de Nagga, que seus afogados o foram encontrar, em pé, alto e austero com seus longos cabelos negros soprados pelo vento.

— Chegou o momento? — perguntou Rus. Aeron assentiu e disse:

— Chegou. Faça soar a convocação.

Os afogados pegaram nas clavas de madeira trazida pelo mar e se puseram a batê-las umas nas outras enquanto desciam a colina. Outros juntaram-se a eles, e o clangor espalhou-se ao longo da praia. Faziam um tal estalar e tinir que era como se uma centena de árvores estivessem batendo umas nas outras com os ramos. Timbales também começaram a soar, *bum-bum-bum-bum-bum, bum-bum-bum-bum-bum*. Um berrante berrou, seguido por outro. *AAAAAAuuuuuuuuuuuuuuuuuuuuuu.*

Homens abandonaram as fogueiras para abrir caminho até os ossos do Palácio do Rei Cinzento; remadores, timoneiros, fabricantes de velas, construtores navais, guerreiros com seus machados e pescadores com suas redes. Alguns tinham servos para servi-los; outros, esposas de sal. Outros, que tinham velejado com bastante frequência até as terras verdes, eram servidos por meistres, cantores e cavaleiros. Os plebeus aglomeraram-se num crescente em volta da base da colina, com os servos, as crianças e as mulheres na retaguarda. Os capitães e os reis subiram as vertentes. Aeron Cabelo Molhado viu o alegre Sigfry Stonetree, Andrik, o Sério, o cavaleiro sor Harras Harlaw. Lorde Baelor Blacktyde, em seu manto de zibelina, estava ao lado de Stonehouse, com suas esfarrapadas peles de foca. Victarion erguia-se mais alto do que os demais, à exceção de Andrik. O irmão não trazia elmo, mas fora isso vestia a armadura completa, com o manto da lula-gigante pendendo-lhe, dourado, dos ombros. *Será ele o nosso rei. Quem poderá olhá-lo e duvidar?*

Quando Cabelo Molhado ergueu as mãos ossudas, os timbales e os berrantes silenciaram-se, os afogados abaixaram as clavas e todas as vozes se calaram. Só restou o som das ondas batendo, um rugido que não havia homem que conseguisse aquietar.

— Nascemos do mar, e todos ao mar regressamos — começou Aeron, a princípio em voz baixa, para que os homens se esforçassem por ouvir. — O Deus da Tempestade, em sua ira, arrancou Balon de seu castelo e o derrubou, mas ele agora banqueteia-se sob as ondas, nos salões aquáticos do Deus Afogado — ergueu os olhos para o céu. — *Balon está morto! O rei de ferro está morto!*

— *O rei está morto!* — gritaram seus afogados.

— No entanto, o que está morto não pode morrer, mas volta a se erguer, mais duro e mais forte! — recordou-lhes. — Balon caiu, Balon, meu irmão, que honrou o Costume Antigo e pagou o preço de ferro. Balon, o Bravo, Balon, o Abençoado, Balon, o Duas-Vezes-Coroado, que nos reconquistou a liberdade e nosso deus. Balon está morto... Mas um rei de ferro voltará a se erguer para ocupar a Cadeira de Pedra do Mar e governar as ilhas.

— *Um rei se erguerá!* — responderam eles. — *Ele se erguerá!*

— Ele vai. Tem de se erguer — a voz de Aeron trovejou como as ondas. — Mas, quem? Quem deverá ocupar o lugar de Balon? Quem deverá governar estas ilhas sagradas? Estará ele agora entre nós? — o sacerdote abriu as mãos. — *Quem deverá reinar sobre nós?*

Uma gaivota lhe respondeu com um grito. A multidão começou a se agitar, como homens despertando de um sonho. Cada homem olhava os vizinhos, para ver qual deles poderia ousar reivindicar uma coroa. *Olho de Corvo nunca foi paciente*, disse Aeron Cabelo Molhado a si mesmo. *Talvez seja o primeiro a falar.* Se o fizesse, isso seria o seu fim. Os capitães e os reis tinham percorrido um longo caminho para chegar àquele banquete, e não escolheriam o primeiro prato que fosse posto na sua frente. *Eles vão querer provar e experimentar, uma dentada de um, uma mordiscadela de outro, até encontrar aquele que mais lhes convêm.*

Euron devia também saber disso. Ficou de braços cruzados entre seus mudos e seus monstros. Só o vento e as ondas responderam à convocação de Aeron.

— Os homens de ferro precisam de um rei — insistiu o sacerdote após um longo silêncio. — Volto a perguntar. *Quem deverá reinar sobre nós?*

— Eu — chegou a resposta, vinda de baixo.

De imediato soou um grito irregular de "Gylbert! Gylbert Rei!". Os capitães abriram alas para deixar que o pretendente e seus campeões subissem a colina para se colocar ao lado de Aeron sob as costelas de Nagga.

O pretendente a rei era um lorde alto e seco, com uma expressão melancólica e um rosto cavado e escanhoado. Seus três campeões tomaram posição dois degraus abaixo dele, trazendo sua espada, seu escudo e seu estandarte. Partilhavam certa semelhança com o fidalgo alto, e Aeron tomou-os por seus filhos. Um deles desenrolou o estandarte, um grande dracar negro contra um sol poente.

— Sou Gylbert Farwynd, Senhor da Luz Solitária — disse o lorde à assembleia de homens livres.

Aeron conhecia alguns Farwynd, uma gente estranha que possuía terras nas costas mais ocidentais de Grande Wyk e nas ilhas espalhadas mais adiante, rochedos tão pequenos que a maioria não podia suportar mais do que uma única família. Dessas ilhas, a Luz Solitária era a mais distante, a oito dias de viagem para noroeste, por entre viveiros de focas e leões-marinhos e o ilimitado oceano cinzento. Os Farwynd daí eram ainda mais estranhos do que os outros. Havia quem lhes chamasse troca-peles, profanas criaturas que podiam tomar a forma de leões-marinhos, morsas e até baleias malhadas, os lobos-do-mar selvagens.

Lorde Gylbert começou a falar. Falou de uma terra maravilhosa para além do Mar do Poente, uma terra sem inverno nem necessidades, onde a morte não dominava.

— Façam de mim seu rei, e os levarei até lá — gritou. — Construiremos dez mil navios, como Nymeria fez um dia, e zarparemos com todo nosso povo para ir desembarcar para lá do poente. Nesse lugar, cada homem será um rei, e cada esposa uma rainha.

Seus olhos, viu Aeron, eram agora cinzentos, logo azuis, tão mutáveis como o mar. *Olhos de louco*, pensou, *olhos de tolo*. A visão de que falava era sem dúvida um ardil implantado pelo Deus da Tempestade para atrair os nascidos de ferro à destruição. As oferendas que seus homens espalharam perante a assembleia de homens livres incluíam peles de foca e dentes de morsa, braçadeiras feitas de osso de baleia, berrantes com enfeites de bronze. Os capitães olharam e viraram-lhes as costas, deixando que homens menores se servissem dos presentes. Quando o tolo terminou de falar e seus campeões se puseram a gritar seu nome, só os Farwynd acompanharam o grito, e, mesmo assim, nem todos. Logo os gritos de "Gylbert! Gylbert Rei!" desvaneceram-se no silêncio. A gaivota gritou sonoramente por cima deles e foi empoleirar-se no topo de uma das costelas de Nagga enquanto o Senhor da Luz Solitária descia a colina.

Aeron Cabelo Molhado deu de novo um passo à frente.

— Volto a perguntar. *Quem deverá reinar sobre nós?*

— Eu! — trovejou uma voz profunda, e uma vez mais a multidão abriu alas.

O dono da voz foi carregado colina acima numa cadeira de madeira trazida pelo mar esculpida, transportada nos ombros por seus netos. Uma grande ruína em forma de homem, com cento e trinta quilos de peso e noventa anos de idade, trazia um manto branco de pele de urso. Seus cabelos também eram brancos como a neve, e a enorme barba cobria-o como uma manta, do rosto às ancas, de tal modo que era difícil determinar onde terminava a barba e começava a pele. Embora os netos fossem homens grandes e bem constituídos, lutavam com seu peso nos íngremes degraus de pedra. Sentaram-no diante do Palácio do Rei Cinzento, e três permaneceram abaixo dele na condição de campeões.

Há sessenta anos, ele podia perfeitamente ter conquistado a preferência da assembleia, pensou Aeron, *mas sua hora passou há muito*.

— Eu! — rugiu o homem da cadeira, numa voz tão enorme quanto ele. — E por que não? Quem há de melhor? Sou Erik Ferreiro, para aqueles que são cegos. Erik, o Justo. Erik Quebra-Bigorna. Mostre-lhes meu martelo, Thormor — um dos campeões o ergueu para que todos vissem; era uma coisa monstruosa, com o cabo coberto de couro velho e a cabeça um tijolo de aço do tamanho de um pão. — Não sei dizer quantas mãos transformei em pasta com aquele martelo — disse Erik —, mas pode ser que algum ladrão saiba. Também não sei dizer quantas cabeças esmaguei contra minha bigorna, mas há umas tantas viúvas que sabem. Podia lhes contar todos os meus feitos em batalha, mas tenho oitenta e oito anos, e não viverei o suficiente para terminar. Se a idade é sabedoria, ninguém é mais sábio do que eu. Se a grandeza é força, ninguém é mais forte. Querem um rei com herdeiros? Tenho tantos que perdi a conta. Rei Erik, sim, gosto de como isso soa. Vamos, digam comigo. *ERIK! ERIK QUEBRA-BIGORNA! ERIK REI!*

Enquanto os netos do homem acompanhavam o grito, seus filhos avançaram com arcas sobre o ombro. Quando as abriram na base dos degraus de pedra, uma torrente de prata, bronze e aço se derramou; braçadeiras, colares, punhais, adagas e machados de arremesso. Alguns capitães apanharam os melhores objetos e acrescentaram suas vozes ao cântico. Mas, assim que o grito começou a crescer, uma voz de mulher cortou através dele.

— *Erik*! — homens afastaram-se para deixá-la passar. Com um pé no primeiro degrau, ela disse: — Erik, levante-se.

O silêncio se fez. O vento soprava, as ondas quebravam-se contra a costa, homens murmuravam aos ouvidos uns dos outros. Erik Ferreiro fitava Asha Greyjoy.

— Garota. Três vezes maldita garota. O que disse?

— Levante-se, Erik — ela gritou. — Levante-se, e eu gritarei seu nome com todos os outros. Levante-se e serei a primeira a segui-lo. Quer uma coroa, não? Levante-se e vá buscá-la.

Em outro ponto da multidão, Olho de Corvo soltou uma gargalhada. Erik o fuzilou com o olhar. As mãos do grandalhão fecharam-se com força em volta dos braços de seu trono de madeira trazida pelo mar. Seu rosto ficou vermelho, e logo depois púrpura. Os braços tremeram com o esforço. Aeron viu uma grossa veia azul pulsando em seu pescoço enquanto o homem lutava para se erguer. Por um momento pareceu que talvez conseguisse fazê-lo, mas perdeu o fôlego de repente, gemeu, e voltou a afundar-se na almofada. Euron riu ainda mais alto. O grandalhão deixou pender a cabeça e envelheceu num piscar de olhos. Os netos levaram-no de volta para o sopé da colina.

— Quem governará os nascidos no ferro? — voltou a gritar Aeron Cabelo Molhado. — Quem reinará sobre nós?

Os homens entreolharam-se. Alguns olharam para Euron, outros para Victarion, uns poucos para Asha. Ondas quebraram-se, verdes e brancas, contra os dracares. A gaivota soltou outro grito, um grito roufenho e desamparado.

— Faça sua pretensão, Victarion — gritou Merlyn. — Acabemos com esta pantomima.

— Quando estiver pronto — gritou Victarion em resposta.

Aquilo agradou a Aeron. *É melhor que ele espere*.

Drumm veio a seguir, outro velho, embora não tanto quanto Erik. Subiu a colina com as próprias pernas, e à anca trazia a Rubra Chuva, sua famosa espada, forjada de aço valiriano nos dias de antes da Destruição. Seus campeões eram homens dignos de nota: os filhos Denys e Donnel, ambos intrépidos guerreiros, e entre ambos vinha Andrik, o Sério, um homem gigantesco, com braços grossos como árvores. Falava bem a Drumm que tal homem o defendesse.

— Onde está escrito que nosso rei tem de ser uma lula-gigante? — Drumm começou. — Que direito tem Pyke de nos governar? Grande Wyk é a maior das ilhas, Harlaw, a mais rica, Velha Wyk, a mais sagrada. Quando a linhagem negra foi consumida pelo fogo de dragão, os nascidos no ferro deram a primazia a Vickon Greyjoy, é certo... mas como *lorde*, não como rei.

Era um bom início. Aeron ouviu gritos de aprovação, mas estes minguaram quando o velho se pôs a falar da glória dos Drumm. Falou de Dale, o Pavor, de Roryn, o Salteador, dos cem filhos de Gormond Drumm, o Velho Pai. Desembainhou a Rubra Chuva e contou-lhes como Hilmar Drumm, o Astucioso, obtivera-a de um cavaleiro couraçado com miolos e uma clava de madeira. Falou de navios havia muito perdidos e de batalhas esquecidas há oitocentos anos, e a multidão foi ficando irrequieta. Falou, e falou, e depois falou ainda mais.

E quando as arcas de Drumm foram abertas, os capitães viram os avaros presentes que lhes tinha trazido. *Nunca nenhum trono foi comprado com bronze*, pensou Cabelo Molhado.

A verdade naquele pensamento era ouvida claramente, à medida que os gritos de *"Drumm! Drumm! Dunstan Rei!"* se dissipavam.

Aeron sentiu um aperto na barriga, e pareceu-lhe que as ondas estavam batendo com mais força do que antes. É tempo, pensou. *É tempo de Victarion avançar com sua pretensão.*

— Quem reinará sobre nós? — gritou o sacerdote uma vez mais, mas daquela vez seus ferozes olhos negros descobriram o irmão na multidão. — Nove filhos nasceram das virilhas de Quellon Greyjoy. Um era mais poderoso do que todos os outros, e não conhecia o medo.

Victarion devolveu-lhe o olhar e assentiu. Os capitães afastaram-se à sua frente enquanto ele subia os degraus.

— Irmão, dê-me uma bênção — ele disse ao chegar ao topo. Ajoelhou-se e inclinou a cabeça. Aeron tirou a rolha de seu odre e despejou um jato de água do mar na testa de Victarion.

— *O que está morto não pode morrer* — disse o sacerdote, e o irmão respondeu:

— *... mas volta a se erguer, mais duro e mais forte.*

Quando Victarion se levantou, seus campeões se posicionaram abaixo dele; Ralf, o Coxo, Ralf Vermelho Stonehouse e Nute, o Barbeiro, todos eles notáveis guerreiros. Stonehouse trazia o estandarte Greyjoy: a lula-gigante dourada num campo tão negro quanto o mar da meia-noite. Assim que ele se desenrolou, os capitães e os reis começaram a gritar o nome do Senhor Capitão. Victarion esperou que se aquietassem, e então disse:

— Todos vocês me conhecem. Se querem palavras doces, procurem em outro lugar. Não tenho língua de cantor. Tenho um machado, e tenho isto — ergueu suas enormes mãos revestidas de cota de malha para lhes mostrar, e Nute, o Barbeiro, exibiu seu machado, um temível bocado de aço. — Fui um irmão leal — Victarion prosseguiu. — Quando Balon se casou, foi a mim que enviou a Harlaw para lhe trazer a noiva. Liderei seus dracares em muitas batalhas, e não perdi mais do que uma. Da primeira vez que Balon pôs uma coroa, fui eu quem velejou para Lannisporto, a fim de fazer cerco à cauda do leão. Da segunda vez, foi a mim que enviou para esfolar o Jovem Lobo, caso ele voltasse aos uivos para casa. Tudo que terão de mim é mais daquilo que tiveram com Balon. É tudo o que tenho a dizer.

Com aquelas palavras, seus campeões começaram a entoar: *"VICTARION! VICTARION REI!"*. Embaixo, seus homens despejavam as arcas, uma cascata de prata, ouro e pedras preciosas, uma riqueza de saque. Capitães lutaram para conseguir as mais ricas peças, gritando enquanto o faziam. *"VICTARION! VICTARION! VICTARION REI!"* Aeron observou Olho de Corvo. *Falará agora, ou deixará que a assembleia siga seu rumo?* Orkwood de Montrasgo murmurava no ouvido de Euron.

Mas não foi Euron quem pôs fim aos gritos, foi a mulher. Enfiou dois dedos na boca e *assobiou*, um som penetrante e estridente que cortou através do tumulto como uma faca corta coalhada.

— Tio! *Tio!* — dobrando-se, apanhou um colar de ouro torcido e saltitou degraus acima. Nute pegou-lhe pelo braço, e durante meio segundo Aeron teve esperança de que os campeões do irmão a mantivessem em silêncio, mas Asha libertou-se da mão do Barbeiro com uma sacudidela e disse qualquer coisa a Ralf Vermelho que o fez se afastar. Enquanto abria caminho, os aplausos iam se desvanecendo. Era a filha de Balon Greyjoy, e a multidão tinha curiosidade de ouvi-la falar.

— Foi bom de sua parte trazer tais dádivas à minha assembleia de homens livres, tio — disse a Victarion —, mas não precisa usar tanta armadura. Prometo que não lhe farei mal — Asha virou-se para encarar os capitães. — Não há homem mais bravo do que meu tio, ninguém é mais forte, ninguém é mais feroz numa luta. E ele conta até dez tão depressa quanto qualquer outro, já o vi fazê-lo... apesar de ter de descalçar as botas quando precisa chegar a vinte — aquilo os fez rir. — Mas não tem filhos. As esposas dele andam sempre morrendo. Olho de Corvo é mais velho e tem melhor pretensão...

— Ele tem! — gritou o Remador Vermelho lá de baixo.

— Ah, mas a minha pretensão é ainda melhor — Asha pôs o colar na cabeça a um ângulo confiante, de forma que ouro reluzisse contra seus cabelos escuros. — O irmão de Balon não pode ter precedência sobre o filho de Balon!

— Os filhos de Balon estão mortos — gritou Ralf, o Coxo. — Não vejo mais do que a filhinha de Balon!

— Filha? — Asha enfiou a mão por baixo do gibão. — O-ho! Que é isso? Deverei lhe mostrar? Alguns de vocês já não veem uma desde que desmamaram — os homens voltaram a rir. — Tetas num rei são uma coisa terrível, a canção é esta? Ralf, me pegou, eu *sou* uma mulher... embora não seja uma *velha* como você. Ralf, o Coxo... não devia ser Ralf, o Frouxo? — Asha tirou um punhal de entre os seios. — Também sou uma mãe, e aqui está o meu bebê de peito! — ergueu-o. — E aqui, os meus campeões — forçaram passagem pelos três de Victarion para se colocarem abaixo dela: Qarl, o Donzel, Tristifer Botley e o cavaleiro sor Harras Harlaw, cuja espada Anoitecer era tão legendária quanto a Rubra Chuva de Dunstan Drumm. — Meu tio disse que o conhecem. Também conhecem a mim...

— Quero conhecê-la melhor! — alguém gritou.

— Vá para casa e conheça sua mulher — gritou Asha em resposta. — O tio diz que lhes dará mais do que meu pai lhes deu. Bem, e o que foi isso? Ouro e glória, dirão alguns. *Liberdade*, sempre agradável. Sim, é verdade, ele nos deu isso... e também viúvas, como lorde Blacktyde lhes dirá. Quantos de vocês tiveram a casa passada no archote quando Robert chegou? Quantos tiveram as filhas estupradas e despojadas? Vilas incendiadas e castelos arruinados. Meu pai lhes deu isso. O que ele deu a vocês foi a *derrota*. O tio aqui lhes dará mais. Eu não.

— O que nos dará? — perguntou Lucas Codd. — Costura?

— Sim, Lucas. Vou costurar um reino para todos nós — atirou o punhal de uma mão para a outra. — Temos de aprender uma lição com o Jovem Lobo, que venceu todas as batalhas... e perdeu tudo.

— Um lobo não é uma lula-gigante — objetou Victarion. — O que a lula-gigante agarra não perde, seja dracar ou leviatã.

— E o que foi que nós agarramos, tio? O Norte? O que é isso, além de léguas e léguas de léguas e léguas longe do barulho do mar? Tomamos Fosso Cailin, Bosque Profundo, Praça de Torrhen, e até Winterfell. O que temos para mostrar? — fez um sinal e seus homens do *Vento Negro* abriram caminho à frente, com arcas de carvalho e ferro nos ombros. — Ofereço-lhes as riquezas da Costa Pedregosa — Asha anunciou quando a primeira foi virada ao contrário. Uma avalanche de seixos tombou, caindo em cascata degraus abaixo; seixos cinzentos, negros e brancos, alisados pelo mar. — Ofereço-lhes as riquezas de Bosque Profundo — ela falou no momento em que a segunda arca era aberta. Uma torrente de pinhas derramou-se, rolando e saltando até junto da multidão. — E, por fim, o ouro de Winterfell — da terceira arca vieram nabos amarelos, redondos, duros e tão grandes quanto uma cabeça, que caíram entre os seixos e as pinhas. Asha apunhalou um.

— Harmund Sharp — gritou —, seu filho Harrag morreu em Winterfell por isso — puxou o nabo da lâmina e atirou para ele. — Tem mais filhos, creio eu. Se quer trocar a vida deles por nabos, grite o nome do meu tio!

— E se gritar o seu nome? — quis saber Harmund. — O que acontece?

— A paz — ela respondeu. — Terras. Vitória. Darei a vocês Ponta do Mar do Dragão e a Costa Pedregosa, terra negra e árvores altas, e pedras suficientes para que cada filho mais novo construa um palácio. Também teremos os nortenhos... como amigos, para se oporem conosco contra o Trono de Ferro. Sua escolha é simples. Coroem-me, para a paz e para a vitória. Ou coroem meu tio, para mais guerra e mais derrota — voltou a embainhar o punhal. — O que querem, homens de ferro?

— *VITÓRIA!* — gritou Rodrik, o Leitor, com as mãos em volta da boca. — *Vitória, e Asha!*

— *ASHA!* — ecoou lorde Baelor Blacktyde. — *ASHA RAINHA!*

A tripulação de Asha acompanhou o grito, *"ASHA! ASHA! ASHA RAINHA!"*. Bateram os pés no chão, sacudiram os punhos e berraram, enquanto Cabelo Molhado os ouvia, incrédulo. Ela quer deixar a obra do pai incompleta! E, no entanto, Tristifer Botley gritava por ela, como muitos Harlaw, alguns Goodbrother, o enrubescido lorde Merlyn, mais homens do que o sacerdote teria acreditado ser possível... por uma *mulher*!

Mas outros mantinham-se em silêncio, ou resmungavam comentários aos vizinhos.

— Nada de paz de covardes! — rugiu Ralf, o Coxo. Ralf Vermelho Stonehouse fez rodopiar o estandarte Greyjoy e berrou:

— Victarion! *VICTARION! VICTARION!* — homens começaram a se empurrar. Alguém atirou uma pinha na cabeça de Asha. Quando se esquivou, sua coroa improvisada caiu. Por um momento pareceu ao sacerdote que se encontrava no topo de um gigantesco formigueiro, com mil formigas fervilhando a seus pés. Gritos de *"Asha!"* e *"Victarion!"* voaram de um lado para outro, e pareceu que uma feroz tempestade estava prestes a engolir todos. *O Deus da Tempestade está entre nós*, pensou o sacerdote, *semeando fúria e discórdia*.

Penetrante como uma estocada, o som de um berrante cortou o ar.

Viva e funesta era sua voz, um grito quente e trêmulo que fazia que os ossos de um homem parecessem tamborilar com ele. O grito demorou-se no ar úmido do mar: aaaa*RRIIIIII*iiiiiiiiiiiiiiiiiii.

Todos os olhos se viraram na direção do som. Era um dos mestiços de Euron que soprava o chamado, um homem monstruoso com a cabeça raspada. Braçadeiras de ouro, jade e âmbar preto cintilavam em seus braços, e no seu peito largo estava tatuada uma ave de rapina qualquer, com garras que pingavam sangue.

aaaa*RRRIIIII*iiiiiiiiiiiiiiiiiiiiiiiiii.

O berrante que soprava era reluzentemente negro e retorcido, e erguia-se mais alto do que um homem enquanto era sustido com ambas as mãos. Estava enfeitado com faixas de ouro vermelho e aço escuro, com antigos glifos valirianos nelas incisos, glifos que pareciam brilhar, rubros, enquanto o som ia aumentando.

aaaaaaa*RRRIIIIIIIIIIII*iiiiiiiiiiiiiiiiiiiiiiiiiiiiii.

Era um som terrível, um lamento de dor e fúria que parecia queimar as orelhas. Aeron Cabelo Molhado cobriu as suas e rezou para que o Deus Afogado fizesse erguer uma poderosa onda que esmagasse o berrante e o reduzisse ao silêncio, mesmo assim o guincho perdurava e perdurava. *É o berrante do inferno*, quis gritar, embora nenhum homem pudesse ouvi-lo. As bochechas do tatuado estavam tão distendidas que pareciam prestes a rebentar, e os músculos do seu peito torciam-se de um modo que parecia que a ave estava prestes a se libertar da sua pele e levantar voo. E agora os glifos ardiam brilhantemente, com cada linha e letra cintilando como fogo branco. O som perdurava, e perdurava, e perdurava, ecoando nas vociferantes colinas que se erguiam atrás deles e atravessando as águas do Berço de Nagga para ir ressoar nas montanhas de Grande Wyk, perdurando, e perdurando, e perdurando, até encher o mundo inteiro.

E quando parecia que o som nunca terminaria, terminou.

O fôlego do soprador por fim falhou. Ele cambaleou e quase caiu. O sacerdote viu Orkwood de Montrasgo segurá-lo, enquanto Lucas Mão-Esquerda Codd lhe tirava o retorcido berrante negro das mãos. Um fino fiapo de fumo saía do berrante, e o sacerdote viu sangue e bolhas nos lábios do homem que o soprara. A ave em seu peito também sangrava.

Euron Greyjoy subiu lentamente a colina, com todos os olhos postos nele. Por cima, a gaivota gritou, e voltou a gritar. *Nenhum homem sem deus pode se sentar na Cadeira de Pedra do Mar*, pensou Aeron, mas sabia que tinha de deixar o irmão falar. Seus lábios moveram-se silenciosamente numa prece.

Os campeões de Asha afastaram-se, os de Victarion também. O sacerdote deu um passo para trás e pousou a mão na pedra rude e fria das costelas de Nagga. Olho de Corvo parou no topo dos degraus, à porta do Palácio do Rei Cinzento, e virou seu olho sorridente para os capitães e os reis, mas Aeron também conseguia sentir seu outro olho, aquele que mantinha escondido.

— HOMENS DE FERRO — disse Euron Greyjoy —, ouviram meu berrante. Agora escutem minhas palavras. Sou irmão de Balon, o mais velho dos filhos vivos de Quellon. O sangue de lorde Vickon corre-me nas veias, bem como o da Velha Lula-gigante. E, no entanto, naveguei até mais longe do que qualquer um deles. Só uma lula-gigante viva nunca conheceu a derrota. Só uma nunca dobrou o joelho. Só uma velejou até Asshai da Sombra e viu maravilhas e terrores além da imaginação...

— Se gostou tanto assim da Sombra, volte para lá — gritou Qarl, o Donzel, o da face rosada, um dos campeões de Asha.

Olho de Corvo o ignorou.

— Meu irmão mais novo quer terminar a guerra de Balon e reclamar o Norte. Minha querida sobrinha quer nos dar paz e pinhas — seus lábios azuis torceram-se num sorriso. — Asha prefere a vitória à derrota. Victarion quer um reino, não uns escassos metros de terra. De mim, terão ambas as coisas.

"Chamam-me Olho de Corvo. Bem, quem tem um olho mais penetrante do que o corvo? Após cada batalha, os corvos chegam às centenas e aos milhares para se banquetear dos que tombaram. Um corvo pode ver a morte de longe. E eu digo que todo Westeros está morrendo. Aqueles que me seguirem se banquetearão até o fim dos seus dias.

"Somos os nascidos no ferro, e outrora fomos conquistadores. Nosso decreto corria todos os pontos em que fosse ouvido o som das ondas. Meu irmão quer que se contentem com o frio e triste Norte, e minha sobrinha, com menos ainda... mas eu lhes darei Lannisporto. Jardim de Cima. A Árvore. Vilavelha. As terras fluviais e a Campina, a Mata de Rei e a Mata Chuvosa, Dorne e a Marca, as Montanhas da Lua e o Vale de Arryn, Tarth e os Degraus. O que digo é que tomemos *tudo*! O que digo é que tomemos *Westeros* — olhou de relance ao sacerdote. — Tudo para a maior glória de nosso Deus Afogado, com certeza."

Durante meio segundo até Aeron foi arrebatado pela ousadia daquelas palavras. O sacerdote sonhara o mesmo sonho quando vira pela primeira vez o cometa no céu. *Varre-*

remos as terras verdes com fogo e espada, desenraizaremos os sete deuses dos septões e as árvores brancas dos nortenhos...

— Olho de Corvo — Asha gritou —, deixou os miolos em Asshai? Se não conseguimos segurar o Norte, e realmente não conseguimos, como poderemos conquistar todos os Sete Reinos?

— Ora, já foi feito antes. Terá Balon ensinado a essa garota assim tão pouco das coisas da guerra? Victarion, ao que parece, a filha de nosso irmão nunca ouviu falar de Aegon, o Conquistador.

— Aegon? — Victarion cruzou os braços sobre o peito couraçado. — Que tem o Conquistador a ver conosco?

— Sei tanto de guerra quanto você, Olho de Corvo — Asha voltou a falar. — Aegon Targaryen conquistou Westeros com *dragões*.

— E nós faremos o mesmo — prometeu Euron Greyjoy. — Aquele berrante que ouviram encontrei entre as ruínas fumegantes daquilo que foi Valíria, por onde nenhum homem, exceto eu, se atreveu a caminhar. Ouviram seu chamado e sentiram seu poder. É um berrante de dragão, enfeitado com faixas de ouro vermelho e aço valiriano com encantamentos nele gravados. Os senhores dos dragões de outrora faziam soar berrantes daqueles, antes de a Destruição devorá-los. Com este berrante, homens de ferro, posso prender *dragões* à minha vontade.

Asha riu sonoramente:

— Um berrante para prender cabras à sua vontade seria de maior utilidade, Olho de Corvo. Já não há dragões.

— De novo, garota, engana-se. Há três, e eu sei onde encontrá-los. Certamente isso vale uma coroa de madeira trazida pelo mar.

— *EURON!* — gritou Lucas Mão-Esquerda Codd.

— *EURON! OLHO DE CORVO! EURON!* — ecoou Remador Vermelho.

Os mudos e mestiços do *Silêncio* abriram as arcas de Euron e derramaram as dádivas diante dos capitães e dos reis. Então, quem o sacerdote ouviu foi Hotho Harlaw, enquanto enchia as mãos de ouro. Gorold Goodbrother também gritou, assim como Erik Quebra-Bigorna. *"EURON! EURON! EURON!"* O grito se expandiu, transformou-se num rugido. *"EURON! EURON! OLHO DE CORVO! EURON REI!"* Rolou pela colina de Nagga acima, como se fosse o Deus da Tempestade fazendo chocalhar as nuvens. *"EURON! EURON! EURON! EURON! EURON! EURON!"*

Até um sacerdote pode duvidar. Até um profeta pode conhecer o terror. Aeron Cabelo Molhado procurou seu deus dentro de si, e encontrou apenas silêncio. Enquanto um milhar de vozes gritavam o nome do irmão, tudo que conseguia ouvir era o grito de uma dobradiça de ferro enferrujada.

BRIENNE

A leste de Lagoa da Donzela, os montes erguiam-se, selvagens, e os pinheiros fechavam-se em volta deles como uma hoste de soldados cinza-esverdeados.

Lesto Dick dizia que a estrada costeira era o caminho mais curto e mais fácil, por isso raramente perdiam de vista a baía. As vilas e aldeias ao longo da costa iam se tornando menores à medida que avançavam, e também menos frequentes. Ao cair da noite procuravam uma estalagem. Crabb partilhava a cama comum com outros viajantes, enquanto Brienne pagava um quarto para si e para Podrick.

— Seria mais barato se dormíssemos todos na mesma cama, milady — dizia Lesto Dick. — Podia pôr sua espada entre nós. Velho Dick é um tipo inofensivo. Cavalheiresco como um cavaleiro e tão honesto como o dia é longo.

— Os dias estão ficando mais curtos — Brienne observou.

— Bom, pode ser que sim. Se não confia em mim na cama, podia enrolar-me no chão, milady.

— No meu chão, não.

— Um homem pode pensar que não tem nenhuma confiança em mim.

— A confiança é ganha. Como o ouro.

— Como quiser, milady — Crabb respondeu —, mas lá em cima, ao norte, onde a estrada acaba, àquela altura terá de confiar no Dick. Se eu quisesse lhe roubar o ouro à ponta da espada, quem é que me impediria?

— Não tem uma espada. Mas eu sim.

Brienne fechou a porta entre eles e ficou ali, à escuta, até ter certeza de ele ter ido embora. Por mais lesto que fosse, Dick Crabb não era nenhum Jaime Lannister, nenhum Rato Louco, nem sequer um Humfrey Wagstaff. Era magro e desnutrido, e sua única armadura era um meio elmo amassado e salpicado de ferrugem. Em vez de espada, usava uma velha adaga cheia de entalhes. Enquanto estivesse acordada, o homem não lhe constituía nenhuma ameaça.

— Podrick — disse —, chegará uma hora em que não haverá mais estalagens para nos fornecer abrigo. Não confio em nosso guia. Quando acamparmos, pode me vigiar enquanto durmo?

— Ficar acordado, senhora? Sor — o garoto refletiu. — Tenho uma espada. Se Crabb tentar lhe fazer mal, posso matá-lo.

— Não — ela respondeu com severidade. — Não deve tentar lutar com ele. Tudo que peço é que o vigie enquanto durmo, e que me acorde se ele fizer alguma coisa suspeita. Vai descobrir que acordo depressa.

Crabb mostrou suas verdadeiras cores no dia seguinte, quando pararam para dar água aos cavalos. Brienne teve de se esconder atrás de alguns arbustos para esvaziar a bexiga. No momento em que se agachava, ouviu Podrick dizer:

— O que está fazendo? Saia daí. — Acabou o que tinha para fazer, puxou os calções para cima e, quando voltou à estrada, encontrou Lesto Dick limpando farinha dos dedos.

— Não vai encontrar dragões nos alforjes — disse-lhe. — Transporto ouro comigo. — Uma parte encontrava-se na bolsa que trazia no cinto, o resto estava escondido num par de bolsos cosidos no interior do vestuário. A gorda bolsa que tinha dentro do alforje estava cheia de cobres grandes e pequenos, tostões e meios tostões, pequenas moedas de prata e estrelas... e fina farinha branca, para torná-la ainda mais gorda. Comprara a farinha do cozinheiro das Sete Espadas na manhã em que partira de Valdocaso.

— Dick não tinha más intenções, milady. — Torceu seus dedos sujos de farinha para mostrar que não tinha armas. — Queria só ver se tinha os dragões que me prometeu. O mundo está cheio de mentirosos, prontos para enganar um homem honesto. Não que você seja um deles.

Brienne esperava que ele fosse melhor guia do que era ladrão.

— É melhor irmos andando — voltou a montar.

Dick costumava cantar enquanto viajavam; nunca era uma canção inteira, só um pedaço desta, um verso daquela. Brienne suspeitava que o homem pretendia seduzi-la, para fazê-la baixar a guarda. Por vezes tentava convencer Brienne e Podrick a cantar com ele, mas sem sucesso. O garoto era tímido demais, e tinha a língua muito presa, e Brienne não cantava. *Cantava para o seu pai?*, perguntara-lhe uma vez lady Stark, em Correrrio. *Cantava para Renly?* Não o fizera, nunca, embora tivesse desejado... tinha-o desejado...

Quando não estava cantando, Lesto Dick falava, regalando-os com histórias sobre a Ponta da Garra Rachada. Cada vale sombrio tinha seu senhor, ele dizia, todos unidos apenas pela desconfiança que sentiam por forasteiros. Em suas veias, o sangue dos Primeiros Homens corria escuro e forte.

— Os ândalos tentaram tomar Garra, mas sangramos os tipos nos vales e os afogamos nos pântanos. Só que o que os filhos deles não conseguiram conquistar com as espadas, as lindas filhas conquistaram com beijos. Casaram com as Casas que não conseguiam conquistar, ah sim.

Os reis Darklyn de Valdocaso tinham tentado impor seu domínio sobre Ponta da Garra Rachada; os Mooton de Lagoa da Donzela também, e mais tarde foi a vez dos altivos Celtigar da Ilha dos Caranguejos. Mas os homens da Garra conheciam seus pântanos e florestas como nenhum forasteiro podia conhecer, e, quando eram muito pressionados, desapareciam nas cavernas que transformavam seus montes em colmeias. Quando não lutavam com aspirantes a conquistadores, lutavam uns contra os outros. Suas rixas de sangue eram tão profundas e escuras como os pântanos entre os seus montes. De tempos em tempos, algum campeão trazia a paz à Ponta, mas nunca durava mais do que sua vida. Lorde Lucifer Hardy fora um dos grandes, e os Irmãos Brune também. O Velho Crackbones ainda mais, mas os Crabb eram os mais poderosos de todos. Dick ainda se recusava a acreditar que Brienne nunca tivesse ouvido falar de sor Clarence Crabb e de suas façanhas.

— Por que eu mentiria? — Brienne lhe perguntou. — Todos têm seus heróis locais. No lugar de onde venho, os cantores cantam sobre sor Galladon de Morne, o Cavaleiro Perfeito.

— Sor Gallaquem do quê? — O homem soltou uma fungadela. — Nunca ouvi falar. Por que diabos era ele assim tão perfeito?

— Sor Galladon foi um campeão de tal valor que a própria Donzela perdeu o coração por ele. Deu-lhe uma espada encantada como símbolo do seu amor. Chamava-se a Justa Donzela. Nenhuma espada vulgar era capaz de pará-la, e nenhum escudo podia aguentar seu beijo. Sor Galladon usava orgulhosamente a Justa Donzela, mas só por três vezes a desembainhou. Não queria usá-la contra os mortais, pois era tão potente que desequilibraria qualquer luta.

Crabb achou aquilo hilariante.

— O Cavaleiro Perfeito? Soa mais ao Palerma Perfeito. Para que raio serve uma espada mágica se não for para usá-la?

— Honra — ela respondeu. — O motivo é a honra.

Aquilo só conseguiu fazê-lo rir mais alto.

— Sor Clarence Crabb seria capaz de limpar o rabo peludo com seu Cavaleiro Perfeito, milady. Se algum dia tivessem se encontrado, era mais uma cabeça cheia de sangue na prateleira dos Murmúrios, cá para mim. "Devia ter usado a espada mágica", ela diria a todas as outras cabeças. "Devia ter usado a merda da espada."

Brienne não pôde evitar sorrir.

— Talvez — admitiu —, mas sor Galladon não era nenhum tolo. Contra um inimigo de dois metros e quarenta, montado num auroque, podia perfeitamente ter desembainhado a Justa Donzela. Usou-a uma vez para matar um dragão, segundo dizem.

Lesto Dick não se deixou impressionar.

— O Crackbones também lutou com um dragão, mas não precisou de espada mágica nenhuma. Deu-lhe apenas um nó no pescoço, de modo que cada vez que o bicho soltava fogo, assava o próprio rabo.

— E o que fez Crackbones quando Aegon e as irmãs chegaram? — perguntou-lhe Brienne.

— Estava morto. Milady devia saber disso — Crabb lhe lançou um olhar de esguelha. — Aegon mandou a irmã à Garra Rachada, a tal Visenya. Os senhores tinham ouvido falar do fim de Harren. Como não eram tolos, puseram as espadas aos pés dela. A rainha tomou-os como seus homens e disse que não deviam fidelidade a Lagoa da Donzela, Ilha dos Caranguejos ou Valdocaso. Isso não impediu aqueles malditos Celtigar de mandar homens à costa oriental para coleta de impostos. Se manda o suficiente, alguns regressam... fora isso, dobramo-nos só aos nossos senhores, e ao rei. Ao rei *verdadeiro*, não a Robert e gente de sua laia — cuspiu. — Havia Crabbs, Brunes e Boggses com o príncipe Rhaegar no Tridente, e na Guarda Real também. Um Hardy, um Cave, um Pyne, e *três* Crabb, Clement, Rupert e Clarence, o Baixo. Tinha um metro e oitenta, o tipo, mas era baixo comparado com o *verdadeiro* sor Clarence. Somos todos bons homens dos dragões aqui no caminho da Garra Rachada.

O movimento continuou diminuindo à medida que avançavam para norte e para leste, até que por fim deixaram de encontrar estalagens. Àquela altura, a estrada costeira era mais ervas daninhas do que sulcos. Naquela noite abrigaram-se em uma aldeia de pescadores. Brienne pagou um punhado de tostões aos aldeões para os deixarem pernoitar num celeiro cheio de feno. Ficou com o sobrado para si e para Podrik, e puxou a escada depois de subirem.

— Se me deixar aqui embaixo sozinho, posso perfeitamente roubar os cavalos — Crabb gritou. — É melhor que os faça subir a escada também, milady — quando ela o ignorou, ele continuou: — Esta noite vai chover. Uma chuva fria e forte. Você e o Pods vão dormir aconchegadinhos e quentes, e o pobre velho Dick vai ficar aqui embaixo, tremendo sozinho — balançou a cabeça, resmungando, enquanto transformava uma pilha de feno numa cama. — Nunca conheci donzela tão desconfiada como você.

Brienne enrolou-se debaixo do manto, com Podrik bocejando a seu lado. *Não fui sempre cautelosa*, podia ter lhe gritado. *Quando era menina, acreditava que todos os homens eram tão nobres como meu pai*. Até os homens que lhe diziam como era uma menina bonita, como era alta, esperta e inteligente, como era graciosa quando dançava. Foi septã Roelle quem tirou as lascas de cima de seus olhos.

"Eles só dizem essas coisas para conquistar o favor do senhor seu pai", dissera a mulher. "Encontrará a verdade no espelho, não na língua dos homens." Foi uma lição dura, que a fez chorar, mas servira-lhe bem em Harrenhal, quando sor Hyle e os amigos fizeram seu jogo. *Uma donzela deve ser desconfiada neste mundo, senão não será donzela por muito tempo*, ela pensava quando a chuva começou a cair.

No corpo a corpo, em Ponteamarga, procurara seus pretendentes e os espancara um por um, Farrow, Ambrose e Bushy, Mark Mullendore, Raymond Nayland e Will, o Cegonha. Atropelara Harry Sawyer e quebrara o elmo de Robin Potter, deixando-lhe uma feia cicatriz. E quando o último deles caiu, a Mãe lhe entregou Connington. Daquela vez, sor Ronnet empunhava uma espada, em vez de uma rosa. Cada golpe que lhe desferira era mais doce do que um beijo.

Loras Tyrell fora o último a enfrentar sua fúria naquele dia. Nunca a cortejara, quase nem sequer a olhara, mas naquele dia trazia três rosas douradas no escudo, e Brienne odiava rosas. Vê-las dera-lhe uma força furiosa. Adormeceu sonhando com a luta que tinham tido, e com sor Jaime prendendo-lhe um manto arco-íris em volta dos ombros.

Ainda chovia na manhã seguinte. Ao quebrarem o jejum, Lesto Dick sugeriu que esperassem até a chuva parar.

— E isso será quando? Amanhã? Dentro de uma quinzena? Quando o verão voltar? Não. Temos mantos, e léguas a percorrer.

Choveu durante todo aquele dia. A estreita trilha que seguiam rapidamente se transformou em lama por baixo deles. As árvores que viam estavam despidas, e a chuva contínua transformara as folhas caídas em um tapete encharcado e marrom. Apesar do seu forro de pele de esquilo, o manto de Dick deixava passar água, e Brienne via-o tremer. Sentiu um pouco de pena do homem. *Ele não tem comido bem, isto é evidente.* Perguntou a si mesma se haveria realmente uma enseada de contrabandistas, ou um castelo arruinado chamado Murmúrios. Homens famintos fazem coisas desesperadas. Tudo aquilo podia ser um estratagema para enganá-la. A suspeita amargou-lhe o estômago.

Durante algum tempo pareceu que o gotejar constante da chuva era o único som que havia no mundo. Lesto Dick continuou a avançar, sem querer saber de nada. Observou-o de perto, notando o modo como dobrava as costas, como se se enrolar sobre si mesmo na sela pudesse mantê-lo seco. Daquela vez não havia uma aldeia à mão quando a escuridão caiu sobre eles. Nem havia árvores que lhes fornecessem abrigo. Foram forçados a acampar por entre alguns rochedos, cinquenta metros acima da linha das marés. Os rochedos, pelo menos, manteriam o vento afastado.

— É melhor fazermos turnos de vigia esta noite, milady — disse-lhe Crabb, no momento em que Brienne lutava para acender uma fogueira de madeira trazida pelas marés. — Num lugar como este pode haver chapinheiros.

— Chapinheiros? — Brienne lhe lançou um olhar desconfiado.

— Monstros — Lesto Dick explicou com satisfação. — Parecem homens até se chegar perto, mas a cabeça é grande demais, e têm escamas onde um homem tem pelos. São brancos como a barriga de um peixe, com pele entre os dedos. Estão sempre úmidos e cheiram a peixe, mas atrás daqueles lábios tristes há filas de dentes verdes afiados como agulhas. Há quem diga que os Primeiros Homens os mataram a todos, mas não acredite nisso. Chegam de noite e roubam criancinhas malcriadas, andando por aí com aqueles pés de pato, fazendo um ruidinho de chapinhar. Ficam com as moças para acasalar, mas comem os rapazes, roendo-os com aqueles dentes verdes e afiados — mostrou um sorriso a Podrick. — Você eles comeriam, garoto. Comeriam você *cru*.

— Se tentarem, eu mato eles — Podrick tocou a espada.

— Tente isso. Tente. Os chapinheiros não são fáceis de matar — piscou um olho a Brienne. — É uma mocinha má, milady?

— Não. — *Só uma tola.* A madeira estava muito úmida para acender, por mais faíscas que Brienne fizesse saltar do sílex e do aço. Os gravetos fumegaram um pouco, mas foi tudo. Descontente, instalou-se com as costas apoiadas num rochedo, cobriu-se com o manto e resignou-se a uma noite fria e úmida. Sonhando com uma refeição quente, roeu uma porção de carne de vaca dura e salgada, enquanto Lesto Dick falava sobre quando sor Clarence Crabb lutara com o rei dos chapinheiros. *Ele conta histórias animadas*, teve de admitir, *mas Mark Mullendore também era divertido com seu macaquinho.*

O tempo estava úmido demais para se ver o sol se pôr, e muito cinzento para se ver a lua nascer. A noite foi negra e desprovida de estrelas. Crabb esgotou as histórias e foi dormir. Podrick logo também estava ressonando. Brienne ficou sentada com as costas apoiadas ao rochedo escutando as ondas. *Está perto do mar, Sansa?*, perguntou a si mesma. *Está à espera nos Murmúrios por um navio que nunca chegará? Quem está com você? Passagem para três, ele disse. Terá o Duende se juntado a você e a sor Dontos, ou será que encontrou sua irmãzinha?*

O dia fora longo, e Brienne estava cansada. Descobriu que até ficar sentada contra o rochedo, com a chuva tamborilando levemente ao redor, fazia que suas pálpebras começassem a pesar. Dormitou por duas vezes. Da segunda, acordou de repente, com o coração aos saltos, convencida de que alguém estava de pé acima dela. Sentia os membros rígidos, e o manto se enrolava em seus tornozelos. Libertou-se dele com um pontapé e se levantou. Lesto Dick estava aninhado de encontro a um rochedo, meio enterrado em areia molhada e pesada, dormindo. *Um sonho. Foi um sonho.*

Talvez tivesse cometido um erro ao abandonar sor Creighton e sor Illifer. Tinham lhe parecido honestos. *Gostaria que Jaime estivesse comigo*, pensou... mas ele era um cavaleiro da Guarda Real, o lugar que lhe competia era com o rei. Além disso, era Renly quem desejava. *Jurei que o protegeria e falhei. Depois jurei que o vingaria e também falhei em fazê-lo. Em vez disso, fugi com lady Catelyn, e também falhei com ela.* O vento mudara de direção, e a chuva escorria por seu rosto.

No dia seguinte, a estrada reduziu-se a um fio pedregoso, e por fim a uma mera sugestão. Perto do meio-dia, chegou a um fim abrupto no sopé de uma escarpa esculpida pelo vento. Por cima, um pequeno castelo franzia a testa por sobre as ondas, com três torres tortas delineadas contra um céu de chumbo.

— Aquilo são os Murmúrios? — Podrick quis saber.

— Aquilo lhe parece a porcaria de uma ruína? — Crabb cuspiu. — Aquilo é o Antro Terrível, onde o velho lorde Brune tem sua sede. Mas a estrada acaba aqui. Para nós, daqui para a frente são pinheiros.

Brienne estudou a escarpa.

— Como chegamos lá em cima?

— É fácil — Lesto Dick deu a volta com o cavalo. — Fique perto do Dick. Os chapinheiros são bichos que apanham os que ficam para trás.

O caminho ascendente revelou-se uma íngreme trilha pedregosa escondida no interior de uma fenda na rocha. A maior parte era natural, mas aqui e ali tinham sido esculpidos degraus para facilitar a subida. Paredes abruptas de rocha, carcomida por séculos de vento e respingos das ondas, apertavam-nos de ambos os lados. Em alguns pontos tinham tomado formas fantásticas. Lesto Dick indicou algumas enquanto subiam.

— Ali está a cabeça de um ogro, veem? — disse, e Brienne sorriu quando a viu. — E aquilo ali é um dragão de pedra. A outra asa partiu-se quando meu pai era moço. Aquilo ali por cima são as tetas caídas como as de uma velha bruxa — e olhou rapidamente para o peito de Brienne.

— Sor? Senhora? — disse Podrick. — Há um cavaleiro.

— Onde? — nenhuma das rochas lhe sugeria um cavaleiro.

— Na estrada. Não é cavaleiro de pedra. Um verdadeiro. Está nos seguindo. Lá embaixo — apontou.

Brienne torceu-se na sela. Tinham subido até uma altura suficiente para ver quilômetros ao longo da costa. O cavalo aproximava-se pela mesma estrada que tinham percorrido, dez ou quinze quilômetros atrás deles. Outra vez? Lançou um olhar desconfiado a Lesto Dick.

— Não me olhe torto — ele resmungou. — Ele não tem nada a ver com o velho Lesto Dick, seja quem for. Algum homem do Brune, o mais certo, voltando das guerras. Ou um daqueles cantores que andam de um lado para outro — virou a cabeça e cuspiu. — Não é chapinheiro nenhum, isto é certo. Esses não montam a cavalo.

— Não — Brienne assentiu. Naquilo, pelo menos, podiam concordar.

Os últimos trinta metros da subida revelaram-se os mais íngremes e traiçoeiros. Pedrinhas soltas rolavam por baixo dos cascos dos cavalos e caíam aos saltos pelo caminho pedregoso que tinham deixado para trás. Quando emergiram da fenda na rocha, encontraram-se junto às muralhas do castelo. Num parapeito, por cima deles, um rosto os espreitou, após o que desapareceu. Brienne achou que podia ter sido uma mulher, e disse isso mesmo a Lesto Dick.

Ele concordou.

— Brune é velho demais para subir aos adarves, e os filhos e netos foram para as guerras. Não ficou ninguém aqui a não ser mulheres, e um bebê ranhoso ou dois.

Estava nos lábios de Brienne perguntar ao guia de qual dos reis fora a causa que lorde Brune abraçara, mas já não tinha importância. Os filhos de Brune tinham partido; alguns podiam nem regressar. *Não conseguiremos hospitalidade aqui esta noite.* Não era provável que um castelo cheio de velhos, mulheres e crianças abrisse as portas a estranhos armados.

— Fala de lorde Brune como se o conhecesse — disse a Lesto Dick.

— Pode ser que tenha conhecido, há tempos.

Brienne olhou de relance para o peito do gibão do homem. Fios soltos e um bocado esfarrapado de pano mais escuro indicavam o lugar de onde um símbolo qualquer fora arrancado. Seu guia era um desertor, não duvidava. Poderia o cavaleiro que os seguia ser um de seus irmãos de armas?

— Devíamos continuar — exortou o homem —, antes que Brune comece a perguntar a si mesmo por que diabo estamos aqui à sombra de suas muralhas. Até uma mulher pode esticar a porcaria da corda de uma besta — Dick indicou com um gesto os montes de pedra calcária que se erguiam atrás do castelo, com suas vertentes arborizadas. — Daqui para a frente não há mais estradas, só ribeiros e trilhas de caça, mas milady não precisa ter medo. Lesto Dick conhece esta região.

Era isso o que Brienne temia. O vento soprava em rajadas ao longo do topo da escarpa, mas a única coisa que conseguia cheirar era uma armadilha.

— E aquele cavaleiro? — A menos que seu cavalo fosse capaz de caminhar sobre as ondas, em breve subiria a escarpa.

— Que é que tem ele? Se for um palerma qualquer de Lagoa da Donzela, pode nem sequer encontrar a porcaria do caminho. E, se encontrar, o despistamos nos bosques. Lá não vai ter estrada para seguir.

Só nosso rastro. Brienne perguntou a si mesma se não seria melhor enfrentar o cavaleiro ali, de espada na mão. *Parecerei uma completa idiota se for um cantor ambulante ou um dos filhos de lorde Brune.* Supunha que Crabb tivesse razão. *Se ainda estiver atrás de nós amanhã, posso então lidar com ele.*

— Como quiser — disse, virando a égua na direção das árvores.

O castelo de lorde Brune minguou às suas costas e logo ficou fora de vista. Árvores-sentinela e pinheiros-marciais erguiam-se por toda volta, atirando altas lanças vestidas de verde para o céu. O chão da floresta era um tapete de agulhas com a espessura de uma muralha de castelo juncado de pinhas. Os cascos dos cavalos pareciam não fazer um ruído. Choveu um pouco, parou durante algum tempo, e então recomeçou a chover, mas entre os pinheiros quase não sentiram uma gota.

O avanço era muito mais lento nos bosques. Brienne incitava a égua a avançar através da penumbra verde, ziguezagueando de um lado para outro por entre as árvores. Percebeu que seria muito fácil se perder ali. Todos os lados para onde olhava pareciam iguais. O próprio ar parecia cinzento, verde e imóvel. Galhos de pinheiro raspavam em seus braços e arranhavam ruidosamente o escudo recém-pintado. A estranha quietude lhe mexia mais com os nervos a cada hora que passava.

Também a incomodava Lesto Dick. Mais tarde, nesse mesmo dia, quando o ocaso se aproximava, tentou cantar.

— *Havia um urso, um urso, um urso! Preto e castanho e coberto de pelo* — cantou, com uma voz tão áspera quanto um par de calções de lã. Os pinheiros beberam sua canção, assim como bebiam o vento e a chuva. Pouco depois, parou.

— Isto aqui é ruim — disse Podrick. — Este é um mau lugar.

Brienne sentia o mesmo, mas não serviria de nada admiti-lo.

— Um pinhal é um lugar sombrio, mas no fim das contas é só uma floresta. Não há nada aqui que tenhamos que temer.

— E os chapinheiros? E as cabeças?

— Aí está um moço esperto — Lesto Dick retrucou, rindo.

Brienne lhe lançou um olhar aborrecido.

— Os chapinheiros não existem — disse a Podrick —, e as cabeças também não.

Os montes subiram, os montes desceram. Brienne deu por si rezando para que Lesto Dick fosse honesto e soubesse para onde os estava levando. Sozinha, nem sequer tinha certeza de que conseguiria encontrar o mar. De dia ou de noite, o céu mostrava-se de um cinza sólido e encoberto, sem sol nem estrelas que a ajudassem a se orientar.

Acamparam cedo naquela noite, depois de descerem uma colina e de se acharem na beira de um reluzente pântano verde. À luz cinza-esverdeada, o terreno que se estendia em frente parecia bastante sólido, mas quando avançaram, engolira-lhes os cavalos até o garrote. Tiveram de dar meia-volta e lutar para regressar para um terreno mais sólido.

— Não importa — garantiu-lhes Crabb. — Voltamos a subir a colina e descemos por outro lado.

O dia seguinte foi igual. Cavalgaram por entre pinheiros e pântanos, sob céus escuros e chuva intermitente, passando por poços e grutas e pelas ruínas de antigas fortalezas cujas pedras estavam cobertas de musgo. Cada pilha de pedras tinha uma história, e Lesto Dick as contou todas. Caso se acreditasse no que ele contava, os homens da Ponta da

Garra Rachada tinham lavado seus pinheiros com sangue. A paciência de Brienne começou rapidamente a se esgotar.

— Quanto falta? — quis finalmente saber. — A essa altura já devemos ter visto todas as árvores de Ponta da Garra Rachada.

— Nem as sombras — disse Crabb. — Já estamos perto. Olhe, o bosque está ficando menos denso. Estamos perto do mar estreito.

É provável que esse bobo que ele me prometeu seja meu próprio reflexo numa poça, pensou Brienne, mas parecia inútil voltar depois de ir até tão longe. Contudo, estava cansada, não podia negar. Sentia as coxas duras como ferro, por causa da sela, e nos últimos tempos dormia só quatro horas por noite, enquanto Podrick a vigiava. Se Lesto Dick pretendesse tentar assassiná-los, estava convencida de que o faria ali, em terreno que conhecia bem. Podia estar levando-os para algum covil de ladrões, onde tivesse familiares tão traiçoeiros quanto ele. Ou talvez estivesse apenas fazendo que andassem em círculos, à espera de que o outro cavaleiro os apanhasse. Não tinham visto nenhum sinal do homem desde que deixaram para trás o castelo de lorde Brune, mas isso não significava que tivesse desistido da perseguição.

Talvez tenha que matá-lo, disse a si mesma uma noite, enquanto andava de um lado para outro no acampamento. A ideia a deixou indisposta. Seu velho mestre de armas sempre questionara se ela seria suficientemente dura para a batalha.

"Tem nos braços a força de um homem", dissera-lhe sor Goodwin, mais de uma vez, "mas seu coração é mole como o de qualquer donzela. Uma coisa é treinar no pátio, com uma espada sem gume na mão, outra é enfiar trinta centímetros de aço afiado nas tripas de um homem e ver a luz apagar-se de seus olhos." Para endurecê-la, sor Goodwin mandou-a ao carniceiro do pai, a fim de abater cordeiros e leitões. Os leitões guincharam e os cordeiros gritaram como crianças assustadas. Quando acabou, Brienne estava cega com as lágrimas e tinha a roupa tão ensanguentada que a deu à aia para que a queimasse. Mas sor Goodwin ainda ficara com dúvidas. "Um leitão é um leitão. Com um homem é diferente. Quando eu era um escudeiro tão novo quanto você, tive um amigo que era forte, rápido e ágil, um campeão no pátio. Todos sabíamos que um dia seria um cavaleiro magnífico. Então, a guerra chegou aos Degraus. Vi meu amigo pôr seu adversário de joelhos e tirar-lhe o machado da mão, mas no momento em que pôde acabar com ele, hesitou durante meio segundo. Na batalha, meio segundo é uma vida inteira. O homem puxou a adaga e descobriu uma fenda na armadura do meu amigo. Sua força, sua rapidez, seu valor, toda sua perícia duramente conquistada... valeu menos do que um peido de pantomimeiro, *porque vacilou perante a matança*. Lembre-se disso, garota."

Eu me lembrarei, prometeu à sombra do homem, ali no pinhal. Sentou-se numa pedra, desembainhou a espada e pôs-se a amolar seu gume. *Eu me lembrarei, e rezo para não vacilar.*

O dia seguinte amanheceu ventoso, frio e nublado. Não chegaram a ver o sol nascer, mas, quando o negrume se transformou em cinza, Brienne soube que estava na hora de voltar a selar o cavalo. Com Lesto Dick indicando o caminho, voltaram a penetrar nos pinheiros. Brienne o seguiu de perto, com Podrick fechando a retaguarda em seu cavalo malhado.

O castelo caiu sobre eles sem avisar. Num momento estavam nas profundezas da floresta, sem nada à vista ao longo de léguas e léguas a não ser pinheiros. Então, deram a volta a um pedregulho, e uma brecha surgiu à frente. Um quilômetro e meio mais adiante, a floresta terminou abruptamente. Em frente havia céu e mar... e um castelo antigo e arruinado, abandonado e coberto de vegetação na beira de uma falésia.

— Os Murmúrios — Lesto Dick anunciou. — Escutem. Dá para ouvir as cabeças.

A boca de Podrick se escancarou.

— Estou ouvindo.

Brienne também as ouvia. Um murmúrio tênue e suave que parecia vir tanto do chão como do castelo. O som foi ficando mais forte à medida que se aproximavam da falésia. Era o mar, ela percebeu de repente. As ondas tinham roído buracos na falésia, lá embaixo, e ressoavam por grutas e túneis por baixo da terra.

— Não há cabeça nenhuma — disse. — O que está ouvindo murmurar são as ondas.

— As ondas não murmuram. São cabeças.

O castelo fora feito de velhas pedras soltas e não tinha duas que fossem iguais. Musgo crescia, denso, em fendas entre as rochas, e havia árvores crescendo nas fundações. A maior parte dos castelos antigos possuía um bosque sagrado. Pelo aspecto, Murmúrios pouco mais tinha do que isso. Brienne levou a égua até a borda da falésia, onde a muralha exterior ruíra. Montículos de hera venenosa vermelha cresciam sobre a pilha de pedras partidas. Amarrou o cavalo a uma árvore e aproximou-se o mais que se podia atrever do precipício. Quinze metros mais abaixo, as ondas turbilhonavam por dentro e por cima dos restos de uma torre desfeita. Por trás, vislumbrou a embocadura de uma grande caverna.

— Isto é a antiga torre sinaleira — disse Lesto Dick quando se aproximou de Brienne por trás. — Caiu quando eu tinha metade da idade do Pods aqui. Havia degraus até a enseada, mas quando a ribanceira ruiu, caíram também. Os contrabandistas deixaram de vir aqui depois disso. Houve época em que eles podiam entrar com os botes na gruta, mas já não podem. Vê? — pôs-lhe a mão nas costas e apontou com a outra.

A pele de Brienne se arrepiou. *Um empurrão, e vou fazer companhia à torre lá embaixo.* Deu um passo para trás.

— Tire as mãos de cima de mim.

Crabb fez uma careta.

— Eu estava só...

— Não me interessa o que você *estava só*. Onde fica o portão?

— Lá do outro lado — o homem hesitou. — Esse seu bobo não é homem de guardar rancor, é? — perguntou, nervoso. — Quer dizer, na noite passada me pus a pensar se ele está zangado com o velho Lesto Dick, por causa daquele mapa que lhe vendi e porque não lhe disse que os contrabandistas já não desembarcam aqui.

— Com o ouro que vai receber, pode devolver a ele o que quer que tenha pago por sua *ajuda*. — Brienne não conseguia imaginar Dontos Hollard constituindo uma ameaça. — Isto é, se ele estiver mesmo aqui.

Fizeram o circuito das muralhas. O castelo tinha sido triangular, com torres quadradas em cada canto. Os portões estavam muito apodrecidos. Quando Brienne puxou um deles, a madeira rachou-se e se desfez em longas lascas úmidas, e metade do portão caiu sobre ela. Viu mais sombras verdes lá dentro. A floresta abrira brechas nas muralhas e engolira torre e parede exterior. Mas havia uma porta levadiça atrás do portão, com dentes profundamente afundados no solo macio e lamacento. O ferro estava vermelho de ferrugem, mas aguentou quando Brienne o sacudiu.

— Há muito tempo que ninguém usa este portão.

— Podia escalar a muralha — ofereceu-se Podrick. — Pela falésia. Onde a muralha caiu.

— É muito perigoso. Aquelas pedras me pareceram soltas, e aquela hera vermelha é venenosa. Deve haver uma porta secreta.

Encontraram-na no lado norte do castelo, meio escondida atrás de uma amoreira silvestre. As amoras tinham sido todas colhidas, e metade do arbusto fora cortado para abrir caminho até a porta. A visão dos galhos quebrados encheu Brienne de inquietação.

— Alguém passou por ali, e não faz muito tempo.

— O seu bobo e as moças — disse Crabb. — Eu lhe disse.

Sansa? Brienne não conseguia acreditar. Até um bêbado encharcado em vinho como Dontos Hollard teria bom senso suficiente para não trazê-la para este lugar desolado. Algo nas ruínas a enchia de desconforto. Não encontraria ali a garota Stark... mas precisava dar uma olhadela. *Alguém esteve aqui*, pensou. *Alguém que precisava ficar escondido.*

— Vou entrar — disse. — Crabb, você vem comigo. Podrick, quero que vigie os cavalos.

— Quero ir também. Sou um escudeiro. Posso lutar.

— É por isso que quero que fique aqui. Pode haver alguns fora da lei nesses bosques. Não nos atrevemos a deixar os cavalos desprotegidos.

Podrick remexeu numa pedra com a bota.

— Como quiser.

Brienne abriu caminho através das amoras silvestres e puxou um anel ferrugento de ferro. A porta secreta resistiu durante um momento, mas depois se abriu de repente, com as dobradiças gritando em protesto. O som fez que os pelos na parte de trás de seu pescoço se eriçassem. Desembainhou a espada. Apesar de vestida de cota de malha e couro cozido, sentiu-se nua.

— Vá em frente, milady — incentivou-a Lesto Dick, atrás dela. — Está esperando o quê? Velho Crabb está morto há mil anos.

O que *estava* esperando? Brienne disse a si mesma que estava sendo tola. O som era só o mar, ecoando constantemente pelas cavernas por baixo do castelo, subindo e descendo a cada onda. *Realmente* soava como murmúrios, porém, e por um momento quase conseguiu ver as cabeças, arrumadas em suas prateleiras, resmungando umas com as outras.

"Devia ter usado a espada", uma delas dizia. *"Devia ter usado a espada mágica".*

— Podrick — disse Brienne. — Há uma espada e uma bainha embrulhadas em meu rolo de dormir. Traga-as para mim.

— Sim, sor. Milady. Trarei — o garoto saiu correndo.

— Uma espada? — Lesto Dick coçou atrás da orelha. — Tem uma espada na mão. Para que precisa de outra?

— Esta é para você. — Brienne lhe ofereceu o cabo.

— Sério? — Crabb estendeu, hesitante, a mão, como se a lâmina pudesse mordê-lo. — A donzela desconfiada está dando uma espada ao velho Dick?

— Espero que saiba como se usa.

— Sou um Crabb — arrancou-lhe a espada longa da mão. — Tenho o mesmo sangue do velho sor Clarence — golpeou o ar e sorriu para Brienne. — Há quem diga que é a espada que faz o senhor.

Quando Podrick Payne regressou, trazia a Cumpridora de Promessas com tanto cuidado como se fosse uma criança. Lesto Dick soltou um assobio ao ver a ornamentada bainha com sua fileira de cabeças de leão, mas silenciou-se quando ela desembainhou a arma e experimentou um golpe. *Até o som que faz é mais aguçado do que o de uma espada comum.*

— Comigo — ela disse a Crabb. Esgueirou-se, de lado, pela porta secreta, abaixando a cabeça para passar sob o arco da porta.

O pátio exterior abriu-se à sua frente, coberto de vegetação. À esquerda ficava o portão principal e a casca arruinada daquilo que poderia ter sido um estábulo. Árvores novas espreitavam de metade das baias e cresciam através do colmo seco e castanho do telhado.

À direita, viu degraus de madeira apodrecidos que desciam para a escuridão de uma masmorra ou um armazém subterrâneo. Onde estivera a torre de menagem, encontrava-se uma pilha de pedras derrubadas, cobertas de musgo verde e púrpura. O pátio era só ervas daninhas e agulhas de pinheiro. Havia pinheiros-marciais por todo lado, alinhados em solenes fileiras. Entre eles erguia-se um estranho branco, um represeiro jovem e esguio com um tronco tão pálido quanto uma donzela enclausurada. Folhas vermelhas escuras nasciam em seus longos ramos. Mais adiante, encontrava-se o vazio do céu e do mar, no local onde a muralha ruíra...

... e os restos de uma fogueira.

Os murmúrios lhe mordiscavam os ouvidos, insistentes. Brienne ajoelhou-se junto à fogueira. Pegou num pedaço de madeira enegrecido, cheirou-o, remexeu as cinzas. *Alguém tentou se manter quente ontem à noite. Ou então estavam enviando um sinal a um navio de passagem.*

— Oláááááááá — gritou Lesto Dick. — Tem alguém aqui?

— Cale-se — Brienne ordenou.

— Pode haver alguém escondido. Querendo dar uma olhadela em nós antes de se mostrar. — Dirigiu-se até o lugar onde os degraus desciam para o subsolo e espreitou a escuridão. — *Oláááááááá* — voltou a gritar. — Tem alguém aí embaixo?

Brienne viu uma árvore jovem balançar. Um homem esgueirou-se do interior dos arbustos, de tal modo coberto de terra que parecia ter nascido do chão. Trazia uma espada quebrada na mão, mas foi seu rosto que a fez hesitar, os olhos pequenos e as narinas largas e achatadas.

Conhecia aquele nariz. Conhecia aqueles olhos. Os amigos o chamavam de *Pyg*.

Tudo pareceu acontecer num segundo. Outro homem apareceu sobre a borda do poço, sem fazer mais ruído do que uma serpente faria ao deslizar sobre uma pilha de folhas úmidas. Usava um meio elmo de ferro enrolado em seda vermelha manchada e tinha uma lança de arremesso curta e grossa na mão. Brienne também o conhecia. Atrás de si ouviu um restolhar no momento em que uma cabeça espreitou através das folhas vermelhas. Crabb estava por baixo do represeiro. Olhou para cima e viu o rosto.

— Está aqui — gritou para Brienne. — É o seu bobo.

— Dick — ela chamou com urgência —, venha aqui.

Shagwell deixou-se cair do represeiro zurrando uma gargalhada. Estava vestido de retalhos, mas de tal modo desbotados e manchados que exibiam mais marrom do que cinza ou cor-de-rosa. No lugar do malho de um bobo, trazia uma maça-estrela tripla, com três bolas de espigões acorrentadas a um cabo de madeira. Brandiu-o com força e por baixo, e um dos joelhos de Crabb explodiu numa nuvem de sangue e osso.

— *Isso* é engraçado — vangloriou-se Shagwell quando Dick caiu. A espada que Brienne lhe dera voou de sua mão e desapareceu nas ervas daninhas. Ficou contorcendo-se no chão, gritando, agarrado aos restos do joelho. — Oh, olhem — disse Shagwell —, é o Dick Contrabandista, o tipo que nos fez o mapa. Veio até tão longe para nos devolver o ouro?

— *Por favor* — Dick choramingou —, por favor, não, minha perna...

— Dói? Posso fazer parar.

— Deixe-o em paz — Brienne disse.

— *NÃO!* — Dick guinchou, erguendo as mãos ensanguentadas para proteger a cabeça. Shagwell voltou a fazer rodopiar a bola de espigões em volta da cabeça e a atirou contra o meio da cara de Crabb. Ouviu-se um repugnante ruído de esmagamento. No silêncio que se seguiu, Brienne conseguiu ouvir o som do seu coração.

— Shags mau — disse o homem que tinha saído do poço. Quando viu o rosto de Brienne, soltou uma gargalhada. — Você outra vez, mulher? O que foi, veio nos caçar? Ou estava com saudades de nossas caras amigáveis?

Shagwell dançou de um pé para o outro e fez girar seu mangual.

— Foi atrás de mim que ela veio. Sonha comigo todas as noites quando enfia os dedos na racha. Ela me quer, rapazes, a grande cavalgadura tem saudades do alegre Shags! Vou fodê-la cu acima e enchê-la de semente de retalhos, até parir um euzinho.

— Vai ter que usar um buraco diferente para isso, Shags — disse Timeon, com seu sotaque arrastado de Dorne.

— Então, o melhor é usar os buracos todos. Só para ter certeza. — Moveu-se para sua direita enquanto Pyg a cercava pela esquerda, forçando-a recuar na direção da beirada irregular da falésia. *Passagem para três*, recordou Brienne.

— Vocês são apenas três.

Timeon encolheu os ombros.

— Fomos todos cada um para o seu lado, depois de deixarmos Harrenhal. Urswyck e seu bando foram para o sul, na direção de Vilavelha. Rorge achou que podia escapulir-se de Salinas. Eu e os meus rapazes dirigimo-nos a Lagoa da Donzela, mas não conseguimos nos aproximar de um navio — o dornês sopesou a lança. — Acabou com o Vargo com aquela dentada, sabia? A orelha ficou preta e começou a sair pus. Rorge e Urswyck queriam ir embora, mas o Bode disse que tínhamos de defender seu castelo. Senhor de Harrenhal, diz ele que é, que ninguém o roubaria dele. Disse aquilo todo babão, como falava sempre. Ouvimos dizer que a Montanha o matou um bocadinho de cada vez. Um dia uma mão, no seguinte um pé, cortados com toda a limpeza. Ligavam os cotos para que o Hoat não morresse. Estava guardando o pau para o fim, mas uma ave qualquer chamou-o a Porto Real, de modo que acabou com ele e foi-se embora.

— Não estou aqui por vocês. Estou à procura de... — quase disse *da minha irmã*. — ... de um bobo.

— *Eu* sou um bobo — anunciou Shagwell num tom feliz.

— O bobo errado — Brienne exclamou. — Aquele que quero encontrar está com uma garota bem-nascida, a filha de lorde Stark, de Winterfell.

— Então é o Cão de Caça que procura — disse Timeon. — Acontece que ele também não está aqui. Só nós.

— Sandor Clegane? — Brienne perguntou. — Que quer dizer?

— É ele quem tem a miúda Stark. Segundo ouvi dizer, ela tentava chegar a Correrrio e ele a raptou. Maldito cão.

Correrrio, pensou Brienne. *Ela se dirigia a Correrrio. Para junto dos tios.*

— Como sabe?

— Ouvi dizer de um dos tipos de Beric. O Senhor do Relâmpago também anda à procura dela. Mandou seus homens para cima e para baixo ao longo do Tridente para farejar seu rastro. Encontramos três deles depois de Harrenhal e arrancamos a história de um deles antes de morrer.

— Pode ter mentido.

— Pode, mas não mentiu. Mais tarde ouvimos contar como Cão de Caça matou três dos homens do irmão numa estalagem junto ao entroncamento. A garota estava lá com ele. O estalajadeiro jurou antes de Rorge matá-lo, e as putas disseram a mesma coisa. Eram um grupinho bem feio. Não tão feio quanto você, veja bem, mas mesmo assim...

Ele está tentando me distrair, Brienne percebeu, *tenta me colocar para dormir com a voz.*

Pyg aproximava-se devagar. Shagwell deu um salto em sua direção. Afastou-se deles, recuando. *Se eu deixar, vão me fazer recuar até cair da falésia.*

— Fiquem onde estão — avisou.

— Acho que vou te foder pelo nariz, garota — anunciou Shagwell. — Isso não seria divertido?

— Ele tem um pau muito pequeno — explicou Timeon. — Larga essa espada bonita, e pode ser que a tratemos bem, mulher. Precisamos de ouro para pagar aos contrabandistas, nada mais.

— E se eu lhes der ouro, vão me deixar ir embora?

— Vamos — Timeon sorriu. — Depois de foder com todos nós. Pagaremos você como a uma puta de verdade. Uma moeda de prata por cada foda. Caso contrário, ficamos com o ouro e estupramos você do mesmo jeito, e fazemos o que a Montanha fez a lorde Vargo. O que prefere?

— Isto — Brienne atirou-se contra Pyg.

Ele ergueu sua lâmina quebrada para proteger o rosto, mas, enquanto se levantava, Brienne se abaixou. A Cumpridora de Promessas mordeu através de couro, lã, pele e músculo, enfiando-se na coxa do mercenário. Pyg revidou violentamente no momento em que perdia o apoio da perna. Sua espada quebrada raspou na cota de malha de Brienne antes de ele cair de costas. Ela espetou-lhe a espada na garganta, torceu a lâmina com força e puxou-a para fora, rodopiando no exato momento em que a lança de Timeon lhe passou relampejando pelo rosto. *Não vacilei*, pensou, enquanto o sangue escorria, rubro, por seu rosto. *Viu, sor Goodwin?* Quase nem sentira o golpe.

— É a sua vez — disse a Timeon, no momento em que o dornês puxava uma segunda lança, mais curta e mais larga do que a primeira. — Atire-a.

— Para que possa se esquivar e me atacar? Ficaria tão morto quanto Pyg. Não. Pegue-a, Shags.

— Pegue você — Shagwell respondeu. — Viu o que ela fez ao Pyg? Está doida com o sangue da lua. — O bobo encontrava-se atrás dela, e Timeon à frente. Não importa para onde virasse, um deles estaria às suas costas.

— Pegue-a — Timeon insistiu —, e deixo você foder o cadáver.

— Oh, você me adora *mesmo*. — A maça-estrela rodopiava. *Escolha um*, disse Brienne a si mesma. *Escolha um e mate-o depressa*. Então, surgiu uma pedra, vinda de lugar nenhum, e atingiu Shagwell na cabeça. Brienne não hesitou. Voou contra Timeon.

Ele era melhor do que Pyg, mas tinha apenas uma curta lança de arremesso, ao passo que ela possuía uma lâmina de aço valiriano. A Cumpridora de Promessas estava viva em suas mãos. Nunca fora tão rápida. A lâmina transformou-se em uma mancha cinzenta. Timeon a feriu no ombro quando Brienne caiu sobre ele, mas ela lhe cortou a orelha e metade da bochecha, cortou-lhe a ponta da lança e lhe enfiou trinta centímetros de aço ondulado na barriga, através dos elos da camisa de cota de malha que ele usava.

Timeon ainda tentava lutar quando ela puxou a espada de dentro do seu corpo, com os ferimentos escorrendo, vermelhos de sangue. Ele atirou a mão ao cinto e puxou um punhal, o que levou Brienne a cortar-lhe a mão. *Essa foi por Jaime.*

— Pela misericórdia da Mãe — arquejou o dornês, com sangue saindo da boca aos jorros e irrompendo do pulso. — Acabe com isso. Mande-me de volta para Dorne, sua puta de merda.

Foi o que ela fez.

Shagwell estava de joelhos quando se virou, com um ar desnorteado, enquanto tateava em busca da maça-estrela. Quando se pôs em pé, cambaleante, outra pedra o atingiu na orelha. Podrick subira na muralha caída e estava de pé no meio da hera, de testa franzida, com outra pedra na mão.

— Eu lhe *disse* que podia lutar! — gritou para baixo.

Shagwell tentou se afastar, de quatro.

— Rendo-me — o bobo gritou —, *rendo-me*. Não deve fazer mal ao querido Shagwell, sou engraçado demais para morrer.

— Não é melhor do que os outros. Roubou, estuprou e assassinou.

— Oh, é verdade, é verdade, não vou negar... mas sou *divertido*, com todos os meus gracejos e cambalhotas. Faço os homens rirem.

— E as mulheres chorarem.

— E a culpa disso é minha? As mulheres não têm senso de humor.

Brienne abaixou a Cumpridora de Promessas.

— Cave uma sepultura. Ali, debaixo do represeiro — apontou com a lâmina.

— Não tenho pá.

— Tem duas mãos. — *Uma a mais do que deixou a Jaime.*

— Para que o esforço? Deixe-os para os corvos.

— Timeon e Pyg podem alimentar os corvos. Lesto Dick terá uma sepultura. Ele era um Crabb. Este é o lugar dele.

O solo estava mole por causa da chuva, mesmo assim o bobo precisou do resto do dia para cavar uma cova suficientemente profunda. A noite caía quando ele terminou, com as mãos ensanguentadas e cheias de bolhas. Brienne embainhou a Cumpridora de Promessas, pegou Dick Crabb e o levou para o buraco. Era difícil olhar para seu rosto.

— Lamento nunca ter confiado em você. Já não sei mais como fazê-lo.

Quando se ajoelhou para pousar o corpo, pensou: *O bobo fará agora sua tentativa, enquanto eu estiver de costas.*

Ouviu sua respiração entrecortada meio segundo antes de Podrick gritar um aviso. Shagwell trazia um bocado irregular de rocha na mão. Brienne tinha o punhal enfiado na manga.

Um punhal quase sempre vence uma rocha.

Afastou-lhe o braço e lhe enfiou o aço nas tripas.

— Ria — rosnou-lhe. Em vez disso, ele gemeu. — Ria — repetiu, agarrando-lhe a garganta com uma mão e apunhalando sua barriga com a outra. — *Ria!* — e continuou dizendo aquilo, uma e outra vez, até ficar com a mão vermelha até o pulso e o fedor da morte do bobo estarem prestes a sufocá-la. Mas Shagwell não chegou a rir. Os soluços que Brienne ouvia eram todos seus. Quando percebeu isso, jogou a faca e estremeceu.

Podrick ajudou Brienne a baixar Lesto Dick para sua cova. Quando terminaram, a lua já subia no céu. Brienne sacudiu a terra das mãos e atirou dois dragões para a sepultura.

— Por que fez isso, senhora? Sor? — Pod quis saber.

— Era a recompensa que lhe prometi para que encontrasse o bobo.

Uma gargalhada soou atrás deles. Brienne arrancou a Cumpridora de Promessas da bainha e rodopiou, esperando mais Pantomimeiros Sangrentos... mas era apenas Hyle Hunt empoleirado no topo da muralha em ruínas, de pernas cruzadas.

— Se houver bordéis no inferno, o desgraçado há de lhe agradecer — gritou o cavaleiro para baixo. — Caso contrário, isso é desperdício de bom ouro.

— Eu cumpro minhas promessas. O que *você* faz aqui?

— Lorde Randyll me pediu que os seguisse. Se por algum estranho acaso tropeçássem em Sansa Stark, ele me disse para levá-la de volta para Lagoa da Donzela. Nada tema, ordenou-me que não lhes fizesse mal.

Brienne fungou.

— Como se pudesse.

— O que fará agora, senhora?

— Eu o cobrirei.

— Referia-me à garota. A lady Sansa.

Brienne pensou por um momento.

— Ela se dirigia a Correrrio, se o que Timeon contou for verdade. Em algum lugar, ao longo do caminho, foi capturada pelo Cão de Caça. Se o encontrar...

— ... ele a matará.

— Ou então eu o mato — ela disse, teimosamente. — Vai me ajudar a cobrir o pobre Crabb, sor?

— Nenhum verdadeiro cavaleiro poderia dizer não a uma tal beleza. — Sor Hyle desceu da muralha. Juntos empurraram a terra para cima de Lesto Dick, enquanto a lua se erguia no céu, e debaixo da terra as cabeças de reis esquecidos murmuravam segredos.

A FAZEDORA DE RAINHAS

Sob o sol ardente de Dorne, a riqueza era tanto medida em água como em ouro, de modo que cada poço era zelosamente guardado. Contudo, o poço em Pedramarela secara havia cem anos, e seus guardiões tinham partido para algum lugar mais úmido, abandonando sua modesta fortificação com suas colunas caneladas e arcadas triplas. Mais tarde, as areias tinham chegado, para reclamar o que lhes pertencia.

Arianne Martell chegou com Drey e Sylva no momento em que o sol se punha, com o ocidente transformado numa tapeçaria de ouro e púrpura e as nuvens brilhando em tons de carmesim. As ruínas pareciam também ter brilho; as colunas tombadas projetavam uma luz rosada, sombras rubras rastejavam pelo chão de pedra rachado, e as próprias areias passavam de dourado a laranja e a púrpura à medida que a luz se desvanecia. Garin chegara algumas horas antes, e o cavaleiro chamado Estrela Sombria no dia anterior.

— Isso aqui é lindo — observou Drey enquanto ajudava Garin a dar água aos cavalos. Tinham trazido consigo sua própria água. Os corcéis de areia de Dorne eram rápidos e incansáveis, e continuavam a avançar longos quilômetros depois de os outros cavalos cederem, mas nem mesmo eles podiam passar sem água. — Como soube deste lugar?

— Meu tio me trouxe aqui, com Tyene e Sarella. — A recordação fez Arianne sorrir. — Apanhou umas tantas víboras e mostrou a Tyene a maneira mais segura de obter seu veneno. Sarella pôs-se a revirar pedras, sacudir areia dos mosaicos, e quis saber tudo o que havia para saber sobre as pessoas que tinham vivido ali.

— E o que você fez, princesa? — Sylva Malhada perguntou.

Sentei-me junto ao poço e fingi que um cavaleiro ladrão tinha me trazido para cá para avançar sobre mim, pensou, *um homem alto e duro, com olhos negros e cabelo recuado nas têmporas*. A recordação a deixou embaraçada.

— Sonhei — disse —, e quando o sol se pôs, sentei-me de pernas cruzadas aos pés do meu tio e lhe supliquei uma história.

— Príncipe Oberyn era um homem cheio de histórias. — Garin também estivera com eles naquele dia; era irmão de leite de Arianne, e os dois se tornaram inseparáveis desde antes de aprenderem a andar. — Lembro-me de ele ter contado a história do príncipe Garin, aquele em honra do qual me deram o nome.

— Garin, o Grande — Drey confirmou —, a maravilha de Roine.

— Esse mesmo. Fez Valíria tremer.

— Tremeram — disse sor Gerold —, e depois o mataram. Se eu levasse um quarto de milhão de homens para a morte, me chamariam Gerold, o Grande? — fungou. — Acho que vou ficar como Estrela Sombria. Pelo menos o nome é meu — desembainhou sua espada longa, sentou-se à beira do poço seco e pôs-se a amolar a lâmina com uma pedra.

Arianne o observou com cuidado. *É suficientemente bem-nascido para dar um consorte de mérito*, pensou. *O pai questionaria meu bom senso, mas nossos filhos seriam tão belos quanto senhores dos dragões*. Se existia homem mais atraente em Dorne, ela não o conhecia. Sor Gerold Dayne tinha um nariz aquilino, malares elevados, e maxilar forte. Mantinha o rosto escanhoado, mas os cabelos densos caíam-lhe até o colarinho como um glaciar de prata, dividido por uma faixa negra como a meia-noite. *Mas tem uma boca cruel, e uma língua mais cruel ainda*. Ali, sentado contra a luz do sol moribundo, amolando o aço, seus olhos pareciam negros, mas ela observara-os de mais perto e sabia que eram purpúreos. *De um púrpura escuro. Escuro e furioso.*

Ele deve ter sentido o olhar dela posto em si, pois ergueu os olhos da espada, enfrentou seu olhar e sorriu. Arianne sentiu calor lhe subir ao rosto. *Nunca devia tê-lo trazido. Se me lançar um olhar daqueles quando Arys estiver aqui, teremos sangue na areia.* De quem, não saberia dizer. Por tradição, os homens da Guarda Real eram os melhores cavaleiros de todos os Sete Reinos... mas Estrela Sombria era o Estrela Sombria.

As noites de Dorne se tornavam frias na areia. Garin lhes arranjou madeira, galhos descorados até se tornarem brancos, provenientes de árvores que tinham murchado e morrido havia cem anos. Drey acendeu uma fogueira, assobiando enquanto fazia saltar faíscas do sílex.

Depois de a madeira pegar fogo, sentaram-se em volta das chamas e passaram um odre de vinho estival de mão em mão... todos menos Estrela Sombria, que preferiu beber limonada amarga. Garin estava animado e os entreteve com as últimas histórias de Vila Tabueira, na foz do Sangueverde, onde os órfãos do rio vinham comerciar com as carracas, cocas e galés provenientes do outro lado do mar estreito. Se fosse possível acreditar nos marinheiros, o leste fervilhava de maravilhas e terrores: uma revolta de escravos em Astapor, dragões em Qarth, peste cinza em Yi Ti. Um novo rei corsário ascendera nas Ilhas Basilisco e atacara a Vila das Árvores Altas, e em Qohor, seguidores dos sacerdotes vermelhos tinham se amotinado e tentado incendiar a Cabra Negra.

— E a Companhia Dourada quebrou o contrato com Myr, justamente no momento em que os myrianos se preparavam para declarar guerra a Lys.

— Os lysenos os compraram — Sylva sugeriu.

— Lysenos espertos — Drey retrucou. — Lysenos espertos e covardes.

Arianne sabia que não era assim. *Se Quentyn tiver a Companhia Dourada atrás de si... Seu grito era "Sob o ouro, o aço amargo". Vai precisar de aço amargo e de mais do que isso, irmão, se pensa em me pôr de lado.* Arianne era amada em Dorne e Quentyn, pouco conhecido. Nenhuma companhia de mercenários podia mudar isso.

Sor Gerold se levantou.

— Acho que vou dar uma mijada.

— Veja onde põe os pés — aconselhou Drey. — Já faz algum tempo que o príncipe Oberyn colheu o veneno das víboras da região.

— Eu fui criado com veneno, Dalt. Qualquer víbora que me morda vai se arrepender. — Sor Gerold desapareceu através de uma arcada quebrada.

Depois de ele sair, os outros trocaram olhares.

— Perdoe-me, princesa — disse Garin em voz baixa —, mas não gosto daquele homem.

— Que pena — Drey lamentou. — Acho que ele está meio apaixonado por você.

— Precisamos dele — recordou-lhes Arianne. — Pode ser que precisemos de sua espada, e certamente necessitaremos do seu castelo.

— O Alto Ermitério não é o único castelo de Dorne — observou Sylva Malhada —, e você tem outros cavaleiros que a querem bem. Drey é um cavaleiro.

— Sou — ele afirmou. — Tenho um cavalo maravilhoso e uma espada muito boa, e meu valor só é inferior a... bem, a vários homens, na verdade.

— Melhor dizendo, a várias centenas, sor — Garin retrucou.

Arianne os deixou na brincadeira. Drey e Sylva Malhada eram seus amigos mais queridos, se não contasse a prima Tyene, e Garin andava provocando-a desde a época em que ambos bebiam das mamas da mãe dele, mas naquele momento não estava com disposição para brincadeiras. O sol tinha se posto, e o céu estava cheio de estrelas. Tantas. Apoiou as costas em um pilar canelado e perguntou a si mesma se o irmão estaria olhando as mesmas estrelas naquela noite, estivesse onde estivesse. *Vê a branca, Quentyn? Aquela é a estrela de Nymeria, ardendo, luminosa, e aquela faixa leitosa atrás dela, aquilo são dez mil navios. Ela ardeu tanto quanto qualquer homem, e eu farei o mesmo. Não roubará meu direito de nascença!*

Quentyn era muito novo quando foi enviado para Paloferro; novo demais, segundo a mãe deles. Os norvoshianos não criavam os filhos fora de casa, e lady Mellario nunca perdoara o príncipe Doran por dela afastar o filho.

"Não gosto mais disso do que você", Arianne ouvira o pai dizer, "mas há uma dívida de sangue, e Quentyn é a única moeda que lorde Ormond aceitará."

"*Moeda?*", sua mãe gritara. "Ele é seu *filho*. Que tipo de pai usa sua carne e seu sangue para pagar dívidas?"

"O tipo principesco", respondera Doran Martell.

Príncipe Doran ainda fingia que o irmão se encontrava com lorde Yronwood, mas a mãe de Garin o vira em Vila Tabueira, disfarçado de mercador. Um de seus companheiros tinha um olho vesgo, tal como Cletus Yronwood, o turbulento filho de lorde Anders. Um meistre também viajava com eles, um meistre conhecedor de línguas. *Meu irmão não é tão esperto quanto julga ser. Um homem esperto teria partido de Vilavelha, mesmo que isso significasse uma viagem mais longa. Em Vilavelha, podia ter passado incógnito.* Arianne tinha amigos entre os órfãos de Vila Tabueira, e alguns tinham ficado curiosos com o motivo que levaria um príncipe e um filho de senhor a viajar sob nomes falsos e a procurar passagem para o outro lado do mar estreito. Um deles subira a uma janela, arrombara a fechadura no pequeno cofre de Quentyn e encontrara os pergaminhos lá dentro.

Arianne teria dado muito, e mais ainda, para saber se aquela viagem secreta pelo mar estreito tinha sido obra de Quentyn e apenas sua... mas os pergaminhos que transportava estavam selados com o sol e a lança de Dorne. O primo de Garin não se atrevera a quebrá-lo para lê-los, mas...

— Princesa — sor Gerold Dayne estava atrás dela, meio iluminado pela luz das estrelas e meio escondido pelas sombras.

— Como foi sua mijada? — inquiriu maliciosamente Arianne.

— A areia ficou devidamente grata. — Dayne pôs um pé na cabeça de uma estátua que podia ter sido a Donzela antes de as areias destruírem os traços do rosto. — Ocorreu-me enquanto mijava que esse seu plano pode não lhe trazer o que deseja.

— E o que é que eu desejo, sor?

— A libertação das Serpentes de Areia. Vingança para Oberyn e Elia. Conheço a canção. Quer provar um pouco de sangue de leão.

Isto, e o meu direito de nascença. Quero Lançassolar e o trono do meu pai. Quero Dorne.

— Quero justiça.

— Chame do que quiser. Coroar a garota Lannister é um gesto sem significado. Ela nunca ocupará o Trono de Ferro. Nem obterá a guerra que deseja. O leão não é tão facilmente provocado.

— O leão está morto. Quem sabe qual das crias a leoa prefere?

— Aquela que estiver em sua toca. — Sor Gerold puxou a espada, que cintilou à luz das estrelas, afiada como mentiras. — É com isto que se começa uma guerra. Não com uma coroa de ouro, mas com uma lâmina de aço.

Não sou nenhuma assassina de crianças.

— Guarde isso. Myrcella está sob minha proteção. E sor Arys não permitirá que nenhum mal aconteça à sua preciosa princesa, sabe disso.

— Não, senhora. O que sei é que os Dayne andam matando os Oakheart há vários milhares de anos.

A arrogância do homem a deixou sem fôlego.

— Parece-me que os Oakheart andam matando os Dayne há tanto tempo quanto.

— Todos nós temos nossas tradições familiares. — Estrela Sombria embainhou a espada. — A lua está nascendo, e vejo seu modelo de perfeição se aproximar.

Os olhos dele eram penetrantes. O cavaleiro no grande palafrém cinzento revelou ser realmente sor Arys, com o manto branco esvoaçando ousadamente enquanto esporeava o cavalo areia afora. Princesa Myrcella vinha atrás, em montaria dupla, enrolada numa veste com capuz que lhe escondia os cachos dourados.

No momento em que sor Arys a ajudou a descer do cavalo, Drey caiu sobre um joelho na sua frente.

— Vossa Graça.

— Senhora minha suserana — Sylva Malhada ajoelhou-se ao lado dele.

— Minha rainha, sou seu — Garin caiu sobre ambos os joelhos.

Confusa, Myrcella agarrou-se ao braço de Arys Oakheart.

— Por que é que estão me chamando Graça? — perguntou Myrcella em voz lamentosa. — Sor Arys, que lugar é este, e quem são eles?

Será que ele não lhe disse nada? Arianne avançou num rodopio de seda, sorrindo para deixar a criança à vontade.

— São meus amigos verdadeiros e leais, Vossa Graça... e querem ser também seus amigos.

— Princesa Arianne? — A garota atirou os braços em volta dela. — Por que é que me chamam rainha? Aconteceu algo de ruim a Tommen?

— Ele caiu sob o domínio de homens maus, Vossa Graça — disse Arianne —, e temo que tenham conspirado com ele para lhe roubar o trono.

— O trono? Está falando do Trono de *Ferro*? — A garota estava mais confusa do que nunca. — Ele não o roubou. Tommen é...

— ... mais novo do que você, certo?

— Eu sou um ano mais velha.

— Isso quer dizer que o Trono de Ferro é seu por direito — Arianne explicou. — Seu irmão é apenas um garotinho, não deve culpá-lo. Tem maus conselheiros... Mas *você* tem amigos. Posso ter a honra de apresentá-la? — pegou na mão da menina. — Vossa Graça, apresento-lhe sor Andrey Dalt, o herdeiro de Limoeiros.

— Os amigos me chamam Drey — ele disse —, e ficaria muito honrado se Vossa Graça fizesse o mesmo.

Embora Drey tivesse um rosto aberto e um sorriso fácil, Myrcella olhou-o com prudência.

— Até que o conheça, tenho de chamá-lo *sor*.

— Seja qual for o nome que Vossa Graça prefira, estou às suas ordens.

Sylva pigarreou, e Arianne disse:

— Posso lhe apresentar lady Sylva Santagar, minha rainha? Minha querida Sylva Malhada.

— Por que a chamam assim? — perguntou Myrcella.

— Por causa das minhas sardas, Vossa Graça — Sylva respondeu —, embora todos finjam que é por eu ser herdeira de Matamalhada.

O seguinte era Garin, um tipo de membros soltos, trigueiro, com um longo nariz e um botão de jade numa orelha.

— Este é o alegre Garin, dos órfãos, que me faz rir — Arianne o apresentou; — a mãe dele foi minha ama de leite.

— Lamento que esteja morta — Myrcella disse.

— Não está, querida rainha — Garin mostrou o dente de ouro que Arianne lhe comprara para substituir aquele que quebrara. — O que minha senhora quer dizer é que pertenço aos órfãos do Sangueverde.

Myrcella teria tempo bastante para aprender a história dos órfãos durante a viagem rio acima. Arianne levou sua futura rainha até o último membro do pequeno bando.

— Por último, mas primeiro em valor, apresento-lhe sor Gerold Dayne, um cavaleiro de Tombastela.

Sor Gerold caiu sobre um joelho. O luar brilhou em seus olhos escuros enquanto ele estudava friamente a menina.

— Houve um Arthur Dayne — disse Myrcella. — Ele foi cavaleiro da Guarda Real nos tempos do Rei Louco Aerys.

— Era a Espada da Manhã. Está morto.

— Agora é você a Espada da Manhã?

— Não. Os homens chamam-me Estrela Sombria, e eu pertenço à noite.

Arianne afastou dele a criança.

— Deve estar com fome. Temos tâmaras, queijo e azeitonas, e limonada doce para beber. Mas não deve comer ou beber demais. Após um pequeno descanso, temos de nos colocar a caminho. Aqui na areia é sempre melhor viajar à noite, antes de o sol subir no céu. É melhor para os cavalos.

— E para os cavaleiros — emendou Sylva Malhada. — Venha, Vossa Graça, se aqueça. Eu me sentirei honrada se deixar que lhe sirva.

Enquanto levava a princesa para perto da fogueira, Arianne sentiu sor Gerold atrás de si.

— Minha Casa existe há dez mil anos, desde a aurora dos tempos — ele protestou. — Por que é que meu primo é o único Dayne de que as pessoas se lembram?

— Ele foi um grande cavaleiro — interveio sor Arys Oakheart.

— Tinha uma grande espada — completou Estrela Sombria.

— E um grande coração. — Sor Arys tomou Arianne pelo braço. — Princesa, gostaria de lhe falar por um momento.

— Venha. — Ela levou sor Arys mais para dentro das ruínas. Por baixo do manto, o cavaleiro usava um gibão de pano de ouro com as três folhas verdes de carvalho de sua Casa nele bordadas. Na cabeça, trazia um elmo de aço leve encimado por um espigão denteado, coberto por voltas de um lenço amarelo, à moda dornesa. Podia ter passado por um cavaleiro qualquer, não fosse o manto. Era de cintilante seda branca, pálido como o luar e etéreo como uma brisa. *Um manto da Guarda Real para lá de qualquer dúvida, o galante tolo.* — O que a garota sabe?

— Muito pouco. Antes de deixarmos Porto Real, o tio a fez lembrar que eu era seu protetor e que quaisquer ordens que lhe desse se destinavam a mantê-la a salvo. Ela também ouviu o povo nas ruas gritando por vingança. Sabia que isso não era jogo nenhum. A garota é valente, e sábia para além da idade. Fez tudo o que lhe pedi e nunca levantou nenhuma questão — o cavaleiro tomou-lhe o braço, olhou em volta, e abaixou a voz. — Há outras notícias que deve ouvir. Tywin Lannister está morto.

Aquilo era um choque.

— Morto?

— Assassinado pelo Duende. A rainha assumiu a regência.

— Ah, foi? — *Uma mulher no Trono de Ferro?* Arianne refletiu sobre aquilo por um momento e decidiu que tanto melhor. Se os senhores dos Sete Reinos se acostumassem ao governo da rainha Cersei, ser-lhes-ia muito mais fácil dobrar os joelhos à rainha Myrcella. E lorde Tywin fora um adversário perigoso; sem ele, os inimigos de Dorne seriam muito mais fracos. *Os Lannister andam matando Lannisters, que bom.* — Que aconteceu ao anão?

— Fugiu — sor Arys respondeu. — Cersei oferece uma senhoria a quem quer que lhe entregue sua cabeça. — Num pátio interior coberto de azulejos, meio enterrado pela areia solta, empurrou-a de encontro a uma coluna para beijá-la, e a mão subiu-lhe ao seio. Beijou-a longa e profundamente, e tentou subir-lhe as saias, mas Arianne se libertou dele, rindo.

— Estou vendo que fazer rainhas o excita, sor, mas não temos tempo para isso. Mais tarde, prometo — tocou-o no rosto. — Encontrou algum problema?

— Só Trystane. Queria sentar-se junto à cama de Myrcella e jogar *cyvasse* com ela.

— Eu disse a você que ele teve manchas vermelhas quando tinha quatro anos. Só se pode pegá-las uma vez. Devia ter dito que Myrcella sofria de escamagris, isso o teria mantido bem longe.

— O garoto, talvez, mas não o meistre de seu pai.

— Caleotte — ela disse. — Ele tentou vê-la?

— Depois de eu lhe descrever as manchas vermelhas que ela tinha no rosto, não. Disse que não se podia fazer nada até que a doença seguisse seu caminho, e me deu um pote de unguento para lhe diminuir a coceira.

Nunca ninguém com menos de dez anos morrera de manchas vermelhas, mas a doença podia ser mortal em adultos, e meistre Caleotte nunca sofrera dela quando criança. Arianne descobrira isso quando sofreu com as suas manchas, aos oito anos.

— Ótimo. E a aia? É convincente?

— À distância. O Duende a escolheu com este propósito, entre muitas garotas de nascimento mais nobre. Myrcella a ajudou a cachear os cabelos, e foi ela mesma quem lhe pintou as manchas na cara. São parentes distantes. Lannisporto está cheio de Lannys, Lannetts, Lantells e Lannisters menores, e metade deles tem aquele cabelo amarelo. Vestida com o roupão de Myrcella, com o unguento do meistre espalhado no rosto... até podia enganar a mim, numa luz fraca. Foi muito mais difícil arranjar um homem que tomasse meu lugar. Dake é o que tem altura mais próxima da minha, mas é gordo demais, por isso enfiei Rolder na minha armadura e lhe disse para manter a viseira abaixada. O homem é sete centímetros mais baixo do que eu, mas talvez ninguém repare se não estivermos lado a lado. Em todo caso, não sairá dos aposentos de Myrcella.

— Não precisamos mais do que alguns dias. Depois, a princesa estará fora do alcance do meu pai.

— Onde? — puxou-a para si e esfregou-lhe o nariz no pescoço. — Está na hora de me contar o resto do seu plano, não acha?

Ela riu, afastando-o.

— Não, está na hora de nos pormos a cavalo.

A lua coroara Donzela da Lua quando partiram das ruínas poeirentas de Pedramarela, avançando para sudoeste. Arianne e sor Arys tomaram a dianteira, com Myrcella entre os dois, montada numa égua fogosa. Garin seguia logo atrás com Sylva Malhada, enquanto os dois cavaleiros dorneses fechavam a retaguarda. *Somos sete*, percebeu Arianne enquanto cavalgavam. Não pensara naquilo antes, mas parecia um bom presságio para sua causa. *Sete cavaleiros a caminho da glória. Um dia, os cantores tornarão a todos nós imortais.* Drey quisera um grupo maior, mas isso poderia ter atraído atenções indesejadas, e cada homem a mais duplicava o risco de traição. *Isso, pelo menos, meu pai me ensinou.* Mesmo quando era mais jovem e mais forte, Doran Martell tinha sido um homem cauteloso, muito dado a silêncios e a segredos. *É tempo de pousar seus fardos, mas não admitirei desfeitas à sua honra ou à sua pessoa.* Ela o retiraria para o seu Jardim das Águas, a fim de viver os anos que lhe restassem rodeado das gargalhadas de crianças e do cheiro de limas e laranjas. *Sim, e Quentyn pode lhe fazer companhia. Depois de coroar Myrcella e libertar as Serpentes de Areia, todo o Dorne se reunirá sob os meus estandartes.* Os Yronwood podiam se declarar por Quentyn, mas sozinhos não constituíam ameaça. Caso passassem para o lado de Tommen e dos Lannister, faria que Estrela Sombria os destruísse, das raízes aos ramos.

— Estou cansada — Myrcella protestou, depois de passar várias horas sobre a sela. — Ainda falta muito? Aonde vamos?

— Princesa Arianne vai levar Vossa Graça para um lugar onde estará a salvo — assegurou-lhe sor Arys.

— É uma longa viagem — Arianne explicou —, mas será mais fácil depois de chegarmos a Sangueverde. Alguns dos membros do povo de Garin, os órfãos do rio, irão se encontrar conosco lá. Vivem em barcos e os empurram com vara para cima e para baixo, ao longo do Sangueverde e dos afluentes, pescando e colhendo frutas, e fazendo qualquer trabalho que seja necessário.

— Sim — Garin gritou alegremente —, e cantamos, tocamos e dançamos sobre a água, e conhecemos muitas e muitas coisas sobre as artes de curar. Minha mãe é a melhor parteira de Westeros, e meu pai sabe curar verrugas.

— Como podem ser órfãos se têm pai e mãe? — a garota perguntou.

— Eles são os roinares — Arianne tornou explicar —, e a Mãe deles era o rio Roine.

Myrcella não compreendeu.

— Pensava que vocês fossem os roinares. Vocês, os dorneses, quero dizer.

— Somos em parte, Vossa Graça. Tenho em mim o sangue de Nymeria, bem como o de Mors Martell, o lorde dornês com quem ela se casou. No dia do casamento, Nymeria incendiou seus navios, para que seu povo compreendesse que não podia haver regresso. A maioria ficou feliz por ver aquelas chamas, pois suas viagens tinham sido longas e terríveis até chegar a Dorne, e muitos e mais ainda tinham sido perdidos para tempestades, doenças e escravidão. Houve uns poucos que choraram, porém. Não gostaram desta terra seca e vermelha, nem do seu deus de sete caras, e agarraram-se aos seus costumes antigos, construíram barcos com os cascos dos navios queimados e se transformaram nos órfãos do Sangueverde. A Mãe, em suas canções, não é a nossa Mãe, mas sim a Mãe Roine, cujas águas os alimentaram desde a aurora dos tempos.

— Ouvi dizer que os roinares tinham um deus tartaruga qualquer — disse sor Arys.

— O Velho do Rio é um deus menor — Garin respondeu. — Também nasceu da Mãe Rio e lutou contra o Rei Caranguejo para conquistar o domínio sobre todos os que vivem sob a corrente.

— Oh — Myrcella pareceu entender.

— Ouvi dizer que você também travou algumas grandes batalhas, Vossa Graça —

Drey falou na sua voz mais alegre. — Dizem que não mostra nenhuma misericórdia para com nosso valente príncipe Trystane na mesa de *cyvasse*.

— Ele põe os quadrados sempre da mesma maneira, com todas as montanhas à frente e os elefantes nos passos — Myrcella respondeu. — De modo que mando o meu dragão para comer seus elefantes.

— Sua aia também sabe jogar? — Drey quis saber.

— Rosamund? — Myrcella perguntou. — Não. Tentei ensiná-la, mas ela disse que as regras são muito difíceis.

— Ela também é uma Lannister? — perguntou lady Sylva.

— É uma Lannister de *Lannisporto*, não uma Lannister de Rochedo Casterly. Tem os cabelos da cor do meu, mas são lisos, em vez de cacheados. Rosamund realmente não me favorece, mas quando se veste com a minha roupa as pessoas que não nos conhecem julgam que sou eu.

— Então já fez isso antes?

— Oh, sim. Trocamos de lugar no *Mar Ligeiro*, a caminho de Braavos. A septã Eglantine passou tinta marrom nos meus cabelos. Disse que estávamos jogando um jogo, mas a ideia era me manter a salvo caso o navio fosse capturado por meu tio Stannis.

A garota estava visivelmente cansada, de modo que Arianne gritou para que parassem. Voltaram a dar de beber aos cavalos, descansaram durante algum tempo e comeram um pouco de queijo e fruta. Myrcella dividiu uma laranja com Sylva Malhada, enquanto Garin comeu azeitonas e cuspiu os caroços para cima de Drey.

Arianne tivera esperança de chegar ao rio antes do nascer do sol, mas o grupo se colocou a caminho muito mais tarde do que planejara, e ainda estavam nas selas quando o céu de oriente ficou vermelho. Estrela Sombria aproximou-se dela a meio galope.

— Princesa — disse —, eu seguiria a um ritmo mais acelerado, a menos que, no fim das contas, queira mesmo matar a garota. Não temos tendas, e de dia as areias são cruéis.

— Eu conheço as areias tão bem quanto você, sor — Arianne respondeu. Apesar disso, fez o que lhe sugerira. Era duro para as montarias, mas seria melhor perder seis cavalos do que uma princesa.

Em pouco tempo o vento chegou em rajadas de oeste, quente, seco e cheio de areia. Arianne cobriu o rosto com o véu. Era feito de uma seda tremeluzente, verde-clara em cima e amarela embaixo, com as cores fundindo-se uma na outra. Pequenas pérolas verdes davam-lhe peso e castanholavam baixinho entre si quando se mexia.

— Sei por que é que a minha princesa usa um véu — sor Arys falou no momento em que ela o prendia às têmporas de seu elmo de cobre. — Se não fosse assim, sua beleza brilharia no céu mais do que o sol.

Arianne teve de rir.

— Não, sua princesa usa um véu para manter a luminosidade afastada dos olhos e a areia da boca. Devia fazer o mesmo, sor. — Perguntou a si mesma quanto tempo seu cavaleiro branco teria levado polindo aquele laborioso galanteio. Sor Arys era uma companhia agradável na cama, mas ele e o espírito não se conheciam.

Seus dorneses cobriram os rostos tal como ela, e Sylva Malhada ajudou a velar a pequena princesa contra o sol, mas sor Arys permaneceu obstinado. Não demorou muito até o suor começar a lhe escorrer pelo rosto e as faces tomarem um rubor rosado. *Muito mais tempo, e ele cozerá naquela roupa pesada*, ela refletiu. Não seria o primeiro. Em séculos anteriores, muitas hostes tinham cruzado o Passo do Príncipe com estandartes esvoaçando, só para secarem e assarem nas quentes e rubras areias de Dorne.

"As armas da Casa Martell ostentam o sol e a lança, as preferidas dos dorneses" escrevera um dia o Jovem Dragão em sua jactanciosa *Conquista de Dorne*, "mas, das duas, o sol é a mais mortífera."

Felizmente não tinham de atravessar as areias profundas, apenas uma faixa das terras áridas. Quando Arianne vislumbrou um falcão rodopiando bem alto acima deles, num céu sem nuvens, soube que o pior tinha ficado para trás. Em pouco tempo chegavam a uma árvore. Era uma coisa nodosa e retorcida, com tantos espinhos quanto folhas, da espécie chamada penúria de areia, mas significava que não se encontravam longe de água.

— Estamos quase lá, Vossa Graça — Garin disse alegremente a Myrcella quando viram mais penúrias de areia em frente, um bosque delas crescendo em volta do leito seco de um riacho. O sol atingia a terra como um martelo de fogo, mas não importava, a viagem estava perto do fim. Pararam de novo para dar água aos cavalos, beberam profundamente de seus odres e umedeceram os véus, após o que montaram para a arrancada final. Dois quilômetros e meio depois cavalgavam sobre escalracho e passavam por olivais. Depois de uma linha de colinas pedregosas, a erva tornou-se mais verde e mais luxuriante, e apareceram limoais regados por uma teia de velhos canais. Garin foi o primeiro a vislumbrar o rio cintilando em tons de verde. Soltou um grito e correu na frente.

Arianne Martell atravessara uma vez o Vago, quando fora com três das Serpentes de Areia visitar a mãe de Tyene. Comparado com aquele poderoso curso d'água, o Sangueverde quase não merecia o nome de rio, mesmo assim era a vida de Dorne. O nome provinha do verde opaco de suas águas lentas; mas quando se aproximaram, a luz do sol pareceu transformá-las em ouro. Poucas vezes vira uma paisagem mais agradável. *A parte seguinte deverá ser lenta e simples,* pensou, *pelo Sangueverde acima, e depois pelo Vaith, até tão longe quanto um barco de varejo pode chegar.* Isso lhe daria tempo bastante para preparar Myrcella para tudo o que se seguiria. Depois do Vaith, as areias profundas os esperavam. Precisariam da ajuda de Arenito e da Toca do Inferno para fazer a travessia, mas não duvidava que ela surgiria. Víbora Vermelha fora criado em Arenito, e a concubina do príncipe Oberyn, Ellaria Sand, era filha ilegítima de lorde Uller; quatro das Serpentes de Areia eram suas netas. *Coroarei Myrcella na Toca do Inferno e erguerei ali meus estandartes.*

Encontraram o barco a dois quilômetros e meio para jusante, escondido sob os ramos pendentes de um grande salgueiro verde. Baixos e de través largo, os barcos de varejo quase não tinham calado de que se pudesse falar; o Jovem Dragão depreciara-os como "cabanas construídas em jangadas", mas nisso pouca justiça havia. Todos os barcos dos órfãos, exceto os dos mais pobres, eram maravilhosamente esculpidos e pintados. Aquele tinha sido trabalhado em tons de verde, com uma cana do leme curva, de madeira, com a forma de uma sereia, e cabeças de peixe espreitando das amuradas. Varas, cordas e jarros de azeite atravancavam seu convés, e lanternas de ferro balançavam à proa e à popa. Arianne não viu órfãos. *Onde está a tripulação?*, perguntou a si mesma.

Garin puxou as rédeas do cavalo por baixo do salgueiro.

— Acordem, seus dorminhocos de olhos de peixe — gritou ao saltar da sela. — Sua *rainha* está aqui e quer suas régias boas-vindas. Subam, saiam, queremos canções e vinho doce. Minha boca está pronta a...

A porta do barco de varejo abriu-se com estrondo. À luz do sol surgiu Areo Hotah, com um longo machado na mão.

Garin parou com um sobressalto. Arianne sentiu como se um machado tivesse se enterrado em sua barriga. *Não era para terminar assim. Não era para isso acontecer.* Quando ouviu Drey dizer: "Aí está o último rosto que eu esperava ver", soube que tinha de agir.

— Para trás! — gritou, saltando de novo para a sela. — Arys, proteja a princesa...

Hotah bateu com o cabo do machado no convés. Por de trás das ornamentadas amuradas do barco de varejo ergueu-se uma dúzia de guardas armados com lanças de arremesso ou bestas. Mais surgiram no topo da cabine.

— Renda-se, minha princesa — gritou o capitão —, caso contrário teremos de matar todos, exceto a criança e você, ordens de seu pai.

A princesa Myrcella estava sentada, imóvel, na montaria. Garin afastou-se lentamente do barco de varejo, com as mãos no ar. Drey desafivelou o cinto da espada.

— Rendermo-nos parece o mais sensato — gritou para Arianne, no momento em que a espada caía no chão com um ruído surdo.

— *Não!* — Sor Arys Oakheart colocou o cavalo entre Arianne e as bestas, com a espada brilhando, prateada, na mão. Desprendera o escudo e enfiara o braço esquerdo nas correias. — Não a capturará enquanto eu ainda respirar.

Seu idiota descuidado, foi tudo que Arianne teve tempo de pensar, *o que acha que está fazendo?*

A gargalhada de Estrela Sombria ressoou:

— É cego ou estúpido, Oakheart? Eles são muitos. Abaixe a espada.

— Faça o que ele diz, sor Arys — Drey insistiu.

Fomos capturados, sor, podia ter gritado Arianne. *Sua morte não nos libertará. Se ama sua princesa, renda-se.* Mas, quando tentou falar, as palavras lhe ficaram presas na garganta.

Sor Arys Oakheart lhe lançou um último olhar cheio de desejo, depois espetou as esporas no cavalo e avançou.

Investiu impetuosamente contra o barco de varejo, com o manto branco esvoaçando atrás de si. Arianne Martell nunca tinha visto nada com metade da galanteria, ou da estupidez, daquele ataque.

— *Nããããão* — guinchou, mas encontrara a voz tarde demais. Numa besta soou um *trum* e, em seguida, noutra. Hotah berrou uma ordem. A tão curta distância, a armadura do cavaleiro branco bem podia ter sido feita de pergaminho. O primeiro dardo penetrou através do pesado escudo de carvalho, perfurando-lhe o ombro. O segundo lhe raspou a têmpora. Uma lança de arremesso atingiu a montaria de sor Arys no flanco, mesmo assim o cavalo continuou avançando, vacilando ao atingir a prancha de embarque. — Não — gritava uma garota qualquer, uma garotinha tola qualquer. *Não, por favor, não era para isso acontecer* — também conseguia ouvir Myrcella guinchando, com a voz estridente de medo.

A espada longa de sor Arys golpeou para a direita e para a esquerda, e dois lanceiros caíram. O cavalo empinou-se e escoiceou o rosto de um besteiro no momento em que o homem tentava recarregar, mas as outras bestas foram disparadas, enchendo o grande corcel com seus dardos. Os projéteis o atingiam com tanta força que empurravam o cavalo para o lado. Perdeu o apoio das patas e caiu sobre o convés. De algum modo, Arys Oakheart saltou, livre. Até conseguiu continuar com a espada na mão. Pôs-se de joelhos com dificuldade, ao lado de seu cavalo moribundo...

... e deu com Areo Hotah em pé acima de si.

O cavaleiro branco ergueu a lâmina lento demais. O machado de Hotah lhe cortou o braço direito no ombro, afastou-se, girando, jorrando sangue, e voltou a desferir, num relâmpago, um terrível golpe com as duas mãos que cortou a cabeça de Arys Oakheart e a atirou no ar, rodopiando. A cabeça caiu entre os juncos, e o Sangueverde engoliu o vermelho com um suave chapinhar.

Arianne não se lembrou de montar no cavalo. Talvez tenha caído. Também não se lembrava disso. Mas deu por si com as mãos e os pés na areia, tremendo, soluçando e vomitando o almoço. *Não, era tudo o que conseguia pensar, não, ninguém devia sair machucado, estava tudo planejado, eu fui tão cuidadosa.* Ouviu Areo Hotah rugir:

— Atrás dele. Não pode escapar. *Atrás dele!* — Myrcella estava no chão, chorando, tremendo, com o rosto pálido entre as mãos, e sangue escorria por entre seus dedos. Arianne não compreendia. Homens subiam precipitadamente nos cavalos enquanto outros caíam sobre ela e seus companheiros, mas nada daquilo fazia sentido. Caíra num sonho, um terrível pesadelo rubro. *Isso não pode ser real. Acordarei em breve e rirei dos terrores da noite.*

Quando tentaram lhe atar as mãos atrás das costas, não resistiu. Um dos guardas a pôs de pé com um puxão. Usava as cores do pai. Outro dobrou-se e tirou a faca de arremesso que ela trazia dentro da bota, um presente da prima, lady Nym.

Areo Hotah a recebeu das mãos do homem e, de testa franzida, olhou para ela.

— O príncipe disse que devo levá-la de volta para Lançassolar — anunciou. Tinha as bochechas e a testa salpicadas com o sangue de Arys Oakheart. — Lamento, pequena princesa.

Arianne ergueu a face riscada por lágrimas.

— Como ele descobriu? — perguntou ao capitão. — Eu fui tão cuidadosa. Como ele descobriu?

— Alguém falou — Hotah encolheu os ombros. — Há sempre alguém que fala.

ARYA

Todas as noites, antes de dormir, murmurava sua prece para a almofada.

— Sor Gregor — começava. — Dunsen, Raff, o Querido, sor Ilyn, sor Meryn, rainha Cersei — teria murmurado também os nomes dos Frey da Travessia, se os soubesse. *Um dia saberei*, dizia a si mesma, *e então matarei todos.*

Nenhum murmúrio era tênue demais para ser ignorado na Casa do Preto e Branco.

— Criança — disse um dia o homem amável —, que nomes são esses que murmura à noite?

— Não murmuro nome nenhum — ela respondeu.

— Mente — ele esbravejou. — Todos mentem quando têm medo. Alguns contam muitas mentiras, outros só algumas. Alguns têm só uma grande mentira que contam com tanta frequência que quase chegam a acreditar nela... embora uma pequena parte de si saiba sempre que continua a ser uma mentira, e isso lhes transparece no rosto. Fale-me desses nomes.

Arya mordeu o lábio.

— Os nomes não importam.

— Importam — o homem amável insistiu. — Conte-me, filha.

Conte-me, senão colocamos você na rua, foi o que ela ouviu.

— São pessoas que odeio. Quero que morram.

— Ouvimos muitas preces dessas nesta Casa.

— Eu sei — Arya retrucou. Um dia, Jaqen H'ghar concedera-lhe três de suas preces. *Tudo que tive de fazer foi murmurar.*

— Foi por isso que veio até nós? — prosseguiu o homem amável. — Para aprender as nossas artes, para que possa matar esses homens que odeia?

Arya não sabia como responder àquilo.

— Talvez.

— Então veio ao lugar errado. Não cabe a você decidir quem vive e quem morre. Esse dom pertence a Aquele das Muitas Faces. Nós não somos mais do que seus servos, presos ao juramento de cumprir a sua vontade.

— Oh — Arya olhou de relance as estátuas dispostas ao longo das paredes, com velas cintilando em volta dos pés. — Qual dos deuses é ele?

— Ora, todos — disse o sacerdote vestido de preto e branco.

Nunca lhe disse seu nome. A criança abandonada tampouco o fez, a garotinha de olhos grandes e rosto chupado que a fazia lembrar outra garotinha, chamada Doninha. Tal como Arya, a criança abandonada vivia sob o templo, com três acólitos, dois criados e uma cozinheira chamada Umma. Umma gostava de falar enquanto trabalhava, mas Arya não compreendia uma palavra do que dizia. Os outros não tinham nomes, ou preferiam não dizê-los. Um criado era muito velho, com as costas dobradas como um arco. O segundo tinha rosto vermelho e pelos crescendo nas orelhas. Tomou-os a ambos por mudos até ouvi-los rezar. Os acólitos eram mais novos. O mais velho era da idade do pai de Arya; os outros dois não podiam ser muito mais velhos do que Sansa, sua irmã. Eles também usavam preto e branco, mas suas vestes não tinham capuz, e eram negras do lado esquerdo e brancas do direito. Com as vestes do homem amável e da criança abandonada era ao contrário. Arya recebeu uma vestimenta de criada, uma túnica de lã não tingida, calções largos, roupa de baixo feita de linho e chinelos de pano.

Só o homem amável conhecia a língua comum.

— Quem é você? — perguntava-lhe todos os dias.

— Ninguém — respondia, ela que tinha sido Arya da Casa Stark, Arya Intrometida, Arya Cara de Cavalo. E também Arry e Doninha, e Pombinha e Salgada, Nan, a escanção, um rato cinzento, uma ovelha, o fantasma de Harrenhal... mas não de verdade, não no coração do seu coração. Ali, era Arya de Winterfell, a filha de lorde Eddard Stark e de lady Catelyn, que outrora tivera irmãos chamados Robb, Bran e Rickon, uma irmã chamada Sansa, uma loba-gigante chamada Nymeria, um meio-irmão chamado Jon Snow. Ali, era alguém... mas não era essa a resposta que ele queria.

Sem uma língua comum, Arya não tinha como falar com os outros. Mas os escutava, e repetia para si mesma as palavras que ouvia enquanto tratava de seus deveres. Embora o acólito mais novo fosse cego, estava encarregado das velas. Percorria o templo calçado com chinelos macios, rodeado pelos murmúrios das velhas que vinham todos os dias rezar. Mesmo sem olhos, sabia sempre quais das velas tinham se apagado.

— Tem o olfato para guiá-lo — explicou o homem amável —, e o ar é mais quente onde uma vela está ardendo — disse a Arya para fechar os olhos e experimentar.

Rezavam à aurora, antes de quebrarem o jejum, ajoelhando-se em volta do tanque imóvel e negro. Em certos dias, era o homem amável quem liderava as preces. Noutros, era a criança abandonada. Arya só conhecia algumas palavras de braavosi, aquelas que eram iguais em alto valiriano. Por isso rezava sua própria oração ao Deus das Muitas Faces, aquela que dizia: "Sor Gregor, Dunsen, Raff, o Querido, sor Ilyn, sor Meryn, rainha Cersei". Rezava em silêncio. Se o Deus das Muitas Faces fosse um deus de fato, a ouviria.

Os fiéis vinham à Casa do Preto e Branco todos os dias. A maioria sozinha, e permanecia só; acendiam velas num ou noutro altar, rezavam junto ao tanque, e por vezes choravam. Alguns bebiam da taça negra e iam dormir; eram mais os que não bebiam. Não havia serviços religiosos, nem canções, nem hinos de louvor para agradar ao deus. O templo nunca estava cheio. De tempos em tempos, um fiel pedia para falar com um sacerdote, e o homem amável ou a criança abandonada o levavam para o sacrário, mas isso não acontecia com frequência.

Trinta deuses diferentes estavam dispostos ao longo das paredes, rodeados por suas pequenas luzes. Arya viu que a Mulher Chorosa era a preferida das velhas; os ricos prefeririam o Leão da Noite; os pobres, o Viajante Encapuzado. Os soldados acendiam velas a Bakkalon, a Criança Pálida; os marinheiros, à Donzela Pálida de Lua e ao Rei Bacalhau. O Estranho também tinha seu santuário, embora quase ninguém fosse ter com ele. A maior parte do tempo só uma única vela bruxuleava a seus pés. O homem amável dizia que não importava.

— Ele tem muitas caras e muitos ouvidos para ouvir.

O pequeno monte em que se erguia o templo era uma colmeia de passagens esculpidas na rocha. Os sacerdotes e acólitos tinham suas celas para dormir no primeiro andar; Arya e os criados, no segundo. O andar inferior era proibido a todos, exceto aos sacerdotes. Era aí que ficava o santo sacrário.

Quando não estava trabalhando, Arya era livre para perambular como quisesse por entre as caves e os armazéns, desde que não deixasse o templo nem descesse ao terceiro andar. Encontrou uma sala cheia de armas e armaduras, elmos ornamentados e antigas e curiosas placas peitorais, espadas longas, punhais e adagas, bestas e grandes lanças com pontas em forma de folha. Outra câmara estava repleta de roupa, espessas peles e magníficas sedas em meia centena de cores, junto a pilhas de farrapos malcheirosos e roupas de tecido grosseiro. *Também deve haver câmaras de tesouros*, ela concluiu. Imaginou pilhas de placas douradas, sacos de moedas de prata, safiras azuis como o mar, cordas de pérolas gordas e verdes.

Um dia, o homem amável surgiu inesperadamente junto dela e lhe perguntou o que andava fazendo. Arya lhe disse que tinha se perdido.

— Mente. Pior: mente *mal*. Quem é?

— Ninguém.

— Outra mentira — e suspirou.

Weese teria batido nela até sair sangue se a tivesse apanhado numa mentira, mas na Casa do Preto e Branco as coisas eram diferentes. Quando estava ajudando na cozinha, Umma por vezes lhe dava uma pancada com a colher se se colocasse no caminho, mas nunca ninguém mais lhe levantou a mão. *Só levantam as mãos para matar*, pensou.

Dava-se bastante bem com a cozinheira. Umma enfiava-lhe uma faca na mão e apontava para uma cebola, e Arya a cortava. Umma empurrava-a na direção de um monte de massa, e Arya a amassava até a cozinheira dizer pare (*pare* foi a primeira palavra braavosiana que aprendeu). Umma lhe entregava um peixe, e Arya o preparava, cortava-o em filetes e o passava nas nozes que a cozinheira esmagava. As águas salobras que rodeavam Braavos pululavam de peixes e mariscos de todos os tipos, explicara o homem amável. Um rio lento e marrom entrava na lagoa pelo lado sul, vagueando através de uma grande extensão de juncos, lagoas de maré e lodaçais. Amêijoas e berbigões abundavam por ali; mexilhões e almiscareiros, rãs e tartarugas, caranguejos do lodo, caranguejos-leopardo e caranguejos alpinistas, enguias vermelhas, negras, listradas, lampreias e ostras; todos faziam aparições frequentes na mesa de madeira esculpida onde os servos do Deus das Muitas Faces faziam as refeições. Certas noites, Umma temperava o peixe com sal marinho e grãos de pimenta fendidos, ou cozinhava as enguias com fatias de alho. Muito de vez em quando, a cozinheira chegava mesmo a usar um pouco de açafrão. *Torta Quente teria gostado deste lugar*, Arya pensava.

O jantar era sua hora preferida do dia. Passara-se muito tempo desde que ela ia dormir todas as noites de barriga cheia. Certas noites, o homem amável permitia que lhe fizesse perguntas. Uma vez lhe perguntou por que as pessoas que vinham ao templo pareciam tão em paz; na sua terra, as pessoas tinham medo de morrer. Lembrava-se de como aquele escudeiro espinhento chorara quando o apunhalara na barriga, e do modo como sor Amory Lorch suplicara quando o Bode mandara atirá-lo à arena dos ursos. Lembrava-se da aldeia junto ao Olho de Deus, e do modo como os aldeões guinchavam e berravam sempre que Cócegas começava a fazer perguntas sobre ouro.

— A morte não é a pior coisa que existe — respondeu o homem amável. — É o presente que Ele nos dá, um fim para as carências e a dor. No dia em que nascemos, o Deus das Muitas Faces nos manda um anjo negro para atravessar a vida ao nosso lado. Quando nossos pecados e nosso sofrimento se tornam muito grandes para serem suportados, o anjo pega nossa mão para nos levar até as terras da noite, onde as estrelas brilham sempre fortes. Aqueles que vêm beber da taça negra estão em busca do seu anjo. Se têm medo, as velas os acalmam. Em que você pensa quando sente o cheiro de nossas velas ardendo, pequena?

Winterfell, podia ter dito. *Sinto cheiro de neve, fumaça e agulhas de pinheiro. Sinto cheiro de estábulos. Sinto o cheiro do riso de Hodor e da luta de Jon e Robb no pátio, e de Sansa cantando sobre uma estúpida bela senhora qualquer. Sinto cheiro das criptas onde estão os reis de pedra, sinto o cheiro de pão quente assando, sinto o cheiro do bosque sagrado. Sinto o cheiro da minha loba, de seu pelo, quase como se ainda estivesse comigo.*

— Não sinto cheiro de nada — respondeu, esperando para ver o que ele diria.

— Mente — ele disse —, mas pode guardar seus segredos, se quiser, Arya da Casa Stark — só a chamava assim quando o descontentava. — Sabe que pode deixar este lugar. Não é uma de nós, por enquanto. Pode ir para casa quando quiser.

— Disse-me que se eu partisse não poderia voltar.

— É verdade.

Aquelas palavras a entristeceram. *Syrio também costumava dizer isso*, Arya recordou. *Sempre dizia*. Syrio Forel lhe ensinara a trabalhar com a Agulha e morrera por ela.

— Não quero partir.

— Então fique... mas, lembre-se, a Casa do Preto e Branco não é uma casa de órfãos. Todos os homens têm que servir sob este teto. *Valar dohaeris* é como dizemos aqui. Fique se quiser, mas saiba que exigiremos sua obediência. Em todos os momentos e em tudo. Se não puder obedecer, terá de partir.

— Posso obedecer.

— Veremos.

Tinha outras tarefas além de ajudar Umma. Varria o chão do templo; servia as refeições, organizava pilhas de roupa dos mortos, esvaziava-lhes as bolsas e contava montes de estranhas moedas. Todas as manhãs acompanhava o homem amável quando ele fazia o circuito do templo para encontrar os mortos. *Silenciosa como uma sombra*, dizia a si mesma, lembrando-se de Syrio. Transportava uma lanterna pelas grossas portadas de ferro. Em cada alcova, abria um pouco a portada para procurar cadáveres.

Os mortos nunca eram difíceis de encontrar. Vinham à Casa do Preto e Branco, rezavam uma hora, um dia ou um ano, bebiam água escura e doce do tanque, e estendiam-se numa cama de pedra por trás de um ou de outro deus. Fechavam os olhos e adormeciam, e nunca mais acordavam.

— A dádiva do Deus das Muitas Faces toma uma miríade de formas — disse-lhe o homem amável —, mas aqui é sempre gentil.

Quando encontravam um cadáver, ele proferia uma prece e se assegurava de que a vida fugira do corpo, enquanto Arya ia buscar os criados, cuja tarefa consistia em carregar os mortos para as câmaras. Ali, acólitos despiam e lavavam os corpos. As roupas, moedas e coisas de valor eram guardadas numa arca, para depois serem organizadas. A carne fria era levada para o sacrário inferior, onde só os sacerdotes podiam ir; o que acontecia ali Arya não estava autorizada a saber. Um dia, enquanto jantava, uma terrível dúvida a assaltou, pousou a faca e fitou com suspeita uma fatia de carne branca. O homem amável viu o horror em seu rosto.

— É porco, pequena — disse-lhe —, é só porco.

Sua cama era de pedra, e a fazia se lembrar de Harrenhal e da cama onde dormira quando esfregava degraus para Weese. O colchão estava cheio de trapos em vez de palha, o que fazia que fosse mais grumoso do que aquele que tivera em Harrenhal, mas também lhe dava menos coceira. Permitiam-lhe tantos cobertores quanto desejasse; grossos cobertores de lã, verdes, vermelhos e de tecido xadrez. E a cela era só sua. Guardava ali seus tesouros: o garfo de prata, o chapéu mole e as luvas sem dedos que lhe tinham sido oferecidos pelos marinheiros da *Filha do Titã*, seu punhal, suas botas e o cinto, sua pequena reserva de moedas, as roupas que usava...

E Agulha.

Embora seus deveres lhe deixassem pouco tempo para treinar, praticava sempre que podia, duelando com sua sombra à luz de uma vela azul. Uma noite, a criança abandonada calhou de passar por ali e viu Arya treinando. A garota não disse nada, mas no dia seguinte o homem amável acompanhou Arya até a cela.

— Tem de se livrar de tudo isso — disse sobre seus tesouros.

Arya sentiu-se profundamente ferida.

— Isso é meu.

— E quem é você?

— Ninguém.

Ele pegou o garfo de prata.

— Isso pertence a Arya da Casa Stark. Todas essas coisas lhe pertencem. Não há lugar para elas aqui. Não há lugar para ela. O nome dela é orgulhoso demais, e nós não temos espaço para o orgulho. Aqui somos servos.

— Eu sirvo — ela retrucou, magoada. Gostava do garfo de prata.

— Brinca de ser uma serva, mas em seu íntimo é a filha de um senhor. Adotou outros nomes, mas os usou com a mesma leveza com que poderia ter usado um vestido. Por baixo deles, sempre esteve a Arya.

— Eu não uso *vestidos*. Não se pode lutar num estúpido *vestido*.

— Por que quer lutar? É algum homem de armas, pavoneando-se pelas vielas, ansiando por sangue? — suspirou. — Antes de beber da taça fria, deve oferecer tudo o que você é a Aquele das Muitas Faces. Seu corpo. Sua alma. *Você*. Se não conseguir fazer isso, deve deixar este lugar.

— A moeda de ferro...

— ... pagou sua passagem até aqui. Deste ponto em diante tem de ser você a pagar seu percurso, e o preço é elevado.

— Não tenho ouro.

— O que oferecemos não pode ser comprado com ouro. O preço é sua pessoa por inteiro. Os homens seguem muitos caminhos através deste vale de lágrimas e dor. O nosso é o mais duro. Poucos são os que foram feitos para percorrê-lo. É preciso uma força incomum de corpo e espírito, e um coração ao mesmo tempo duro e forte.

Tenho um buraco onde costumava ficar o coração, pensou, *e mais nenhum lugar para onde ir.*

— Sou forte. Tão forte quanto você. Sou dura.

— Acha que este é o único lugar para você — era como se ele ouvisse seus pensamentos. — Engana-se. Encontraria um trabalho mais brando na casa de um mercador qualquer. Ou preferiria ser uma cortesã e ter canções cantadas à sua beleza? Diga uma palavra e enviaremos você para Pérola Negra ou para Filha do Crepúsculo. Dormirá em pétalas de rosa e usará saias de seda que sussurram ao caminhar, e grandes senhores se transformarão em pedintes por seu sangue de donzela. Ou, se o que deseja for casamento e filhos, diga-me, e lhe encontraremos um marido. Um aprendiz honesto, um velho rico, um marinheiro, quem você desejar.

Arya não queria nada daquilo. Sem palavras, balançou a cabeça.

— É com Westeros que sonha, pequena? O *Brilhante Senhora* de Luco Prestayn parte amanhã, para Vila Gaivota, Valdocaso, Porto Real e Tyrosh. Arranjamos passagem nela para você?

— Eu acabei de *chegar* de Westeros — por vezes parecia terem se passado mil anos desde que fugira de Porto Real; outras, parecia ter sido ontem, mas sabia que não podia voltar. — Partirei, se não me quiser, mas não para *lá*.

— Meus desejos não interessam — disse o homem amável. — Pode ser que o Deus das Muitas Faces tenha trazido você para este lugar para ser um instrumento Seu, mas quando olho para você vejo uma criança... e, pior, uma menina. Muitos serviram Aquele das Muitas Faces ao longo dos séculos, mas só um punhado de seus servos foram mulheres. As mulheres trazem vida ao mundo. Nós trazemos a dádiva da morte. Ninguém pode fazer ambas as coisas.

Ele está tentando me amedrontar para me afastar, Arya pensou, *como fez com o verme.*

— Isso não me importa.

— Devia importar. Fique, e o Deus das Muitas Faces ficará com as suas orelhas, seu nariz, sua língua. Ficará com seus tristes olhos cinzentos que viram tantas coisas. Ficará com suas mãos, seus pés, com seus braços e pernas, suas partes íntimas. Ficará com suas esperanças e sonhos, com seus amores e ódios. Aqueles que entram ao Seu serviço têm de renunciar a tudo o que faz deles quem são. Pode fazer isso? — envolveu-lhe o queixo com uma mão e a fitou profundamente nos olhos, tão profundamente que a fez estremecer. — Não — disse —, não me parece que possa.

Arya lhe afastou a mão com um tapa.

— Poderia, se *quisesse*.

— Isso é o que diz Arya da Casa Stark, comedora de vermes.

— Posso renunciar a *tudo* o que quiser!

Ele indicou seus tesouros com um gesto.

— Então, comece com isso.

Naquela noite, após o jantar, Arya voltou para a cela, despiu a veste e murmurou seus nomes, mas o sono se recusou a levá-la. Revirou-se no colchão recheado de trapos roendo o lábio. Conseguia sentir o buraco dentro de si onde tivera o coração.

Na noite cerrada, voltou a se levantar, vestiu a roupa que usara na viagem desde Westeros e afivelou seu cinto da espada. A Agulha pendia-lhe de uma anca e o punhal da outra. Com o chapéu mole na cabeça, as luvas sem dedos enfiadas no cinto e o garfo de prata na mão, subiu os degraus sorrateiramente. *Aqui não há lugar para Arya da Casa Stark*, pensou. O lugar de Arya era Winterfell, só que Winterfell já não existia. *Quando as neves caem e os ventos brancos sopram, o lobo solitário morre, mas a alcateia sobrevive.* Contudo, ela não tinha alcateia. Tinham matado a sua, sor Ilyn, sor Meryn e a rainha; e, quando tentara formar uma nova, fugiram todos, Torta Quente, Gendry, Yoren e Lommy Mãos--Verdes, até Harwin, que fora um dos homens do pai. Cruzou as portas com um empurrão e penetrou na noite.

Era a primeira vez que estava no exterior desde que entrara no templo. O céu estava coberto, e nevoeiro cobria o chão como um cobertor cinzento e gasto. À direita, ouviu o ruído de remadas vindo do canal. *Braavos, a Cidade Secreta*, pensou. O nome parecia muito adequado. Desceu em silêncio os íngremes degraus, até a doca coberta, com as brumas rodopiando em volta dos seus pés. O nevoeiro era tão denso que não conseguia ver a água, mas ouvia-a bater levemente contra pilares de pedra. À distância, uma luz brilhava através das sombras: *a fogueira noturna no templo dos sacerdotes vermelhos*, pensou.

À beira da água parou, com o garfo de prata na mão. Era prata verdadeira, e maciça. *O garfo não é meu. Foi a Salgada que me deu.* Atirou-o dissimuladamente e ouviu o suave *plop* que ele fez quando afundou na água.

O chapéu mole foi-se em seguida, e depois as luvas. Também eram da Salgada. Esvaziou a bolsa na palma da mão; cinco veados de prata, nove estrelas de cobre, alguns tostões, meios tostões e moedas de quatro groats. Espalhou-os na água. Em seguida, jogou as botas, e elas fizeram o maior ruído ao cair na água. O punhal as seguiu, aquele que obtivera do arqueiro que suplicara ao Cão de Caça por misericórdia. O cinto da espada mergulhou no canal. O manto, a túnica, os calções, a roupa de baixo, tudo. Tudo, menos Agulha.

Ficou em pé na beira da doca, pálida, arrepiada e tremendo no nevoeiro. Na sua mão, Agulha parecia murmurar. *Espete-lhes a ponta afiada*, dizia, e, depois, *não diga a Sansa!* Via-se a marca de Mikken na lâmina. *É só uma espada*. Se precisasse de uma, havia uma centena sob o templo. Agulha era pequena demais para ser uma espada como deve ser, era pouco mais do que um brinquedo. Arya era uma garotinha estúpida quando Jon mandara fazê-la para ela.

— É só uma espada — disse, agora em voz alta...

... mas não era.

A Agulha era Robb, Bran e Rickon, a mãe e o pai, até Sansa. Agulha era as muralhas cinzentas de Winterfell, e o riso do seu povo. Agulha era as neves de verão, as histórias da Velha Ama, a árvore-coração com suas folhas vermelhas e seu aspecto assustador, o cheiro quente de terra das estufas, o som do vento do norte estremecendo as janelas do seu quarto. Agulha era o sorriso de Jon Snow. *Ele costumava despentear meus cabelos e me chamar de "irmãzinha"*, recordou, e de repente lágrimas brotaram em seus olhos.

Polliver roubara-lhe a espada quando os homens da Montanha a tinham feito cativa, mas, quando ela e Cão de Caça entraram na estalagem no entroncamento, ali estava ela. *Os deuses quiseram que eu ficasse com ela*. Não os Sete, nem Aquele das Muitas Faces, mas os deuses do pai, os velhos deuses do Norte. *O Deus das Muitas Faces pode ficar com o resto*, pensou, *mas não pode ficar com isto*.

Subiu os degraus nua como no dia de seu nome, agarrada à Agulha. No meio do caminho, uma das pedras se mexeu sob seus pés. Arya ajoelhou-se e escavou em volta das bordas com os dedos. A princípio a pedra não queria se mover, mas ela persistiu, atacando com as unhas a argamassa que se desfazia. Por fim, a pedra se deslocou. Arya soltou um grunhido, pegou-a com ambas as mãos e puxou. Uma fenda abriu-se à sua frente.

— Aqui ficará em segurança — disse a Agulha. — Ninguém saberá onde está, exceto eu. Empurrou a espada e a bainha para baixo do degrau, e, depois, a pedra de volta ao seu lugar, para que parecesse igual a todas as outras. Ao subir para o templo, contou os degraus, para saber onde voltar e encontrar a espada. Um dia poderia ter necessidade dela.

— Um dia — murmurou a si mesma.

Não disse ao homem amável o que tinha feito, mas ele soube. Na noite seguinte, veio à sua cela após o jantar.

— Pequena — disse —, venha se sentar comigo. Tenho uma história para lhe contar.

— Que tipo de história? — ela quis saber, cautelosa.

— A história de nossa origem. Se quer ser uma de nós, é melhor que saiba quem somos e como surgimos. As pessoas podem murmurar sobre os Homens Sem Rosto de Braavos, mas somos mais antigos do que a Cidade Secreta. Antes de o Titã se erguer, antes do desmascaramento de Uthero, antes da Fundação, já existíamos. Florescemos em Braavos por entre esses nevoeiros do norte, mas lançamos inicialmente raízes em Valíria, entre os desventurados escravos que trabalhavam nas profundas minas sob as Catorze Chamas que iluminavam as noites da Cidade Franca de outrora. A maior parte das minas são lugares úmidos e gelados, cortados de pedra fria e morta, mas as Catorze Chamas eram montanhas vivas, com veios de rocha derretida e corações de fogo. De modo que as minas da antiga Valíria eram sempre quentes, e ficavam mais quentes à medida que os poços mergulhavam mais fundo, sempre mais fundo. Os escravos trabalhavam num forno. As rochas em volta deles estavam quentes demais para ser tocadas. O ar fedia a enxofre e ressecava seus pulmões quando o respiravam. A sola de seus pés se queimava e rebentava em bolhas, mesmo através das sandálias mais grossas. Por vezes, quando perfuravam uma parede em busca de ouro, encontravam vapor, ou água fervente, ou rocha derretida. Certos túneis eram tão baixos que os escravos não podiam ficar em pé, e tinham de engatinhar ou se dobrar. E também havia *wyrms* nessa escuridão vermelha.

— Vermes? Minhocas? — ela disse, franzindo as sobrancelhas.

— *Wyrms* de fogo. Há quem diga que são parentes dos dragões, pois os *wyrms* também respiram fogo. Em vez de voarem pelo céu, abrem caminho através de pedra e terra. Se é possível crer nas antigas lendas, havia *wyrms* entre as Catorze Chamas mesmo antes da chegada dos dragões. Os jovens não são maiores do que esse seu braço magricela, mas podem crescer até dimensões monstruosas e não sentem nenhuma amizade pelos homens.

— Eles matavam os escravos?

— Cadáveres queimados e enegrecidos eram frequentemente encontrados em poços onde as rochas estavam rachadas ou cheias de buraco. Mesmo assim, as minas tornavam-se mais profundas. Escravos pereciam às vintenas, mas seus donos não se importavam. Achava-se que ouro vermelho e amarelo e prata eram mais preciosos do que a vida de escravos, pois estes eram baratos na antiga Cidade Franca. Durante a guerra, os valirianos os capturavam aos milhares. Em tempos de paz, faziam criação, embora só os piores fossem enviados para morrer lá embaixo na escuridão vermelha.

— Os escravos não se revoltaram e lutaram?

— Alguns fizeram isso — ele respondeu. — As revoltas eram comuns nas minas, mas poucas conseguiram alguma coisa. Os senhores dos dragões da antiga Cidade Franca eram fortes na feitiçaria, e homens menores desafiavam-nos por sua conta e risco. O primeiro Homem Sem Rosto foi um dos que assim fez.

— Quem era? — Arya perguntou, antes de parar para pensar.

— Ninguém — o homem continuou. — Há quem diga que ele próprio era escravo. Outros insistem que era filho de um proprietário, nascido de uma família nobre. Alguns até lhe dirão que era um capataz que se apiedou dos homens que tinha sob seu comando. A verdade é que ninguém sabe. Fosse quem fosse, colocava-se entre os escravos e escutava suas preces. Homens de cem nações diferentes trabalhavam nas minas, e cada um rezava ao seu próprio deus em sua própria língua, mas todos suplicavam a mesma coisa. Era a libertação que pediam, um fim para a dor. Uma coisa pequena e simples. E, no entanto, seus deuses não lhes respondiam, e seu sofrimento continuava. *Serão os seus deuses surdos?*, perguntava ele a si mesmo... até que uma noite, na escuridão vermelha, foi assaltado por um momento de compreensão.

"Todos os deuses têm seus instrumentos, homens e mulheres que os servem e os ajudam a cumprir sua vontade na Terra. Os escravos não lançavam súplicas a uma centena de deuses diferentes, segundo parecia, mas a um deus com uma centena de faces diferentes... e *ele* era o instrumento desse deus. Nessa mesma noite, escolheu o mais infeliz dos escravos, aquele que rezara mais zelosamente pela libertação, e o libertou da servidão. A primeira dádiva fora feita."

Arya afastou-se dele.

— Ele matou o *escravo*? — Aquilo não parecia certo. — Ele devia ter matado os *donos*!

— Ele também levou a dádiva para eles... mas essa é uma história para outro dia, uma história que é melhor não compartilhar com ninguém — ergueu a cabeça: — E você, quem é, pequena?
— Ninguém.
— Mentira.
— Como é que *sabe*? É magia?
— Um homem não precisa ser feiticeiro para distinguir a verdade da mentira, desde que tenha olhos. Só é preciso aprender a ler um rosto. Observar os olhos. A boca. Os músculos aqui, no canto dos maxilares, e aqui, onde o pescoço se une aos ombros — tocou-a ligeiramente com dois dedos. — Alguns mentirosos piscam. Outros não afastam os olhos. Alguns os afastam. Outros lambem os lábios. Muitos cobrem a boca um pouco antes de dizer uma mentira, como que para esconder sua falsidade. Outros sinais podem ser mais sutis, mas estão sempre lá. Um sorriso falso e um verdadeiro podem parecer iguais, mas são tão diferentes como o ocaso e a aurora. Sabe distinguir o ocaso da aurora?

Arya confirmou com a cabeça, embora não tivesse certeza.

— Então pode aprender a ver uma mentira... e, quando o fizer, nenhum segredo estará a salvo de você.

— Ensine-me. — Seria ninguém, se precisasse ser. Ninguém não tinha buracos dentro de si.

— Ela lhe ensinará — disse o homem amável quando a criança abandonada apareceu à porta. — Começando pela língua de Braavos. De que servirá se não souber falar nem compreender? E você ensinará sua língua a ela. Vocês duas aprenderão juntas, uma com a outra. Fará isso?

— Sim — Arya respondeu, e a partir daquele momento se transformou numa noviça na Casa do Preto e Branco. Suas roupas de criada foram levadas e foi-lhe dada uma veste, uma veste de preto e branco, tão untuosamente suave quanto a velha manta vermelha que outrora tivera em Winterfell. Por baixo, usava roupa íntima de bom linho branco e uma túnica negra que lhe passava dos joelhos.

Daí em diante, ela e a criança abandonada passavam o tempo juntas, tocando em coisas e apontando, cada uma tentando ensinar à outra algumas palavras em sua língua. A princípio, palavras simples, taça, vela e sapato; depois, palavras mais difíceis; depois, frases. Outrora, Syrio Forel costumara-se a obrigar Arya a permanecer apoiada sobre uma perna até começar a tremer. Mais tarde, enviara-a à caça de gatos. Dançara a dança de água nos ramos de árvores com uma espada de pau na mão. Todas essas coisas tinham sido difíceis, mas aquilo era mais.

Até costurar era mais divertido do que aprender a língua, disse a si mesma após uma noite em que esquecera metade das palavras que julgava saber e pronunciara a outra metade tão mal que a criança abandonada rira dela. *Minhas frases são tão tortas quanto os pontos costumavam ser.* Se a garota não fosse tão pequena e não tivesse um ar tão esfomeado, Arya teria batido em seu estúpido rosto. Em vez disso, mordeu o lábio. *Estúpida demais para aprender, e estúpida demais para desistir.*

A criança abandonada aprendia a língua comum mais depressa. Um dia, no jantar, virou-se para Arya e perguntou:

— Quem é?
— Ninguém — Arya respondeu, em braavosi.
— Mente — disse a criança abandonada. — Tem de mentir mais bem.
Arya riu.

— Mais bem? Quer dizer *melhor*, estúpida.
— Melhor estúpida. Eu lhe mostro.

No dia seguinte, deram início ao jogo das mentiras, fazendo perguntas uma à outra, alternadamente. Por vezes, respondiam com a verdade, outras, mentiam. Quem fazia a pergunta tinha de diferenciar o que era verdadeiro e o que era falso. A criança abandonada parecia saber sempre. Arya tinha de adivinhar. E na maior parte das vezes errava.

— Quantos anos você tem? — perguntou-lhe uma vez a criança abandonada, na língua comum.

— Dez — Arya respondeu, e ergueu dez dedos. *Achava* que ainda tinha dez anos, embora fosse difícil ter certeza. Os braavosianos contavam os dias de uma forma diferente da que era usada em Westeros. Tanto quanto sabia, o dia de seu nome podia já ter chegado e partido.

A criança abandonada confirmou com a cabeça. Arya lhe respondeu da mesma maneira, e no seu melhor braavosi disse:

— Quantos anos *você* tem?

A criança abandonada mostrou dez dedos. Depois mais dez, e de novo dez. Então seis. Seu rosto continuava tão liso quanto águas paradas. *Ela não pode ter trinta e seis anos*, Arya pensou. *É uma garotinha.*

— Mentirosa — disse. A criança abandonada balançou a cabeça e lhe mostrou os dedos outra vez: dez, dez, dez e seis. Disse as palavras para trinta e seis e fez Arya repeti-las.

No dia seguinte, contou ao homem amável o que a criança abandonada afirmara.

— Ela não mentiu — disse o sacerdote com um risinho. — Aquela que você chama de criança abandonada é uma mulher-feita que passou a vida a serviço d'Aquele das Muitas Faces. Deu-Lhe tudo o que era, tudo o que podia vir a ser, todas as vidas que se encontravam em seu interior.

Arya mordeu o lábio.

— Eu serei como ela?

— Não — ele respondeu —, não a menos que o deseje. Foram os venenos que a transformaram no que você vê.

Venenos. Então compreendeu. Todas as noites depois das preces, a criança abandonada esvaziava um jarro de pedra nas águas do tanque negro.

A criança abandonada e o homem amável não eram os únicos servos do Deus das Muitas Faces. De tempos em tempos, outros visitavam a Casa do Preto e Branco. O gordo tinha ferozes olhos negros, um nariz adunco e uma boca larga cheia de dentes amarelos. O de rosto severo nunca sorria; seus olhos eram claros, e os lábios, cheios e escuros. O homem bonito tinha a barba de uma cor diferente sempre que o via, e também um nariz diferente, mas nunca era menos do que atraente. Aqueles três eram os que vinham com mais frequência, mas havia outros: o vesgo, o fidalgote, o esfomeado. Um dia, o gordo e o vesgo chegaram juntos. Umma mandou Arya servi-los.

— Quando não os estiver servindo, deve permanecer tão imóvel como uma escultura feita em pedra — disse-lhe o homem amável. — Consegue fazer isso?

— Sim. — *Antes de poder aprender a se mover, deve aprender a ficar quieta*, ensinara-lhe Syrio Forel havia muito tempo em Porto Real, e ela aprendera. Servira como escanção de Roose Bolton em Harrenhal, e ele flagelava quem lhe derramasse o vinho.

— Ótimo — disse o homem amável. — Seria melhor se também fosse cega e surda. Pode ouvir coisas, mas deve fazê-las entrar por uma orelha e sair pela outra. Não escute.

Arya ouviu muitas e mais coisas nessa noite, mas quase tudo era na língua de Braavos, e quase não compreendia uma palavra em dez. *Imóvel como pedra*, disse a si mesma. A parte mais difícil era lutar para não bocejar. Antes de a noite terminar, tinha a cabeça vagueando. Ali em pé, com o jarro nas mãos, sonhou que era uma loba, correndo livre por uma floresta iluminada pelo luar, com uma grande alcateia uivando em seu rastro.

— Os outros homens são todos sacerdotes? — perguntou ao homem amável na manhã seguinte. — Aqueles eram seus rostos verdadeiros?

— O que você acha, pequena?

Arya achava que não.

— Jaqen H'ghar também é um sacerdote? Sabe se Jaqen vai voltar para Braavos?

— Quem? — ele perguntou, todo inocência.

— Jaqen *H'ghar*. Ele me deu a moeda de ferro.

— Não conheço ninguém com esse nome, pequena.

— Perguntei-lhe como é que mudava de rosto, e ele disse que não era mais difícil do que arranjar um nome novo, se se soubesse como.

— É mesmo?

— Vai me mostrar como mudar de rosto?

— Se quiser — envolveu-lhe o queixo com a mão e lhe virou a cabeça. — Encha as bochechas e coloque a língua para fora.

Arya encheu as bochechas e pôs a língua de fora.

— Pronto. Seu rosto mudou.

— Não era isso que eu quis dizer. Jaqen usou magia.

— Toda feitiçaria tem um custo, pequena. São necessários anos de preces, sacrifícios e estudo para fazer um encantamento como deve ser.

— *Anos?* — ela retrucou, desanimada.

— Se fosse fácil, todo mundo faria. É preciso caminhar antes de correr. Por que usar um feitiço, se truques de pantomimeiro servem?

— Também não sei nenhum truque de pantomimeiro.

— Então, treine fazer caretas. Por baixo da pele há músculos. Aprenda a usá-los. O rosto é seu. Suas as bochechas, os lábios, as orelhas. Sorrisos e caretas não devem aparecer como tempestades súbitas. Um sorriso deve ser um criado e vir apenas quando chamado. Aprenda a *governar* seu rosto.

— Mostre-me como.

— Encha as bochechas — ela obedeceu. — Erga as sobrancelhas. Não, mais alto. — Também o fez. — Ótimo. Veja quanto tempo consegue ficar assim. Não será muito. Tente outra vez amanhã. Há de encontrar um espelho myriano nas câmaras. Treine diante dele por uma hora todos os dias. Olhos, narinas, bochechas, orelhas, lábios, aprenda a governá-los todos — pôs-lhe a mão no queixo. — Quem é você?

— Ninguém.

— Uma mentira. Uma triste mentirinha, pequena.

Encontrou o espelho myriano no dia seguinte, e todas as manhãs e todas as noites sentava-se diante dele, com uma vela de cada lado, fazendo caretas. *Governe seu rosto*, dizia a si mesma, *e poderá mentir*.

Não muito tempo depois, o homem amável lhe ordenou que ajudasse os outros acólitos a preparar os cadáveres. O trabalho não era nem de perto tão duro quanto esfregar degraus para Weese. Por vezes, se o cadáver era grande ou gordo, lutava com o peso, mas a maior parte dos mortos eram velhos ossos secos em pele enrugada. Arya olhava para eles enquanto os lavava, perguntando a si mesma o que os tinha trazido ao tanque negro.

Lembrava-se de uma história que ouvira da Velha Ama, sobre o modo como, por vezes, durante um longo inverno, os homens que tinham vivido para lá de seus anos anunciavam que iam à caça. *E suas filhas choravam e os filhos viravam o rosto para o fogo*, conseguia ouvir a Velha Ama contar, *mas ninguém os impedia, ou lhes perguntava que animal pretendiam matar, com as neves tão profundas e o vento frio a uivar.* Perguntou a si mesma o que os velhos braavosianos diriam aos filhos e às filhas antes de partirem para a Casa do Preto e Branco.

A lua deu uma volta e mais outra, embora Arya nunca a visse. Servia, lavava os mortos, fazia caretas diante dos espelhos, aprendia a língua braavosi e tentava se lembrar de que não era ninguém.

Um dia, o homem amável mandou chamá-la.

— Seu sotaque é um horror — disse —, mas sabe palavras suficientes para fazer que o que quer seja entendido, de certo modo. Está na hora de nos deixar por algum tempo. A única maneira de realmente dominar nossa língua é falando-a todos os dias, do nascer ao pôr do sol. Deve partir.

— Quando? — perguntou-lhe. — Para onde?

— Agora — ele respondeu. — Para lá destas paredes encontrará as cem ilhas de Braavos no mar. Foram-lhe ensinadas as palavras para mexilhões, amêijoas e berbigões, não foram?

— Sim — Arya as repetiu em seu melhor braavosi.

Seu melhor braavosi o fez sorrir.

— Servirá. Ao longo dos cais por baixo da Cidade Afogada encontrará um vendedor de peixe chamado Brusco, um bom homem com umas costas más. Ele precisa de uma garota que lhe empurre o carrinho de mão e venda suas amêijoas, seus berbigões e seus mexilhões aos marinheiros vindos dos navios. Essa garota será você. Entendeu?

— Sim.

— E quando Brusco perguntar "quem é você"?

— Ninguém.

— Não. Isso não servirá fora desta Casa.

Arya hesitou.

— Podia ser a Salgada, de Salinas.

— A Salgada é conhecida de Ternesio Terys e dos homens da *Filha do Titã*. Você está marcada pela maneira de falar, portanto, tem de ser uma garota qualquer de Westeros... mas uma garota diferente, penso eu.

Ela mordeu o lábio:

— Podia ser Gata?

— Gata — ele pesou o nome. — Sim. Braavos está cheia de gatos. Mais um não dará na vista. É a Gata, uma órfã de...

— Porto Real. — Visitara o Porto Branco com o pai duas vezes, mas conhecia melhor Porto Real.

— Exatamente. Seu pai era mestre remador numa galé. Quando sua mãe morreu, ele levou você com ele para o mar. Então também morreu, e seu capitão não tinha uso a lhe dar, portanto, expulsou-a do navio em Braavos. E qual era o nome do navio?

— *Nymeria* — ela disse de imediato.

Naquela noite abandonou a Casa do Preto e Branco. Uma longa faca de ferro seguia presa à sua anca direita, escondida pelo manto, uma coisa remendada e desbotada, o tipo de coisa que um órfão usaria. Os sapatos lhe machucavam os pés e a túnica estava tão puída que o vento a trespassava. Mas Braavos estava na sua frente. O ar da noite cheirava a fumaça, sal e peixe. Os canais eram sinuosos, e as vielas mais ainda. Homens lançavam-lhe olhares curiosos quando ela passava, e crianças pedintes gritavam palavras que ela não compreendia. Não demorou muito para ficar completamente perdida.

— Sor Gregor — entoou, ao atravessar uma ponte de pedra sustentada por quatro arcos. Do centro conseguiu ver os mastros de navios no Porto do Trapeiro. — Dunsen, Raff, o Querido, sor Ilyn, sor Meryn, rainha Cersei — começou a chover. Arya virou a cabeça para cima e deixou que as gotas lhe lavassem o rosto, tão feliz que poderia dançar.
— *Valar morghulis* — disse —, *valar morghulis, valar morghulis.*

ALAYNE

Quando o sol nascente entrou em torrente pelas janelas, Alayne sentou-se na cama e se espreguiçou. Gretchel ouviu-a acordar e se levantou imediatamente para ir lhe buscar o roupão. Os quartos tinham ficado gelados durante a noite. *Será pior quando o inverno nos tiver bem presos nas mãos*, pensou. *O inverno tornará este lugar tão frio quanto uma sepultura.* Alayne vestiu o roupão e atou o cinto em volta da cintura.

— O fogo está quase apagado — observou. — Ponha mais lenha para queimar, por favor.

— Às ordens da senhora — disse a velha.

Os aposentos de Alayne na Torre da Donzela eram maiores e mais suntuosos do que o pequeno quarto onde fora mantida quando lady Lysa estava viva. Agora tinha um quarto de vestir e uma latrina privativa, e uma varanda de pedra branca esculpida com vista para o Vale. Enquanto Gretchel cuidava da lareira, Alayne atravessou descalça o quarto e saiu. A pedra estava fria sob seus pés, e o vento soprava furiosamente, como sempre fazia ali em cima, mas a vista a fez se esquecer de tudo aquilo por um segundo. A da Donzela era a mais oriental das sete esguias torres do Ninho da Águia, e tinha o Vale perante si, suas florestas, rios e campos cobertos de névoa à luz da manhã. O modo como o sol batia nas montanhas fazia-as parecerem ser feitas de ouro maciço.

Tão lindo. O cume coberto de neve da Lança do Gigante erguia-se por cima dela, uma imensidão de pedra e gelo que tornava insignificante o castelo empoleirado num dos seus lados. Pingentes de gelo com seis metros de comprimento adornavam a borda do precipício onde as Lágrimas de Alyssa caíam no verão. Um falcão pairou por cima da cascata gelada, asas azuis bem abertas no céu da manhã. *Também gostaria de ter asas.*

Pousou as mãos na balaustrada de pedra esculpida e obrigou-se a espreitar por sobre a borda. Viu Céu duzentos metros mais abaixo, e os degraus de pedra talhados na montanha, o caminho sinuoso que passava por Neve e Pedra até o fundo do vale. Conseguia ver as torres e fortalezas dos Portões da Lua, pequenas como brinquedos de criança. Em volta das muralhas, as hostes dos Senhores Declarantes agitavam-se, emergindo das tendas como formigas de um formigueiro. *Se ao menos fossem realmente formigas, podíamos pisar nelas e esmagá-las.*

O jovem lorde Hunter e seus recrutas tinham se juntado aos outros dois dias antes. Nestor Royce lhes fechara os Portões, mas tinha menos de trezentos homens em sua guarnição. Cada um dos Senhores Declarantes trouxera mil, e eles eram seis. Alayne conhecia o nome deles tão bem quanto o seu. Benedar Belmore, Senhor de Cantoforte. Symond Templeton, o Cavaleiro de Novestrelas. Horton Redfort, Senhor de Forterrubro. Anya Waynwood, Senhora de Ferrobles. Gilwood Hunter, chamado jovem lorde Hunter por todos, Senhor de Solar de Longarco. E Yohn Royce, o mais poderoso de todos, o formidável Bronze Yohn, Senhor de Pedrarruna, primo de Nestor e chefe do ramo principal da Casa Royce. Os seis tinham se reunido em Pedrarruna após a queda de Lysa Arryn e fizeram um pacto, jurando proteger lorde Robert, o Vale e uns aos outros. Sua declaração não fazia nenhuma menção ao Senhor Protetor, mas falava de um "desgoverno" a que havia de pôr fim, e também de "falsos amigos e maus conselheiros".

Uma rajada fria de vento lhe subiu pelas pernas. Voltou aos seus aposentos para escolher um vestido com o qual quebrar o jejum. Petyr lhe dera o guarda-roupa de sua falecida esposa, uma abundância de sedas, cetins, veludos e peles bem além de qualquer coisa que tivesse sonhado, embora a esmagadora maioria lhe ficasse enorme; lady Lysa tornara-se muito robusta durante sua longa sucessão de gestações, natimortos e abortos. Contudo, alguns dos vestidos mais velhos tinham sido feitos para a jovem Lysa Tully de Correrrio, e Gretchel conseguira reformar outros para servirem em Alayne, que tinha as pernas quase tão longas aos treze anos quanto sua tia tivera aos vinte.

Naquela manhã, seu olhar prendeu-se num vestido nas cores Tully, em parte vermelho, em parte azul, forrado de arminho. Gretchel a ajudou a enfiar os braços nas mangas em forma de sino e atou-lhe as costas, após o que lhe escovou e prendeu os cabelos. Alayne voltara a escurecê-lo na noite anterior, antes de ir para a cama. A tinta que a tia lhe dera transformava seu rico ruivo no castanho queimado de Alayne, mas raramente se passava muito tempo antes que o vermelho começasse a surgir de novo nas raízes. *E o que farei quando a tinta acabar?* A tinta viera de Tyrosh, do outro lado do mar estreito.

Ao descer para o café da manhã, Alayne sentiu-se de novo impressionada pela quietude do Ninho da Águia. Não havia castelo mais silencioso em todos os Sete Reinos. Os criados, ali, eram poucos e velhos, e mantinham as vozes baixas para não perturbar o jovem senhor. Não havia cavalos na montanha, nem cães de caça que ladrassem ou rosnassem, e tampouco cavaleiros a treinar no pátio. Até os passos dos guardas pareciam estranhamente abafados quando caminhavam ao longo dos salões de pedra clara. Ouvia-se o vento gemendo e suspirando em torno das torres, mas era tudo. Quando chegara ao Ninho da Águia, houvera também o murmúrio das Lágrimas de Alyssa, mas a cascata estava agora congelada. Gretchel dizia que ficaria em silêncio até a primavera.

Foi encontrar lorde Robert sozinho no Salão da Manhã, acima das cozinhas, empurrando desinteressadamente uma colher de madeira em uma grande tigela de mingau de aveia e mel.

— Quero ovos — ele protestou quando a viu. — Quero *três* ovos malcozidos e um pouco de presunto.

Não tinham ovos, assim como não tinham presunto. Os celeiros do Ninho da Águia tinham aveia, milho e cevada suficiente para alimentá-los durante um ano, mas dependiam de uma garota bastarda chamada Mya Stone para lhes trazer alimentos frescos do fundo do vale. Com os Senhores Declarantes acampados no sopé da montanha, não havia maneira de Mya passar. Lorde Belmore, o primeiro dos seis a chegar aos Portões, enviara um corvo para dizer a Mindinho que não subiria mais comida até o Ninho da Águia enquanto lorde Robert não fosse enviado para baixo. Não era propriamente um cerco, pelo menos por enquanto, mas a diferença não era grande.

— Poderá comer ovos quando Mya vier, tantos quantos quiser — prometeu Alayne ao pequeno fidalgote. — Ela trará ovos, manteiga e melões, todos os tipos de coisas saborosas.

O garoto não se deixou apaziguar.

— Eu queria ovos *hoje*.

— Passarinho, não há ovos, sabe disso. Por favor, coma seu mingau de aveia, está uma delícia — comeu uma colher cheia.

Robert empurrou a colher de um lado para outro da tigela e de volta, mas não a levou à boca.

— Não tenho fome — decidiu. — Quero voltar para a cama. Não dormi nada na noite passada. Ouvi alguém *cantar*. Meistre Colemon me deu vinho dos sonhos, mas ouvi mesmo assim.

Alayne pousou a colher.

— Se alguém estivesse cantando, eu também teria ouvido. Foi só um pesadelo.

— Não, *não foi* um pesadelo — lágrimas encheram-lhe os olhos. — Marillion estava cantando outra vez. Seu pai diz que ele está morto, mas *não está*.

— Está — assustava-a ouvi-lo falar daquele jeito. *Já é suficientemente ruim que seja pequeno e doente, o que acontecerá se também for louco?* — Passarinho, *está*. Marillion amava demais a senhora sua mãe e não podia viver com aquilo que lhe fez, de modo que se atirou para o céu. — Alayne não vira o corpo, assim como Robert não o vira, mas não duvidava de a morte do cantor ser um fato. — Ele partiu, garanto.

— Mas eu o ouço todas as noites. Até quando fecho as janelas e ponho uma *almofada* na cabeça. Seu pai devia ter lhe cortado a língua. Eu *disse* para cortar, mas ele não quis.

Ele precisava de uma língua para confessar.

— Seja um bom menino e coma seu mingau de aveia — Alayne suplicou. — Por favor? Por mim?

— Não quero mingau de aveia — Robert arremessou a colher para longe. Chocou-se contra uma tapeçaria pendurada e deixou uma mancha de mingau numa lua de seda branca. — O *senhor* quer *ovos*!

— O senhor comerá mingau de aveia e ficará grato por isso — a voz de Petyr soou atrás deles.

Alayne virou-se e o viu na soleira em arco da porta, com meistre Colemon ao seu lado.

— Devia prestar atenção no Senhor Protetor, senhor — disse o meistre. — Os senhores seus vassalos estão subindo a montanha para lhe prestar homenagem, portanto, precisa de todas as suas forças.

Robert esfregou o olho esquerdo com o nó de um dedo.

— Mande-os embora. Não os *quero*. Se vierem, faço-os voar.

— Tenta-me grandemente, senhor, mas temo que lhes tenha prometido salvo-conduto — Petyr respondeu. — Em qualquer caso, é tarde demais para mandá-los voltar. A essa altura, podem já ter chegado a Pedra.

— Por que é que não nos deixam em paz? — lamentou-se Alayne. — Não lhes fizemos nenhum mal. O que *querem* de nós?

— Querem só lorde Robert. Ele, e o Vale — Petyr sorriu. — Serão oito. Lorde Nestor os está trazendo para cima, e virão acompanhados de Lyn Corbray. Sor Lyn não é o tipo de homem que fica distante quando há sangue à vista.

As palavras dele pouco fizeram para acalmar os temores de Alayne. Lyn Corbray matara quase tantos homens em duelos quanto em batalha. A garota sabia que ele conquistara as esporas durante a Rebelião de Robert, lutando primeiro contra lorde Jon Arryn nos portões de Vila Gaivota e depois sob seus estandartes, no Tridente, onde abatera o príncipe Lewyn de Dorne, um cavaleiro branco da Guarda Real. Petyr disse que o príncipe Lewyn já estava gravemente ferido quando a maré da batalha o levara até sua dança final com a Senhora Desespero, mas acrescentou:

— Mas isso não é argumento que queira usar com Corbray. Àqueles que o fazem é rapidamente dada a oportunidade de perguntar a verdade ao Martell em pessoa, lá embaixo, nos salões do inferno — se metade do que ouvira dizer dos guardas de lorde Robert fosse verdade, Lyn Corbray era mais perigoso do que todos os seis Senhores Declarantes juntos.

— Por que *ele* vem? — perguntou. — Pensava que os Corbray estivessem com você.

— Lorde Lyonel Corbray está bem-disposto em relação ao meu governo — disse Petyr —, mas o irmão segue seu próprio caminho. No Tridente, quando o pai deles foi ferido, foi Lyn quem apanhou a Senhora Desespero para matar o homem que o tinha abatido.

Enquanto Lyonel levava o velho aos meistres, na retaguarda, Lyn liderou o ataque contra os dorneses que ameaçavam a ala esquerda de Robert, desbaratou suas linhas e matou Lewyn Martell. Assim, quando o velho lorde Corbray morreu, outorgou a Senhora ao filho mais novo. Lyonel ficou com suas terras, título, castelo e todo seu dinheiro, mas ainda sente que foi despojado de seu direito de nascença, ao passo que sor Lyn... Bem, ele ama tanto Lyonel quanto me ama. Queria a mão de Lysa para si.

— Não gosto de sor Lyn — insistiu Robert. — Não o quero aqui. Mande-o para baixo. Nunca disse que ele podia vir. Aqui, não. A mãe dizia que o Ninho da Águia é *inexpugnável*.

— Sua mãe está morta, senhor. Até o décimo sexto dia de seu nome, quem governa o Ninho da Águia sou *eu*. — Petyr virou-se para a criada corcunda que pairava perto dos degraus da cozinha. — Mela, busque outra colher para sua senhoria. Ele quer comer seu mingau de aveia.

— Não quero *nada*! Quero que meu mingau de aveia voe! — Dessa vez Robert atirou a tigela, com mingau, mel e tudo. Petyr Baelish esquivou-se rapidamente, mas meistre Colemon não foi tão veloz. A tigela de madeira o atingiu em cheio no peito, e seu conteúdo explodiu em seu rosto e ombros. Soltou um ganido muito pouco digno de um meistre, enquanto Alayne se virava para acalmar o pequeno fidalgote, mas era tarde demais. O ataque começava. Um jarro de leite voou quando sua mão o atingiu, descontrolada. Quando tentou se levantar, fez tombar a cadeira para trás e caiu por cima dela. O pé atingiu Alayne na barriga com tanta força que a deixou sem fôlego.

— Oh, pela bondade dos deuses — ouviu Petyr dizer, com repugnância.

Gotículas de mingau salpicavam o rosto e os cabelos de meistre Colemon quando ele se ajoelhou sobre seu doente, murmurando palavras tranquilizadoras. Uma gota escorreu-lhe lentamente pela face direita, como se fosse uma lágrima grumosa e marrom-acinzentada. *Não é um ataque tão ruim quanto o último*, pensou Alayne, tentando manter a esperança. Quando os tremores passaram, dois guardas em manto azul-celeste e camisas de cota de malha prateada tinham aparecido, chamados por Petyr.

— Levem-no de volta para a cama e o sangrem — disse o Senhor Protetor, e o guarda mais alto ergueu o garoto nos braços. *Eu mesma podia levá-lo*, pensou Alayne. *Ele não é mais pesado do que uma boneca*.

Colemon deixou-se ficar para trás um momento antes de segui-los.

— Senhor, talvez fosse melhor deixar essa conferência para outro dia. Os ataques de sua senhoria pioraram desde a morte de lady Lysa. Estão mais frequentes e mais violentos. Sangro o menino tanto quanto me atrevo, e misturo vinho dos sonhos e leite de papoula para ajudá-lo a dormir, mas...

— Ele dorme doze horas por dia — Petyr retrucou. — Preciso dele acordado de vez em quando.

O meistre passou os dedos pelos cabelos, fazendo cair gotas de mingau de aveia no chão.

— Lady Lysa dava o seio à sua senhoria sempre que ele ficava cansado demais. Arquimeistre Ebrose diz que o leite de uma mãe tem muitas propriedades salutares.

— É esse o seu conselho, meistre? Que arranjemos uma ama de leite para o Senhor do Ninho da Águia e Defensor do Vale? Quando haveremos de desmamá-lo, no dia de seu casamento? Talvez assim possa passar diretamente dos mamilos da ama para os da esposa — a gargalhada de lorde Petyr deixou claro o que pensava daquilo. — Não, penso que não. Sugiro que encontre outra maneira. O garoto gosta de doces, não gosta?

— Doces? — Colemon parecia surpreso.

— Doces. Bolos e tortas, compotas e geleias, favos de mel. Talvez uma pitada de sonodoce no leite, já experimentou? Só uma pitada, para acalmá-lo e diminuir seus malditos tremores.

— Uma pitada? — O pomo de adão do meistre moveu-se para cima e para baixo quando engoliu em seco. — Uma pitada pequena... talvez, talvez. Sem ser exagerada nem abusar na frequência, sim, podia experimentar...

— Uma pitada — disse lorde Petyr —, antes de trazê-lo para a conferência com os senhores.

— Às suas ordens, senhor — o meistre apressou-se a sair, fazendo a corrente tilintar baixinho a cada passo.

— Pai — perguntou Alayne quando ele saiu —, quer uma tigela de mingau para quebrar o jejum?

— Desprezo mingau de aveia — olhou-a com os olhos do Mindinho. — Preferia quebrar o jejum com um beijo.

Uma filha verdadeira não recusaria um beijo ao pai, portanto, Alayne foi ter com ele e o beijou, um beijo rápido e seco na bochecha, e com igual ligeireza se afastou.

— Que... cumpridora de seus deveres — Mindinho sorriu com os lábios, mas não com os olhos. — Bem, acontece que tenho outros deveres para você. Diga à cozinheira para aquecer um pouco de vinho tinto com mel e passas. Nossos convidados estarão com frio e sede depois de sua longa subida. Deverá recebê-los quando chegarem e lhes oferecer aperitivos. Vinho, pão e queijo. Que tipo de queijo nos resta?

— Do branco azedo e do azul malcheiroso.

— Do branco. E também é melhor que troque de roupa.

Alayne olhou o vestido, do profundo azul e rico vermelho-escuro de Correrrio.

— É muito...

— É muito *Tully*. Os Senhores Declarantes não ficarão felizes se virem minha filha bastarda pavonear-se por aí com as roupas de minha falecida esposa. Arranje outra coisa. Tenho de lembrá-la para evitar o azul-celeste e o creme?

— Não. — Azul-celeste e creme eram as cores da Casa Arryn. — Oito, você disse... Bronze Yohn é um deles?

— O único que importa.

— Bronze Yohn *me conhece* — fê-lo se lembrar. — Foi hóspede em Winterfell quando o filho foi para o Norte vestir o negro. — Tinha uma tênue lembrança de ter se apaixonado perdidamente por sor Waymar, mas aquilo acontecera havia uma vida, quando não passava de uma garotinha estúpida. — E não foi essa a única vez. Lorde Royce viu... ele voltou a ver Sansa Stark em Porto Real, durante o Torneio da Mão.

Petyr pôs-lhe um dedo sob o queixo.

— Que Royce tenha visto este rosto bonito não duvido, mas foi um rosto em mil. Um homem lutando num torneio tem mais em que pensar do que em uma criança na multidão. E, em Winterfell, Sansa era uma garotinha de cabelos ruivos. Minha filha é uma donzela, alta e bela, e seus cabelos são cor de avelã. Os homens veem o que esperam ver, Alayne — deu-lhe um beijo no nariz. — Mande Maddy acender a lareira no aposento privado. Receberei ali os Senhores Declarantes.

— Não vai ser no Alto Salão?

— Não. Que os deuses não permitam que me vejam perto do cadeirão dos Arryn. Poderão pensar que pretendo me sentar nele. Nádegas nascidas tão baixo como as minhas não podem nunca aspirar a almofadas tão sublimes.

— O aposento privado — devia ter parado ali, mas as palavras jorraram de sua boca. — Se lhes desse Robert...

— ... e o Vale?

— Eles *têm* o Vale.

— Oh, uma boa parte, é verdade. Mas não todo. Gostam muito de mim em Vila Gaivota, e também tenho alguns amigos fidalgos. Grafton, Lynderly, Lyonel Corbray... embora reconheça que não são adversários à altura dos Senhores Declarantes. Apesar disso, para onde queria que fôssemos, Alayne? De volta ao meu poderoso forte nos Dedos?

Sansa já pensara sobre aquilo.

— Joffrey lhe deu Harrenhal. Ali é o senhor legítimo.

— Em título. Precisava de um grande domínio para casar com Lysa, e os Lannister não me dariam Rochedo Casterly.

— Sim, mas o castelo é *seu*.

— Ah, e que castelo ele é. Salões cavernosos e torres arruinadas, fantasmas e correntes de ar, custoso para aquecer, impossível de guarnecer... e há aquela pequena questão da maldição.

— Só existem maldições nas canções e nas histórias.

Aquilo pareceu diverti-lo.

— Alguém fez uma canção sobre Gregor Clegane agonizando de uma estocada de lança envenenada? Ou sobre o mercenário antes dele, cujos membros sor Gregor foi removendo uma articulação por vez? Esse tomou o castelo a sor Amory Lorch, que o recebeu das mãos de lorde Tywin. Um foi morto por um urso e o outro, por seu anão. Lady Whent também morreu, segundo ouvi dizer. Lothston, Strong, Harroway... Harrenhal fez murchar todas as mãos que o tocaram.

— Então ofereça-o a lorde Frey.

Petyr riu.

— Talvez o faça. Ou, melhor ainda, à nossa querida Cersei. Embora não devesse falar mal dela, visto que vai me enviar algumas magníficas tapeçarias. Não é bondade da parte dela?

A menção do nome da rainha a fez retesar-se.

— Ela *não é* bondosa. Assusta-me. Se soubesse onde eu estou...

— ... poderia ser obrigado a tirá-la do jogo mais cedo do que planejei. Desde que ela não tire a si própria primeiro — Petyr a provocou com um pequeno sorriso. — No jogo dos tronos, até as peças mais humildes podem ter vontade própria. Por vezes, recusam-se a fazer as jogadas que planejei para elas. Preste bem atenção, Alayne. É uma lição que Cersei Lannister ainda terá que aprender. Bom, não tem deveres a cumprir?

De fato tinha. Tratou primeiro do aquecimento do vinho, encontrou um queijo azedo branco que serviria e ordenou à cozinheira que cozesse pão para vinte pessoas, para o caso de os Senhores Declarantes trazerem mais homens do que o esperado. *Depois de comer nosso pão e sal são hóspedes, e não podem nos fazer mal.* Os Frey tinham quebrado todas as leis de hospitalidade quando assassinaram a senhora sua mãe e o irmão nas Gêmeas, mas não podia crer que um lorde tão nobre como Yohn Royce se rebaixasse a fazer o mesmo.

Em seguida, o aposento privado. Tinha o chão coberto por um tapete myriano, de modo que não era necessário espalhar esteiras. Alayne pediu a dois criados para montar a mesa e trazer oito das pesadas cadeiras de carvalho e couro. Para um banquete, teria colocado uma delas à cabeceira da mesa, outra na outra ponta e três ao longo de cada um dos lados, mas aquilo não era nenhum banquete. Disse aos homens para dispor seis cadeiras de um dos lados da mesa e duas do outro. Àquela altura, os Senhores Declarantes podiam já ter chegado a Neve. A subida demorava a maior parte de um dia, mesmo sendo feita a cavalo e em mulas. A pé, a maioria dos homens levava vários dias.

Talvez a conversa dos senhores se prolongasse noite adentro. Necessitariam de velas novas. Depois de Maddy acender a lareira, mandou-a lá embaixo buscar as velas odoríferas de cera de abelha que lorde Waxley oferecera a lady Lysa quando tentara conquistar sua mão. Então voltou a visitar as cozinhas, para se certificar de que o vinho e o pão estariam a postos. Tudo pareceu estar sob controle, e ainda havia tempo suficiente para tomar banho, lavar os cabelos e trocar de roupa.

Havia um vestido de seda púrpura que a fez hesitar, e outro de veludo azul-escuro fendido de prata que teria despertado toda a cor de seus olhos, mas por fim lembrou-se de que Alayne era, afinal de contas, uma bastarda, e não devia ousar vestir-se acima de sua condição. O vestido que escolheu era de lã de cordeiro, marrom-escuro e de corte simples, com folhas e arabescos bordados no corpete, mangas e bainha em fio dourado. Era modesto e apropriado, embora fosse pouco mais rico do que algo que uma criada poderia vestir. Petyr dera-lhe também todas as joias de lady Lysa, e Sansa experimentou vários colares, mas todos pareciam ostentosos. Por fim, escolheu uma simples fita de veludo de um dourado outonal. Quando Gretchel foi buscar o espelho prateado de Lysa, a cor pareceu-lhe perfeita para a massa de cabelos castanho-escuros de Alayne. *Lorde Royce nunca me reconhecerá*, pensou. *Ora, eu mesma quase não me reconheço.*

Sentindo-se quase tão ousada quanto Petyr Baelish, Alayne Stone envergou seu sorriso e desceu ao encontro de seus hóspedes.

O Ninho da Águia era o único castelo dos Sete Reinos em que a entrada principal ficava por baixo das masmorras. Íngremes degraus de pedra subiam o flanco da montanha, passando por Pedra e por Neve, mas chegavam ao fim em Céu. Os cento e oitenta metros finais da subida eram verticais, forçando os candidatos a visitante a desmontar das mulas e fazer uma escolha. Podiam subir no oscilante cesto de madeira que era usado para içar provisões ou escalar uma chaminé rochosa usando apoios para as mãos abertos na rocha.

Lorde Redfort e lady Waynwood, os mais velhos dos Senhores Declarantes, escolheram ser içados pelo guincho, após o que o cesto voltou a descer para o gordo lorde Belmore. Os outros senhores fizeram a escalada. Alayne os recebeu na Sala Crescente, ao lado de uma lareira reconfortante, onde lhes deu as boas-vindas em nome de lorde Robert e lhes serviu pão e queijo e porções de vinho quente com especiarias em taças de prata.

Petyr dera-lhe um registro armorial para estudar, de modo que reconheceu seus símbolos, embora não lhes reconhecesse o rosto. O castelo vermelho era Redfort, evidentemente; um homem baixo com uma barba grisalha bem aparada e olhos brandos. Lady Anya era a única mulher entre os Senhores Declarantes e usava um manto de um profundo tom de verde, com a roda quebrada de Waynwood realçada por contas de âmbar negro. Seis sinos de prata sobre púrpura era Belmore, com barriga em forma de pera e ombros redondos. A barba era um horror ruivo-acinzentado que rebentava de uma multiplicidade de queixos. A de Symond Templeton, por contraste, era negra e terminava numa ponta aguçada. Um nariz em forma de bico e frios olhos azuis faziam o Cavaleiro de Novestrelas parecer uma elegante ave de rapina. Seu gibão exibia nove estrelas negras sobre uma aspa dourada. O manto de arminho do jovem lorde Hunter confundiu-a, até ver o broche que o prendia, cinco flechas de prata em leque. Alayne teria posto sua idade mais perto dos cinquenta do que dos quarenta anos. O pai governara em Solar de Longarco durante quase sessenta anos, apenas para morrer de forma tão abrupta que havia quem murmurasse que o novo lorde tinha apressado sua herança. O rosto e o nariz de Hunter estavam vermelhos como maçãs, o que denunciava certo gosto pela uva. Assegurou-se de lhe encher a taça tão depressa quanto ele a esvaziava.

O homem mais novo do grupo ostentava três corvos ao peito, cada um trazendo nas garras um coração rubro de sangue. Os cabelos castanhos chegavam-lhe aos ombros; uma madeixa rebelde encaracolava-se em sua testa. Sor Lyn Corbray, pensou Alayne, com um relance cauteloso à sua boca dura e olhos inquietos.

Os últimos a chegar foram os Royce, lorde Nestor e Bronze Yohn. O Senhor de Pedrarruna era tão alto quanto Cão de Caça. Embora tivesse cabelos grisalhos e rugas no rosto, lorde Yohn ainda parecia poder quebrar a maior parte dos homens mais novos como se fossem gravetos nas suas enormes mãos nodosas. Seu rosto vincado e solene trouxe de volta todas as memórias de Sansa do tempo que passara em Winterfell. Lembrava-se dele à mesa, conversando calmamente com a mãe. Ouvia sua voz refletida nas muralhas quando voltara de uma caçada com um gamo atrás da sela. Conseguia vê-lo no pátio, com uma espada de treino na mão, derrubando o pai ao chão e virando-se para derrotar também sor Rodrik. *Ele vai me reconhecer. Como não poderia?* Pensou em atirar-se a seus pés para suplicar sua proteção. *Ele nunca lutou por Robb, por que haveria de lutar por mim? A guerra acabou, e Winterfell caiu.*

— Lorde Royce — perguntou timidamente —, quer uma taça de vinho, para espantar o frio?

Bronze Yohn tinha olhos cor de ardósia, meio escondidos atrás das sobrancelhas mais hirsutas que alguma vez vira. Enrugaram-se quando se viraram para baixo para olhá-la.

— Eu conheço você, garota?

Alayne sentiu-se como se tivesse engolido a língua, mas lorde Nestor a salvou.

— Alayne é filha ilegítima do Senhor Protetor — disse ao primo com maus modos.

— O mindinho do Mindinho tem andado atarefado — disse Lyn Corbray, com um sorriso maldoso. Belmore riu, e Alayne sentiu a cor aumentar em seu rosto.

— Quantos anos tem, criança? — perguntou lady Waynwood.

— Catorze, senhora — por um momento esqueceu-se da idade que Alayne devia ter. — E não sou uma criança, mas uma donzela florida.

— Mas não *desflorada*, esperemos — o farto bigode do jovem lorde Hunter escondia-lhe a boca por completo.

— Ainda — disse Lyn Corbray, como se ela não estivesse presente. — Mas pronta a colher em breve, diria eu.

— Isso é o que passa por cortesia no Lar do Coração? — Os cabelos de Anya Waynwood estavam ficando grisalhos, e ela tinha pés de galinha em volta dos olhos e pele solta sob o queixo, mas o ar de nobreza que possuía era inconfundível. — A garota é jovem e de bom nascimento, e já sofreu horrores o suficiente. Controle a língua, sor.

— Minha língua é problema meu — replicou Corbray. — Vossa senhoria faria bem em controlar a sua. Nunca aceitei bem reprimendas, como um número razoável de homens mortos poderiam lhe dizer.

Lady Waynwood lhe deu as costas.

— É melhor que nos leve ao seu pai, Alayne. Quanto mais depressa nos despacharmos com isto, melhor.

— O Senhor Protetor os espera no aposento privado. Se os senhores me seguirem — ao saírem da Sala Crescente subiram uma íngreme escada de mármore que evitava tanto as criptas quanto as masmorras e passava por baixo de três alçapões, nos quais os Senhores Declarantes fingiram não reparar. Belmore depressa desatou a bufar como um fole, e o rosto de Redfort ficou tão cinzento quanto os cabelos. Os guardas no topo das escadas içaram a porta levadiça quando o grupo se aproximou. — Por aqui, se aprouver aos senhores — Alayne os levou pela arcada, passando por uma dúzia de magníficas tapeçarias. Sor Lothor Brune encontrava-se em pé à porta do aposento privado. Abriu-lhes a porta e entrou atrás deles.

Petyr estava sentado à mesa de montar com uma taça de vinho ao alcance da mão, observando um pergaminho de um branco puro. Ergueu o olhar no momento em que os Senhores Declarantes enchiam a sala.

— Senhores, sejam bem-vindos. Você também, senhora. A subida é cansativa, bem sei. Por favor, sentem-se. Alayne, minha querida, mais vinho para nossos nobres hóspedes.

— Como quiser, pai — agradou-lhe ver que as velas tinham sido acendidas; o aposento privado cheirava a noz-moscada e a outras especiarias dispendiosas. Foi buscar o jarro enquanto os visitantes se instalavam lado a lado... Todos, menos Nestor Royce, que hesitou antes de dar a volta à mesa e ocupar a cadeira vazia ao lado de lorde Petyr, e Lyn Corbray, que em vez de se sentar foi encostar-se à lareira. O rubi em forma de coração no cabo de sua espada brilhou, rubro, quando ele se pôs a aquecer as mãos. Alayne viu-o sorrir a sor Lothor Brune. *Sor Lyn é muito bonito para um homem já com certa idade, pensou, mas não gosto do modo como sorri.*

— Estou lendo essa sua notável declaração — começou Petyr. — Magnífica. Qualquer que tenha sido o meistre que escreveu isto, tem o dom para as palavras. Só desejava que me tivessem convidado para assinar também.

Aquilo os pegou desprevenidos.

— Você? — Belmore manifestou-se. — Assinar?

— Manejo uma pena tão bem quanto qualquer homem, e ninguém ama mais lorde Robert do que eu. Quanto a esses falsos amigos e maus conselheiros, com certeza, acabemos com eles. Senhores, estou com vocês, de coração e de mão. Mostrem-me onde assinar, lhes suplico.

Alayne, servindo, ouviu Lyn Corbray soltar um risinho. Os outros pareceram não saber o que dizer até que Bronze Yohn Royce fez estalar os nós dos dedos e disse:

— Não viemos pedir sua assinatura. Tampouco pretendemos esgrimir palavras com você, Mindinho.

— Que pena. E eu que gosto tanto de uma palavrinha bem esgrimida — Petyr pôs o pergaminho de lado. — Como quiserem. Sejamos francos. O que querem de mim, senhores e senhora?

— Não queremos nada de você — Symond Templeton fitou o Senhor Protetor com seu frio olhar azul. — Queremos que vá embora.

— Embora? — Petyr fingiu surpresa. — Para onde hei de ir?

— A coroa fez de você Senhor de Harrenhal — observou o jovem lorde Hunter. — Isso devia ser suficiente para qualquer homem.

— As terras fluviais precisam de um senhor — disse o velho Horton Redfort. — Correrrio está cercado, Bracken e Blackwood estão em guerra aberta, e os fora da lei percorrem livremente ambas as margens do Tridente, roubando e matando à vontade. Cadáveres por enterrar juncam a paisagem por todo lado.

— Faz que a ideia soe maravilhosamente atraente, lorde Redfort — Petyr respondeu —, mas acontece que tenho deveres urgentes aqui. E é preciso pensar em lorde Robert. Querem que eu arraste uma criança enferma para o meio de uma carnificina como essa?

— Sua senhoria permanecerá no Vale — declarou Yohn Royce.

— Pretendo levar o garoto comigo para Pedrarruna e criá-lo de forma a ser um cavaleiro de que Jon Arryn se orgulharia.

— Por que Pedrarruna? — Petyr tentava adivinhar. — Por que não Ferrobles ou Forterrubro? Por que não Solar de Longarco?

— Qualquer um desses castelos serviria igualmente bem — declarou lorde Belmore —, e sua senhoria os visitaria um de cada vez, a seu tempo.

— Ah sim? — o tom de Petyr parecia sugerir dúvidas.

Lady Waynwood suspirou.

— Lorde Petyr, se pensa em nos pôr uns contra os outros, pode poupar o esforço. Falamos aqui a uma só voz. Pedrarruna serve-nos a todos. Lorde Yohn criou três belos filhos seus, não há homem mais preparado para criar sua jovem senhoria. Meistre Helliweg é bastante mais velho e mais experiente do que seu meistre Colemon, e mais adequado para tratar as fraquezas de lorde Robert. Em Pedrarruna o garoto aprenderá as artes da guerra com Sam Forte Stone. Ninguém pode esperar encontrar um mestre de armas melhor. Septão Lucos o instruirá nos assuntos do espírito. Em Pedrarruna também encontrará outros garotos da sua idade, companheiros mais adequados do que as velhas e os mercenários que atualmente o rodeiam.

Petyr Baelish afagou a barba.

— Sua senhoria precisa de companheiros, não discordo. Mas Alayne dificilmente é uma velha. Lorde Robert gosta muito de minha filha, ele mesmo ficará feliz por lhes dizer. E acontece que pedi a lorde Grafton e a lorde Lynderly para me mandarem um filho cada um como protegido. Tanto um como outro têm um garoto da idade de Robert.

Lyn Corbray soltou uma gargalhada.

— Dois filhotinhos de um par de cãezinhos de colo.

— Robert também devia ter um garoto mais velho por perto. Um jovem escudeiro promissor, digamos. Alguém que pudesse admirar e tentar igualar — Petyr virou-se para lady Waynwood. — Tem um rapaz assim em Ferrobles, senhora. Talvez possa concordar em enviar-me Harrold Hardyng.

Anya Waynwood pareceu estar se divertindo.

— Lorde Petyr, é o ladrão mais ousado que algum dia pretendo conhecer.

— Não desejo roubar o rapaz — disse Petyr —, mas ele e lorde Robert deviam ser amigos.

Bronze Yohn Royce inclinou-se para a frente.

— É adequado e próprio que lorde Robert se torne amigo do jovem Harry, e fará isso... Em Pedrarruna, aos meus cuidados, como meu protegido e escudeiro.

— Entregue-nos o garoto — disse lorde Belmore —, e poderá partir do Vale, sem ser molestado, a caminho de seus legítimos domínios em Harrenhal.

Petyr lançou-lhe um olhar de branda censura.

— Está sugerindo que, caso contrário, poderá me acontecer algo de mal, senhor? Não consigo imaginar por quê. Minha falecida esposa parecia pensar que meus legítimos domínios eram *estes*.

— Lorde Baelish — disse lady Waynwood —, Lysa Tully era viúva de Jon Arryn e mãe de seu filho, e governou aqui como regente. Você... sejamos francos, não é Arryn nenhum, e lorde Robert não é do seu sangue. Com que direito ousa nos governar?

— Julgo recordar que Lysa me nomeou Senhor Protetor.

O jovem lorde Hunter disse:

— Lysa Tully nunca foi realmente do Vale, e não tinha o direito de dispor de nós.

— E lorde Robert? — Petyr perguntou. — Vossa senhoria também vai querer afirmar que lady Lysa não tinha o direito de dispor do próprio filho?

Nestor Royce estivera sempre em silêncio, mas naquele momento interveio sonoramente.

— Um dia, nutri a esperança de desposar eu mesmo lady Lysa. Tal como o pai de lorde Hunter e o filho de lady Anya. Corbray quase não saiu de perto dela durante meio ano. Se tivesse escolhido qualquer um de nós, ninguém aqui presente contestaria seu direito de ser o Senhor Protetor. Acontece que ela escolheu lorde Mindinho e confiou o filho aos seus cuidados.

— Ele também era filho de Jon Arryn, primo — disse Bronze Yohn, mostrando ao Guardião a testa franzida. — Ele pertence ao Vale.

Petyr fingiu confusão.

— O Ninho da Águia faz tanto parte do Vale quanto Pedrarruna. A menos que alguém o tenha deslocado...

— Brinque quanto quiser, Mindinho — disse lorde Belmore com arrogância. — O garoto virá conosco.

— Reluto em desapontá-lo, lorde Belmore, mas meu enteado ficará aqui comigo. Ele não é uma criança robusta, como todos vocês bem sabem. A viagem o sobrecarregaria severamente. Como seu padrasto e Senhor Protetor, não posso permitir.

Symond Templeton pigarreou e disse:

— Cada um de nós tem mil homens no sopé desta montanha, Mindinho.

— Que lugar excelente para eles.

— Se for necessário, podemos convocar muitos mais.

— Está me ameaçando com a guerra, sor? — Petyr não soava nem um pouco assustado.

Bronze Yohn disse:

— Nós ficaremos com lorde Robert.

Por um momento pareceu ter se chegado a um impasse, até que Lyn Corbray se afastou da lareira.

— Toda essa conversa me deixa doente. Mindinho há de nos convencer a despir a roupa de baixo se o escutarmos tempo suficiente. A única maneira de pôr em seu lugar gente como ele é com o aço — puxou a espada longa.

Petyr abriu as mãos.

— Não uso espada, sor.

— Podemos consertar isso facilmente. — A luz das velas ondulou ao longo do aço da lâmina de Corbray, de um cinza como fumaça, tão escuro que fez Sansa lembrar-se de Gelo, a espada larga do pai. — Seu comedor de maçãs tem uma lâmina. Diga-lhe para lhe entregar, ou puxe esse punhal.

Alayne viu Lothor Brune estender as mãos para sua espada, mas, antes que as lâminas tivessem tempo de se cruzar, Bronze Yohn ergueu-se furioso.

— *Guarde seu aço, sor!* É um Corbray ou um *Frey*? Aqui somos hóspedes.

Lady Waynwood franziu os lábios e disse:

— Isso é vergonhoso.

— Embainhe a espada, Corbray — ecoou o jovem lorde Hunter. — Envergonha a todos nós com isso.

— Vamos, Lyn — Redfort censurou num tom mais suave. — Isso não servirá para nada. Ponha a Senhora Desespero na cama.

— Minha senhora tem sede — insistiu sor Lyn. — Sempre que sai para dançar, gosta de uma gota de sangue.

— Sua senhora terá de passar sede — Bronze Yohn pôs-se diretamente na frente de Corbray.

— Os Senhores Declarantes — Lyn Corbray fungou. — Deviam ter chamado a si próprios de as Seis Velhas — voltou a enfiar a espada escura na bainha e os deixou, dando a Brune um encontrão como se não o visse ali. Alayne ficou ouvindo seus passos se afastarem.

Anya Waynwood e Horton Redfort trocaram um olhar. Hunter esvaziou a taça de vinho e a estendeu para que fosse enchida de novo.

— Lorde Baelish — disse sor Symond —, deve nos perdoar por esse espetáculo.

— Ah, devo? — a voz de Mindinho arrefecera. — Vocês o trouxeram aqui, senhores. Bronze Yohn disse:

— Nunca foi nossa intenção...

— *Vocês o trouxeram aqui.* Eu teria todo o direito de chamar os guardas e mandar prender todos.

Hunter se levantou com tamanha violência que quase fez o jarro saltar das mãos de Alayne.

— Deu-nos salvo-conduto!

— Sim. Agradeça por eu ter mais honra do que certas pessoas — Petyr parecia mais zangado do que Alayne alguma vez o vira. — Li sua *declaração* e ouvi suas exigências. Agora, ouçam as minhas. Tirem seus exércitos desta montanha. Vão para casa e deixem meu filho em paz. Houve mau governo, não negarei, mas isso foi obra de Lysa, não minha. Deem-me um ano apenas, e com a ajuda de lorde Nestor prometo que nenhum de vocês terá qualquer motivo para se queixar.

— Isso é o que você diz — Belmore rebateu. — Mas como podemos confiar em você?

— Ousa dizer que *eu* não sou digno de confiança? Não fui eu quem desnudou aço no meio de uma conferência. Fala de defender lorde Robert ao mesmo tempo que lhe nega comida. Isso precisa terminar. Não sou um guerreiro, mas lutarei contra vocês se não levantarem esse cerco. Há outros senhores além de vocês no Vale, e Porto Real também mandará homens. Se é guerra que querem, digam agora, e o Vale sangrará.

Alayne conseguia ver a dúvida desabrochar nos olhos dos Senhores Declarantes.

— Um ano não é um período de tempo tão longo assim — disse lorde Redfort, incerto. — Talvez... se nos der garantias...

— Nenhum de nós deseja a guerra — reconheceu lady Waynwood. — O outono declina, e temos de nos preparar para o inverno.

Belmore pigarreou.

— No fim deste ano...

— ... se não tiver colocado o Vale nos eixos, eu me demitirei voluntariamente do cargo de Senhor Protetor — prometeu-lhes Petyr.

— Acho que isso é mais do que justo — interveio lorde Nestor.

— Não deve haver represálias — insistiu Templeton. — Nenhuma conversa sobre traição ou rebelião. Tem de jurar isso também.

— De bom grado — Petyr afirmou. — O que quero é amigos, não inimigos. Perdoarei a todos por escrito, se o desejarem. Até Lyn Corbray. Seu irmão é um bom homem, não há necessidade de trazer vergonha a uma nobre Casa.

Lady Waynwood virou-se para os outros Senhores Declarantes.

— Senhores, talvez possamos conferenciar?

— Não há necessidade. É evidente que ele ganhou — os olhos cinzentos de Bronze Yohn examinaram Petyr Baelish. — Não gosto da ideia, mas ao que parece tem o seu um ano. É melhor usá-lo bem, senhor. Nem todos nós nos deixamos enganar — abriu a porta com tanta força que quase a arrancou das dobradiças.

Mais tarde houve uma espécie de banquete, embora Petyr fosse forçado a se desculpar pela simplicidade da comida. Robert foi trazido, às pressas, com um gibão creme e azul, e desempenhou o papel de pequeno lorde de uma forma bastante agradável. Bronze Yohn não estava lá para ver; já partira do Ninho da Águia para dar início à longa descida, tal como fizera sor Lyn Corbray antes dele. Os outros senhores permaneceram com eles até a manhã seguinte.

Ele os enfeitiçou, pensou Alayne naquela noite, enquanto, na cama, ouvia o vento uivar junto às suas janelas. Não saberia dizer de onde a suspeita viera, mas uma vez que lhe atravessou a mente não a deixou dormir. Virou-se e se remexeu, roendo a ideia como um cão faria com um velho osso. Por fim, levantou-se e se vestiu, deixando Gretchel com seus sonhos.

Petyr ainda estava acordado, rabiscando uma carta.

— Alayne — disse. — Minha querida. O que a traz aqui tão tarde?

— Preciso saber. O que acontecerá dentro de um ano?

Ele pousou a pena.

— Redfort e Waynwood são velhos. Um ou ambos poderão morrer. Gilwood Hunter será assassinado pelos irmãos. Provavelmente pelo jovem Harlan, que organizou a morte de lorde Eon. Perdido por cem, perdido por mil, eu sempre digo. Belmore é corrupto e pode ser comprado. Com Templeton farei amizade. Bronze Yohn Royce continuará a ser hostil, bem temo, mas enquanto permanecer sozinho não é grande ameaça.

— E sor Lyn Corbray?

A luz das velas dançava em seus olhos.

— Sor Lyn continuará a ser meu implacável inimigo. Falará de mim com desprezo e repugnância a todos os homens que encontrar, e emprestará sua espada a qualquer conspiração secreta para me derrubar.

Foi então que a suspeita de Alayne se transformou em certeza.

— E como o recompensará por esse serviço?

Mindinho soltou uma sonora gargalhada.

— Com ouro, rapazes e promessas, claro. Sor Lyn é um homem de gostos simples, minha querida. Só gosta de ouro, de rapazes, e de matar.

CERSEI

O rei fazia beicinho.

— Quero me sentar no Trono de Ferro — disse-lhe. — Deixava Joff sentar-se lá em cima sempre.

— Joffrey tinha doze anos.

— Mas eu sou o *rei*. O trono me *pertence*.

— Quem foi que lhe disse isso? — Cersei respirou fundo, para que Dorcas lhe apertasse mais o vestido. Era uma garota grande, muito mais forte do que Senelle, embora também fosse mais desajeitada.

O rosto de Tommen enrubesceu.

— Ninguém me disse.

— Ninguém? É assim que chama a senhora sua esposa? — A rainha sentia o cheiro de Margaery Tyrell em toda aquela rebelião. — Se mentir para mim, não terei alternativa exceto mandar buscar Pate e ordenar que o espanque até sangrar — Pate era o garoto que era açoitado no lugar de Tommen, tal como o fora no lugar de Joffrey. — É isso que você quer?

— Não — resmungou o rei com ar mal-humorado.

— Quem lhe disse?

Ele remexeu os pés.

— Lady Margaery. — Sabia que não devia chamá-la de *rainha* ao alcance dos ouvidos da mãe.

— Assim é melhor. Tommen, eu tenho assuntos sérios a decidir, assuntos que você é novo demais para entender. Não preciso de um tolo garotinho agitando-se no trono atrás de mim e me distraindo com perguntas infantis. Suponho que Margaery também ache que devia estar presente nas reuniões do meu conselho?

— Sim — ele admitiu. — Diz que eu tenho de aprender a ser rei.

— Quando for mais velho, poderá estar presente em tantos conselhos quantos quiser — disse-lhe Cersei. — Garanto-lhe que ficará cansado deles rapidamente. Robert costumava cochilar durante as sessões — *quando sequer se incomodava em estar presente*. — Preferia caçar e fazer falcoaria, e deixava os assuntos tediosos para o velho lorde Arryn. Lembra-se dele?

— Morreu de dor de barriga.

— É verdade, pobre homem. Se você está tão ansioso por aprender, talvez devesse aprender o nome de todos os reis de Westeros e das Mãos que os serviram. Pode recitá-los para mim amanhã.

— Sim, mãe — ele concordou docilmente.

— Este é meu bom garoto. — O governo era seu; Cersei não pretendia abrir mão dele até que Tommen se tornasse homem. *Eu esperei, ele também pode esperar. Esperei metade da vida*. Desempenhara o papel de filha obediente, de noiva rosada, de esposa maleável. Aguentara os apalpões bêbados de Robert, o ciúme de Jaime, as piadas de Renly, Varys com seus risinhos abafados, Stannis que não parava de ranger os dentes. Contendera com Jon Arryn, Ned Stark e seu vil, traiçoeiro e assassino irmão anão, e durante todo o tempo prometia a si mesma que um dia seria a sua vez. *Se Margaery Tyrell acha que pode roubar minha hora ao sol, é bom que pense duas vezes*.

Mesmo assim, era uma maneira desagradável de quebrar o jejum, e o dia de Cersei não melhorou tão cedo. Passou o resto da manhã com lorde Gyles e seus livros de registros, ouvindo-o tossir sobre estrelas, veados e dragões. Depois dele, chegou lorde Waters para informá-la que os primeiros três dromones estavam quase concluídos, e para suplicar mais ouro a fim de terminá-los com o esplendor que mereciam. A rainha concedeu-lhe o pedido com satisfação. O Rapaz Lua deu cambalhotas enquanto Cersei almoçava com membros das guildas mercantis e ouvia suas queixas sobre pardais que vagueavam pelas ruas e dormiam nas praças. *Posso ter de usar os homens de manto dourado para correr com esses pardais da cidade*, ela pensava quando Pycelle apareceu sem ser convidado.

Nos últimos tempos, o grande meistre tinha andado especialmente rabugento no conselho. Na última sessão, queixara-se amargamente dos homens que Aurane Waters escolhera para capitanear seus dromones. Waters pretendia dar os navios a homens mais jovens, enquanto Pycelle argumentava a favor da experiência, insistindo que os comandos deviam ir para os capitães que tivessem sobrevivido aos incêndios na Água Negra.

"Homens temperados, de comprovada lealdade", chamara-os o grande meistre. Cersei a eles se referia como velhos, e pusera-se do lado de lorde Waters.

"A única coisa que esses capitães provaram foi que sabiam nadar", dissera. "Nenhuma mãe deve sobreviver aos filhos, e nenhum capitão deve sobreviver ao navio." Pycelle recebera mal a censura.

Naquele dia parecia menos colérico, e até conseguiu abrir um trêmulo sorriso.

— Vossa Graça, boas-novas — anunciou. — Wyman Manderly fez o que ordenou e decapitou o Cavaleiro das Cebolas de lorde Stannis.

— Temos certeza disso?

— A cabeça e as mãos do homem foram colocadas sobre as muralhas de Porto Branco. Lorde Wyman assim admite, e os Frey confirmam. Viram lá a cabeça, com uma cebola na boca. E as mãos, uma das quais marcada por seus dedos encurtados.

— Ótimo — Cersei exultou. — Envie uma ave a Manderly e informe-o que o filho lhe será devolvido de imediato, agora que demonstrou sua lealdade — Porto Branco regressaria em breve à paz do rei, e Roose Bolton e seu filho bastardo aproximavam-se de Fosso Cailin pelo sul e pelo norte. Depois de o Fosso estar nas mãos deles, juntariam forças e expulsariam também os homens de ferro de Praça de Torrhen e de Bosque Profundo. Isso devia lhes garantir a lealdade dos demais vassalos de Ned Stark quando chegasse o momento de marchar contra lorde Stannis.

Ao sul, entretanto, Mace Tyrell erguera uma cidade de tendas junto a Ponta Tempestade e tinha duas dúzias de catapultas atirando pedras contra as maciças muralhas do castelo, até agora com pouco efeito. *Lorde Tyrell, o guerreiro*, cismou a rainha. *Seu símbolo devia ser um gordo sentado.*

Naquela tarde, o obstinado enviado de Braavos apareceu para sua audiência. Cersei a adiara durante uma quinzena, e a teria adiado de bom grado durante mais um ano, mas lorde Gyles afirmava que já não conseguia lidar com o homem... Embora a rainha começasse a perguntar a si mesma se Gyles era capaz de fazer *alguma coisa* além de tossir.

Noho Dimittis, chamava-se o braavosiano. Um nome irritante para um homem irritante. Sua voz também assim era. Cersei remexeu-se na cadeira enquanto ele falava, perguntando a si mesma quanto tempo teria de suportar suas fanfarronices. Atrás dela erguia-se o Trono de Ferro, cujas farpas e lâminas derramavam sombras retorcidas pelo chão. Só o rei ou a sua Mão podiam se sentar no trono propriamente dito. Cersei sentava-se perto da base, numa cadeira de madeira dourada estofada com almofadas carmesim.

Quando o braavosiano fez uma pausa para ganhar fôlego, Cersei viu sua brecha.

— Isso é um assunto mais adequado para o nosso senhor tesoureiro.

Aquela resposta não agradou ao nobre Noho, segundo parecia.

— Já falei com lorde Gyles seis vezes. Ele tosse e se desculpa, Vossa Graça, mas o ouro não aparece.

— Fale com ele uma sétima vez — Cersei sugeriu num tom agradável. — O número sete é sagrado para nossos deuses.

— Vejo que agrada a Vossa Graça fazer um gracejo.

— Quando faço um gracejo, sorrio. Está me vendo sorrir? Ouve risos? Asseguro-lhe de que, quando faço um gracejo, os homens riem.

— O rei Robert...

— ... está morto — ela disse, em tom penetrante. — O Banco de Ferro terá seu ouro quando essa rebelião for reprimida.

Ele teve a insolência de lhe franzir as sobrancelhas.

— Vossa Graça...

— Esta audiência chegou ao fim. — Cersei suportara mais do que o suficiente por um dia. — Sor Meryn, mostre a saída ao nobre Noho Dimittis. Sor Osmund, pode acompanhar-me aos meus aposentos — os convidados chegariam em breve, e tinha de tomar banho e trocar de roupa. O jantar prometia ser também uma coisa entediante. Governar um reino era trabalho duro; sete, então...

Sor Osmund Kettleblack pôs-se a seu lado na escada, alto e esguio em seus panos brancos da Guarda Real. Quando Cersei teve certeza de que estavam totalmente sozinhos, deu-lhe o braço.

— Diga-me, como passa seu irmão mais novo?

Sor Osmund fez uma expressão de desconforto.

— Ah... bastante bem, só que...

— Só o quê? — a rainha deixou que um traço de ira transparecesse em sua voz. — Tenho de confessar que começo a perder a paciência com nosso querido Osney. Já é mais que hora de ele domar aquela potrazinha. Nomeei-o escudo juramentado de Tommen para que pudesse passar algum tempo todos os dias na companhia de Margaery. A essa altura já devia ter colhido a rosa. A pequena rainha é cega para os seus encantos?

— Não há nada de errado com os encantos dele. Ele é um Kettleblack, não é? Com a sua licença. — Sor Osmund passou os dedos pelos oleosos cabelos negros. — O problema está nela.

— E por quê? — A rainha começara a nutrir dúvidas acerca de sor Osney. Talvez outro homem fosse mais do gosto de Margaery. *Aurane Waters, com aqueles cabelos prateados, ou um tipo grande e robusto como sor Tallad.* — A donzela preferiria outra pessoa? O rosto do seu irmão a desagrada?

— Ela gosta do seu rosto. Tocou-lhe as cicatrizes há dois dias, ele me disse. "Que mulher lhe fez isso?", ela perguntou. Osney nunca disse que tinha sido uma mulher, mas ela sabia. Talvez alguém lhe tenha dito. Ele diz que ela sempre o toca quando conversam. Endireita-lhe o broche do manto, afasta-lhe os cabelos para trás, coisas assim. Uma vez, no treino de tiro ao alvo, pediu-lhe que lhe mostrasse como se pega num arco longo, e ele teve de colocar os braços em volta dela. Osney diz-lhe gracejos obscenos, e ela dá risada e responde com outros ainda mais obscenos. Não, ela o deseja, isso é evidente, mas...

— Mas? — Cersei o incitou.

— Nunca estão sozinhos. O rei está quase sempre com eles e, quando não está, há outras pessoas. Duas de suas damas partilham sua cama, todas as noites. Outras duas trazem-lhe o café da manhã e a ajudam a se vestir. Ela reza com a septã, lê com a prima Elinor, canta com a prima Alla, cose com a prima Megga. Quando não vai fazer falcoaria com Janna Fossoway e Merry Crane, está jogando o vem ao meu castelo com aquela garotinha Bulwer. Nunca vai montar sem levar uma comitiva, pelo menos quatro ou cinco companheiros e uma dúzia de guardas. E há sempre homens em volta dela, até na Arcada das Donzelas.

— Homens. — Aquilo era alguma coisa. Aquilo tinha possibilidades. — Diga-me, que homens são esses?

Sor Osmund encolheu os ombros.

— Cantores. É louca por cantores e malabaristas e gente dessa espécie. Cavaleiros, que vêm sonhar com as primas. Osney diz que sor Tallad é o pior. Aquele grande imbecil não parece saber se é Elinor ou Alla que deseja, mas sabe que a deseja com toda força. Os gêmeos Redwyne também vão visitá-la. O Babão traz flores e frutas, e Horror interessou-se pelo alaúde. Segundo o que Osney diz, seria possível fazer sons mais agradáveis estrangulando um gato. O ilhéu do verão também anda sempre por lá.

— Jalabhar Xho? — Cersei soltou uma fungadela de desprezo. — Mendigando ouro e espadas para reconquistar sua terra, certamente. — Por trás de suas joias e penas, Xho pouco mais era do que um pedinte bem-nascido. Robert podia ter posto fim à maçada de uma vez por todas com um firme "não", mas a ideia de conquistar as Ilhas do Verão apelara ao ébrio imbecil de seu marido. Sem dúvida sonhava com garotas de pele bronzeada, nuas por baixo de mantos de penas, com mamilos negros como carvão. De modo que, em vez de um "não", Robert sempre dizia a Xho: "Ano que vem", embora, sem que se soubesse bem como, o próximo ano nunca chegava.

— Não sei dizer se ele estava mendigando, Vossa Graça — sor Osmund respondeu. — Osney diz que está lhes ensinando a língua do Verão. Não a Osney, à rai... à potra, e às suas primas.

— Um cavalo que falasse a língua do Verão seria uma grande sensação — a rainha disse secamente. — Diga ao seu irmão para manter as esporas bem afiadas. Em breve encontrarei alguma maneira de ele montar sua potra, pode contar com isso.

— Direi a ele, Vossa Graça. Osney está ansioso por tal montaria, não julgue que não está. Ela é uma coisinha bonita, a potra.

É por mim que ele está ansioso, imbecil, pensou a rainha. *Tudo que quer de Margaery é a senhoria que ela tem entre as pernas.* Por mais que gostasse de Osmund, por vezes ele lhe parecia tão lento de raciocínio quanto Robert. *Espero que tenha a espada mais rápida do que os miolos. Pode chegar o dia em que Tommen precise dela.*

Passavam pela sombra lançada pelas ruínas da Torre da Mão quando o ruído de aclamações os submergiu. Do outro lado do pátio, um escudeiro qualquer tinha passado pelo estafermo e pusera-lhe o braço a girar. As aclamações eram lideradas por Margaery Tyrell e suas galinhas. *Um grande tumulto por pouca coisa. Dir-se-ia que o rapaz tinha ganho um torneio.* Então, ficou surpresa em ver que quem estava montado no corcel era Tommen, todo revestido de aço dourado.

A rainha não teve escolha exceto pôr um sorriso no rosto e ir ver o filho. Chegou perto dele no momento em que o Cavaleiro das Flores o ajudava a descer do cavalo. O garoto estava sem fôlego de tão excitado.

— Viram? — perguntava a toda a gente. — Fiz do jeito que sor Loras disse. Viu, sor Osney?

— Vi — Osney Kettleblack assentiu. — Uma bela visão.

— Tem melhor postura do que eu, senhor — acrescentou sor Dermot.

— E também quebrei a lança. Sor Loras, ouviu?

— Alto como o estalido do trovão. — Uma rosa de jade e ouro prendia o manto branco de sor Loras ao ombro, e o vento lhe bagunçava habilmente as madeixas castanhas. — Fez uma magnífica corrida, mas uma vez não basta. Deve repeti-la amanhã. Tem de montar todos os dias, até que cada golpe seja bom e direto, e a lança faça tanto parte de você quanto seu braço.

— Quero fazer isso.

— Foi soberbo — Margaery caiu sobre um joelho, beijou o rei no rosto e pôs um braço em volta dele. — Irmão, tome cuidado — avisou a Loras. — Meu galante marido estará derrubando você dentro de alguns anos, ao que me parece. — As três primas concordaram, e a miserável garotinha Bulwer pôs-se aos saltos, cantarolando:

— Tommen vai ser *campeão, campeão, campeão.*

— Quando for um homem-feito — Cersei a interrompeu.

Os sorrisos deles murcharam como rosas beijadas pela geada. A velha septã bexigosa foi a primeira a dobrar o joelho. Os outros a imitaram, exceto a pequena rainha e o irmão.

Tommen não pareceu reparar no súbito frio que tomou conta da atmosfera.

— Mãe, você me viu? — fervilhou em tom de felicidade. — Quebrei a lança no escudo, e o saco não me atingiu!

— Estava observando da outra ponta do pátio. Esteve muito bem, Tommen. Não esperava menos de você. A justa está em seu sangue. Um dia dominará as liças, como fez seu pai.

— Nenhum homem conseguirá vencê-lo — Margaery Tyrell dirigiu à rainha um sorriso recatado. — Mas eu não sabia que rei Robert era assim tão dotado para a justa. Por favor, diga-nos, Vossa Graça, que torneios ele ganhou? Que grandes cavaleiros derrubou? Sei que o rei gostará de ouvir falar das vitórias do pai.

Um rubor subiu pelo pescoço de Cersei. A garota a apanhara. Robert Baratheon tinha sido, na verdade, um competidor indiferente nas justas. Durante os torneios preferia de longe o corpo a corpo, quando podia espancar homens até fazer sangue com machados sem gume ou martelos. Era em Jaime que estava pensando quando falara. *Não é próprio de mim perder o controle.*

— Robert venceu o torneio do Tridente — teve de dizer. — Derrubou o príncipe Rhaegar e me nomeou sua rainha do amor e da beleza. Surpreende-me que não conheça essa história, nora — não deu a Margaery tempo para preparar uma resposta. — Sor Osmund, ajude meu filho a tirar a armadura, se fizer a bondade. Sor Loras, acompanhe-me. Preciso trocar uma palavra com você.

O Cavaleiro das Flores não teve alternativa exceto segui-la como o cachorrinho que era. Cersei esperou até estarem na escada em espiral antes de dizer:

— Diga-me, de quem foi essa ideia?

— Da minha irmã — admitiu o jovem. — Sor Tallad, sor Dermot e sor Portifer arremetiam contra o estaferno, e a rainha sugeriu que Sua Graça talvez gostasse de experimentar.

Ele a chama desse jeito para me aborrecer.

— E o seu papel?

— Ajudei Sua Graça a envergar a armadura e lhe mostrei como segurar a lança — ele respondeu.

— Aquele cavalo era muito maior do que devia ser para ele. E se tivesse caído? E se o saco de areia tivesse batido em sua cabeça?

— Manchas negras e lábios rachados fazem parte de ser um cavaleiro.

— Começo a entender por que seu irmão é um aleijado — agradou-lhe ver que aquilo varreu o sorriso do lindo rosto do rapaz. — Meu irmão talvez não lhe tenha explicado seus deveres, sor. Está aqui para proteger meu filho de seus inimigos. Treiná-lo para a cavalaria é território do mestre de armas.

— A Fortaleza Vermelha não tem mestre de armas desde que Aron Santagar foi morto — respondeu sor Loras, com uma sugestão de censura na voz. — Sua Graça tem quase nove anos e está ansioso por aprender. Na sua idade, devia ser um escudeiro. Alguém precisa ensiná-lo.

Alguém ensinará, mas não será você.

— Diga-me, de quem foi escudeiro, sor? — perguntou, com voz doce. — De lorde Renly, não foi?

— Tive essa honra.

— Sim, era o que eu pensava — Cersei já vira como se tornavam fortes os laços entre os escudeiros e os cavaleiros que serviam. Não queria que Tommen se tornasse próximo de Loras Tyrell. O Cavaleiro das Flores não era o tipo de homem que um garoto devesse emular. — Fui descuidada. Com um reino para governar, uma guerra para travar e um pai para chorar, não sei como deixei passar a questão crucial de nomear um novo mestre de armas. Retificarei imediatamente esse erro.

Sor Loras empurrou para trás uma madeixa castanha que lhe tinha caído sobre a testa.

— Vossa Graça não encontrará nenhum homem com metade da minha destreza com a espada e a lança.

Somos modestos, não somos?

— Tommen é o seu rei, não seu escudeiro. Cabe a você lutar e morrer por ele, se for necessário. Nada mais.

Deixou-o na ponte levadiça que passava sobre o fosso seco com seu leito de espigões de ferro e entrou sozinha na Fortaleza de Maegor. *Onde vou arranjar um mestre de armas?*, perguntou a si mesma enquanto subia a escada que levava aos seus aposentos. Tendo recusado sor Loras, não se atrevia a se virar para nenhum dos cavaleiros da Guarda Real; isso seria colocar sal na ferida, o que certamente enfureceria Jardim de Cima. *Sor Tallad? Sor Dermot? Deve haver alguém.* Tommen começava a gostar de seu novo escudo juramentado, mas Osney estava se revelando menos capaz do que esperara na questão de lady Margaery, e tinha um cargo diferente em mente para o irmão Osfryd. Era realmente uma pena que Cão de Caça tivesse pegado raiva. Tommen sempre tivera medo da voz dura e do rosto queimado de Sandor Clegane, e o escárnio de Clegane teria sido o antídoto perfeito para o cavalheirismo afetado de Loras Tyrell.

Aron Santagar era dornês, recordou Cersei. *Podia apelar a Dorne.* Séculos de sangue e guerra interpunham-se entre Lançassolar e Jardim de Cima. *Sim, um dornês podia se adequar admiravelmente às minhas necessidades. Deve haver alguns bons homens de armas em Dorne.*

Quando entrou no aposento privado, Cersei encontrou lorde Qyburn lendo num banco de janela.

— Se aprouver a Vossa Graça, tenho relatórios.

— Mais conspirações e traições? — Cersei resmungou. — Tive um dia longo e cansativo. Conte-me depressa.

Ele sorriu com simpatia.

— Às suas ordens. Diz-se que o Arconte de Tyrosh ofereceu termos a Lys para pôr fim à guerra comercial que têm em curso. Havia o rumor de que Myr se preparava para entrar na guerra do lado de Tyrosh, mas, sem a Companhia Dourada, os myrianos não acharam poder...

— O que os myrianos acreditam não me preocupa. — As Cidades Livres andavam sempre lutando umas com as outras. Suas eternas traições e alianças pouco ou nada significavam para Westeros. — Tem alguma notícia de maior importância?

— A revolta de escravos em Astapor espalhou-se para Meereen, ao que parece. Marinheiros saídos de uma dúzia de navios falam de dragões...

— Harpias. Em Meereen são harpias. — Lembrava-se daquilo de algum lugar. Meereen ficava na ponta mais distante do mundo, para leste, depois de Valíria. — Que os escravos se revoltem. Que me importa isso? Em Westeros não temos escravos. É tudo que tem para mim?

— Há algumas notícias vindas de Dorne que Vossa Graça poderá achar de maior interesse. Príncipe Doran aprisionou sor Daemon Sand, um bastardo que outrora serviu como escudeiro ao Víbora Vermelha.

— Lembro-me dele. — Sor Daemon estivera entre os cavaleiros dorneses que acompanharam o príncipe Oberyn até Porto Real. — Que foi que ele fez?

— Exigiu que as filhas do príncipe Oberyn fossem libertadas.

— Mais tolo é.

— Além disso — disse lorde Qyburn —, a filha do Cavaleiro de Matamalhada foi prometida muito inesperadamente a lorde Estermont, segundo nos informam nossos amigos em Dorne. Foi enviada para Pedraverde nessa mesma noite, e diz-se que ela e Estermont já se casaram.

— Um bastardo na barriga explicaria isso. — Cersei brincou com uma madeixa de cabelo. — Que idade tem a corada noiva?

— Vinte e três, Vossa Graça. Ao passo que lorde Estermont...

— ... deve ter setenta. Estou ciente disso. — Os Estermont eram seus familiares por afinidade, através de Robert, cujo pai tomara uma delas como esposa naquilo que devia ter sido um ataque de luxúria ou de loucura. Quando Cersei se casara com o rei, a senhora mãe de Robert estava morta havia muito tempo, embora ambos os seus irmãos tivessem aparecido para a boda, após o que se deixaram ficar durante meio ano. Mais tarde, Robert insistira em devolver a cortesia com uma visita a Estermont, uma ilhota montanhosa ao largo do Cabo da Fúria. A úmida e sombria quinzena que Cersei passara em Pedraverde, a sede da Casa Estermont, fora a mais longa de sua jovem vida. Jaime apelidara o castelo, assim que o vira, de "*Merdaverde*", e rapidamente pusera Cersei a chamá-la do mesmo jeito. Fora isso, passava os dias vendo seu real marido fazer falcoaria, caçar, beber com os tios e espancar vários dos primos até deixá-los sem sentidos no pátio de Merdaverde.

Também tinha havido uma prima, uma viuvinha robusta com seios grandes como melões, cujo marido e pai tinham ambos morrido em Ponta Tempestade durante o cerco. "O pai dela foi bom para mim", dissera-lhe Robert, "e ela e eu brincávamos juntos quando éramos pequenos." Não demorou muito tempo para começar outra vez a brincar com ela. Assim que Cersei fechava os olhos, o rei escapulia para ir consolar a pobre criatura solitária. Uma noite, mandou Jaime segui-lo, para confirmar as suspeitas. Quando o irmão regressou, perguntou-lhe se queria Robert morto.

"Não", respondera, "quero-o encornado." Gostava de pensar que tinha sido naquela noite que Joffrey foi concebido.

— Eldon Estermont tomou uma esposa cinquenta anos mais nova do que ele — disse a Qyburn. — Por que deveria me importar com isso?

Ele encolheu os ombros.

— Não digo que deva... mas Daemon Sand e essa garota Santagar eram ambos próximos da filha do príncipe Doran, Arianne, ou pelo menos é o que os dorneses nos querem levar a crer. Talvez queira dizer pouco ou nada, mas achei que Vossa Graça devia saber.

— Agora já sei — estava perdendo a paciência. — Tem mais?

— Mais uma coisa. Um assunto sem importância — dirigiu-lhe um sorriso que era um pedido de desculpas e lhe falou de um espetáculo de fantoches, no qual o reino dos animais era governado por um grupo de altivos leões. — Os leões fantoches vão se tornando gananciosos e arrogantes à medida que essa história traiçoeira progride, até começarem a devorar seus súditos. Quando o nobre veado levanta objeções, os leões o devoram também e rugem que estão no seu direito, visto serem as mais poderosas das feras.

— E acaba assim? — Cersei quis saber, parecendo se divertir. Vista sob a luz certa, a história podia ser encarada como uma salutar lição.

— Não, Vossa Graça. No fim, um dragão eclode de um ovo e devora todos os leões.

O final levava o espetáculo de fantoches da simples insolência à traição.

— Idiotas sem miolos. Só cretinos arriscariam a cabeça por causa de um dragão de madeira — refletiu por um momento. — Envie alguns de seus cochichadores a esses espetáculos e tome nota de quem os assiste. Se houver homens dignos de nota, quero conhecer seus nomes.

— E o que será feito com eles, se me permite a ousadia?

— Qualquer homem de posses deverá ser multado. Metade de sua fortuna deverá ser suficiente, para lhe ensinar uma boa lição e voltar a encher nossos cofres, sem chegarmos propriamente a arruiná-lo. Os que forem pobres demais para pagar podem perder um olho, por assistir a traições. Para os titereiros, o machado.

— Eles são quatro. Talvez Vossa Graça possa me conceder dois deles para os meus fins. Uma mulher seria particularmente...

— Dei-vos Senelle — a rainha retrucou em tom penetrante.

— Infelizmente a pobre garota está bastante... exausta.

Cersei não gostava de pensar naquilo. A garota fora com ele sem suspeitar de nada, julgando que ia servir. Nem mesmo quando Qyburn lhe fechou a corrente em volta do pulso pareceu compreender. A recordação ainda deixava a rainha nauseada. *As celas estavam geladas. Até os archotes tremiam. E aquela coisa maligna gritando na escuridão...*

— Sim, pode ficar com uma mulher. Duas, se lhe aprouver. Mas, primeiro, quero nomes.

— Às suas ordens — Qyburn se retirou.

Lá fora o sol se punha. Dorcas lhe preparara um banho. A rainha estava mergulhada agradavelmente em água tépida e meditava sobre o que queria dizer aos seus convidados para o jantar quando Jaime irrompeu porta adentro, ordenando a Jocelyn e Dorcas que saíssem. O irmão parecia bastante menos que imaculado e exalava cheiro de cavalo. Trazia também Tommen consigo.

— Querida irmã — disse —, o rei quer uma palavrinha.

As madeixas douradas de Cersei flutuavam na água do banho. A sala estava cheia de vapor. Um pingo de suor lhe escorreu pelo rosto.

— Tommen? — disse, numa voz perigosamente suave. — O que é agora?

O garoto conhecia aquele tom. Encolheu-se.

— Sua Graça quer o corcel branco amanhã — Jaime respondeu por ele. — Para sua lição de justa.

Cersei sentou-se na banheira.

— Não haverá justas.

— Haverá, sim — balbuciou Tommen através do lábio inferior. — Tenho de montar *todos os dias*.

— E montará — declarou a rainha —, depois de termos um mestre de armas adequado para supervisionar seu treino.

— Eu não *quero* um mestre de armas adequado. Quero sor Loras.

— Tem esse rapaz numa conta demasiado alta. Sua pequena esposa lhe encheu a cabeça de ideias tolas acerca de sua perícia, eu sei, mas Osmund Kettleblack é três vezes melhor cavaleiro do que Loras.

Jaime soltou uma gargalhada.

— O Osmund Kettleblack que eu conheço, não.

Teve vontade de esganá-lo. *Talvez tenha de ordenar a sor Loras que permita que sor Osmund o derrube do cavalo.* Aquilo talvez expulsasse as estrelas dos olhos de Tommen. *Salgue uma lesma e envergonhe um herói, eles encolhem logo.*

— Vou mandar vir um dornês para treinar você — disse. — Os dorneses são os melhores cavaleiros de justas do reino.

— Não são nada — disse Tommen. — Seja como for, não quero nenhum dornês estúpido, quero *sor Loras. É uma ordem.*

Jaime soltou uma gargalhada. *Ele não está ajudando em nada. Será que acha isso divertido?* A rainha deu uma palmada irritada na água.

— Terei de mandar buscar Pate? Você *não* me dá ordens. Eu sou sua mãe.

— Sim, mas eu sou o *rei*. Margaery diz que todos têm de fazer o que o rei disser. Quero meu corcel branco selado de manhã para que sor Loras possa me ensinar a montar em justas. E também quero um gatinho, e não quero comer beterrabas — ele cruzou os braços.

Jaime continuava a rir. A rainha o ignorou.

— Tommen, venha cá — quando ele não foi, ela suspirou. — Tem medo? Um rei não deve mostrar medo. — O garoto aproximou-se da banheira, com os olhos baixos. Ela estendeu um braço e lhe afagou os cachos dourados. — Rei ou não, é um garotinho. Até ter idade, o governo é meu. Você vai aprender a justar, eu lhe prometo. Mas não com Loras. Os cavaleiros da Guarda Real têm deveres mais importantes a desempenhar do que brincar com uma criança. Pergunte ao Senhor Comandante. Não é verdade, sor?

— Deveres muito importantes — Jaime abriu um ligeiro sorriso. — Cavalgar em volta das muralhas da cidade, por exemplo.

Tommen parecia prestes a chorar.

— Posso ao menos ter um gatinho?

— Talvez — a rainha concedeu. — Desde que eu não ouça mais disparates sobre justas. Pode me fazer essa promessa?

Ele remexeu os pés.

— Sim.

— Ótimo. Agora saia. Meus convidados estarão aqui em breve.

Tommen obedeceu, mas antes de sair virou-se e disse:

— Quando for rei de pleno direito, vou tornar as beterrabas *ilegais*.

O irmão de Cersei fechou a porta com o coto.

— Vossa Graça — disse, quando os dois ficaram a sós —, estou curioso. Está bêbada, ou será apenas estúpida?

Ela voltou a dar uma palmada na água, fazendo voar água e encharcar os pés do irmão.

— Cuidado com a língua, senão...

— ... senão o quê? Vai me mandar inspecionar as muralhas da cidade outra vez? — sentou-se e cruzou as pernas. — A porcaria das suas muralhas está em bom estado. Rastejei por cada centímetro e examinei todos os sete portões. Três dobradiças no Portão de Ferro estão enferrujadas, e o Portão do Rei e o Portão da Lama precisam ser substituídos depois da pancada que Stannis lhes deu com os aríetes. As muralhas estão tão fortes como sempre foram... Mas talvez Vossa Graça tenha se esquecido de que os nossos amigos de Jardim de Cima estão *dentro* das muralhas?

— Não me esqueço de nada — disse-lhe, pensando numa certa moeda de ouro, com uma mão de um lado e a cabeça de um rei esquecido no outro. *Como foi que um miserável desgraçado de um carcereiro se arranjou para ter uma moeda daquelas escondida debaixo do penico? Como é que um homem como Rugen obtém ouro velho de Jardim de Cima?*

— Esta foi a primeira vez que ouvi falar de um novo mestre de armas. Vai ter de procurar muito, e durante bastante tempo, para encontrar um melhor justador do que Loras Tyrell. Sor Loras é...

— Eu sei o que ele é. Não o quero perto de meu filho. É melhor que lhe relembre seus deveres. — A água do banho estava esfriando.

— Ele conhece seus deveres, e não há melhor lanceiro...

— Você era melhor, antes de perder a mão. Sor Barristan também, quando era novo. Arthur Dayne era melhor, e príncipe Rhaegar faria frente até a ele. Não me venha com disparates sobre a ferocidade da Flor. Ele não passa de um rapaz — estava farta de ter Jaime contrariando-a. Nunca ninguém contrariara o senhor seu pai. Quando Tywin Lannister falava, os homens obedeciam. Quando Cersei falava, sentiam-se livres para aconselhá-la, contradizê-la e até se *recusarem* a fazer o que ela queria. *Tudo porque sou mulher. Porque não posso lutar com eles com uma espada. Tinham por Robert mais respeito do que têm por mim, e Robert era um bêbado desmiolado.* Não admitiria aquilo, especialmente de Jaime. *Tenho de me livrar dele, e depressa.* Certa vez, sonhara que os dois poderiam governar os Sete Reinos lado a lado, mas Jaime transformara-se mais em obstáculo do que em aliado.

Cersei ergueu-se da banheira. Água lhe escorreu pelas pernas e lhe pingou dos cabelos.

— Quando quiser seu conselho, pedirei. Deixe-me, sor. Preciso me vestir.

— Seus convidados para o jantar, já sei. Que trama é essa agora? Há tantas que me confundo — o olhar dele caiu sobre a água que formava gotas nos pelos dourados entre suas pernas.

Ele ainda me deseja.

— Com saudades do que perdeu, irmão?

Jaime ergueu os olhos.

— Também te amo, querida irmã. Mas é uma tola. Uma bela tola dourada.

As palavras a machucaram. *Chamou-me de coisas mais gentis em Pedraverde, na noite em que plantou Joff dentro de mim*, Cersei pensou.

— Fora — virou-lhe as costas e ficou ouvindo-o partir, tateando a porta com o coto.

Enquanto Jocelyn se assegurava de que tudo estava a postos para o jantar, Dorcas ajudou a rainha a envergar o vestido novo. Tinha listras de brilhante cetim verde, alternadas com listras macias de veludo negro, e uma intricada renda myriana por sobre o corpete. A renda myriana era dispendiosa, mas era necessário que uma rainha tivesse o melhor aspecto possível em todas as ocasiões, e as malditas lavadeiras tinham feito encolher vários de seus antigos vestidos até deixarem de lhe servir. Cersei as teria chicoteado por causa da falta de cuidado, mas Taena a instara a ser misericordiosa.

"O povo a amará mais se for bondosa", dissera, e Cersei ordenou que o valor dos vestidos fosse deduzido do pagamento das mulheres, uma solução muito mais elegante.

Dorcas pôs-lhe um espelho de prata na mão. *Muito bem*, pensou a rainha, sorrindo ao seu reflexo. Era agradável sair do luto. O negro fazia-a parecer pálida demais. *Uma pena que não jante com lady Merryweather*, refletiu a rainha. Fora um longo dia, e o espírito de Taena animava-a sempre. Cersei não tinha uma amiga que apreciasse tanto desde Melara Hetherspoon, e Melara revelara-se uma conspiradorazinha ambiciosa com ideias superiores à sua condição. *Não devia pensar mal dela. Está morta e afogada, e me ensinou a nunca confiar em ninguém, a não ser em Jaime.*

Quando se juntou aos convidados no aposento privado, eles já tinham se servido de uma boa dose de hipocraz. *Lady Falyse não se limita a ter aspecto de peixe, também bebe como um*, refletiu, quando percebeu o jarro meio vazio.

— Querida Falyse — exclamou, beijando o rosto da mulher —, e valente sor Balman. Fiquei tão perturbada quando ouvi a notícia sobre sua querida, querida mãe. Como passa nossa lady Tanda?

Lady Falyse pareceu estar prestes a chorar.

— É bondade da parte de Vossa Graça perguntar. O quadril da mãe ficou estilhaçado pela queda, diz meistre Frenken. Ele fez o que pôde. Agora rezamos, mas...

Reze quanto quiser, ela estará morta mesmo assim antes da volta da lua. Mulheres tão velhas como Tanda Stokeworth não sobreviviam a um quadril quebrado.

— Juntarei minhas preces às suas — disse Cersei. — Lorde Qyburn disse-me que Tanda foi atirada do cavalo.

— A correia da sela rebentou quando ela montava — disse sor Balman Byrch. — O cavalariço devia ter visto que a tira de couro estava gasta. Foi castigado.

— Severamente, espero eu — a rainha se sentou e indicou aos convidados que deviam se sentar também. — Aceita outra taça de hipocraz, Falyse? Sempre apreciou a bebida, segundo me recordo.

— É tão bom que se lembre, Vossa Graça.

Como podia ter me esquecido?, pensou Cersei. *Jaime dizia que era um espanto que não mijasse hipocraz.*

— Como foi sua viagem?

— Desconfortável — lamentou-se Falyse. — Choveu quase o dia todo. Pensávamos em passar a noite em Rosby, mas aquele jovem protegido de lorde Gyles nos recusou hospitalidade — fungou. — Guarde minhas palavras. Quando Gyles morrer, aquele desgraçado malnascido há de fugir com o seu ouro. Até pode tentar exigir as terras e a senhoria, embora legitimamente Rosby deva passar para as nossas mãos quando Gyles falecer. A senhora minha mãe era tia de sua segunda esposa, prima terceira do próprio Gyles.

Seu símbolo é um cordeiro, senhora, ou uma espécie qualquer de macaco ganancioso?, pensou Cersei.

— Lorde Gyles ameaça morrer desde que o conheço, mas continua conosco, e continuará por muitos anos, espero — abriu um sorriso agradável. — Não tenho dúvida de que nos enterrará a todos.

— Provavelmente — concordou sor Balman. — O protegido de Rosby não foi o único a nos molestar, Vossa Graça. Encontramos também rufiões na estrada. Criaturas imundas e desleixadas, com escudos de couro e machados. Alguns tinham estrelas cosidas nos justilhos, estrelas sagradas de sete pontas, mesmo assim tinham um aspecto maligno.

— Tenho certeza de que estavam cobertos de piolhos — Falyse acrescentou.

— Chamam a si mesmos pardais — disse Cersei. — São uma praga que desceu sobre a terra. Nosso novo alto septão terá de lidar com eles uma vez que seja coroado. Caso contrário, eu mesma o farei.

— Sua Alta Santidade já foi escolhida? — Falyse quis saber.

— Não — a rainha teve de confessar. — Septão Ollidor estava à beira de ser escolhido, até que alguns desses pardais o seguiram até um bordel e o arrastaram nu para a rua. Luceon parece agora a escolha provável, embora nossos amigos na outra colina digam que ele ainda está a alguns votos do número necessário.

— Que a Velha guie a deliberação com sua lâmpada dourada da sabedoria — disse lady Falyse, muito piamente.

Sor Balman remexeu-se na cadeira.

— Vossa Graça, um assunto incômodo, mas... Para que maus sentimentos não se desenvolvam entre nós, deve saber que nem minha boa esposa nem sua mãe tiveram qualquer participação na escolha do nome daquela criança bastarda. Lollys é uma criatura simples, e seu marido é dado ao humor negro. Disse-lhe para escolher um nome mais apropriado para o garoto. Ele riu.

A rainha bebericou do vinho e estudou o homem. Sor Balman fora, há tempos, um justador digno de nota e um dos mais bonitos cavaleiros dos Sete Reinos. Ainda se podia gabar de um belo bigode; fora isso não envelhecera bem. Seus cabelos loiros ondulados recuaram, enquanto a barriga avançava inexoravelmente contra o gibão. *Como ferramenta, deixa muito a desejar, refletiu. Apesar disso, há de servir.*

— Tyrion foi um nome de rei antes da chegada dos dragões. O Duende o conspurcou, mas talvez essa criança possa devolver-lhe a honra — *se o bastardo viver o suficiente*. — Eu sei que não tem culpa. Lady Tanda é a irmã que nunca tive, e vocês... — sua voz falhou. — Perdoem-me. Vivo com medo.

Falyse abriu e fechou a boca, o que a fez parecer um peixe particularmente estúpido.

— Com... com medo, Vossa Graça?

— Não durmo uma noite inteira desde que Joffrey morreu — Cersei encheu as taças com hipocraz. — Meus amigos... vocês são meus amigos, espero? E do rei Tommen?

— Aquele querido garoto — declarou sor Balman. — Vossa Graça, o lema da Casa Stokeworth é *Orgulhosa de Ser Fiel*.

— Bem gostaria que houvesse mais como vocês, bom sor. Digo-lhe a verdade, tenho sérias dúvidas acerca de sor Bronn da Água Negra.

Marido e mulher trocaram um olhar.

— O homem é insolente, Vossa Graça — Falyse observou. — Grosseiro e blasfemo.

— Ele não é um verdadeiro cavaleiro — sor Balman acrescentou.

— Não — Cersei sorriu, toda para ele. — E você é um homem capaz de reconhecer o verdadeiro cavalheirismo. Lembro-me de tê-lo visto justar em... qual foi aquele torneio em que lutou tão brilhantemente, sor?

Ele sorriu com modéstia.

— Aquela coisa em Valdocaso há seis anos? Não, não estava lá, caso contrário certamente teria sido coroada rainha do amor e da beleza. Teria sido o torneio em Lannisporto após a Rebelião Greyjoy? Derrubei muitos bons cavaleiros nesse...

— Foi esse mesmo — o rosto de Cersei tornou-se sombrio. — O Duende desapareceu na noite em que meu pai morreu, deixando para trás dois honestos carcereiros em poças de sangue. Há quem diga que ele fugiu para lá do mar estreito, mas eu duvido. O anão é astucioso. Talvez ainda ande por perto, planejando mais assassinatos. Talvez algum amigo o esteja escondendo.

— Bronn? — Sor Balman afagou seu farto bigode.

— Ele sempre foi uma criatura do Duende. Só o Estranho sabe quantos homens ele mandou para o inferno a mando de Tyrion.

— Vossa Graça, julgo que teria reparado num anão que tentasse se esconder em nossas terras — sor Balman respondeu.

— Meu irmão é pequeno. Foi feito para se esconder — Cersei permitiu que a mão tremesse. — O nome de uma criança é pouca coisa... mas insolência não punida gera rebelião. E esse homem, Bronn, tem andado reunindo mercenários à sua volta, segundo me disse Qyburn.

— Acolheu quatro cavaleiros em seu pessoal — disse Falyse.

Sor Balman soltou uma fungadela.

— Minha boa esposa lisonjeia-os ao chamá-los cavaleiros. São mercenários promovidos, sem que seja possível encontrar um dedo de cavalaria sequer entre os quatro.

— Como eu temia. Bronn está reunindo espadas para o anão. Que os Sete protejam meu filhinho. O Duende vai matá-lo tal como matou seu irmão — soltou um soluço. — Meus amigos, coloco minha honra em suas mãos... Mas, o que é a honra de uma rainha contra os medos de uma mãe?

— Diga, Vossa Graça — sossegou-a sor Balman. — Suas palavras nunca sairão desta sala.

Cersei estendeu a mão por sobre a mesa e apertou a dele.

— Eu... eu dormiria mais facilmente à noite se ouvisse dizer que sor Bronn sofrera um... um acidente... enquanto caçava, talvez.

Sor Balman refletiu por um momento.

— Um acidente *mortal*?

Não, desejo que lhe quebre o mindinho. Teve de morder o lábio. *Meus inimigos estão por toda a parte, e meus amigos são tolos.*

— Suplico-lhe, sor — sussurrou —, não me obrigue a dizê-lo...

— Compreendo — sor Balman ergueu um dedo.

Um nabo teria entendido mais depressa.

— É realmente um verdadeiro cavaleiro, sor. A resposta para as preces de uma mãe assustada — Cersei deu-lhe um beijo. — Faça-o depressa, por favor. Bronn tem apenas um punhado de homens à sua volta agora, mas, se não agirmos, certamente reunirá mais — beijou Falyse. — Nunca esquecerei disso, meus amigos. Meus amigos *verdadeiros* de Stokeworth. *Orgulhosa de Ser Fiel.* Dou-lhes a minha palavra, arranjaremos a Lollys um marido melhor quando tudo isto terminar — *um Kettleblack, talvez.* — Nós, os Lannister, pagamos nossas dívidas.

O resto foi hipocraz e beterrabas com manteiga, pão quente, lúcio com crosta de ervas e costeletas de javali. Cersei passara a gostar muito de javali desde a morte de Robert. Nem sequer se importou com a companhia, apesar de Falyse manter um sorriso afetado e Balman ter ficado gabando-se desde a sopa até a sobremesa. Já passava da meia-noite quando conseguiu se ver livre deles. Sor Balman mostrou-se grande quando sugeriu mais um jarro, e a rainha não achou prudente recusar. *Podia ter contratado um Homem sem Rosto para matar Bronn por metade do que gastei em hipocraz*, refletiu quando eles finalmente saíram.

Àquela hora, o filho estava profundamente adormecido, mas Cersei foi vê-lo antes de ir para a cama. Ficou surpresa ao ver três gatinhos negros aninhados ao seu lado.

— De onde vieram? — perguntou a sor Meryn Trant, à porta do quarto régio.

— A pequena rainha deu a ele. Só queria lhe dar um, mas ele não conseguiu decidir de qual gostava mais.

É melhor do que tirá-los de dentro da mãe com uma adaga, suponho. As desajeitadas tentativas de sedução de Margaery eram tão óbvias que se tornavam risíveis. *Tommen é novo demais para beijos, portanto, dá-lhe gatinhos.* Mas Cersei teria preferido que não fossem negros. Gatos pretos traziam má sorte, como a filha de Rhaegar descobrira naquele mesmo castelo. *Ela teria sido minha filha, se o Rei Louco não tivesse pregado sua cruel peça ao pai.* Tinha de ter sido a loucura que levara Aerys a recusar a filha de lorde Tywin e a tomar-lhe, em vez disso, o filho, enquanto casava seu próprio filho com uma débil princesa de Dorne de olhos negros e peito liso.

A memória da rejeição ainda a amargurava, mesmo após todos aqueles anos. Muitas tinham sido as noites que passara observando príncipe Rhaegar no salão, tocando sua harpa de cordas de prata com aqueles seus dedos longos e elegantes. Teria algum outro homem sido tão belo? *Mas ele era mais do que um homem. Seu sangue era o sangue da antiga Valíria, o sangue de dragões e de deuses.* Quando ainda não passava de uma garotinha, o pai lhe prometera que se casaria com Rhaegar. Não podia ter mais do que seis ou sete anos.

"Nunca fale disso, filha", dissera-lhe, sorrindo seu sorriso secreto que só Cersei chegou a ver. "Não fale disso até que Sua Graça concorde com o noivado. Deve ser o nosso segredo, por ora." E assim tinha sido, embora uma vez tivesse feito um desenho de si mesma atrás de Rhaegar, voando num dragão, com os braços bem apertados em volta de seu peito. Quando Jaime o descobriu, Cersei lhe disse que era a rainha Alysanne e o rei Jaehaerys.

Tinha dez anos quando finalmente viu seu príncipe em carne e osso, no torneio que o senhor seu pai organizara para dar as boas-vindas ao oeste ao rei Aerys. Bancadas tinham sido erguidas por baixo das muralhas de Lannisporto, e as aclamações do povo ecoavam no Rochedo Casterly como trovões. *Eles aclamaram o pai com o dobro da força com que aclamaram o rei*, recordou a rainha, *mas só com metade da força com que aclamaram o príncipe Rhaegar*.

Com dezessete anos e recém-armado cavaleiro, Rhaegar Targaryen usava aço negro sobre cota de malha dourada quando entrou a galope curto na liça. Longas flâmulas de seda vermelha, dourada e cor de laranja flutuavam sobre o seu elmo como chamas. Dois dos tios de Catelyn caíram perante a sua lança, bem como uma dúzia dos melhores justadores do pai, a flor do oeste. De noite, o príncipe tocou a harpa de prata e a fez chorar. Quando lhe foi apresentada, Cersei quase se afogou nas profundezas de seus tristes olhos púrpura. *Ele foi machucado*, lembrava-se de ter pensado, *mas eu remediarei sua dor quando estivermos casados*. Comparado com Rhaegar, até seu belo Jaime parecera não ser mais do que um rapazinho imberbe. *O príncipe vai ser meu marido*, pensou, estonteada de excitação, *e, quando o velho rei morrer, eu serei a rainha*. A tia lhe confidenciara essa verdade antes do torneio.

"Tem de estar especialmente bela", dissera-lhe lady Genna, remexendo-lhe no vestido, "porque no banquete final será anunciado que você e o príncipe Rhaegar estão prometidos."

Cersei fora tão feliz naquele dia. De outra forma nunca teria se atrevido a visitar a tenda de Maggy, a Rã. Só o fez para mostrar a Jeyne e Melara que a leoa nada teme. *Ia ser uma rainha. Por que deveria uma rainha ter medo de uma velha hedionda qualquer?* A lembrança daquela profecia ainda a enchia de arrepio uma vida mais tarde. *Jeyne fugiu aos gritos da tenda, com medo,* lembrava-se a rainha, mas *Melara ficou, e eu também. Deixamos que ela provasse nosso sangue e rimos de suas estúpidas profecias. Nenhuma delas fazia o mínimo sentido.* Ela seria a esposa do príncipe Rhaegar, não importava o que a mulher dissesse. O *pai* lhe prometera, e a palavra de Tywin Lannister valia ouro.

Seu riso morreu ao fim do torneio. Não houve nenhum banquete final, não houve brindes para celebrar seu noivado com o príncipe Rhaegar. Só silêncios frios e olhares gelados entre o rei e seu pai. Mais tarde, depois de Aerys, do filho e de todos os seus galantes cavaleiros terem partido para Porto Real, a garota foi ter com a tia, em lágrimas e sem compreender.

"Seu pai propôs a união", dissera-lhe lady Genna, "mas Aerys recusou-se a ouvir falar do assunto. 'É o meu criado mais capaz, Tywin', dissera o rei, 'mas um homem não casa seu herdeiro com a filha do criado.' Seque essas lágrimas, pequena. Alguma vez já viu um leão chorar? Seu pai encontrará outro homem para você, um homem melhor do que Rhaegar."

Contudo, a tia mentira, e o pai falhara com ela, tal como Jaime estava falhando agora. *O pai não encontrou homem melhor. Em vez disso, deu-me Robert, e a maldição de Maggy desabrochou como uma flor venenosa.* Se ao menos tivesse me casado com Rhaegar, como os deuses pretendiam, ele nunca teria olhado duas vezes para a pequena loba. *Rhaegar hoje seria o nosso rei, e eu seria a sua rainha, a mãe de seus filhos.*

Nunca perdoara Robert por tê-lo matado.

Mas a verdade era que os leões não eram bons em perdoar. Como sor Bronn da Água Negra logo descobriria.

BRIENNE

Foi Hyle Hunt quem insistiu para que levassem as cabeças.

— Tarly há de querê-las para as muralhas.

— Não temos alcatrão — Brienne observou. — A carne apodrecerá. Deixe-as. — Não queria viajar através da penumbra verde dos pinhais com as cabeças dos homens que matara.

Hunt não lhe deu ouvidos. Ele mesmo cortou o pescoço dos mortos, atou as três cabeças pelos cabelos e as pendurou na sela. Brienne não teve alternativa exceto fazer de conta que não estavam lá, mas, por vezes, especialmente à noite, conseguia sentir os olhos mortos em suas costas, e uma vez sonhou que as ouvia murmurar umas com as outras.

O tempo estava frio e úmido na Ponta da Garra Rachada quando caminharam sobre os próprios passos no sentido inverso. Em alguns dias chovia, em outros ameaçava chover. Nunca se sentiam quentes. Até quando acampavam, era difícil encontrar madeira seca suficiente para uma fogueira.

Quando chegaram aos portões de Lagoa da Donzela, uma hoste de moscas os seguia, um corvo comera os olhos de Shagwell, e Pyg e Timeon estavam cobertos de vermes. Brienne e Podrick havia muito tinham se acostumado a seguir cem metros à frente de Hunt, para manter o cheiro da decomposição bem atrás. Sor Hyle afirmava ter perdido todo o sentido do olfato.

— Enterre-os — dizia-lhe Brienne sempre que acampavam para a noite, mas Hunt não devia nada à teimosia. *O mais certo é que ele diga a lorde Randyll que matou os três.*

Para sua honra, porém, o cavaleiro não fez nada disso.

— O escudeiro gago atirou uma pedra — disse, quando ele e Brienne foram levados à presença de Tarly no pátio do castelo de Mooton. As cabeças tinham sido apresentadas a um sargento da guarda, a quem foi ordenado que as limpasse, alcatroasse e montasse por cima do portão. — A mulher de armas fez o resto.

— Todos os três? — Lorde Randyll estava incrédulo.

— Lutando daquela maneira, podia ter matado mais três.

— E encontrou a garota Stark? — perguntou Tarly a Brienne.

— Não, senhor.

— Em vez disso matou umas tantas ratazanas. Gostou?

— Não, senhor.

— É uma pena. Bem, provou um pouco de sangue. Demonstrou seja o que for que queria demonstrar. É hora de tirar essa cota de malha e de voltar a vestir roupas apropriadas. Há navios no porto. Um deles terá de parar em Tarth. Quero você nele.

— Obrigada, senhor, mas não.

O rosto de lorde Tarly sugeria que não havia nada que lhe agradasse mais do que espetar a cabeça de Brienne num espigão e colocá-la por cima dos portões de Lagoa da Donzela com Timeon, Pyg e Shagwell.

— Pretende prosseguir com essa loucura?

— Pretendo encontrar lady Sansa.

— Se me permite, senhor — disse sor Hyle —, eu a vi lutar com os Pantomimeiros. Ela é mais forte do que a maioria dos homens, e também é rápida...

— A espada é rápida — interrompeu Tarly. — É essa a natureza do aço valiriano. Mais forte do que a maioria dos homens? Sei. É uma aberração da natureza, longe de mim negá-lo.

Homens como ele nunca gostarão de mim, pensou Brienne, *não importa o que eu faça.*

— Senhor, pode ser que Sandor Clegane saiba da garota. Se conseguisse encontrá-lo...

— Clegane tornou-se fora da lei. Agora acompanha Beric Dondarrion, ao que parece. Ou não, as histórias variam. Mostre-me onde eles estão escondidos, e de bom grado lhes rasgarei a barriga, lhes puxarei as entranhas para fora e as queimarei. Enforcamos dúzias de fora da lei, mas os chefes ainda nos escapam. Clegane, Dondarrion, o sacerdote vermelho, e agora uma mulher chamada Coração de Pedra... como é que *você* propõe encontrá-los, se eu não consigo?

— Senhor, eu... — não tinha nenhuma boa resposta para lhe dar. — Tudo que posso fazer é tentar.

— Então tente. Tem a sua carta, não precisa da minha permissão, mas eu a dou mesmo assim. Se tiver sorte, tudo que ganhará com seu esforço serão assaduras da sela. Caso contrário, talvez Clegane lhe permita viver, depois de ele e sua matilha acabarem de estuprá-la. Pode rastejar de volta a Tarth com o bastardo de um cão na barriga.

Brienne ignorou aquilo.

— Se me permite a pergunta, quantos homens acompanham Cão de Caça?

— Seis, sessenta ou seiscentos. Parece que depende da pessoa a quem se pergunta — Randyll Tarly estava claramente farto da conversa, e começou a virar-lhe as costas.

— Se o meu escudeiro e eu pudermos suplicar por sua hospitalidade até...

— Suplique o que quiser. Não os tolerarei sob o meu telhado.

Sor Hyle Hunt deu um passo adiante.

— Se me permite a ousadia, julgava que o telhado ainda era de lorde Mooton.

Tarly lançou ao cavaleiro um olhar venenoso.

— Mooton tem a coragem de um verme. Não me fale de Mooton. Quanto a você, senhora, diz-se que seu pai é um bom homem. Se assim é, tenho pena dele. Há homens que são abençoados com filhos, outros, com filhas. Nenhum homem merece ser amaldiçoado com alguém como você. Viva ou morra, lady Brienne, mas não regresse a Lagoa da Donzela enquanto eu governar aqui.

As palavras são vento, Brienne disse a si mesma. *Não podem machucá-la. Deixe-as passar por você como água.*

"Às suas ordens, senhor", tentou dizer, mas Tarly foi-se embora antes de ela conseguir articular as palavras. Saiu do pátio como uma sonâmbula, sem saber para onde ir.

Sor Hyle pôs-se a seu lado.

— Há estalagens.

Brienne balançou a cabeça. Não queria conversa com Hyle Hunt.

— Lembra-se do Ganso Fedorento?

Seu manto ainda guardava o fedor do lugar.

— Por quê?

— Encontre-se comigo lá amanhã, ao meio-dia. Meu primo Alyn foi um dos homens enviados para encontrar o Cão de Caça. Eu falo com ele.

— E por que faria isso?

— Por que não? Se tiver sucesso onde Alyn falhou, poderei atormentá-lo com isso durante anos.

Ainda havia estalagens em Lagoa da Donzela; sor Hyle não se enganara. Contudo, algumas tinham sido incendiadas durante um ou outro saque, e assim continuavam, e aquelas que restavam estavam cheias até rebentar com homens da hoste de lorde Tarly. Ela e Podrick visitaram-nas todas naquela tarde, mas não havia camas disponíveis em nenhuma.

— Sor? Senhora? — disse Podrick no momento em que o sol se punha. — Há navios. Navios têm camas. Camas de rede. Ou beliches.

Os homens de lorde Randyll ainda patrulhavam as docas, tantos como as moscas que tinham esvoaçado em volta das cabeças dos três Pantomimeiros Sangrentos, mas seu sargento conhecia Brienne de vista e os deixou passar. Os pescadores locais prendiam amarras para a noite e anunciavam a captura do dia, mas o interesse dela centrava-se nos navios maiores que percorriam as águas tempestuosas do mar estreito. Havia meia dúzia no porto, embora um deles, uma galeota chamada *Filha do Titã*, estivesse atirando as amarras para o cais a fim de zarpar com a maré da noite. Ela e Podrick Payne fizeram a ronda aos navios que ficaram. O mestre do *Garota de Vila Gaivota* tomou Brienne por uma prostituta e lhes disse que seu navio não era um bordel, e um arpoeiro de um baleeiro ibbenês ofereceu-se para lhe comprar o garoto, mas encontraram melhor sorte em outros navios. Comprou uma laranja para Podrick no *Caminhante do Mar*, uma coca vinda de Vilavelha, via Tyrosh, Pentos e Valdocaso.

— A seguir é Vila Gaivota — disse-lhe o capitão —, e daí dobramos os Dedos e rumamos a Vilirmã e Porto Branco, se as tempestades deixarem. Aqui o *Caminhante* é um navio limpo, não tem tantos ratos como a maioria, e vamos ter a bordo ovos frescos e manteiga recém-preparada. Milady está à procura de passagem para o norte?

— Não — *ainda não*. Sentia-se tentada, mas...

Enquanto se dirigiam ao cais seguinte, Podrick saltou de um pé para o outro e disse:

— Sor? Senhora? E se a senhora fosse para casa? Minha outra senhora, quero dizer. Sor. Lady Sansa.

— Incendiaram a casa dela.

— Mesmo assim. É onde estão seus *deuses*. E os deuses não morrem.

Os deuses não morrem, mas as garotas sim.

— Timeon era um homem cruel e um assassino, mas não me parece que tenha mentido sobre Cão de Caça. Não podemos ir para o norte até termos certeza. Haverá outros navios.

Na ponta oriental do porto finalmente encontraram abrigo para a noite a bordo de uma galé mercante maltratada pelo mar, chamada *Senhora de Myr*. Estava bastante adernada, depois de ter perdido o mastro e metade da tripulação numa tempestade, mas o dono não tinha a quantia de que necessitava para repará-la, de modo que ficou feliz por aceitar alguns tostões de Brienne e permitir que ela e Pod partilhassem uma cabine vazia.

Tiveram uma noite agitada. Brienne acordou por três vezes. Uma quando a chuva começou e outra com um rangido que a fez pensar que Lesto Dick se aproximava pé ante pé para matá-la. Da segunda vez acordou de faca na mão, mas não era nada. Na escuridão da pequena e apertada cabine, precisou de um momento para se lembrar de que Lesto Dick estava morto. Quando finalmente voltou a adormecer, sonhou com os homens que matara. Dançavam em volta dela, troçando, dando-lhe beliscões enquanto ela os golpeava com a espada. Fez todos eles em tiras sangrentas, mesmo assim continuaram a formigar em volta dela... Shagwell, Timeon e Pyg, sim, mas também Randyll Tarly, e Vargo Hoat, e Ronnet Vermelho Connington. Ronnet tinha uma rosa entre os dedos. Quando lhe apresentou a rosa, Brienne cortou-lhe a mão.

Acordou transpirando, e passou o resto da noite encolhida sob o manto, ouvindo a chuva tamborilar no convés sobre sua cabeça. Foi uma noite violenta. De tempos em tempos ouvia o som de trovões distantes e pensava no navio braavosiano que zarpara na maré da noite.

Na manhã seguinte, redescobriu o Ganso Fedorento, acordou sua desmazelada proprietária e lhe pagou por umas salsichas gordurentas, pão frito, meia taça de vinho, um jarro de água fervida e duas taças limpas. A mulher olhou Brienne com o canto dos olhos enquanto punha a água para ferver.

— Você é a grandalhona que foi com Lesto Dick. Estou me lembrando. Ele enganou você?

— Não.

— Estuprou-a?

— Não.

— Roubou seu cavalo?

— Não. Foi morto por três fora da lei.

— Fora da lei? — a mulher parecia mais curiosa do que perturbada. — Sempre achei que o Dick ia acabar pendurado, ou mandado para a Muralha.

Comeram o pão frito e metade das salsichas. Podrick Payne empurrou a sua para baixo com água com sabor de vinho, enquanto Brienne embalava uma taça de vinho aguado e perguntava a si mesma por que teria vindo. Hyle Hunt não era um verdadeiro cavaleiro. Seu rosto honesto era só uma máscara de pantomimeiro. *Não preciso de sua ajuda, não preciso de sua proteção, e não preciso dele*, disse a si mesma. *Ele provavelmente nem sequer virá. Dizer-me para nos encontrarmos aqui foi só mais uma brincadeira.*

Estava se levantando para ir embora quando sor Hyle chegou.

— Senhora. Podrick — olhou de relance as taças, os pratos e as salsichas meio comidas que esfriavam numa poça de gordura, e disse: — Deuses, espero que não tenha comido a comida deste lugar.

— O que comemos não lhe diz respeito — Brienne respondeu. — Encontrou seu primo? O que foi que ele lhe disse?

— Sandor Clegane foi visto pela última vez em Salinas, no dia do ataque. Depois cavalgou para oeste, ao longo do Tridente.

Brienne franziu as sobrancelhas.

— O Tridente é um rio comprido.

— Sim, mas não me parece que nosso cão tenha vagueado até muito longe da foz. Westeros perdeu o encanto que tinha para ele, ao que parece. Em Salinas andava à procura de um *navio*. — Sor Hyle tirou um rolo de pele de ovelha da bota, afastou as salsichas, e o desenrolou. Revelou-se um mapa. — Cão de Caça matou três dos homens do irmão na velha estalagem junto ao entroncamento, aqui. Liderou o ataque a Salinas, aqui — tamborilou em Salinas com o dedo. — Pode estar encurralado. Os Frey estão aqui em cima nas Gêmeas, Darry e Harrenhal ficam para o sul, do outro lado do Tridente, a oeste tem os Blackwood e os Bracken em guerra, e lorde Randyll está aqui em Lagoa da Donzela. A estrada de altitude até o Vale está fechada pela neve, ainda que conseguisse passar pelos clãs da montanha. Para onde haveria um cão de ir?

— Se ele estiver com Dondarrion...?

— Não está. Alyn tem certeza disso. Os homens de Dondarrion também andam à procura dele. Espalharam o rumor de que pretendiam enforcá-lo pelo que fez em Salinas. Não participaram nisso. Lorde Randyll anda dizendo que participaram na esperança de virar os plebeus contra Beric e sua irmandade. Nunca apanhará o Senhor do Relâmpago enquanto o povo continuar a protegê-lo. E há um outro bando, liderado pela tal mulher,

Coração de Pedra... amante de lorde Beric, de acordo com uma história. Ela supostamente foi enforcada pelos Frey, mas Dondarrion a beijou e devolveu-a à vida, e agora ela não pode morrer, assim como ele — Brienne examinou o mapa.

— Se Clegane foi visto pela última vez em Salinas, esse seria o lugar certo para encontrar seu rasto.

— Alyn disse que já não resta ninguém em Salinas, a não ser um velho cavaleiro escondido em seu castelo.

— Mesmo assim, seria um lugar para começar.

— Há um homem — disse sor Hyle. — Um septão. Ele atravessou meu portão um dia antes de vocês aparecerem. O nome dele é Meribald. Nascido e criado no rio, e serviu ali a vida toda. Parte amanhã para fazer seu circuito, e visita sempre Salinas. Devíamos ir com ele.

Brienne ergueu vivamente o olhar.

— *Devíamos?*

— Eu vou com você.

— Não, não vai.

— Bem, eu vou com o septão Meribald até Salinas. Você e Podrick podem ir para onde bem quiserem.

— Lorde Randyll ordenou que me seguisse outra vez?

— Ele ordenou que ficasse longe de você. Lorde Randyll é de opinião que você talvez se beneficiasse de um bom e rijo estupro.

— Então por que haveria de seguir comigo?

— É isso ou voltar aos deveres do portão.

— Se o seu senhor ordenou...

— Ele já não é o meu senhor.

Aquilo a surpreendeu.

— Abandonou seu serviço?

— Sua senhoria informou-me de que já não tinha necessidade da minha espada, nem da minha insolência. Vai dar no mesmo. Daqui em diante, desfrutarei da vida aventurosa de um cavaleiro andante... se bem que, no caso de encontrarmos Sansa Stark, imagino que seremos bem recompensados.

Ouro e terras, é tudo que ele vê nisto.

— Pretendo salvar a garota, não vendê-la. Fiz um juramento.

— Eu não me lembro de tê-lo feito.

— É por isso que não virá comigo.

Partiram na manhã seguinte, ao nascer do sol.

Era uma estranha procissão: sor Hyle montado num corcel cor de avelã e Brienne em sua grande égua cinzenta, Podrick Payne escarranchado em seu cavalo malhado de dorso curvado, e o septão Meribald caminhando ao lado deles, com seu cajado, indicando o caminho a um pequeno burro e a um grande cão. O burro levava uma carga tão pesada que Brienne sentiu certo temor de que lhe quebrasse o dorso.

— Comida para os pobres e famintos das terras fluviais — disse-lhes o septão Meribald aos portões de Lagoa da Donzela. — Sementes, nozes e fruta seca, mingau de aveia, farinha, pão de cevada, três queijos amarelos da estalagem perto do Portão do Bobo, bacalhau salgado para mim, carneiro salgado para o Cão... oh, e sal. Cebolas, cenouras, nabos, duas sacas de feijão, quatro de cevada e nove de laranjas. Tenho um fraquinho por laranjas, confesso. Comprei estas de um marinheiro, e temo que sejam as últimas que comerei até a primavera.

Meribald era um septão sem septo, apenas um degrau acima de um irmão mendicante na hierarquia da Fé. Havia centenas como ele, um bando esfarrapado cuja humilde tarefa era se arrastar de uma aldeia minúscula como cocô de mosca para a seguinte, conduzindo serviços sagrados, celebrando casamentos e perdoando pecados. Esperava-se que aqueles que visitava o alimentassem e lhe fornecessem abrigo, mas a maioria era tão pobre quanto ele, e Meribald não podia permanecer muito tempo num lugar sem causar dificuldades aos seus hóspedes. Estalajadeiros bondosos deixavam-no por vezes dormir em suas cozinhas ou estábulos, e havia septerias e fortificações, e até alguns castelos, onde sabia que lhe seria dada hospitalidade. Onde não havia lugares assim por perto, dormia sob as árvores ou dentro de sebes.

— Há muitas boas sebes nas terras fluviais — dizia Meribald. — As velhas são as melhores. Nada bate uma sebe com cem anos. Dentro de uma dessas, um homem pode dormir tão aconchegado quanto numa estalagem, e com menos medo de pulgas.

O septão não sabia ler nem escrever, como confessou alegremente na estrada, mas conhecia uma centena de preces diferentes e podia recitar de memória longas passagens da *Estrela de Sete Pontas*, o que era tudo que bastava nas aldeias. Tinha o rosto marcado por cicatrizes e a pele queimada pelo vento, uma mecha de espessos cabelos grisalhos e rugas nos cantos dos olhos. Embora fosse um homem grande, com um metro e oitenta, tinha um modo de se inclinar para a frente ao caminhar que o fazia parecer muito mais baixo. Suas mãos eram grandes e exibiam uma textura de couro, com os nós dos dedos vermelhos e sujeira debaixo das unhas, e ele tinha os maiores pés que Brienne alguma vez vira, nus, negros e duros como chifres.

— Não uso sapato há vinte anos — disse ele a Brienne. — No primeiro ano, tinha mais bolhas do que dedos nos pés, e as solas sangravam como porcos sempre que caminhava por pedra dura, mas rezei, e o Sapateiro no Céu transformou-me a pele em couro.

— Não há nenhum sapateiro no céu — Podrick protestou.

— Há, sim, moço... embora talvez o conheça por outro nome. Diga-me, de qual dos sete deuses gosta mais?

— Do Guerreiro — Podrick respondeu, sem um momento de hesitação.

Brienne pigarreou.

— No Entardecer, o septão de meu pai sempre disse que não havia mais do que um deus.

— Um deus com sete aspectos. É verdade, senhora, e tem razão em fazer notar isso, mas o mistério dos Sete Que São Um não é fácil de entender para a gente simples, e não sou nada além de simples, então falo de sete deuses — Meribald voltou-se de novo para Podrick. — Nunca conheci um garoto que não adorasse o Guerreiro. Mas eu sou velho e, como velho, adoro o Ferreiro. Sem o seu trabalho, o que defenderia o Guerreiro? Todas as vilas têm um ferreiro, e todos os castelos também. Fazem os arados de que precisamos para plantar as nossas culturas, os pregos que usamos para construir os nossos navios, as ferraduras para proteger os cascos de nossos fiéis cavalos, as brilhantes espadas de nossos senhores. Ninguém podia duvidar do valor de um ferreiro, por isso batizamos um dos Sete em sua honra, mas podíamos perfeitamente ter lhe chamado Lavrador ou Pescador, Carpinteiro ou Sapateiro. Aquilo em que ele trabalha não importa. O que importa é que trabalha. O Pai governa, o Guerreiro luta, o Ferreiro labuta, e juntos fazem tudo aquilo que é legítimo que um homem faça. Tal como o Ferreiro é um aspecto da divindade, o Sapateiro é um aspecto do Ferreiro. Foi ele quem ouviu as minhas preces e me curou os pés.

— Os deuses são bons — disse sor Hyle numa voz seca —, mas para que incomodá-los, quando podia simplesmente ter ficado com os sapatos?

— Andar descalço era a minha penitência. Até os santos septões podem ser pecadores, e a minha carne era tão fraca quanto a carne pode ser. Era jovem e cheio de vitalidade, e as garotas... Um septão pode parecer galante como um príncipe se for o único homem que se conhece que já esteve a mais de um quilômetro e meio de sua aldeia. Eu recitava-lhes coisas da *Estrela de Sete Pontas*. O Livro da Donzela era o que funcionava melhor. Oh, eu era um homem perverso antes de tirar os sapatos. Envergonha-me pensar em todas as donzelas que deflorei.

Brienne moveu-se desconfortavelmente na sela, recordando o acampamento à sombra das muralhas de Jardim de Cima e a aposta que sor Hyle e os outros tinham feito para ver quem primeiro conseguia dormir com ela.

— Andamos à procura de uma donzela — confidenciou Podrick Payne. — Uma donzela bem-nascida de treze anos, com cabelos ruivos.

— Pensava que procurava um fora da lei.

— Também — Podrick admitiu.

— A maior parte dos viajantes faz o possível para evitar homens assim — disse o septão Meribald —, mas vocês andam à procura deles.

— Só procuramos um fora da lei — disse Brienne. — O Cão de Caça.

— Foi o que sor Hyle me contou. Que os Sete os protejam, filha. Diz-se que ele deixa um rastro de bebês assassinados e donzelas violentadas por onde passa. Ouvi chamarem-no Cão Louco de Salinas. O que gente boa iria querer de tal criatura?

— A donzela de que Podrick falou pode estar com ele.

— De verdade? Então temos de rezar pela pobre garota.

E por mim, pensou Brienne, *uma prece também por mim. Pedi à Velha para erguer a lâmpada e me levar até lady Sansa, e ao Guerreiro para dar força ao meu braço, para que eu possa protegê-la.* Mas não disse aquelas palavras em voz alta; não as diria onde Hyle Hunt pudesse ouvi-las e zombar de sua fraqueza de mulher.

Com o septão Meribald a pé e seu burro tão carregado, o progresso foi lento ao longo de todo aquele dia. Não seguiram pela estrada principal para oeste, o caminho que Brienne outrora percorrera com sor Jaime, quando vieram em sentido contrário e foram encontrar Lagoa da Donzela saqueada e cheia de cadáveres. Em vez disso, dirigiram-se para noroeste, seguindo a costa da Baía dos Caranguejos por uma trilha tortuosa que era tão pequena que não aparecia em nenhum dos preciosos mapas de pele de ovelha de sor Hyle. Os íngremes montes, os negros pântanos e as florestas de pinheiros da Ponta da Garra Rachada não se viam em parte alguma daquele lado de Lagoa da Donzela. As terras por onde viajavam eram baixas e úmidas, uma região selvagem de dunas de areia e pântanos de água salgada sob a vasta abóbada azul-acinzentada do céu. A estrada tendia a desaparecer por entre os juncos e as lagoas de maré, apenas para voltar a aparecer um quilômetro e meio à frente; Brienne sabia que sem Meribald certamente já teriam se perdido. O chão era frequentemente pouco estável, de modo que havia lugares em que o septão avançava sozinho, sondando o terreno com o cajado para se assegurar de que havia apoio suficiente. Não se viam árvores por quilômetros ao redor, só o mar, o céu e a areia.

Nenhuma terra poderia ser mais diferente de Tarth, com suas montanhas e quedas-d'água, seus prados de altitude e vales ensombrados, mas Brienne achou que aquele lugar tinha sua própria beleza. Atravessaram uma dúzia de lentos cursos de água, repletos de rãs e de grilos, viram andorinhas-do-mar flutuando muito acima da baía, ouviram o chamado dos borrelhos entre as dunas. Uma vez, uma raposa cruzou seu caminho e pôs o cão de Meribald a latir como louco.

E também havia pessoas. Algumas viviam entre os juncos, em casas feitas de lama e palha, enquanto outras pescavam na baía em pequenos barcos de couro e construíam as casas sobre instáveis estacas de madeira nas dunas. A maior parte parecia viver só, longe da vista de qualquer habitação humana além da sua. Pareciam ser, na maior parte, um povo reservado, mas perto do meio-dia o cão desatou de novo a latir, e três mulheres emergiram dos juncos para dar a Meribald um cesto de vime cheio de amêijoas. Em troca, o septão deu uma laranja a cada uma, embora as amêijoas fossem no mundo tão comuns como lama, e as laranjas raras e valiosas. Uma das mulheres era muito velha, outra estava pesada com uma criança na barriga, e a terceira era uma garota tão fresca e bonita como uma flor na primavera. Quando Meribald as levou consigo para escutar seus pecados, sor Hyle soltou um risinho e disse:

— Dir-se-ia que os deuses caminham conosco... pelo menos a Donzela, a Mãe e a Velha — Podrick pareceu tão espantado que Brienne teve de lhe dizer que não, que eram só três mulheres dos pântanos.

Mais tarde, quando retomaram a viagem, ela se virou para o septão e disse:

— Essas pessoas vivem a menos de um dia de viagem de Lagoa da Donzela, e no entanto a guerra não as tocou.

— Têm pouco que se toque, senhora. Seus tesouros são conchas, pedras e barcos de couro, suas melhores armas são facas de ferro enferrujadas. Nascem, vivem, amam, morrem. Sabem que lorde Mooton governa suas terras, mas poucos foram os que alguma vez o viram, e Correrrio e Porto Real não passam de nomes para eles.

— E, no entanto, conhecem os deuses — Brienne retrucou. — Isso é obra sua, me parece. Há quanto tempo percorre as terras fluviais?

— Fará quarenta anos em breve — disse o septão, e o cão soltou um sonoro latido. — De Lagoa da Donzela a Lagoa da Donzela, meu circuito demora meio ano, e às vezes mais, mas não direi que conheço o Tridente. Vislumbro os castelos dos grandes senhores só à distância, mas conheço as vilas mercantis e as fortificações, as aldeias pequenas demais para terem nome, as sebes e os montes, os regatos onde um homem com sede pode beber e as grutas onde pode se abrigar. E também conheço as estradas que o povo usa, os trilhos tortos e lamacentos que não aparecem em mapas de pergaminho — soltou um risinho. — E é bom que conheça. Meus pés percorreram dez vezes cada metro.

As estradas secundárias são aquelas que os fora da lei usam, e as grutas seriam belos locais para homens foragidos se esconderem. Uma ponta de desconfiança levou Brienne a perguntar a si mesma se sor Hyle conheceria aquele homem tão bem quanto pensava.

— Isso tudo dá uma vida solitária, septão.

— Os Sete estão sempre comigo — disse Meribald —, e tenho o meu fiel criado, e o Cão.

— Seu cão tem nome? — Podrick Payne quis saber.

— Deve ter — disse Meribald —, mas não é meu. Não este.

O cão latiu e abanou a cauda. Era uma criatura enorme e hirsuta, pelo menos sessenta quilos de cão, mas amigável.

— A quem pertence? — o rapaz perguntou novamente.

— Ora, a si mesmo, e aos Sete. Quanto ao nome, não me disse qual é. Chamo-lhe Cão.

— Oh — era evidente que Podrick não sabia o que pensar de um cão chamado Cão. O garoto ruminou aquilo durante algum tempo, após o que disse: — Eu tinha um cão quando era pequeno. Dei-lhe o nome de Herói.

— E era?
— E era o quê?
— Um herói.
— Não. Mas era um bom cão. Morreu.
— O Cão me mantém a salvo nas estradas, mesmo em tempos tão penosos como estes. Nem lobos nem os fora da lei se atrevem a me molestar quando o Cão está ao meu lado — o septão franziu as sobrancelhas. — Os lobos tornaram-se terríveis nos últimos tempos. Há lugares onde um homem sozinho faria bem em encontrar uma árvore para dormir. Ao longo de toda a vida, a maior alcateia que vi tinha menos de uma dúzia de lobos, mas a grande alcateia que percorre agora o Tridente chega a centenas.
— Você os encontrou? — perguntou sor Hyle.
— Fui poupado disso, que os Sete me protejam, mas os ouvi à noite, e mais de uma vez. Tantas vozes... um som capaz de gelar o sangue de um homem. Até pôs o Cão a tremer, e ele matou uma dúzia de lobos — afagou a cabeça do cão. — Há quem diga que são demônios. Dizem que a alcateia é liderada por uma loba monstruosa, uma sombra furtiva, sinistra, cinzenta e enorme. Dizem que houve quem a visse derrubar um auroque sozinha, que nenhuma armadilha ou laço consegue prendê-la, que não teme nem o aço, nem o fogo, que mata qualquer lobo que tente montá-la, e não devora nenhuma carne que não seja humana.

Sor Hyle Hunt riu.
— Agora conseguiu, septão. Os olhos do pobre Podrick estão tão grandes como ovos cozidos.
— Não estão nada — Podrick replicou, indignado. O Cão latiu.

Naquela noite, montaram um acampamento frio nas dunas. Brienne mandou Podrick percorrer a costa a fim de encontrar alguma madeira trazida pelo mar para fazer uma fogueira, mas ele voltou de mãos vazias, com lama até os joelhos.
— A maré desceu, sor. Senhora. Não há água, só lamaçais.
— Fique longe da lama, garoto — aconselhou septão Meribald. — A lama não gosta de estranhos. Se caminhar pelo lugar errado, ela se abre e engole você.
— É só *lama* — Podrick insistiu.
— Até encher sua boca e começar a entrar pelo seu nariz. Então é a morte — sorriu para tirar o gelo das palavras. — Limpe essa lama e venha comer um gomo de laranja, jovem.

O dia seguinte foi mais do mesmo. Quebraram o jejum com bacalhau salgado e mais gomos de laranja, e estavam a caminho antes de o sol ter tempo de se erguer por completo, com um céu cor-de-rosa por trás e um púrpura adiante. O Cão seguiu à frente, farejando cada agrupamento de canas e parando de vez em quando para urinar num deles; parecia conhecer a estrada tão bem quanto Meribald. Os gritos das andorinhas-do-mar chegavam até eles, trêmulos, pelo ar da manhã, enquanto a maré subia com rapidez.

Perto do meio-dia pararam numa minúscula aldeia, a primeira que encontraram, onde oito das casas construídas sobre estacas erguiam-se por cima de um pequeno riacho. Os homens estavam fora, pescando em seus barcos de couro, mas as mulheres e os garotos pequenos desceram oscilantes escadas de corda e reuniram-se em volta do septão Meribald para rezar. Após o serviço, ele os absolveu de seus pecados e lhes deixou alguns nabos, uma saca de feijão e duas de suas preciosas laranjas.

De volta à estrada, o septão disse:
— Faríamos bem em manter uma vigia esta noite, amigos. Os aldeões dizem ter visto três desertores esgueirando-se em volta das dunas, a oeste da antiga torre de vigia.

— Só três? — Sor Hyle sorriu. — Três são moleza para a nossa mulher de armas. Não é provável que incomodem homens armados.

— A não ser que estejam morrendo de fome — disse o septão. — Há comida nestes pântanos, mas só para quem tem olho para encontrá-la, e esses homens são forasteiros, sobreviventes de uma batalha qualquer. Se nos abordarem, sor, suplico-lhe, deixe-os comigo.

— O que fará com eles?

— Eu os alimentarei. Pedirei para que confessem seus pecados, a fim de poder perdoá-los. E os convidarei a virem conosco até a Ilha Silenciosa.

— Isso é o mesmo que convidá-los para que abram nossas goelas enquanto dormimos — Hyle Hunt replicou. — Lorde Randyll tem maneiras melhores de lidar com desertores... aço e corda de cânhamo.

— Sor? Senhora? — Podrick os interrompeu. — Um desertor é um fora da lei?

— Mais ou menos — Brienne respondeu.

O septão Meribald discordou.

— Mais menos do que mais. Há muitas espécies de fora da lei, assim como há muitas espécies de pássaros. Tanto um borrelho como uma águia marinha têm asas, mas não são a mesma coisa. Os cantores adoram cantar sobre bons homens forçados a sair da lei para combater um senhor malvado qualquer, mas a maioria dos fora da lei são mais parecidos com esse Cão de Caça voraz do que com o Senhor do Relâmpago. São homens maus, movidos pela ganância, amargurados pela maldade, que desprezam os deuses e só se preocupam consigo. Os desertores são mais merecedores de nossa piedade, embora possam ser igualmente perigosos. Quase todos são plebeus, gente simples que nunca tinha estado a mais de dois quilômetros da casa onde nasceu até que algum senhor veio levá-los para a guerra. Mal calçados e malvestidos, partem marchando sob seus estandartes, muitas vezes sem melhores armas do que uma foice, uma enxada afiada ou um martelo que eles mesmos fizeram atando uma pedra a um pedaço de madeira com tiras de pele de animal.

"Irmãos marcham com irmãos, filhos com pais, amigos com amigos. Ouviram as canções e as histórias, e por isso vão se embora de coração ansioso, sonhando com as maravilhas que verão, com as riquezas e as glórias que conquistarão. A guerra parece uma bela aventura, a melhor que a maioria deles alguma vez conhecerá. Então experimentam o sabor da batalha. Para alguns, essa única experiência é suficiente para quebrá-los. Outros resistem durante anos, até perderem a conta de todas as batalhas em que lutaram, mas mesmo um homem que sobreviveu a cem combates pode fugir no centésimo primeiro. Irmãos veem os irmãos morrer, pais perdem os filhos, amigos veem os amigos tentando manter as entranhas dentro do corpo depois de serem rasgados por um machado. Veem o senhor que os levou para aquele lugar abatido, e outro senhor qualquer grita que agora pertencem a ele. São feridos, e, quando a ferida ainda está apenas meio cicatrizada, sofrem outro ferimento. Nunca há o suficiente para comer, os sapatos se desfazem devido às marchas, as roupas estão rasgadas e apodrecendo, e metade deles anda cagando nos calções por beber água ruim. Se quiserem botas novas ou um manto mais quente ou talvez um meio elmo de ferro enferrujado, têm de tirá-los de um cadáver, e não demora muito para que comecem também a roubar dos vivos, do povo em cujas terras combatem, homens muito parecidos com os que eram. Matam suas ovelhas e roubam suas galinhas, e daí é um pequeno passo até levarem também suas filhas.

"E um dia, olham ao redor e percebem que todos os seus amigos e familiares se foram, que estão lutando ao lado de estranhos, sob um estandarte que quase nem reconhecem.

Não sabem onde estão nem como voltar para casa, e o senhor por quem combatem não sabe seus nomes, mas ali vem ele, gritando-lhes para se posicionarem, para fazerem uma fileira com as lanças, foices e enxadas afiadas, para aguentarem. E os cavaleiros caem sobre eles, homens sem rosto vestidos de aço, e o trovão de ferro de seu ataque parece encher o mundo... E o homem quebra. Vira-se e foge, ou rasteja para longe, depois por cima dos cadáveres, ou escapole na calada da noite e encontra um lugar qualquer para se esconder. Toda noção de casa está perdida a essa altura, e reis, senhores e deuses significam menos para ele do que um naco de carne estragada que lhes permita sobreviver mais um dia, ou um odre de vinho ruim que possa afogar-lhes o medo durante algumas horas. O desertor sobrevive dia a dia, de refeição em refeição, mais animal do que homem. Lady Brienne não erra. Em tempos como estes, o viajante deve ter atenção aos desertores, e temê-los... mas também deve ter piedade por eles."

Quando Meribald terminou, um profundo silêncio caiu sobre o pequeno bando. Brienne ouvia o vento farfalhando através de um grupo de salgueiros e, mais distante, o tênue grito de um mergulhão. Ouvia o Cão arquejar suavemente enquanto saltitava ao lado do septão e de seu burro, com a língua pendendo-lhe da boca. O silêncio estendeu-se, até que, por fim, ela disse:

— Que idade tinha quando o levaram para a guerra?

— Ora, não era mais velho do que seu garoto — Meribald respondeu. — Novo demais para tal coisa, na verdade, mas meus irmãos iam todos, e eu não quis ser deixado para trás. Willam disse que eu podia ser seu escudeiro, apesar de Will não ser nenhum cavaleiro, só um criado armado com uma faca de cozinha que tinha roubado da estalagem. Morreu nos Degraus, e não chegou a desferir um golpe. Foi a febre que deu conta dele, e de meu irmão Robin. Owen morreu de uma maça que lhe rachou a cabeça, e o amigo dele, Jon Bexigas, foi enforcado por estupro.

— A Guerra dos Reis de Nove Moedas? — perguntou Hyle Hunt.

— Foi assim que a chamaram, apesar de eu nunca ter visto um rei nem ganhado uma moeda. Mas foi uma guerra. Lá isso foi.

SAMWELL

Sam estava de pé junto à janela, balançando-se nervosamente enquanto via a última luz do sol desaparecer atrás de uma fileira de telhados bicudos. *Ele deve ter voltado a se embebedar*, pensou sombriamente. *Ou então conheceu outra garota.* Não sabia se devia praguejar ou chorar. Dareon era supostamente seu irmão. *Peçam-lhe para cantar, e ninguém o fará melhor. Peçam-lhe para fazer qualquer outra coisa...*

As névoas da noite tinham começado a se erguer, fazendo subir dedos cinzentos pelas paredes dos edifícios que se debruçavam sobre o antigo canal.

— Ele prometeu voltar — Sam falou. — Você também o ouviu.

Goiva olhou-o com olhos vermelhos e inchados. Os cabelos lhe pendiam em volta do rosto, sujos e emaranhados. Parecia um animal desconfiado, espreitando por detrás de um arbusto. Tinham se passado dias desde a última vez que tiveram fogo, mesmo assim a garota selvagem gostava de se aninhar perto da lareira, como se nas cinzas frias ainda restasse algo de calor.

— Ele não gosta de ficar aqui conosco — ela disse, sussurrando para não acordar o bebê. — Isto aqui é triste. Ele gosta de onde há vinho e sorrisos.

Sim, pensou Sam, *e há vinho em todo lugar, menos aqui*. Braavos estava cheia de estalagens, cervejarias e bordéis. E se Dareon preferia um fogo e uma taça de vinho aquecido a pão bolorento e à companhia de uma mulher chorosa, um covarde gordo e um velho doente, quem podia censurá-lo? *Eu podia censurá-lo. Ele disse que voltaria antes do crepúsculo; disse que nos traria vinho e comida.*

Voltou a olhar pelas janelas, esperando contra toda esperança ver o cantor correndo para casa. A escuridão caía sobre a cidade secreta, arrastando-se pelas vielas e ao longo dos canais. O bom povo de Braavos começaria em breve a fechar as janelas e a meter trancas nas portas. A noite pertencia aos homens de armas e às cortesãs. *Os novos amigos de Dareon*, Sam refletiu amargamente. Era só neles que o cantor falava nos últimos tempos. Estava tentando escrever uma canção sobre uma cortesã, uma mulher chamada Sombra de Lua que o ouvira cantar junto à Lagoa da Lua e o recompensara com um beijo.

"Devia ter lhe pedido prata", dissera-lhe Sam. "Nós precisamos de dinheiro, não de beijos." Mas o cantor limitara-se a sorrir.

"Há beijos que valem mais do que ouro amarelo, Matador."

Aquilo também o enfurecia. Daeron não deveria andar inventando canções sobre cortesãs. Deveria estar cantando sobre a Muralha e o valor da Patrulha da Noite. Jon tinha a esperança de que suas canções talvez persuadissem alguns jovens a vestir o negro. Mas, em vez disso, cantava sobre beijos dourados, cabelos prateados e lábios muito vermelhos. Nunca ninguém vestia o negro por causa de lábios muito vermelhos.

E, por vezes, sua música acordava o bebê. Então a criança desatava a chorar, Dareon gritava-lhe para que se calasse, Goiva chorava, e o cantor saía num rompante e passava dias sem regressar.

"Todo aquele choro me dá vontade de lhe dar um tabefe", protestava, "e quase não consigo dormir com seus soluços."

Também choraria se tivesse perdido um filho, Sam quase lhe disse. Não podia culpar Goiva por sua dor. Em vez disso, culpava Jon Snow e perguntava a si mesmo quando o coração de Jon teria se transformado em pedra. Uma vez colocara essa mesma questão ao meistre Aemon, quando Goiva fora ao canal lhes trazer água.

"Quando o elevou a Senhor Comandante", o velho respondera.

Até o momento, ali, apodrecendo naquele quarto frio sob os beirais, parte de Sam não queria acreditar que Jon tivesse feito o que meistre Aemon julgava. *Mas deve ser verdade. Por que outro motivo Goiva choraria tanto?* Tudo que tinha a fazer era lhe perguntar de quem era a criança que amamentava, mas não tinha coragem. Tinha medo da resposta que podia receber. *Ainda sou um covarde, Jon.* Não importa para onde fosse naquele grande mundo, seus medos o acompanhavam.

Um estrondo oco ecoou nos telhados de Braavos, como o som de um trovão distante; o Titã, fazendo soar o cair da noite a partir do outro lado da lagoa. O ruído foi suficientemente forte para acordar o bebê, e seu súbito pranto acordou meistre Aemon. Quando Goiva foi dar o seio à criança, os olhos do velho abriram-se e ele se agitou debilmente em sua cama estreita.

— Egg? Está escuro. Por que está tão escuro?

Porque é cego. A consciência de Aemon devaneava cada vez mais desde a chegada a Braavos. Havia dias em que não parecia saber onde estava. Em outros, perdia-se enquanto dizia qualquer coisa e se punha a falar incoerentemente sobre o pai ou o irmão. *Ele tem cento e dois anos*, lembrou Sam a si mesmo, mas fora igualmente velho em Castelo Negro, e ali sua consciência nunca devaneara.

— Sou eu — teve de dizer. — Samwell Tarly. O seu intendente.

— Sam — Meistre Aemon lambeu os lábios e pestanejou. — Sim. E aqui é Braavos. Perdoe-me, Sam. A manhã chegou?

— Não — Sam pôs a mão na testa do velho. Tinha a pele úmida de suor, fria e pegajosa ao toque, e cada inspiração era um silvo suave. — É de noite, meistre. Esteve dormindo.

— Por muito tempo. Está frio aqui.

— Não temos lenha — disse-lhe Sam —, e o estalajadeiro não nos quer dar mais, a menos que tenhamos dinheiro. — Era a quarta ou a quinta vez que tinham aquela conversa. *Devia ter usado nosso dinheiro para comprar lenha*, repreendia-se Sam todas as vezes. *Devia ter tido o bom senso de mantê-lo aquecido.*

Em vez disso, esbanjara o resto da prata num curandeiro da Casa das Mãos Vermelhas, um homem alto e pálido com vestes decoradas com rodopiantes faixas vermelhas e brancas. Tudo que a prata conseguira tinha sido meio frasco de vinho dos sonhos.

— Isto pode ajudar a lhe tornar mais fácil o falecimento — dissera o braavosiano, de uma forma que não era desprovida de gentileza. Quando Sam perguntou se ele não podia fazer mais nada, o homem balançou a cabeça. — Tenho unções, poções e infusões, tinturas, venenos e cataplasmas. Podia sangrá-lo, purgá-lo, usar nele sanguessugas... Mas, para quê? Não há sanguessuga que o faça voltar a ser jovem. Este homem é velho, e tem a morte nos pulmões. Dê-lhe isto e o deixe dormir.

E assim Sam fizera, a noite inteira e o dia inteiro, mas agora o velho estava lutando para se sentar.

— Temos de descer até os navios.

Outra vez os navios.

— Está fraco demais para sair — teve de dizer. Um resfriado entrara em meistre Aemon durante a viagem e se instalara em seu peito. Ao chegarem a Braavos, estava tão fraco que tinham sido obrigados a trazê-lo para terra. Nessa altura ainda tinham um gordo saco de prata, de modo que Daeron pediu a maior cama da estalagem. A que lhes foi dada era suficientemente grande para oito pessoas, e o estalajadeiro insistiu em lhes cobrar por esse número.

— Amanhã podemos ir às docas — Sam prometeu. — Poderá fazer perguntas por lá e descobrir qual é o próximo navio a partir para Vilavelha — até no outono Braavos continuava a ser um porto movimentado. Uma vez que Aemon estivesse suficientemente forte para viajar, não deviam ter problema em encontrar um navio adequado para levá--los para onde tinham de ir. Pagar pela passagem se mostraria mais difícil. Um navio dos Sete Reinos seria sua melhor esperança. *Um mercador de Vilavelha, talvez, com familiares na Patrulha da Noite. Ainda deve haver alguns que honram os homens que patrulham a Muralha.*

— Vilavelha — silvou meistre Aemon. — Sim. Sonhei com Vilavelha, Sam. Era jovem outra vez, e tinha comigo meu irmão Egg e aquele cavaleiro grande que ele servia. Estávamos bebendo na velha estalagem onde faziam a cidra terrivelmente forte — voltou a tentar se levantar, mas o esforço revelou-se demais para ele. Após um momento, recostou--se. — Os navios — disse de novo. — Encontraremos neles a nossa resposta. Sobre os dragões. Preciso saber.

Não, Sam pensou, *aquilo de que precisa é de comida e calor, uma barriga cheia e um fogo quente crepitando na lareira.*

— Tem fome, meistre? Ainda temos algum pão e um pouco de queijo.

— Agora não, Sam. Mais tarde, quando me sentir mais forte.

— Como ficará mais forte se não comer? — Nenhum deles tinha comido muito no mar, pelo menos depois de Skagos. Os temporais de outono os tinham perseguido ao longo de todo o mar estreito. Por vezes subiam do sul, numa fúria de trovões, relâmpagos e chuvas negras que caíam durante dias. Outras, desciam do norte, frios e soturnos, com ventos selvagens que trespassavam os homens. Uma vez ficara tão frio que, quando Sam acordou, encontrou todo o navio coberto de gelo, brilhando, branco como uma pérola. O capitão desmontara e amarrara o mastro ao convés, para concluir a travessia apenas a remos. Ninguém comia quando viram o Titã.

Mas, depois de estar a salvo em terra, Sam dera por si com uma fome imensa. Acontecera o mesmo com Dareon e Goiva. Até o bebê começara a mamar com mais vigor. Mas Aemon...

— O pão embolorou, mas posso ir à cozinha pedir um pouco de molho de carne para empapá-lo — Sam disse ao velho. O estalajadeiro era um homem duro, com olhos frios e desconfiado daqueles estranhos vestidos de negro que tinha sob seu telhado, mas o cozinheiro era mais gentil.

— Não. Mas talvez aceite um gole de vinho.

Não tinham vinho. Dareon prometera comprar um pouco com o dinheiro que ganhasse cantando.

— Teremos vinho mais tarde — Sam obrigou-se a dizer. — Tem água, mas não é da boa. — A água boa chegava pelos arcos do grande aqueduto de tijolo a que os braavosianos chamavam o rio de água doce. Os ricos a canalizavam para suas casas; os pobres enchiam os baldes em fontes públicas. Sam mandara Goiva buscar um pouco, esquecendo-se de que a garota selvagem vivera a vida inteira nas imediações da Fortaleza de Craster e nunca vira sequer uma vila mercantil. O labirinto de pedra cheio de ilhas e canais que era Braavos, sem mato nem árvores, repleto de estranhos que falavam numa língua que ela não compreendia, assustara-a tanto que perdera o mapa e rapidamente a si mesma. Sam a encontrara chorando aos pés de pedra de um senhor do mar qualquer havia muito morto.

— Só temos água do canal — disse ao meistre Aemon —, mas o cozinheiro deu uma fervida. Também há vinho dos sonhos, se precisar de mais.

— Já sonhei o suficiente por ora. Água do canal bastará. Ajude-me, por favor.

Sam ergueu o velho e lhe levou a taça aos lábios secos e rachados. Mesmo assim, metade escorreu pelo peito do meistre.

— Chega — tossiu Aemon, após alguns goles. — Assim vai me afogar — estremeceu nos braços de Sam. — Por que o quarto está tão frio?

— Já não temos lenha. — Daeron pagara ao estalajadeiro preço duplo por um quarto com lareira, mas nenhum deles tinha imaginado a lenha ali tão dispendiosa. Não cresciam árvores em Braavos, à exceção dos pátios e jardins dos poderosos. E os braavosianos não cortavam os pinheiros que cobriam as ilhas exteriores, que rodeavam sua grande lagoa e funcionavam como quebra-ventos para protegê-los das tempestades. Em vez disso, a lenha era trazida em barcaças, pelos rios e do outro lado da lagoa. Até a bosta era cara ali; os braavosianos usavam barcos em vez de cavalos. Nada daquilo teria importado se tivessem partido para Vilavelha conforme planejado, mas isso se mostrara impossível com o meistre Aemon tão fraco. Outra viagem por mar aberto o mataria.

A mão de Aemon deslizou sobre as mantas, procurando o braço de Sam às apalpadelas.

— Temos de ir às docas, Sam.

— Quando estiver mais forte. — O velho não se encontrava em estado de enfrentar a maresia salgada e os ventos úmidos que sopravam ao longo da margem, e toda a Braavos era uma grande margem. Ao norte ficava o Porto Púrpura, onde os navios mercantes braavosianos encontravam-se amarrados sob as cúpulas e torres do Palácio do Senhor do Mar. A oeste ficava o Porto do Trapeiro, repleto de navios das outras Cidades Livres, de Westeros e Ibben e das fabulosas e distantes terras do leste. E por todo lado havia pequenos cais e ancoradouros, e velhos cais cinzentos onde camaroeiros, caranguejeiros e pescadores atracavam depois do trabalho nos lodaçais e na foz dos rios. — Será um esforço muito grande para você.

— Então vá em meu lugar — instou Aemon —, e traga-me alguém que tenha visto esses dragões.

— Eu? — Sam ficou consternado com a sugestão. — Meistre, foi só uma história. Uma história de marinheiro. — Daeron também tinha culpa naquilo. O cantor andava trazendo das cervejarias e bordéis todos os tipos de estranhas histórias. Infelizmente, estava bebendo quando ouvira a que falava de dragões e não conseguia se lembrar dos detalhes. — Daeron pode ter inventado tudo que contou. Os cantores fazem isso. Inventam coisas.

— Inventam — meistre Aemon concordou —, mas até a história mais fantasiosa pode ter um pouco de verdade. Encontra-me essa verdade, Sam.

— Não saberia a quem nem como perguntar. Só sei um pouco de alto valiriano, e quando me falam em braavosi não entendo metade do que estão dizendo. Você fala mais línguas do que eu; quando estiver mais forte, poderá...

— E quando estarei eu mais forte, Sam? Diga-me isso.

— Em breve. Se descansar e comer. Quando chegarmos a Vilavelha...

— Não voltarei a ver Vilavelha. Agora sei — o velho apertou mais o braço de Sam. — Estarei com os meus irmãos em breve. Alguns estavam ligados a mim pelos votos e outros pelo sangue, mas eram todos meus irmãos. E o meu pai... nunca pensou que o trono passasse para ele, e no entanto passou. Costumava dizer que isso era a sua punição pelo golpe que matara o irmão. Rezo para que tenha encontrado na morte a paz que nunca conheceu em vida. Os septões cantam canções sobre doces fins, sobre pousar nossos fardos e viajar para uma terra longínqua e encantada onde podemos rir, amar e nos banquetear até o fim dos tempos... Mas, e se para lá da muralha chamada morte não existir nenhuma terra de luz e mel, se só existir o frio, a escuridão e a dor?

Ele tem medo, Sam percebeu.

— Não está morrendo. Está doente, só isso. Passará.

— Dessa vez não, Sam. Sonhei... na calada da noite um homem faz todas as perguntas que não se atreve a fazer à luz do dia. Para mim, nestes últimos anos, só uma questão permaneceu. Por que teriam os deuses me tirado a vista e as forças, condenando-me ao mesmo tempo a permanecer neste mundo durante tanto tempo, gelado e esquecido? Que uso teriam para um velho acabado como eu? — os dedos de Aemon tremeram, gravetos envoltos em pele manchada. — Eu me lembro, Sam. Ainda me lembro.

As coisas que dizia não faziam sentido.

— Lembra-se do quê?

— Dos dragões — o velho sussurrou. — Eram a dor e a glória de minha Casa.

— O último dragão morreu antes de ter nascido — Sam respondeu. — Como é possível que se lembre deles?

— Vejo-os nos sonhos, Sam. Vejo uma estrela vermelha a sangrar no céu. Ainda me lembro do vermelho. Vejo suas sombras na neve, ouço o estalar de asas de couro, sinto seu bafo quente. Meus irmãos também sonhavam com dragões, e os sonhos mataram todos eles. Sam, nós estremecemos à beira de profecias meio recordadas, de maravilhas e terrores que nenhum homem vivo hoje pode esperar compreender... ou...

— Ou? — Sam quis saber.

— ... ou não — Aemon abriu um suave e pequeno sorriso. — Ou então sou um velho, febril e moribundo — fechou fatigadamente os olhos brancos e depois forçou-se a abri-los de novo. — Não devia ter deixado a Muralha. Lorde Snow não podia saber, mas *eu* devia tê-lo visto. O fogo consome, mas o frio preserva. A Muralha... mas é tarde demais para correr de volta. O Estranho espera à minha porta e não aceitará uma recusa. Intendente, serviu-me com fidelidade. Faça esta última coisa valente por mim. Vá até os navios, Sam. Aprenda tudo que conseguir sobre esses dragões.

Sam libertou o braço da mão do velho.

— Irei. Se quiser. Só que... — não sabia mais o que dizer. *Não posso me recusar*. Podia também procurar Dareon, ao longo das docas e cais do Porto do Trapeiro. *Primeiro encontro Dareon, e vamos juntos até os navios. E, quando voltarmos, traremos comida, vinho e lenha. Teremos fogo e uma boa refeição quente.* Ergueu-se. — Bem. Neste caso, é melhor que vá andando. Vou-me embora. Goiva ficará aqui. Goiva, tranque a porta quando eu sair — *o Estranho espera à sua porta.*

Goiva assentiu, embalando o bebê ao peito, com os olhos enchendo-se de lágrimas. *Ela vai chorar outra vez*, Sam compreendeu. Era mais do que conseguia aguentar. O cinto da espada pendia de um cabide na parede, ao lado do velho berrante fendido que Jon lhe dera. Pegou o cinto e o afivelou em volta de si, depois pôs o manto negro de lã sobre os ombros arredondados, abaixou a cabeça ao passar pela porta e desceu, tilintando, uma escada de madeira, cujos degraus rangiam sob seu peso. A estalagem tinha duas portas da frente, uma das quais se abria para uma rua, e a outra para um canal. Sam saiu pela primeira, a fim de evitar a sala comum onde o estalajadeiro certamente lhe lançaria a olhadela mal-humorada que reservava para os hóspedes cuja estadia se prolongava além da conta.

O ar estava gélido, mas a noite não trouxera nem metade do nevoeiro de outras. Sam sentiu-se grato por isso. Por vezes as névoas cobriam o chão com tal densidade que um homem não conseguia ver os próprios pés. Uma vez ficara a um passo de cair num canal.

Quando garoto, Sam lera uma história de Braavos e sonhara em vir até ali um dia. Quisera contemplar o Titã erguendo-se do mar, severo e terrível, deslizar ao longo dos canais num barco serpentino junto a todos os palácios e templos, e ver os homens de armas executarem sua dança de água com as lâminas a relampejar à luz das estrelas. Mas, agora que estava ali, tudo que desejava era partir e seguir para Vilavelha.

Com o capuz sobre a cabeça e o manto esvoaçando, abriu caminho ao longo das pedras da calçada na direção do Porto do Trapeiro. O cinto da espada ameaçava cair-lhe até os tornozelos, e tinha sempre de puxá-lo para cima ao caminhar. Manteve-se nas ruas menores e mais escuras, onde era pouco provável encontrar alguém, mas cada gato que por ele passava punha-lhe o coração aos saltos... e Braavos estava repleta de gatos. *Tenho de encontrar Dareon*, pensou. *Ele é um homem da Patrulha da Noite, meu Irmão Juramentado; ele e eu podemos decidir o que fazer.* As forças de meistre Aemon tinham desaparecido, e Goiva estaria perdida mesmo se não se encontrasse afogada em desgosto, mas Dareon... *Não devia pensar mal dele. Pode estar ferido, talvez seja por isso que não voltou. Pode estar morto, jazendo em alguma viela numa poça de sangue, ou boiando de barriga para baixo num dos canais.* À noite, os homens de armas pavoneavam-se pela cidade em suas melhores roupas bicolores, ansiosos por demonstrar sua perícia com aquelas espadas esguias que usavam. Alguns lutariam por qualquer motivo, outros por nenhum, e Dareon tinha uma língua solta e um temperamento efervescente, especialmente depois de beber. *Só porque um homem sabe cantar sobre batalhas não significa que esteja pronto para travá-las.*

As melhores cervejarias, estalagens e bordéis ficavam perto do Porto Púrpura ou da Lagoa da Lua, mas Dareon preferia o Porto do Trapeiro, onde os fregueses se mostravam mais inclinados a falar a língua comum. Sam começou sua busca pela Estalagem da Enguia Verde, pela Barqueiro Negro e pelo Moroggo, lugares onde Dareon já tocara. Não o encontrou em nenhum deles. À porta da Casa do Nevoeiro encontravam-se amarrados vários barcos serpentinos aguardando clientes, e Sam tentou perguntar aos varejadores se tinham visto um cantor todo vestido de negro, mas nenhum dos homens compreendeu seu alto valiriano. *Ou isso, ou preferem não compreender.* Sam espreitou a sombria taberna que ficava sob o segundo arco da Ponte de Nabbo, onde quase nem cabiam dez pessoas. Dareon não era uma delas. Tentou a Estalagem do Proscrito, a Casa das Sete Lamparinas e o bordel chamado Gataria, onde obteve estranhos olhares, mas nenhuma ajuda.

Ao sair, quase se chocou com dois jovens sob a lanterna vermelha da Gataria. Um era escuro, e o outro claro. O de cabelos escuros disse qualquer coisa em braavosi.

— Lamento — Sam teve de dizer. — Não compreendo — afastou-se deles com medo. Nos Sete Reinos os nobres envolviam-se em veludos, sedas e samitos de uma centena de cores, enquanto os camponeses e o povo usava lã crua e ráfia de um marrom apagado. Em Braavos era o contrário. Os homens de armas exibiam-se como pavões, afagando as espadas, enquanto os poderosos vestiam-se com um cinzento de carvão e púrpura, azuis que eram quase negros e negros tão escuros quanto uma noite sem luar.

— Meu amigo Terro diz que você é tão gordo que o deixa enjoado — disse o homem de armas de cabelos claros, cuja jaqueta era, de um lado, de veludo verde e, do outro, de pano de prata. — Meu amigo Terro diz que o chocalhar de sua espada lhe faz doer a cabeça — falava na língua comum. O outro, o homem de armas de cabelos escuros com o brocado cor de vinho e manto amarelo, cujo nome aparentemente seria Terro, fez algum comentário em braavosi, e seu amigo de cabelos claros deu risada e disse: — Meu amigo Terro diz que você se veste acima de sua condição. É algum grande senhor para usar o negro?

Sam quis fugir, mas se o fizesse provavelmente tropeçaria na própria espada. *Não toque na espada*, disse a si mesmo. Até um dedo no cabo podia ser o suficiente para que um dos homens de armas vislumbrasse um desafio. Tentou pensar em palavras que pudessem apaziguá-los.

— Não sou... — foi tudo que conseguiu dizer.

— Ele não é um senhor — interveio uma voz de criança. — Está na Patrulha da Noite, estúpido. De *Westeros* — uma garota deslocou-se para a luz, empurrando um carrinho de mão cheio de algas; uma criatura malvestida e magricela, com grandes botas e cabelos irregulares e sujos. — Tem outro lá embaixo, no Porto Feliz, cantando cantigas à Esposa do Marinheiro — ela disse aos dois homens de armas. Para Sam, disse: — Se perguntarem quem é a mais bela mulher do mundo, responda o Rouxinol, senão será desafiado para um duelo. Quer comprar amêijoas? Vendi todas as minhas ostras.

— Não tenho dinheiro — Sam respondeu.

— Ele não tem dinheiro — zombou o homem de armas de cabelos claros. Seu amigo de cabelos escuros abriu um sorriso e disse qualquer coisa em braavosi. — Meu amigo Terro tem frio. Seja um bom amigo gordo e lhe dê seu manto.

— Não faça isso — disse a garota do carrinho de mão —, senão logo pedirão suas botas, e não demorará muito para que fique nu.

— Gatinhas que uivam alto demais acabam afogadas nos canais — avisou o homem de armas de cabelos claros.

— Só se não tiverem garras — e de repente surgiu uma faca na mão esquerda da garota, uma lâmina tão esguia como ela. Aquele que se chamava Terro disse qualquer coisa ao amigo de cabelos claros e os dois foram embora, rindo um para o outro.

— Obrigado — Sam agradeceu à garota depois de ficarem sozinhos.

Sua faca desapareceu.

— Se usar uma espada à noite, isso significa que pode ser desafiado. *Quer* lutar com eles?

— Não — a palavra saiu num guincho que fez Sam estremecer.

— É mesmo da Patrulha da Noite? Nunca tinha visto um irmão de negro como você — a garota indicou o carrinho de mão com um gesto. — Pode ficar com as últimas amêijoas, se quiser. Já está escuro, agora ninguém vai comprá-las. Vai para a Muralha?

— Para Vilavelha — Sam pegou uma amêijoa cozida e a devorou. — Estamos esperando para embarcar de novo. — A amêijoa estava boa. Comeu outra.

— Os homens de armas nunca incomodam alguém que não tenha uma espada. Nem mesmo estúpidos cus de camelo como Terro e Orbelo.

— Quem é você?

— Ninguém — a garota fedia a peixe. — Costumava ser alguém, mas agora não sou. Pode me chamar de Gata, se quiser. Quem é você?

— Samwell, da Casa Tarly. Fala a língua comum.

— Meu pai era mestre dos remadores na *Nymeria*. Um homem de armas o matou por dizer que minha mãe era mais bela do que o Rouxinol. Não foi um desses cus de camelo que conheceu, foi um homem de armas de verdade. Um dia hei de lhe abrir a goela. O capitão disse que *Nymeria* não precisava de garotinhas, de modo que me pôs fora. Brusco acolheu-me e me deu um carrinho de mão — ergueu os olhos para ele. — Em que navio vai partir?

— Compramos passagem no *Lady Ushanora*.

A garota olhou para ele desconfiada.

— Ele já partiu. Não sabia? Partiu há vários dias.

Eu sei, Sam podia ter dito. Ele e Dareon tinham ficado na doca, observando o subir e o descer dos remos, enquanto ela avançava na direção do Titã e do mar aberto.

"Bem", dissera o cantor, "já era". Se Sam fosse um homem mais valente, o teria atirado à água. Quando tocava para convencer garotas a tirar a roupa, Dareon tinha uma língua de mel, mas na cabine do capitão, sem saber como, Sam ficara encarregado de toda a conversa, tentando persuadir os braavosianos a esperar por eles.

"Já esperei três dias por esse velho", dissera o capitão. "Tenho os porões cheios, e meus homens já deram a foda de despedida nas mulheres. Com ou sem vocês, minha *Senhora* parte na próxima maré."

"Por favor", Sam tinha suplicado. "Só mais alguns dias, é tudo que peço. Para que meistre Aemon possa recuperar as forças."

"Ele não tem forças." O capitão visitara a estalagem na noite anterior para ver Aemon com os próprios olhos. "É velho e está doente, e não quero que morra na minha *Senhora*. Fique com ele ou o abandone, não me interessa. Eu zarparei." Pior ainda, recusara-se a devolver o dinheiro da passagem que lhe tinham pago, a prata que se destinava a levá-los a salvo até Vilavelha. "Compraram a minha melhor cabine. Está lá, à sua espera. Se não quiserem ocupá-la, a culpa não é minha. Por que teria de arcar com as perdas?"

A essa altura já podíamos estar em Valdocaso, Sam pensou, pesarosamente. *Podíamos até ter chegado a Pentos, se os ventos ajudassem.*

Mas nada disso interessaria à garota do carrinho de mão.

— Disse que viu um cantor...

— No Porto Feliz. Vai se casar com a Esposa do Marinheiro.

— Casar?

— Ela só se deita com os que se casam.

— Onde fica esse Porto Feliz?

— Em frente ao Navio do Pantomimeiro. Posso lhe mostrar o caminho.

— Eu conheço o caminho — Sam já tinha visto o Navio do Pantomimeiro. *Dareon não pode se casar! Ele proferiu os votos!* — Tenho de ir.

Desatou a correr. Era uma longa distância sobre ruas de pedras escorregadias. Não demorou muito para começar a arquejar, com seu comprido manto negro a esvoaçar ruidosamente em suas costas. Tinha de manter uma mão no cinto da espada enquanto corria. As poucas pessoas que encontrava lançavam-lhe olhares curiosos, e uma vez um gato empinou-se e silvou para ele. Quando chegou ao navio, cambaleava. Porto Feliz era mesmo do outro lado da viela.

Assim que entrou, corado e sem fôlego, uma mulher zarolha lhe envolveu o pescoço com os braços.

— Não — Sam lhe disse. — Não estou aqui para isso — ela lhe deu uma resposta em braavosi. — Não falo essa língua — Sam falou em alto valiriano. Havia velas acesas e um fogo crepitando na lareira. Alguém arranhava uma rabeca, e viu duas garotas dançando em volta de um sacerdote vermelho, de mãos dadas. A zarolha empurrou os seios contra seu peito. — Não faça isso! Não estou aqui para isso!

— *Sam!* — ressoou a voz familiar de Dareon. — Yna, largue-o, este é Sam, o Matador. Meu Irmão Juramentado!

A zarolha descolou-se dele, embora mantivesse a mão em seu braço. Uma das dançarinas gritou:

— Ele pode me matar, se quiser.

E a outra disse:

— Acha que me deixará tocar em sua espada?

Por trás delas uma galeota púrpura tinha sido pintada na parede, tripulada por mulheres vestidas com botas cujo cano lhes chegava às coxas, e nada mais. Um marinheiro tyroshino encontrava-se a um canto, sem sentidos, ressonando para dentro de sua enorme barba escarlate. Em outro canto, uma mulher mais velha, com seios enormes, virava pedras com um grande ilhéu do verão vestido de penas negras e escarlates. No centro de tudo encontrava-se Dareon, sentado, esfregando o nariz no pescoço da mulher que tinha ao colo. Ela usava seu manto negro.

— Matador — chamou o cantor numa voz ébria —, venha conhecer a senhora minha esposa — os cabelos dele eram areia e mel, e seu sorriso caloroso. — Cantei-lhe canções de amor. As mulheres se derretem como manteiga quando canto. Como poderia resistir a este rosto? — beijou-lhe o nariz. — Esposa, dê um beijo no Matador, ele é meu irmão. — Quando a garota se levantou, Sam viu que estava nua por baixo do manto. — Não se ponha a apalpar minha mulher, Matador — disse Dareon, rindo. — Mas, se quiser uma das irmãs, fique à vontade. Ainda tenho dinheiro que chegue, acho.

Dinheiro que podia ter nos arranjado comida, Sam pensou, *dinheiro que podia ter nos arranjado lenha, para que meistre Aemon se mantivesse aquecido.*

— O que você fez? Não pode se casar. Proferiu os votos, assim como eu. Podiam cortar sua cabeça por isso.

— Só estamos casados por esta noite, Matador. Nem em Westeros alguém nos corta a cabeça por isso. Nunca esteve em Vila Toupeira escavando tesouros enterrados?

— Não — Sam enrubesceu. — Eu nunca...

— Então, e a sua garota selvagem? Deve tê-la fodido duas ou três vezes. Todas aquelas noites na floresta, enrolados debaixo do manto, não me diga que nunca o enfiou nela? — com um movimento de mão, indicou uma cadeira. — Sente-se, Matador. Tome uma taça de vinho. Tome uma puta. Tome as duas coisas.

Sam não queria uma taça de vinho.

— Prometeu voltar antes do anoitecer. Prometeu trazer vinho e comida.

— Foi assim que matou o Outro? Repreendendo-o até a morte? — Dareon soltou uma gargalhada. — Minha mulher é ela, não é você. Se não quer beber no meu casamento, vá embora.

— Venha comigo — Sam o chamou. — Meistre Aemon acordou e quer ouvir falar dos tais dragões. Anda falando sobre estrelas sangrentas, sombras brancas, sonhos e... se conseguíssemos descobrir mais acerca dos dragões, isso poderia ajudar a sossegá-lo. Ajude-me.

— Amanhã. Na noite do meu casamento, não — Dareon levantou-se, tomou a noiva pela mão e começou a subir as escadas, puxando-a atrás de si.

Sam bloqueou a passagem.

— Você *prometeu*, Dareon. Proferiu os votos. Deveria ser meu irmão.

— Em Westeros. Isto parece ser Westeros?

— Meistre Aemon...

— ... está morrendo. Aquele curandeiro listrado em que esbanjou toda a nossa prata disse isso mesmo — a boca de Dareon tinha adotado uma expressão de dureza. — Escolha uma garota ou vá embora, Sam. Está estragando meu casamento.

— Eu vou — Sam respondeu. — Mas você vem comigo.

— Não. Estou farto de você. Estou farto do negro. — Dareon arrancou o manto de sua noiva nua e o atirou ao rosto de Sam. — Tome. Atire esse trapo no velho, talvez isso o mantenha um pouco mais aquecido. Não vou precisar dele. Em breve hei de andar vestido de veludo. Daqui a um ano hei de usar peles e comer...

Sam bateu nele.

Não pensou em fazê-lo. Sua mão subiu, fechou-se num punho e esmagou-se na boca do cantor. Dareon praguejou, a mulher nua soltou um guincho e Sam se atirou ao cantor e o derrubou, de costas, sobre uma mesa baixa. Eram quase da mesma altura, mas Sam tinha o dobro do peso de Dareon, e por uma vez estava zangado demais para ter medo. Esmurrou-o no rosto e na barriga, e depois pôs-se a espancá-lo nos ombros com ambas as mãos. Quando Dareon agarrou seus pulsos, Sam deu-lhe uma cabeçada e rachou-lhe o lábio. O cantor o soltou e Sam deu-lhe um soco no nariz. Em algum lugar, um homem ria e uma mulher praguejava. A luta pareceu tornar-se mais lenta, como se duas moscas negras lutassem em âmbar. Então alguém arrastou Sam de cima do peito do cantor. Também bateu nessa pessoa, e algo duro quebrou-se em sua cabeça.

Quando voltou a si, estava na rua, voando através do nevoeiro. Durante meio segundo viu água negra embaixo. Então, o canal subiu e o atingiu na cara.

Sam afundou como uma pedra, como um pedregulho, como uma montanha. A água entrou pelos seus olhos e no nariz, escura, fria e salgada. Quando tentou gritar por ajuda, engoliu mais. Espernando e tentando respirar, rolou, com bolhas explodindo pelo nariz. *Nada*, disse a si mesmo, *nada*. A água salgada fez seus olhos arderem quando os abriu, cegando-o. Assomou à superfície só por um instante, inspirou uma golfada de ar e agitou desesperadamente a mão aberta enquanto a outra agarrava a margem do canal. Mas as pedras eram escorregadias e viscosas, e Sam não conseguiu encontrar apoio. Voltou a afundar.

E foi sentindo cada vez mais o frio contra a pele à medida que a água lhe foi encharcando a roupa. O cinto da espada deslizou-lhe pernas abaixo e enrodilhou-se em volta dos tornozelos. *Vou me afogar*, pensou, num pânico cego e negro. Bracejou, tentando voltar à superfície, mas em vez disso bateu com o rosto no fundo do canal. *Estou de cabeça para baixo*, compreendeu, *estou me afogando*. Algo se moveu por baixo de uma mão que se agitava, uma enguia ou um peixe, deslizando entre seus dedos. *Não posso me afogar, meistre Aemon morrerá sem mim, e Goiva ficará sem ninguém. Tenho de nadar, preciso...*

Então ouviu um enorme barulho de água espirrando, e algo se enrolou em volta dele, por baixo dos braços e em torno do peito. *A enguia*, foi seu primeiro pensamento, *a enguia me apanhou, vai me puxar para baixo*. Abriu a boca para gritar e engoliu mais água. *Afoguei-me*, foi seu último pensamento. *Oh, pela bondade dos deuses, eu me afoguei.*

Quando abriu os olhos estava deitado de costas, e um grande e negro ilhéu do verão lhe batia na barriga com punhos do tamanho de presuntos. *Pare com isso, está me machucando*, Sam tentou gritar. Em vez de palavras, vomitou água e arquejou. Estava encharcado e tremia, deitado na rua de pedras, no meio de uma poça de água do canal. O ilhéu do verão voltou a socá-lo na barriga, e mais água lhe esguichou do nariz.

— Pare com isso — Sam arquejou. — Não me afoguei. Não me afoguei.

— Não — seu salvador debruçou-se sobre ele, enorme, negro, pingando. — Deve a Xhondo muitas penas. A água arruinou o belo manto de Xhondo.

Sam viu que era verdade. O manto de penas grudava-se aos enormes ombros do homem, encharcado e sujo.

— Não queria...

— ... nadar? Xhondo viu. Muito esguichar. Gordos deviam boiar — agarrou o gibão de Sam com um enorme punho negro e o colocou de pé. — Xhondo anda com *Vento de Canela*. Muitas línguas fala, um bocado. Dentro, Xhondo riu, a ver você dar socos no cantor. E Xhondo ouve — um largo sorriso branco espalhou-se por seu rosto. — Xhondo conhece esses dragões.

JAIME

— Esperava que a essa altura já tivesse se cansado dessa deplorável barba. Todos esses pelos o deixam parecido com Robert. — A irmã pusera o luto de lado em prol de um vestido cor de jade, com mangas de renda myriana prateada. Uma esmeralda do tamanho de um ovo de pombo lhe pendia do pescoço num fio de ouro.

— A barba de Robert era preta. A minha é dourada.

— Dourada? Ou prateada? — Cersei arrancou um pelo de sob o queixo do irmão e o ergueu. Era grisalho. — Está perdendo a cor, irmão. Transformou-se em um fantasma do que era, numa coisa pálida e aleijada. E tão descorado, sempre de branco — desembaraçou-se do pelo com um piparote. — Prefiro você vestido de ouro e carmesim.

Eu prefiro você sarapintada de luz do sol, com gotículas de água na pele nua. Desejava beijá-la, levá-la para o quarto, atirá-la na cama... *ela tem andado fodendo com Lancel e Osmund Kettleblack, e com o Rapaz Lua...*

— Vou lhe propor um negócio. Liberte-me desse dever e minha navalha está às suas ordens.

A boca dela comprimiu-se. Estivera bebendo vinho quente com especiarias e cheirava a noz-moscada.

— Ousa regatear comigo? Deverei relembrá-lo de que jurou obedecer?

— Jurei proteger o rei. Meu lugar é ao seu lado.

— Seu lugar é onde quer que ele ordene que esteja.

— Tommen põe o selo em todos os papéis que você coloca na frente dele. Isto é obra sua, e é uma loucura. Para que nomear Daven seu Guardião do Oeste se não confia nele?

Cersei sentou-se junto à janela. Por trás dela, Jaime conseguia ver as ruínas enegrecidas da Torre da Mão.

— Por que tanta relutância, sor? Perdeu a coragem com a mão?

— Prestei um juramento à lady Stark de nunca mais pegar em armas contra os Stark ou os Tully.

— Uma promessa de bêbado feita com uma espada na garganta.

— Como poderei defender Tommen se não estiver com ele?

— Derrotando seus inimigos. O pai sempre disse que um golpe rápido de espada é uma defesa melhor do que qualquer escudo. Admito que a maioria dos golpes de espada precisam de uma mão. Apesar disso, até um leão mutilado pode inspirar medo. Quero Correrrio. Quero Brynden Tully agrilhoado ou morto. E alguém tem de pôr Harrenhal nos eixos. Precisamos urgentemente de Wylis Manderly, presumindo que ainda esteja vivo e cativo, mas a guarnição não respondeu a nenhum dos nossos corvos.

— Quem está em Harrenhal são homens de Gregor — Jaime lembrou à irmã. — A Montanha gostava deles cruéis e estúpidos. O mais provável é que tenham comido seus corvos, com mensagens e tudo.

— É por isso que o estou mandando para lá. Podem comê-lo também, valente irmão, mas espero que lhes cause indigestão — Cersei alisou a saia. — Quero que sor Osmund comande a Guarda Real na sua ausência.

... ela tem andado fodendo com Lancel e Osmund Kettleblack, e com o Rapaz Lua, tanto quanto sei...

— Essa escolha não lhe pertence. Se eu tiver de ir, sor Loras ficará no comando em meu nome.

— Isto é alguma piada? Sabe o que sinto por sor Loras.

— Se não tivesse mandado Balon Swann para Dorne...

— Preciso dele lá. Os dorneses não são dignos de confiança. Aquela serpente vermelha foi campeão de Tyrion, esqueceu-se disso? Não deixarei minha filha à mercê deles. E *não* terei sor Loras no comando da Guarda Real.

— Sor Loras é três vezes melhor homem do que sor Osmund.

— Suas noções de virilidade mudaram um pouco, irmão.

Jaime sentiu a ira aumentar.

— É verdade, Loras não olha para suas tetas como sor Osmund, mas não penso...

— Pense nisto — Cersei o esbofeteou.

Jaime não fez nenhum esforço para bloquear o golpe.

— Estou vendo que vou precisar de uma barba mais espessa para me proteger das carícias da minha rainha — desejava arrancar-lhe o vestido e transformar-lhe os golpes em beijos. Já o fizera antes, na época em que tinha duas mãos.

Os olhos da rainha eram gelo verde.

— É melhor que vá embora, sor.

... Lancel, Osmund Kettleblack e o Rapaz Lua...

— Além de mutilado, é surdo? Encontrará a porta atrás de você, sor.

— Às suas ordens — Jaime girou nos calcanhares e a deixou.

Em algum lugar os deuses estavam dando risada. Cersei nunca aceitara de bom grado ser contrariada, ele *sabia* disso. Palavras mais suaves poderiam tê-la feito mudar de ideia, mas nos últimos tempos bastava vê-la para se sentir irritado.

Parte de si ficaria contente por deixar Porto Real para trás. Em nada lhe agradava a companhia dos bajuladores e dos tolos que rodeavam Cersei. "O menor conselho" era como agora diziam na Baixada das Pulgas, de acordo com Addam Marbrand. E Qyburn... podia ter salvo a vida de Jaime, mas não deixava de ser um Pantomimeiro Sangrento.

"Qyburn fede a segredos", dissera a Cersei, num aviso. E isto apenas a fizera rir.

"Todos nós temos segredos, irmão", respondera.

... ela tem andado fodendo com Lancel e Osmund Kettleblack, e provavelmente até com o Rapaz Lua, tanto quanto sei...

Quarenta cavaleiros e outros tantos escudeiros esperavam-no à porta dos estábulos da Fortaleza Vermelha. Metade era de ocidentais juramentados à Casa Lannister, e os outros, inimigos recentes transformados em amigos duvidosos. Sor Dermot da Mata Chuvosa levaria o estandarte de Tommen, Ronnet Vermelho Connington carregaria a bandeira branca da Guarda Real. Um Paege, um Piper e um Peckledon partilhariam a honra de servir o Senhor Comandante como escudeiros.

"Mantenha os amigos atrás de você e os inimigos onde possa vê-los", aconselhara-o um dia Sumner Crakehall. Ou teria sido o pai?

Sua montaria era um baio sanguíneo, e o corcel de batalha, um magnífico garanhão cinzento. Tinham se passado longos anos desde a última vez que Jaime dera nome a qualquer um de seus cavalos; vira muitos morrer em batalha, e isto se tornava mais duro quando lhes era dado nome. Mas, quando o rapaz Piper começou a chamá-los Honra e Glória, deu risada e deixou que os nomes pegassem. Glória usava arreios do carmesim Lannister; Honra estava ajaezado com o branco da Guarda Real. Josmyn Peckledon segurou nas rédeas do cavalo quando sor Jaime montou. O escudeiro era magro como uma lança, com longos braços e pernas, cabelos oleosos de um castanho de rato, e bochechas cobertas por uma suave penugem de pêssego. Seu manto ostentava o carmesim Lannister, mas a capa mostrava as dez moletas púrpura de sua Casa, dispostas em fundo de amarelo.

— Senhor — perguntou o rapaz —, quer sua nova mão?

— Use-a, Jaime — instou sor Kennos de Kayce. — Acene aos plebeus e dê-lhes algo para contar aos filhos.

— Penso que não — Jaime não queria mostrar à multidão uma mentira dourada. *Que vejam o coto. Que vejam o aleijado* —, mas fique à vontade para compensar minha falta, sor Kennos. Acene com ambas as mãos e sacuda os pés, se quiser — pegou nas rédeas com a mão esquerda e deu meia-volta com o cavalo. — Payne — chamou enquanto os outros formavam —, seguirá ao meu lado.

Sor Ilyn Payne abriu caminho até junto de Jaime, parecendo um pedinte num baile. Sua cota de malha estava velha e enferrujada, e era usada sobre uma jaqueta de couro cozido manchada. Nem o homem nem sua montaria ostentavam símbolos heráldicos; o escudo estava tão amassado e fendido que era difícil dizer de que cor teria sido a tinta que outrora o cobrira. Com seu rosto severo e olhos vazios e encovados, sor Ilyn podia ter passado pela própria morte... e fora o que fizera, durante anos.

Mas não mais. Sor Ilyn constituíra metade do preço de Jaime por engolir a ordem de seu rei garoto como um bom Menino Comandante. A outra metade fora sor Addam Marbrand.

"Preciso deles", dissera à irmã, e Cersei não se opôs. *O mais provável é ter ficado satisfeita por se livrar deles.* Sor Addam era amigo de infância de Jaime, e o carrasco silencioso fora um homem do pai de ambos, se é que era homem de alguém. Payne fora capitão da guarda da Mão quando alguém o ouviu vangloriar de que era lorde Tywin quem governava os Sete Reinos e dizia ao rei Aerys o que fazer. Aerys Targaryen cortara-lhe a língua por isso.

— Abram os portões — disse Jaime, e o Varrão Forte, com sua voz trovejante, gritou:

— *ABRAM OS PORTÕES!*

Quando Mace Tyrell se pusera em marcha através do Portão da Lama ao som de tambores e rabecas, milhares de pessoas encheram as ruas para aclamá-lo. Garotinhos tinham se juntado à marcha, caminhando ao lado dos soldados Tyrell com cabeça erguida e elevando bem as pernas, enquanto as irmãs desses meninos atiravam beijos das janelas.

Mas naquele dia era diferente. Algumas prostitutas gritavam convites à passagem dos homens, e um vendedor de pastéis de carne anunciava a mercadoria. Na Praça dos Sapateiros, dois pardais esfarrapados estavam pregando diante de várias centenas de plebeus, clamando pela danação de homens sem deus e adoradores de demônios. A multidão abriu alas para deixar a coluna passar. Tanto pardais como sapateiros os observaram com olhos embotados.

— Gostam do cheiro das rosas, mas não sentem amizade pelos leões — Jaime observou. — Minha irmã faria bem em tomar nota disso. — Sor Ilyn não lhe respondeu. *O companheiro perfeito para uma longa cavalgada. Vou apreciar sua companhia.*

A maior parte de suas tropas o esperava além das muralhas da cidade; sor Addam Marbrand com seus batedores, sor Steffon Swyft e o comboio de bagagem, a Santa Centena do velho Sor Bonifer, o Bom, os arqueiros a cavalo de Sarsfield, meistre Gulian com quatro gaiolas cheias de corvos, duas centenas de cavaleiros pesados sob o comando de sor Flement Brax. Somando tudo, não era uma grande hoste; menos de mil homens ao todo. Um grande número era a última coisa necessária em Correrrio. Um exército Lannister já investia sobre o castelo, bem como uma força ainda maior dos Frey; a última ave que tinham recebido sugeria que os sitiantes estavam com dificuldades para se manter alimentados. Brynden Tully limpara o terreno antes de se retirar para o interior de suas muralhas.

Não que precisasse de grande limpeza. Pelo que Jaime vira das terras fluviais, quase não havia campo de cultivo que ainda estivesse por queimar, vila por saquear e donzela por espoliar. *E agora minha querida irmã me manda para terminar o trabalho que Amory Lorch e Gregor Clegane começaram.* Aquilo lhe deixava um sabor amargo na boca.

Perto de Porto Real, a estrada do rei era tão segura quanto qualquer estrada podia ser em tempos como aqueles. Mesmo assim, Jaime enviou Marbrand e seus batedores na frente.

— Robb Stark me pegou desprevenido no Bosque dos Murmúrios — disse. — Isso nunca mais voltará a acontecer.

— Tem a minha palavra quanto a isso. — Marbrand parecia visivelmente aliviado por estar de novo a cavalo, usando o manto de um cinza esfumaçado de sua Casa, em vez da lã dourada da Patrulha da Cidade. — Se algum inimigo se aproximar mais do que uns cinquenta quilômetros, ficará sabendo dele de antemão.

Jaime ordenara severamente que nenhum homem devia se afastar da coluna sem sua permissão. Se não fosse assim, sabia que teria jovens fidalgotes aborrecidos fazendo corridas pelos campos, espalhando gado e estragando as plantações. Ainda viam-se vacas e ovelhas perto da cidade; maçãs nas árvores e frutos nos arbustos, campos de cevada, aveia e trigo de inverno, carroças e carros de bois na estrada. Mais adiante, as coisas não seriam tão rosadas.

Avançando à frente da hoste com sor Ilyn silencioso ao seu lado, Jaime sentiu-se quase satisfeito. O sol estava quente em suas costas e o vento afagava-lhe os cabelos como os dedos de uma mulher. Quando Lew Pequeno Piper se aproximou a galope com um elmo cheio de amoras silvestres, Jaime comeu uma mão cheia e disse ao rapaz para partilhar o resto com os outros escudeiros e sor Ilyn Payne.

Payne parecia tão confortável em seu silêncio como em sua cota de malha enferrujada e couro cozido. O ruído dos cascos de seu castrado e o chocalhar da espada na bainha sempre que se movia na sela eram os únicos sons que emitia. Embora seu rosto marcado pelas bexigas fosse severo e seus olhos frios como gelo num lago de inverno, Jaime sentia que o homem estava satisfeito por ter vindo. *Dei-lhe uma escolha*, recordou a si mesmo. *Ele podia ter me dito não e continuado como Magistrado do Rei.*

A nomeação de sor Ilyn fora um presente de casamento de Robert Baratheon para o pai de sua noiva, uma sinecura para compensar Payne pela língua que perdera a serviço da Casa Lannister. Ele dava um magnífico carrasco. Nunca estragara uma execução, e raramente precisava de um segundo golpe. E havia algo em seu silêncio que inspirava terror. Raras vezes um Magistrado do Rei parecia ser tão adequado ao seu cargo.

Quando Jaime decidiu levá-lo consigo, procurara os aposentos de sor Ilyn, na ponta do Caminho dos Traidores. O andar superior da torre atarracada e semicircular estava dividido em celas para prisioneiros que precisassem de algum grau de conforto, cavaleiros cativos ou fidalgotes à espera de resgate ou troca. A entrada para as masmorras propriamente ditas ficava ao nível do chão, atrás de uma porta de ferro martelado e de uma segunda porta de madeira cinzenta e lascada. Nos andares intermediários ficavam quartos reservados para o uso do carcereiro-chefe, para o Senhor Confessor e para o Magistrado do Rei. O Magistrado era um carrasco, mas por tradição também estava encarregado das masmorras e dos homens que nelas trabalhavam.

E sor Ilyn Payne era singularmente pouco adequado para esta tarefa. Como não sabia ler nem escrever, e não podia falar, ele deixara o governo das masmorras aos seus subordinados, não importando quem fossem. Porém, o reino não tinha um Senhor Confessor desde o segundo Daeron, e o último carcereiro-chefe tinha sido um mercador de tecidos que comprara o cargo de Mindinho durante o reinado de Robert. Sem dúvida que teve um bom lucro com ele durante alguns anos, até cometer o erro de conspirar com mais alguns palermas ricos para entregar o trono a Stannis. Chamavam a si mesmos "Homens Chifrudos", e Joff pregara-lhe hastes na cabeça antes de atirá-los por cima das muralhas da cidade. Portanto, recaíra em Rennifer Longwaters, o chefe de costas tortas dos subcarcereiros, que afirmava com entediante abundância de pormenores ter em si uma "gota de dragão", a tarefa de destrancar as portas das masmorras para Jaime entrar e conduzi-lo pelos estreitos degraus que subiam por dentro das paredes até o local onde Ilyn Payne vivera durante quinze anos.

Os aposentos fediam a comida apodrecida, e as esteiras estavam cobertas de bichos. Quando Jaime entrou, quase pisou numa ratazana. A espada larga de Payne repousava sobre uma mesa de montar, ao lado de uma pedra de amolar e de um oleado sebento. O aço mostrava-se imaculado, com o gume cintilando, azul, à luz pálida, mas noutros pontos havia pilhas de roupa suja espalhadas pelo chão, e os pedaços de cota de malha e armadura espalhados aqui e ali estavam rubros de ferrugem. Jaime não conseguiu contar os jarros de vinho quebrados. *O homem não tem interesse por nada além de matar*, pensou, no momento em que sor Ilyn emergia de um quarto que fedia a penicos transbordando.

"Sua Graça pede-me que lhe reconquiste as terras fluviais", dissera-lhe Jaime. "Gostaria de tê-lo comigo... caso consiga aguentar a ideia de desistir de tudo isto."

Sua resposta foi o silêncio, e um longo olhar sem pestanejar. Mas, no momento em que Jaime se preparava para se virar e ir embora, Payne lhe fez um aceno. *E aqui estamos.* Jaime lançou um rápido olhar ao seu companheiro. *Talvez ainda haja esperança para ambos.*

Nessa noite acamparam à sombra do castelo dos Hayford, que se erguia no topo de uma colina. Enquanto o sol descia, uma centena de tendas brotou na base da colina, ao longo das margens do riacho que corria junto a ela. Foi o próprio Jaime quem posicionou as sentinelas. Não esperava problemas tão perto da cidade, mas o tio Stafford também julgara-se um dia em segurança em Cruzaboi. Era melhor não correr riscos.

Quando o convite para jantar com o castelão da lady Hayford veio do castelo, Jaime levou consigo sor Ilyn, bem como sor Addam Marbrand, sor Bonifer Hasty, Ronnet Vermelho Connington, Varrão Forte e uma dúzia de outros cavaleiros e fidalgotes.

— Suponho que devia usar a mão — disse a Peck antes de iniciar a subida.

O rapaz foi imediatamente buscá-la. A mão era esculpida em ouro, muito semelhante a uma de verdade, com unhas de madrepérola nela embutidas e os dedos e o polegar meio fechados, a fim de poder com eles segurar a haste de um cálice. *Não posso lutar, mas posso beber*, refletiu Jaime enquanto o rapaz apertava as correias que lhe prendiam a mão ao coto.

"Deste dia em diante, os homens o chamarão Mão d'Ouro, senhor", assegurara-lhe o armeiro da primeira vez que a encaixara no pulso de Jaime. *Enganava-se. Serei Regicida até morrer.*

A mão de ouro foi motivo de muitos comentários de admiração durante o jantar, pelo menos até Jaime derrubar um cálice de vinho. Então foi dominado pelo mau humor.

— Se admira tanto assim esta maldita coisa, corte a mão da espada e pode ficar com ela — disse a Flement Brax. Depois daquilo não houve mais conversas sobre a mão, e conseguiu beber em paz um pouco de vinho.

A senhora do castelo era uma Lannister por casamento, um bebê rechonchudo que foi casado com Tyrek, primo de Jaime, antes de completar um ano. A lady Ermesande foi trazida para a aprovação do grupo, como era próprio, toda enrolada num pequeno vestido de pano de ouro com o fretado e a pala ondeada verde da Casa Hayford desenhados com minúsculas contas de jade. Mas a menina logo começou a chorar, depois do que foi rapidamente enxotada para a cama pela ama de leite.

— Não houve notícias de nosso lorde Tyrek? — perguntou seu castelão enquanto era servido um prato de truta.

— Nenhuma. — Tyrek Lannister desaparecera durante os tumultos em Porto Real, enquanto Jaime estava cativo em Correrrio. O rapaz teria catorze anos àquela altura, presumindo-se que ainda estivesse vivo.

— Eu mesmo liderei uma busca, por ordens de lorde Tywin — interveio Addam Marbrand enquanto tirava as espinhas de seu peixe —, mas não descobri mais do que o Bywater antes de mim. O rapaz foi visto pela última vez a cavalo, quando a força da turba quebrou a formação de homens de manto dourado. Depois disso... Bem, sua montaria foi encontrada, mas o cavaleiro não. O mais provável é terem-no derrubado e matado. Mas, se foi assim, onde está o corpo? A multidão deixou os outros cadáveres no local, por que não o dele?

— Ele teria sido mais valioso vivo — sugeriu Varrão Forte. — Qualquer Lannister traria um robusto resgate.

— Sem dúvida — concordou Marbrand —, e no entanto nunca houve um pedido de resgate. O rapaz simplesmente desapareceu.

— O rapaz está morto — Jaime bebera três taças de vinho e sua mão dourada parecia se tornar mais pesada e desajeitada a olhos vistos. *Um gancho me serviria igualmente bem.* — Se se deram conta de quem mataram, sem dúvida que atiraram o corpo ao rio com medo da ira de meu pai. Em Porto Real conhecem o sabor que ela tinha. Lorde Tywin sempre pagou suas dívidas.

— Sempre — Varrão Forte concordou, e isso foi o fim da conversa.

Mas, mais tarde, sozinho no quarto de torre que lhe fora oferecido para a noite, Jaime deu por si com dúvidas. Tyrek servira o rei Robert como escudeiro, ao lado de Lancel. O conhecimento podia ser mais valioso do que o ouro, mais mortífero do que um punhal. Foi em Varys que pensou então, sorrindo e cheirando a lavanda. O eunuco tinha agentes e informantes por toda a cidade. Seria coisa simples arranjar as coisas de forma que Tyrek fosse capturado durante a confusão... desde que soubesse de antemão que era provável que a turba entrasse em tumulto. *E Varys sabia de tudo, ou pelo menos era isso que gostava de nos fazer acreditar. Mas não deu nenhum aviso a Cersei sobre esse tumulto. Nem desceu aos navios para se despedir de Myrcella.*

Abriu as janelas. A noite estava esfriando, e uma lua cornuda cavalgava o céu. À luz que ela lançava sua mão brilhava, baça. *Não serve para esganar eunucos, mas é suficientemente pesada para transformar aquele sorriso viscoso numa bela ruína vermelha.* Queria bater em alguém.

Jaime foi encontrar sor Ilyn amolando a espada.

— Está na hora — disse ao homem. O carrasco levantou-se e o seguiu, arrastando as botas de couro rachado pelos íngremes degraus de pedra enquanto desciam a escada. Um pequeno pátio abria-se junto ao arsenal. Jaime encontrou ali dois escudos, dois meios-elmos e um par de espadas sem gume de torneio. Entregou uma a Payne e pegou a outra com a mão esquerda, enquanto enfiava a direita nas presilhas do escudo. Seus dedos de ouro eram suficientemente curvos para enganchar, mas não podiam agarrar, de modo que seu controle sobre o escudo era instável. — Outrora foi um cavaleiro, sor — Jaime disse. — Eu também. Vejamos o que somos agora.

Sor Ilyn ergueu a lâmina em resposta, e Jaime atirou-se imediatamente ao ataque. Payne estava tão enferrujado quanto sua cota de malha, e não era tão forte quanto Brienne, mas parou todos os golpes com sua lâmina ou interpôs o escudo. Dançaram sob a lua crescente enquanto as espadas sem gume cantavam sua canção de aço. O cavaleiro silencioso contentou-se por algum tempo em deixar que Jaime liderasse a dança, mas, por fim, começou a responder a cada golpe com um seu. Assim que passou ao ataque, atingiu Jaime na coxa, no ombro, no antebraço. Fez-lhe a cabeça ressoar por três vezes com golpes atirados ao elmo. Uma cutilada arrancou-lhe o escudo do braço direito e quase arrebentou as correias que prendiam a mão de ouro ao coto. Quando baixaram as espadas, Jaime estava cheio de manchas negras e dolorido, mas o vinho fora queimado e tinha a cabeça limpa.

— Voltaremos a dançar — prometeu a sor Ilyn. — Amanhã, e no dia seguinte. Dançaremos todos os dias, até que eu seja tão bom com a mão esquerda quanto fui com a direita.

Sor Ilyn abriu a boca e soltou um som seco. *Uma gargalhada*, Jaime compreendeu. Algo se retorceu em suas entranhas.

Ao amanhecer, nenhum dos outros teve a ousadia de fazer menção às suas manchas negras. Ao que parecia, ninguém ouvira o som das espadas na noite. Mas, quando voltaram a descer dos cavalos para acampar, Lew Pequeno Piper deu voz à pergunta que cavaleiros e fidalgotes não se atreviam a fazer. Jaime sorriu.

— A Casa Hayford tem moças cheias de luxúria. Isto são mordidas de amor, rapaz.

Outro dia luminoso e de ventania foi seguido por um enevoado, e depois houve três dias de chuva. O vento e a água não tinham importância. A coluna manteve o ritmo, para o norte ao longo da estrada do rei, e todas as noites Jaime encontrava algum lugar recatado para arranjar mais mordidas de amor. Lutaram dentro de um estábulo observados por uma mula zarolha, e na adega de uma estalagem entre os barris de vinho e cerveja. Lutaram na concha enegrecida de um grande celeiro de pedra, numa ilha arborizada num riacho pouco profundo e num campo aberto enquanto a chuva tamborilava suavemente em seus elmos e escudos.

Jaime arranjava desculpas para seus passeios noturnos, mas não era insensato a ponto de pensar que os outros acreditavam nelas. Addam Marbrand certamente sabia o que ele andava fazendo, e alguns dos outros capitães deviam suspeitar. Mas nenhum falou no assunto ao alcance de seus ouvidos... e, como à única testemunha faltava uma língua, não tinha de temer que alguém descobrisse exatamente quão inepto se tornara o Regicida com a espada.

Em pouco tempo viam-se sinais da guerra por todo lado. Ervas daninhas, espinheiros e matagais cresciam tão altos como a cabeça de um cavalo em campos onde o trigo de outono devia estar maturando; a estrada do rei estava despojada de viajantes, e lobos governavam o fatigado mundo do crepúsculo à alvorada. A maioria dos animais era suficientemente cautelosa para se manter à distância, mas um dos batedores de Marbrand viu o cavalo ser perseguido e morto quando desmontou para urinar.

— Nenhum animal teria tamanha ousadia — declarou sor Bonifer, o Bom, com tristeza no rosto austero. — Isso são demônios em pele de lobo, enviados para nos castigar por nossos pecados.

— Então este deve ter sido um cavalo notavelmente pecador — Jaime retrucou, em pé junto ao que restava do pobre animal. Deu ordens para que o resto da carcaça fosse cortada e salgada; poderiam vir a precisar da carne.

Num lugar chamado Berrante de Porca encontraram um velho e rijo cavaleiro chamado sor Roger Hogg, que defendia teimosamente sua torre com seis homens de armas, quatro besteiros e uma vintena de camponeses. Sor Roger era tão grande e hirsuto como um porco de engorda, e sor Kennos sugeriu que podia ser algum Crakehall perdido, visto que o símbolo deles era um varrão malhado. Varrão Forte pareceu acreditar e passou uma intensa hora interrogando sor Roger acerca de seus ancestrais.

Jaime estava mais interessado no que Hogg tinha a dizer sobre os lobos.

— Tivemos alguns problemas com um bando daqueles lobos da estrela branca — disse-lhe o velho cavaleiro. — Vieram por aí farejando seu rastro, senhor, mas nós corremos com eles, e enterramos três lá embaixo, ao pé dos nabos. Antes deles houve um grupo de malditos leões, com a sua licença. Aquele que os liderava tinha uma manticora no escudo.

— Sor Amory Lorch — Jaime esclareceu. — O senhor meu pai lhe ordenou que assolasse as terras fluviais.

— Às quais nós não pertencemos — disse resolutamente sor Roger Hogg. — Minha fidelidade é devida à Casa Hayford, e a lady Ermesande dobra seu pequeno joelho a Porto Real, ou o fará assim que tiver idade para andar. Eu disse isso a ele, mas esse Lorch não era bom ouvinte. Matou metade de minhas ovelhas e três boas cabras leiteiras, e tentou me assar na minha torre. Mas minhas muralhas são de pedra sólida com dois metros e meio de espessura, de modo que, depois de o fogo se apagar, foi-se embora aborrecido. Os lobos vieram em seguida, aqueles de quatro patas. Comeram as ovelhas que a manticora me deixou. Fiquei com algumas boas peles como recompensa, mas peles não enchem a barriga de ninguém. O que devemos fazer, senhor?

— Plante — Jaime respondeu —, e reze por uma última colheita. — Não era uma resposta animadora, mas era a única que podia dar.

No dia seguinte, a coluna atravessou o riacho que servia como fronteira entre as terras que deviam fidelidade a Porto Real e aquelas obrigadas a Correrrio. Meistre Gulian consultou um mapa e anunciou que aqueles montes pertenciam aos irmãos Wode, um par de cavaleiros com terras, juramentados a Harrenhal... mas seus fortes tinham sido construídos de terra e madeira, e só restavam vigas enegrecidas.

Não apareceu nenhum Wode, nem nenhum de seus plebeus, embora alguns fora da lei tivessem se abrigado nos porões da fortaleza do segundo irmão. Um deles usava as ruínas de um manto carmesim, mas Jaime o enforcou com os outros. E isto lhe fez bem. Era justiça. *Habitue-se a isso, Lannister, e um dia os homens talvez lhe chamem Mão d'Ouro, afinal. Mão d'Ouro, o Justo.*

O mundo foi ficando mais cinzento à medida que se aproximavam de Harrenhal. Avançavam sob céus de ardósia, ao lado de águas que brilhavam, velhas e frias como uma folha de aço batido. Jaime deu por si a se perguntar se Brienne teria passado por ali antes dele. *Se ela pensou que Sansa Stark se dirigiu a Correrrio...* Caso tivessem encontrado outros viajantes, podia ter parado para perguntar se algum deles teria por acaso visto uma donzela bonita, com cabelos ruivos, ou uma grande e feia, com um rosto capaz de coalhar leite. Mas não havia nada nas estradas exceto lobos, e seus uivos não continham respostas.

As torres da loucura do Harren Negro surgiram por fim do outro lado das águas de peltre do lago, cinco dedos negros retorcidos, pedra deformada que se estendia para o céu. Embora Mindinho tivesse sido nomeado Senhor de Harrenhal, parecia não ter grande pressa de ocupar seus novos domínios, e assim coube a Jaime Lannister "pôr em ordem" Harrenhal a caminho de Correrrio.

Não duvidava de que o castelo necessitava ser posto em ordem. Gregor Clegane arrancara o imenso e sombrio castelo dos Pantomimeiros Sangrentos antes de Cersei chamá-lo a Porto Real. Sem dúvida que os homens da Montanha continuavam a chocalhar lá dentro como outras tantas ervilhas secas no interior de uma armadura, mas não eram os homens ideais para devolver o Tridente à paz do rei. A única paz que o bando de sor Gregor alguma vez dera a alguém era a da sepultura.

Os batedores de sor Addam tinham relatado que os portões de Harrenhal encontravam-se fechados e trancados. Jaime enfileirou seus homens à frente deles e ordenou a sor Kennos de Kayce para fazer soar o Berrante de Herrock, negro, retorcido e enfeitado com ouro velho.

Depois de três sopros terem ecoado nas muralhas, ouviram o gemido de dobradiças de ferro e os portões se abriram lentamente. As muralhas da loucura do Harren Negro eram tão espessas que Jaime passou por baixo de uma dúzia de alçapões antes de emergir à súbita luz do sol no pátio onde dissera adeus aos Pantomimeiros Sangrentos não havia assim tanto tempo. Ervas daninhas brotavam da terra bem batida, e moscas zumbiam em volta da carcaça de um cavalo.

Um punhado de homens de sor Gregor emergiu das torres para vê-lo desmontar; homens de olhos e bocas duras, todos eles. *Tinham de ser, para acompanhar a Montanha.* O melhor que podia ser dito dos homens de Gregor era que não eram propriamente um bando tão vil e violento como os Bravos Companheiros.

— Que eu seja fodido, Jaime Lannister — exclamou um homem de armas cinzento e grisalho. — É o raio do Regicida, rapazes. Que eu seja fodido com uma lança!

— E você, quem é? — Jaime quis saber.

— Sor costumava chamar-me Boca de Merda, se aprouver ao milorde — cuspiu nas mãos e limpou a cara com elas, como se aquilo de algum modo o deixasse mais apresentável.

— Encantador. É você quem comanda aqui?

— Eu? Não, merda. Milorde. Que me enrabem com a porra duma lança — Boca de Merda tinha na barba migalhas suficientes para alimentar a guarnição. Jaime teve de rir. O homem tomou aquilo como encorajamento. — Que me enrabem com a porra duma lança — voltou a dizer, e também se pôs a rir.

— Ouviu o homem — disse Jaime a Ilyn Payne. — Arranje uma boa e longa lança e enfie-lhe cu acima.

Sor Ilyn não tinha uma lança, mas Jon Imberbe Bettley atirou-lhe uma de bom grado. O riso ébrio de Boca de Merda parou abruptamente.

— Mantenha a merda dessa coisa longe de mim.

— Decida-se — Jaime ordenou. — Quem tem o comando aqui? Sor Gregor nomeou um castelão?

— Polliver — disse outro homem —, só que o Cão de Caça o matou, milorde. Ele e o Cócegas, e aquele moço Sarsfield.

Outra vez o Cão de Caça.

— Sabe o que foi feito do Sandor? Você o viu?

— Nós não, milorde. O estalajadeiro nos disse.

— Aconteceu na estalagem do entroncamento, senho. — Quem falou foi um homem mais novo, com um matagal de cabelos cor de areia. Usava a corrente de moedas que outrora pertencera a Vargo Hoat; moedas de meia centena de cidades distantes, de prata e ouro, de cobre e bronze, moedas quadradas e redondas, triângulos e anéis e bocados de osso. — O estalajadeiro jurou que o homem tinha um lado da cara todo queimado. As putas dele contaram a mesma história. Sandor tinha um garoto qualquer com ele, um moço esfarrapado do campo. Fizeram Polly e Cócegas em pedaços sangrentos e foram embora Tridente abaixo.

— Mandou homens atrás deles?

Boca de Merda franziu as sobrancelhas, como se a ideia fosse dolorosa.

— Não, milorde. Que nos fodam a todos, não mandamos.

— Quando um cão enlouquece, corta-se sua garganta.

— Bem — disse o homem, esfregando a boca —, eu nunca gostei muito do Polly, aquele merda, e o Cão era irmão do sor, de modo que...

— Nós somos maus, milorde — interrompeu o homem que usava as moedas —, mas é preciso ser doido para enfrentar Cão de Caça.

Jaime o olhou de cima a baixo. *Mais ousado do que os outros, e não tão bêbado quanto Boca de Merda.*

— Teve medo dele.

— Eu não diria *medo*, milorde. Diria que o estávamos deixando para homens melhores que nós. Para alguém como o sor. Ou você.

Eu, quando tinha duas mãos. Jaime não se iludia. Agora Sandor trataria dele em dois tempos.

— Tem nome?

— Rafford, se aprouver. A maioria me chama de Raff.

— Raff, reúna a guarnição no Salão das Cem Lareiras. Os cativos também. Vou querer vê-los. Inclusive aquelas putas da encruzilhada. Oh, e Hoat. Fiquei perturbado quando soube que morreu. Gostaria de ver sua cabeça.

Quando a trouxeram, descobriu que os lábios do Bode tinham sido cortados, tal como as orelhas e a maior parte do nariz. Os corvos tinham jantado seus olhos. Mas ainda era possível reconhecê-lo ali. Jaime reconheceria sua barba em qualquer lugar; uma absurda corda de pelos com sessenta centímetros de comprimento que pendia de um queixo pontiagudo. Além disso, só algumas fitas de pele com textura de couro ainda aderiam ao crânio do qohorano.

— Onde está o resto dele? — perguntou.

Ninguém lhe queria dizer. Por fim, Boca de Merda baixou os olhos e resmungou:

— Apodreceu, sor. E foi comida.

— Um dos cativos andava sempre mendigando comida — admitiu Rafford —, de modo que o sor disse para lhe dar bode assado. Mas o qohorano não tinha lá muita carne. O sor cortou-lhe primeiro as mãos e os pés, depois os braços e as pernas.

— O paneleiro gordo ficou com a maior parte, milorde — esclareceu Boca de Merda —, mas o sor disse para a gente tratar de que todos os cativos provassem um bocadinho. E o próprio Hoat também. Aquele filho da puta babava-se quando a gente lhe dava de comer, e a gordura corria por aquela barba fininha que ele tinha.

Pai, pensou Jaime, *ambos os seus cães enlouqueceram.* Deu por si recordando histórias que ouvira pela primeira vez na infância, em Rochedo Casterly, sobre a louca lady Lothston que se banhava em banheiras de sangue e presidia banquetes de carne humana dentro daquelas mesmas muralhas.

De algum modo, a vingança perdera o sabor.

— Leve isto e jogue no lago — Jaime atirou a cabeça de Hoat a Peck e voltou-se para falar à guarnição. — Até que lorde Petyr chegue para reclamar seus domínios, sor Bonifer Hasty controlará Harrenhal em nome da coroa. Aqueles de vocês que desejarem, podem se juntar a ele, se ele os aceitar. O resto seguirá comigo para Correrrio.

Os homens da Montanha olharam uns para os outros.

— Nós estamos à espera de pagamento — um deles disse. — Foi promessa do sor. Ricas recompensas, ele disse.

— Foram as palavras dele — concordou Boca de Merda. — *Ricas recompensas para quem seguir comigo* — uma dúzia de outros pôs-se a clamar o acordo.

Sor Bonifer ergueu uma mão enluvada.

— Qualquer homem que permaneça comigo terá uma jeira de terra para trabalhar, uma segunda jeira quando tomar esposa, e uma terceira quando seu primeiro filho nascer.

— Terra, sor? — Boca de Merda cuspiu. — Tô cagando pra isso. Se quiséssemos arar a porra da terra, bem podíamos ter ficado em casa, com a sua licença, sor. *Ricas recompensas*, disse o sor. Querendo dizer ouro.

— Se tiver alguma queixa, vá a Porto Real e leve-a à minha querida irmã — Jaime virou-se para Rafford. — Quero ver agora esses cativos. Começando por sor Wylis Manderly.

— É o gordo? — Rafford perguntou.

— Espero piamente que sim. E não me conte histórias tristes sobre como ele morreu, senão todo seu bando pode sofrer o mesmo.

Quaisquer esperanças que pudesse ter nutrido de encontrar Shagwell, Pyg ou Zollo definhando nas masmorras foram tristemente desiludidas. Os Bravos Companheiros tinham abandonado Vargo Hoat até o último homem, aparentemente. Do pessoal da lady Whent, só restavam três: o cozinheiro que abrira a porta secreta a sor Gregor, um armeiro corcunda chamado Ben Polegar Preto e uma garota chamada Pia, que já não era nem de perto tão bonita como fora da última vez que Jaime a vira. Alguém lhe quebrara o nariz e lhe arrancara metade dos dentes. A garota caiu aos pés de Jaime quando o viu, soluçando e agarrando-se à sua perna com força histérica, até que Varrão Forte a obrigou a soltá-la.

— Ninguém lhe fará mal agora — disse à garota, mas isso só a fez soluçar mais alto.

Os outros cativos tinham sido mais bem tratados. Sor Wylis Manderly estava entre eles, com vários outros nortenhos de elevado nascimento, tomados prisioneiros pela Montanha Que Cavalga no combate nos vaus do Tridente. Reféns úteis, todos eles valiam um resgate considerável. Estavam todos esfarrapados, imundos e desgrenhados, e alguns tinham manchas negras recentes, dentes quebrados e dedos em falta, mas seus ferimentos tinham sido lavados e tratados, e nenhum passara fome. Jaime perguntou a si mesmo se teriam alguma noção do que tinham andado comendo, e decidiu que era melhor não perguntar.

Em nenhum restava qualquer desafio; especialmente em sor Wylis, uma banheira de sebo de cara peluda com olhos mortiços e bochechas pálidas e caídas. Quando Jaime lhe disse que seria escoltado até Lagoa da Donzela e ali posto num navio com destino a Porto Branco, sor Wylis transformou-se numa poça no chão, e soluçou durante mais tempo e mais ruidosamente do que Pia. Foram necessários quatro homens para colocá-lo em pé. *Muito bode assado*, refletiu Jaime. *Deuses, como odeio este maldito castelo.* Harrenhal vira mais horrores em seus trezentos anos do que Rochedo Casterly testemunhara em três mil.

Jaime ordenou que fossem acesos fogos no Salão das Cem Lareiras e enviou o cozinheiro coxeando até as cozinhas para preparar uma refeição quente para os homens de sua coluna.

— Qualquer coisa, menos bode.

Quanto a ele, jantou no Salão do Caçador com sor Bonifer Hasty, uma solene cegonha dada a salgar o discurso com apelos aos Sete.

— Não quero nenhum dos seguidores de sor Gregor — declarou enquanto cortava uma pera tão seca quanto ele, assegurando-se de que o sumo inexistente do fruto não mancharia seu imaculado gibão púrpura, decorado com a faixa branca cotizada de sua Casa. — Não terei tais pecadores ao meu serviço.

— Meu septão costumava dizer que todos os homens são pecadores.

— Não se enganava — sor Bonifer admitiu —, mas alguns pecados são mais negros do que outros, e mais nauseabundos às narinas dos Sete.

E você não tem mais nariz do que meu pequeno irmão, caso contrário meus pecados o fariam se engasgar com essa pera.

— Muito bem. Tirarei o bando de Gregor de suas mãos. — Podia sempre dar uso a combatentes. Se não fosse outro, podia mandá-los subir as escadas na frente, caso tivesse necessidade de assaltar as muralhas de Correrrio.

— Leve também a puta — pediu sor Bonifer. — Sabe qual é. A garota das masmorras.

— Pia — da última vez que estivera ali, Qyburn mandara a garota à sua cama, julgando que aquilo lhe agradaria. Mas a Pia que tinham trazido das masmorras era uma criatura diferente da doce, simples e risonha criatura que se lhe enfiara sob as mantas. Cometera o erro de falar quando sor Gregor queria silêncio, e a Montanha lhe fizer os dentes em lascas com um punho coberto de cota de malha e lhe quebrara também o belo narizinho. Teria feito pior, sem dúvida, se Cersei não o tivesse chamado a Porto Real para enfrentar a lança da Víbora Vermelha. Jaime não ficaria de luto por ele. — Pia nasceu neste castelo — disse a sor Bonifer. — É a única casa que alguma vez conheceu.

— Ela é uma fonte de corrupção — sor Bonifer protestou. — Não a quero perto de meus homens, exibindo as suas... formas.

— Julgo que seus dias de exibição tenham ficado para trás — Jaime rebateu —, mas, se ela levanta tantas objeções a você, eu a levo. — Supunha que podia fazer dela uma lavadeira. Seus escudeiros não se importavam de lhe montar a tenda, tratar do cavalo ou limpar sua armadura, mas a tarefa de cuidar da sua roupa era vista por eles como pouco viril. — É capaz de defender Harrenhal apenas com a sua Santa Centena? — Jaime quis saber. Na verdade, deviam chamá-los Santos Oitenta e Seis, visto terem perdido catorze homens na Água Negra, mas não havia dúvida de que sor Bonifer recomporia as fileiras assim que encontrasse recrutas suficientemente pios.

— Não prevejo dificuldades. A Velha iluminará nosso caminho, e o Guerreiro dará força aos nossos braços.

Ou, então, o Estranho aparecerá em busca de todo o seu santo bando. Jaime não tinha certeza de quem convencera a irmã de que sor Bonifer deveria ser nomeado castelão de Harrenhal, mas a nomeação cheirava a Orton Merryweather. Julgava lembrar-se vagamente de que Hasty outrora servira o avô de Merryweather. E o juiz de cabelos cor de cenoura era mesmo o tipo de idiota simplório capaz de partir do princípio de que alguém chamado "o Bom" era a exata poção de que as terras fluviais necessitavam para curar as feridas deixadas por Roose Bolton, Vargo Hoat e Gregor Clegane.

Mas talvez não se engane. Hasty provinha das terras da tempestade, de modo que não tinha nem amigos nem inimigos ao longo do Tridente; não havia contendas de sangue, nem dívidas a pagar, nem companheiros a recompensar. Ele era sóbrio, justo e cumpridor, não havia nos Sete Reinos soldados mais bem disciplinados do que os seus Santos Oitenta e Seis, e davam um belo espetáculo quando faziam seus grandes castrados cinzentos rodopiar e se empinar. Mindinho uma vez brincou que sor Bonifer também devia ter castrado os cavaleiros, de tão imaculada era sua reputação.

Mesmo assim, Jaime duvidava de quaisquer soldados que fossem mais conhecidos por seus lindos cavalos do que pelos inimigos que tivessem matado. *Eles rezam bem, suponho, mas serão capazes de lutar?* Não tinham se desonrado na Água Negra, tanto quanto sabia, mas também não tinham se distinguido. O próprio sor Bonifer fora um cavaleiro promissor na juventude, mas algo lhe acontecera, uma derrota, uma desonra ou uma visão próxima da morte, e depois disso decidira que justar era uma vaidade vazia e pusera definitivamente a lança de lado.

Mas Harrenhal tem de ser controlado, e o Baelor Olho do Cu aqui é o homem que Cersei escolheu para controlá-lo.

— Este castelo tem má reputação — preveniu-o —, e uma reputação que foi bem-merecida. Diz-se que Harren e os filhos ainda vagueiam de noite pelos salões, incendiados. Aqueles que os contemplam rebentam em chamas.

— Não temo sombras, sor. Está escrito na *Estrela de Sete Pontas* que espíritos, criaturas de além-túmulo e mortos-vivos não podem fazer mal a um homem piedoso, desde que ele esteja coberto pela armadura de sua fé.

— Então, arme-se de fé, com certeza, mas use também cota de malha e uma placa de aço. Todos os homens que controlam este castelo parecem ter triste fim. A Montanha, o Bode, até meu pai...

— Se perdoar minha ousadia, eles não eram homens devotos, como nós somos. O Guerreiro nos protege, e a ajuda está sempre próxima, caso algum terrível inimigo nos ameace. Meistre Gulian ficará aqui com seus corvos, lorde Lancel está perto, em Darry, com a sua guarnição, e lorde Randyll controla Lagoa da Donzela. Juntos, nós três perseguiremos e destruiremos quaisquer fora da lei que percorram esta região. Depois disso, os Sete guiarão o bom povo de volta às suas aldeias, para arar a terra, plantá-la e reconstruir.

Aqueles que o Bode não matou, pelo menos. Jaime enganchou a haste de seu cálice de vinho nos dedos de ouro.

— Se algum dos Bravos Companheiros de Hoat cair em suas mãos, avise-me imediatamente — o Estranho podia ter se escapulido com o Bode antes de Jaime arranjar oportunidade para tratar dele, mas o gordo Zollo ainda andava por aí, com Shagwell, Rorge, Urswyck, o Fiel e os outros.

— Para que possa torturá-los e matá-los?

— Suponho que você os perdoaria se estivesse em meu lugar?

— Se se arrependessem sinceramente de seus pecados... Sim, abraçaria a todos como irmãos e rezaria com eles antes de mandá-los para o cepo. Os pecados podem ser perdoados. Os crimes requerem punição — Hasty fechou as mãos à sua frente, fazendo com elas uma espécie de campanário, de um modo que fez que Jaime se lembrasse desconfortavelmente do pai. — Se for Sandor Clegane que encontrarmos, o que quer que eu faça?

Reze muito, pensou Jaime, *e fuja.*

— Mande-o juntar-se ao seu querido irmão, e fique feliz por os deuses terem feito sete infernos. Apenas um não seria suficiente para encerrar ambos os Clegane — pôs-se desajeitadamente em pé. — Beric Dondarrion é diferente. Se o capturar, mantenha-o preso até o meu regresso. Vou querer levá-lo para Porto Real com uma corda em volta do pescoço e ordenar a sor Ilyn que lhe corte a cabeça onde metade do reino possa ver.

— E o tal sacerdote myriano que o acompanha? Diz-se que espalha sua falsa fé por todo lado.

— Mate-o, beije-o, ou reze com ele, faça o que quiser.

— Não tenho nenhum desejo de beijar o homem, senhor.

— Não tenho dúvidas de que ele diria o mesmo de você — o sorriso de Jaime transformou-se num bocejo. — Perdão. Vou me retirar, se não tiver objeções.

— Nenhuma, senhor — disse Hasty. Certamente queria rezar.

Jaime queria lutar. Atacou os degraus dois a dois, até onde o ar da noite fosse frio e revigorante. No pátio iluminado por archotes, Varrão Forte e sor Flement Brax defrontavam-se enquanto um círculo de homens de armas os aclamava. *Sor Lyle levará a melhor nesta luta*, compreendeu. *Tenho de encontrar sor Ilyn.* Tinha de novo a comichão nos dedos. Seus passos afastaram-no do ruído e da luz. Passou por baixo da ponte coberta e atravessou o Pátio das Lâminas antes de perceber para onde se dirigia.

Ao se aproximar da arena dos ursos, viu o brilho de uma lanterna e a pálida luz invernal que ela derramava sobre as fileiras de íngremes bancos de pedra. *Parece que alguém chegou antes de mim.* A arena seria um belo local para dançar; talvez sor Ilyn tivesse se antecipado.

Mas o cavaleiro em pé junto à arena era maior; um homem rude e barbudo, com uma capa vermelha e branca adornada com grifos. *Connington. O que ele faz aqui?* Lá embaixo, a carcaça do urso ainda jazia na areia, embora só restassem os ossos e a pele esfarrapada meio enterrados. Jaime sentiu uma pontada de piedade pelo animal. *Pelo menos morreu em batalha.*

— Sor Ronnet — chamou —, se perdeu? É um grande castelo, bem sei.

Ronnet Vermelho ergueu a lanterna.

— Quis ver o local onde o urso dançou com a donzela não muito bela — a barba do homem brilhava à luz da lanterna como se estivesse em fogo. Jaime sentiu o cheiro de vinho em seu hálito. — É verdade que a garota dançou nua?

— Nua? Não — perguntou a si mesmo como aquela mentira teria sido adicionada à história. — Os Pantomimeiros a enfiaram num vestido de seda cor-de-rosa e lhe meteram uma espada de torneio na mão. O Bode queria que sua morte fosse *divertida*. Se não fosse assim...

— ... a visão de Brienne nua poderia ter feito o urso fugir aterrorizado — Connington soltou uma gargalhada.

Jaime não.

— Fala como se conhecesse a senhora.

— Estive prometido a ela.

Aquilo o pegou de surpresa. Brienne nunca mencionara um noivado.

— O pai lhe arranjou uma união...

— Três vezes — Connington ressaltou. — Eu fui o segundo. Ideia de meu pai. Eu tinha ouvido dizer que a garota era feia, e foi o que lhe disse, mas ele respondeu que todas as mulheres eram iguais depois de se apagar a vela.

— Seu pai — Jaime examinou a capa do Ronnet Vermelho, onde dois grifos se defrontavam num fundo vermelho e branco. Grifos dançantes. — Era... irmão de nossa falecida Mão, não?

— Primo. Lorde Jon não tinha irmãos.

— Não — veio-lhe tudo à memória. Jon Connington fora amigo do príncipe Rhaegar. Quando Merryweather falhara tão tristemente em conter a Rebelião de Robert e não fora possível encontrar o príncipe Rhaegar, Aerys virara-se para a segunda melhor opção e promovera Connington ao cargo de Mão. Mas o Rei Louco andava sempre cortando as Mãos. Cortara lorde Jon depois da Batalha dos Sinos, despindo-o de honrarias, terras e riquezas, e expulsando-o mar afora para ir morrer no exílio, onde rapidamente bebera até a morte. Mas o primo, pai do Ronnet Vermelho, juntara-se à rebelião e fora recompensado com o Poleiro do Grifo após o Tridente. Mas só recebera o castelo; Robert ficara com o ouro e outorgara a maior parte das terras dos Connington a aliados mais fervorosos.

Sor Ronnet era um cavaleiro com terras, nada mais. Para um homem como ele, a Donzela de Tarth teria sido realmente um belo aperitivo.

— Por que não se casou? — Jaime quis saber.

— Ora, fui a Tarth e a vi. Era seis anos mais velho do que ela, mas a garota conseguia me olhar nos olhos. Era uma porca vestida de seda, embora a maioria das porcas tenha tetas maiores. Quando tentou falar, quase se engasgou com a própria língua. Dei-lhe uma rosa, e disse a ela que isso seria tudo que teria de mim — Connington olhou a arena de relance. — O urso era menos peludo do que essa aberração. Eu...

A mão dourada de Jaime o atingiu na boca com tanta força que o outro cavaleiro caiu aos tropeções degraus abaixo. A lanterna caiu e se quebrou, e o azeite se espalhou, em chamas.

— Estava falando de uma senhora de elevado nascimento, sor. Chame-a pelo nome. Chame-a Brienne.

Connington afastou-se das chamas que se espalhavam, apoiado nas mãos e nos joelhos.

— Brienne. Se agrada ao senhor — cuspiu um escarro de sangue aos pés de Jaime. — Brienne, a Bela.

CERSEI

Foi uma lenta subida até o topo da Colina de Visenya. Enquanto os cavalos se esforçavam para subir, a rainha recostou-se numa almofada vermelha macia. De fora vinha a voz de sor Osmund Kettleblack.

— Abram alas. Limpem a rua. Abram alas para Sua Graça, a rainha.

— Margaery *realmente* mantém uma corte animada — lady Merryweather dizia. — Temos malabaristas, pantomimeiros, poetas, fantoches...

— Cantores? — Cersei sugeriu.

— Mais do que muitos, Vossa Graça. Hamish, o Harpista, toca para ela uma vez a cada quinze dias, e por vezes Alaric de Eysen nos entretém durante uma noite, mas seu favorito é o Bardo Azul.

Cersei recordava-se de ver o Bardo no casamento de Tommen. *Jovem e bonito de se olhar. Poderá haver aí alguma coisa?*

— Ouvi dizer que também há outros homens. Cavaleiros e cortesãos. Admiradores. Diga-me a verdade, senhora. Acha que Margaery ainda é donzela?

— Ela diz que é, Vossa Graça.

— Realmente diz. E você, diz o quê?

Os olhos negros de Taena cintilaram de malícia.

— Quando se casou com lorde Renly em Jardim de Cima, ajudei a despi-lo. Sua senhoria era um homem bem-feito e robusto. Vi a prova quando o atiramos para a cama de núpcias onde sua noiva aguardava nua como no dia de seu nome, com um lindo rubor por baixo da colcha. Sor Loras a tinha trazido em pessoa degraus acima. Margaery pode dizer que o casamento nunca foi consumado, que lorde Renly bebera vinho demais no banquete de casamento, mas garanto-lhe que aquilo que tinha entre as pernas estava tudo, menos cansado, da última vez que o vi.

— Teria por acaso visto a cama nupcial na manhã seguinte? — Cersei quis saber. — Ela sangrou?

— Não foi exibido nenhum lençol, Vossa Graça.

Uma pena. Apesar de tudo, a ausência de um lençol ensanguentado, apenas, pouco queria dizer. Tinha ouvido falar que as camponesas comuns sangravam como porcos em sua noite de núpcias, mas isso era menos verdadeiro no que dizia respeito a donzelas bem-nascidas como Margaery Tyrell. Dizia-se que era mais provável que a filha de um lorde entregasse a virgindade a um cavalo do que a um marido, e Margaery montava desde que tivera idade para andar.

— Consta-me que a pequena rainha tem muitos admiradores entre os nossos cavaleiros domésticos. Os gêmeos Redwyne, sor Tallad... Diga-me, quem mais?

Lady Merryweather encolheu os ombros.

— Sor Lambert, o tolo que esconde um olho bom atrás de uma pala. Bayard Norcross. Courtenay Greenhill. Os irmãos Woodwright, por vezes Portifer e muitas vezes Lucantine. Oh, e o grande meistre Pycelle é um visitante frequente.

— Pycelle? Verdade? — Teria aquele trêmulo e velho verme abandonado o leão em favor da rosa? *Se for verdade, irá se arrepender.* — Quem mais?

— O ilhéu do verão com seu manto de penas. Como pude me esquecer dele, com sua pele negra como tinta? Outros vêm cortejar as primas. Elinor está prometida ao rapaz Ambrose, mas adora flertar, e Megga tem um novo pretendente todas as quinzenas. Uma vez beijou um latrineiro na cozinha. Ouvi falar sobre um casamento dela com o irmão da lady Bulwer, mas estou certa de que, se Megga pudesse escolher, preferiria Mark Mullendore.

Cersei soltou uma gargalhada.

— O cavaleiro das borboletas que perdeu o braço na Água Negra? De que serve metade de um homem?

— Megga acha-o doce. Pediu à lady Margaery para ajudá-la a encontrar um macaco para ele.

— Um macaco — a rainha não soube o que dizer a respeito daquilo. *Pardais e macacos. É verdade, o reino está enlouquecendo.* — E o nosso valente sor Loras? Com que frequência ele visita a irmã?

— Mais do que qualquer dos outros — quando Taena franzia as sobrancelhas, aparecia uma minúscula ruga entre seus olhos escuros. — Visita-a todas as manhãs e todas as noites, a menos que seus deveres interfiram. O irmão é devotado a ela, partilham tudo com... oh... — por um momento a mulher myriana pareceu quase chocada. Então, um sorriso se espalhou por seu rosto. — Tive a mais perversa das ideias, Vossa Graça.

— É melhor guardá-la para você. A colina está repleta de pardais, e todos sabemos como os pardais abominam a perversidade.

— Ouvi dizer que também abominam o sabão e a água, Vossa Graça.

— Talvez rezas demais roubem o olfato de um homem. Não me esquecerei de perguntar a Sua Alta Santidade se isso é verdade.

As cortinas tremulavam de um lado para outro, numa onda de seda carmesim.

— Orton me disse que o alto septão não tem nome — lady Taena lembrou-se. — Poderá ser verdade? Em Myr todos temos nomes.

— Oh, ele teve nome *um dia*. Todos tiveram — a rainha fez um gesto de indiferença com a mão. — Até septões nascidos de sangue nobre respondem apenas por seus nomes próprios depois de tomarem votos. Quando um deles é elevado a *alto* septão, põe de lado também esse nome. A Fé lhe dirá que ele já não tem necessidade de um nome de homem, porque se transformou na manifestação dos deuses.

— Como distingue os altos septões uns dos outros?

— Com dificuldade. É preciso dizer "o gordo" ou "aquele que veio antes do gordo" ou "o velho que morreu durante o sono". É sempre possível arrancar-lhes o nome próprio, se se quiser, mas eles se ofendem se o usarmos. Faz que se lembrem de que um dia nasceram como homens comuns, e não gostam disso.

— O senhor meu marido me disse que esse novo nasceu com sujeira debaixo das unhas.

— Suspeito que sim. Como regra, os Mais Devotos elevam um dos seus, mas houve exceções — o grande meistre Pycelle a informara da história, de forma detalhada e entediante. — Durante o reinado do rei Baelor, o Abençoado, um simples pedreiro foi escolhido como alto septão. O homem trabalhava a pedra de forma tão bela que Baelor decidiu que era o Ferreiro renascido em carne mortal. Não sabia ler nem escrever, nem era capaz de se recordar das palavras da mais simples das preces — ainda havia quem afirmasse que a Mão de Baelor mandara envenenar o homem para poupar embaraços ao reino. — Depois de esse alto septão morrer, foi elevado um garoto de oito anos, mais uma vez por insistência do rei Baelor. Sua Graça declarou que o garoto operava milagres, embora nem mesmo suas pequenas mãos curandeiras tivessem salvo Baelor durante seu último jejum.

Lady Merryweather soltou uma gargalhada.

— Oito anos? Talvez meu filho possa ser alto septão. Tem quase sete.
— Ele reza muito? — a rainha perguntou.
— Prefere brincar com espadas.
— Então é um garoto de verdade. É capaz de dizer o nome de todos os sete deuses?
— Acho que sim.
— Terei de levá-lo em consideração. — Cersei não duvidava de que havia uma grande quantidade de garotos que honrariam mais a coroa de cristal do que o desgraçado a quem os Mais Devotos haviam decidido outorgá-la. *Isso é o que acontece quando se deixa que idiotas e covardes governem a si mesmos. Da próxima vez, escolherei seu chefe.* E a próxima vez podia não demorar muito a chegar se o novo alto septão continuasse a aborrecê-la. A Mão de Baelor tinha pouco a ensinar a Cersei Lannister em assuntos como esse.
— *Saiam do caminho!* — Sor Osmund Kettleblack gritava. — *Abram alas para a Graça da Rainha!*
A liteira começou a parar, o que só podia querer dizer que estavam perto do topo da colina.
— Devia trazer esse seu filho para a corte — disse Cersei à lady Merryweather. — Seis anos não é novo demais. Tommen precisa de outros garotos à sua volta. Por que não o seu filho? — Joffrey nunca tivera um amigo íntimo de sua idade, não que se lembrasse. *O pobre garoto sempre esteve só. Eu tinha Jaime quando era criança... e Melara, até ela cair no poço.* Joff gostara de Cão de Caça, certamente, mas isso não era amizade. Procurava o pai que nunca encontrara em Robert. *Um irmãozinho adotivo pode ser justamente o que Tommen precisa para se afastar de Margaery e de suas galinhas.* A seu tempo, podiam tornar-se tão próximos quanto Robert e seu amigo de infância, Ned Stark. *Um tolo, mas um tolo leal. Tommen precisará de amigos leais que lhe vigiem a retaguarda.*
— Vossa Graça é bondosa, mas Russell nunca conheceu outro lar além de Mesalonga. Temo que se sentiria perdido nesta grande cidade.
— A princípio, sim — admitiu a rainha —, mas logo superaria isso, assim como eu superei. Quando meu pai mandou me trazerem para a corte, chorei, e Jaime se enfureceu, até que minha tia se sentou comigo no Jardim de Pedra e me disse que não havia ninguém em Porto Real que devesse temer. "É uma leoa", disse, "e cabe a todas as feras menores temerem você." Seu filho também encontrará sua coragem. Certamente preferiria tê-lo por perto, onde pudesse vê-lo todos os dias. É o seu único filho, não?
— Por ora. O senhor meu marido pediu aos deuses para nos abençoar com outro, para o caso de...
— Eu sei — pensou em Joffrey, arranhando o pescoço. Em seus últimos momentos olhara para ela num apelo desesperado, e uma súbita recordação lhe parara o coração; uma gota de sangue rubro silvando na chama de uma vela, uma voz coaxante que falava de coroas e mortalhas, de morte às mãos do *valonqar*.
Fora da liteira, sor Osmund gritava qualquer coisa, e alguém gritava-lhe em resposta. A liteira parou com um solavanco.
— Estão todos mortos? — rugiu Kettleblack. — *Saiam da porcaria do caminho!*
A rainha puxou para trás um canto da cortina e chamou sor Meryn Trant com um gesto.
— O que está acontecendo?
— São os pardais, Vossa Graça. — Sor Meryn usava armadura de escamas brancas por baixo do manto. Seu elmo e seu escudo estavam pendurados na sela. — Acampados na rua. Faremos que se mexam.

— Faça-o, mas com gentileza. Não quero ser apanhada em outro tumulto. — Cersei deixou a cortina cair. — Isso é absurdo.

— Sim, Vossa Graça — concordou a lady Merryweather. — O alto septão devia ter vindo ter com você. E esses deploráveis pardais...

— Ele os alimenta, os acaricia, os *abençoa*. E, no entanto, não quer abençoar o rei — sabia que a bênção era um ritual vazio, mas os rituais e as cerimônias tinham poder aos olhos dos ignorantes. O próprio Aegon, o Conquistador, determinara que o início de seu reinado se dera no dia em que o alto septão o ungira em Vilavelha. — Esse miserável sacerdote irá obedecer, caso contrário descobrirá quão fraco e humano ainda é.

— Orton diz que o que ele realmente quer é ouro. Que pretende reter a bênção até que a coroa retome os pagamentos.

— A Fé terá seu ouro assim que tenhamos paz — os Septões Torbert e Raynard tinham se mostrado muito compreensivos no que dizia respeito à sua promessa... Ao contrário dos malditos braavosianos, que perseguiram o pobre lorde Gyles tão impiedosamente que ele caíra de cama, tossindo sangue. *Precisávamos daqueles navios*. Não podia depender da Árvore para a marinha; os Redwyne eram próximos demais dos Tyrell. Precisava de suas próprias forças no mar.

Os dromones que se erguiam no rio lhe dariam isso. O navio-almirante teria duas vezes mais remos do que o *Martelo do rei Robert*. Aurane pedira-lhe autorização para lhe dar como nome *lorde Tywin*, e Cersei ficara feliz por conceder. Esperava com antecipação ouvir os homens falar do casco e dos remos do pai. Outro dos navios se chamaria *Doce Cersei*, e teria uma figura de proa dourada, esculpida à sua semelhança, vestida de cota de malha, com um elmo de leão e uma lança na mão. *Valente Joffrey, lady Joanna e Leoa* a seguiriam para o mar, em conjunto com *rainha Margaery, Rosa Dourada, lorde Renly, lady Olenna e princesa Myrcella*. A rainha cometera o erro de dizer a Tommen que podia batizar os últimos cinco. Ele chegara a escolher *Rapaz Lua* para um deles. Só quando lorde Aurane sugerira que os homens talvez não quisessem servir num navio batizado em honra de um bobo é que o garoto concordara relutantemente em honrar a irmã.

— Se esse septão esfarrapado planeja me obrigar a *comprar* a bênção de Tommen, em breve aprenderá umas coisas — disse a Taena. A rainha não pretendia se submeter a uma matilha de sacerdotes.

A liteira voltou a parar, tão subitamente que Cersei se sobressaltou.

— Oh, isso é de enfurecer — voltou a se debruçar para fora e viu que tinham chegado ao topo da Colina de Visenya. Em frente, erguia-se o Grande Septo de Baelor, com sua magnífica cúpula e sete torres brilhantes, mas entre si e os degraus de mármore estendia-se um soturno mar de humanidade, marrom, esfarrapado e sujo. *Pardais*, pensou, fungando, embora nenhum deles algum dia tivesse exalado cheiro tão fétido.

Cersei ficou espantada. Qyburn trouxera-lhe relatórios sobre a quantidade de pardais, mas ouvir falar dos números era uma coisa, e outra era vê-los. Centenas e mais centenas estavam acampados na praça, nos jardins. Suas fogueiras enchiam o ar de fumaça e cheiros ruins. Tendas de ráfia e cabanas miseráveis feitas de lama e pedaços de madeira sujavam o imaculado mármore branco. Estavam aninhados até nos degraus, sob as altas portas do Grande Septo.

Sor Osmund regressou a trote para junto dela. Ao seu lado seguia sor Osfryd, montado num garanhão tão dourado quanto seu manto. Osfryd era o Kettleblack do meio, mais calado do que os irmãos, e mais inclinado a franzir as sobrancelhas do que a sorrir.

E também mais cruel, se as histórias forem verdadeiras. Talvez devesse tê-lo enviado para a Muralha.

O grande meistre Pycelle quisera um homem mais velho, "mais experiente nos usos da guerra", para comandar os homens de manto dourado, e vários dos outros conselheiros tinham concordado com ele.

"Sor Osfryd tem experiência suficiente", dissera-lhes, mas nem mesmo isso os calara. *Latem para mim como uma matilha de cãezinhos irritantes.* Já praticamente esgotara sua paciência com Pycelle. O homem até tivera a audácia de levantar objeções quando falara em mandar buscar um mestre de armas em Dorne, com o argumento de que isso poderia ofender os Tyrell. "Por que acha que estou *fazendo* isso?", perguntara a ele desdenhosamente.

— Perdão, Vossa Graça — disse sor Osmund. — Meu irmão chamou mais homens de manto dourado. Abriremos uma passagem, não tema.

— Não tenho tempo. Prosseguirei a pé.

— Por favor, Vossa Graça — Taena pegou-lhe o braço. — Eles me assustam. São centenas, e tão sujos.

Cersei beijou-lhe o rosto.

— O leão não teme o pardal... mas é bom que se preocupe. Eu sei que gosta bastante de mim, senhora. Sor Osmund, tenha a bondade de me ajudar a descer.

Se soubesse que precisaria caminhar, teria me vestido de acordo. Trazia um vestido branco fendido com pano de ouro, rendado, mas recatado. Tinham se passado vários anos desde a última vez que o envergara, e a rainha achava-o desconfortavelmente apertado na cintura.

— Sor Osmund, sor Meryn, me acompanhem. Sor Osfryd, assegure-se de que nada de mal aconteça à minha liteira — alguns dos pardais pareciam suficientemente descarnados e de olhos vazios para comer seus cavalos.

Enquanto abria caminho através da multidão esfarrapada, passando por suas fogueiras, carroças e rudes abrigos, a rainha deu por si lembrando-se de outra multidão que um dia se reunira naquela praça. No dia em que se casara com Robert Baratheon, milhares tinham aparecido para aclamá-los. Todas as mulheres usavam suas melhores roupas, e metade dos homens trazia crianças nos ombros. Quando emergira de dentro do septo, de mão dada com o jovem rei, a multidão soltara um rugido tão alto que poderia ter sido ouvido em Lannisporto.

"Eles gostam bastante de você, senhora", murmurara-lhe Robert ao ouvido. "Veja, todos os rostos estão sorrindo." Durante aquele curto momento, fora feliz no casamento... até lançar por acaso um rápido olhar a Jaime. *Não*, lembrava-se de ter pensado, *não são todos os rostos, senhor.*

Agora ninguém sorria. Os olhares que os pardais lhe lançavam eram mortiços, carrancudos, hostis. Abriam caminho, mas com relutância. *Se fossem mesmo pardais, um grito os teria feito voar. Uma centena de homens de manto dourado com lanças, espadas e maças limparia essa gentalha bem depressa.* Seria isso que lorde Tywin teria feito. *Ele teria cavalgado por cima deles, em vez de caminhar através da populaça.*

Quando viu o que tinham feito a Baelor, o Adorado, a rainha teve motivos para se arrepender do seu coração suave. A grande estátua de mármore, que durante cem anos sorrira serenamente sobre a praça, estava enterrada até a cintura numa pilha de ossos e crânios. Alguns dos crânios mostravam pedaços de carne ainda agarrada. Um corvo encontrava-se pousado em um desses crânios, desfrutando de um banquete seco com uma consistência de couro. Havia moscas por todo lado.

— Que significa isto? — perguntou Cersei à multidão. — Pretendem enterrar o Abençoado Baelor numa montanha de carniça?

Um homem perneta deu um passo à frente, apoiado numa muleta de madeira.

— Vossa Graça, esses são os ossos de homens e mulheres santos, assassinados devido à sua fé. Septões, septãs, irmãos de negro, pardos e verdes, irmãs brancas, azuis e cinzentas. Alguns foram enforcados, outros estripados. Septos foram pilhados, donzelas e mães foram estupradas por homens ímpios e adoradores de demônios. Até irmãs silenciosas foram molestadas. A Mãe no Céu chora em angústia. Trouxemos seus ossos de todo o reino até aqui para servir de testemunho à agonia da Santa Fé.

Cersei sentia o peso dos olhos sobre si.

— O rei saberá dessas atrocidades — respondeu solenemente. — Tommen partilhará de sua indignação. Isto é obra de Stannis e de sua bruxa vermelha, e dos nortenhos bárbaros que adoram árvores e lobos — ergueu a voz: — *Bom povo, seus mortos serão vingados!*

Alguns aclamaram, mas só alguns.

— Não pedimos vingança por nossos mortos — disse o perneta —, apenas proteção para os vivos. Para os septos e lugares santos.

— O Trono de Ferro tem de defender a Fé — resmungou um homem corpulento e grosseiro, com uma estrela de sete pontas pintada na testa. — Um rei que não protege seu povo não é rei nenhum — murmúrios de assentimento ergueram-se entre aqueles que o cercavam. Um homem teve a audácia de agarrar no pulso de sor Meryn e dizer:

— É tempo de todos os cavaleiros ungidos renunciarem aos seus senhores terrenos e defenderem a nossa Santa Fé. Junte-se a nós, sor, se ama os Sete.

— Tire as mãos de cima de mim — sor Meryn bradou, libertando-se com uma sacudidela.

— Estou ouvindo-os — disse Cersei. — Meu filho é jovem, mas ama bastante os Sete. Terão a sua proteção, e a minha.

O homem com a estrela na testa não se mostrou apaziguado.

— O Guerreiro nos defenderá — disse —, não esse rei garoto gordo.

Meryn Trant estendeu a mão para a espada, mas Cersei o parou antes que a desembainhasse. Tinha apenas dois cavaleiros no meio de um mar de pardais. Via bastões e foices, clavas e maças, vários machados.

— Não quero sangue derramado neste lugar sagrado, sor. — *Por que todos os homens são umas crianças? Abata ele e os outros nos desfarão membro a membro.* — Somos todos filhos da Mãe. Venha, Sua Alta Santidade nos espera — mas, ao abrir caminho na direção dos degraus do septo, um bando de homens armados saiu e bloqueou as portas. Usavam cota de malha e couro cozido, com pedaços de placa de aço amassados aqui e ali. Alguns traziam lanças, e outros, espadas longas. Eram mais numerosos os que preferiam machados, e tinham estrelas vermelhas cosidas em suas capas embranquecidas. Dois deles tiveram a insolência de cruzar as lanças e barrar-lhe a passagem.

— É assim que recebem sua rainha? — perguntou-lhes. — Digam-me, onde estão Raynard e Torbert? — Não era hábito desses dois perderem uma oportunidade para adulá-la. Torbert fazia sempre alarde de se pôr de joelhos para lhe lavar os pés.

— Não conheço os homens de que fala — disse um dos homens com uma estrela vermelha na capa —, mas, se pertencerem à Fé, certamente os Sete tiveram necessidade dos seus serviços.

— Septão Raynard e septão Torbert pertencem aos *Mais Devotos* — Cersei respondeu —, e ficarão furiosos quando souberem que obstruiu minha passagem. Pretende negar-me a entrada no septo sagrado de Baelor?

— Vossa Graça — disse um homem de barba grisalha com um ombro curvado. — É bem-vinda aqui, mas seus homens deverão deixar o cinto da espada. Não são permitidas armas lá dentro, por ordens do alto septão.

— Cavaleiros da Guarda Real não põem de lado suas espadas, nem mesmo na presença do rei.

— Na casa do rei, deverá reinar a palavra do rei — respondeu o cavaleiro idoso —, mas esta é a casa dos deuses.

A cor subiu-lhe ao rosto. Bastaria dizer uma palavra a Meryn Trant e aquele grisalho de costas arqueadas iria se encontrar com seus deuses mais cedo do que talvez preferisse. *Mas aqui não. Agora não.*

— Espere por mim — disse secamente à Guarda Real. Sozinha, subiu os degraus. Os lanceiros descruzaram as lanças. Outros dois homens encostaram seu peso às portas, e elas se afastaram com um grande rangido.

No Salão das Lamparinas, Cersei foi encontrar uma vintena de septões de joelhos, mas não em oração. Tinham baldes de água e sabão e esfregavam o chão. Suas vestes de tecido grosseiro e sandálias levaram Cersei a tomá-los por pardais, até que um deles ergueu a cabeça. Tinha o rosto vermelho como uma beterraba, e bolhas rebentadas sangravam em suas mãos.

— Vossa Graça.

— Septão Raynard? — A rainha quase não conseguia crer no que via. — O que faz de joelhos?

— Está limpando o chão — o homem que falou era vários centímetros mais baixo do que a rainha e magro como um pau de vassoura. — O trabalho é uma forma de prece, muito do agrado do Ferreiro — o homem se levantou, de escova na mão. — Vossa Graça. Temos estado à sua espera.

A barba do homem era grisalha, castanha e cortada curta, os cabelos atados num nó apertado por trás da cabeça. Embora as vestes que envergava estivessem limpas, estavam também puídas e remendadas. Enrolara as mangas até os cotovelos enquanto esfregava o chão, mas abaixo dos joelhos o pano estava encharcado. O rosto era marcadamente pontiagudo, com olhos encovados castanhos como lama. *Seus pés estão nus*, Cersei percebeu, consternada. E também eram hediondos, umas coisas duras e coriáceas, tornadas grossas por calos.

— É você Sua Alta Santidade?

— Sim.

Pai, dê-me forças. A rainha sabia que devia se ajoelhar, mas o chão estava molhado com sabão e água suja, e ela não desejava estragar o vestido. Olhou de relance para os velhos de joelhos.

— Não vejo o meu amigo, o septão Torbert.

— Septão Torbert foi confinado a uma cela de penitente, a pão e água. É um pecado que um homem seja tão gordo quando metade do reino passa fome.

Cersei já aguentara o suficiente por um dia. Deixou-o ver sua ira.

— É assim que me cumprimenta? Com uma escova na mão, pingando água? Sabe quem eu sou?

— Vossa Graça é a rainha regente dos Sete Reinos — o homem disse —, mas na *Estrela de Sete Pontas* está escrito que tal como os homens se dobram perante seus senhores e os senhores perante seus reis, assim os reis e as rainhas devem se dobrar perante os Sete Que São Um.

Está me dizendo para ajoelhar? Caso estivesse, não a conhecia muito bem.

— O certo seria que tivesse me cumprimentado na escada, com suas melhores vestes e a coroa de cristal na cabeça.

— Não temos nenhuma coroa, Vossa Graça.

Suas sobrancelhas franziram-se mais.

— O senhor meu pai deu ao seu antecessor uma coroa de rara beleza, trabalhada em cristal e ouro tecido.

— E por esta dádiva honramos seu pai em nossas preces — disse o alto septão —, mas os pobres precisam mais de comida na barriga do que nós precisamos de ouro e cristal na cabeça. A coroa foi vendida. O mesmo aconteceu às outras que tínhamos nas câmaras subterrâneas, bem como todos os nossos anéis e vestes de pano de ouro e prata. A lã manterá os homens igualmente quentes. Foi para isso que os Sete nos deram as ovelhas.

Ele é completamente louco. Os Mais Devotos também deviam estar para eleger aquela criatura... Loucos, ou aterrorizados pelos pedintes que lhes batiam à porta. Os informadores de Qyburn diziam que septão Luceon estava a nove votos da eleição quando aquelas portas tinham cedido, e uma torrente de pardais entrara no Grande Septo com seu líder nos ombros e machados nas mãos.

Fitou o homenzinho com um olhar gelado.

— Há algum lugar onde possamos falar com mais privacidade, Vossa Santidade?

O alto septão entregou a escova a um dos Mais Devotos.

— Se Vossa Graça me seguir...

Levou-a através das portas interiores, entrando no septo propriamente dito. Os passos de ambos ecoaram no chão de mármore. Partículas de pó dançavam nos feixes de luz colorida que entravam em diagonal pelos vitrais da grande cúpula. Incenso adoçava o ar, e ao lado dos sete altares brilhavam velas como se fossem estrelas. Um milhar tremeluzia para a Mãe, e quase outras tantas para a Donzela, mas era possível contar as velas do Estranho com duas mãos e ainda sobrariam dedos.

Até aquele local os pardais tinham invadido. Uma dúzia de cavaleiros andantes malvestidos estava ajoelhada perante o Guerreiro, suplicando-lhe que abençoasse as espadas que tinham empilhado aos seus pés. No altar da Mãe, um septão liderava as preces de uma centena de pardais, com vozes tão distantes como ondas batendo na costa. O alto septão levou Cersei até onde a Velha erguia sua lanterna. Quando se ajoelhou perante o altar, ela não teve outra escolha exceto ajoelhar-se ao seu lado. Misericordiosamente, aquele alto septão não era tão prolixo quanto o gordo tinha sido. *Suponho que deva me sentir grata por isso.*

Sua Alta Santidade não fez nenhum movimento para se erguer quando terminou a prece. Parecia que teriam de conferenciar de joelhos. *Um estratagema de homem pequeno*, pensou, parecendo se divertir.

— Alta Santidade — disse —, esses pardais estão assustando a cidade. Quero que vão embora.

— Para onde hão de ir, Vossa Graça?

Há sete infernos, qualquer um servirá.

— Para o lugar de onde vieram, imagino.

— Eles vieram de todo lado. Assim como o pardal é o mais humilde e comum dos pássaros, eles são os mais humildes e comuns dos homens.

Eles são comuns, pelo menos nisso concordamos.

— Viu o que fizeram à estátua do Abençoado Baelor? Conspurcam a praça com seus porcos, cabras e dejetos noturnos.

— É mais fácil lavar dejetos noturnos do que sangue, Vossa Graça. Se a praça foi conspurcada, foi pela execução que aqui aconteceu.

Ele se atreve a atirar Ned Stark na minha cara?

— Todos a lamentamos. Joffrey era jovem, e não tão sensato como poderia ser. Lorde Stark devia ter sido decapitado em outro lugar, por respeito ao Abençoado Baelor... Mas o homem era um traidor, que não o esqueçamos.

— Rei Baelor perdoou aqueles que conspiraram contra si.

O rei Baelor aprisionou as próprias irmãs, cujo único crime era serem belas. Da primeira vez que Cersei ouvira aquela história, dirigira-se ao berçário de Tyrion e beliscara o monstrinho até fazê-lo chorar. *Devia ter apertado seu nariz e enfiado uma meia na sua boca.* Forçou-se a sorrir.

— Rei Tommen também perdoará os pardais, depois de eles voltarem para suas casas.

— A maioria deles perdeu a casa. Há sofrimento por todo lado... e luto, e morte. Antes de vir para Porto Real, cuidava de meia centena de aldeolas, pequenas demais para terem seu próprio septo. Caminhava de uma aldeia até a seguinte celebrando casamentos, absolvendo pecadores de seus pecados, batizando recém-nascidos. Essas aldeias já não existem, Vossa Graça. Ervas daninhas e espinheiros crescem onde os jardins outrora floriam, e ossos entulham as margens das estradas.

— A guerra é uma coisa terrível. Essas atrocidades são obra dos nortenhos, e de lorde Stannis e seus adoradores de demônios.

— Alguns de meus pardais falam de bandos de leões que os espoliaram... e do Cão de Caça, que era um homem juramentado a Vossa Graça. Em Salinas, matou um septão idoso e atacou uma garota de doze anos, uma criança inocente prometida à Fé. Usou a armadura enquanto a estuprava, e a terna carne da menina foi rasgada e esmagada pelo ferro da cota de malha. Quando acabou, deu-a aos seus homens, que lhe cortaram o nariz e os mamilos.

— Sua Graça não pode ser responsabilizada pelos crimes de todos os homens que um dia serviram a Casa Lannister. Sandor Clegane é um traidor e um bruto. Por que acha que o destituí de meu serviço? Ele agora luta pelo fora da lei Beric Dondarrion, não pelo rei Tommen.

— É como diz. E no entanto é preciso perguntar: por onde andavam os cavaleiros do rei quando essas coisas aconteciam? Não é verdade que Jaehaerys, o Conciliador, um dia jurou pelo próprio Trono de Ferro que a coroa sempre protegeria e defenderia a Fé?

Cersei não fazia ideia do que Jaehaerys, o Conciliador, poderia ter jurado.

— É verdade — concordou —, e o alto septão o abençoou e o ungiu como rei. É uma tradição que cada novo alto septão dê ao rei sua bênção... E no entanto se recusou a abençoar o rei Tommen.

— Vossa Graça está enganada. Nós não nos recusamos.

— Não vieram.

— A hora ainda não está madura.

É um sacerdote ou um vendedor de hortaliças?

— E o que poderia fazer para torná-la... mais madura? — *Se ele se atrever a mencionar ouro, lidarei com este como lidei com o último, e encontrarei um piedoso garoto de oito anos para usar a coroa de cristal.*

— O reino está cheio de reis. Para que a Fé enalteça um acima dos demais temos de ter certeza. Há trezentos anos, quando Aegon, o Dragão, desembarcou no sopé desta mesma colina, o alto septão trancou-se no interior do Septo Estrelado de Vilavelha e rezou durante sete dias e sete noites, sem ingerir nada além de pão e água. Quando saiu, anunciou que a Fé não se oporia a Aegon e às irmãs, pois a Velha erguera sua lanterna e lhe mostrara o caminho adiante. Se Vilavelha pegasse em armas contra o Dragão, Vilavelha arderia, e Torralta, Cidadela e o Septo Estrelado seriam derrubados e destruídos. Lorde Hightower era um homem devoto. Quando ouviu a profecia, manteve suas forças em casa e abriu os portões da cidade a Aegon quando ele chegou. E Sua Alta Santidade ungiu o Conquistador com os sete óleos. Eu devo fazer o que ele fez há trezentos anos. Devo rezar e jejuar.

— Durante sete dias e sete noites?

— Durante o tempo que for necessário.

Cersei sentiu vontade de esbofetear o solene e devoto rosto do homem. *Podia ajudá-lo a jejuar*, pensou. *Podia trancar você em alguma torre e me assegurar de que ninguém lhe traria comida até os deuses falarem.*

— Aqueles falsos reis abraçam falsos deuses — Cersei lembrou-lhe. — Só o rei Tommen defende a Santa Fé.

— E, no entanto, os septos são queimados e saqueados por toda parte. Até irmãs silenciosas foram estupradas, gritando sua angústia até o céu. Vossa Graça viu os ossos e os crânios de nossos santos mortos?

— Vi — obrigou-se a dizer. — Dê a Tommen sua bênção, e poremos fim a essas afrontas.

— E como fará tal coisa, Vossa Graça? Enviará um cavaleiro para percorrer as estradas com cada irmão mendicante? Dará homens para defender nossas septãs contra os lobos e os leões?

Vou fazer de conta que não falou de leões.

— O reino está em guerra. Sua Graça precisa de todos os homens — Cersei não pretendia esbanjar as forças de Tommen para que servissem de amas-secas a pardais, ou para proteger as bocetas enrugadas de um milhar de septãs. *Metade delas provavelmente rezam por um bom estupro.* — Seus pardais têm cacetes e machados. Que defendam a si próprios.

— As leis do rei Maegor proíbem-nos, como Vossa Graça deve saber. Foi por decreto dele que a Fé pousou as espadas.

— Agora o rei é Tommen, não Maegor — que lhe importava o que Maegor, o Cruel, decretara trezentos anos antes? *Em vez de tirar as espadas das mãos dos fiéis, devia tê-las usado para os seus próprios fins.* Apontou para onde o Guerreiro se erguia por cima de seu altar de mármore vermelho. — O que ele tem na mão?

— Uma espada.

— Ele se esqueceu de como usá-la?

— As leis de Maegor...

— ... podem ser desfeitas — deixou aquilo pairar entre ambos, esperando que o alto septão engolisse a isca.

Ele não a desiludiu.

— A Fé Militante renascida... Esta seria a resposta para trezentos anos de preces, Vossa Graça. O Guerreiro voltaria a erguer sua espada brilhante e limparia este pecaminoso reino de todo o mal. Se Sua Graça me permitisse restaurar as antigas ordens abençoadas da Espada e da Estrela, todos os homens devotos dos Sete Reinos saberiam que ele é o nosso senhor legítimo e verdadeiro.

Era bom ouvir aquilo, mas Cersei teve o cuidado de não parecer muito ávida.

— Vossa Alta Santidade falou há pouco de perdão. Nestes tempos conturbados, rei Tommen ficaria muito grato se pudesse arranjar maneira de perdoar a dívida da coroa. Parece-me que devemos à Fé cerca de novecentos mil dragões.

— Novecentos mil, seiscentos e setenta e quatro dragões. Ouro que poderia alimentar os famintos e reconstruir um milhar de septos.

— É ouro o que deseja? — perguntou a rainha. — Ou será que prefere ver aquelas poeirentas leis de Maegor postas de lado?

O alto septão refletiu sobre aquilo por um momento.

— Como quiser. Esta dívida será perdoada, e o rei Tommen terá sua bênção. Os Filhos do Guerreiro me escoltarão até ele, brilhando na glória de sua Fé, enquanto meus pardais partem para defender os dóceis e humildes do mundo, renascidos como Pobres Irmãos, como antigamente.

A rainha se levantou e alisou as saias.

— Mandarei preparar os papéis, e Sua Graça os assinará e colocará o selo real neles — se havia alguma parte de ser rei que Tommen adorava, era brincar com o seu selo.

— Que os Sete protejam Sua Graça. Que tenha um longo reinado — o alto septão fez das mãos um campanário e ergueu os olhos para o céu. — Que os malvados tremam!

Está ouvindo isto, lorde Stannis? Cersei não conseguiu conter um sorriso. Nem mesmo o senhor seu pai poderia ter se saído melhor. De um golpe, livrara Porto Real da praga dos pardais, assegurara a bênção de Tommen e diminuíra a dívida da coroa em quase um milhão de dragões. Tinha o coração pairando bem alto quando permitiu que o alto septão a acompanhasse de volta ao Salão das Lamparinas.

A lady Merryweather partilhou o deleite da rainha, embora nunca tivesse ouvido falar dos Filhos do Guerreiro ou dos Pobres Irmãos.

— Datam de antes da Conquista de Aegon — explicou-lhe Cersei. — Os Filhos do Guerreiro eram uma ordem de cavaleiros que renunciavam às suas terras e ouro e juramentavam as espadas à Sua Alta Santidade. Os Pobres Irmãos... eram mais humildes, apesar de muito mais numerosos. Uma espécie de irmãos mendicantes, embora carregassem machados em vez de tigelas. Vagueavam pelas estradas escoltando viajantes de septo em septo e de vila em vila. Seu símbolo era a estrela de sete pontas, vermelha sobre branco, de modo que o povo simples os chamavam Estrelas. Os Filhos do Guerreiro usavam manto arco-íris e armadura com entalhes de prata por cima de cilícios, e traziam cristais em forma de estrela nos botões do punho da espada longa. Esses eram as Espadas. Homens santos, ascetas, fanáticos, feiticeiros, matadores de dragões, caçadores de demônios... havia muitas histórias sobre eles. Mas todos concordam que eram implacáveis em seu ódio por todos os inimigos da Santa Fé.

Lady Merryweather compreendeu de imediato.

— Inimigos como lorde Stannis e sua feiticeira vermelha, talvez?

— Ora, sim, por acaso — Cersei respondeu, rindo como uma menina. — Iniciamos um jarro de hipocraz ao fervor dos Filhos do Guerreiro no caminho para casa?

— Ao fervor dos Filhos do Guerreiro e ao brilhantismo da rainha regente. A Cersei, a Primeira do Seu Nome!

O hipocraz era tão doce e saboroso quanto o triunfo de Cersei, e a liteira da rainha pareceu quase flutuar enquanto atravessava a cidade de volta à Fortaleza Vermelha. Mas, na base da Colina de Aegon, encontraram Margaery Tyrell e as primas, que regressavam de um passeio. *Ela me segue aonde quer que eu vá*, pensou Cersei, aborrecida, quando pôs os olhos na pequena rainha.

Atrás de Margaery vinha uma longa comitiva de cortesãos, guardas e criados, muitos dos quais carregados com cestos de flores frescas. Cada uma das primas trazia um admirador a reboque; o espigado escudeiro Alyn Ambrose acompanhava Elinor, a quem encontrava-se prometido, sor Tallad vinha com a tímida Alla, e Mark Mullendore, com seu único braço, seguia com Megga, rechonchuda e risonha. Os gêmeos Redwyne escoltavam duas das outras damas de Margaery, Meredyth Crane e Janna Fossoway. Todas as mulheres traziam flores nos cabelos. Jalabhar Xho também se juntara ao grupo, tal como sor Lambert Turnberry com sua pala e o bonito cantor conhecido como Bardo Azul.

E claro que um cavaleiro da Guarda Real tem de acompanhar a pequena rainha, e claro que é o Cavaleiro das Flores. Numa armadura de escamas brancas com entalhes de ouro, sor Loras resplandecia. Embora já não tomasse a liberdade de treinar Tommen no manejo das armas, o rei ainda passava muito mais tempo do que devia em sua companhia. Todas as vezes que o garoto regressava de uma tarde passada com sua pequena esposa, tinha alguma nova história a contar sobre algo que sor Loras dissera ou fizera.

Margaery saudou-os quando as duas colunas se encontraram e pôs-se ao lado da liteira da rainha. Tinha as bochechas rosadas, e os cachos castanhos lhe caíam livremente em volta dos ombros, agitados por cada sopro de vento.

— Estávamos colhendo flores de outono na Mata de Rei — disse-lhes.

Eu sei onde esteve, pensou a rainha. Seus informantes eram muito bons em mantê-la a par dos movimentos de Margaery. *É uma garota tão irrequieta, nossa pequena rainha.* Raramente deixava que se passassem mais de dois dias sem que fosse passear a cavalo. Certos dias cavalgava ao longo da estrada de Rosby à caça de conchas e para comer junto ao mar. Outras vezes levava a comitiva para a outra margem do rio, a fim de passar uma tarde fazendo falcoaria. A pequena rainha gostava também de sair de barco, velejando para cima e para baixo ao longo da Torrente da Água Negra sem nenhum destino em particular. Quando sentia-se devota, deixava o castelo para ir rezar no Septo de Baelor. Tornou-se freguesa de uma dúzia de costureiras diferentes, era bem conhecida entre os ourives da cidade e até visitara o mercado de peixe perto do Portão da Lama, para dar uma olhadela na pesca do dia. Onde quer que fosse, o povo a adulava, e a lady Margaery fazia o que podia para alimentar seu ardor. Andava sempre dando esmolas a pedintes, comprando tortas quentes nas carroças dos padeiros e refreando o cavalo para falar com mercadores comuns.

Se dependesse dela, teria posto Tommen para fazer todas essas coisas. Andava eternamente convidando-o para acompanhá-la e às suas galinhas em suas aventuras, e o garoto eternamente suplicava à mãe permissão para ir. A rainha dera seu consentimento algumas vezes, apenas para permitir que sor Osney passasse mais algumas horas na companhia de Margaery. *E de muito isso serviu. Osney revelou-se um doloroso desapontamento.*

"Lembra-se do dia em que sua irmã zarpou para Dorne?", perguntara Cersei ao filho. "Você se recorda dos uivos da turba quando voltávamos para o castelo? Das pedras, das pragas?"

Mas o rei se mostrara surdo ao bom senso, graças à sua pequena rainha.

"Se nos misturarmos aos plebeus, eles gostarão mais de nós."

"A turba gostou tanto do alto septão gordo que lhe desfez um membro de cada vez, e ele era um homem santo", forçara-o a se lembrar. Tudo que conseguira tinha sido deixá-lo emburrado. *Tal como Margaery quer, aposto. Tenta me roubar Tommen todos os dias e de todas as maneiras.* Joffrey teria visto além do seu sorriso de intriguista e a faria tomar consciência do seu lugar, mas Tommen era mais ingênuo. *Ela sabia que Joff era forte demais para si mesma*, Cersei pensou, lembrando-se da moeda de ouro que Qyburn encontrara. *Para a Casa Tyrell ter esperança de governar, ele tinha de ser tirado do caminho.* Recordou-se que Margaery e sua hedionda avó tinham outrora conspirado para casar Sansa Stark com o irmão aleijado da pequena rainha, Willas. Lorde Tywin se antecipara a elas, casando Sansa com Tyrion, mas a ligação estava lá. *Estão todos juntos na intriga*, compreendeu num sobressalto. *Os Tyrell subornaram os carcereiros para libertar Tyrion e levaram-no às pressas estrada das rosas abaixo, para se ir juntar à sua desprezível noiva. A essa altura os dois estão a salvo em Jardim de Cima, escondidos atrás de uma muralha de rosas.*

— Devia ter vindo conosco, Vossa Graça — tagarelou a pequena intriguista enquanto subiam a encosta da Colina de Aegon. — Podíamos ter passado horas tão agradáveis juntas. As árvores estão vestidas de dourado, vermelho e laranja, e há flores por todo lado. E castanhas também. Assamos algumas no caminho de volta.

— Não tenho tempo para cavalgar pelos bosques e colher flores — Cersei respondeu. — Tenho um reino para governar.

— Só um, Vossa Graça? Quem governa os outros seis? — Margaery soltou uma alegre gargalhadinha. — Espero que perdoe meu gracejo. Conheço o fardo que carrega. Devia deixar-me partilhar a carga. Deve haver algumas coisas que eu possa fazer para ajudar. Acabaria com todo esse falatório sobre você e eu rivalizarmos pelo rei.

— É isso que dizem? — Cersei sorriu. — Que tolice. Nunca a considerei uma rival, nem por um momento.

— Agrada-me tanto ouvir isso — a garota não parecia perceber que fora golpeada. — Você e Tommen precisam vir conosco da próxima vez. Sei que Sua Graça adoraria. O Bardo Azul tocou para nós, e sor Tallad nos mostrou como lutar com um bastão, como o povo luta. Os bosques são tão lindos no outono.

— Meu falecido marido também adorava a floresta — nos primeiros anos de casamento, Robert eternamente implorava para que Cersei fosse à caça com ele, mas ela sempre pedia dispensa. As viagens de caça de Robert permitiam-lhe passar tempo com Jaime. *Dias de ouro e noites de prata.* A dança que os dois tinham dançado fora decerto perigosa. Dentro da Fortaleza Vermelha havia olhos e ouvidos por todo lado, e nunca se podia ter certeza de quando Robert regressaria. De algum modo, o perigo só servira para fazer que o tempo passado juntos fosse ainda mais emocionante. — Mesmo assim, a beleza pode por vezes esconder um perigo mortal — ela preveniu a pequena rainha. — Robert perdeu a vida na floresta.

Margaery sorriu a sor Loras; um sorriso doce e fraternal, cheio de carinho.

— Vossa Graça é gentil por temer por mim, mas meu irmão me mantém bem protegida.

Vá caçar, Cersei dissera a Robert meia centena de vezes. *Meu irmão me mantém bem protegida.* Recordou o que Taena lhe dissera horas antes, e uma gargalhada saltou-lhe dos lábios.

— Vossa Graça tem um riso tão lindo. — Lady Margaery lançou-lhe um sorriso zombeteiro. — Podemos saber qual é a piada?

— Saberá — a rainha respondeu. — Garanto a você que saberá.

O PIRATA

Os tambores marcavam um ritmo de batalha enquanto o *Vitória de Ferro* precipitava-se adiante, rompendo com o esporão as agitadas águas verdes. O navio menor, à sua frente, virava de bordo, chicoteando o mar com os remos. Rosas agitavam-se em seus estandartes; à proa e à popa uma rosa branca num brasão vermelho, no topo do mastro uma dourada num campo tão verde quanto a grama. O *Vitória de Ferro* varreu-lhe o flanco com tanta força que metade do destacamento de abordagem perdeu o equilíbrio. Remos se partiram e fizeram-se em lascas, doce música para os ouvidos do capitão.

Saltou sobre o talabardão, caindo no convés embaixo, com o manto dourado tremulando atrás de si. As rosas brancas recuaram, como os homens faziam sempre que viam Victarion Greyjoy armado e couraçado, de rosto escondido atrás do elmo em forma de lula-gigante. Seguravam espadas, lanças e machados, mas nove em dez não traziam armadura, e o décimo tinha apenas uma camisa de escamas cosidas umas às outras. *Estes não são homens de ferro*, pensou Victarion. *Ainda têm medo de se afogar.*

— Peguem-no! — gritou um homem. — Está sozinho!
— *VENHAM!* — rugiu em resposta. — *Venham me matar*, se conseguirem.

Os guerreiros rosados convergiram de todos os lados, com aço cinzento nas mãos e terror por trás dos olhos. Seu medo era tão palpável que Victarion conseguia saboreá-lo. Golpeou à esquerda e à direita, decepando o braço do primeiro homem pelo cotovelo e abrindo uma grande fenda no ombro do segundo. O terceiro enterrou o machado no macio pinho do escudo de Victarion, que o empurrou contra o rosto do idiota, derrubou-o e o matou quando tentou se levantar. Enquanto lutava para libertar o machado das costelas do morto, uma lança o atingiu entre as omoplatas. Foi como se alguém lhe tivesse dado uma palmada nas costas. Victarion rodopiou e atirou o machado contra a cabeça do lanceiro, sentindo o impacto no braço quando o aço cortou, com estrondo, elmo, cabelos e crânio. O homem vacilou durante meio segundo, até o capitão de ferro libertar o aço e empurrar o cadáver, que cambaleou convés afora, sem força nos membros, parecendo mais bêbado do que morto.

A essa altura seus nascidos no ferro já o tinham seguido até o convés do dracar quebrado. Ouviu Wulfe Uma-Orelha soltar um uivo quando se lançou ao trabalho, vislumbrou Ragnor Pyke com sua cota de malha enferrujada, viu Nute, o Barbeiro, fazer um machado de arremesso rodopiar pelo ar e atingir um homem no peito. Victarion matou outro homem, e depois mais um. Teria matado um terceiro, mas Ragnor o abateu primeiro.

— Bom golpe — berrou-lhe Victarion.

Quando se virou em busca da próxima vítima do seu machado, viu o capitão do outro lado do convés. Tinha a capa branca manchada de sangue e tripas, mas Victarion conseguia distinguir as armas que trazia no peito, a rosa branca dentro de seu brasão vermelho. O homem ostentava o mesmo símbolo no escudo, num fundo branco com uma moldura ameiada de vermelho.

— Você! — gritou o capitão de ferro através da carnificina. — *Você, o da rosa! Seria você o senhor de Escudossul?*

O outro ergueu a viseira para mostrar um rosto sem barba.

— Seu filho e herdeiro, sor Talbert Serry. E quem é você, lula?
— Sua morte — Victarion investiu contra ele.

Serry saltou para defrontá-lo. Sua espada longa era de bom aço forjado em castelo, e o jovem cavaleiro a fazia cantar. Seu primeiro golpe foi baixo, e Victarion o afastou com o machado. O segundo atingiu o capitão de ferro no elmo antes que tivesse tempo de erguer o escudo. Victarion respondeu com um golpe lateral de machado. O escudo de Serry interpôs-se. Voaram lascas de madeira, e a rosa branca fendeu-se de cima a baixo com um belo e penetrante *crac*. A espada longa do jovem cavaleiro bateu-lhe na coxa, uma, duas, três vezes, gritando contra o aço. *Este rapaz é rápido*, compreendeu o capitão de ferro. Atingiu o rosto de Serry com o escudo e o fez cambalear para trás, de encontro ao talabardão. Victarion ergueu o machado e pôs todo seu peso no golpe, para rasgar o rapaz do pescoço às virilhas, mas Serry rodopiou para longe. A cabeça do machado esmagou-se contra a amurada, fazendo voar lascas, e ficou presa ali quando tentou libertá-la. O convés moveu-se sob seus pés, e o homem de ferro caiu sobre um joelho.

Sor Talbert deitou fora o escudo quebrado e lançou um corte vertical com a espada longa. O escudo de Victarion tinha feito metade da rotação quando tropeçara. Apanhou a lâmina de Serry com um punho de ferro. Aço articulado foi esmagado, e uma punhalada de dor o fez soltar um grunhido, mas Victarion aguentou.

— Eu também sou rápido, rapaz — disse enquanto arrancava a espada das mãos do cavaleiro e a atirava ao mar.

Os olhos de sor Talbert esbugalharam-se.

— A minha espada...

Victarion atingiu o rapaz na garganta com um punho ensanguentado.

— Vá buscá-la — disse, forçando-o a cair de costas, por cima da amurada, para dentro da água manchada de sangue.

Com aquilo conseguiu uma pausa para soltar o machado. As rosas brancas recuavam diante da maré de ferro. Alguns tentavam fugir para dentro do navio, enquanto outros gritavam por trégua. Victarion sentia sangue quente escorrer por seus dedos, por baixo da cota de malha, do couro e do aço articulado, mas isso não era nada. Do outro lado do mastro, um espesso nó de inimigos continuava lutando, resistindo, ombro contra ombro, num círculo. *Aqueles pelo menos são homens. Preferem morrer a se render.* Victarion concederia a alguns esse desejo. Bateu no escudo com o machado e avançou sobre eles.

O Deus Afogado não esculpira Victarion Greyjoy para lutar com palavras em assembleias de homens livres, nem para combater inimigos furtivos e dissimulados em pântanos intermináveis. Era para *aquilo* que fora posto na terra; para avançar vestido de aço com um machado rubro a gotejar na mão, oferecendo a morte a cada golpe.

Atacaram-no pela frente e pelas costas, mas, pelo dano que lhe causaram, as espadas bem podiam ter sido chibatas de salgueiro. Não havia lâmina capaz de atravessar o aço pesado de Victarion Greyjoy, e ele não dava aos inimigos tempo suficiente para encontrar os pontos fracos nas juntas, onde apenas cota de malha e couro o protegiam. Que três homens o assaltassem, ou quatro, ou cinco; não fazia diferença. Matava-os um de cada vez, confiando no aço para protegê-lo dos outros. Quando um inimigo caía, direcionava sua fúria para o seguinte.

O último homem a enfrentá-lo devia ter sido um ferreiro; os ombros pareciam os de um touro, e um deles era muito mais musculoso do que o outro. Sua armadura era uma brigantina tachonada e um boné de couro cozido. O único golpe que deu completou a destruição do escudo de Victarion, mas a estocada que este atirou em resposta abriu-lhe a cabeça em duas. *Seria bom se pudesse lidar com Olho de Corvo com essa simplicidade.* Quando voltou a libertar o machado, o crânio do ferreiro pareceu rebentar. Osso, sangue e cérebro saltaram para todo lado, e o cadáver caiu para a frente, contra suas pernas. *Tarde demais para suplicar por trégua*, pensou Victarion enquanto se desenredava do morto.

A essa altura, o convés encontrava-se escorregadio sob seus pés, e os mortos e moribundos jaziam em pilhas por todos os lados. Deitou o escudo fora e encheu os pulmões de ar.

— Senhor capitão — ouviu o Barbeiro dizer ao seu lado —, o dia é nosso.

A toda volta o mar estava cheio de navios. Alguns ardiam, outros afundavam, outros tinham sido feitos em lascas. Entre os cascos, a água estava espessa como guisado, cheia de cadáveres, galhos quebrados e homens agarrados aos destroços. À distância, meia dúzia dos dracares dos homens do sul corria de volta ao Vago. *Podem ir*, pensou Victarion, *que contem a história*. Depois de um homem virar as costas e fugir da batalha, deixava de ser um homem.

Seus olhos ardiam do suor que neles entrara durante a luta. Dois de seus remadores o ajudaram a desprender o elmo da lula-gigante para que pudesse tirá-lo. Victarion limpou a testa.

— Aquele cavaleiro — resmungou —, o cavaleiro da rosa branca. Algum de vocês o puxou para fora? — o filho de um senhor valeria um resgate considerável; do pai, se lorde Serry tivesse sobrevivido àquele dia. Ou talvez de seu suserano em Jardim de Cima.

Mas nenhum de seus homens tinha visto o que acontecera ao cavaleiro depois de cair navio afora. O mais provável era que tivesse se afogado.

— Que se banqueteie tão bem quanto lutou, nos salões aquáticos do Deus Afogado — embora os homens das Ilhas Escudo chamassem a si mesmos marinheiros, cruzavam os mares aterrorizados e seguiam levemente vestidos para a batalha, com medo do afogamento. O jovem Serry tinha sido diferente. *Um homem corajoso*, pensou Victarion. *Quase um nascido no ferro.*

Entregou o navio capturado a Ragnor Pyke, nomeou uma dúzia de homens para tripulá-lo e subiu de volta para o seu *Vitória de Ferro*.

— Retire as armas e armaduras dos cativos e cuide de seus ferimentos — disse a Nute, o Barbeiro. — Atire os moribundos ao mar. Se algum pedir misericórdia, corte-lhe a garganta primeiro — só sentia desprezo por homens assim; era melhor afogar-se em água do mar do que em sangue. — Quero uma contagem dos navios que ganhamos e de todos os cavaleiros e fidalgotes que capturamos. Também quero seus estandartes — um dia os penduraria em seu salão, para que quando se tornasse velho e frágil pudesse recordar todos os inimigos que matara quando era jovem e forte.

— Será feito — Nute abriu um sorriso. — É uma bela vitória.

Sim, pensou, *uma grande vitória para o Olho de Corvo e seus feiticeiros*. Os outros capitães voltariam a gritar o nome do irmão quando as notícias chegassem a Escudo de Carvalho. Euron seduzira-os com sua língua fluente e olho sorridente, e prendera-os à sua causa com o saque de meia centena de terras distantes; ouro e prata, armaduras ornamentadas, espadas curvas com botões de punho dourados, punhais de aço valiriano, peles listradas de tigres e de gatos malhados, manticoras de jade e antigas esfinges valirianas, arcas de noz-moscada, cravinho e açafrão, presas de marfim e chifres de unicórnio, penas verdes, cor de laranja e amarelas vindas do Mar do Verão, rolos de boa seda e cintilante samito... E, no entanto, tudo isso era quase nada comparado com isto. *Agora, deu-lhes conquista, e são seus de uma vez por todas*, pensou o capitão. O sabor que tinha na língua era amargo. *Essa vitória foi minha, não dele. Onde estava? Em Escudo de Carvalho, descansando num castelo. Roubou-me a esposa e o trono, e agora me rouba a glória.*

A obediência era natural para Victarion Greyjoy; nascera nela. Crescendo até a idade adulta à sombra dos irmãos, seguira obedientemente Balon em tudo que fizera. Mais tarde, quando os filhos de Balon nasceram, fora aos poucos aceitando a ideia de um dia também se ajoelhar diante deles, quando um tomasse o lugar do pai na Cadeira de Pedra do Mar. Mas o Deus Afogado chamara Balon e os filhos para seus salões aquáticos, e Victarion não conseguia se dirigir a Euron como "rei" sem sentir o gosto da bílis na garganta.

O vento tornava-se mais fresco, e sentia uma sede furiosa. Depois de uma batalha sempre desejava vinho. Entregou o convés a Nute e desceu. Em sua apertada cabine de popa, foi encontrar a mulher morena, úmida e pronta; a batalha talvez também tivesse aquecido seu sangue. Tomou-a por duas vezes, em rápida sucessão. Quando terminaram, havia sangue espalhado por seus seios, coxas e barriga, mas era sangue dele, proveniente do golpe que tinha na palma da mão. A morena lavou o ferimento com vinagre fervido.

— O plano era bom, admito — disse Victarion quando ela se ajoelhou ao seu lado. — O Vago agora está aberto para nós, como estava antigamente. — O rio era indolente, largo, lento e traiçoeiro com recifes e bancos de areia. A maior parte das embarcações marítimas não se atrevia a navegar para lá de Jardim de Cima, mas os dracares, com seus baixos calados, podiam subir até Ponteamarga. Nos tempos antigos, os nascidos no ferro tinham velejado ousadamente pela estrada do rio e feito pilhagens ao longo de todo o Vago e de seus afluentes... Até que os reis da mão verde armaram os pescadores das quatro pequenas ilhas ao largo da foz do Vago e os nomearam seus escudos.

Tinham se passado dois mil anos, mas nas torres de vigia ao longo de suas costas escarpadas os grisalhos ainda mantinham a antiga vigília. Ao primeiro vislumbre de dracares, os velhos acendiam suas fogueiras sinaleiras, e o chamado saltava de monte em monte e de ilha em ilha. *Medo! Inimigos! Salteadores! Salteadores!* Quando os pescadores viam as fogueiras ardendo nos locais altos, punham de lado as redes e os arados e pegavam nas espadas e nos machados. Seus senhores saíam em corrida dos castelos, servidos por cavaleiros e homens de armas. Berrantes ecoavam sobre as águas, vindos de Escudoverde e Escudogris, de Escudo de Carvalho e Escudossul, e seus dracares deslizavam de enseadas de pedra coberta de musgo ao longo das costas, com os remos relampejando, enquanto atravessavam em nuvens os estreitos e iam selar o Vago e perseguir e assolar os salteadores rio acima até sua destruição.

Euron mandara Torwold Dente-Podre e o Remador Vermelho para o Vago com uma dúzia de dracares rápidos, para que os senhores das Ilhas Escudo partissem em perseguição. Quando a frota principal chegara, só restava um punhado de guerreiros para defender as ilhas propriamente ditas. Os nascidos no ferro tinham vindo na maré do fim da tarde, para que o clarão do poente os mantivesse escondidos dos grisalhos nas torres de vigia até ser tarde demais. Tinham o vento nas costas, como estivera ao longo de toda a viagem desde Velha Wyk. Murmurava-se na frota que os feiticeiros de Euron tinham mais do que muito a ver com isso, que o Olho de Corvo apaziguava o Deus da Tempestade com sacrifícios de sangue. De que outra forma se atreveria a velejar até tão longe para oeste, em vez de seguir a linha da costa como era costume?

Os nascidos no ferro encalharam seus dracares nas praias de cascalho e jorraram para o crepúsculo púrpura com aço a cintilar nas mãos. A essa altura, as fogueiras já ardiam nos locais elevados, mas poucos tinham ficado para trás para pegar em armas. Escudogris, Escudoverde e Escudossul caíram antes de o sol nascer. Escudo de Carvalho resistiu mais meio dia. E, quando os homens dos Quatro Escudos desistiram da perseguição movida a

Torwold e ao Remador Vermelho e viraram para jusante, foram encontrar a Frota de Ferro à sua espera na foz do Vago.

— Tudo aconteceu como Euron disse — Victarion dirigiu-se à morena enquanto ela enfaixava sua mão com linho. — Seus feiticeiros devem tê-lo visto — o irmão tinha três a bordo do *Silêncio*, confidenciara Quellon Humble num murmúrio. — Mas ainda precisa de mim para travar suas batalhas — Victarion insistiu. — Os feiticeiros podem ser muito bons, mas é o sangue e o aço que vencem as guerras — o vinagre fez o ferimento doer mais do que nunca. Afastou a mulher com um empurrão e fechou o punho, carrancudo. — Traga-me vinho.

Bebeu na escuridão, meditando sobre o irmão. *Se não der o golpe com minha própria mão, serei mesmo assim um assassino de parentes?* Não havia homem que Victarion temesse, mas a maldição do Deus Afogado o fazia hesitar. *Se for outro a abatê-lo às minhas ordens, seu sangue manchará também minhas mãos?* Aeron Cabelo Molhado saberia a resposta, mas o sacerdote estava em algum lugar nas Ilhas de Ferro, ainda com esperança de amotinar os nascidos no ferro contra seu rei recém-coroado. *Nute, o Barbeiro, é capaz de barbear um homem com um machado arremessado a vinte metros de distância. E nenhum dos mestiços de Euron conseguiria resistir a Wulfe Uma-Orelha ou a Andrik, o Sério. Qualquer um deles poderia fazê-lo.* Mas sabia que o que um homem pode fazer e o que quer fazer eram duas coisas diferentes.

"As blasfêmias de Euron farão cair a fúria do Deus Afogado sobre todos nós", profetizara Aeron, ainda em Velha Wyk. "Temos de detê-lo, irmão. Ainda somos do sangue de Balon, não somos?"

"Ele também é", Victarion respondera. "Não gosto disso mais do que você, mas Euron é o rei. Sua assembleia de homens livres o elegeu, e foi você mesmo quem lhe pôs na cabeça a coroa de madeira trazida pelo mar!"

"Eu pus a coroa em sua cabeça", dissera o sacerdote, com algas pingando dos cabelos, "e de bom grado a arrancaria e coroaria você no lugar. Só você tem força suficiente para lutar contra ele."

"Foi o Deus Afogado que o elevou", Victarion protestara. "Que seja o Deus Afogado a derrubá-lo."

Aeron lhe lançara um olhar sinistro, aquele que tinha fama de tornar imprópria a água de poços e deixar estéreis as mulheres.

"Não foi o deus que falou. Sabe-se que Euron tem feiticeiros e magos malignos naquele seu navio vermelho. Eles jogaram algum feitiço sobre nós para não conseguirmos ouvir o mar. Os capitães e os reis estavam bêbados com toda aquela conversa de dragões."

"Bêbados, ou com medo daquele berrante. Ouviu o som que ele fez. Mas não importa. Euron é o nosso rei."

"Meu, não", o sacerdote declarara. "O Deus Afogado ajuda os valentes, não aqueles que se abrigam dentro dos navios quando a tempestade chega. Se não quer se mexer para remover Olho de Corvo da Cadeira de Pedra do Mar, preciso eu mesmo pôr mãos nesta obra."

"Como? Não tem navios, não tem espadas."

"Tenho a minha voz", o sacerdote respondeu, "e o deus está comigo. Minha é a força do mar, uma força à qual Olho de Corvo não pode esperar resistir. As ondas podem se quebrar na montanha, mas continuam a vir, onda atrás de onda, e no fim só restarão seixos onde esteve a montanha. E em pouco tempo até os seixos serão varridos para longe, para formar o chão sob o mar por toda a eternidade."

"Seixos?", Victarion resmungou. "Está louco se pensa em derrubar Olho de Corvo com conversas sobre ondas e seixos."

"Os nascidos no ferro serão as ondas", Cabelo Molhado retrucou. "Não os grandes e senhoriais, mas o povo simples, os que lavram a terra e os que pescam no mar. Os capitães e os reis fizeram subir Euron, mas o povo o derrubará. Irei a Grande Wyk, a Harlaw, a Montrasgo, à própria Pyke. Minhas palavras serão ouvidas em cada vila e aldeia. Nenhum homem sem deus pode se sentar na Cadeira de Pedra do Mar!", balançou a cabeça hirsuta e penetrou a passos largos na noite. Quando o sol se ergueu no dia seguinte, Aeron Greyjoy desaparecera da Velha Wyk. Nem mesmo seus afogados sabiam para onde. Dizia-se que Olho de Corvo se limitara a rir quando o informaram.

Mas, embora o sacerdote tivesse desaparecido, seus terríveis avisos permaneceram. Victarion deu por si lembrando-se também das palavras de Baelor Blacktyde. "*Balon era louco, Aeron é mais louco ainda, e Euron é o mais louco de todos.*" O jovem senhor tentara zarpar para casa após a assembleia de homens livres, recusando-se a aceitar Euron como suserano. Mas a Frota de Ferro fechara a baía, pois o hábito da obediência estava profundamente inculcado em Victarion Greyjoy, e Euron usava a coroa de madeira trazida pelo mar. O *Voador Noturno* fora apreendido, e lorde Blacktyde, acorrentado, foi entregue ao rei. Os mudos e mestiços de Euron tinham-no cortado em sete partes para alimentar os sete deuses das terras verdes que ele adorara.

Como recompensa por seu leal serviço, o recém-coroado rei dera a Victarion a morena, roubada de algum comerciante de escravos a caminho de Lys.

"Não quero nenhuma de suas sobras", dissera desdenhosamente ao irmão, mas, quando Olho de Corvo declarou que a mulher seria morta se não a aceitasse, fraquejou. A língua dela tinha sido arrancada, mas exceto por este pormenor estava intacta, e era também bela, com uma pele tão castanha quanto teca oleada. Mas, por vezes, quando a olhava, surpreendia-se lembrando da primeira mulher que o irmão lhe dera, para fazer dele um homem.

Victarion quis voltar a usar a morena, mas achou-se incapaz.

— Vá buscar outro odre de vinho — disse-lhe —, e depois saia — quando ela regressou com um odre de tinto amargo, o capitão o levou para o convés, onde podia respirar o ar limpo do mar. Bebeu metade do odre e despejou o resto no mar, para todos os homens que tinham morrido.

O *Vitória de Ferro* permaneceu durante horas ao largo da foz do Vago. Enquanto a maior parte da Frota de Ferro se punha a caminho de Escudo de Carvalho, Victarion manteve *Luto*, *lorde Dagon*, *Vento de Ferro* e *Desgraça da Donzela* ao seu redor como retaguarda. Içaram sobreviventes do mar e viram *Mão-Dura* afundar-se lentamente, arrastado para o fundo pelo destroço que abalroara. Quando o navio desapareceu sob as águas, Victarion tinha a contagem que havia pedido. Perdera seis navios e capturara trinta e oito.

— Servirá — disse a Nute. — Aos remos. Regressemos à Vila de lorde Hewett.

Os remadores curvaram as costas em direção a Escudo de Carvalho, e o capitão de ferro voltou para baixo.

— Podia matá-lo — disse à morena. — Embora seja um grande pecado matar um rei, e um pecado pior matar um irmão — franziu as sobrancelhas. — Asha devia ter me dado sua voz — como ela pudera esperar conquistar os capitães e os reis com suas pinhas e nabos? *O sangue de Balon corre-lhe nas veias, mas não deixa de ser uma mulher*. Fugira após a assembleia de homens livres. Na noite em que a coroa de madeira trazida pelo mar fora colocada na cabeça de Euron, ela e sua tripulação tinham se dissipado. Uma pequena parte de Victarion sentia-se satisfeita com isso. *Se a garota mantiver a cabeça no lugar, casará com algum lorde nortenho e viverá com ele em seu castelo, longe do mar e de Euron Olho de Corvo.*

— A Vila de lorde Hewett, Senhor Capitão — gritou um tripulante.

Victarion ergueu-se. O vinho abafara o latejar em sua mão. Talvez a levasse ao meistre de Hewett para que a visse, se o homem não tivesse sido morto. Regressou ao convés no momento em que dobravam um promontório. O modo como o castelo de lorde Hewett se erguia por cima do porto o fez se lembrar de Fidalporto, embora aquela vila fosse duas vezes maior. Uma vintena de dracares patrulhava as águas além da enseada, com a lula-gigante dourada tremulando em suas velas. Centenas de outros navios encontravam-se encalhados ao longo das praias de cascalho e içados para os pontões que cercavam o porto. Num cais de pedra viam-se três grandes cocas e uma dúzia de outras menores embarcando saque e provisões. Victarion deu ordens para o *Vitória de Ferro* lançar âncora.

— Mande preparar um bote.

A vila parecia estranhamente parada quando se aproximaram. A maior parte das lojas e casas tinha sido saqueada, como suas portas arrombadas e janelas quebradas testemunhavam, mas só o septo fora passado no archote. As ruas estavam atulhadas de cadáveres, todos eles com um pequeno bando de gralhas-pretas prestando-lhes assistência. Um bando de taciturnos sobreviventes deslocava-se entre eles, afastando as aves negras e atirando os mortos para um carro, a fim de serem enterrados. A ideia encheu Victarion de repugnância. Nenhum verdadeiro filho do mar quereria apodrecer debaixo da terra. Como encontraria os salões aquáticos do Deus Afogado para beber e banquetear-se por toda a eternidade?

Silêncio encontrava-se entre os navios por que passaram. O olhar de Victarion foi atraído para sua figura de proa em ferro, a donzela sem boca, com cabelos soprados pelo vento e braço estendido. Seus olhos de madrepérola pareceram segui-lo. *Ela tinha uma boca como qualquer outra mulher, até Olho de Corvo costurá-la.*

Ao se aproximarem da costa, reparou numa fila de mulheres e crianças que eram pastoreadas para o convés de uma das grandes cocas. Algumas tinham as mãos atadas atrás das costas, e todas usavam laços de corda de cânhamo em torno do pescoço.

— Quem são? — perguntou aos homens que ajudaram a amarrar seu bote.

— Viúvas e órfãos. Serão vendidos como escravos.

— Vendidos? — não havia escravos nas Ilhas de Ferro, apenas servos. Um servo estava obrigado a servir, mas não era um bem. Seus filhos nasciam livres, desde que fossem entregues ao Deus Afogado. E os servos nunca eram comprados ou vendidos em troca de ouro. Se um homem não pagasse o preço de ferro por servos, não tinha nenhum. — Deviam ser servas, ou esposas de sal — ele protestou.

— É por decreto do rei — o homem respondeu.

— Os fortes sempre tiraram dos fracos — Nute, o Barbeiro, falou. — Servas ou escravas, não tem importância. Seus homens não foram capazes de defendê-las, portanto, agora são nossas, para fazermos com elas o que quisermos.

O Costume Antigo não é assim, podia ter dito, mas não houve tempo. Sua vitória precedera-o, e os homens reuniam-se à sua volta para lhe dar os parabéns. Victarion deixou-os adulá-lo, até que um se pôs a elogiar a ousadia de Euron.

— É ousado velejar longe da vista de terra, para que nenhuma notícia de nossa aproximação chegasse a estas ilhas antes de nós — resmungou —, mas atravessar metade do mundo para ir caçar dragões, isso é outra coisa — não esperou resposta e abriu caminho através da aglomeração, dirigindo-se à fortaleza.

O castelo de lorde Hewett era pequeno, mas forte, com paredes espessas e portões de carvalho com rebites que evocavam as antigas armas de sua Casa, um brasão de carvalho com rebites de ferro sobre um fundo ondulado de azul e branco. Mas era a lula-gigante de Greyjoy que flutuava agora no topo de suas torres de telhado verde, e finalmente encontraram os grandes portões queimados e partidos. Nas ameias caminhavam homens de ferro com lanças e machados, e também alguns dos mestiços de Euron.

No pátio, Victarion encontrou Gorold Goodbrother e o velho Drumm, conversando em voz baixa com Rodrik Harlaw. Nute, o Barbeiro, soltou um grito ao vê-los.

— Leitor — gritou —, por que a cara amarrada? Seus receios não serviram de nada. O dia é nosso, e nossa é a recompensa!

A boca de lorde Rodrik franziu-se.

— Fala destes rochedos? Os quatro juntos não chegam a fazer uma Harlaw. Conquistamos umas tantas pedras, árvores e bugigangas, e a inimizade da Casa Tyrell.

— As rosas? — Nute soltou uma gargalhada. — Que rosa pode causar dano às lulas-gigantes das profundezas? Tiramos-lhes os escudos e fizemos todos eles em pedaços. O que os protegerá agora?

— Jardim de Cima — o Leitor respondeu. — Em breve, todo o poderio da Campina será reunido contra nós, Barbeiro, e então pode ser que descubra que há rosas com espinhos de aço.

Drumm assentiu com a cabeça, com a mão no cabo de sua Rubra Chuva.

— Lorde Tarly usa a espada Veneno do Coração, forjada em aço valiriano, e está sempre na vanguarda Tyrell.

A ira de Victarion estalou:

— Que venha. Tornarei minha a espada dele, tal como seu antepassado tomou a Rubra Chuva. Que venham todos, e que tragam também os Lannister. Um leão pode ser bastante feroz em terra, mas no mar é a lula-gigante que tem o poder supremo — daria metade dos dentes pela chance de experimentar o machado contra o Regicida ou o Cavaleiro das Flores. Era este o tipo de batalha que compreendia. O assassino de parentes era amaldiçoado aos olhos dos deuses e dos homens, mas o guerreiro era honrado e reverenciado.

— Não tenha medo, Senhor Capitão — o Leitor disse. — Todos eles virão. Sua Graça assim deseja. Por que outro motivo nos teria ordenado que deixássemos voar os corvos de Hewett?

— Você lê demais e não luta o suficiente — Nute interveio. — Seu sangue é leite — mas o Leitor fingiu não ouvir.

Um festim tempestuoso desenrolava-se quando Victarion entrou no salão. Nascidos no ferro enchiam as mesas, bebendo, gritando e empurrando-se uns aos outros, vangloriando-se dos homens que tinham matado, dos feitos que tinham realizado, daquilo que tinham conquistado. Muitos estavam ornamentados com objetos pilhados. Lucas Mão-Esquerda Codd e Quellon Humble tinham arrancado tapeçarias das paredes para lhe servirem de manto. Germund Botley usava um fio de pérolas e granadas sobre sua dourada placa peitoral Lannister. Andrik, o Sério, andava por ali cambaleando com uma mulher debaixo de cada braço; embora continuasse sério, tinha anéis em todos os dedos. Em vez de travessas esculpidas em velho pão bolorento, os capitães comiam de bandejas de prata maciça.

O rosto de Nute, o Barbeiro, escureceu de fúria enquanto olhava em volta.

— Olho de Corvo manda enfrentarmos os dracares enquanto seus homens tomam os castelos e as aldeias e arrecadam todo o saque e as mulheres. Que foi que deixou para nós?

— Nós temos a glória.

— A glória é boa — Nute respondeu —, mas o ouro é melhor.

Victarion encolheu os ombros.

— Olho de Corvo diz que teremos Westeros inteiro. Árvore, Vilavelha, Jardim de Cima... Será ali que encontrará seu ouro. Mas chega de conversas. Tenho fome.

Por direito de sangue, Victarion podia ter exigido um lugar no estrado, mas não queria comer com Euron e suas criaturas. Em vez disso, escolheu um lugar junto a Ralf, o Coxo, capitão do *lorde Quellon*.

— Uma grande vitória, Senhor Capitão — Coxo o cumprimentou. — Uma vitória merecedora de uma senhoria. Devia ficar com uma ilha.

Lorde Victarion. Sim, e por que não? Podia não ser a Cadeira de Pedra do Mar, mas seria alguma coisa.

Hotho Harlaw estava do outro lado da mesa, chupando carne de um osso. Deitou-o fora com um piparote e dobrou-se para a frente.

— O Cavaleiro vai ficar com Escudogris. Meu primo. Sabia?

— Não — Victarion olhou para o outro lado do salão, para onde sor Harras Harlaw bebia vinho de uma taça dourada; um homem alto, de rosto comprido e austero. — Por que Euron daria uma ilha àquele?

Hotho ergueu sua taça de vinho vazia e uma pálida jovem com um vestido de veludo azul e renda dourada voltou a enchê-la.

— O Cavaleiro tomou Vila Severa sozinho. Plantou o estandarte junto ao castelo e desafiou os Grimm a enfrentá-lo. Um assim fez, depois outro, e outro a seguir. Matou-os todos... Bem, quase, dois se renderam. Quando o sétimo homem caiu, o septão de lorde Grimm decidiu que os deuses tinham falado e entregou o castelo — Hotho soltou uma gargalhada. — Ele vai ser Senhor de Escudogris, e que lhe faça bom proveito. Com ele longe, sou eu o herdeiro do Leitor — bateu no peito com a taça de vinho. — Hotho, o Corcunda, Senhor de Harlaw.

— Sete, você diz — Victarion perguntou a si mesmo como Anoitecer se aguentaria contra o seu machado. Nunca lutara contra um homem armado com uma lâmina de aço valiriano, embora tivesse espancado muitas vezes o jovem Harras Harlaw quando eram jovens. Ainda rapaz, Harlaw tinha sido um grande amigo do filho mais velho de Balon, Rodrik, que morrera à sombra das muralhas de Guardamar.

O banquete era bom. O vinho, dos melhores, e havia boi assado, malpassado e ensanguentado, e também pato recheado e baldes de caranguejo fresco. O Senhor Comandante não deixou de reparar que as garotas que serviam usavam finas lãs e faustosos veludos. Tomou-as por ajudantes de cozinheiro vestidas com as roupas da lady Hewett e de suas damas, até que Hotho lhe disse que *eram* a lady Hewett e suas damas. Eram oito: sua senhoria, ainda bem atraente, embora tivesse engordado, e sete mulheres mais jovens, com idade entre dez e vinte e cinco anos, suas filhas e noras.

Lorde Hewett em pessoa estava sentado em seu lugar habitual sobre o estrado, vestido com todos os seus enfeites heráldicos. Os braços e as pernas tinham sido atados à cadeira, e um enorme rabanete branco fora enfiado entre seus dentes, para que não pudesse falar... embora pudesse ver e ouvir. Olho de Corvo ocupara o lugar de honra à direita de sua senhoria. Tinha uma garota bonita e roliça, de dezessete ou dezoito anos, no colo, descalça e desgrenhada, com os braços em volta de seu pescoço.

— Quem é aquela? — Victarion perguntou aos homens que o rodeavam.

— A bastarda de sua senhoria — disse Hotho com uma gargalhada. — Antes de Euron tomar o castelo, era obrigada a servir os outros à mesa e a fazer as refeições com os criados.

Euron levou os lábios azuis ao pescoço da garota, ela soltou um risinho e sussurrou-lhe qualquer coisa ao ouvido. Sorrindo, ele voltou a lhe beijar a garganta. A pele branca da garota estava coberta de marcas vermelhas onde a boca dele estivera; formavam um colar rosado em volta de seu pescoço e ombros. Outro sussurro ao ouvido, e dessa vez Olho de Corvo riu alto, após o que bateu com a taça de vinho na mesa, pedindo silêncio.

— Boas senhoras — gritou para suas criadas bem-nascidas —, Falia está preocupada com seus belos vestidos. Não quer vê-los manchados de gordura, vinho e apalpadelas de dedos sujos, visto que lhe prometi que podia escolher sua roupa entre os seus guarda-roupas depois do banquete. Portanto, o melhor é que se dispam.

Um rugido de gargalhadas varreu o grande salão, e o rosto de lorde Hewett ficou tão vermelho que Victarion julgou que sua cabeça rebentaria. As mulheres não tiveram escolha exceto obedecer. A mais nova chorou um pouco, mas a mãe a confortou e ajudou a desfazer os nós costas abaixo. Depois, continuaram a servir como antes, movendo-se entre as mesas com jarros cheios de vinho, para encher todas as taças vazias, só que agora o faziam nuas.

Ele envergonha Hewett como outrora me envergonhou, pensou o capitão, recordando-se do modo como a esposa soluçara enquanto ele a espancava. Sabia que os habitantes dos Quatro Escudos se casavam frequentemente entre si, tal como os nascidos no ferro. Uma daquelas criadas nuas podia perfeitamente ser esposa de sor Talbert Serry. Uma coisa era matar um inimigo, outra era desonrá-lo. Victarion fez um punho. Tinha a mão ensanguentada onde o ferimento empapara o linho.

No estrado, Euron empurrou sua cadela para o lado e trepou para cima da mesa. Os capitães puseram-se a bater com as taças na mesa e os pés no chão.

— *EURON!* — gritavam. — *EURON! EURON! EURON!* — era de novo a assembleia de homens livres.

— Jurei dar Westeros a vocês — Olho de Corvo falou quando o tumulto esmoreceu —, e aqui têm um pouco dele para saborear. Um pedaço, nada mais do que isso... Mas nos banquetearemos antes do cair da noite! — os archotes ao longo das paredes soltavam um brilho vivo, e ele também, lábios azuis, olho azul e tudo o mais. — O que a lula-gigante agarra não larga. Estas ilhas outrora foram nossas, e agora são de novo... Mas precisamos de homens fortes para defendê-las. Portanto, erga-se, sor Harras Harlaw, Senhor de Escudogris — o Cavaleiro pôs-se de pé, com a mão apoiada no botão de selenita da Anoitecer. — Erga-se, Andrik, o Sério, Senhor de Escudossul — Andrik empurrou suas mulheres para o lado e se levantou de um salto, como uma montanha que se erguesse subitamente do mar. — Erga-se, Maron Volmark, Senhor de Escudoverde — um rapazinho imberbe de dezesseis anos, Volmark pôs-se hesitantemente em pé, parecendo um senhor dos coelhos. — E erga-se, Nute, o Barbeiro, Senhor de Escudo de Carvalho.

Os olhos de Nute ficaram cautelosos, como se temesse ser alvo de uma brincadeira cruel.

— Um lorde? — grasnou.

Victarion tinha esperado que Olho de Corvo entregasse as senhorias às suas criaturas, Stonehand, Remador Vermelho e Lucas Mão-Esquerda Codd. *Um rei tem de ser pródigo,* tentou dizer a si mesmo, mas outra voz sussurrou: *"Os presentes de Euron estão envenenados.* Quando revirou a ideia na cabeça, viu com clareza. *O Cavaleiro era o herdeiro escolhido pelo*

Leitor, e Andrik, o Sério, o forte braço direito de Dunstan Drumm. Volmark é um rapaz inexperiente, mas tem em si o sangue do Harren Negro por via materna. E o Barbeiro..."

Victarion o agarrou pelo antebraço.

— Recuse!

Nute olhou para ele como se tivesse enlouquecido.

— Recusar? Terras e uma senhoria? Irá fazer de mim um senhor? — libertou o braço com um puxão e pôs-se de pé, gozando os vivas.

E agora me rouba os homens, pensou Victarion.

Rei Euron chamou pela lady Hewett, para que lhe trouxesse uma nova taça de vinho e a ergueu bem alto acima da cabeça.

— Capitães e reis, ergam as taças aos Senhores dos Quatro Escudos! — Victarion bebeu com os outros. *Não há vinho mais doce do que aquele roubado de um inimigo.* Alguém lhe dissera aquilo um dia. O pai, ou o irmão Balon. *Um dia beberei o seu vinho, Olho de Corvo, e roubarei de você tudo que lhe é querido.* Mas haveria alguma coisa que fosse querida a Euron?

— Amanhã nos prepararemos de novo para zarpar — o rei dizia. — Encham as barricas de novo com água de nascente, levem todas as sacas de cereais e barris de carne de vaca e todas as ovelhas e cabras que possamos transportar. Os feridos que ainda estiverem suficientemente vigorosos para puxar um remo remarão. Os outros ficarão aqui, para ajudar a manter estas ilhas nas mãos de seus novos senhores. Torwold e Remador Vermelho regressarão em breve com mais provisões. Nossos conveses irão feder a porcos e galinhas na viagem para leste, mas voltaremos com dragões.

— Quando? — a voz era de lorde Rodrik. — Quando regressaremos, Vossa Graça? Dentro de um ano? Três anos? Cinco? Seus dragões estão a um mundo de distância, e o outono chegou — o Leitor avançou, enumerando todos os perigos. — Galés defendem os Estreitos Redwyne. A costa dornesa é seca e estéril, quase dois mil quilômetros de redemoinhos, falésias e baixios escondidos, quase desprovida de um desembarcadouro seguro seja onde for. Depois, esperam-nos os Degraus, com suas tempestades e seus ninhos de piratas lysenos e myrianos. Se um milhar de navios se fizerem à vela, trezentos poderão chegar ao outro lado do mar estreito... E então, o quê? Lys não nos dará as boas-vindas, e Volantis tampouco. Onde encontrará água doce e alimentos? A primeira tempestade nos dispersará por metade da terra.

Um sorriso brincou nos lábios azuis de Euron.

— Eu *sou* a tempestade, senhor. A primeira e a última. Levei *Silêncio* em viagens mais longas do que esta, e em viagens muito mais perigosas. Esquece-se? Naveguei pelo Mar Fumegante e vi Valíria.

Todos os presentes sabiam que a Destruição ainda reinava em Valíria. Ali, o próprio mar fervia e fumegava, e a terra fora invadida por demônios. Dizia-se que qualquer marinheiro que sequer vislumbrasse as montanhas de fogo de Valíria erguendo-se acima das ondas sofreria em breve uma morte terrível, e, no entanto, Olho de Corvo estivera lá e regressara.

— Ah, viu? — perguntou o Leitor, muito suavemente.

O sorriso azul de Euron eclipsou-se.

— Leitor — Euron falou em meio ao silêncio —, faria melhor se mantivesse o nariz em seus livros.

Victarion conseguia sentir o constrangimento no salão. Pôs-se de pé.

— Irmão — trovejou. — Não respondeu às perguntas de Harlaw.

Euron encolheu os ombros.

— O preço dos escravos está subindo. Venderemos os nossos em Lys e Volantis. Isto e o saque que capturamos aqui nos darão ouro suficiente para comprar provisões.

— Agora somos comerciantes de escravos? — o Leitor questionou. — E para quê? Dragões que nenhum dos presentes viu? Deveremos perseguir a fantasia de um marinheiro bêbado qualquer até o longínquo fim da terra?

Suas palavras geraram resmungos de assentimento.

— A Baía dos Escravos é longe demais — gritou Ralf, o Coxo.

— E perto demais de Valíria — gritou Quellon Humble. Fralegg, o Forte, disse:

— Jardim de Cima é perto. Procuremos por dragões ali, digo eu. Da espécie dourada! — Alvyn Sharp ecoou:

— Para que navegar pelo mundo quando temos o Vago à nossa frente? — Ralf Vermelho Stonehouse pôs-se de pé num salto:

— Vilavelha é mais rica, e Árvore ainda mais. A frota Redwyne anda longe. Só temos de estender a mão para colher a mais madura fruta de Westeros.

— Fruta? — o olho do rei parecia mais negro do que azul. — Só um covarde rouba um fruto quando pode tomar o pomar.

— É a Árvore que queremos — Ralf Vermelho retrucou, e outros homens o acompanharam no grito. Olho de Corvo deixou-se varrer pelos gritos. Então, saltou da mesa, agarrou sua cadela pelo braço e a arrastou para fora do salão.

Fugiu como um cão. O controle de Euron sobre a Cadeira de Pedra do Mar de repente pareceu não estar tão firme como estivera momentos antes. *Eles não o seguirão até a Baía dos Escravos. Talvez não sejam tão cães e tolos como temi*. Aquilo era uma ideia tão animadora que Victarion teve de empurrá-la para baixo. Esvaziou uma taça com o Barbeiro, para lhe mostrar que não tinha má vontade por causa da senhoria, mesmo tendo vindo da mão de Euron.

Lá fora, o sol se pusera. A escuridão reunia-se para além das paredes, mas dentro delas os archotes ardiam com um brilho alaranjado, e a fumaça que soltavam concentrava-se sob as vigas do telhado como uma sombra cinzenta. Bêbados puseram-se a dançar a dança dos dedos. A certa altura, Lucas Mão-Esquerda Codd decidiu que desejava uma das filhas de lorde Hewett e a possuiu sobre a mesa enquanto as irmãs gritavam e soluçavam.

Victarion sentiu uma pancada no ombro. Um dos filhos mestiços de Euron estava na sua frente, um garoto de dez anos com cabelos lanosos e a pele da cor da lama.

— Meu pai quer falar com você.

Victarion ergueu-se, cambaleante. Era um homem grande, com uma vasta capacidade para o vinho, mesmo assim bebera demais. *Espanquei-a até a morte com minhas próprias mãos*, pensou, *mas Olho de Corvo a matou quando se enfiou nela. Eu não tive alternativa*. Seguiu o pequeno bastardo para fora do salão e pela espiral de uma escada de pedra acima. Os sons do estupro e da festança foram diminuindo à medida que subiam, até restar apenas o suave raspar das botas na pedra.

Olho de Corvo ocupara o quarto de lorde Hewett com sua filha bastarda. Quando Victarion entrou, a garota estava nua, deitada na cama, ressonando baixinho. Euron encontrava-se em pé junto à janela, bebendo de uma taça de prata. Usava o manto de zibelina que tirara de Blacktyde, a pala de couro, e nada mais.

— Quando era rapaz, sonhei que podia voar — anunciou. — Quando acordei, não podia... ou pelo menos foi o que o meistre disse. Mas, e se ele mentiu?

Victarion sentia o cheiro do mar que entrava pela janela aberta, embora o quarto fedesse a vinho, sangue e sexo. O frio ar salgado ajudou a limpar sua cabeça.

— O que quer dizer com isso?

Euron virou-se para encará-lo, com os machucados lábios azuis curvados num meio sorriso.

— Talvez possamos voar. Todos nós. Como saber, a menos que saltemos de uma torre alta qualquer? — O vento entrava em rajadas pela janela e sacudia-lhe o manto de zibelina. Havia algo de obsceno e perturbador em sua nudez. — Não há homem que realmente saiba o que pode fazer a menos que se atreva a fazer.

— A janela está ali. Salte. — Victarion não tinha paciência para aquilo. A mão ferida o incomodava. — O que você quer?

— O mundo. — A luz da lareira cintilou no olho de Euron. Seu olho sorridente. — Aceita uma taça do vinho de lorde Hewett? Não há vinho cuja doçura chegue aos calcanhares daquele que é tirado de um adversário derrotado.

— Não. — Victarion afastou o olhar. — Cubra-se.

Euron sentou-se e puxou o manto, de modo a lhe cobrir as virilhas.

— Tinha me esquecido de como meus nascidos no ferro são uma gente pequena e barulhenta. Quero trazer-lhes dragões, e eles gritam por uvas.

— As uvas são reais. Um homem pode se empanturrar de uvas. Seu sumo é doce e fazem vinho. O que fazem os dragões?

— Angústia — Olho de Corvo bebericou de sua taça de prata. — Uma vez tive um ovo de dragão nesta mão, irmão. Um feiticeiro myriano jurou que conseguia fazê-lo eclodir se lhe desse um ano e todo o ouro que me pedisse. Quando me cansei de suas desculpas, matei-o. Enquanto o homem observava as entranhas deslizando-lhe por entre os dedos, disse: *"Mas não se passou um ano"* — soltou uma gargalhada. — Cragorn morreu, sabia?

— Quem?

— O homem que soprou meu berrante de dragão. Quando o meistre o abriu, tinha os pulmões carbonizados, negros como fuligem.

Victarion estremeceu.

— Mostre-me esse ovo de dragão.

— Atirei-o ao mar durante um ataque de mau humor — Euron encolheu os ombros. — Ocorre-me que o Leitor não se enganava. Uma frota grande demais nunca poderá se manter unida ao longo de tal distância. A viagem é longa demais e muito perigosa. Só nossos melhores navios e tripulações podem esperar viajar até a Baía dos Escravos e voltar. A Frota de Ferro.

A Frota de Ferro é minha, Victarion pensou. Nada disse.

Olho de Corvo encheu duas taças com um estranho vinho negro que fluía espesso como mel.

— Beba comigo, irmão. Prove isto — ofereceu uma das taças a Victarion.

O capitão pegou a taça que Euron não oferecera, cheirou desconfiadamente seu conteúdo. Visto de perto, o líquido parecia mais azul do que negro. Era espesso e de aspecto oleoso, e cheirava a carne podre. Experimentou um pequeno gole e o cuspiu imediatamente.

— Que porcaria. Quer me envenenar?

— Quero abrir seus olhos — Euron bebeu profundamente de sua taça e sorriu. — Sombra-da-noite, o vinho dos magos. Encontrei um barril quando capturei uma certa galeota vinda de Qarth, que trazia também cravinho e noz-moscada, quarenta fardos de seda verde e quatro magos que contaram uma curiosa história. Um deles ousou me ameaçar, de modo que o matei e o dei para os outros três comerem. A princípio recusaram-se a comer a carne do amigo, mas quando ficaram suficientemente famintos mudaram de ideia. Os homens são carne.

Balon era louco, Aeron é mais louco ainda, e Euron é o mais louco de todos. Victarion virava-se para ir embora quando Olho de Corvo disse:

— Um rei tem de tomar uma esposa, para lhe dar herdeiros. Irmão, preciso de você. Irá à Baía dos Escravos trazer o meu amor?

Outrora eu também tive um amor. As mãos de Victarion fecharam-se em punhos, e uma gota de sangue caiu no chão, com um pequeno ruído. *Devia espancar você até sangrar e dar seu corpo para os caranguejos comerem, como fiz com ela.*

— Você tem filhos — disse ao irmão.

— Mestiços ilegítimos, nascidos de putas e carpideiras.

— São frutos do seu corpo.

— Também o conteúdo do meu penico assim é. Nenhum deles é digno de se sentar na Cadeira de Pedra do Mar, muito menos no Trono de Ferro. Não, para fazer um herdeiro que o mereça preciso de uma mulher diferente. Quando a lula-gigante casa com o dragão, irmão, que o mundo se acautele.

— Que dragão? — Victarion quis saber, franzindo as sobrancelhas.

— A última de sua linhagem. Dizem que é a mais bela mulher do mundo. Os cabelos são loiro-prateados, e os olhos ametistas... Mas não precisa aceitar minha palavra, irmão. Vá até a Baía dos Escravos, contemple sua beleza e a traga para mim.

— Por que haveria de fazer isso? — Victarion o questionou.

— Por amor. Por dever. Porque seu rei assim ordena — Euron soltou um risinho abafado. — E pela Cadeira de Pedra do Mar. É sua, assim que eu reclamar para mim o Trono de Ferro. Você me sucederá como eu sucedi Balon... E seus filhos legítimos o sucederão um dia.

Meus filhos. Mas para ter um filho legítimo, primeiro um homem precisaria ter uma esposa. Victarion não tinha sorte com esposas. *Os presentes de Euron estão envenenados, recordou a si mesmo, mas, ainda assim...*

— A escolha é sua, irmão. Viva como servo ou morra como rei. Atreve-se a voar? Se não saltar, nunca saberá.

O olho sorridente de Euron estava brilhante de escárnio.

— Ou será que estou lhe pedindo muito? Velejar para além de Valíria é coisa de meter medo.

— Eu seria capaz de levar a Frota de Ferro até o inferno, se fosse necessário — quando Victarion abriu a mão, a palma estava rubra de sangue. — Sim, irei até a Baía dos Escravos. Descobrirei essa mulher-dragão e a trarei de volta — *mas não para você. Roubou e espoliou minha mulher; portanto, eu ficarei com a sua. A mais bela mulher do mundo, para mim.*

JAIME

Os campos junto das muralhas de Darry estavam sendo cultivados novamente. As culturas queimadas tinham sido aradas, e os batedores de sor Addam mencionaram ter visto mulheres arrancando ervas daninhas da terra arada, enquanto uma parelha de bois rasgava novos sulcos nos limites de um bosque próximo. Uma dúzia de homens barbudos com machados mantinha-se de guarda enquanto o trabalho avançava.

Quando Jaime e sua coluna chegaram ao castelo, todos tinham fugido para dentro das muralhas. Foi encontrar Darry fechado em si mesmo, tal como Harrenhal estivera. *Gelidamente acolhido por meu próprio sangue.*

— Faça soar o berrante — ordenou. Sor Kennos de Kayce pegou o Berrante de Herrock que trazia a tiracolo e o fez soar. Enquanto esperava por uma resposta vinda do castelo, Jaime observou o estandarte que esvoaçava, marrom e carmesim, por sobre o contraforte do primo. Aparentemente, Lancel decidira esquartejar o leão de Lannister com o lavrador de Darry. Viu naquilo a mão do tio, tal como na escolha da noiva para Lancel. A Casa Darry governava aquelas terras desde que os ândalos derrubaram os Primeiros Homens. Não restava dúvida de que sor Kevan compreendera que o filho teria menos problemas se os camponeses o vissem como uma continuação da antiga linhagem, obtendo aquelas terras por direito de casamento, e não por decreto real. *Kevan devia ser a Mão de Tommen. Harys Swyft é uma cavalgadura, e minha irmã é estúpida se pensa que não.*

Os portões do castelo abriram-se lentamente.

— Meu primo não terá espaço para instalar mil homens — disse Jaime ao Varrão Forte. — Acamparemos à sombra da muralha ocidental. Quero fossos e estacas no perímetro. Ainda há bandos de fora da lei por estes lados.

— Teriam de ser loucos para atacar uma força tão poderosa como a nossa.

— Loucos ou esfomeados. — Até ter uma ideia mais concreta sobre aqueles fora da lei e sua força, Jaime não se sentia inclinado a correr riscos com a defesa. — Fossos e estacas — voltou a dizer, antes de esporear Honra na direção do portão. Sor Dermot seguiu ao seu lado, com o veado e o leão reais, e sor Hugo Vance com o estandarte branco da Guarda Real. Jaime atribuíra ao Ronnet Vermelho a tarefa de levar Wylis Manderly até Lagoa da Donzela, para não ter de continuar a vigiá-lo.

Pia seguia com os escudeiros de Jaime, no castrado que Peck lhe arranjara.

— É como um castelo de brinquedo — ouviu-a dizer. *Ela não conheceu nenhum lar além de Harrenhal*, refletiu. *Todos os castelos no reino lhe parecerão pequenos, exceto o Rochedo.*

Josmyn Peckleton dizia a mesma coisa.

— Não pode compará-lo com Harrenhal. Harren Negro foi construído grande demais — Pia o escutou com a solenidade de uma garota de cinco anos que recebe lições da septã. *Não passa disso, uma garotinha num corpo de mulher, cheia de cicatrizes e assustada.* Mas Peck estava cativado por ela. Jaime suspeitava que o rapaz nunca conhecera uma mulher, e Pia ainda era bastante bonita, desde que mantivesse a boca fechada. *Não seria ruim se ele dormisse com ela, suponho, desde que ela queira.*

Um dos homens da Montanha tinha tentado estuprar a garota em Harrenhal, e pareceu honestamente perplexo quando Jaime ordenara a Ilyn Payne que lhe cortasse a cabeça.

"Já a tive antes, uma centena de vezes", não parara de dizer enquanto o obrigavam a se ajoelhar. "Uma centena de vezes, milorde. Todos a tivemos." Quando sor Ilyn presenteara Pia com a cabeça do homem, ela sorrira através de seus dentes arruinados.

Darry mudara várias vezes de mãos durante a luta, e seu castelo tinha uma vez sido queimado, e pelo menos duas saqueado, mas, aparentemente, Lancel pouco tempo demorara para colocar as coisas em ordem. Os portões do castelo estavam instalados novamente, pranchas toscas de carvalho, reforçadas com tachões de ferro. Um novo estábulo estava sendo construído no local onde o antigo fora passado pelo archote. Os degraus que levavam à torre de menagem tinham sido substituídos, bem como as portadas em muitas das janelas. Pedras enegrecidas mostravam os locais onde as chamas as tinham lambido, mas o tempo e a chuva tinham extinguido suas marcas.

Dentro das muralhas, besteiros percorriam os adarves, alguns com manto carmesim e elmo encimado por leões, outros com o azul e cinza da Casa Frey. Quando Jaime atravessou o pátio a trote, galinhas fugiram de sob os cascos de Honra, ovelhas baliram e camponeses fitaram-no com olhos carrancudos. *Camponeses armados*, não lhe passou despercebido. Alguns tinham foices; outros, cajados; outros, ainda, enxadas de tal forma afiadas que exibiam pontas cruéis. Machados também estavam à mostra, e vislumbrou vários homens barbudos com estrelas vermelhas de sete pontas cosidas em túnicas esfarrapadas e imundas. *Mais dos malditos pardais. De onde veio toda essa gente?*

Do tio Kevan não viu sinal. Nem de Lancel. Só um meistre veio ao seu encontro, com uma veste cinzenta esvoaçando em volta de suas pernas descarnadas.

— Senhor Comandante, Darry está honrado por esta... visita inesperada. Deve nos perdoar pela falta de preparativos. Fomos levados a crer que se dirigia para Correrrio.

— Darry fica no caminho — Jaime mentiu. *Correrrio pode esperar.* E, se por acaso o cerco terminasse antes de chegar ao castelo, seria poupado da necessidade de pegar em armas contra a Casa Tully.

Desmontando, entregou Honra a um cavalariço.

— Encontrarei meu tio aqui? — não forneceu um nome. Sor Kevan era o único tio que lhe restava, o último filho sobrevivente de Tytos Lannister.

— Não, senhor. Sor Kevan retirou-se após a boda — o meistre puxou o colar de corrente, como se tivesse se transformado demasiado apertado para seu pescoço. — Sei que lorde Lancel ficará contente por vê-lo e... e a todos os seus galantes cavaleiros. Embora me doa confessar que Darry não pode alimentar tantos homens.

— Nós temos nossas próprias provisões. Você é...?

— Meistre Ottomore, se aprouver ao senhor. A lady Amerei desejaria dar-lhe as boas-vindas em pessoa, mas está tratando dos preparativos para um banquete em sua honra. É sua esperança que o senhor e seus principais cavaleiros e capitães nos façam companhia à mesa esta noite.

— Uma refeição quente será muito bem-vinda. Os dias têm estado frios e úmidos — Jaime passou os olhos pelo pátio, pelo rosto barbudo dos pardais. *Muitos. E também os Frey são numerosos.* — Onde poderei encontrar Pedradura?

— Recebemos relatos sobre os fora da lei na outra margem do Tridente. Sor Harwyn levou cinco cavaleiros e vinte arqueiros e foi lidar com eles.

— E lorde Lancel?

— Está em suas preces. Sua senhoria nos ordenou para nunca o incomodarmos quando está rezando.

Ele e sor Bonifer deverão se entender.

— Muito bem. — Mais tarde haveria tempo suficiente para falar com o primo. — Leve-me até os meus aposentos e ordene que um banho seja preparado lá.

— Se agradar ao senhor, o instalamos na Torre do Lavrador. Eu o levarei até lá.

— Conheço o caminho. — Jaime não era estranho àquele castelo. Ele e Cersei tinham se hospedado ali por duas vezes, uma a caminho de Winterfell com Robert, e a outra na viagem de volta a Porto Real. Embora fosse pequeno para um castelo, era maior do que uma estalagem e tinha boa caça ao longo do rio. Robert Baratheon nunca se mostrara relutante em impor-se à hospitalidade de seus súditos.

A torre era muito semelhante àquilo que dela recordava.

— As paredes continuam despidas — observou Jaime enquanto o meistre o levava ao longo de uma galeria.

— Lorde Lancel espera um dia cobri-las com tapeçarias — Ottomore comentou. — Cenas de piedade e devoção.

Piedade e devoção. Foi com dificuldade que evitou rir. As paredes também tinham estado nuas em sua primeira visita. Tyrion indicara os quadrados de pedra mais escura onde tapeçarias tinham estado penduradas. Sor Raymun podia removê-las, mas não as marcas que deixavam. Mais tarde, o Duende fizera deslizar um punhado de veados para as mãos de um dos criados de Darry em troca da chave do porão onde as tapeçarias em falta se encontravam escondidas. Mostrou-as a Jaime à luz de uma vela, sorrindo; retratos tecidos de todos os reis Targaryen, do primeiro Aegon até o segundo Aenys.

"Se contar a Robert, ele talvez faça de *mim* Senhor de Darry", dissera o anão, entre gargalhadas.

Meistre Ottomore levou Jaime até o topo da torre.

— Espero que fique confortável aqui, senhor. Há uma latrina, para quando a natureza chamar. Sua janela dá para o bosque sagrado. O quarto está ligado ao da senhora, com uma cela de criado entre ambos.

— Estes são os aposentos do próprio lorde Darry.

— Sim, senhor.

— Meu primo é generoso demais. Não pretendia pôr Lancel fora de seu próprio quarto.

— Lorde Lancel tem dormido no septo.

Dorme com a Mãe e a Donzela, quando tem uma esposa quente atrás daquela porta? Jaime não soube se deveria rir ou chorar. *Talvez esteja rezando para que o pau endureça*. Em Porto Real havia o rumor de que os ferimentos de Lancel o tinham deixado incapaz. *Mesmo assim, devia ter senso suficiente para tentar*. A posse das novas terras pelo primo não estaria segura até gerar um filho à esposa meio Darry. Jaime começava a se arrepender do impulso que o trouxera ali. Agradeceu a Ottomore, fez que se lembrasse do banho e mandou que Peck o acompanhasse à porta.

O quarto do senhor mudara desde sua última visita, e não para melhor. Velhas esteiras apodrecidas cobriam o chão no lugar do bom tapete myriano que antes estivera lá, e toda a mobília era nova e malfeita. A cama de sor Raymun Darry fora suficientemente grande para seis pessoas, com cortinas de veludo marrom e colunas de carvalho esculpidas com trepadeiras e folhas; a de Lancel era um granuloso catre de palha posto abaixo da janela, onde a primeira luz da aurora com certeza o acordaria. Sem dúvida que a outra cama teria sido queimada, esmagada ou roubada, mesmo assim...

Quando a banheira chegou, Lew Pequeno tirou as botas de Jaime e o ajudou a remover sua mão de ouro. Peck e Garrett carregaram água, e Pia arranjou qualquer coisa limpa para ensopar. A garota o olhou de relance, timidamente, enquanto lhe tirava o gibão às sacudidelas. Jaime ficou desconfortavelmente consciente das curvas dos quadris e dos seios por baixo do vestido de tecido grosseiro marrom que ela trazia. Deu por si recordando as coisas que Pia lhe segredara em Harrenhal, na noite em que Qyburn a enviara à sua cama. *Às vezes, quando estou com um homem, dissera, fecho os olhos e finjo que é você quem está em cima de mim.*

Sentiu-se grato quando o banho ficou suficientemente profundo para esconder sua ereção. Quando mergulhou na água fumegante, recordou outro banho, aquele que partilhara com Brienne. Estivera febril e enfraquecido devido à perda de sangue, e o calor entontecera-o tanto que dera por si falando coisas que era melhor deixar por dizer. Dessa vez não tinha semelhante desculpa. *Lembre-se de seus votos. Pia é mais digna da cama de Tyrion do que da sua.*

— Vá buscar sabão e uma escova rija — disse a Peck. — Pia, pode nos deixar.

— Sim, milorde. Obrigada, milorde — ela cobria a boca quando falava, para esconder os dentes quebrados.

— Deseja-a? — perguntou Jaime a Peck depois de a garota sair.

O escudeiro ficou vermelho como uma beterraba.

— Se ela quiser você, tome-a. Com certeza lhe ensinará algumas coisas que vai achar úteis na noite de núpcias, e não é provável que arranje um bastardo com ela. — Pia abrira as pernas para metade do exército do pai e nunca engravidara; o mais provável era que a garota fosse estéril. — Mas, se se deitar com ela, seja gentil.

— Gentil, senhor? Como... como posso...?

— Palavras doces. Toques gentis. Não quer se casar com ela, mas enquanto estiver na cama trate-a como trataria sua noiva.

O rapaz assentiu.

— Senhor, eu... para onde posso levá-la? Nunca há lugar para... para...

— ... ficar sozinho? — Jaime abriu um sorriso. — Passaremos várias horas jantando. A palha parece cheia de grumos, mas há de servir.

Os olhos de Peck se esbugalharam.

— A cama de sua senhoria?

— Quando acabar, você também se sentirá um senhor, se Pia souber o que fazer. — *E alguém devia dar algum uso àquele miserável colchão de palha.*

Quando desceu para o banquete naquela noite, Jaime Lannister usava um gibão de rico veludo fendido com pano de ouro e uma corrente de ouro salpicada de diamantes negros. Também prendera a mão de ouro, que fora polida até mostrar um belo e radiante brilho. Aquele não era lugar apropriado para usar o branco. O dever esperava-o em Correrrio; o que o trouxera ali fora uma necessidade mais sombria.

O Grande Salão de Darry era grande só por cortesia. Mesas de montar preenchiam-no de parede a parede e as vigas do teto estavam negras de fumaça. Jaime foi colocado para se sentar no estrado, à direita da cadeira vazia de Lancel.

— Meu primo não irá se juntar a nós para o jantar? — perguntou ao se sentar.

— Meu senhor prefere jejuar — disse a esposa de Lancel, a lady Amerei. — Está doente de desgosto pelo pobre alto septão. — Era uma garota robusta, de pernas longas e peitos cheios, com cerca de dezoito anos; uma garota saudável, pelo aspecto, embora seu rosto chupado e sem queixo fizesse Jaime se lembrar de seu falecido e não lamentado primo Cleos, que sempre tivera um certo aspecto de doninha.

Jejuar? É um idiota ainda maior do que eu suspeitava. O primo devia andar ocupado gerando na sua viúva um pequeno herdeiro com cara de doninha, em vez de se matar de fome. Perguntou a si mesmo o que sor Kevan poderia ter dito acerca do novo fervor do filho. Poderia ter sido esse o motivo da partida abrupta do tio?

Sobre tigelas de sopa de feijão e toucinho, a lady Amerei contou a Jaime como seu primeiro marido fora morto por sor Gregor Clegane quando os Frey ainda lutavam por Robb Stark.

— Supliquei-lhe para não ir, mas meu Pate era, oh, *tão* corajoso, e jurou que seria ele o homem que mataria aquele monstro. Queria arranjar um grande renome para si.

Todos queremos.

— Quando eu era escudeiro, disse a mim mesmo que seria eu o homem que mataria o Cavaleiro Sorridente.

— O Cavaleiro Sorridente? — ela parecia confusa. — Quem foi esse?

A Montanha da minha juventude. Com metade do tamanho e o dobro da loucura.

— Um fora da lei, há muito morto. Ninguém com quem vossa senhoria deva se preocupar.

O lábio de Amerei tremeu. Lágrimas lhe rolaram dos olhos castanhos.

— Deve perdoar minha filha — disse uma mulher mais velha. Lady Amerei trouxera consigo uma vintena de Frey para Darry; um irmão, um tio, um tio em segundo grau, vários primos... e a mãe, que nascera Darry. — Ainda chora pelo pai.

— Alguns fora da lei o *mataram* — soluçou a lady Amerei. — O pai só tinha ido resgatar Petyr Espinha. Ele levou para eles o ouro que pediam, mas o penduraram mesmo assim.

— *Enforcaram*, Ami. Seu pai não era uma tapeçaria — lady Mariya voltou a se virar para Jaime. — Creio que o conhecia, sor.

— Servimos juntos, outrora, como escudeiros, em Paço de Codorniz — não chegaria a ponto de afirmar terem sido amigos. Quando Jaime chegara, Merrett Frey era o valentão do castelo, dominava todos os rapazes mais novos. *Então tentou intimidar a mim.* — Ele era... muito forte — foi o único elogio que lhe ocorreu. Merrett mostrara-se lento, desajeitado e estúpido, mas *era* forte.

— Lutaram juntos contra a Irmandade da Mata de Rei — fungou a lady Amerei. — Meu pai costumava me contar histórias.

Seu pai costumava gabar-se e mentir, você quer dizer.

— Lutamos. — As principais contribuições do Frey para a luta tinham consistido em contrair sífilis de uma seguidora de acampamentos e ser capturado pela Cerva Branca. A rainha fora da lei queimara-lhe o rabo com seu símbolo antes de devolvê-lo, após o resgate, a Sumner Crakehall. Merrett passara quinze dias sem conseguir se sentar, embora Jaime duvidasse de que o ferro em brasa fosse tão desagradável quanto as panelas de merda que os colegas escudeiros o tinham obrigado a comer quando regressara. *Os rapazes são as criaturas mais cruéis da face da terra.* Pôs a mão de ouro em volta da taça de vinho e a ergueu. — À memória de Merrett — disse. Era mais fácil beber ao homem do que falar dele.

Depois do brinde, lady Amerei parou de chorar e a conversa à mesa virou-se para os lobos, os de quatro patas. Sor Danwell Frey afirmou que havia mais animais na região do que até o avô conseguia recordar.

— Perderam todo o medo do homem. Alcateias atacaram nosso comboio de bagagem durante a viagem desde as Gêmeas. Nossos arqueiros tiveram de encher de flechas uma dúzia antes de os outros fugirem. — Sor Addam Marbrand confessou que sua coluna enfrentara problemas semelhantes no trajeto desde Porto Real.

Jaime concentrou-se na comida que tinha diante de si, arrancando pedaços de pão com a mão esquerda e atrapalhando-se com a taça de vinho com a direita. Observou Addam Marbrand encantado com a garota que tinha ao lado, observou Steffon Swyft voltar a travar a batalha de Porto Real com pão, nozes e cenouras. Sor Kennos pôs uma criada no colo, insistindo para que a garota lhe tocasse o pífaro, enquanto sor Dermot regalava alguns escudeiros com histórias sobre cavaleiros vagueando pela Mata Chuvosa. Mais ao fundo da mesa, Hugo Vance fechara os olhos. *Está refletindo sobre os mistérios da vida, pensou Jaime. Ou isso ou cochilando entre um prato e o seguinte.* Voltou-se novamente para a lady Mariya.

— Os fora da lei que mataram seu marido... eram do bando de lorde Beric?

— Foi o que pensamos a princípio. — Embora os cabelos da lady Mariya estivessem salpicados de grisalho, ainda era uma mulher de aspecto agradável. — Os assassinos se dispersaram quando saíram de Pedravelhas. Lorde Vypren seguiu um bando até Feirajusta, mas ali perdeu o rastro. Walder Preto levou cães de caça e caçadores para o Atoleiro da Bruxa atrás dos outros. Os camponeses negaram tê-los visto, mas quando foram interrogados intensamente cantaram uma cantiga diferente. Falaram de um homem de um olho só e de outro que usava manto amarelo... e de uma mulher, coberta por manto e capuz.

— Uma mulher? — Achava que a Cerva Branca tivesse ensinado Merrett a se manter longe de garotas fora da lei. — Também havia uma mulher na Irmandade da Mata de Rei.

— Eu sei — *e como não,* sugeria seu tom de voz, *se ela deixou sua marca no meu marido?* — A Cerva Branca era jovem e bela, segundo dizem. Essa mulher encapuzada não é nem uma coisa nem outra. Os camponeses queriam fazer que acreditássemos que seu rosto estava rasgado e cheio de cicatrizes, e que seus olhos eram terríveis de contemplar. Dizem que liderava os fora da lei.

— Liderava-os? — Jaime achava difícil acreditar naquilo. — Beric Dondarrion e o sacerdote vermelho...

— ... não foram vistos. — Lady Mariya parecia ter certeza.

— Dondarrion está morto — Varrão Forte interveio. — A Montanha lhe enfiou uma faca no olho, temos conosco homens que viram.

— Esta é uma história — disse Addam Marbrand. — Outros lhe dirão que lorde Beric não pode ser morto.

— Sor Harwyn diz que essas histórias são mentiras. — Lady Amerei enrolou uma trança no dedo. — Ele me prometeu a cabeça de lorde Beric. É muito galante — corava por baixo das lágrimas.

Jaime se lembrou da cabeça que dera a Pia. Quase conseguia ouvir o risinho do seu irmão mais novo. *O que aconteceu com dar flores às mulheres?*, Tyrion poderia ter perguntado. Ele teria também algumas palavras para Harwyn Plumm, embora *galante* não fosse uma delas. Os irmãos Plumm eram tipos grandes e robustos, com pescoço grosso e rosto vermelho; ruidosos e vigorosos, rápidos no riso, rápidos na ira, rápidos no perdão. Harwyn era um tipo diferente de Plumm; de olhos duros e taciturno, rancoroso... e mortal com o martelo na mão. Era um bom homem para comandar uma guarnição, mas não para ser amado. *Se bem que...* Jaime fitou lady Amerei.

Os criados traziam o prato de peixe, um lúcio cozido numa crosta de ervas e nozes moídas. A senhora de Lancel provou, aprovou e ordenou que a primeira porção fosse servida a Jaime. Enquanto lhe serviam o peixe, ela se debruçou sobre o lugar do marido para lhe tocar a mão de ouro.

— Podia matar lorde Beric, sor Jaime. Matou o Cavaleiro Sorridente. Por favor, senhor, suplico-lhe, fique e nos ajude com lorde Beric e Cão de Caça. — Seus dedos pálidos acariciaram os de ouro de Jaime.

Será que ela acha que consigo sentir?

— Foi o Espada da Manhã quem matou o Cavaleiro Sorridente, senhora. Sor Arthur Dayne, um cavaleiro melhor do que eu — Jaime recolheu seus dedos de ouro e voltou-se para a lady Mariya. — Walder Preto seguiu essa mulher encapuzada e seus homens até onde?

— Os cães voltaram a farejar seu cheiro ao norte do Atoleiro da Bruxa — disse-lhe a mulher mais velha. — Ele jura que não estava mais de meio dia atrás deles quando desapareceram no Gargalo.

— Que apodreçam lá — declarou alegremente sor Kennos. — Se os deuses forem bons, serão engolidos por areias movediças ou devorados por lagartos-leões.

— Ou acolhidos por papa-rãs — disse sor Danwell Frey. — Eu não acharia os cranogmanos incapazes de abrigar alguns fora da lei.

— Bem gostaria que fossem só eles — replicou a lady Mariya. — Alguns dos senhores do rio também andam de mãos dadas com os homens de lorde Beric.

— Assim como os plebeus — fungou a filha. — Sor Harwyn diz que os escondem e os alimentam, e, quando lhes perguntam para onde foram, mentem. *Mentem* para os próprios senhores!

— Mande cortar-lhes a língua — sugeriu Varrão Forte.

— Boa sorte em obter respostas depois disso — Jaime rebateu. — Se querem a ajuda deles, terão de fazer que os amem. Foi assim que Arthur Dayne agiu quando avançou contra a Irmandade da Mata de Rei. Pagou aos plebeus por aquilo que comeu, levou suas queixas ao rei Aerys, expandiu as pastagens em volta de suas aldeias, até lhes conquistou o direito de derrubar certo número de árvores todos os anos e abater alguns dos veados do rei durante o outono. O povo da floresta tinha se virado para Toyne para defendê-lo, mas sor Arthur fez mais por eles do que a Irmandade alguma vez podia almejar fazer e os conquistou para o seu lado. Depois disso, o resto foi fácil.

— O Senhor Comandante fala com sabedoria — lady Mariya observou. — Nunca nos livraremos desses fora da lei até que os plebeus comecem a amar Lancel da mesma forma que amaram meu pai e meu avô.

Jaime lançou um rápido olhar para o lugar vazio do primo. *Mas Lancel nunca conquistará o amor deles com rezas.*

Lady Amerei fez beicinho.

— Sor Jaime, suplico-lhe, não nos abandone. Meu senhor precisa de você, e eu também. Estes tempos são tão temíveis. Há noites em que quase não consigo dormir, com medo.

— Meu lugar é junto do rei, senhora.

— Eu virei — ofereceu-se Varrão Forte. — Depois de terminarmos em Correrrio, ficarei me coçando por outra luta. Não que seja provável que Beric Dondarrion me dê uma. Lembro-me do homem de torneios passados. Era um moço atraente, com um manto bonito. Franzino e inexperiente.

— Isso foi antes de morrer — o jovem sor Arwood Frey disse. — O povo diz que a morte o mudou. Pode matá-lo, mas ele não permanece morto. Como se luta com um homem assim? E também há o Cão de Caça. Ele matou vinte homens em Salinas.

Varrão Forte soltou uma gargalhada roufenha.

— Vinte estalajadeiros gordos, talvez. Vinte criados mijando nos calções. Vinte irmãos mendicantes com tigelas. Mas não vinte cavaleiros. Não a *mim*.

— Há um cavaleiro em Salinas — sor Arwood insistiu. — Ele se escondeu atrás de suas muralhas enquanto Clegane e seus cães enlouquecidos assolavam a vila. Não viu as coisas que ele fez, sor. Eu vi. Quando as notícias chegaram às Gêmeas, avancei com Harys Haigh, o irmão Donnel e meia centena de homens, arqueiros e homens de armas. Pensávamos que aquilo tinha sido obra de lorde Beric e esperávamos encontrar seu rastro. Tudo que resta de Salinas é o castelo e o velho sor Quincy, tão assustado que não quis abrir os portões, e falou conosco das ameias, aos gritos. O resto são ossos e cinzas. Uma vila inteira. Cão de Caça passou os edifícios no archote e o povo na espada, e foi embora dando risada. As mulheres... não acreditaria no que ele fez a algumas das mulheres. Não falarei disto à mesa. Embrulhou-me o estômago quando vi.

— Chorei quando ouvi contar — lady Amerei lamentou-se.

Jaime bebericou o vinho.

— Como pode ter certeza de que foi o Cão de Caça? — Aquilo que descreviam parecia mais trabalho de Gregor do que de Sandor. Sandor era duro e brutal, é certo, mas o irmão mais velho é quem era o verdadeiro monstro da Casa Clegane.

— Ele foi visto — sor Arwood confirmou. — Aquele seu elmo não é fácil de confundir, ou de esquecer, e houve alguns que sobreviveram para contar a história. A garota que estuprou, alguns rapazes que se esconderam, uma mulher que encontramos presa sob uma viga enegrecida, os pescadores que, de seus barcos, observaram a carnificina...

— Não chame de carnificina — lady Mariya pediu em voz baixa. — Isso é um insulto aos carniceiros honestos. Salinas foi obra de um animal feroz em pele humana.

Estes tempos são para feras, Jaime refletiu, *para leões, lobos e cães raivosos, para corvos e gralhas-pretas.*

— Uma obra maligna — Varrão Forte voltou a encher a taça. — Lady Mariya, lady Amerei, sua angústia me comoveu. Dou-lhes minha palavra, assim que Correrrio cair, regressarei para dar caça ao Cão de Caça e matá-lo em seu nome. Os cães não me assustam.

Este devia assustar. Ambos os homens eram grandes e poderosos, mas Sandor Clegane era muito mais rápido e lutava com uma selvageria que Lyle Crakehall não podia esperar igualar.

Mas a lady Amerei estava entusiasmada.

— É um verdadeiro cavaleiro, sor Lyle, por ajudar uma dama em dificuldades.

Pelo menos não chamou a si mesma "donzela". Jaime estendeu a mão para a taça, e a derrubou. A toalha de mesa, de linho, bebeu o vinho. Seus companheiros fingiram não reparar na mancha vermelha que se espalhava. *Cortesia da mesa de honra*, disse a si mesmo, mas tinha gosto de piedade. Ergueu-se de repente.

— Senhora. Peço que me dê licença.

Lady Amerei pareceu ofendida.

— Quer nos deixar? Ainda há veado e capões recheados com cogumelos.

— Muito bons, sem dúvida, mas não conseguiria dar nem mais uma dentada. Tenho de falar com meu primo — com uma reverência, Jaime os deixou entregue à sua comida.

Também no pátio havia homens comendo. Os pardais tinham se reunido em volta de uma dúzia de fogueiras para aquecer as mãos contra o frio do ocaso e vigiar gordas salsichas que chiavam e pingavam sobre as chamas. Não podiam ser menos de cem. *Bocas inúteis.* Jaime perguntou a si mesmo quantas salsichas o primo tinha estocadas e como pretendia alimentar os pardais depois de seus homens irem embora. *Quando chegar o in-*

verno estarão comendo ratazanas, a menos que consigam uma colheita. Com o outono tão avançado, as chances de mais uma colheita não eram boas.

Encontrou o septo depois do pátio interno do castelo; um edifício sem janelas, de sete lados e parcialmente construído em madeira, com portas de madeira entalhada e um telhado de telha. Três pardais encontravam-se sentados nos degraus. Quando Jaime se aproximou, ergueram-se.

— Onde vai, milorde? — perguntou um deles. Era o menor dos três, mas tinha a barba mais comprida.

— Lá dentro.

— Sua senhoria está lá, rezando.

— Sua senhoria é meu primo.

— Bem, neste caso, milorde — disse outro pardal, um homem enorme e calvo com uma estrela de sete pontas pintada por cima de um olho —, não vai querer incomodar seu primo durante as preces.

— Lorde Lancel pede orientação ao Pai no Céu — disse o terceiro pardal, o que não tinha barba. Um rapaz, Jaime pensou, mas sua voz identificava-o como uma mulher, vestida de trapos disformes e uma camisa ferrugenta. — Reza pela alma do alto septão e de todos os outros que morreram.

— Amanhã continuarão mortos — Jaime lhe respondeu. — O Pai no Céu tem mais tempo do que eu. Sabe quem sou?

— Um lorde qualquer — disse o grandalhão com o olho estrelado.

— Um aleijado qualquer — disse o pequeno com a comprida barba.

— O Regicida — disse a mulher —, mas nós não somos reis, somos apenas Pobres Irmãos, e você não pode entrar, a menos que sua senhoria permita — girou nas mãos uma maça com pregos, e o homem pequeno ergueu um machado.

As portas atrás deles abriram-se.

— Deixem meu primo passar em paz, amigos — Lancel ordenou em voz baixa. — Estou à espera dele.

Os pardais deram um passo para o lado.

Lancel parecia ainda mais magro do que em Porto Real. Estava descalço, vestido com uma túnica simples de lã não tingida que o fazia se assemelhar mais a um pedinte do que a um lorde. Raspara o topo da cabeça até deixá-lo liso, mas a barba crescera-lhe um pouco. Chamar àquilo penugem de pêssego teria sido insultuoso para o pêssego. Combinava estranhamente com os cabelos brancos que lhe rodeavam as orelhas.

— Primo — Jaime falou quando ficaram a sós dentro do septo —, perdeu o raio do juízo?

— Prefiro dizer que encontrei a minha fé.

— Onde está seu pai?

— Foi embora. Discutimos. — Lancel ajoelhou-se perante o altar de seu outro Pai. — Quer rezar comigo, Jaime?

— Se eu rezar bem, o Pai vai me dar uma mão nova?

— Não. Mas o Guerreiro lhe dará coragem, o Ferreiro lhe emprestará força e a Velha lhe dará sabedoria.

— É de uma mão que preciso. — Os sete deuses erguiam-se por cima de altares esculpidos cuja madeira escura brilhava à luz das velas. Um tênue cheiro de incenso pairava no ar. — Dorme aqui embaixo?

— Todas as noites faço a cama junto a um altar diferente, e os Sete me enviam visões.

Baelor, o Abençoado, também havia tido visões. *Especialmente quando jejuava.*

— Há quanto tempo não come?

— A fé é todo o alimento de que necessito.

— A fé é como mingau de aveia. É melhor com leite e mel.

— Sonhei que viria. No sonho, sabia o que fiz. Como pequei. Você me matou por isso.

— É mais provável que seja você a se matar com todos esses jejuns. Não foi Baelor, o Abençoado, que jejuou até o ataúde?

— Nossa vida é como a chama de uma vela, segundo a *Estrela de Sete Pontas*. Qualquer brisa errante pode nos apagar. A morte nunca está longe neste mundo, e sete infernos esperam os pecadores que não se arrependem de seus pecados. Reze comigo, Jaime.

— Se assim fizer, comerá uma tigela de mingau? — quando o primo não respondeu, Jaime suspirou. — Devia estar dormindo com sua mulher, não com a Donzela. Precisa de um filho com sangue Darry se quiser manter este castelo.

— Uma pilha de pedras frias. Nunca a pedi. Nunca a desejei. Só desejava... — Lancel estremeceu. — Que os Sete me salvem, mas eu desejava ser você.

Jaime teve de rir.

— É melhor ser eu do que o Abençoado Baelor. Darry precisa de um leão, primo. E nossa pequena Frey também. Ela fica úmida entre as pernas sempre que alguém menciona Pedradura. Se ainda não se deitou com ele, deitará em breve.

— Se o ama, desejo-lhes felicidade.

— Um leão não devia ter cornos. Tomou a garota como esposa.

— Disse algumas palavras e dei-lhe um manto vermelho, mas só para agradar a meu pai. O casamento requer a consumação. O rei Baelor foi obrigado a se casar com a irmã Daena, mas nunca viveram como marido e mulher, e ele a pôs de lado assim que foi coroado.

— O reino teria ficado mais bem servido se ele tivesse fechado os olhos e fodido a irmã. Conheço história suficiente para saber disso. Seja como for, não é provável que o confundam com Baelor, o Abençoado.

— Não — Lancel admitiu. — Ele era um espírito raro, puro, bravo e inocente, intocado por todo o mal do mundo. Eu sou um pecador, com muitíssimo a expiar.

Jaime pousou a mão no ombro do primo.

— O que você sabe sobre pecado, primo? Eu matei o meu rei.

— O homem corajoso mata com uma espada, o covarde com um odre de vinho. Somos ambos regicidas, sor.

— Robert não era um verdadeiro rei. Há até quem diga que o veado é a presa natural do leão. — Jaime conseguia sentir os ossos sob a pele do primo... e também algo mais. Lancel usava um cilício por baixo da túnica. — Que mais fez que requeira tanta expiação? Diga-me.

O primo abaixou a cabeça, com lágrimas deslizando pelo rosto.

Essas lágrimas foram toda a resposta de que Jaime precisou.

— Matou o rei — disse —, e depois fodeu a rainha.

— Eu nunca...

— ... se deitou com a minha querida irmã? — *diga.* — *Diga!*

— Nunca derramei minha semente dentro... dentro...

— ... da boceta? — Jaime sugeriu.

— ... do ventre — Lancel concluiu. — Não é traição, a menos que se termine lá dentro. Dei-lhe conforto, depois de o rei morrer. Você tinha sido capturado, seu pai estava em campo, e seu irmão... ela tinha medo dele, e com bons motivos. Ele me obrigou a traí-la.

— Ah, obrigou? — *Lancel, sor Osmund e quantos mais? Seria a parte sobre o Rapaz Lua só um sarcasmo?* — Forçou-o?

— *Não!* Eu a amava. Queria protegê-la.

Queria ser eu. Seus dedos fantasmas coçaram. No dia em que a irmã viera à Torre da Espada Branca para lhe suplicar que renunciasse aos seus votos, rira-se depois de ele a recusar e vangloriara-se de lhe ter mentido mil vezes. Jaime tomara aquilo como uma tentativa desajeitada de feri-lo como ele a ferira. *Pode ter sido a única coisa verdadeira que ela alguma vez me disse.*

— Não pense mal da rainha — Lancel suplicou. — Toda carne é fraca, Jaime. Nenhum mal proveio de nosso pecado. Nenhum... nenhum bastardo.

— Nenhum. Os bastardos raramente são feitos na barriga. — Perguntou a si mesmo o que o primo diria se lhe confessasse seus pecados, as três traições a que Cersei dera os nomes de Joffrey, Tommen e Myrcella.

— Fiquei zangado com Sua Graça depois da batalha, mas o alto septão disse que eu devia perdoá-la.

— Ah, confessou seus pecados a Sua Alta Santidade?

— Ele rezou por mim quando fui ferido. Era um bom homem.

É um homem morto. Fizeram soar os sinos por ele. Perguntou a si mesmo se o primo faria alguma ideia do fruto que suas palavras tinham gerado.

— Lancel, é um maldito tolo.

— Não se engana — Lancel retrucou —, mas minha tolice ficou para trás, sor. Pedi ao Pai no Céu para me mostrar o caminho, e ele mostrou. Vou renunciar a esta senhoria e a esta esposa. Pedradura pode ficar com ambas, se quiser. Amanhã regressarei a Porto Real e juramentarei espada ao novo alto septão e aos Sete. Pretendo proferir votos e juntar-me aos Filhos do Guerreiro.

O rapaz não falava coisa com coisa.

— Os Filhos do Guerreiro foram proscritos há trezentos anos.

— O novo alto septão os fez renascer. Emitiu um chamado aos guerreiros de mérito para colocarem a vida e a espada a serviço dos Sete. Os Pobres Irmãos também serão restaurados.

— Por que o Trono de Ferro permitiria tal coisa? — Jaime lembrava-se de que um dos primeiros reis Targaryen lutara durante anos para suprimir as duas ordens militares, embora não recordasse qual. Maegor, talvez, ou o primeiro Jaehaerys. *Tyrion saberia.*

— Sua Alta Santidade escreveu que o rei Tommen deu seu consentimento. Mostro-lhe a carta, se quiser.

— Mesmo se isso for verdade... é um leão do Rochedo, um senhor. Tem esposa, castelo, terras a defender, pessoas a proteger. Se os deuses forem bons, terá filhos do seu sangue para sucedê-lo. Por que jogaria tudo isso fora em troca... em troca de um voto qualquer?

— Por que você o fez? — Lancel perguntou em voz baixa.

Por honra, poderia ter dito Jaime. *Por glória.* Mas teria sido mentira. A honra e a glória tinham desempenhado seus papéis, mas a maior parte do motivo fora Cersei. Uma gargalhada escapou de seus lábios.

— Vai correr para junto do alto septão ou de minha querida irmã? Reze por isso, primo. Reze *muito*.

— Rezará comigo, Jaime?

Olhou em volta, para os deuses do septo. A Mãe, cheia de misericórdia. O Pai, severo em julgamento. O Guerreiro, com uma mão sobre a espada. O Estranho, nas sombras, com o rosto meio humano escondido sob um capuz. *Julgava que eu era o Guerreiro e Cersei a Donzela, mas todo o tempo ela foi o Estranho, escondendo seu verdadeiro rosto do meu olhar.*

— Reze por mim, se quiser — disse ao primo. — Esqueci todas as palavras.

Os pardais ainda esvoaçavam em volta dos degraus quando Jaime voltou a sair para a noite.

— Obrigado — disse-lhes. — Agora me sinto muito mais santo.

E foi em busca de sor Ilyn e de um par de espadas.

O pátio do castelo estava cheio de olhos e ouvidos. Para fugir deles, procuraram o bosque sagrado de Darry. Ali não havia pardais, só árvores nuas e sombrias, com galhos negros que arranhavam o céu. Um tapete de folhas mortas rangia sob seus pés.

— Vê aquela janela, sor? — Jaime usou uma espada para apontar. — Ali era o quarto de Raymun Darry. Onde o rei Robert dormiu, em nosso regresso de Winterfell. A filha de Ned Stark tinha fugido depois de seu lobo ter atacado Joff, deve se lembrar. Minha irmã quis que a garota perdesse uma mão. A velha punição por bater em alguém de sangue real. Robert lhe disse que era cruel e louca. Levaram metade da noite discutindo... Bem, Cersei discutiu, e Robert bebeu. Já depois da meia-noite, a rainha me chamou. O rei estava sem sentidos, ressonando no tapete myriano. Perguntei à minha irmã se queria que o levasse para a cama. Ela me disse que devia levá-la para a cama, e se desembaraçou do roupão. Possuí-a na cama de Raymun Darry, depois de passar por cima de Robert. Se Sua Graça tivesse acordado, eu o teria matado naquele momento, naquele lugar. Não seria o primeiro rei a morrer pela minha espada... Mas conhece essa história, não é verdade? — golpeou um galho de árvore, partindo-o ao meio. — Enquanto a fodia, Cersei gritou: "Eu quero". Julguei que se referia a mim, mas o que ela queria era a garota Stark, mutilada ou morta. — *As coisas que faço por amor.* — Foi só por sorte que os homens dos Stark encontraram a garota antes de mim. Se eu tivesse topado com ela primeiro...

As marcas de bexigas no rosto de sor Ilyn eram buracos negros à luz do archote, tão escuras como a alma de Jaime, e então ele fez aquele som de estalar.

Está rindo de mim, Jaime Lannister compreendeu.

— Tanto quanto sei, você também fodeu minha irmã, seu bastardo de cara bexigosa — cuspiu. — Bem, feche a merda da boca e me mate, se conseguir.

BRIENNE

A SEPTERIA ERGUIA-SE NUMA ILHA QUE SE PROJETAVA DA SUPERFÍCIE, a mais de oitocentos metros da costa, no local onde a extensa foz do Tridente se alargava ainda mais para beijar a Baía dos Caranguejos. Sua prosperidade era evidente até da costa. As encostas encontravam-se cobertas de campos em terraços, com lagoas cheias de peixes na base e, no cume, um moinho de vento, cujas velas de madeira e lona giravam lentamente empurradas pela brisa que soprava da baía. Brienne viu ovelhas pastando na vertente da colina e cegonhas caminhando pelas águas pouco profundas que rodeavam o desembarcadouro.

— Salinas fica logo em frente — disse septão Meribald, apontando para o norte, para lá da baía. — Os irmãos nos levarão até lá na maré da manhã, embora tema o que iremos encontrar. Apreciemos uma boa refeição quente antes de enfrentarmos isso. Os irmãos têm sempre um osso a mais para o Cão — o Cão latiu e abanou a cauda.

A maré agora descia, e depressa. A água que separava a ilha da costa recuava, deixando para trás uma larga extensão de cintilantes lodaçais marrons, salpicados de lagoas de maré que resplandeciam como moedas de ouro ao sol da tarde. Brienne coçou a parte de trás do pescoço, onde um inseto a mordera. Prendera os cabelos no alto da cabeça, e o sol aquecera-lhe a pele.

— Por que a chamam Ilha Silenciosa? — Podrick quis saber.

— Aqueles que lá habitam são penitentes, que procuram expiar seus pecados através da contemplação, da reza e do silêncio. Só o Irmão Mais Velho e seus funcionários têm autorização para falar, e estes últimos só podem falar durante um dia a cada sete.

— As irmãs silenciosas nunca falam — Podrick retrucou. — Ouvi dizer que não têm língua.

Septão Meribald sorriu.

— As mães já intimidavam as filhas com essa história quando eu tinha a sua idade. Não havia nenhuma verdade nela naquela época, e continua a não haver agora. Um voto de silêncio é um ato de contrição, um sacrifício, através do qual demonstramos nossa devoção aos Sete no Céu. Um mudo tomar um voto de silêncio seria como um homem sem pernas desistir da dança — levou o burro pela ladeira, fazendo sinal aos outros para o seguirem. — Se quiserem dormir sob um teto esta noite, terão de desmontar e atravessar a lama comigo. Chamamos este o caminho da fé. Só os fiéis podem atravessar em segurança. Os malvados são engolidos pelas areias movediças ou se afogam quando a maré sobe. Nenhum de vocês é malvado, espero eu. Mesmo assim, eu teria cuidado com o lugar onde ponho os pés. Caminhem apenas por onde eu caminhar, e chegarão ao outro lado.

Brienne não pôde deixar de reparar que o caminho da fé era tortuoso. Embora a ilha parecesse se erguer a nordeste do local onde deixaram a costa para trás, septão Meribald não se dirigiu diretamente para lá. Em vez disso, arrancou para leste, na direção das águas mais profundas da baía, que cintilavam, azuis e prateadas, à distância. A mole lama marrom esguichava por entre os dedos de seus pés. Enquanto caminhava, parava de vez em quando para sondar o caminho em frente com o cajado. O Cão mantinha-se junto aos seus calcanhares, farejando todas as pedras, conchas e aglomerados de algas. Para variar, não saltou na frente nem se pôs a vaguear.

Brienne seguiu-o, tendo o cuidado de se manter perto da fila de pegadas deixadas pelo cão, pelo burro e pelo homem santo. Depois vinha Podrick, e por fim sor Hyle. A cem metros da margem, Meribald virou subitamente para o sul, ficando praticamente de costas voltadas para a septeria. Seguiu nessa direção por mais cem metros, levando-os por entre duas lagoas de maré pouco profundas. O Cão enfiou o focinho numa delas e ganiu quando um caranguejo o beliscou com a pinça. Seguiu-se uma breve mas furiosa luta, até que o Cão regressou a trote, molhado e salpicado de lama, com o caranguejo entre as mandíbulas.

— Não é para *lá* que queremos ir? — gritou sor Hyle lá de trás, apontando para a septeria. — Parecemos caminhar para todos os lados, menos para aquele lugar.

— Fé — pediu o septão Meribald. — Acredite, persista e siga, assim encontraremos o lugar que procuramos.

Os baixios cintilavam, úmidos, a toda a volta, salpicados de meia centena de cores. A lama era de um marrom tão escuro que parecia quase negro, mas havia também faixas de areia dourada, rochas que se projetavam em tons de cinza e vermelho, e emaranhados de algas negras e verdes. Cegonhas caminhavam por entre as lagoas de maré e deixavam suas pegadas por todo lado, e caranguejos fugiam pela superfície de águas pouco profundas. O ar cheirava a maresia e a putrefação, e o terreno sugava-lhes os pés e só os largava com relutância, com um estalo e um suspiro lamacento. Septão Meribald virou, voltou a virar, e virou uma vez mais. Suas pegadas se enchiam de água assim que ele avançava. Quando o solo se tornou mais firme e começou a se erguer sob seus pés, tinham caminhado pelo menos dois quilômetros e meio.

Três homens estavam à espera deles quando subiram pelas pedras quebradas que rodeavam a linha de costa da ilha. Trajavam as vestes marrom-escuras de irmãos, com largas mangas em forma de sino e capuz pontiagudo. Dois também tinham enrolado faixas de lã em volta da metade inferior do rosto, de modo que tudo que se conseguia ver deles eram os olhos. O terceiro irmão era aquele que falava.

— Septão Meribald — chamou. — Já se passou quase um ano. Seja bem-vindo. E seus companheiros também.

O Cão abanou a cauda e Meribald sacudiu lama dos pés.

— Podemos lhes pedir hospitalidade por uma noite?

— Claro que sim. Esta noite há guisado de peixe. Irá precisar do barco de manhã?

— Se não for pedir muito — Meribald virou-se para os companheiros de viagem. — Irmão Narbert é funcionário da ordem, de modo que lhe é permitido falar um dia a cada sete. Irmão, estas boas pessoas ajudaram-me na viagem. Sor Hyle Hunt é um galante cavaleiro vindo da Campina. O garoto é Podrick Payne, originário das terras ocidentais. E esta é a lady Brienne, conhecida como a Donzela de Tarth.

Irmão Narbert parou de repente.

— Uma mulher.

— Sim, irmão — Brienne soltou os cabelos e os sacudiu. — Não há mulheres aqui?

— Atualmente, não — Narbert respondeu. — As mulheres que nos visitam vêm até nós doentes, feridas ou muito grávidas. Os Sete abençoaram nosso Irmão Mais Velho com mãos curativas. Ele devolveu a saúde a muitos homens que nem mesmo os meistres conseguiam curar, e a muitas mulheres também.

— Não estou doente, nem ferida, muito menos grávida.

— Lady Brienne é uma donzela guerreira — confidenciou o septão Meribald —, e anda em busca do Cão de Caça.

— Ah, sim? — Narbert pareceu surpreso. — Para que fim?

Brienne tocou o cabo da Cumpridora de Promessas.

— Para este — respondeu.

O funcionário a estudou.

— É... musculosa para uma mulher, é verdade, mas... talvez deva levar esse assunto ao Irmão Mais Velho. Ele deve tê-la visto atravessar a lama. Venha.

Narbert os levou por um caminho de seixos que penetrava um pomar de macieiras e levava a um estábulo caiado com um bicudo telhado de colmo.

— Podem deixar aqui os animais. Irmão Gillam se assegurará de que lhes sejam fornecidos alimentos e água.

Mais de três quartos do estábulo encontravam-se vazios. Numa das extremidades via-se meia dúzia de mulas, que eram tratadas por um pequeno irmão de pernas arqueadas que Brienne tomou por Gillam. Ao fundo, na parte mais distante, bem afastado dos outros animais, um enorme garanhão negro berrou ao ouvir as vozes dos recém-chegados e escoiceou a porta de sua cocheira.

Sor Hyle deitou ao grande cavalo um olhar de admiração enquanto entregava as rédeas a Irmão Gillam.

— Um belo animal.

Irmão Narbert suspirou.

— Os Sete nos enviam bênçãos, e os Sete nos enviam provações. Até pode ser belo, mas o Trazido pela Correnteza foi com certeza parido no inferno. Quando tentamos atá-lo a um arado, escoiceou o Irmão Rawney e partiu-lhe a tíbia em dois lugares. Tínhamos esperança de que a castração pudesse melhorar o mau temperamento do animal, mas... Irmão Gillam, pode mostrar a eles?

Irmão Gillam tirou o capuz. Por baixo dele havia cabelos loiros embaraçados, uma tonsura no topo da cabeça e um curativo manchado de sangue onde ficava uma orelha.

Podrick susteve a respiração.

— O cavalo arrancou sua orelha à *dentada*?

Gillam assentiu e voltou a cobrir a cabeça.

— Perdoe-me, irmão — disse sor Hyle —, mas eu poderia arrancar-lhe a outra orelha, se se aproximasse de mim com uma tesoura.

A brincadeira não caiu bem para Irmão Narbert.

— É um cavaleiro, sor. O Trazido pela Correnteza é um animal de carga. O Ferreiro deu cavalos aos homens para ajudá-los em seu trabalho — virou-se. — Por favor. O Irmão Mais Velho certamente está à espera.

O declive era mais acentuado do que parecera do outro lado dos baixios. Para facilitar a subida, os irmãos tinham subido um lance de escadas de madeira, que vagueavam de um lado para outro ao longo da vertente e por entre os edifícios. Depois de um longo dia na sela, Brienne sentiu-se contente pela oportunidade de esticar as pernas.

Passaram por uma dúzia de membros da ordem durante a subida; homens encapuzados e vestidos de marrom-escuro que lhes lançavam olhares curiosos ao passar, mas não proferiam nenhuma saudação. Um deles levava um par de vacas leiteiras para um pequeno celeiro com telhado coberto de grama; outro manejava uma batedeira de manteiga. Nas vertentes mais elevadas viram três rapazes conduzindo ovelhas, e ainda mais acima passaram por um cemitério, onde um irmão maior do que Brienne lutava para cavar uma sepultura. Pelo modo como se movia, era evidente que o homem era coxo. Ao atirar uma pá de solo pedregoso por sobre um ombro, um punhado caiu sobre os pés do grupo.

— Mais cuidado com isso — repreendeu-o Irmão Narbert. — Septão Meribald podia ter ficado com a boca cheia de terra. — O coveiro abaixou a cabeça. Quando Cão foi farejá-lo, deixou cair a pá e coçou-lhe uma orelha.

— Um noviço — Narbert explicou.

— Para quem é a sepultura? — Sor Hyle perguntou quando retomaram a subida pelos degraus de madeira.

— Para o Irmão Clement, que o Pai o julgue com justiça.

— Era velho? — Podrick Payne quis saber.

— Se achar que quarenta e oito anos é velho, sim, mas não foram os anos que o mataram. Morreu de ferimentos sofridos em Salinas. Tinha levado um pouco de nosso hidromel ao mercado de lá, no dia em que os fora da lei caíram sobre a vila.

— Cão de Caça? — Brienne falou.

— Outro, igualmente brutal. Cortou a língua do pobre Clement quando ele se recusou a falar. Visto que tinha tomado um voto de silêncio, o salteador disse que não precisava dela. O Irmão Mais Velho há de saber mais. Ele guarda para si o pior das notícias do exterior, para não perturbar a tranquilidade da septeria. Muitos de nossos irmãos vieram para cá para escapar aos horrores do mundo, não para relembrá-los. Irmão Clement não foi o único homem ferido entre nós. Há ferimentos que não se veem — Irmão Narbert fez um gesto para a direita. — Ali fica o nosso pomar de verão. As uvas são pequenas e ácidas, mas dão um vinho bebível. Também fazemos nossa própria cerveja, e a fama do hidromel e da cidra que fazemos chega longe.

— A guerra não chegou aqui? — Brienne perguntou.

— Essa guerra não, graças aos Sete. Nossas preces nos protegem.

— E as suas marés — sugeriu Meribald. Cão latiu seu acordo.

O topo do monte era coroado por um muro baixo de pedra solta, que cercava um aglomerado de grandes edifícios; o moinho, com as pás rangendo enquanto giravam, os claustros onde os irmãos dormiam e o Salão Comum onde faziam as refeições, um septo de madeira para orações e meditação, com janelas de vitral, largas portas esculpidas com retratos da Mãe e do Pai, e um campanário de sete lados com um terraço no topo. Por trás, estendia-se um jardim para cultivo de legumes, onde alguns irmãos mais velhos arrancavam ervas daninhas. Irmão Narbert fez os visitantes darem a volta em um castanheiro e os levou até uma porta de madeira instalada na face do monte.

— Uma gruta com uma porta? — Sor Hyle exclamou, surpreso.

Septão Meribald sorriu.

— Chama-se Buraco do Eremita. O primeiro homem santo a descobrir o caminho até aqui viveu lá dentro e alcançou tantas maravilhas que outros vieram se juntar a ele. Isso foi há dois mil anos, segundo dizem. A porta apareceu algum tempo mais tarde.

Há dois mil anos o Buraco do Eremita talvez tivesse sido um lugar úmido e escuro, com chão de terra e ecos de água pingando, mas já não era assim. A gruta em que Brienne e seus companheiros entraram tinha sido transformada em um santuário quente e acolhedor. Tapetes de lã cobriam o chão, tapeçarias enfeitavam as paredes. Altas velas de cera de abelha davam uma luminosidade mais do que ampla. A mobília era estranha, mas simples; uma longa mesa, um banco comprido de costas altas, uma arca, várias estantes altas, cheias de livros, e cadeiras. Tudo fora feito de madeira trazida pela correnteza, pedaços com formas estranhas astuciosamente unidos e polidos até brilharem com um profundo tom dourado à luz das velas.

O Irmão Mais Velho não era aquilo que Brienne esperava encontrar. Dificilmente poderia ser chamado *mais velho*, para começar; enquanto os irmãos que arrancavam ervas daninhas no jardim tinham os ombros caídos e as costas encurvadas dos velhos, ele erguia-se alto e reto, e se deslocava com o vigor de um homem no auge de seus anos.

Tampouco mostrava o rosto gentil e bondoso que ela tinha esperado de um curandeiro. Sua cabeça era grande e quadrada, os olhos sagazes, e o nariz vermelho e coberto de veias. Embora usasse uma tonsura, seu couro cabeludo mostrava-se tão hirsuto quanto o pesado queixo.

Parece-se mais com um homem feito para quebrar ossos do que para curá-los, pensou a Donzela de Tarth enquanto o Irmão Mais Velho atravessava a sala em passos largos para ir abraçar o septão Meribald e fazer festas ao Cão.

— É sempre um dia alegre quando nossos amigos Meribald e Cão nos honram com outra visita — anunciou, antes de se virar para seus outros hóspedes. — E novos rostos são sempre bem-vindos. Vemos tão poucos...

Meribald entregou-se às cortesias de costume antes de se sentar no banco. Ao contrário do Irmão Narbert, o Irmão Mais Velho não pareceu consternado pelo sexo de Brienne, mas seu sorriso vacilou e se desvaneceu quando o septão lhe contou o motivo por que ela e sor Hyle tinham vindo.

— Entendo — foi tudo que disse, antes de se virar para eles. — Devem ter sede. Por favor, bebam um pouco de nossa cidra doce para lavar a poeira da viagem de suas gargantas — ele mesmo os serviu. As taças também tinham sido esculpidas em madeira trazida pela correnteza, e não havia duas iguais. Quando Brienne as elogiou, disse: — A senhora é muito gentil. Tudo que fazemos é cortar e polir a madeira. Aqui somos abençoados. No local onde o rio se encontra com a baía, as correntes e marés lutam umas contra as outras, e muitas coisas estranhas e maravilhosas são empurradas em nossa direção e vêm dar às nossas costas. A madeira é o de menos. Encontramos taças de prata e potes de ferro, sacas de lã e fardos de seda, elmos enferrujados e espadas cintilantes... sim, e também rubis.

Aquilo interessou sor Hyle.

— Os rubis de Rhaegar?

— Talvez. Quem poderá dizer? A batalha aconteceu a muitos quilômetros daqui, mas o rio é incansável e paciente. Foram encontrados seis. Estamos todos à espera do sétimo.

— Antes rubis do que ossos — septão Meribald esfregava o pé, fazendo cair flocos de lama de sob os dedos. — Nem todos os presentes do rio são agradáveis. Os bons irmãos também recolhem os mortos. Vacas e veados afogados, porcos mortos inchados e com até metade do tamanho de cavalos. Sim, e cadáveres.

— Muitos cadáveres, nos dias que correm — o Irmão Mais Velho suspirou. — Nosso coveiro não tem descanso. Homens do rio, homens do ocidente, homens do norte, todos vêm dar aqui à costa. Tanto cavaleiros quanto canalhas. Nós os enterramos lado a lado, Stark e Lannister, Blackwood e Bracken, Frey e Darry. É este o dever que o rio nos pede em troca de todos os seus presentes, e nós o cumprimos o melhor que podemos. Mas por vezes encontramos uma mulher... Ou, pior, uma criança morta. Esses são os presentes mais cruéis — virou-se para o septão Meribald. — Espero que tenha tempo para absolver nossos pecados. Desde que os salteadores mataram o velho septão Bennet, não temos ninguém para nos ouvir em confissão.

— Arranjarei tempo — Meribald respondeu —, embora espere que tenha pecados melhores do que os da última vez em que passei por aqui — Cão latiu. — Vê? Até o Cão se aborreceu.

Podrick Payne estava confuso.

— Pensava que ninguém podia falar. Bem, ninguém não. Os irmãos. Os outros irmãos, vocês não.

— É permitido quebrar o silêncio em confissão — o Irmão Mais Velho explicou. — É difícil falar de pecado com mímicas.

— Queimaram o septo em Salinas? — Hyle Hunt perguntou.

O sorriso sumiu.

— Em Salinas queimaram tudo, exceto o castelo. Só ele era feito de pedra... embora pudesse perfeitamente ter sido feito de sebo, pelo bem que fez à vila. Caiu sobre mim o dever de tratar alguns dos sobreviventes. Os pescadores os trouxeram do outro lado da baía, depois de as chamas terem se apagado e eles julgarem ser seguro rumar para a terra. Uma pobre mulher tinha sido estuprada uma dúzia de vezes, e seus seios... Senhora, usa cota de malha de homem, de modo que não lhe pouparei a esses horrores... Seus seios tinham sido rasgados, mastigados e *comidos*, como que por algum... animal cruel. Fiz o que pude por ela, embora fosse bem pouco. Ao morrer, suas piores pragas não foram dirigidas contra os homens que a tinham estuprado, nem contra o monstro que devorara sua carne viva, mas contra sor Quincy Cox, que trancou os portões quando os fora da lei entraram na vila e ficou a salvo atrás de muralhas de pedra enquanto seu povo gritava e morria.

— Sor Quincy é um velho — disse com gentileza o septão Meribald. — Seus filhos e netos andam distantes ou estão mortos, os netos ainda são garotos, e tem duas filhas. O que poderia ter feito um homem contra tantos?

Poderia ter tentado, pensou Brienne. *Poderia ter morrido. Velho ou novo, um verdadeiro cavaleiro jura proteger aqueles que são mais fracos do que ele, ou morrer tentando.*

— Palavras verdadeiras e sábias — disse o Irmão Mais Velho ao septão Meribald. — Quando fizer a travessia para Salinas, sem dúvida sor Quincy lhe pedirá perdão. Alegra-me que esteja aqui para dá-lo. Eu não consegui — pôs de lado a taça de madeira trazida pela correnteza e se levantou. — O sino para o jantar tocará em breve. Meus amigos, querem vir comigo ao septo, rezar pelas almas da boa gente de Salinas, antes de nos sentarmos para partir o pão e compartilhar um pouco de comida e bebida?

— De bom grado — Meribald respondeu, e Cão latiu.

O jantar na septeria foi a refeição mais estranha que Brienne já comera, embora não fosse de todo desagradável. A comida era simples, mas muito boa; havia pães estaladiços e ainda quentes do forno, recipientes de barro cheios de manteiga recém-batida, mel proveniente das colmeias da septeria e um espesso guisado de caranguejo, mexilhão e pelo menos três tipos de peixe. Septão Meribald e sor Hyle beberam do hidromel que os irmãos faziam e declararam-no excelente, enquanto ela e Podrick contentavam-se com mais cidra doce. E a refeição também não foi melancólica. Meribald proferiu uma prece antes de ser servida a comida, e, enquanto os irmãos comiam em quatro longas mesas de montar, um deles tocou harpa vertical, enchendo a sala de sons suaves e doces. Quando o Irmão Mais Velho dispensou o músico para que fosse comer, Irmão Narbert e outro funcionário se alternaram na leitura de trechos da *Estrela de Sete Pontas*.

Quando as leituras foram concluídas, o que restava da comida tinha sido levado por noviços cuja tarefa era servir. A maioria era de garotos com idade próxima à de Podrick, ou mais novos, mas havia também adultos, incluindo o grande coveiro que tinham encontrado no monte, que caminhava com o desajeitado porte oscilante de alguém que é meio aleijado. Quando a sala se esvaziou, o Irmão Mais Velho pediu a Narbert para levar Podrick e sor Hyle para seus catres nos claustros.

— Não se importam de partilhar uma cela, espero? Não é grande, mas irão achá-la confortável.

— Quero ficar com o sor — disse Podrick. — Quer dizer, com a senhora.

— O que você e a lady Brienne fazem fora daqui é entre vocês e os Sete — disse o Irmão Narbert —, mas, na Ilha Silenciosa, os homens e as mulheres não dormem sob o mesmo teto, a menos que sejam casados.

— Temos algumas cabanas modestas reservadas para as mulheres que nos visitam, sejam senhoras nobres ou simples garotas de aldeia — disse o Irmão Mais Velho. — Não são usadas com frequência, mas as mantemos limpas e secas. Lady Brienne, permita-me que lhe mostre o caminho?

— Sim, obrigada. Podrick, vá com sor Hyle. Aqui somos hóspedes dos irmãos santos. Sob o teto deles, valem as suas regras.

As cabanas das mulheres ficavam do lado oriental da ilha, com vista para uma larga extensão de lama e as águas distantes da Baía dos Caranguejos. Ali fazia mais frio do que do lado abrigado, e era um lugar mais selvagem. O monte era mais inclinado, e o caminho meandrava de um lado para outro por entre ervas e sarças, rochedos esculpidos pelo vento e árvores retorcidas e espinhosas que se agarravam tenazmente à vertente pedregosa. Em uma das curvas, o Irmão Mais Velho fez uma pausa.

— Numa noite límpida, era possível ver daqui os incêndios de Salinas. Fica logo ali, do outro lado da baía — ele apontou.

— Não há nada — Brienne observou.

— Só resta o castelo. Até os pescadores foram embora, os poucos afortunados que estavam na água quando os salteadores chegaram. Viram as casas queimarem e ouviram os berros e os gritos flutuando pelo porto, com medo demais para levar os barcos para terra. Quando por fim desembarcaram, foi para enterrar amigos e familiares. O que há agora para eles em Salinas além de ossos e memórias amargas? Mudaram-se para Lagoa da Donzela ou para outras vilas — fez um gesto com a lanterna, e retomaram a descida. — Salinas nunca foi um porto importante, mas os navios visitavam-no de vez em quando. Era isso que os salteadores queriam, uma galé ou uma coca que os levasse para o outro lado do mar estreito. Quando descobriram que não havia nenhuma, fizeram cair a raiva e o desespero sobre o povo da vila. Pergunto-me, senhora... O que espera encontrar ali?

— Uma garota — disse-lhe. — Uma garota bem-nascida de treze anos, com um rosto bonito e cabelos ruivos.

— Sansa Stark? — O nome foi dito em voz baixa. — Acha que essa pobre criança está com Cão de Caça?

— O dornês disse que ela ia a caminho de Correrrio. Timeon. Era mercenário, um dos Bravos Companheiros, um assassino, estuprador e mentiroso, mas não me parece que tenha mentido a respeito disso. Disse que Cão de Caça a raptou e a levou consigo.

— Entendo — o caminho descreveu uma curva e ali estavam as cabanas, diante deles. O Irmão Mais Velho referira-se a elas como modestas. E eram. Pareciam colmeias feitas de pedra, baixas e arredondadas, sem janelas. — Esta — disse, indicando a cabana mais próxima, a única que tinha fumaça saindo do buraco no meio do telhado. Brienne teve de se abaixar quando entrou, para evitar bater a cabeça no lintel. Lá dentro encontrou um chão de terra batida, um catre de palha, peles e mantas para mantê-la aquecida, uma pequena fogueira e duas cadeiras baixas. O Irmão Mais Velho sentou-se numa e pousou a lanterna. — Posso ficar por um momento? Acho que devíamos conversar.

— Se quiser — Brienne desprendeu o cinto da espada e o pendurou na segunda cadeira, após o que se sentou de pernas cruzadas sobre o catre.

— Seu dornês não mentiu — começou o Irmão Mais Velho —, mas temo que não o tenha compreendido. Anda perseguindo o lobo errado, senhora. Eddard Stark tinha duas filhas. Foi a outra que Sandor Clegane capturou, a mais nova.

— *Arya* Stark? — Brienne fitou o homem de boca aberta, estupefata. — Tem certeza? A irmã da lady Sansa está viva?

— Àquela altura estava — o Irmão Mais Velho respondeu. — Agora... não sei. Pode estar entre as crianças mortas em Salinas.

As palavras foram como uma faca em sua barriga. *Não*, pensou Brienne. *Não, isso seria cruel demais.*

— *Pode* estar... Quer dizer que não tem certeza...?

— Estou certo de que a pequena esteve com Sandor Clegane na estalagem junto ao entroncamento, aquela que era da velha Masha Heddle antes de os leões a enforcarem. Estou certo de que iam a caminho de Salinas. Além disso... não. Não sei onde ela se encontra ou até se está viva. Mas há uma coisa que sei. O homem que persegue está morto.

Aquilo foi outro choque.

— Como foi que ele morreu?

— Como viveu, pela espada.

— Tem certeza disso?

— Fui eu mesmo quem o enterrou. Posso lhe dizer onde fica a sepultura, se quiser. Cobri-o com pedras para evitar que os necrófagos desenterrassem sua carne, e pousei o elmo no topo do dólmen, para identificar o local de seu último descanso. Este foi um grave erro. Outro viajante qualquer descobriu minha marca e ficou com ela. O homem que estuprou e matou em Salinas não foi Sandor Clegane, embora talvez seja igualmente perigoso. As terras fluviais estão cheias desse tipo de devoradores de carniça. Não os chamarei lobos. Estes são mais nobres do que isso... e os cães também, julgo eu. Sei um pouco sobre esse homem, Sandor Clegane. Foi escudo juramentado do príncipe Joffrey durante muitos anos, e até aqui ouvíamos falar de seus feitos, tanto os bons como os maus. Se metade do que ouvimos é verdade, tratava-se de uma alma amarga e atormentada, de um pecador que troçava igualmente dos deuses e dos homens. Ele servia, mas não encontrava orgulho no serviço. Lutava, mas não obtinha alegria da vitória. Bebia para afogar a dor num mar de vinho. Não amava, e tampouco era amado. Era o ódio que o movia. Embora cometesse muitos pecados, nunca procurava perdão. Enquanto outros homens sonham com amor, ou com riqueza, ou glória, esse Sandor Clegane sonhava matar o próprio irmão, um pecado tão terrível que me faz estremecer só de falar nele. E, no entanto, era esse o pão que o nutria, o combustível que mantinha suas fogueiras queimando. Por ignóbil que fosse, a esperança de ver o sangue do irmão em sua espada era tudo aquilo para que vivia aquela triste e furiosa criatura... E até isso lhe foi roubado, quando o príncipe Oberyn de Dorne apunhalou sor Gregor com uma lança envenenada.

— Parece ter pena dele — disse Brienne.

— E tive. Você também teria se apiedado dele, se o tivesse visto no fim. Deparei com ele junto ao Tridente, atraído por seus gritos de dor. Suplicou-me que lhe desse a misericórdia, mas jurei não voltar a matar. Em vez disso, banhei-lhe a testa febril com água do rio, dei-lhe vinho e fiz um cataplasma para o ferimento, mas meus esforços foram pequenos e tardios demais. Cão de Caça morreu ali, em meus braços. Talvez tenha visto um grande garanhão negro em nossos estábulos. Era seu cavalo de batalha, Estranho. Um nome blasfemo. Preferimos chamá-lo de Trazido pela Correnteza, uma vez que foi encontrado junto ao rio. Temo que o animal tenha a natureza do antigo dono.

O *cavalo*. Vira o garanhão, ouvira-o escoicear, mas não tinha compreendido. Os corcéis de batalha eram treinados para escoicear e morder. Na guerra, eram uma arma, assim como os homens que os montavam. *Como Cão de Caça.*

— Então é verdade — Brienne disse sem emoção na voz. — Sandor Clegane está morto.

— Repousa — o Irmão Mais Velho fez uma pausa. — É jovem, filha. Já contei quarenta e quatro dias de meu nome... o que faz que tenha mais que o dobro de sua idade, julgo eu. Você se surpreenderia em saber que já fui um cavaleiro?

— Não. Parece mais um cavaleiro do que um homem santo — estava escrito em seu peito e ombros e naquele grande maxilar quadrado. — Por que desistiu da cavalaria?

— Nunca a escolhi. Meu pai era um cavaleiro, assim como o dele tinha sido. E meus irmãos também, todos eles. Fui treinado para a batalha desde o dia em que me acharam com idade suficiente para pegar em uma espada de madeira. Vi minha cota de batalhas, e não me desgracei. Também tive mulheres, e então me desgracei, pois algumas tomei pela força. Havia uma garota com quem desejava me casar, a filha mais nova de um pequeno lorde, mas era o terceiro filho de meu pai e não tinha nem terras nem riquezas para lhe oferecer... só uma espada, um cavalo, um escudo. Tudo somado, era um triste homem. Quando não estava lutando, estava bêbado. Minha vida era escrita em vermelho, em sangue e vinho.

— Quando foi que mudou? — Brienne quis saber.

— Quando morri na Batalha do Tridente. Lutei pelo príncipe Rhaegar, embora ele não tivesse chegado a saber meu nome. Não lhe saberia dizer o porquê, exceto que o nobre que eu servia estava a serviço de um nobre que servia um nobre que decidira apoiar o dragão e não o veado. Se tivesse decidido de outra forma, eu poderia ter estado na outra margem do rio. A batalha foi uma coisa sangrenta. Os cantores querem nos fazer acreditar que foi apenas Rhaegar e Robert a lutar no meio da correnteza por uma mulher que ambos afirmavam amar, mas asseguro-lhe que outros homens também combatiam, e eu fui um deles. Uma flecha atravessou minha coxa e outra trespassou-me o pé, e meu cavalo foi morto entre minhas pernas, mas continuei lutando. Ainda me lembro de quão desesperado estava por encontrar outro cavalo, pois não tinha dinheiro para comprar um, e sem cavalo já não seria um cavaleiro. Era só nisso que eu pensava, para falar a verdade. Não cheguei a ver o golpe que me derrubou. Ouvi cascos atrás de mim e pensei: *um cavalo!*, mas, antes de ter tempo para me virar, algo se esmagou contra minha cabeça e me atirou ao rio, onde deveria ter me afogado. Em vez disso, acordei aqui, na Ilha Silenciosa. O Irmão Mais Velho me disse que tinha dado à costa na maré, nu como no dia de meu nome. Só posso imaginar que alguém me tenha encontrado nos baixios, despido-me de armadura, botas e calções, e voltado a me empurrar para águas mais profundas. O rio fez o resto. Todos nascemos nus, de modo que suponho que seja adequado que eu tenha chegado à minha segunda vida de forma idêntica. Passei os dez anos seguintes em silêncio.

— Compreendo — Brienne não sabia por que o homem lhe contara tudo aquilo, ou que outra coisa deveria dizer.

— Ah, sim? — ele se inclinou para a frente, com as grandes mãos nos joelhos. — Se compreende, desista dessa sua demanda. Cão de Caça está morto e, seja como for, ele nunca teve a sua Sansa Stark. Quanto ao animal que usa seu elmo, ele será encontrado e enforcado. As guerras estão no fim, e esses fora da lei não podem sobreviver à paz. Randyll Tarly anda à caça deles a partir de Lagoa da Donzela, e Walder Frey a partir das Gêmeas, e há um jovem novo senhor em Darry, um homem piedoso que certamente irá pôr suas terras nos eixos. Vá para casa, filha. Você tem uma casa, o que é mais do que muitos podem dizer nestes dias sombrios. Tem um pai nobre que certamente a ama. Pense em seu desgosto, caso nunca regresse. Talvez lhe levem sua espada e seu escudo depois de haver caído. Ele talvez até os pendure em seu salão e os olhe com orgulho... Mas, se perguntar a ele, sei que lhe diria que preferiria ter uma filha viva a um escudo estilhaçado.

— Uma filha. — Os olhos de Brienne se encheram de lágrimas. — Ele merece isso. Uma filha que possa cantar para ele, embelezar-lhe o salão e lhe dar netos. Merece também um filho, um filho forte e galante, que traga honra ao seu nome. Mas Galladon afogou-se quando eu tinha quatro anos e ele oito, e Alysanne e Arianne morreram ainda no berço. Sou a única criança com quem os deuses permitiram que ficasse. A anormal, que não serve para ser um filho ou uma filha — tudo jorrou então de Brienne, como sangue negro de uma ferida; as traições e os noivados, Ronnet Vermelho e sua rosa, lorde Renly dançando com ela, a aposta sobre sua virgindade, as lágrimas amargas que derramara na noite em que seu rei se casou com Margaery Tyrell, o corpo a corpo em Ponteamarga, o manto arco-íris de que tanto se orgulhara, a sombra no pavilhão do rei, Renly morrendo em seus braços, Correrrio e a lady Catelyn, a viagem ao longo do Tridente, o duelo com Jaime nos bosques, os Pantomimeiros Sangrentos, Jaime gritando *"Safiras"*, Jaime na banheira em Harrenhal, com vapor erguendo-se de seu corpo, o sabor do sangue de Vargo Hoat quando lhe mordera a orelha, a arena dos ursos, Jaime saltando para a areia, a longa viagem até Porto Real, Sansa Stark, a promessa que fizera a Jaime, a promessa que fizera à lady Catelyn, a Cumpridora de Promessas, Valdocaso, Lagoa da Donzela, Lesto Dick e a Garra Rachada e os Murmúrios, os homens que matara... — Eu *tenho* de encontrá-la — concluiu. — Outros andam à procura, todos eles desejando capturá-la e vendê-la à rainha. Tenho de encontrá-la primeiro. Prometi a Jaime. Ele batizou a espada de *Cumpridora de Promessas*. Tenho de tentar salvá-la... ou morrer tentando.

CERSEI

— *Mil navios!* — os cabelos castanhos da pequena rainha estavam desgrenhados e despenteados, e a luz dos archotes fazia suas faces parecerem coradas, como se tivesse acabado de sair dos braços de algum homem. — Vossa Graça, isso tem de ter uma resposta *violenta*! — Sua última palavra ressoou nas vigas e ecoou pela cavernosa sala do trono.

Sentada em seu cadeirão dourado e carmesim, sob o Trono de Ferro, Cersei sentia um crescente aperto no pescoço. *Tem*, pensou. *Ela se atreve a me dizer "tem"*. Sentiu o impulso de esbofetear a garota Tyrell. *Devia estar de joelhos, suplicando minha ajuda. Em vez disso, ousa dizer à sua legítima rainha o que ela tem de fazer.*

— Mil navios? — Sor Harys Swyft respirava ruidosamente. — Com certeza não. Não há nenhum senhor que comande mil navios.

— Um tolo assustado qualquer contou em dobro — concordou Orton Merryweather. — É isso, ou são os vassalos de lorde Tyrell que estão mentindo para nós, exagerando os números do inimigo para que não os achemos frouxos.

Os archotes da parede do fundo faziam estender a longa sombra farpada do Trono de Ferro por metade da distância até as portas. A extremidade mais distante do salão estava perdida na escuridão, e Cersei não conseguia evitar sentir que as sombras também estavam se fechando em volta de si. *Meus inimigos estão por toda parte, e meus amigos são incapazes*. Bastava-lhe olhar os conselheiros de relance para saber que assim era; só lorde Qyburn e Aurane Waters pareciam acordados. Os outros tinham sido tirados da cama pelos mensageiros de Margaery batendo em suas portas, e estavam ali, amarrotados e confusos. Lá fora, a noite estava negra e silenciosa. O castelo e a cidade dormiam. Boros Blount e Meryn Trant pareciam dormir também, embora estivessem em pé. Até Osmund Kettleblack bocejava. *Mas Loras não. Nosso Cavaleiro das Flores não*. Estava de pé atrás da irmã mais nova, uma sombra pálida com uma espada longa à anca.

— Metade desse número de navios ainda seria quinhentos, senhor — fez Waters notar a Orton Merryweather. — Só a Árvore tem força no mar suficiente para se opor a uma frota desse tamanho.

— E os seus novos dromones? — sor Harys questionou. — Com certeza os dracares dos homens de ferro não poderão resistir aos nossos dromones. O *Martelo do rei Robert* é o mais poderoso navio de guerra de todo Westeros.

— Era — Waters rebateu. — O *Doce Cersei* será seu igual, depois de concluído, e o *Lorde Tywin* terá duas vezes o tamanho de ambos. Mas só metade deles se encontra equipada, e nenhum tem a tripulação completa. Mesmo quando tiverem, os números se manterão frontalmente contra nós. O dracar comum é pequeno comparado com as nossas galés, é verdade, mas os homens de ferro também têm navios maiores. O *Grande Lula-Gigante* de lorde Balon e os navios de guerra da Frota de Ferro foram feitos para a batalha, não para ataques de corso. São iguais às nossas galés, menores em velocidade e força, e a maior parte encontra-se mais bem tripulada e capitaneada. Os homens de ferro vivem a vida inteira no mar.

Robert devia ter limpado as ilhas depois de Balon Greyjoy ter se levantado contra ele, Cersei pensou. *Esmagou a sua frota, queimou suas vilas e quebrou seus castelos, mas, quando os teve de joelhos, voltou a largá-los. Devia ter criado outra ilha com seus crânios*. Era isso que seu pai teria feito, mas Robert nunca teve o estômago necessário a um rei com a esperança de manter a paz no reino.

— Os homens de ferro não se atrevem a atacar a Campina desde o tempo em que Dagon Greyjoy ocupou a Cadeira de Pedra do Mar — Cersei disse. — Por que o fariam agora? O que os encorajou?

— Seu novo rei — Qyburn estava com as mãos escondidas nas mangas. — Irmão de lorde Balon. Chamam-no Olho de Corvo.

— Os corvos fazem seus banquetes nas carcaças dos mortos e moribundos — disse o grande meistre Pycelle. — Não descem sobre animais vigorosos e saudáveis. Lorde Euron irá se empanturrar de ouro e saque, sim, mas, assim que nos movermos contra ele, regressará a Pyke, como lorde Dagon costumava fazer nos seus tempos.

— Engana-se — Margaery Tyrell interveio. — Corsários não atacam com tais forças. *Mil navios!* Lorde Hewett e lorde Chester foram mortos, assim como o filho e herdeiro de lorde Serry, que fugiu para Jardim de Cima com os poucos navios que lhe restaram, e lorde Grimm é prisioneiro em seu próprio castelo. Willas diz que o rei de ferro promoveu quatro lordes seus para os lugares dos nossos.

Willas, pensou Cersei, *o aleijado. A culpa disso é dele. Aquele idiota do Mace Tyrell deixou a defesa da Campina nas mãos do desgraçado de um fracote.*

— Das Ilhas de Ferro às Escudo é uma longa viagem — fez notar. — Como podem mil navios ter percorrido toda essa distância sem serem vistos?

— Willas crê que não seguiram a costa — Margaery respondeu. — Fizeram a viagem fora de vista de terra, penetrando profundamente no Mar do Poente e caindo sobre a costa vindos de Oeste.

O mais provável é que o aleijado não tivesse as torres de vigia guarnecidas, e agora teme que descubramos. A pequena rainha está inventando desculpas pelo irmão. Cersei tinha a boca seca. *Preciso de uma taça de dourado da Árvore.* Se os homens de ferro decidissem tomar a Árvore em seguida, logo o reino inteiro poderia estar passando sede.

— Stannis pode ter tido um dedo nisso. Balon Greyjoy ofereceu ao senhor meu pai uma aliança. O filho talvez tenha oferecido uma a Stannis.

Pycelle franziu as sobrancelhas.

— O que lorde Stannis ganharia com...

— Ele *ganha* outra base de operações. E saque. Isto também. Stannis precisa de ouro para pagar seus mercenários. Ao assaltar o oeste, espera poder nos distrair de Pedra do Dragão e Ponta Tempestade.

Lorde Merryweather assentiu com a cabeça.

— Uma diversão. Stannis é mais astucioso do que julgávamos. Vossa Graça é esperta por ter descortinado o plano.

— Lorde Stannis está tentando ganhar os nortenhos para sua causa — disse Pycelle. — Se fizer amizade com os nascidos no ferro, não pode esperar...

— Os nortenhos não o aceitam — Cersei rebateu, perguntando a si mesma como poderia um homem tão erudito ser tão estúpido. — Lorde Manderly cortou a cabeça e as mãos do Cavaleiro das Cebolas, sabemos disso pelos Frey, e meia dúzia de outros senhores do Norte juntaram-se a lorde Bolton. *O inimigo do meu inimigo é meu amigo.* Para onde mais Stannis há de se virar, além dos homens de ferro e dos selvagens, os inimigos do Norte? Mas, se julga que vou cair em sua armadilha, é mais tolo do que você — virou-se novamente para a pequena rainha. — As Ilhas Escudo pertencem à Campina. Grimm, Serry e os outros estão juramentados a Jardim de Cima. Cabe a Jardim de Cima dar resposta a isso.

— Jardim de Cima responderá — disse Margaery Tyrell. — Willas mandou uma mensagem a Leyton Hightower, em Vilavelha, para que trate de suas defesas. Garlan está reunindo homens para voltar a tomar as ilhas. Mas a maior parte de nossas forças permanece com o senhor meu pai. Temos de lhe enviar uma mensagem para Ponta Tempestade. Imediatamente.

— E levantar o cerco? — Cersei não gostou da presunção de Margaery. *Ela me diz "imediatamente". Será que me toma por sua aia?* — Não tenho nenhuma dúvida de que isso agradaria a lorde Stannis. Esteve ouvindo, senhora? Se ele conseguir afastar nossos olhos de Pedra do Dragão e Ponta Tempestade para esses rochedos...

— *Rochedos?* — Margaery arquejou. — Vossa Graça disse *rochedos?*

O Cavaleiro das Flores pousou a mão no ombro da irmã.

— Se Vossa Graça me permitir, a partir desses *rochedos* os homens de ferro ameaçam Vilavelha e a Árvore. A partir de praças-fortes nos Escudos, salteadores podem subir o Vago até o próprio coração da Campina, como faziam antigamente. Com homens suficientes, podem até ameaçar Jardim de Cima.

— É mesmo? — a rainha retrucou, toda inocente. — Ora, então é melhor que seus bravos irmãos os escorracem desses rochedos, e depressa.

— Como sugeriria a rainha que o façam, sem navios em número suficiente? — perguntou sor Loras. — Willas e Garlan podem recrutar dez mil homens dentro de quinze dias e duas vezes esse número em uma volta de lua, mas não são capazes de caminhar sobre a água, Vossa Graça.

— Jardim de Cima ergue-se sobre o Vago — Cersei lembrou-lhe. — Vocês e seus vassalos controlam quase cinco mil quilômetros de litoral. Não haverá pescadores ao longo de suas costas? Não têm barcaças de prazer, não têm botes, não têm galés fluviais, não têm esquifes?

— Muitos, e mais ainda — admitiu sor Loras.

— Barcos como esses devem ser mais do que suficientes para levar uma hoste através de uma pequena extensão de água, julgo eu.

— E quando os dracares dos nascidos no ferro caírem sobre nossa frota improvisada enquanto tenta atravessar essa "pequena extensão de água", o que Vossa Graça acha que devemos fazer então?

Afogar-se, Cersei respondeu em pensamento.

— Jardim de Cima também tem ouro. Tem a minha autorização para contratar mercenários do outro lado do mar estreito.

— Piratas de Myr e Lys, é isso o que quer dizer? — perguntou Loras com desprezo. — A escória das Cidades Livres?

É tão insolente quanto a irmã.

— Lamento dizê-lo, mas todos nós temos de lidar com escória de vez em quando — disse, com uma doçura venenosa. — Talvez tenha uma ideia melhor?

— Só a Árvore tem galés em número suficiente para recuperar a foz do Vago das mãos dos homens de ferro e proteger meus irmãos de seus dracares durante a travessia. Suplico a Vossa Graça: envie uma mensagem para Pedra do Dragão e ordene a lorde Redwyne para içar imediatamente as velas.

Pelo menos tem o bom senso de suplicar. Paxter Redwyne possuía duzentos navios de guerra, e cinco vezes esse número em carracas mercantes, cocas de vinho, galés mercantes e baleeiros. Contudo, encontrava-se acampado à sombra das muralhas de Pedra do Dragão, e a maior parte de sua frota estava ocupada com travessias da Baía da Água Negra, transportando homens para o assalto dessa fortaleza insular. O restante patrulhava a Baía dos Naufrágios, ao sul, onde só sua presença impedia que Ponta Tempestade fosse reabastecida por mar.

Aurane Waters irritou-se com a sugestão de sor Loras.

— Se lorde Redwyne fizer zarpar seus navios, como vamos abastecer nossos homens em Pedra do Dragão? Sem as galés da Árvore, como manteremos o cerco a Ponta Tempestade?

— O cerco pode ser retomado mais tarde, depois de...

Cersei o interrompeu.

— Ponta Tempestade é cem vezes mais valiosa do que os Escudos, e Pedra do Dragão... enquanto permanecer nas mãos de Stannis Baratheon, é uma faca na garganta do meu filho. Libertaremos lorde Redwyne e sua frota quando o castelo cair — a rainha se levantou. — Esta audiência chegou ao fim. Grande meistre Pycelle, uma palavra.

O velho sobressaltou-se, como se a voz de Cersei o tivesse acordado de algum sonho de juventude, mas, antes de ter tempo de responder, Loras Tyrell avançou a passos largos, com uma tal rapidez que a rainha se retraiu, alarmada. Estava prestes a gritar pela defesa de sor Osmund quando o Cavaleiro das Flores caiu sobre um joelho.

— Vossa Graça, permita-me que tome Pedra do Dragão.

A mão da irmã subiu à boca.

— Loras, não.

Sor Loras ignorou a súplica.

— Levará meio ano ou mais obrigando Pedra do Dragão à submissão pela fome, como lorde Paxter pretende fazer. Dê-me o comando, Vossa Graça. O castelo será seu dentro de quinze dias, nem que eu tenha de derrubá-lo com as mãos nuas.

Ninguém dava a Cersei um presente tão delicioso desde que Sansa Stark correra para junto de si a fim de divulgar os planos de lorde Eddard. Ficou feliz por ver que Margaery empalidecera.

— Sua coragem deixa-me sem fôlego, sor Loras — a rainha disse. — Lorde Waters, algum dos novos dromones está pronto para ser lançado ao mar?

— O *Doce Cersei* está, Vossa Graça. Um navio rápido e tão forte quanto a rainha que lhe deu o nome.

— Magnífico. Que o *Doce Cersei* leve imediatamente nosso Cavaleiro das Flores a Pedra do Dragão. Sor Loras, o comando é seu. Jure-me que não regressará até que Pedra do Dragão pertença a Tommen.

— Juro, Vossa Graça — e pôs-se de pé.

Cersei beijou-o em ambas as faces. Também beijou a irmã do cavaleiro e murmurou:

— Tem um irmão galante — ou Margaery não teve a elegância de responder, ou o medo lhe roubara as palavras por completo.

A alvorada ainda tardava várias horas quando Cersei se esgueirou pela porta do rei, atrás do Trono de Ferro. Sor Osmund seguia à sua frente com um archote, e Qyburn ia ao seu lado, caminhando em pequenos passos. Pycelle tinha de se esforçar para acompanhá-los.

— Se Vossa Graça me permite — ofegou —, os jovens são demasiado ousados e só pensam na glória da batalha, nunca em seus perigos. Sor Loras... esse seu plano está repleto de perigos. Assaltar as muralhas de Pedra do Dragão...

— ... é de *grande* coragem.

— ... coragem, sim, mas...

— Não tenho dúvida alguma de que o nosso Cavaleiro das Flores será o primeiro homem a atingir as ameias — *e talvez o primeiro a cair*. O bastardo bexiguento que Stannis deixara para defender o castelo não era nenhum imberbe campeão de torneios, mas um matador experiente. Se os deuses fossem bons, daria a sor Loras o fim glorioso que ele parecia desejar. *Presumindo que o rapaz não se afogará no caminho*. Tinha havido outra tempestade na noite anterior, uma das violentas. A chuva caíra durante horas em lençóis negros. *E não seria uma tristeza?*, cismou a rainha. *O afogamento é comum. Sor Loras anseia por glória como os verdadeiros homens anseiam por mulheres, o mínimo que os deuses podem fazer é lhe conceder uma morte digna de uma canção.*

Mas, não importa o que acontecesse ao rapaz em Pedra do Dragão, a rainha sairia vencedora. Se Loras tomasse o castelo, Stannis sofreria um sério golpe, e a frota Redwyne poderia zarpar para ir ao encontro dos homens de ferro. Se falhasse, ela se asseguraria de que ele ficasse com a parte do leão da culpa. Não há nada que faça um herói perder tanto o brilho do que o fracasso. *E se vier para casa em cima do escudo, coberto de sangue e glória, sor Osney estará lá para consolar a irmã aos prantos.*

A gargalhada não podia continuar a ser contida. Saltou de entre os lábios de Cersei e ecoou corredor afora.

— Vossa Graça? — pestanejou o grande meistre Pycelle, deixando a boca abrir-se. — Por que... por que ri?

— Ora — ela teve de dizer —, de outra forma talvez chorasse. Meu coração está arrebentando de amor por nosso sor Loras e por seu valor.

Deixou o grande meistre na escada em espiral. *Aquele já viveu mais do que qualquer utilidade que um dia pode ter tido*, decidiu a rainha. Tudo que Pycelle parecia fazer nos últimos tempos era infernizá-la com avisos e objeções. Até objetara ao entendimento a que chegara com o alto septão, olhando-a de boca aberta e olhos baços e ramelosos quando lhe ordenara que preparasse os papéis necessários, balbuciando acerca de história velha e morta, até que Cersei o interrompeu.

"Os tempos do rei Maegor terminaram, e seus decretos também", dissera com firmeza. "Estes são os tempos do rei Tommen e meus." *Teria feito melhor se o tivesse deixado para morrer nas celas negras.*

— Se sor Loras falhar, Vossa Graça precisará encontrar outro homem digno da Guarda Real — disse lorde Qyburn enquanto atravessavam o fosso coberto de espigões que cingia a Fortaleza de Maegor.

— Alguém que seja magnífico — ela concordou. — Alguém tão jovem, rápido e forte que Tommen esqueça tudo sobre Loras. Um pouco de galanteria não faria mal, mas sua cabeça não deve estar cheia de ideias tolas. Conhece algum homem assim?

— Infelizmente, não — Qyburn respondeu. — Tinha em mente outro tipo de campeão. O que lhe falta em galanteria, lhe daria multiplicado por dez em devoção. Protegerá seu filho, matará seus inimigos e guardará seus segredos, e nenhum homem vivo será capaz de lhe dar resistência.

— Isso é o que você diz. Palavras são vento. Quando a hora chegar, pode apresentar esse seu modelo de perfeição e veremos se ele é tudo aquilo que promete.

— Cantarão sobre ele, juro — os olhos de lorde Qyburn enrugaram-se de divertimento. — Posso lhe perguntar sobre a armadura?

— Fiz a sua encomenda. O armeiro julga-me louca. Garante-me que nenhum homem é suficientemente forte para se mover e lutar envergando tal peso de aço — Cersei deitou ao meistre sem corrente um olhar de aviso. — Faça de mim tola e morrerá aos gritos. Está consciente disso?

— Sempre, Vossa Graça.

— Ótimo. Não diga mais nada sobre isso.

— A rainha é sensata. Estas paredes têm ouvidos.

— Sim. — À noite, Cersei por vezes ouvia pequenos sons, até em seus próprios aposentos. *Ratos nas paredes*, costumava dizer a si mesma, *não passa disso*.

Uma vela ardia junto à sua cama, mas a lareira apagara-se e não havia mais nenhuma luz. O quarto também estava frio. Cersei despiu-se e enfiou-se nas mantas, deixando o vestido amontoado no chão. Ao lado, na cama, Taena moveu-se.

— Vossa Graça — murmurou em voz baixa. — Que horas são?

— A hora da coruja — a rainha respondeu.

Embora Cersei dormisse frequentemente só, nunca gostara daquilo. Suas memórias mais antigas eram de partilhar uma cama com Jaime, quando ainda eram tão novos que ninguém os conseguia distinguir. Mais tarde, depois de serem separados, tivera uma série de companheiras de cama, a maioria garotas de sua idade, as filhas dos cavaleiros domésticos ou vassalos do pai. Nenhuma lhe agradara, e poucas duraram algum tempo. *Serpentezinhas, todas elas. Criaturas insípidas e choronas, sempre contando histórias e tentando se intrometer entre mim e Jaime.* Apesar disso, tinha havido noites, nas negras entranhas do Rochedo, em que aceitara de bom grado o calor delas ao seu lado. Uma cama vazia era uma cama fria.

Principalmente ali. Aquele quarto era gelado, e seu maldito marido real morrera sob aquele dossel. *Robert Baratheon, o Primeiro de Seu Nome, que nunca haja um segundo. Um brutamontes obtuso e bêbado. Que chore no inferno.* Taena lhe aquecia a cama tão bem quanto Robert, e nunca tentava forçá-la a abrir as pernas. Nos últimos tempos, partilhara mais frequentemente a cama de Cersei do que a de lorde Merryweather. Orton não parecia se importar... ou, se se importava, tinha esperteza suficiente para não dizê-lo.

— Fiquei preocupada quando acordei e não a vi aqui — murmurou a lady Merryweather, sentando-se e encostando-se nas almofadas, com a colcha enrolada na cintura. — Há algo errado?

— Não — Cersei respondeu —, tudo está bem. Amanhã, sor Loras partirá para Pedra do Dragão, a fim de conquistar o castelo, libertar a frota Redwyne e nos demonstrar a todos sua virilidade — contou à myrana tudo o que tinha ocorrido sob a sombra oscilante do Trono de Ferro. — Sem seu valente irmão, nossa pequena rainha está praticamente nua. Tem seus guardas, com certeza, mas eu tenho visto o capitão por aí, no castelo. Um velho tagarela com um esquilo na capa. Os esquilos fogem dos leões. Ele não tem o que é preciso para desafiar o Trono de Ferro.

— Margaery tem outras espadas ao seu redor — assegurou a lady Merryweather. — Fez muitos amigos na corte, e tanto ela como as jovens primas têm admiradores.

— Alguns pretendentes não me preocupam — Cersei retrucou. — O exército em Ponta Tempestade, contudo...

— O que pretende fazer, Vossa Graça?

— Por que quer saber? — a pergunta foi um pouco direta demais para o gosto de Cersei. — Espero que não esteja planejando partilhar meus indolentes devaneios com nossa pobre rainhazinha.

— Nunca. Não sou a tal Senelle.

Cersei não queria pensar em Senelle. *Ela pagou a minha bondade com traição.* Sansa Stark também assim fizera. E o mesmo tinham feito Melara Hetherspoon e a gorda Jeyne Farman, quando as três eram garotas. *Nunca teria entrado naquela tenda se não fossem elas. Nunca teria permitido que Maggy, a Rã, saboreasse meus amanhãs numa gota de sangue.*

— Ficaria muito triste se alguma vez traísse minha confiança, Taena. Não teria alternativa exceto entregá-la a lorde Qyburn, mas sei que choraria.

— Nunca lhe darei motivo para chorar, Vossa Graça. Se o fizer, bastará dizer e eu mesma me entregarei a Qyburn. Só desejo estar perto de você. Servi-la de todas as formas que me pedir.

— E por esse serviço, que recompensa espera?

— Nada. Agrada-me agradá-la. — Taena rolou sobre si mesma, pondo-se de lado, com a pele cor de oliva brilhando à luz das velas. Seus seios eram maiores do que os da rainha, e terminavam em enormes mamilos, negros como um chifre. *Ela é mais nova do que eu. Seus seios ainda não começaram a cair.* Cersei perguntou a si mesma como seria beijar outra mulher. Não um beijo ligeiro na bochecha, como era cortesia comum entre as senhoras bem-nascidas, mas um beijo intenso nos lábios. Os de Taena eram muito cheios. Perguntou a si mesma como seria chupar aqueles seios, deitar a mulher myriana de costas, forçá-la a abrir as pernas e usá-la como um homem a usaria, do modo como Robert a usava quando estava cheio de bebida e ela não conseguia levá-lo até o fim com a mão ou a boca.

Aquelas tinham sido as piores noites, em que jazia impotente debaixo dele enquanto ele se satisfazia, fedendo a vinho e grunhindo como um javali. Normalmente rolava de cima dela e adormecia assim que terminava, e já ressonava antes de sua semente ter tempo de secar nas coxas de Cersei. Depois, ficava sempre dolorida, em carne viva entre as pernas, com os seios machucados pelos maus-tratos que ele lhes dava. A única vez que a deixara molhada fora na noite do casamento.

Robert era bastante atraente quando se casaram, alto, forte e poderoso, mas seus cabelos eram negros e pesados, os pelos eram densos no peito e grossos em volta do sexo. *Foi o homem errado que regressou do Tridente*, pensava por vezes a rainha enquanto ele abria caminho através de seu corpo. Nos primeiros anos, quando a montava com mais frequência, fechava os olhos e fingia que Robert era Rhaegar. Não conseguia fingir que era Jaime; era muito diferente, era-lhe estranho demais. Até seu *cheiro* era errado.

Para Robert, essas noites nunca aconteciam. Ao amanhecer, não se lembrava de nada, ou pelo menos era nisso que queria levá-la a crer. Uma vez, durante o primeiro ano do casamento, Cersei exprimira seu desagrado no dia seguinte.

"Machucou-me", ela tinha então protestado. Ele teve a decência de parecer envergonhado.

"Não fui eu, senhora", dissera, num carrancudo tom de amuo, como uma criança pega roubando bolos de maçã da cozinha. "Foi o vinho. Bebo vinho demais." Para empurrar para dentro a admissão, estendera a mão para o corno de cerveja. Quando o levara à boca, ela lhe atirara seu próprio corno à cara, com tanta força que lhe lascara um dente. Anos mais tarde, num banquete, ouvira-o contar a uma criada o modo como rachara o dente numa luta corpo a corpo. *Bem, nosso casamento foi uma luta corpo a corpo, refletiu, portanto ele não mentiu.*

Mas todo o resto tinha sido mentira. Ele se *lembrava* do que lhe fazia à noite, estava convencida disso. Conseguia vê-lo em seus olhos. Ele só fingia esquecer; era mais fácil fazer isso do que enfrentar a vergonha. Bem lá no fundo, Robert Baratheon era um covarde. Com o passar do tempo, os ataques foram se tornando menos frequentes. Durante o primeiro ano, tomava-a pelo menos uma vez a cada quinze dias; por fim, nem chegava a uma vez por ano. Nunca tinha parado por completo, contudo. Mais cedo ou mais tarde chegaria sempre uma noite em que beberia demais e viria reclamar seus direitos. O que o envergonhava à luz do dia dava-lhe prazer na escuridão.

— Minha rainha? — Taena Merryweather a tirou de seus pensamentos. — Tem uma expressão estranha nos olhos. Alguma coisa errada?

— Estava só... relembrando — tinha a garganta seca. — É uma boa amiga, Taena. Não tenho uma verdadeira amiga desde...

Alguém bateu com força à porta.

Outra vez? A urgência do som a fez estremecer. *Terão mais mil navios caído sobre nós?* Enfiou-se num roupão e foi ver quem era.

— Peço perdão por incomodá-la, Vossa Graça — disse o guarda —, mas a lady Stokeworth está lá embaixo e implora por uma audiência.

— A essa hora? — Cersei explodiu. — Terá Falyse perdido o juízo? Diga-lhe que me retirei. Diga-lhe que há plebeus nos Escudos sendo chacinados. Diga-lhe que passei metade da noite acordada. Recebo-a de manhã.

O guarda hesitou.

— Se aprouver a Vossa Graça, ela... ela não está nas melhores condições, se compreende o que quero dizer.

Cersei franziu as sobrancelhas. Presumira que Falyse estivesse ali para lhe dizer que Bronn se encontrava morto.

— Muito bem. Terei de me vestir. Leve-a para meu aposento privado e diga-lhe para esperar — quando a lady Merryweather se preparou para se levantar e ir com ela, a rainha objetou. — Não, fique. Pelo menos uma de nós deve ter algum descanso. Não demorarei.

O rosto da lady Falyse estava inchado e cheio de manchas negras, os olhos vermelhos por causa das lágrimas. Tinha o lábio inferior rachado, e as roupas manchadas e rasgadas.

— Pela bondade dos deuses — Cersei exclamou enquanto a introduzia no aposento privado e fechava a porta. — O que aconteceu com o seu rosto?

Falyse não pareceu ouvir a pergunta.

— Ele o *matou* — disse, numa voz trêmula. — Mãe, misericórdia, ele... ele... — e rebentou em soluços, com o corpo todo estremecendo.

Cersei serviu uma taça de vinho e a levou à mulher que chorava.

— Beba isto. O vinho a acalmará. Isso. Um pouco mais. Pare com esse choro e diga-me por que está aqui.

Foi preciso o resto do jarro para a rainha finalmente conseguir arrancar toda a triste história da lady Falyse. Quando o fez, não soube se deveria rir ou se enfurecer.

— Combate individual — repetiu. *Não haverá ninguém nos Sete Reinos com quem eu possa contar? Serei a única pessoa de Westeros com um pouco de miolos?* — Está me dizendo que sor Balman desafiou Bronn para um *combate individual*?

— Ele falou que seria s-s-simples. A lança é uma arma de c-cavaleiro, ele disse, e B-Bronn não era um verdadeiro cavaleiro. Balman disse que o derrubaria do cavalo e acabaria com ele enquanto estivesse a-a-atordoado.

Bronn não era um cavaleiro, isso era verdade. Era um assassino endurecido pela batalha. *O cretino do seu marido escreveu a própria sentença de morte.*

— Um plano magnífico. Devo me atrever a lhe perguntar por que terminou mal?

— B-Bronn enfiou a lança no peito do pobre c-c-c-cavalo de Balman. Balman, ele... suas pernas foram esmagadas quando o animal caiu. Ele gritou tanto que dava dó...

Os mercenários não têm dó, Cersei podia ter dito.

— Pedi a vocês para planejar um acidente de caça. Uma flecha perdida, uma queda do cavalo, um javali furioso... há tantas maneiras de um homem morrer na floresta. E nenhuma delas envolve *lanças*.

Falyse não pareceu ouvi-la.

— Quando tentei correr para o meu Balman, ele, ele, ele *bateu* em meu rosto. Obrigou meu senhor a c-c-confessar. Balman gritava pelo meistre Frenken, para que o tratasse, mas o mercenário, ele, ele, ele...

— Confessar? — Cersei não gostou da palavra. — Confio que nosso bravo sor Balman tenha controlado a língua.

— Bronn lhe enfiou um punhal no *olho* e disse-me que era melhor que eu saísse de Stokeworth antes do pôr do sol, senão o mesmo aconteceria comigo. Disse que me entregaria à g-g-guarnição, se algum deles me quisesse. Quando ordenei que Bronn fosse capturado, um de seus cavaleiros teve a insolência de dizer que eu devia fazer o que lorde Stokeworth dizia. Chamou-o *lorde Stokeworth*! — Lady Falyse agarrou-se à mão da rainha. — Vossa Graça precisa me dar cavaleiros. Uma centena de cavaleiros! E besteiros, para retomar meu castelo. Stokeworth é meu! Eles nem sequer me autorizaram ir buscar minha *roupa*! Bronn disse que agora era a roupa da mulher dele, todas as minhas s-sedas e veludos.

Os trapos são o menor de seus problemas. A rainha libertou seus dedos da mão pegajosa da mulher.

— Pedi a vocês para soprar uma vela para ajudar a proteger o rei. Em vez disso, atiraram um frasco de fogovivo sobre ele. Será que o imbecil de seu Balman ligou meu nome a isso? Diga-me que não o fez.

Falyse lambeu os lábios.

— Ele... ele estava com dores, tinha as pernas quebradas. Bronn disse que lhe mostraria misericórdia, mas... O que vai acontecer à minha pobre m-m-mãe?

Imagino que morrerá.

— O que acha? — Lady Tanda podia perfeitamente já estar morta. Bronn não parecia ser o tipo de homem que faria um grande esforço para tratar de uma velha com um quadril quebrado.

— Precisa me ajudar. Para onde irei? O que farei?

Talvez possa se casar com o Rapaz Lua, Cersei quase disse. *É um idiota quase tão grande quanto seu falecido marido.* Não podia se arriscar a uma guerra à porta de Porto Real, especialmente naquele momento.

— As irmãs silenciosas sempre ficam felizes por receber viúvas — disse. — A vida que levam é serena, uma vida de rezas, contemplação e boas obras. Trazem alívio aos vivos e paz aos mortos — *e não falam*. Não podia ter a mulher correndo pelos Sete Reinos, espalhando histórias perigosas.

Falyse estava surda perante o bom senso.

— Tudo que fizemos, fizemos ao serviço de Vossa Graça. *Orgulhosos de Ser Fiéis.* Você disse...

— Eu me lembro — Cersei forçou um sorriso. — Ficará aqui conosco, senhora, até o momento em que acharmos uma maneira de reconquistar seu castelo. Deixe que lhe sirva outra taça de vinho. Ajudará você a dormir. Está cansada e com o coração enfermo, isso é evidente. Minha pobre, querida Falyse. Isso, beba.

Enquanto sua convidada labutava com o jarro, Cersei foi à porta e chamou as aias. Disse a Dorcas que encontrasse lorde Qyburn e o trouxesse ali imediatamente. Despachou Jocelyn Swyft para as cozinhas.

— Traga pão e queijo, um empadão de carne e algumas maçãs. E vinho. Temos sede.

Qyburn chegou antes da comida. A lady Falyse tinha emborcado mais três taças àquela altura e começava a deixar cair a cabeça, embora de vez em quando acordasse e soltasse mais um soluço. A rainha afastou-se com Qyburn e lhe contou a loucura de sor Balman.

— Não posso ter Falyse espalhando histórias pela cidade. O desgosto a deixou fraca de espírito. Ainda precisa de mulheres para o seu... trabalho?

— Preciso, Vossa Graça. Os titereiros estão bastante gastos.

— Então leve-a e faça com ela o que quiser. Mas, uma vez que desça às celas negras... tenho de dizer mais alguma coisa?

— Não, Vossa Graça. Eu compreendo.

— Ótimo — a rainha voltou a pôr um sorriso no rosto. — Querida Falyse, meistre Qyburn está aqui. Ele a ajudará a descansar.

— Oh — Falyse disse vagamente. — Oh, que bom.

Quando a porta se fechou atrás deles, Cersei serviu-se de mais uma taça de vinho.

— Estou cercada de inimigos e imbecis — disse. Nem sequer podia confiar em seu próprio sangue e família, nem em Jaime, que outrora fora sua outra metade. *Ele deveria ser minha espada e escudo, meu forte braço direito. Por que insiste em me irritar?*

Bronn não era mais do que um aborrecimento, certamente. Nunca acreditara de verdade que ele estivesse dando abrigo ao Duende. Seu deformado irmãozinho era esperto demais para permitir que Lollys desse seu nome ao maldito bastardo que mal parira, sabendo que isso com certeza atrairia a fúria da rainha sobre ela. A lady Merryweather fizera-o notar, e tinha razão. A troça era certamente obra do mercenário. Conseguia imaginá-lo observando seu enrugado e vermelho filho adotivo mamando numa das tetas inchadas de Lollys, com uma taça de vinho na mão e um sorriso insolente no rosto. *Sorria o quanto quiser, sor Bronn, não vai demorar até que grite. Desfrute de sua senhora desmiolada e de seu castelo roubado enquanto pode. Quando a hora certa chegar, hei de esmagá-lo como se fosse uma mosca.* Talvez devesse enviar Loras Tyrell para o esmagamento, se o Cavaleiro das Flores conseguisse arranjar um meio de regressar vivo de Pedra do Dragão. *Isso seria delicioso. Se os deuses forem bons, matarão um ao outro, como sor Arryk e sor Erryk.* E quanto a Stokeworth... não, estava cansada de pensar em Stokeworth.

Taena voltara a adormecer quando a rainha regressou ao quarto com a cabeça girando. *Vinho de mais e sono de menos*, disse a si mesma. Não eram todas as noites que era acordada duas vezes com notícias tão alarmantes. *Pelo menos consegui acordar. Robert estaria bêbado demais para se levantar, quanto mais governar. Teria cabido a Jon Arryn lidar com tudo isso.* Agradava-lhe pensar que dava um rei melhor do que Robert.

O céu que se via da janela já começava a clarear. Cersei sentou-se na cama ao lado da lady Merryweather, escutando sua suave respiração, observando seus seios subir e descer. *Sonhará ela com Myr?*, perguntou a si mesma. *Ou será com seu amante da cicatriz, o homem perigoso de cabelos escuros que não se deixava recusar?* Tinha bastante certeza de que Taena não sonhava com lorde Orton.

Cersei envolveu o seio da outra mulher numa mão. A princípio com suavidade, quase sem tocá-lo, sentindo na palma da mão o calor que ele emitia, a pele macia como cetim. Deu-lhe um apertão brando, e então percorreu levemente o grande mamilo escuro com a unha, de um lado para outro, e de um lado para outro novamente, até que o sentiu enrijecer. Quando ergueu os olhos, os de Taena estavam abertos.

— Isto é bom? — perguntou.

— Sim — lady Merryweather respondeu.

— E isto? — Cersei beliscou o mamilo, puxando-o com força, torcendo-o entre seus dedos.

A mulher myriana soltou uma arfada de dor.

— Está me machucando.

— É só o vinho. Bebi um jarro no jantar e outro com a viúva Stokeworth. Tive de beber para mantê-la calma — torceu também o outro mamilo de Taena, puxando-o até que a outra mulher arquejou. — Sou a rainha. Pretendo reclamar meus direitos.

— Faça o que quiser. — Os cabelos de Taena eram negros como os de Robert, mesmo os pelos entre as pernas, e quando Cersei a tocou ali, descobriu-os encharcados, enquanto os de Robert eram grossos e secos. — Por favor — disse a mulher myriana —, prossiga, minha rainha. Faça o que quiser comigo. Sou sua.

Mas não valia a pena. Não conseguia sentir, fosse o que fosse que Robert sentia nas noites em que a tomava. Não havia prazer naquilo, pelo menos para si. Para Taena, sim. Seus mamilos eram dois diamantes negros, o sexo estava escorregadio e fumegante. *Robert teria amado você durante uma hora.* A rainha enfiou um dedo naquele pântano myriano, e depois outro, movendo-os para dentro e para fora, *mas, depois de se derramar dentro de você, sentiria dificuldade para lembrar seu nome.*

Queria ver se seria tão fácil com uma mulher como sempre fora com Robert. *Dez mil de seus filhos morreram na palma de minha mão,* Vossa Graça, pensou, enfiando um terceiro dedo em Myr. *Enquanto roncava, eu lambia seus filhos um por um de meu rosto e dedos, todos aqueles pálidos príncipes pegajosos. Você reclamava seus direitos, senhor, mas na escuridão eu comia seus herdeiros.* Taena estremeceu. Arquejou algumas palavras numa língua estrangeira e então voltou a estremecer, arqueou as costas e gritou. *Soa como se estivesse sendo trespassada,* pensou a rainha. Por um momento, permitiu-se imaginar que seus dedos eram as presas de um javali rasgando a mulher myriana das virilhas à garganta.

Ainda não sentia prazer.

Nunca sentira com ninguém, exceto Jaime.

Quando tentou afastar a mão, Taena a apanhou e lhe beijou os dedos.

— Querida rainha, como posso lhe dar prazer? — Fez deslizar a mão pelo flanco de Cersei e lhe tocou o sexo. — Diga-me o que quer de mim, meu amor.

— Deixe-me — Cersei virou-lhe as costas e puxou os cobertores para se cobrir, estremecendo. A aurora já rompia. Logo seria manhã, e tudo aquilo seria esquecido.

Jamais acontecera.

JAIME

As trombetas soaram num bramido de bronze e cortaram o ar parado e azul do ocaso. Josmyn Peckleton pôs-se de pé imediatamente, precipitando-se para o cinto da espada de seu chefe.

O rapaz tem bons instintos.

— Os fora da lei não fazem soar trombetas para anunciar sua chegada — disse-lhe Jaime. — Não precisarei da espada. Deve ser meu primo, o Guardião do Oeste.

Os recém-chegados desmontavam quando Jaime saiu da tenda; meia dúzia de cavaleiros, e uma vintena de arqueiros e homens de armas a cavalo.

— *Jaime!* — rugiu um homem desgrenhado que trajava cota de malha dourada e um manto de pele de raposa. — Tão magro, e todo de branco! E também barbado!

— Isto? Não passa de restolho, comparado a essa sua juba, primo. — A barba eriçada e o cerrado bigode de sor Daven transformavam-se em suíças tão densas quanto uma sebe, e estas fundiam-se com o emaranhado matagal amarelo que lhe cobria a cabeça, escondido pelo elmo que ele agora tirava. Em algum lugar, no meio de todos aqueles pelos, espreitava um nariz achatado e um par de vivos olhos cor de avelã. — Algum fora da lei roubou sua navalha?

— Jurei que não deixaria que me cortassem os cabelos até que meu pai fosse vingado. — Para um homem com um aspecto tão leonino, Daven Lannister soava estranhamente acanhado. — Mas o Jovem Lobo chegou primeiro ao Karstark. Roubou-me a vingança — entregou o elmo a um escudeiro e fez passar os dedos pelos cabelos, onde o peso do aço o esmagara. — Gosto de um pouco de cabelo. As noites estão ficando mais frias, e um pouco de folhagem ajuda a manter o rosto quente. Sim, e Tia Genna sempre disse que eu tinha um queixo de tijolo — agarrou os braços de Jaime. — Tememos por você depois do Bosque dos Murmúrios. Ouvimos dizer que o lobo-gigante do Stark tinha rasgado sua goela.

— Chorou lágrimas amargas por mim, primo?

— Metade de Lannisporto estava de luto. A metade feminina — o olhar de sor Daven dirigiu-se ao coto de Jaime. — Então é verdade. Os bastardos lhe tiraram a mão da espada.

— Tenho uma nova, feita de ouro. Há muitas vantagens de só se ter uma mão. Bebo menos vinho por temer derramá-lo, e raramente me dá vontade de coçar o cu na corte.

— Sim, lá isso é verdade. Talvez deva cortar a minha também — o primo soltou uma gargalhada. — Foi Catelyn Stark quem a cortou?

— Vargo Hoat. — *De onde vêm essas histórias?*

— O qohorano? — Sor Daven cuspiu. — Isso é para ele e para todos os seus Bravos Companheiros. Eu disse ao seu pai que cuidava da pilhagem, mas ele recusou. Algumas tarefas são adequadas aos leões, ele disse, mas é melhor deixar a pilhagem para os bodes e os cães.

Jaime sabia que aquelas eram as palavras exatas de lorde Tywin; quase conseguia ouvir a voz do pai.

— Entre, primo. Precisamos conversar.

Garrett tinha acendido os braseiros, e os carvões incandescentes enchiam a tenda de Jaime com um calor rubro. Sor Daven libertou-se do manto e o atirou a Lew Pequeno.

— É um Piper, rapaz? — rosnou. — Tem ar de tampinha.

— Sou Lewys Piper, se aprouver ao senhor.

— Uma vez deixei seu irmão sangrando num corpo a corpo. O palerma do tampinha se ofendeu quando lhe perguntei se quem dançava nua em seu escudo era a irmã.

— Ela é o símbolo de nossa Casa. Não temos nenhuma irmã.

— Maior é a pena. Seu símbolo tem umas belas tetas. Mas que tipo de homem se esconde atrás de uma mulher nua? Cada vez que dava uma pancada no escudo do seu irmão me sentia pouco cavalheiresco.

— Basta — Jaime o repreendeu, rindo. — Deixe-o em paz — Pia aquecia vinho para eles, mexendo a panela com uma colher. — Tenho de saber o que posso esperar encontrar em Correrrio.

O primo encolheu os ombros.

— O cerco arrasta-se. Peixe Negro senta-se dentro do castelo, nós nos sentamos aqui fora nos acampamentos. Uma chatice dos demônios, se quer saber a verdade. — Sor Daven sentou-se num banco de acampamento. — Tully devia fazer uma investida, para nos lembrar a todos de que ainda estamos em guerra. Também seria bom se nos libertasse de uns tantos Frey. De Ryman, para começar. O homem passa mais tempo bêbado do que sóbrio. Oh, e Edwyn. Não é tão obtuso quanto o pai, mas está tão cheio de ódio quanto um furúnculo com pus. E o nosso sor Emmon... não, *lorde* Emmon, que os Sete nos salvem, é melhor não esquecer seu novo título... Este nosso Senhor de Correrrio não faz nada além de me dizer como dirigir o cerco. Quer que eu tome o castelo sem *danificá-lo*, visto que agora é a sua casa senhorial.

— Esse vinho já está quente? — Jaime perguntou a Pia.

— Sim, milorde — a garota cobriu a boca quando falou. Peck serviu o vinho numa bandeja dourada. Sor Daven tirou as luvas e pegou uma taça.

— Obrigado, rapaz. E você, quem é?

— Josmyn Peckledon, se aprouver ao senhor.

— Peck foi um herói na Água Negra — Jaime disse. — Matou dois cavaleiros e capturou outros dois.

— Deve ser mais perigoso do que parece, moço. Isso é uma barba ou esqueceu de lavar a sujeira da cara? A mulher de Stannis Baratheon tem um bigode mais farto. Quantos anos tem?

— Quinze, sor.

Sor Daven soltou uma fungadela.

— Sabe o que os heróis têm de melhor, Jaime? Morrem novos e deixam mais mulheres para o resto de nós — atirou a taça ao escudeiro. — Volte a encher isso até a borda, e eu também o chamarei de herói. Tenho sede.

Jaime ergueu sua taça com a mão esquerda e bebeu um gole. O calor se espalhou por seu peito.

— Falava dos Frey que queria ver mortos. Ryman, Edwyn, Emmon...

— E Walder Rivers — Daven completou —, aquele filho da puta. Detesta ser bastardo, e detesta todos que não são. Mas sor Perwyn parece ser um tipo decente, podemos poupá-lo. E às mulheres também, que vou me casar com uma delas, segundo ouvi dizer. Seu pai podia ter achado por bem me consultar sobre esse casamento. Meu pai estava em negociações com Paxter Redwyne antes de Cruzaboi, sabia? Redwyne tem uma filha com um belo dote...

— Desmera? — Jaime soltou uma gargalhada. — O que você acha de sardas?

— Se minhas alternativas são Frey ou sardas, bem... metade das descendentes de lorde Walder se parecem com furões.

— Só metade? Dê-se por contente. Eu vi a mulher de Lancel em Darry.

— A Ami Portão, pela bondade dos deuses. Não consegui acreditar que Lancel a tenha escolhido. O que se passa com aquele rapaz?

— Tornou-se piedoso — Jaime respondeu —, mas não foi ele quem fez a escolha. A mãe da lady Amerei é uma Darry. Nosso tio achou que isso ajudaria Lancel com o povo de Darry.

— Como? Fodendo com eles? Sabe por que a chamam de Ami Portão? Ela ergue a porta levadiça para qualquer cavaleiro que passe por perto. É melhor que Lancel arranje um armeiro que lhe faça um elmo com cornos.

— Isso não será necessário. Nosso primo está a caminho de Porto Real, para tomar votos como uma das espadas do alto septão.

Sor Daven não teria parecido mais espantado se Jaime lhe tivesse dito que Lancel decidira se tornar macaco de pantomimeiro.

— Não pode ser. Está brincando comigo. Ami Portão deve ser uma doninha ainda maior do que eu tinha ouvido falar se conseguiu levar o rapaz a fazer *isso*.

Quando Jaime se despediu da lady Amerei, ela chorava suavemente por causa da dissolução de seu casamento, enquanto permitia que Lyle Crakehall a consolasse. Suas lágrimas ficaram longe de perturbá-lo, tanto quanto os olhares duros de seus familiares espalhados pelo pátio.

— Espero que não pretenda também tomar votos, primo — disse a Daven. — Os Frey são suscetíveis no que diz respeito aos contratos de matrimônio. Detestaria voltar a desiludi-los.

Sor Daven fungou.

— Casarei e dormirei com minha doninha, nada tema. Sei o que aconteceu a Robb Stark. Mas, pelo que Edwyn me diz, é melhor que eu escolha uma que ainda não floriu, caso contrário, é provável que descubra que Walder Preto esteve lá primeiro. Aposto que tomou Ami Portão, e mais do que três vezes. Isso talvez explique a religiosidade de Lancel e o humor do pai dele.

— Viu sor Kevan?

— Sim. Ele passou por aqui a caminho do oeste. Pedi-lhe para me ajudar a tomar o castelo, mas Kevan nem quis ouvir falar no assunto. Ficou refletindo todo o tempo que passou aqui. Bastante cortês, mas frio. Jurei-lhe que nunca pedi para ser Guardião do Oeste, que a honra devia ter cabido a ele, e ele declarou que não tinha ressentimento, mas nunca poderia deduzir isto pelo seu tom. Ficou três dias, e quase nem me disse três palavras. Gostaria que tivesse ficado, seus conselhos me seriam úteis. Nossos amigos Frey não se atreveriam a contrariar sor Kevan como me têm contrariado.

— Conte-me — Jaime pediu.

— Gostaria de contar, mas por onde começo? Enquanto eu construía aríetes e torres de cerco, Ryman Frey construiu um cadafalso. Todos os dias, à alvorada, aparece com Edmure Tully, põe-lhe uma corda em volta do pescoço e ameaça enforcá-lo, a menos que o castelo se renda. Peixe Negro não dá importância a essa pantomima, de modo que, ao cair da noite, lorde Edmure é de novo levado para baixo. A mulher está grávida, sabia?

Não sabia.

— Edmure a levou para a cama depois do Casamento Vermelho?

— Estava com ela na cama *durante* o Casamento Vermelho. Roslin é uma coisinha bonita, quase nem parece uma doninha. E gosta de Edmure, estranhamente. Perwyn me diz que ela reza por uma menina.

Jaime refletiu naquilo por um momento.

— Uma vez nascido o filho de Edmure, lorde Walder deixará de ter necessidade dele.

— É também assim que vejo as coisas. Nosso tio Emm... ah, isto é, *lorde* Emmon, quer ver Edmure enforcado de imediato. A presença de um Tully, Senhor de Correrrio, perturba-o quase tanto quanto o esperado nascimento de mais um. Implora-me diariamente para *obrigar* sor Ryman a pendurar Tully, não importa como. Entretanto, tenho lorde Gawen Westerling me puxando a outra manga. Peixe Negro tem a senhora sua esposa dentro do castelo, com três de suas crias ranhosas. Sua senhoria teme que Tully os mate se os Frey enforcarem Edmure. Uma delas é a rainhazinha do Jovem Lobo.

Jaime achava que tinha conhecido Jeyne Westerling, embora não conseguisse se lembrar de sua aparência. *Deve ser realmente bela para valer um reino.*

— Sor Brynden não matará crianças — assegurou ao primo. — Ele não é um peixe assim tão negro — começava a compreender por que Correrrio ainda não caíra. — Fale-me dos seus arranjos, primo.

— Temos o castelo bem cercado. Sor Ryman e os Frey estão a norte do Pedregoso. A sul do Ramo Vermelho encontra-se lorde Emmon, com sor Forley Prester e aquilo que resta de sua velha hoste, além dos senhores do rio que passaram para o nosso lado após o Casamento Vermelho. Um bando carrancudo, não me importo de assim afirmar. Prestam para ficar amuados nas respectivas tendas, mas não para muito mais. Meu acampamento fica entre os rios, diante do fosso e dos portões principais de Correrrio. Fizemos passar um dique flutuante através do Ramo Vermelho, a jusante do castelo. Manfryd Yew e Raynard Ruttiger estão a cargo de sua defesa, de modo que ninguém possa escapar por barco. Também lhes dei redes, para pescar. Ajuda a nos manter alimentados.

— Podemos derrotar o castelo pela fome?

Sor Daven balançou a cabeça.

— Peixe Negro expulsou de Correrrio todas as bocas inúteis e colheu tudo que havia nos campos. Tem reservas suficientes para manter homens e cavalos vivos durante dois anos.

— E como estamos aprovisionados?

— Enquanto houver peixe nos rios, não passaremos fome, embora eu não saiba como alimentaremos os cavalos. Os Frey têm trazido comida e forragem das Gêmeas, mas sor Ryman diz que não tem o bastante para partilhar, portanto, temos de ser nós a nos abastecermos. Metade dos homens que mando em busca de comida não regressa. Alguns estão desertando. Encontramos outros apodrecendo debaixo das árvores, com corda em volta do pescoço.

— Deparamos com alguns, anteontem — Jaime confirmou. Os batedores de Addam Marbrand os tinham encontrado, pendendo, com rostos negros, sob uma macieira silvestre. Os cadáveres tinham sido desnudados, e cada homem tinha uma maçã enfiada entre os dentes. Nenhum mostrava ferimento; era evidente que tinham se rendido. Varrão Forte ficara furioso ao ver aquilo, jurando vingança sangrenta contra a cabeça de qualquer homem capaz de amarrar guerreiros e deixá-los para morrer como se fossem leitões.

— Podem ter sido os fora da lei — sor Daven disse depois de Jaime ter contado a história —, ou não. Ainda andam por aí bandos de nortenhos. E esses Senhores do Tridente podem ter dobrado o joelho, mas me parece que os corações continuam a ser... lupinos.

Jaime olhou de relance seus dois jovens escudeiros, que pairavam perto dos braseiros fingindo não escutar. Lewys Piper e Garrett Paege eram ambos filhos de senhores do rio. Criara amizade pelos dois, e detestaria ter de entregá-los a sor Ilyn.

— As cordas sugerem-me Dondarrion.

— Seu Senhor do Relâmpago não é o único homem que sabe como atar um laço. Não me faça falar de lorde Beric. Está aqui, está ali, está em todo lado, mas, quando homens são enviados atrás dele, evapora-se como orvalho. Os senhores do rio o estão ajudando, não duvide disso nem por um momento. Um maldito senhor da Marca, se dá para acreditar em tal coisa. Um dia ouve-se dizer que o homem está morto, no segundo lhe contam que ele não pode ser morto. — Sor Daven pousou a taça de vinho. — Meus batedores falam de fogueiras nos lugares elevados durante a noite. Fogueiras sinaleiras, julgam eles... como se houvesse um anel de vigilantes a nossa volta. E também há fogos nas aldeias. Algum novo deus...

Não, um antigo.

— Thoros, o sacerdote gordo myriano que costumava beber com Robert, está com Dondarrion. — Jaime tinha a mão de ouro pousada na mesa. Tocou-a e viu o ouro cintilar à luz abafada dos braseiros. — Lidaremos com Dondarrion se tiver de ser, mas Peixe Negro tem de vir primeiro. Ele deve saber que sua causa é perdida. Tentou negociar com ele?

— Sor Ryman tentou. Foi a cavalo até os portões do castelo, meio bêbado e fanfarrão, fazendo ameaças. Peixe Negro apareceu nas ameias durante tempo suficiente para dizer que não desperdiçaria boas palavras com homens sórdidos. Então, espetou uma flecha na garupa do palafrém de Ryman. O cavalo empinou, o Frey caiu na lama e eu ri tanto que quase mijei nas calças. Se fosse eu naquele castelo, teria enfiado aquela flecha na garganta mentirosa de Ryman.

— Usarei um gorjal quando for negociar com ele — Jaime disse com um meio sorriso. — Pretendo lhe oferecer condições generosas — se conseguisse pôr fim àquele cerco sem derramar sangue, então não poderiam dizer que pegara em armas contra a Casa Tully.

— Tente à vontade, mas duvido que as palavras saiam vitoriosas. Temos de tomar o castelo de assalto.

Houvera uma época, não fazia muito tempo, em que Jaime aconselharia, sem a menor dúvida, o mesmo curso de ação. Sabia que não podia ficar ali durante dois anos para derrotar Peixe Negro pela fome.

— Não importa o que façamos, temos de agir depressa — disse a sor Daven. — Meu lugar é em Porto Real, com o rei.

— Sim — o primo concordou. — Não duvido de que sua irmã precise de você. Por que ela mandou sor Kevan embora? Achava que o nomearia Mão.

— Ele não quis aceitar o cargo. — *Não foi tão cego quanto fui.*

— Kevan devia ser Guardião do Oeste. Ou você. Não que eu não esteja grato pela honra, veja bem, mas nosso tio tem duas vezes a minha idade e mais experiência de comando. Espero que saiba que nunca pedi isso.

— Ele sabe.

— Como está Cersei? Tão bela como sempre?

— Deslumbrante. — *Instável.* — Dourada. — *Falsa como ouro dos tolos.* Na noite anterior, sonhara ter flagrado a irmã fodendo com o Rapaz Lua. Matara o bobo e, com a mão de ouro, fizera em lascas os dentes de Cersei, tal como Gregor Clegane fizera à pobre Pia. Em seus sonhos, Jaime tinha sempre duas mãos; uma era feita de ouro, mas funcionava tão bem quanto a outra. — Quanto mais depressa nos despacharmos com Correrrio, mais depressa regressarei para junto de Cersei — o que Jaime faria então, não sabia.

Conversou com o primo durante mais uma hora antes de o Guardião do Oeste finalmente se retirar. Depois de ele partir, Jaime prendeu a mão de ouro e o manto marrom para ir caminhar por entre as tendas.

Na verdade, gostava daquela vida. Sentia-se mais confortável entre soldados, em campo, do que alguma vez se sentira na corte. E seus homens também pareciam confortáveis com ele. Junto a uma fogueira, três besteiros ofereceram-lhe um pouco da lebre que tinham apanhado. Junto a outra, um jovem cavaleiro lhe pediu conselhos quanto à melhor maneira de se defender contra um martelo de guerra. Embaixo, junto ao rio, observou duas lavadeiras que travavam uma justa na água pouco profunda, montadas nos ombros de um par de homens de armas. As garotas estavam meio bêbadas e seminuas, rindo e batendo uma na outra com mantos enrolados, enquanto uma dúzia de outros homens as incentivavam. Jaime apostou uma estrela de cobre na garota loira que montava Raff, o Querido, mas a perdeu quando as duas caíram na água por entre os juncos.

Do outro lado do rio lobos uivavam, e o vento soprava em rajadas através de um maciço de salgueiros, fazendo seus galhos se contorcerem e suspirar. Jaime encontrou sor Ilyn Payne sozinho, em frente à tenda, passando uma pedra de amolar pela espada.

— Venha — disse, e o cavaleiro silencioso ergueu-se, com um pequeno sorriso. *Ele gosta disso*, compreendeu. *Agrada-lhe me humilhar todas as noites. Talvez lhe agradasse ainda mais me matar.* Gostaria de acreditar que melhorava, mas as melhorias eram lentas e não aconteciam sem um preço. Por baixo do aço, da lã e do couro cozido que trajava, Jaime Lannister era uma tapeçaria de cortes, crostas de sangue e manchas negras.

Uma sentinela os desafiou ao saírem do acampamento com os cavalos pela arreata. Jaime deu uma palmada no ombro do homem com a mão de ouro.

— Fique atento. Há lobos por aí — voltaram, ao longo do Ramo Vermelho, até as ruínas de uma aldeia por onde tinham passado naquela tarde. E foi ali que dançaram sua dança da meia-noite, entre pedras enegrecidas e cinzas velhas e frias. Durante algum tempo Jaime teve supremacia. Talvez a velha perícia *estivesse* voltando, permitiu-se pensar. Talvez naquela noite fosse Payne quem dormiria machucado e ensanguentado.

Foi como se sor Ilyn tivesse ouvido seus pensamentos. Parou indolentemente o último golpe de Jaime e lançou um contra-ataque que empurrou o adversário para o rio, fazendo-o ir parar na lama pelo escorregão da bota que o fez perder o equilíbrio. Acabou de joelhos, com a espada do cavaleiro silencioso na garganta e a sua perdida entre os canaviais. Ao luar, as marcas de bexigas no rosto de Payne eram grandes como crateras. Ele fez aquele som de estalar que podia ter sido uma gargalhada e deslizou a espada pela garganta de Jaime até a ponta repousar entre seus lábios. Só então recuou e embainhou o aço.

Teria feito melhor se desafiasse Raff, o Querido, com uma puta às costas, pensou Jaime enquanto sacudia lama da mão dourada. Parte de si desejou arrancar aquela coisa e atirá-la ao rio. Não prestava para nada, e a esquerda não era muito melhor. Sor Ilyn voltara para junto dos cavalos, deixando-o sozinho para se pôr em pé. *Pelo menos ainda tenho dois desses.*

O último dia da viagem foi frio e ventoso. O vento matraqueava por entre os galhos nos bosques nus e marrons e fazia os juncos do rio dobrarem-se ao longo do Ramo Vermelho. Ainda que coberto com a lã do manto de inverno da Guarda Real, Jaime conseguia sentir os dentes de ferro do vento enquanto avançava ao lado do primo Daven. Foi ao fim da tarde que avistaram Correrrio, erguendo-se da ponta estreita onde o Pedregoso se juntava ao Ramo Vermelho. O castelo Tully parecia um grande navio de pedra, com sua proa apontando para jusante. Suas muralhas de arenito estavam ensopadas de uma luz de tom dourado-avermelhado, e pareciam mais altas e mais espessas do que Jaime se recordava. *Essa noz não se quebrará com facilidade*, pensou sombriamente. Se Peixe Negro não lhe desse ouvidos, não teria alternativa exceto quebrar a promessa que fizera a Catelyn Stark. A promessa que fizera ao seu rei tinha primazia.

O dique que atravessava o rio e os três grandes acampamentos do exército sitiante eram precisamente como o primo descrevera. O acampamento de sor Ryman Frey, ao norte do Pedregoso, era o maior e o mais desordenado. Um grande cadafalso cinzento erguia-se acima das tendas, tão alto quanto qualquer catapulta. Nele encontrava-se uma figura solitária com uma corda em volta do pescoço. Edmure Tully. Jaime sentiu um acesso de piedade. *Mantê-lo ali em pé dia após dia, com aquele laço em volta do pescoço... seria melhor cortar-lhe a cabeça e acabar com o assunto.*

Por trás do cadafalso, tendas e fogueiras para cozinhar espalhavam-se numa desordem irregular. Os fidalgotes Frey e seus cavaleiros tinham erguido os pavilhões confortavelmente a montante das fossas das latrinas; para jusante ficavam casinhotos lamacentos, carroças e carros de bois.

— Sor Ryman não quer que seus rapazes se aborreçam, de modo que lhes dá prostitutas e lutas de galos e de ursos — sor Devan contou. — Até arranjou o raio de um *cantor*. Nossa tia trouxe Wat Sorriso-Branco de Lannisporto, se consegue acreditar em tal coisa, de modo que Ryman também tinha de ter um cantor. Não podíamos simplesmente represar o rio e afogar aquela cambada toda, primo?

Jaime via arqueiros deslocando-se por trás dos merlões nas ameias do castelo. Por cima deles, agitavam-se os estandartes da Casa Tully, a truta prateada desafiante em seu fundo listrado de vermelho e azul. Mas na torre mais alta esvoaçava uma bandeira diferente; um longo estandarte branco decorado com o lobo-gigante dos Stark.

— A primeira vez que vi Correrrio, era um escudeiro tão verde como a grama estival — disse Jaime ao primo. — O velho Sumner Crakehall me mandou entregar uma mensagem, que ele jurou não poderia ser confiada a um corvo. Lorde Hoster reteve-me durante quinze dias enquanto pensava na resposta, e sentou-me ao lado da filha Lysa a cada refeição.

— Pouco admira que tenha vestido o branco. Eu teria feito o mesmo.

— Oh, Lysa não era tão temível como nos últimos tempos. — Tinha sido uma garota bonita, para falar a verdade; com covinhas no rosto e delicada, de longos cabelos ruivos. *Mas tímida. Dada a silêncios de língua atada e ataques de riso, sem nada do fogo de Cersei.* A irmã mais velha parecera mais interessante, embora Catelyn estivesse prometida a um rapaz nortenho qualquer, o herdeiro de Winterfell... Mas naquela idade nenhuma garota chegava sequer perto de interessar Jaime tanto quanto o famoso irmão de Hoster, que ganhara renome ao combater os Reis de Nove Moedas nos Degraus. À mesa, ignorara a pobre Lysa, enquanto pressionava Brynden Tully, pedindo-lhe histórias sobre Maelys, o Monstruoso, e o Príncipe de Ébano. *Sor Brynden era mais novo do que sou agora, refletiu Jaime, e eu mais novo do que Peck.*

O vau mais próximo do Ramo Vermelho ficava a montante do castelo. Para chegar ao acampamento de sor Daven, tinham de atravessar o de Emmon Frey, passando pelos pavilhões dos senhores do rio que tinham dobrado o joelho e sido aceitos de volta à paz do rei. Jaime reparou nos estandartes de Lychester e Vance, Roote e Goodbrook, nas bolotas da Casa Smallford e na donzela dançante de lorde Piper, mas as bandeiras que *não* viu deram-lhe o que pensar. A águia prateada de Mallister não se via em lado nenhum, nem o cavalo vermelho de Bracken, o salgueiro dos Ryger, as serpentes entrelaçadas de Paege. Embora todos tivessem renovado sua fidelidade ao Trono de Ferro, nenhum tinha vindo se juntar ao cerco. Jaime sabia que os Bracken estavam em guerra com os Blackwood, o que explicava sua ausência, mas os outros...

Nossos novos amigos não são amigos nenhuns. Sua lealdade não é mais profunda do que suas peles. Correrrio tinha de ser tomado, e depressa. Quanto mais tempo o cerco se arrastasse, mais ânimo daria a outros teimosos, como Tytos Blackwood.

No vau, sor Kennos de Kayce soprou o Berrante de Herrock. *Isso deve trazer Peixe Negro às ameias.* Sor Hugo e sor Dermot indicaram a Jaime o caminho através do rio, fazendo espirrar a lamacenta água vermelho-amarronzada com o estandarte branco da Guarda Real e o veado e o leão de Tommen esvoaçando. O resto da coluna os seguiu de perto.

O acampamento Lannister ressoava com o som de martelos de madeira, vindo de onde uma nova torre de cerco era erguida. Outras duas torres estavam completas, meio cobertas por peles de cavalo por curtir. Entre ambas encontrava-se um aríete rolante; um tronco de árvore com a ponta endurecida pelo fogo, suspenso por correntes sob uma cobertura de madeira. *Meu primo não ficou parado, ao que parece.*

— Senhor — perguntou Peck —, onde quer sua tenda?

— Ali, naquela elevação — apontou com a mão de ouro, embora não se adequasse bem a tal tarefa. — Ali o comboio de bagagem, e lá as linhas dos cavalos. Usaremos as latrinas que meu primo tão bondosamente cavou para nós. Sor Addam, inspecione nosso perímetro, com os olhos abertos para quaisquer fraquezas — Jaime não previa um ataque, mas também não previra o Bosque dos Murmúrios.

— Devo convocar os furões para um conselho de guerra? — Daven perguntou.

— Só depois de eu ter falado com Peixe Negro — com um gesto, Jaime chamou Jon Imberbe Bettley. — Pegue um estandarte de paz e leve uma mensagem ao castelo. Informe sor Brynden Tully de que quero trocar ideias com ele à primeira luz da aurora. Irei até a borda do fosso e me encontrarei com ele em sua ponte levadiça.

Peck pareceu alarmado.

— Senhor, os arqueiros poderiam...

— Não o farão — Jaime desmontou. — Erga minha tenda e plante meus estandartes. — *E veremos quem vem correndo, e com que rapidez.*

Não precisou de muito tempo. Pia estava atarefada com um braseiro, tentando acender as brasas. Peck foi ajudá-la. Nos últimos tempos, era frequente que Jaime adormecesse com o som dos dois fodendo em um canto da tenda. Enquanto Garrett desprendia as fivelas das grevas de Jaime, a aba da tenda se abriu.

— Então, finalmente chegou? — trovejou sua tia. Enchia a entrada, com o marido espreitando por trás dela. — Já era mais que tempo. Não tem um abraço para dar à sua velha tia gorda? — estendeu os braços, não lhe deixando alternativa exceto ir abraçá-la.

Genna Lannister tinha sido uma mulher formosa na juventude, sempre ameaçando transbordar do corpete. Agora, a única forma que tinha era de um quadrado. O rosto era largo e liso; o pescoço, um grosso pilar cor-de-rosa; o busto, enorme. Transportava carne suficiente para fazer dois maridos. Jaime a abraçou obedientemente e esperou que a mulher lhe beliscasse a orelha, o que ela fazia desde sempre, mas naquele dia absteve-se. Em vez disso, espetou-lhe beijos moles e descuidados nas bochechas.

— Lamento sua perda.

— Mandei fazer uma mão nova, de ouro — e lhe mostrou.

— Muito lindo. Também farão um pai de ouro para você? — a voz da lady Genna era penetrante. — A perda a que me referia era Tywin.

— Um homem como Tywin Lannister só surge uma vez em mil anos — declarou seu marido. Emmon Frey era um homem rabugento de mãos nervosas. Podia pesar sessenta quilos... mas só molhado, e vestido de cota de malha. Era um espeto envolto em lã, sem queixo aparente, falha esta que a proeminência do pomo de adão ostentada pela garganta tornava ainda mais absurda. Metade de seus cabelos desaparecera antes de ele fazer trinta anos. Agora tinha sessenta, e só restavam uns poucos fiapos brancos.

— Nos últimos tempos, tem-nos chegado histórias estranhas — disse a lady Genna, depois de Jaime ter mandado embora Pia e os escudeiros. — Uma mulher quase não consegue saber em que acreditar. Poderá ser verdade que Tyrion matou Tywin? Ou é alguma calúnia que sua irmã espalhou?

— É verdade. — O peso da mão de ouro tornara-se penoso. Remexeu nas correias que a prendiam ao pulso.

— Um filho erguer a mão contra um pai — sor Emmon retrucou. — Monstruoso. São dias negros os que vivemos em Westeros. Temo por todos nós com lorde Tywin desaparecido.

— Temia por todos nós quando ele estava entre os vivos. — Genna instalou seu amplo traseiro num banco, que rangeu de forma alarmante sob seu peso. — Sobrinho, fale-nos de nosso filho Cleos e do modo como morreu.

Jaime desprendeu a última fivela e pôs a mão de lado.

— Fomos emboscados por um bando de fora da lei. Sor Cleos os fez dispersar, mas isso lhe custou a vida — a mentira surgiu facilmente, e Jaime viu que tinha agradado a ambos.

— O rapaz tinha coragem, eu sempre disse. Estava em seu sangue — uma espuma rosada cintilava nos lábios de sor Emmon quando falava, graças à folhamarga que gostava de mascar.

— Seus ossos deviam ser enterrados sob o Rochedo, no Salão dos Heróis — lady Genna declarou. — Onde ele foi posto em repouso?

Em lugar nenhum. Os Pantomimeiros Sangrentos despiram-lhe o cadáver e deixaram a carne para banquetear as gralhas-pretas.

— Junto a um riacho — mentiu. — Quando esta guerra terminar, encontrarei o lugar e o mandarei para casa — ossos eram ossos; naqueles dias, nada era mais fácil de arranjar.

— Esta guerra... — lorde Emmon limpou a garganta, fazendo mover o pomo de adão para cima e para baixo. — Deveria ter visto as máquinas de cerco. Aríetes, catapultas, torres. Não pode ser, Jaime. Daven pretende quebrar minhas muralhas, esmagar meus portões. Ele fala de piche queimando, de incendiar o castelo. O *meu* castelo — puxou uma manga para cima, tirou de lá um pergaminho e o atirou ao rosto de Jaime. — Tenho o decreto. Assinado pelo rei, por Tommen, vê? O selo real, o veado e o leão. Sou o legítimo senhor de Correrrio, e não o quero reduzido a uma ruína fumegante.

— Oh, guarde essa bobagem — exclamou a mulher. — Enquanto Peixe Negro se mantiver dentro de Correrrio, pode muito bem limpar o rabo com esse papel e todo o bem que ele nos traz. — Embora fosse uma Frey há cinquenta anos, lady Genna ainda era muito Lannister. *Uma grande quantidade de Lannister.* — Jaime lhe entregará o castelo.

— Com certeza — lorde Emmon aquiesceu. — Sor Jaime, a fé que o senhor seu pai depositou em mim não foi mal dirigida, verá. Pretendo ser firme, mas justo, com meus novos vassalos. Blackwood e Bracken, Jason Mallister, Vance e Piper, todos aprenderão que têm um suserano justo em Emmon Frey. E meu pai também, sim. Ele é o Senhor da Travessia, mas eu sou o Senhor de Correrrio. Um filho tem o dever de obedecer ao pai, é verdade, mas um vassalo deve obedecer ao seu suserano.

Oh, pela bondade dos deuses.

— Você não é suserano dele, sor. Leia seu pergaminho. Foi-lhe atribuído Correrrio com suas terras e seus rendimentos, nada mais. Petyr Baelish é o Senhor Supremo do Tridente. Correrrio ficará sujeito à lei de Harrenhal.

Aquilo não agradou lorde Emmon.

— Harrenhal é uma ruína, assombrada e amaldiçoada — objetou —, e Baelish... o homem é um contador de moedas, não um senhor como deve ser, seu nascimento...

— Se está descontente com as nomeações, vá a Porto Real e leve o assunto à minha querida irmã — não tinha dúvidas de que Cersei devoraria Emmon Frey e palitaria os dentes com seus ossos. *Isto é, se não estiver ocupada demais fodendo com Osmund Kettleblack.*

Lady Genna soltou uma fungadela.

— Não há necessidade de incomodar Sua Graça com tal disparate. Emm, por que é que não vai até lá fora apanhar um pouco de ar?

— Um pouco de ar?

— Ou uma longa mijadela, se preferir. Meu sobrinho e eu temos assuntos de *família* a discutir.

Lorde Emmon corou.

— Sim, está quente aqui. Esperarei lá fora, senhora. Sor — sua senhoria enrolou o pergaminho, esboçou uma reverência dirigida a Jaime e saiu da tenda com um passo pouco seguro.

Era difícil não sentir desprezo por Emmon Frey. Chegara a Rochedo Casterly em seu décimo quarto ano para se casar com uma leoa com metade de sua idade. Tyrion costumava dizer que lorde Tywin lhe dera uma barriga nervosa como presente de casamento. *Genna também desempenhou seu papel.* Jaime lembrava-se de muitos banquetes em que Emmon ficava espetando, carrancudo, os talheres na comida enquanto a esposa trocava gracejos obscenos com qualquer cavaleiro doméstico que se encontrasse sentado à sua esquerda, em conversas que eram interrompidas por sonoros ataques de riso. *Ela deu ao Frey quatro filhos, é certo. Pelo menos diz que são dele.* E ninguém em Rochedo Casterly teve coragem de sugerir o contrário, especialmente sor Emmon.

Assim que ele saiu, a senhora sua esposa revirou os olhos.

— Meu dono e senhor. Em que seu pai *pensava* ao nomeá-lo Senhor de Correrrio?

— Imagino que pensasse em seus filhos.

— Eu também penso neles. Emm dará um senhor miserável. Ty poderá se sair melhor, se tiver o bom senso de aprender comigo e não com o pai — passou os olhos pela tenda. — Tem vinho?

Jaime descobriu um jarro e a serviu, com uma mão só.

— Por que está aqui, senhora? Devia ter permanecido em Rochedo Casterly até os combates terminarem.

— Assim que Emm soube que era um senhor, teve de vir imediatamente reclamar o que lhe pertencia. — Lady Genna bebeu um gole e limpou a boca na manga. — Seu pai devia ter nos dado Darry. Cleos casou-se com uma das filhas do homem do arado, se bem se lembra. Sua chorosa viúva está furiosa pelas terras do senhor seu pai não terem sido entregues aos filhos. A Ami Portão é Darry só pelo lado da mãe. Minha nora Jeyne é sua tia, irmã da lady Mariya.

— Uma irmã mais nova — Jaime ressaltou —, e Ty ficará com Correrrio, uma recompensa melhor do que Darry.

— Uma recompensa envenenada. A Casa Darry está extinta pela linhagem masculina, a Tully não. Aquele cabeça de carneiro do sor Ryman põe um laço em volta do pescoço de Edmure, mas não quer enforcá-lo. E Roslin Frey tem uma truta crescendo na barriga. Meus netos nunca estarão seguros em Correrrio enquanto algum Tully permanecer vivo.

Jaime sabia que ela não se enganava.

— Se Roslin tiver uma filha...

— ... ela poderá se casar com Ty, desde que o velho lorde Walder consinta. Sim, já tinha pensado nisso. Mas há a mesma probabilidade de nascer um garoto, e seu pauzinho enevoaria o assunto. E, se sor Brynden sobreviver ao cerco, pode se sentir inclinado a reclamar Correrrio em seu próprio nome... ou em nome do jovem Robert Arryn.

Jaime lembrava-se do pequeno Robert de Porto Real ainda mamando nas tetas da mãe aos quatro anos.

— Arryn não viverá o suficiente para gerar descendência. E por que o Senhor do Ninho da Águia precisaria de Correrrio?

— Por que um homem com um pote de ouro precisa de outro? Os homens são ambiciosos. Tywin devia ter dado Correrrio a Kevan, e Darry a Emm. Ter-lhe-ia dito isso, se ele tivesse se incomodado em me perguntar, mas quando foi que seu pai alguma vez consultou alguém além de Kevan? — soltou um profundo suspiro. — Veja, não culpo Kevan por querer a propriedade mais segura para o filho. Conheço-o bem demais.

— O que Kevan quer e o que Lancel deseja parecem ser coisas diferentes — contou-lhe a decisão que Lancel tomara de renunciar à esposa, terras e senhoria para lutar pela Santa Fé. — Se ainda quiser Darry, escreva a Cersei e apresente seus argumentos.

Lady Genna sacudiu a taça numa recusa.

— Não, esse cavalo já abandonou o pátio. Emm tem enfiado na sua cabeça bicuda que vai governar as terras fluviais. E Lancel... Suponho que devíamos ter previsto o que aconteceria. Afinal de contas, uma vida dedicada a proteger o alto septão não é assim tão diferente de uma vida dedicada a proteger o rei. Temo que Kevan fique furioso. Tão furioso quanto Tywin ficou quando você meteu na cabeça vestir o branco. Pelo menos Kevan ainda tem Martyn como herdeiro. Pode casá-lo com a Ami Portão no lugar de Lancel. Que os Sete nos salvem a todos — a tia soltou um suspiro. — E por falar nos Sete, por que Cersei permitiria que a Fé voltasse a se armar?

Jaime encolheu os ombros.

— Tenho certeza de que teve motivos.

— Motivos? — Lady Genna soltou um ruído mal-educado. — É melhor que sejam bons motivos. Os Espadas e Estrelas incomodaram até os Targaryen. O próprio Conquistador movia-se com cautela no que dizia respeito à Fé, para que não se lhe opusessem. E, quando Aegon morreu e os lordes se ergueram contra seus filhos, ambas as ordens estiveram no âmago dessa rebelião. Os senhores mais piedosos apoiavam-nos, bem como muitos dos plebeus. O rei Maegor acabou por ter de lhes colocar a cabeça a prêmio. Pagou um dragão pela cabeça de um Filho do Guerreiro impenitente e um veado de prata pelo escalpe de um Pobre Irmão, se bem me lembro da história. Milhares foram mortos, mas quase outros tantos continuaram a vagar pelo reino, em desafio, até que o Trono de Ferro matou Maegor e o rei Jaehaerys concordou em perdoar todos aqueles que pusessem de lado suas espadas.

— Tinha me esquecido da maior parte disso — Jaime confessou.

— Tanto você quanto sua irmã — bebeu mais um trago de vinho. — É verdade que Tywin estava sorrindo no velório?

— Estava apodrecendo no velório. Isso fez que sua boca se torcesse.

— Não passou disso? — Aquilo pareceu entristecê-la. — Os homens dizem que Tywin nunca sorria, mas sorriu quando se casou com sua mãe, e quando Aerys o nomeou Mão. Quando o Solar Tarbeck ruiu sobre a lady Ellyn, aquela cadela intriguista, Tyg afirmou que, nesse momento, ele sorriu. E sorriu em seu parto, Jaime, vi-o com meus próprios olhos. Você e Cersei, rosados e perfeitos, tão parecidos como duas gotas de água... bem, exceto entre as pernas. Os *pulmões* que tinham!

— Você ainda não nos viu rugir — Jaime sorriu. — Em seguida vai me dizer como ele gostava de rir.

— Não. Tywin desconfiava do riso. Tinha ouvido muitas pessoas rirem de seu avô — franziu as sobrancelhas. — Garanto-lhe, esta pantomima não o teria divertido. Como pretende acabar com ela, agora que está aqui?

— Negociando com Peixe Negro.

— Isso não funcionará.

— Pretendo oferecer-lhe boas condições.

— Condições exigem confiança. Os Frey assassinaram convidados sob o seu teto, e você, bem... Não pretendo ofender, meu amor, mas *matou* um certo rei que tinha jurado proteger.

— E matarei Peixe Negro se não se render — seu tom era mais ríspido do que pretendera, mas não estava com disposição para que lhe atirassem Aerys Targaryen à cara.

— Como? Com a língua? — a voz dela era de escárnio. — Posso ser uma velha gorda, mas não tenho queijo entre as orelhas, Jaime. E Peixe Negro também não. Ameaças vazias não o intimidarão.

— O que aconselharia?

Ela encolheu pesadamente os ombros.

— Emm quer a cabeça de Edmure cortada. Dessa vez talvez tenha razão. Sor Ryman nos transformou em motivo de chacota com aquele seu cadafalso. Precisa mostrar a sor Brynden que suas ameaças têm dentes.

— Matar Edmure poderá endurecer a determinação de sor Brynden.

— Determinação é uma coisa que nunca faltou a Brynden Peixe Negro. Hoster Tully poderia ter lhe dito isso — Lady Genna bebeu o resto do vinho. — Bem, eu nunca ousaria lhe dizer como travar uma guerra. Sei qual é o meu lugar... ao contrário da sua irmã. É verdade que Cersei incendiou a Fortaleza Vermelha?

— Só a Torre da Mão.

A tia revirou os olhos.

— Teria feito melhor se tivesse deixado ficar a torre e queimado a Mão. Harys *Swyft*? Se algum homem algum dia mereceu suas armas, este é sor Harys. E Gyles Rosby, que os Sete nos salvem... Pensava que ele tinha morrido havia anos. Merryweather... Seu pai costumava chamar o avô dele de "galhofas", é bom que saiba. Tywin afirmava que a única coisa em que o Merryweather era bom era em rir dos ditos espirituosos do rei. Sua senhoria atirou-se às gargalhadas para o exílio, se bem me lembro. Cersei também pôs um bastardo qualquer no conselho, e uma panela na Guarda Real. Tem a Fé armando-se e os braavosianos exigindo o pagamento de empréstimos por todo Westeros. Nada disso estaria acontecendo se tivesse tido o simples bom senso de fazer de seu tio Mão do Rei.

— Sor Kevan recusou o cargo.

— Foi o que ele disse. Não explicou por quê. Houve muitas coisas que ele não disse. Não quis dizer. — Lady Genna fez uma careta. — Kevan *sempre* fez o que lhe era pedido. Não é de seu feitio virar as costas ao dever, qualquer que ele seja. Há algo errado aqui, consigo sentir o cheiro.

— Ele disse que estava cansado. — *Ele sabe*, dissera Cersei, quando estavam ambos junto ao cadáver do pai. *Ele sabe de nós.*

— Cansado? — a tia enrugou os lábios. — Imagino que tenha o direito de estar cansado.

Foi duro para Kevan viver a vida inteira à sombra de Tywin. Foi duro para todos os meus irmãos. A sombra que Tywin lançava era longa e negra, e todos eles tiveram de lutar para encontrar um pouco de sol. Tygett tentou valer por si próprio, mas nunca conseguiu igualar seu pai, e isso só o encheu de raiva cada vez mais à medida que os anos passaram. Gerion fazia piadas. Mais vale troçar do jogo do que jogar e perder. Mas Kevan viu bem cedo em que pé as coisas estavam, de modo que arranjou para si um lugar ao lado de seu pai.

— E você? — Jaime quis saber.

— O jogo não é para garotas. Eu era a preciosa princesa do meu pai... E também a de Tywin, até desapontá-lo. Meu irmão nunca aprendeu a gostar do sabor do desapontamento — pôs-se de pé. — Já disse o que vim dizer, não tomarei mais seu tempo. Faça o que Tywin teria feito.

— Amava-o? — Jaime supreendeu-se com a própria pergunta.

A tia o olhou com uma expressão estranha.

— Tinha sete anos quando Walder Frey convenceu o senhor meu pai a dar minha mão a Emm. Seu *segundo* filho, nem sequer seu herdeiro. Meu pai era o terceiro filho, e filhos mais novos anseiam pela aprovação de quem tem uma idade mais avançada. Frey detectou nele essa fraqueza, e meu pai concordou por nenhum motivo melhor do que agradá-lo. Meu noivado foi anunciado num banquete em que metade do ocidente se encontrava presente. Ellyn Tarbeck deu risada, e o Leão Vermelho saiu furioso do salão. Os outros sentaram-se sobre as línguas. Só Tywin se atreveu a falar contra a união. Um garoto de dez anos. Meu pai ficou branco como leite de égua, e Walder Frey *tremia* — ela sorriu. — Como podia não amá-lo depois daquilo? Isso não é o mesmo que dizer que aprovei tudo o que ele fez, ou que tenha apreciado muito a companhia do homem que se tornou... Mas todas as garotinhas precisam de um irmão mais velho para protegê-las. Tywin era grande mesmo enquanto pequeno — soltou um suspiro. — Quem nos protegerá agora?

Jaime a beijou no rosto.

— Ele deixou um filho.

— Sim, deixou. É isso o que temo mais, para falar a verdade.

Aquele era um comentário estranho.

— Por que haveria de temer?

— Jaime — ela disse, puxando-lhe a orelha —, querido, eu o conheço desde que era um bebê no colo de Joanna. Sorri como Gerion e luta como Tyg, e há um pouco de Kevan em você, caso contrário não usaria esse manto... Mas o filho de Tywin é *Tyrion*, não você. Certa vez, eu disse isso na cara de seu pai, e ele não falou comigo durante meio ano. Os homens são uns tremendos idiotas. Até aqueles que aparecem uma vez a cada mil anos.

GATA DOS CANAIS

Acordou antes de o sol nascer, no pequeno quarto sob a caleira que partilhava com as filhas de Brusco.

Gata era sempre a primeira a acordar. Estava quente e aconchegada sob as mantas, com Talea e Brea. Ouvia os sons suaves da respiração das garotas. Quando se moveu, sentando-se e procurando os chinelos às apalpadelas, Brea resmungou um protesto sonolento e virou-se para o outro lado. O frio das paredes de pedra cinzenta encheu a Gata de arrepios. Vestiu-se depressa na escuridão. Ao enfiar a túnica pela cabeça, Talea abriu os olhos e pediu:

— Gata, seja amiga e traga-me minha roupa. — Era uma garota desajeitada, toda ela pele, ossos e cotovelos, sempre queixando-se do frio.

Gata foi buscar a roupa, e Talea enfiou-se nela por baixo das mantas. Juntas, puxaram da cama a irmã mais velha de Talea, enquanto Brea resmungava ameaças sonolentas.

Quando as três desceram a escada que levava ao quarto sob a caleira, Brusco e os filhos já se encontravam no barco, no pequeno canal atrás da casa. Ele gritou às garotas para que se apressassem, como fazia todas as manhãs. Os filhos ajudaram Talea e Brea a entrar no barco. Gata era responsável por desamarrar a embarcação do pilar, atirar a corda a Brea e empurrar o barco para longe da doca com um pé enfiado numa bota. Os filhos de Brusco encostaram-se às suas varas. Gata correu e saltou por cima do espaço vazio, que se alargava entre a doca e o convés.

Depois disso, ficou sem nada para fazer além de se manter sentada, bocejando durante muito tempo, enquanto Brusco e os filhos os empurravam através da escuridão que antecedia a alvorada ao longo de uma confusão de pequenos canais. O dia parecia ser um dos raros naquele lugar: nítido, limpo e luminoso. Braavos só tinha três tipos de tempo; nevoeiro era ruim, chuva era pior, e chuva gelada, o pior de todos. Mas, de vez em quando, chegava uma manhã em que a alvorada rebentava em tons de rosa e azul, e o ar ficava revigorante e salgado. Esses eram os dias de que Gata mais gostava.

Quando chegaram à larga e reta via aquática que era o Longo Canal, viraram para o sul, na direção do mercado de peixe. Gata sentou-se de pernas cruzadas, reprimindo um bocejo e tentando se lembrar dos detalhes de seu sonho. *Sonhei que era de novo um lobo.* Aquilo de que conseguia se lembrar melhor eram os cheiros: árvores e terra, seus irmãos de alcateia, os odores de cavalo, veado e homem, todos diferentes uns dos outros, e o penetrante cheiro acre do medo, sempre igual. Em certas noites, os sonhos de lobo eram tão vívidos que conseguia ouvir os irmãos uivando mesmo quando acordava, e uma vez Brea afirmara que ela rosnava no sono enquanto esperneava sob as mantas. Achou que aquilo era alguma mentira estúpida, mas Talea já dissera o mesmo.

Não devia andar sonhando sonhos de lobo, disse a si mesma. *Agora sou uma gata, não uma loba. Sou a Gata dos Canais.* Os sonhos de lobo pertenciam a Arya da Casa Stark. Mas, por mais que tentasse, não conseguia se livrar de Arya. Não fazia diferença alguma dormir sob o templo ou no pequeno quarto sob a caleira, com as filhas de Brusco; os sonhos de lobo continuavam a assombrá-la durante a noite... e por vezes outros sonhos também.

Os sonhos de lobo eram os bons. Neles, ela era rápida e forte, perseguindo as presas com a alcateia atrás de si. Era o outro sonho que odiava, aquele em que tinha duas pernas em vez de quatro patas. Neste, andava sempre à procura da mãe, aos tropeções, por uma terra devastada repleta de lama, sangue e fogo. Estava sempre chovendo nesse sonho, e ela conseguia ouvir a mãe gritar, mas um monstro com cabeça de cão não queria largá-la para que fosse em seu socorro. Neste sonho, estava sempre chorando, como uma garotinha assustada. *Os gatos nunca choram*, disse a si mesma, *assim como os lobos. É só um sonho estúpido.*

O Longo Canal levou o barco de Brusco a atravessar sob as verdes cúpulas de cobre do Palácio da Verdade e das grandes torres quadradas dos Prestayn e Antaryon, antes de passar sob os imensos arcos cinzentos do rio de água doce e entrar no bairro conhecido como Cidade de Lodo, onde os edifícios eram menores e menos grandiosos. Mais tarde, o canal ficaria entupido de barcos serpentinos e barcaças, mas na escuridão que antecedia a aurora tinham a via quase só para si. Brusco gostava de chegar ao mercado de peixe na hora em que o Titã rugia para anunciar a chegada do sol. O som reverberaria pela lagoa, atenuado pela distância, mas ainda seria suficientemente forte para acordar a cidade adormecida.

Quando Brusco e os filhos amarraram o barco junto do mercado de peixe, este encontrava-se repleto de vendedores de arenques e vendedoras de bacalhau, apanhadores de ostras, cavadores de amêijoas, intendentes, cozinheiros, governantas e marinheiros vindos das galés, todos negociando ruidosamente uns com os outros enquanto inspecionavam o pescado da manhã. Brusco caminhava de barco em barco, examinando qualquer marisco que encontrasse e batendo de tempos em tempos num barril ou gaiola com a bengala.

— Esta — dizia. — Sim — *tap, tap*. — Esta — *tap, tap*. — Não, essa não. Aqui — *tap*. Não era lá muito falador. Talea dizia que o pai era tão avaro com as palavras como com as moedas. Ostras, amêijoas, caranguejos, mexilhões, berbigões, por vezes grandes camarões... Brusco comprava de tudo, dependendo do que parecia melhor em cada dia. Cabia aos demais transportar para o barco as gaiolas ou barris em que ele batia com a bengala. Brusco tinha problemas nas costas e não conseguia erguer nada mais pesado do que uma caneca de cerveja marrom.

Gata ficava sempre fedendo a salitre e peixe quando empurravam o barco de volta para casa. Acostumara-se tanto ao cheiro que já quase nem o sentia. O trabalho não a incomodava. Quando seus músculos doíam de levantar coisas ou as costas ficavam doloridas por causa do peso de um barril, dizia a si mesma que estava ficando mais forte.

Com todos os barris carregados, Brusco voltou a afastá-los do cais, e os filhos varejaram de volta pelo Longo Canal. Brea e Talea sentaram-se na parte da frente do barco, trocando segredos uma com a outra. Gata sabia que estavam falando do rapaz de Brea, aquele que a fazia subir ao telhado para se encontrarem, depois de o pai adormecer.

"Aprenda três coisas novas antes de voltar para nós", ordenara-lhe o homem amável, quando a enviara para a cidade. E assim ela fazia sempre. Por vezes, não passava de três palavras novas na língua de Braavos. Outras, levava-lhe histórias de marinheiro ou estranhos e maravilhosos acontecimentos do vasto mundo úmido que se estendia além das ilhas de Braavos, guerras e chuvas de sapos e dragões eclodindo. Outras, ainda, aprendia três novas piadas ou três novas adivinhas, ou truques de um ou de outro ofício. E de vez em quando descobria algum segredo.

Braavos era uma cidade feita para segredos, repleta de nevoeiros, máscaras e suspiros. A garota descobrira que a própria existência da cidade mantivera-se em segredo durante um século; sua localização estivera escondida durante três vezes mais tempo.

"As Nove Cidades Livres são as filhas da Valíria de outrora", ensinara-lhe o homem amável, "mas Braavos é o filho bastardo que fugiu de casa. Somos um povo mestiço, os filhos de escravos, prostitutas e ladrões. Nossos antepassados vieram de meia centena de terras até aqui em busca de refúgio, para escapar dos senhores dos dragões que os tinham escravizado. Meia centena de deuses veio com eles, mas existe um deus que todos tinham em comum."

"Aquele das Muitas Faces."

"E de muitos nomes", ele tinha lhe dito. "Em Qohor é a Cabra Negra; em Yi Ti, o Leão da Noite; em Westeros, o Estranho. Mas, no final, todos os homens têm de se submeter a Ele, não importa se adoram os Sete ou o Senhor da Luz, a Mãe Lua, o Deus Afogado ou o Grande Pastor. Toda a humanidade lhe pertence... Caso contrário, em algum lugar no mundo haveria um povo que viveria para sempre. Conhece algum povo que viva para sempre?"

"Não", ela tinha respondido. "Todos os homens têm que morrer."

Gata sempre encontrava o homem amável à sua espera quando se esgueirava de volta ao templo, no ápice da noite, quando a lua era negra.

"O que sabe agora que não sabia quando nos deixou?", ele lhe perguntava sempre.

"Sei o que o Beqqo Cego põe no molho quente que usa nas ostras", ela respondia. "Sei que os pantomimeiros na Lanterna Azul vão apresentar *O Senhor do Semblante Desgraçado*, e os pantomimeiros do Navio querem responder com *Sete Remadores Bêbados*. Sei que o livreiro Lotho Lornel dorme na casa do Capitão-Mercador Moredo Prestayn sempre que o honrado capitão mercador viaja, e se muda sempre que a *Raposa* retorna para casa."

"É bom saber essas coisas. E quem é você?"

"Ninguém."

"Mente. É a Gata dos Canais, eu a conheço bem. Vá dormir, filha. Amanhã tem de servir."

"Todos os homens têm que servir." E era o que ela fazia, por três dias a cada trinta. Quando a lua estava negra, ela não era ninguém, apenas uma serva do Deus das Muitas Faces com uma veste preta e branca. Caminhava ao lado do homem amável entre a escuridão odorífera levando sua lanterna de ferro. Lavava os mortos, revistava-lhes as roupas e contava suas moedas. Em certos dias, ainda ajudava Umma a cozinhar, cortando grandes cogumelos brancos e preparando o peixe. Mas só quando a lua estava negra. Durante o resto do tempo era uma garota órfã, com um par de botas gastas e grandes demais para seus pés e um manto marrom de bainha esfarrapada, que gritava "Mexilhões, amêijoas e conquilhas" enquanto empurrava o carro de mão pelo Porto do Trapeiro.

Sabia que a lua estaria negra naquela noite; na noite anterior não passara de uma lasca.

O que sabe agora que não sabia quando nos deixou?, perguntaria o homem amável assim que a visse. *Sei que Brea, a filha de Brusco, se encontra com um rapaz no telhado quando o pai está dormindo*, pensou. *Talea diz que Brea deixa que ele a toque, mesmo ele sendo só uma ratazana dos telhados, e que supostamente todas as ratazanas dos telhados são ladrões.* Mas essa era só uma coisa. Gata precisaria de mais duas. Não estava preocupada. Havia sempre coisas novas a aprender nos navios.

Quando voltaram para casa, Gata ajudou os filhos de Brusco a descarregar o barco. Brusco e as filhas dividiram o marisco entre três carrinhos de mão, dispondo-o sobre camadas de algas.

— Voltem quando tudo estiver vendido — ele disse às garotas, como fazia todas as manhãs, e elas partiram para anunciar o pescado. Brea levaria seu carrinho de mão até o Porto Púrpura, para vender aos marinheiros braavosianos cujos navios se encontravam ancorados ali. Talea experimentaria as vielas em volta da Lagoa da Lua, ou venderia entre os templos da Ilha dos Deuses. Gata se dirigiria para Porto do Trapeiro, como fazia nove dias em dez.

Só aos braavosianos era permitido o uso do Porto Púrpura, da Cidade Afogada e do Palácio do Senhor do Mar; navios pertencentes às cidades-irmãs e do resto do grande mundo tinham de usar o Porto do Trapeiro, mais pobre, violento e sujo. Também mais barulhento, pois marinheiros e mercadores de meia centena de terras se aglomeravam em seus cais e vielas, misturando-se com aqueles que os serviam e os depredavam. Era o lugar de que a Gata mais gostava em Braavos. Gostava do barulho e dos cheiros estranhos, e de ver que navios tinham chegado na maré da noite e que outros haviam partido. Também gostava dos marinheiros; dos ruidosos tyroshinos com suas vozes trovejantes e barbas pintadas; dos lysenos de cabelos claros, sempre tentando baixar os preços mais uma ninharia; dos atarracados e peludos marinheiros do Porto de Ibben, rosnando pragas em vozes baixas e ásperas. Seus preferidos eram os ilhéus do verão, com suas peles tão lisas e escuras como teca. Usavam mantos de penas vermelhas, verdes e amarelas, e os grandes mastros e velas brancas de seus navios cisne eram magníficos.

Por vezes também havia westerosianos, remadores e marinheiros de carracas de Vilavelha, galés mercantes de Valdocaso, Porto Real e Vila Gaivota, cocas de vinho de casco largo vindas da Árvore. Gata conhecia as palavras braavosianas para mexilhões, conquilhas e amêijoas, mas ao longo do Porto do Trapeiro apregoava a mercadoria em língua franca, a dos ancoradouros, docas e tabernas de marinheiro, uma grosseira confusão de palavras e frases numa dúzia de línguas, acompanhada por sinais e gestos de mãos, a maioria dos quais insultuosa. Era desses que Gata mais gostava. Qualquer homem que a incomodasse habilitava-se a ver a figa ou a ouvir-se descrito como caralho de burro ou cu de camelo.

"Talvez nunca tenha visto um camelo", dizia-lhes, "mas reconheço um cu de camelo quando sinto o cheiro."

Muito de vez em quando aquilo enfurecia alguém, mas, nas ocasiões em que isso acontecia, tinha sua lâmina de dedo. Mantinha-a muito afiada, e sabia como usá-la. Roggo Vermelho lhe ensinara uma noite, em Porto Feliz, enquanto esperava que Lanna ficasse livre. Mostrara-lhe como escondê-la na manga e fazê-la deslizar para fora só quando dela precisasse, e como cortar uma bolsa de um modo tão suave e rápido que as moedas estariam todas gastas antes que o dono desse por sua falta. Era bom saber aquilo, até o homem amável concordara; especialmente à noite, quando os homens de armas e as ratazanas dos telhados andavam pelas ruas.

Gata fizera amigos ao longo dos atracadouros; carregadores e pantomimeiros, cordoeiros e cerzidores de velas, taberneiros, cervejeiros, padeiros, pedintes e prostitutas. Compravam-lhe amêijoas e conquilhas, contavam-lhe histórias verdadeiras sobre Braavos e mentiras sobre suas vidas, e riam-se do modo como as palavras saíam quando ela tentava falar braavosi. Nunca permitia que isso a incomodasse. Em vez disso, mostrava-lhes a figa e dizia-lhes que eram cus de camelo, o que os fazia rugir risadas. Gyloro Dothare ensinou-lhe canções sujas, e seu irmão Gyleno lhe disse quais eram os melhores lugares para apanhar enguias. Os pantomimeiros do Navio mostraram-lhe a pose de um herói e lhe ensinaram discursos tirados da *Canção do Roine, das Duas Esposas do Conquistador e da Lasciva Senhora do Mercador*. Pena, o homenzinho de olhos tristes, que inventava todas as farsas obscenas para o Navio, ofereceu-se para lhe ensinar como uma mulher deve beijar, mas Tagganaro lhe bateu com um bacalhau e pôs fim àquela conversa. Cossomo, o Prestidigitador, a instruiu em truques de mãos. Era capaz de engolir ratos e de tirá-los das orelhas.

— É magia — disse.

— Não é nada — Gata rebateu. — O rato esteve o tempo todo em sua manga. Eu o vi se mexer.

Ostras, amêijoas, conquilhas eram suas palavras mágicas, e, como todas as boas palavras mágicas, conseguiam levá-la a quase qualquer lugar. Abordara navios vindos de Lys, Vilavelha e do Porto de Ibben e vendera-lhes ostras em pleno convés. Em certos dias empurrava o carrinho de mão perto das torres dos poderosos, para oferecer amêijoas cozidas aos guardas que lhes protegiam os portões. Uma vez apregoara o pescado nos degraus do Palácio da Verdade, e, quando outro vendedor ambulante tentara correr com ela, virou seu carro e espalhou suas ostras pela rua de pedra. Oficiais da alfândega do Porto Axadrezado compravam seus mariscos, e o mesmo faziam os remadores da Cidade Afogada, cujas cúpulas e torres afundadas se projetavam das águas verdes da lagoa. Certa vez, quando Brea ficara de cama por causa do sangue da lua, Gata empurrou o carrinho de mão até o Porto Púrpura para vender caranguejos e camarões aos remadores da barcaça de prazer do Senhor do Mar, coberta da proa à popa com rostos sorridentes. Em outros dias, seguia o rio de água doce até a Lagoa da Lua. Vendia a homens de armas fanfarrões vestidos de cetim listrado e a guardiãs das chaves e juízes com seus monótonos casacos marrons e cinzentos. Mas regressava sempre ao Porto do Trapeiro.

Ostras, amêijoas, conquilhas, gritava a garota enquanto empurrava o carrinho de mão ao longo dos ancoradouros. *Mexilhões, camarões e conquilhas*. Um sujo gato cor de laranja pôs-se a segui-la, atraído pelo som de seu pregão. Mais à frente, um segundo gato surgiu, uma triste coisa cinzenta e suja de lama, com a cauda cortada. Os gatos gostavam do cheiro da Gata. Em certos dias, acabava com uma dúzia deles atrás de si antes do pôr do sol. De vez em quando, a garota atirava-lhes uma ostra e ficava observando, para ver qual deles conseguia levá-la. Reparou que os machos maiores raramente ganhavam; o mais comum era que o prêmio coubesse a um animal menor e mais rápido, magro, mau e esfomeado. *Como eu*, dizia a si mesma. Seu preferido era um velho macho muito magro, com uma orelha roída que a fazia se lembrar de um gato que outrora perseguira por toda a Fortaleza Vermelha. *Não, isso foi outra garota qualquer, não fui eu.*

Gata viu que dois dos navios que tinham estado ali no dia anterior haviam desaparecido, mas cinco novos tinham ancorado; uma pequena carraca chamada *Macaco de Bronze*, um enorme baleeiro ibbenês que fedia a piche, sangue e óleo de baleia, duas cocas em mau estado provenientes de Pentos e uma esguia galé verde originária da Antiga Volantis. Ela parou na base de todas as pranchas para apregoar suas amêijoas e ostras, uma vez na língua mercantil e outra na língua comum de Westeros. Um tripulante do baleeiro a amaldiçoou tão alto, que afugentou os gatos que a acompanhavam, e um dos remadores pentosianos perguntou-lhe quanto queria pela amêijoa que tinha entre as pernas. Mas teve melhor sorte nos outros navios. Um imediato na galé verde devorou meia dúzia de ostras e contou-lhe como seu capitão havia sido morto pelos piratas lysenos que tinham tentado abordá-los perto dos Degraus.

— Foi aquele bastardo do Saan, com o *Filho da Velha Mãe* e seu grande *Valiriana*. Escapamos, mas por pouco.

O pequeno *Macaco de Bronze* revelou-se proveniente de Vila Gaivota, com uma tripulação westerosiana que ficou feliz por falar com alguém na língua comum. Um deles perguntou como uma garota de Porto Real tornara-se vendedora de mexilhões nas docas de Braavos, de modo que foi obrigada a contar sua história.

— Ficamos aqui durante quatro dias e quatro longas noites — disse-lhe outro. — Aonde um homem deve ir para encontrar um pouco de diversão?

— Os pantomimeiros no Navio estão apresentando *Os Sete Remadores Bêbados* — ela respondeu —, e há lutas de enguias na Adega Malhada, junto dos portões da Cidade Afogada. Ou, se quiserem, podem ir à Lagoa da Lua, onde os homens de armas travam duelos à noite.

— Sim, isso é bom — disse outro marinheiro —, mas o que Wat queria mesmo era uma mulher.

— As melhores prostitutas são as do Porto Feliz, lá embaixo, onde está ancorado o Navio dos pantomimeiros — ela apontou o lugar. Algumas das prostitutas das docas eram perigosas, e os marinheiros recém-chegados nunca sabiam quais. S'vrone era a pior. Todos diziam que assaltara e matara uma dúzia de homens, fazendo rolar os corpos para os canais, a fim de alimentar as enguias. A Filha Bêbada podia ser amável quando sóbria, mas não quando tomada pelo vinho. E Jeyne Úlcera era, na realidade, um homem. — Pergunte pela Divertida. Seu verdadeiro nome é Meralyn, mas todo mundo a chama de Divertida, e é o que ela é — Divertida comprava uma dúzia de ostras toda vez que Gata passava pelo bordel e as partilhava com suas garotas. Tinha bom coração, todos diziam. "Isso, e o maior par de tetas de toda a Braavos", ela gostava de alardear sobre si mesma.

Suas garotas também eram simpáticas; Bethany Corada e Esposa do Marinheiro, Yna Zarolha, que sabia ler o destino numa gota de sangue, a pequena e bonita Lanna, e até Assadora, a mulher ibbenesa com bigode. Podiam não ser belas, mas eram gentis com ela.

— Porto Feliz é o lugar onde vão todos os carregadores — Gata garantiu aos homens do *Macaco de Bronze*. — "Os rapazes descarregam os navios", Divertida sempre diz, "e minhas garotas descarregam os rapazes que neles navegam."

— E aquelas prostitutas finas sobre as quais os cantores cantam? — perguntou o macaco mais novo, um rapaz ruivo com sardas que não devia ter mais de dezesseis anos. — São tão bonitas como dizem? Onde é que arranjo uma delas?

Os camaradas olharam para ele e riram.

— Com os sete infernos, rapaz — disse um deles. — Pode ser que o capitão pudesse arranjar para si uma cortesã, mas só se vendesse a porra do navio. Esse tipo de boceta é para senhores e pessoas assim, não para gente como nós.

As cortesãs de Braavos tinham fama em todo o mundo. Cantores cantavam sobre elas, ourives e joalheiros banhavam-nas de presentes, artesãos suplicavam pela honra de fazerem negócio com elas, príncipes mercadores pagavam preços régios para tê-las nos braços em bailes, banquetes e espetáculos de pantomimeiros, e homens de armas matavam-se uns aos outros em nome delas. Enquanto ia empurrando o carrinho de mão ao longo dos canais, por vezes Gata vislumbrava uma delas flutuando por perto, a caminho de passar uma noite com um amante qualquer. Cada cortesã tinha sua própria barcaça e criados para levá-la aos seus encontros. Poetisa carregava sempre um livro na mão, Sombra de Lua usava apenas branco e prata, e Rainha Bacalhau nunca era vista sem suas Sereias, quatro jovens donzelas no rubor de sua primeira floração que lhe sustinham a cauda do vestido e lhe penteavam os cabelos. Cada cortesã era mais bela do que a outra. Até a Senhora Velada era bela, embora só aqueles que tomava como amantes chegassem a ver seu rosto.

— Vendi três conquilhas a uma cortesã — Gata disse aos marinheiros. — Chamou por mim quando saía da barcaça. — Brusco deixara-lhe claro que nunca devia falar com uma cortesã, a menos que ela falasse primeiro, mas a mulher lhe sorrira e lhe pagara em prata, dez vezes mais do que as conquilhas valiam.

— E quem era? A Rainha das Conquilhas?

— Pérola Negra — disse-lhes. Divertida afirmava que Pérola Negra era a mais famosa de todas as cortesãs.

"Essa descende dos dragões", a mulher lhe dissera. "A primeira Pérola Negra era uma rainha pirata. Um príncipe de Westeros tomou-a como amante e com ela teve uma filha, que cresceu para se tornar cortesã. Sua filha a sucedeu, e a filha desta sucedeu à mãe, até chegar à atual. Que foi que ela te disse, Gata?"

Ao que ela respondeu: "Disse '*Quero três conquilhas*' e '*Tem um pouco de molho picante, pequena?*'".

"E você disse o quê?"

"Disse '*Não, minha senhora*' e '*Não me chame de pequena. Meu nome é Gata*'. Devia ter molho picante. Beqqo tem, e vende três vezes mais ostras do que Brusco."

Gata também contara ao homem amável sobre Pérola Negra.

— Seu verdadeiro nome é Bellegere Otherys — ela lhe disse. Aquela era uma das três coisas que tinha descoberto.

— Sim — disse o sacerdote em voz baixa. — A mãe era Bellonara, mas a primeira Pérola Negra também se chamava Bellegere.

Mas Gata sabia que os homens do *Macaco de Bronze* não se importavam com o nome da mãe de uma cortesã. Em vez disso, pediu-lhes notícias dos Sete Reinos e da guerra.

— Guerra? — um deles riu. — Que guerra? Não há guerra nenhuma.

— Não há guerra em Vila Gaivota — disse outro. — Não há guerra no Vale. O pequeno senhor nos manteve fora dela, como a mãe já tinha feito.

Como a mãe já tinha feito. A senhora do Vale era irmã da sua mãe.

— A lady Lysa — disse —, ela está...?

— ... morta? — concluiu o rapaz sardento cuja cabeça estava cheia de cortesãs. — Sim. Assassinada pelo seu próprio cantor.

— Oh — *não é nada para mim. A Gata dos Canais nunca teve uma tia. Nunca teve.* Ela ergueu o carrinho de mão e o empurrou, para longe do *Macaco de Bronze*, aos saltos pelas ruas de pedra.

— Ostras, amêijoas e conquilhas — gritou. — Ostras, amêijoas e conquilhas — vendeu a maior parte das amêijoas aos carregadores que descarregavam a grande coca de vinho da Árvore, e o resto aos homens que reparavam uma galé mercante myriana, danificada pelas tempestades.

Mais à frente, nas docas, encontrou Tagganaro sentado com as costas apoiadas num pilar, ao lado de Casso, o Rei das Focas. Comprou-lhe alguns mexilhões, e Casso latiu e deixou que ela lhe apertasse a barbatana.

— Venha trabalhar comigo, Gata — pediu Tagganaro enquanto chupava a carne dos mexilhões. Andava em busca de um novo parceiro desde que a Filha Bêbada espetara a faca na mão do Pequeno Narbo. — Pagaria mais do que Brusco, e você não ficaria cheirando a peixe.

— Casso gosta do meu cheiro — ela disse. O Rei das Focas latiu, como que concordando. — A mão de Narbo não está melhor?

— Três dedos não se dobram — lamentou-se Tagganaro, entre chupadas nos mexilhões. — Para que presta um ladrão que não pode usar os dedos? Narbo era bom em pegar bolsas, mas não tão bom em pegar prostitutas.

— Divertida diz o mesmo. — Gata tinha pena. Gostava do Pequeno Narbo, mesmo ele sendo um ladrão. — O que ele vai fazer?

— Diz que vai puxar um remo. Bastam-lhe dois dedos para isso, ele acha, e o Senhor do Mar anda sempre à procura de mais remadores. Eu lhe digo: "Narbo, não. Esse mar é mais frio do que uma donzela e mais cruel do que uma puta. É melhor que corte a mão e se ponha a pedir." Casso sabe que tenho razão. Não sabe, Casso?

A foca latiu, e Gata não conseguiu deixar de sorrir. Atirou-lhe mais uma conquilha antes de voltar à sua vida.

O dia estava quase no fim quando ela chegou ao Porto Feliz, na viela em frente ao local onde o Navio estava atracado. Alguns dos pantomimeiros encontravam-se sentados no topo do casco riscado, passando um odre de vinho de mão em mão, mas quando viram o carrinho da Gata desceram para comer algumas ostras. Ela lhes perguntou como iam os *Sete Remadores Bêbados*. Joss, o Sombrio, balançou a cabeça.

— Quence finalmente encontrou Allaquo na cama com Sloey. Atiraram-se um ao outro com espadas de pantomimeiro, e ambos nos deixaram. Segundo parece, esta noite seremos só cinco remadores bêbados.

— Tentaremos compensar em embriaguez aquilo que nos falta em remadores — declarou Myrmello. — Eu, pelo menos, estou à altura da tarefa.

— Pequeno Narbo quer ser remador — Gata lhes disse. — Se ficassem com ele, seriam seis.

— É melhor ir ter com a Divertida — Joss rebateu. — Sabe muito bem como ela fica aborrecida quando lhe faltam as ostras.

Mas, quando Gata adentrou o bordel, foi encontrar Divertida sentada na sala comum, de olhos fechados, ouvindo Dareon tocar sua harpa. Yna também se encontrava ali, entrançando os belos e longos cabelos dourados de Lanna. Outra estúpida canção de amor. Lanna estava sempre pedindo ao cantor para lhe tocar estúpidas canções de amor. Era a mais nova das prostitutas, com apenas catorze anos. Gata sabia que a Divertida pedia por ela três vezes mais do que por qualquer uma das outras garotas.

Ver Dareon ali sentado, tão insolente, secando Lanna com os olhos enquanto os dedos dançavam nas cordas da harpa a irritou. As prostitutas o chamavam de o cantor de negro, mas agora quase não havia negro nele. Com o dinheiro que as canções lhe trazia, o corvo transformara-se num pavão. Naquele dia usava um manto de veludo púrpura forrado com veiro, uma túnica com listras brancas e lilases, e calças de duas cores de homem de armas, mas também possuía um manto de seda e outro feito de veludo borgonha que era forrado com pano de ouro. O único negro que trazia estava nas botas. A Gata ouvira-o dizer a Lanna que atirara todo o resto em um canal.

"Cansei de escuridão", ele tinha anunciado.

Ele é um homem da Patrulha da Noite, pensou, enquanto o cantor cantava sobre uma senhora estúpida qualquer que se atirara de uma estúpida torre porque seu estúpido príncipe estava morto. *A senhora devia matar aqueles que assassinaram o príncipe. E o cantor devia estar na Muralha.* Quando Dareon aparecera pela primeira vez em Porto Feliz, Arya quase perguntara se a levaria consigo para Atalaialeste, mas depois o ouvira dizer a Bethany que nunca regressaria.

"Camas duras, bacalhau salgado e patrulhas sem fim, a Muralha é isso", dissera. "Além do mais, não há em Atalaialeste ninguém que chegue aos seus calcanhares em beleza. Como é que eu poderia deixá-la?" Gata ouvira dizer que ele falara o mesmo a Lanna, e a uma das prostitutas da Gataria, e até ao Rouxinol, na noite em que tocou na Casa das Sete Lamparinas.

Gostaria de ter estado aqui na noite em que o gordo bateu nele. As prostitutas da Divertida ainda riam da cena. Yna disse que o gordo ficara vermelho como uma beterraba a cada vez que o tocara, mas, quando a confusão começou a se armar, Divertida mandara arrastá-lo para fora e atirá-lo ao canal.

Gata pensava no gordo, lembrando-se de como o salvara de Terro e de Orbelo, quando a Esposa do Marinheiro surgiu à sua frente.

— Ele canta uma canção bonita — murmurou em voz baixa, na língua comum de Westeros. — Os deuses devem tê-lo amado para lhe dar uma voz assim, e aquele rosto bonito também.

Ele é bonito de rosto e feio de coração, Arya pensou, mas nada disse. Dareon casara-se uma vez com a Esposa do Marinheiro, que só se deitava com homens que a desposassem. Por vezes, Porto Feliz tinha três ou quatro casamentos por noite. Era frequente que Ezzelyno, o alegre e ensopado em vinho sacerdote vermelho, executasse os ritos. Quando não era ele, era Eustace, que outrora fora septão no Septo-do-Ultramar. Se nem sacerdote nem septão estivessem disponíveis, uma das prostitutas corria ao Navio e trazia um pantomimeiro. Divertida afirmava sempre que os pantomimeiros davam sacerdotes muito melhores do que os de verdade, especialmente Myrmello.

Os casamentos eram ruidosos e alegres, com muita bebida. Sempre que Gata aparecia com seu carrinho de mão, a Esposa do Marinheiro insistia para que seu novo marido lhe comprasse algumas ostras, para lhe dar potência para a consumação. Tinha essa maneira de ser boa, e era rápida para rir, mas Gata achava que também havia algo de triste nela.

As outras prostitutas diziam que a Esposa do Marinheiro visitava a Ilha dos Deuses nos dias em que sua flor se encontrava em florescência, e que conhecia todos os deuses que ali viviam, até aqueles que Braavos esquecera. Diziam que ela ia rezar por seu primeiro marido, seu marido verdadeiro, que se perdera no mar quando ela não era mais velha do que Lanna.

"Acha que se encontrar o deus certo, ele talvez envie os ventos e sopre seu velho amor de volta para ela", dizia Yna Zarolha, que a conhecia havia mais tempo, "mas eu rezo para que isso nunca aconteça. Seu amor está morto, consegui saboreá-lo em seu sangue. Se alguma vez regressar para junto dela, será um cadáver."

A canção de Dareon estava finalmente terminando. Enquanto as últimas notas se desvaneciam no ar, Lanna soltou um suspiro e o cantor pôs a harpa de lado e a puxou para seu colo. Tinha começado a lhe fazer cócegas quando Gata disse em voz alta:

— Há ostras, se alguém quiser — então, os olhos de Divertida se abriram.

— Ótimo — disse a mulher. — Traga-as aqui, filha. Yna, vá buscar um pouco de pão e vinagre.

O sol rubro e inchado pendia no céu por trás da fileira de mastros quando Gata se retirou de Porto Feliz, com uma gorda bolsa de moedas e um carrinho de mão vazio, exceto pelo sal e pelas algas. Dareon também estava saindo. Prometera cantar na Estalagem da Enguia Verde naquela noite, ele lhe disse enquanto caminhavam juntos.

— Todas as vezes que toco na Enguia saio de lá com prata — gabou-se —, e em certas noites há capitães e donos de navios ali — cruzaram uma pequena ponte e abriram caminho por uma retorcida rua secundária enquanto as sombras do dia se tornavam mais longas. — Logo estarei tocando no Púrpura, e depois disso no Palácio do Senhor do Mar — prosseguiu Dareon. O carrinho vazio da Gata estrondeava nas ruas de pedra, fazendo sua própria espécie de música matraqueada. — Ontem comi arenque com as prostitutas, mas antes de se passar um ano estarei comendo caranguejo-imperador com as cortesãs.

— O que aconteceu ao seu irmão? — Gata lhe perguntou. — O gordo. Conseguiu arranjar navio para Vilavelha? Disse que estava previsto que embarcasse no *Lady Ushanora*.

— Estava previsto que todos embarcássemos nesse navio. Ordens de lorde Snow. Eu disse ao Sam: "Deixe o velho", mas o idiota do gordo não quis me dar ouvidos. — A última luz do sol poente brilhou em seus cabelos. — Bem, agora é tarde demais.

— Isso é certo — Gata respondeu quando penetraram nas sombras de uma pequena viela retorcida.

Quando ela voltou para a casa de Brusco, um nevoeiro noturno formava-se por cima do pequeno canal. Arrumou o carrinho de mão, encontrou Brusco em seu quarto das contas e deixou cair a bolsa com estrondo na mesa à sua frente, assim como as botas.

Brusco deu uma palmada na bolsa.

— Ótimo. Mas o que é isto?

— Botas.

— É difícil encontrar boas botas — disse Brusco —, mas essas são pequenas demais para os meus pés. — Pegou um pé e o examinou de olhos semicerrados.

— A lua estará negra esta noite — ela o lembrou.

— Então é melhor rezar. — Brusco pôs as botas de lado e despejou as moedas para contá-las. — *Valar dohaeris.*

Valar morghulis, ela pensou.

Erguia-se nevoeiro por todo lado quando se pôs a caminho pelas ruas de Braavos. Tremia um pouco quando empurrou a porta de represeiro e entrou na Casa do Preto e Branco. Naquela noite só havia algumas velas ardendo, tremeluzindo como estrelas caídas. Na escuridão, todos os deuses eram estranhos.

Nas câmaras subterrâneas, desprendeu o manto esfarrapado da Gata, despiu pela cabeça a túnica marrom fedendo a peixe da Gata, descalçou com um pontapé as botas manchadas de sal da Gata, libertou-se da roupa de baixo da Gata e banhou-se em água com limão, a fim de se ver livre até do cheiro da Gata dos Canais. Quando emergiu, ensaboada e esfregada até ficar cor-de-rosa, e com os cabelos castanhos colados ao rosto, a Gata desaparecera. Envergou vestes limpas e um par de macios chinelos de tecido, e dirigiu-se às cozinhas, a fim de mendigar um pouco de comida a Umma. Os sacerdotes e acólitos já tinham comido, mas a cozinheira guardara para ela um pouco de bom bacalhau frito e uma porção de purê de nabo amarelo. Devorou a comida, lavou o prato e então foi ajudar a criança abandonada a preparar suas poções.

A parte que lhe competia era principalmente ir buscar coisas, escalando escadas acima para encontrar as ervas e as folhas de que a criança abandonada precisava.

— O sonodoce é o mais gentil dos venenos — disse-lhe a criança abandonada, enquanto esmagava um pouco com um almofariz e um pilão. — Alguns grãos abrandam os batimentos do coração, evitam que a mão trema e fazem que um homem se sinta calmo e forte. Uma pitada dá uma noite de sono profundo e sem sonhos. Três produzem aquele sono que não termina. O sabor é muito doce, por isso é melhor usá-lo em bolos, tortas e vinhos com mel. Tome, sinta o aroma da doçura — deixou-a absorver o cheiro, após o que a mandou escada acima buscar uma garrafa de vidro vermelho. — Este é um veneno mais cruel, mas não tem sabor nem cheiro, de modo que é mais fácil de esconder. Os homens o chamam lágrimas de Lys. Dissolvido em vinho ou água, corrói as entranhas e a barriga de um homem e mata como uma doença desses órgãos. Cheire — Arya obedeceu, e não sentiu cheiro de nada. A criança abandonada pôs as lágrimas de um lado e abriu um grosso frasco de pedra. — Esta pasta está temperada com sangue de basilisco. Dá um aroma saboroso à carne cozida, mas, se for ingerida, produz uma loucura violenta, tanto em animais como nos homens. Um rato atacará um leão depois de provar sangue de basilisco.

Arya mordeu o lábio.

— E isso funciona em cães?

— Em qualquer animal de sangue quente — a criança abandonada a esbofeteou.

Arya levou a mão ao rosto, mais surpresa do que magoada.

— Por que fez isso?

— É Arya da Casa Stark quem morde o lábio sempre que está pensando. É Arya da Casa Stark?

— Não sou ninguém — estava zangada. — Quem é você?

Não esperava que a criança abandonada respondesse, mas ela respondeu.

— Nasci filha única de uma Casa antiga, herdeira de meu nobre pai. Minha mãe morreu quando eu era pequena, não tenho nenhuma lembrança dela. Quando tinha seis anos, meu pai voltou a se casar. Sua nova esposa tratou-me bem até dar à luz uma filha sua. Então, foi seu desejo que eu morresse, para que seu sangue herdasse a riqueza de meu pai. Devia ter procurado o favor do Deus das Muitas Faces, mas não podia suportar o sacrifício que ele lhe pediria. Em vez disso, planejou ela mesma me envenenar. O veneno deixou-me como me vê agora, mas não morri. Quando os curandeiros da Casa das Mãos Vermelhas contaram ao meu pai o que ela tinha feito, ele veio até aqui e fez um sacrifício, oferecendo toda sua riqueza e a mim. Aquele das Muitas Faces ouviu suas preces. Fui trazida para o templo para servir, e a esposa do meu pai recebeu o presente.

Arya observou-a, desconfiada.

— Isso é verdade?

— Há nisso verdade.

— E também há mentiras?

— Há uma falsidade, e um exagero.

Arya estivera observando o rosto da criança abandonada durante todo o tempo que passara contando a história, mas a outra garota não mostrara sinais.

— O Deus das Muitas Faces ficou com dois terços da riqueza do seu pai, não com a riqueza toda.

— Isso mesmo. Foi esse o meu exagero.

Arya sorriu, percebeu que estava sorrindo, e deu um beliscão na bochecha. *Governe seu rosto*, disse a si mesma. *Meu sorriso é meu criado, deve surgir às minhas ordens.*

— Qual parte era mentira?

— Nenhuma. Menti sobre a mentira.

— Mentiu? Ou está mentindo agora?

Mas, antes de a criança abandonada ter tempo de responder, o homem amável entrou na sala, sorrindo.

— Regressou para junto de nós.

— A lua está negra.

— Está. Que três coisas sabe e não sabia da última vez que nos deixou?

Sei trinta coisas novas, quase respondeu.

— Três dos dedos do Pequeno Narbo não se dobram. Quer ser um remador.

— É bom saber disso. E o que mais?

Recordou seu dia.

— Quence e Alaquo lutaram um com o outro e deixaram o Navio, mas acho que vão voltar.

— Só acha, ou *sabe?*

— Só acho — teve de confessar, embora estivesse segura daquilo. Os pantomimeiros tinham de comer, assim como os outros homens, e Quence e Alaquo não eram suficientemente bons para a Lanterna Azul.

— Isso mesmo — disse o homem amável. — E a terceira coisa?

Daquela vez não hesitou.

— Dareon está morto. O cantor de negro que dormia no Porto Feliz. Era na verdade um desertor da Patrulha da Noite. Alguém lhe cortou a garganta e o empurrou para um canal, mas ficaram com as botas.

— Boas botas são difíceis de encontrar.

— Isso mesmo — tentou manter o rosto imóvel.

— Pergunto a mim mesmo quem poderia ter feito uma coisa dessas.

— Arya da Casa Stark — observou os olhos do homem, sua boca, os músculos do seu maxilar.

— Essa garota? Julgava que ela tinha deixado Braavos. Quem é você?

— Ninguém.

— Mente — virou-se para a criança abandonada. — Tenho a garganta seca. Faça-me um favor, traga uma taça de vinho para mim e leite quente para nossa amiga Arya, que regressou para junto de nós tão inesperadamente.

Ao longo da viagem pela cidade, Arya interrogara-se sobre o que o homem amável diria quando lhe contasse sobre Dareon. Talvez ficasse zangado com ela, ou talvez contente por ela ter dado ao cantor a dádiva do Deus das Muitas Faces. Representara aquela conversa na cabeça meia centena de vezes, como um pantomimeiro num espetáculo. Mas nunca pensara em *leite quente*.

Quando o leite chegou, Arya o bebeu. Cheirava um pouco a queimado e deixava um sabor amargo na boca.

— Agora vá para a cama, filha — disse o homem amável. — Amanhã tem de servir.

Naquela noite voltou a sonhar que era um lobo, mas este era diferente dos outros. Neste sonho não havia alcateia. Vagueava só, saltando pelos telhados e caminhando em silêncio junto das margens de um canal, perseguindo sombras através do nevoeiro.

Quando acordou na manhã seguinte, estava cega.

SAMWELL

Vento de Canela era um navio cisne originário da Vila das Árvores Altas, nas Ilhas do Verão, onde os homens eram negros, as mulheres sensuais, e os deuses estranhos. Não havia um septão a bordo que os liderasse nas orações de passagem para o outro mundo, e por isso a tarefa coube a Samwell Tarly, em algum lugar ao largo da costa meridional e ressequida pelo sol de Dorne.

Sam vestiu seus panos negros para proferir as palavras, embora a tarde estivesse quente e úmida, quase sem uma aragem.

— Ele era um bom homem — começou... Mas assim que articulou as palavras soube que estavam erradas. — Não. Ele era um *grande* homem. Um meistre da Cidadela, acorrentado e juramentado, e Irmão Juramentado da Patrulha da Noite, sempre fiel. Quando nasceu, deram-lhe o nome de um herói que morrera novo demais, mas, embora tenha vivido muito, muito tempo, sua vida não foi menos heroica. Não há homem mais sábio, mais gentil, mais bondoso. Na Muralha, uma dúzia de Senhores Comandantes chegou e partiu durante seus anos de serviço, mas ele sempre esteve lá para lhes dar conselhos. Também aconselhou reis. Ele mesmo podia ter sido rei, mas quando lhe ofereceram a coroa disse-lhes que a deviam dar ao irmão mais novo. Quantos homens o fariam? — Sam sentiu as lágrimas lhe subirem aos olhos e soube que não conseguiria prosseguir durante muito tempo. — Ele era do sangue do dragão, mas agora seu fogo se apagou. Ele era Aemon Targaryen. E agora terminou sua vigia.

— E agora terminou sua vigia — murmurou Goiva quando ele se calou, embalando o bebê nos braços. Kojja Mo lhe serviu de eco na língua comum de Westeros, e depois repetiu as palavras na língua do verão para Xhondo, o pai e o resto da tripulação ali reunida. Sam deixou pender a cabeça e começou a chorar, com soluços tão sonoros e cheios de dor que faziam seu corpo todo tremer. Goiva colocou-se ao seu lado e o deixou chorar em seu ombro. Havia lágrimas em seus olhos também.

O ar estava úmido e quente, e calmo de morte, enquanto *Vento de Canela* encontrava-se à deriva num mar de um azul profundo, bem longe de vista da terra.

— Sam Negro disse boas palavras — Xhondo falou. — Agora bebemos à sua vida — gritou qualquer coisa na língua do verão, e um casco de rum temperado foi rolado para o convés e aberto, para que aqueles que estavam de serviço pudessem emborcar uma taça em memória do velho dragão cego. A tripulação só o conhecera por pouco tempo, mas os ilhéus do verão reverenciavam os idosos e celebravam seus mortos.

Sam nunca tinha bebido rum. A bebida era estranha e subia à cabeça; a princípio doce, mas com um amargor de fogo que lhe queimou a língua. Estava cansado, muito cansado. Doía-lhe cada músculo do corpo, e havia outras dores em lugares onde Sam nem sabia que existiam músculos. Tinha os joelhos rígidos, as mãos cobertas de bolhas recém-surgidas e pedaços de pele pegajosos, em carne viva, onde as bolhas antigas tinham rebentado. Mas, assim mesmo, o rum e a tristeza pareceram afastar as dores para longe.

— Se tivéssemos conseguido levá-lo para Vilavelha, os arquimeistres podiam tê-lo salvo — disse a Goiva enquanto bebiam rum no alto castelo de proa do *Vento de Canela*. — Os curandeiros da Cidadela são os melhores dos Sete Reinos. Durante algum tempo pensei... esperei...

Em Braavos, a recuperação de Aemon parecera possível. A conversa de Xhondo sobre dragões quase pareceu fazer que o velho voltasse a ser quem fora. Naquela noite tinha comido até o fim aquilo que Sam lhe pusera na frente.

"Nunca ninguém procurou uma garota", dissera. "Fora um príncipe a ser prometido, não uma princesa. Rhaegar, pensava eu... a fumaça era do incêndio que devastou Solarestival no dia de seu nascimento, o sal vinha das lágrimas derramadas por aqueles que morreram. Ele partilhou minha crença quando era novo, mas mais tarde persuadiu-se de que seria o filho a cumprir a profecia, pois um cometa foi visto no céu de Porto Real na noite em que Aegon foi concebido, e Rhaegar tinha certeza de que a estrela sangrenta era um cometa. Que tolos fomos por nos julgarmos tão sábios! O erro teve origem na tradução. Os dragões não são nem machos nem fêmeas, Barth viu aí a verdade, mas ora uma coisa, ora outra, tão mutáveis como chamas. A língua nos induziu em erro durante mil anos. A escolhida é *Daenerys*, nascida entre sal e fumaça. Os dragões assim nos provam." Tinha bastado falar dela para parecer fortalecê-lo. "Tenho de ir ter com ela. *Tenho* de ir. Gostaria de ser ao menos dez anos mais novo."

O velho tornou-se tão determinado que até subiu sozinho a prancha de embarque do *Vento de Canela*, depois de Sam ter negociado o transporte do grupo. Já dera a Xhondo a espada e a bainha, para compensar o grande imediato pelo manto de penas que estragara ao salvar Sam de morrer afogado. A única coisa de valor que ainda lhe restava eram os livros que tinham trazido das câmaras de Castelo Negro. Sam separara-se deles com um humor sombrio.

"Destinavam-se à Cidadela", disse, quando Xhondo lhe perguntou o que se passava. Quando o imediato traduziu aquelas palavras, o capitão deu risada.

"Quhuru Mo diz que os homens cinzentos ainda terão esses livros", dissera-lhe Xhondo, "só que os comprarão de Quhuru Mo. Os meistres dão boa prata por livros que não conseguem encontrar, e às vezes ouro vermelho e amarelo."

O capitão também quis a corrente de Aemon, mas isto Sam recusara. Ceder a corrente era uma grande vergonha para qualquer meistre, explicou-lhe. Xhondo teve de voltar três vezes a essa parte até que Quhuru Mo a aceitasse. Quando o acordo foi feito, Sam estava reduzido às botas, aos panos pretos, à roupa de baixo e ao berrante quebrado que Jon Snow encontrara no Punho dos Primeiros Homens. *Não tive alternativa*, disse a si mesmo. *Não podíamos ficar em Braavos e, fora roubar ou mendigar, não havia outra maneira de pagar pela passagem.* Teria considerado barato três vezes aquele preço se tivessem conseguido levar meistre Aemon a salvo até Vilavelha.

Mas a viagem para o sul tinha sido tempestuosa, e cada pé de vento cobrava seu preço nas forças e no ânimo do velho. Em Pentos, pedira para ser trazido para o convés, para que Sam pudesse pintar-lhe uma imagem da cidade com palavras, mas aquela tinha sido a última vez que saíra da cama do capitão. Pouco mais tarde, seu espírito recomeçara a vaguear. Quando *Vento de Canela* passou pela Torre Sangrenta e entrou no porto de Tyrosh, Aemon já não falava em tentar encontrar um navio que o levasse para leste. Em vez disso, sua conversa virara-se para Vilavelha e os arquimeistres da Cidadela.

"Tem de lhes contar, Sam", dissera. "Aos arquimeistres. Tem de fazer que compreendam. Os homens que estavam na Cidadela nos meus tempos estão mortos há cinquenta anos. Esses outros não chegaram a me conhecer. Minhas cartas... em Vilavelha devem ter parecido os delírios de um velho desmiolado. Tem de convencê-los onde não consegui. Conte-lhes, Sam... conte-lhes como são as coisas na Muralha... as criaturas e os caminhantes brancos, o frio arrepiante..."

"Contarei", Sam tinha prometido. "Somarei minha voz à sua, meistre. Ambos diremos a eles, os dois, juntos."

"Não", o velho lhe respondeu. "Terá de ser você. Conte-lhes. A profecia... O sonho do meu irmão... A lady Melisandre leu mal os sinais. Stannis... Stannis tem em si um pouco de sangue de dragão, é verdade. Os irmãos também tinham. Rhaelle, a filhinha do Egg, foi através dela que o arranjaram... A mãe do pai deles... Costumava chamar-me tio meistre quando era pequena. Lembrei-me disso, por isso me permiti ter esperança... talvez quisesse... Todos nos enganamos a nós mesmos quando queremos acreditar. Acima de todos Melisandre, creio eu. A espada é a errada, ela precisa saber disso... Luz sem calor... Um brilho vazio... A espada é a *errada*, e a falsa luz só pode nos levar para uma escuridão mais profunda, Sam. Nossa esperança é *Daenerys*. Diga-lhes isso, na Cidadela. Obrigue-os a escutá-lo. Têm de lhe mandar um meistre. Daenerys deve ser aconselhada, instruída, *protegida*. Deixei-me ficar todos esses anos à espera, observando, e agora que o dia amanheceu sou velho demais. Estou morrendo, Sam." Lágrimas brotaram de seus alvos olhos cegos quando assim admitiu. "A morte não devia provocar medo a um homem tão velho como eu, mas provoca. Não é uma tolice? É sempre escuro onde estou, por que deveria temer a escuridão? Mas não posso evitar me interrogar sobre o que se seguirá, quando o último calor abandonar meu corpo. Irei banquetear-me para sempre no salão dourado do Pai, como dizem os septões? Voltarei a conversar com o Egg, encontrarei Dareon inteiro e feliz, ouvirei minhas irmãs cantar para seus filhos? E se forem os senhores dos cavalos que têm razão? Cavalgarei para sempre pelo céu noturno num garanhão feito de chamas? Ou deverei regressar a este vale de sofrimento? Quem saberá dizê-lo, realmente? Quem esteve para lá da muralha da morte e viu? Só as criaturas, e nós sabemos como elas são. Nós sabemos."

Havia muito pouco que Sam pudesse responder àquilo, mas oferecera ao velho o pouco conforto que conseguira dar. E Goiva entrara mais tarde e lhe cantara uma canção, uma cantiga disparatada que aprendera com algumas das outras mulheres de Craster. A música fizera o velho sorrir e o ajudara a adormecer.

Esse foi um de seus últimos dias bons. Depois disso, o velho passou mais tempo dormindo do que acordado, enrolado sob uma pilha de peles na cabine do capitão. Por vezes murmurava no sono. Quando acordava, chamava por Sam, insistindo que tinha de lhe dizer uma coisa, mas o mais frequente era que já tivesse se esquecido do que queria falar quando Sam chegava. Mesmo quando se lembrava, seu discurso era pura confusão. Falava de sonhos sem nunca mencionar o sonhador, de uma vela de vidro que não podia ser acesa e de ovos que não eclodiam. Dizia que a esfinge era a adivinha, não o adivinho, qualquer que fosse o significado que isso tivesse. Pedira a Sam que lhe lesse passagens de um livro escrito pelo septão Barth, cujas obras tinham sido queimadas durante o reinado de Baelor, o Abençoado. Uma vez acordara chorando.

"O dragão tem de ter três cabeças", gemera, "mas eu sou velho e fraco demais para ser uma delas. Devia estar com ela, mostrando-lhe o caminho, mas o corpo traiu-me."

Enquanto *Vento de Canela* abria caminho entre os Degraus, era mais frequente meistre Aemon esquecer o nome de Sam do que se recordar dele. Em certos dias, tomava-o por um de seus falecidos irmãos.

— Ele estava fraco demais para uma viagem tão longa — Sam disse a Goiva no castelo de proa, após mais um trago de rum. — Jon devia ter sabido. Aemon tinha cento e dois anos, nunca devia ter sido enviado para o mar. Se tivéssemos permanecido em Castelo Negro, ele poderia ter vivido mais dez anos.

— Ou então ela talvez o queimasse. A mulher vermelha — até ali, a quase cinco mil quilômetros da Muralha, Goiva sentia-se relutante em dizer o nome da lady Melisandre em voz alta. — Ela queria sangue de rei para seus fogos. Val sabia que sim. Lorde Snow também. Foi por isso que me obrigaram a levar o bebê de Dalla e deixar o meu no lugar dele. Meistre Aemon adormeceu e não acordou, mas, se tivesse ficado, ela o teria queimado.

Ele vai arder mesmo assim, Sam pensou, *infeliz, só que agora serei eu a queimá-lo*. Os Targaryen sempre entregavam seus caídos às chamas. Quhuru Mo não autorizara uma pira funerária a bordo do *Vento de Canela*, por isso o cadáver de Aemon foi enfiado em um barril de rum pançapreta a fim de ficar preservado até que o navio chegasse a Vilavelha.

— Na noite antes de morrer, ele perguntou se podia pegar o bebê — Goiva continuou. — Tive medo de que ele o deixasse cair, mas não deixou. Embalou-o e murmurou uma canção para ele, e o filho de Dalla estendeu a mãozinha e lhe tocou o rosto. Puxou-lhe o lábio de uma tal maneira que pensei que podia machucá-lo, mas só fez o velho dar risada — ela afagou a mão de Sam. — Podíamos chamar o pequeno de meistre, se quiser. Quando tiver idade, não agora. Podíamos.

— *Meistre* não é um nome. Mas poderia chamá-lo Aemon.

Goiva refletiu sobre aquilo.

— Dalla o deu à luz durante a batalha, enquanto as espadas cantavam à sua volta. Deve ser este o seu nome. Aemon Nascido em Batalha. Aemon Canção d'Aço.

Um nome de que até o senhor meu pai poderia gostar. Um nome de guerreiro. O garoto era filho de Mance Rayder e neto de Craster, afinal de contas. Não tinha nada do sangue covarde de Sam.

— Sim. Dê-lhe esse nome.

— Quando ele fizer dois anos — ela prometeu —, antes não.

— Onde está o garoto? — de repente Sam perguntou. Por causa do rum e do sofrimento, demorara todo aquele tempo para perceber que Goiva não tinha o bebê consigo.

— Está com Kojja. Pedi a ela para tomar conta dele durante algum tempo.

— Oh — Kojja Mo era a filha do capitão, mais alta do que Sam e esguia como uma lança, com uma pele tão negra e lisa como azeviche polido. Também capitaneava os arqueiros vermelhos do navio e retesava um arco de amagodouro com dupla curvatura e capacidade para disparar uma flecha a quatrocentos metros. Quando os piratas os tinham atacado nos Degraus, as flechas de Kojja mataram uma dúzia, enquanto as de Sam caíram na água. As únicas coisas de que Kojja gostava mais do que do seu arco era de embalar o filho de Dalla sobre os joelhos e cantar para ele na língua do verão. O príncipe selvagem transformara-se no queridinho de todas as mulheres da tripulação, e Goiva parecia confiá-lo a elas como nunca o confiara a nenhum homem.

— Isso foi gentil da parte de Kojja — disse Sam.

— A princípio, tive medo dela — Goiva confessou. — É tão escura, e tem uns dentes tão grandes e brancos que tive medo de que fosse uma fera, ou um monstro, mas não é. É boa. Gosto dela.

— Eu sei que gosta. — Ao longo da maior parte de sua vida, o único homem que Goiva conhecera fora o aterrorizador Craster. O resto do seu mundo tinha sido feminino. *Os homens a assustam, mas as mulheres não*, Sam compreendeu. Conseguia entender por quê. Em Monte Chifre ele também tinha preferido a companhia das garotas. As irmãs eram boas para ele, e embora as outras garotas zombassem dele, por vezes era mais fácil ignorar palavras cruéis do que os socos e as bofetadas que recebia dos outros garotos do castelo.

Mesmo agora, no *Vento de Canela*, Sam sentia-se mais confortável com Kojja Mo do que com seu pai, embora isso pudesse ser porque ela falava a língua comum, e ele não.

— Também gosto de você, Sam — Goiva murmurou. — E gosto dessa bebida. Tem sabor de fogo.

Sim, Sam pensou, *uma bebida para dragões*. Tinham as taças vazias, por isso se dirigiu ao barril e voltou a enchê-las. Viu que o sol se encontrava baixo a oeste, inchado até ficar com o triplo do tamanho habitual. Sua luz avermelhada fazia que o rosto de Goiva parecesse corado e rubro. Beberam uma taça a Kojja Mo, outra ao filho de Dalla e uma terceira ao bebê de Goiva, que se encontrava na Muralha. E, depois disso, não podiam deixar de beber duas taças por Aemon, da Casa Targaryen.

— Que o Pai o julgue com justiça — Sam pediu, fungando. O sol já quase desaparecera quando acabaram com o brinde a meistre Aemon. Só uma longa e fina linha vermelha ainda brilhava no horizonte ocidental, como uma fenda no céu. Goiva disse que a bebida fazia o navio rodopiar, por isso Sam a ajudou a descer a escada que levava aos aposentos das mulheres, à proa do navio.

Uma lanterna estava pendurada junto à porta da cabine, e nela ele bateu a cabeça ao entrar.

— Ai — disse, e Goiva perguntou:

— Machucou? Deixe-me ver — inclinou-se sobre ele...

... e o beijou na boca.

Sam deu por si respondendo ao beijo. *Proferi o juramento*, pensou, mas as mãos puxavam os panos negros, e os cordões dos calções. Interrompeu o beijo durante tempo suficiente para dizer:

— Não podemos.

Mas Goiva respondeu:

— Podemos — e voltou a lhe cobrir a boca com a sua. O *Vento de Canela* girava à volta deles, e Sam sentia o sabor do rum na língua de Goiva, e de repente os seios dela ficaram nus e ele os tocava. *Proferi o juramento*, voltou Sam a pensar, mas um dos mamilos de Goiva descobriu o caminho até seus lábios. Era rosado e estava duro, e quando o chupou, o leite dela lhe encheu a boca, misturando-se com o sabor do rum, e ele nunca saboreara nada tão saudável, doce e bom. *Se eu fizer isso, não sou melhor do que Dareon*, Sam pensou, mas era bom demais para parar. E de repente estava com o pau de fora, projetando-se de seus calções como um gordo mastro cor-de-rosa. Tinha um aspecto tão idiota ali em pé que ele poderia ter dado risada, mas Goiva o empurrou para a sua rede, ergueu as saias em volta das coxas e abaixou-se sobre ele com um pequeno som lamurioso. Aquilo era ainda melhor do que os mamilos. *Ela é tão úmida*, ele pensou, arquejando. *Não sabia que uma mulher podia ficar tão úmida lá embaixo*.

— Agora sou sua mulher — ela sussurrou, deslizando por ele, para cima e para baixo. E Sam gemeu e pensou: *Não, não pode ser, proferi o juramento*, mas a única coisa que proferiu foi:

— Sim.

Quando terminaram, Goiva adormeceu com os braços em volta de Sam e o rosto pousado em seu peito. Sam também precisava dormir, mas estava embriagado de rum, leite materno e Goiva. Sabia que devia voltar para sua rede na cabine dos homens, mas estava gostando tanto de sentir a garota enrolada contra si que não conseguiu se mover.

Outros entraram, homens e mulheres, e Sam os ouviu beijando-se, rindo e copulando uns com os outros. *Ilhéus do verão. É assim que fazem luto. Respondem à morte com a vida*.

Sam lera isso em algum lugar, havia muito tempo. Perguntou a si mesmo se Goiva saberia, se Kojja Mo lhe teria dito o que fazer.

Inspirou a fragrância de seus cabelos e prendeu os olhos na lanterna que balançava sobre sua cabeça. *Nem mesmo a própria Velha me tiraria disso em segurança*. A melhor coisa a fazer seria sair dali escondido e se atirar ao mar. *Se me afogasse, ninguém nunca precisaria saber que me envergonhei e quebrei o juramento, e Goiva pode arranjar um homem melhor para si, um que não seja um grande covarde gordo*.

Acordou na manhã seguinte em sua rede na cabine dos homens, com Xhondo berrando sobre o vento.

— Há vento — o imediato não parava de gritar. — *Acorde e trabalhe, Sam Negro. Há vento* — o que faltava a Xhondo em vocabulário, ele compensava com volume. Sam rolou de sua rede e pôs-se de pé, arrependendo-se de imediato. Tinha a cabeça a ponto de se partir, uma das bolhas na palma da mão abrira-se durante a noite, e sentia-se prestes a vomitar.

Mas Xhondo não tinha misericórdia, de modo que tudo que Sam pôde fazer foi lutar para voltar a vestir seus panos negros. Encontrou-os nas tábuas por baixo de sua cama de rede, todos enrolados numa pilha úmida. Cheirou-os, para ver se estariam muito sujos, e inalou o cheiro do sal, do mar e do piche, de lona úmida e de bolor, de fruta, de peixe e de rum pançapreta, de estranhas especiarias e madeiras exóticas, e um entontecedor aroma de seu próprio suor. Mas o cheiro de Goiva também se encontrava neles, o cheiro limpo de seus cabelos e o cheiro doce de seu leite, e aquilo o deixou contente por vesti-los. Contudo, teria dado tudo por meias quentes e secas. Uma espécie qualquer de fungo começara a crescer entre os dedos dos seus pés.

A arca de livros nem chegara perto de pagar a passagem para quatro desde Braavos até Vilavelha. Mas o *Vento de Canela* precisava de braços, e Quhuru Mo concordara em levá-los, desde que trabalhassem durante a viagem. Quando Sam protestara que meistre Aemon estava fraco demais, que o garoto era um bebê de peito e que Goiva tinha terror do mar, Xhondo limitara-se a rir:

— Sam Negro é grande homem gordo. Sam Negro trabalha por quatro.

Na verdade, Sam era tão desajeitado que duvidava estar fazendo sequer o trabalho de um bom homem, mas tentava. Lavava conveses com escova e os deixava lisos com pedras, puxava as correntes da âncora, enrolava cordas, caçava ratos, cosia velas rasgadas, remendava rombos com piche fervendo, preparava peixe e cortava frutas para o cozinheiro. Goiva também tentava. Era melhor manejando o cordame do que Sam, embora de tempos em tempos a visão de tanta água ainda a fizesse fechar os olhos.

Goiva, Sam pensou, *o que vou eu fazer com ela?*

Foi um longo dia calorento, tornado ainda mais longo pelo latejar de sua cabeça. Sam ocupou-se com as cordas, as velas e as outras obrigações que Xhondo lhe atribuíra, e tentou evitar que os olhos se desviassem para o barril de rum que continha o corpo do velho meistre Aemon... ou para Goiva. Não podia encarar a garota selvagem naquele momento, não podia encará-la depois do que tinham feito na noite anterior. Quando ela subia ao convés, ele descia ao porão. Quando ela vinha para a proa, ele ia para a popa. Quando ela lhe sorria, ele virava-lhe as costas, sentindo-se desprezível. *Devia ter me atirado ao mar enquanto ela ainda dormia*, pensou. *Sempre fui um covarde, mas nunca fui um perjuro, até agora*.

Se meistre Aemon não tivesse morrido, Sam poderia ter lhe perguntado o que fazer. Se Jon estivesse a bordo, ou até Pyp e Grenn, podia ter recorrido a eles. Em vez deles, tinha Xhondo. *Xhondo não compreenderia o que eu lhe diria. Se compreendesse, apenas me diria para voltar a foder a garota.* "Foder" tinha sido a primeira palavra na língua comum que Xhondo aprendera, e gostava muito dela.

Tinha a sorte de o *Vento de Canela* ser tão grande. A bordo do *Melro*, Goiva o teria encurralado em dois tempos. As grandes embarcações das Ilhas do Verão eram conhecidas como "navios cisne" nos Sete Reinos, por causa das suas encapeladas velas brancas e suas figuras de proa, a maior parte das quais representava aves. Grandes como eram, cavalgavam as ondas com uma graça que era só sua. Com um bom vento fresco de popa, *Vento de Canela* podia ultrapassar qualquer galé, embora ficasse impotente numa calmaria. E oferecia muitos lugares onde um covarde podia se esconder.

Perto do fim de seu turno, Sam finalmente foi encurralado. Descia uma escada quando Xhondo o agarrou pelo colarinho.

— *Sam Negro vem com Xhondo* — disse, arrastando-o pelo convés e largando-o aos pés de Kojja Mo.

Muito para o norte, via-se uma neblina baixa no horizonte. Kojja apontou para lá.

— Ali fica a costa de Dorne. Areia, pedras e escorpiões, e nenhum bom ancoradouro ao longo de centenas de quilômetros. Pode nadar para lá se quiser, e ir a pé até Vilavelha. Vai ter que atravessar as profundezas do deserto, escalar algumas montanhas e atravessar o Torentine a nado. Ou então pode ir ter com Goiva.

— Não compreende. Na noite passada, nós...

— ... honraram seus mortos e os deuses que fizeram a ambos. Xhondo fez o mesmo. Eu estava com a criança, caso contrário teria estado com ele. Vocês, westerosianos, transformam o amor em vergonha. Não há vergonha em amar. Se seus septões dizem que há, seus sete deuses devem ser demônios. Nas ilhas, sabemos melhor das coisas. Nossos deuses nos deram pernas para correr, narizes para cheirar, mãos para tocar e sentir. Que deus louco e cruel daria a um homem olhos e depois lhe diria que deve mantê-los fechados para sempre e nunca olhar toda a beleza do mundo? Só um deus monstruoso, um demônio das trevas — Kojja pôs a mão entre as pernas de Sam. — Os deuses também te deram isto por uma razão, para... Qual é a palavra westerosiana?

— *Foder* — de pronto Xhondo sugeriu.

— Sim, para foder. Para dar prazer e fazer filhos. Não há vergonha nisso.

Sam afastou-se dela.

— Eu fiz um juramento. *Não tomarei esposa e não gerarei filhos.* Proferi as palavras.

— Ela conhece as palavras que proferiu. É uma criança em algumas coisas, mas não é cega. Sabe por que usa o negro, por que vai para Vilavelha. Sabe que não pode ficar com você. Quer você durante algum tempo, nada mais. Perdeu o pai e o marido, a mãe e as irmãs, e a casa, o seu *mundo*. Tudo que tem é você e o bebê. De modo que, ou vai ter com ela, ou vai nadar.

Sam olhou desesperado para a neblina que assinalava a costa distante. Sabia que nunca conseguiria nadar até tão longe.

E foi ter com Goiva.

— O que fizemos... se eu pudesse tomar uma esposa, preferia ter você a qualquer princesa ou donzela bem-nascida, mas não posso. Continuo a ser um corvo. Proferi o juramento, Goiva. Fui com Jon para a floresta e disse as palavras diante de uma árvore--coração.

— As árvores nos vigiam — Goiva sussurrou, limpando as lágrimas do rosto de Sam.

— Na floresta, elas veem tudo... mas aqui não há árvores. Só há água, Sam. Só água.

CERSEI

O DIA ESTAVA FRIO, CINZENTO E ÚMIDO. Tinha chovido a manhã inteira com intensidade, e mesmo depois de a chuva parar as nuvens se recusaram a partir. Não chegaram a ver o sol. Um tempo tão desgraçado era suficiente para desencorajar até a pequena rainha. Em vez de sair a cavalo com suas galinhas e sua comitiva de guardas e admiradores, acabou passando o dia inteiro na Arcada das Donzelas com as galinhas, ouvindo o Bardo Azul cantar.

O dia de Cersei tinha sido um pouco melhor, até o cair da noite. Quando o céu cinzento começava a se transformar em negro, disseram-lhe que o *Doce Cersei* entrara no porto na maré da noite, e que Aurane Waters se encontrava lá fora e solicitava uma audiência.

A rainha mandou que o trouxessem imediatamente. Assim que ele entrou em seu aposento privado, soube que as notícias eram boas.

— Vossa Graça — ele disse com um largo sorriso —, Pedra do Dragão lhe pertence.

— Magnífico — pegou-lhe nas mãos e o beijou na face. — Sei que Tommen também ficará contente. Isso significa que podemos libertar a frota de lorde Redwyne e expulsar os homens de ferro dos Escudos. — As notícias que chegavam da Campina tornavam-se mais terríveis a cada corvo. Aparentemente, os homens de ferro não tinham se contentado com seus novos rochedos. Assolavam o Vago com força, e tinham chegado ao ponto de atacar a Árvore e as ilhas menores que a cercavam. Os Redwyne não haviam mantido mais do que uma dúzia de navios de guerra em suas águas, e todos tinham sido subjugados, capturados ou afundados. E agora havia relatórios que diziam que esse louco que chamava a si mesmo Euron Olho de Corvo estava enviando navios para a Enseada dos Murmúrios, em direção a Vilavelha.

— Lorde Paxter embarcava provisões para a viagem para casa quando o *Doce Cersei* zarpou — relatou lorde Waters. — Imagino que a essa altura sua frota principal já tenha se feito ao mar.

— Esperemos que façam uma viagem rápida e com melhor tempo do que o de hoje — a rainha puxou Waters para o banco da janela, ao seu lado. — Temos esse triunfo a agradecer a sor Loras?

O sorriso dele desvaneceu-se.

— Alguns dirão que sim, Vossa Graça.

— Alguns? — a rainha lançou um olhar zombeteiro. — Você não?

— Nunca vi cavaleiro mais bravo — disse Waters —, mas ele transformou num massacre aquilo que poderia ter sido uma vitória sem sangue. Mil homens estão mortos, ou tão perto disso que não faz diferença. A maioria homens nossos. E não são só homens comuns, Vossa Graça, mas cavaleiros e jovens senhores, os melhores e os mais bravos.

— E o próprio sor Loras?

— Completará mil e um. Levaram-no para o castelo após a batalha, mas os ferimentos são graves. Perdeu tanto sangue que os meistres sequer o sangram.

— Oh, que tristeza. Tommen ficará com o coração partido. Ele admirava tanto nosso galante Cavaleiro das Flores.

— E o povo também — disse o seu almirante. — Teremos virgens chorando sobre o vinho por todo o reino quando Loras morrer.

A rainha sabia que ele não se enganava. Três mil pessoas comuns tinham se reunido junto do Portão da Lama para se despedir de sor Loras no dia em que zarpara, e três em cada quatro eram mulheres. Ver aquilo só servira para encher Cersei de desprezo. Desejara gritar-lhes que eram ovelhas, dizer-lhes que tudo que alguma vez poderiam esperar de Loras Tyrell era um sorriso e uma flor. Mas, em vez disso, o proclamara o mais ousado cavaleiro dos Sete Reinos e sorrira quando Tommen o presenteara com uma espada cravejada de joias para levar para a batalha. O rei também lhe dera um abraço, o que não fazia parte dos planos de Cersei, mas agora não importava. Podia se dar ao luxo de ser generosa. Loras Tyrell estava moribundo.

— Conte-me — Cersei ordenou. — Quero saber tudo, do princípio ao fim.

A sala já escurecera quando ele terminou. A rainha acendeu algumas velas e mandou Dorcas às cozinhas para lhes trazer um pouco de pão e queijo e de carne cozida com raiz-forte. Enquanto jantavam, pediu a Aurane para voltar a lhe contar a história, a fim de se lembrar corretamente de todos os detalhes.

— Afinal de contas, não desejo que nossa preciosa Margaery ouça essas notícias de um estranho — justificou-se. — Eu mesma lhe contarei.

— Vossa Graça é bondosa — Waters disse com um sorriso. *Um sorriso malévolo*, pensou a rainha. Aurane não se parecia tanto com o príncipe Rhaegar como ela julgara. *Tem os mesmos cabelos, mas também os têm metade das prostitutas de Lys, se as histórias forem verdadeiras. Rhaegar era um homem. Este é um rapaz dissimulado, e nada mais. Contudo, útil à sua maneira.*

Margaery estava na Arcada das Donzelas, bebericando vinho e tentando aprender com as três primas um novo jogo qualquer de Volantis. Embora fosse tarde, os guardas admitiram Cersei de imediato.

— Vossa Graça — começou —, é melhor que ouça as notícias através de mim. Aurane regressou de Pedra do Dragão. Seu irmão é um herói.

— Sempre soube que era — Margaery não parecia surpresa. *E por que haveria de estar? Já esperava isso desde o momento em que Loras suplicou o comando.* Mas, quando Cersei terminou a história, lágrimas cintilavam nas bochechas da rainha mais nova.

— Redwyne tinha mineiros trabalhando, a fim de fazer passar um túnel sob as muralhas do castelo, mas isso era lento demais para o Cavaleiro das Flores. Sem dúvida que pensava no povo do senhor seu pai sofrendo nos Escudos. Lorde Waters diz que ordenou o assalto menos de meio dia depois de tomar o comando, após o castelão de lorde Stannis ter recusado sua oferta para decidir o cerco entre os dois, em combate individual. Loras foi o primeiro a passar pela brecha quando o aríete quebrou os portões do castelo. Cavalgou diretamente para a boca do dragão, dizem, todo de branco, brandindo a maça-estrela em volta da cabeça, matando à esquerda e à direita.

Megga Tyrell já soluçava abertamente àquela altura.

— Como foi que ele morreu? — perguntou. — Quem o matou?

— Nenhum homem teve essa honra — Cersei responde. — Sor Loras foi atingido por um dardo na coxa e por outro no ombro, mas continuou a lutar galantemente, embora o sangue saísse em golfadas. Mais tarde sofreu um golpe de maça que lhe quebrou algumas costelas. Depois disso... Mas, não, desejo lhe poupar do pior.

— Diga-me — disse Margaery. — Eu ordeno.

Ordena? Cersei parou por um momento e decidiu que deixaria aquilo passar.

— Os defensores se retiraram para uma fortaleza interior, depois de a muralha exterior ser tomada. Loras também liderou o ataque ali. Tomou um banho de azeite fervente.

A lady Alla ficou branca como cal e fugiu da sala.

— Lorde Waters me garantiu que os meistres estão fazendo tudo que podem, mas temo que seu irmão esteja bastante queimado — Cersei tomou Margaery nos braços para confortá-la. — Ele salvou o reino. — Quando beijou a pequena rainha no rosto, sentiu o gosto salgado de suas lágrimas. — Jaime anotará todos os seus feitos no Livro Branco, e os cantores cantarão sobre ele durante mil anos.

Margaery soltou-se de seu abraço com tamanha violência que Cersei quase caiu.

— Estar moribundo não é estar morto — ela disse.

— Não, mas os meistres dizem...

— *Estar moribundo não é estar morto!*

— Só quis poupá-la...

— Eu sei o que quis. Saia.

Agora sabe como me senti na noite em que Joffrey morreu. Fez uma reverência, com o rosto numa máscara de fria cortesia.

— Querida filha. Sinto-me tão triste por você. Vou deixá-la com seu pesar.

Lady Merryweather não apareceu naquela noite, e Cersei deu por si inquieta demais para dormir. *Se lorde Tywin pudesse me ver agora, saberia que tinha o seu herdeiro, um herdeiro merecedor do Rochedo*, pensou, deitada na cama, com Jocelyn Swyft ressonando suavemente na outra almofada. Margaery logo estaria chorando as lágrimas amargas que devia ter chorado por Joffrey. Mace Tyrell talvez também chorasse, mas não lhe dera motivo para romper com ela. O que fizera, afinal, além de honrar Loras com a sua confiança? Ele pedira o comando de joelho dobrado, à vista de metade da corte.

Quando ele morrer, tenho de erguer uma estátua sua em algum lugar e dar-lhe um funeral como Porto Real nunca viu. O povo gostaria disso. Tommen também. *Mace pode até me agradecer, pobre homem. E quanto à senhora sua mãe, se os deuses forem bons, essa notícia a matará.*

O nascer do sol foi o mais bonito que Cersei vira em anos. Taena apareceu pouco depois e confessou ter passado a noite consolando Margaery e suas senhoras, bebendo vinho, chorando e contando histórias sobre Loras.

— Margaery continua convencida de que ele não morrerá — relatou, enquanto a rainha se vestia para uma audiência. — Planeja enviar seu meistre para cuidar dele. As primas estão rezando pela misericórdia da Mãe.

— Eu também rezarei. Amanhã, venha comigo ao Septo de Baelor, e acenderemos cem velas pelo nosso galante Cavaleiro das Flores — virou-se para a aia. — Dorcas, traga-me a coroa. A nova, por favor — era mais leve do que a antiga, de ouro tecido de um tom claro, encrustado de esmeraldas que relampejavam quando a rainha virava a cabeça.

— Vieram quatro por causa do Duende hoje de manhã — sor Osmund anunciou quando Jocelyn o deixou entrar.

— Quatro? — a rainha estava agradavelmente surpresa. Havia um fluxo constante de informantes a caminho da Fortaleza Vermelha, afirmando saber de Tyrion, mas quatro em um só dia não era comum.

— Sim — Osmund confirmou. — Um deles lhe trouxe uma cabeça.

— Recebo-o primeiro. Traga-o ao aposento privado — *que dessa vez não haja erros. Que eu me veja finalmente vingada, para que Joff possa repousar em paz.* Os septões diziam que o número sete era sagrado para os deuses. Se assim fosse, essa sétima cabeça talvez lhe trouxesse o bálsamo pelo qual sua alma ansiava.

O homem revelou ser tyroshino; baixo, espadaúdo e suado, com um sorriso untuoso que a fazia se lembrar de Varys e uma barba bifurcada pintada de verde e cor-de-rosa. Cersei não gostou dele assim que o viu, mas estava disposta a ignorar seus defeitos se realmente tivesse a cabeça de Tyrion dentro da arca que trazia. Era de cedro, com enfeites de marfim, num padrão de trepadeiras e flores, com dobradiças e presilhas de ouro branco. Uma coisa maravilhosa, mas o único interesse da rainha jazia no que poderia estar lá dentro. *Pelo menos é suficientemente grande. Tyrion tinha uma cabeça grotescamente grande para alguém tão pequeno e atrofiado.*

— Vossa Graça — murmurou o tyroshino, com uma profunda reverência —, vejo que é tão adorável como rezam as histórias. Mesmo para lá do mar estreito ouvimos falar de sua grande beleza, e do desgosto que dilacera seu coração gentil. Não há homem que possa lhe devolver seu bravo e jovem filho, mas é minha esperança poder pelo menos oferecer-lhe algum bálsamo para a dor — pousou a mão na arca. — Trago-lhe justiça. Trago-lhe a cabeça de seu *valonqar*.

A velha palavra valiriana lhe causou um arrepio, embora também tivesse lhe dado um tinido de esperança.

— O Duende já não é meu irmão, se é que alguma vez o foi — declarou. — E não direi seu nome. Outrora foi um nome orgulhoso, antes de ele desonrá-lo.

— Em Tyrosh, o chamamos Mãos-Vermelhas, devido ao sangue que escorre de seus dedos. O sangue de um rei, e o de um pai. Há quem diga que ele também matou a mãe, rasgando-lhe o ventre com selváticas garras ao nascer.

Que disparate, Cersei pensou.

— É verdade — disse. — Se a cabeça do Duende estiver nessa arca, farei de você senhor e lhe atribuirei ricas terras e fortalezas — os títulos eram mais baratos do que pó, e as terras fluviais estavam cheias de castelos arruinados, que se erguiam desolados por entre campos abandonados e aldeias incendiadas. — Minha corte me espera. Abra a caixa e deixe-me ver.

O tyroshino abriu a caixa com um floreio e deu um passo para trás, sorrindo. Lá dentro, a cabeça de um anão repousava sobre uma camada de macio veludo azul, fitando-a.

Cersei examinou-a longamente.

— Esse não é o meu irmão — tinha um sabor amargo na boca. *Suponho que seria esperar demais, especialmente depois de Loras. Os deuses nunca são tão bons.* — Esse homem tem olhos castanhos. Tyrion tinha um olho negro e o outro verde.

— Os olhos, é verdade... Vossa Graça, os olhos de seu irmão tinham... apodrecido, de certa forma. Tomei a liberdade de substituí-los por vidro... mas da cor errada, tal como disse.

Aquilo só a aborreceu mais.

— Sua cabeça pode ter olhos de vidro, mas eu não tenho. Há gárgulas em Pedra do Dragão mais parecidas com o Duende do que essa criatura. Este é *careca*, e duas vezes mais velho do que meu irmão. O que aconteceu com os dentes?

O homem se encolheu perante a fúria em sua voz.

— Ele tinha um belo conjunto de dentes de ouro, Vossa Graça, mas nós... lamento...

— Oh, ainda não. Mas vai lamentar. — *Devia mandar estrangulá-lo. Que arqueje por ar até ficar com o rosto preto, como meu querido filho.* As palavras estavam em seus lábios.

— Um engano honesto. Um anão parece-se tanto com os outros, e... Vossa Graça poderá observar, ele não tem nariz...

— Não tem nariz porque você o *cortou.*

— Não! — O suor na testa do homem traiu a mentira da negação.

— Sim — uma doçura venenosa insinuou-se no tom de Cersei. — Pelo menos teve esse bom senso. O último idiota tentou me dizer que um feiticeiro ambulante tinha feito com que voltasse a crescer. Mesmo assim, parece-me que deve um nariz a esse anão. A Casa Lannister paga suas dívidas, e você também pagará. Sor Meryn, leve esta fraude a Qyburn.

Sor Meryn Trant pegou o braço do tyroshino, ainda protestando, e o puxou para fora da sala. Depois de os outros saírem, Cersei virou-se para Osmund Kettleblack.

— Sor Osmund, tire essa coisa da minha vista e mande entrar os outros três que afirmam ter informações sobre o Duende.

— Sim, Vossa Graça.

Infelizmente, os três candidatos a informantes não se mostraram mais úteis do que o tyroshino. Um disse que o Duende estava escondido num bordel de Vilavelha, dando prazer aos homens com a boca. Aquilo dava uma imagem engraçada, mas Cersei não acreditou nem por um instante. O segundo afirmava ter visto o anão num espetáculo de pantomimeiros em Braavos. O terceiro insistiu que Tyrion se tornara eremita nas terras fluviais e vivia numa colina assombrada qualquer. A rainha respondeu o mesmo a todos.

— Se fizerem a bondade de levar alguns de meus bravos cavaleiros a esse anão, serão ricamente recompensados — prometeu. — Desde que seja o Duende. Caso contrário... Bem, meus cavaleiros têm pouca paciência para fraudes e para tolos que os fazem perseguir sombras. Um homem poderia perder a língua — e, de repente, os três informantes perderam a certeza e admitiram que talvez pudessem ter visto outro anão qualquer.

Cersei nunca se dera conta da existência de tantos anões.

— Estará o mundo inteiro transbordando desses monstrinhos retorcidos? — protestou, enquanto o último dos informantes era conduzido para fora. — Quantos poderá haver?

— Menos do que havia — retrucou a lady Merryweather. — Posso ter a honra de acompanhar Vossa Graça à audiência?

— Se conseguir suportar o tédio — Cersei respondeu. — Robert era um idiota no que dizia respeito à maioria das coisas, mas tinha razão num aspecto. Governar um reino é trabalho cansativo.

— Entristece-me ver Vossa Graça tão cheia de cuidados. Fuja, divirta-se, e deixe essas cansativas petições para a Mão do Rei. Podíamos nos vestir como criadas e passar o dia entre o povo, para ouvir o que eles têm a dizer sobre a queda de Pedra do Dragão. Eu conheço a estalagem onde o Bardo Azul toca quando não está cantando para a pequena rainha, e um certo porão onde um prestidigitador transforma chumbo em ouro, água em vinho e garotas em rapazes. Ele talvez pudesse aplicar seus feitiços em nós. Não divertiria Vossa Graça ser homem por uma noite?

Se eu fosse homem, seria Jaime, pensou a rainha. *Se fosse homem, poderia governar este reino em meu próprio nome em vez de no de Tommen.*

— Só se você permanecesse mulher — disse, sabendo que era isso o que Taena queria ouvir. — É uma malvada por me tentar assim, mas que tipo de rainha eu seria se pusesse meu reino nas mãos trêmulas de Harys Swyft?

Taena fez beicinho.

— Vossa Graça é diligente demais.

— Sou — Cersei admitiu —, e, antes de terminar o dia, estarei arrependida de assim se. — Deu o braço à lady Merryweather. — Venha.

Jalabhar Xho era o primeiro peticionário desse dia, como era próprio de seu estatuto como um príncipe no exílio. Por magnífico que parecesse em seu brilhante manto de penas, só tinha vindo mendigar. Cersei deixou-o fazer sua súplica habitual por homens e armas que o ajudassem a reconquistar o Vale da Flor Vermelha, e depois disse:

— Sua Graça está travando sua própria guerra, príncipe Jalabhar. O rei não tem homens que possa dispensar para sua causa neste momento. Talvez ano que vem — aquilo era o que Robert lhe dizia sempre. No ano seguinte lhe diria nunca, mas hoje não. Pedra do Dragão era sua.

Lorde Hallyne da Guilda dos Alquimistas apresentou-se para pedir autorização para os seus piromantes chocarem qualquer ovo de dragão que pudesse aparecer em Pedra do Dragão, agora que a ilha estava segura e de volta às mãos do rei.

— Se tivessem restado alguns ovos desses, Stannis os teria vendido para pagar por sua rebelião — disse-lhe a rainha. Absteve-se de dizer que o plano era louco. Desde que o último dragão Targaryen morrera, todas as tentativas do gênero tinham terminado em morte, desastre ou desgraça.

Um grupo de mercadores surgiu perante ela a fim de suplicar à coroa para interceder por eles junto ao Banco de Ferro de Braavos. Os braavosianos andavam exigindo o pagamento das dívidas por saldar, pelo visto, e recusavam todos os novos empréstimos. *Precisamos de nosso próprio banco*, decidiu Cersei, *o Banco Dourado de Lannisporto*. Quando o trono de Tommen estivesse seguro, talvez pudesse fazer que isso acontecesse. No momento, tudo o que pôde fazer foi dizer aos mercadores para pagarem aos usurários braavosianos aquilo que lhes era devido.

A delegação da Fé era liderada por seu velho amigo, septão Raynard. Seis dos Filhos do Guerreiro escoltaram-no pela cidade; juntos faziam sete, um número sagrado e favorável. O novo alto septão, ou alto pardal, como o Rapaz Lua o apelidara, fazia tudo em grupos de sete. Os cavaleiros usavam cinturões listrados com as sete cores da Fé. Cristais adornavam o punho de suas espadas longas e os espigões de seus elmos. Transportavam escudos em forma de estrela, num estilo que não era comum desde a Conquista, ostentando um símbolo que não era visto nos Sete Reinos havia séculos: uma espada arco-íris cintilando, brilhante, em fundo escuro. Cerca de uma centena de cavaleiros já se apresentara para juramentar suas vidas e espadas aos Filhos do Guerreiro, segundo Qyburn dizia, e apareciam mais todos os dias. *Bêbados de deuses, todos eles. Quem haveria de pensar que o reino tinha tantos?*

A maioria era de cavaleiros domésticos ou andantes, mas um punhado era de elevado nascimento; filhos mais novos de pequenos senhores, velhos que ansiavam pela expiação de velhos pecados. E havia Lancel. Julgara que Qyburn estava brincando quando lhe disse que o cretino de seu primo renunciara a castelo, terras e esposa e voltara à cidade para se juntar à Nobre e Poderosa Ordem dos Filhos do Guerreiro, mas ali estava ele com os outros tolos piedosos.

Cersei não gostava nada daquilo. E tampouco estava contente com a contínua truculência e ingratidão do alto pardal.

— Onde está o alto septão? — perguntou a Raynard. — Foi ele quem convoquei.

Septão Raynard adotou um tom pesaroso.

— Sua Alta Santidade mandou-me em seu lugar e me pediu para dizer a Vossa Graça que os Sete lhe ordenaram que fosse combater a maldade.

— Como? Pregando a castidade ao longo da Rua da Seda? Será que ele julga que rezar por prostitutas faz delas virgens novamente?

— Nosso corpo foi esculpido pelo Pai e pela Mãe para podermos juntar homem com mulher e gerar filhos legítimos — respondeu Raynard. — É vil e pecaminoso que as mulheres vendam as partes sagradas por dinheiro.

Aquele piedoso sentimento poderia ter sido mais convincente se a rainha não soubesse que septão Raynard tinha amigas especiais em todos os bordéis da Rua da Seda. Não havia dúvida de que ele decidira que fazer eco aos chilreios do alto pardal era preferível a lavar assoalhos.

— Não se atreva a pregar para mim — disse-lhe. — Os encarregados dos bordéis têm andado se queixando, e com razão.

— Se os pecadores falam, por que os justos hão de lhes dar ouvidos?

— Esses pecadores alimentam os cofres reais — disse a rainha sem rodeios —, e seu dinheiro ajuda a pagar os salários de meus homens de manto dourado e a construir galés para defender nossas costas. E também há o comércio a se levar em conta. Se Porto Real não tivesse bordéis, os navios iriam para Valdocaso ou Vila Gaivota. Sua Alta Santidade me prometeu paz nas minhas ruas. A prostituição ajuda a manter essa paz. Os homens comuns privados de prostitutas são capazes de recorrer ao estupro. Daqui em diante, que Sua Alta Santidade faça suas orações no septo, onde é o seu lugar.

A rainha também esperara ouvir notícias trazidas por lorde Gyles, mas foi o grande meistre Pycelle quem surgiu em seu lugar, de rosto cinzento e apologético, para lhe dizer que Rosby se encontrava fraco demais para sair da cama.

— É triste dizê-lo, mas temo que lorde Gyles tenha de se reunir em breve aos seus nobres antepassados. Que o Pai o julgue com justiça.

Se Rosby morrer, Mace Tyrell e a pequena rainha tentarão novamente forçar-me a aceitar Garth, o Grosso.

— Lorde Gyles já tem aquela tosse há *anos*, e ela nunca o matou — protestou. — Ele tossiu durante metade do reinado de Robert e durante todo o de Joffrey. Se agora está moribundo, só pode ser porque alguém quer vê-lo morto.

O grande meistre Pycelle pestanejou, incrédulo.

— Vossa Graça? Q-quem quereria ver lorde Gyles morto?

— Seu herdeiro, talvez — *ou a pequena rainha.* — Alguma mulher que ele tenha desdenhado há tempos — *Margaery, Mace e a Rainha dos Espinhos, por que não? Gyles está em seu caminho.* — Um velho inimigo. Um novo. Você.

O velho empalideceu.

— V-vossa Graça graceja. Eu... eu purguei sua senhoria, sangrei-o, tratei dele com cataplasmas e infusões... os vapores dão-lhe algum alívio, e o sonodoce ajuda a acalmar a violência de sua tosse, mas temo que agora ele esteja cuspindo pedaços de pulmão com o sangue.

— Seja como for. Regressará para junto de lorde Gyles e o informará de que não tem minha autorização para morrer.

— Se aprouver a Vossa Graça — Pycelle fez uma reverência rígida.

Havia mais, e mais, e mais, cada peticionário era mais aborrecido do que o anterior. E naquela noite, depois de o último finalmente ter partido, quando comia um jantar simples com o filho, disse-lhe:

— Tommen, quando fizer suas rezas antes de se deitar, diga à Mãe e ao Pai que é grato por ainda ser uma criança. Ser rei é trabalho duro. Garanto a você, não gostará. Bicam você como um bando de corvos. Todos querem um pedaço da sua carne.

— Sim, mãe — Tommen respondeu num tom triste. Cersei compreendeu que a pequena rainha lhe contara o que acontecera a sor Loras. Sor Osmund disse que o garoto tinha chorado. *Ele é novo. Quando for da idade de Joff, já não se lembrará da aparência de Loras.* — Mas eu não me importaria que eles me bicassem — prosseguiu o filho. — Devia ir com você todos os dias às audiências, para escutar. Margaery diz...

— ... muito mais do que devia — Cersei o interrompeu. — Por meia moeda, de bom grado mandaria lhe arrancar a língua.

— *Não diga isso* — Tommen gritou de repente, com a pequena face redonda tornando-se vermelha. — Deixe-lhe a língua em paz. Não a toque. Eu sou o rei, e não você.

Cersei fitou-o, incrédula.

— O que foi que disse?

— O rei sou eu. Eu é que digo que línguas serão arrancadas, não você. Não deixarei que faça mal a Margaery. *Não deixarei.* Proíbo-a.

Cersei o agarrou pela orelha e o arrastou aos guinchos para a porta, onde sor Boros Blount se encontrava de guarda.

— Sor Boros, Sua Graça se esqueceu do seu lugar. Tenha a bondade de escoltá-lo até o quarto e de trazer Pate. Dessa vez quero que seja o próprio Tommen a chicotear o garoto. Deverá continuar até que lhe sangrem as bochechas. Se Sua Graça recusar, ou disser uma palavra de protesto, chame Qyburn e lhe diga para remover a língua de Pate, para que Sua Graça compreenda o custo da insolência.

— Às suas ordens. — Sor Boros arquejou, olhando o rei de relance com constrangimento. — Vossa Graça, venha comigo, por favor.

Quando a noite caiu sobre a Fortaleza Vermelha, Jocelyn acendeu a lareira no quarto da rainha enquanto Dorcas acendia as velas junto da cama. Cersei abriu a janela para apanhar um pouco de ar e descobriu que as nuvens tinham voltado a esconder as estrelas.

— Que noite tão escura, Vossa Graça — Dorcas murmurou.

Sim, pensou, *mas não tão escura como na Arcada das Donzelas, ou em Pedra do Dragão, onde Loras Tyrell jaz queimado e sangrando, ou lá embaixo, nas celas negras sob o castelo.* A rainha não sabia por que motivo aquilo lhe ocorrera. Tinha decidido não dedicar a Falyse mais nenhum pensamento. *Combate individual. Falyse devia ter tido o bom senso de não se casar com tamanho idiota.* Segundo o que transpirara de Stokeworth, lady Tanda morrera de um resfriado no peito, causado pelo quadril quebrado. Lollys Desmiolada fora proclamada lady Stokeworth, sendo sor Bronn seu senhor. *Tanda morta e Gyles moribundo. Ainda bem que temos o Rapaz Lua, caso contrário a corte ficaria completamente privada de bobos.* A rainha sorriu ao pousar a cabeça na almofada. *Quando lhe beijei o rosto, saboreei o sal de suas lágrimas.*

Sonhou um sonho antigo, sobre três garotas com manto marrom, uma velha encarquilhada e uma tenda que cheirava a morte.

A tenda da velha era escura, com um teto alto e bicudo. Ela não queria entrar, assim como não quisera aos dez anos, mas as outras garotas a observavam, por isso não podia recuar. No sonho eram três, tal como tinha sido em vida. A gorda Jeyne Farman deixou-se ficar para trás, como sempre fazia. Era um assombro que tivesse chegado tão longe. Melara Hetherspoon era mais corajosa, mais velha e mais bonita, à sua maneira sardenta. Envoltas em manto de tecido grosseiro, com os capuzes erguidos, as três tinham esgueirado-se para fora da cama e atravessado os campos de torneio para ir em busca da feiticeira. Melara ouvira as criadas segredando que ela era capaz de amaldiçoar um homem ou fazê-lo se apaixonar, conjurar demônios e prever o futuro.

Em vida, as garotas tinham estado sem fôlego e entontecidas, segredando umas com as outras enquanto avançavam, com tanta excitação quanto medo. O sonho era diferente.

Nele, os pavilhões encontravam-se cobertos de sombras, e os cavaleiros e criados por que passavam eram feitos de neblina. As garotas vaguearam por muito tempo antes de encontrar a tenda da velha. Quando o fizeram, todos os archotes já estavam se apagando. Cersei observou as garotas se juntarem, sussurrando umas com as outras. *Voltem*, tentou lhes dizer. *Afastem-se. Não há nada aqui para vocês.* Mas, embora movesse a boca, nenhuma palavra saiu.

A filha de lorde Tywin foi a primeira a atravessar a aba, com Melara logo atrás. Jeyne Farman entrou por último e tentou se esconder atrás das outras duas, como sempre fazia.

O interior da tenda estava repleto de cheiros. Canela e noz-moscada. Pimenta vermelha, branca e preta. Leite de amêndoa e cebolas. Cravinho, erva-limão e o precioso açafrão, e especiarias mais estranhas, ainda mais raras. A única luz provinha de um braseiro de ferro com a forma de uma cabeça de basilisco, uma tênue luz verde que fazia as paredes da tenda parecer frias, mortas e apodrecidas. Teria também sido assim em vida? Cersei não parecia se lembrar.

No sonho, a feiticeira dormia, como um dia dormira em vida. *Deixem-na em paz*, quis gritar a rainha. *Suas tolinhas, nunca acordem uma feiticeira adormecida.* Sem língua, só podia observar enquanto a garota tirava o manto, dava um pontapé na cama da bruxa e dizia:

— Acorde, queremos saber sobre nosso futuro.

Quando Maggy, a Rã, abriu os olhos, Jeyne Farman soltou um guincho assustado e fugiu da tenda, mergulhando de cabeça na noite. Estúpida, rechonchuda, tímida, pequena Jeyne, de rosto pálido e gordo, assustada com cada sombra. *No entanto, foi ela a sensata.* Jeyne ainda vivia na Ilha Bela. Casara com um dos vassalos do senhor seu irmão e parira uma dúzia de filhos.

Os olhos da velha eram amarelos e estavam envoltos por uma crosta de uma coisa nojenta qualquer. Em Lannisporto dizia-se que ela era jovem e bela quando o marido a trouxera do leste com uma carga de especiarias, mas a idade e o mal tinham deixado em si suas marcas. Era baixa, atarracada e verrugosa, com bochechas esverdeadas e textura de gravilha. Já não tinha dentes, e as tetas pendiam-lhe até os joelhos. Se se ficasse perto demais dela, conseguia-se cheirar a doença, e quando falava o hálito era estranho, forte e malcheiroso.

— Fora — disse a velha às garotas, num murmúrio coaxante.

— Viemos para uma profecia — disse-lhe a jovem Cersei.

— Fora — coaxou a velha pela segunda vez.

— Ouvimos dizer que consegue ver o amanhã — disse Melara. — Só queremos saber com que homens vamos nos casar.

— Fora — coaxou Maggy, pela terceira vez.

Dê-lhe ouvidos, teria gritado a rainha se tivesse língua. *Ainda têm tempo para fugir. Fujam, suas tolinhas!*

A garota de cachos dourados pôs as mãos na cintura.

— Dê-nos a nossa profecia, senão vou falar com o senhor meu pai e ele mandará chicoteá-la por insolência.

— Por favor — suplicou Melara. — Leia nosso futuro, e depois vamos embora.

— Algumas das que aqui estão não têm futuro — resmungou Maggy com sua terrível voz profunda. Aconchegou o roupão em volta dos ombros e fez um sinal às garotas para que se aproximassem. — Venham, se não querem ir. Tolas. Venham, sim. Tenho de saborear seu sangue.

Melara empalideceu, mas Cersei não. Uma leoa não teme a rã, por mais velha e feia que seja. Devia ter ido embora, devia ter escutado, devia ter fugido. Mas, em vez disso, pegou o punhal que Maggy lhe ofereceu e fez passar a retorcida lâmina de ferro pela ponta de seu polegar. Então fez o mesmo com Melara.

Na tenda verde e escura, o sangue parecia mais negro do que vermelho. A boca desdentada de Melara tremeu ao vê-lo.

— Aqui — sussurrou —, dê-me aqui — quando Cersei ofereceu a mão, ela sugou o sangue com gengivas tão moles como as de um bebê recém-nascido. A rainha ainda se lembrava de como sua boca era estranha e fria.

— Pode fazer três perguntas — disse a velha, depois de terminar de beber. — Não vai gostar das minhas respostas. Pergunte, ou então vá embora.

Vá, pensou a rainha que sonhava, *controle a língua e fuja*. Mas a garota não tinha bom senso suficiente para sentir medo.

— Quando é que me caso com o príncipe? — quis saber.

— Nunca. Casará com o rei.

Sob seus cachos dourados, o rosto da garota enrugou-se de perplexidade. Durante anos depois daquilo, pensou que aquelas palavras queriam dizer que não se casaria com Rhaegar até depois de o pai, Aerys, ter morrido.

— Mas *vou* ser rainha? — perguntou seu eu mais novo.

— Sim — a malícia cintilou nos olhos amarelos de Maggy. — Rainha será... até chegar outra, mais nova e mais bela, para derrubar você e roubar tudo aquilo que lhe for querido.

A ira relampejou no rosto da criança.

— Se ela tentar, mando meu irmão matá-la — nem mesmo então parou, sendo a criança obstinada que era. Ainda lhe era devida mais uma pergunta, mais um vislumbre da vida que a esperava. — O rei e eu teremos filhos? — perguntou.

— Oh, sim. Ele dezesseis, e você três.

Aquilo não fazia sentido para Cersei. O polegar latejava onde o cortara, e seu sangue pingava no tapete. *Como é possível?*, quis perguntar, mas já não tinha mais perguntas.

Porém, a velha ainda não terminara com ela.

— De ouro será sua coroa, e de ouro sua mortalha — disse. — E, quando suas lágrimas a afogarem, o *valonqar* enrolará as mãos em sua pálida garganta branca e a estrangulará até roubar sua vida.

— O que é um *valonqar*? Algum monstro? — a garota dourada não gostava daquela profecia. — É uma mentirosa, uma rã verrugosa e uma velha bárbara e malcheirosa, e não acredito em uma palavra que diz. Vamos embora, Melara. Não vale a pena ouvi-la.

— Eu também tenho três perguntas — insistiu a amiga. E, quando Cersei lhe puxou o braço, ela se libertou e voltou-se outra vez para a velha. — Vou me casar com Jaime? — perguntou muito depressa.

Sua garota estúpida, pensou a rainha, ainda hoje zangada. *Jaime nem sequer sabia que você existia*. Nessa época, o irmão vivia apenas para as espadas, os cães e os cavalos... e para ela, sua gêmea.

— Nem Jaime, nem nenhum outro homem — Maggy respondeu. — Serão os vermes que ficarão com sua virgindade. A morte está aqui hoje, pequena. Sente o cheiro do hálito dela? Está muito perto.

— O único hálito que cheiramos é o seu — Cersei disse. Havia um jarro com uma poção espessa qualquer junto ao seu cotovelo, pousado numa mesa. Pegou o jarro e o atirou aos olhos da velha. Em vida, ela gritou numa estranha língua estrangeira qualquer e as amaldiçoou quando fugiram da sua tenda. Mas, no sonho, seu rosto se dissolveu, derretendo-se em fios de névoa cinzenta até que tudo o que restou foram dois olhos vesgos e amarelos, os olhos da morte.

O valonqar *enrolará as mãos em sua garganta*, ouviu a rainha, mas a voz não pertencia à velha. As mãos emergiram das névoas de seu sonho e envolveram-lhe o pescoço; mãos grossas e fortes. Por cima delas flutuava o rosto dele, olhando-a de esguelha com seus olhos desiguais. Não, a rainha tentou gritar, mas os dedos do anão enterraram-se profundamente em seu pescoço, afogando seus protestos. Esperneou e esganiçou-se, sem resultado. Não levou muito tempo para começar a fazer o mesmo som que o filho fizera, o terrível som agudo de sugar que assinalara a última inspiração de Joff nesta terra.

Acordou no escuro, arquejando, a manta enrolada em volta do pescoço. Cersei puxou-a com tamanha violência que a rasgou, e sentou-se na cama, com o peito arfando. *Um sonho*, disse a si mesma, *um sonho antigo e uma colcha presa, não passou disso.*

Taena de novo passava a noite com a pequena rainha, de modo que era Dorcas quem dormia ao seu lado. A rainha sacudiu rudemente a garota pelo ombro.

— Acorde e vá buscar Pycelle. Ele deve estar com lorde Gyles, espero. Traga-o aqui imediatamente — ainda sonolenta, Dorcas saiu aos tropeções da cama e correu pelo aposento em busca de suas roupas, roçando os pés nus nas esteiras.

Séculos mais tarde, o grande meistre Pycelle entrou arrastando os pés e parou diante dela com a cabeça baixa, pestanejando suas grossas pálpebras e lutando para não bocejar. Parecia que o peso da enorme corrente de meistre em volta do caniço que era seu pescoço o puxava para o chão. Que Cersei se lembrasse, Pycelle sempre fora velho, mas houve uma época em que também era magnífico: ricamente vestido, digno, impecavelmente cortês. Sua imensa barba branca lhe dava um ar de sabedoria. Mas Tyrion raspara sua barba, e aquilo que voltara a crescer era digno de dó, uns tufos irregulares de pelos finos e quebradiços que pouco faziam para esconder a pele solta e cor-de-rosa que tinha sob o queixo pendente. *Isso não é um homem*, pensou Cersei, *são só as ruínas de um. As celas negras roubaram-lhe todas as forças que pudesse ter possuído. Isso e a navalha do Duende.*

— Quantos anos tem? — Cersei perguntou abruptamente.

— Oitenta e quatro, se aprouver a Vossa Graça.

— Um homem mais novo me agradaria mais.

A língua de Pycelle surgiu momentaneamente entre seus lábios.

— Não tinha mais que quarenta e dois quando o Conclave me chamou. Kaeth tinha oitenta quando o escolheram, e Ellendor estava próximo dos noventa. As preocupações do cargo esmagaram-nos, e ambos estavam mortos menos de um ano depois de terem sido nomeados. Merion os sucedeu, com sessenta e seis apenas, mas morreu de um resfriado a caminho de Porto Real. Depois disso, o rei Aegon pediu à Cidadela para mandar um homem mais novo. Foi o primeiro rei que servi.

E Tommen será o último.

— Preciso que me forneça uma poção. Algo que me ajude a dormir.

— Uma taça de vinho antes de deitar freq...

— Eu *bebo* vinho, seu cretino desmiolado. Quero algo mais forte. Algo que não me permita sonhar.

— Você... Vossa Graça não deseja sonhar?

— O que foi que acabei de dizer? Terão seus ouvidos se tornado tão fracos quanto seu pau? É capaz de me fazer uma poção assim ou terei de ordenar a lorde Qyburn para retificar mais uma de suas falhas?

— Não. Não há necessidade de envolver esse... de envolver Qyburn. Sono sem sonhos. Terá sua poção.

— Ótimo. Pode ir — mas, quando ele se virou para a porta, a rainha o chamou de volta. — Mais uma coisa. O que a Cidadela ensina a respeito de profecias? Nosso amanhã pode ser predito?

O velho hesitou. Uma mão enrugada tateou cegamente o peito, como que tentando afagar a barba que não estava lá.

— Nosso amanhã pode ser predito? — repetiu lentamente. — Talvez. Há certos feitiços nos livros antigos... Mas o que Vossa Graça devia perguntar é "Nosso amanhã *deve* ser predito?". E a isso responderia: "Não". Há portas que é melhor manter fechadas.

— Assegure-se de fechar a minha quando sair — devia saber de antemão que o homem lhe daria uma resposta tão inútil quanto ele próprio.

Na manhã seguinte quebrou o jejum com Tommen. O garoto parecia muito resignado; dar o castigo a Pate servira ao seu objetivo, segundo parecia. Comeram ovos fritos, pão frito, bacon e umas laranjas sanguíneas recém-chegadas de Dorne. O filho estava cercado por seus gatinhos. Ao observar os bichos brincando em volta dos pés dele, Cersei sentiu-se um pouco melhor. *Nada de mal acontecerá a Tommen enquanto eu continuar viva.* Mataria metade dos lordes de Westeros e todos os plebeus se fosse este o preço para mantê-lo a salvo.

— Vá com Jocelyn — disse ao garoto depois de comerem.

Então, mandou buscar Qyburn.

— Lady Falyse ainda está viva?

— Viva, sim. Talvez não inteiramente... confortável.

— Sei — Cersei refletiu por um momento. — Esse homem, Bronn... Não posso afirmar que gosto da ideia de ter um inimigo tão próximo. Todo seu poder deriva de Lollys. Se apresentássemos a irmã mais velha...

— É pena — Qyburn soou em tom de lamento. — Temo que lady Falyse já não seja capaz de governar Stokeworth. Ou, na verdade, de se alimentar sozinha. Aprendi bastante com ela, agrada-me dizer, mas as lições não surgiram inteiramente livres de custos. Espero não ter excedido as instruções de Vossa Graça.

— Não — quaisquer que fossem suas intenções, agora era tarde demais. Não fazia sentido remoer coisas assim. *É melhor que ela morra*, disse a si mesma. *Não ia desejar continuar a viver sem o marido. Apesar de ser o imbecil que era, a tola parecia gostar dele.* — Há outro assunto. Na noite passada tive um sonho terrível.

— Todos sofrem com isso, de vez em quando.

— Esse sonho dizia respeito a uma bruxa que visitei quando criança.

— Uma bruxa dos bosques? A maioria delas é de criaturas inofensivas. Sabem um pouco de ervas e algo sobre partos, mas, além disso...

— Ela era mais do que isso. Metade de Lannisporto ia ter com ela em busca de encantos e poções. Era mãe de um pequeno senhor, um mercador rico a quem foi dado um título pelo meu avô. O pai desse senhor encontrara-a enquanto fazia negócios no leste. Havia quem dissesse que ela o tinha enfeitiçado, embora seja mais provável que o único feitiço necessário tenha sido aquele que tinha entre as pernas. Nem sempre tinha sido hedionda, ou pelo menos é o que diziam. Não me lembro do nome da mulher. Qualquer coisa comprida, oriental e exótica. O povo a chamava Maggy.

— *Maegi?*

— É assim que se pronuncia? A mulher nos sugava uma gota de sangue do dedo e dizia o que o futuro nos traria.

— A magia de sangue é a espécie mais sombria de feitiçaria. Há quem diga que também é a mais poderosa.

Cersei não queria ouvir aquilo.

— Essa *maegi* fez certas profecias. A princípio, ri delas, mas... Ela predisse a morte de uma das minhas aias. Na época em que fez a profecia, a garota tinha onze anos, era saudável como um cavalinho e vivia a salvo no interior do Rochedo. Mas, pouco depois, caiu em um poço e se afogou — Melara suplicara-lhe que nunca falasse daquilo que tinham ouvido naquela noite na tenda da *maegi*. *Se nunca falarmos sobre isso, logo esqueceremos, e então terá sido apenas um pesadelo*, dissera-lhe. *Os pesadelos nunca se tornam reais*. Ambas eram tão novas que aquilo soara quase sensato.

— Ainda sofre por essa amiga de infância? — perguntou Qyburn. — É isso o que a perturba, Vossa Graça?

— Melara? Não. Quase nem consigo me lembrar de seu rosto. É só que... A *maegi* sabia quantos filhos eu teria, e sabia dos bastardos de Robert. Anos antes de ele gerar sequer o primeiro, ela sabia. Garantiu-me que eu seria rainha, mas disse que outra rainha chegaria... — *mais nova e mais bela, ela disse* — ... outra rainha, que me roubaria tudo aquilo que amo.

— E deseja se antecipar a essa profecia?

Mais do que qualquer outra coisa, pensou.

— Posso me antecipar a ela?

— Oh, sim. Nunca duvide disso.

— Como?

— Penso que Vossa Graça sabe como.

E sabia. *Sempre soube*, pensou. *Mesmo na tenda*. *"Se ela tentar, mando meu irmão matá-la."*

Mas saber o que precisava fazer era uma coisa, e como fazê-lo era outra bem diferente. Já não podia confiar em Jaime. Uma doença súbita seria o melhor, mas os deuses raramente se mostravam tão prestativos. *Então, como? Uma faca, uma almofada, uma taça de veneno do coração?* Todas essas opções criavam problemas. Quando um velho morria durante o sono, ninguém pensava duas vezes no assunto, mas uma garota de dezesseis anos encontrada morta na cama certamente levantaria questões incômodas. Além do mais, Margaery nunca dormia só. Mesmo com sor Loras moribundo, havia espadas ao seu redor, dia e noite.

As espadas têm dois gumes, porém. Os próprios homens que a guardam podiam ser usados para derrubá-la. As provas teriam de ser tão esmagadoras que nem mesmo o senhor pai de Margaery teria alternativa exceto dar consentimento à sua execução. Isso não seria fácil. *Não é provável que seus amantes confessem, sabendo que isso custaria tanto suas cabeças como a dela. A menos que...*

No dia seguinte, a rainha encontrou Osmund Kettleblack no pátio, lutando com um dos gêmeos Redwyne. Qual não saberia dizer, nunca fora capaz de distingui-los. Observou o combate durante algum tempo, e então chamou sor Osmund.

— Acompanhe-me por um momento — disse —, e diga-me a verdade. Não quero elogios vazios, nada de conversas sobre como um Kettleblack é três vezes melhor do que qualquer outro cavaleiro. Muito pode depender de sua resposta. Seu irmão Osney. Quão bom homem de armas ele é?

— É bom. Já o viu. Não é tão forte como eu ou Osfryd, mas é rápido na matança.

— Ele seria capaz de derrotar sor Boros Blount, se se chegasse a esse ponto?

— Boros, a Barriga? — Sor Osmund riu alto. — Ele tem o quê? Quarenta anos? Cinquenta? Passa metade do tempo meio bêbado, e é gordo mesmo quando está sóbrio. Se alguma vez teve gosto pela batalha, perdeu-o. Sim, Vossa Graça, se sor Boros quiser morte, Osney pode tratar disso com bastante facilidade. Por quê? Boros cometeu alguma traição?

— Não — ela disse. *Mas Osney sim.*

BRIENNE

Encontraram o primeiro cadáver a mais de um quilômetro e meio do entroncamento. Balançava sob o galho de uma árvore morta, cujo tronco enegrecido ainda ostentava as marcas do relâmpago que a vitimara. As gralhas-pretas tinham estado trabalhando em seu rosto, e os lobos haviam se banqueteado com a parte de baixo das pernas, que pendiam perto do solo. Só restavam ossos e trapos abaixo dos joelhos... e um sapato muito roído, semicoberto de lama e bolor.

— O que é que ele tem na boca? — Podrick perguntou.

Brienne teve de se erguer para olhar. O rosto do cadáver estava cinza, verde e horrendo, a boca, aberta e distendida. Alguém enfiara uma pedra branca e irregular entre seus dentes. Uma pedra, ou...

— Sal — septão Meribald respondeu.

Cinquenta metros mais adiante viram o segundo corpo. Os necrófagos tinham-no puxado para baixo, de modo que o que dele restava encontrava-se espalhado no chão sob uma corda velha enrolada em volta do galho de um olmo. Brienne podia ter passado sem notá-lo, se Cão não o tivesse farejado e saltado para as ervas daninhas, para cheirar mais de perto.

— O que você tem aí, Cão? — Sor Hyle desmontou, apressou-se a seguir o animal e deparou com um meio elmo. O crânio do morto ainda se encontrava lá dentro, acompanhado de algumas larvas e escaravelhos. — Bom aço — anunciou — e não está muito amassado, embora o leão tenha perdido a cabeça. Pod, quer um elmo?

— Esse não. Tem vermes aí dentro.

— Os vermes podem ser tirados, rapaz. É enjoado como uma garota.

Brienne franziu as sobrancelhas.

— É grande demais para ele.

— Ele há de crescer.

— Mas não quero — Podrick insistiu. Sor Hyle encolheu os ombros e atirou o elmo partido para a floresta, com leão e tudo. Cão latiu e foi erguer a perna contra a árvore.

Depois daquilo, dificilmente avançavam cem metros sem encontrar um cadáver. Pendiam sob freixos e amieiros, faias e vidoeiros, lariços e olmos, velhos salgueiros embranquecidos e faustosos castanheiros. Cada homem tinha um laço em volta do pescoço e pendia de uma corda de cânhamo, e a boca de todos estava cheia de sal. Alguns usavam mantos cinzentos, azuis ou carmesins, embora a chuva e o sol os tivessem desbotado tanto que era difícil distinguir as cores umas das outras. Outros tinham símbolos cosidos ao peito. Brienne viu machados, flechas, vários salmões, um pinheiro, uma folha de carvalho, escaravelhos, pequenos galos, uma cabeça de javali, meia dúzia de tridentes. *Desertores, compreendeu, a escória de uma dúzia de exércitos, os restos dos lordes.*

Alguns dos mortos tinham sido calvos, outros, barbudos, alguns eram novos, outros, velhos, alguns tinham sido baixos, e alguns, altos; alguns eram gordos, outros, magros. Inchados na morte, com rosto roído e apodrecido, todos se assemelhavam. *Na árvore da forca, todos os homens são irmãos.* Brienne lera isso num livro, embora não conseguisse se recordar qual.

Foi Hyle Hunt quem finalmente expressou em palavras o que todos tinham compreendido.

— Foram estes os homens que saquearam Salinas.

— Que o Pai os julgue com dureza — disse Meribald, amigo do idoso septão da vila.

Quem eles eram estava longe de interessar tanto Brienne quanto quem os enforcara. O laço era o método de execução preferido de Beric Dondarrion e de seu bando de fora da lei, dizia-se. Se assim fosse, o dito Senhor do Relâmpago poderia perfeitamente encontrar-se por perto.

Cão latiu, e septão Meribald olhou em volta e franziu as sobrancelhas.

— Vamos mais depressa? O sol vai se pôr em breve, e cadáveres são má companhia à noite. Estes homens, vivos, eram negros e perigosos. Duvido que a morte os tenha melhorado.

— Nisso discordamos — sor Hyle se manifestou. — Estes são precisamente o tipo de homem que mais é aperfeiçoado pela morte — mesmo assim, esporeou o cavalo e todos aumentaram um pouco a velocidade.

Mais à frente, as árvores começaram a rarear, embora o mesmo não acontecesse aos cadáveres. Os bosques deram lugar a campos lamacentos, e os galhos das árvores, a cadafalsos. Nuvens de corvos erguiam-se aos guinchos dos cadáveres quando os viajantes se aproximavam, e voltavam a se instalar depois de passarem. *Esses homens eram maus*, recordou Brienne a si mesma, mas ver aquilo continuava a entristecê-la. Forçou-se a olhar para todos os homens, um de cada vez, em busca de rostos familiares. Pensou reconhecer alguns de Harrenhal, mas o estado em que estavam tornava difícil ter certeza. Nenhum tinha um elmo em forma de cabeça de cão, mas eram poucos os que tinham qualquer tipo de elmo. A maioria fora despida de armas, armadura e botas antes de ser pendurados.

Quando Podrick quis saber o nome da estalagem onde esperavam passar a noite, septão Meribald apegou-se avidamente à pergunta, talvez para afastar do espírito de todas as horríveis sentinelas da beira da estrada.

— Alguns a chamam Velha Estalagem. Ali existe uma estalagem há muitas centenas de anos, embora esta só tenha sido construída durante o reinado do primeiro Jaehaerys, o rei que construiu a estrada do rei. Dizem que Jaehaerys e sua rainha dormiam ali durante suas viagens. Durante algum tempo, a estalagem foi conhecida como Duas Coroas, em sua honra, até que um estalajadeiro construiu uma torre sineira e mudou o nome para Estalagem do Toque de Sino. Mais tarde, passou para um cavaleiro aleijado chamado Jon Comprido Heddle, que se dedicou a trabalhar o ferro quando ficou idoso demais para combater. Ele forjou um novo sinal para o pátio, um dragão de três cabeças em ferro negro que pendurou em um poste de madeira. O animal era tão grande que teve de ser feito em uma dúzia de peças, unidas com corda e arame. Quando o vento soprava, tinia e ressoava, de modo que a estalagem se tornou conhecida por todo lado como o Dragão Ressonante.

— O sinal do dragão ainda está lá? — Podrick quis saber também.

— Não — septão Meribald respondeu. — Quando o filho do ferreiro era já um velho, um filho bastardo do quarto Aegon ergueu-se em rebelião contra seu irmão legítimo e escolheu como símbolo um dragão negro. Estas terras pertenciam então a lorde Darry, e sua senhoria era ferozmente leal ao rei. Ver o dragão de ferro negro o deixou furioso, e por isso derrubou o poste, fez o sinal em pedaços e os atirou ao rio. Uma das cabeças do dragão foi dar à costa na Ilha Silenciosa muitos anos mais tarde, embora nessa época estivesse vermelha de ferrugem. O estalajadeiro não voltou a pendurar outro sinal, e os homens esqueceram-se do dragão e se acostumaram a chamar o lugar de Estalagem do Rio. Nesses dias, o Tridente passava por baixo de sua porta dos fundos, e metade dos quartos foi construída por cima da água. Diz-se que os hóspedes podiam jogar uma linha pela janela e apanhar trutas. Também havia ali um embarcadouro, de onde os viajantes podiam atravessar para a Vila de lorde Harroway e para Alvasparedes.

— Deixamos o Tridente ao sul daqui e temos avançado para o norte e o oeste... não na direção do rio, mas para longe dele.

— Sim, senhora — o septão confirmou. — O rio se deslocou. Foi há setenta anos. Ou terá sido há oitenta? Foi quando o avô da velha Masha Heddle era dono do lugar. Foi ela quem me contou toda essa história. Uma mulher amável, a Masha, amiga de folhamarga e de bolos de mel. Quando não tinha um quarto para mim, deixava-me dormir junto da lareira, e nunca me mandou embora sem um pouco de pão e queijo e alguns bolos duros.

— É ela agora a estalajadeira? — Podrick perguntou.

— Não. Os leões a enforcaram. Depois de irem embora, ouvi dizer que um dos sobrinhos tentou reabrir a estalagem, mas as guerras tornaram as estradas perigosas demais para as pessoas comuns viajarem, de modo que havia pouca freguesia. Ele trouxe prostitutas, mas nem isso conseguiu salvá-lo. Algum lorde também o matou, segundo ouvi dizer.

Sor Hyle fez uma careta.

— Nunca imaginei que ser dono de estalagem fosse um perigo tão mortal.

— O que é perigoso é ter nascimento plebeu, quando os grandes senhores jogam seu jogo dos tronos — septão Meribald rebateu. — Não é verdade, Cão? — Cão latiu sua concordância.

— E então — disse Podrick —, a estalagem tem algum nome *agora*?

— O povo a chama de a Estalagem do Entroncamento. O Irmão Mais Velho me disse que duas das sobrinhas de Masha Heddle voltaram a abri-la à clientela — ergueu o cajado. — Se os deuses forem bons, aquela fumaça que se ergue atrás dos enforcados sai de suas chaminés.

— Podiam chamar o lugar de Estalagem da Forca — sor Hyle sugeriu.

Qualquer que fosse o nome, a estalagem era grande, erguendo-se três andares acima das estradas lamacentas, com paredes, torreões e chaminés feitos de boa pedra branca que rebrilhava, pálida e fantasmagórica, contra o céu cinzento. Sua ala sul tinha sido construída sobre pesados pilares de madeira por cima de uma rachada e afundada extensão de ervas daninhas e grama morta e marrom. Um estábulo com telhado de colmo e uma torre sineira tinham sido ligados ao lado norte. Todo o complexo era cercado por um muro baixo de pedras brancas, quebradas e cobertas de musgo.

Pelo menos ninguém a incendiou. Em Salinas, só tinham encontrado morte e desolação. Quando Brienne e os companheiros chegaram de barco, vindos da Ilha Silenciosa, os sobreviventes já tinham fugido, e os mortos estavam entregues à terra, mas ficara o cadáver da própria vila, em cinzas e por enterrar. O ar ainda cheirava a fumaça, e os gritos das gaivotas flutuando na aragem pareciam quase humanos, como lamentos de crianças perdidas. Até o castelo parecia esquecido e abandonado. Cinzento como as cinzas da vila ao redor, ele consistia de uma torre quadrada cercada por uma muralha exterior, construída de forma a dominar o porto. Estava bem fechado quando Brienne e os outros fizeram os cavalos sair do barco, sem nada em movimento nas suas ameias, a não ser estandartes. Foi preciso um quarto de hora de latidos do Cão e de batidas do septão Meribald ao portão da frente com o bastão para que uma mulher aparecesse por cima deles e quisesse saber o que pretendiam.

Àquela altura o barco já partira e começava a chover.

— Sou um santo septão, minha boa senhora — Meribald gritou para cima —, e estes são honestos viajantes. Procuramos abrigo da chuva e um lugar perto de sua lareira para passar a noite — a mulher não se deixou comover por seu apelo.

— A estalagem mais próxima fica no entroncamento, a oeste — ela respondeu. — Não queremos estranhos aqui. Fora. — Depois de ela desaparecer, nem as preces de Meribald, nem os latidos de Cão, nem as pragas de sor Hyle conseguiram trazê-la de volta. Por fim, passaram a noite na floresta, sob um abrigo feito de galhos entrelaçados.

Mas na estalagem do entroncamento havia vida. Mesmo antes de chegarem ao portão, Brienne ouviu o som de marteladas, tênues, mas contínuas. Traziam um ressoar metálico.

— Uma forja — sor Hyle observou. — Ou têm com eles um ferreiro ou o fantasma do velho estalajadeiro está fazendo outro dragão de ferro — esporeou o cavalo. — Espero que também tenham um cozinheiro fantasma. Um frango assado e estaladiço era coisa para pôr o mundo nos eixos.

O pátio da estalagem era um mar de lama marrom que sugava os cascos dos cavalos. O clangor do aço era mais alto ali, e Brienne viu o brilho rubro da forja para lá da extremidade mais distante dos estábulos, por trás de um carro de bois com uma roda partida. Também via cavalos nos estábulos, e um garoto pequeno se balançava pendurado nas correntes enferrujadas da velha forca que se erguia acima do pátio. Quatro garotas estavam no alpendre da estalagem, observando-o. A mais nova não tinha mais de dois anos, e estava nua. A mais velha, com nove ou dez anos, tinha os braços protetoramente em volta da pequena.

— Meninas — gritou-lhes sor Hyle —, vão correndo buscar sua mãe.

O garoto deixou-se cair da corrente e se precipitou para os estábulos. As quatro garotas se mostraram inquietas. Passado um momento, uma delas disse:

— Não temos mães.

E outra acrescentou:

— Eu tive, mas eles a mataram.

A mais velha das quatro deu um passo adiante, empurrando a pequena para trás de sua saia.

— Quem são vocês? — quis saber.

— Honestos viajantes em busca de abrigo. Meu nome é Brienne, e este é o septão Meribald, que é bem conhecido nas terras fluviais. O garoto é meu escudeiro, Podrick Payne, e o cavaleiro é sor Hyle Hunt.

O martelar parou de súbito. A garota no alpendre os examinou, desconfiada como só alguém de dez anos sabe ser.

— Meu nome é Willow. Vão querer camas?

— Camas, cerveja e comida quente que nos encha a barriga — sor Hyle Hunt respondeu enquanto desmontava. — Você é a estalajadeira?

Ela balançou a cabeça.

— A estalajadeira é a minha irmã Jeyne. Ela não está aqui. Só temos carne de cavalo para comer. Se vem em busca de prostitutas, não há. Minha irmã correu com elas. Mas temos camas. Algumas com colchão de penas, mas a maioria tem colchão de palha.

— E todas elas têm pulgas, não duvido — sor Hyle retrucou.

— Tem moedas para pagar? Prata?

Sor Hyle deu risada.

— Prata? Por uma noite em uma cama e um pernil de cavalo? Pretende nos roubar, criança?

— Queremos prata. Caso contrário, podem dormir na floresta com os mortos — Willow olhou de relance o burro e os barris e trouxas que tinha ao lombo. — Aquilo é comida? Onde arranjou?

— Lagoa da Donzela — Meribald respondeu. Cão latiu.

— Interroga todos os seus hóspedes dessa maneira? — perguntou sor Hyle.

— Não temos tantos hóspedes assim. Não é como antes da guerra. Hoje em dia são principalmente pardais que andam pelas estradas, ou gente pior.

— Pior? — Brienne espantou-se.

— Ladrões — disse uma voz de rapaz vinda dos estábulos. — Assaltantes.

Brienne virou-se e viu um fantasma.

Renly. Nenhum golpe de martelo no coração poderia tê-la abatido tanto.

— Senhor? — arquejou.

— Senhor? — O rapaz empurrou para trás uma madeixa de cabelos negros que lhe caíra sobre os olhos. — Sou só um ferreiro.

Ele não é Renly, Brienne compreendeu. *Renly está morto. Renly morreu em meus braços, e era um homem de vinte e um anos.* Este é só um rapaz. Um rapaz que se parecia com aquele Renly que viera pela primeira vez a Tarth. *Não, mais novo. Tem o queixo mais quadrado, e as sobrancelhas mais espessas.* Renly era esbelto e flexível, ao passo que aquele rapaz tinha os ombros pesados e o braço direito musculoso tão frequente nos ferreiros. Usava um longo avental de couro, mas por baixo tinha o tronco nu. Uma barba escura por fazer cobria-lhe as bochechas e o queixo, e tinha uma espessa cabeleira negra que lhe tapava as orelhas. Os cabelos do rei Renly eram daquele negro de carvão, mas os dele sempre estavam limpos, escovados e penteados. Por vezes os cortava curtos, outras, deixava-os cair, soltos, sobre os ombros, ou presos num rabo de cavalo com uma fita dourada, mas nunca se mostravam emaranhados ou empapados de suor. E, embora seus olhos fossem daquele mesmo azul profundo, os de lorde Renly sempre tinham sido calorosos e receptivos, cheios de risos, ao passo que os daquele rapaz transbordavam de fúria e desconfiança.

O septão também o viu.

— Não pretendemos nenhum mal, rapaz. Quando esta estalagem era de Masha Heddle, sempre teve um bolo de mel para mim. Por vezes, ela até me deixava dormir em uma cama, se a estalagem não estivesse cheia.

— Ela está morta — disse o rapaz. — Os leões a enforcaram.

— Enforcar gente parece ser o passatempo preferido neste lugar — sor Hyle Hunt observou. — Gostaria de ter um pouco de terra por aqui. Plantaria cânhamo, venderia corda e faria minha fortuna.

— Todas essas crianças — disse Brienne para a garota chamada Willow. — São suas... irmãs? Irmãos? Parentes diretos e primos?

— Não — Willow a fitava de um modo que Brienne conhecia bem. — São só... não sei... os pardais os trazem para cá, às vezes. Outros chegam sozinhos. Se é uma mulher, por que se veste como um homem?

Septão Meribald respondeu.

— Lady Brienne é uma donzela guerreira em uma demanda. Mas, neste momento, precisa de uma cama seca e uma fogueira quente. Assim como todos nós. Meus velhos ossos dizem que vai voltar a chover, e logo. Tem quartos para nós?

— Não — disse o jovem ferreiro.

— Sim — disse a garota chamada Willow.

Trocaram olhares furiosos. Então Willow bateu com o pé no chão.

— Eles têm *comida*, Gendry. Os pequenos estão com fome. — Ela assobiou, e surgiram mais crianças como que por magia; garotos esfarrapados com madeixas por cortar saíram engatinhando por debaixo do alpendre, e furtivas garotas surgiram em janelas que davam para o pátio. Alguns traziam bestas, retesadas e carregadas.

— Podiam chamar o lugar de a Estalagem das Bestas — sor Hyle sugeriu.

A Estalagem dos Órfãos seria mais apropriado, Brienne pensou.

— Wat, ajude-os com os cavalos — disse Willow. — Will, jogue essa pedra fora, eles não vieram nos fazer mal. Tanásia, Pate, vão buscar lenha para alimentar o fogo. Jon Tostão, ajude o septão com aqueles fardos. Eu lhes mostro uns quartos.

Por fim, escolheram três quartos adjacentes uns aos outros, cada um com sua cama com colchão de penas e sua janela. O de Brienne também tinha uma lareira. Pagou mais alguns tostões por um pouco de lenha.

— Eu durmo em seu quarto ou no de sor Hyle? — perguntou Podrick enquanto ela abria as janelas.

— Aqui não é a Ilha Silenciosa — Brienne disse-lhe. — Pode ficar comigo. — Ao amanhecer, pretendia que os dois partissem sozinhos. Septão Meribald ia prosseguir para Nogueira, Meandro e para a Vila de lorde Harroway, mas Brienne não via sentido em continuar seguindo-o. Ele tinha Cão para lhe fazer companhia, e o Irmão Mais Velho a persuadira de que não encontraria Sansa Stark ao longo do Tridente. — Pretendo me levantar antes de o sol nascer, enquanto sor Hyle ainda estiver dormindo — Brienne não lhe perdoara por Jardim de Cima... e, como ele mesmo dissera, Hunt não prestara juramento algum a respeito de Sansa.

— Para onde vamos, sor? Quer dizer, senhora?

Brienne não tinha resposta pronta para lhe dar. Tinham chegado a uma encruzilhada, literalmente; o lugar onde a estrada do rei, a estrada do rio e a estrada de altitude se juntavam. Esta última os levaria para leste, através das montanhas, até o Vale de Arryn, onde a tia da lady Sansa governara até sua morte. Para oeste, corria a estrada do rio, que seguia o curso do Ramo Vermelho até Correrrio e ao tio-avô de Sansa, que estava cercado, mas ainda vivo. Ou então podiam seguir para o norte, pela estrada do rei, passando pelas Gêmeas e pelo Gargalo, com seus pântanos e lodaçais. Se conseguisse encontrar uma forma de passar por Fosso Cailin e por quem quer que agora controlasse o castelo, a estrada do rei os levaria até Winterfell.

Ou podia seguir pela estrada do rei para o sul, pensou Brienne. *Podia escapulir de volta para Porto Real, confessar a sor Jaime meu fracasso, devolver-lhe a espada e arranjar um navio que me levasse para Tarth, como Irmão Mais Velho me instou a fazer.* A ideia era amarga, mas havia uma parte de si que ansiava por Entardecer e pelo pai, e outra que perguntava a si mesma se Jaime a confortaria caso chorasse em seu ombro. Era isso o que os homens queriam, não era? Mulheres delicadas e impotentes, que precisavam ser protegidas?

— Sor? Senhora? Eu perguntei para onde vamos.

— Lá para baixo, para a sala comum, jantar.

A sala comum estava repleta de crianças. Brienne tentou contá-las, mas não paravam quietas por um instante, de modo que contou algumas duas ou três vezes e outras não chegou a contar, até finalmente desistir. Tinham juntado as mesas para formar três longas fileiras, e os garotos mais velhos carregavam bancos da parte de trás. *Mais velho* queria dizer dez ou doze anos. Gendry era o que havia de mais próximo a um homem-feito, mas era Willow quem gritava todas as ordens, como se fosse uma rainha em seu castelo e as outras crianças não passassem de criados.

Se ela fosse bem-nascida, o comando lhe seria natural, assim como a deferência para os outros. Brienne perguntou a si mesma se Willow poderia ser mais do que aparentava. A garota era nova e simples demais para ser Sansa Stark, mas tinha a idade certa para ser a irmã caçula, e até a lady Catelyn dissera que faltava a Arya a beleza da irmã. *Cabelos castanhos, olhos castanhos, magricela... Poderia ser?* Lembrava-se de os cabelos de Arya Stark serem castanhos, mas Brienne não estava certa quanto à cor de seus olhos. *Ambos castanhos, seria? Será que ela não tinha morrido em Salinas, afinal?*

Lá fora, a última luz do dia apagava-se. Dentro da estalagem, Willow mandara acender quatro gordurosas velas de sebo e dissera às garotas para manter a lareira com fogo vivo e quente. Os garotos ajudaram Podrick Payne a descarregar o burro e levaram para dentro o bacalhau salgado, o carneiro, os legumes, as frutas secas e as rodelas de queijo, enquanto septão Meribald se dirigia à cozinha para se encarregar do mingau de aveia.

— Infelizmente, já não tenho laranjas, e duvido que veja mais alguma até a primavera — disse ele a um garotinho. — Já comeu uma laranja, menino? Alguma vez espremeu uma e chupou seu sumo? — Quando o garoto balançou a cabeça numa negativa, o septão lhe despenteou os cabelos. — Então eu lhe trarei uma, quando chegar a primavera, se for um bom menino e me ajudar a mexer o mingau.

Sor Hyle tirou as botas para aquecer os pés junto à lareira. Quando Brienne se sentou ao seu lado, ele indicou com a cabeça o outro lado da sala.

— Há manchas de sangue no chão, ali onde o Cão está farejando. Foram raspadas, mas o sangue introduziu-se profundamente na madeira, e não há maneira de tirá-lo de lá.

— Foi esta a estalagem em que Sandor Clegane matou três dos homens do irmão — recordou Brienne.

— Sim, foi — concordou Hunt —, mas quem poderá dizer que foram os primeiros a morrer aqui... ou que serão os últimos?

— Tem medo de um punhado de crianças?

— Quatro seriam um punhado. Dez seriam uma indigestão. Isto é uma cacofonia. As crianças deviam ser embrulhadas em fraldas e penduradas na parede até crescer o peito às garotas e os rapazes terem idade para fazer a barba.

— Tenho pena delas. Todas perderam a mãe e o pai. Algumas os viram ser mortos.

Hunt revirou os olhos.

— Esqueci-me de que estava falando com uma mulher. Seu coração é tão mole quanto o mingau de nosso septão. Será possível? Em algum lugar dentro dessa mulher de armas está uma mãe aflita por dar à luz. O que realmente deseja é um bebê cor-de-rosa para mamar em seu peito. — Sor Hyle abriu um sorriso. — Para isso precisa de um homem, segundo ouvi dizer. Um marido, de preferência. Por que não eu?

— Ainda espera ganhar sua aposta...

— O que quero ganhar é você, a única descendente viva de lorde Selwyn. Sei de homens que se casaram com desmioladas e bebês de peito por propriedades com um décimo do tamanho de Tarth. Não sou Renly Baratheon, confesso, mas tenho a virtude de ainda estar entre os vivos. Há quem diga que esta é a minha única virtude. O casamento seria útil para ambos. Terras para mim, e um castelo cheio disto para você — indicou as crianças com um movimento de mão. — Eu sou capaz, asseguro-lhe. Gerei pelo menos uma bastarda, que eu saiba. Não tenha medo, não a obrigarei a acolhê-la. Da última vez que fui vê-la, a mãe me deu um banho com uma panela de sopa.

Um rubor subiu pelo pescoço de Brienne.

— Meu pai tem só quarenta e quatro anos. Não é velho demais para voltar a se casar e ter um filho com sua nova esposa.

— Isso é um risco... Se seu pai voltar a se casar e se sua noiva demonstrar ser fértil e *se* o bebê for um garoto. Já fiz apostas piores.

— E perdeu. Jogue seu jogo com outra, sor.

— Assim fala uma donzela que nunca jogou o jogo com ninguém. Uma vez que o jogue, adotará outro modo de ver as coisas. No escuro, é tão bela quanto qualquer outra mulher. Seus lábios foram feitos para serem beijados.

— São lábios — disse Brienne. — Todos são iguais.

— E todos os lábios são feitos para serem beijados — concordou Hunt em um tom agradável. — Deixe a porta do seu quarto destrancada esta noite, e eu me esgueirarei para sua cama para lhe demonstrar a verdade do que digo.

— Se o fizer, será um eunuco quando for embora — Brienne levantou-se e se afastou dele.

Septão Meribald perguntou se podia fazer com as crianças uma oração de graças, ignorando a garotinha que engatinhava nua sobre a mesa.

— Sim — Willow concordou, pegando a garota antes de ela conseguir chegar ao mingau de aveia. E assim abaixaram juntos a cabeça e agradeceram ao Pai e à Mãe as suas dádivas... Todos, menos o rapaz de cabelos negros da forja, que cruzou os braços e ficou quieto, os olhos cheios de fúria, enquanto os outros rezavam. Brienne não foi a única a reparar nisso. Quando a oração terminou, o septão Meribald atravessou a mesa com o olhar e disse:

— Não tem amor pelos deuses, filho?

— Pelos seus deuses, não — Gendry levantou-se abruptamente. — Tenho trabalho a fazer — e saiu a passos largos, sem dar sequer uma mastigada na comida.

— Há algum outro deus que ele adore? — Hyle Hunt quis saber.

— O Senhor da Luz — esganiçou-se um garotinho esquelético, que não teria mais de seis anos.

Willow lhe bateu com a colher.

— Ben Boca Grande. Há *comida*. Devia estar comendo em vez de incomodar os milordes com conversas.

As crianças caíram sobre o jantar como lobos cairiam sobre um veado ferido, discutindo por causa do bacalhau, fazendo em pedaços o pão de centeio e enchendo tudo de mingau de aveia. Nem a enorme rodela de queijo sobreviveu por muito tempo. Brienne contentou-se com peixe, pão e cenouras, enquanto o septão Meribald dava duas colheiradas ao cão a cada uma que ele mesmo comia. Lá fora, começou a chover. Dentro, o fogo crepitava e a sala comum estava cheia de ruídos de mastigar e dos barulhos produzidos por Willow quando batia nas crianças com a colher.

— Um dia, aquela garota será uma temível esposa para um homem qualquer — observou sor Hyle. — Aquele pobre aprendiz, provavelmente.

— Alguém devia levar para ele alguma comida, antes que acabe.

— Você é alguém.

Brienne enrolou num pano uma cunha de queijo, uma fatia de pão, uma maçã seca e dois pedaços de bacalhau frito desfazendo-se. Quando Podrick se levantou para segui-la, ela lhe disse para voltar a se sentar e comer.

— Não demoro.

A chuva caía pesadamente no pátio. Brienne cobriu a comida com uma dobra do manto. Alguns dos cavalos relincharam para ela quando passou pelos estábulos. *Eles também têm fome.*

Gendry estava na forja, de peito nu por baixo de seu avental de couro. Martelava uma espada como se desejasse que ela fosse um inimigo, com os cabelos ensopados de suor caindo-lhe sobre a testa. Brienne ficou a observá-lo por um momento. *Ele tem os olhos de Renly e os cabelos de Renly, mas não a sua constituição. Lorde Renly era mais esguio do que musculoso... ao contrário do irmão, Robert, cuja força era legendária.*

Foi só quando parou para limpar a testa que Gendry a viu ali parada.

— O que *você* quer?

— Trouxe o jantar — abriu o embrulho para ele ver.

— Se eu quisesse comida, teria comido alguma.

— Um ferreiro precisa comer para manter as forças.

— É minha mãe?

— Não — Brienne pousou a comida. — Quem era sua mãe?

— O que você tem a ver com isso?

— Nasceu em Porto Real — o modo como ele falava dava-lhe essa certeza.

— Eu e muitos outros — e mergulhou a espada numa cuba de água da chuva para temperá-la. O aço quente silvou, furioso.

— Quantos anos tem? — Brienne quis saber. — Sua mãe ainda está viva? E seu pai, quem era ele?

— Faz perguntas demais — ele pousou a espada. — Minha mãe está morta, e nunca conheci meu pai.

— É um bastardo.

Ele tomou aquilo como um insulto.

— Sou um *cavaleiro*. Esta espada será minha em breve, assim que a terminar.

O que um cavaleiro estaria fazendo trabalhando numa forja?

— Tem cabelos negros e olhos azuis, e nasceu à sombra da Fortaleza Vermelha. Nunca ninguém reparou na sua cara?

— O que minha cara tem de errado? Não é tão feia quanto a sua.

— Em Porto Real deve ter visto rei Robert.

Ele encolheu os ombros.

— Às vezes. Em torneios, de longe. Uma vez no Septo de Baelor. Os homens de manto dourado nos empurraram para o lado, para que ele pudesse passar. Outra vez, estava brincando perto do Portão da Lama quando ele voltou de uma caçada. Estava tão bêbado que quase me atropelou. Era um grande beberrão gordo, mas melhor rei do que esses seus filhos.

Eles não são seus filhos. Stannis disse a verdade, naquele dia em que se encontrou com Renly. Joffrey e Tommen nunca foram filhos de Robert. Mas esse rapaz...

— Escute-me — Brienne começou. Então ouviu Cão latir, ruidosa e freneticamente. — Alguém vem vindo.

— Amigos — Gendry respondeu, sem se mostrar preocupado.

— Que tipo de amigos? — Brienne dirigiu-se à porta da forja para espreitar através da chuva.

Ele encolheu os ombros.

— Irá conhecê-los bem depressa.

Posso não querer conhecê-los, ela pensou, enquanto os primeiros cavaleiros surgiam, espirrando água das poças no pátio. Sob o tamborilar da chuva e os latidos do Cão, conseguiu ouvir o tênue tinir de espadas e cotas de malha sob seus mantos esfarrapados. Contou-os à medida que foram aparecendo. Dois, quatro, seis, sete. Alguns estavam feridos, julgando pelo modo como cavalgavam. O último homem era maciço e pesado, tão grande quanto dois dos outros. Seu cavalo estava exausto e ensanguentado, e cambaleava sob seu peso. Todos os cavaleiros tinham os capuzes erguidos contra a chuva intensa, exceto ele. Seu rosto era largo e sem pelos, com uma palidez de verme, e as bochechas redondas estavam cobertas de chagas.

Brienne susteve a respiração e puxou pela Cumpridora de Promessas. *Muitos*, pensou, com um sobressalto de medo, *eles são muitos*.

— Gendry — disse em voz baixa —, vai querer uma espada e armadura. Estes não são seus amigos. Não são amigos de ninguém.

— Do que está falando? — O rapaz aproximou-se e parou atrás dela, de martelo na mão.

Um relâmpago estalou para o sul enquanto os cavaleiros desmontavam. Durante meio segundo, a escuridão transformou-se em dia. Um machado cintilou num azul-prateado, luz refletiu-se em cotas de malha e placas de aço, e sob o escuro capuz do cavaleiro da frente Brienne vislumbrou um focinho de ferro e fileiras de dentes de aço rosnando.

Gendry também o viu.

— Ele.

— Não é ele. É seu elmo — Brienne tentou manter o medo afastado da voz, mas tinha a boca seca como poeira. Fazia uma ideia bastante precisa de quem usava o elmo do Cão de Caça. *As crianças*, pensou.

A porta da estalagem abriu-se com estrondo. Willow saiu para a chuva com uma besta na mão. A garota gritava para os cavaleiros, mas um trovão rolou pelo pátio, afogando suas palavras. Quando o estrondo se desvaneceu, Brienne ouviu o homem dentro do elmo do Cão de Caça dizer:

— Dispare um dardo contra mim, e eu enfio essa besta na sua boceta e fodo você com ela. Depois arranco o caralho de seus olhos e obrigo você a comê-los. — A fúria na voz do homem fez Willow recuar um passo, tremendo.

Sete, Brienne voltou a pensar, em desespero. Sabia que não tinha chance contra sete. *Nem chance, nem alternativa.*

Saiu para a chuva, com a Cumpridora de Promessas na mão.

— Deixe-a em paz. Se quer estuprar alguém, experimente comigo.

Os fora da lei viraram-se como um só homem. Um deles riu, e outro disse qualquer coisa numa língua que Brienne não entendia. O enorme homem com o largo rosto branco soltou um *sssssssssssss* malévolo. O homem com o elmo do Cão de Caça desatou a rir.

— É ainda mais feia do que me lembrava. Mais depressa estuprava seu cavalo.

— Cavalos, é isso que queremos — disse um dos homens feridos. — Cavalos descansados e alguma comida. Alguns fora da lei vêm atrás de nós. Dê-nos seus cavalos e vamos embora. Não queremos lhes fazer mal.

— Que se foda essa merda — o fora da lei com o elmo do Cão de Caça puxou da sela um machado de batalha. — Quero lhe cortar a merda das pernas. Vou colocá-la em cima dos tocos pra que me veja foder a garota da besta.

— Com o quê? — Brienne o provocou. — Shagwell disse que cortaram seu membro viril quando o deixaram sem nariz.

Queria provocá-lo, e conseguiu. Berrando pragas, ele correu para ela, fazendo saltar respingos de água negra enquanto atacava. Os outros se deixaram ficar para trás, a fim de assistir ao espetáculo, como ela rezara para que fizessem. Brienne ficou imóvel como pedra, à espera. O pátio estava escuro, e a lama, escorregadia sob os pés. *É melhor deixar que ele venha até mim. Se os deuses forem bons, há de escorregar e cair.*

Os deuses não eram assim tão bons, mas a espada dela era. *Cinco passos, quatro passos,* agora, contou Brienne, e a Cumpridora de Promessas ergueu-se ao encontro do ímpeto dele. Aço bateu em aço quando a lâmina de Brienne atravessou os farrapos do homem e abriu uma fenda em sua cota de malha, no mesmo momento em que seu machado caía sobre ela. Brienne esquivou-se para o lado, voltando a golpear-lhe o peito na retirada.

Ele a seguiu, cambaleando e sangrando, rugindo em fúria.

— Puta! — trovejou. — *Anormal! Cadela! Vou dar você ao meu cão para fodê-la, sua cadela de merda!* — Seu machado rodopiava em arcos assassinos, uma brutal sombra negra que se tornava prateada sempre que um relâmpago surgia. Brienne não tinha escudo para parar os golpes. Tudo que podia fazer era recuar, afastando-se dele, correndo para um lado ou para outro, enquanto a cabeça do machado voava contra si. Uma vez, a lama cedeu sob seu calcanhar e ela quase caiu, mas recuperou o equilíbrio sem saber bem como, embora o machado tivesse raspado em seu ombro esquerdo, deixando uma braseiro de dor em seu rastro.

— Atingiu a puta — gritou um dos homens, e outro disse:

— Vamos lá ver como é que ela dança para longe desse golpe.

E dançar foi o que ela fez, aliviada por eles estarem assistindo. Antes isso do que interferirem. Não podia lutar contra sete, sozinha não, mesmo se um ou dois estivessem feridos. O velho sor Goodwin estava havia muito em sua tumba, e no entanto Brienne conseguia ouvi-lo murmurando em seu ouvido. *Os homens irão sempre subestimá-la, dizia, e seu orgulho os fará querer vencê-la depressa, para que não se diga que uma mulher lhes deu luta. Deixe-os gastar as forças em ataques furiosos, enquanto conserva as suas. Espere e observe, menina, espere e observe.* E ela esperou, observando, movendo-se de lado, e logo para trás, e então de novo para o lado, golpeando ora o rosto dele, ora as pernas, ora o braço. Os golpes dele começaram a cair mais devagar quando o machado se tornou mais pesado. Brienne virou-o para que a chuva caísse sobre seus olhos e deu dois passos rápidos para trás. Ele ergueu o machado uma vez mais, praguejando, e saltou sobre ela, com um pé deslizando na lama...

... E ela saltou para enfrentar seu ataque, com ambas as mãos no cabo da espada. O ataque precipitado dele trouxe-o de encontro à ponta da espada, e a Cumpridora de Promessas trespassou pano, cota de malha, couro e mais pano, afundou-se profundamente em suas entranhas e saiu por suas costas, fazendo um som de fricção ao raspar-lhe a coluna. O machado do homem caiu de seus dedos sem força, e ele tombou sobre ela, esmagando o rosto de Brienne com o elmo da Cabeça de Cão. Brienne sentiu o metal frio e molhado contra o rosto. Chuva caía em rios pelo aço e, quando o relâmpago voltou a surgir, ela viu dor e medo, e uma completa incredulidade através das fendas para os olhos.

— Safiras — segredou-lhe, enquanto dava à sua lâmina uma forte torção que o fez estremecer. O peso dele desabou sobre ela, e de repente era um cadáver que abraçava, ali, na chuva negra. Deu um passo para trás e o deixou cair...

... e o Dentadas caiu sobre ela, aos guinchos.

Caiu como uma avalanche de lã molhada e carne de um branco de leite, erguendo-a no ar e atirando-a ao chão. Brienne caiu numa poça com um *splash* que lhe atirou água pelo nariz e para dentro dos olhos. Todo o ar foi forçado a sair de seus pulmões, e a cabeça estalou com um *crac* de encontro a uma pedra semienterrada.

— Não — foi tudo que teve tempo de dizer antes de Dentadas cair em cima dela, enterrando-a mais na lama com seu peso. Uma das mãos dele estava em seus cabelos, puxando sua cabeça para trás. A outra procurava sua garganta às apalpadelas. A Cumpridora de Promessas desaparecera, arrancada de suas mãos. Era tudo que tinha para lutar contra ele, mas, quando lhe atingiu o rosto com um punho, foi como esmurrar uma bola de úmida e branca massa de pão. Ele *silvou*.

Brienne voltou a bater nele, e *de novo*, e *de novo*, atingindo-lhe o olho com a base da mão, mas ele não parecia sentir seus golpes. Arranhou-lhe os pulsos, mas o aperto só se tornou mais forte, embora sangue escorresse dos cortes que deixara ao arranhá-lo. Ele a estava esmagando e sufocando. Ela empurrou seus ombros, para fazê-lo sair de cima, mas ele era pesado como um cavalo, impossível de mover. Quando tentou dar-lhe uma joelhada nas virilhas, não conseguiu mais do que enfiar-lhe o joelho na barriga. Grunhindo, Dentadas arrancou-lhe um punhado de cabelo.

Meu punhal. Brienne agarrou-se àquele pensamento, desesperada. Conseguiu enfiar a mão entre ambos, com os dedos contorcendo-se sob a pele acre e sufocante do homem, procurando até finalmente encontrar o cabo. Dentadas pôs as mãos em volta de seu pescoço e começou a bater sua cabeça contra o chão. O relâmpago voltou a brilhar, daquela vez dentro de seu crânio, mas de algum modo os dedos apertaram-se, puxando o punhal de dentro da bainha. Com o homem em cima de si, Brienne não conseguia erguer a lâmina para apunhalá-lo, por isso a empurrou com força contra sua barriga. Algo quente e úmido jorrou entre seus dedos. Dentadas voltou a *silvar*, mais alto do que antes, e largou sua garganta apenas tempo suficiente para esmurrá-la no rosto. Ouviu ossos a estalar, e a dor a cegou por um instante. Quando tentou voltar a golpeá-lo, ele lhe arrancou o punhal dos dedos e lhe espetou um joelho no braço, quebrando-o. Então, voltou a pegar sua cabeça e retomou a tentativa de arrancá-la de entre os ombros.

Brienne conseguia ouvir Cão latindo, e havia homens gritando a toda a volta, e entre os trovões ouviu o tinir de aço em aço. *Sor Hyle*, pensou, *sor Hyle juntou-se ao combate*, mas tudo aquilo parecia longínquo e sem importância. Seu mundo não era maior do que as mãos em sua garganta e o rosto que pairava em cima de si. A chuva escorreu do capuz dele quando se inclinou para mais perto. O hálito do homem fedia a queijo apodrecido.

Brienne tinha o peito ardendo, e a tempestade encontrava-se atrás de seus olhos, cegando-a. Ossos raspavam uns nos outros dentro de seu corpo. A boca do Dentadas escancarou-se com uma amplidão impossível. Brienne viu-lhe os dentes, amarelos e tortos, afiados em ponta. Quando se fecharam na carne macia de sua bochecha, ela quase não o sentiu. Sentia-se cair em espiral para a escuridão. *Ainda não posso morrer*, disse a si mesma, *há uma coisa que ainda preciso fazer.*

A boca do Dentadas libertou-se, cheia de sangue e de carne. Cuspiu, sorriu e voltou a afundar os dentes pontiagudos em sua carne. Daquela vez mastigou e engoliu. *Ele está me comendo*, Brienne compreendeu, mas já não lhe restavam forças para lutar. Sentiu-se como se flutuasse sobre si mesma, observando o horror como se estivesse acontecendo com outra mulher qualquer, uma garota estúpida que pensava ser um cavaleiro. *Terminará logo*, disse a si mesma. *Então não importará se ele me comer*. Dentadas puxou a cabeça para trás e voltou a abrir a boca, uivando, pondo a língua para fora. Terminava numa ponta aguçada e pingava sangue, mais longa do que qualquer língua devia ser. Deslizando de dentro de sua boca para fora, e para fora, e para fora, rubra, úmida e cintilante, era algo hediondo e obsceno. *Sua língua tem trinta centímetros de comprimento*, pensou Brienne, logo antes de ser levada pela escuridão. *Olha, parece quase uma espada.*

JAIME

O broche que prendia o manto de sor Brynden Tully era um peixe negro, trabalhado em âmbar negro e ouro. Sua cota de malha era sombria e cinzenta. Por cima, usava grevas, gorjal, manoplas, ombreiras e joelheiras de aço enegrecido, e nada disso chegava sequer perto da escuridão que emanava da expressão em seu rosto enquanto esperava por Jaime Lannister na extremidade da ponte levadiça, sozinho, em cima de um corcel cor de avelã, ajaezado em vermelho e azul.

Ele não gosta de mim. Tully tinha um rosto escarpado, profundamente enrugado e queimado pelo vento, sob madeixas rígidas e grisalhas, mas Jaime ainda conseguia ver o grande cavaleiro que um dia cativara um escudeiro com histórias sobre os Reis de Nove Moedas. Os cascos de Honra tamborilaram nas tábuas da ponte levadiça. Jaime pensara longa e duramente sobre se deveria levar para aquele encontro sua armadura dourada ou a branca; por fim, escolhera uma jaqueta de couro e um manto carmesim.

Parou a um metro de sor Brynden e inclinou a cabeça diante do homem mais velho.

— Regicida — disse Tully.

Que ele tivesse escolhido aquele nome como a primeira palavra a proferir era eloquente quanto bastava, mas Jaime estava decidido a dominar o temperamento.

— Peixe Negro — retorquiu. — Obrigado por ter vindo.

— Assumo que regressou para cumprir os juramentos que fez à minha sobrinha — disse sor Brynden. — Se bem me lembro, prometeu a Catelyn as filhas em troca de sua liberdade — sua boca comprimiu-se. — No entanto, não vejo as garotas. Onde estão?

Ele precisa me obrigar a dizê-lo?

— Não as tenho.

— Pena. Deseja retornar para seu cativeiro? Sua antiga cela ainda está disponível. Pusemos palha fresca no chão.

E um belo balde novo para eu cagar, não duvido.

— Isso foi atencioso de sua parte, sor, mas temo que tenha de declinar. Prefiro os confortos do meu pavilhão.

— Enquanto Catelyn desfruta dos confortos de sua tumba.

Não houve participação minha na morte da lady Catelyn, ele poderia ter dito, e suas filhas já haviam desaparecido quando cheguei a Porto Real. Estava-lhe na língua falar de Brienne e da espada que lhe dera, mas Peixe Negro olhava-o como Eddard Stark o olhara quando o encontrara no Trono de Ferro com o sangue do Rei Louco na espada.

— Vim falar dos vivos, não dos mortos. Daqueles que não precisam morrer, mas morrerão...

— ... A menos que lhe entregue Correrrio. É agora que ameaça enforcar Edmure? — sob suas espessas sobrancelhas, os olhos de Tully eram pedra. — Meu sobrinho está marcado para morrer, não importa o que eu faça. Por isso, enforque-o e termine o assunto. Suponho que Edmure esteja tão farto de ficar naquele cadafalso como estou de vê-lo ali.

Ryman Frey é um maldito idiota. A pantomima que encenara com Edmure e o cadafalso só tornara Peixe Negro mais obstinado, isto era evidente.

— Tem com você a lady Sybelle Westerling e três de seus filhos. Devolverei seu sobrinho em troca deles.

— Assim como devolveu as filhas da lady Catelyn?

Jaime não se deixou provocar.

— Uma velha e três crianças em troca de seu suserano. É um negócio melhor do que poderia esperar.

Sor Brynden exibiu um sorriso duro.

— Não lhe falta descaramento, Regicida. Mas barganhar com perjuros é como construir em areia movediça. Cat devia ter tido a sensatez de não confiar em alguém como você.

Foi em Tyrion que ela confiou, Jaime quase disse. *O Duende também a enganou.*

— As promessas que fiz à lady Catelyn me foram arrancadas com a ponta de uma espada.

— E o juramento que prestou a Aerys?

Sentiu os dedos fantasmas se torcerem.

— Aerys não tem nada a ver com isso. Trocará os Westerling por Edmure?

— Não. Meu rei confiou sua rainha aos meus cuidados, e jurei mantê-la a salvo. Não a entregarei para um laço Frey.

— A garota foi perdoada. Nenhum mal lhe acontecerá. Tem a minha palavra quanto a isso.

— Sua palavra de *honra*? — Sor Brynden ergueu uma sobrancelha. — Sabe ao menos o que é honra?

Um cavalo.

— Prestarei qualquer juramento que me exigir.

— Poupe-me, Regicida.

— Quero fazê-lo. Arrie seus estandartes e abra os portões, e concederei a vida aos seus homens. Aqueles que desejarem permanecer em Correrrio a serviço de lorde Emmon podem fazê-lo. Os outros ficarão livres para ir para onde quiserem, embora eu lhes exija que entreguem as armas e armaduras.

— Pergunto a mim mesmo até onde conseguirão ir, desarmados, antes que um bando de "fora da lei" caia sobre eles. Não se atreverá a permitir que se juntem a lorde Beric, ambos sabemos. E eu? Serei exibido em passeata por Porto Real, para morrer como Eddard Stark?

— Permitirei que vista o negro. O bastardo de Ned Stark é o Senhor Comandante na Muralha.

Peixe Negro estreitou os olhos.

— Terá seu pai também organizado isso? Catelyn nunca confiou no rapaz, se bem me lembro, assim como nunca confiou em Theon Greyjoy. Parece que tinha razão a respeito de ambos. Não, sor, acho que não. Morrerei aquecido, se lhe aprouver, com uma espada na mão, rubra de sangue de leão.

— O sangue Tully é igualmente vermelho — Jaime lhe lembrou. — Se não quer entregar o castelo, terei de atacá-lo. Morrerão centenas de homens.

— Centenas dos meus. Milhares dos seus.

— Sua guarnição perecerá até o último homem.

— Conheço essa letra. Canta-a com a melodia de "As Chuvas de Castamere"? Meus homens preferirão morrer de pé lutando a joelhar diante do machado de um carrasco.

Isso não está indo bem.

— Esse desafio não tem utilidade alguma, sor. A guerra acabou, e seu Jovem Lobo está morto.

— Assassinado, em quebra de todas as sagradas leis da hospitalidade.

— Obra dos Frey, não minha.
— Chame do que quiser. Fede a Tywin Lannister.
Jaime não podia negar aquilo.
— Meu pai também está morto.
— Que o Pai o julgue com justiça.
Aí está uma terrível perspectiva.
— Eu teria matado Robb Stark no Bosque dos Murmúrios se tivesse conseguido chegar até ele. Houve uns tolos que se puseram em meu caminho. Importa o modo como o rapaz pereceu? Não está menos morto, e seu reino morreu com ele.
— Além de mutilado, deve ser cego. Erga os olhos e verá que o lobo-gigante ainda voa sobre nossas muralhas.
— Já o vi. Tem um ar solitário. Harrenhal caiu. Guardamar e Lagoa da Donzela também. Os Bracken dobraram o joelho, e têm Tytos Blackwood encurralado em Corvarbor. Piper, Vance, Mooton, todos os seus vassalos se renderam. Só resta Correrrio. Temos vinte vezes mais homens do que vocês.
— Vinte vezes mais homens requerem vinte vezes mais comida. Como estão suas provisões, senhor?
— Suficientemente bem para ficarmos aqui até o fim dos tempos, se necessário, enquanto vocês passam fome no interior de suas muralhas — disse a mentira com o máximo de ousadia que conseguiu arranjar, esperando não ser traído pela expressão em seu rosto.
Peixe Negro não se deixou enganar.
— O fim dos seus tempos, talvez. Nossas provisões são amplas, embora eu tema que não tenhamos deixado grande coisa nos campos para os visitantes.
— Podemos trazer comida das Gêmeas — Jaime retrucou —, ou do oeste, através dos montes, se se chegar a tal ponto.
— Se você o diz. Longe de mim questionar a palavra de um cavaleiro tão honrado.
O escárnio na voz do outro irritou Jaime.
— Há uma maneira mais rápida de decidir o assunto. Um combate individual. Meu campeão contra o seu.
— Perguntava a mim mesmo quando chegaria a essa ideia — sor Brynden soltou uma gargalhada. — Quem será? Varrão Forte? Addam Marbrand? Walder Preto Frey? — inclinou-se para a frente. — Por que não você e eu, sor?
Essa teria sido uma bela luta em outros tempos, Jaime pensou, alimento perfeito para os cantores.
— Quando a lady Catelyn me libertou, obrigou-me a jurar que não voltaria a empunhar armas contra os Stark ou os Tully.
— Um juramento muito conveniente, sor.
O rosto de Jaime tornou-se sombrio.
— Está me chamando de covarde?
— Não. Estou chamando-o de aleijado — Peixe Negro indicou com a cabeça a mão dourada de Jaime. — Ambos sabemos que não pode lutar com isso.
— Eu tive duas mãos — *jogaria a vida fora por orgulho?*, sussurrou uma voz dentro de si. — Há quem diga que um aleijado e um velho estão bem um para o outro. Liberte-me do juramento prestado à lady Catelyn, e minha espada defrontará a sua. Se eu ganhar, Correrrio é nossa. Se me matar, levantaremos o cerco.
Sor Brynden voltou a rir.
— Por mais que gostasse ter a chance de lhe tirar essa espada dourada e de arrancar seu

coração negro, suas promessas não têm nenhum valor. Nada ganharia com sua morte além do prazer de matá-lo, e não arriscarei minha vida por isso... Por menor que seja o risco.

Era bom que Jaime não tivesse trazido espada; caso contrário a teria desembainhado e, se sor Brynden não o matasse, os arqueiros nas muralhas certamente o matariam.

— Existem alguns termos que aceitaria? — perguntou a Peixe Negro.

— Vindos de você? — Sor Brynden encolheu os ombros. — Não.

— Por que se incomodou em vir falar comigo?

— Um cerco é mortalmente cansativo. Quis ver esse seu coto e ouvir as desculpas que teria arranjado para suas últimas barbaridades. Foram mais fracas do que eu esperava. Decepciona sempre, Regicida — Peixe Negro deu meia-volta com a égua e trotou de volta a Correrrio. A porta levadiça desceu apressadamente, mordendo de maneira profunda o chão lamacento com seus espigões de ferro.

Jaime virou a cabeça de Honra para trás, para o longo trajeto de regresso às linhas de cerco dos Lannister. Sentia os olhos postos em si; os homens Tully em suas ameias, os Frey do outro lado do rio. *Se não forem cegos, todos saberão que ele me atirou aos dentes a proposta que lhe fiz.* Teria de assaltar o castelo. *Bem, o que é mais um juramento quebrado para o Regicida? É só mais merda no balde.* Jaime decidiu ser o primeiro homem a chegar às ameias. *E, com essa minha mão de ouro, provavelmente o primeiro a cair.*

De volta ao acampamento, Lew Pequeno segurou-lhe os freios, enquanto Peck o ajudava a descer da sela. *Consideram-me um aleijado tão grande que não consegue nem desmontar sozinho?*

— Como foi, senhor? — perguntou o primo, sor Daven.

— Ninguém espetou uma flecha na garupa do meu cavalo. Fora isso, pouco houve que me distinguisse de sor Ryman — fez um trejeito. — Portanto, agora vamos ter de tornar o Ramo Vermelho mais vermelho. — *Culpe a si mesmo por isso, Peixe Negro. Poucas alternativas me deixou.* — Reúna um conselho de guerra. Sor Addam, Varrão Forte, Forley Prester, esses seus senhores do rio... e os nossos amigos Frey. Sor Ryman, lorde Emmon, quaisquer outros que queiram trazer.

Reuniram-se rapidamente. Lorde Piper e ambos os lordes Vance vieram falar pelos senhores arrependidos do Tridente, cuja lealdade seria em breve posta à prova. O oeste estava representado por sor Daven, Varrão Forte, Addam Marbrand e Forley Prester. Lorde Emmon Frey juntou-se a eles, com a esposa. Lady Genna ocupou seu banco com um olhar que desafiava qualquer dos homens que ali se encontravam a pôr em causa sua presença. Nenhum deles o fez. Os Frey enviaram sor Walder Rivers, conhecido como "Walder Bastardo", e o primogênito de sor Ryman, Edwyn, um homem esguio e pálido com um nariz achatado e cabelos escuros e escorridos. Sob um manto azul de lã de ovelha, Edwyn trazia um justilho de bem talhado couro de vitela cinzento com complexos arabescos trabalhados no couro.

— Eu falo pela Casa Frey — anunciou. — Meu pai encontra-se indisposto esta manhã.

Sor Daven soltou uma fungadela.

— Está bêbado ou é só a ressaca do vinho de ontem à noite?

Edwyn tinha a boca dura e má de um sovina.

— Lorde Jaime — disse —, terei de suportar tamanha descortesia?

— É verdade? — perguntou-lhe Jaime. — Seu pai está bêbado?

O Frey comprimiu os lábios e olhou sor Ilyn Payne, que estava em pé ao lado da aba da tenda com sua cota de malha enferrujada, e a espada espreitando atrás de um ombro ossudo.

— Ele... meu pai tem uma barriga má, senhor. O vinho tinto ajuda sua digestão.

— Deve estar digerindo o raio de um mamute — disse sor Daven. Varrão Forte soltou uma gargalhada, e lady Genna um risinho abafado.

— Basta — disse Jaime. — Temos um castelo a conquistar — quando seu pai convocava conselhos deixava seus capitães falarem primeiro. Estava decidido a fazer o mesmo. — Como devemos proceder?

— *Enforque* Edmure Tully, para começar — instou lorde Emmon Frey. — Isso dirá a sor Brynden que falamos sério. Se enviarmos a cabeça de sor Edmure ao tio, talvez isso o convença a se render.

— Brynden Peixe Negro não se deixa convencer tão facilmente — Karyl Vance, Senhor do Pouso do Viajante, tinha um olhar melancólico. Uma mancha de vinho, de nascença, cobria-lhe metade do pescoço e um dos lados do rosto. — Seu próprio irmão não conseguiu convencê-lo a entrar numa cama de casado.

Sor Daven balançou a cabeça hirsuta.

— Temos de assaltar as muralhas, como digo desde o início. Torres de cerco, escadas, um aríete para quebrar o portão, é isso que aqui faz falta.

— Eu liderarei o assalto — disse Varrão Forte. — Damos um pouco de aço e fogo ao peixe, eis o que digo.

— As muralhas são *minhas* — protestou lorde Emmon —, e o portão que querem quebrar é meu — voltou a tirar da manga o pergaminho. — O próprio rei Tommen me concedeu...

— Todos nós já vimos seu papel, tio — interrompeu Edwyn Frey. — Por que é que não vai mostrá-lo a Peixe Negro, para variar?

— Assaltar as muralhas será coisa sangrenta — disse Addam Marbrand. — Proponho que esperemos por uma noite sem luar e enviemos pelo rio uma dúzia de homens escolhidos num barco com remos abafados. Podem escalar as muralhas com cordas e ganchos, e abrir os portões pela parte de dentro. Eu os liderarei, se o conselho assim desejar.

— Loucura — declarou Walder Rivers, o bastardo. — Sor Brynden não é homem para ser enganado por truques assim.

— O obstáculo é Peixe Negro — concordou Edwyn Frey. — Seu elmo ostenta no topo uma truta negra que o torna fácil de identificar à distância. Proponho deslocar as torres de cerco para perto das muralhas, enchê-las de arqueiros e fingir um ataque aos portões. Isso trará sor Brynden às ameias, com elmo e tudo. Que todos os arqueiros salpiquem as flechas com os dejetos da noite e escolham como alvo esse elmo. Assim que sor Brynden morrer, Correrrio é nosso.

— Meu — chilreou lorde Emmon. — Correrrio é *meu*.

A marca de nascença de lorde Karyl escureceu.

— Serão os dejetos a sua contribuição, Edwyn? Um veneno mortal, não duvido.

— Peixe Negro merece uma morte mais nobre, e eu sou o homem que pode lhe dar isso — Varrão Forte deu um soco na mesa. — Eu o desafiarei para combate individual. Maça, machado ou espada longa, não importa. O velho será minha refeição.

— Por que haveria ele de se dignar a aceitar seu desafio, sor? — perguntou sor Forley Prester. — O que ele poderia ganhar com um tal duelo? Levantaríamos o cerco se ele ganhasse? Não acredito. E ele também não. Um combate individual não resultaria em nada.

— Eu conheço Brynden Tully desde que servimos juntos como escudeiros, a serviço de lorde Darry — disse Norbert Vance, o cego Senhor de Atranta. — Se aprovar aos senhores, deixem-me ir falar com ele e tentar fazê-lo compreender que não há esperança em sua posição.

— Ele compreende isso bastante bem — lorde Piper rebateu. Era um homem baixo, rotundo, de pernas arqueadas, com um matagal de indomáveis cabelos ruivos, pai de um dos escudeiros de Jaime; a semelhança com o rapaz era inconfundível. — O raio do homem não é estúpido, Norbert. Ele tem olhos... e juízo suficiente para não se render a gente como esta — e dirigiu um gesto rude a Edwyn Frey e Walder Rivers.

Edwyn enfureceu-se.

— Se o senhor de Piper pretende insinuar...

— Eu não *insinuo*, Frey. Digo o que penso com franqueza, como um homem honesto. Mas o que saberia você dos modos dos homens honestos? É uma traiçoeira doninha mentirosa, como toda sua família. Mais depressa beberia um quartilho de mijo do que aceitaria a palavra de qualquer Frey — debruçou-se sobre a mesa. — Responda-me a isto: onde está Marq? O que fez ao meu filho? Ele era um *convidado* em seu maldito casamento.

— E nosso convidado de honra permanecerá — disse Edwyn —, até que demonstre sua lealdade a Sua Graça, rei Tommen.

— Cinco cavaleiros e vinte homens de armas foram com Marq para as Gêmeas — Piper emendou. — Também são seus convidados, Frey?

— Alguns dos cavaleiros, talvez. Os outros não receberam mais do que mereciam. Faria bem em dominar essa língua de traidor, Piper, a menos que queira que seu herdeiro lhe seja devolvido aos pedaços.

Os conselhos de meu pai nunca corriam assim, Jaime pensou quando Piper se pôs em pé de um salto.

— Diga isso com uma espada na mão, Frey — rosnou o pequeno homem. — Ou será que só luta com manchas de merda?

A cara chupada do Frey empalideceu. Ao seu lado, Walder Rivers se ergueu.

— Edwyn não é um homem de armas... Mas eu sou, Piper. Se tiver mais comentários a fazer, vá lá fora e os faça.

— Isto é um conselho de guerra, não uma guerra — Jaime lembrou-lhes. — Sentem-se, ambos — nenhum dos homens se mexeu. — *Já!*

Walder Rivers sentou-se. Lorde Piper não foi tão fácil de intimidar. Resmungou uma praga e saiu da tenda a passos largos.

— Mando homens atrás dele para arrastá-lo de volta, senhor? — sor Daven perguntou a Jaime.

— Mande sor Ilyn — instou Edwyn Frey. — Só precisamos da cabeça.

Karyl Vance virou-se para Jaime.

— Lorde Piper deu voz à dor. Marq é seu primogênito. Todos aqueles cavaleiros que o acompanharam às Gêmeas eram primos e sobrinhos.

— Todos traidores e rebeldes, quer dizer — Edwyn Frey retrucou.

Jaime lhe lançou um olhar frio.

— As Gêmeas também apoiaram a causa do Jovem Lobo — lembrou aos Frey. — Depois o traíram. Isso faz que sejam duas vezes mais traiçoeiros do que Piper — gostou de ver o fino sorriso de Edwyn coalhar e morrer. *Já aguentei conselhos suficientes por um dia*, decidiu. — Terminamos. Tratem de seus preparativos, senhores. Atacaremos à primeira luz da aurora.

O vento soprava do norte quando os lordes saíram em fila da tenda. Jaime conseguia cheirar o fedor dos acampamentos Frey do lado de lá do Pedregoso. Do outro lado da água, Edmure Tully estava abandonado sobre o grande cadafalso cinzento, com uma corda em volta do pescoço.

A tia foi a última a partir, com o marido a morder-lhe os calcanhares.

— Senhor sobrinho — protestou Emmon —, esse assalto contra meus domínios... Não pode fazer isso — quando engoliu em seco, o pomo de adão moveu-se para cima e para baixo. — Não *pode*. Eu... eu o proíbo — estivera mascando folhamarga outra vez; uma espuma rosada cintilava em seus lábios. — O castelo é meu, tenho o pergaminho. Assinado pelo rei, pelo pequeno Tommen. Sou o legítimo senhor de Correrrio e...

— Enquanto Edmure Tully estiver vivo não é — disse lady Genna. — Ele tem coração e cabeça fracos, bem sei, mas vivo o homem continua a ser um perigo. O que pretende fazer quanto a isso, Jaime?

O perigo é Peixe Negro, não Edmure.

— Deixe Edmure comigo. Sor Lyle, sor Ilyn, venham comigo, por favor. Está na hora de fazer uma visita àquele cadafalso.

Pedregoso era mais profundo e rápido do que Ramo Vermelho, e o vau mais próximo ficava a quilômetros a montante. O barco tinha acabado de partir com Walder Rivers e Edwyn Frey quando Jaime e seus homens chegaram ao rio. Enquanto esperavam seu regresso, Jaime disse-lhes o que queria. Sor Ilyn cuspiu para o rio.

Quando os três saíram do barco na margem norte, uma seguidora de acampamentos embriagada ofereceu-se para dar prazer com a boca a Varrão Forte.

— Olha, dê prazer ao meu amigo — disse sor Lyle, empurrando-a na direção de sor Ilyn. Rindo, a mulher aproximou-se para beijar Payne nos lábios, mas então viu seus olhos e se encolheu.

Os caminhos entre as fogueiras eram pura lama marrom, misturada com bosta de cavalo e revirada tanto por cascos como por botas. Por todo lado Jaime via as torres gêmeas da Casa Frey exibida em escudos e estandartes, azuis sobre fundo cinzento, em conjunto com as armas de Casas menores juramentadas à Travessia: a garça-real de Erenford, a forquilha de Haigh, os três rebentos de visco branco de lorde Charlton. A chegada do Regicida não passou despercebida. Uma velha que vendia leitões aninhados num cesto parou para fitá-lo, um cavaleiro com um rosto que quase lhe era familiar caiu sobre um joelho, e dois homens de armas que mijavam em uma vala viraram-se e deram uma ducha um no outro.

— Sor Jaime — chamou alguém atrás dele, mas Jaime continuou a caminhar sem se virar. Ao redor, vislumbrou o rosto de homens que tinha tentado matar no Bosque dos Murmúrios, onde os Frey lutaram sob os estandartes do lobo-gigante de Robb Stark. Sua mão dourada pendia-lhe, pesada, do flanco.

O grande pavilhão retangular de Ryman Frey era o maior do acampamento; suas paredes de lona cinzenta tinham sido feitas de quadrados cosidos uns aos outros para fazer lembrar pedras, e seus dois bicos evocavam as Gêmeas. Longe de estar indisposto, sor Ryman desfrutava de um pouco de entretenimento. O som dos risos ébrios de uma mulher pairaram no ar, vindos de dentro da tenda, misturados com a toada de uma harpa e a voz de um cantor. *Mais tarde lidarei com você, sor,* Jaime pensou. Walder Rivers estava de pé diante de sua modesta tenda, conversando com dois homens de armas. Seu escudo mostrava as armas da Casa Frey com as cores invertidas e uma faixa vermelha sobre as torres. Quando o bastardo viu Jaime, franziu as sobrancelhas. *Ora, isto é que é um frio olhar de suspeita. Aquele tipo é mais perigoso do que qualquer um de seus irmãos legítimos.*

O cadafalso fora erguido a três metros do chão. Dois lanceiros encontravam-se em posição na base dos degraus.

— Não pode subir sem licença de sor Ryman — disse um deles a Jaime.

— Isto diz que posso — Jaime bateu no cabo da espada com um dedo. — A questão é: terei de passar por cima do seu cadáver?

O lanceiro afastou-se para o lado.

No topo do cadafalso, o Senhor de Correrrio fitava o alçapão abaixo de si. Tinha os pés negros e cobertos de lama seca, as pernas estavam nuas. Edmure usava uma suja túnica de seda listrada do azul e vermelho de Tully, e um laço de corda de cânhamo. Ao ouvir os passos de Jaime, ergueu a cabeça e lambeu os lábios secos e rachados.

— *Regicida?* — Ver sor Ilyn fez o Senhor de Correrrio esbugalhar os olhos. — Antes uma espada do que uma corda. Cuide disso, Payne.

— Sor Ilyn — disse Jaime. — Ouviu lorde Tully. Cuide disso.

O cavaleiro silencioso pegou na espada com ambas as mãos. Era longa e pesada, tão afiada como o aço comum podia ser. Os lábios rachados de Edmure moveram-se sem emitir um som. Quando sor Ilyn puxou a lâmina para trás, fechou os olhos. O golpe teve todo o peso de Payne atrás de si.

— *Não! Pare! NÃO!* — Edwyn Frey surgiu arquejando. — Meu pai vem aí. O mais depressa que pode. Jaime, precisa...

— *Senhor* agrada-me mais, Frey — Jaime disse. — E faria bem em omitir *precisa* de qualquer frase dirigida a mim.

Sor Ryman subiu ruidosamente a escada do cadafalso na companhia de uma prostituta de cabelos de palha, tão bêbada quanto ele. O vestido que trazia era atado à frente, mas alguém o abrira até o umbigo, de modo que os seios transbordavam de lá de dentro. Eram enormes e pesados, com grandes mamilos marrons. Um aro de bronze martelado empoleirava-se, torto, em sua cabeça, gravado com runas e ornado com pequenas espadas negras. Quando viu Jaime, deu risada.

— Quem, nos sete infernos, é este?

— O Senhor Comandante da Guarda Real — retorquiu Jaime com uma fria cortesia. — Posso lhe fazer a mesma pergunta, senhora?

— Senhora? Não sou senhora nenhuma. Sou a rainha.

— Minha irmã ficará surpresa quando ouvir essa notícia.

— Lorde Ryman cooroou-me, em pessoa — balançou seus amplos quadris. — Sou a rainha das putas.

Não, pensou Jaime, *minha querida irmã também é dona deste título*.

Sor Ryman descobriu que tinha língua.

— Cale a boca cadela, lorde Jaime não quer ouvir os disparates de uma puta qualquer — aquele Frey era um homem corpulento, de rosto largo, olhos pequenos e um mole e carnudo conjunto de queixos. O hálito fedia a vinho e cebolas.

— Fazendo rainhas, sor Ryman? — Jaime perguntou gentilmente. — É estúpido. Tão estúpido quanto essa coisa com lorde Edmure.

— Eu avisei Peixe Negro. Disse-lhe que Edmure morreria, a menos que o castelo se rendesse. Mandei fazer esse cadafalso para lhe mostrar que sor Ryman Frey não faz ameaças vãs. Em Guardamar, meu filho Walder fez o mesmo com Patrek Mallister, e lorde Jason dobrou o joelho, mas... Peixe Negro é um homem frio. Rejeitou-nos, de modo que...

— ... enforcou lorde Edmure?

O homem enrubesceu.

— O senhor meu avô... Se enforcássemos o homem, não teríamos *refém*, sor. Pensou nisso?

— Só um idiota faz ameaças que não está preparado para levar adiante. Se eu ameaçasse bater em você caso não calasse a boca e você ousasse falar, o que acha que eu faria?

— Sor, não compre...

Jaime bateu no Frey. Foi um golpe dado com as costas da mão de ouro, mas a força com que foi dado fez sor Ryman cair para trás, aos tropeções, nos braços de sua puta.

— Tem uma cabeça gorda, sor Ryman, e também um pescoço grosso. Sor Ilyn, quantos golpes seriam necessários para cortar aquele pescoço?

Sor Ilyn encostou um único dedo ao nariz.

Jaime soltou uma gargalhada.

— Uma arrogância sem sentido. Eu aposto em três.

Ryman Frey caiu de joelhos.

— Eu nada fiz...

— ... além de beber e ficar com as putas. Bem sei.

— Sou herdeiro da Travessia. Não pode...

— Eu lhe avisei a respeito de falar — Jaime viu o homem ficar branco. *Um bêbado, um idiota e um covarde. É melhor que lorde Walder sobreviva a esse tipo, senão os Frey estão feitos.* — Está dispensado, sor.

— Dispensado?

— Ouviu o que eu disse. Vá embora.

— Mas... para onde irei?

— Para o inferno, ou para casa, o que preferir. Que não esteja no acampamento quando o sol nascer. Pode levar sua rainha das putas, mas essa coroa que ela usa não — Jaime virou-se para o filho de sor Ryman. — Edwyn, lhe darei o comando que era de seu pai. Tente não ser tão estúpido como ele.

— Isso não deverá ser tão difícil, senhor.

— Envie uma mensagem a lorde Walder. A coroa exige todos os seus prisioneiros — Jaime fez um gesto com a mão de ouro. — Sor Lyle, traga-o.

Edmure Tully caíra de bruços no patíbulo quando a lâmina de sor Ilyn cortara a corda em duas. Trinta centímetros de cânhamo ainda pendiam do laço amarrado ao seu pescoço. Varrão Forte agarrou na ponta da corda e a puxou até colocá-lo em pé.

— Um peixe com uma coleira — ele disse, rindo alto. — Aí está uma coisa que nunca tinha visto.

Os Frey abriram alas para deixá-los passar. Uma multidão reunira-se junto do cadafalso, incluindo uma dúzia de seguidoras de acampamentos em vários graus de nudez. Jaime reparou num homem que trazia uma harpa.

— Você. Cantor. Venha comigo.

O homem tirou o chapéu.

— Às ordens do senhor.

Ninguém proferiu uma palavra no trajeto de volta ao barco, com o cantor de sor Ryman a segui-los. Mas, quando afastaram o barco da margem do rio e se dirigiram à margem sul do Pedregoso, Edmure Tully agarrou Jaime pelo braço.

— *Por quê?*

Um Lannister paga suas dívidas, pensou, *e você é a única moeda que me resta.*

— Considere isso um presente de casamento.

Edmure o fitou com olhos desconfiados.

— Um... presente de casamento?

— Segundo me disseram, sua esposa é bonita. Tinha de ser, para ter ficado com ela na cama enquanto sua irmã e seu rei eram assassinados.

— Não sabia — Edmure lambeu os lábios rachados. — Havia rabequistas à porta do quarto...

— E a lady Roslin o distraiu.

— Ela... eles a obrigaram a fazer aquilo, lorde Walder e os outros. Roslin não queria... Ela chorou, mas pensei que era...

— A visão de seu esplêndido membro viril? Sim, isso deve fazer qualquer mulher chorar, com certeza.

— Ela está grávida de um filho meu.

Não, Jaime retrucou em pensamento, *o que cresce na barriga dela é a sua morte*. De volta ao seu pavilhão, mandou embora Varrão Forte e sor Ilyn, mas não o cantor.

— Posso precisar de uma canção em breve — disse ao homem. — Lew, aqueça água para o meu convidado tomar banho. Pia, arranje-lhe uma roupa limpa. Nada que tenha leões, por favor. Peck, vinho para lorde Tully. Está com fome, senhor?

Edmure confirmou com a cabeça, mas seus olhos mantinham-se cheios de suspeita.

Jaime instalou-se num banco enquanto Tully tomava seu banho. A imundície saiu em nuvens cinzentas.

— Depois de comer, meus homens o escoltarão até Correrrio. O que acontecer depois depende de você.

— O que quer dizer?

— Seu tio é um velho. Valente, sim, mas a melhor parte de sua vida ficou para trás. Não tem noiva que chore por ele, nem filhos para defender. Uma boa morte é tudo que Peixe Negro pode almejar... Mas a você restam anos, Edmure. E é *você*, não ele, o legítimo senhor da Casa Tully. Seu tio serve às suas ordens. O destino de Correrrio está em suas mãos.

Edmure sobressaltou-se.

— O destino de Correrrio...

— Entregue o castelo e ninguém morrerá. Seu povo pode ir em paz ou ficar para servir lorde Emmon. Será permitido a sor Brynden que vista o negro, e o mesmo acontecerá a todos os membros da guarnição que escolham se juntar a ele. A você também, se sentir o apelo da Muralha. Ou pode ir para Rochedo Casterly como meu cativo e se beneficiar de todo o conforto e cortesia que é próprio de um refém de seu estatuto. Mandarei sua esposa se juntar a você, se quiser. Se seu filho for menino, servirá à Casa Lannister como pajem e escudeiro, e, quando conquistar seu grau de cavaleiro, cederei a ele algumas terras. Se Roslin lhe der uma filha, darei um bom dote quando ela tiver idade para se casar. A você poderá ser dada liberdade condicional depois de terminada a guerra. Basta que entregue o castelo.

Edmure ergueu as mãos da banheira e observou a água que escorria entre seus dedos.

— E se eu não me render?

Precisa me obrigar a dizer as palavras? Pia estava junto à aba da tenda com os braços cheios de roupa. Seus escudeiros também ouviam, assim como o cantor. *Que ouçam*, pensou Jaime. *Que o mundo ouça. Não importa*. Obrigou-se a sorrir.

— Viu nossos números, Edmure. Viu as escadas, as torres, as catapultas, os aríetes. Se eu der a ordem, meu primo lançará uma ponte sobre o seu fosso e quebrará o portão.

Centenas de homens morrerão, a maioria seus. Seus antigos vassalos constituirão a primeira onda de atacantes, de modo que começará o dia matando os pais e os irmãos de homens que morreram por você nas Gêmeas. A segunda onda serão os Frey, não me faltam desses. Meus homens do oeste serão os seguintes, quando seus arqueiros já tiverem escassez de flechas e seus cavaleiros se encontrarem tão cansados que quase não conseguirão erguer as lâminas. Quando o castelo cair, todos os que se encontrarem lá dentro serão passados pela espada. Seus rebanhos serão abatidos, seu bosque sagrado será derrubado, suas fortalezas e torres queimarão. Derrubarei suas muralhas e mudarei o curso do Pedregoso para passar sobre as ruínas. Quando terminar, ninguém saberá que aqui outrora havia um castelo — Jaime se levantou. — Sua esposa poderá parir antes disso. Suponho que vai querer seu filho. Mandarei para você quando nascer. Em uma catapulta.

Um silêncio seguiu-se ao discurso. Edmure ficou sentado no banho. Pia apertou a roupa contra os seios. O cantor apertou uma corda na harpa. Lew Pequeno tirou o miolo de uma fatia de pão duro para fazer um prato, fingindo não ter ouvido. *Em uma catapulta*, Jaime refletiu. Se sua tia estivesse ali, continuaria a dizer que o herdeiro de Tywin era Tyrion?

Edmure Tully finalmente encontrou a voz.

— Poderia sair desta banheira e matá-lo aí mesmo, Regicida.

— Podia tentar — Jaime esperou. Quando Edmure não fez nenhum movimento para se erguer, disse: — Vou deixá-lo saborear minha comida. Cantor, toque para nosso convidado enquanto ele come. Conhece a canção, suponho?

— Aquela sobre a chuva? Sim, senhor. Conheço-a.

Edmure pareceu ver o homem pela primeira vez.

— Não. Ele não. Afaste-o de mim.

— Ora, é só uma canção — Jaime rebateu. — Ele não pode ter uma voz assim *tão* ruim.

CERSEI

Grande meistre Pycelle já era velho quando Cersei o conheceu, mas parecia ter envelhecido mais cem anos nas três últimas noites. Precisou de uma eternidade para dobrar o joelho enferrujado à sua frente, e depois de fazê-lo não conseguiu voltar a se erguer até sor Osmund o agarrar e pô-lo em pé.

Cersei o estudou com desagrado.

— Lorde Qyburn informou-me que lorde Gyles tossiu pela última vez.

— Sim, Vossa Graça. Fiz o melhor que pude para aliviar suas últimas horas.

— Fez? — A rainha virou-se para a lady Merryweather. — Eu *disse* que queria Rosby vivo, não disse?

— Disse, Vossa Graça.

— Sor Osmund, o que se lembra da conversa?

— Ordenou ao grande meistre Pycelle que salvasse o homem, Vossa Graça. Todos ouvimos.

A boca de Pycelle se abriu e se fechou.

— Vossa Graça tem de saber que fiz tudo que podia ser feito pelo pobre homem.

— Assim como fez com Joffrey? E o pai dele, meu querido marido? Robert era tão forte quanto qualquer homem nos Sete Reinos, e, no entanto, o perdeu para um javali. Oh, e não nos esqueçamos de Jon Arryn. Sem dúvida teria matado também Ned Stark, se eu tivesse deixado que ficasse com ele mais tempo. Diga-me, meistre, foi na Cidadela que aprendeu a apertar as mãos e a arranjar desculpas?

A voz dela fez o velho se encolher.

— Ninguém poderia ter feito mais, Vossa Graça. Eu... eu sempre prestei um serviço leal.

— Quando aconselhou o rei Aerys a abrir os portões à aproximação da hoste de meu pai, era essa a sua ideia de serviço leal?

— Isso... eu avaliei mal o...

— Foi esse um bom conselho?

— Vossa Graça certamente tem de saber...

— O que eu *sei* é que, quando meu filho foi envenenado, você se mostrou ser menos útil do que o Rapaz Lua. O que eu *sei* é que a coroa tem uma necessidade desesperada de ouro, e nosso senhor tesoureiro está morto.

O velho idiota agarrou-se àquilo.

— Eu... eu esboçarei uma lista de homens capazes para ocupar o lugar de lorde Gyles no conselho.

— Uma lista — Cersei divertiu-se com o atrevimento. — Posso bem imaginar o tipo de lista que me arranjaria. Grisalhos, tolos gananciosos e Garth, o Grosso — seus lábios se comprimiram. — Tem andado muito na companhia da lady Margaery nos últimos tempos.

— Sim. Sim, eu... a rainha Margaery tem estado muito perturbada por causa de sor Loras. Eu forneço à Sua Graça preparados para dormir e... outros tipos de poção.

— Sem dúvida. Diga-me, foi nossa pequena rainha quem lhe ordenou que matasse lorde Gyles?

— M-matar? — Os olhos do grande meistre Pycelle ficaram do tamanho de ovos cozidos. — Vossa Graça não pode acreditar... Foi a sua tosse, por todos os deuses, eu... Sua

Graça não faria... Ela não tinha má vontade contra lorde Gyles, por que haveria a rainha Margaery de querê-lo...

— ... morto? Ora, para plantar outra rosa no conselho de Joffrey. É cego ou foi comprado? Rosby estava em seu caminho, de modo que o pôs na cova. Com a sua conivência.

— Vossa Graça, juro-lhe, lorde Gyles pereceu devido à tosse — sua boca tremia. — Minha lealdade sempre esteve com a coroa, com o reino... c-com a Casa Lannister.

Nesta ordem? O medo de Pycelle era palpável. *Está suficientemente maduro. É hora de espremer o fruto e provar seu sumo.*

— Se é tão leal como diz, por que está mentindo para mim? Não se incomode em negar. Começou a dançar em volta da Donzela Margaery *antes* de sor Loras partir para Pedra do Dragão, portanto, poupe-me de mais histórias sobre só desejar consolar nossa nora em sua dor. O que o leva tão frequentemente à Arcada das Donzelas? Não é, certamente, a desenxabida conversa de Margaery. Anda cortejando aquela sua septã de cara bexiguenta? Anda fazendo festinhas na pequena lady Bulwer? É seu espião, informando-a sobre mim para alimentar suas maquinações?

— Eu... eu obedeço. Um meistre jura servir.

— Um grande meistre jura servir o *reino*.

— Vossa Graça, ela... ela é a rainha...

— *Eu* sou a rainha.

— Quis dizer... ela é a esposa do rei e...

— Eu sei quem ela é. O que quero saber é por que precisa de *você*. Minha nora está doente?

— Doente? — o velho puxou a coisa a que chamava de barba, aquela sementeira remendada de pelos finos e brancos que brotava da saliência solta e rosada que tinha sob o queixo. — N-não está doente, Vossa Graça, não exatamente. Meus votos me proíbem de divulgar...

— Seus votos serão pequeno conforto nas celas negras — avisou-o a rainha. — Ou eu ouço a verdade ou você passará a usar correntes.

Pycelle ruiu sobre os joelhos.

— Suplico-lhe... Fui um homem do senhor seu pai, e um amigo seu no problema de lorde Arryn. Não poderia sobreviver às masmorras, de novo não...

— Por que é que Margaery manda chamá-lo?

— Ela deseja... ela... ela...

— *Diga!*

O velho encolheu-se de medo.

— Chá de lua — sussurrou. — Chá de lua, para...

— Eu sei para que é usado o chá de lua. — *Aí está.* — Muito bem. Endireite esses joelhos vergados e tente se lembrar de como é ser um homem — Pycelle lutou para se levantar, mas levou tanto tempo que teve de pedir para Osmund Kettleblack lhe dar outro puxão. — E quanto a lorde Gyles, não há dúvida de que o Pai no Céu o julgará com justiça. Não deixou filhos?

— Não há filhos de sua semente, mas há um protegido...

— ... que não é do seu sangue — Cersei ignorou aquele aborrecimento com um golpe de mão. — Gyles conhecia nossa terrível necessidade de ouro. Sem dúvida que lhe falou do desejo que tinha de deixar todas as suas terras e fortuna a Tommen — o ouro de Rosby ajudaria a refrescar seus cofres, e as terras e o castelo de Rosby podiam ser outorgados a um dos seus como recompensa por serviços leais. Lorde Waters, talvez. Aurane tinha andado sugerindo a necessidade que sentia de uma propriedade, sua senhoria não passava de uma honraria vazia sem propriedades. Cersei sabia que o homem tinha os olhos postos em Pedra do Dragão, mas mirava alto demais. Rosby seria mais adequado ao seu nascimento e estatuto.

— Lorde Gyles adorava Vossa Graça de todo o coração — Pycelle disse —, mas... seu protegido...

— ... sem dúvida irá compreender, depois de ouvir você falar do desejo expresso por lorde Gyles ao morrer. Vá, e cuide do assunto.

— Se aprouver a Vossa Graça — grande meistre Pycelle quase tropeçou na própria veste com a pressa de sair.

Lady Merryweather fechou a porta nas costas dele.

— Chá de lua — disse, voltando-se para a rainha. — Que tolice da parte dela. Por que haveria de fazer uma coisa dessas, de correr tal risco?

— A pequena rainha tem apetites que Tommen por enquanto é novo demais para satisfazer — isso era sempre um perigo, quando uma mulher-feita era casada com uma criança. *Ainda mais no caso de uma viúva. Ela pode afirmar que Renly nunca a tocou, mas não acredito.* As mulheres só bebiam chá de lua por um motivo; as donzelas não tinham nenhuma necessidade da bebida. — Meu filho foi traído. Margaery tem um amante. Isto é alta traição, punível com a morte — só podia esperar que a bruxa com cara de ameixa seca da mãe de Mace Tyrell sobrevivesse o suficiente para assistir ao julgamento. Ao insistir que Tommen e Margaery casassem de imediato, lady Olenna condenara sua preciosa rosa à espada de um carrasco. — Jaime levou sor Ilyn Payne. Suponho que terei de encontrar outro Magistrado do Rei para lhe fazer voar a cabeça.

— Eu farei isso — ofereceu-se Osmund Kettleblack com um sorriso fácil. — Margaery tem um pescocinho bonito. Uma boa espada afiada o atravessará sem dificuldade.

— Atravessaria — Taena interveio —, mas há um exército Tyrell em Ponta Tempestade e outro em Lagoa da Donzela. Eles também têm espadas afiadas.

Estou inundada por rosas. Era um aborrecimento. Ainda precisava de Mace Tyrell, mesmo que não precisasse da filha. *Pelo menos até que Stannis seja derrotado. Depois, não precisarei de nenhum deles.* Mas, como podia se livrar da filha sem perder o pai?

— Traição é traição — disse —, mas precisamos de provas, algo mais substancial do que chá de lua. Se se *provar* que ela é infiel, até o próprio pai terá de condená-la, caso contrário a vergonha dela se transformará na sua.

Kettleblack mordeu uma ponta do bigode.

— Temos de apanhá-los durante o ato.

— Como? Qyburn tem olhos postos nela dia e noite. Seus criados aceitam minhas moedas, mas só nos trazem ninharias. E, no entanto, ninguém viu esse amante. Os ouvidos à sua porta ouvem cantos, risos, mexericos, nada que possamos usar.

— Margaery é astuta demais para ser apanhada assim tão facilmente — lady Merryweather observou. — Suas mulheres são as muralhas de seu castelo. Dormem com ela, vestem-na, rezam com ela, leem com ela, fazem costura com ela. Quando não está fazendo falcoaria ou passeando a cavalo, está brincando de vem ao meu castelo com a pequena Alysanne Bulwer. Sempre que há homens por perto, a septã encontra-se presente, ou então as primas.

— *Em algum momento* ela tem que se livrar das galinhas — a rainha insistiu. Então, uma ideia a assaltou. — A menos que as senhoras também participem... Nem todas, talvez, mas algumas.

— As primas? — Até Taena mostrou dúvidas. — Todas as três são mais novas do que a pequena rainha, e também mais inocentes.

— Libertinas vestidas com o branco de donzelas. Isto só torna seus pecados mais chocantes. Seus nomes perdurarão em vergonha — de repente, a rainha pôde quase saboreá-lo. — Taena, o senhor seu marido é o meu juiz. Vocês dois devem jantar comigo esta noite — queria aquilo feito depressa, antes de Margaery enfiar na cabecinha a ideia de regressar a Jardim de Cima ou zarpar para Pedra do Dragão para acompanhar o irmão ferido às portas da morte. — Ordenarei aos cozinheiros que preparem um javali para nós. E claro que precisamos de alguma música, para ajudar nossa digestão.

Taena foi muito rápida em compreender.

— Música. Exatamente.

— Vá informar o senhor seu marido e fazer preparativos para o cantor — Cersei ordenou. — Sor Osmund, pode ficar. Temos muito a discutir. Também precisarei de Qyburn.

Infelizmente, as cozinhas revelaram-se desprovidas de javalis, e não havia tempo para pôr caçadores em campo. Em vez disso, os cozinheiros mataram uma das porcas do castelo e serviram-lhes pernil guarnecido com cravinho, untado com mel e cerejas secas. Não era o que Cersei queria, mas contentou-se com o que havia. Para sobremesa, tinham maçãs cozidas com um forte queijo branco. Lady Taena saboreou cada garfada. Não se pode dizer o mesmo de Orton Merryweather, cujo rosto redondo se manteve manchado e pálido como caldo de queijo. Bebeu muito, e não parou de lançar olhares de soslaio ao cantor.

— Uma grande pena o que aconteceu a sor Gyles — Cersei disse por fim. — Contudo, atrevo-me a dizer que nenhum de nós sentirá falta de sua tosse.

— Não, penso que não.

— Vamos precisar de um novo senhor tesoureiro. Se o Vale não estivesse tão instável, traria de volta Petyr Baelish, mas... Estou com ideias de testar sor Harys no cargo. Ele não pode ser pior do que Gyles, e pelo menos não tosse.

— Sor Harys é Mão do Rei — Taena refutou.

Sor Harys é um refém, e até nisso é fraco.

— Já é hora de Tommen ter uma Mão mais enérgica.

Lorde Orton levantou o olhar da taça de vinho.

— Enérgica. Com certeza — hesitou. — Quem...?

— Você, senhor. Está em seu sangue. Seu bisavô ocupou o lugar de meu pai como Mão de Aerys — substituir Tywin Lannister por Owen Merryweather revelara-se semelhante a trocar um cavalo de batalha por um burro, era certo, mas Owen já era um homem velho e acabado quando Aerys o promovera, amável, ainda que ineficaz. O neto era mais novo, e... *Bem, ele tem uma mulher forte.* Era uma pena que Taena não pudesse servir como Mão. Era três vezes mais homem do que o marido, e muito mais divertida. No entanto, também nascera em Myr e era mulher, de modo que Orton teria de servir. — Não tenho dúvidas de que é mais capaz do que sor Harys — *o conteúdo de meu penico é mais capaz do que sor Harys.* — Consentirá em servir?

— Eu... Sim, claro. Vossa Graça concede-me uma grande honra.

Uma honra maior do que merece.

— Serviu-me habilmente como juiz, senhor. E continuará a fazê-lo nos... tempos difíceis que se aproximam. — Quando viu que Merryweather compreendera o que queria dizer, a rainha virou seu sorriso para o cantor. — E você também deve ser recompensado, por todas as doces canções que tocou para nós enquanto comíamos. Os deuses lhe concederam um dom.

O cantor fez uma reverência.

— É bondade de Vossa Graça dizê-lo.

— Não é bondade — Cersei respondeu —, é meramente a verdade. Taena me disse que o chamam de Bardo Azul.

— Chamam, Vossa Graça — as botas do cantor eram de macio couro de vitela azul, e os calções de boa lã azul. A túnica que usava era de seda azul-clara, intercalada com cintilante cetim azul. Até chegara ao ponto de pintar o cabelo de azul, à moda de Tyrosh. Longos e encaracolados, os cabelos caíam-lhe até os ombros e cheiravam como se tivessem sido lavados em água de rosas. *De rosas azuis, sem dúvida. Pelo menos tem os dentes brancos.* Eram bons dentes, nem um pouco tortos.

— Não tem outro nome?

Uma sugestão de rosa lhe inundou o rosto.

— Quando garoto era chamado Wat. É um bom nome para um rapaz do campo, mas menos adequado a um cantor.

Os olhos do Bardo Azul eram da mesma cor dos de Robert. Bastava isso para Cersei odiá-lo.

— É fácil compreender por que é o favorito da lady Margaery.

— Sua Graça é bondosa. Ela diz que lhe dou prazer.

— Oh, estou certa disso. Posso ver seu alaúde?

— Se aprouver a Vossa Graça — sob a cortesia havia uma tênue sugestão de desconforto, mas ele entregou-lhe o alaúde mesmo assim. Não se recusa um pedido da rainha.

Cersei fez vibrar uma corda e sorriu perante o som.

— Doce e triste como o amor. Diga-me, Wat... a primeira vez que levou Margaery para a cama foi antes de ela se casar com meu filho ou depois?

Por um momento ele não pareceu compreender. Quando entendeu, seus olhos esbugalharam-se.

— Vossa Graça foi mal informada. Juro-lhe, eu nunca...

— Mentiroso! — Cersei bateu o alaúde no rosto do cantor com tamanha força que a madeira pintada explodiu em pedaços e lascas. — Lorde Orton, chame meus guardas e leve esta criatura para as masmorras.

O rosto de Orton Merryweather estava úmido de medo.

— Isto... oh, infâmia... ele se atreveu a seduzir *a rainha*?

— Temo que tenha sido o contrário, mas é um traidor mesmo assim. Que cante para lorde Qyburn.

O Bardo Azul ficou branco.

— Não — pingou sangue de seus lábios, onde o alaúde o rasgara. — Eu nunca... — quando Merryweather lhe pegou no braço, ele gritou: — *Mãe, misericórdia, não.*

— Eu não sou sua mãe — disse-lhe Cersei.

Mesmo nas celas negras, tudo que obtiveram dele foram desmentidos, orações e súplicas por misericórdia. Não demorou muito a escorrer-lhe sangue peito abaixo, vindo de todos os dentes partidos, e ele molhou seus calções azul-escuros três vezes, mesmo assim o homem persistiu em suas mentiras.

— Será possível que tenhamos o cantor errado? — perguntou Cersei.

— Tudo é possível, Vossa Graça. Não tenha medo. O homem confessará antes de a noite terminar.

Lá embaixo, nas masmorras, Qyburn usava lã grosseira e um avental de couro de ferreiro. Dirigindo-se ao Bardo Azul, disse:

— Lamento se os guardas foram rudes com você. A educação deles é tristemente deficiente — a voz era bondosa, solícita. — Tudo que queremos de você é a verdade.

— Eu lhes disse a verdade — soluçou o cantor. Correntes de ferro prendiam-no solidamente à fria parede de pedra.

— Nós sabemos que não — Qyburn tinha na mão uma navalha, cujo gume cintilava tenuemente à luz do archote. Cortou a roupa do Bardo Azul, até deixar o homem nu, exceto por suas altas botas azuis. Cersei achou divertido ver que os pelos entre suas pernas eram castanhos.

— Diga-nos como deste prazer à pequena rainha — ordenou.

— Eu nunca... Eu cantei, só isso, cantei e toquei. Suas senhoras lhes dirão. Elas estavam sempre conosco. As primas.

— De quantas delas tem conhecimento carnal?

— De nenhuma. Sou apenas um cantor. Por favor.

Qyburn disse:

— Vossa Graça, pode ser que este pobre homem tenha só tocado para Margaery enquanto ela recebia outros amantes.

— Não. *Por favor*. Ela nunca... eu *cantei*. Só *cantei*...

Lorde Qyburn percorreu com uma mão o peito do Bardo Azul.

— Ela põe seus mamilos na boca durante os jogos de amor? — pôs um deles entre o polegar e o indicador e torceu. — Há homens que gostam disso. Os mamilos deles são tão sensíveis como os de uma mulher — a navalha relampejou, o cantor guinchou. Em seu peito, um olho vermelho chorou sangue. Cersei sentiu-se nauseada. Parte de si queria fechar os olhos, virar as costas para fazer aquilo parar. Mas era a rainha, e tratava-se de traição. *Lorde Tywin não teria afastado o olhar*.

No fim, o Bardo Azul contou-lhes a vida inteira, até o primeiro dia de seu nome. O pai era fabricante de velas, e Wat fora educado nesse mister, mas, ainda garoto, descobrira que tinha mais habilidade para fazer alaúdes do que cilindros de cera. Aos doze anos, fugira para se juntar a uma trupe de músicos cuja apresentação ouvira numa feira. Vagueara por metade da Campina antes de vir para Porto Real, na esperança de cair nas boas graças da corte.

— Boas graças? — Qyburn soltou um risinho. — É assim que as mulheres o chamam agora? Temo que tenha arranjado muitas, meu amigo... e da rainha errada. A verdadeira encontra-se na sua frente.

Sim. Cersei culpava Margaery Tyrell por aquilo. Não fosse ela, Wat podia ter vivido uma vida longa e fértil, cantando suas cançonetas e deitando-se com criadoras de porcos e filhas de arrendatários. *Suas intrigas obrigaram-me a isto. Ela conspurcou-me com sua perfídia*.

Ao romper da aurora, as altas botas azuis do cantor estavam cheias de sangue e ele lhes contara como Margaery se acariciava enquanto via as primas dar-lhe prazer com a boca. Em outros momentos, cantava para ela enquanto saciava seus apetites com outros amantes.

— Quem eram eles? — a rainha quis saber, e o infeliz Wat nomeou sor Tallad, o Alto, Lambert Turnberry, Jalabhar Xho, os gêmeos Redwyne, Osney Kettleblack, Hugh Clifton e o Cavaleiro das Flores.

Aquilo a desagradou. Não se atrevia a manchar o nome do herói de Pedra do Dragão. Além disso, ninguém que conhecesse sor Loras acreditaria em tal coisa. Os Redwyne também não podiam estar incluídos no grupo. Sem a Árvore e sua frota, o reino nunca poderia esperar se ver livre daquele Euron Olho de Corvo e de seus malditos homens de ferro.

— Só está cuspindo o nome de homens que viu em seus aposentos. Nós queremos a *verdade*!

— A verdade — Wat olhou-a com o único olho azul que Qyburn lhe deixara. Sangue borbulhou através dos buracos que mostrava onde tinham estado os dentes da frente. — Eu posso ter tido... uma falha de memória.

— Horas e Hobber não participaram nisto, não?

— Não — admitiu. — Eles não.

— E quanto a sor Loras, tenho certeza de que Margaery teve todo o cuidado para esconder do irmão o que andava fazendo.

— Teve. Agora me lembro. Uma vez, tive de me esconder debaixo da cama quando sor Loras veio visitá-la. *Ele nunca poderá saber*, ela disse.

— Prefiro esta canção à outra — era melhor deixar os grandes senhores de fora. Mas os outros... Sor Tallad fora cavaleiro andante, Jalabhar Xho era um exilado e um pedinte, Clifton era o único dos guardas da pequena rainha. *E Osney é a cereja em cima do bolo.* — Sei que se sente melhor por ter dito a verdade. Quero que se lembre disso quando Margaery comparecer ao julgamento. Se começar a mentir outra vez...

— Não começarei. Direi a verdade. E depois...

— ... ser-lhe-á permitido vestir o negro. Tem a minha palavra a esse respeito — Cersei virou-se para Qyburn. — Trate de limpá-lo e cuidar dos ferimentos, e dê-lhe leite de papoula para as dores.

— Vossa Graça é bondosa — Qyburn deixou cair a navalha ensanguentada num balde de vinagre. — Margaery pode querer saber para onde foi seu bardo.

— Os cantores vêm e vão, são tristemente famosos por isso.

Subir a escura escada de pedra que levava às celas negras deixou Cersei sem fôlego. *Tenho de descansar.* Chegar à verdade era um trabalho cansativo, e temia o que se seguiria. *Tenho de ser forte. O que tenho de fazer, faço-o por Tommen e pelo reino.* Era uma pena que Maggy, a Rã, estivesse morta. *Merda para a sua profecia, velha. A pequena rainha pode ser mais nova do que eu, mas nunca foi mais bela, e logo estará morta.*

Lady Merryweather estava à espera em seu quarto. Era noite cerrada, mais próxima da aurora do que do ocaso. Jocelyn e Dorcas encontravam-se ambas dormindo, mas Taena não.

— Foi terrível? — perguntou.

— Não pode imaginar. Preciso dormir, mas temo sonhar.

Taena afagou-lhe os cabelos.

— Foi tudo por Tommen.

— Foi. Eu sei que foi — Cersei estremeceu. — Tenho a garganta seca. Seja doce e sirva-me um pouco de vinho.

— Se lhe agradar. Isso é tudo que desejo.

Mentirosa. Cersei sabia o que Taena desejava. Que fosse. A mulher estar embevecida consigo só ajudava a assegurar que ela e o marido permaneceriam leais. Num mundo tão cheio de traição, isso valia uns tantos beijos. *Ela não é pior do que a maioria dos homens. Pelo menos não há perigo de alguma vez me deixar grávida.*

O vinho ajudou, mas não o suficiente.

— Sinto-me conspurcada — lamentou-se a rainha junto à janela, com a taça na mão.

— Um banho a deixará em condições, minha querida. — Lady Merryweather acordou Dorcas e Jocelyn e mandou que buscassem água quente. Enquanto enchiam a banheira, Taena ajudou a rainha a se despir, desatando-lhe com dedos hábeis as fitas do vestido e puxando-o para baixo. Então, libertou-se do próprio vestido e o deixou amontoar-se no chão.

As duas partilharam o banho, com Cersei recostada nos braços de Taena.

— Tommen precisa ser poupado do pior disso — disse à mulher myriana. — Margaery ainda o leva todos os dias ao septo, para pedirem aos deuses que lhe curem o irmão. — Sor Loras continuava irritantemente a agarrar-se à vida. — Ele também gosta das primas dela. Será duro para ele perdê-las todas.

— Talvez nem todas as três sejam culpadas — sugeriu lady Merryweather. — Ora, pode bem acontecer de que uma não tenha participado. Se ficou envergonhada e enojada pelas coisas que viu...

— ... pode ser convencida a testemunhar contra as outras. Sim, muito bem, mas qual delas é a inocente?

— Alla.

— A acanhada?

— Tem esse ar, mas há mais nela de *dissimulado* do que de *acanhado*. Deixe-a comigo, minha querida.

— De bom grado — por si só, a confissão do Bardo Azul nunca seria suficiente. Afinal de contas, os cantores ganhavam a vida mentindo. Alla Tyrell seria uma grande ajuda, se Taena conseguisse colocá-la em suas mãos. — Sor Osney também confessará. Os outros deverão ser levados a entender que só através da confissão poderão conquistar o perdão do rei, e a Muralha — Jalabhar Xho acharia a verdade atraente. Estava menos certa a respeito dos outros, mas Qyburn era persuasivo...

A aurora rompia sobre Porto Real quando saíram da banheira. A pele da rainha estava branca e enrugada devido à longa imersão.

— Fique comigo — pediu a Taena. — Não quero dormir sozinha — até proferiu uma oração antes de se enfiar debaixo da coberta, suplicando sonhos bons à Mãe.

A oração revelou-se um desperdício de saliva; como sempre, os deuses mostraram-se surdos. Cersei sonhou que estava de novo nas celas negras, só que dessa vez era ela quem se encontrava acorrentada à parede, em vez do cantor. Estava nua, e sangue pingava da ponta de seus seios, de onde o Duende lhe arrancara os mamilos com os dentes.

— Por favor — suplicou —, por favor, meus filhos não, não faça mal aos meus filhos — Tyrion limitou-se a olhá-la de esguelha. Também ele estava nu, coberto de pelos grossos que o faziam se assemelhar mais a um macaco do que a um homem.

— Vai vê-los coroados — ele disse —, e vai vê-los morrer — então, enfiou seu seio sangrento na boca e pôs-se a chupar, e a dor a perpassou como uma faca quente.

Acordou tremendo nos braços de Taena.

— Um pesadelo — disse, com voz fraca. — Gritei? Lamento.

— Os sonhos se transformam em poeira à luz do dia. Foi o anão outra vez? Por que é que esse homenzinho tolo a assusta tanto?

— Ele ia me matar. Foi predito quando eu tinha dez anos. Eu queria saber com quem casaria, mas ela disse...

— Ela?

— A *maegi* — as palavras jorraram dela. Ainda conseguia ouvir Melara Hetherspoon insistindo que, se nunca falassem das profecias, elas não se concretizariam. *Mas ela não ficou lá muito silenciosa no poço. Gritou e guinchou.* — Tyrion é o *valonqar* — disse. — Usa essa palavra em Myr? É alto valiriano, quer dizer *irmão mais novo* — depois de Melara se afogar, interrogara a septã Saranella sobre a palavra.

Taena pegou sua mão e a afagou.

— Essa mulher era odiosa, velha, doente e feia. Você era jovem e bela, cheia de vida e orgulho. Ela vivia em Lannisporto, segundo disse, portanto, devia saber do anão e do modo como ele matou a senhora sua mãe. Essa criatura não se atrevia a bater em você, por causa de quem era, por isso procurou feri-la com sua língua viperina.

Será possível? Cersei queria acreditar naquilo.

— Mas Melara morreu, tal como ela predisse. Não cheguei a me casar com o príncipe Rhaegar. E Joffrey... o anão matou meu filho diante dos meus olhos.

— Um filho — disse a lady Merryweather —, mas tem outro, amável e forte, e nenhum mal acontecerá a *ele*.

— Nunca, enquanto eu viver — dizer isso a ajudava a acreditar que era verdade. *Os sonhos transformam-se em poeira à luz do dia, sim.* Lá fora, o sol da manhã brilhava através de uma cerração de nuvens. Cersei saiu de debaixo dos cobertores. — Esta manhã vou quebrar o jejum com o rei. Quero ver meu filho — *tudo que faço, faço por ele.*

Tommen a ajudou a voltar a si. Nunca lhe fora mais precioso do que naquela manhã, tagarelando sobre os gatinhos enquanto fazia pingar mel sobre um pedaço de pão escuro quente, recém-tirado do forno.

— Sor Salto apanhou um rato — disse-lhe o garoto —, mas a lady Bigodes o roubou.

Eu nunca fui tão doce e inocente, Cersei pensou. *Como ele espera governar este reino cruel?* A mãe em si queria apenas protegê-lo; a rainha sabia que ele teria de endurecer, caso contrário o Trono de Ferro certamente o devoraria.

— Sor Salto deve aprender a defender seus direitos — disse-lhe. — Neste mundo, os fracos são sempre as vítimas dos fortes.

O rei refletiu sobre aquilo, lambendo mel dos dedos.

— Quando sor Loras voltar, vou aprender a lutar com lança, espada e maça-estrela, como ele luta.

— Aprenderá a lutar — prometeu a rainha —, mas não com sor Loras. Ele não vai voltar, Tommen.

— Margaery diz que vai. Nós rezamos por ele. Pedimos a misericórdia da Mãe e que o Guerreiro lhe dê forças. Elinor diz que esta é a mais dura batalha de sor Loras.

Cersei alisou-lhe os cabelos para trás, os macios cachos dourados que tanto lhe faziam lembrar Joff.

— Vai passar a tarde com sua esposa e as primas?

— Ela disse que precisa jejuar e se purificar.

Jejuar e se purificar... Oh, para o Dia da Donzela. Tinham-se passado anos desde que Cersei tivera de celebrar aquele dia santo em particular. *Três vezes casada, mas ainda quer nos fazer acreditar que é donzela.* Recatada e de branco, a pequena rainha levaria suas galinhas ao Septo de Baelor para acender grandes velas brancas aos pés da Donzela e pendurar grinaldas de pergaminho em volta de seu pescoço sagrado. *Algumas de suas galinhas, pelo menos.* No Dia da Donzela, tanto viúvas como mães ou prostitutas eram proibidas de entrar nos septos, assim como os homens, a fim de não profanarem as sagradas canções de inocência. Só donzelas podiam...

— Mãe? Disse algo de errado?

Cersei deu um beijo na testa do filho.

— Disse uma coisa muito sábia, querido. Agora vá brincar com seus gatinhos.

Mais tarde, convocou sor Osney Kettleblack ao seu aposento privado. Ele chegou do pátio, suado e fanfarrão, e quando se apoiou num joelho despiu-a com os olhos, como sempre fazia.

— Erga-se, sor, e sente-se aqui junto a mim. Prestou-me um valente serviço um dia, mas agora tenho uma tarefa mais dura para você.

— Sim, e eu tenho uma coisa dura para você.

— Isso tem de esperar — passou-lhe os dedos levemente sobre as cicatrizes. — Lembra-se da puta que lhe fez isso? Quando regressar da Muralha, será sua. Gostaria de tê-la?

— É você que eu desejo.

Aquela era a resposta certa.

— Primeiro terá de confessar sua traição. Os pecados de um homem podem lhe envenenar a alma se ele os deixar apodrecer. Eu sei que deve ser difícil viver com aquilo que fez. Já está na hora de se livrar da vergonha.

— Vergonha? — Osney pareceu confuso. — Eu já disse a Osmund, Margaery só provoca. Nunca me deixa fazer mais do que...

— Protegê-la é cavalheiresco de sua parte — Cersei o interrompeu —, mas é um cavaleiro bom demais para continuar vivendo com seu crime. Não, precisa ir ao Grande Septo de Baelor esta noite e falar com o alto septão. Quando os pecados de um homem são tão sombrios, só Sua Alta Santidade em pessoa pode salvá-lo dos tormentos do inferno. Conte-lhe como dormiu com Margaery e com as primas.

Osney pestanejou.

— O quê, com as primas também?

— Megga e Elinor — decidiu Cersei —, Alla nunca — esse pequeno detalhe tornaria toda a história mais plausível. — Alla chorava e suplicava às outras que parassem de pecar.

— Só Megga e Elinor? Ou também Margaery?

— Margaery com toda a certeza. Era ela quem estava por trás de tudo.

Contou-lhe tudo que tinha em mente. À medida que Osney ia ouvindo, a apreensão lentamente foi se espalhando por seu rosto. Quando Cersei terminou, ele disse:

— Depois de lhe cortar a cabeça, quero roubar o beijo que ela nunca me deu.

— Pode roubar todos os beijos que quiser.

— E depois disso, a Muralha?

— Só por pouco tempo. Tommen é um rei clemente.

Osney coçou a face marcada.

— Normalmente, quando minto sobre alguma mulher, sou eu quem diz que nunca a fodi, e ela quem afirma que sim. Isto... Nunca menti ao *alto septão*. Acho que se vai parar em algum inferno por isso. Um dos ruins.

A rainha surpreendeu-se. A última coisa que esperava de um Kettleblack era devoção.

— Está se recusando a me obedecer?

— Não — Osney lhe tocou os cabelos dourados. — O que acontece é que as melhores mentiras têm alguma verdade nelas... para lhes dar sabor, por assim dizer. E você quer que eu conte como fodi uma rainha...

Cersei quase o esbofeteou. Quase. Mas tinha ido longe demais, e havia muito em jogo. *Tudo que faço, faço por Tommen*. Virou a cabeça e tomou a mão de sor Osney nas suas, lhe beijando os dedos. Eram ásperos e duros, calejados da espada. *Robert tinha mãos assim*, pensou.

Cersei envolveu-lhe o pescoço nos braços.

— Não gostaria que dissessem que fiz de você um mentiroso — sussurrou em uma voz enrouquecida. — Dê-me uma hora, e vá ter comigo em meu quarto.

— Já esperamos o suficiente. — Osney enfiou os dedos no corpete de seu vestido e o puxou, a seda abriu-se com um som de rasgar tão forte que Cersei temeu que metade da Fortaleza Vermelha o tivesse ouvido. — Tire o resto antes que também o rasgue — ele disse. — Pode ficar com a coroa. Gosto de ver você de coroa.

A Princesa na Torre

Sua prisão era agradável.

Arianne sentia-se confortada por isso. Por que o pai faria um esforço tão grande para lhe fornecer todo o conforto no cativeiro se a tivesse marcado para uma morte de traidora? *Ele não pode querer me matar*, disse a si mesma uma centena de vezes. *Não tem em si crueldade tão grande. Sou do seu sangue e semente, sou sua herdeira, sua única filha.* Se fosse necessário, se atiraria ao chão junto às rodas de sua cadeira, admitiria sua falha, lhe suplicaria perdão. E choraria. Quando ele visse lágrimas deslizando por seu rosto, a perdoaria.

Estava menos certa de se perdoar a si mesma.

— Areo — suplicara ao seu captor durante a longa cavalgada seca que a trouxera de Sangueverde de volta a Lançassolar. — Nunca quis que a garota se machucasse. Precisa acreditar em mim.

Hotah respondera apenas com grunhidos. Arianne conseguia sentir sua ira. Estrela Sombria, o mais perigoso de todo seu pequeno grupo de conspiradores, escapara. Cavalgara mais depressa do que os perseguidores e desaparecera nas profundezas do deserto, com a lâmina suja de sangue.

— Você me conhece, capitão — dissera Arianne, enquanto os quilômetros ficavam para trás. — Conhece-me desde pequena. Sempre me manteve a salvo, assim como mantinha a senhora minha mãe quando veio com ela da Grande Norvos para ser seu escudo em uma terra estranha. Agora preciso de você. Preciso de sua ajuda. Nunca pretendi...

— O que pretendeu não importa, pequena princesa — dissera Areo Hotah. — Só o que fez importa. — Seu semblante era uma pedra. — Lamento. Cabe ao meu príncipe ordenar, e a Hotah obedecer.

Arianne esperara ser levada perante o cadeirão do pai, sob a cúpula de vitral da Torre do Sol. Mas Hotah entregara-a na Torre da Lança, à custódia do senescal do pai, Ricasso, e de sor Manfrey Martell, o castelão.

— Princesa — dissera Ricasso —, perdoe um velho cego que não pode subir com você. Estas pernas não estão à altura de tantos degraus. Um aposento lhe foi preparado. Sor Manfrey a levará para lá, para esperar até que seja desejo do príncipe chamá-la.

— Desejo? Penoso dever, quer dizer. Meus amigos também ficarão confinados aqui? — Arianne tinha sido separada de Garin, Drey e dos outros após a captura, e Hotah recusara-se a dizer o que seria feito com eles.

— Isso cabe ao príncipe decidir — era tudo que o capitão tinha a dizer sobre o assunto. Sor Manfrey mostrou-se um pouco mais cooperativo.

— Foram levados para Vila Tabueira e serão transportados por navio para Sinistres Gris até que o príncipe Doran decida seu destino.

Sinistres Gris era um velho castelo arruinado empoleirado num rochedo no Mar de Dorne, uma prisão lúgubre e pavorosa para onde os piores criminosos eram enviados a fim de apodrecer e morrer.

— Isso significa que meu pai pretende *matá-los*? — Arianne não conseguia acreditar. — Tudo que fizeram foi por amor a mim. Se meu pai tem de derramar sangue, devia ser o meu.

— Como quiser, princesa.

— Quero falar com ele.

— Ele achou que talvez quisesse. — Sor Manfrey a pegou pelo braço e a empurrou escadas acima, para cima e para cima, até deixá-la sem fôlego. A Torre da Lança tinha meia centena de metros de altura, e sua cela ficava quase no topo. Arianne examinou todas as portas por que passaram, perguntando a si mesma se alguma das Serpentes de Areia estaria trancada lá dentro.

Depois de a sua porta ser fechada e trancada, Arianne explorou seu novo lar. A cela era grande e arejada, e não lhe faltava conforto. Havia tapetes myrianos no chão, vinho tinto para beber, livros para ler. A um canto encontrava-se um ornamentado tabuleiro de *cyvasse*, com peças esculpidas em marfim e ônix, embora não tivesse ninguém com quem jogar, mesmo que se sentisse inclinada a fazê-lo. Tinha um colchão de penas onde dormir e uma latrina com assento de mármore, cujo cheiro era adoçado por um cesto cheio de ervas. Àquela altura, a vista era magnífica. Uma janela abria-se para leste, de modo que podia observar o sol nascer do mar. A outra lhe permitia olhar para a Torre do Sol, e para as Muralhas Sinuosas e o Portão Triplo que se erguiam mais atrás.

A exploração demorara menos tempo do que ela teria levado para atar um par de sandálias, mas pelo menos serviu para manter as lágrimas afastadas durante alguns instantes. Arianne descobriu uma bacia e um jarro de água fria e lavou as mãos e o rosto, mas não havia esfregadela que conseguisse limpar seu desgosto. *Arys*, pensou, *meu cavaleiro branco*. Lágrimas encheram seus olhos, e de repente se viu chorando, com o corpo inteiro sacudido por soluços. Recordou como o pesado machado de Hotah abrira caminho através da carne e do osso dele, o modo como sua cabeça saltara, girando, pelo ar. *Por que fez aquilo? Por que jogar a vida fora? Nunca disse para fazê-lo, não quis isso, só quis... eu quis... quis...*

Nessa noite, chorou até adormecer... Pela primeira vez, embora não pela última. Nem mesmo nos sonhos encontrara paz. Sonhava com Arys Oakheart a acariciá-la, a sorrir-lhe, a dizer-lhe que a amava... Mas os dardos mantinham-se espetados em seu corpo e os ferimentos sangravam, transformando os panos brancos em vermelhos. Parte de si sabia que era um pesadelo, mesmo enquanto dormia. *Ao chegar a manhã, tudo isso desaparecerá*, disse a princesa a si mesma, mas quando a manhã chegou ela continuava na sua cela, sor Arys permanecia morto e Myrcella... *Eu nunca desejei aquilo, nunca. Não desejei nenhum mal à garota. Tudo que quis foi que ela fosse uma rainha. Se não tivéssemos sido traídos...*

"Alguém contou", dissera Hotah. A lembrança ainda a deixava zangada. Arianne agarrou-se àquilo, alimentando a chama que ardia em seu coração. A ira era melhor do que as lágrimas, melhor do que a dor, melhor do que a culpa. Alguém tinha contado, alguém em quem ela tinha confiado. Arys Oakheart perdera a vida por causa disso, fora morto tanto pelo murmúrio do traidor como pelo machado do capitão. O sangue que correra pelo rosto de Myrcella também era obra do traidor. Alguém contou, alguém que ela tinha amado. Este era o mais cruel de todos os golpes.

Descobriu uma arca cheia de suas roupas aos pés da cama, então, despiu o traje manchado pela viagem com o qual dormiu e vestiu a roupa mais reveladora que encontrou, tufos de seda que cobriam tudo e nada escondiam. Príncipe Doran podia tratá-la como uma criança, mas ela se recusava a se vestir como tal. Sabia que um traje assim desconcertaria o pai quando ele viesse castigá-la por ter fugido com Myrcella. Contava com isso. *Se tenho de engatinhar e chorar, que ele também fique desconfortável.*

Esperou por ele naquele dia, mas, quando a porta finalmente se abriu, revelou apenas os criados com a refeição do meio-dia.

— Quando é que poderei falar com meu pai? — perguntou, mas nenhum deles quis responder. O cabrito fora assado com limão e mel. Com ele vieram folhas de videira envolvendo uma mistura de passas, cebolas, cogumelos e ardente pimenta-dragão. — Não tenho fome — Arianne disse. Os amigos estariam comendo biscoitos de marinheiro e carne de vaca salgada a caminho de Sinistres Gris. — Levem isto, e tragam-me príncipe Doran — mas eles deixaram a comida, e seu pai não veio. Passado algum tempo, a fome enfraquecera-lhe a determinação, e sentou-se para comer.

Depois de terminar a refeição, nada mais havia para Arianne fazer. Pôs-se a passear em volta da sua torre, duas vezes, e três, e três vezes três. Sentou-se diante do tabuleiro de cyvasse e moveu, entediada, um elefante. Enrolou-se no banco abaixo da janela e tentou ler um livro, até que as palavras se transformaram numa névoa, e ela compreendeu que estava chorando novamente. *Arys, meu querido, meu cavaleiro branco, por que fez aquilo? Devia ter se rendido. Eu tentei lhe dizer, mas as palavras ficaram presas na minha garganta. Seu tolo galante, não queria que morresse nem que Myrcella... Oh, pela bondade dos deuses, aquela garotinha...*

Por fim, voltou a se enfiar na cama. O mundo tinha escurecido, e pouco havia que pudesse fazer além de dormir. *Alguém contou*, pensou. *Alguém contou*. Garin, Drey e Sylva Malhada eram amigos de infância, eram-lhe tão queridos como a prima Tyene. Não conseguia acreditar que a denunciassem... Mas isso só deixava Estrela Sombria, e, se era ele o traidor, por que teria virado a espada contra a pobre Myrcella? *Ele queria matá-la em vez de coroá-la, disse isso mesmo em Pedramarela. Disse que seria assim que eu obteria a guerra que desejava.* Mas não fazia sentido que Dayne fosse o traidor. Se sor Gerold tivesse sido o bicho na maçã, por que teria virado a espada contra Myrcella?

Alguém contou. Poderia ter sido sor Arys? Teria a culpa do cavaleiro branco subjugado seu desejo? Teria ele amado mais Myrcella do que a si e traído sua nova princesa para expiar a traição à antiga? Estaria tão envergonhado por aquilo que fizera que preferira jogar a vida fora no Sangueverde a viver para enfrentar a desonra?

Alguém contou. Quando o pai viesse vê-la, descobriria. Contudo, príncipe Doran não veio no dia seguinte. Nem no outro. A princesa foi deixada sozinha para passear pelo quarto, chorar e alimentar seus ferimentos. Durante as horas de luz, tentava ler, mas os livros que lhe tinham dado eram mortalmente enfadonhos: imponentes velhas histórias e geografias, mapas anotados, um estudo aborrecidíssimo sobre as leis de Dorne, *Estrela de Sete Pontas* e *Vida dos Altos Septões*, um enorme volume sobre dragões que conseguia a proeza de torná-los tão interessantes quanto tritões. Arianne teria dado tudo por uma cópia de *Dez Mil Navios* ou de *Os Amores da rainha Nymeria*, qualquer coisa que lhe ocupasse os pensamentos e lhe permitisse fugir de sua torre por uma hora ou duas, mas esses divertimentos eram-lhe negados.

De seu banco de janela tinha apenas de relancear o olhar para fora para ver a grande cúpula de ouro e vidro colorido embaixo, onde o pai concedia audiências. *Ele me chamará em breve*, dizia a si mesma.

Não estava autorizada a receber visitas, com exceção dos criados; Bors com sua barba por fazer, o alto Timoth que exalava dignidade, as irmãs Morra e Mellei, a pequena e bonita Cedra, a velha Belandra que fora aia da sua mãe. Traziam-lhe refeições, mudavam-lhe a roupa da cama e esvaziavam o penico, mas nenhum queria falar com ela. Quando pedia mais vinho, Timoth ia buscá-lo. Se desejasse algum de seus pratos preferidos, figos, azeitonas ou pimentões recheados com queijo, bastava-lhe dizer a Belandra e a comida aparecia. Morra e Mellei levavam sua roupa suja e devolviam-na limpa e fresca. A cada dois dias, traziam-lhe uma banheira, e a tímida Cedra ensaboava-lhe as costas e a ajudava a escovar os cabelos.

Mas nenhum deles tinha uma palavra a lhe dizer, e tampouco dignavam-se a lhe contar o que acontecia no mundo que se estendia para além de sua gaiola de arenito.

— Estrela Sombria foi capturado? — perguntou um dia a Bors. — Ainda o perseguem? — o homem limitou-se a virar-lhe as costas e a se afastar. — Ficou surdo? — atirou-lhe Arianne. — Volte aqui e me responda. É uma ordem — a única resposta dele foi o som da porta se fechando.

— Timoth — ela tentou em outro dia —, o que aconteceu à princesa Myrcella? Eu não lhe desejava nenhum mal — a última vez que vira a outra princesa tinha sido durante o regresso a Lançassolar. Fraca demais para montar a cavalo, Myrcella viajou numa liteira, com a cabeça envolta em ataduras de seda na parte onde Estrela Sombria a atingira, com os olhos verdes brilhantes de febre. — Diga-me que ela não morreu, eu lhe suplico. Que mal pode haver em eu saber disso? Diga-me como ela está — Timoth nada quis responder.

— Belandra — disse Arianne, alguns dias mais tarde —, se alguma vez amou a senhora minha mãe, apiede-se de sua pobre filha e me diga quando é que meu pai pretende vir me visitar. Por favor. Por favor — mas Belandra também perdera a língua.

Isto é a ideia que o meu pai faz de um tormento? Nem ferros em brasa, nem a roda, mas simplesmente o silêncio? Aquilo era tão característico de Doran Martell que Arianne teve de rir. *Ele pensa que está sendo sutil, quando está apenas sendo fraco.* Decidiu desfrutar do sossego, usar o tempo para se curar e se fortalecer para aquilo que viria em seguida.

Sabia que não valia a pena remoer constantemente sor Arys. Em vez disso, obrigou-se a pensar nas Serpentes de Areia, especialmente em Tyene. Arianne gostava de todas as suas primas bastardas, da volúvel e temperamental Obara à pequena Loreza, a mais nova, com apenas seis anos. Mas Tyene sempre fora a de que mais gostava; a irmã querida que nunca tivera. A princesa nunca fora chegada aos irmãos; Quentyn encontrava-se em Paloferro, e Trystane era novo demais. Não, sempre fora ela e Tyene, com Garin, Drey e Sylva Malhada. Nym juntava-se a eles, por vezes, nos jogos, e Sarella passava a vida tentando se meter onde não era seu lugar, mas tinham sido quase sempre uma companhia de cinco. Mergulhavam nas lagoas e fontes do Jardim das Águas e iam para a batalha empoleirados nas costas nuas uns dos outros. Juntas, ela e Tyene tinham aprendido a ler, a andar a cavalo, a dançar. Aos dez anos, Arianne roubou um jarro de vinho, e as duas se embebedaram juntas. Haviam partilhado refeições, camas e joias. Teriam partilhado também o primeiro homem, mas Drey ficara excitado demais e cobrira os dedos de Tyene de esperma no momento em que ela o tirara para fora dos calções. *As mãos dela são um perigo.* A recordação a fez sorrir.

Quanto mais pensava nas primas, mais sentia falta delas. *Tanto quanto sei, podem estar bem abaixo de mim.* Nessa noite, Arianne tentou bater no chão com o salto da sandália. Quando ninguém respondeu, debruçou-se de uma janela e espreitou para baixo. Conseguia ver outras janelas mais abaixo, menores do que a sua, algumas nem passavam de seteiras.

— *Tyene!* — chamou. — *Tyene, está aí? Obara, Nym? Conseguem me ouvir? Ellaria? Alguém? TYENE?* — a princesa passou metade da noite pendurada à janela, chamando, até ficar com a garganta em carne viva, mas não lhe chegaram gritos em resposta. Aquilo a assustou mais do que poderia exprimir. Se as Serpentes de Areia estavam aprisionadas na Torre da Lança, certamente a teriam ouvido gritar. Por que não teriam respondido? *Se meu pai lhes fez algum mal, nunca o perdoarei, nunca*, disse a si mesma.

Depois de se passar quinze dias, tinha a paciência em farrapos.

— Quero falar com meu pai, já — disse a Bors, com sua voz mais autoritária. — Vai me levar até ele. — Ele não a levou. — Estou pronta para ver o príncipe — disse a Timoth, mas ele virou-lhe as costas como se não tivesse ouvido. Na manhã seguinte, Arianne estava à espera junto à porta quando ela se abriu. Passou por Belandra com um salto, fazendo que uma bandeja de ovos com especiarias se esmagasse contra a parede, mas os guardas a apanharam antes de ter percorrido três metros. Também os conhecia, mas mostraram-se surdos às suas súplicas. Arrastaram-na de volta à cela, bracejando e esperneando.

Arianne decidiu que teria de ser mais sutil. Cedra era sua melhor esperança; a garota era jovem, ingênua e crédula. A princesa lembrou-se de que um dia Garin se gabara de dormir com ela. No banho seguinte, enquanto Cedra lhe ensaboava os ombros, pôs-se a falar de tudo e de nada.

— Sei que lhe foi ordenado que não falasse comigo — disse —, mas ninguém me disse para não falar com você — falou sobre o calor do dia, e daquilo que tinha jantado na noite anterior, e de como a pobre Belandra se tornava lenta e rígida. Príncipe Oberyn armara cada uma de suas filhas para que nunca ficassem sem defesa, mas Arianne Martell não tinha nenhuma arma além de sua astúcia. E, assim, sorriu e se mostrou encantadora, e não pediu a Cedra nada em troca, nem palavra, nem aceno.

No dia seguinte, ao jantar, voltou a tagarelar com a garota enquanto ela a servia. Daquela vez deu um jeito de mencionar Garin. Cedra ergueu acanhadamente os olhos ao ouvir o nome dele e quase derramou o vinho que servia. *Então é assim, não é?*, pensou Arianne.

Durante o banho seguinte, falou dos amigos aprisionados, especialmente de Garin.

— É por ele que mais temo — confidenciou à criada. — Os órfãos são espíritos livres, vivem para vagabundear. Garin precisa de sol e de ar fresco. Se o trancarem em alguma fria e úmida cela de pedra, como sobreviverá? Não durará um ano em Sinistres Gris — Cedra não respondeu, mas, quando Arianne se levantou, a criada tinha o rosto pálido e apertava a esponja com tanta força que o sabão pingava no tapete myriano.

Mesmo assim, foram precisos mais quatro dias e dois banhos para ter a garota na mão.

— Por favor — Cedra sussurrou finalmente, depois de Arianne pintar uma viva imagem de Garin atirando-se da janela da cela, para saborear a liberdade uma última vez antes de morrer. — Precisa ajudá-lo. Por favor, não o deixe morrer.

— Trancada aqui em cima pouco posso fazer — sussurrou em resposta. — Meu pai não quer me receber. *Você* é a única que pode salvar Garin. Ama-o?

— Sim — Cedra murmurou, corando. — Mas como posso ajudar?

— Pode fazer sair uma carta minha — disse a princesa. — Fará isso? Correrá o risco... por Garin?

Os olhos de Cedra esbugalharam-se. Mas confirmou com a cabeça.

Tenho um corvo, pensou Arianne, triunfante, *mas envio-o para quem?* O único de seus conspiradores que escapara à rede do pai tinha sido Estrela Sombria. No entanto, àquela altura sor Gerold podia perfeitamente já ter sido capturado; e, se não tivesse sido, certamente já tinha fugido de Dorne. Seu pensamento seguinte foi a mãe de Garin e os órfãos de Sangueverde. *Não, eles não. Tem de ser alguém com real poder, alguém que não tenha participado de nosso plano, mas que possa ter motivos para nutrir simpatia por nós.* Pensou em apelar à mãe, mas a lady Mellario estava longe, em Norvos. E, além disso, havia muitos anos que o príncipe Doran não dava ouvidos à senhora sua esposa. *Ela também não. Preciso de um fidalgo, um fidalgo suficientemente grande para coagir meu pai a me libertar.*

O mais poderoso dos senhores de Dorne era Anders Yronwood, o Sangue-Real, Senhor de Paloferro e Guardião do Caminho de Pedra, mas Arianne não era tola para procurar ajuda junto do homem que criara seu irmão Quentyn. *Não*. O irmão de Drey, sor Deziel Dalt, outrora tinha aspirado casar-se com ela, mas era obediente demais para se opor ao seu príncipe. E, além disso, embora o Cavaleiro de Limoeiros pudesse intimidar um pequeno senhor, não tinha força suficiente para influenciar o Príncipe de Dorne. Não. Arianne finalmente decidiu que não tinha mais do que duas esperanças reais: Harmen Uller, Senhor da Toca do Inferno, e Franklyn Fowler, Senhor de Alcanceleste e Guardião do Passo do Príncipe.

Metade dos Uller é meio louca, dizia o provérbio, e os outros são piores. Ellaria Sand era filha ilegítima de lorde Harmen. Ela e suas pequenas tinham sido presas com o resto das Serpentes de Areia. Isso devia ter deixado lorde Harmen furioso, e os Uller eram perigosos quando se enfureciam. *Perigosos demais, talvez.* A princesa não queria colocar mais vidas em perigo.

Lorde Fowler poderia ser uma escolha mais segura. Chamavam-no o Velho Falcão. Nunca se dera bem com Anders Yronwood; havia um feudo de sangue entre as duas casas que remontava a mil anos quando os Fowler preferiram apoiar os Martell e não os Yronwood durante a Guerra de Nymeria. Os gêmeos Fowler também eram amigos afamados da lady Nym, mas quanto peso teria isso junto do Velho Falcão?

Arianne vacilou durante quatro dias enquanto redigia sua carta secreta.

"Dê ao homem que lhe entregar esta carta cem veados de prata", começou. Isso asseguraria que a mensagem seria entregue. Disse na carta onde estava e suplicou que a salvassem. "Seja quem for que me tire desta cela, não será esquecido quando eu me casar." *Isso deverá trazer os heróis correndo.* A menos que príncipe Doran a tivesse proscrito, ainda era a legítima herdeira de Lançassolar; o homem que se casasse com ela um dia governaria Dorne ao seu lado. Arianne só podia rezar para que seu salvador se revelasse mais novo do que os velhos que o pai lhe oferecera ao longo dos anos. "Quero um consorte com dentes", dissera-lhe quando recusara o último.

Não se atrevia a pedir pergaminho por temer levantar suspeitas entre seus captores, por isso escreveu a carta no pé de uma página arrancada da *Estrela de Sete Pontas* e a enfiou na mão de Cedra no próximo dia de banho.

— Junto do Portão Triplo há um lugar onde as caravanas carregam provisões antes de atravessar as areias profundas — disse-lhe Arianne. — Procure um viajante que se dirija ao Passo do Príncipe e prometa-lhe cem veados de prata se puser isto nas mãos de lorde Fowler.

— Farei isso — Cedra escondeu a mensagem no corpete. — Encontrarei alguém antes do pôr do sol, princesa.

— Ótimo — Arianne exultou. — Amanhã me diga como foi.

Mas a garota não regressou na manhã seguinte. Nem no outro dia. Quando chegou o momento de Arianne tomar banho, foi Morra e Mellei que lhe encheram a banheira e ficaram para lavar suas costas e escovar os cabelos.

— Cedra adoeceu? — perguntou-lhes a princesa, mas nenhuma das duas quis responder. Só conseguia pensar: *Ela foi apanhada. Que outra coisa poderia ser?* Nessa noite quase não dormiu, com medo do que poderia acontecer.

Quando Timoth lhe trouxe o desjejum na manhã seguinte, Arianne pediu para ver Ricasso em vez do pai. Era evidente que não conseguiria forçar o príncipe Doran a recebê-la, mas certamente um mero senescal não ignoraria uma convocatória da legítima herdeira de Lançassolar.

No entanto, ignorou.

— Transmitiu a Ricasso o que eu lhe disse? — perguntou da vez seguinte que viu Timoth. — Disse-lhe que eu precisava dele? — Quando o homem se recusou a responder, Arianne pegou um jarro de vinho tinto e o virou em cima da cabeça do criado. O homem se retirou, pingando, com o rosto transformado numa máscara de dignidade ferida. *Meu pai pretende me deixar aqui para apodrecer*, a princesa concluiu. *Ou então está planejando me casar com algum velho idiota repugnante e pretende me manter trancada até a noite de núpcias.*

Arianne Martell crescera contando que um dia se casaria com um grande senhor qualquer, escolhido pelo pai. Havia sido ensinada que era para isso que as princesas serviam... Embora, tinha de admitir, seu tio Oberyn tivesse visto o assunto de forma diferente.

"Se quiserem se casar, casem", dissera o Víbora Vermelha às filhas. "Se não, tirem prazer onde o encontrarem. Não é coisa que abunde no mundo. Mas escolham bem. Se deixarem que um idiota ou um bruto lhes coloque a sela, não venham ter comigo para se verem livres dele. Eu lhes dei as ferramentas para tratarem disso sozinhas."

A liberdade que príncipe Oberyn permitia às suas bastardas nunca fora partilhada pela herdeira legítima do príncipe Doran. Arianne tinha de se casar; assim ela tinha aceitado. Sabia que Drey a desejara; e o irmão dele, Deziel, o Cavaleiro de Limoeiros, também. Daemon Sand chegara mesmo a lhe pedir a mão. Mas Daemon era bastardo, e príncipe Doran não pretendia que ela se casasse com um dornês.

Arianne também aceitara isso. Houve um ano em que o irmão do rei Robert tinha vindo de visita e ela fizera seu melhor para seduzi-lo, mas era pouco mais que uma menina, e lorde Renly parecera mais assombrado do que inflamado por suas ofertas. Mais tarde, quando Hoster Tully lhe pedira para ir a Correrrio a fim de conhecer seu herdeiro, acendera velas de agradecimento à Donzela, mas príncipe Doran declinara o convite. A princesa poderia até ter tomado em conta Willas Tyrell, com perna aleijada e tudo, mas o pai se recusara a mandá-la a Jardim de Cima para conhecê-lo. Tentara ir a despeito dele, com a ajuda de Tyene... Mas príncipe Oberyn as apanhara em Vaith e as trouxera de volta. Nesse mesmo ano, príncipe Doran tentara prometê-la a Ben Beesbury, um fidalgote menor que se não tinha oitenta anos pouco faltava, e que era tão cego quanto desdentado.

Beesbury morrera alguns anos mais tarde. Isso lhe dava algum pequeno conforto na presente situação; não podia ser obrigada a se casar com ele se o homem estava morto, e o Senhor da Travessia voltara a se casar; portanto, desse também estava salva. *Contudo, Elden Estermont continua vivo e por se casar. Bem como lorde Rosby e lorde Grandison.* A este último chamavam Grandison Barba-Grisalha, mas, quando Arianne o conheceu, sua barba havia se tornado branca como a neve. No banquete de boas-vindas, adormecera entre o prato de peixe e o de carne. Drey tinha dito que aquilo era adequado, visto que seu símbolo era um leão adormecido. Garin a desafiara a ver se conseguia lhe dar um nó na barba sem acordá-lo, mas Arianne se conteve. Grandison lhe pareceu então um tipo agradável, menos lamuriento do que Estermont e mais robusto do que Rosby. Contudo, nunca se casaria com ele. *Nem mesmo se Hotah se puser atrás de mim com seu machado.*

Ninguém veio se casar com ela no dia seguinte, nem no outro. Cedra também não regressou. Arianne tentou conquistar Morra e Mellei da mesma forma, mas não funcionou. Se tivesse conseguido apanhar uma delas sozinha podia ter alguma esperança, mas, juntas, as irmãs eram uma muralha. Àquela altura, a princesa teria achado bem-vindo o toque de um ferro quente ou uma noite passada na roda. A solidão era capaz de levá-la à loucura. *Mereço o machado de um carrasco por aquilo que fiz, mas ele nem sequer me dará isso.*

Mais depressa me trancará e esquecerá que um dia existi. Perguntou a si mesma se meistre Caleotte estaria elaborando uma proclamação para nomear o irmão Quentyn herdeiro de Dorne.

Os dias chegaram e partiram, um atrás do outro, tantos, que Arianne perdeu a conta do tempo que passara aprisionada. Deu por si passando cada vez mais tempo na cama, até chegar ao ponto de não se levantar de todo, exceto para usar a latrina. As refeições que os criados traziam arrefeciam, intocadas. Arianne dormia e acordava, e voltava a dormir, e continuava a se sentir cansada demais para se levantar. Rezava à Mãe pedindo misericórdia, e ao Guerreiro em busca de coragem, e depois dormia mais um pouco. Novas refeições substituíam as antigas, mas ela também não as comia. Uma dia em que se sentiu especialmente forte, levou toda a comida até a janela e a atirou para o pátio, para que não a tentasse. O esforço a deixou exausta, e, assim, engatinhou para a cama e passou meio dia dormindo.

E então chegou um dia em que uma mão rude a acordou, sacudindo-a pelo ombro.

— Pequena princesa — disse uma voz que conhecia desde a infância. — Levante-se e se vista. O príncipe a chama — Areo Hotah, seu velho amigo e protetor, estava de pé junto dela. *Falando* com ela. Arianne sorriu, sonolenta. Era bom ver aquele rosto vincado, cheio de cicatrizes, e ouvir sua voz áspera e profunda e o forte sotaque de Norvos.

— O que fez com Cedra?

— O príncipe a mandou para o Jardim das Águas — Hotah respondeu. — Ele lhe contará. Mas, primeiro, tem de se lavar e comer.

Devia estar com o aspecto de uma miserável criatura. Arianne saiu com dificuldade da cama, fraca como uma gatinha.

— Mande Morra e Mellei prepararem um banho — disse-lhe —, e diga a Timoth que me traga um pouco de comida. Nada pesado. Um pouco de caldo frio e um pedaço de pão e fruta.

— Sim — Hotah aquiesceu, e ela percebeu que nunca ouvira som mais adorável.

O capitão esperou lá fora enquanto a princesa se banhava, escovava os cabelos e comia frugalmente um pouco do queijo e da fruta que lhe tinham trazido. Bebeu um pouco de vinho para sossegar o estômago. *Estou assustada,* percebeu, *pela primeira vez na vida sinto medo do meu pai.* Aquilo a fez rir tanto que deixou sair vinho pelo nariz. Quando chegou o momento de se vestir, escolheu um vestido simples de linho cor de marfim, com gavinhas e uvas purpúreas bordadas em volta das mangas e do corpete. Não colocou joias. *Tenho de me mostrar casta, humilde e arrependida. Preciso me atirar aos pés dele e lhe suplicar perdão, caso contrário posso nunca mais ouvir outra voz humana.*

Quando finalmente ficou pronta, o ocaso já caíra. Arianne julgou que Hotah a levaria até a Torre do Sol para ouvir o julgamento do pai, mas, em vez disso, a entregou no aposento privado do pai, onde foram encontrar Doran Martell sentado atrás de uma mesa de *cyvasse,* com as pernas gotosas colocadas sobre um apoio almofadado para os pés. Estava brincando com um elefante de ônix, virando-o nas mãos avermelhadas e inchadas. O príncipe parecia pior do que todas as demais vezes que já o vira. Tinha o rosto pálido e entumecido, as articulações tão inflamadas que lhe doía só de olhar para elas. Vê-lo assim fez que o coração de Arianne se voltasse para o pai... Mas, sem que soubesse por quê, não conseguiu se ajoelhar e suplicar, como tinha planejado.

— Pai — preferiu dizer.

Quando ele ergueu a cabeça para olhá-la, tinha os olhos escuros enevoados de dor. *Será a gota?*, perguntou Arianne a si mesma. *Ou serei eu?*

— Um povo estranho e sutil, os volantinos — murmurou, enquanto colocava o elefante de lado. — Vi Volantis uma vez, a caminho de Norvos, onde me encontrei pela primeira vez com Mellario. Os sinos estavam tocando e os ursos dançavam nos degraus. Areo deve se lembrar desse dia.

— Lembro — ecoou Areo Hotah em sua voz profunda. — Os ursos dançavam e os sinos tocavam, e o príncipe vinha vestido de vermelho, dourado e laranja. Minha senhora me perguntou quem era aquele que tanto brilhava.

Príncipe Doran abriu um sorriso tristonho.

— Deixe-nos, capitão.

Hotah bateu com o cabo de seu machado no chão, girou sobre os calcanhares e se retirou.

— Eu lhes disse para colocar um tabuleiro de *cyvasse* em seus aposentos — o pai falou quando ficaram sozinhos.

— Com quem pretendia que eu jogasse? — *Por que ele está falando de um jogo? Terá a gota roubado seus miolos?*

— Consigo. Às vezes é melhor estudar um jogo antes de se tentar jogá-lo. Quão bem conhece o jogo, Arianne?

— Suficientemente bem para jogar.

— Mas não para ganhar. Meu irmão gostava do combate pelo combate, mas eu só jogo os jogos que posso ganhar. *Cyvasse* não é para mim — estudou o rosto dela por um longo momento antes de perguntar: — Por quê? Diga-me isso, Arianne. Diga-me por quê.

— Pela honra de nossa Casa — a voz do pai a deixara zangada. Soava tão triste, tão exausto, tão *fraco*. *É um príncipe!*, quis gritar. *Devia estar em fúria!* — Sua docilidade envergonha Dorne inteira, pai. Seu irmão foi para Porto Real em seu lugar, e *eles o mataram!*

— E acha que não sei disso? Oberyn está comigo cada vez que fecho os olhos.

— Dizendo-lhe para abri-los, sem dúvida — Arianne sentou-se diante do tabuleiro de *cyvasse*, em frente ao pai.

— Não lhe dei licença para se sentar.

— Então chame Hotah e me açoite por minha insolência. É o Príncipe de Dorne. Pode fazê-lo — tocou uma das peças de *cyvasse*, o cavalo pesado. — Apanhou sor Gerold?

Ele balançou a cabeça.

— Bem gostaria que tivéssemos apanhado. Foi uma tola por tê-lo metido nisto. Estrela Sombria é o homem mais perigoso de Dorne. Você e ele nos causaram um grande dano.

Arianne quase sentiu receio de perguntar.

— Myrcella. Ela está...?

— ... morta? Não, embora Estrela Sombria tenha feito seu melhor. Todos os olhos estavam no seu cavaleiro branco, de modo que ninguém parece ter grandes certezas sobre o que aconteceu exatamente, mas parece que o cavalo dela recuou diante do dele no último instante, impedindo-o de cortar o topo do crânio da garota. Mesmo assim, o golpe abriu-lhe o rosto até o osso e cortou-lhe a orelha direita. Meistre Caleotte conseguiu salvar-lhe a vida, mas não há cataplasma ou poção capaz de lhe restaurar o rosto. Ela era minha *protegida*, Arianne. Prometida ao seu irmão e sob a minha proteção. Desonrou-nos a todos.

— Nunca lhe desejei nenhum mal — Arianne insistiu. — Se Hotah não tivesse interferido...

— ... teria coroado Myrcella rainha, para iniciar uma rebelião contra o irmão. Em vez de uma orelha, teria perdido a vida.

— Só se perdêssemos.

— *Se?* A palavra é *quando*. Dorne é o menos populoso dos Sete Reinos. O Jovem Dragão achou por bem fazer todos os nossos exércitos maiores quando escreveu aquele seu livro, para tornar sua conquista mais gloriosa na mesma proporção, e nós achamos por bem regar a semente que ele plantou e deixar nossos inimigos nos julgarem mais poderosos do que somos. Mas uma princesa devia conhecer a verdade. O valor é fraco substituto para os números. Dorne não pode esperar ganhar uma guerra contra o Trono de Ferro. Sozinho, não. E, no entanto, pode bem ser isto o que você nos deu. Sente-se orgulhosa? — o príncipe não lhe deu tempo para responder. — O que farei com você, Arianne?

Parte dela quis dizer *perdoe-me*, mas suas palavras a tinham ferido demais.

— Ora, faça o que sempre faz. Nada.

— Você torna difícil a um homem engolir sua fúria.

— É melhor parar de engolir, é provável que se engasgue com ela — o príncipe não respondeu. — Diga-me como soube de meus planos.

— Sou o Príncipe de Dorne. Os homens procuram cair em minhas graças.

Alguém contou.

— Sabia, e no entanto permitiu que eu fugisse com Myrcella. Por quê?

— Esse foi o meu erro, e revelou ser um erro grave. É minha filha, Arianne. A garotinha que costumava correr para mim quando esfolava o joelho. Achei difícil acreditar que conspiraria contra mim. Tive de saber a verdade.

— Agora sabe. Quero saber quem me denunciou.

— Eu também iria querer se estivesse em seu lugar.

— Não me dirá?

— Não consigo imaginar nenhuma razão para fazê-lo.

— Acha que não sou capaz de descobrir a verdade sozinha?

— Tente à vontade. Até que descubra, terá de desconfiar de todos eles... e ter um pouco de desconfiança é bom para uma princesa — príncipe Doran suspirou. — Desilude-me, Arianne.

— Diz o corvo ao melro. Há anos que me desaponta, pai — não pretendera ser tão franca com ele, mas as palavras jorravam. *Pronto, agora já falei.*

— Eu sei. Sou brando, fraco e cauteloso demais, clemente demais com nossos inimigos. Neste momento, contudo, você precisa de um pouco dessa clemência, parece-me. Devia estar suplicando meu perdão, em vez de me provocar mais.

— Só peço clemência para meus amigos.

— Que nobre da sua parte.

— O que eles fizeram foi por me amarem. Não merecem morrer em Sinistres Gris.

— Por acaso, concordo. À exceção de Estrela Sombria, seus outros conspiradores não foram mais do que crianças tontas. Apesar disso, aquilo não foi um inofensivo jogo de *cyvasse*. Você e seus amigos estavam brincando de traições. Eu podia ter mandado cortar-lhes a cabeça.

— Podia, mas não fez. Dayne, Dalt, Santagar... Não, nunca se atreveria a transformar essas Casas em inimigos.

— Atrevo-me a mais do que você sonha... Mas deixemos isso de lado. Sor Andrey foi enviado para Norvos a fim de servir a senhora sua mãe durante três anos. Garin passará os próximos dois anos em Tyrosh. De sua família entre os órfãos recebi dinheiro e reféns. Lady Sylva não foi punida por mim, mas está em idade de se casar. O pai a despachou para Pedraverde, a fim de desposar lorde Estermont. Quanto a Arys Oakheart, escolheu seu próprio destino, e o enfrentou corajosamente. Um cavaleiro da Guarda Real... O que foi que lhe *fizeste*?

— Fodi-o, pai. Ordenou-me que entretivesse nossos nobres visitantes, se bem me lembro.

O rosto dele enrubesceu.

— Bastou isso?

— Disse-lhe que, uma vez que Myrcella fosse rainha, nos daria licença para casar. Ele me queria para esposa.

— Fez tudo o que pôde para impedir que ele desonrasse seus votos, certamente — disse o pai.

Foi a vez dela corar. A sedução de sor Arys levara meio ano. Embora ele afirmasse ter conhecido outras mulheres antes de vestir o branco, ela nunca teria adivinhado pela forma como agia. Suas carícias eram desajeitadas, os beijos, nervosos, e da primeira vez que se deitaram juntos ele derramou a semente na sua coxa quando ela o guiava para si com a mão. Pior, foi consumido pela vergonha. Se tivesse um dragão por cada vez que ele sussurrava "Não devíamos fazer isso", estaria mais rica do que os Lannister. *Terá ele atacado Areo Hotah na esperança de me salvar?*, perguntou Arianne a si mesma. *Ou teria feito para que eu fugisse, para lavar a desonra com o sangue de sua vida?*

— Ele me amava — ouviu a si mesma dizendo. — Morreu por mim.

— Se assim foi, pode bem ser apenas o primeiro de muitos. Você e suas primas queriam a guerra. Podem ter o que desejam. Outro cavaleiro da Guarda Real aproxima-se lentamente de Lançassolar neste exato momento. Sor Balon Swann me traz a cabeça da Montanha. Meus vassalos têm andado atrasando-o, para me arranjar algum tempo. Os Wyl retiveram-no no Caminho do Espinhaço durante oito dias, caçando com e sem falcões, e lorde Yronwood o banqueteou por quinze dias quando ele emergiu das montanhas. Atualmente está na Penha, onde lady Jordayne organizou jogos em sua honra. Quando chegar a Colina Fantasma, encontrará lady Toland, decidido a ultrapassá-la. Mas, mais cedo ou mais tarde, sor Balon chegará a Lançassolar, e quando isso acontecer ele esperará ver princesa Myrcella... e sor Arys, seu Irmão Juramentado. O que lhe diremos, Arianne? Deverei dizer que Oakheart pereceu num acidente de caça, ou sobre uma queda em alguma escada escorregadia? Talvez Arys tenha ido nadar no Jardim das Águas, escorregado no mármore, batido com a cabeça e morrido afogado?

— Não — Arianne respondeu. — Diga que ele morreu defendendo sua pequena princesa. Diga a sor Balon que Estrela Sombria tentou matá-la e sor Arys se interpôs entre ambos e lhe salvou a vida — era assim que os cavaleiros brancos da Guarda Real deviam morrer, dando a vida por aqueles que tinham jurado proteger. — Sor Balon pode ficar desconfiado, como você ficou quando os Lannister mataram sua irmã e os filhos, mas não terá provas...

— ... até falar com Myrcella. Ou terá essa corajosa criança de sofrer também um trágico acidente? Se assim for, isso significará a guerra. Não haverá mentira que salve Dorne da fúria da rainha se sua filha perecer enquanto estiver aos meus cuidados.

Ele precisa de mim, Arianne compreendeu. *Foi por isso que me mandou buscar.*

— Eu podia dizer a Myrcella o que dizer, mas por que o faria?

Um espasmo de ira percorreu o rosto do pai.

— Previno-lhe, Arianne, estou sem paciência.

— Comigo? — *Isso é tão típico.* — Com lorde Tywin e os Lannister sempre teve a indulgência de Baelor, o Abençoado, mas para seu sangue, nada.

— Confunde indulgência com paciência. Trabalhei para a queda de Tywin Lannister desde o dia em que me informaram sobre Elia e os filhos. Era minha esperança despi-lo de tudo o que tinha de mais querido antes de matá-lo, mas ao que parece seu filho anão roubou-me este prazer. Retiro um certo consolo em saber que morreu uma morte cruel nas mãos do monstro que ele próprio gerou. Mas não importa. Lorde Tywin uiva nas profundezas do inferno... Onde milhares irão se juntar a ele se a sua loucura se transformar em guerra — o pai fez um trejeito, como se a própria palavra lhe fosse dolorosa. — É isso que você quer?

A princesa recusou-se a se deixar intimidar.

— Quero minhas primas libertadas. Quero meu tio vingado. Quero os meus direitos.

— Os seus *direitos*?

— Dorne.

— Terá Dorne depois que eu morrer. Está assim tão ansiosa por se ver livre de mim?

— Eu devia lhe devolver essa pergunta, pai. Há anos que tenta se ver livre de mim.

— Isto não é verdade.

— Não? Vamos perguntar ao meu irmão?

— Trystane?

— *Quentyn*.

— O que há com ele?

— Onde está?

— Com a hoste de lorde Yronwood no Caminho do Espinhaço.

— Mente bem, pai, admito. Nem sequer pestanejou. Quentyn foi para Lys.

— De onde tirou essa ideia?

— Um amigo me disse — ela também podia ter segredos.

— Seu amigo mentiu. Dou-lhe minha palavra; seu irmão não foi para Lys. Juro pelo sol e lança e pelos Sete.

Arianne não se deixava enganar com tanta facilidade.

— Então é Myr? Tyrosh? Sei que ele está em algum lugar para lá do mar estreito, contratando mercenários para me roubar o direito de nascença.

O rosto do pai tornou-se sombrio.

— Essa desconfiança não a honra, Arianne. Devia ser Quentyn a conspirar contra mim. Mandei-o para longe quando não passava de uma criança, jovem demais para compreender as necessidades de Dorne. Anders Yronwood foi mais pai para ele do que eu, e no entanto seu irmão se mantém leal e obediente.

— E por que não? Favorece-o, sempre foi assim. Ele se parece com você, pensa como você, que pretende lhe dar Dorne, não se incomode em negá-lo. Eu li sua carta — as palavras ainda ardiam brilhantes como fogo em sua memória. — *"Um dia ocupará o meu lugar e governará Dorne inteira"*, escreveu a ele. Diga-me, pai, quando foi que decidiu me deserdar? Foi no dia em que Quentyn nasceu, ou quando *eu* nasci? O que lhe fiz para fazer que me odiasse tanto? — para sua fúria, havia lágrimas em seus olhos.

— Nunca odiei você — a voz do príncipe Doran era frágil como pergaminho e cheia de dor. — Arianne, não compreende.

— Nega ter escrito essas palavras?

— Não. Isso aconteceu quando Quentyn foi para Yronwood. Sim, pretendia que ele me sucedesse. Tinha outros planos para você.

— Oh, sim — ela retrucou, cheia de escárnio —, e que planos! Gyles Rosby. Ben Cego Beesbury. Barba-Grisalha Grandison. Eram esses os seus *planos*.

Não lhe deu nenhuma chance de responder.

— Sei que é meu dever dar um herdeiro a Dorne, nunca me esqueci disso. Teria casado, e de bom grado, mas os homens que me trouxe eram insultos. Com cada um deles cuspiu em mim. Se alguma vez sentiu algum amor por mim, por que me oferecer a *Walder Frey*?

— Porque sabia que o desdenharia. Eu tinha de ser visto *tentando* encontrar um consorte para você depois de chegar a uma certa idade, caso contrário teria levantado suspeitas, mas não me atrevi a lhe trazer um homem que pudesse aceitar. Estava prometida, Arianne.

Prometida? Arianne o fitou, incrédula.

— O que está dizendo? É mais uma mentira? Nunca disse...

— O pacto foi selado em segredo. Pretendia lhe contar quando tivesse idade suficiente... Quando chegasse à idade adulta, pensava, mas...

— Tenho vinte e três anos, há sete que sou uma mulher-feita.

— Eu sei. Se a mantive na ignorância durante esse tempo, foi só para protegê-la. Arianne, sua natureza... Para você, um segredo era apenas uma história especial para murmurar a Garin e Tyene à noite, na cama. Garin mexerica como só os órfãos são capazes, e Tyene não guarda segredos de Obara e da lady Nym. E se elas soubessem... Obara gosta de vinho demais, e Nym é muito chegada aos gêmeos Fowler. E a quem os gêmeos Fowler poderiam fazer confidências? *Não podia correr o risco.*

Sentiu-se perdida, confusa. *Prometida. Eu fui prometida.*

— Quem é? A quem estive prometida todos esses anos?

— Não importa. Ele está morto.

Aquilo a deixou mais desconcertada do que nunca.

— Os velhos são tão frágeis. Foi um quadril quebrado, um resfriado, a gota?

— Foi um vaso de ouro derretido. Nós, os príncipes, fazemos nossos cuidadosos planos, e os deuses põem tudo abaixo. — Príncipe Doran fez um gesto fatigado com uma mão irritada e vermelha. — Dorne será seu. Tem a minha palavra quanto a isto, se minha palavra ainda tiver algum significado para você. Seu irmão Quentyn tem um caminho mais duro a percorrer.

— Que caminho? — Arianne o olhou com suspeita. — O que está guardando para si? Que os Sete me salvem, mas estou farta de segredos. Conte-me o resto, pai... Ou então nomeie Quentyn seu herdeiro, mande chamar Hotah e seu machado e deixe-me morrer ao lado de minhas primas.

— Pensa mesmo que eu faria mal às filhas de meu irmão? — o pai fez uma careta. — A Obara, Nym e Tyene nada falta, exceto a liberdade, e Ellaria e as filhas estão alegremente escondidas no Jardim das Águas. Dorea anda por lá, sorrateira, derrubando laranjas das árvores com sua maça-estrela, e Elia e Obella transformaram-se no terror das lagoas — suspirou. — Não se passou assim tanto tempo desde que era você quem brincava naquelas lagoas. Costumava montar nos ombros de uma garota mais velha... Uma garota alta, de cabelos amarelos como palha...

— Jeyne Fowler, ou a irmã Jennelyn — tinham se passado anos sem que Arianne pensasse nisso. — Oh, e Frynne, o pai era um ferreiro. Ela tinha cabelos castanhos. Mas Garin era meu preferido. Quando montava Garin, ninguém conseguia nos derrotar, nem mesmo Nym e aquela garota tyroshina de cabelos verdes.

— Essa garota de cabelos verdes era a filha do Arconte. Esperava-se que eu a enviasse para Tyrosh no lugar dela. Teria servido o Arconte como escanção e se encontrado em segredo com o seu prometido, mas sua mãe ameaçou se ferir se eu lhe roubasse mais algum filho, e eu... Não pude fazer tal coisa.

A história cada vez mais se torna estranha.

— Foi para lá que Quentyn foi? Para Tyrosh, a fim de cortejar a filha de cabelos verdes do Arconte?

O pai pegou uma peça de *cyvasse*.

— Tenho de saber como chegou ao seu conhecimento que Quentyn estava no estrangeiro. Seu irmão partiu com Cletus Yronwood, meistre Kedry e três dos melhores jovens cavaleiros do lorde Yronwood numa longa e perigosa viagem, com um resultado incerto no fim. Foi para nos devolver aquilo que é desejo de nosso coração.

Ela estreitou os olhos.

— O que é o desejo de nosso coração?

— A vingança — a voz dele era baixa, como se tivesse receio de que alguém estivesse ouvindo. — A justiça — príncipe Doran pressionou o dragão de ônix contra a palma da mão dela com seus dedos inchados e gotosos, e murmurou: — *Fogo e sangue.*

ALAYNE

Virou a argola de ferro e abriu a porta com um empurrão, só um pouco.

— Passarinho? — chamou. — Posso entrar?

— Tenha cuidado, milady — avisou a velha Gretchel, apertando as mãos. — Sua senhoria atirou o penico no meistre.

— Então não tem penico para me atirar. Não há trabalho que devesse estar fazendo? E você também, Maddy... as janelas estão todas fechadas e as portas trancadas? A mobília já foi toda coberta?

— Toda, milady — Maddy respondeu.

— É melhor ir se certificar — Alayne adentrou o quarto escurecido. — Sou só eu, passarinho.

Alguém fungou na escuridão.

— Está sozinha?

— Estou, senhor.

— Então se aproxime. Só você.

Alayne fechou firmemente a porta atrás de si. Era de carvalho sólido, com dez centímetros de espessura; Maddy e Gretchel podiam tentar escutar o que quisessem, e nada ouviriam. Ainda bem. Gretchel sabia controlar a língua, mas Maddy mexericava desavergonhadamente.

— Foi meistre Colemon que mandou você aqui? — perguntou o garoto.

— Não — ela mentiu. — Ouvi dizer que meu passarinho estava aflito. — Depois de seu encontro com o penico, o meistre correra para sor Lothor, e Brune viera ter com ela. "Se milady conseguir convencê-lo a sair da cama, ótimo", o cavaleiro lhe disse, "não terei de arrancá-lo de lá."

E não pode ser assim, disse a si mesma. Quando Robert era tratado com aspereza, costumava ter ataques de tremores.

— Está com fome, senhor? — perguntou ao pequeno lorde. — Quer que mande Maddy até lá embaixo para lhe trazer frutas com creme, ou um pouco de pão quente com manteiga? — tarde demais, lembrou-se de que não havia pão quente; as cozinhas estavam fechadas e os fornos, frios. *Se isso tirar Robert da cama, poderá valer a pena o incômodo de acender um fogo*, disse a si mesma.

— Não quero comida — disse o pequeno lorde, numa voz esganiçada e petulante. — Hoje vou ficar na cama. Podia ler para mim, se quisesses.

— Aqui está escuro demais para ler — as pesadas cortinas que cobriam as janelas tornavam o quarto negro como a noite. — Meu passarinho se esqueceu de que dia é hoje?

— Não — ele respondeu —, mas não vou. Quero ficar na cama. Podia ler histórias do Cavaleiro Alado para mim.

O Cavaleiro Alado era sor Artys Arryn. A lenda rezava que expulsara os Primeiros Homens do Vale e voara até o topo da Lança do Gigante sobre o dorso de um enorme falcão para matar o Rei Grifo. Havia uma centena de histórias sobre suas aventuras. O pequeno Robert conhecia todas tão bem que poderia recitá-las de memória, mesmo assim gostava que as lessem para ele.

— Querido, temos que ir — ela disse ao garoto —, mas, prometo, quando chegarmos aos Portões da Lua, lerei *duas* histórias do Cavaleiro Alado.

— Três — ele disse de imediato. Independente do que lhe era oferecido, Robert queria sempre mais.

— Três — ela concordou. — Posso deixar entrar um pouco de sol?

— Não. A luz machuca meus olhos. Venha para a cama, Alayne.

Ela foi até as janelas mesmo assim, desviando-se do penico quebrado. Conseguia cheirá-lo melhor do que o via.

— Não as abrirei muito. Só o suficiente para ver o rosto do meu passarinho.

Ele fungou.

— Se tem mesmo de ser assim.

As cortinas eram feitas de felpudo veludo azul. Puxou uma delas um dedo para trás e a prendeu. Partículas de poeira puseram-se a dançar num raio da luz pálida da manhã. As pequenas vidraças em forma de diamante da janela estavam obscurecidas por geada. Alayne esfregou uma com a palma da mão, o suficiente para vislumbrar um brilhante céu azul e um clarão branco vindo do flanco da montanha. O Ninho da Águia estava envolto num manto de gelo, e a Lança do Gigante, mais acima, enterrada em um metro de neve.

Quando se virou, Robert Arryn estava encostado à almofada, olhando-a. *O Senhor do Ninho da Águia e Defensor do Vale.* Uma manta de lã cobria-o abaixo da cintura. Acima dela estava nu, um garoto pálido com os cabelos tão longos como os de qualquer garota. Robert tinha membros alongados, um peito liso e côncavo e uma pequena barriga, e olhos que estavam sempre vermelhos e ramelosos. *Ele não pode evitar ser como é. Nasceu pequeno e doente.*

— Parece muito forte nesta manhã, senhor — ele adorava que lhe dissessem como era forte. — Quer que mande Maddy e Gretchel trazer água quente para seu banho? Maddy pode esfregar suas costas e lavar seus cabelos, para deixá-lo limpo e senhorial para a viagem. Não seria bom?

— Não. Odeio a Maddy. Tem uma verruga no olho, e esfrega com tanta força que machuca. A minha mamãe nunca me machucava ao esfregar.

— Eu digo a Maddy para não esfregar meu passarinho com tanta força. Você se sentirá melhor quando estiver limpo e fresco.

— Não quero banho, já *disse*, minha cabeça dói horrivelmente.

— Quer que traga um pano quente para sua testa? Ou uma taça de vinho dos sonhos? Mas só uma pequena. Mya Stone está à espera lá embaixo, em Céu, e ficará magoada se adormecer. Sabe como ela gosta de você.

— Mas eu não gosto *dela*. É só a garota das mulas — Robert fungou. — Meistre Colemon colocou uma coisa nojenta qualquer no leite ontem à noite, senti o gosto. Disse a ele que queria leite doce, mas ele não quis trazer para mim. Nem sequer quando lhe *ordenei*. O senhor sou eu, ele devia fazer o que eu mando. Ninguém faz o que eu digo.

— Eu falo com ele — prometeu Alayne —, mas só se sair da cama. Está um dia lindo lá fora, passarinho. O sol brilha, está um dia perfeito para descer a montanha. As mulas estão à espera em Céu, com Mya...

A boca dele estremeceu.

— Odeio essas mulas malcheirosas. Certa vez uma delas tentou me morder! Diga a essa Mya que vou ficar aqui — soava como se estivesse prestes a chorar. — Ninguém pode me fazer mal desde que eu fique aqui. O Ninho da Águia é inexpugnável.

— Quem quereria fazer mal ao meu passarinho? Seus senhores e cavaleiros o adoram, e o povo aclama seu nome. — *Ele tem medo*, pensou, *e com bom motivo.* Desde que a senhora sua mãe caíra, o garoto não queria sequer sair para a varanda, e o caminho que levava do Ninho da Águia aos Portões da Lua era suficientemente perigoso para assustar qualquer um. Alayne tinha ficado com o coração na garganta quando subiu com lady Lysa e lorde Petyr, e todos concordavam que a descida era ainda mais aflitiva, já que se passava o tempo todo olhando para baixo. Mya podia falar de grandes senhores e ousados cavaleiros que tinham empalidecido e molhado a roupa de baixo na montanha. *E nenhum deles tinha a doença dos tremores.*

Mesmo assim, não podia ficar ali. No fundo do vale, o outono ainda se demorava, morno e dourado, mas o inverno fechara-se em volta dos picos das montanhas. Já tinham suportado três tempestades de neve e uma de gelo que transformara o castelo em cristal durante quinze dias. O Ninho da Águia podia ser inexpugnável, mas logo também seria inacessível, e a descida tornava-se dia a dia mais perigosa. A maioria dos criados e soldados do castelo já tinha feito a descida. Só uma dúzia ainda permanecia ali em cima, para servir lorde Robert.

— Passarinho — ela disse com suavidade —, a descida vai ser tão alegre, verá. Sor Lothor estará conosco, e Mya também. As mulas dela já subiram e desceram mil vezes esta velha montanha.

— Odeio mulas — ele insistiu. — Elas são más. Já lhe *disse*, uma tentou me morder quando eu era pequeno.

Alayne sabia que Robert nunca aprendera a montar como deveria. Mulas, cavalos, burros, não importava; para ele eram todos feras temíveis, tão aterrorizadoras como dragões ou grifos. Fora trazido para o Vale aos seis anos, com a cabeça aninhada entre os seios cheios de leite da mãe, e depois jamais deixou o Ninho da Águia.

Mesmo assim, tinham de ir, antes de o gelo se fechar de vez em volta do castelo. Não havia maneira de saber quantos dias mais o tempo se aguentaria.

— Mya evitará que as mulas mordam — Alayne também insistiu —, e eu seguirei logo atrás de você. Sou só uma garota, não tão corajosa e forte como você. Se eu sou capaz de fazê-lo, sei que você também será, passarinho.

— Eu *poderia* fazê-lo — lorde Robert respondeu —, mas decidi que não farei — limpou o nariz ranhoso com as costas da mão. — Diga a Mya que vou ficar na cama. Talvez desça amanhã, se me sentir melhor. Hoje está muito frio lá fora, e minha cabeça dói. Você também pode beber um pouco de leite doce, e vou dizer a Gretchel para que nos traga favos de mel para comer. Vamos dormir, trocar beijos e jogar jogos, e você pode ler histórias sobre o Cavaleiro Alado para mim.

— Lerei. Três histórias, como prometi... Quando chegarmos aos Portões da Lua — Alayne estava perdendo a paciência. *Temos que ir*, recordou a si mesma, *senão ainda estaremos na zona nevada quando o sol se puser.* — Lorde Nestor preparou um banquete para lhe dar as boas-vindas, com sopa de cogumelos, carne de veado e bolos. Não quer desapontá-lo, quer?

— Haverá bolos de limão? — Lorde Robert adorava bolos de limão, talvez porque Alayne também gostasse.

— Bolos de limão, limãozinho, limãozão — assegurou-lhe —, e poderá comer tantos quantos quiser.

— Cem? — ele quis saber. — Posso comer *cem*?

— Se lhe agradar — sentou-se na cama e lhe alisou os longos cabelos finos. *Ele tem cabelos bonitos.* A própria lady Lysa os escovava todas as noites e os cortava quando era preciso. Depois de sua queda, Robert sofrera terríveis ataques de tremores sempre que alguém se aproximava dele com uma lâmina, de modo que Petyr ordenara que deixassem que seus cabelos crescessem. Alayne enrolou uma madeixa no dedo e disse: — Bom, sairá da cama e deixará que lhe vista?

— Quero cem bolos de limão e *cinco* histórias!

Gostaria de lhe dar cem palmadas e cinco bofetadas. Não se atreveria a se comportar assim se Petyr estivesse aqui. O pequeno senhor sentia um bom e saudável medo do padrasto. Alayne forçou-se a sorrir.

— Como meu senhor quiser. Mas nada até estar lavado, vestido e a caminho. Venha, antes que a manhã chegue ao fim — pegou firmemente na sua mão e o arrancou da cama.

Mas, antes de ter tempo de chamar os criados, passarinho pôs os braços magros em volta de Alayne e a beijou. Foi um beijo de garotinho, e desajeitado. Tudo que Robert Arryn fazia era desajeitado. *Se fechar os olhos, posso fingir que é o Cavaleiro das Flores.* Sor Loras um dia dera uma rosa a Sansa Stark, mas nunca a beijara... E nenhum Tyrell alguma vez beijaria Alayne Stone. Por mais bonita que fosse, nascera do lado errado dos lençóis.

Quando os lábios do garoto tocaram os seus, deu por si lembrando-se de outro beijo. Ainda recordava a sensação de ter aquela cruel boca comprimida contra a sua. Viera ter com Sansa na escuridão, enquanto um fogo verde enchia o céu. *Levou uma canção e um beijo, e não me deixou nada além de um manto ensanguentado.*

Não importava. Esse dia terminara, e Sansa também.

Alayne afastou seu pequeno lorde.

— Basta. Pode voltar a me beijar quando chegarmos aos Portões, se cumprir sua promessa.

Maddy e Gretchel estavam à espera lá fora, com meistre Colemon, que já tinha lavado os dejetos dos cabelos e mudado de vestes. Os escudeiros de Robert também tinham aparecido. Terrance e Gyles conseguiam sempre farejar problemas.

— Lorde Robert está se sentindo mais forte — disse Alayne às criadas. — Vão buscar água quente para o seu banho, mas procurem não escaldá-lo. E não lhe puxem os cabelos quando os desembaraçarem, ele detesta isso — um dos escudeiros abafou um risinho, e ela lhe disse: — Terrance, prepare a roupa de montar de sua senhoria e seu manto mais quente. Gyles, limpe aquele penico quebrado.

Gyles Grafton fez uma careta.

— Não sou nenhuma criada.

— Faça o que lady Alayne ordena, senão Lothor Brune saberá — Meistre Colemon falou, seguindo-a ao longo do corredor e pela escada em caracol. — Estou grato por sua intervenção, senhora. Tem jeito para lidar com ele — hesitou. — Observou algum tremor enquanto esteve com ele?

— Os dedos lhe tremiam um pouco quando peguei sua mão, nada mais. Ele disse que o senhor colocou uma coisa nojenta qualquer em seu leite.

— Nojenta? — Colemon olhou-a, piscando, e o pomo de adão moveu-se para cima e para baixo. — Eu apenas... o nariz dele está sangrando?

— Não.

— Ótimo. Isso é bom. — A corrente tilintou suavemente quando o meistre balançou a cabeça, empoleirada no topo de um pescoço ridiculamente longo e magro. — Essa descida... senhora, poderá ser mais seguro se eu der à sua senhoria um pouco de leite de papoula. Mya Stone podia prendê-lo à garupa de sua mula mais segura enquanto ele dormisse.

— O Senhor do Ninho da Águia não pode descer de sua montanha atado como uma saca de sementes de cevada — quanto a isso Alayne tinha certeza. O pai a avisara de que não se atreviam a permitir que a fragilidade e a covardia de Robert fossem conhecidas por muita gente. *Gostaria que ele estivesse aqui. Teria sabido o que fazer.*

Mas Petyr Baelish estava do outro lado do Vale, em uma visita a lorde Lyonel Corbray por ocasião de seu casamento. Viúvo, com quarenta e tantos anos e sem filhos, lorde Lyonel ia se casar com a robusta filha de dezesseis anos de um mercador rico de Vila Gaivota. Tinha sido o próprio Petyr quem combinara a união. Dizia-se que o dote da noiva era assombroso; tinha de ser, já que era de nascimento plebeu. Os vassalos de Corbray estariam presentes, bem como lorde Waxley, lorde Grafton, lorde Lynderly e alguns pequenos senhores e cavaleiros com terras... e lorde Belmore, que nos últimos tempos se reconciliara com o pai. Esperava-se que os outros Senhores Declarantes também comparecessem à boda, de modo que a presença de Petyr era essencial.

Alayne compreendia tudo aquilo bastante bem, mas a situação significava que o fardo de fazer que o passarinho descesse a montanha em segurança caíra sobre ela.

— Dê a sua senhoria uma taça de leite doce — disse ao meistre. — Isso evitará que ele trema na viagem para baixo.

— Ele bebeu uma taça ainda não faz três dias — Colemon objetou.

— E queria outra na noite passada, mas lhe recusou.

— Era cedo demais. Senhora, não compreende. Eu disse ao Senhor Protetor, uma pitada de sonodoce evita os tremores, mas não abandona o corpo, e com o tempo...

— O tempo não importará se sua senhoria tiver um ataque de tremores e cair da montanha. Se meu pai estivesse aqui, sei que lhe diria para manter lorde Robert calmo a todo custo.

— Eu tento, senhora, mas seus ataques tornam-se cada vez mais violentos, e ele tem o sangue tão fino que já não me atrevo a sangrá-lo. O sonodoce... Tem *certeza* de que ele não sangrava do nariz?

— Estava fungando — admitiu Alayne —, mas não vi nenhum sangue.

— Tenho de falar com o Senhor Protetor. Esse banquete... Pergunto a mim mesmo se será sensato, logo em seguida à tensão da descida.

— Não será um grande banquete — assegurou-lhe. — Não haverá mais de quarenta convidados. Lorde Nestor e seu pessoal, o Cavaleiro do Portão, alguns senhores menores e as respectivas comitivas...

— Lorde Robert não gosta de estranhos, sabe disso, e haverá bebidas, ruído... *música*. A música o assusta.

— A música o acalma — Alayne o corrigiu —, especialmente a harpa vertical. O que ele não suporta são cantos, desde que Marillion matou sua mãe — Alayne dissera a mentira tantas vezes que já era mais frequente lembrar-se dos acontecimentos dessa maneira; a outra não parecia mais do que um pesadelo que por vezes lhe perturbava o sono. — Lorde Nestor não terá cantores no banquete, só flautas e rabecas para as danças — o que faria quando a música começasse a tocar? Era uma questão incômoda, à qual o coração e a cabeça davam respostas diferentes. Sansa adorava danças, mas Alayne... — Dê a lorde Robert uma taça de leite doce antes de partirmos, e outra no banquete, e não deverá haver problemas.

— Muito bem — fizeram uma pausa na base da escada. — Mas essas deverão ser as últimas. Em meio ano, ou mais.

— É melhor levar esse assunto ao Senhor Protetor — Alayne cruzou a porta e atravessou o pátio. Sabia que Colemon queria apenas o melhor para o garoto que estava sob sua responsabilidade, mas o que era melhor para Robert, o garoto, e o que era melhor para lorde Arryn nem sempre eram a mesma coisa. Petyr assim falara, e era verdade. *Mas meistre Colemon só se preocupa com o garoto. O pai e eu temos preocupações maiores.*

Neve velha cobria o pátio, e pingentes pendiam das varandas e das torres como lanças de cristal. O Ninho da Águia tinha sido construído com boa pedra branca, e o manto do inverno tornava-o ainda mais branco. *Tão belo*, pensou Alayne, *tão inexpugnável*. Não conseguia amar aquele lugar, por mais que tentasse. Mesmo antes de os guardas e criados terem descido, o castelo lhe parecera vazio como uma tumba, e ainda mais quando Petyr Baelish andava longe. Ali em cima, desde Marillion ninguém mais cantava. Nunca ninguém ria alto demais. Até os deuses eram silenciosos. O Ninho da Águia possuía um septo, mas não tinha septão; um bosque sagrado, mas sem árvore-coração. *Aqui nenhuma prece é atendida*, pensava com frequência, embora houvesse dias em que se sentia tão solitária que tinha de tentar. Só o vento lhe respondia, cantando sem cessar em volta das sete esguias torres brancas e fazendo chocalhar a Porta da Lua a cada rajada. *Será ainda pior no inverno*, compreendeu. *No inverno, isto será uma fria prisão branca.*

E, no entanto, a ideia de partir a assustava quase tanto quanto Robert. Ela apenas o escondia melhor. O pai dizia que não havia vergonha em ter medo, só em mostrá-lo.

"Todos os homens vivem com medo", dissera. Alayne não tinha certeza se acreditava. Nada assustava Petyr Baelish. *Ele só disse aquilo para me dar coragem.* Teria de mostrar coragem lá embaixo, onde a possibilidade de ser desmascarada era muito maior. Os amigos de Petyr na corte mandaram-lhe a notícia de que a rainha tinha homens em campo em busca do Duende e de Sansa Stark. *Custará minha cabeça se for encontrada*, lembrou a si mesma enquanto descia um lance de geladas escadas de pedra. *Tenho de ser Alayne o tempo todo, por dentro e por fora.*

Lothor Brune estava na sala do guincho, ajudando o carcereiro Mord e dois criados a carregar arcas de roupas e fardos de pano em seis enormes baldes de madeira de carvalho, cada um deles suficientemente grande para carregar três homens. Os grandes guinchos eram a maneira mais fácil de chegar a Céu, o castelo intermediário, cento e oitenta metros abaixo. Não fosse os guinchos, era preciso descer a chaminé natural de pedra que se abria na subcâmara. *Ou ir como Marillion, e lady Lysa antes dele.*

— O garoto está fora da cama? — sor Lothor perguntou.

— Estão lhe dando banho. Estará pronto dentro de uma hora.

— Contemos que esteja. Mya não esperará até depois do meio-dia. — A sala do guincho não era aquecida, e a respiração dele condensava em névoa a cada palavra.

— Ela esperará — Alayne respondeu. — Tem de esperar.

— Não tenha tanta certeza, milady. É meio mula, aquela. Acho que deixaria todos nós passando fome aqui antes de pôr aqueles animais em risco — Brune sorriu quando disse aquilo. *Ele sorri sempre que fala de Mya Stone.* Mya era muito mais nova do que sor Lothor, mas, quando o pai negociava o casamento entre lorde Corbray e a filha do mercador, dissera-lhe que as garotas jovens eram sempre mais felizes com homens mais velhos.

"A inocência e a experiência dão um casamento perfeito", dissera.

Alayne perguntou a si mesma o que Mya pensaria de sor Lothor. Com seu nariz esmagado, queixo quadrado, e cabelos macios e completamente grisalhos, Brune não podia ser chamado de bonito, mas também não era *feio*. *É um rosto comum, mas honesto*. Embora tivesse sido elevado ao grau de cavaleiro, o nascimento de sor Lothor era muito baixo. Uma noite lhe contara que era aparentado com os Brune de Cova Castanha, uma velha família de cavaleiros da Ponta da Garra Rachada.

"Fui ter com eles quando meu pai morreu", ele confessou, "mas não me deram a mínima, e disseram que eu não era do seu sangue." Não quis falar do que aconteceu depois disso, exceto que aprendera tudo o que sabia sobre armas da maneira mais difícil. Sóbrio, era um homem calmo, mas forte. *E Petyr diz que é leal. Não confia em ninguém mais do que nele.* Brune seria um bom partido para uma garota bastarda como Mya Stone, pensou. *Poderia ser diferente se o pai a tivesse reconhecido, mas ele não o fez. E Maddy diz que, além disso, ela não é donzela.*

Mord pegou no chicote e o fez estalar, e o primeiro par de bois pôs-se a caminhar penosamente em círculo, virando o guincho. A corrente desenrolou-se, chocalhando ao raspar na pedra e fazendo oscilar o balde de carvalho que iniciava a longa descida até Céu. *Pobres bois*, Alayne pensou. Mord lhes cortaria a garganta antes de partir e deixá-los para os falcões. O que restasse quando o Ninho da Águia fosse reaberto seria assado para o banquete de primavera, se não estivesse estragado. Uma boa reserva de carne congelada e dura predizia um verão de abundância, segundo afirmava a velha Gretchel.

— Milady — sor Lothor a chamou —, é melhor que saiba. Mya não subiu sozinha. Lady Myranda a acompanha.

— Oh. — *Por que subiria a montanha, apenas para voltar a descê-la?* Myranda Royce era a filha de lorde Nestor. Na única vez que Sansa visitara os Portões da Lua, a caminho do Ninho da Águia, com a tia Lysa e lorde Petyr, ela não estava lá, mas Alayne ouvira os soldados do Ninho da Águia e as criadas falarem muito dela desde então. A mãe morrera havia muito, de modo que era a lady Myranda quem cuidava do castelo do pai; segundo os rumores, a corte era muito mais animada quando ela se encontrava presente do que quando estava longe.

"Mais cedo ou mais tarde terá de conhecer Myranda Royce", prevenira-a Petyr. "Quando isso acontecer, tenha cautela. Ela gosta de fazer o papel de tola alegre, mas é mais sagaz do que o pai. Cuidado com a língua perto dela."

Terei, pensou, mas não sabia que teria de começar tão cedo.

— Robert ficará satisfeito — ele gostava de Myranda Royce. — Deve me perdoar, sor. Preciso terminar de fazer as malas — sozinha, subiu pela última vez os degraus que levavam ao seu quarto. As janelas haviam sido trancadas, as portas fechadas, e a mobília fora coberta. Parte de suas coisas já tinha sido levada, e o resto armazenado. Todas as sedas e os samitos da lady Lysa seriam deixados para trás. Seus linhos mais puros e veludos mais felpudos, os ricos bordados e a bela renda myriana; tudo ficaria. Lá embaixo, Alayne tinha de se vestir modestamente, como era próprio de uma garota de modesto nascimento. *Não importa*, disse a si mesma. *Nem aqui me atrevi a usar as melhores roupas.*

Gretchel desfizera a cama e preparara o resto de suas roupas. Alayne já trazia meias de lã por baixo das saias, sobre uma dupla camada de roupa de baixo. Agora envergou uma túnica de lã de cordeiro e um manto de peles com capuz, apertando-o com o sabiá esmaltado, presente de Petyr. Também havia um cachecol e um par de luvas de couro forradas de peles, que combinavam com suas botas de montar. Depois de vestir tudo aquilo, sentiu-se tão gorda e peluda como uma cria de urso. *Sentir-me-ei grata pela roupa na montanha*, teve de recordar a si mesma. Olhou uma última vez para o quarto antes de sair. *Aqui estive em segurança, pensou, mas lá embaixo...*

Quando Alayne regressou à sala do guincho, foi encontrar Mya Stone, impaciente, à espera com Lothor Brune e Mord. *Deve ter subido no balde para saber o motivo da demora.* Magra e vigorosa, Mya parecia tão dura como os velhos couros de montar que usava por baixo do gibão prateado. Tinha os cabelos tão negros como a asa de um corvo, tão curtos e desgrenhados que Alayne suspeitou que os cortava com um punhal. Os olhos de Mya eram seu melhor traço, grandes e azuis. *Ela podia ser bonita, se se vestisse como uma garota.* Alayne deu por si curiosa em saber se sor Lothor gostaria mais dela vestida de ferro e couro, ou se sonhava em vê-la enfeitada de renda e seda. Mya gostava de dizer que o pai tinha sido um bode e a mãe, uma coruja, mas Alayne soube a verdadeira história por Maddy. Sim, pensou, olhando agora para ela, *aqueles são os olhos dele, e também tem seus cabelos, os espessos cabelos pretos que partilhava com Renly.*

— Onde está ele? — quis saber a garota bastarda.

— Sua senhoria está sendo banhado e vestido.

— Tem de se apressar. Está esfriando, não sente? Temos de estar abaixo de Neve antes de o sol se pôr.

— Como está o vento? — Alayne quis saber.

— Podia estar pior... e estará, depois de anoitecer — Mya afastou uma madeixa dos olhos. — Se ele levar muito mais tempo no banho, ficaremos encurralados aqui em cima o inverno todo, sem nada para comer além de nós.

Alayne não soube o que responder àquilo. Felizmente, foi poupada da resposta pela chegada de Robert Arryn. O pequeno senhor trazia veludo azul-celeste, um colar de ouro e safiras, e um manto branco de pele de urso. Cada um dos escudeiros segurava numa ponta, a fim de evitar que o manto se arrastasse pelo chão. Meistre Colemon os acompanhava, com um puído manto cinzento forrado de pele de esquilo. Gretchel e Maddy não vinham muito atrás.

Quando sentiu o vento frio no rosto, Robert titubeou, mas Terrance e Gyles estavam atrás dele, de modo que não pôde fugir.

— Senhor — disse Mya —, acompanha-me até lá embaixo?

Brusca demais, Alayne pensou. *Ela devia tê-lo saudado com um sorriso, e dito como parece forte e corajoso.*

— Quero a Alayne — lorde Robert respondeu. — Só irei com ela.

— O balde pode levar nós três.

— Só quero a Alayne. Você é toda fedorenta, como uma mula.

— Às suas ordens — o rosto de Mya não mostrou nenhuma emoção.

Algumas das correntes dos guinchos estavam presas a baldes de vime, outras a robustos baldes de carvalho. O maior destes últimos era mais alto do que Alayne, com arcos de ferro cingindo suas aduelas marrom-escuras. Mesmo assim, quando pegou na mão de Robert e o ajudou a entrar, tinha o coração na garganta. Depois de o alçapão ser fechado atrás deles, a madeira os rodeou por todos os lados. Só o topo estava aberto. *É melhor assim*, disse a si mesma, *não podemos olhar para baixo.* Abaixo deles havia apenas Céu e o céu. Cento e oitenta metros de céu. Por um momento, deu por si curiosa em saber quanto tempo sua tia teria levado para percorrer aquela distância, e qual teria sido seu último pensamento enquanto a montanha corria ao seu encontro. *Não, não posso pensar nisso. Não posso!*

— SOLTE! — soou o grito de sor Lothor. Alguém empurrou o balde com força. Este oscilou e se inclinou, raspou no chão e então balançou, livre. Alayne ouviu o *crac* do chicote de Mord e o chocalhar da corrente. Começaram a descer, a princípio aos solavancos e sobressaltos, depois de uma forma mais regular. Robert tinha o rosto pálido e os olhos inchados, mas suas mãos estavam calmas. O Ninho da Águia encolheu por cima deles. As celas do céu dos andares inferiores faziam o castelo se parecer um pouco com uma colmeia quando visto de baixo. *Uma colmeia feita de gelo*, pensou Alayne, *um castelo feito de neve.* Ouvia o vento assobiar em volta do balde.

Trinta metros abaixo, uma súbita rajada os apanhou. O balde oscilou para o lado, girando no ar, e então colidiu com força contra a face da rocha atrás deles. Estilhaços de gelo e neve choveram sobre os dois, e o carvalho rangeu e se deformou. Robert arquejou e agarrou-se a Alayne, enterrando o rosto entre os seus seios.

— Meu senhor é corajoso — ela disse quando o sentiu tremer. — Estou tão assustada, que quase nem consigo falar, mas você não.

Sentiu que ele assentia.

— O Cavaleiro Alado era corajoso, e eu também sou — vangloriou-se o garoto para o seu corpete. — Sou um *Arryn*.

— Meu passarinho me abraça com força? — ela perguntou, embora ele já a estivesse apertando tanto que quase não conseguia respirar.

— Se quiser — ele murmurou. E, fortemente abraçados um ao outro, continuaram a descer em direção a Céu.

Chamar isto de castelo é como chamar de lago uma poça no chão de uma latrina, Alayne pensou quando o balde foi aberto para desembarcarem no castelo intermediário. Céu não passava de uma muralha em forma de crescente, feita de pedra velha e sem argamassa, que cercava uma saliência rochosa e a abertura escancarada de uma caverna. Lá dentro havia armazéns e estábulos, um longo salão natural e os apoios entalhados que levavam ao Ninho da Águia. Lá fora, o terreno estava semeado de pedras e pedregulhos quebrados. Rampas de terra davam acesso à muralha. Cento e oitenta metros acima, o Ninho da Águia era tão pequeno que Alayne podia esconder o castelo com a mão, mas muito abaixo se estendia o Vale, verde e dourado.

Vinte mulas os esperavam dentro do castelo intermediário, com dois condutores de mulas e a lady Myranda Royce. A filha de lorde Nestor revelou-se uma mulher baixa e carnuda, da mesma idade de Mya Stone, mas, enquanto Mya era magra e vigorosa, Myranda tinha um corpo mole e de cheiro doce, largo de ancas, pesado de peito e extremamente roliço. Seus espessos cachos cor de avelã emolduravam bochechas redondas e rubras, uma boca pequena e um par de animados olhos castanhos. Quando Robert saiu cautelosamente do balde, ela ajoelhou-se numa mancha de neve para lhe beijar a mão e o rosto.

— Senhor — disse —, ficou tão *grande*!

— Fiquei? — Robert perguntou, contente.

— Logo ficará mais alto do que eu — ela mentiu. Levantou-se e sacudiu a neve das saias. — E você deve ser a filha do Senhor Protetor — acrescentou, enquanto o balde iniciava, chocalhando, a viagem de regresso ao Ninho da Águia. — Já tinha ouvido dizer que era bela. Vejo que é verdade.

Alayne fez uma reverência.

— A senhora é bondosa por dizê-lo.

— Bondosa? — a garota mais velha soltou uma gargalhada. — Que tédio isso seria. Almejo ser malvada. Tem de me contar todos seus segredos na viagem para baixo. Posso chamá-la Alayne?

— Se quiser, senhora. — *Mas de mim não arrancará segredos.*

— Eu sou "senhora" nos Portões, mas aqui na montanha pode me chamar de Randa. Quantos anos tem, Alayne?

— Catorze, senhora — tinha decidido que Alayne Stone devia ser mais velha do que Sansa Stark.

— *Randa*. Parece que já se passaram cem anos desde que tive catorze. Como era inocente. Ainda é inocente, Alayne?

Alayne corou.

— Você não devia... sim, claro.

— Está se guardando para lorde Robert? — brincou lady Myranda. — Ou haverá algum ardente escudeiro sonhando com seus favores?

— Não — Alayne respondeu, ao mesmo tempo que Robert dizia:

— Ela é *minha* amiga. Terrance e Gyles não podem ficar com ela.

Àquela altura um segundo balde já chegava, batendo suavemente em um monte de neve gelada. Meistre Colemon saiu lá de dentro com os escudeiros Terrance e Gyles. O guincho seguinte trouxe Maddy e Gretchel, acompanhadas por Mya Stone. A garota bastarda não demorou a assumir o comando.

— Não queremos nos amontoar na montanha — disse aos outros condutores de mulas. — Eu levo lorde Robert e seus companheiros. Ossy, você traz para baixo sor Lothor e os outros, mas dê-me uma vantagem de uma hora. Carrot, você ficará responsável pelas arcas e caixas — virou-se para Robert Arryn, com os cabelos negros esvoaçando. — Que mula montará hoje, senhor?

— Elas são todas fedorentas. Fico com aquela cinzenta, que tem a orelha roída. Quero que Alayne venha comigo. E Myranda também.

— Onde o caminho for suficientemente largo. Venha, senhor, vamos colocá-lo em sua mula. Há um cheiro de neve no ar.

Passou-se mais meia hora antes de estarem prontos para partir. Quando todos montaram, Mya Stone deu uma ordem decidida, e dois dos homens de armas de Céu abriram os portões. Mya foi a primeira a sair, com lorde Robert logo atrás, envolto em seu manto de pele de urso. Alayne e Myranda Royce os seguiam, depois vinham Gretchel e Maddy, e em seguida Terrance Lynderly e Gyles Grafton. Meistre Colemon fechava a retaguarda, trazendo pela correia uma segunda mula carregada com suas arcas de ervas e poções.

Além das muralhas, o vento aumentou rapidamente de intensidade. Ali estavam acima da linha das árvores, expostos aos elementos. Alayne sentiu-se grata por ter vestido roupa tão quente. O manto batia ruidosamente atrás dela, e uma súbita rajada arrancou-lhe o capuz da cabeça. Soltou uma gargalhada, mas, alguns metros mais à frente, lorde Robert torceu-se e disse:

— Está frio demais. Devíamos voltar e esperar até o tempo ficar mais quente.

— No fundo do vale estará mais quente, senhor — Mya falou. — Verá quando chegarmos lá.

— Eu não *quero* ver — Robert rebateu, mas Mya não prestou atenção nele.

A estrada era uma tortuosa série de degraus de pedra esculpidos no flanco da montanha, mas as mulas conheciam cada centímetro dela, o que deixou Alayne contente. Aqui e ali a pedra fora estilhaçada pela tensão causada por um sem-fim de estações, com seus gelos e degelos. Aglomerações de neve, de um branco que cegava, agarravam-se à rocha de ambos os lados do caminho. O sol brilhava, o céu estava azul e havia falcões aos círculos por cima do grupo, cavalgando o vento.

Ali em cima, onde a encosta era mais íngreme, os degraus ziguezagueavam de um lado para outro, em vez de mergulharem direto para baixo. *Sansa Stark subiu a montanha, mas é Alayne Stone quem desce.* Era um pensamento estranho. Lembrava-se de que, ao subir, Mya a avisara para manter os olhos no caminho que se estendia adiante.

"Olhe para cima, não para baixo", dissera... Mas isso não era possível na descida. *Podia fechar os olhos. A mula conhece o caminho, não precisa de mim.* Mas aquilo parecia algo que

Sansa, aquela garota assustada, teria feito. Alayne era uma mulher mais velha, e tinha a coragem dos bastardos.

A princípio, seguiram em fila única, mas, mais abaixo, o caminho alargava-se o suficiente para dois cavaleiros seguirem lado a lado, e Myranda Royce aproximou-se de Alayne.

— Recebemos uma carta de seu pai — disse, com tal casualidade que era como se estivessem sentadas, bordando, com a septã. — Está a caminho de casa, ele diz, e espera ver sua querida filha em breve. Escreve que Lyonel Corbray parece muito contente com a noiva, e ainda mais com o seu dote. *Espero* que lorde Lyonel se lembre de qual dos dois tem de levar para a cama. Lady Waynwood apareceu no banquete nupcial com o Cavaleiro de Novestrelas, diz lorde Petyr, para espanto de todos.

— Anya Waynwood? É mesmo? — dos seis Senhores Declarantes, restavam três, aparentemente. No dia em que partira da montanha, Petyr Baelish mostrara-se confiante em conquistar Symond Templeton para o seu lado, mas a lady Waynwood não. — Há mais alguma coisa? — perguntou. O Ninho da Águia era um lugar tão solitário, que estava ansiosa por qualquer migalha de novidades vinda do mundo lá fora, por trivial ou insignificante que fosse.

— De seu pai não, mas nos chegaram outras aves. A guerra prossegue, em todo lado, menos aqui. Correrrio rendeu-se, mas Pedra do Dragão e Ponta Tempestade ainda resistem pelo lorde Stannis.

— Lady Lysa foi tão sensata por nos manter longe da guerra.

Myranda deu um sorrisinho astuto.

— Sim, ela era a própria alma da sensatez, aquela boa senhora — mexeu-se na sela. — Por que as mulas são tão ossudas e temperamentais? Mya não as alimenta o suficiente. Uma boa mula gorda seria mais confortável de montar. Há um novo alto septão, sabia? Oh, e a Patrulha da Noite tem um rapaz como comandante, um filho bastardo qualquer de Eddard Stark.

— Jon Snow? — disse antes de pensar, espantada.

— Snow? Sim, deve ser Snow, suponho.

Havia séculos que não pensava em Jon. Era apenas seu meio-irmão, mesmo assim... Com Robb, Bran e Rickon mortos, Jon Snow era o único irmão que lhe restava. *Agora também sou bastarda, como ele. Oh, seria tão bom voltar a vê-lo.* Mas estava claro que isso nunca poderia acontecer. Alayne Stone não tinha irmãos, ilegítimos ou não.

— Nosso primo Bronze Yohn organizou um corpo a corpo em Pedrarruna — prosseguiu Myranda Royce, sem se dar conta de nada —, um pequeno, só para escudeiros. Destinava-se a que Harry, o Herdeiro, ganhasse o título, e foi o que ele fez.

— Harry, o Herdeiro?

— O protegido da lady Waynwood. Harrold Hardyng. Suponho que agora tenhamos de chamá-lo sor Harry. Bronze Yohn o armou cavaleiro.

— Oh — Alayne sentiu-se confusa. Por que o protegido da lady Waynwood haveria de ser seu herdeiro? Ela tinha filhos de seu sangue. Um deles era o Cavaleiro do Portão Sangrento, sor Donnel. Mas não quis parecer estúpida, de modo que tudo que disse foi:

— Rezo para que prove ser um cavaleiro de mérito.

Lady Myranda soltou uma fungadela.

— Eu rezo para que apanhe bexigas. Tem uma filha bastarda de uma plebeia qualquer, sabia? O senhor meu pai tinha a esperança de me casar com Harry, mas a lady Waynwood nem quis ouvir falar do assunto. Não sei se foi a mim que achou inadequada, ou só o meu dote — suspirou. — Realmente preciso de um novo marido. Tive um, outrora, mas o matei.

— Matou? — Alayne exclamou, chocada.

— Oh, sim. Ele morreu em cima de mim. *Dentro* de mim, para falar a verdade. Sabe o que acontece numa cama de casal, espero?

Alayne pensou em Tyrion, e no Cão de Caça, e no modo como ele a beijara, e confirmou com a cabeça.

— Isso deve ter sido terrível, senhora. Ele morrer. *Ai*, quero eu dizer, enquanto... enquanto estava...

— ... fodendo comigo? — Lady Myranda encolheu os ombros. — É decerto desconcertante. Para não falar da descortesia. Ele nem sequer teve a decência de plantar uma criança em mim. Os velhos têm a semente fraca. De modo que aqui estou eu, viúva, mas quase por usar. Harry podia ter se saído muito pior. E atrevo-me mesmo a dizer que sairá. O mais provável é a lady Waynwood casá-lo com uma de suas netas, ou com uma das de Bronze Yohn.

— Com certeza, senhora — Alayne lembrou-se do aviso de Petyr.

— *Randa*. Vá lá, consegue dizê-lo. Ran-da.

— Randa.

— Muito melhor. Temo que tenha de lhe pedir perdão. Achará que sou uma terrível cabra, bem sei, mas me deitei com aquele belo rapaz, Marillion. Não sabia que ele era um monstro. Cantava lindamente, e sabia fazer as coisas mais deliciosas com os dedos. Nunca o teria levado para a cama se soubesse que empurraria lady Lysa pela Porta da Lua. Por regra, não me deito com monstros — estudou o rosto e o peito de Alayne. — É mais bonita do que eu, mas meus seios são maiores. Os meistres dizem que seios grandes não produzem mais leite do que os pequenos, mas não acredito. Alguma vez conheceu uma ama de leite com mamas pequenas? As suas são grandes para uma garota da sua idade, mas como são seios bastardos não me preocuparei com eles — Myranda aproximou sua mula da dela. — Sabe que a nossa Mya não é donzela, espero?

Sabia. A gorda Maddy lhe segredara essa informação, num dia que Mya trouxera para cima as suas provisões.

— Maddy me disse.

— Claro que disse. Tem a boca tão grande como os quadris, e os quadris são *enormes*. Foi Mychel Redfort. Ele era escudeiro de Lyn Corbray. Um escudeiro de verdade, ao contrário daquele rapaz desajeitado que sor Lyn tem agora. Dizem que só aceitou este por dinheiro. Mychel era o melhor jovem homem de armas do Vale, e também galante... Pelo menos foi o que a pobre Mya pensou, até que o homem se casou com uma das filhas de Bronze Yohn. Tenho certeza de que lorde Horton não lhe deu escolha nesse assunto, mesmo assim foi uma coisa cruel de se fazer com Mya.

— Sor Lothor gosta dela — Alayne olhou de relance a garota das mulas, vinte passos mais abaixo. — Mais do que isso.

— Lothor *Brune*? — Myranda ergueu uma sobrancelha. — E ela sabe? — não esperou resposta. — Ele não tem chance, pobre homem. Meu pai tentou arranjar par para Mya, mas ela não quis nenhum deles. É *mesmo* meio mula, aquela.

Involuntariamente, Alayne deu por si simpatizando-se com a garota mais velha. Não tivera uma amiga com quem mexericar desde a pobre Jeyne Poole.

— Acha que sor Lothor gosta dela como é, vestida de couro e cota de malha? — perguntou à garota mais velha, que tanta experiência do mundo parecia ter. — Ou será que sonha com ela envolta em sedas e veludos?

— Ele é um homem. Sonha com ela nua.

Está tentando me fazer corar outra vez.

Lady Myranda deve ter ouvido seus pensamentos.

— Você realmente fica de um belo tom de rosa. Quando coro, fico igualzinha a uma maçã. Mas há anos que não coro — inclinou-se para mais perto. — Seu pai planeja voltar a se casar?

— Meu pai? — Alayne nunca pensara naquilo. Sem saber por quê, a ideia a deixou desconfortável. Surpreendeu-se lembrando da expressão no rosto de Lysa Arryn quando caíra pela Porta da Lua.

— Todos sabemos como ele era dedicado à lady Lysa — Myranda voltou a falar —, mas não pode ficar eternamente de luto. Precisa de uma esposa bonita e jovem para lhe lavar o desgosto. Imagino que podia escolher entre metade das nobres donzelas do Vale. Quem poderia ser melhor marido do que nosso ousado Senhor Protetor? Embora ele pudesse ter um nome melhor que *Mindinho*. Sabe se o dedo é assim tão mínimo?

— O dedo? — Alayne voltou a corar. — Eu não... nunca...

Lady Myranda riu tanto que Mya Stone lhe lançou um rápido olhar.

— Não se incomode com isso, Alayne, tenho certeza de que é suficientemente grande.

Passaram por baixo de um arco esculpido pelo vento, onde longos pingentes pendiam da pedra clara, gotejando sobre eles. Do outro lado, o caminho estreitava e mergulhava bruscamente por trinta metros ou mais. Myranda foi forçada a deixar-se ficar para trás. Alayne afrouxou as rédeas da mula. A inclinação daquela parte da descida a obrigou a se agarrar bem à sela. Ali, os degraus tinham sido desgastados e alisados pelos cascos ferrados de todas as mulas que os tinham pisado, até se assemelharem a uma série de bacias de pedra pouco profundas. Água enchia o fundo das bacias, cintilando dourada ao sol da tarde. *Agora é água*, pensou Alayne, *mas ao chegar a noite se transformará toda em gelo.* Percebeu que prendia a respiração, e a soltou. Mya Stone e lorde Robert tinham quase atingido a agulha de rocha onde o declive voltava a diminuir. Tentou olhar para eles, e só para eles. *Não cairei*, disse a si mesma. *A mula de Mya me levará até o outro lado.* O vento guinchava à sua volta, enquanto o animal ia avançando passo a passo, aos solavancos e raspando com as patas. Pareceu demorar uma vida.

Então, de repente, viu-se no fim da descida com Mya e seu pequeno senhor, aninhados por baixo de uma retorcida agulha rochosa. Em frente estendia-se uma depressão elevada, estreita e gelada. Alayne ouvia o vento gritar, e o sentia puxar seu manto. Lembrava-se daquele lugar, da subida. Então a assustara, e a assustava agora.

— É mais largo do que parece — Mya dizia a lorde Robert em voz alegre. — Um metro de largura, e não tem mais de seis de comprimento, não é nada.

— Não é nada — disse Robert. Sua mão tremia.

Oh, não, pensou Alayne. *Por favor. Aqui não. Não agora.*

— É melhor levar as mulas pela correia — disse Mya. — Se aprouver ao senhor, eu levo a minha primeiro, e depois volto para vir buscar a sua. — Lorde Robert não respondeu. Fitava a estreita depressão com seus olhos avermelhados. — Não demorarei, senhor — prometeu Mya, mas Alayne duvidava que o garoto sequer a ouvira.

Quando a garota bastarda tirou a mula de debaixo do abrigo da agulha rochosa, o vento a capturou com seus dentes. Seu manto se ergueu, torcendo-se e batendo no ar. Mya cambaleou, e durante meio segundo pareceu que seria arrastada para o precipício, mas de algum modo conseguiu recuperar o equilíbrio e avançou.

Alayne tomou a mão enluvada de Robert na sua, para tentar parar seu tremor.

— Passarinho — disse —, estou assustada. Pegue na minha mão e me ajude a atravessar. Sei que *você* não tem medo.

Ele a olhou, com pupilas que eram pequenas e escuras cabeças de alfinete em olhos tão grandes e brancos como ovos.

— Não tenho?

— Você, não. É o meu cavaleiro alado. Sor Passarinho.

— O Cavaleiro Alado podia voar — ele sussurrou.

— Mais alto do que as montanhas — e deu-lhe um apertão na mão.

Lady Myranda juntara-se a eles na agulha.

— Podia — ecoou, quando viu o que estava acontecendo.

— Sor Passarinho — lorde Robert disse, e Alayne compreendeu que não se atreveria a esperar pelo regresso de Mya. Ajudou o garoto a desmontar e, de mãos dadas, saíram para a depressão de rocha nua, com os mantos batendo e torcendo-se em suas costas. Ao redor havia ar e céu vazio; o chão caía abruptamente de ambos os lados. Havia gelo sob seus pés e pedras quebradas só à espera para torcerem um tornozelo, e o vento uivava ferozmente. *Soa como um lobo*, Sansa pensou. *Um lobo fantasma, tão grande quanto as montanhas.*

E então se viram do outro lado, e Mya Stone estava rindo e erguendo Robert para um abraço.

— Cuidado — Alayne a alertou. — Ele pode machucá-la se começar a bracejar. Não parece, mas pode. — Arranjaram um lugar para ele, uma fenda na rocha, para mantê-lo abrigado do vento frio. Alayne cuidou dele até os tremores passarem, enquanto Mya regressava para ajudar os outros a atravessar.

Mulas descansadas esperavam por eles em Neve, assim como uma refeição quente, constituída de cabra estufada e cebolas. Comeu com Mya e Myranda.

— Então, além de bela é corajosa — disse-lhe Myranda.

— Não — o elogio a fez corar. — Não sou. Estava muito assustada. Não me parece que conseguiria atravessar sem lorde Robert — virou-se para Mya Stone. — Quase caiu.

— Está enganada. Eu nunca caio. — Os cabelos de Mya caíram-lhe sobre o rosto, escondendo um olho.

— Eu disse quase. Eu a vi. Não teve medo?

Mya balançou a cabeça.

— Lembro-me de um homem atirando-me ao ar quando era muito pequena. Ele é alto como o céu, e me atira tão alto que me sinto voando. Estamos os dois rindo, rindo tanto que quase não consigo respirar, e por fim rio com tanta força que me molho toda, mas isso só o faz rir ainda mais. Nunca tinha medo quando ele me atirava. Sabia que estaria sempre lá para me apanhar — empurrou os cabelos para trás. — E então houve um dia em que não estava. Os homens vão e vêm. Mentem, morrem ou nos abandonam. Mas uma montanha não é um homem, e uma pedra é filha da montanha. Eu confio no meu pai e nas minhas mulas. Não cairei — pousou a mão num esporão irregular de rocha e se pôs em pé. — É melhor irmos andando. Ainda temos um longo caminho a percorrer, e sinto cheiro de tempestade.

A neve começou a cair no momento em que saíam de Pedra, o maior e o mais baixo dos três castelos intermediários que defendiam a abordagem ao Ninho da Águia. Àquela altura, caía o ocaso. Lady Myranda sugeriu que talvez pudessem voltar, passar a noite em Pedra e retomar a descida quando o sol nascesse, mas Mya não quis ouvir falar da ideia.

— Até lá a neve pode ter metro e meio de profundidade, e os degraus estarão traiçoeiros até para minhas mulas — ela disse. — É melhor continuarmos. Iremos devagar.

E foi o que fizeram. Abaixo de Pedra, os degraus eram mais largos e menos íngremes, ziguezagueando para dentro e para fora dos grandes pinheiros e das árvores-sentinela cinza-esverdeadas que cobriam as encostas inferiores da Lança do Gigante. As mulas de Mya, aparentemente, conheciam cada raiz e pedra da descida, e alguma que esquecessem era lembrada pela garota bastarda. Metade da noite se passou até avistarem as luzes dos Portões da Lua através da neve que caía. A última parte da viagem foi a mais pacífica. A neve não parou de cair, cobrindo o mundo de branco. Passarinho adormeceu na sela, oscilando de um lado para outro com os movimentos da mula. Até lady Myranda se pôs a bocejar e a se queixar de cansaço.

— Temos aposentos preparados para todos vocês — disse a Alayne —, mas, se quiser, pode partilhar minha cama esta noite. É grande o suficiente para quatro.

— Sentir-me-ia honrada, senhora.

— Randa. Sinta-se grata por eu estar tão cansada. Só tenho vontade de me enrolar e dormir. Normalmente, quando as senhoras partilham minha cama, têm de pagar um imposto de almofada e me contar tudo sobre as malvadezas que fizeram.

— E se não fizeram malvadezas?

— Ora, nesse caso têm de confessar todas as malvadezas que *querem* fazer. Você não, claro. Consigo ver como é virtuosa só de olhar para essas suas bochechas rosadas e esses grandes olhos azuis — voltou a bocejar. — Espero que tenha os pés quentes. Detesto companheiras de cama com pés frios.

Quando finalmente chegaram ao castelo do pai, lady Myranda também já cochilava, e Alayne sonhava com a cama. *Será um colchão de penas*, disse a si mesma. *Macio, quente e grosso, debaixo de um monte de peles. Sonharei um sonho agradável, e quando acordar haverá cães latindo, mulheres fofocando junto ao poço, espadas ressoando no pátio. E mais tarde haverá um banquete, com música e danças.* Após o silêncio mortal do Ninho da Águia, ansiava por gritos e risos.

Mas, quando os viajantes desciam das mulas, um dos guardas de Petyr surgiu vindo da fortaleza.

— Lady Alayne — disse —, Senhor Protetor está à sua espera.

— Ele voltou? — ela perguntou, sobressaltada.

— Voltou ao cair da noite. A senhora o encontrará na torre oeste.

A hora era mais próxima da alvorada do que do ocaso, e a maior parte do castelo encontrava-se adormecida, mas Petyr Baelish não. Alayne foi encontrá-lo sentado junto a uma crepitante lareira, bebendo vinho quente com especiarias na companhia de três homens que ela não conhecia. Todos se levantaram quando ela entrou, e Petyr dirigiu-lhe um sorriso caloroso.

— Alayne. Venha, dê um beijo em seu pai.

Alayne o abraçou obedientemente e lhe deu um beijo na face.

— Lamento incomodar, pai. Ninguém me disse que tinha companhia.

— Você nunca incomoda, querida. Estava agora mesmo contando a esses bons cavaleiros como minha filha é atenciosa.

— Atenciosa e bela — disse um jovem e elegante cavaleiro, cuja espessa cabeleira loira caía em cascata até bem depois dos ombros.

— Sim — disse o segundo cavaleiro, um indivíduo entroncado com uma espessa barba salpicada de branco, nariz vermelho proeminente e com veias rebentadas, e mãos nodosas, grandes como presuntos. — Não mencionou essa parte, milorde.

— Eu faria o mesmo se ela fosse minha filha — disse o último cavaleiro, um homem baixo e seco, com um sorriso sardônico, nariz pontiagudo e hirsutos cabelos cor de laranja. — Especialmente perto de homens grosseiros como nós.

Alayne riu.

— São grosseiros? — disse, brincando. — Ora, e eu que os tomei por galantes cavaleiros.

— Cavaleiros são — Petyr interveio. — Quanto à galanteria, ainda está por ser demonstrada, mas podemos ter esperança. Permita-me que lhe apresente sor Byron, sor Morgarth e sor Shadrich. Sores, lady Alayne, minha filha ilegítima e muito esperta... com a qual tenho de conferenciar, se fizerem a bondade de nos deixar a sós.

Os três cavaleiros fizeram reverências e se retiraram, embora o alto de cabelos loiros lhe tenha beijado a mão antes de sair.

— Cavaleiros andantes? — Alayne perguntou, quando a porta foi fechada.

— Cavaleiros famintos. Achei melhor termos mais algumas espadas à nossa volta. Os tempos tornam-se cada vez mais interessantes, minha querida, e, quando os tempos assim são, nunca se pode ter espadas demais. O *Rei Bacalhau* regressou a Vila Gaivota, e o velho Oswell tinha algumas histórias para contar.

Alayne sabia não ser boa ideia perguntar que tipo de histórias. Se Petyr quisesse que ela soubesse, lhe teria dito.

— Não o esperava de volta tão cedo — disse. — Agrada-me que tenha vindo.

— Nunca teria percebido tal coisa pelo beijo que me deu — puxou-a para si, prendeu-lhe o rosto entre as mãos, e a beijou nos lábios durante muito tempo. — Este é o tipo de beijo que diz *bem-vindo a casa*. Trate de melhorar da próxima vez.

— Sim, pai — conseguia sentir-se corar.

Ele não lhe guardou rancor pelo beijo.

— Não acreditaria em metade do que está acontecendo em Porto Real, querida. Cersei cambaleia de idiotice em idiotice, ajudada por seu conselho de surdos, mudos e cegos. Sempre julguei que ela deixaria o reino falido e se destruiria, mas nunca esperei que o fizesse assim tão *depressa*. É bastante irritante. Esperava ter quatro ou cinco anos calmos para plantar certas sementes e deixar alguns frutos amadurecer, mas agora... Ainda bem que prospero no caos. A pouca paz e ordem que os cinco reis nos deixaram não sobreviverá por muito tempo às três rainhas, temo bem.

— Três rainhas? — não estava compreendendo.

E Petyr também não achou por bem explicar. Em vez disso, sorriu e disse:

— Trouxe um presente à minha querida menina.

Alayne ficou tão contente quanto surpresa.

— É um vestido? — Tinha ouvido dizer que havia boas costureiras em Vila Gaivota, e estava farta de usar vestidos sem graça.

— Coisa melhor. Tente outra vez.

— Joias?

— Não há joias que possam esperar igualar os olhos da minha filha.

— Limões? Encontrou limões? — Prometera bolo de limão a Passarinho, e para fazer bolo de limão eram precisos limões.

Petyr Baelish lhe pegou na mão e a sentou em seu colo.

— Fiz um contrato de casamento para você.

— Um contrato... — sua garganta apertou-se. Não queria voltar a se casar, não agora, talvez nunca mais. — Eu não... não posso me casar. Pai, eu... — Alayne olhou para a porta, a fim de se assegurar de que estava fechada. — Eu *sou* casada — sussurrou. — Você sabe.

Petyr lhe pôs um dedo nos lábios para silenciá-la.

— O anão casou com a filha de Ned Stark, não com a minha. Mas não importa. É só um noivado. O casamento terá de esperar até que Cersei esteja acabada e Sansa seguramente viúva. E você precisa conhecer o rapaz e conquistar sua aprovação. Lady Waynwood não o obrigará a se casar contra sua vontade, é bastante firme quanto a isso.

— Lady *Waynwood*? — Alayne quase não conseguia acreditar no que ouvia. — Por que haveria ela de casar um dos filhos com... com uma...

— ... bastarda? Para começar, você é a bastarda do *Senhor Protetor*, não se esqueça. Os Waynwood são muito antigos e muito orgulhosos, mas não tão ricos como se poderia pensar, como descobri quando comecei a comprar-lhes a dívida. Não que lady Anya alguma vez vendesse um filho por ouro. Mas um protegido... O jovem Harry é só um primo, e o dote que ofereci à sua senhoria é ainda maior do que aquele que Lyonel Corbray acabou de receber. Tinha de ser, para ela se arriscar à fúria de Bronze Yohn. Isso porá abaixo todos os planos dele. Está prometida a Harrold Hardyng, querida, desde que consiga conquistar seu coração de rapaz... O que para você não deverá ser difícil.

— Harry, o Herdeiro? — Alayne tentou se recordar do que Myranda lhe dissera sobre ele na montanha. — Ele acabou de ser armado cavaleiro. E tem uma filha bastarda de uma plebeia qualquer.

— E outra a caminho, de outra garota. Harry pode ser um sedutor, não há dúvida. Macios cabelos cor de areia, profundos olhos azuis e covinhas quando sorri. E *muito* galante, segundo ouvi dizer — provocou-a com um sorriso. — Bastarda ou não, querida, quando essa união for anunciada, será invejada por todas as donzelas bem-nascidas do Vale, e também por algumas das terras fluviais e da Campina.

— Por quê? — Alayne não compreendia. — Sor Harrold é... Como é que pode ser herdeiro da lady Waynwood? Ela não tem filhos de seu próprio sangue?

— Três — Petyr admitiu. Alayne sentia cheiro de vinho no hálito dele, cravo e noz-moscada. — E também filhas e netos.

— Eles não têm precedência sobre Harry? Não compreendo.

— Compreenderá. Escute — Petyr pegou-lhe na mão e esfregou-lhe levemente a palma com os dedos. — Lorde Jasper Arryn, comecemos por ele. Pai de Jon Arryn. Ele gerou três crianças, dois filhos e uma filha. Jon era o mais velho, de modo que o Ninho da Águia e a senhoria passaram para ele. A irmã, Alys, casou-se com sor Elys Waynwood, tio da atual lady Waynwood — fez uma careta. — Elys e Alys, não é uma delícia? O filho mais novo de lorde Jasper, sor Ronnel Arryn, casou-se com uma garota Belmore, mas só lhe tocou o sino uma ou duas vezes antes de morrer de um mal de barriga. Elbert, o filho deles, nasceu numa cama no momento em que o pobre Ronnel morria noutra, ao fundo do corredor. Está prestando atenção, querida?

— Sim. Havia Jon, Alys e Ronnel, mas Ronnel morreu.

— Ótimo. Bom, Jon Arryn se casou três vezes, mas as duas primeiras esposas não lhe deram filhos, de modo que durante longos anos o sobrinho Elbert foi seu herdeiro. Entretanto, Elys arava Alys com bastante diligência, e ela paria uma vez por ano. Deu-lhe nove filhos, oito garotas e um precioso rapazinho, outro Jasper, após o que morreu, exausta. O jovem Jasper, sem mostrar consideração pelos heroicos esforços que tinham sido desenvolvidos para gerá-lo, arranjou maneira de ser escoiceado na cabeça por um cavalo aos três anos. Um surto de bexigas levou-lhe duas das irmãs pouco depois, deixando seis. A mais velha se casou com sor Denys Arryn, um primo afastado dos Senhores do Ninho da Águia. Há vários ramos da Casa Arryn espalhados pelo Vale, todos tão orgulhosos quanto penuriosos, à exceção dos Arryn de Vila Gaivota, que tiveram o raro bom senso de se casar com mercadores. São ricos, mas não chegam a ser refinados, por isso ninguém fala deles. Sor Denys provinha de um dos ramos pobres e orgulhosos... Mas também era combatente de renome em justas, atraente e galante, e transbordante de cortesia. E possuía aquele mágico nome Arryn, o que o tornava ideal para a mais velha das garotas Waynwood. Seus filhos seriam Arryn, e os herdeiros seguintes do Vale, caso algo de mal acontecesse a Elbert. Bem, e calhou de acontecer a Elbert o Rei Louco Aerys. Conhece essa história?

Conhecia.

— O Rei Louco o assassinou.

— De fato. E, pouco depois, sor Denys deixou sua esposa Waynwood grávida para partir para a guerra. Morreu durante a Batalha dos Sinos, de um excesso de galanteria e de um machado. Quando contaram sua morte à sua senhora, ela pereceu de desgosto, e o filho recém-nascido rapidamente a seguiu. Não importava. Jon Arryn arranjara uma jovem esposa durante a guerra, uma que tinha motivos para julgar fértil. Estava muito esperançoso, tenho certeza, mas ambos sabemos que tudo que obteve de Lysa foi natimortos, abortos, e o pobre Passarinho.

"O que nos traz de volta às restantes filhas de Elys e Alys. A mais velha foi deixada com terríveis cicatrizes pelas mesmas bexigas que mataram suas irmãs, de modo que se tornou septã. Outra foi seduzida por um mercenário. Sor Elys a expulsou, e ela se juntou às irmãs silenciosas depois de o bastardo morrer ainda bebê. A terceira se casou com o Senhor das Bossas, mas demonstrou ser estéril. A quarta estava a caminho das terras fluviais para se casar com um Bracken qualquer quando Homens Queimados a levaram. Sobrou a mais nova, que se casou com um cavaleiro com terras, juramentado aos Waynwood, e lhe deu um filho, a quem chamou Harrold, e faleceu — virou-lhe a mão e deu-lhe um leve beijo no pulso. — Portanto, diga-me, querida: por que é Harry, o Herdeiro?"

Os olhos dela se esbugalharam.

— Ele não é herdeiro da lady Waynwood. É herdeiro de *Robert*. Se Robert morrer...

Petyr arqueou uma sobrancelha.

— *Quando* Robert morrer. Nosso pobre e bravo Passarinho é um garoto tão doente que é apenas questão de tempo. *Quando* Robert morrer, Harry, o Herdeiro, se tornará lorde Harrold, Defensor do Vale e Senhor do Ninho da Águia. Os vassalos de Jon Arryn nunca gostarão de mim, nem de nosso tolo e trêmulo Robert, mas gostarão de seu Jovem Falcão... E, quando se reunirem para o seu casamento, e você sair com seus longos cabelos ruivos, vestida com um manto de donzela branco e cinza, com um lobo-gigante desenhado na parte de trás... Ora, todos os cavaleiros do Vale oferecerão suas espadas para reconquistar o que é seu por direito de sangue. De modo que são estes os presentes que lhe dou, minha querida Sansa... Harry, o Ninho da Águia e Winterfell. Isso merece outro beijo, não acha?

BRIENNE

Isto é um pesadelo horrível, pensou. Mas, se sonhava, por que doía tanto?

A chuva tinha parado de cair, mas o mundo inteiro estava molhado. Sentia o manto tão pesado quanto a cota de malha. As cordas que lhe prendiam os pulsos estavam empapadas, o que só as apertava mais. Não importa como virasse as mãos, não conseguia se libertar. Não compreendia quem a atara ou por quê. Tentou perguntar às sombras, mas elas não responderam. Talvez não a ouvissem. Talvez não fossem reais. Sob as camadas de lã úmida e cota de malha enferrujada, tinha a pele corada e febril. Perguntou a si mesma se tudo aquilo seria apenas um delírio provocado pela febre.

Tinha um cavalo por baixo de si, embora não conseguisse se lembrar de ter montado. Estava deitada de barriga para baixo sobre os quartos traseiros do animal, como se fosse um saco de aveia. Os pulsos e os tornozelos tinham sido firmemente amarrados uns aos outros. O ar estava úmido e o solo encontrava-se encoberto por névoas. A cabeça latejava-lhe a cada passo. Ouvia vozes, mas tudo o que via era a terra sob os cascos do cavalo. Havia coisas quebradas dentro de si. Sentia o rosto inchado, tinha a bochecha pegajosa de sangue, e cada oscilação e sacudidela provocavam-lhe uma punhalada de dor no braço. Ouvia Podrick chamando-a, como que de uma grande distância.

— Sor? — ele não parava de dizer. — Sor? Senhora? Sor? Senhora? — a voz era tênue e difícil de ouvir. Por fim, restou só o silêncio.

Sonhou que estava em Harrenhal, de novo na arena dos ursos. Daquela vez quem a enfrentava era Dentadas, enorme, careca e branco como um verme, com chagas sangrentas nas faces. Aproximou-se, nu, afagando o membro, fazendo ranger os dentes aguçados. Ela fugiu dele.

— Minha espada — gritou. — A Cumpridora de Promessas. Por favor — a audiência não lhe deu resposta. Renly encontrava-se presente, com Lesto Dick e Catelyn Stark. Shagwell, Pyg e Timeon tinham vindo, e os cadáveres das árvores também, com seus rostos encovados, línguas inchadas e órbitas vazias. Brienne gemeu de horror ao vê-los, e Dentadas pegou-lhe no braço, puxou-a para si e lhe arrancou um bocado de carne do rosto. — Jaime — ouviu-se gritar — *Jaime*.

Mesmo nas profundezas do sonho, a dor estava presente. O rosto latejava. O ombro sangrava. Respirar doía-lhe. Dores estalavam em seu braço como relâmpagos. Gritou por um meistre.

— Nós não temos meistre — disse uma voz de garota. — Sou só eu.

Procuro uma garota, recordou Brienne. *Uma donzela bem-nascida de treze anos, com olhos azuis e cabelos ruivos.*

— Senhora? — disse. — Lady Sansa?

Um homem riu.

— Ela acha que você é Sansa Stark.

— Não pode continuar por muito tempo. Vai morrer.

— É um leão a menos. Não é coisa que me faça chorar.

Brienne ouviu o ruído de alguém rezando. Pensou no septão Meribald, mas as palavras estavam todas erradas. *A noite é escura e cheia de terrores, e os sonhos também.*

Atravessavam um bosque sombrio, um lugar úmido, escuro e silencioso, onde os pinheiros cresciam muito juntos. O solo era mole sob os cascos do cavalo, e os rastros que deixava atrás de si enchiam-se de sangue. Ao seu lado, seguia lorde Renly, Dick Crabb e Vargo Hoat. Sangue corria da garganta de Renly. Da orelha rasgada do Bode escorria pus.

— Vamos para onde? — Brienne perguntou. — Para onde está me levando? — ninguém quis responder. *Como poderiam? Estão todos mortos.* Isso significava que ela também estava?

Tinha à sua frente lorde Renly, seu querido rei sorridente. Levava o cavalo por entre as árvores. Brienne o chamou para lhe dizer quanto o amava, mas, quando ele se virou para olhá-la de testa franzida, viu que afinal não se tratava de Renly. Renly nunca franzia a testa. *Ele sempre teve um sorriso para mim*, pensou... exceto...

"Frio", dissera seu rei, confuso, e uma sombra moveu-se sem um homem que a deitasse, e o sangue de seu querido senhor se derramou pelo aço verde do gorjal para ir ensopar suas mãos. Ele fora um homem quente, mas o sangue estava frio como gelo. *Isto não é real*, disse a si mesma. *Isto é outro pesadelo, e logo acordarei.*

Sua montaria parou de repente. Mãos rudes a pegaram. Viu feixes da luz vermelha da tarde caindo em diagonal por entre os galhos de um castanheiro. Um cavalo remexeu as folhas mortas em busca de castanhas, e homens deslocaram-se ali perto, falando em voz baixa. Dez, doze, talvez mais. Brienne não reconheceu seus rostos. Estava estendida no chão, com as costas apoiadas a um tronco de árvore.

— Beba isto, milady — disse a voz da garota. Levou uma taça aos lábios de Brienne. O sabor era forte e amargo. Brienne cuspiu.

— Água — arquejou. — Por favor. Água.

— Água não a ajudará com a dor. Isto sim. Um pouco — a garota voltou a encostar a taça nos lábios de Brienne.

Até beber doía. Vinho escorreu-lhe queixo abaixo e pingou sobre seu peito. Quando a taça ficou vazia, a garota tornou a enchê-la de um odre. Brienne foi bebendo até se engasgar.

— Basta.

— Não basta. Tem um braço quebrado e algumas de suas costelas estão trincadas. Duas, talvez três.

— Dentadas — Brienne disse, lembrando-se do peso dele, do modo como o joelho a atingira no peito.

— Sim. Um verdadeiro monstro esse.

Recordou-se de tudo; os relâmpagos por cima e a lama por baixo, a chuva pingando suavemente no aço escuro do elmo do Cão de Caça, a terrível força das mãos do Dentadas. De repente não suportou mais estar atada. Tentou libertar-se das cordas, mas tudo que conseguiu foi piorar as escoriações. Os pulsos estavam demasiado apertados. Havia sangue seco no cânhamo.

— Ele está morto? — estremeceu. — Dentadas. *Ele está morto?* — lembrava-se dos dentes dele enterrando-se na carne do seu rosto. A ideia de que ainda pudesse andar por ali, em algum lugar, respirando, fazia Brienne ter vontade de gritar.

— Está. Gendry enfiou-lhe uma ponta de lança na nuca. Beba, milady, senão lhe despejo isto garganta abaixo.

Ela bebeu.

— Ando à procura de uma garota — sussurrou, entre tragos. Quase disse *minha irmã*. — Uma donzela bem-nascida de treze anos. Tem olhos azuis e cabelos ruivos.

— Não sou eu.

Não. Brienne podia ver. A garota era magra a ponto de parecer esfomeada. Usava os cabelos castanhos numa trança, e tinha olhos que eram mais velhos do que sua idade. *Cabelos castanhos, olhos castanhos, simples. Willow, seis anos mais velha.*

— É a irmã. A estalajadeira.

— Se calhar, sou — a garota a olhou de soslaio. — E se for?

— Tem nome? — Brienne quis saber. Seu estômago gorgolejou. Teve receio de vomitar.

— Heddle. Como a Willow. Jeyne Heddle.

— Jeyne. Desamarre-me as mãos. Por favor. Tenha piedade. As cordas estão deixando meus pulsos em carne viva. Estou sangrando.

— Não é permitido. Deve ficar presa até... Até ser levada à presença de milady — Renly estava atrás da garota, afastando seus cabelos negros dos olhos. *Renly não. Gendry.* — Milady quer que responda por seus crimes.

— Milady — o vinho estava fazendo sua cabeça girar. Era difícil pensar. — Coração de Pedra. É dela que fala? — lorde Randyll a mencionara, em Lagoa da Donzela. — A lady Coração de Pedra.

— Há quem a chame assim. Outros a chamam de outras coisas. A Irmã Silenciosa. A Mãe Impiedosa. A Carrasca.

A Carrasca. Quando Brienne fechou os olhos, viu os cadáveres balançando sob os galhos nus e marrons, com os rostos negros e inchados. De repente, sentiu um medo desesperado.

— Podrick. Meu escudeiro. Onde está Podrick? E os outros... Sor Hyle, o septão Meribald. O Cão. Que fizeram com o Cão?

Gendry e a garota trocaram um olhar. Brienne lutou por se pôr em pé e conseguiu por um momento sustentar-se sobre um joelho antes de o mundo começar a girar.

— Foi você quem matou o Cão, milady — ouviu Gendry dizer, logo antes de a escuridão voltar a engoli-la.

Então viu-se de volta aos Murmúrios, em pé no meio das ruínas e defrontando Clarence Crabb. Ele era enorme e feroz, montado num auroque mais peludo do que ele. O animal escavou o chão, furioso, fazendo profundos sulcos na terra. Os dentes de Crabb tinham sido aguçados até formar pontas. Quando Brienne tentou puxar pela espada, encontrou a bainha vazia.

— Não — gritou, no momento em que sor Clarence atacava. Não era justo. Não podia lutar sem sua espada mágica. Sor Jaime lhe dera. A ideia de falhar com ele como falhara com lorde Renly lhe dava vontade de chorar. — A minha espada. Por favor, tenho de encontrar minha espada.

— A garota quer a espada de volta — declarou uma voz.

— E eu quero que Cersei Lannister me faça um boquete. E daí?

— Jaime a chamou Cumpridora de Promessas. *Por favor* — mas as vozes não lhe deram ouvidos, e Clarence Crabb caiu sobre ela como um trovão e cortou-lhe a cabeça. Brienne caiu em espiral numa escuridão mais profunda.

Sonhou que estava deitada num barco, com a cabeça apoiada no colo de alguém. Havia sombras a toda volta, homens encapuzados vestidos de cota de malha e couro, que os levavam à força de remos abafados através de um rio nevoento. Estava ensopada de suor e ardia em febre, mas ao mesmo tempo também tremia. O nevoeiro estava cheio de rostos.

— Bela — murmuravam os salgueiros na margem, mas os juncos diziam: — *Monstro, monstro* — Brienne estremecia.

— Pare — pediu. — Alguém faça-os parar.

Da vez seguinte que acordou, Jeyne levava-lhe uma taça de sopa quente aos lábios. *Caldo de cebolas*. Brienne bebeu tanto quanto foi capaz, até que um pedaço de cenoura ficou preso em sua garganta e a fez se engasgar. Tossir era uma agonia.

— Calma — a garota lhe pediu.

— Gendry — arquejou. — Tenho de falar com Gendry.

— Ele voltou para trás no rio, milady. Vai voltar para sua forja, para Willow e os pequenos, para mantê-los a salvo.

Ninguém pode mantê-los a salvo. Recomeçou a tossir.

— Ah, deixe-a sufocar. Poupa-nos uma corda — um dos homens sombrios empurrou a garota para o lado. Estava coberto com cota de malha enferrujada e trazia um cinto com tachões. De seu quadril pendia espada longa e punhal. Um manto amarelo estava colado aos seus ombros, encharcado e imundo. Dos ombros erguia-se uma cabeça de cão em aço, com os dentes desnudados num rosnido.

— *Não* — Brienne gemeu. — Não, está morto, eu o matei.

Cão de Caça soltou uma gargalhada.

— Entendeu as coisas ao contrário. Eu é que vou matá-la. Mataria você agora, mas milady quer vê-la enforcada.

Enforcada. A palavra a trespassou com um solavanco de medo. Olhou para a garota, Jeyne. *Ela é nova demais para ser tão dura*.

— Pão e sal — Brienne arquejou. — A estalagem... Septão Meribald alimentou as crianças... nós dividimos o pão com sua irmã...

— O direito de hóspede já não tem tanto significado como antes — disse a garota. — Já não o tem desde que milady voltou do casamento. Alguns daqueles que balançam junto ao rio também achavam que eram hóspedes.

— Nós achamos outras coisas — disse Cão de Caça. — Eles queriam camas. Nós lhes demos árvores.

— Mas temos mais árvores — interveio outra sombra, com apenas um olho atrás de um elmo redondo coberto de ferrugem. — Temos sempre mais árvores.

Quando chegou o momento de voltar a montar, enfiaram-lhe um capuz de couro na cabeça. Não havia buracos para os olhos. O couro abafava os sons à sua volta. O sabor de cebola permaneceu em sua boca, penetrante como a noção de seu fracasso. *Eles querem me enforcar*. Pensou em Jaime, em Sansa, no seu pai em Tarth, e sentiu-se contente pelo capuz. Ajudava a esconder as lágrimas que lhe subiam aos olhos. De vez em quando, ouvia os outros conversar, mas não conseguia distinguir as palavras. Após algum tempo, entregou-se ao cansaço e aos lentos e regulares movimentos do cavalo.

Daquela vez sonhou que estava de novo em casa, no Entardecer. Através das altas janelas arqueadas do salão do senhor seu pai via o sol se pôr. *Aqui estou a salvo. Estou a salvo.*

Estava vestida de brocado de seda, um vestido esquartelado de azul e vermelho, decorado com sóis dourados e crescentes prateados. Em outra garota podia ter sido um vestido bonito, mas não nela. Tinha doze anos, sentia-se desajeitada e desconfortável enquanto esperava para conhecer o jovem cavaleiro com quem o pai combinara que se casaria, um rapaz seis anos mais velho, que certamente um dia seria um famoso campeão. Temia sua chegada. Tinha o peito pequeno demais, as mãos e os pés grandes demais. Os cabelos não paravam de se pôr em pé, e havia uma espinha aninhada na dobra ao lado do nariz.

— Ele vai lhe trazer uma rosa — prometeu-lhe o pai, mas uma rosa não servia, uma rosa não podia mantê-la em segurança. Era uma espada que queria. *A Cumpridora de Promessas. Tenho de encontrar a garota. Tenho de encontrar a honra dele.*

Finalmente as portas se abriram, e seu prometido entrou a passos largos no salão do pai. Tentou saudá-lo como fora instruída a fazer, mas apenas conseguiu que sangue lhe jorrasse da boca. Cortara a língua com os dentes enquanto esperava. Cuspiu-a aos pés do jovem cavaleiro, e viu a repugnância em seu rosto.

— Brienne, a Bela — ele disse em tom trocista. — Já vi porcas mais belas do que você — atirou-lhe a rosa ao rosto. Enquanto se afastava, os grifos em seu manto onduralam, perderam nitidez e transformaram-se em leões. *Jaime!*, quis gritar. *Jaime, volte para mim!* Mas sua língua jazia no chão ao lado da rosa, afogada em sangue.

Brienne acordou de repente, ofegando.

Não sabia onde se encontrava. O ar estava frio e pesado, e cheirava a terra, vermes e bolor. Estava estendida num catre, sob uma pilha de peles de ovelha, com rocha acima da cabeça e raízes perfurando as paredes. A única luz provinha de uma vela alta, que fumegava num charco de cera derretida.

Afastou as peles de ovelha para o lado. Viu que alguém a despira de roupas e armadura. Estava vestida com uma combinação de lã marrom, pouco espessa, mas limpa. Uma tala tinha sido colocada em seu antebraço, enfaixado com linho. Sentia um lado do rosto molhado e rígido. Quando se tocou, descobriu uma espécie qualquer de cataplasma úmido que lhe cobria a bochecha, o maxilar e a orelha. *Dentadas...*

Brienne se levantou. Sentia as pernas fracas como água, e a cabeça leve como ar.

— Tem alguém aí?

Algo se moveu em uma das alcovas sombrias por trás da vela; um velho grisalho vestido de farrapos. As mantas que o cobriam deslizaram para o chão. Sentou-se e esfregou os olhos.

— Lady Brienne? Assustou-me. Estava sonhando.

Não, ela pensou, *eu é quem estava.*

— Que lugar é este? É uma masmorra?

— Uma gruta. Como ratazanas, temos de correr de volta aos nossos buracos quando os cães vêm farejar nosso rastro, e há mais cães a cada dia — ele trazia os restos esfarrapados de uma velha veste cor-de-rosa e branca. Os cabelos eram longos, grisalhos e emaranhados, e a pele solta das bochechas e do queixo estava coberta por uma barba hirsuta. — Está com fome? Conseguiria manter no estômago uma taça de leite? Talvez um pouco de pão e mel?

— Quero minha roupa. Minha espada — sentia-se nua sem sua cota de malha, e queria a Cumpridora de Promessas ao seu lado. — A saída. Mostre-me a saída — o chão da gruta era de terra e pedra, áspero sob as solas dos seus pés. Ainda sentia a cabeça leve, como se estivesse flutuando. A luz tremeluzente lançava estranhas sombras. *Espíritos dos mortos*, pensou, *dançando à minha volta, escondendo-se quando me viro para olhá-los.* Viu buracos, rachaduras e fendas por todo lado, mas não havia maneira de saber quais das passagens levavam ao exterior, quais a fariam penetrar mais profundamente na gruta e quais não iam dar a lugar nenhum. Todas estavam negras como breu.

— Posso sentir a temperatura de sua testa, senhora? — a mão do carcereiro estava coberta de cicatrizes e era dura, cheia de calos, mas estranhamente gentil. — A febre baixou — anunciou, numa voz temperada pelo sotaque das Cidades Livres. — Ótimo. Ainda ontem parecia que tinha a carne em fogo. Jeyne temeu que pudéssemos perdê-la.

— Jeyne. A garota alta?

— Essa mesma. Embora não seja tão alta quanto você, senhora. Os homens a chamam Jeyne Longa. Foi ela quem pôs seu braço na posição correta e colocou a tala, tão bem quanto qualquer meistre. Fez também o que pôde pelo seu rosto, lavando os ferimentos com cerveja fervida para parar a necrose. Mesmo assim... Uma dentada humana é uma coisa nojenta. Foi daí que veio a febre, estou certo — o homem grisalho tocou-lhe o rosto enfaixado. — Tivemos de cortar alguma carne. Temo que seu rosto não fique bonito.

Ele nunca foi bonito.

— Fala de cicatrizes?

— Senhora, aquela criatura arrancou metade de sua bochecha.

Brienne não conseguiu evitar um estremecimento. *Todos os cavaleiros têm cicatrizes de batalha*, prevenira-a sor Goodwin, quando lhe pedira que a ensinasse a manejar a espada. *É isso o que quer, pequena?* Mas seu velho mestre de armas falava de golpes de espada; nunca poderia ter previsto os dentes pontiagudos do Dentadas.

— Para que colocar meus ossos no lugar e lavar meus ferimentos se pretendem me enforcar?

— Realmente, para quê? — ele relanceou os olhos pela vela, como se já não conseguisse suportar olhá-la. — Disseram-me que lutou bravamente na estalagem. Limo não devia ter saído da encruzilhada. Foi-lhe dito que ficasse por perto, escondido, para vir imediatamente se visse fumaça saindo da chaminé... Mas, quando lhe chegou uma mensagem dizendo que Cão Louco de Salinas tinha sido visto dirigindo-se para o norte, ao longo do Ramo Verde, mordeu a isca. Andávamos havia tanto tempo à caça daquele grupo... Mesmo assim, ele devia ter pensado melhor. Acabou gastando meio dia para perceber que os pantomimeiros tinham usado um riacho para esconder o rastro e voltado, nas suas costas, e então perdeu mais tempo rodeando uma coluna de cavaleiros Frey. Se não fosse você, haveria apenas cadáveres na estalagem quando Limo e seus homens regressassem. Foi *por isso* que Jeyne cuidou de suas feridas, talvez. Não importa o que tenha feito, ganhou esses ferimentos de forma honrada, na melhor das causas.

Não importa o que tenha feito.

— O que pensa que fiz? — disse. — *Quem é você?*

— Éramos homens do rei quando começamos — disse-lhe o homem —, mas homens do rei têm de ter um rei, e nós não temos. Também éramos irmãos, mas agora nossa irmandade se dispersou. Não sei quem somos, para falar a verdade, nem sei para onde nos dirigimos. Só sei que a estrada é escura. Os fogos não me mostraram o que está no fim.

Eu sei onde ela termina. Vi os cadáveres nas árvores.

— Fogos — repetiu Brienne. E, de repente, compreendeu. — É o sacerdote myriano. O feiticeiro vermelho.

Ele abaixou os olhos para a roupa esfarrapada e abriu um sorriso triste.

— O fingidor cor-de-rosa, talvez. Sou Thoros, outrora de Myr, sim... um mau sacerdote e um feiticeiro pior.

— Acompanha Dondarrion, o Senhor do Relâmpago.

— O relâmpago aparece e desaparece, e depois não volta a ser visto. Acontece o mesmo com os homens. Temo que o fogo de lorde Beric tenha desaparecido deste mundo. Em seu lugar lidera-nos uma sombra mais ameaçadora.

— Cão de Caça?

O sacerdote enrugou os lábios.

— Cão de Caça está morto e enterrado.

— Eu o vi. Na floresta.

— Um sonho febril, senhora.

— Ele disse que queria me enforcar.

— Até os sonhos podem mentir. Senhora, há quanto tempo não come? Certamente está faminta.

Compreendeu que estava. Sentia a barriga oca.

— Comida... comida seria bem-vinda, obrigada.

— Uma refeição, neste caso. Sente-se. Falaremos mais, mas primeiro uma refeição. Espere aqui — Thoros acendeu um círio na vela inclinada e desapareceu num buraco negro por trás de uma saliência de rocha. Brienne deu por si sozinha na pequena gruta. *Mas por quanto tempo?*

Percorreu o aposento em busca de uma arma. Qualquer tipo de arma teria servido; um bastão, uma maça, um punhal. Só encontrou pedras. Uma se ajustava bem ao seu punho... Mas recordou os Murmúrios, e o que tinha acontecido quando Shagwell tentara opor uma pedra a uma faca. Quando ouviu os passos do sacerdote, deixou a pedra cair no chão da gruta e regressou ao lugar onde estivera sentada.

Thoros tinha pão, queijo e uma tigela de guisado.

— Lamento — disse. — O resto do leite azedou, e já não temos mel. A comida torna-se escassa. Seja como for, isto irá encher sua barriga.

O guisado estava frio e gorduroso; o pão, duro; e o queijo, mais duro ainda. Brienne nunca comera nada tão delicioso.

— Meus companheiros estão aqui? — perguntou ao sacerdote, enquanto enchia a colher com os últimos restos do guisado.

— O septão foi libertado e seguiu seu caminho. Não havia nenhum mal nele. Os outros estão aqui, aguardando julgamento.

— Julgamento? — franziu as sobrancelhas. — Podrick Payne não passa de um garoto.

— Ele diz que é um escudeiro.

— Sabe como os garotos gostam de se gabar.

— O escudeiro do Duende. Lutou em batalhas, ele mesmo admitiu. Até chegou a matar, caso se acredite no que diz.

— Um garoto — ela voltou a dizer. — Tenha piedade.

— Senhora — disse Thoros —, não duvido de que a gentileza, a misericórdia e o perdão ainda possam ser encontrados em algum lugar nestes Sete Reinos, mas não os procure aqui. Isto é uma gruta, não um templo. Quando os homens são obrigados a viver como ratazanas na escuridão subterrânea, sua piedade logo se esgota, assim como acontece com o leite e o mel.

— E a justiça? Pode ser encontrada em grutas?

— Justiça — Thoros deu um sorriso tristonho. — Lembro-me da justiça. Tinha um sabor agradável. Era a justiça que pretendíamos quando Beric nos liderava, ou pelo menos era isso que dizíamos a nós mesmos. Éramos homens do rei, cavaleiros e heróis... Mas alguns cavaleiros são sombrios e cheios de terror, senhora. A guerra transforma todos nós em monstros.

— Está dizendo que são monstros?

— Estou dizendo que somos humanos. Não é a única pessoa com ferimentos, lady Brienne. Alguns de meus irmãos eram bons homens quando isto começou. Alguns eram... menos bons, digamos, embora haja quem diga que não importa como um homem começa, mas apenas como termina. Suponho que com as mulheres seja igual — o sacerdote se levantou. — Temo que nosso tempo juntos esteja no fim. Ouço meus irmãos se aproximar. A nossa senhora manda que a busquem.

Brienne ouviu os passos e viu a luz do archote tremeluzir na passagem.

— Disse-me que ela tinha ido a Feirajusta.

— E foi. Voltou enquanto dormia. Ela nunca dorme.

Não terei medo, disse a si mesma, mas era tarde demais para isso. Substituiu essa promessa por outra: *não permitirei que vejam meu medo*. Eles eram quatro, homens duros com rostos macilentos, vestidos de cota de malha, escamas e couro. Reconheceu um deles; o homem com um olho dos seus sonhos.

O maior dos quatro usava um manto amarelo manchado e esfarrapado.

— Gostou da comida? — perguntou. — Espero que sim. Deve ser a última refeição que fará — tinha cabelos castanhos e barba, era musculoso e possuía um nariz partido, fruto de maus cuidados. *Conheço esse homem*, Brienne pensou.

— É o Cão de Caça.

Ele abriu um sorriso. Seus dentes eram horríveis; tortos e com manchas marrons devido à cárie.

— Suponho que seja. Visto que milady tratou de matar o último — virou a cabeça e escarrou.

Brienne recordou o relâmpago estalando, a lama sob os seus pés.

— Quem eu matei foi Rorge. Ele tirou o elmo da tumba de Clegane, e você o roubou de seu cadáver.

— Não estou ouvindo ele protestar.

Thoros prendeu a respiração, consternado.

— Isso é verdade? O elmo de um morto? Caímos assim tão baixo?

O grandalhão lançou-lhe um olhar carrancudo.

— É bom aço.

— Não há nada de bom nesse elmo, nem nos homens que o usaram — disse o sacerdote vermelho. — Sandor Clegane era um homem atormentado, e Rorge, um animal em pele humana.

— Não sou nem um nem outro.

— Então para que mostrar ao mundo a cara deles? Selvagem, a rosnar, retorcida... é isso o que quer ser, Limo?

— Vê-la vai encher de medo meus inimigos.

— Vê-la me enche de medo.

— Então feche os olhos — o homem do manto amarelo fez um gesto brusco. — Traga a puta.

Brienne não resistiu. Eles eram quatro, e ela estava fraca e ferida, nua sob a combinação de lã. Tinha de dobrar o pescoço para evitar bater com a cabeça enquanto a levavam pela sinuosa passagem. O caminho em frente ergueu-se bruscamente, virando duas vezes antes de emergir numa caverna muito maior, cheia de fora da lei.

Um buraco de fogueira fora escavado no centro da caverna, e o ar estava azul de fumaça. Homens aglomeravam-se junto às chamas, aquecendo-se contra o frio da gruta. Outros estavam em pé ao longo das paredes, ou sentavam-se de pernas cruzadas em catres de palha. Também havia mulheres, e até algumas crianças, que espreitavam por detrás da saia das mães. O único rosto que Brienne reconheceu pertencia a Jeyne Longa Heddle.

Uma mesa de montar tinha sido erguida do outro lado da gruta, numa fenda da rocha. Por trás dela encontrava-se sentada uma mulher toda vestida de cinza, com um manto e um capuz. Tinha nas mãos uma coroa, um aro de bronze rodeado por espadas de ferro.

Estava estudando-a, afagando as lâminas com os dedos, como que para verificar se estavam afiadas. Os olhos cintilavam sob o capuz.

Cinza era a cor das irmãs silenciosas, as criadas do Estranho. Brienne sentiu um arrepio subir-lhe a espinha. *Coração de Pedra.*

— Milady — disse o grandalhão. — Aqui está ela.

— Sim — disse o zarolho. — A puta do Regicida.

Brienne vacilou.

— Por que me chama assim?

— Se eu ganhasse um veado de prata toda vez que dissesse o nome dele, estaria tão rico quanto seus amigos Lannister.

— Isso foi só... não compreende...

— Será que não? — o grandalhão soltou uma gargalhada. — Acho que talvez entendamos. Há um fedor de *leão* em você, senhora.

— Não é verdade.

Outro dos fora da lei deu um passo adiante, um homem mais novo com um justilho gorduroso de pele de ovelha. Na mão trazia a Cumpridora de Promessas.

— Isto diz que é — a voz dele era carregada com o sotaque do Norte. Tirou a espada da bainha e a pousou diante da lady Coração de Pedra. À luz vinda da fogueira, as ondulações vermelhas e negras da lâmina quase pareciam se mover, mas a mulher de cinza só tinha olhos para o botão do punho: uma cabeça de leão em ouro, com olhos de rubi que brilhavam como duas estrelas vermelhas.

— E também há isto — Thoros de Myr tirou um pergaminho da manga e o pousou junto à espada. — Ostenta o selo do rei garoto e diz que o portador está tratando de seus assuntos.

A lady Coração de Pedra pôs a espada de lado para ler a carta.

— A espada me foi dada para um bom propósito — Brienne disse. — Sor Jaime prestou um juramento a Catelyn Stark...

— ... antes de seus amigos lhe cortarem a garganta, com certeza — disse o homem grande com o manto amarelo. — Todos conhecemos o Regicida e seus juramentos.

Não adianta, Brienne compreendeu. *Nada que eu diga irá fazê-los mudar de ideia.* Apesar disso, decidida, foi em frente.

— Ele prometeu as filhas à lady Catelyn, mas quando chegamos a Porto Real elas tinham desaparecido. Jaime me mandou em busca da lady Sansa...

— ... e, se tivesse achado a garota — perguntou o jovem nortenho —, o que deveria fazer com ela?

— Protegê-la. Levá-la para algum lugar seguro.

O grandalhão soltou uma gargalhada.

— Onde fica isso? Na masmorra de Cersei?

— Não.

— Negue o que quiser. Aquela espada diz que é uma mentirosa. Será que espera que acreditemos que os Lannister andam entregando espadas de ouro e rubis a inimigos? Que o Regicida queria que escondesse a garota de sua própria *irmã gêmea*? Suponho que o papel com o selo do rei garoto fosse apenas para o caso de precisar limpar o cu, não? E depois há a companhia em que anda... — o grandalhão virou-se e fez um gesto, as fileiras de fora da lei abriram-se, e outros dois cativos foram trazidos. — O garoto era o escudeiro do próprio Duende, milady — ele se dirigiu à lady Coração de Pedra. — O outro é um dos malditos cavaleiros domésticos do maldito Randyll Tarly.

Hyle Hunt tinha sido espancado com tanta violência, que seu rosto estava inchado quase até deixar de ser reconhecível. Tropeçou quando o empurraram, e quase caiu. Podrick o agarrou pelo braço.

— Sor — disse o garoto com ar infeliz quando viu Brienne. — Quero dizer, senhora. Lamento.

— Não há nada a lamentar — Brienne virou-se para a lady Coração de Pedra. — Seja qual for a traição que julga que cometi, senhora, Podrick e sor Hyle não participaram dela.

— São leões — disse o zarolho. — Isso basta. Que sejam enforcados, digo eu. O Tarly enforcou uma vintena dos nossos, já é mais que tempo de a gente pendurar uns tantos dos dele.

Sor Hyle dirigiu a Brienne um tênue sorriso.

— Senhora — disse —, devia ter se casado comigo quando me ofereci. Agora, temo que esteja condenada a morrer donzela, e eu, pobre.

— *Liberte-os* — Brienne suplicou.

A mulher de cinza não deu resposta. Estudou a espada, o pergaminho, a coroa de bronze e ferro. Por fim, ergueu a mão até a garganta e agarrou o pescoço, como se pretendesse esganar a si mesma. Em vez disso, falou... Sua voz era hesitante, irregular, torturada. O som parecia vir de sua garganta, em parte um coaxo, em parte um arquejo de asmático, em parte um matraquear de morte. *A língua dos condenados*, pensou Brienne.

— Não compreendo. O que foi que ela disse?

— Perguntou como se chama essa sua lâmina — respondeu o jovem nortenho com o justilho de pele de ovelha.

— Cumpridora de Promessas — Brienne respondeu.

A mulher de cinza *silvou* por entre os dedos. Seus olhos eram dois poços rubros ardendo nas sombras. Voltou a falar.

— Não, ela disse. Chame-a de Quebradora de Promessas. Foi feita para a traição e o assassínio. Ela a batiza como *Falsa Amiga*. Como você.

— Para quem fui falsa?

— Para ela — disse o nortenho. — Poderá a senhora ter se esquecido de que um dia jurou se pôr ao seu serviço?

Só havia uma mulher a quem a Donzela de Tarth tinha jurado servir.

— Isto não pode ser — disse. — Ela está morta.

— A morte e o direito de hóspede — Jeyne Longa Heddle resmungou. — Não têm tanto significado como tinham antes, nem uma coisa nem outra.

Lady Coração de Pedra abaixou o capuz e desenrolou o cachecol de lã cinzenta que lhe cobria o rosto. Seus cabelos estavam secos e quebradiços, brancos como osso. A testa salpicada de verde e cinza, manchada com os rebentos marrons da putrefação. A pele agarrava-se ao seu rosto em faixas rasgadas, dos olhos até o maxilar. Alguns dos cortes estavam cobertos por crostas de sangue seco, mas outros escancaravam-se para revelar o crânio, por baixo.

O rosto dela, Brienne pensou. *O rosto dela era tão forte e bonito, sua pele era tão lisa e macia.*

— Lady Catelyn? — lágrimas encheram-lhe os olhos. — Disseram... disseram que estava morta.

— E está — Thoros de Myr interveio. — Os Frey rasgaram-lhe a garganta de orelha a orelha. Quando a encontramos junto ao rio, estava morta havia três dias. Harwin suplicou-me que lhe desse o beijo da vida, mas tinha se passado tempo demais. Não quis fazê-

-lo, por isso lorde Beric pôs os lábios sobre os dela, e a chama da vida passou dele para ela. E... ela se ergueu. Que o Senhor da Luz nos proteja. *Ela se ergueu.*

Ainda estou sonhando?, perguntou Brienne a si mesma. *Será isto outro pesadelo nascido dos dentes do Dentadas?*

— Nunca a traí. Diga-lhe isso. Juro pelos Sete. Juro pela minha *espada*.

A coisa que tinha sido Catelyn Stark voltou a agarrar a garganta, com dedos que apertavam o pavoroso e longo corte no pescoço, e estrangulou mais sons.

— Palavras são vento, ela diz — o nortenho esclareceu Brienne. — Ela diz que deve demonstrar sua fidelidade.

— Como? — Brienne quis saber.

— Com a sua espada. Você a chama de *Cumpridora de Promessas?* Então cumpra a promessa que lhe fez, a senhora diz.

— O que ela quer de mim?

— Quer o filho vivo, ou os homens que o mataram mortos — o grandalhão respondeu. — Quer alimentar os corvos, como fizeram no Casamento Vermelho. Os Frey e os Bolton, sim. Nós os daremos a ela, tantos quantos queira. Tudo o que lhe pede é Jaime Lannister.

Jaime. O nome era uma faca retorcendo-se em sua barriga.

— Lady Catelyn, eu... não compreendo, Jaime... ele me salvou de ser estuprada quando os Pantomimeiros Sangrentos nos capturaram, e mais tarde voltou para vir me buscar, saltou de mãos nuas para a arena dos ursos... Juro, ele não é o homem que era. Mandou-me em busca de Sansa, para mantê-la a salvo; não podia ter participação no Casamento Vermelho.

Os dedos da lady Catelyn enterraram-se profundamente na garganta, e as palavras saíram num matraquear, sufocadas e entrecortadas, um fluxo tão frio como gelo. O nortenho disse:

— Ela diz que deve escolher. Pegar a espada e matar o Regicida ou ser enforcada como traidora. A espada ou a corda, ela diz. Escolha, ela diz. *Escolha.*

Brienne lembrou-se do sonho, a espera no salão do pai pelo rapaz com quem deveria se casar. No sonho, cortara a língua com os dentes. *Tinha a boca cheia de sangue.* Inspirou entre espamos e disse:

— Não farei tal escolha.

Houve um longo silêncio. Então, a lady Coração de Pedra voltou a falar. Daquela vez, Brienne compreendeu o que disse. Foi só uma palavra.

— *Enforque-os* — crocitou.

— Às suas ordens, milady — prontificou-se o grandalhão.

Voltaram a atar os pulsos de Brienne com cordas e a levaram para fora da caverna, por um caminho sinuoso de pedra que subia à superfície. Ficou surpresa por ver que lá fora era manhã. Feixes da pálida luz da aurora penetravam em diagonal por entre as árvores. *Tantas árvores por escolher*, pensou. *Não terão de nos levar até longe.*

E não levaram. Sob um salgueiro torto, os fora da lei enfiaram-lhe um laço pela cabeça, apertaram-no bem em seu pescoço e fizeram passar a outra ponta da corda por cima de um galho. A Hyle Hunt e Podrick Payne foram dados elmos. Sor Hyle gritava que mataria Jaime Lannister, mas Cão de Caça deu-lhe um tabefe no rosto e o calou, e lhe colocou o elmo.

— Se tiverem crimes a confessar aos seus deuses, esta é a hora de fazê-lo.

— Podrick nunca lhes fez mal. Meu pai o resgatará. Tarth é conhecida como a ilha safira. Envie Podrick com os meus ossos ao Entardecer, e terão safiras, prata, tudo que quiserem.

— Quero minha mulher e filha de volta — disse Cão de Caça. — Seu pai pode me dar isso? Se não puder, pode ir levar no cu. O garoto vai apodrecer ao seu lado. Lobos hão de roer seus ossos.

— Vai enforcá-la, Limo? — perguntou o zarolho. — Ou pensa em matar a cadela com conversa?

Cão de Caça arrancou a ponta da corda do homem que a segurava.

— Vamos lá ver se ela sabe dançar — disse, e deu um puxão.

Brienne sentiu o cânhamo apertar, enterrando-se em sua pele, puxando-lhe o queixo para cima. Sor Hyle os amaldiçoava com eloquência, mas o garoto não. Podrick não chegou a erguer os olhos, nem mesmo quando seus pés foram arrancados do chão. *Se isso for outro sonho, está na hora de acordar. Se isto for real, está na hora de morrer.* Tudo que conseguia ver era Podrick, com o laço em volta do pescoço, as pernas torcendo-se. Sua boca se abriu e Pod esperneava, sufocava, *morria*. Brienne inspirou desesperadamente no momento em que a corda a estrangulava. Nunca nada doera tanto.

Gritou uma palavra.

CERSEI

Septã Moelle era uma bruxa de cabelos brancos, com um rosto pontudo como um machado e lábios comprimidos em perpétua desaprovação. *Esta ainda tem a virgindade intacta, aposto,* Cersei pensou, *embora a essa altura esteja dura e rígida como couro cozido.* Seis dos cavaleiros do alto pardal escoltavam-na, com a espada arco-íris de sua ordem renascida desenhada nos escudos pontiagudos.

— Septã — Cersei estava sentada sob o Trono de Ferro, vestida de seda verde e renda dourada. — Diga à Sua Alta Santidade que estamos aborrecidos com ele. Ousa demais — esmeraldas cintilavam em seus dedos e nos cabelos dourados. Os olhos da corte e da cidade estavam postos nela, e queria que vissem a filha de lorde Tywin. Quando aquela pantomima terminasse, saberiam que não tinham mais do que uma verdadeira rainha. *Mas, primeiro, temos de dançar a dança e não falhar nenhum passo.* — Lady Margaery é a leal e gentil esposa do meu filho, sua companheira e consorte. Sua Alta Santidade não tinha motivo para pôr as mãos na sua pessoa, ou para aprisioná-la e às jovens primas, que tão queridas são por todos nós. Exijo que as liberte.

A expressão severa da septã Moelle não vacilou.

— Transmitirei as palavras de Vossa Graça a Sua Alta Santidade, mas tenho o penoso dever de dizer que a jovem rainha e suas senhoras não podem ser libertadas até que a sua inocência seja provada.

— *Inocência?* Ora, basta olhar para seus doces e jovens rostos para ver como são inocentes.

— Um rosto doce esconde frequentemente um coração de pecador.

Lady Merryweather interveio da mesa do conselho.

— De que ofensa foram essas jovens donzelas acusadas, e por quem?

A septã respondeu:

— Megga Tyrell e Elinor Tyrell são acusadas de lascívia, fornicação e conspiração para cometer alta traição. Alla Tyrell, de testemunhar sua vergonha e de ajudá-las a escondê-la. E disso foi também acusada a rainha Margaery, além de adultério e alta traição.

Cersei levou uma mão ao peito.

— Diga-me quem anda espalhando tais calúnias sobre a minha nora! Não acredito em uma palavra do que estou ouvindo. Meu querido filho ama a lady Margaery de todo o coração; ela nunca poderia ter sido cruel a ponto de enganá-lo.

— O acusador é um cavaleiro de sua própria guarda. Sor Osney Kettleblack confessou ao alto septão em pessoa ter tido contato carnal com a rainha, diante do altar do Pai.

Na mesa do conselho, Harys Swyft arfou, e o grande meistre Pycelle virou a cabeça. Um zumbido encheu o ar, como se houvesse mil vespas à solta na sala do trono. Algumas das senhoras nas galerias começaram a se esgueirar para o exterior, seguidas por uma corrente de pequenos senhores e cavaleiros que estavam no fundo da sala. Os homens de manto dourado deixaram-nos ir, mas a rainha instruíra sor Osfryd para tomar nota de todos os que fugissem. *De repente as rosas Tyrell não cheiram tão bem.*

— Sor Osney é jovem e enérgico, admito — disse a rainha —, mas, apesar disso, é um cavaleiro de confiança. Se ele diz que participou nisto... Não, não pode ser. Margaery é uma donzela!

— Não é. Eu mesma a examinei, a pedido de Sua Alta Santidade. Sua virgindade não está intacta. Septã Aglantine e septã Melicent dirão o mesmo, bem como a própria septã da rainha Margaery, Nysterica, que foi confinada a uma cela de penitente pelo papel desempenhado na vergonha da rainha. Lady Megga e lady Elinor também foram examinadas. Descobriu-se que ambas tinham sido rompidas.

As vespas tornavam-se tão ruidosas que a rainha já quase nem conseguia ouvir-se pensar. *Espero que a pequena rainha e as primas tenham gostado dessas suas cavalgadas.*

Lorde Merryweather pôs-se aos murros na mesa.

— A lady Margaery prestou juramentos solenes atestando sua virgindade à Sua Graça, à rainha e ao falecido lorde Tywin. Muitos dos presentes os testemunharam. Lorde Tyrell também proclamou sua inocência, e o mesmo fez a lady Olenna, a qual todos sabemos estar acima de qualquer suspeita. Quer que acreditemos que todas essas nobres pessoas *mentiram*?

— Talvez elas também tenham sido enganadas, senhor — Septã Moelle se manifestou.

— Quanto a isso não posso dizer nada. Só posso garantir a verdade daquilo que descobri pessoalmente quando examinei a rainha.

A imagem daquela velha amarga enfiando os dedos enrugados pela bocetinha cor-de-rosa de Margaery era tão engraçada que Cersei quase soltou uma gargalhada.

— Insistimos que Sua Alta Santidade permita que nossos meistres examinem minha nora, para determinar se há alguma migalha de verdade nessas calúnias. Grande meistre Pycelle, irá acompanhar septã Moelle ao Septo do Adorado Baelor e voltará para junto de nós com a verdade acerca da virgindade de nossa Margaery.

Pycelle ficara da cor do branco coalhado. *Nas reuniões do conselho, o maldito do velho imbecil não se cala, mas agora que preciso de algumas de suas palavras perdeu a capacidade da fala*, pensou a rainha, antes de o velho finalmente sair com um:

— Não preciso examinar suas... suas partes privadas — sua voz estava trêmula. — Lastimo dizer... a rainha Margaery não é donzela. Ordenou-me que lhe fizesse chá de lua, não uma, mas muitas vezes.

O tumulto que se seguiu àquilo foi tudo que Cersei Lannister poderia ter desejado.

O arauto real bateu no chão com seu bastão, mas isso pouco fez para abafar o ruído. A rainha deixou-o inundá-la por alguns segundos, saboreando o som da desgraça da pequena rainha. Quando o achou suficiente, ergueu-se com uma expressão de pedra e ordenou que os homens de manto dourado evacuassem o salão. *Margaery Tyrell está acabada*, pensou, exultante. Seus cavaleiros brancos puseram-se ao seu redor enquanto saía pela porta do rei, por trás do Trono de Ferro; Boros Blount, Meryn Trant e Osmund Kettleblack, os últimos membros da Guarda Real que restavam na cidade.

O Rapaz Lua estava junto à porta, com o chocalho numa mão, fitando a confusão com os seus grandes olhos redondos. *Pode ser um bobo, mas mostra sua loucura honestamente. Maggy, a Rã, também devia andar vestida de retalhos por tudo o que sabia sobre o futuro.* Cersei rezava para que a velha fraude estivesse aos gritos no inferno. A rainha mais nova, cuja chegada predissera, estava acabada, e, se essa profecia podia falhar, as outras também podiam. *Nada de mortalhas douradas, nada de valonqar, estou finalmente livre da sua maldade coaxante.*

O restante de seu pequeno conselho saiu atrás dela. Harys Swyft parecia aturdido. Tropeçou à porta, e poderia ter caído se Aurane Waters não o tivesse segurado pelo braço. Até Orton Merryweather parecia ansioso.

— O povo gosta da pequena rainha — disse. — Não receberá isso bem. Temo o que possa acontecer em seguida, Vossa Graça.

— Lorde Merryweather tem razão — lorde Waters concordou. — Se aprouver a Vossa Graça, lançarei à água o resto de nossos novos dromones. Vê-los na Água Negra com o estandarte do rei Tommen flutuando em seus mastros recordará à cidade quem governa aqui, e os manterá a salvo, caso a turba decida voltar a entrar em motim.

Deixou o resto por dizer. Uma vez na Água Negra, os dromones podiam impedir Mace Tyrell de atravessar o rio com seu exército, tal como Tyrion impedira Stannis. Jardim de Cima não possuía poderio marítimo próprio deste lado de Westeros. Dependia da frota Redwyne, atualmente de regresso à Árvore.

— Uma medida prudente — anunciou a rainha. — Até essa tempestade passar, quero seus navios tripulados e na água.

Sor Harys Swyft estava tão pálido e suado que parecia prestes a desmaiar.

— Quando as notícias sobre isso chegarem a lorde Tyrell, sua fúria não conhecerá limites. Haverá sangue nas ruas...

O cavaleiro das galinhas trêmulas, refletiu Cersei. *Devia escolher um verme como símbolo, sor. Uma galinha é ousada demais para você. Se Mace Tyrell nem sequer assalta Ponta Tempestade, como imagina que se atreverá a atacar os deuses?* Quando o homem acabou de disparatar, disse:

— Não deve chegar-se ao derramamento de sangue, e pretendo me assegurar de que isso não ocorra. Irei pessoalmente ao Septo de Baelor para falar com a rainha Margaery e o alto septão. Sei que Tommen os ama a ambos, e que desejaria que eu fizesse a paz entre eles.

— Paz? — Sor Harys esfregou levemente a testa com sua manga de veludo. — Se a paz for possível... Isto é muito valente de sua parte.

— Algum tipo de julgamento poderá ser necessário — a rainha retrucou —, para revelar como falsas essas ignóbeis calúnias e mentiras, e mostrar ao mundo que nossa querida Margaery é a inocente que todos sabemos que é.

— Sim — Merryweather assentiu —, mas esse alto septão pode querer julgar ele mesmo a rainha, como a Fé julgava os homens antigamente.

Espero que sim, Cersei respondeu em pensamento. Não era provável que um tal tribunal olhasse com benevolência rainhas traiçoeiras que abrem as pernas a cantores e profanam os ritos sagrados da Donzela para esconder sua vergonha.

— O mais importante é descobrir a verdade, estou certa de que todos concordamos — Cersei voltou a falar. — E agora, senhores, devem me perdoar. Tenho de ir ter com o rei. Ele não deve ficar sozinho num momento como este.

Tommen pescava gatos quando a mãe regressou para junto dele. Dorcas fizera-lhe um rato com pedaços de peles e atara-o a um longo barbante preso à ponta de uma velha vara de pescar. Os gatinhos adoravam persegui-lo, e não havia nada que o garoto mais gostasse do que puxá-lo chão afora com os animais saltando atrás dele. Pareceu surpreso quando Cersei o envolveu nos braços e o beijou na testa.

— Por que fez isso, mãe? Por que está chorando?

Porque você está a salvo, quis lhe dizer. *Porque nenhum mal lhe acontecerá.*

— Está enganado. Um leão nunca chora — haveria tempo mais tarde para lhe falar de Margaery e das primas. — Há alguns mandados que quero que assine.

Pelo bem do rei, a rainha omitira os nomes nos mandados de captura. Tommen os assinou em branco e comprimiu alegremente seu selo contra a cera quente, como sempre fazia. Depois daquilo, ela o mandou embora com Jocelyn Swyft.

Quando sor Osfryd Kettleblack chegou, a tinta já secava. Cersei escrevera pessoalmente os nomes: sor Tallad, o Alto, Jalabhar Xho, Hamish, o Harpista, Hugh Clifton,

Mark Mullendore, Bayard Norcross, Lambert Timberry, Horas Redwyne, Hobber Redwyne, e um certo rústico chamado Wat, que chamava a si mesmo Bardo Azul.

— Tantos. — Sor Osfryd remexeu nos mandados, tão desconfiado das palavras como se fossem baratas rastejando sobre o pergaminho. Nenhum dos Kettleblack sabia ler.

— Dez. Tem seis mil homens de manto dourado. São suficientes para dez, penso eu. Alguns dos espertos podem ter fugido, se os rumores lhes chegaram aos ouvidos a tempo. Se assim for, não importa; sua ausência só os faz parecer mais culpados. Sor Tallad é algo imbecil e pode tentar resistir. Assegure-se de que não morra antes de confessar, e não faça mal a nenhum dos outros. Alguns bem podem ser inocentes — era importante que se descobrisse que os gêmeos Redwyne tinham sido falsamente acusados. Isso demonstraria a justiça dos julgamentos contra os outros.

— Teremos a todos antes de o sol nascer, Vossa Graça — sor Osfryd hesitou. — Uma multidão está se juntando diante da porta do Septo de Baelor.

— Que tipo de multidão? — qualquer coisa inesperada a deixava desconfiada. Lembrou-se do que lorde Waters dissera sobre os tumultos. *Não pensei no modo como os plebeus poderiam reagir a isso. Margaery tem sido seu animalzinho de estimação.* — Quantas pessoas?

— Umas cem, mais ou menos. Gritam para que o alto septão liberte a pequena rainha. Podemos correr com eles, se quiser.

— Não. Deixe-os gritar até ficarem roucos, isso não fará o pardal mudar de ideia. Ele só dá ouvidos aos deuses — havia certa ironia em Sua Alta Santidade ter uma multidão irada acampada à sua porta, visto que fora exatamente uma multidão dessas que lhe entregara a coroa de cristal. *Que ele prontamente vendeu.* — A Fé agora tem seus próprios cavaleiros. Que defendam eles o septo. Oh, e feche também as muralhas da cidade. Ninguém deverá entrar ou sair de Porto Real sem a minha autorização até que isso esteja esclarecido e terminado.

— Às suas ordens, Vossa Graça — sor Osfryd fez uma reverência e foi arranjar alguém que lhe lesse os mandados.

Quando o sol se pôs nesse dia, todos os acusados de traição estavam presos. Hamish, o Harpista, perdera os sentidos quando o tinham ido capturar, e sor Tallad, o Alto, ferira três homens de manto dourado antes de os outros o dominarem. Cersei ordenou que fossem dados aposentos confortáveis numa torre aos gêmeos Redwyne. Os outros foram para as masmorras.

— Hamish está com dificuldade de respirar — informou-a Qyburn quando veio visitá-la nessa noite. — Está pedindo um meistre.

— Diga-lhe que pode ser visto por um assim que confessar — refletiu por um momento. — Ele é velho demais para ter estado entre os amantes, mas sem dúvida foi obrigado a tocar e cantar para Margaery enquanto ela recebia outros homens. Precisaremos de detalhes.

— Eu o ajudarei a se recordar deles, Vossa Graça.

No dia seguinte, lady Merryweather ajudou Cersei a se vestir para a visita de ambas à pequena rainha.

— Nada muito rico ou colorido — disse. — Algo adequadamente devoto e sem graça para o alto septão. É capaz de ele me obrigar a acompanhá-lo em orações.

Por fim, escolheu um macio vestido de lã que a cobria da garganta aos tornozelos, apenas com alguns arabescos bordados no corpete e as mangas confeccionadas em fio dourado, para suavizar a severidade de seu corte. Ainda melhor, o marrom ajudaria a esconder a sujeira, caso fosse obrigada a se ajoelhar.

— Enquanto eu estiver confortando minha nora, você falará com as três primas — disse a Taena. — Conquiste Alla, se puder, mas tenha cuidado com o que diz. Os deuses podem não ser os únicos a estar à escuta.

Jaime sempre dizia que a parte mais dura de uma batalha é o momento imediatamente antes, enquanto se espera pelo início da carnificina. Quando saiu para a rua, Cersei viu que o céu estava cinzento e sombrio. Não podia correr o risco de ser apanhada por uma tempestade e chegar ao Septo de Baelor ensopada e enlameada. Isto queria dizer liteira. Como escolta, levou dez guardas domésticos Lannister e Boros Blount.

— A turba de Margaery pode não ter inteligência suficiente para distinguir um Kettleblack do outro — disse a sor Osmund —, e não posso tê-lo abrindo caminho à força através dos plebeus. É melhor manter-se fora de vista por uns tempos.

Enquanto atravessavam Porto Real, Taena teve uma súbita dúvida.

— Esse julgamento — disse em voz baixa —, e se Margaery exigir que a sua culpa ou inocência seja determinada por combate judiciário?

Um sorriso roçou nos lábios de Cersei.

— Como rainha, sua honra tem de ser defendida por um cavaleiro da Guarda Real. Ora, qualquer criança em Westeros sabe como o príncipe Aemon, o Cavaleiro do Dragão, foi o campeão de sua irmã, a rainha Naerys, contra as acusações de sor Morghil. Mas, com sor Loras tão gravemente ferido, temo que o papel de príncipe Aemon tenha de cair sobre um de seus Irmãos Juramentados — encolheu os ombros. — Mas quem? Sor Arys e sor Balon andam longe, em Dorne, Jaime está em Correrrio, e sor Osmund é irmão do homem que a acusa, o que deixa apenas... Oh, puxa...

— Boros Blount e Meryn Trant — lady Taena soltou uma gargalhada.

— Sim, e sor Meryn tem andado adoentado nos últimos tempos. Lembre-me de lhe dizer isso quando regressarmos ao castelo.

— Lembrarei, minha querida — Taena pegou-lhe na mão e a beijou. — Rezo para nunca ofendê-la. É terrível quando provocada.

— Qualquer mãe faria o mesmo para proteger seus filhos — Cersei respondeu. — Quando pensa em trazer esse seu garoto para a corte? Russell, não é esse seu nome? Podia treinar com Tommen.

— Isso animaria o garoto, eu sei... Mas as coisas estão tão incertas neste momento, acho melhor esperar até o perigo passar.

— Terminará logo — Cersei prometeu. — Mande uma mensagem para Mesalonga para que Russell embale seu melhor gibão e sua espada de madeira. Um novo jovem amigo será precisamente a coisa certa para ajudar Tommen a esquecer sua perda, depois que a pequena cabeça de Margaery rolar.

Desceram da liteira sob a estátua de Baelor, o Abençoado. A rainha ficou satisfeita por ver que os ossos e a sujeira tinham sido levados dali. Sor Osfryd dissera a verdade; a multidão não era nem tão numerosa nem tão insubmissa como os pardais tinham sido. Estavam por ali em pequenos grupos, fitando carrancudos as portas do Grande Septo, onde uma fileira de septões noviços fora disposta, de bastões nas mãos. *Nada de aço*, Cersei notou. Aquilo era ou muito sensato, ou muito estúpido, não tinha bem certeza.

Ninguém fez a mínima tentativa para detê-la. Tanto o povo como os noviços abriram alas à sua passagem. Uma vez dentro, foram recebidas por três cavaleiros no Salão das Lamparinas, todos eles envergando as vestes listradas com as cores do arco-íris dos Filhos do Guerreiro.

— Estou aqui para visitar minha nora — disse-lhes Cersei.

— Sua Alta Santidade tem estado à sua espera. Sou sor Theodan, o Fiel, anteriormente sor Theodan Wells. Se Vossa Graça me acompanhar.

O alto pardal estava ajoelhado, como sempre. Dessa vez rezava diante do altar do Pai. E não interrompeu a prece quando a rainha se aproximou; obrigou-a a esperar impacientemente até terminar. Só então se ergueu e lhe fez uma reverência.

— Vossa Graça. Este é um triste dia.

— Muito triste. Temos a sua licença para falar com Margaery e as primas? — decidiu empregar modos dóceis e humildes; com aquele homem, era capaz de ser esta a atitude que melhor funcionaria.

— Se é este o seu desejo. Depois venha ter comigo, filha. Temos de rezar juntos, você e eu.

A pequena rainha fora confinada no topo de uma das esguias torres do Grande Septo. Sua cela tinha dois metros e meio de comprimento por dois de largura, sem mobília, exceto por um catre forrado de palha e um banco para orações, um jarro de água, uma cópia da *Estrela de Sete Pontas* e uma vela para iluminar a leitura. A única janela era pouco mais larga do que uma seteira.

Cersei foi encontrar Margaery descalça e tremendo, envergando o vestido de tecido grosseiro de uma noviça. Suas madeixas estavam todas emaranhadas, e tinha os pés muito sujos.

— Tiraram minha *roupa* — disse-lhe a pequena rainha quando ficaram a sós. — Trajava um vestido de renda cor de marfim, com pérolas de água doce no corpete, mas as septãs puseram as *mãos* em cima de mim e me despiram por completo. Às minhas primas também. Megga atirou uma septã para cima das velas e incendiou-lhe a toga. Mas temo por Alla. Ficou branca como leite, assustada demais até para chorar.

— Pobre pequena — não havia cadeiras, de modo que Cersei se sentou ao lado da pequena rainha em seu catre. — Lady Taena foi falar com ela, para lhe fazer saber que não foi esquecida.

— Ele nem sequer me deixa vê-las — enfureceu-se Margaery. — Mantém-nos separadas umas das outras. Até a sua chegada, não me foram permitidas visitas além das septãs. Uma aparece de hora em hora para perguntar se desejo confessar minhas fornicações. Nem sequer me deixam dormir. Acordam-me para exigir confissões. Na noite passada, confessei à septã Unella que desejava arrancar-lhe os olhos com as unhas.

É uma pena não ter feito isso, Cersei pensou. *Cegar uma pobre septã qualquer certamente persuadiria o alto pardal da sua culpa.*

— Estão interrogando suas primas da mesma forma.

— Malditos sejam, então — Margaery esbravejou. — Malditos sejam nos sete infernos. Alla é amável e tímida, como podem sujeitá-la a isso? E Megga... Ela ri alto como uma prostituta das docas, eu sei, mas por dentro não passa de uma garotinha. Amo-as todas, e elas me amam. Se esse pardal pensa em obrigá-las a mentir sobre mim...

— Temo que elas também tenham sido acusadas. Todas as três.

— Minhas *primas*? — Margaery empalideceu. — Alla e Megga pouco mais são do que crianças. Vossa Graça, isto... isto é obsceno. Irá nos tirar daqui?

— Bem gostaria de poder fazê-lo — tinha a voz cheia de pesar. — Sua Alta Santidade tem seus novos cavaleiros guardando-as. Para libertar vocês, precisaria mandar os homens de manto dourado e profanar este lugar santo com uma matança — Cersei pegou na mão de Margaery. — Mas não tenho estado parada. Reuni todos aqueles que sor Osney identificou como seus amantes. Eles dirão a Sua Alta Santidade que é inocente, tenho certeza, e jurarão isso em seu julgamento.

— Julgamento? — agora havia verdadeiro medo na voz da garota. — Tem de haver um julgamento?

— De que outra forma provaria sua inocência? — Cersei deu à mão de Margaery um apertão tranquilizador. — Tem o direito de escolher a forma de julgamento, é certo. É a rainha. Os cavaleiros da Guarda Real juraram defendê-la.

Margaery compreendeu de imediato.

— Um julgamento por batalha? Mas Loras está ferido, de outra forma ele...

— Ele tem seis irmãos.

Margaery a fitou, e então tirou a mão de entre as suas.

— Isso é alguma piada? Boros é um covarde, Meryn é velho e lento, seu irmão foi mutilado, os outros dois estão longe, em Dorne, e Osmund é um maldito *Kettleblack*. Loras tem *dois* irmãos, e não seis. Se houver julgamento por batalha, quero Garlan como meu campeão.

— Sor Garlan não é membro da Guarda Real — disse a rainha. — Quando a honra da rainha está em causa, a lei e os costumes obrigam a que seu campeão seja um dos sete homens juramentados do rei. O alto septão irá insistir, bem temo — *eu me assegurarei disso*.

Margaery não respondeu de imediato, mas seus olhos castanhos estreitaram-se com suspeita.

— Blount ou Trant — disse por fim. — Teria de ser um deles. Gostaria disso, não? Osney Kettleblack faria qualquer um deles em pedaços.

Sete infernos. Cersei envergou uma expressão ferida.

— Comete uma injustiça para comigo, filha. Tudo o que quero...

— ... é o seu filho, todo para você. Ele nunca terá uma esposa que não seja odiada por você. E eu *não* sou sua filha, graças aos deuses. Deixe-me.

— Está se comportando como uma tola. Só estou aqui para ajudá-la.

— Para me ajudar a entrar na sepultura. Pedi a você que saísse. Irá me obrigar a chamar os carcereiros para que a arrastem daqui para fora, sua vil, intriguista, malvada cadela?

Cersei apanhou as saias com dignidade.

— Isso deve ser muito assustador para você. Perdoarei essas palavras. — Ali, como na corte, nunca se sabia quem poderia estar à escuta. — Eu também sentiria medo se estivesse em seu lugar. Grande meistre Pycelle admitiu que lhe fornecia chá de lua, e o seu Bardo Azul... Se fosse você, senhora, rezaria à Velha por sabedoria e à Mãe por misericórdia. Temo que em breve venha a ter uma terrível necessidade de ambas as coisas.

Quatro septãs grisalhas escoltaram a rainha na descida da escada da torre. Cada uma das velhas parecia mais frágil do que a outra. Quando chegaram ao nível do chão, continuaram a descer, penetrando no coração da Colina de Visenya. Os degraus terminaram muito debaixo da terra, onde uma fileira de archotes tremeluzentes iluminava um longo corredor.

Foi encontrar o alto septão à sua espera numa pequena sala de audiências com sete lados. A sala era simples e espartana, com paredes de pedra nuas, uma mesa toscamente talhada, três cadeiras e um banco de oração. Os rostos dos Sete tinham sido esculpidos nas paredes. Cersei achou as esculturas rudimentares e feias, mas havia certo poder nelas, especialmente em volta dos olhos, globos de ônix, malaquite e selenita amarela, que de algum modo faziam os rostos ganharem vida.

— Falou com a rainha? — perguntou o alto septão.

Cersei resistiu à tentação de dizer: *a rainha sou eu*.

— Falei.
— Todos os homens pecam, até os reis e as rainhas. Eu mesmo pequei, e fui perdoado. Mas, sem a confissão, não pode haver perdão. A rainha não quer confessar.
— Talvez seja inocente.
— Não é. Santas septãs a examinaram, e atestam que sua virgindade foi quebrada. Ela estava bêbada de chá de lua para assassinar no ventre o fruto de suas fornicações. Um cavaleiro ungido jurou sobre a espada ter tido contato carnal com ela e com duas de suas três primas. Outros também dormiram com ela, segundo ele diz, e fornece muitos nomes de homens, tanto grandes como humildes.
— Meus homens de manto dourado os levaram, todos, para as masmorras — garantiu-lhe Cersei. — Por enquanto só um foi interrogado, um cantor chamado Bardo Azul. O que ele tinha a dizer é perturbador. Mesmo assim, rezo para que, quando minha nora seja levada a julgamento, ainda se prove sua inocência — hesitou. — Tommen ama tanto sua pequena rainha, Vossa Santidade, que temo possa ser difícil para ele ou seus senhores julgá-la com justiça. Talvez o julgamento deva ser conduzido pela Fé?
O alto pardal uniu suas mãos magras.
— Tive essa mesma ideia, Vossa Graça. Tal como Maegor, o Cruel, tirou um dia as espadas da Fé, assim Jaehaerys, o Conciliador, nos privou das balanças da justiça. E, no entanto, quem é verdadeiramente digno de julgar uma rainha, além dos Sete no Céu e dos devotos na terra? Um número sagrado de sete juízes presidirá este caso. Três serão do seu sexo, feminino. Uma donzela, uma mãe e uma velha. Quem poderia estar mais preparado para julgar a imoralidade das mulheres?
— Isto será o melhor. Com certeza, Margaery tem o direito de exigir que sua culpa ou inocência seja provada por combate judiciário. Se assim for, seu campeão deve ser um dos Sete de Tommen.
— Os Cavaleiros da Guarda Real serviram como os legítimos campeões do rei e da rainha desde o tempo de Aegon, o Conquistador. A Coroa e a Fé falam a uma só voz quanto a isto.
Cersei cobriu o rosto com as mãos, como quem está em sofrimento. Quando voltou a erguer a cabeça, uma lágrima cintilava num olho.
— Estes são realmente dias tristes — disse —, mas agrada-me ver que estamos tão de acordo. Se Tommen estivesse aqui, sei que lhe agradeceria. Juntos, você e eu, temos de descobrir a verdade.
— Descobriremos.
— Tenho de regressar ao castelo. Com a sua licença, levarei sor Osney Kettleblack comigo. O pequeno conselho vai querer interrogá-lo e ouvir pessoalmente suas acusações.
— Não — o alto septão respondeu.
Foi apenas uma palavra, uma pequena palavra, mas Cersei a sentiu como um balde de água fria na cara. Pestanejou, e sua convicção vacilou, só um pouco.
— Sor Osney ficará preso em segurança, eu lhe garanto.
— Ele está preso em segurança aqui. Venha. Eu lhe mostrarei.
Cersei sentia os olhos dos Sete fixos nela, olhos de jade, malaquite e ônix, e um súbito arrepio de medo a atravessou, frio como gelo. *Eu sou a rainha*, disse a si mesma. *Filha de lorde Tywin*. Relutantemente, seguiu-o.
Sor Osney não estava longe. O aposento era escuro e fechado por uma pesada porta de ferro. O alto septão exibiu a chave que a abria e desprendeu um archote de uma parede para iluminar a sala.

— Faça o favor de entrar, Vossa Graça.

Lá dentro, Osney Kettleblack pendia do teto, nu, balançando de um par de pesadas correntes de ferro. Fora chicoteado. Suas costas e seus ombros tinham sido deixados quase sem pele, e golpes e vergões também lhe cobriam as pernas e o traseiro.

A rainha quase não conseguiu suportar olhá-lo. Virou-se para o alto septão.

— O que *fez*?

— Procuramos a verdade, e com grande zelo.

— Ele lhe disse a verdade. Veio ter com você de livre e espontânea vontade e confessou seus pecados.

— Sim. Ele fez isso. Já ouvi muitos homens confessarem, Vossa Graça, mas raramente ouvi um homem tão contente por ser tão culpado.

— Você o *chicoteou*!

— Não pode haver penitência sem dor. Ninguém deve ser poupado do castigo, como eu disse a sor Osney. Raramente me sinto tão próximo de Deus como quando estou sendo chicoteado pela minha maldade, embora meus pecados mais sombrios não cheguem nem perto do negrume dos dele.

— M-mas — gaguejou —, você prega a misericórdia da Mãe...

— Sor Osney saboreará esse doce leite na vida após a morte. Está escrito na *Estrela de Sete Pontas* que todos os pecados podem ser perdoados, mas os crimes devem ser punidos mesmo assim. Osney Kettleblack é culpado de traição e assassinato, e a pena pela traição é a morte.

Ele é apenas um sacerdote, não pode fazer isso.

— Não cabe à Fé condenar um homem à morte, seja qual for seu delito.

— Seja qual for seu delito — o alto septão repetiu lentamente as palavras, pesando-as. — É estranho afirmá-lo, Vossa Graça, mas, quanto mais diligentemente aplicávamos o chicote, mais os delitos de sor Osney pareciam mudar. Ele agora quer nos fazer crer que nunca tocou em Margaery Tyrell. Não é verdade, sor Osney?

Osney Kettleblack abriu os olhos. Quando viu a rainha ali, diante de si, passou a língua pelos lábios inchados e disse:

— A Muralha. Prometeu-me a Muralha.

— Está louco — Cersei rebateu. — Você o levou à loucura.

— Sor Osney — disse o alto septão, numa voz firme e clara —, teve contatos carnais com a rainha?

— Sim. — As correntes retiniram levemente quando Osney nelas se torceu. — Com essa aí. Foi ela a rainha que fodi, e a que me mandou matar o antigo alto septão. O homem não tinha guardas. Limitei-me a entrar quando ele dormia e comprimi uma almofada em seu rosto.

Cersei rodopiou sobre si mesma e fugiu.

O alto septão tentou apanhá-la, mas era um pardal velho, e ela era uma leoa do Rochedo. Empurrou-o para o lado e atravessou a porta de rompante, fechando-a atrás de si com estrondo. *Os Kettleblack, preciso dos Kettleblack, enviarei Osfryd com os homens de manto dourado e Osmund com a Guarda Real, Osney negará tudo assim que o libertarem, e eu me livro do alto septão como me livrei do outro.* As quatro velhas septãs bloquearam-lhe a passagem e tentaram agarrá-la com suas mãos encarquilhadas. Atirou uma ao chão, arranhou o rosto de outra e chegou à escada. No meio da subida, lembrou-se de Taena Merryweather. A recordação a fez tropeçar, arquejante. *Que os Sete me salvem*, orou. *Taena sabe de tudo. Se também a apanharem, e a chicotearem...*

Conseguiu fugir até o septo, mas não foi mais longe. Havia mulheres à sua espera ali, mais septãs e também irmãs silenciosas, mais novas do que as quatro velhas lá de baixo.

— Eu sou a *rainha* — gritou, recuando para longe delas. — Mandarei decapitá-las por isso, mandarei decapitar todos. Deixem-me passar — em vez disso, agarraram-na. Cersei fugiu para o altar da Mãe, mas apanharam-na aí, uma vintena delas, e a arrastaram, esperneando, pelas escadas da torre acima. Dentro da cela, três irmãs silenciosas seguraram-na enquanto uma septã chamada Scolera a despia por completo. Até lhe levou a roupa de baixo. Outra septã lhe atirou um vestido de tecido grosseiro. — Não pode fazer isso — a rainha não parava de gritar. — Sou uma Lannister, solte-me, meu irmão matará você, Jaime abrirá você da garganta à boceta, *largue-me*! Eu sou a *rainha*!

— A rainha devia rezar — disse septã Scolera, antes de a deixarem nua na cela fria e desolada.

Cersei não era a dócil Margaery Tyrell, para enfiar seu vestidinho e se submeter a um tal cativeiro. *Ensinarei a eles o que significa pôr um leão numa jaula*, pensou. Rasgou o vestido em cem pedaços, descobriu um jarro de água e o esmagou contra a parede, e então fez o mesmo com o penico. Quando ninguém apareceu, pôs-se a esmurrar a porta. A escolta que trouxera estava lá embaixo, na praça: dez guardas Lannister e sor Boros Blount. *Quando me ouvirem, virão me buscar e arrastarão o maldito alto pardal para a Fortaleza Vermelha, acorrentado.*

Gritou, deu pontapés e uivou até lhe doer a garganta, à porta e à janela. Ninguém gritou em resposta, nem veio salvá-la. A cela começou a escurecer. Também estava esfriando. Cersei pôs-se a tremer. *Como podem me deixar assim, sem um fogo sequer? Eu sou a sua rainha.* Começou a se arrepender de ter rasgado o vestido que lhe tinham dado. Havia uma manta no catre do canto, uma coisa puída de fina lã marrom. Era áspera e pinicava, mas era tudo que tinha. Cersei aninhou-se debaixo da manta para evitar tremer, e não muito depois caiu num sono exausto.

Quando voltou a si, uma mão pesada a sacudia para acordá-la. Estava um negro de breu dentro da cela, e uma mulher enorme e feia estava ajoelhada por cima dela, com uma vela na mão.

— Quem é você? — quis saber a rainha. — Veio me libertar?

— Sou a septã Unella. Vim ouvir você contar tudo sobre seus assassinatos e suas fornicações.

Cersei afastou-lhe a mão com uma palmada.

— Mandarei cortar sua cabeça. Não ouse me tocar. Vá embora.

A mulher ergueu-se.

— Vossa Graça. Voltarei dentro de uma hora. Talvez então esteja pronta para confessar.

Uma hora, e uma hora, e uma hora. Assim se passou a mais longa noite que Cersei Lannister alguma vez conhecera, à exceção da noite do casamento de Joffrey. A garganta lhe doía de tanto gritar, e quase não conseguia engolir. A cela ficou gelada. Quebrara o penico, de modo que teve de se acocorar a um canto para urinar e ver os dejetos escorrer pelo chão. Cada vez que fechava os olhos, Unella aparecia de novo por cima dela, sacudindo-a e lhe perguntando se queria confessar seus pecados.

Com o dia não veio nenhum alívio. Septã Moelle trouxe-lhe uma tigela de mingau de aveia aguado e cinza ao nascer do sol. Cersei atirou-lhe a tigela na cabeça. Mas, quando trouxeram um novo jarro de água, tinha tanta sede que não teve escolha exceto beber. Quando trouxeram outro vestido, cinza, fino e cheirando a bolor, envergou-o sobre sua nudez. E nessa noite, quando Moelle voltou a aparecer, comeu o pão e o peixe e exigiu vinho para empurrá-los para baixo. Não apareceu nenhum vinho, só septã Unella, fazendo sua visita marcada para perguntar se a rainha estava pronta para confessar.

O que está acontecendo?, perguntou Cersei a si mesma quando a fina fatia de céu que se via de sua janela começou a escurecer de novo. *Por que ninguém veio me tirar daqui?* Não conseguia acreditar que os Kettleblack abandonassem o irmão. O que seu conselho estava fazendo? *Covardes e traidores. Quando sair daqui, mandarei decapitar o bando inteiro, e arranjarei homens melhores para seus lugares.*

Por três vezes, nesse dia, ouviu os sons de gritos distantes erguendo-se da praça, mas era o nome de Margaery que a multidão gritava, não o seu.

Era perto da aurora do segundo dia e Cersei lambia o resto do mingau do fundo da tigela quando a porta de sua cela se abriu inesperadamente para deixar lorde Qyburn entrar. Foi com dificuldade que resistiu à tentação de se atirar aos seus braços.

— Qyburn — murmurou —, oh, deuses, estou tão satisfeita por ver seu rosto. Leve-me para casa.

— Isto não será permitido. Deverá ser julgada perante um tribunal sagrado de sete, por assassinato, traição e fornicação.

Cersei estava tão exausta que, a princípio, as palavras não lhe pareceram fazer sentido.

— Tommen. Fale-me de meu filho. Ele ainda é rei?

— Sim, Vossa Graça. Está bem e em segurança no interior das muralhas da Fortaleza de Maegor, protegido pela Guarda Real. Mas sente-se só. Pergunta por você e por sua pequena rainha. Por enquanto, ninguém lhe falou de... de seu...

— ... de minhas dificuldades? — Cersei sugeriu. — E Margaery?

— Deverá ser julgada também, pelo mesmo tribunal que conduzirá seu julgamento. Mandei entregar o Bardo Azul ao alto septão, como Vossa Graça ordenou. Está agora aqui, em algum lugar abaixo de nós. Meus informantes dizem que o estão chicoteando, mas por enquanto continua a cantar a mesma doce canção que lhe ensinamos.

A mesma doce canção. Tinha a cabeça embotada por falta de sono. *Wat, o verdadeiro nome dele é Wat.* Se os deuses fossem bons, Wat podia morrer sob o chicote, deixando Margaery sem maneira alguma de provar que seu testemunho era falso.

— Onde estão meus cavaleiros? Sor Osfryd... o alto septão pretende matar seu irmão Osney, seus homens de manto dourado têm de...

— Osfryd Kettleblack já não comanda a Patrulha da Cidade. O rei o destituiu do cargo e nomeou para o seu lugar o capitão do Portão do Dragão, um certo Humfrey Waters.

Cersei estava tão cansada que nada daquilo fazia sentido.

— Por que Tommen faria isso?

— O garoto não tem culpa. Quando seu conselho lhe põe um decreto na frente, assina seu nome e põe o selo.

— Meu conselho... quem? Quem faria isso? Você não...

— Infelizmente fui demitido do conselho, embora por enquanto permitam que continue meu trabalho com os informantes do eunuco. O reino é governado por sor Harys Swyft e pelo grande meistre Pycelle. Enviaram um corvo para Rochedo Casterly, convidando seu tio a regressar à corte e assumir a regência. Se ele quiser aceitar, é bom que se apresse. Mace Tyrell abandonou o cerco de Ponta Tempestade e marcha de volta à cidade com seu exército, e há relatos de que Randyll Tarly também está a caminho, desde Lagoa da Donzela.

— Lorde Merryweather concordou com isso?

— Merryweather demitiu-se de seu lugar no conselho e fugiu para Mesalonga com a esposa, que foi quem primeiro nos trouxe a notícia de... das acusações... contra Vossa Graça.

— Deixaram Taena ir — aquela era a melhor coisa que ouvia desde que o alto pardal dissera não. Taena poderia tê-la condenado. — E lorde Waters? Seus navios... se ele trouxer as tripulações para terra, deve ter homens suficientes para...

— Assim que a notícia dos atuais problemas de Vossa Graça chegou ao rio, lorde Waters içou as velas, pôs os remos na água e levou a frota para o mar. Sor Harys teme que ele pretenda se juntar a lorde Stannis. Pycelle crê que ele se dirige aos Degraus, para se estabelecer como pirata.

— Todos os meus lindos dromones — Cersei quase riu. — O senhor meu pai costumava dizer que os bastardos eram traiçoeiros por natureza. Gostaria de lhe ter dado ouvidos — estremeceu. — Estou perdida, Qyburn.

— Não — ele pegou a mão de Cersei. — Ainda há esperança. Vossa Graça tem o direito de provar sua inocência por combate. Minha rainha, seu campeão está a postos. Não há homem em todos os Sete Reinos que tenha esperança de lhe fazer frente. Se desse a ordem...

Daquela vez ela realmente riu. Era engraçado, terrivelmente engraçado, *hediondamente* engraçado.

— Os deuses transformaram em piadas todas as nossas esperanças e planos. Tenho um campeão que ninguém pode derrotar, mas estou proibida de usá-lo. Eu sou a *rainha*, Qyburn. Minha honra só pode ser defendida por um Irmão Juramentado da Guarda Real.

— Entendo — o sorriso morreu no rosto de Qyburn. — Vossa Graça, não sei o que dizer. Não sei como aconselhá-la...

Mesmo em seu estado exausto e assustado, a rainha sabia que não se atrevia a confiar seu destino a um tribunal de pardais. Tampouco podia contar com a intervenção de sor Kevan, depois das palavras que tinham sido trocadas entre ambos da última vez que se encontraram. *Terá de ser julgamento por batalha. Não há outra maneira.*

— Qyburn, pelo amor que tem a mim, suplico-lhe, envie uma mensagem em meu nome. Um corvo, se puder. Se não, um mensageiro a cavalo. Deve enviá-la para Correrrio, para o meu irmão. Conte-lhe o que aconteceu, e escreva... escreva...

— Sim, Vossa Graça?

Cersei lambeu os lábios, tremendo.

— Venha imediatamente. Ajude-me. Salve-me. Preciso de você como nunca antes precisei. Eu o amo. Amo. Amo. *Venha imediatamente.*

— Às suas ordens. Três vezes "amo"?

— Três vezes — tinha de chegar até ele. — Ele virá. Sei que sim. Tem de vir. Jaime é minha única esperança.

— Minha rainha... — disse Qyburn — esqueceu-se? Sor Jaime não tem a mão da espada. Se lutar por você e perder...

Deixaremos este mundo juntos, como chegamos a ele um dia.

— Ele não perderá. Jaime não. Não com a minha vida em jogo.

Jaime

O novo Senhor de Correrrio estava tão zangado que tremia.

— Fomos enganados — disse. — Este homem nos ludibriou! — perdigotos cor-de-rosa voavam de seus lábios enquanto espetava um dedo em Edmure Tully. — Quero a sua cabeça! Eu governo em Correrrio, por decreto do próprio rei, eu...

— Emmon — disse a esposa —, o Senhor Comandante conhece o decreto do rei. Sor Edmure conhece o decreto do rei. Os cavalariços conhecem o decreto do rei.

— *O senhor sou eu, e vou ter a cabeça dele!*

— Por qual crime? — apesar de estar bastante magro, Edmure ainda tinha um aspecto mais senhorial do que Emmon Frey. Trazia um gibão acolchoado de lã vermelha com uma truta saltitante bordada no peito. As botas eram negras, os calções, azuis. Seus cabelos ruivos tinham sido lavados e cortados, sua barba vermelha cortada curta. — Fiz tudo aquilo que me foi pedido.

— Ah, é mesmo? — Jaime Lannister não dormira desde que Correrrio abrira os portões, e sua cabeça latejava. — Não me lembro de lhe pedir para deixar sor Brynden escapar.

— Exigiu que eu entregasse o castelo, não o meu tio. Será culpa minha que seus homens o tenham deixado se esgueirar através de suas linhas de cerco?

Jaime não estava se divertindo.

— *Onde ele está?* — sua voz deixava transparecer a irritação que sentia. Seus homens tinham revirado Correrrio por três vezes, e Brynden Tully não fora encontrado em lugar nenhum.

— Ele não chegou a me dizer para onde pretendia ir.

— E você não perguntou. Como foi que ele saiu?

— Os peixes nadam. Até os negros — Edmure sorriu.

Jaime sentiu-se fortemente tentado a esmurrar-lhe a boca com a mão de ouro. Alguns dentes a menos poriam fim aos seus sorrisos. Para um homem que ia passar o resto da vida como prisioneiro, Edmure estava contente demais consigo mesmo.

— Temos masmorras por baixo de Rochedo Casterly que servem tão bem a um homem como uma armadura. Nelas, não é possível se virar, sentar-se ou alcançar os pés quando as ratazanas começam a roer seus dedos. Gostaria de reformular essa resposta?

O sorriso de lorde Edmure desapareceu.

— Deu sua palavra de que seria tratado com honra, como é próprio do meu estatuto.

— E será — disse Jaime. — Cavaleiros mais nobres do que você morreram às lágrimas nessas masmorras, e muitos grandes senhores também. Até um ou dois reis, se bem recordo a história. Sua esposa pode ficar com outra cela ao lado da sua, se quiser. Não gostaria de separar os dois.

— Ele nadou mesmo — disse Edmure, carrancudo. Tinha os mesmos olhos azuis da irmã Catelyn, e Jaime viu neles a mesma repugnância que um dia vira nos dela. — Erguemos a porta levadiça do Portão da Água. Não toda, só cerca de um metro. O suficiente para abrir espaço sob a água, embora o portão continuasse a parecer estar fechado. Meu tio é um bom nadador. Depois de escurecer, enfiou-se por baixo dos espigões.

E da mesma forma se esgueirou por baixo de nossa represa flutuante, sem dúvida. Uma noite sem luar, guardas entediados, um peixe negro num rio negro boiando, em silêncio, corrente abaixo. Se Ruttiger, Yew ou qualquer um de seus homens ouviu um ruído de água, atribuiu-o a uma tartaruga ou a uma truta. Edmure esperara a maior parte do dia antes de arriar o lobo-gigante de Stark em sinal de rendição. Na confusão que envolvera a passagem do castelo de uma mão para outra, só na manhã seguinte informaram Jaime de que o Peixe Negro não se encontrava entre os prisioneiros.

Dirigiu-se à janela e estendeu o olhar pelo rio. Era um luminoso dia de outono, e o sol brilhava nas águas. *A essa altura, Peixe Negro pode estar quase cinquenta quilômetros para jusante.*

— Temos de encontrá-lo — insistiu Emmon Frey.

— Ele será encontrado — Jaime falou com uma certeza que não sentia. — Tenho cães de caça e caçadores em busca de seu rastro neste exato momento. — Sor Addam Marbrand liderava as buscas na margem sul do rio, e sor Dermot da Mata Chuvosa na margem norte. Pensara em envolver também os senhores do rio, mas era mais provável que Vance, Piper e os de sua laia ajudassem Peixe Negro a escapar do que o acorrentassem. Contas feitas, não se sentia esperançoso. — Ele pode fugir de nós durante algum tempo — disse —, mas acabará por ter de subir à superfície.

— E se ele tentar tomar meu castelo de volta?

— Tem uma guarnição de duzentos homens. — Uma guarnição grande demais, na verdade, mas lorde Emmon tinha um temperamento ansioso. Pelo menos não teria problemas em alimentá-la; Peixe Negro deixara Correrrio amplamente aprovisionado, tal como dissera. — Depois do esforço que sor Brynden fez para nos deixar, duvido que volte a aparecer — *a menos que se torne líder de um bando de fora da lei.* Não duvidava que Peixe Negro pretendia continuar o combate.

— Esta é a sua propriedade — disse a lady Genna ao marido. — Cabe a você defendê-la. Se não conseguir fazê-lo, passe-a no archote e corra de volta ao Rochedo.

Lorde Emmon esfregou a boca. A mão tornou-se vermelha e viscosa da folhamarga.

— Com certeza. Correrrio é meu, e nunca ninguém o tirará de mim — lançou a Edmure Tully um último olhar desconfiado, enquanto lady Genna o arrastava para fora do aposento privado.

— Há mais alguma coisa que deseja me dizer? — perguntou Jaime a Edmure quando os dois ficaram a sós.

— Este é o aposento privado do meu pai — o Tully respondeu. — Governou as terras fluviais a partir daqui, com sabedoria e competência. Gostava de se sentar junto àquela janela. A luz ali era boa, e sempre que levantava os olhos de seu trabalho via o rio. Quando sentia os olhos cansados, pedia a Cat que lhe lesse em voz alta. Certa vez, Mindinho e eu construímos um castelo de blocos de madeira, ali, ao lado da porta. Nunca saberá como vê-lo nesta sala me deixa doente, Regicida. Nunca saberá quanto o desprezo.

Quanto àquilo, enganava-se.

— Já fui desprezado por homens melhores do que você, Edmure — Jaime chamou um guarda. — Leve sua senhoria de volta à sua torre, e assegure-se de que seja alimentado.

O Senhor de Correrrio saiu em silêncio. Na manhã seguinte, partiria para oeste. Sor Forley Prester comandaria sua escolta; cem homens, incluindo vinte cavaleiros. *É melhor duplicar esse número. Lorde Beric pode tentar libertar Edmure antes de chegarem a Dente Dourado.* Jaime não queria ter de capturar o Tully pela terceira vez.

Regressou à cadeira de Hoster Tully, pegou o mapa do Tridente e o alisou sob a mão dourada. *Para onde eu iria se fosse Peixe Negro?*

— Senhor Comandante? — um guarda estava à porta. — A lady Westerling e a filha estão lá fora, conforme ordenou.

Jaime pôs o mapa de lado.

— Mande-as entrar — *ao menos a garota não desapareceu também.* Jeyne Westerling tinha sido a rainha de Robb Stark, a garota que lhe custara tudo. Com um lobo na barriga, podia ter se mostrado mais perigosa do que Peixe Negro.

Não parecia perigosa. Jeyne era uma garota esbelta, com não mais que quinze ou dezesseis anos, mais desajeitada do que graciosa. Tinha quadris estreitos, seios do tamanho de maçãs, uma juba de cachos castanhos e os suaves olhos castanhos de uma corça. *Bastante bonita para uma criança*, Jaime considerou, *mas não é garota por quem perder um reino.* Tinha o rosto inchado, e havia uma crosta em sua testa, meio escondida por uma madeixa de cabelos castanhos.

— O que aconteceu aí? — perguntou-lhe Jaime.

A garota virou a cabeça para o lado.

— Não é nada — insistiu a mãe, uma mulher de rosto severo, com um vestido de veludo verde. Um colar de conchas de ouro envolvia-lhe o longo e magro pescoço. — Ela não queria abrir mão da coroazinha que o rebelde lhe deu, e, quando tentei tirar de sua da cabeça, a teimosa resistiu.

— Era minha — Jeyne soluçava. — Não tinha direito. Robb mandou fazê-la para mim. Eu o *amava*.

A mãe ameaçou esbofeteá-la, mas Jaime interpôs-se entre as duas.

— Nada disso — avisou à lady Sybell. — Sentem-se, ambas. — A garota enrolou-se na cadeira como um animal assustado, mas a mãe sentou-se rigidamente, de cabeça erguida. — Querem vinho? — perguntou-lhes. A garota não respondeu.

— Não, obrigada — a mãe respondeu.

— Como quiserem — Jaime virou-se para a filha. — Lamento sua perda. O rapaz tinha coragem, admito. Há uma pergunta que tenho de lhe fazer. Espera um filho dele, senhora?

Jeyne saltou da cadeira e teria fugido da sala se o guarda que se encontrava à porta não a tivesse segurado pelo braço.

— Não está — disse a lady Sybell, enquanto a filha lutava por escapar. — Assegurei-me disso, como o senhor seu pai me pediu.

Jaime assentiu com a cabeça. Tywin Lannister não era homem para não prestar atenção nesses detalhes.

— Largue a garota — disse —, já não preciso dela, por ora — enquanto Jeyne fugia, aos soluços, escada acima, examinou a mãe. — A Casa Westerling tem seu perdão, e seu irmão Rolph foi nomeado Senhor de Castamere. Que mais quer de nós?

— O senhor seu pai prometeu-me casamentos meritórios para Jeyne e para a irmã mais nova. Senhores ou herdeiros, jurou-me ele, não irmãos mais novos nem cavaleiros domésticos.

Senhores ou herdeiros. Com certeza. Os Westerling eram uma Casa antiga e orgulhosa, mas a própria lady Sybell nascera Spicer, numa linhagem de mercadores enobrecidos. A avó fora uma espécie qualquer de bruxa meio louca vinda do leste, segundo julgava recordar. E os Westerling estavam empobrecidos. Filhos mais novos teriam sido o melhor que as filhas de Sybell Spicer poderiam ter almejado numa situação normal, mas um bom e gordo pote de ouro Lannister faria até a viúva de um rebelde morto parecer atraente aos olhos de algum senhor.

— Terão seus casamentos — disse Jaime —, mas Jeyne tem de esperar dois anos completos antes de voltar a se casar. — Se a garota tomasse outro esposo cedo demais e tivesse um filho dele, inevitavelmente surgiriam rumores de que o pai era o Jovem Lobo.

— Também tenho dois filhos — fez-lhe lembrar a lady Westerling. — Rollam está comigo, mas Raynald era cavaleiro e foi com os rebeldes para as Gêmeas. Se eu tivesse sabido o que ia acontecer ali, nunca teria permitido tal coisa — havia uma sugestão de censura em sua voz. — Raynald nada sabia de... do entendimento com o senhor seu pai. Ele pode estar cativo nas Gêmeas.

Ou pode estar morto. Walder Frey também não teria sabido do entendimento.

— Irei investigar. Se sor Raynald ainda estiver cativo, pagaremos seu resgate em seu nome.

— Foi mencionada a ideia de também arranjar uma união para ele. Uma noiva de Rochedo Casterly. O senhor seu pai disse que Raynald deveria ficar feliz, se tudo corresse como esperava.

Mesmo da cova a mão morta de lorde Tywin move-nos a todos.

— Felity é filha ilegítima de meu falecido tio Gerion. Um noivado pode ser combinado, se for este o seu desejo, mas o casamento terá de esperar. Felity tinha nove ou dez anos da última vez que a vi.

— Filha *ilegítima*? — Lady Sybell pareceu ter acabado de engolir um limão. — Quer que um Westerling case com uma *bastarda*?

— Não o desejo mais do que ver Felity casada com o filho de uma cadela intriguista e traiçoeira. Ela merece algo melhor — Jaime teria estrangulado alegremente a mulher com seu colar de conchas. Felity era uma criança adorável, ainda que solitária; o pai fora o tio preferido de Jaime. — Sua filha vale dez vezes mais do que você, senhora. Amanhã partirão com Edmure e sor Forley. Até lá faria bem em ficar longe da minha vista — gritou por um guarda, e a lady Sybell saiu com os lábios firmemente comprimidos. Jaime teve de perguntar a si mesmo quanto lorde Gawen saberia das intrigas da mulher. *Quanto sabemos nós, os homens?*

Quando Edmure e os Westerling partiram, quatrocentos homens seguiram com eles; Jaime voltara a duplicar a escolta no último instante. Acompanhou-os ao longo de alguns quilômetros, para conversar com sor Forley Prester. Embora trouxesse uma cabeça de touro na capa e cornos no elmo, o homem não poderia ser menos bovino. Era baixo, seco e endurecido. Com seu nariz achatado, a careca e a barba castanha salpicada de cinza, parecia-se mais com um estalajadeiro do que com um cavaleiro.

— Não sabemos onde está Peixe Negro — Jaime lembrou-lhe —, mas, se tiver oportunidade de libertar Edmure, ele o fará.

— Isso não acontecerá, senhor — assim como a maioria dos estalajadeiros, sor Forley não era nenhum tolo. — Batedores e guardas avançados ocultarão nossa marcha, e fortificaremos os acampamentos durante a noite. Escolhi dez homens para ficar com o Tully noite e dia, meus melhores arqueiros. Se ele sair da estrada, mesmo que seja por dez centímetros, dispararão tantas flechas sobre ele que a própria mãe o confundirá com um ganso.

— Ótimo. — Jaime preferiria que o Tully chegasse a salvo a Rochedo Casterly, mas antes morto do que foragido. — É melhor também manter alguns arqueiros perto da filha de lorde Westerling.

Sor Forley pareceu surpreso.

— A filha de Gawen? Ela é...

— ... a viúva do Jovem Lobo — concluiu Jaime —, e duas vezes mais perigosa do que Edmure, se conseguir fugir.

— Às suas ordens, senhor. Ela será vigiada.

Jaime teve de passar a meio galope pelos Westerling ao percorrer a coluna de volta a

Correrrio. Lorde Gawen acenou-lhe gravemente quando passou, mas lady Sybell olhou através dele com olhos que eram como lascas de gelo. Jeyne não chegou a vê-lo. A viúva seguia de olhos baixos, aninhada sob um manto com capuz. Sob as pesadas dobras do manto, suas roupas eram finas, mas estavam rasgadas. *Rasgou-as ela mesma, em sinal de luto, Jaime compreendeu. Isso não deve ter agradado a mãe.* Deu por si curioso em saber se Cersei rasgaria o vestido se alguma vez lhe dissessem que ele estava morto.

Em vez de regressar ao castelo de imediato, atravessou uma vez mais o Pedregoso para fazer uma visita a Edwyn Frey e discutir a transferência dos prisioneiros do bisavô. A hoste Frey começara a se desagregar horas depois da rendição de Correrrio, à medida que os vassalos e cavaleiros livres de lorde Walder iam desmontando os acampamentos para se dirigirem para casa. Os Frey que ainda restavam se preparavam para partir, mas foi encontrar Edwyn com o tio bastardo no pavilhão deste último.

Os dois estavam debruçados sobre um mapa, discutindo acaloradamente, mas calaram-se quando Jaime entrou.

— Senhor Comandante — disse Rivers com fria cortesia, mas Edwyn exclamou:

— O sangue de meu pai está em suas mãos, sor.

Aquilo apanhou Jaime de surpresa.

— Como assim?

— Foi você quem o mandou para casa, não foi?

Alguém tinha de fazê-lo.

— Aconteceu algum infortúnio a sor Ryman?

— Foi enforcado com toda sua comitiva — disse Walder Rivers. — Os fora da lei os capturaram quase dez quilômetros a sul de Feirajusta.

— Dondarrion?

— Ou ele ou Thoros, ou aquela mulher, Coração de Pedra.

Jaime franziu as sobrancelhas. Ryman Frey tinha sido um idiota, um covarde e um beberrão, e não era provável que alguém sentisse muitas saudades do homem, em particular os outros Frey. Se os olhos secos de Edwyn eram indicação de algo, nem mesmo seus próprios filhos fariam luto por ele durante muito tempo. *Mesmo assim... Esses fora da lei estão se tornando ousados se se atrevem a enforcar o herdeiro de lorde Walder a menos de um dia a cavalo das Gêmeas.*

— Quantos homens sor Ryman tinha consigo? — quis saber.

— Três cavaleiros e uma dúzia de homens de armas — disse Rivers. — É quase como se soubessem que ele ia regressar às Gêmeas, e com uma escolta pequena.

A boca de Edwyn torceu-se.

— Meu irmão está metido nisto, aposto. Ele deixou os fora da lei escapar depois de terem assassinado Merrett e Petyr, e o motivo é este. Com nosso pai morto, só resta a mim entre Walder Preto e as Gêmeas.

— Não há nenhuma prova disso — disse Walder Rivers.

— Não preciso de provas. Conheço meu irmão.

— Seu irmão está em Guardamar — insistiu Rivers. — Como ele poderia saber que sor Ryman ia regressar às Gêmeas?

— Alguém lhe disse — disse Edwyn em tom amargo. — Pode ter certeza de que ele tem espiões em nosso acampamento.

E você tem espiões em Guardamar. Jaime sabia que a inimizade entre Edwyn e Walder Preto era profunda, mas qual deles sucederia o avô como Senhor da Travessia não lhe interessava.

— Perdoe-me por me intrometer em sua dor — disse secamente —, mas temos outros assuntos a ponderar. Quando regressar às Gêmeas, por favor, informe lorde Walder que o rei Tommen exige todos os cativos que aprisionaram no Casamento Vermelho.

Sor Walder franziu as sobrancelhas.

— Esses prisioneiros são valiosos, sor.

— Sua Graça não os pediria se fossem inúteis.

Frey e Rivers trocaram um olhar. Edwyn disse:

— O senhor meu avô esperará uma recompensa por esses prisioneiros.

E a terá, assim que me crescer uma nova mão, Jaime respondeu em pensamento.

— Todos nós temos esperanças — disse com brandura. — Diga-me, sor Raynald Westerling conta-se entre esses cativos?

— O cavaleiro das conchas? — Edwyn fez uma expressão de desprezo. — Esse pode ser encontrado alimentando os peixes no fundo do Ramo Verde.

— Ele estava no pátio quando nossos homens foram abater o lobo-gigante — disse Walder Rivers. — Whalen exigiu-lhe a espada, e ele a entregou com bastante docilidade, mas, quando os besteiros começaram a encher o lobo de flechas, pegou no machado de Whalen e libertou o monstro da rede que lhe tinham atirado. Whalen diz que recebeu um dardo no ombro e outro nas tripas, mas ainda conseguiu chegar ao adarve e se atirar no rio.

— Deixou uma trilha de sangue nos degraus — Edwyn acrescentou.

— Encontraram seu cadáver mais tarde? — Jaime quis saber.

— Encontramos mil cadáveres mais tarde. Depois de passarem alguns dias no rio, ficam todos muito parecidos uns com os outros.

— Ouvi dizer que o mesmo acontece com os enforcados — Jaime rebateu antes de se retirar.

Na manhã seguinte, pouco restava do acampamento Frey além de moscas, bosta de cavalo e o cadafalso de sor Ryman, abandonado na margem do Pedregoso. O primo quis saber o que fazer com ele e com o equipamento de cerco que construíra, os aríetes, as tartarugas, as torres e as catapultas. Daven propôs que arrastassem tudo para Corvarbor e o usassem ali. Jaime disse-lhe para passar tudo no archote, começando pelo cadafalso.

— Pretendo lidar em pessoa com lorde Tytos. Não será necessária uma torre de cerco.

Daven trespassou a espessa barba com um sorriso.

— Combate individual, primo? Não parece muito justo. Tytos é um velho grisalho.

Um velho grisalho com duas mãos.

Nessa noite, ele e sor Ilyn lutaram durante três horas. Foi uma de suas melhores noites. Se o combate fosse de verdade, Payne só o teria matado por duas vezes. Meia dúzia de mortes eram o mais comum, e havia noites ainda piores.

— Se continuar com isso durante mais um ano, posso me tornar tão bom quanto Peck — Jaime declarou, e sor Ilyn soltou os estalidos que queriam dizer que estava se divertindo. — Venha, vamos beber mais um pouco do bom vinho tinto de Hoster Tully.

O vinho tornara-se parte de seu ritual noturno. Sor Ilyn era o companheiro de bebida perfeito. Nunca interrompia, nem pedia favores, nem contava longas histórias sem importância. Tudo que fazia era beber e escutar.

— Eu devia mandar arrancar a língua de todos os meus amigos — disse Jaime enquanto lhes enchia as taças —, e à minha família também. Uma Cersei silenciosa seria uma delícia. Embora fosse sentir falta de sua língua quando nos beijássemos — e bebeu. O vinho era um tinto forte, doce e pesado. Aquecia-o ao descer. — Não consigo me lembrar de quando começamos a nos beijar. A princípio, foi inocente. Até deixar de ser — terminou o vinho e pôs a taça de lado. — Tyrion me disse uma vez que a maioria das putas não nos beija. Fodem conosco até nos deixarem sem forças, ele disse, mas nunca sentimos os lábios delas nos nossos. Acha que minha irmã beija Kettleblack?

Sor Ilyn não respondeu.

— Não me parece que seria apropriado que eu mate meu próprio Irmão Juramentado. O que tenho de fazer é castrá-lo e enviá-lo para a Muralha. Foi isso que fizeram com Lucamore, o Ardente. Sor Osmund pode não aceitar de bom grado a castração, é certo. E há os irmãos a se levar em conta. Irmãos podem ser perigosos. Depois de Aegon, o Indigno, condenar sor Terrence Toyne à morte por dormir com sua amante, os irmãos de Toyne fizeram o melhor que puderam para matá-lo. Mas o melhor que puderam não foi suficientemente bom, graças ao Cavaleiro do Dragão, mas não foi por falta de tentar. Está escrito no Livro Branco. Está tudo lá, menos o que fazer com Cersei.

Sor Ilyn passou um dedo pela garganta.

— Não — Jaime respondeu. — Tommen perdeu um irmão, e o homem em quem pensava como pai. Se eu matasse a mãe, me odiaria por isso... E aquela sua querida esposa arranjaria uma forma de usar esse ódio para benefício de Jardim de Cima.

Sor Ilyn sorriu de um modo que não agradou a Jaime. *Um sorriso feio. Uma alma feia.*

— Fala demais — disse ao homem.

No dia seguinte, sor Dermot da Mata Chuvosa regressou ao castelo de mãos vazias. Quando lhe perguntaram o que encontrara, respondeu:

— Lobos. Milhares dos malditos bichos. — Tinha perdido dois sentinelas para os lobos. Tinham saltado da escuridão para atacá-los. — Homens armados revestidos de cota de malha e couro cozido, e mesmo assim as feras não tiveram medo deles. Antes de morrer, Jate disse que a alcateia era liderada por uma loba de tamanho monstruoso. Um lobo-gigante, a julgar por suas palavras. Os lobos também penetraram em nossas linhas de cavalos. Os malditos bastardos mataram meu baio preferido.

— Um anel de fogueiras em volta de seu acampamento poderia mantê-los afastados — Jaime sugeriu, embora tivesse dúvidas. Poderia o lobo-gigante de sor Dermot ser o mesmo animal que atacara Joffrey perto do entroncamento?

Lobos ou não, sor Dermot voltou a sair na manhã seguinte, com cavalos descansados e mais homens, a fim de retomar as buscas por Brynden Tully. Nessa mesma tarde, os senhores do Tridente vieram ter com Jaime para lhe pedir licença para regressarem às suas terras. Ele a concedeu. Lorde Piper também quis saber novidades do filho Marq.

— Todos os cativos serão resgatados — Jaime prometeu. Enquanto os senhores do rio se retiravam, lorde Karyl Vance deixou-se ficar para trás, para dizer:

— Lorde Jaime, tem de ir a Corvarbor. Enquanto for Jonos quem está junto de seus portões, Tytos nunca se renderá, mas sei que dobrará o joelho para você — Jaime agradeceu-lhe o conselho.

Varrão Forte foi quem partiu em seguida. Queria regressar a Darry, conforme prometera, e dar combate aos fora da lei.

— Atravessamos metade do raio do reino, e para quê? Para que pudesse fazer Edmure Tully mijar-se nas calças? Não há nenhuma canção para isso. Preciso de uma *luta*. Quero o Cão de Caça, Jaime. Ele ou o senhor da Marca.

— A cabeça do Cão de Caça é sua se conseguir apanhá-la — Jaime lhe respondeu —, mas Beric Dondarrion deve ser capturado vivo, para ser levado para Porto Real. Sua morte tem de ser vista por mil pessoas, senão, não permanecerá morto — Varrão Forte respondeu àquilo com um resmungo, mas acabou por concordar. No dia seguinte, partiu com o escudeiro e os homens de armas, além de Jon Imberbe Bettley, que decidira que caçar fora da lei era preferível a regressar para junto da esposa, famosa por sua falta de beleza. Segundo se dizia, ela possuía a barba que faltava a ele.

Jaime ainda precisava lidar com a guarnição. Até o último homem, todos tinham jurado que nada sabiam sobre os planos de sor Brynden ou para onde ele teria ido.

— Estão mentindo — Emmon Frey insistiu, mas Jaime achava que não.

— Se não partilhar seus planos com ninguém, ninguém pode traí-lo — fez notar. Lady Genna sugeriu que alguns dos homens podiam ser interrogados. Jaime recusou. — Dei minha palavra a Edmure de que, se ele se rendesse, a guarnição poderia partir sem ser incomodada.

— Isso foi cavalheiresco de sua parte — disse a tia —, mas, aqui, é necessário força, não cortesia.

Pergunte a Edmure se sou cavalheiresco, Jaime pensou. *Pergunte-lhe sobre a catapulta*. De algum modo não lhe parecia ser provável que os meistres o confundissem com o príncipe Aemon, o Cavaleiro do Dragão, quando escrevessem as histórias de ambos. Mesmo assim, sentia-se curiosamente satisfeito. A guerra estava praticamente ganha. Pedra do Dragão caíra e não duvidava que Ponta Tempestade cairia em breve, não importava que Stannis andasse pela Muralha. Os nortenhos não gostariam mais dele do que os senhores da tempestade. Se Roose Bolton não o destruísse, o inverno cuidaria disso.

Ele fizera sua parte ali em Correrrio, sem chegar a pegar em armas contra os Stark e os Tully. Depois de encontrar Peixe Negro, ficaria livre para regressar a Porto Real, onde devia estar. *Meu lugar é com meu rei. Com meu filho.* Será que Tommen gostaria de saber disso? A verdade custaria o trono ao garoto. *Prefere ter um pai ou uma cadeira, garoto?* Jaime desejava conhecer a resposta. *Ele gosta de pôr seu selo em papéis.* O garoto podia nem sequer acreditar nele, certamente. Cersei diria que era mentira. *Minha querida irmã, a enganadora.* Teria de arranjar alguma forma de arrancar Tommen de suas garras antes que o garoto se transformasse em outro Joffrey. Enquanto isso, devia arranjar outro pequeno conselho para o garoto. *Se Cersei puder ser posta de lado, sor Kevan talvez concorde em servir como Mão de Tommen.* E se não concordasse, bem, os Sete Reinos não tinham falta de homens capazes. Forley Prester seria uma boa escolha, ou Roland Crakehall. Caso se mostrasse necessário um homem que não fosse oriundo do oeste para aplacar os Tyrell, sempre havia Mathis Rowan... ou até Petyr Baelish. Mindinho era tão amigável quanto esperto, mas malnascido demais para constituir ameaça para qualquer um dos grandes senhores, dado não possuir contingente próprio. *A Mão perfeita.*

A guarnição Tully partiu na manhã seguinte, despida de todas as suas armas e armaduras. Cada homem foi autorizado a levar comida para três dias e a roupa que trazia no corpo, depois de prestar um juramento solene de nunca mais pegar em armas contra lorde Emmon ou a Casa Lannister.

— Se tiver sorte, um em cada dez homens pode respeitar esse juramento — lady Genna observou.

— Ótimo. Prefiro enfrentar nove homens a dez. O décimo podia ser aquele que me mataria.

— Os outros nove o matarão com igual rapidez.

— Antes isso do que morrer na cama — *ou na latrina*.

Dois homens decidiram não partir com os outros. Sor Desmond Grell, o antigo mestre de armas de lorde Hoster, preferiu vestir o negro. O mesmo decidiu sor Robin Ryger, capitão da guarda de Correrrio.

— Este castelo foi meu lar durante quarenta anos — Grell justificou. — Você diz que sou livre para partir, mas para onde? Sou velho e corpulento demais para um cavaleiro andante. Mas os homens são sempre bem-vindos na Muralha.

— Como quiser — Jaime respondeu, embora isso fosse um aborrecimento. Permitiu que ficassem com as armas e as armaduras e destacou uma dúzia dos homens de Gregor Clegane para escoltá-los até Lagoa da Donzela. Entregou o comando a Rafford, aquele a quem chamavam O Querido.

— Assegure-se de que os prisioneiros cheguem a Lagoa da Donzela inteiros — disse ao homem —, senão, aquilo que sor Gregor fez ao Bode parecerá uma brincadeira engraçada comparada com o que farei a você.

Mais dias se passaram. Lorde Emmon reuniu Correrrio inteiro no pátio, tanto a gente de lorde Edmure quanto a sua, e falou-lhes durante quase três horas sobre o que se esperava deles, agora que era seu chefe e senhor. De vez em quando brandia o pergaminho, enquanto cavalariços, criadas e ferreiros escutavam num silêncio taciturno, e uma ligeira chuva caía sobre todos.

O cantor, aquele que Jaime tomara de sor Ryman Frey, também estava ali, escutando. Jaime deu com ele em pé numa porta aberta, onde estava seco.

— Sua senhoria devia ter sido cantor — o homem lhe disse. — Esse discurso é mais longo do que uma balada das Marca, e não me parece que ele tenha parado para respirar.

Jaime foi obrigado a rir.

— Lorde Emmon não precisa respirar, desde que consiga mastigar. Vai fazer uma canção sobre isso?

— Uma engraçada. Vou chamá-la "Falando aos Peixes".

— Desde que não a toque onde minha tia possa ouvi-la. — Jaime nunca tinha prestado muita atenção no homem. Era um tipo pequeno, vestido com calções verdes esfarrapados e uma túnica rasgada, de um tom mais claro de verde, com remendos de couro marrom cobrindo os buracos. O nariz era longo e pontudo, o sorriso, grande e solto. Finos cabelos castanhos caíam-lhe até o colarinho, emaranhados e sujos. *Uns cinquenta anos, Jaime deduziu, harpista ambulante e bem gasto pela vida.* — Não era de sor Ryman quando o encontrei? — perguntou.

— Só por quinze dias.

— Esperava que partisse com os Frey.

— Aquele ali em cima é um Frey — disse o cantor, indicando com a cabeça lorde Emmon. — E este castelo parece um lugar bem aconchegante para passar o inverno. Wat Sorriso-Branco foi para casa com sor Forley, de modo que pensei em ver se poderia ficar com o lugar dele. Wat tem aquela voz aguda e doce que gente como eu não pode esperar igualar. Mas sei o dobro das canções picantes que ele sabe. Com a sua licença, senhor.

— Deve se dar magnificamente com a minha tia — disse Jaime. — Se espera passar o inverno aqui, assegure-se de que sua música agrade à lady Genna. É ela que importa.

— Você não?

— Meu lugar é junto do rei. Não ficarei aqui por muito tempo.

— Lamento ouvir isso, senhor. Conheço canções melhores do que "As Chuvas de Castamere". Podia ter tocado para o senhor... Oh, sim, todo tipo de coisas.

— Em outra ocasião qualquer — Jaime declinou. — Tem nome?

— Tom de Seterrios, se aprouver ao senhor — o cantor tirou o chapéu. — Mas a maioria das pessoas me chamam de Tom das Sete.

— Canta bem, Tom das Sete.

536

Nessa noite, sonhou que estava de volta ao Grande Septo de Baelor, ainda em vigília sobre o cadáver do pai. O septo estava em silêncio e mergulhado na escuridão, até que uma mulher emergiu das sombras e se dirigiu lentamente para o estrado.

— Irmã? — ele disse.

Mas não era Cersei. Estava toda vestida de cinza, uma irmã silenciosa. Um capuz e um véu escondiam-lhe as feições, mas Jaime conseguia ver as velas ardendo nas lagoas verdes de seus olhos.

— Irmã — repetiu —, o que quer de mim? — Esta última palavra ecoou por todo o septo, *mimmimmimmimmimmimmimmimmimmimmim*.

— Não sou sua irmã, Jaime — a mulher ergueu uma mão macia e pálida e empurrou o capuz para trás. — Esqueceu-se de mim?

Posso me esquecer de alguém que nunca conheci? As palavras ficaram-lhe presas na garganta. Ele a conhecia, mas tinha se passado tanto tempo...

— Também esquecerá o senhor seu pai? Pergunto a mim mesma se alguma vez o conheceu de verdade. — Seus olhos eram verdes, e os cabelos, ouro tecido. Jaime não seria capaz de dizer que idade ela tinha. *Quinze anos*, pensou, *ou cinquenta*. Subiu os degraus e parou junto do estrado. — Ele nunca conseguiu suportar que zombassem dele. Era isso que mais detestava.

— Quem é você? — tinha que ouvi-la responder.

— A questão é: quem é você?

— Isto é um sonho.

— É? — ela abriu um sorriso triste. — Conte as mãos, menino.

Uma. Uma mão, apertada com força em volta do cabo da espada. Só uma.

— Nos meus sonhos, tenho sempre duas mãos — ergueu o braço direito e olhou, sem compreender a fealdade de seu toco.

— Todos sonhamos com coisas que não podemos ter. Tywin sonhava que o filho seria um grande cavaleiro, e que a filha seria rainha. Sonhava que seriam tão fortes, corajosos e belos, que nunca ninguém riria deles.

— Eu sou um cavaleiro — disse-lhe Jaime —, e Cersei uma rainha.

Uma lágrima rolou pelo rosto da mulher. Voltou a erguer o capuz e virou-lhe as costas. Jaime gritou, mas ela já se afastava, com a saia sussurrando canções de ninar ao raspar no chão. *Não me deixe*, quis gritar, mas era evidente que ela já o deixara havia muito.

Acordou nas trevas, tremendo. O quarto tornara-se frio como gelo. Jaime afastou as mantas com o toco da mão da espada. Viu que o fogo na lareira se apagara e a janela tinha sido aberta pelo vento. Atravessou o aposento negro como breu para ir lutar com as portadas, mas, quando atingiu a janela, seus pés nus encontraram algo úmido. Jaime recuou, momentaneamente sobressaltado. Seu primeiro pensamento foi de sangue, mas sangue não era tão frio.

Era neve, caindo através da janela.

Em vez de fechar as portadas, escancarou-as. O pátio, embaixo, estava coberto por um fino manto branco, que se tornava mais espesso sob seus olhos. Os merlões das ameias usavam capuzes brancos. Os flocos caíam em silêncio, alguns pairavam janela adentro para ir derreter em seu rosto. Jaime conseguia ver sua respiração.

Neve nas terras fluviais. Se estava nevando ali, podia perfeitamente estar também em Lannisporto, e em Porto Real. *O inverno marcha para o sul, e metade de nossos celeiros está vazia.* As sementeiras que ainda se encontrassem nos campos estavam perdidas. Não haveria mais plantações, nenhuma esperança de uma última colheita. Deu por si perguntando-se o que seu pai faria para alimentar o reino, antes de se lembrar que Tywin Lannister estava morto.

Quando rompeu a manhã, a neve chegava ao tornozelo e era mais profunda no bosque sagrado, onde montes de neve tinham sido acumulados pelo vento sob as árvores. Escudeiros, cavalariços e pajens bem-nascidos tinham se transformado de novo em crianças sob o frio feitiço branco e travavam uma guerra de bolas de neve pelos pátios e ao longo das ameias. Jaime ouviu suas risadas. Houvera uma época, não muito tempo antes, em que poderia ter estado lá fora, fazendo bolas de neve com os melhores entre eles, para atirá-las em Tyrion quando se bamboleasse por perto, ou para enfiar nas costas do vestido de Cersei. *Mas é preciso duas mãos para fazer uma bola de neve decente.*

Ouviu-se um leve toque na porta.

— Veja quem é, Peck.

Era o velho meistre de Correrrio, agarrando uma mensagem na mão enrugada e encarquilhada. O rosto de Vyman estava tão branco quanto a neve recém-caída.

— Eu sei — disse Jaime —, chegou um corvo branco da Cidadela. O inverno chegou.

— Não, senhor. A ave veio de Porto Real. Tomei a liberdade... não sabia... — estendeu-lhe a carta.

Jaime a leu no banco sob a janela, banhado pela luz daquela fria manhã branca. As palavras de Qyburn eram sóbrias e objetivas; as de Cersei, febris e ardentes. *Venha imediatamente. Ajude-me. Salve-me. Preciso de você como nunca antes precisei. Eu o amo. Amo. Amo. Venha imediatamente.*

Vyman pairava perto da porta, à espera, e Jaime sentiu que Peck também o observava.

— O senhor deseja responder? — perguntou o meistre, após um longo silêncio.

Um floco de neve caiu sobre a carta. Enquanto derretia, a tinta começou a borrar. Jaime voltou a enrolar o pergaminho, apertando-o tanto quanto uma única mão permitia, e o entregou a Peck.

— Não — respondeu. — Ponha isto no fogo.

SAMWELL

A parte mais perigosa da viagem foi a última. Os Estreitos Redwyne estavam repletos de dracares, tal como os avisara em Tyrosh. Com o grosso da frota da Árvore do outro lado de Westeros, os homens de ferro tinham saqueado Porto Ryam e tomado Vilavinha e Porto da Estrela do Mar, usando-os como base para cair sobre a navegação com destino a Vilavelha.

Por três vezes foram avistados dracares do Ninho de Corvo. Porém, dois desses navios estavam muito longe, para trás, e *Vento de Canela* rapidamente se distanciou deles. O terceiro surgiu perto do pôr do sol, tentando cortar-lhes a entrada na Enseada dos Murmúrios. Quando viram seus remos subindo e descendo, flagelando as águas acobreadas, deixando-as brancas, Kojja Mo mandou seus arqueiros para os castelos de proa e popa, com seus grandes arcos de amagodouro, que eram capazes de enviar uma flecha mais longe e com mais precisão até do que o teixo de Dorne. Esperou o dracar chegar a uma distância de duzentos metros do navio cisne antes de dar a ordem de disparar. Sam disparou com os outros, e daquela vez lhe pareceu que sua flecha atingiu o navio. Um disparo bastou. O dracar virou de bordo para o sul, em busca de presa mais dócil.

Um profundo ocaso azul caía quando entraram na Enseada dos Murmúrios. Goiva pôs-se à proa com o bebê, fitando de boca aberta um castelo nos rochedos.

— Três Torres — disse-lhe Sam —, a sede da Casa Costayne. — Delineado contra as estrelas do princípio da noite, com luz de archotes tremeluzindo em suas janelas, o castelo formava um magnífico quadro, mas vê-lo o entristecia. A viagem estava quase no fim.

— É muito alto — Goiva estava impressionada.

— Espere até ver a Torralta.

O bebê de Dalla começou a chorar. Goiva abriu a túnica e deu o seio ao garoto. Sorriu enquanto amamentava e afagou-lhe os macios cabelos castanhos. *Ela acabou por amar este tanto quanto o que deixou para trás*, Sam compreendeu. Esperava que os deuses fossem gentis para com ambas as crianças.

Os homens de ferro tinham penetrado até nas águas abrigadas da Enseada dos Murmúrios. Ao chegar a manhã, enquanto *Vento de Canela* continuava a avançar na direção de Vilavelha, começou a colidir com cadáveres que eram empurrados para o mar pela corrente. Alguns dos corpos transportavam tripulações de corvos, que se erguiam no ar protestando ruidosamente quando o navio cisne perturbava suas jangadas grotescamente inchadas. Campos carbonizados e aldeias queimadas surgiam nas margens, e os baixios e bancos de areia estavam semeados de navios desfeitos. Os mais comuns eram embarcações mercantes e barcos de pesca, mas também viram dracares abandonados e destroços de dois grandes dromones. Um tinha sido queimado até a linha de água, enquanto o outro tinha um buraco escancarado e estilhaçado no flanco, onde seu casco fora abalroado.

— Batalha aqui — disse Xhondo. — Não muito tempo atrás.

— Quem seria louco a ponto de atacar tão perto de Vilavelha?

Xhondo apontou para um dracar meio afundado nos baixios. De sua popa pendiam os restos de um estandarte, manchado pela fumaça e esfarrapado. Sam nunca tinha visto o símbolo: um olho vermelho com pupila negra sob uma coroa de ferro negra sustentada por dois corvos.

— De quem é aquele estandarte? — Sam quis saber. Xhondo limitou-se a encolher os ombros.

O dia seguinte chegou frio e brumoso. Quando *Vento de Canela* passou lentamente por outra aldeia de pescadores saqueada, uma galé de guerra surgiu deslizando pelo nevoeiro, batendo lentamente os remos em sua direção. *Caçadora* era o nome que ostentava, sob uma figura de proa que representava uma esguia donzela vestida de folhas brandindo uma lança. Um segundo mais tarde, duas galés menores apareceram de ambos os lados da maior, como um par de galgos seguindo o dono. Para alívio de Sam, mostravam o estandarte do veado e do leão de Tommen por cima da alva torre escalonada de Vilavelha, com sua coroa de chamas.

O capitão da *Caçadora* era um homem alto, com manto de um cinza-fumaça debruado de chamas vermelhas de cetim. Pôs sua galé ao lado do *Vento de Canela*, ergueu os remos e gritou que vinha a bordo. Enquanto seus besteiros e os arqueiros de Kojja Mo se observavam por cima da estreita extensão de água, ele atravessou com meia dúzia de cavaleiros, fez um aceno a Quhuru Mo e pediu para ver seus porões. Pai e filha conferenciaram brevemente e concordaram.

— As minhas desculpas — disse o capitão quando concluiu a inspeção. — Entristece-me que homens honestos tenham de aguentar tal descortesia, mas antes isso do que ter homens de ferro em Vilavelha. Apenas quinze dias atrás alguns desses malditos bastardos capturaram um navio mercante tyroshino nos estreitos. Mataram sua tripulação, vestiram suas roupas e usaram as tintas que encontraram para colorir os bigodes com meia centena de cores. Uma vez dentro das muralhas, tentaram incendiar o porto e abrir um portão lá de dentro, enquanto combatíamos o fogo. Podia ter resultado, mas deram de cara com o *Senhora da Torre*, e seu mestre dos remadores tem por esposa uma tyroshina. Quando viu todas as barbas verdes e purpúreas, saudou-os na língua de Tyrosh, e nenhum deles sabia as palavras para lhe responder à saudação.

Sam ficou estarrecido.

— Eles não podem querer atacar *Vilavelha*.

O capitão do *Caçadora* deitou-lhe um olhar curioso.

— Estes não são meros corsários. Os homens de ferro sempre atacaram onde puderam. Surgiam de repente, vindos do mar, levavam consigo algum ouro e garotas e zarpavam, mas raramente havia mais do que um ou dois dracares, e nunca mais de meia dúzia. Agora são centenas os navios deles que nos atormentam, que saem das Ilhas Escudo e de alguns dos rochedos que rodeiam a Árvore. Capturaram o Recife do Caranguejo de Pedra, a Ilha dos Porcos e o Palácio da Sereia, e têm outros ninhos no Rochedo da Ferradura e no Berço do Bastardo. Sem a frota de lorde Redwyne, faltam-nos os navios necessários para lidar com eles.

— O que lorde Hightower está fazendo? — Sam deixou escapar. — Meu pai sempre disse que era tão rico quanto os Lannister e podia reunir três vezes mais espadas do que qualquer outro dos vassalos de Jardim de Cima.

— Mais até, se varrer as calçadas — o capitão retrucou —, mas espadas de nada servem contra os homens de ferro, a menos que aqueles que as manejem saibam caminhar sobre a água.

— Hightower tem de fazer *alguma coisa*.

— Com certeza. Lorde Leyton está trancado no topo de sua torre, com a Donzela Louca, consultando livros de feitiços. Pode ser que conjure um exército vindo das profundezas. Ou não. Baelor está construindo galés; Gunthor tem o porto a seu cargo; Garth treina novos recrutas; e Humfrey foi a Lys contratar navios mercenários. Se conseguir arrancar uma frota como deve ser da puta da irmã, podemos começar a pagar aos homens de ferro com alguma de sua própria moeda. Até lá, o melhor que podemos fazer é defender a enseada e esperar que a cadela da rainha em Porto Real solte a trela de lorde Paxter.

A amargura nas palavras finais do capitão chocou tanto Sam quanto aquilo que ele disse. *Se Porto Real perder Vilavelha e a Árvore, o reino inteiro poderá desmoronar*, pensou, enquanto observava o Caçadora e as irmãs que se afastavam.

Perguntou-se se mesmo Monte Chifre estaria verdadeiramente a salvo. As terras Tarly ficavam no interior, entre colinas densamente arborizadas, quase quinhentos quilômetros para nordeste de Vilavelha e a uma grande distância de qualquer costa. Deviam estar bem além do alcance de homens de ferro e dracares, mesmo com o senhor seu pai longe, combatendo nas terras fluviais, e o castelo fracamente defendido. O Jovem Lobo certamente pensara que o mesmo se aplicava a Winterfell, até o dia em que Theon Vira-Casaca escalara suas muralhas. Sam não suportava a ideia de ter feito Goiva e o bebê percorrer toda aquela distância, para ficar longe do perigo, só para abandoná-los no meio de uma guerra.

Passou o resto da viagem lutando com suas dúvidas, sem saber o que fazer. Supunha que podia manter Goiva consigo em Vilavelha. As muralhas da cidade eram muito mais impressionantes do que as do castelo do pai, e tinham milhares de homens para defendê--las, contra o punhado que lorde Randyll teria deixado em Monte Chifre quando marchara para Jardim de Cima a fim de obedecer à convocatória de seu suserano. Mas, se o fizesse, teria de arranjar algum modo de escondê-la; a Cidadela não permitia que seus noviços mantivessem esposas ou amantes, pelo menos não abertamente. *Além disso, se ficar muito mais tempo com Goiva, como encontrarei forças para deixá-la?* E *tinha* de deixá-la, caso contrário seria forçado a desertar. *Eu proferi o juramento*, lembrou Sam a si mesmo. *Se desertar, isso me custará a cabeça. E, sendo assim, como isso ajudaria Goiva?*

Pesou a ideia de suplicar a Kojja Mo e ao pai para levarem a garota selvagem consigo para as Ilhas do Verão. Mas esse rumo também tinha seus perigos. Quando *Vento de Canela* zarpasse de Vilavelha, teria de voltar a atravessar os Estreitos Redwyne, e dessa vez talvez não fosse tão afortunado. E se o vento morresse, e os ilhéus do verão dessem por si mergulhados numa calmaria? Se as histórias que ouvira fossem verdadeiras, Goiva seria levada como serva ou esposa de sal, e era provável que o bebê fosse lançado ao mar por ser um aborrecimento.

Temos de prosseguir até Monte Chifre, por fim Sam decidiu. *Assim que chegarmos a Vilavelha, alugarei uma carroça e alguns cavalos e a levarei pessoalmente até lá.* Assim poderia examinar o castelo e sua guarnição e, se alguma parte do que visse lhe levantasse dúvidas, podia simplesmente dar meia-volta e trazer Goiva de volta para Vilavelha.

Chegaram a Vilavelha numa manhã fria e úmida, coberta com um nevoeiro tão denso que o sinal luminoso da Torralta era a única parte visível da cidade. Um dique flutuante fechava o porto, ligando duas dúzias de cascos apodrecidos. Logo atrás encontrava-se uma fileira de navios de guerra, ancorados junto a três grandes dromones e ao enorme navio almirante de quatro cobertas de lorde Hightower, o *Honra de Vilavelha*. Mais uma vez, *Vento de Canela* teve de se submeter à inspeção. Agora foi o filho de lorde Leyton, Gunthor, quem veio a bordo, trajando um manto de pano prata e uma couraça de escamas cinzentas e esmaltadas. Sor Gunthor estudara durante vários anos na Cidadela e falava o idioma do verão, de modo que ele e Quhuru Mo se reuniram na cabine do capitão para conferenciar em privado.

Sam aproveitou o tempo para explicar seus planos a Goiva.

— Primeiro, a Cidadela, para entregar as cartas de Jon e lhes informar a morte de meistre Aemon. Suponho que os arquimeistres mandem um carro para vir buscar seu corpo. Depois arranjarei cavalos e uma carroça para levá-la à minha mãe em Monte Chifre. Regressarei assim que conseguir, mas talvez não possa até amanhã de manhã.

— Amanhã de manhã — a garota repetiu, e lhe deu um beijo de boa sorte.

Passado algum tempo, sor Gunthor reapareceu e fez sinal para que abrissem a corrente, a fim de que o *Vento de Canela* pudesse atravessar o dique e atracar. Sam juntou-se a Kojja Mo e a três de seus arqueiros, os ilhéus do verão resplandecentes nos mantos de penas que só usavam em terra, junto da prancha de embarque enquanto o navio cisne era amarrado. Sentiu-se maltrapilho ao lado deles, com seus largos trajes negros, manto desbotado e botas manchadas pelo salitre.

— Quanto tempo permanecerão no porto?

— Dois dias, dez, quem poderá dizer? O tempo que demorar para esvaziar os porões e voltar a enchê-los — Kojja sorriu. — Meu pai também tem de visitar os meistres cinzentos. Tem livros para vender.

— Goiva pode ficar a bordo até o meu regresso?

— Goiva pode ficar tanto tempo quanto quiser — espetou um dedo na barriga de Sam. — Ela não come tanto como certas pessoas.

— Não sou tão gordo como era — Sam rebateu em sua defesa. A passagem para o sul servira para isso. Todos aqueles turnos de vigia, e nada para comer, exceto fruta e peixe. Os ilhéus do verão adoravam fruta e peixe.

Sam seguiu os arqueiros pela prancha, mas, uma vez em terra, separaram-se e seguiram cada um o seu caminho. Sam esperava ainda se lembrar do caminho para a Cidadela. Vilavelha era um labirinto, e não tinha tempo a perder.

O dia estava úmido, e as ruas de pedra estavam molhadas e escorregadias debaixo dos seus pés e as vielas mostravam-se cobertas de névoa e mistério. Sam evitou-as o melhor que pôde e permaneceu na estrada do rio, que serpenteava ao longo do Vinhomel através do coração da cidade antiga. Era bom ter de novo terreno sólido sob seus pés em vez de um convés oscilante, mas ainda assim a caminhada o deixou desconfortável. Sentia olhos postos em si, espreitando de varandas e janelas, observando-o de dentro de soleiras escurecidas. No *Vento de Canela* conhecia todos os rostos. Ali, não importa para onde se virasse, via um novo estranho. Ainda pior era a ideia de ser visto por alguém que o conhecesse. Lorde Randyll Tarly era conhecido em Vilavelha, mas pouco amado. Sam não sabia o que seria pior: ser reconhecido por um dos inimigos do senhor seu pai ou por um de seus amigos. Puxou o capuz para cima e acelerou o passo.

Os portões da Cidadela eram flanqueados por um par de esfinges verdes muito altas com corpo de leão, asas de águia e cauda de serpente. Uma tinha rosto de homem, e a outra, de mulher. Logo atrás ficava o Lar do Escriba, onde o povo de Vilavelha vinha procurar acólitos para lhes escrever os testamentos ou ler as cartas. Meia dúzia de escribas entediados estavam sentados em barracas abertas à espera de algum freguês. Em algumas delas havia livros sendo vendidos e comprados. Sam parou numa que oferecia mapas e examinou um da Cidadela, desenhado à mão, a fim de averiguar qual o caminho mais curto para a Residência do Senescal.

O caminho dividia-se onde a estátua do rei Daeron Primeiro sentava-se em seu grande cavalo de pedra, de espada erguida na direção de Dorne. Uma gaivota encontrava-se empoleirada na cabeça do Jovem Dragão, e havia outras duas na espada. Sam seguiu pela rua da esquerda, que corria junto ao rio. Na Doca Gotejante, viu dois acólitos ajudando um velho a entrar num barco para uma curta viagem até a Ilha Sangrenta. Uma jovem mãe subiu atrás do velho, com um bebê, não muito mais velho do que o de Goiva, guinchando em seus braços. Por baixo da doca, alguns ajudantes de cozinheiro andavam pelos baixios apanhando rãs. Uma fila de noviços de faces rosadas passou correndo perto dele, rumo à septeria. *Devia ter vindo para cá quando era da idade deles,* Sam pensou. *Se tivesse fugido e arranjado um nome falso, poderia ter desaparecido entre os outros noviços. Meu pai poderia ter fingido que Dickon era seu único filho. Duvido que tivesse se incomodado em me procurar, a menos que eu tivesse levado uma mula. Então teria me dado caça, mas só por causa da mula.*

À porta da Residência do Senescal, os reitores prendiam um noviço mais velho no tronco.

— Roubou comida das cozinhas — explicou um deles aos acólitos que esperavam para atirar no prisioneiro uma saraivada de vegetais podres. Todos lançaram olhares curiosos a Sam quando passou por eles a passos largos, com o manto negro enfunando-se atrás de si como uma vela.

Para além das portas foi encontrar um salão de chão de pedra e altas janelas arqueadas. Na outra extremidade, um homem de rosto chupado encontrava-se sentado sobre um estrado alto arranhando um livro-mestre com uma pena. Embora ele trajasse uma veste de meistre, não havia corrente em volta do seu pescoço. Sam pigarreou.

— Bom dia.

O homem ergueu os olhos e não pareceu aprovar aquilo que viu.

— Cheira a noviço.

— Espero vir a sê-lo em breve — Sam tirou do bolso as cartas que Jon lhe dera. — Vim da Muralha com meistre Aemon, mas ele morreu durante a viagem. Se pudesse falar com o Senescal...

— Seu nome?

— Samwell. Samwell Tarly.

O homem escreveu o nome em seu livro-mestre e indicou com a pena um banco encostado à parede.

— Sente-se. Será chamado a seu tempo.

Sam sentou-se no banco.

Outros chegaram e partiram. Alguns entregaram mensagens e se retiraram. Alguns falaram com o homem no estrado e foram mandados entrar pela porta atrás e por uma escada em caracol. Alguns se juntaram a Sam nos bancos, à espera de que seus nomes fossem chamados. Tinha quase certeza de que alguns dos que foram convocados tinham chegado depois dele. Depois da quarta ou da quinta vez que isso aconteceu, ergueu-se e voltou a atravessar a sala.

— Quanto tempo ainda falta?

— O Senescal é um homem importante.

— Eu venho da Muralha.

— Então não terá dificuldade em andar um pouco mais. Até aquele banco ali, debaixo da janela.

Sam regressou ao banco. Passou mais uma hora. Outros entraram, falaram com o homem no estrado, esperaram uns momentos e foram mandados entrar. Durante todo esse tempo, o porteiro nem sequer olhou para Sam de relance. O nevoeiro lá fora foi se tornando menos denso à medida que o dia passava, e uma pálida luz do sol entrou em diagonal pelas janelas. Deu por si observando os grãos de poeira dançando na luz. Deixou escapar um bocejo, e depois outro. Remexeu numa bolha rebentada na palma da mão e depois encostou a cabeça para trás e fechou os olhos.

Devia ter adormecido. Quando deu por si, o homem no estrado chamava um nome. Sam pôs-se de pé de um salto, após o que se voltou a se sentar quando compreendeu que não era o seu.

— Tem de passar um tostão a Lorcas, senão ficará esperando aqui três dias — disse uma voz atrás dele. — O que traz a Patrulha da Noite à Cidadela?

A voz era de um jovem magro, esbelto e de boa aparência, vestido com calções de pele de corça e uma brigantina verde ajustada ao corpo e tachonada de ferro. Tinha a pele de uma leve cor de cerveja castanha e uma coroa de densos cachos negros que se juntavam em bico por cima de seus grandes olhos negros.

— O Senhor Comandante está restaurando os castelos abandonados — Sam explicou. — Precisamos de mais meistres, para os corvos... Falou em tostão?

— Um tostão servirá. Por um veado de prata, Lorcas carregaria você nas costas até o Senescal. Há cinquenta anos é acólito. Odeia noviços, especialmente os de nascimento nobre.

— Como sabe que sou de nascimento nobre?

— Da mesma maneira que você sabe que sou meio dornês — o rapaz falou, com um sorriso, num suave e arrastado dornês.

Sam procurou um tostão:

— É um noviço?

— Acólito. Alleras, mas alguns me chamam de Esfinge.

O nome fez Sam dar um salto.

— A esfinge é a adivinha, não o adivinho — disse, sem pensar. — Sabe o que isso significa?

— Não. É um enigma?

— Bem que eu gostaria de saber. Sou Samwell Tarly. Sam.

— Prazer. E que negócios tem Samwell Tarly com o arquimeistre Theobald?

— É ele o Senescal? — Sam perguntou, confuso. — Meistre Aemon dizia que seu nome era Norren.

— Nos últimos dois turnos não. Há um novo todos os anos. Ocupam o cargo com um dos arquimeistres, a maioria dos quais o vê como uma tarefa ingrata que os afasta de seu verdadeiro trabalho. Este ano, a pedra preta saiu para o arquimeistre Walgrave, mas sua cabeça tende a vaguear, de modo que Theobald avançou e disse que serviria durante o mandato dele. É um homem duro, mas bom. Disse meistre *Aemon*?

— Sim.

— Aemon *Targaryen*?

— Outrora, sim. A maioria das pessoas o chamava simplesmente meistre Aemon. Morreu durante nossa viagem para o sul. Como é que sabe dele?

— Como não saber? Era mais do que o mais velho meistre vivo. Era o homem mais velho em Westeros, e sobreviveu a mais história do que arquimeistre Perestan alguma vez aprendeu. Podia ter nos contado muitas coisas sobre o reinado do pai e do tio. Que idade tinha, você sabe?

— Cento e dois anos.

— O que ele fazia no mar na sua idade?

Sam remoeu a questão por um momento, perguntando-se quanto devia dizer. *A esfinge é a adivinha, não o adivinho*. Poderia meistre Aemon ter se referido *àquela* Esfinge? Parecia pouco provável.

— O Senhor Comandante Snow o mandou embora para lhe salvar a vida — começou, hesitante. Falou desajeitadamente do rei Stannis e de Melisandre de Asshai, pretendendo parar por aí, mas uma coisa levou a outra e deu por si falando de Mance Rayder e de seus selvagens, de sangue real e de dragões, e antes de se dar conta do que estava acontecendo, todo o resto jorrou-lhe da boca; as criaturas no Punho dos Primeiros Homens, o Outro em seu cavalo morto, o assassinato do Velho Urso na Fortaleza de Craster, Goiva e a fuga de ambos, Brancarbor e Paul Pequeno, Mãos-Frias e os corvos, Jon se tornando senhor comandante, *Melro*, Dareon, Braavos, os dragões que Xhondo vira em Qarth, o *Vento de Canela* e tudo que meistre Aemon murmurou no fim da vida. Reteve apenas os segredos que jurara manter, sobre Bran Stark e os companheiros e os bebês que Jon Snow trocara. — Daenerys é a única esperança — concluiu. — Aemon disse que a Cidadela tinha de lhe enviar imediatamente um meistre para trazê-la para Westeros antes que seja tarde demais.

Alleras escutou com atenção. Pestanejou de tempos em tempos, mas nunca riu nem o interrompeu. Quando Sam terminou, tocou-lhe levemente no antebraço com uma esguia mão castanha e disse:

— Poupe seu tostão, Sam. Theobald não acreditará em metade dessa história, mas há quem talvez acredite. Quer vir comigo?

— Para onde?

— Falar com um arquimeistre.

Tem de lhes dizer, Sam, dissera meistre Aemon. *Tem de contar aos arquimeistres.*

— Muito bem — poderia sempre voltar ao Senescal na manhã seguinte, com um tostão na mão. — Temos de andar muito?

— Não muito. A Ilha dos Corvos.

Não precisaram de um barco para chegar; uma desgastada ponte levadiça de madeira ligava a ilha à margem oriental.

— A Corvoaria é o edifício mais velho da Cidadela — disse-lhe Alleras, enquanto atravessavam as águas lentas do Vinhomel. — Diz-se que na Era dos Heróis era o quartel-general de um senhor pirata que ficava aqui assaltando os navios que desciam o rio.

Sam viu que musgo e trepadeiras cobriam as paredes, e corvos patrulhavam as ameias no lugar dos arqueiros. Não havia memória de a ponte levadiça ter sido içada.

Dentro das muralhas do castelo era fresco e havia pouca luz. Um antigo represeiro enchia o pátio, como fizera desde que aquelas pedras tinham sido erguidas pela primeira vez. O rosto esculpido no tronco estava coberto pelo mesmo musgo purpúreo que pendia pesadamente dos galhos claros da árvore. Metade dos galhos pareciam mortos, mas nos outros algumas folhas vermelhas ainda farfalhavam, e era aí que os corvos gostavam de se empoleirar. A árvore estava cheia deles, e havia mais nas janelas arqueadas que se abriam mais acima, em volta de todo o pátio. O chão encontrava-se salpicado por seus excrementos. Enquanto cruzavam o pátio, um dos corvos esvoaçou por cima de suas cabeças, e Sam ouviu os outros crocitando uns com os outros.

— Arquimeistre Walgrave tem seus aposentos na torre ocidental, por baixo do viveiro branco — disse-lhe Alleras. — Os corvos brancos e os pretos guerreiam como dorneses e gente da Marca, por isso os mantém separados.

— Arquimeistre Walgrave compreenderá o que eu lhe disser? — Sam quis saber. — Disse que a cabeça dele tende a vaguear.

— Ele tem bons e maus dias — Alleras respondeu —, mas não é Walgrave que vamos visitar — abriu a porta da torre norte e começou a subir. Sam galgou os degraus atrás dele. Ouviam-se asas batendo e murmúrios vindos de cima, e aqui e ali um grito irritado, quando os corvos se queixavam por terem sido acordados.

No topo dos degraus, um jovem pálido e loiro, com quase a mesma idade de Sam, estava sentado junto a uma porta de carvalho e ferro, fitando intensamente a chama de uma vela com o olho direito. O esquerdo estava escondido atrás de uma madeixa de cabelos loiros muito claros.

— Está à procura de quê? Seu destino? Sua morte?

O jovem loiro afastou os olhos da vela, piscando.

— Mulheres nuas — respondeu. — Quem é este agora?

— Samwell. Um novo noviço. Veio ver o Mago.

— A Cidadela já não é o que era — o loiro protestou. — Aceitam qualquer coisa hoje em dia. Cães morenos e dorneses, criadores de porcos, aleijados, cretinos, e agora uma baleia vestida de preto. E eu que pensava que os leviatãs eram cinzentos — uma meia capa com listras verdes e douradas envolvia-lhe um ombro. Era muito bonito, embora tivesse olhos astutos e uma boca cruel.

Sam o conhecia.

— Leo Tyrell. — A menção do nome o fez se sentir como se ainda fosse um garoto de sete anos, prestes a molhar a roupa de baixo. — Sou Sam, de Monte Chifre. Filho de lorde Randyll Tarly.

— É mesmo? — Leo lançou-lhe outro olhar. — Suponho que seja. Seu pai disse a todos que estava morto. Ou será que só desejava que estivesse? — sorriu. — Ainda é um covarde?

— Não — Sam mentiu. Jon lhe dera uma ordem. — Estive para lá da Muralha e lutei em batalhas. Chamam-me Sam, o Matador — não sabia por que dissera aquilo. As palavras limitaram-se a jorrar para fora.

Leo deu risada, mas, antes de ter tempo de responder, a porta atrás dele se abriu.

— Para dentro, Matador — resmungou o homem que surgiu na soleira. — E você também, Esfinge. Já.

— Sam — Alleras o chamou —, este é o arquimeistre Marwyn.

Marwyn usava uma corrente de muitos metais em torno do seu pescoço de touro. Fora isso, parecia-se mais com um criminoso das docas do que um meistre. Tinha uma cabeça grande demais para o corpo, e o modo como a projetava para a frente, junto com o queixo quadrado, fazia que parecesse prestes a arrancar a cabeça de alguém. Embora fosse baixo e atarracado, tinha peito e ombros pesados, e uma barriga de cerveja redonda, dura como pedra, que empurrava os atilhos do justilho de couro que usava em vez da veste tradicional. Hirsutos pelos brancos brotavam-lhe das orelhas e das narinas. A testa sobressaía-se, o nariz tinha sido quebrado mais de uma vez e folhamarga manchara-lhe os dentes de um vermelho mosqueado. Tinha as maiores mãos que Sam já vira.

Quando Sam hesitou, uma dessas mãos agarrou seu braço e o fez atravessar a porta com um puxão. A sala atrás da porta era grande e redonda. Havia livros e rolos por todo lado, espalhados nas mesas e amontoados no chão em pilhas com mais de um metro de altura. Tapeçarias desbotadas e mapas esfarrapados cobriam as paredes de pedra. Um fogo ardia na lareira, sob uma panela de cobre. O que quer que esta contivesse cheirava a queimado. Além da fogueira, a única luz que havia ali provinha de uma grande vela negra no centro da sala.

A vela era desagradavelmente brilhante. Havia algo de estranho nela. A chama não tremeluzia, nem mesmo quando arquimeistre Marwyn fechou a porta com tanta força que papéis voaram de uma mesa próxima. A luz também fazia qualquer coisa estranha às cores. Os brancos eram brilhantes como a neve recém-caída, o amarelo cintilava como ouro, os vermelhos transformavam-se em chamas, mas as sombras eram tão negras que pareciam buracos abertos no mundo. Sam deu por si fitando-a. A vela propriamente dita tinha quase um metro de altura e era esguia como uma espada, com arestas e retorcida, de um negro reluzente.

— Isso é...?

— ... obsidiana — disse o outro homem que se encontrava presente no aposento, um indivíduo novo, pálido, carnudo e macilento, com ombros redondos, mãos delicadas, olhos juntos e manchas de comida nas vestes.

— Você chama isso de vidro de dragão — Arquimeistre Marwyn olhou rapidamente para a chama. — Arde mas não é consumido.

— O que alimenta a chama? — Sam quis saber.

— O que alimenta o fogo de um dragão? — Marwyn sentou-se num banco. — Toda a feitiçaria valiriana tem raízes no sangue ou no fogo. Os feiticeiros da Cidade Franca podiam ver além das montanhas, dos mares e dos desertos com uma dessas velas de vidro. Podiam entrar nos sonhos de um homem e dar-lhe visões, e falar uns com os outros a meio mundo de distância, sentados diante de suas velas. Acha que isso podia ser útil, Matador?

— Não precisaríamos de corvos.

— Só depois das batalhas. — O arquimeistre arrancou uma folhamarga de um fardo, enfiou-a na boca e pôs-se a mastigá-la. — Conte-me tudo o que confidenciou à nossa esfinge de Dorne. Sei muitas dessas coisas e mais ainda, mas alguns pequenos detalhes podem ter me escapado.

Não era homem a quem se pudesse dizer não. Sam hesitou por um momento, e então voltou a contar sua história, enquanto Marwyn, Alleras e o outro noviço escutavam.

— Meistre Aemon acreditava que Daenerys Targaryen era a realização de uma profecia... Ela, não Stannis nem príncipe Rhaegar, nem o principezinho cuja cabeça foi atirada contra a parede.

— Nascida entre o sal e o fumo, sob uma estrela sangrenta. Conheço a profecia — Marwyn virou a cabeça e escarrou uma bola de muco vermelho para o chão. — Não que confie nela. Gorghan de Antiga Ghis escreveu um dia que uma profecia é como uma mulher traiçoeira. Mete o seu membro na boca, você geme de prazer e pensa, "que maravilha, que agradável, que bom isto é"... E então seus dentes se fecham e seus gemidos se transformam em gritos. É essa a natureza da profecia, Gorghan disse. A profecia sempre arranca seu pau a dentada — mascou durante algum tempo. — Mesmo assim...

Alleras pôs-se ao lado de Sam.

— Aemon teria ido ter com ela se tivesse forças para isso. Queria que lhe mandássemos um meistre, para aconselhá-la, protegê-la e trazê-la para casa em segurança.

— Ah queria? — Arquimeistre Marwyn encolheu os ombros. — Talvez seja bom que tenha morrido antes de chegar a Vilavelha. Caso contrário, as ovelhas cinzentas talvez tivessem de matá-lo, e isso teria feito os queridos dos pobres velhos torcer as mãos encarquilhadas.

— Matá-lo? — Sam estava chocado. — Por quê?

— Se eu lhe disser, podem ter de matar você também — Marwyn abriu um horrendo sorriso com o sumo da folhamarga escorrendo, rubro, entre os dentes. — Quem você acha que matou todos os dragões da última vez? Galantes matadores de dragões armados de espadas? — cuspiu. — O mundo que a Cidadela está construindo não tem lugar para feitiçaria, profecias ou velas de vidro, e muito menos para dragões. Pergunte a si mesmo por que foi deixado que Aemon Targaryen desperdiçasse a vida na Muralha, quando, por direito próprio, devia ter sido promovido a arquimeistre. O motivo foi seu *sangue*. Não podiam confiar nele. Assim como não podem confiar em mim.

— O que fará? — Alleras, o Esfinge perguntou.

— Arranjarei um meio de chegar à Baía dos Escravos no lugar de Aemon. O navio cisne que trouxe o Matador deve responder bastante bem às minhas necessidades. As ovelhas cinzentas irão enviar seu homem numa galé, sem dúvida. Com bons ventos, deverei chegar antes — Marwyn voltou a olhar Sam de relance e franziu as sobrancelhas. — Você... você devia ficar e forjar a sua corrente. Se eu fosse você, faria isso depressa. Chegará um momento em que será necessário na Muralha — virou-se para o noviço de rosto macilento: — Arranje uma cela seca para o Matador. Dormirá aqui, e o ajudará a cuidar dos corvos.

— M-m-mas — Sam gaguejou —, os outros arquimeistres... o Senescal... o que lhes direi?

— Diga-lhes como são sábios e bons. Diga-lhes que Aemon ordenou que você se colocasse nas mãos deles. Diga-lhes que sempre sonhou em um dia ser autorizado a usar a corrente e servir o bem supremo, que o serviço é a maior das honras, e a obediência é sua maior virtude. Mas não diga nada sobre profecias ou dragões, a menos que goste de veneno no mingau de aveia — Marwyn tirou um manto de couro manchado de um cabide perto da porta e o apertou bem. — Esfinge, proteja este rapaz.

— Protegerei — Alleras respondeu, mas o arquimeistre já tinha saído. Ouviram suas botas batendo nos degraus.

— Aonde ele foi? — Sam quis saber, desorientado.

— Para as docas. O Mago não é homem de perder tempo — Alleras sorriu. — Tenho uma confissão a fazer. Nosso encontro não foi casual, Sam. O Mago mandou que eu o agarrasse antes que falasse com Theobald. Ele sabia que estava a caminho.

— Como?

Alleras indicou a vela de vidro com um aceno.

Sam fitou a estranha chama pálida por um momento, após o que pestanejou e afastou o olhar. Escurecia do outro lado da janela.

— Há uma cela vazia por baixo da minha na torre ocidental, com uma escada que leva diretamente aos aposentos de Walgrave — disse o jovem de rosto macilento. — Se não se importar com o barulho dos corvos, tem uma boa vista sobre o Vinhomel. Serve?

— Suponho que sim — Sam sabia que tinha de dormir em algum lugar.

— Eu levarei algumas mantas de lã para você. Paredes de pedra ficam frias durante a noite, até mesmo aqui.

— Obrigado — havia algo no pálido e delicado jovem que lhe desagradava, mas não queria parecer descortês, de modo que acrescentou: — Meu nome não é Matador. Sou Sam. Samwell Tarly.

— Eu me chamo Pate — o outro se apresentou —, como o criador de porcos.

ENQUANTO ISSO, NA MURALHA...

"Ei, espere aí!", alguns de vocês podem estar dizendo agora. "Espere aí, espere aí! Onde está Dany e os dragões? Onde está Tyrion? Quase não vimos Jon Snow. Isso não pode ser tudo..."

Bem, não. Há mais a caminho. Outro livro tão grande quanto este.

Não me esqueci de escrever sobre as outras personagens. Longe disso. Escrevi um monte de coisas sobre elas. Páginas e páginas e páginas. Capítulos e mais capítulos. Ainda estava escrevendo quando percebi que o livro se tornara grande demais para ser publicado em um único volume... e ainda não estava perto de terminá-lo. Para contar toda a história que eu queria, ia ter de dividi-lo em dois.

A maneira mais simples de fazer isso teria sido pegar o que tinha, dividi-lo ao meio e terminar com "Continua". Mas, quanto mais pensava nisso, mais sentia que os leitores ficariam mais satisfeitos com um livro que contasse toda a história para metade das personagens em vez de um com metade da história para todas as personagens. De modo que foi esse o caminho que escolhi seguir.

Tyrion, Jon, Dany, Stannis e Melisandre, Davos Seaworth e o resto das personagens que vocês adoram ou adoram detestar estarão no próximo volume, *A dança dos dragões*, que se centrará em acontecimentos ao longo da Muralha e do outro lado do mar, tal como este livro se centrou em Porto Real.

George R.R. Martin
Junho de 2005

APÊNDICE

OS REIS E SUAS CORTES

A RAINHA REGENTE

Cersei Lannister, Primeira de Seu Nome, viúva do {rei Robert i Baratheon}, Rainha Viúva, Protetora do Território, Senhora de Rochedo Casterly e Rainha Regente,
— os filhos da rainha Cersei:
— {rei Joffrey i Baratheon}, envenenado em seu banquete de casamento, um rapaz de doze anos,
— princesa Myrcella Baratheon, uma garota de nove anos, protegida do príncipe Doran Martell, de Lançassolar,
— rei Tommen i Baratheon, um rei garoto de oito anos,
— seus gatinhos, sor Salto, Lady Bigodes, Botas,
— os irmãos da rainha Cersei:
— sor Jaime Lannister, seu irmão gêmeo, chamado Regicida, Senhor Comandante da Guarda Real,
— Tyrion Lannister, chamado Duende, um anão, acusado e condenado por regicídio e assassinato de parentes,
— Podrick Payne, escudeiro de Tyrion, um garoto de dez anos,
— tios, tia e primos da rainha Cersei:
— sor Kevan Lannister, seu tio,
— sor Lancel, filho de sor Kevan, primo da rainha, antigo escudeiro do rei Robert e amante de Cersei, recentemente promovido a Senhor de Darry,
— {Willem}, filho de sor Kevan, assassinado em Correrrio,
— Martyn, irmão gêmeo de Willem, um escudeiro,
— Janei, filha de sor Kevan, uma garota de três anos,
— Lady Genna Lannister, tia de Cersei, c. sor Emmon Frey,
— {sor Cleos Frey}, filho de Genna, morto pelos fora da lei,
— sor Tywin Frey, chamado Ty, filho de Cleos,
— Willem Frey, filho de Cleos, um escudeiro,
— sor Lyonel Frey, segundo filho de Genna,
— {Tion Frey}, filho de Genna, assassinado em Correrrio,
— Walder Frey, chamado Walder Vermelho, filho mais novo de Genna, um pajem em Rochedo Casterly,
— Tyrek Lannister, primo de Cersei, filho do falecido irmão de seu pai, Tygett,
— Lady Ermesande Hayford, esposa infanta de Tyrek,
— Joy Hill, filha bastarda do tio perdido da rainha Cersei, Gerion, uma garota de onze anos,
— Cerenna Lannister, prima de Cersei, filha de seu falecido tio Stafford, irmão da mãe da rainha,
— Myrielle Lannister, prima de Cersei e irmã de Cerenna, filha do tio Stafford,
— sor Daven Lannister, primo de Cersei, filho de Stafford,
— sor Damion Lannister, um primo mais afastado, c. Shiera Crakehall,

— SOR LUCION LANNISTER, seu filho,
— LANNA, sua filha, c. lorde Antario Jast,
— LADY MARGOT, uma prima ainda mais afastada, c. lorde Titus Peake,
— pequeno conselho do Rei Tommen:
— {LORDE TYWIN LANNISTER}, Mão do Rei,
— SOR JAIME LANNISTER, Senhor Comandante da Guarda Real,
— SOR KEVAN LANNISTER, mestre das leis,
— VARYS, um eunuco, mestre dos segredos,
— GRANDE MEISTRE PYCELLE, conselheiro e curandeiro,
— LORDE MACE TYRELL, LORDE MATHIS ROWAN, LORDE PAXTER REDWYNE, conselheiros,
— Guarda Real de Tommen:
— SOR JAIME LANNISTER, Senhor Comandante,
— SOR MERYN TRANT,
— SOR BOROS BLOUNT, afastado e depois readmitido,
— SOR BALON SWANN,
— SOR OSMUND KETTLEBLACK,
— SOR LORAS TYRELL, o Cavaleiro das Flores,
— SOR ARYS OAKHEART, com a princesa Myrcella em Dorne,
— servidores de Cersei em Porto Real:
— LADY JOCELYN SWYFT, sua companheira,
— SENELLE E DORCAS, suas aias e criadas,
— LUM, LESTER VERMELHO, HOKE, dito PERNA DE CAVALO, ORELHA-CURTA e PUCKENS, guardas,
— RAINHA MARGAERY, da Casa Tyrell, uma donzela de dezesseis anos, noiva viúva do rei Joffrey I Baratheon e de lorde Renly Baratheon antes dele,
— a corte de Margaery em Porto Real:
— MACE TYRELL, Senhor de Jardim de Cima, seu pai,
— LADY ALERIE, da Casa Hightower, sua mãe,
— LADY OLENNA TYRELL, sua avó, uma viúva idosa chamada RAINHA DOS ESPINHOS,
— ARRYK E ERRYK, guardas da lady Olenna, gêmeos com dois metros e dez de altura, ditos ESQUERDO E DIREITO,
— SOR GARLAN TYRELL, irmão de Margaery, O GALANTE,
— sua esposa, LADY LEONETTE, da Casa Fossoway,
— SOR LORAS TYRELL, seu irmão mais novo, o Cavaleiro das Flores, Irmão Juramentado da Guarda Real,
— as companheiras de Margaery:
— suas primas, MEGGA, ALLA E ELINOR TYRELL,
— o prometido de Elinor, ALYN AMBROSE, escudeiro,
— LADY ALYSANNE BULWER, uma menina de oito anos,
— MEREDYTH CRANE, chamada MERRY,
— LADY TAENA MERRYWEATHER,
— LADY ALYCE GRACEFORD,
— SEPTÃ NYSTERICA, uma irmã da Fé,
— PAXTER REDWYNE, Senhor da Árvore,
— seus filhos gêmeos, SOR HORAS E SOR HOBBER,

— meistre ballabar, seu curandeiro e conselheiro,
— mathis rowan, Senhor de Bosquedouro,
— sor willam wythers, capitão dos guardas de Margaery,
— hugh clifton, um belo e jovem guarda,
— sor portifer woodwright e seu irmão, sor lucantine,
— a corte de Cersei em Porto Real:
— sor osfryd kettleblack e sor osney kettleblack, irmãos mais novos de sor Osmund Kettleblack,
— sor gregor clegane, chamado a montanha que cavalga, agonizando dolorosamente devido a um ferimento envenenado,
— sor addam marbrand, Comandante da Patrulha da Cidade de Porto Real (os "homens de manto dourado"),
— jalabhar xho, Príncipe do Vale da Flor Vermelha, um exilado das Ilhas do Verão,
— gyles rosby, Senhor de Rosby, incomodado por uma tosse,
— orton merryweather, Senhor de Mesalonga,
— taena, sua esposa, uma mulher de Myr,
— lady tanda stokeworth,
    — lady falyse, sua filha mais velha e herdeira,
        — sor balman byrch, esposo da lady Falyse,
    — lady lollys, sua filha mais nova, grávida e de cabeça fraca,
        — sor bronn da água negra, esposo da lady Lollys, um ex-mercenário,
— {shae}, uma seguidora de acampamentos a serviço como criada de quarto de Lollys, estrangulada na cama de lorde Tywin,
— meistre frenken, a serviço da lady Tanda,
— sor ilyn payne, o Magistrado do Rei, um carrasco,
— rennifer longwaters, chefe dos subcarcereiros das masmorras da Fortaleza Vermelha,
— rugen, subcarcereiro das celas negras,
— lorde hallyne, o piromante, um sábio da Guilda dos Alquimistas,
— noho dimittis, enviado do Banco de Ferro de Braavos,
— qyburn, um necromante, outrora um meistre da Cidadela, mais recentemente membro dos Bravos Companheiros,
— rapaz lua, o bobo real,
— pate, um garoto de oito anos, castigado no lugar do rei Tommen,
— ormond de vilavelha, o harpista e bardo real,
— sor mark mullendore, que perdeu um macaco e metade de um braço na Batalha da Água Negra,
— aurane waters, o Bastardo de Derivamarca,
— lorde alesander staedmon, chamado sagorro,
— sor ronnet connington, chamado ronnet vermelho, o Cavaleiro de Poleiro do Grifo,
— sor lambert turnberry, sor dermot da mata chuvosa, sor tallad, chamado o alto, sor bayard norcross, sor bonifer hasty, chamado bonifer, o bom, sor hugo vance, cavaleiros juramentados do Trono de Ferro,
— sor lyle crakehall, chamado varrão forte, sor alyn stackspear, sor jon bettley, chamado jon imberbe, sor steffon swyft, sor humfrey swyft, cavaleiros juramentados de Rochedo Casterly,

— josmyn peckledon, um escudeiro e herói da Água Negra,
— garrett paege e lew piper, escudeiros e reféns,
— o povo de Porto Real:
— o alto septão, Pai dos Fiéis, Voz dos Sete na Terra, um velho frágil,
— septão torbert, septão raynard, septão luceon, septão ollidor, dos Mais Devotos, a serviço dos Sete no Grande Septo de Baelor,
— septã moelle, septã aglantine, septã helicent, septã unella, dos Mais Devotos, a serviço dos Sete no Grande Septo de Baelor,
— os "pardais", os mais humildes dos homens, ferozes em sua piedade,
— chataya, proprietária de um bordel caro,
— alayaya, sua filha,
— dancy, marei, duas das garotas de Chataya,
— brella, uma criada, nos últimos tempos a serviço da lady Sansa Stark,
— tobho mott, um mestre armeiro,
— hamish, o harpista, um cantor idoso,
— alaric de eysen, um cantor, muito viajado,
— wat, um cantor, apresentando-se como bardo azul,
— sor theodan wells, um piedoso cavaleiro, mais tarde chamado sor theodan, o fiel.

O estandarte do rei Tommen ostenta o veado coroado dos Baratheon, negro sobre dourado, e o leão dos Lannister, dourado sobre carmesim, combatente.

O REI NA MURALHA

STANNIS BARATHEON, o Primeiro de Seu Nome, segundo filho de lorde Steffon Baratheon e da lady Cassana da Casa Estermont, Senhor de Pedra do Dragão, autointitulado Rei de Westeros,
— RAINHA SELYSE, da Casa Florent, sua esposa, atualmente em Atalaialeste do Mar,
  — PRINCESA SHIREEN, sua filha, uma menina de onze anos,
  — CARA-MALHADA, seu bobo louco,
  — EDRIC STORM, seu sobrinho bastardo, filho do rei Robert e da lady Delena Florent, um rapaz de doze anos, em viagem pelo mar estreito no Prendos Louco,
— SOR ANDREW ESTERMONT, primo do rei Stannis, um homem do rei, no comando da escolta de Edric,
— SOR GERALD GOWER, LEWYS, chamado PEIXEIRA, SOR TRISTON DE MONTE DA TALHA, OMER BLACKBERRY, homens do rei, guardas e protetores de Edric,
— a corte de Stannis em Castelo Negro:
  — LADY MELISANDRE DE ASSHAI, chamada MULHER VERMELHA, uma sacerdotisa de R'hllor, o Senhor da Luz,
  — MANCE RAYDER, Rei para lá da Muralha, um cativo condenado à morte,
    — o filho de Rayder e de sua esposa {DALLA}, um recém-nascido ainda sem nome, "o príncipe selvagem",
    — GOIVA, a ama de leite do bebê, uma garota selvagem,
    — seu filho, outro recém-nascido ainda sem nome, gerado pelo pai dela, {CRASTER},
  — SOR RICHARD HORPE, SOR JUSTIN MASSEY, SOR CLAYTON SUGGS, SOR GODRY FARRING, chamado MATADOR DE GIGANTES, LORDE HARWOOD FELL, SOR CORLISS PENNY, homens da rainha e cavaleiros,
    — DEVAN SEAWORTH E BRYEN FARRING, escudeiros reais,
— a corte de Stannis em Atalaialeste do Mar:
  — SOR DAVOS SEAWORTH, chamado CAVALEIRO DAS CEBOLAS, Senhor de Mata Chuvosa, Almirante do Mar Estreito e Mão do Rei,
  — SOR AXELL FLORENT, tio da rainha Selyse, o líder dos homens da rainha,
  — SALLADHOR SAAN, de Lys, um pirata e mercenário, dono do Valiriana e de uma frota de galés,
— a guarnição de Stannis em Pedra do Dragão:
  — SOR ROLLAND STORM, chamado O BASTARDO DE NOCTICANTIGA, um homem do rei, castelão de Pedra do Dragão,
  — MEISTRE PYLOS, curandeiro, tutor, conselheiro,
  — "MINGAU" e "LAMPREIA", dois carcereiros,
— senhores juramentados de Pedra do Dragão:
  — MONTERYS VELARYON, Senhor das Marés e Mestre de Derivamarca, um garoto de seis anos,
  — DURAM BAR EMMON, Senhor de Ponta Afiada, um rapaz de quinze anos,

— guarnição de Stannis em Ponta Tempestade:
  — SOR GILBERT FARRING, castelão de Ponta Tempestade,
  — LORDE ELWOOD MEADOWS, imediato de sor Gilbert,
  — MEISTRE JURNE, conselheiro e curandeiro de sor Gilbert,
— senhores juramentados de Ponta Tempestade:
  — ELDON ESTERMONT, Senhor de Pedraverde, tio do rei Stannis, tio-avô do rei Tommen, um cauteloso amigo de ambos,
    — SOR AEMON, filho e herdeiro de lorde Eldon, com rei Tommen em Porto Real,
      — SOR ALYN, filho de sor Aemon, também com rei Tommen em Porto Real,
  — SOR LOMAS, irmão de lorde Eldon, tio e aliado do rei Stannis, em Ponta Tempestade,
    — SOR ANDREW, filho de sor Lomas, protetor de Edric Storm no mar estreito,
  — LESTER MORRIGEN, Senhor do Ninho de Corvo,
  — LORDE LUCOS CHYTTERING, chamado PEQUENO LUCOS, um jovem de dezesseis anos,
  — DAVOS SEAWORTH, Senhor de Mata Chuvosa,
    — MARYA, sua esposa, filha de um carpinteiro,
    — {DALE, ALLARD, MATTHOS, MARIC}, os quatro filhos mais velhos, perdidos na Batalha da Água Negra,
    — DEVAN, escudeiro com rei Stannis em Castelo Negro,
    — STANNIS, um garoto de dez anos, com lady Marya no Cabo da Fúria,
    — STEFFON, um garoto de seis anos, com lady Marya no Cabo da Fúria,

Stannis escolheu como símbolo o coração em chamas do Senhor da Luz; um coração vermelho rodeado por chamas cor de laranja sobre um fundo amarelo vivo. No interior do coração encontra-se retratado o veado coroado da Casa Baratheon, de negro.

REI DAS ILHAS E DO NORTE

Os Greyjoy de Pike afirmam descender do Rei Cinzento da Era dos Heróis. As lendas dizem que o rei Cinzento governava o próprio mar e que tinha uma sereia como esposa. Aegon, o Dragão acabou com a linhagem do último Rei das Ilhas de Ferro, mas permitiu que os homens de ferro retomassem o Costume Antigo e escolhessem quem teria a primazia entre eles. O escolhido foi lorde Vickon Greyjoy de Pyke. O símbolo dos Greyjoy é uma lula-gigante dourada em um campo negro. Seu lema é: Nós não semeamos.

A primeira Rebelião Greyjoy contra o Trono de Ferro foi derrotada pelo rei Robert I Baratheon e por lorde Eddard Stark de Winterfell, mas, no caos que se seguiu à morte de Robert, lorde Balon se proclamou rei novamente, e enviou seus navios para atacar o Norte.

{BALON GREYJOY}, Nono de Seu Nome Desde o Rei Cinzento, Rei das Ilhas de Ferro e do Norte, Rei do Sal e Rocha, Filho do Vento Marinho e Senhor Ceifeiro de Pyke, morto numa queda,
— a viúva do rei Balon, RAINHA ALANNYS, da Casa Harlaw,
— seus filhos:
— {RODRIK}, morto durante a primeira rebelião de Balon,
— {MARON}, morto durante a primeira rebelião de Balon,
— ASHA, sua filha, capitã do *Vento Negro* e conquistadora de Bosque Profundo,
— THEON, autointitulado Príncipe de Winterfell, chamado pelos nortenhos THEON VIRA-CASACA,
— os irmãos e meios-irmãos do rei Balon:
— {HARLON}, morto de escamagris na juventude,
— {QUENTON}, morto na infância,
— {DONEL}, morto na infância,
— EURON, chamado OLHO DE CORVO, capitão do *Silêncio*,
— VICTARION, Senhor Capitão da Frota de Ferro, mestre do *Vitória de Ferro*,
— {URRIGON}, morto de um ferimento gangrenado,
— AERON, dito CABELO MOLHADO, um sacerdote do Deus Afogado,
— RUS e NORJEN, dois de seus acólitos, os "homens afogados",
— {ROBIN}, morto na infância,
— o pessoal do rei Balon em Pyke:
— MEISTRE WENDAMYR, curandeiro e conselheiro,
— HELYA, governanta do castelo,
— os guerreiros e as espadas juramentadas do rei Balon:
— DAGMER, chamado BOCA RACHADA, capitão do *Bebedor de Espuma*, ao comando dos nascidos no ferro em Praça de Torrhen,
— DENTE AZUL, um capitão de dracar,
— ULLER, SKYTE, remadores e guerreiros,

PRETENDENTES À CADEIRA DE PEDRA DO MAR NA ASSEMBLEIA DE HOMENS LIVRES, EM VELHA WYK

GYLBERT FARWYND, Senhor da Luz Solitária,
— os campeões de Gylbert: seus filhos GYLES, YGON e YOHN,

ERIK FERREIRO, chamado ERIK QUEBRA-BIGORNA e ERIK, O JUSTO, um velho, outrora capitão e salteador famoso,
— os campeões de Erik: seus netos UREK, THORMOR, DAGON,

DUNSTAN DRUMM, O Drumm, Mão de Osso, Senhor de Velha Wyk,
— os campeões de Dunstan: seus filhos DENYS e DONNEL, e ANDRIK, O SÉRIO, um homem gigantesco,

ASHA GREYJOY, única filha de Balon Greyjoy, capitã do *Vento Negro*,
— os campeões de Asha: QARL, O DONZEL, TRISTIFER BOTLEY e SOR HARRAS HARLAW,
— os capitães e aliados de Asha: LORDE RODRIK HARLAW, LORDE BAELOR BLACKTYDE, LORDE MELDRED MERLYN, HARMUND SHARP,

VICTARION GREYJOY, irmão de Balon Greyjoy, mestre do *Vitória de Ferro* e Senhor Capitão da Frota de Ferro,
— os campeões de Victarion: RALF VERMELHO STONEHOUSE, RALF, O COXO, e nute, o barbeiro,
— os capitães e aliados de Victarion: HOTHO HARLAW, ALVYN SHARP, FRALEGG, O FORTE, ROMNY WEAVER, WILL HUMBLE, LENWOOD PEQUENO TAWNEY, RALF KENNING, MARON VOLMARK, GOROLD GOODBROTHER,
— os membros da tripulação de Victarion: WULFE UMA-ORELHA, RAGNOR PYKE,
— a companheira de cama de Victarion, certa mulher morena, muda e sem língua, um presente do irmão Euron,

EURON GREYJOY, chamado OLHO DE CORVO, irmão de Balon Greyjoy e capitão do *Silêncio*,
— os campeões de Euron: GERMUND BOTLEY, LORDE ORKWOOD DE MONTRASGO, DONNOR SALTCLIFFE,
— os capitães e aliados de Euron: TORWOLD DENTE-PODRE, JON BOCHECHA MYRE, RODRIK LIVRE, O REMADOR VERMELHO, LUCAS MÃO-ESQUERDA CODD, QUELLON HUMBLE, HARREN MEIO-HOARE, KEMMETT PYKE, O BASTARDO, QARL, O SERVO, MÃO DE PEDRA, RALF, O PASTOR, RALF DE FIDALPORTO,
— os membros da tripulação de Euron: CRAGORN,
— os vassalos de Balon, os Senhores das Ilhas de Ferro:
Em Pyke
— {SAWANE BOTLEY}, Senhor de Fidalporto, afogado por Euron Olho de Corvo,
— {HARREN}, seu filho mais velho, morto em Fosso Cailin,
— TRISTIFER, seu segundo filho e legítimo herdeiro, despojado pelo tio,
— SYMOND, HARLON, VICKON e BENNARION, seus filhos mais novos, igualmente despojados,

- GERMUND, seu irmão, nomeado Senhor de Fidalporto,
    - os filhos de Germund, BALON e QUELLON,
- SARGON e LUCIMORE, meios-irmãos de Sawane,
    - WEX, um rapaz mudo de doze anos, filho bastardo de Sargon, escudeiro de Theon Greyjoy,
- WALDON WYNCH, Senhor de Bosque de Ferro,

Em Harlaw
- RODRIK HARLAW, dito O LEITOR, Senhor de Harlaw, Senhor de Dez Torres, Harlaw de Harlaw,
    - LADY GWYNESSE, sua irmã mais velha,
    - LADY ALANNYS, sua irmã mais nova, viúva do rei Balon Greyjoy,
- SIGFRYD HARLAW, chamado SIGFRYD GRISALHO, seu tio-avô, dono de Solar de Harlaw,
- HOTHO HARLAW, chamado HOTHO CORCUNDA, da Torre Bruxuleante, um primo,
- SOR HARRAS HARLAW, chamado O CAVALEIRO, Cavaleiro de Jardim Cinzento, um primo,
- BOREMUND HARLAW, chamado BOREMUND, O AZUL, dono de Monte da Bruxa, um primo,
- vassalos e espadas juramentadas de lorde Rodrik:
    - MARON VOLMARK, Senhor de Volmark,
    - MYRE, STONETREE e KENNING,
- pessoal de lorde Rodrik:
    - TRÊS-DENTES, sua intendente, uma velha,

Em Pretamare
- BAELOR BLACKTYDE, Senhor de Pretamare, capitão do *Voador Noturno*,
- BEN CEGO BLACKTYDE, um sacerdote do Deus Afogado,

Em Velha Wyk
- DUNSTAN DRUMM, O Drumm, capitão do *Trovejante*,
- NORNE GOODBROTHER, de Pedrasmagada,
- STONEHOUSE,
- TARLE, chamado TARLE, O TRÊS VEZES AFOGADO, um sacerdote do Deus Afogado,

Em Grande Wyk
- GOROLD GOODBROTHER, Senhor de Cornartelo,
    - seus filhos, GREYDON, GRAN e GORMOND, trigêmeos,
    - suas filhas, GYSELLA e GWIN,
- MEISTRE MURENMURE, tutor, curandeiro e conselheiro,
- TRISTON FARWYND, Senhor de Ponta de Pelefoca,
- SPARR,
    - seu filho e herdeiro, STEFFARION,
- MELDRED MERLYN, Senhor de Seixeira,

Em Montrasgo
- ORKWOOD DE MONTRASGO,
- LORDE TAWNEY,

Em Salésia
- LORDE DONNOR SALTCLIFFE,

— LORDE SUNDERLY,
Nas ilhas e rochedos menores
— GYLBERT FARWYND, Senhor da Luz Solitária,
— A VELHA GAIVOTA CINZENTA, um sacerdote do Deus Afogado.

APÊNDICE

OUTRAS CASAS, GRANDES E PEQUENAS

CASA ARRYN

Os Arryn são descendentes dos Reis da Montanha e do Vale. Seu símbolo é a lua e o falcão, branco sobre fundo azul-celeste. A Casa Arryn não participou na Guerra dos Cinco Reis. O lema dos Arryn é: *Tão alto como a honra.*

ROBERT ARRYN, Senhor do Ninho da Águia, Defensor do Vale, intitulado pela mãe o Verdadeiro Guardião do Leste, um garoto enfermiço de oito anos, às vezes chamado PASSARINHO,
— sua mãe, {LADY LYSA}, da Casa Tully, viúva de lorde Jon Arryn, empurrada pela Porta da Lua para a morte,
— seu padrasto, PETYR BAELISH, chamado MINDINHO, Senhor de Harrenhal, Senhor Supremo do Tridente e Senhor Protetor do Vale,
— ALAYNE STONE, filha ilegítima de lorde Petyr, uma donzela de treze anos, na realidade, Sansa Stark,
— SOR LOTHOR BRUNE, um mercenário a serviço de lorde Petyr, capitão dos guardas do Ninho da Águia,
— OSWELL, um grisalho homem de armas a serviço de lorde Petyr, às vezes chamado KETTLEBLACK,
— o pessoal de lorde Robert no Ninho da Águia:
— MARILLION, um atraente e jovem cantor, muito apreciado por lady Lysa, acusado pelo assassinato dela,
— MEISTRE COLEMON, conselheiro, curandeiro e tutor,
— MORD, um carcereiro brutal com dentes de ouro,
— GRETCHEL, MADDY e MELA, criadas,
— os senhores vassalos de lorde Robert, os Senhores do Vale:
— LORDE NESTOR ROYCE, Supremo Intendente do Vale e castelão dos Portões da Lua,
— SOR ALBAR, filho e herdeiro de lorde Nestor,
— MYRANDA, dita RANDA, filha de lorde Nestor, uma viúva, mas pouco experiente,
— o pessoal de lorde Nestor:
— SOR MARWYN BELMORE, capitão dos guardas,
— MYA STONE, uma tratadora de mulas e guia, filha bastarda do rei Robert I Baratheon,
— OSSY e CARROT, tratadores de mulas,
— LYONEL CORBRAY, Senhor de Lar do Coração,
— SOR LYN CORBRAY, seu irmão e herdeiro, que brande a afamada espada Senhora Desespero,
— SOR LUCAS CORBRAY, seu irmão mais novo,

— Jon Lynderly, Senhor da Mata de Cobras,
- — Terrance, seu filho e herdeiro, um jovem escudeiro,
- — Edmund Waxley, o Cavaleiro de Tocalar,
- — Gerold Grafton, o Senhor de Vila Gaivota,
- — Gyles, seu filho mais novo, um escudeiro,
- — Triston Sunderland, Senhor das Três Irmãs,
- — Godric Borrell, Senhor de Doce Irmã,
- — Rolland Longthorpe, Senhor de Longa Irmã,
- — Alesandor Torrent, Senhor de Pequena Irmã,

— os Senhores Declarantes, vassalos da Casa Arryn unidos em defesa do jovem lorde Robert:
- — Yohn Royce, chamado Bronze Yohn, Senhor de Pedrarruna, pertencente ao ramo principal da Casa Royce,
- — sor Andar, único filho sobrevivente de Bronze Yohn e herdeiro de Pedrarruna,
- — o pessoal de Bronze Yohn:
- — meistre Helliweg, tutor, curandeiro, conselheiro,
- — septão Lucos,
- — sor Samwell Stone, dito Sam Forte Stone, mestre de armas,
- — vassalos e espadas juramentadas de Bronze Yohn:
- — Royce Coldwater, Senhor de Regato de Aguafria,
- — sor Damon Shett, Cavaleiro de Torre das Gaivotas,
- — Uthor Tollett, Senhor de Vale Cinzento,
- — Anya Waynwood, Senhora de Castelo de Ferrobles,
- — sor Morton, seu filho mais velho e herdeiro,
- — sor Donnel, seu segundo filho, o Cavaleiro do Portão,
- — Wallace, seu filho mais novo,
- — Harrold Hardyng, seu protegido, um escudeiro frequentemente chamado Harry, o Herdeiro,
- — Benedar Belmore, Senhor de Cantoforte,
- — sor Symond Templeton, o Cavaleiro de Novestrelas,
- — {Eon Hunter}, Senhor de Solar de Longarco, recentemente falecido,
- — sor Gilwood, filho mais velho e herdeiro de lorde Eon, agora chamado Jovem Lorde Hunter,
- — sor Eustace, segundo filho de lorde Eon,
- — sor Harlan, filho mais novo de lorde Eon,
- — pessoal do jovem lorde Hunter:
- — meistre Willamen, conselheiro, curandeiro, tutor,
- — Horton Redfort, Senhor de Forterrubro, três vezes casado,
- — sor Jasper, sor Creighton, sor Jon, seus filhos,
- — sor Mychel, seu filho mais novo, cavaleiro recém-armado, c. Ysilla Royce de Pedrarruna,

— chefes de clã das Montanhas da Lua,
- — Shagga, filho de Dolf, dos Corvos de Pedra, presentemente na liderança de um bando na Mata de Rei,
- — Timett, filho de Timett, dos Homens Queimados,
- — Chella, filha de Cheyk, dos Orelhas Negras,
- — Crawn, filho de Calor, dos Irmãos da Lua.

CASA
FLORENT

Os Florent da Fortaleza de Águas Claras são vassalos de Jardim de Cima. Ao rebentar a Guerra dos Cinco Reis, lorde Alester Florent seguiu seu suserano na proclamação pelo rei Renly, mas seu irmão, sor Axell, escolheu Stannis, marido de sua sobrinha Selyse. Após a morte de Renly, lorde Alester passou para o lado de Stannis com todas as forças de Águas Claras. Stannis fez de lorde Alester sua Mão e entregou o comando de sua frota a sor Imry Florent, irmão da esposa. Tanto a frota como sor Imry se perderam na Batalha da Água Negra, e os esforços realizados por lorde Alester para negociar uma paz após a derrota foram vistos pelo rei Stannis como traição. Ele foi entregue à sacerdotisa vermelha Melisandre, que o queimou como sacrifício a R'hllor.

O Trono de Ferro também declarou os Florent traidores, pelo apoio dado a Stannis e à sua rebelião. Foram proscritos, e a Fortaleza de Águas Claras e suas terras foram atribuídas a sor Garlan Tyrell.

O selo da Casa Florent exibe uma cabeça de raposa rodeada por um círculo de flores.

{ALESTER FLORENT}, Senhor de Águas Claras, queimado como traidor,
— sua esposa, LADY MELARA, da Casa Crane,
— seus filhos:
— ALEKYNE, senhor proscrito de Águas Claras, fugiu para Vilavelha, a fim de procurar refúgio em Torralta,
— LADY MELESSA, casada com lorde Randyll Tarly,
— LADY RHEA, casada com lorde Leyton Hightower,
— seus irmãos:
— SOR AXELL, um homem da rainha, a serviço da sobrinha, a rainha Selyse, em Atalaialeste do Mar,
— {SOR RYAM}, morto ao cair de um cavalo,
— SELYSE, sua filha, esposa e rainha do rei Stannis I Baratheon,
— SHIREEN BARATHEON, sua única filha,
— {SOR IMRY}, seu filho mais velho, morto na Batalha da Água Negra,
— SOR ERREN, seu segundo filho, cativo em Jardim de Cima,
— SOR COLIN, castelão na Fortaleza de Águas Claras,
— DELENA, sua filha, c. SOR HOSMAN NORCROSS,
— seu filho ilegítimo, EDRIC STORM, filho do rei Robert I Baratheon,
— ALESTER NORCROSS, seu filho legítimo mais velho, um garoto de nove anos,
— RENLY NORCROSS, seu segundo filho legítimo, um garoto de três anos,
— MEISTRE OMER, filho mais velho de sor Colin, a serviço em Carvalho Velho,
— MERRELL, o filho mais novo de sor Colin, um escudeiro na Árvore,
— RYLENE, irmã de lorde Alester, c. sor Rycherd Crane.

CASA
FREY

Os Frey são vassalos da Casa Tully, mas nem sempre foram diligentes em desempenhar seu dever. Ao rebentar a Guerra dos Cinco Reis, Robb Stark conquistou a aliança de lorde Walder com a promessa de desposar uma de suas filhas ou netas. Quando se casou com a lady Jeyne Westerling, os Frey conspiraram com Roose Bolton e assassinaram o Jovem Lobo e seus seguidores, naquilo que ficou conhecido como o Casamento Vermelho.

WALDER FREY, Senhor da Travessia,
— de sua primeira esposa, {LADY PERRA}, da Casa Royce:
— {SOR STEVRON}, morto após a Batalha de Cruzaboi,
— c. {Corenna Swann}, morta de uma doença debilitante,
— o filho mais velho de Stevron, SOR RYMAN, herdeiro das Gêmeas,
— o filho de Ryman, EDWYN, casado com Janyce Hunter,
— a filha de Edwyn, WALDA, uma menina de nove anos,
— o filho de Ryman, WALDER, chamado WALDER PRETO,
— o filho de Ryman, {PETYR}, chamado PETYR ESPINHA, enforcado em Pedravelhas, c. Mylenda Caron,
— a filha de Petyr, PERRA, uma menina de cinco anos,
— c. {Jeyne Lydden}, morta numa queda de cavalo,
— o filho de Stevron, {AEGON}, chamado GUIZO, morto no Casamento Vermelho por Catelyn Stark,
— a filha de Stevron, {MAEGELLE}, morta no parto, c. sor Dafyn Vance,
— a filha de Maegelle, MARIANNE VANCE, uma donzela,
— o filho de Maegelle, WALDER VANCE, um escudeiro,
— o filho de Maegelle, PATREK VANCE,
— c. {Marsella Waynwood}, morta no parto,
— o filho de Stevron, WALTON, c. Deana Hardyng,
— o filho de Walton, STEFFON, chamado O DOCE,
— a filha de Walton, WALDA, chamada BELA WALDA,
— o filho de Walton, BRYAN, um escudeiro,
— SOR EMMON, segundo filho de lorde Walder, c. Genna Lannister, da Casa Lannister,
— o filho de Emmon, {SOR CLEOS}, morto pelos fora da lei perto de Lagoa da Donzela, c. Jeyne Darry,
— o filho de Cleos, TYWIN, um escudeiro de doze anos,
— o filho de Cleos, WILLEM, um pajem em Cinzamarca, de dez anos,
— o filho de Emmon, SOR LYONEL, c. Melesa Crakehall,
— o filho de Emmon, {TION}, um escudeiro, assassinado por Rickard Karstark enquanto cativo em Correrrio,

— o filho de Emmon, walder, chamado walder vermelho, de catorze anos, um escudeiro em Rochedo Casterly,
— sor aenys, terceiro filho do lorde Walder, c. {Tyana Wylde}, morta no parto,
— o filho de Aenys, aegon nascido em sangue, um fora da lei,
— o filho de Aenys, rhaegar, c. {Jeyne Beesbury}, morta de uma doença debilitante,
— o filho de Rhaegar, robert, um rapaz de treze anos,
— a filha de Rhaegar, walda, uma garota de onze anos, chamada walda branca,
— o filho de Rhaegar, jonos, um garoto de oito anos,
— perriane, filha de lorde Walder, c. sor Leslyn Haigh,
— o filho de Perriane, sor harys haigh,
— o filho de Harys, walder haigh, um garoto de cinco anos,
— o filho de Perriane, sor donnel haigh,
— o filho de Perriane, alyn haigh, um escudeiro,
— de sua segunda esposa, {lady cyrenna}, da Casa Swann:
— sor jared, o quarto filho de lorde Walder, c. {Alys Frey},
— o filho de Jared, {sor tytos}, morto por Sandor Clegane durante o Casamento Vermelho, c. Zhoe Blanetree,
— a filha de Tytos, zia, uma donzela de catorze anos,
— o filho de Tytos, zachery, um rapaz de doze anos juramentado à Fé, em treinamento no Septo de Vilavelha,
— a filha de Jared, kyra, c. {Sor Garse Goodbrook}, morto durante o Casamento Vermelho,
— o filho de Kyra, walder goodbrook, um garoto de nove anos,
— a filha de Kyra, jeyne goodbrook, de seis anos,
— septão luceon, a serviço no Grande Septo de Baelor,
— de sua terceira esposa, {lady amarei}, da Casa Crakehall:
— sor hosteen, c. Bellena Hawick,
— o filho de Hosteen, sor arwood, c. Ryella Royce,
— a filha de Arwood, ryella, uma garota de cinco anos,
— os filhos gêmeos de Arwood, andrew e alyn, com quatro anos,
— a filha de Arwood, hostella, um bebê recém-nascido,
— lythene, filha de lorde Walder, c. lorde Lucias Vypren,
— a filha de Lythene, elyana, c. sor Jon Wylde,
— o filho de Elyana, rickard wylde, de quatro anos,
— o filho de Lythene, sor damon vypren,
— symond, c. Betharios de Braavos,
— o filho de Symond, alesander, um cantor,
— a filha de Symond, alyx, uma donzela de dezessete anos,
— o filho de Symond, bradamar, um garoto de dez anos, protegido de Oro Tendyris, um mercador de Braavos,
— sor danwell, oitavo filho de lorde Walder, c. Wynafrei Whent,
— {muitos natimortos e abortos},
— {merrett}, enforcado em Pedravelhas, c. Mariya Darry,
— a filha de Merrett, amerei, chamada ami, c. {sor Pate do Ramo Azul}, morto por sor Gregor Clegane,

— a filha de Merrett, walda, chamada walda gorda, c. Roose Bolton, Senhor do Forte do Pavor,
— a filha de Merrett, marissa, uma donzela de treze anos,
— o filho de Merrett, walder, chamado pequeno walder, de oito anos, um escudeiro a serviço de Ramsay Bolton,
— {sor geremy}, afogado, c. Carolei Waynwood,
— o filho de Geremy, sandor, um rapaz de doze anos, escudeiro,
— a filha de Geremy, cynthea, uma garota de nove anos, protegida da lady Anya Waynwood,
— sor raymund, c. Beony Beesbury,
— o filho de Raymund, robert, um acólito na Cidadela,
— o filho de Raymund, malwyn, a serviço como alquimista em Lys,
— as filhas gêmeas de Raymund, serra e sarra,
— a filha de Raymund, cersei, chamada abelhinha,
— os filhos gêmeos de Raymund, jaime e tywin, recém-nascidos,
— de sua quarta esposa, {lady alyssa}, da Casa Blackwood:
— lothar, o décimo segundo filho de lorde Walder, chamado lothar coxo, c. Leonella Lefford,
— a filha de Lothar, tysane, uma garota de sete anos,
— a filha de Lothar, walda, uma garota de cinco anos,
— a filha de Lothar, emberlei, uma garota de três anos,
— a filha de Lothar, leana, um bebê recém-nascido,
— sor jammos, décimo terceiro filho de lorde Walder, c. Sallei Paege,
— o filho de Jammos, walder, chamado grande walder, um escudeiro a serviço de Ramsey Bolton,
— os filhos gêmeos de Jammos, dickon e mathis, de cinco anos,
— sor whalen, décimo quarto filho de lorde Walder, c. Sylwa Paege,
— o filho de Whalen, hoster, um escudeiro de doze anos, a serviço de sor Damon Paege,
— a filha de Whalen, merianne, chamada merry, de onze anos,
— morya, filha de lorde Walder, c. sor Flement Brax,
— o filho de Morya, robert brax, de nove anos, um pajem em Rochedo Casterly,
— o filho de Morya, walder brax, um garoto de seis anos,
— o filho de Morya, jon brax, um menino de três anos,
— tyta, filha de lorde Walder, chamada tyta, a donzela,
— de sua quinta esposa, {lady sarya}, da Casa Whent:
— nenhuma prole,
— de sua sexta esposa, {lady bethany}, da Casa Rosby:
— sor perwyn, o décimo quinto filho de lorde Walder,
— {sor benfrey}, décimo sexto filho de lorde Walder, morto de um ferimento sofrido no Casamento Vermelho, c. Jyanna Frey, uma prima,
— a filha de Benfrey, della, chamada della surda, uma garota de três anos,
— o filho de Benfrey, osmund, um garoto de dois anos,
— meistre willamen, décimo sétimo filho de lorde Walder, a serviço em Solar de Longarco,

- olyvar, décimo oitavo filho de lorde Walder, antigo escudeiro de Robb Stark,
- roslin, dezesseis anos, c. lorde Edmure Tully no Casamento Vermelho,
— de sua sétima esposa, {lady annara}, da Casa Farring:
- arwyn, filha de lorde Walder, uma donzela de catorze anos,
- wendel, décimo nono filho de lorde Walder, de treze anos, pajem em Guardamar,
- colmar, vigésimo filho de lorde Walder, de onze anos e prometido à Fé,
- waltyr, chamado tyr, vigésimo primeiro filho de lorde Walder, de dez anos,
- elmar, último filho varão de lorde Walder, um garoto de nove anos, por um breve período prometido a Arya Stark,
- shirei, a filha mais nova de lorde Walder, uma garota de sete anos,
— sua oitava esposa, lady joyeuse, da Casa Erenford,
- atualmente grávida,
— filhos ilegítimos de lorde Walder, de mães diversas,
- walder rivers, chamado walder bastardo,
  - o filho de Walder Bastardo, sor aemon rivers,
  - a filha de Walder Bastardo, walda rivers,
- meistre melwys, a serviço em Rosby,
- jeyne rivers, martyn rivers, ryger rivers, ronel rivers, mellara rivers e outros.

CASA HIGHTOWER

Os Hightower de Vilavelha estão entre as mais antigas e orgulhosas das Grandes Casas de Westeros, traçando sua ascendência até os Primeiros Homens. Outrora reis, governam Vilavelha e arredores desde a aurora dos tempos, acolhendo os ândalos em vez de resistir a eles, e mais tarde dobrando o joelho aos Reis da Campina e renunciando às coroas ao mesmo tempo que retinham todos seus antigos privilégios. Embora poderosos e imensamente ricos, os Senhores de Hightower têm uma tradição de preferir o comércio à batalha, e raramente desempenharam papel importante nas guerras de Westeros. Os Hightower foram determinantes para a fundação da Cidadela e continuam a protegê-la até o presente. Sutis e sofisticados, sempre foram grandes benfeitores da aprendizagem e da Fé, e dizem que certos membros da família também se interessaram pela alquimia, necromancia e outras artes feiticeiras.

As armas da Casa Hightower ostentam uma torre escalonada de branco e coroada com fogo sobre fundo cinza-fumaça. O lema da Casa é: *Nós iluminamos o caminho*.

LEYTON HIGHTOWER, Voz de Vilavelha, Senhor do Porto, Senhor da Torre Alta, Defensor da Cidadela, Farol do Sul, chamado O VELHO DE VILAVELHA,
— LADY RHEA, da Casa Hightower, sua quarta esposa,
— o filho mais velho e herdeiro de lorde Leyton, SOR BAELOR, chamado BAELOR SORRISOVIVO, c. Rhonda Rowan,
— a filha de lorde Leyton, MALORA, chamada A DONZELA LOUCA,
— a filha de lorde Leyton, ALERIE, c. lorde Mace Tyrell,
— o filho de lorde Leyton, SOR GARTH, chamado AÇOGRIS,
— a filha de lorde Leyton, DENYSE, c. sor Desmond Redwyne,
— seu filho, DENYS, um escudeiro,
— a filha de lorde Leyton, LEYLA, c. sor Jon Cupps,
— a filha de lorde Leyton, ALYSANNE, c. lorde Arthur Ambrose,
— a filha de lorde Leyton, LYNESSE, c. lorde Jorah Mormont, atualmente principal concubina de Tregar Ormollen, de Lys,
— o filho de lorde Leyton, SOR GUNTHOR, c. Jeyne Fossoway, dos Fossoway da maçã verde,
— o filho mais novo de lorde Leyton, SOR HUMFREY,
— os vassalos de lorde Leyton:
— TOMMEN COSTAYNE, Senhor de Três Torres,
— ALYSANNE BULWER, Senhora de Coroanegra, uma garota de oito anos,
— MARTYN MULLENDORE, Senhor de Terraltas,
— WARRYN BEESBURY, Senhor de Bosquemel,
— BRANSTON CUY, Senhor de Solar de Girassol,
— o povo de Vilavelha:

— EMMA, uma criada no Pena e Caneca, onde as mulheres são bem-dispostas e a cidra é terrivelmente forte,
    — ROSEY, sua filha, uma garota de quinze anos cuja virgindade custará um dragão de ouro,
— os arquimeistres da Cidadela:
    — ARQUIMEISTRE NORREN, Senescal no ano que termina, cujo anel, bastão e máscara são de electrum,
    — ARQUIMEISTRE THEOBALD, Senescal no ano que começa, cujo anel, bastão e máscara são de chumbo,
    — ARQUIMEISTRE EBROSE, o curandeiro, cujo anel, bastão e máscara são de prata,
    — ARQUIMEISTRE MARWYN, chamado MARWYN, O MAGO, cujo anel, bastão e máscara são de aço valiriano,
    — ARQUIMEISTRE PERESTAN, o historiador, cujo anel, bastão e máscara são de cobre,
    — ARQUIMEISTRE VAELLYN, chamado VAELLYN VINAGRE, o astrônomo, cujo anel, bastão e máscara são de bronze,
    — ARQUIMEISTRE RYAM, cujo anel, bastão e máscara são de ouro amarelo,
    — ARQUIMEISTRE WALGRAVE, um velho com capacidade mental incerta, cujo anel, bastão e máscara são de ferro negro,
    — GALLARD, CASTOS, ZARABELO, BENEDICT, GARIZON, NYMOS, CETHERES, WILLIFER, MOLLOS, HARODON, GUYNE, AGRIVANE, OCLEY, todos arquimeistres,
— meistres, acólitos e noviços da Cidadela:
    — MEISTRE GORMON, que frequentemente serve no lugar de Walgrave,
    — ARMEN, um acólito de quatro elos, chamado O ACÓLITO,
    — ALLERAS, chamado O ESFINGE, um acólito de três elos, arqueiro dedicado,
    — ROBERT FREY, de dezesseis anos, um acólito de dois elos,
    — LORCAS, um acólito de nove elos, a serviço do Senescal,
    — LEO TYRELL, chamado LEO PREGUIÇOSO, um noviço bem-nascido,
    — MOLLANDER, um noviço nascido aleijado de um pé,
    — PATE, que cuida dos corvos do arquimeistre Walgrave, um noviço pouco promissor,
    — ROONE, um jovem noviço.

CASA LANNISTER

Os Lannister de Rochedo Casterly permanecem como o principal apoio da pretensão do rei Tommen ao Trono de Ferro. Orgulham-se de descender de Lann, o Esperto, o legendário trapaceiro da Era dos Heróis. O ouro de Rochedo Casterly e de Dente Dourado fez dos Lannister a mais rica entre as Grandes Casas. O selo Lannister é um leão dourado em fundo carmesim. Seu lema é: *Ouça-me rugir!*

{TYWIN LANNISTER}, Senhor de Rochedo Casterly, Escudo de Lannisporto, Guardião do Oeste, e Mão do Rei, assassinado, em sua latrina, pelo filho anão,
— os filhos de lorde Tywin:
— CERSEI, gêmea de Jaime, agora Senhora de Rochedo Casterly,
— JAIME, gêmeo de Cersei, chamado REGICIDA,
— TYRION, chamado DUENDE, anão e assassino de parentes,
— os irmãos de lorde Tywin e respectivos descendentes:
— SOR KEVAN LANNISTER, c. Dorna, da Casa Swyft,
— LADY GENNA, c. sor Emmon Frey, agora Senhor de Correrrio,
— o filho mais velho de Genna, {SOR CLEOS FREY}, c. Jeyne, da Casa Darry, morto pelos fora da lei,
— o filho mais velho de Cleos, SOR TYWIN FREY, chamado TY, agora herdeiro de Correrrio,
— o segundo filho de Cleos, WILLEM FREY, um escudeiro,
— o segundo filho de Genna, SOR LYONEL FREY,
— o terceiro filho de Genna, {TION FREY}, um escudeiro, assassinado enquanto cativo em Correrrio,
— o filho mais novo de Genna, WALDER FREY, chamado WALDER VERMELHO, pajem em Rochedo Casterly,
— WAT SORRISO-BRANCO, um cantor a serviço da lady Genna,
— {SOR TYGETT LANNISTER}, morto por varíola,
— TYREK, filho de Tygett, desaparecido e julgado morto,
— LADY ERMESANDE HAYFORD, esposa infanta de Tyrek,
— {GERION LANNISTER}, perdido no mar,
— JOY HILL, filha bastarda de Gerion, com onze anos,
— demais parentes próximos de lorde Tywin:
— {SOR STAFFORD LANNISTER}, primo e irmão da esposa de lorde Tywin, morto em batalha em Cruzaboi,
— CERENNA e MYRIELLE, filhas de Stafford,
— SOR DAVEN LANNISTER, filho de Stafford,
— SOR DAMION LANNISTER, um primo, c. lady Shiera Crakehall,
— seu filho, SOR LUCION,

- sua filha, LANNA, c. lorde Antario Jast,
- LADY MARGOT, uma prima, c. lorde Titus Peake,
— o pessoal de sua casa em Rochedo Casterly:
- MEISTRE CREYLEN, curandeiro, tutor e conselheiro,
- VYLARR, capitão dos guardas,
- SOR BENEDICT BROOM, mestre de armas,
- WAT SORRISO-BRANCO, um cantor,
— vassalos e espadas juramentadas, os Senhores do Oeste:
- DAMON MARBRAND, Senhor de Cinzamarca,
  - SOR ADDAM MARBRAND, seu filho e herdeiro, Comandante da Patrulha da Cidade em Porto Real,
- ROLAND CRAKEHALL, Senhor de Paço de Codorniz,
  - o irmão de Roland, {SOR BURTON}, morto pelos fora da lei,
  - o filho e herdeiro de Roland, SOR TYBOLT,
  - o filho de Roland, SOR LYLE, chamado VARRÃO FORTE,
  - o filho mais novo de Roland, SOR MERLON,
- SEBASTION FARMAN, Senhor de Ilha Bela,
  - JEYNE, sua irmã, c. SOR GARETH CLIFTON,
- TYTOS BRAX, Senhor de Valcorno,
  - SOR FLEMENT BRAX, seu irmão e herdeiro,
- QUENTEN BANEFORT, Senhor de Forte Ruína,
- SOR HARYS SWYFT, sogro de sor Kevan Lannister,
  - o filho de sor Harys, SOR STEFFON SWYFT,
    - a filha de sor Steffon, JOANNA,
  - a filha de sor Harys, SHIERLE, c. sor Melwyn Sarsfield,
- REGENARD ESTREN, Senhor de Vieleira, cativo nas Gêmeas,
- GAWEN WESTERLING, Senhor do Despenhadeiro,
  - sua esposa, LADY SYBELL, da Casa Spicer,
  - seu irmão, SOR ROLPH SPICER, recém-nomeado Senhor de Castamere,
  - seu primo, SOR SAMWELL SPICER,
  - seus filhos:
    - SOR RAYNALD WESTERLING,
    - JEYNE, viúva de Robb Stark,
    - ELEYNA, uma garota de doze anos,
    - ROLLAM, um garoto de nove anos,
    - SOR SELMOND STACKSPEAR,
      - seu filho, SOR STEFFON STACKSPEAR,
      - seu filho mais novo, SOR ALYN STACKSPEAR,
    - TERRENCE KENNING, Senhor de Kayce,
    - SOR KENNOS DE KAYCE, um cavaleiro ao seu serviço,
    - LORDE ANTARIO JAST,
    - LORDE ROBIN MORELAND,
    - LADY ALYSANNE LEFFORD,
    - LEWIS LYDDEN, Senhor de Toca Funda,
    - LORDE PHILIP PLUMM,
      - seus filhos, SOR DENNIS PLUMM, SOR PETER PLUMM e SOR HARWYN PLUMM, chamado PEDRADURA,

— LORDE GARRISON PRESTER,
 — SOR FORLEY PRESTER, seu primo,
— SOR GREGOR CLEGANE, chamado A MONTANHA QUE CAVALGA,
— SANDOR CLEGANE, seu irmão,
— SOR LORENT LORCH, um cavaleiro com terras,
— SOR GARTH GREENFIELD, um cavaleiro com terras,
— SOR LYMOND VIKARY, um cavaleiro com terras,
— SOR RAYNARD RUTTIGER, um cavaleiro com terras,
— SOR MANFRYD YEW, um cavaleiro com terras,
— SOR TYBOLT HETHERSPOON, um cavaleiro com terras,
 — {MELARA HETHERSPOON}, sua filha, afogada em um poço enquanto protegida em Rochedo Casterly.

CASA MARTELL

Dorne foi o último dos Sete Reinos a jurar fidelidade ao Trono de Ferro. Tanto o sangue como os costumes, a geografia e a história distinguem os dorneses dos outros reinos. Quando rebentou a Guerra dos Cinco Reis, Dorne não participou, mas depois que Myrcella Baratheon foi prometida ao príncipe Trystane, Lançassolar declarou seu apoio ao príncipe Joffrey. O estandarte Martell é um sol vermelho trespassado por uma lança dourada. Seu lema é: *Insubmissos, imbatíveis, inquebráveis.*

    doran nymeros martell, Senhor de Lançassolar, Príncipe de Dorne,
    — sua esposa, mellario, da Cidade Livre de Norvos,
    — seus filhos:
        — princesa arianne, a filha mais velha, herdeira de Lançassolar,
        — garin, irmão de leite e companheiro de Arianne, pertencente aos órfãos do Sangueverde,
        — príncipe quentyn, recém-armado cavaleiro, há muito tempo educado pelo lorde Yronwood de Paloferro,
        — príncipe trystane, prometido a Myrcella Baratheon,
    — os irmãos do príncipe Doran:
        — {princesa elia}, estuprada e assassinada durante o Saque de Porto Real,
        — {rhaenys targaryen}, sua filha pequena, assassinada durante o Saque de Porto Real,
        — {aegon targaryen}, um bebê de peito, assassinado durante o Saque de Porto Real,
        — {príncipe oberyn}, chamado víbora vermelha, morto por sor Gregor Clegane durante um julgamento por combate,
        — ellaria sand, a amante do príncipe Oberyn, filha ilegítima de lorde Harmen Uller,
        — as serpentes da areia, bastardas do príncipe Oberyn:
        — obara, de vinte e oito anos, filha de Oberyn e de uma prostituta de Vilavelha,
        — nymeria, chamada lady nym, de vinte e cinco anos, filha de uma mulher nobre de Volantis,
        — tyene, de vinte e três anos, filha de Oberyn e de uma septã,
        — sarella, de dezenove anos, filha de uma mercadora, capitã do *Beijo Emplumado*,
            — elia, de catorze anos, filha de Ellaria Sand,
            — obella, de doze anos, filha de Ellaria Sand,
            — dorea, de oito anos, filha de Ellaria Sand,
            — loreza, de seis anos, filha de Ellaria Sand,

— a corte do príncipe Doran, no Jardim das Águas:
  — AREO HOTAH, de Norvos, capitão dos guardas,
  — MEISTRE CALEOTTE, conselheiro, curandeiro e tutor,
  — três vintenas de crianças, tanto bem-nascidos como plebeus, filhos e filhas de senhores, cavaleiros, órfãos, mercadores, artesãos e camponeses, seus protegidos,
— a corte do príncipe Doran, em Lançassolar:
  — PRINCESA MYRCELLA BARATHEON, sua protegida, prometida ao príncipe Trystane,
    — SOR ARYS OAKHEART, escudo juramentado de Myrcella,
    — ROSAMUND LANNISTER, aia e companheira de Myrcella, uma prima afastada,
    — SEPTÃ EGLANTINE, confessora de Myrcella,
  — MEISTRE MYLES, conselheiro, curandeiro e tutor,
  — RICASSO, Senescal em Lançassolar, velho e cego,
  — SOR MANFREY MARTELL, castelão em Lançassolar,
  — LADY ALYSE LADYBRIGHT, senhora tesoureira,
  — SOR GASCOYNE do Sangueverde, escudo juramentado do príncipe Trystane,
  — BORS e TIMOTH, criados em Lançassolar,
  — BELANDRA, CEDRA, as irmãs MORRA e MELLEI, criadas em Lançassolar,
— vassalos do príncipe Doran, os Senhores de Dorne:
  — ANDERS YRONWOOD, Senhor de Paloferro, Guardião do Caminho de Pedra, o Sangue-Real,
    — SOR CLETUS, seu filho, conhecido por ter um olho estrábico,
    — MEISTRE KEDRY, curandeiro, tutor e conselheiro,
  — HARMEN ULLER, Senhor da Toca do Inferno,
    — ELLARIA SAND, sua filha ilegítima,
    — SOR ULWYCK ULLER, seu irmão,
  — DELONNE ALLYRION, Senhora de Graçadivina,
    — SOR RYON, seu filho e herdeiro,
      — SOR DAEMON SAND, filho ilegítimo de Ryon, o Bastardo de Graçadivina,
  — DAGOS MANWOODY, Senhor de Tumbarreal,
    — MORS e DICKON, seus filhos,
    — SOR MYLES, seu irmão,
  — LARRA BLACKMONT, Senhora de Montepreto,
    — JYNESSA, sua filha e herdeira,
    — PERROS, seu filho, um escudeiro,
  — NYMELLA TOLAND, Senhora de Colina Fantasma,
  — QUENTYN QORGYLE, Senhor de Arenito,
    — SOR GULIAN, seu filho mais velho e herdeiro,
    — SOR ARRON, seu segundo filho,
  — SOR DEZIEL DALT, o Cavaleiro de Limoeiros,
    — SOR ANDREY, seu irmão e herdeiro, chamado DREY,
  — FRANKLYN FOWLER, Senhor de Alcanceleste, chamado O VELHO FALCÃO, Guardião do Passo do Príncipe,
    — JEYNE e JENNELYN, suas filhas gêmeas,

— sor symon santagar, o Cavaleiro de Matamalhada,
   — sylva, sua filha e herdeira, chamada sylva malhada devido às suas sardas,
— edric dayne, Senhor de Tombastela, um escudeiro,
   — sor gerold dayne, chamado estrela sombria, o Cavaleiro de Alto Ermitério, seu primo e vassalo,
— trebor jordayne, Senhor da Penha,
   — myria, sua filha e herdeira,
— tremond gargalen, Senhor da Costa do Sal,
— daeron vaith, Senhor das Dunas Rubras.

CASA STARK

A ascendência dos Stark remonta a Brandon, o Construtor, e aos antigos Reis do Inverno. Ao longo de milhares de anos governaram a partir de Winterfell como Reis do Norte, até que Torrhen Stark, o Rei Que Ajoelhou, escolheu jurar fidelidade a Aegon, o Dragão, em vez de lhe dar batalha. Quando lorde Eddard Stark de Winterfell foi executado pelo rei Joffrey, os nortenhos renunciaram a sua lealdade ao Trono de Ferro e proclamaram o filho de lorde Eddard, Robb, o Rei do Norte. Durante a Guerra dos Cinco Reis, ele ganhou todas as batalhas, mas foi traído e assassinado pelos Frey e pelos Bolton nas Gêmeas durante o casamento do tio.

{ROBB STARK}, Rei do Norte, Rei do Tridente, Senhor de Winterfell, filho mais velho de lorde Eddard Stark e da lady Catelyn, da Casa Tully, um jovem de dezesseis anos chamado O JOVEM LOBO,
— {VENTO CINZENTO}, seu lobo-gigante, morto no Casamento Vermelho,
— seus irmãos legítimos:
— SANSA, sua irmã, c. Tyrion, da Casa Lannister,
— {LADY}, sua loba-gigante, morta no Castelo Darry,
— ARYA, sua irmã, uma menina de onze anos, desaparecida e julgada morta,
— NYMERIA, sua loba-gigante, que vagueia pelas terras fluviais,
— BRANDON, chamado BRAN, um garoto aleijado de nove anos, herdeiro de Winterfell, julgado morto,
— VERÃO, seu lobo-gigante,
— os companheiros e protetores de Bran:
— MEERA REED, uma donzela de dezesseis anos, filha de lorde Howland Reed da Atalaia da Água Cinzenta,
— JOJEN REED, seu irmão, de treze anos,
— HODOR, um cavalariço simplório, com dois metros e dez de altura,
— RICKON, seu irmão, um garoto de quatro anos, julgado morto,
— CÃO-FELPUDO, seu lobo-gigante, negro e selvagem,
— a companheira de Rickon, OSHA, uma selvagem, outrora cativa em Winterfell,
— seu meio-irmão bastardo, JON SNOW, da Patrulha da Noite,
— FANTASMA, o lobo-gigante de Jon, branco e silencioso,
— as espadas juramentadas de Robb:
— {DONNEL LOCKE, OWEN NORREY, DACEY MORMONT, SOR WENDEL MANDERLY, ROBIN FLINT}, mortos no Casamento Vermelho,
— HALLIS MOLLEN, capitão dos guardas, que escolta os ossos de Eddard Stark de volta a Winterfell,
— JACKS, QUENT, SHADD, guardas,

— os tios e primos de Robb:
- — BENJEN STARK, o irmão mais novo do pai, perdido em uma patrulha para lá da Muralha, julgado morto,
- — {LYSA ARRYN}, irmã da mãe, Senhora do Ninho da Águia, c. lorde Jon Arryn, empurrada para a morte,
  - — seu filho, ROBERT ARRYN, Senhor do Ninho da Águia e Defensor do Vale, um garoto enfermiço,
- — EDMURE TULLY, Senhor de Correrrio, irmão da mãe, aprisionado no Casamento Vermelho,
  - — LADY ROSLIN, da Casa Frey, noiva de Edmure,
- — SOR BRYNDEN TULLY, chamado PEIXE NEGRO, tio da mãe, castelão de Correrrio,

— os vassalos do Jovem Lobo, os Senhores do Norte:
- — ROOSE BOLTON, Senhor do Forte do Pavor, o vira-casaca,
  - — {DOMERIC}, seu filho legítimo e herdeiro, morto de problemas de barriga,
  - — RAMSAY BOLTON (anteriormente RAMSAY SNOW), filho ilegítimo de Roose, chamado O BASTARDO DE BOLTON, castelão do Forte do Pavor,
    - — WALDER FREY e WALDER FREY, chamados GRANDE WALDER e PEQUENO WALDER, escudeiros de Ramsay,
    - — {FEDOR}, um homem de armas tristemente famoso pelo fedor que exala, morto ao passar por Ramsay,
  - — "ARYA STARK", cativa de lorde Roose, uma garota dissimulada, prometida a Ramsay,
  - — WALTON, chamado PERNAS DE AÇO, capitão de Roose,
  - — BETH CASSEL, KYRA, NABO, PALLA, BANDY, SHYRA, PALLA e VELHA AMA, mulheres de Winterfell, mantidas cativas no Forte do Pavor,
- — JON UMBER, chamado GRANDE-JON, Senhor da Última Lareira, cativo nas Gêmeas,
  - — {JON}, chamado PEQUENO-JON, o filho mais velho e herdeiro de Grande-Jon, morto no Casamento Vermelho,
- — MORS, chamado PAPA-CORVOS, tio de Grande-Jon, castelão na Última Lareira,
- — HOTHER, chamado TERROR DAS RAMEIRAS, tio de Grande-Jon, também castelão na Última Lareira,
- — {RICKARD KARSTARK}, Senhor de Karhold, decapitado por traição e assassinato de prisioneiros,
  - — {EDDARD}, seu filho, morto no Bosque dos Murmúrios,
  - — {TORRHEN}, seu filho, morto no Bosque dos Murmúrios,
  - — HARRION, seu filho, cativo em Lagoa da Donzela,
  - — ALYS, filha de lorde Rickard, uma donzela de quinze anos,
- — o tio de Rickard, ARNOLF, castelão de Karhold,
- — GALBART GLOVER, Mestre de Bosque Profundo, solteiro,
  - — ROBETT GLOVER, seu irmão e herdeiro,
    - — a esposa de Robett, SYBELLE, da Casa Locke,
    - — seus filhos:
      - — GAWEN, um garoto de três anos,
      - — ERENA, um bebê de peito,
      - — o protegido de Galbert, LARENCE SNOW, filho ilegítimo de {lorde Halys Hornwood}, um rapaz de treze anos,
- — HOWLAND REED, Senhor da Atalaia da Água Cinzenta, um cranogmano,

— sua esposa, JYANA, dos cranogmanos,
  — seus filhos:
    — MEERA, uma jovem caçadora,
    — JONJEN, um rapaz abençoado com a visão verde,
— WYMAN MANDERLY, Senhor de Porto Branco, muitíssimo gordo,
  — SOR WYLIS MANDERLY, seu filho mais velho e herdeiro, muito gordo, cativo em Harrenhal,
    — a esposa de Wylis, LEONA, da Casa Woolfield,
      — WINAFRYD, sua filha, uma donzela de dezenove anos,
      — WYLLA, sua filha, uma donzela de quinze anos,
    — {SOR WENDEL MANDERLY}, seu segundo filho, morto no Casamento Vermelho,
    — SOR MARLON MANDERLY, seu primo, comandante da guarnição do Porto Branco,
  — MEISTRE THEOMORE, conselheiro, tutor, curandeiro,
— MAEGE MORMONT, Senhora da Ilha dos Ursos,
  — {DACEY}, sua filha mais velha e herdeira, morta no Casamento Vermelho,
  — ALYSANE, LYRA, JORELLE, LYANNA, suas filhas,
  — {JEOR MORMONT}, seu irmão, Senhor Comandante da Patrulha da Noite, morto por seus próprios homens,
    — SOR JORAH MORMONT, filho de lorde Jeor, outrora Senhor da Ilha dos Ursos por direito próprio, um cavaleiro condenado e exilado,
— {SOR HELMAN TALLHART}, Senhor da Praça de Torrhen, morto em Valdocaso,
  — {BENFRED}, seu filho e herdeiro, morto por homens de ferro na Costa Pedregosa,
  — EDDARA, sua filha, cativa em Praça de Torrhen,
  — {LEOBALD}, seu irmão, morto em Winterfell,
    — a esposa de Leobald, BERENA, da Casa Hornwood, cativa em Praça de Torrhen,
      — seus filhos, BRANDON e BEREN, igualmente cativos na Praça de Torrhen,
— RODRIK RYSWELL, Senhor dos Regatos,
  — BARBREY DUSTIN, sua filha, Senhora de Vila Acidentada, viúva de {lorde Willam Dustin},
    — HARWOOD STOUT, seu vassalo, um pequeno senhor em Vila Acidentada,
  — {BETHANY BOLTON}, sua filha, segunda esposa de lorde Roose Bolton, morta de uma febre,
  — ROGER RYSWELL, RICKARD RYSWELL, ROOSE RYSWELL, seus irascíveis primos e vassalos,
— {CLEY CERWYN}, Senhor de Cerwyn, morto em Winterfell,
  — JONELLE, sua irmã, uma donzela de trinta e dois anos,
— LYNESSA FLINT, Senhora de Atalaia da Viúva,
— ONDREW LOCKE, Senhor de Castelovelho, um velho,
— HUGO WULL, chamado GRANDE BALDE, chefe de seu clã,
— BRANDON NORREY, chamado O NORREY, chefe de seu clã,
— TORREN LIDDLE, chamado O LIDDLE, chefe de seu clã,

As armas Stark ostentam um lobo-gigante cinza correndo por um campo branco de gelo. O lema dos Stark é: *O inverno está chegando.*

CASA TULLY

Lorde Edmyn Tully de Correrrio foi um dos primeiros entre os senhores do rio a jurar fidelidade a Aegon, o Conquistador. O rei Aegon o recompensou atribuindo à Casa Tully o domínio sobre todas as terras do Tridente. O símbolo dos Tully é uma truta saltante, prateada, em fundo ondulado de azul e vermelho. O lema dos Tully é: *Família, dever, honra*.

EDMURE TULLY, Senhor de Correrrio, aprisionado em seu casamento e mantido cativo pelos Frey,
— LADY ROSLIN, da Casa Frey, a jovem noiva de Edmure,
— {LADY CATELYN STARK}, sua irmã, viúva de lorde Eddard Stark de Winterfell, morta no Casamento Vermelho,
— {LADY LYSA ARRYN}, sua irmã, viúva de lorde Jon Arryn do Vale, empurrada para a morte no Ninho da Águia,
— SOR BRYNDEN TULLY, chamado PEIXE NEGRO, tio de Edmure, castelão de Correrrio,
— o pessoal de lorde Edmure em Correrrio:
— MEISTRE VYMAN, conselheiro, curandeiro e tutor,
— SOR DESMOND GRELL, mestre de armas,
— SOR ROBIN RYGER, capitão da guarda,
— LEW COMPRIDO, ELWOOD, DELP, guardas,
— UTHERYDES WAYN, intendente de Correrrio,
— vassalos de Edmure, os Senhores do Tridente:
— TYTOS BLACKWOOD, Senhor de Solar de Corvarbor,
— {LUCAS}, seu filho, morto no Casamento Vermelho,
— JONOS BRACKEN, Senhor de Barreira de Pedra,
— JASON MALLISTER, Senhor de Guardamar, prisioneiro em seu próprio castelo,
— PATREK, seu filho, aprisionado com o pai,
— SOR DENYS MALLISTER, tio de lorde Jason, membro da Patrulha da Noite,
— CLEMENT PIPER, Senhor do Castelo de Donzelarrosa,
— seu filho e herdeiro, SOR MARQ PIPER, aprisionado no Casamento Vermelho,
— KARYL VANCE, Senhor do Pouso do Viajante,
— sua filha mais velha e herdeira, LIANE,
— suas filhas mais novas, RHIALTA e EMPHYRIA,
— NORBERT VANCE, o cego Senhor de Atranta,
— seu filho mais velho e herdeiro, SOR RONALD VANCE, chamado O MAU,
— seus filhos mais novos, SOR HUGO, SOR ELLERY, SOR KIRTH e MEISTRE JON,
— THEOMAR SMALLWOOD, Senhor de Solar de Bolotas,
— sua esposa, LADY RAVELLA, da Casa Swann,

— sua filha, CARELLEN,
— WILLIAM MOOTON, Senhor de Lagoa da Donzela,
— SHELLA WHENT, a desalojada Senhora de Harrenhal,
　— SOR WILLIS WODE, um cavaleiro ao seu serviço,
— SOR HALMON PAEGE,
— LORDE LYMOND GOODBROOK.

CASA TYRELL

Os Tyrell ascenderam ao poder como intendentes dos Reis da Campina, embora digam descender de Garth Mãoverde, o rei jardineiro dos Primeiros Homens. Quando o último rei da Casa Gardener foi morto no Campo de Fogo, seu intendente Harlen Tyrell entregou Jardim de Cima a Aegon, o Conquistador. Aegon concedeu aos Tyrell o castelo e o domínio sobre a Campina. Mace Tyrell declarou seu apoio a Renly Baratheon no início da Guerra dos Cinco Reis e lhe deu a mão de sua filha Margaery. Após a morte de Renly, Jardim de Cima fez aliança com a Casa Lannister, e Margaery foi prometida ao rei Joffrey.

MACE TYRELL, Senhor de Jardim de Cima, Guardião do Sul, Defensor da Marca, Supremo Marechal da Campina,
— sua esposa, LADY ALERIE, da Casa Hightower de Vilavelha,
— seus filhos:
— WILLAS, o filho mais velho, herdeiro de Jardim de Cima,
— SOR GARLAN, chamado O GALANTE, o segundo filho, recentemente nomeado Senhor de Águas Claras,
— a esposa de Garlan, LADY LEONETTE, da Casa Fossoway,
— SOR LORAS, o Cavaleiro das Flores, o filho mais novo, Irmão Juramentado da Guarda Real,
— MARGAERY, sua filha, duas vezes casada e duas vezes viúva,
— as companheiras e servidoras de Margaery:
— suas primas, MEGGA, ALLA e ELINOR TYRELL,
— o prometido de Elinor, ALYN AMBROSE, escudeiro,
— LADY ALYSANNE BULWER, LADY ALYCE GRACEFORD, LADY TAENA MERRYWEATHER, MEREDYTH CRANE, chamada MERRY, SEPTÃ NYSTERICA, suas companheiras,
— a mãe viúva de Mace, LADY OLENNA, da Casa Redwyne, chamada RAINHA DOS ESPINHOS,
— ARRYK e ERRYK, seus guardas, gêmeos com dois metros e dez de altura, chamados ESQUERDO e DIREITO,
— as irmãs de Mace:
— LADY MINA, casada com Paxter Redwyne, Senhor da Árvore,
— seus filhos:
— SOR HORAS REDWYNE, gêmeo de Hobber, escarnecido como HORROR,
— SOR HOBBER REDWYNE, gêmeo de Horas, escarnecido como BABÃO,
— DESMERA REDWYNE, uma donzela de dezesseis anos,
— LADY JANNA, casada com sor Jon Fossoway,
— os tios e primos de Mace:
— o tio de Mace, GARTH, chamado O GROSSO, Senhor Senescal de Jardim de Cima,

>   — os filhos bastardos de Garth, GARSE e GARRETT FLOWERS,
> — o tio de Mace, SOR MORYN, Senhor Comandante da Patrulha da Cidade de Vilavelha,
>   — o filho de Moryn, {SOR LUTHOR}, c. lady Elyn Norridge,
>   — o filho de Luthor, SOR THEODORE, c. lady Lia Serry,
>   — a filha de Theodore, ELINOR,
>   — o filho de Theodore, LUTHOR, um escudeiro,
>   — o filho de Luthor, MEISTRE MEDWYCK,
>   — a filha de Luthor, OLENE, c. sor Leo Blackbar,
>   — o filho de Moryn, LEO, chamado LEO PREGUIÇOSO, um noviço na Cidadela de Vilavelha,
> — o tio de Mace, MEISTRE GORMON, a serviço na Cidadela,
> — o primo de Mace, {SOR QUENTIN}, morto em Vaufreixo,
>   — o filho de Quentin, SOR OLIVER, c. lady Lysa Meadows,
>   — os filhos de Olymer, RAYMUND e RICKARD,
>   — a filha de Olymer, MEGGA,
> — o primo de Mace, MEISTRE NORMUND, a serviço em Coroanegra,
> — o primo de Mace, {SOR VICTOR}, morto pelo Cavaleiro Sorridente da Irmandade da Mata de Rei,
>   — a filha de Victor, VICTARIA, c. {lorde Jon Bulwer}, morto de uma febre de verão,
>   — a sua filha, LADY ALYSANNE BULWER, de oito anos,
>   — o filho de Victor, SOR LEO, c. lady Alys Beesbury,
>   — as filhas de Leo, ALLA e LEONA,
>   — os filhos de Leo, LYONEL, LUCAS e LORENT,

— o pessoal de Mace em Jardim de Cima:
>   — MEISTRE LOMYS, conselheiro, curandeiro e tutor,
>   — IGON VYRWELL, capitão da guarda,
>   — SOR VORTIMER CRANE, mestre de armas,
>   — ABETOURO, bobo, enormemente gordo.

— os senhores seus vassalos, os Senhores da Campina:
>   — RANDYLL TARLY, Senhor de Monte Chifre,
>   — PAXTER REDWYNE, Senhor da Árvore,
>   — SOR HORAS e SOR HOBBER, seus filhos gêmeos,
>   — o curandeiro de lorde Paxter, MEISTRE BALLABAR,
>   — ARWYN OAKHEART, Senhora de Carvalho Velho,
>   — o filho mais novo da lady Arwyn, SOR ARYS, um Irmão Juramentado da Guarda Real,
>   — MATHIS ROWAN, Senhor de Bosquedouro, c. Bethany, da Casa Redwyne,
>   — LEYTON HIGHTOWER, Voz de Vilavelha, Senhor do Porto,
>   — HUMFREY HEWETT, Senhor de Escudo de Carvalho,
>   — FALIA FLOWERS, sua filha bastarda,
>   — OSBERT SERRY, Senhor de Escudossul,
>   — SOR TALBERT, seu filho e herdeiro,
>   — GUTHOR GRIMM, Senhor de Escudogris,
>   — MORIBALD CHESTER, Senhor de Escudoverde,
>   — ORTON MERRYWEATHER, Senhor de Mesalonga,

— LADY TAENA, sua esposa, uma mulher de Myr,
— RUSSEL, seu filho, um garoto de oito anos,
— LORDE ARTHUR AMBROSE, c. lady Alysanne Hightower,
— seus cavaleiros e espadas a ele juramentadas:
— SOR JON FOSSOWAY, dos Fossoway da maçã verde,
— SOR TANTON FOSSOWAY, dos Fossoway da maçã vermelha.

O símbolo dos Tyrell é uma rosa dourada em campo verde-relva. Seu lema é: *Crescendo fortes*.

APÊNDICE

REBELDES E VAGABUNDOS PLEBEUS E IRMÃOS JURAMENTADOS

FIDALGOTES, VIAJANTES E COMUNS

— SOR CREIGHTON LONGBOUGH e SOR ILLIFER, O SEM-TOSTÃO, cavaleiros andantes e companheiros,
— HIBALD, um mercador temeroso e avarento,
— SOR SHADRICH DE VALE SOMBRIO, chamado RATO LOUCO, um cavaleiro andante a serviço de Hibald,
— BRIENNE, A DONZELA DE TARTH, também chamada BRIENNE, A BELA, donzela em uma demanda,
   — LORDE SELWYN, O ESTRELA DA TARDE, Senhor de Tarth, seu pai,
   — {GRANDE BEN BUSHY}, SOR HYLE HUNT, SOR MARK MULLENDORE, SOR EDMUND AMBROSE, {SOR RICHARD FARROW}, {WILL, O CEGONHA}, SOR HUGH BEESBURY, SOR RAYMOND NAYLAND, HARRY SAWYER, SOR OWEN INCHFIELD, ROBIN POTTER, outrora seus pretendentes,
— RENFRED RYKKER, Senhor de Valdocaso,
   — SOR RUFUS LEEK, um cavaleiro perneta ao seu serviço, castelão do Forte Pardo, em Valdocaso,
— WILLIAM MOOTON, Senhor de Lagoa da Donzela,
   — ELEANOR, sua filha mais velha e herdeira, de treze anos,
— RANDYLL TARLY, Senhor de Monte Chifre, no comando das forças do rei Tommen ao longo do Tridente,
   — DICKON, seu filho e herdeiro, um jovem escudeiro,
— SOR HYLE HUNT, juramentado ao serviço da Casa Tarly,
   — SOR ALYN HUNT, primo de sor Hyle, igualmente a serviço de lorde Randyll,
— DICK CRABB, chamado LESTO DICK, um Crabb de Ponta da Garra Rachada,
— EUSTACE BRUNE, Senhor do Antro Terrível,
— BENNARD BRUNE, o Cavaleiro de Cova Castanha, seu primo,
— SOR ROGER HOGG, o Cavaleiro do Corno de Porca,
— SEPTÃO MERIBALD, um septão descalço,
   — seu cão, CÃO,
   — O IRMÃO MAIS VELHO, da Ilha Silenciosa,
   — IRMÃO NARBERT, IRMÃO GILLAM, IRMÃO RAWNEY, irmãos penitentes da Ilha Silenciosa,
— SOR QUINCY COX, o Cavaleiro de Salinas, um velho em sua segunda infância,
— na velha estalagem do entroncamento:
   — JEYNE HEDDLE, chamada JEYNE LONGA, estalajadeira, uma jovem alta de dezoito anos,
     — WILLOW, sua irmã, austera com uma colher,
   — TANÁSIA, PATE, JON TOSTÃO, BEN, órfãos na estalagem,
   — GENDRY, um aprendiz de ferreiro e filho bastardo do rei Robert I Baratheon, ignorante sobre seu nascimento,
— em Harrenhal:
   — RAFFORD, chamado RAFF, O QUERIDO, BOCA DE MERDA, DUNSEN, membros da guarnição,
   — BEN POLEGAR PRETO, um ferreiro e armeiro,
   — PIA, uma criada, outrora bonita,

— MEISTRE GULIAN, curandeiro, tutor e conselheiro,
— em Darry:
    — LADY AMEREI FREY, chamada AMI PORTÃO, uma amorosa jovem viúva prometida a lorde Lancel Lannister,
    — a mãe da lady Amerei, LADY MARIYA, da Casa Darry, viúva de Merrett Frey,
    — a irmã da lady Amerei, MARISSA, uma donzela de treze anos,
    — SOR HARWYN PLUMM, chamado PEDRADURA, comandante da guarnição,
    — MEISTRE OTTOMORE, curandeiro, tutor e conselheiro,
— na Estalagem do Ajoelhado:
    — SHARNA, a estalajadeira, cozinheira e parteira,
    — seu marido, chamado MARIDO,
    — RAPAZ, um órfão de guerra,
    — TORTA QUENTE, um filho de padeiro, agora órfão.

HOMENS FORA DA LEI E DESERTORES

{BERIC DONDARRION}, outrora Senhor de Portonegro, seis vezes morto,
— EDRIC DAYNE, Senhor de Tombastela, um rapaz de doze anos, escudeiro de lorde Beric,
— O CAÇADOR LOUCO, do Septo de Pedra, seu aliado ocasional,
— BARBA-VERDE, um mercenário tyroshino, seu amigo inseguro,
— ANGUY, O ARQUEIRO, um arqueiro originário da Marca de Dorne,
— MERRIT DE VILALUA, WATTY, O MOLEIRO, MEG PANTANOSA, JON DE NOGUEIRA, fora da lei de seu bando,

LADY CORAÇÃO DE PEDRA, uma mulher encapuzada, por vezes chamada MÃE IMPIEDOSA, A IRMÃ SILENCIOSA e A CARRASCA,
— LIMO, chamado LIMO MANTO LIMÃO, outrora soldado,
— THOROS DE MYR, um sacerdote vermelho,
— HARWIN, filho de Hullen, um nortenho anteriormente a serviço de lorde Eddard Stark em Winterfell,
— JACK SORTUDO, um homem caolho procurado pela justiça,
— TOM DE SETERRIOS, um cantor de reputação duvidosa, chamado TOM SETE-CORDAS e TOM DAS SETE,
— LUKE PROMISSOR, NOTCH, MUDGE, DICK IMBERBE, os fora da lei,

SANDOR CLEGANE, chamado CÃO DE CAÇA, outrora escudo juramentado do rei Joffrey, mais tarde um Irmão Juramentado da Guarda Real, visto pela última vez febril e moribundo junto do Tridente,

{VARGO HOAT}, da Cidade Livre de Qohor, chamado O BODE, um capitão mercenário de discurso baboso, morto em Harrenhal por sor Gregor Clegane,
— seus Bravos Companheiros, também chamados Pantomimeiros Sangrentos:
— URSWYCK, chamado O FIEL, seu tenente,
— {SEPTÃO UTT}, enforcado por lorde Beric Dondarrion,
— TIMEON DE DORNE, ZOLLO, O GORDO, RORGE, DENTADAS, PYG, SHAGWELL, O BOBO, TOGG JOTH DE IBBEN, TRÊS DEDOS, dispersos e em fuga,
— no Pêssego, um bordel em Septo de Pedra:
— TANÁSIA, a proprietária ruiva,
— ALYCE, CASS, LANNA, JYZENE, HELLY, BELLA, algumas de suas pêssegas,
— em Solar de Bolotas, a sede da Casa Smallwood:
— LADY RAVELLA, anteriormente da Casa Swann, esposa de lorde Theomar Smallwood,
— aqui, ali e acolá:
— LORDE LYMOND LYCHESTER, um velho de mente incerta, que um dia deteve sor Maynard na ponte,
— seu jovem cuidador, MEISTRE ROONE,
— o fantasma de Coração Alto,
— a Senhora das Folhas,
— o septão em Brotadança.

OS IRMÃOS JURAMENTADOS DA PATRULHA DA NOITE

JON SNOW, o Bastardo de Winterfell, nonocentésimo nonagésimo oitavo Senhor Comandante da Patrulha da Noite,
— FANTASMA, seu lobo-gigante, branco e silencioso,
— seu intendente, EDDISON TOLLETT, chamado EDD DOLOROSO,

Os homens de Castelo Negro:
— BENJEN STARK, Primeiro Patrulheiro, há muito desaparecido, presumivelmente morto,
— SOR WYNTON STOUT, um patrulheiro idoso, de cabeça fraca,
— KEDGE OLHO-BRANCO, BEDWYCK, dito GIGANTE, MATTHAR, DYWEN, GARTH PENA-CINZA, ULMER DA MATA DE REI, ELRON, PYPAR, chamado PYP, GRENN, chamado AUROQUE, BERNARR, chamado BERNARR PRETO, GOADY, TIM STONE, JACK NEGRO BULWER, GEOFF, chamado O ESQUILO, BEN BARBUDO, partulheiros,
— BOWEN MARSH, Senhor Intendente,
— HOBB TRÊS-DEDOS, intendente e chefe cozinheiro,
— {DONAL NOYE}, antigo armeiro e ferreiro, morto ao portão por Mag, o Poderoso,
— OWEN, chamado IDIOTA, TIM LÍNGUA-PRESA, MULLY, CUGEN, DONNEL HILL, chamado DOCE DONNEL, LEW MÃO ESQUERDA, JEREN, WICK WHITTLESTICK, intendentes,
— OTHELL YARWYCK, Primeiro Construtor,
— BOTA EXTRA, HALDER, ALBETT, BARRICAS, construtores,
— CONWY, GUEREN, recrutadores viajantes,
— SEPTÃO CELLADOR, um devoto ébrio,
— SOR ALLISER THORNE, antigo mestre de armas,
— LORDE JANOS SLYNT, antigo comandante da Patrulha da Cidade de Porto Real, durante um breve período Senhor de Harrenhal,
— MEISTRE AEMON (TARGARYEN), curandeiro e conselheiro, um cego, com cento e dois anos de idade,
— o intendente de Aemon, CLYDAS,
— o intendente de Aemon, SAMWELL TARLY, gordo e dado aos livros,
— EMMETT DE FERRO, anteriormente de Atalaialeste, mestre de armas,
— HARETH chamado CAVALO, os gêmeos ARRON E EMRICK, SANTIN, HOP-ROBIN, recrutas em treinamento,

Os homens de torre sombria:
SOR DENYS MALLISTER, Comandante, Torre Sombria,
— seu intendente e escudeiro, WALLACE MASSEY,
— MEISTRE MULLIN, curandeiro e conselheiro.
— {QHORIN MEIA-MÃO}, patrulheiro chefe, morto por Jon Snow para lá da Muralha,
— irmãos da Torre Sombria:
— {ESCUDEIRO DALBRIDGE, EGGEN}, patrulheiros, mortos no Passo dos Guinchos,

— COBRA DAS PEDRAS, um patrulheiro, perdido no Passo dos Guinchos enquanto se deslocava a pé,

Os homens de Atalaialeste do Mar:
    COTTER PYKE, comandante,
        — MEISTRE HARMUNE, curandeiro e conselheiro,
        — VELHO FARRAPO SALGADO, capitão do Melro,
        — SOR GLENDON HEWETT,
        — irmãos de Atalaialeste:
            — DAREON, intendente e cantor,

Na fortaleza de Craster (os traidores):
    — ADAGA, que assassinou Craster, seu anfitrião,
    — OLLO MÃO-CORTADA, que matou seu senhor comandante, Jeor Mormont,
    — GARTH DE VIAVERDE, MAWNEY, GRUBBS, ALAN DE ROSBY, antigos patrulheiros,
    — KARL PÉ-TORTO, ÓRFÃO OSS, BILL RESMUNGÃO, antigos intendentes.

OS SELVAGENS, OU O POVO LIVRE

MANCE RAYDER, Rei para lá da Muralha, um cativo em Castelo Negro,
— sua esposa, DALLAD, morta no parto,
— seu filho, morto em batalha, sem nome,
— VAL, a irmã mais nova de Dalla, "a princesa selvagem", uma cativa em Castelo Negro,
— chefes e capitães selvagens:
— {HARMA}, chamada CABEÇA DE CÃO, morta junto da Muralha,
— HALLECK, seu irmão,
— O SENHOR DOS OSSOS, escarnecido como CAMISA DE CHOCALHO, um salteador e chefe de um bando de guerra, cativo em Castelo Negro,
— {YGRITTE}, uma jovem esposa de lanças, amante de Jon Snow, morta durante o ataque a Castelo Negro,
— RYK, chamado LANÇA-LONGA, membro de seu bando,
— RAGWYLE, LENYL, membros de seu bando,
— {STYR}, Magnar de Thenn, morto durante o ataque a Castelo Negro,
— SIGORN, filho de Styr, o novo Magnar de Thenn,
— TORMUND, Rei-Hidromel de Solar Ruivo, dito TERROR DOS GIGANTES, ALTO-FALADOR, SOPRADOR DE CHIFRES E QUEBRADOR DE GELO, e ainda PUNHO DE TROVÃO, ESPOSO DE URSAS, FALADOR COM OS DEUSES E PAI DE HOSTES,
— os filhos de Tormund, TOREGG, O ALTO, TORWYRD, O MANSO, DORMUND e DRYN, sua filha MUNDA,
— O CHORÃO, um salteador e líder de um bando de guerra,
— {ALFYN MATA-CORVOS}, um salteador, morto por Qhorin Meia-Mão da Patrulha da Noite,
— {MORELL}, chamado ORELL, A ÁGUIA, um troca-peles morto por Jon Snow no Passo dos Guinchos,
— {MAG MAR TUN DOH WEG}, chamado MAG, O PODEROSO, um gigante, morto por Donal Noye no portão de Castelo Negro,
— VARAMYR, chamado SEIS-PELES, um troca-peles que controla três lobos, um gato das sombras e um urso-das-neves,
— {JARL}, um jovem salteador, amante de Val, morto numa queda da Muralha,
— GRIGG, O BODE, ERROK, BODGER, DEL, GRANDE FURÚNCULO, DAN DE CÂNHAMO, HENK, O ELMO, LENN, DEDÃO, selvagens e salteadores,
— {CRASTER}, dono da Fortaleza de Craster, morto por Adaga, da Patrulha da Noite, um hóspede sob o seu teto,
— GOIVA, sua filha e esposa,
— o filho recém-nascido de Goiva, ainda sem nome,
— DYAH, FERNY, NELLA, três das dezenove mulheres de Craster.

APÊNDICE

PARA LÁ DO MAR ESTREITO

A RAINHA NO OUTRO LADO DO MAR

DAENERYS TARGARYEN, a Primeira de Seu Nome, Rainha de Meereen, Rainha dos Ândalos, dos Roinares e dos Primeiros Homens, Senhora dos Sete Reinos, Protetora do Território, khaleesi do Grande Mar de Grama, chamada DAENERYS, FILHA DA TORMENTA, A NÃO QUEIMADA, MÃE DOS DRAGÕES,
— seus dragões, DROGON, VISERION, RHAEGAL,
— seu irmão, {RHAEGAR}, Príncipe de Pedra do Dragão, morto por Robert Baratheon no Tridente,
  — a filha de Rhaegar, {RHAENYS}, assassinada durante o Saque de Porto Real,
  — o filho de Rhaegar, {AEGON}, um bebê de peito, assassinado durante o Saque de Porto Real,
— seu irmão, {VISERYS}, o Terceiro de Seu Nome, chamado O REI PEDINTE, coroado com ouro derretido,
— o senhor seu esposo, {DROGO}, um khal dos dothraki, morto de um ferimento gangrenado,
— filho natimorto de Daenerys e k hal Drogo, {RHAEGO}, morto no ventre pela *maegi* Mirri Maz Duur,
— sua Guarda Real:
  — SOR BARRISTAN SELMY, chamado BARRISTAN, O OUSADO, outrora Senhor Comandante da Guarda Real do rei Robert,
  — JHOGO, *ko* e companheiro de sangue, o chicote,
  — AGGO, *ko* e companheiro de sangue, o arco,
  — RAKHARO, *ko* e companheiro de sangue, o arakh,
  — BELWAS, O FORTE, eunuco e antigo escravo de combate,
— seus capitães e comandantes:
  — DAARIO NAHARIS, um excêntrico mercenário tyroshino, no comando da companhia dos Corvos Tormentosos,
  — BEN PLUMM, chamado BEN CASTANHO, um mercenário mestiço, no comando da companhia dos Segundos Filhos,
  — VERME CINZENTO, um eunuco, no comando dos Imaculados, uma companhia de infantaria eunuca,
  — GROLEO de Pentos, anteriormente capitão da grande coca *Saduleon*, agora um almirante sem frota,
— suas aias:
  — IRRI e JHIQUI, duas garotas dothraki, de dezesseis anos,
  — MISSANDEI, uma escriba e tradutora de Naath,
— seus inimigos conhecidos e potenciais:
  — GRAZDAN MO ERAZ, um nobre de Yunkai,
  — KHAL PONO, outrora *ko* de khal Drogo,
  — KHAL JHAQO, outrora *ko* de khal Drogo,
    — MAGGO, seu companheiro de sangue,

— OS IMORREDOUROS DE QARTH, um bando de magos,
— PYAT PREE, um mago qartheno,
— OS HOMENS PESAROSOS, uma guilda de assassinos qarthenos,
— SOR JORAH MORMONT, antigo Senhor da Ilha dos Ursos,
— {MIRRI MAZ DUUR}, esposa de deus e *maegi*, criada do Grande Pastor de Lhazar,
— seus aliados incertos, passados e presentes:
— XARO XHOAN DAXOS, um príncipe mercador de Qarth,
— QUAITHE, uma umbromante mascarada de Asshai,
— ILLYRIO MOPATIS, um magíster da Cidade Livre de Pentos, que arranjou o casamento de Daenerys com Khal Drogo,
— CLEON, O GRANDE, rei carniceiro de Astapor,
— KHAL MORO, aliado ocasional de khal Drogo,
— RHOGORO, seu filho e khalakka,
— KHAL JOMMO, aliado ocasional de khal Drogo.

Os Targaryen são do sangue do dragão e descendem dos grandes senhores da antiga Cidade Livre de Valíria, possuem olhos lilases, índigo ou violeta e cabelos de um loiro-prateado. A fim de preservar seu sangue e mantê-lo puro, a Casa Targaryen frequentemente casou irmão com irmã, primo com prima, tio com sobrinha. O fundador da dinastia, Aegon, o Conquistador, tomou ambas as irmãs como esposas e foi pai de filhos varões com as duas. A bandeira Targaryen é um dragão de três cabeças, vermelho sobre fundo negro, representando as três cabeças de Aegon e das irmãs. O lema dos Targaryen é: *Fogo e sangue*.

EM BRAAVOS

FERREGO ANTARYON, Senhor do Mar de Braavos,
— QARRO VOLENTIN, Primeira Espada de Braavos, seu protetor,
— BELLEGERE OTHERYS, chamada PÉROLA NEGRA, uma cortesã descendente da rainha pirata homônima,
— A SENHORA VELADA, A RAINHA BACALHAU, A SOMBRA DE LUA, A FILHA DO CREPÚSCULO, O ROUXINOL, A POETISA, cortesãs famosas,
— TERNESIO TERYS, capitão mercador do *Filha do Titã*,
    — YORKO e DENYO, dois de seus filhos,
— MOREDO PRESTAYN, capitão mercador da *Raposa*,
— LOTHO LORNEL, um comerciante de livros e pergaminhos antigos,
— EZZELYNO, um sacerdote vermelho, frequentemente embriagado,
— SEPTÃO EUSTACE, caído em desgraça e expulso do sacerdócio,
— TERRO e ORBELO, um par de homens de armas,
— BEQQO CEGO, um peixeiro,
— BRUSCO, um peixeiro,
    — suas filhas, TALEA e BREA,
— MERALYN, chamada DIVERTIDA, proprietária do Porto Feliz, um bordel próximo do Porto do Trapeiro,
— A ESPOSA DO MARINHEIRO, uma prostituta em Porto Feliz,
    — LANNA, sua filha, uma jovem prostituta,
— BETHANY CORADA, YNA ZAROLHA, ASSADORA DE IBBEN, as prostitutas de Porto Feliz,
— ROGGO VERMELHO, GYLORO DOTHARE, GYLENO DOTHARE, um escriba chamado PENA, COSSOMO, O PRESTIDIGITADOR, fregueses de Porto Feliz,
— TAGGANARO, um ladrão das docas,
    — CASSO, O REI DAS FOCAS, sua foca treinada,
    — PEQUENO NARBO, seu parceiro ocasional,
— MYRMELLO, JOSS, O SOMBRIO, QUENCE, ALLAQUO, SLOEY, pantomimeiros que atuam todas as noites no Navio,
— S'VRONE, uma prostituta das docas com inclinações assassinas,
— A FILHA BÊBADA, uma prostituta de temperamento instável,
— JEYNE ÚLCERA, uma prostituta de sexo incerto,
— O HOMEM AMÁVEL e A CRIANÇA ABANDONADA, servos do Deus das Muitas Faces na Casa do Preto e Branco,
— UMMA, a cozinheira do templo,
— O HOMEM BONITO, O GORDO, O FIDALGOTE, O DE ROSTO SEVERO, O VESGO e O ESFOMEADO, servos secretos do Deus das Muitas Faces,

— ARYA da Casa Stark, uma garota com uma moeda de ferro, também conhecida como ARRY, NAN, DONINHA, POMBINHA, SALGADA e GATA,
— QUHURU MO, da Vila das Árvores Altas, nas Ilhas do Verão, mestre do navio mercante *Vento de Canela*,
    — KOJJA MO, sua filha, a arqueira vermelha,
— XHONDO DHORU, imediato no *Vento de Canela*.

MAPAS

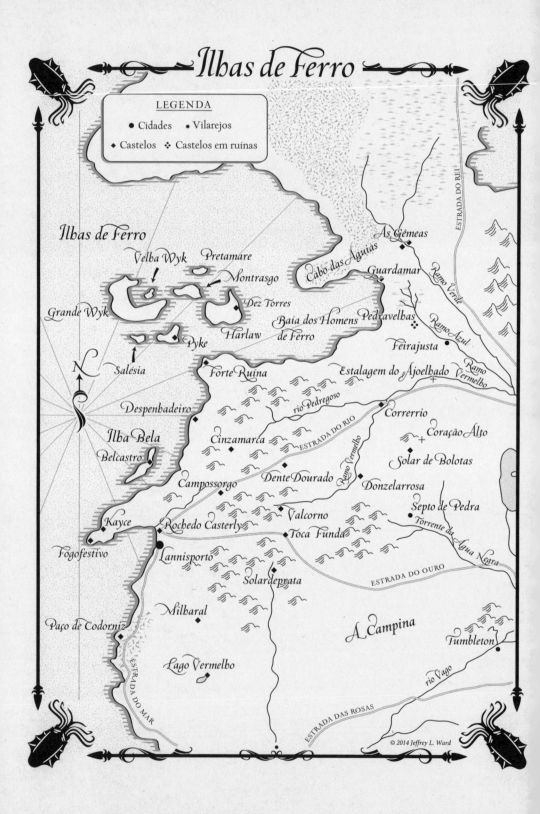

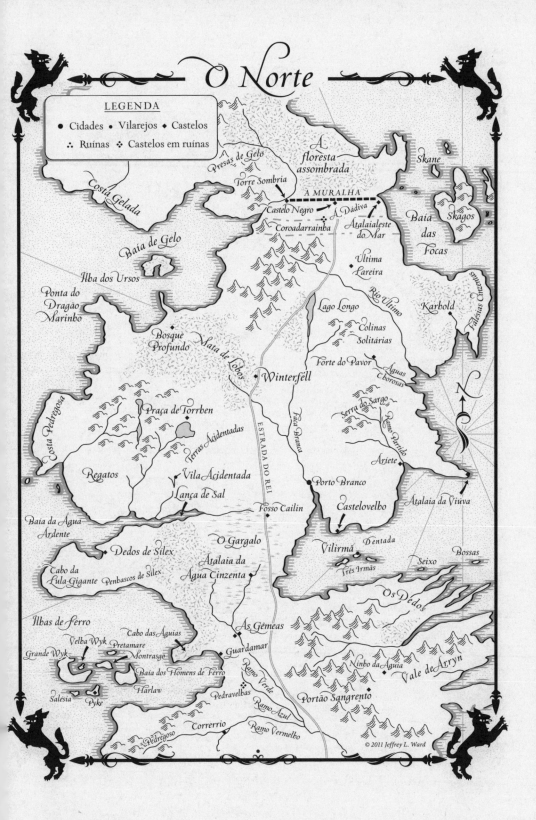

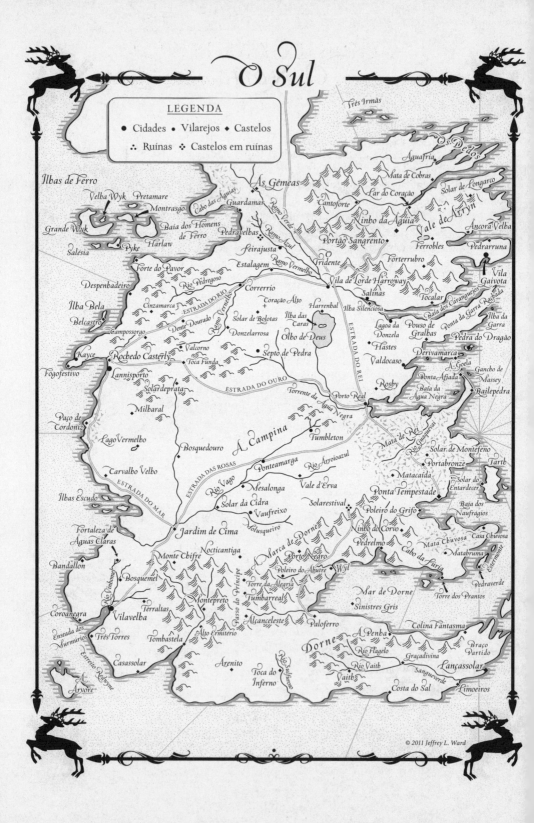

AGRADECIMENTOS

Este foi dos diabos.

Meus agradecimentos e estima vão uma vez mais para aquelas firmes almas, os meus editores: Nita Taublib, Joy Chamberlain, Jane Johnson e, especialmente, Anne Lesley Groell, por seus conselhos, seu bom humor e enorme paciência.

Agradeço também aos meus leitores, por todos os gentis e incentivantes e-mails e por sua paciência. Um tirar de elmo especial a Lodey dos Três Punhos, Pod, o Coelho Diabólico, Trebla e Daj, os Reis Triviais, à doce Carícia da Muralha, a Lannister, o Matador de Esquilos, e ao resto da Irmandade sem Estandartes, esse bando ébrio e meio louco de valentes cavaleiros e adoráveis senhoras que organiza as melhores festas nas convenções mundiais, ano após ano. Gostaria de tocar uma fanfarra a Elio e Linda, que parecem conhecer os Sete Reinos melhor do que eu, e me ajudam a manter a continuidade como deve ser. Seu website e sua enciclopédia eletrônica sobre Westeros são uma alegria e uma maravilha.

Agradeço também a Walter Jon Williams por me guiar através de mais mares salgados, a Sage Walker por sanguessugas, febres e ossos partidos, a Pati Nagle pelo HTML, por escudos giratórios e por divulgar rapidamente todas as minhas novidades, e a Melinda Snodgrass e Daniel Abraham por serviços que foram realmente além de todas as suas obrigações. Consigo me virar com uma ajudinha dos meus amigos.

Não há palavras suficientes para Parris, que esteve presente nos dias bons e ruins, em cada maldita página. Basta dizer que não poderia contar estas Crônicas sem ela.

George R.R. Martin

1ª EDIÇÃO [2019] 6 reimpressões

ESTA OBRA FOI COMPOSTA POR ACOMTE EM JANSON TEXT
E IMPRESSA EM OFSETE PELA LIS GRÁFICA SOBRE PAPEL PÓLEN DA
SUZANO S.A. PARA A EDITORA SCHWARCZ EM SETEMBRO DE 2024

A marca FSC® é a garantia de que a madeira utilizada na fabricação do papel deste livro provém de florestas que foram gerenciadas de maneira ambientalmente correta, socialmente justa e economicamente viável, além de outras fontes de origem controlada.